조선시대 번역고소설 총서 14

평뇨긔 · 평요뎐

平妖記 · 平妖傳

선문대학교 중한번역문헌연구소
박재연 · 김영 · 김민지 校註

이회문화사

머 리 말

『平妖傳』은 원말 명초에 나온 神魔小說이다. 원본은 "東原羅貫中編次"라 적혀 있다. 4권 20회로 이루어져 있는데, 그 중 전 3권은 "錢塘 王愼修校梓"라 씌어 있고, 제 4권에는 "金陵 世德堂"이라 씌어 있다. 일반적으로, 이 소설은 명 神宗 萬曆(1572~1619) 연간에 간행된 것으로 추정된다. 만력 48년(1620), 명말 馮夢龍은 20회를 40회로 증보하였는데, 지금 널리 유행하는 판본은 바로 이 40회본이다. 이 중, 본고에서 다루려 하는 낙선재본 『평뇨긔』와 羅孫本 『평요뎐』은 40회본으로 된 원본을 번역한 것이다. 국내에는 40회본 『平妖傳』이 奎章閣과 국립중앙도서관, 江陵市 船橋莊에 각각 소장되어 있다.

이 소설은 北宋 년간 王則(낙선재 번역본에는 "왕측"이라 함)과 胡永兒 부부가 이끄는 반란을 배경으로 하고 있다. 왕측은 실제 인물로 涿州 사람인데, 仁宗 慶歷 7年(1047)에 貝州(지금의 河北省 淸河縣)에서 반란을 일으켜, 스스로 東平君王이라 칭하고, 安陽이란 나라를 세워 得聖이란 연호를 쓴 바 있다. "三邃平妖傳"이란 서명은 宣撫使 文彦博이 王則과 胡永兒의 난을 평정하는데 도움을 준 馬邃·李邃·諸葛邃智 등의 이름에 모두 "邃"자가 들어 있는데서 유래한다. 이 소설은 당시 정치적 풍운과 사회생활, 민간의 풍속을 투영하여 당시 사회와 풍속을 이해하는데 많은 도움을 준다.

현재 국내에 전하는 『平妖傳』 번역본은 낙선재본과 羅孫 金東旭 소장본 2종이다. 羅孫本 『평요뎐』의 경우, 전사년도를 정확하게 알 수 있다는데 큰 의의가 있으며, 全卷이 고스란히 보존되어 있는 낙선재본은 풍부한 고어와 고문체 자료를 담고 있어 국어학사적인 측면에서도 가치가 크다.

본 교주본은 원문은 그대로 수록하되 띄어쓰기만은 대략 현행 표기에 맞추어 하였다. 그리고 자주 출현하는 인명과 지명은 원문과 대조하여 각 회 맨 처음에 한하여 괄호 안에 한자를 병기하였다. 원문이 훼손되어 잘 알 수 없는 글자에 대해서는 □으로 표기하였고, 전사하는 과정에서 잘못 표기된 글자에 대해서 [ ]의 형태로 병기하였다. 아울러 맨 뒤에는 원문을 영인·수록하였다.

이 《평뇨긔 /평요뎐》은 중국소설·희곡 번역자료 총서의 하나이다. 이러한 번역 자료에 대한 주석과 정리는 조선시대 중국소설의 전래와 번역양상을 이해하고 우리말 고어자료를 발굴하며 《중조대사전中朝大辭典》을 증보하는데 도움이 되리라 믿는다.

2004년 1월

중한번역문헌연구소

박재연·김영·김민지

차 례

□ 羅孫本 《평요뎐平妖傳》
〔권지삼〕

平妖記

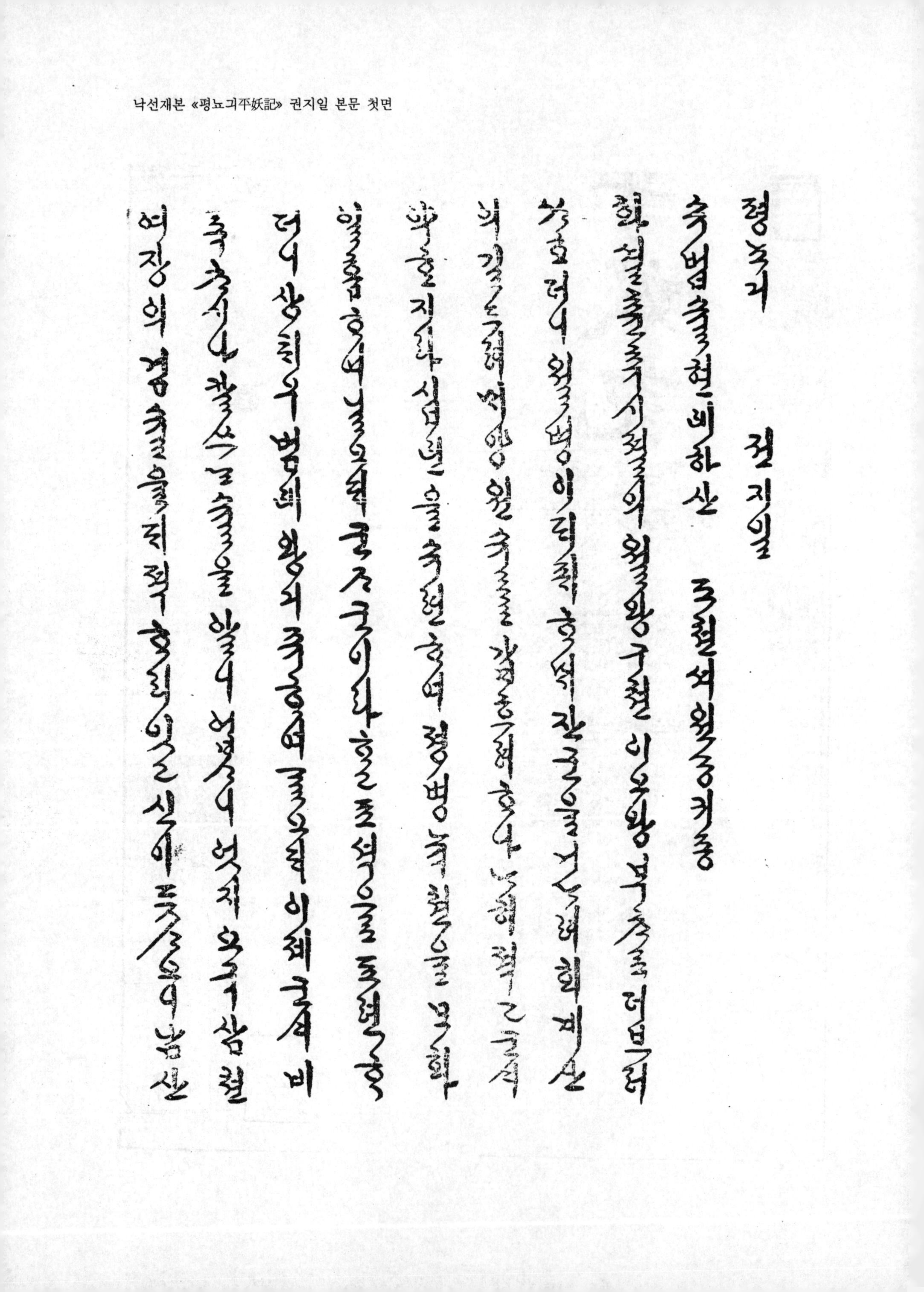

평뇨긔 권지일

나손본 《평요뎐平妖傳》 권지삼 첫면

낙선재본『평뇨긔』와 나손본『평요뎐』에 대하여

박 재 연

　『平妖傳』(古本)은『水滸傳』이나『西遊記』와 마찬가지로 중국 초기(16세기 이전) 白話小說의 하나이다. 그러나『平妖傳』은『水滸傳』이나『西遊記』와는 달리 과장이나 윤색이 적어, 초기 중국소설의 원형 내지는 초기 白話小說을 연구하는 데 좋은 자료가 되고 있다. 중국 소설사의 한 장을 차지하고 있는『平妖傳』은, 특히 소설 자체가 지닌 희극적·도술적 성격 때문에 주목을 받는다.

　일찍이 金台俊은 명대소설의 유입에 대해 논하면서,『平妖傳』이『孫龐演義』·『開闢演義』·『西湖佳話』·『好逑傳』등과 함께 국내에 들어오고 민간에 전사되면서 조선 중엽의 침체한 문운에 활기를 불어 넣었으며, 나아가 문예발흥의 직접적인 誘因이 되었다고 적고 있다.[1]

　이 같은『平妖傳』의 원본에는 두 가지가 있는데, 그중 하나가 羅貫中이 1400년에서 1550年 사이에 쓴 것으로 추정되는 20회본이다. 다른 하나는 馮夢龍이 증보·수정하고 1620년에 초판이 간행된 40회본이다. 이 중, 본고에서 다루려 하는 낙선재본『평뇨긔』와 羅孫本『평요뎐』은 40회본으로 된 원본을 번역한 것이다.

　낙선재본『평뇨긔』에 대한 연구는 일찍이 鄭炳昱이 낙선재본 소설을 정리하며 20회본의 번역본이라고 소개했을 뿐 그 이후, 근 십여 년 동안 검토가 이루어지지 않았다. 그러다가 1982년,『平妖傳』연구의 전문가인 일본인 橫山弘에 의해 번역본이 40회본임이 밝혀

---

1) 金台俊,『增補朝鮮小說史』, 學藝社, 1939.7. p.97.

1

졌다. 국내에서는 丁奎福 교수가 맨처음 연구에 착수하여 「平妖傳의 한국번역문학적 受容」이란 제목으로 탈고하였다(1989.10). 필자는 낙선재본으로 『平妖傳』 번역본이 있음을 알고 관심을 갖고 있던 중 『平妖傳』 연구의 필요성을 역설한 丁敎授의 글을[2] 읽고 본격적인 검토에 착수하였다. 그러나 정작 丁敎授의 논문은 게재가 늦어져(1992)[3] 참고하지 못하고 별도로 진행되었음을 밝힌다.

현재 국내에 전하는 『平妖傳』 번역본은 낙선재본과 羅孫 金東旭 소장본 2종이다. 羅孫本 『평요던』의 경우, 전사년도를 정확하게 알 수 있다는데 큰 의의가 있으며, 全卷이 고스란히 보존되어 있는 낙선재본은 풍부한 고어와 고문체 자료를 담고 있어 19세기 말까지도 고어가 계속 쓰여졌음을 보여주는 등 국어학사적인 측면에서도 가치가 크다. 그리고 樂善齋本과 羅孫本을 비교한 결과 羅孫本이 선행본임이 밝혀졌다.

『平妖傳』 원전은 현재 국내에 다음의 3종이 소장되어 전한다.

[繡像]平妖全傳, 馮夢龍(明)增訂 [木] 十八卷六冊. 張無咎序. 卷首:「映旭齋增訂北宋三遂平妖全傳」. 板心:「平妖全傳」.「集玉齋」印.【서울대 奎章閣】

[映旭齋增訂]北宋三遂平妖全傳, 羅貫中著, 馮夢龍增訂 [木] 十八卷六冊. 張無咎序.【國立中央圖書館】

平妖傳, 羅貫中(明)著, 馮猶龍(明)增訂 [木] 四十卷十二冊(卷1~40). 圖. 四周單邊. 半郭19.6×12cm. 有界. 半葉 10行21字. 22.2×13.9cm. 本衙藏刊.【江陵市 船橋莊】

1. 『北宋三遂平妖傳』

『平妖傳』은 원말 명초에 나온 神魔小說이다. 원본은 "東原羅貫中編次"라 적혀 있다. 4권 20회로 이루어져 있는데, 그 중 전 3권은 "錢塘 王愼修校梓"라 씌어 있고, 제 4권에는 "金陵 世德堂"이라 씌어 있다.[4] 일반적으로, 이 소설은 명 神宗 萬曆(1572~1619) 연간에 간행된 것으로 추정된다. 만력 48년(1620), 명말 馮夢龍은 20회를 40회로 증보하였는데, 지금 널리 유행하는 판본은 바로 이 40回本이다.

이 소설은 北宋 년간 王則(낙선재 번역본에는 "왕측"이라 함)과 胡永兒 부부가 이끄는 반란을 배경으로 하고 있다. 王則은 실제 인물로 涿州 사람인데, 仁宗 慶歷 7年(1047)에 貝州(지금의 河北省 淸河縣)에서 반란을 일으켜, 스스로 東平君王이라 칭하고, 安陽이란 나라를 세워 得聖이란 연호를 쓰고, 십이월을 정월로 삼았다. 그러나 송나라 정부군의 진압과 반란군 내부의 배반으로 60여일만에 평정당하고, 왕측은 체포되어 서울로 압송되어 능지처참 당했다.[5] 원래 왕측의 亂은 彌勒을 숭상하는 白蓮會의 殘黨들이 일으킨 난인데, 소

---

2) 丁奎福, 「한국에 있는 中國文典의 유실」, 『高大新聞』, 1989년 11월 27일. /『碧史李佑成先生停年退任紀念國語國文學論叢』, 驪江出版社, 1990.11에 재수록.

3) 「平妖傳의 한국번역문학적 受容」, 『亞細亞研究』 第85號, 高麗大, 1992.

4) 江蘇省 社會科學院 明淸小說研究中心 編, 『中國通俗小說總目提要』, 中國文聯出版公司, 北京, p.43.

5) 王則者, 本涿州人. 歲饑, 流至恩州, … 恩、冀俗妖幻, 相與習五龍、滴淚等經及圖讖諸書, 言釋迦佛衰謝, 彌勒佛當持世, … 則僭號東平郡王, 以張巒爲宰相, 卜吉爲樞密使, 建國曰安陽, 牓所居門曰中京, 居室廩庫皆立名號, 改年曰得聖, 以十二月爲正月. 檻送則京師, 支解以徇. 則叛凡六十六日.(『宋史』 卷292, 「明鎬傳」, 景仁出版社 影印 『宋史』 五, p.65).

설에서는 전설 속에 나오는 여러 妖異 고사 등을 조합하여 증보 윤색되어 있다. 羅燁의 『醉翁談錄』에는 王則과 관련된 화본으로 「貝州王則」이 열거되어 있다.6)

"三遂平妖傳"이란 서명은 宣撫使 文彦博이 王則과 胡永兒의 난을 평정하는데 도움을 준 馬遂·李遂·諸葛遂智 등의 이름에 모두 "遂"자가 들어 있는데서 유래한다. 작자는 봉건사상에 기초하여 농민 반란을 邪·妖라 말하고, 永兒를 武則天·張宗昌의 환생이어서 포악하고 음란하다 하는 등 농민반란군에 대하여 부정적인 시각을 보여주었다. 그러면서도 이 소설은 당시 정치적 풍운과 사회생활, 민간의 풍속을 투영하여 당시 사회와 풍속을 이해하는데 많은 도움을 준다. 더군다가 줄거리의 전개, 인물 묘사, 언어의 운용에 있어서 후세의 소설에 계감이 될만한 대목이 적지 않다. 그래서 옛사람들은『平妖傳』에 대해 "그 [필체와 기법이] 공교하고 변화가 지극할 뿐 아니라 본말을 잃지 않아 그 기교가『三國志』와『水滸傳』에 비길 만하다."7)라고 평했고, "王緱山 선생은 매번 羅貫中의 『三遂平妖傳』을『水滸傳』에 비할 수 있다고 말하였다."8)

이 소설의 내용은 다음과 같다. 宋 仁宗 연간에 東京 거부 胡員外(胡浩)는 세 개의 전당포를 가지고 있다. 어느날 한 도사가 선녀도 한 폭을 전당잡히면서 그림 속의 선녀가 밤이면 그림에서 걸어나온다고 말한다. 호원외가 밤에 향을 사르고 절을 하니 과연 선녀가 걸어나왔다. 밤마다 남편의 행동을 수상쩍게 생각한 그의 아내는 몰래 남편의 뒤를 밟아 왔다가 그 사실을 알게 된다. 아내는 대노하여 그 선녀도를 불태워버리는데, 그때 타고 남은 재가 날려서 그녀의 입으로 들어가 임신하게 되고 그렇게 해서 낳은 이이가 胡永兒이다. 그러나 뜻밖의 실화로 호씨 집안은 폭싹 망하게 된다. 배고픈 永兒는 떡을 사가지고 오다가 聖姑姑(암여우의 변신)를 만나게 되고 永兒가 순 벽의 대가로 如意冊을 받아든다. 永兒는 책에 쓰여진 대로 술법을 익혀 물건으로 돈을 만들고 팥으로 군사를 만드는 법을 익힌다. 그녀는 장성하여 바보에게 시집갔다가, 그들 板凳에 태워 鄭州로 날려보낸다. 한편 상인 卜吉은 그녀를 돌봐준다. 그녀는 법술을 행하고, 卜吉은 수감되어 유배중에 도사 張鸞에게 구출되어 그의 제자가 된다. 彈子和尙은 동경에서 술법을 쓰다가 包公에게 쫓기게 되나 다시 술법을 써서 달아난다. 聖姑姑의 아들 左黜이 任遷·張屠·吳三郎 세 사람을 희롱하다가 세 사람이 쫓아오자 성고고와 영아는 그들에게 술법을 전수한다. 영아는 貝州에 이르러 진흙으로 초를 만들어 판다. 都排 王則이 따라와 술법을 배우고자 성고고를 찾아오자 그를 영아와 혼인시킨다. 張鸞도 찾아와서 반란을 의논한다. 왕측이 돌아와 돈과 쌀을 뿌리다가 체포되어 수감되자 左黜兒는 그를 구해낸다. 왕측은 마침내 무리를 이끌고 반란을 일으켜 칭제하니 永兒는 황후가 된다. 좌출은 軍師, 彈子和尙은 國師가 되고 장난은 승상이 된다. 卜吉·任遷·吳旺 등도 모두 와 가담한다. 조정에서는 군대를 보내 반란군을 공격하지만 번번이 패한다. 이에 조정에서는 文彦博을 보낸다. 그즈음 蛋子和尙 등은 王則의 황음무도함에 반발하여 그와 결별한다. 문언박은 고승 諸葛遂智(彈子和尙의 변신), 장수 馬遂·李遂 등 '三遂'의 도움으로 적의 술법을 깨뜨리고 왕측 등을 사로잡아 반란을 진압한다.

---

6) 言西山聶隱娘、村隣親、嚴師道、千聖姑、皮篋袋、驪山老母、<u>貝州王則</u>、紅線盜印、醜女報恩, 此爲妖術之事端. (羅燁, 『醉翁談錄』, 古典文學出版社, 上海, 1957.4. p.4).

7) 墨敢齋增補『平妖』, 窮工極樂, 不失本末, 其技在『三國』、『水滸』之間(笑花主人, 「今古奇觀序」, 『中國歷代小說論著選』上, 江西人民出版社, 南昌市, 1982.10. p.263).

8) 王緱山先生每稱『三遂平妖傳』堪與『水滸』頡頏(張無咎, 「批評北宋三遂新平妖傳敍」, 위의 책, P.234).

이상과 같은 대략의 이야기를 통해 알 수 있듯이 이 소설의 많은 부분은 사실과는 달리 허구이다. 이 소설은 王則의 난의 실패 과정을 그리고 있는데, 정통관념을 선양하고 봉건왕조의 반란에 대한 진압을 이야기하면서, 탐관오리와 일반 백성이 핍박을 받아 반란을 일으키는 과정을 핍진하게 묘사하였다. 작자는 역사적 사건을 틀로 하고 神怪 위주로 서술하고 있는데 그 가운데 민간고사와 신화 전설 등을 수용하고, 그 당시 사회생활과 민간의 풍습을 표현하는 등 내용이 풍부하다. 작품은 전반적으로 신기한 색채로 충만되어 있고 묘사가 핍진하며, 살아있는 듯한 인물의 형상을 그려내고 있다. 그 언어 역시 명대 구어로써 소박한 것이 특징이다.

『平妖傳』의 창작연대에 대해 韓南(P.D. Hanan)은 第6回와 第12回에 나오는 “里甲制”를 들어 古本『平妖傳』(20회본)의 창작연대가 1400年 이후일 것이라고 추정하였다.[9] “里甲制”란 명초에 처음 제정된 賦役法으로, 1381年(明 太祖 洪武 연간)부터 시행되기 시작했기 때문이다. 한편『平妖傳』의 작자 문제에 대해서는, 羅貫中의 생존연대가 분명하지 않은 점은 있지만 賈仲明의『錄鬼簿續編』이 永樂 20年(1422)에 창작된 것을 근거로 해서, 至順 원년에서 명 惠帝 建文 2年(1330~1400) 사이의 사람일 것으로 추정하였다. 韓南은 이 같은 추정과 소설 자체의 고졸함을 근거로『平妖傳』이 羅貫中에 의해 씌어졌다는 견해에 의문을 제기한 바 있다.

馮夢龍이『平妖傳』20회본을 근거로 개작·증보한 40회본은, 전체적으로 윤색한 부분이 많다. 뿐만 아니라 제1회 앞부분에 15회를 덧붙이고, 중간에 5회를 집어 넣어 만들어졌다.[10] 그가 덧붙인 것은 법서를 세 번 훔치는 이야기와 인과응보의 주제, 마지막 부분의 난당 내부의 이합집산 부분이다. 현재 일본 內閣文庫에 갊아 있는 泰昌 元年(1620) 간행본에는 張無咎의 서문이 있으며, “天許齋批點北宋三遂平妖傳”이라는 題名이 붙어 있다. 이는 풍몽룡의 初刻本으로,[11] 崇禎 연간에 이 초간본의 목판이 화재로 소실되자 張無咎는 초판 서문을 수정하여 다시 판각하였다. 이 시기가 대략 1634年에서 1638年 사이로 추정되며, 일본 內閣文庫에 갊아 있는 金閶 嘉會堂本 표지에 “墨憨齋手校新平妖傳”이라고 씌여진 것은 바로 풍몽룡의 중간본이다. 이 중간본에는 “宋東原羅貫中編”, “明東吳龍子猶補”라는 이름이 분명히 명시되어 있는데, 龍子猶는 바로 馮夢龍을 가리킨다. 또한 張無咎의 중간본에도 子猶에 의해 수정 증보하고 중간한 사실이 기록되어 있어 20회본을 40회본으로 증보한 사람이 풍몽룡이라는 사실에는 의문의 여지가 없다. 墨憨齋가 새로 편찬한『新列國志』(金閶 葉敬池 刊)의 표지 광고에서도, “墨憨齋가 펴낸『新平妖傳』과『明言』·『通言』·『恒言』 등은 모두 사람들의 입에 오르내리고 있다.” 라고 적혀 있기 때문이다.

2. 낙선재본과 나손본 『平妖傳』의 書誌

---

9) 韓南, 「平妖傳 作者 問題 研究」, 『韓南中國古典小說論集』, 聯經出版文化公司, 臺北, p.199.

10) 그러나 최근 歐陽健은 「三遂平妖傳原本考辨」(『中華文史論叢』 1985年 3期 /江蘇省 社會科學院 明淸小說研究中心 編, 『明淸小說研究年鑑』 1986卷, 中國文聯出版公司, 北京, 1991.6.에 재수록)을 발표, 종래의 학설을 뒤엎고, 20回本이 先行本이 아니라 40回本이 先行本이라는 설을 내놓았다. 즉, 20回本이 40回本을 축약한 것이라는 주장이다.

11) 孫楷第, 『日本東京所見中國小說書目』, 上雜出版社, 上海, 1953.12. pp.123~127.

낙선재본의 체제는 각권 74~75면으로 되어 있으며, 매면은 10행 20자 내외로, 크기는 33.4×22.5cm이다.[12) 또 매권 표지에는 한자로 "平妖記"라는 제목을 달고 있으며 각권 첫 면은 한글로 "평뇨긔"라 적고 있다. 회목명은, 번역본 맨앞에 별도로 기록한 것이 아니라 본문 중간 중간에 쓰여 있다. 회목명이 일치하지 않는 것은 번역본을 여러 차례 전사하다 생긴 오기라고 볼 수 있다. 또한 본문 사이 사이에 끼워 넣은 회목명은 원문과는 전혀 다른 엉뚱한 곳에 들어가 있기도 하며,[13) 원작의 장회에 맞추어 각권을 분철하지 않고 일괄적으로 74~75장으로 끊다 보니[14) 각권 말미에 이르러 많은 부분이 축약 또는 생략되어진 현상이 나타나고 있다. 특히 제10회는 번역이 아예 생략되었고, 38~40회의 마지막 부분은 축약 현상이 두드러지는데, 羅孫本에는 실려 있으나 낙선재본에서는 생략되거나 축약된 곳이 많다.[15) 낙선재본 후반부 가운데 文彦博이 王則의 잔당을 치는 대목은 원래 사건 전개 자체가 느슨한 까닭도 있지만, 마지막 권을 74면으로 맞추기 위해 의도적으로 생략한 듯하다.

한편, 羅孫 金東旭의 소장본인 나손본 『평요뎐』은[16) 겉표지에 한자로 "平妖傳"이라 씌어 있고, 본문 첫면에는 "평요뎐"이라 題하고 있다. 현재는 권지삼과 권지오 두 책밖에 남아 있지 않아 그 전모를 알 수는 없지만, 권지오 말미의 기록으로 미루어 체제를 짐작해 볼 수 있다.

<blockquote>
첫권 칠십 구(79) 쟝 (缺)
ᄎ권 ᄉ십 삼(43) 쟝 (存)
삼권 팔십 팔(88) 쟝 (缺)
ᄉ권 뉵십 일(61) 쟝 (存)
합 이빅 칠십 일(271) 쟝[17)
</blockquote>

현재 남아 있는 권지삼은 43장, 권지오는 61장으로 이를 위의 필사기와 대조해 보면, 권지삼은 ᄎ권(次卷)의 43장, 권지오는 ᄉ권(四卷)의 61장과 각각 일치한다. 따라서 권지일과 권지이를 합철하여 첫권 79장을 만들었음을 알 수 있다. 매면의 구성은 일정하지 않다. 즉, 권지삼의 경우, 14~15行 16字 안팎으로 되어 있고, 권지오는 13행 27자 내외로 되어 있다.

한편, 나손본의 권지삼과 권지오 맨 뒤에는 필사기가 있어 정확한 필사 연도를 밝혀준다. 권지삼의 말미를 보자.

<blockquote>
셰지(歲在) 을미(乙未) 초동(初冬)의 경호서옥(鏡湖書屋)의셔 총총 필셔(筆書)ᄒᆞ느니 글시 비록 추비(醜鄙)ᄒᆞ나 나의 졍을 닛지 말고 쩌쩌 반길지어다.
</blockquote>

위의 기록만으로는 乙未가 정확히 어느 해 을미를 가리키는지 알 수 없다. 그러나 권

---

12) 文化財管理局 藏書閣, 『藏書閣圖書韓國版總目錄』, 探究堂, 1972.10. p.1217.

13) 16回 회목명이 14回 중간에, 38回 회목명이 37回 중간에 삽입되어 있다.

14) 그 예로 13회 앞 부분이 12회 끝 부분으로 올라가 賈道人의 죽음을 축약하여 끝맺음하고 있다.

15) 낙선재본에 생략된 부분은 羅孫本 6권 75~76, 87, 93, 97, 99면에 해당된다.

16) 2卷 2冊, 22.9×19.2cm.(『羅孫文庫目錄』, 檀大 出版部, 1991.3. p.276.)

17) 괄호 안의 숫자와 한자는 필자의 加筆임.

지오 말미와 비교해 보면 이 때가 1835年 乙未임이 명확히 드러난다.[18]

시셰(時歲) 무술(戊戌) 밍츈(孟春) 협순(浹旬)의 년산(延山) 관동(關東) 타방(他方) 남창하의셔 종셔(終書)ᄒ다. 우리 이딜(愛姪) 슈곡 김딕칙(金宅冊)을 보랴 병신(丙申) 동(冬)의 비러왓더니 끗출 니어달라 ᄒ엿기 벗겨 보내랴 ᄒ되 작년 정월(正月)브터 병이 드러 팔월(八月)ᄭᅵ지 ᄉᆞᆼ싱츌몰(死生出沒)은 ᄒ다가 겨울의야 싱도(生道)를 어드나 됴회가 업서 이제야 간신이 벗겨시나 언제 보낼고 답답ᄒ다. 아모 째라도 내가 이 칙(冊)은 벗기려 ᄒ니 ᅉᅩ 빌녀라. 을미년(乙未年) 팔월(八月)의 오륙일(五六日) 단춰ᄒ여 디내간 거슨 일댱츈몽(一場春夢)인 듯 어ᄂ 시졀(時節)의 우리 슉딜(叔姪)이 다시 만나 회포(懷抱)를 펴볼고. 싱젼난득(生前難得)이니 싱각곳 ᄒ면 창연(愴然)ᄒ 심ᄉᆞ(心事)와 굿분 회포를 억뎨(抑制)홀 길이 업다. 이 칙을 하 오래 두엇다가 보내니 무안이나 ᄶᅳ려 내게 잇던 헌칙의로 내가 머리 긔괴(奇怪)ᄒ게 미여 보낸다.

위의 내용을 요약하면, 乙未年(1835)에 三卷을 필사하고 이듬해 丙申年(1836) 겨울, 사랑하는 조카의 슈곡 金宅冊을 빌려왔다. 끝을 마저 이어 달라는 조카의 부탁을 받고 곧 베껴 보내려 했으나 丁酉年(1837) 정월부터 팔월까지 병을 앓아 작업을 중단했다. 그 해 겨울이 되어서 몸은 회복되었으나 마침 종이가 없어 또 작업을 못하고, 戊戌年(1838) 정월 협순(浹旬)이 되어서야 마침내 종서했다는 것이다. 결국 이 책은 1835년에서 1838년까지 무려 4년에 걸쳐 필사되었다. 그러나 이 책의 34회 끝부분과 35회 앞 부분(낙8:56~72), 36회 전부와 37회 앞 부분이 누락된 채 여백으로 남겨진 것을 보면 당시 빌려온 책의 일부분이 떨어져 나가 있었던 듯하다.

회목명은 먼저 각권의 첫면에 일목요연하게 열거하고 다시 본문 중간 중간에도 삽입되어 있다. 낙선재본에 비해 오기가 거의 없는 점으로 보아 나손본의 번역이 더 정확한 것으로 보인다. 그러나 "懷"를 "졍"으로, "點"을 "졍"으로, "宮"을 "당"으로, "錢米"를 "미젼"으로 표기한 점이 낙선재본과 나손본이 일치하여 같은 번역모본에서 파생한 것임을 알 수 있다.

3. 낙선재본 『平妖傳』의 번역양상

『平妖傳』의 양 번역본은, 대체적으로 의역을 하되 원문의 근거를 찾아볼 수 있을 정도의 선에서 이루어졌으나 문맥에 따라 생략과 축약도 주저하지 않았으며, 원문에 보이지 않는 첨역이나 부연을 한 곳도 일부 있다. 낙선재본과 나손본을 면밀히 대조한 결과, 역문이 거의 일치하고 있는 점으로 미루어 양본이 같은 번역 원본에서 파생한 후필사본인 것으로 추정된다. 이제 낙선재본과 나손본이 같은 번역본에서 유래한 후필사본이라는 점과 나손본이 낙선재본보다 원 번역본에 가깝다는 근거를 제시해 보고자 한다.

우선 낙선재본과 나손본의 원 번역본이 같다는 근거는 다음 몇가지 예에서 잘 드러나고 있다.

---

18) 필자는 처음에는 1895년 乙未로 잡았었으나 丁奎福 교수의 「平妖傳의 한국번역문학적 受容」(『亞細亞硏究』 第85號 p.14~15)에서의 성립 연대 추정이 보다 설득력이 있으므로 60년 앞당겨 1835년으로 바로잡는다.

첫째, 인명 표기가 서로 같다는 점이다. 심지어 오독임이 분명한 글자마저도 똑같은데, 예를 들어 "奶奶"를 "잉잉(낙3:16 /나3:11)"으로,19) "溫殿直"을 "은젼직(낙7:48)", "은뎐직(나5:7)"으로 표기한 것 등이다. 특히 "내내"의 표기는, 1884년경에 번역되었다는『紅樓夢』번역본에 보면 엄연이 "내내"라고 적혀 있는 것으로 보아 번역이 잘못된 것임을 알 수 있는데도, 양본 모두 오역 표기인 "잉잉"을 쓰고 있다.

둘째, 번역을 생략하거나 축약한 부분이 일치한다.

婆子自誇曾遇異人, 受過一十六樣天書, 龍章鳳奏, 無有不識那梵書出自天竺, 是佛門中之一體, 當先大藏眞經都是梵書, 陳玄奘與鳩摩什等譯過, 換了唐字唐音方有今體. 至今名山古刹, 還有梵本留傳得在 (12:109)
셩괴 스스로 조량호되 서 일죽 긔이흔 스룸을 맛나 열여숫 가지 텬셔롤 모롤 거시 업스니 경은 불과 쳔츅궁 니의 힝문호는 글시니 무어시 어려오리오 (낙3:2)
셩괴 스스로 조량호디 내 일죽 긔이흔 사름을 만나 열여숫 가지 텬셔롤 모롤거시 업스니 이 경은 불과 텬튝국 글시니 무어시 알기 어려우리오 (나3:2)

세째, 원문에 없는 번역문의 번역이 똑같다.

左思右想, 懷疑不決. 看看黃昏以後, 聽得遠遠石聲三聲, 料是淨室中安置的常規了. 步出耳房, 悄悄的直到佛堂之中. 只見冷冷淸淸一盞琉璃燈火, 半明不滅. 佛堂後一帶就是淨室, 兩扇門兒緊緊閉着, 側耳聽時, 裏面幷沒聲響 _________ 放心不下, 徘徊半箇時辰, 才轉步出來. 只見佛堂中燈火, 暗而復明, 聖姑姑倒在外面走動 (12:109)
두루 혜오려 의심을 결치 못ᄒ더니 믄득 싱각고 니러나 불당의 가니 불이 희미ᄒ고 불당 뒤히 셩고의 잇ᄂᆞᆫ 졍실을 ᄇᆡ리보니 문을 다닷고 스룸이 업셔 가장 고요ᄒ거ᄂᆞᆯ 드러가 뭇고조 ᄒ되 뫼신 츠환이 잇ᄂᆞᆫ지라. 비회ᄒ기롤 오리ᄒ다가 졔방으로 도라오더니 홀연 불당 가온디 등불이 도로 붉으며 셩괴 불너 굴오디 (낙3:47)
이리 싱각ᄒ며 져리 싱각ᄒ야 의심을 결치 못ᄒ야 능히 자디 못ᄒ야 니러나 불당의 가니 뉴리등의 불이 반은 붉그락 ᄭᅥ지락 ᄒ고 불당 뒤흔 곳 셩고의 졍실이라 ᄇᆞ라보니 문을 닷고 사름의 소리 업거늘 드러가 뭇고조 ᄒ되 뫼신 츠환이 잇ᄂᆞᆫ디라. 비회ᄒ기롤 냥구히 ᄒ다가 방으로 도라오더니 홀연 불당 중의 등불이 도로 볼그며 불너 니ᄅᆞ디 (나3:3).

다음, 나손본이 낙선재본보다 원 번역본에 가깝다는 근거로는,
첫째, 회목명의 우리말 독음에서 양본 모두 잘못 표기된 부분이 많지만, 나손본이 낙선재본보다 훨씬 정확하다. 예컨대 낙선재본에서는 "李魚羹"을 "니어밎(9:66)"으로 오기하고 있으나 나손본은 "니어깅 (5:94, 95)"이라고 정확히 표기하고 있고, 낙선재본에서는 "張僧繇"를 "장숭유"(4:26)로 표기하고 있으나 나손본에서는 "장승요"로 제대로 표기하고 있다. 또한 낙선재본은 "董忠"을 "등츙"으로, "費將仕"를 "비장죄"로, "趙無瑕"를 "됴모인"로, "胡大洪"을 "호픠홍"으로, "糜必達"을 "미젼달"로, "段雷"를 "관뇌"로, "趙元昊"를 "죠원하""雷允恭"을 "니윤경" 등으로 잘못 표기하고 있다. 이는 전사과정에서 생긴 오기임이 분명하다.

---

19) '낙'은 樂善齋本, '나'는 羅孫本을, 앞의 숫자는 卷數, 뒤의 숫자는 面數를 나타냄.

그런데 특이한 것은 왕측에게 굴하지 않고 자결을 택한 趙無瑕의 남편 이름이 나손본에선 '궐의(闕疑)'(5:117)로 나오는데 반해 낙선재본에선 일관되게 '비필'(8:67, 73)로 나오고 있다.

둘째, "鎭家之寶(14:134)"를 나손본에서는 "딘가ᄒᆞᄂᆞᆫ(3:43)"이라고 바르게 옮기고 있는데 반해, 낙선재본은 "젼가ᄒᆞᄂᆞᆫ(3:67)"이라는 전혀 다른 뜻으로 옮겨 놓았다. 또 나손본에서는 "賣靑果"를 원문의 뜻 그대로 "실과 파는"으로 그대로 번역한 데 반해 낙선재본에서는 "고기 파는(7:45)"이라고 기록하고 있다. 그러나 이 같은 차이점은 번역자가 다르기 때문에 나타난 현상이 아니라 전사자가 원 번역본을 전사하는 과정에서 문맥을 매끄럽게 뜯어 고치려 했다는 인상이 짙다. 실제로 뒤에 나오는 "果子鋪"를 번역하면서 나손본은 "실과 파는 곳"으로 전사한데 반해 낙선재본은 앞 부분과 일관되게 "고기 파는 푸자"로 개역하고 있다.

셋째, 낙선재본에서 생략되거나 축약된 부분 중 일부가 나손본에서는 그대로 남아 있다.

1) 只見婦人把刀尖去地上掘些土起來, 搜得鬆鬆的, 傾下半碗水在土內, 和成一塊. <u>籃內取幾竹棒兒出來, 捏一塊泥, 把一條竹棒兒捏成一枝蠟</u> (31:277)

부인이 ᄯᅡ홀 파 ᄎᆞ진 흙을 어더 믈을 부어 화합ᄒᆞ여 즌흙으로 ＿＿＿＿＿ 쵸롤 민들고(낙7:65)

부인이 ᄯᅡ홀 파 ᄎᆞ진 혹을 어더 반 사발 믈을 부어 화ᄒᆞ야 즌흙을 민들고 <u>광주리 속의 ᄀᆞ는 대 ᄒᆞᆫ 묵금을 너여 흙을 부븨여 경긱 스이예 쵸 열줄롤</u> 민들고 (나5:24)

2) 當下婆子口中念念有詞, 望石上只一噴, 沫涎如細霧散落, <u>急把手掌擦之, 凡掌所到處, 皆成紫金之色, 不一時, 整千斤一塊太湖石,</u> 明晃晃變化金山一座 (13:131)

셩괴 진언을 넘ᄒᆞ고 셕가산을 바라며 춤을 뿜으니 가ᄂᆞ 안기 ᄀᆞᆺᄒᆞ여 ＿＿＿＿＿문득 금산이 되거늘 (낙3:58)

셩괴 진언을 넘ᄒᆞ고 셕가산을 ᄇᆞ라며 춤을 뿜으니 ᄀᆞ는 안개 ᄀᆞᆺᄒᆞ여 <u>젓ᄂᆞ 곳이면 변ᄒᆞ여 즈금셕이 되니 경긱 스이에 쳔만근이나 ᄒᆞᆫ 혼덩이 틱호셕이 변ᄒᆞ여</u> 금산이 되거늘 (나3:38)

넷째, 숫자의 번역을 보면 낙선재본에서는 오역된 부분이 나손본에는 정확하게 번역되어 있다.

1) 話說聖姑姑初到東莊, 原約楊巡檢一年半載, 便有回復, 誰知一口大話, 就閉了<u>三年</u>的角門 (4:132)

셩괴 처음의 동장의 갈 제 양슌검으로 더부러 일년반셰로 언약ᄒᆞ엿더니 문득 <u>십년</u>이 거의 된지라 (낙3:62)

처음의 셩괴 동장의 갈 제 양슌검으로 더브러 일년반지로 긔약ᄒᆞ얏더니 믄득 <u>삼년</u>이 거의 되엿ᄂᆞᆫ지라 (나3:40)

2) 原來就是<u>三年</u>前叫老媽媽送與聖姑姑這二百私房銀子 (14:132)

이ᄂᆞ 향년의 노마마로 ᄒᆞ여곰 셩고의게 보닌 은이로되 (낙3:63)

졍히 <u>삼년</u> 젼의 노마마로 ᄒᆞ여곰 셩고의게 봉ᄒᆞᆫ 거시로되 (나3:40)

　이밖에도 낙선재본과 나손본은 둘 다 비교적 생략 및 축약을 많이 하고 있으나 부연한 곳은 거의 없다. 다만 낙선재본에서는 전사자가 문맥을 매끄럽게 하기 위해 원문에 없는 내용을 임의로 부연한 부분이 눈에 띈다.

　　楊興道: "小人是華州華陰縣楊巡檢老爺家差來. 有令堂聖姑姑家書在此, 叫法師星夜與小人同行, 不可遲滯." 瘸子接書坼開看時, 原來又有四句詩. 詩曰: 我在華陰楊府住, 主人賢達眞難遇, 要汝同修大道丹, 火速登程莫回顧 (12:119)

　　양홍이 편지를 너여쥬며 닐오디 느는 화쥬 셔악의셔 셩고고의 편지를 가지고 그디의게 전
　　ᄒ라 왓노라 가지 크게 반겨 편지를 보니 디기 히엿시되 지식 호츌ᄋᆞ는 잘 잇느냐 느는 ᄶᅥ나
　　온 후 별병 일을 무슈이 지너여시니 굿히여 지사의는 베푸지 아니ᄒᆞ노라 이졔 양슌검이라 ᄒ
　　는 어진 보살을 맛나 무스이 잇셔 도를 일윗시나 너의 쥬식 방탕ᄒᆞ든 바르 ᄌᆞ나씨나 닛치지
　　아니ᄒᆞ는고나 그러나 몸이나 셩ᄒᆞ며 스부와 졔인이 다 여작ᄒᆞ냐 지금의 시로 이 젼인ᄒᆞ믄 다
　　른 일이 아니라 달포 그리워 보고도 십고 긴히 의논홀 일도 잇고 너도 이곳의 와 도를 일우
　　량으로 오기를 기다리무로 일필 마와 일기 건실지인을 보너니 너는 그곳 일을 거릴씰 것 업
　　시 ᄯᅵ라오믈 바라노라 ᄒᆞ엿더라 (낙3:28, 29)

　위에서 보듯, 聖姑姑는 楊巡檢의 집에서 도를 닦게 되자 그의 아들 左黜에게 사람을 보내는데, 낙선재본에서는 이 부분을 사신이 있는 곳으로 얼른 오라는 내용의 칠언절구에 살을 붙여 내간체로 부연하고 있다. 그러나 나손본에서는 부연의 예를 거의 찾아볼 수 없다. 다만 제40회 맨 끝부분에, 원문과 낙선재본에는 없는 내용이 십입되이 있어 번역자나 전사자가 임의로 창작한 것이 아닌가 생각된다. 그러나 원전에 실려 있던 後總評일 가능성도 배제할 수 없다.

　　인종 황뎨 지위 스십 년의 붕ᄒᆞ시고 영종이 즉위ᄒᆞ시고 영종이 붕ᄒᆞ시니 신종이 즉위ᄒᆞ시
　　고 인종이 붕ᄒᆞ시니 텰종이 즉위ᄒᆞ시고 텰종이 붕ᄒᆞ시니 휘종이 즉위ᄒᆞ시니 이 신쇼옥부도군
　　황뎨라 궁듕의 만셰산을 니ᄅᆞᆨ혀고 텬하의 스쟈를 보너여 일홈난 꼿과 긔이ᄒᆞᆫ 남글 구ᄒᆞ더니
　　텬틔산 바회 우희 솔남기 이시리 가디 드리워 버들 ᄀᆞᆺ고 여름이 푸론 구술 ᄀᆞᆺᄒᆞ니 텬하의 업
　　슨 남긔라 스재 인부를 지휘ᄒᆞ야 파내려 ᄒᆞ더니 홀연 ᄒᆞᆫ 도시 공듕으로셔 ᄂᆞ려와 스쟈ᄃᆞ려
　　닐오디 이 솔이 우리 스부 듕쇼쳐스의 손조 심은 거시라 빈되 녀긔 칠십여 년을 슈호ᄒᆞ더니
　　빈도의 눗출 보아 머무러 두과져 ᄒᆞ노라 스재 왈 이 나모 얼굴을 ᄀᆞ려 임의 텬ᄌᆞ긔 드려시니
　　어이 무단이 가리오 도시 왈 텬지 만일 파라 ᄒᆞ시거든 뎡쥐 북도인이 말너더라 ᄒᆞ면 혹 드ᄅᆞ
　　실가 ᄒᆞ노라 스재 듯디 아니코 인부를 발ᄒᆞ야 파내니 쏠희 갓 ᄊᆞ며 즉시 말나 죽으니 스재
　　홀일업서 도로 도스를 주니 도시 손으로 붓드러 도로 녯 곳의 셰우니 젼쳐로 무셩ᄒᆞ더라 스
　　재 도라가 이 일을 알외니 됴신 등의 인종됴 고스를 알니 이셔 닐오디 듕쇼쳐스는 댱난이오
　　복도인은 복길이니 인종ᄃᆞ 임의 빅년이 되여시디 오히려 무양ᄒᆞ니 필연 득도ᄒᆞ야 신션이 되
　　엿다 ᄒᆞ더라 (나5:120~122)

　위의 이야기를 다시 풀어보면, 宋 仁宗(1023~1063)·英宗(1064~1067)·神宗(1068~1085)·哲宗(1086~1100)이 차례로 붕어하고 徽宗(1101~1125) 황제가 다스리던 때의 일이다. 휘종은 궁중에 萬歲山을 만들기 위해 각처에 사자를 보내고 온갖 기화요초를 구하려

한다. 마침 천태산 바위 위에서 가지가 버들 같고 열매가 푸른 구슬 같은 소나무를 발견하고 캐 가려 하는데, 공중에서 사람이 내려와 "우리 사부 衝霄處士께서 손수 심은 것이니 뽑지 말라. 황제께서 물으시면 鄭州府 도인이 말리더라고 이르라."는 말을 한다. 그러나 그는 그 말을 듣지 않고 소나무를 캐내게 되고, 뿌리 뽑힌 소나무는 그 즉시 말라 죽어 버린다. 할 수 없이 나무를 도로 심자 소나무는 전과 같은 모습으로 살아난다. 조정으로 돌아와서 이 사실을 황제에게 아뢴다. 그때 마침 인종조 때의 일을 알고 있던 사람이 나서서, 충소도사는 張鷟이고 그 도인은 곧 卜吉로, 그때로부터 이미 백년이 넘었는데 지금까지 살아 있는 것을 보면 필연 득도하여 신선이 되었을 것이라는 말을 한다.

그러나 이와는 대조적으로 낙선재본에는,

> 추젼(此前) 말이 허무(虛無)흔 듯흐나 젼흐여 ᄂ려오무로 민멸(泯滅)치 아니흐나 ᄉ격(事跡)이 실치 못흐믈 추탄(嗟嘆)흐리러라 (낙9:73, 74)[20]

라는 짤막한 평만이 실려 있다.

한편『平妖傳』의 번역 모본은 대체로 의역의 형태를 취함으로써, 중국 초기 백화소설의 산 언어 자료인『平妖傳』의 성어 속담 등을 꼼꼼하게 번역해 내지 못했다. 즉, 중국적인 정취가 물씬나는 속담과 성어를 우리말로 옮기지 못한 채 의도적으로 생략해 버리거나, 구체적이고 전문적인 여러 어휘를 단 하나의 단어로 옮겨 놓는 등 의역이나 축약이 갖는 한계를 뚜렷이 드러내고 있다.

4. 국어사적 의의

이러한 번역상의 한계와 문제점에도 불구하고, 두『平妖傳』번역본의 국어사적 의의는 매우 크다. 羅孫本은 정확한 필사년도를 밝혀주며, 낙선재본은 다양한 고어를 사용하고 있기 때문에 19세기 말 우리 국어의 양상을 연구하는데 좋은 자료가 되고 있다. 즉,『평뇨긔』의 곳곳에서 고어와 고문체, 그리고 고어와 신어, 또는 고문체와 신문체 등이 빈번하게 병행되는 것을 보며, 조선 전기부터 후기까지 고어가 일관되게 쓰여왔다는 사실을 볼 수 있고, 아울러 古語와 新語가 병용되고 있었다는 사실을 확인할 수 있게 되었다. 우선 고어를 동사 /형용사, 명사, 부사로 나누어 살펴보면 아래와 같다.

(ㄱ) 동사 /형용사
【낙선재본】
풍뉴흐는 그르슬 잡고 싱쇼금슬이 ᄀ<u>잧지</u> 아닌 것시 업스며 (6:36)
執着樂器, 笙簫弦索, 無所不具 (21:218)

셩괴 눈을 <u>ᄀ</u>여 나를 보니 반드시 연괴 잇시미로다 (3:4)
那婆子瞅我一眼, 必有緣故 (12:109)

남두셩은 살기롤 <u>가음알고</u> 북두셩은 쥭기롤 <u>가음안다</u> ᄒ더니 (1:19)
原來南斗注生, 北斗注死 (2:10)

슌검 벼슬ᄒ는 양츈이란 스롬이 잇셔 본디 <u>가음연</u> 집이라 (2:9)
楊春巡檢出名叫做楊老佛, 乃大富之家 (7:49)

ᄯ 횐 쵸롱을 너여 횐 팟츨 <u>거홀너</u> 니고 젼쳐로 작법ᄒ니 (5:60)
又把一箇白葫蘆兒拔去了塞口的打一傾, 傾出二百來顆白豆 (21:199)

오히려 짐ᄃ려 형벌이 과타 ᄒ니 엇지 <u>공변될</u> 말이리오 (1:75)
外人猶以朕爲誅戮太甚, 公道何在 (6:46)

이 말을 드르미 마음의 <u>굼거워</u> 인ᄒ여 졈즁을 ᄯ나가며 (2:62)

만일 장지 나르지 아니ᄒ던들 하마 <u>긋길</u> 번 ᄒ닷다 (6:39)
若非將仕公說明, 小弟險爲所誤 (24:219)

져기 <u>놀호여</u> 힝ᄒ라 ᄯ히 밋그럽다 (4:54)
二位慢行, 地下好不難走里 (17:168)

디장이 홀연 <u>넙쩌나</u> ᄲ을 치며 (6:44)
待詔跳將起來, 劈頭掀番來便打 (24:222)

오리도록 <u>어린</u> 듯 ᄒ다가 <u>ᄯ려진</u> 벼기 조각을 보니 (6:37)
呆呆的看了半日, 再把破枕片細細檢起看時 (24:218)

원외의 머리 집 말네 <u>다질리니</u> (5:49)
員外頭頂着屋梁 (20:194)

쇼동의 입이 맛치 칼노 씬 듯ᄒ여 두 귀밋가지 <u>도라지니</u> (4:39)
小厮的面點朱屑, 一時不由自己做主, 直張開到耳根邊 (17:162)

영아의 얼골을 그려ᄂᆞ여 관부로셔 각쳐의 공스ᄒ여 영ᄋ롤 <u>듯보라</u> ᄒ다 (6:30)
又着令焦家圖畵永兒面貌, 出了海捕文書各處張掛 (23:215)

뉴원위 급히 관뇌롤 명ᄒ여 동편을 <u>막즈르라</u> ᄒ더니 (8:52)
劉彦威叫段雷引兵向東邊迎敵去了 (34:305)

동용이 옥졔긔 <u>말미ᄒ고</u> 다시 ᄂ려와 너희롤 <u>골으치리라</u> (1:16)
我老袁給個寬假, 到于本洞中, 逐節與你們演習 (1:7)

쳐의 나히 흔흔 맛이면 금이 깃다 ᄒ니 무슴 <u>맛갓지</u> 못ᄒ미 (5:72)

妻大一, 有飯吃, 妻大二, 多利市, ……如何不好 (22:204)

일장을 발작ᄒ여 원회롤 <u>모라셰니</u> 원외 혼말도 못ᄒ고 (5:65)
又被媽媽搶白了一場, 員外只得含糊過了一夜 (22:201)

ᄉ부는 병이 중ᄒ며 ᄂ오시지 못ᄒ고 니 <u>몸바다</u> ᄂ오꽤라 (3:28)

시상의 입ᄂ 의복과 <u>몸지어</u> 단니는 법슐ᄒ는 것만 가지고 (6:30)
當下穿了幾件隨身衣服, 帶了隨身法物 (20:216)

드르니 녀도시 박평현의셔 단을 <u>무으고</u> 긔우ᄒ다 ᄒ거늘 (4:35)
聞得有個女道姑, 在博平縣揭榜建壇, 刻期禱雨 (16:157)

열세 필 비단을 <u>무쥭여</u> 놋코 졔 뵈옷슬 버셔 덥고 (8:11)
把十三匹彩帛, 做一堆兒堆在地下, 脫下粗布衫蓋了 (32:287)

바라보니 겨롤 항복ᄒ라 ᄒ는 글월이라 디로ᄒ여 <u>뭐쳐</u>바리고 (9:60)
看了書中有許多大話, 卽便扯碎 (39:341)

몬져 셩고의게 전ᄒ라 ᄒ고 <u>미됴츠</u> 셔원의 가 셩고를 보니 (3:23)
教他先去回話, 自己乘馬到東莊去看了一回, 徑往西園見聖姑姑 (12:114)

지금 한달 뇨롤 타지 못ᄒ엿시니 쥬리믈 견디지 못ᄒ여 앗가 지쥬기 <u>발괄ᄒ니</u> (8:13)
如今一個月錢米也不肯關與我們, 我們今日到倉前 (32:288)

뒤방 창이 <u>벙그럿ᄂ</u> 냥을 보고 녀ᅵ 바롬의 상홀가 두려 불을 혀가지고 (5:46)
見後房門關得不緊, 被風刮開了, 我怕女兒傷了風, 打得燈火看時 (20:193)

여러 히 결교ᄒ엿든 붕우들이 닷토와 니르러 착실이 <u>별붓트니</u> (5:57)
幾年斷絕來往的人家, 到此仍舊送盤送盒, 做相識來往 (21:197)

숀의 드럿ᄂ 졀월을 가지고 셔로 <u>부딕이져</u> 긔롱ᄒ 죄로 (3:21)
兩個把幡幢相擊戲耍, 謫下塵園 (12:113)

노상의 <u>쎄치여</u> 와시니 일드러 누엇도다 (6:44)
想是日裡走得辛苦, 倒頭就睡着在這裡 (24:222)

다만 <u>식음나기</u>는 굿치되 임의 방안의 가득ᄒ엿시니 (5:28)
米被生人一沖, 便不長了, 只見披屋內一地都是米 (20:189)

숀검이 불당 뒤히 삼간 방을 <u>셔르져</u> 포진을 정제ᄒ고 (2:23)
就將佛堂後邊三間淨室打掃潔淨, 收拾鋪陳器具 (7:55)

약을 ㄱ라 게유 깃스로 뭇쳐 창쳐의 ㅂ르니 열ㅎ여 <u>쏘다히고</u> 알튼 거시 싀훤ㅎ여 알푸지 아니ㅎ거눌 (7:56)
　抖些藥放在水裡, 用鵝毛蘸了, 敷在瘡上, ……就是鋪水散雪的便不痛了 (30:271)

화상과 가지 쳐음으로 신장을 보고 마음의 <u>슛그려</u>ㅎ더니 (3:50)
　蛋子和尙見神將來往, 初時不免矜持 (13:128)

모든 즁들이 싀긔ㅎ여 셔로 <u>슛두어리되</u> (2:31)

이 츅싱이 고지식ㅎ여 희언을 아니ㅎ고 <u>실다와</u> 거즛말이 아니니 (1:20)
　這畜生到也老實 (2:10)

맛치 원숭이가 스룸의 <u>입니니듯</u> ㅎ니 (6:18)

본원사인과 북두셩과 혼가지로 안동ㅎ여 <u>져주라</u> ㅎ시니라 (1:17)
　仰本院舍人會同北斗眞君, 鞫問正法 (2:8)

조희롤 코굼긔 너ㅎ니 여ᄂ여 <u>즈치음ㅎ고</u> 니러나 어즈러이 <u>지겨괴거눌</u> (6:33)
　弄進他鼻孔底去, 只見學童一連幾個噴嚏, 似風邪般舞將起來, 亂嚷道 (23: 217)

네엇던 칼을 벗기고 혼 즌로 던김을 <u>츠이거눌</u> (6:59)
　隨卽除下枷, 去了木枏, 與他一把短刀 (25:59)

이위로 더브러 상시의 <u>측혼</u> 일도 업더니 (6:72)
　二位! 我與你目前無寃, 往日無仇 (26:235)

모든 스룸이 놀라 혼편의 <u>치여셔고</u> (4:49)
　衆人都嚇得躱在一邊 (17:166)

슈졍바리롤 공즁의 <u>치치니</u> 변ㅎ여 (4:51)
　將水中水晶鉢盂猛力往空中一拋 (17:166)

츙츙이 힝장을 슈습ㅎ고 동즈롤 니별혼 후 말을 <u>칩더</u> 타고 (3:30)
　一路或騾或馬, 雇來與瘸子乘坐 (12:119)

녀ᄋ룰 칠 졔ᄂ <u>클터온</u> 톄ㅎ더니 네 만일 산알이 잇스면 (5:47)
　你旣然大膽打他, 須有用處置錢米, 如今窮性命尙在 (20:193)

밧그로 분연이 나아가 쇼동을 <u>헌스혼다</u> ㅎ고 잡ᄋ치니 (3:34)
　走了出去, 倒在外邊罵小痢痢多嘴饒舌, 打了他幾個栗暴 (12:120)

【나손본】

은빈혀롤 쪼자 두면 큰믈이 느리뎌 바다히 되여 (5:65)
把一隻銀簪揷在檻外, 繞屋却似一派大水 (35:312)

부졀업순 말을 날회고 우리 젼졍을 의논홀 거시라 (3:39)
休得閑講, 想起今日得道緣由 (13:131)

신낭지 소셰ᄒ시고 조반ᄒ기를 기ᄃ려 우리도 말미ᄒ고 네부의 가 굿보랴 ᄒᄂ이다 (3:65)
請新娘起來梳洗早膳, 小的們服侍過, 也要給個假去看一看 (15:145)

스긔에 나타나시니 션싱이 녜일을 너비 알 거시니 션싱은 므로미 밀막디 말나 (3:58)
見于史冊可據, 煉師休得推辭 (15:142)

버힌 머리 닛기 쉽살ᄒ 일이 아니니 널위는 잠간 등디ᄒ라 (5:9)
看官! 只道容易, 管取今番接上 (29:262)

댱난이 격은 방을 스서러 미ᄋ롤 잇게 ᄒ고 (3:56)
張鸞扶起, 安放他在後面小房中歇了 (3:56)

자홀 가져다가 ᄌ혀 보니 필마다 대 자식 업거놀 (5:35)
取尺來量着, 每匹短了五尺 (32:286)

(ㄴ) 명사

【낙선재본】 긔야미 5:57, 거의(盔甲) 5:60, 것디(幡竿) 7:58, 쎄음(串錢) 5:11, 겻방(耳房) 3:2, 겻벽(隔壁) 5:29, 겻집(隣舍) 5:27, 경ᄌ 쇼리(鐘聲) 9:48, 고름(衣帶) 5:13, 고을(州衙) 6:70, 공셕 5:65, 공치(承局 /做公的) 3:33, 7:48, 구실(役) 8:13, 구외 /구의 3:32, 5:36, 권당(乾娘 /슈양어미) 1:64, 귀박회(耳朶) 7:42, 놀긔(翅) 6:28, 너음시(氣) 9:63, 남사롬(生人) 5:28, 남겨지 2:22, 눈쳑 1:68, 5:58, 니어(鯉魚) 7:4, 닙시울(嘴) 9:64, 닛뷔(笤帚) 5:65, 다리(梯兒) 3:63, 다히(方) 6:36, 도치 7:60, 돈씬(貫錢) 4:58, 돗ㄱ(筵) 6:7, 됴으름(嗑睡) 9:67, 됴희 /조희 /조히 (紙) 2:53, 8:46, 5:54, 8:14, 쑤에 1:12, 민돌(磨盤) 9:40, 마유(淨桶) 1:59, 마을(院) 1:19, 말네(屋脊) 6:19, 머구리(癩蛤蟆) 1:61, 며ᄂ리(媳婦) 6:26 무리(雹) 8:50, 무우리(無憂鞋) 8:4, 무ᄌ이(水手) 6:56,57, 비구레(肚子) 3:45, 비얌(蛇) 4:59, 바룸벽(墻壁) 4:73, 바회(山巖) 9:72, 박회 9:40, 발톱(爪) 8:45,54, 밧(外) 6:36, 9:71, 보람 1:11, 뷔(掃帚) 7:49, 비렁방이(乞道) 4:48, 빗(債) 6:13, 스나히 /스나희(男) 5:28, 8:65, 스미(袖) 8:4, 스식(辭色) 6:8,16, 스탕 갈늘(砂餡) 7:16,5:66, 쏜홈(戰) 8:46, 스회(女婿) 5:66, 산알(性命) 5:47, 살고(杏子) 4:67, 상화 /향화(炊餅) 7:14,16, 셰작(細作) 6:41, 쇼루기(老鷹) 4:49, 숀외(弓弩) 9:22, 슉마노ᄒ (索兒) 5:52, 쓰레질(掃地) 1:64, 아롬치 /아람치(私房) 3:45,56, 아ᄌ미(嫡姑) 1:66, 얼운(大匠) 4:68, 엇긔(肩) 7:23, 여이 졍녕(狐精) 9:36, 오랑키(韃子) 3:70, 우름(哭) 6:16, 우음(笑)6:22, 욱임질(恐嚇) 6:47, 인졍(人情) 8:15, ᄌ긔(斧) 4:18, ᄌ치음(噴嚏) 6:33, 잘(枝) /잘늘 7:66, ᄌ로(把) 6:59, 병줌기(刀槍) 9:20, 잠기(撓鉤) 4:71, 쥬머괴(拳) 7:68, 쥼치(袋兒) 5:39, 주바리 4:52, 죽엄(尸首) 5:62, 쥴 3:38, 지아비(老公) 3:46, 진암석(磁石) 4:42, 집도관 /집도쳥(使臣房) 7:48, 징인(保人) 5:2, 창긔(瘡靨) 7:57, 창쳐(瘡上) 7:56, 쳠하(詹) 6:35, 킈(身材) 7:14, 푸ᄌ(鋪) 7:53, 하로(一夜) 8:63, 한미(婆婆) 7:18,

【나손본】 갑플(鞘) 5:12, 나지(晚間 /日裏) 3:58, 3:81, 녯말(平話) 3:62, 뎡박이(頂門) 5:73, 두던(岸) 5:96, 미아미(蟬) 3:68, 목쥴디(腔子) 5:10, 방ᄒ고(대嘴) 5:109, 방하간(대房 /대坊)

5:1:9, 보션(鞋襪) 3:53, 쁠게 5:47, 알자(瞎子) 3:62), 여름 5:120, 여의춤(狐涎) 3:67, 우흠(圍) 5:45, 입시욹(嘴脣) 5:93, 즈름(主管) 3:74, 희즈(濠) 5:92

(ㄷ) ㅎ 곡용어와 ㄱ곡용어

【낙선재본】 ᄂ됴ㅎ (日間) 5:64, ᄂ조ㅎ (晚間) 3:30 /나조ㅎ (今晚) 8:4, 나ㅎ (年紀) 3:39, 나라ㅎ 8:70, 네ㅎ (四) 3:66, 녁ㅎ 4:45, 노ㅎ (繩子) 5:20, ᄯㅎ (地) 7:64, 둘ㅎ (兩) 7:14, 모ㅎ 9:25, 바ㅎ (繩索) 3:67, 세ㅎ 3:65, 안ㅎ (裏) 8:52, 칼ㅎ (刀) 5:62, 하나ㅎ (一) 7:4, 굼ㄱ(腔子) 7:23, 밧ㄱ (外) 6:25, 안팟ㄱ(出入) 5:62, 코굼ㄱ(鼻孔) 6:33.

【나손본】 뫼ㅎ (山) 5:11, 바다ㅎ (海) 5:110

위의 ㅎ 곡용어 가운데 "둘ㅎ"은 "둘(6:42 /7:16)"과, "길ㅎ"은 "길(9:48)"과, "살ㅎ"은 "살(7:61)"과, "칼ㅎ"은 "칼(5:65 /7:11 /8:67)"과 혼용되어 쓰이는데, 대체로 "ㅎ"이 탈락된 것이 더 많이 쓰이고 있다. 특기할 만한 점은 "ᄂ됴ㅎ (日間 /白日)"는 "ᄂ조ㅎ (晚間) /나조ㅎ (今晚)"와 확연히 구분되어 쓰였다는 사실이다. "ᄂ조ㅎ"는 소멸되었지만 "ᄂ됴ㅎ"는 "아침 나됴의(5:76)"처럼 "ㅎ"이 탈락된 채 쓰여지다 현재의 "아침 나절"로 변한 것임을 알 수 있다. ㄱ곡용어 "굼ㄱ"의 경우는 "굼글, 굼기, 굼그로" 등으로 곡용하였다.

(ㄹ) 부사

【낙선재본】 ᄀ마니(款款的) 5:25, 간더로(輕易) 3:39, 겨유 8:51, 계오 6:48, 괘심히 6:72, 구ᄐ여 4:53, 긔엄긔엄 2:26, 너도이 5:34, 넘이 4:35, 도릿도릿(淸秀) 2:28, 됴용이(음유) 5:48, 조용이(從容) 4:58, 드립떠(一口)7:19, 미양 5:58, 미이(重重/着力) 6:29, 8:25, 버거(次) 5:43, 벅벅이 (一定) 8:10, 부디 6:72, 부졀업시(閑氣) 6:73, 샹히 7:47, 셜이(苦) 6:11, 속졀업시(枉費) 3:10, 손됴(自/親) 8:26, 3:63, 슈이 8:42, 슈히(快) 6:26, 슬무시 7:6, 슬희 8:34, 아됴 3:37, 아오로(都) 5:5, 어린ᄃ시(呆呆的) 1:58, 우히 8:42, 원간(原來) 9:43, 이음다라(接然) 7:67, 즈됴 2:40, 즈셔히(細) 8:11, 잔잉이 7:55, 져축져축(拐) 4:47, 졀녕졀녕(厮郞郞) 7:13, 진짓(眞箇) 7:46, ㅎ여(要) 6:5, 하마(險些兒) 7:34, 황연이(方才) 9:42 [나손본] ᄀᄂ리(小) 5:77, 됴여(再) 5:37, 일(早) 5:6

(ㅁ) 고문체 【낙선재본】
1) 옥졔 법지곳 업스면 열지 못ㅎ고 노군 법지곳 업스면 (1:21)
   無混元老祖法旨不開, 無玉帝法旨不開 (2:10)
2) 다 도쳡이 잇스니 졈고ㅎ면 뇨승이 잇ᄂ동 업ᄂ동 알나라 (7:50)
   都是有度牒的, 不是妖僧, 若不信時, 都叫出來, 叫觀察一一點過 (30:268)
3) 너희집 쥬인이 어려셔부터 날과 친ㅎ여 온갓 일을 날과 의논ㅎ고 (5:10)
   你家家主公, 少年與我相交, 如一個人, 百事與我商量 (19:182)
4) 흔 뇨괴로온 즁이 일홈은 탄즈화상이라 (7:45)
5) 세 쳐와 아홉 쳡을 두고 오히려 젹은 줄을 혐의로이 너기며 (8:65)
   男子三妻九妾, 兀自嫌少 (35:309)
6) 긔화 흔숑이 써러져 잇스되 보기 구경스럽다 (2:25)
7) 영이의 일이 극히 슈상겨오며 젼의 두 쩨음 돈을 의심ㅎ엿더니 (5:32)
   這件事却是利害, 前日兩貫錢來蹊蹺 (20:190)
8) 짐의 쥬옥피물을 다 진멸ㅎ니 엇지 한홉지 아니ㅎ리오 (2:1)

　　　致朕今日環佩凋殘, 誠羞見卿之面也 (6:46)

　9) 나는 졍쥐로 가는 길이로라 (6:40)
　　　奴去鄭州投奔親戚則個 (24:220)

10) 나의 싱니롤 그릇쳐시니 그져 두지 못홀노다 (7:17)
　　　又壞了一架子行貨, 這一日道路罷了, 正是和他性命相博 (27:244)

11) 이러홀 쥴 알더면 그 칙을 업시치 아닐낫다 (5:45)
　　　千不合萬不合燒了. 早知留了那冊兒也好 (20:193)

12) 관왕묘롤 츠즈가 목말나 물 어더먹어지라 웨지즈니 (3:27)
　　　取路竟投關王廟來, 只推口渴, 問廟裡討湯水 (12:118)

13) 영익의 쇼식을 듯보와 맛춤닉 엇지 못ᄒ거든 죄롤 닙어지이다 (6:29)
　　　若永兒端的無消息時, 小人情願抵罪 (23:215)

14) 명을 밧드러 복길을 죽이려 ᄒ미요 우리의 스원이 업셰라 (7:1)
　　　奉知州相公台旨, 竝無私怨 (26:236)

15) 이졔 빌밀흔 쳑을 두어 계시니 이는 스시 잇는 쟉시라 (1:21)
　　　旣說個秘字, 就不消留下文書……便是要留傳萬古 (2:10)

16) 네 엇지 왕측으로 ᄒ여 항복ᄒ게 홀다 (9:68)
　　　你這廝亂道, 有甚本事招降王則 (39:341)

【나손본】

1) 아니 그 화샹이 나탁태지 변화ᄒ야 인간의 가 작폐ᄒ돗던가 (莫不是泥塑的哪吒成了器,
　　出來惱人麼?) <羅孫 平妖 5:16>

2) 그 가온디 삼 간 디쳥과 좌우 익낭과 부억 곳집 쳬엿 ᄌ지 아닌 것시 업스니 (中間三間
　　大敞廳. 左右幇幾間雜屋, ……藥爐茶竈, 無不具備.) <羅孫 平妖 3:28>
　　그남은 금슈 의샹과 술과 양 쳬엿 거슨 니ᄅ 긔록디 못홀너라 (其餘隨身一應新衣, 件件
　　成雙, 花紅羊酒, 不必細細說了.) <羅孫 平妖 3:59>

　　위의 고문체 중 12)의 "–지라"는 "ᄒ여지라(1:41), 되여지라(3:38), 타지라(6:56), 먹어지라
(9:43), 보와지라(9:61)" 등으로, 10)의 어미 "–노다"는 "닙을노다(7:8), 버힐노다(7:42), 업술
노다(5:59)" 등으로, 7)의 "–져온"은 "효성져온(3:46), 궁샹져온(5:63), 지변져온(5:67)" 등의
용례를 보여주고 있다.
　　다른 어미 앞에 붙어 강조의 의미를 나타내는 어미인 '–돗–'이 보이고, '따위의' '등
속(等屬)의' 뜻을 갖는 '쳬엿'이 보인다.

　　(ㅂ) 古語와 新語의 竝用【낙선재본】

1) 스미 안흐로셔 흙 구은 벼기롤 닉여 진션을 맛지며 일오디 (6:31)
　　身邊取出一個白土做就光光滑滑的小方枕兒, 遞與陳學究道 (23:216)
　　스미로셔 벼기롤 닉여 학동을 맛겨 닐오디 (6:33)
　　陳學究便把枕兒遞與他道 (23:216)

2) 네 이를 가져다가 바르면 즉시 하리려니와 (1:45)
　　將此拔毒膏貼上……百日之外, 便可行動 (4:28)
　　약을 붓치되 조곰도 낫지 아냐 쥬야로 알터니 (7:55)

敷上藥, 越痛得緊, 就叫了三日三夜 (30:271)

3) 얼운 알픠셔 즈긔롤 희롱ᄒᆞ는다 (4:68)
　　大匠面前, 何須弄斧 (18:173)
　　친척의 집이 이 알희 잇더니 그리로 가나이다 (6:32)
　　有個親眷在前面, 等我回到他家去 (23:216)

4) 영이 이 법슐을 비혼 후는 어두어 가며 신비 도라와 (5:43)
　　永兒會了這法, 自此暮去晨回 (20:193)
　　시도록 잠을 일우지 못ᄒᆞ다가 신벽의 잠간 눈을 감으니 (6:13)

5) 남기 구름의 다케 놉흐니 담 밧긔셔 어이 못 보리잇고 (3:53)
　　樹高出雲端, 小人從外面望見. 却是子來沒有的, 所以報知 (13:129)
　　모리롤 날니고 돌을 구을니며 군미 드레는 소리 ᄂᆞ더니 비남우 네 히 한 줄
　　노 정히 셔는지라 (3:51)
　　飛沙舞瓦, 耳邊如軍馬雜沓之聲, 四株大梨樹做一行兒的種下了 (13:129)

6) 여러 옥졸이 가라 드러치되 다 모다 이쳐로 굴거눌 (8:26)
　　換幾個獄卒行杖, 都是如此 (33:296)
　　엇던 현인이 잇셔 이쳐름 ᄒᆞ니 무삼 의심홀 비 잇스리오 (5:30)
　　做這樣好事, 不叫人知道, 這個何足爲道 (20:189)

7) 네 남의 일을 나모라 ᄒᆞ니 이도곤 나은 곳을 어덧ᄂᆞ냐 (5:72)
　　你嫌我這主兒不好, 有甚別個主兒[勝得]這　 頭的? (22:204)
　　그 최 심히 븕고 달치 아니니 밀쵸의셔 낫더라 (7:66)
　　一枝泥蠟燭, 恰好點了一夜, 比點燈又明亮, 倒省了十文錢油 (31:278)

　　위에서 열거한 古語와 新語의 병용 가운데 1)의 "맛지다"와 "맛기다"는 대개 "맛지다
(3:43, 6:67, 8:31)"로 표기되고, 3)의 "알픠"와 "압희"는 비슷하게 쓰였으며, 4)의 "신비"와
"신벽"은 "신비(8:18)"가 두 번, "신벽"이 단 한 번 출현하였다. 5)의 "남기"와 "남우"의
경우 "나무(3:66)", "ᄂᆞ무(6:71)" 등으로 "나무"가 더 많이 쓰였다. 6)의 "쳐로"와 "쳐름"을
보면 "쳐로"는 여러 차례(2:68, 3:41, 3:67, 5:46, 9:22) 나오는데 반해 "쳐름"은 단 한번 나온
다. 7)의 "-도곤"과 "-의셔"의 경우, "-도곤(3:9, 4:69, 5:73, 6:3, 6:58)"과 "-의셔(3:22)"가 비
슷하게 쓰였으나 "-보다"는 전혀 보이지 않는다. 1835년에서 1848년 사이에 번역되었다는
『第一奇諺』에는 "-도곤"이 전혀 쓰이지 않는 데 반해, "-의서"와 "-보다"가 이미 쓰여지
고 있었다는 점이 특이하다.[21]
　　지금까지 원작과 두 가지 번역본을 번역문학적, 국어사적 측면에서 비교 검토하였다.
앞에서 밝혀진 사실들을 간추리면 다음과 같이 정리할 수 있겠다.
　　번역사적으로 볼 때, 『平妖傳』은 영정조 때 이미 국내에 전래되어 읽혔으며, 19세기 말
경에 세책방을 통해 전사가 활발히 이루어졌다. 세책본인 나손본이 낙선재본과 번역 원

---

21) 丁奎福, 「第一奇諺에 대하여」, 『中國學論叢』 第1輯, 高麗大, 1984. 4. p.98.

본이 같은 점으로 볼 때, 고종 21년(1884) 고종황제의 명으로 李鍾泰 등 수십명의 文士들이 수십 종의 새로운 중국소설을 번역하면서 기존에 이미 번역되어 있던 소설들은 새로 필사했다는 사실을 알 수 있다. 여기서 궁중본과 민간본의 교류 가능성도 엿볼 수 있는 것이다. 『紅樓夢』과 그 속서 5종 및 『女仙外史』, 『忠烈俠義傳』, 『忠烈小五義』 등 대부분의 장편 대하 번역소설들은 직역된 원작에 충실한 번역본이었음에 비해, 『平妖傳』 등 일부 초기 번역소설은 기존 번역본을 다시 정서·필사한 것임을 알 수 있다. 낙선재본 번역소설은 크게 두 가지 형태로 구분할 수 있음이 확인되었다.

한편, 국어사적으로 볼 때 羅孫本은 1835년에서 1838년 3~4년에 걸쳐 전사된 것으로, 19세기 말 근대어 연구에 많은 도움을 준다. 낙선재본은 비록 나손본에는 뒤지지만 전 9권에 풍부한 고어 자료가 담겨 있다. 예컨대 기존의 고어사전에 보이지 않았던 단어나, 있더라도 표제어만 있을 뿐 실제 용례를 볼 수 없었던 고어의 용례가 다수 보임으로써 그 고어의 뜻이 분명하게 드러나고 있다. (위 논문은 필자의 『조선시대 중국 통속소설 번역본의 연구』(1993)에 실렸던 것을 수정 축약한 것임.)

[평뇨긔平妖記　권지일卷之一]

1

슈법슐쳐녀하산　도쳔셔원공귀동
授劍術處女下山　盜法書袁公歸洞

【1】 하셜 츈츄(春秋) 시졀의 월왕(越王) 구쳔(勾踐)이 오왕(吳王) 부츠(夫差)로 더브로 싼호더니 월병(越兵)이 더픠ᄒᆞ미 잔군을 거ᄂᆞ려 회계산(會稽山)의 길드려 미양 원슈를 갑흐려 ᄒᆞ나 ᄂᆞ히 젹고 군시 약ᄒᆞᆫ지라. 십년을 슈련ᄒᆞ여 졍병(精兵) 뉵쳔(六千)을 모화 일홈ᄒᆞ여 닐오디 '군ᄌᆞ군君子軍'이라 ᄒᆞ고 죠셕(朝夕)으로 됴련ᄒᆞ더니 샹틱우(上太尉) 범녜왕(范蠡王)긔 쥬ᄒᆞ여 ᄀᆞᆯ오디,

"이졔 군시 비록 츠시나 칼쓰는 슐을 알 니 업스니 엇지 오국(吳國) 삼쳔 여장(女將)의 검슐을 디젹ᄒᆞ리잇고. 신이 듯ᄉᆞ오니 남산(南山) 【2】 하의 ᄒᆞᆫ 쳐녀(處女) 잇스되 칼 쓰는 법을 졍통ᄒᆞ여 셰상의 무젹이라 ᄒᆞ오니 왕이 쳥ᄒᆞ여 삼군의 스승을 숨으면 엇지 젹군을 파치 못ᄒᆞ리잇가?"

ᄒᆞ니 왕이 디희ᄒᆞ여 즉시 ᄉᆞᄌᆞ롤 명ᄒᆞ여 후ᄒᆞᆫ 녜단(禮緞)과 보비의 슈리로 쳥ᄒᆞ니 쳐녜 즉시 ᄒᆡᆼ장을 슈습ᄒᆞ여 뫼히 ᄂᆞ려 ᄒᆡᆼᄒᆞ기롤 반일 은 ᄒᆞ더니 믄득 보니 길가의 일위(一位) 노인이 ᄂᆞ롯이 길고 신치 헌앙(軒昂)ᄒᆞᆫ ᄉᆞ롬이 스스로

원공(袁公)이라 칭ᄒᆞ더니 이놀 쳐녀의 하산ᄒᆞ믈 보고 ᄂᆞ오와 닐오디,

"노신이 평싱 검슐을 조화ᄒᆞ옵ᄂᆞ니 쳥컨디 ᄒᆞᆫ 번 시험코ᄌᆞ ᄒᆞ노라."

쳐녜 허락ᄒᆞ여 ᄀᆞᆯ오디,

"임의로 ᄒᆞ라."

【3】 원공이 눈을 드러보니 길 가히 디슈풀이 잇거놀 몸을 쇼쇼와 ᄒᆞᆫ가지로 왕ᄂᆡᄒᆞ다가 그 즁 큰 가지롤 썩거 ᄂᆞ리치니 가온디 부러지ᄂᆞᆫ지라. 쳐녜ᄂᆞᆫ 끗가지롤 가지고 원공은 밋동을 가지고 셔로 지르ᄂᆞᆫ 거동이 번기 ᄀᆞᆺ더니 쳐녀의 검슐이 신묘ᄒᆞᆫ지라. 원공이 능히 당치 못ᄒᆞᆯ 쥴 알고 믄득 ᄂᆞ라 나무 끗히 올나 흰 잔납이 되여 다라ᄂᆞ더라. 원ᄂᆡ 이 쳐녀ᄂᆞᆫ 인간 ᄉᆞ롬이 아니라 본디 구텬현녀(九天玄女)로 옥졔(玉帝) 명을 바다 동남산(東南山)의 ᄂᆞ려 월왕의 쳥ᄒᆞ기롤 기드리고 잇더라. 이ᄢᅵ 옥졔 오왕(吳王)의 무도ᄒᆞᆷ을 보시고 구텬현녀로 ᄒᆞ여곰 오롤 쳐 【4】 망케 ᄒᆞ라 ᄒᆞ신 고로 장ᄎᆞᆺ 산의 ᄂᆞ려 ᄒᆡᆼᄒᆞ더니 길 히셔 원공으로 너브러 지됴롤 결워 원공이 다라ᄂᆞ거놀 셩 즁의 드러가 월왕을 본디 왕이 디열ᄒᆞ여 현녀로 ᄒᆞ여곰 삼군의 스승을 삼으니 구텬현녜 이의 월국 군ᄉᆞ 뉵쳔을 거ᄂᆞ려 검슐을 ᄀᆞ르쳐 맛춘니 오롬 멸ᄒᆞ고 큰 공을 닐유 후 다시 월왕긔 하직지 아니ᄒᆞ고 표연이 가니 그 가는 곳을 아지 못ᄒᆞᆯ너라. 원공은 본디 초나라 형산(荊山) ᄋᆞ러 잇셔 여러 히 도롤 닷근 통비빅원(通臂白猿)이라. 초왕이 형산의셔 산ᄒᆡᆼᄒᆞ더니1) 빅원을 보고 친히 금비젼(金飛箭)을 쌘혀 년ᄒᆞ여 【5】 쏘되 빅원이 눈이 붉고 숀이 쌘른지라 왕의 쏘ᄋ 보니ᄂᆞᆫ 살 여듧을 잡으니 왕이 디로(大怒)ᄒᆞ여 초국의 졔일 활 잘 쏘는 양유긔(養由基)로 빅원을 쏘라 ᄒᆞ니 빅원이 양유긔 살은 피치 못ᄒᆞᆯ 쥴 알고 도망ᄒᆞ여 운몽산(雲夢山) ᄌᆞ[빅]운동(白雲洞)의 드러 법을 닉이더니 믄득 쳐녀로 더브러 검슐을 결우든 일을 싱각ᄒᆞ미 분명이 구쳔현녜 하강ᄒᆞᆷ 쥴 알고 시시로 뫼히 ᄂᆞ려 현녀의 도라오기롤 기드리더니 이ᄢᅵ 구쳔현녜 월국을 ᄯᅥ나 운무(雲霧)롤 멍에ᄒᆞ여 ᄒᆡᆼᄒᆞ다

---

1) 【산ᄒᆡᆼᄒᆞ다】图 【산행(山行)하다.】 사냥하다. ¶ 校獵∥원공은 본디 초나라 형산 ᄋᆞ러 잇셔 여러 히 도롤 닷근 통비빅원이라 초왕이 형산의셔 산ᄒᆡᆼᄒᆞ더니 (那袁公是楚國中多年修道的一個通臂白猿, 因楚共王校獵荊山.) <平妖 1:4>

가 믄득 드르니 깁흔 슈풀 쇽의셔 현녀낭낭(玄女娘娘) 부르는 쇼린나거놀 현네 구름을 【6】 머무르고 굽어보니 옛눌 검슐을 결우던 원공이 손의 묏실과롤 들고 길 ᄋ리 업디여 쑤러 웨여2) 갈오디,

"사부는 졔ᄌ의 한 됴각 졍셩을 잔잉(殘忍)히3) 넉이스 거두어 가르치시면 ᄉ싱(死生)의 큰 은혜롤 닛지 아니ᄒ리이다."

현네 져의 안녁(眼力)이 밝으믈 보고 긔특이 녀겨 ᄯ호 졍셩이 지극ᄒ믈 감동ᄒ여 풀 가히 나려 안ᄌ 원공의 돌반의 담ᄋ드리는 과실과 원공의 팔빈(八拜)롤 바다 졔ᄌ롤 숨고 ᄉ미4)로셔 농안(龍眼)만흔 탄ᄌ(彈子)롤 너여 원공을 쥰디 원공이 바다 손의 가지고 보니 년으로 믄단 광치 됴요찬난(照耀燦爛)ᄒ거놀 마음의 의 【7】 혹ᄒ여 싱각홀 바롤 아지 못ᄒ더니 현네 믄득 닙으로 긔운을 너여 부니 탄지 변ᄒ여 두 줄 번기 빗치 되여 공즁의 쒸노더니 원공의 머리 우흐로 오르락 나리락 ᄒ며 일만 병장기 부디이는5) 쇼린나며 찬 긔운이 쏘이여 쪄의 ᄉ못츠니 원공이 두 눈을 쓰지 못ᄒ여 다만 비러 갈오디,

"ᄉ부의 신긔로온 위엄을 발셔 아랏ᄉ오니 졔ᄌ의 목숨을 용셔ᄒ쇼셔."

ᄒ니 원닌 두 탄ᄌ는 션가(仙家)의 ᄌ웅검(雌雄劍)이라 쓰지 아닐 ᄯ는 탄ᄌ ᄀᄒ되 너여 부리면 빅만 군즁의 횡힝ᄒ기롤 번기 ᄀᄒ여 능히 요괴(妖怪)롤 버힐 ᄯ는 마 【8】 음과 ᄀᄒ여 빅발빅즁ᄒ는지라. 이날 구텬현네 잠간 신통으로 시험ᄒ여 원공을 겨힐6) ᄯ롬이요 본디 히홀 ᄯ이 업는지라 즉시 ᄉ미롤 썰치니 원공이 바야흐로 눈을 쓰미 머리와 니마와 낫치 모든 터럭이 싹기여 분분이 쩌러져시되 뉵신은 무스ᄒ더라. 원몸의 씀을 흘니고 반향이나 말을 못ᄒ더니 바야흐로 현녀롤 뫼셔 남산의 니르러 눌마다 긔이흔 곳과 신통흔 열미롤 ᄯ 현녀롤 봉양ᄒ고 물쑤려 쓰레질ᄒ기롤 게으르지 아니ᄒ니 현네 아름다이 녀겨 검슐을 가르치니 원공이 법디로 【9】 ᄌ웅검을 민ᄃ라 날마다 익이니 ᄯ혼 능히

변화ᄒ기롤 뜻ᄀ치 ᄒ는지라 마음의 디회ᄒ더라. 월왕이 쳐녀의 공을 싱각ᄒ여 다시 ᄉ롬을 보너여 ᄎᄌ되 동젹을 아지 못ᄒ는지라 ᄎ탄ᄒ믈 마지 아니홀 ᄯ뿐이러라. 현네 원공을 졔ᄌ롤 삼ᄋ 가르치기롤 브즈러니 ᄒ니 원공이 총명영오(聰明伶悟)ᄒ여 오리지 아냐 도롤 일웟더라.

일일은 현네 원공을 불너 니로디,

"너 옥졔(玉帝) 명을 밧ᄌ와 월왕을 도와 오롤 멸ᄒ고 도라가더니 너의 지극흔 졍셩을 참ᄋ 쩨치지 못ᄒ여 머무러 도롤 가르치미러니 이졔 【10】 네 임의 도롤 일웟는지라. 너 이졔 도라가ᄂ니 너는 이 동부(洞府)롤 잘 직희여 도롤 닉이되 됴곰도 히티(懈怠)흔 의스롤 너지 말고 ᄯ혼 지됴롤 밋고 산의 ᄂ려 ᄉ롬을 범졉지 말나."

원공이 쳥파의 눈물을 흘니고 굴오디,

"졔지 사부의 은덕을 입ᄉ와 무궁ᄒ온 도롤 비홧습거놀 이졔 바리고 도라가시니 다시 언졔 뵈올는지 셜우믈 참지 못ᄒ리로쇼이다."

현네 위로ᄒ여 굴오디,

"너는 과상(過傷)치 말고 마음을 졍직히 가지고 ᄂ의 경계ᄒ믈 닛지 말나 혹ᄌ(或者) 어려온 닐이 잇거든 지셩으로 ᄂ의 별호(別號)롤 부르면 ᄌ연 감응ᄒ미 잇 【11】 ᄉ리라."

ᄒ고 인ᄒ여 구름타고 하눌의 오르니 그 향ᄒ는 ᄇ롤 아지 못홀너라. 원공이 하눌을 우러러 졀ᄒ고 ᄎ후로는 산의 ᄂ리지 아니ᄒ고 고요히 잇더니 일일은 싱각ᄒ되,

'너 이의 온지 오러되 흔 번도 집안을 술

---

2) 【웨다】 동 외치다. ¶ 叫 ‖ 현네 구름을 머무르고 굽어보니 옛눌 검슐을 결우던 원공이 손의 묏실과롤 들고 길 ᄋ리 업디여 쑤러 웨여 갈오디 (處女按住雲頭, 將慧眼一看時, 原來正是袁公雙膝跪下了, 雙手捧着一個石盤, 盤中列着四般長命果, 口中只叫道.) <平妖 1:6>

3) 【잔잉히】 부 {잔잉(殘忍)히.} 불쌍히. 가엾게. ¶ 可憐 ‖ 사부는 졔ᄌ의 흔 됴각 졍셩을 잔잉히 넉이스 거두어 가르치시면 ᄉ승의 큰 은혜를 닛지 아니ᄒ리이다 (師父, 可憐弟子一片誠心, 收留教誨則個.) <平妖 1:6>

4) 【ᄉ미】 명 소매. ¶ 袖 ‖ ᄉ미로셔 농안 만흔 탄ᄌ를 너여 원공을 쥰디 (向袖中取出圓眼般大兩個彈丸兒, 付與袁公.) <平妖 1:6>

5) 【부디이다】 동 부딪다. 부딪치다. ¶ 탄지 변ᄒ여 두 줄 번기빗치 되어 공즁의 쒸노더니 원공의 머리 우흐로 오르락 나리락 ᄒ며 <平妖 1:7> ⇒ 부듸잇다, 부듸잇-, 부디잇다, 브드잇-, 브드잇ᄌ-, 브드잇다, 브딧-, 브ᄃ잇-, 브ᄃ잇다, 브디이다, 브디잇다

6) 【겨히다】 동 겁주다. 위협(威脅)하다. ¶ 恐嚇 ‖ 이날 구텬현녜 잠간 신통으로 시험ᄒ여 원공을 겨힐 ᄯ롬이요 본디 히홀 뜻이 업는지라 (今日玄女只是小小弄個神通恐嚇袁公.) <平妖 1:8>

피지 못ᄒᆞ엿시니 오날이야 비로소 보리라.'

ᄒᆞ고 셔ᄎᆡᆨ(書冊) ᄊᆞᆫ혼 협방(夾房)의 드러가 온ᄀᆞᆺ 거슬 뒤격여 보더니 믄득 ᄌᆞ근 옥그르슬 비단보의 겹겹이 ᄊᆞ고 십분 비밀이 두엇거늘 원공이 괴히이 녀겨 ᄊᆞᆫ 거슬 그르고 ᄌᆞ세 보니 무슈ᄒᆞᆫ 보람7)을 붓쳐스되 이 졍히 슈문사인(修文舍人)의 회마(◻◻) 봉ᄒᆞᆫ 거시러라. 원공이 【12】 싱각ᄒᆞ되,

'이 ᄌᆞ근 상ᄌᆞ를 이디도록 여러 번 봉ᄒᆞ여시니 필연 묘ᄒᆞᆫ 일이 잇도다.'

ᄒᆞ고 여러 봉피(封皮)를 벗기고 상ᄌᆞ ᄯᅮ에8)를 벗기려 ᄒᆞ미 맛치 쇠못ᄉᆞ로 박은 듯ᄒᆞ여 녈니지 아니ᄒᆞ거늘 원공이 싱각ᄒᆞ되,

'이 상ᄌᆞ 만일 쇠로 만드라시면 오리 다르지 아니ᄒᆞ여시니 혹 동녹9)이 슬허 그러ᄒᆞ기 고히치 아니려니와 이거슨 이리 밋기러온 옥으로셔 엇지ᄒᆞ여 녈니지 아니ᄒᆞᆫ고?'

ᄒᆞ며 긔력을 다ᄒᆞ여 믜이10) 들치되 츄호도 움죽이지 아니ᄒᆞ거늘 원공이 그 녕ᄒᆞᆷ믈 알고 ᄭᅮ러 고왈,

"ᄉᆞ부 현녀낭낭이 졔자를 도와 이 상ᄌᆞ를 【13】 열고 도법을 엇게 ᄒᆞ면 감히 그른 일을 ᄒᆞ지 말니이다."

ᄒᆞ며 세 번 머리 솟고 상ᄉᆞ ᄯᅮ에ᄅᆞᆯ 들지니 손으로 묘ᄎᆞᆺ 즉시 녈니고 그 속의 세 치 기리는 ᄒᆞᆫ 보의 붉은 비단으로 ᄒᆞ여 ᄎᆡᆨ ᄒᆞᆫ 권을 ᄊᆞ 너허시니 졔목을 '여의쳔셰如意天書'라 ᄒᆞ엿거늘 여러보니 도가의 일ᄇᆡᆨ 여덟 가지 변화ᄒᆞᆫᆫ 법이라 셜혼 여덟 가지 큰 변화는 쳔강슈(天罡數)를 응ᄒᆞ엿고 일흔 두 가지 져근 변화는 지살슈(地煞數)를 응ᄒᆞ여시니 진실노 무궁ᄒᆞᆫ 도슐이 잇ᄂᆞᆫ지라.

원공이 크게 깃거 싱각ᄒᆞ되,

'ᄂᆡ 이졔 이 ᄎᆡᆨ을 가져시면 일싱 됴ᄒᆞ리로다!'

ᄒᆞ고 손 【14】 의 그 ᄎᆡᆨ을 들고 기리파람ᄒᆞ고11) 쳔문(天門)을 나 운몽산 ᄇᆡᆨ운동(白雲洞)으로 나려오니 모든 잔납이 ᄂᆞ와 뵈거늘 원공이

일오ᄃᆡ,

"ᄂᆡ 이졔 쳔셔를 어덧시니 ᄂᆡ 몬져 득도ᄒᆞᆫ 후 너희 날을 위ᄒᆞ여 이 동즁을 ᄶᅥᄂᆞ지 아니ᄒᆞ면 너희게 긔특ᄒᆞᆫ 일을 젼ᄒᆞ여 디디로 신선이 되게 ᄒᆞᆯ 거시니 이졔 너희 등이 동즁 두 편 셕벽(石壁)을 ᄭᅡᆨ가 노흐라. ᄂᆡ ᄌᆞ연 쓸 ᄃᆡ 잇ᄂᆞ라."

모든 잔납이 용약(踊躍)ᄒᆞ여 경긔의 슈졍ᄒᆞ여 원공긔 품ᄒᆞᆫᄃᆡ 원공이 필묵을 가져다가 여의쳔셔의 쓴 글을 의방(依倣)ᄒᆞ여12) 셔편 벽상의 칠십이지살변 【15】 화(七十二地煞變化)와 동편벽상의 삼십뉵쳔강변화(三十六天罡變化)를 쓴 후 모든 잔납이를 지휘ᄒᆞ여 깁히 삭이고 원공이 크게 우어 굴오ᄃᆡ,

"쳔되 ᄉᆞ시 업다 ᄒᆞ더니 엇지 비밀ᄒᆞᆫ 글을 민드라 ᄉᆞ롬을 뵈지 아니ᄒᆞᆫ고? ᄂᆡ 이졔 여긔 삭여 모든 ᄉᆞ람으로 ᄒᆞ여곰 공번되이13) 보게 ᄒᆞ리라."

몬져 일편을 닑을ᄉᆡ 모든 잔납이 일오ᄃᆡ,

"비록 이런 묘ᄒᆞᆫ 글을 삭여시나 아라보지

---

7) 【보람】 冏 표식(標識). 증거(證據). ¶ 원공이 괴이히 너겨 ᄊᆞᆫ 거슬 그르고 ᄌᆞ셰 보니 무슈ᄒᆞᆫ 보람을 붓쳐스되 이 졍히 슈문사인의 회마 봉ᄒᆞᆫ 거시러라 (中間一個小小玉篋兒, 面上橫着無數封記, 原來這篋兒每年修文舍人來檢視時, 加上御封一道, 只見封不見開.) <平妖 1:11>

8) 【ᄯᅮ에】 冏 뚜껑. ¶ 盖 ‖ 여러 봉피를 벗기고 상ᄌᆞ ᄯᅮ에를 벗기려 ᄒᆞ미 맛치 쇠못ᄉᆞ로 박은 듯ᄒᆞ여 녈니지 아니ᄒᆞ거늘 (扯開御封, 把雙手去揭那篋盖時, 却似一塊生成全然不動.) <平妖 1:12>

9) 【동녹】 冏 동녹(銅綠). ¶ 銹 ‖ 이 상지 만일 쇠로 만드라시면 오리 다르지 아니ᄒᆞ여시니 혹 동녹이 슬허 그러ᄒᆞ기 고히치 아니려니와 (若是鐵打的篋兒, 只恐年遠銹結了.) <平妖 1:12> ⇒ 동록

10) 【믜이】 图 매우. 힘껏. ¶ 긔력을 다ᄒᆞ여 믜이 들치되 츄호도 움죽이지 아니ᄒᆞ거늘 (抖擻平生的精神, 又去狠揭一下, …休想動得一毫.) <平妖 1:12> ⇒ 2:49

11) 【기리파람ᄒᆞ다】 图 긴 휘파람. ¶ 長嘯 ‖ 기리파람ᄒᆞ고 쳣문을 나 운몽산 ᄇᆡᆨ운동으로 나려오니 (長嘯一聲, 飛下雲端, 竟往雲夢山白雲洞中鑽去.) <平妖 1:14>

12) 【의방ᄒᆞ다】 图 {의방(依倣)하다.} 본뜨다. 흉내내다. ¶ 원공이 필묵을 가져다가 여의 쳔셔의 쓴 글을 의방ᄒᆞ여 <平妖 1:14>

13) 【공번되이】 图 공번되게. 공정(公正)하게. 공적(公的)으로. ¶ 쳔되 ᄉᆞ시 업다 ᄒᆞ더니 엇지 비밀ᄒᆞᆫ 글을 민드라 ᄉᆞ롬을 뵈지 아니ᄒᆞᆫ고 ᄂᆡ 이졔 여긔 삭여 모든 ᄉᆞ람으로 ᄒᆞ여금 공번되이 보게 ᄒᆞ리라 (人說天上無私緣, 如何也有個私書. 你做三十三天老大皇帝, 直恁私刻, 我老袁且與人爲善, 你們衆弟子孩兒, 要學法的盡着去學.) <平妖 1:15>

못ᄒ니 노공공(老公公)은 가르치믈 바라ᄂ이다.”

　원공이 ᄀᆞᆯ오디,

　“너 비록 이 글을 썻시나 오히려 깁흔 ᄯᅳᆺ을 아지 못ᄒ엿시니 아직 천상의 올나갓다가 동용(從容)이 【16】 옥졔긔 말미ᄒ고14) 다시 ᄂᆞ려와 너희롤 ᄀᆞᆯᄋᆞ치리라.”

　이리 일올 졔 믄득 천상의셔 북쇼리 거록ᄒ거눌 모든 잔납이 닐오디,

　“이거시 우레쇼리 아니라 하날의 총총ᄒᆫ 일이 잇스면 이 북을 쳐 모든 신션을 모호ᄂ니 아지 못게라 무슴 일이 잇ᄂᆫ고 가셔 보리라.”

　ᄒ고 몸을 쇼쇼쳐15) 쳔문(天門)으로 향ᄒ니라.

---

14)【말미ᄒ다】圖 말미를 얻다. 휴가를 얻다. ¶ 給假 ‖ 아직 천상의 올나갓다가 동용이 옥졔긔 말미ᄒ고 다시 ᄂᆞ려와 너희를 ᄀᆞᆯᄋᆞ치리라 (等待玉皇老頭兒不言不語時節, 我老袁給個寬假, 到于本洞中, 逐節與你們演習.) <平妖 1:16>

15)【쇼쇼치다】圖 솟구치다. ¶ 跳 ‖ 몸을 쇼쇼쳐 쳔문으로 향ᄒ니라 (踴身一跳, 早出洞口, 冉冉望天門而去.) <平妖 1:16>

2

슈문원도쥬단옥 빅운동원시포모
修文院斗主斷獄 白雲洞猿神布霧

이쩌 옥졔 뇨지연(瑤池宴)을 파ᄒ시고 쳔궁(天宮)으로 오시니 디쇼 션관이 지영(祗迎)ᄒ되 홀노 원공을 보지 못ᄒᆯ너니 슈문사인(修文舍人) 몌형(禰衡)이 옥졔긔 ᄂᆞᄋ와 알외여 ᄀᆞᆯ오디,

【17】"빅운동군(白雲洞君)이 가만이 여의젼셔ᄅᆞᆯ 도젹ᄒ여 히계로 간 지 일곱 날이로쇼이다!"

옥졔 이 말슴을 드르시고 디경ᄒᆞᄉ ᄀᆞᆯ오ᄉ디,

"이 여의쳔셔는 구쳔 비밀ᄒᆫ 법이라. 본디 인간의 누셜치 못ᄒ게 ᄒᆫᄂ 스룸의 마음이 어지지 못ᄒ여 이 칰을 어드면 일을 니여 빅셩을 히ᄒᆯ가 두려ᄒ미라. 이 츅싱(畜生)이 하ᄂᆞᆯ 법을 범ᄒ여시니 가히 용셔치 못ᄒ리라!"

ᄒ시고 즉시 북을 쳐 일빅 신녕을 모호시고 젼지(傳旨)ᄒᆞᄉ 뇌공(雷公)과 젼부(電父)[16]ᄅᆞᆯ 명ᄒᆞᄉ 원공을 잡ᄋ 슈문원(修文院)의 본원사인(本院舍人)과 북두셩(北斗星)과 ᄒᆫ가지로 안동(眼同)ᄒ여 져쥬라[17]【18】 ᄒ시니라.

---

16) 원문에는 '電母'로 되어 있음.

츠시 원공이 졍히 쳔문(天門)의 ᄃ다라는 믄득 '원공이 여긔 온다' ᄒ고 뇌공(雷公)과 젼부(電父)와 북두셩이 각각 신장(神將)을 거ᄂ려 잡는지라 원공이 아모 작죄(作罪)ᄒ미 업시 무슴 곡졀인지 몰나 두루 혜ᄋ리더니 쳔신(天臣)이 엇지 상뎨(上帝) 명을 티만ᄒ리오. 뇌공이 다라드러 쇠ᄉ슬노 원공의 목을 얽어 뇌거(雷車)의 시러 슈문원의 니르니 믄득 군졸이 원공을 ᄭᅳ어 디하의 ᄭᅮᆯ니고 쇼리 질너 품ᄒ여 ᄀᆞᆯ오디,

"쳔셔 도덕ᄒᆫ 원공을 잡아 왓ᄂ이다."

원공이 머리ᄅᆞᆯ 드러 상좌ᄅᆞᆯ 보니 북두셩군이 슈문사인으로 더브러 좌우로 갈나 【19】 안줏더라. 크게 놀나 싱각ᄒ되,

'슈문사인은 본 마을[18] 관원이니 예 잇스미 괴이치 아니ᄒ거니와 ᄂ 일죽 드르니 남두셩(南斗星)은 살기ᄅᆞᆯ 가음알고 북두셩을 죽기ᄅᆞᆯ 가음안다[19] ᄒ더니 오ᄂᆞᆯ날 북두셩군이 이의 왓시니 ᄂ 죄ᄅᆞᆯ 졍히 의논ᄒ미 아니로다.'

이의 급급(急急)히 여의쳔셔ᄅᆞᆯ 밧드러 올니고 무슈이 고두ᄒ며 ᄉ죄ᄒᄆᆯ 쳥ᄒᆫ디 셩군이 ᄭᅮ지져 닐오디,

"이 몹슬 업츅(業畜)아 네 마음디로 감히 하날의 봉ᄒᆫ 거슬 열고 비밀ᄒᆫ 거슬 도젹ᄒ여시니 맛당이 머리ᄅᆞᆯ 버힐 거시라."

ᄒᆫ디 슈문원 사인이 원공다려 무러 【20】 ᄀᆞᆯ오디,

"네 쳔셔ᄅᆞᆯ 도젹ᄒ여 인간의 ᄂ려갓시니 반ᄃ시 쳔셔ᄅᆞᆯ 누셜ᄒ엿실지라. 바로 알외라."

원공이 디ᄒ여 ᄀᆞᆯ오디,

"ᄂ 평싱 거줏말을 아니ᄒᄂ니 여의칰 우희 일빅 여덜 가지 법을 임의 빅운동 셕벽의 삭여시나 누셜ᄒᆫ 바는 업나이다."

북두셩군이 싱각ᄒ되,

---

17) 【져주다】 동 고문(拷問)하다. 심문(審問)하다. ¶ 본원 사인과 북두셩과 ᄒ가지로 안동ᄒ여 져주라 ᄒ시니라 (仰本院舍人會同北斗眞君, 鞫問正法.) <平妖 1:17>

18) 【마을】 명 관아(官衙). ¶ 院 ∥ 슈문사인은 본 마을 관원이니 예 잇스미 괴이치 아니ᄒ거니와 (右首修文舍人, 是本院職掌, 還不在意.) <平妖 1:19>

19) 【가음아-】 동 《가음알다》 관장(管掌)하다. 다스리다. ¶ 注 ∥ 남두셩은 살기ᄅᆞᆯ 가음알고 북두셩은 죽기ᄅᆞᆯ 가음안다 ᄒ더니 (原來南斗注生, 北斗注死.) <平妖 1:19> ⇒ 가음알다, 가음아-, 가옴알다, ᄀᆞ음알다, ᄀᆞ옴알다

'이 축싱이 고지식ᄒ여20) 희언을 아니ᄒ고 실다와21) 거즛말이 아니니 긔특ᄒ도다.'

ᄒ고 짐즛 ᄶ지져 굴오되,

"네 쳔셔룰 갓다가 셕벽의 삭이믄 무슴 뜻이뇨?"

원공이 굴오되,

"너 일즉 드르니 옥계ᄂᆫ 스시(私事) 업다 ᄒ더니 이제 비밀ᄒᆫ 칙을 두 【21】 어 계시니 이ᄂᆫ 스시 잇ᄂᆫ 작시라.22) 만일 비밀홀 작시면 칙을 만드라 부졀업슬 거시요, 임의 칙을 만드라 실진디 쳔만고의 유젼홀 거시니 이러므로 셕벽의 삭엿ᄂᆞ이다."

슈문원 사인이 ᄶ지져 왈,

"이 업츅(業畜)ᄋᆞ, 간ᄉᆞᄒᆫ 말을 너지 말나! 이 쳔셔ᄂᆞᆫ 세 가지 열지 못ᄒᄂᆞ니 일이 잇ᄂᆞ니 옥계 법지곳23) 업ᄉᆞ면 열지 못ᄒ고 노군(老君) 법지곳 업ᄉᆞ면 열지 못ᄒ고 구쳔현녀의 법지 아니면 열지 못ᄒᄂᆞ니 너 축싱이 감히 스스로이 열니오?"

원공이 굴오되,

"쳐음의 상ᄌᆞ룰 열녀 ᄒ오미 열니지 아니ᄒ거날 【22】 스승 현녀낭낭(玄女娘娘)긔 '축원ᄒ되 졔ᄌᆞ룰 도아 도룰 엇게 ᄒ면 가히 그른 일을 아니ᄒ리이다.' ᄒ니 그 상지 즉시 열니ᄂᆞᆫ지라. 그럿치 아니ᄒ오면 엇지 열니잇가? 일노 볼 작시면 현녀낭낭이 날을 죽을 ᄶᆞ희 ᄲᆞ지웟도다. 젼일 하계의 잇실 ᄶᆞ 미양 셰상 길이 좁고 인심이 박ᄒ여 져근 일노도 스룸을 죽을 ᄶᆞ희 보니니 상시 긔탄ᄒ더니 쳔상의 이런 풍속이 잇셔 쳔셔 ᄒᆞᆫ 권으로 인ᄒ여 스룸을 죽이려 ᄒ시니 진실노 감심치 못ᄒ리로쇼이다."

슈문원 사인은 본디 인간의 이실 졔 남의 ᄶᆞ리룰 맛나 황존의 【23】 손의 죽엇ᄂᆞᆫ지라 원공의 말을 드르미 젼일을 싱각고 츄연(愀然)이 변식ᄒ고 ᄯᅩ 그 말을 이원이 너겨 심즁의 참지 못ᄒ여 셩군긔 품ᄒ되,

"이 축싱의 말이 ᄌᆞ못 유리(有利)ᄒ고 옥협(玉篋)이 열니미 ᄯᅩᄒᆫ 인연이 잇ᄂᆞᆫ지라. ᄒᆞᆯ며 원빅은 구쳔현녀의 졔지니 옥뎨긔 알외여 그 죄룰 ᄉᆞᄒ여 기과(改過)케 ᄒ여지이다.24)"

셩군(星君)이 ᄯᅩ 어진지라 굴오되,

"실노 그러홀진디 한 가지로 옥뎨긔 ᄂᆞᄋᆞ가 쇼유(所由)룰 진달ᄒ고 비답(批答)을 기다리미 가ᄒ도다."

ᄒ고 함긔 도솔궁(兜率宮)의 ᄂᆞᄋᆞ가 셩군이 알오되,

"신이 옥뎨 명을 밧ᄌᆞ와 원빅을 잡ᄋᆞ 다 【24】 스리온즉 쳔셔 도젹ᄒ미 올ᄉᆞ오나 졔 본시 현녀의 졔ᄌᆞ로 옥함 열믈 임의치 못ᄒ고 현녀의게 익걸ᄒ여 열미오니 이도 연분이 잇ᄉᆞ오미요, 쳔셔룰 밧드러 드려ᄉᆞ오니 죡히 죄 쥬엄즉지 아니ᄒ오나 다만 쳔셔로ᄡᅥ 셕벽의 삭이미 죄오나 이 일이 우연ᄒᆞᆫ 닐이 아니라. 원컨디 원빅의 죄룰 ᄉᆞᄒ시고 쳔셔 삭인 셕벽을 직희게 ᄒ사이다."

옥뎨 그러히 녀기사 원공을 불너 드리시니 원공이 계하(階下)의 업디여 머리룰 두다리고 죄룰 쳥ᄒ거눌 옥뎨 굴오ᄉᆞ되,

"너의 지은 죄 【25】 등한치 아니ᄒ나 현녀의 안면을 고렴(顧念)ᄒ여 관ᄉᆞ(寬赦)ᄒ고 널노 ᄒ여곰 동즁을 직희게 ᄒᄂᆞ니 네 만일 동즁을 ᄶᅥ나면 향연(香烟)이 졀노 ᄭᅳᆫ칠 거시니 네 인간의셔 ᄒᄂᆞᆫ 일을 짐이 다 알거시니 너ᄂᆞᆫ 각별 삼가라."

원공이 ᄉᆞ은ᄒ고 알외여 굴오되,

"빅운동이 비록 깁고 험ᄒ오나 인셰(人世)로 더브러 길이 셔로 통ᄒ여시니 일즉 듯ᄉᆞ오니 션관상히 능히 안기룰 힝ᄒ다 ᄒ오니 원컨더 그

---

20) 【고지식ᄒ다】 혱 고지식하다. ¶ 老實 ‖ 이 축싱이 고지식ᄒ여 희언을 아니ᄒ고 실다와 거즛말이 아니니 긔특ᄒ도다 (這畜生到也老實.) <平妖 1:20>

21) 【실다오-】 혱 《실답다》 참답다. ¶ 이 축싱이 고지식ᄒ여 희언을 아니ᄒ고 실다와 거즛말이 아니니 (這畜生到也老實.) <平妖 1:20>

22) 【쟛】 몡 것. 때문. 까닭. ¶ 이졔 비밀ᄒᆫ 칙을 두어 계시니 이ᄂᆞᆫ 스시 잇ᄂᆞᆫ 작시라 (旣說個秘字, 就不消留下文書 ……便是要留傳萬古.) <平妖 1:21> ⇒ 쟉, 쟜, 죡

23) 【곳】 죠 ((체언류 바로 뒤에 붙어)) 만. 곧. ¶ 이 쳔셔ᄂᆞᆫ 세 가지 열지 못ᄒᄂᆞᆫ 일이 잇ᄂᆞ니 옥계 법지곳 업ᄉᆞ면 열지 못ᄒ고 노군 법지곳 업ᄉᆞ면 열지 못ᄒ고 구쳔현녀의 법지 아니면 열지 못ᄒᄂᆞ니 (聞得這玉篋是天庭法寶, 有三不開: 無混元老祖法旨不開, 無九天玄女娘娘法旨不開, 無玉帝法旨不開.) <平妖 1:21>

24) 【-지이다】 囘 -고 싶습니다. -기를 바랍니다. ¶ 옥뎨긔 알외여 그 죄를 ᄉᆞᄒ여 기과케 ᄒ여지이다 (有煩眞君同在玉帝面前保奏, 許他改過自新.) <平妖 1:23>

안기롤 비러 동중을 가리워 인간스롬으로 ᄒ여
곰 엿보지 못ᄒ게 ᄒ여지이다."

옥졔 굴오스디,

"네 만일 안【26】기롤 엇고져 ᄒᆯ진디 구
타여 남의게 빌니요. 하날 고의 ᄒᆫ 보비 잇스니
호왈 '무뮈(霧母)라' 형상이 장막 ᄀᆺᄒ니 상고시
격 치위(蚩尤) 이거슬 어더 큰 안기롤 만드러
훤원시(軒轅氏) 군스롤 아득게 ᄒ여시니 훤원시
능히 당치 못ᄒ거놀 구천현녜 지남거(指南車)롤
만드러 치우롤 파ᄒ고 장막을 만드라 드린 거시
라. 이졔 너롤 쥬ᄂ니 동구(洞口)의 거러두어 만
일 다 펼치면 안기 너모 셩ᄒ여 근쳐 빅셩이 히
로울지니 다만 ᄒᆫ 즈면 오히려 십니의 안기 되
여 스롬이 능히 엿보지 못ᄒ리라."

원공이 스은ᄒ고 무뮈(霧母)롤 가【27】지
고 동중의 도라오니 뭇 잔납들이 ᄂ와 마즈 굴
오디,

"쳔상의 무슴 닐이 잇셔 우레쇼리 ᄂ더니
잇고?"

원공이 좌졍ᄒᆫ 후 슈말을 니르고 무뮈롤
동구의 걸고 ᄒᆫ 즈 만치 펴니 과연 안기 즈옥ᄒ
여 십니의 쎄쳐시니 뭇 납들이 뛰노라 즐겨 ᄒ
더라. 원공이 셕벽의 ᄃ시 크게 쓰되, '후리의
이 쳔셔(天書)롤 보ᄂ 지 잇서 미음이 졍지ᄒᆫ
지여든 하날을 디ᄒ여 도롤 힝ᄒ고 나라롤 도와
빅셩을 평안이 ᄒᆯ 거시니 만일 일을 니면 쳔상
이 우레롤 나리와 죽이리라.' ᄒ니 일노 가히
원공의 스오【28】나온 뜻이 업스믈 가히 알니
러라. 슈년이나 상졔긔 쳔셔롤 비밀이 ᄒᆯ진디
셕벽의 삭인 글을 업시ᄒ미 맛당ᄒ거놀 인간의
머므러 두기로 인연ᄒ여 빅운동 중의 셰 번 쳔
셔 도젹ᄒᄂ 스롬을 일워 홍진셰계(紅塵世界)의
크게 요슐을 힝ᄒᄂ 스롬이 이러ᄂ니 이ᄂ 쳔지
간 운쉬요 우연ᄒᆫ 일이 아니라. 상쳔(上天)이 쏘
ᄒᆫ 도로혀지 못ᄒᆯ너라.

3
호츌아촌니뇨졍낭 조디랑님즁심호젹
胡黜兒村裏鬧貞娘 趙大郎林中尋狐跡

디숑 진동(眞宗)황뎨 함평(咸平) 년간의셔 셔쳔(西川) 지동현(梓潼縣)의 산힝ᄒᆞᄂᆞᆫ 스름 조일(趙壹)이란 지 이시니 시인이 호왈 【29】 ‘죠디랑趙大郎’이라 ᄒᆞ더라. 동향 젼위[원외](錢員外)의 ᄯᅩᆯ을 취ᄒᆞ니 방년이 이십여 셰요, 얼골이 아름답고 셩품이 경결ᄒᆞ니 견지(見者) 막불칭예(莫不稱譽)러라. 일일은 디랑이 산힝ᄒᆞ라 가고 젼시(錢氏) 문 압ᄒᆡ셔 믈을 깃더니 믄득 쇼년 셔싱이 지나다가 목이 갈ᄒᆞ다 ᄒᆞ고 젼시ᄅᆞᆯ 향ᄒᆞ여 믈을 달나 ᄒᆞ니 젼시 우연이 눈을 드러 보니 그 쇼년의 얼골이 쳥슈ᄒᆞ고 의표(儀表) 가장 화려ᄒᆞ더라. 젼시 믈을 쩌주니 그 셔싱이 믈을 바다 먹은 후 가지 아니ᄒᆞ고 젼시ᄅᆞᆯ 디ᄒᆞ여 희롱져이[25] 말ᄒᆞ거날 젼시 응답지 아니ᄒᆞ고 집으로 【30】 도라ᄌᆞ더니 이후ᄂᆞᆫ 젼시 믈을 길나 ᄂᆞ오면 그 사름이 임의 문 밧긔 잇셔 젼시ᄅᆞᆯ 이젼ᄌᆞ치

희롱ᄒᆞ고 늘마다 눈의 여러 번 뵈니 조일이 알고 쏘흔 고이히 넉여 그 셩명 거쥬ᄅᆞᆯ 무르니 그 쇼년이 디ᄒᆞ여 ᄀᆞᆯ오디,

“ᄂᆡ의 셩명은 호츌(胡黜)이니 이 아릭 마을의 가 글 닑더니 한가ᄒᆞ기로 이의 니르괘라.”

조일이 그 후의 마을의 가 호츌이란 스름을 ᄎᆞ즌죽 호셩 가진 슈지 업ᄂᆞᆫ지라 마음의 가장 의혹ᄒᆞ더라.

일일은 젼시 일죽 니러나 머리ᄅᆞᆯ 빗더니 쏘즌 빈혜 업거늘 두루 ᄎᆞ즈되 간 곳이 업더니 【31】 아직 밤을 짓노라 솟 뚜에ᄅᆞᆯ 여니 일헛든 빈혜 솟 가온디 쏘쳣거늘 젼시 극히 고히 넉이더니 그 후 슈(繡)신[26] 흔 쪽을 일코 혜오디,

‘이 반ᄃᆞ시 동니 집 긔가 무러갓도다.’

ᄒᆞ더니 조일(趙壹)이 ᄂᆞ갓다가 그 신쪽을 가지고 드러와 젼시ᄃᆞ려 니로디,

“이 집 오리 밧 뉴목(榴木) 우ᄒᆡ 신쪽이 걸녓거늘 그디 일흔 신과 ᄀᆞᆺ흔 고로 가져 왓노라.”

젼시 바다보니 졍히 ᄌᆞ긔 일흔 신이라.

조일이 ᄀᆞᆯ오디,

“이 반ᄃᆞ시 니미(魍魅)의 일이라 고인이 운ᄒᆞ되 ‘고이흔 일을 보와도 고히이 넉이지 말면 길ᄒᆞ다’ ᄒᆞ니 그디는 쏘흔 고히 넉이지 말나.”

ᄒᆞ더라.

이후로 조일이 가 【32】 즁의 고이흔 일을 죵죵 보디 심상이 넉이더라. 이 히 가을의 즁양졀(重陽節)이 다다라 바름이 놉고 풀이 니우러 졍히 산힝ᄒᆞ기 조흐니 조일이 모든 엽호(獵戶)로 더브러 깁흔 뫼ᄒᆡ 드러가 즘승을 만히 어더 모다 난화 가지고 졍히 도라오려 ᄒᆞ더니 흔 무리 돗치 ᄂᆡ닷거늘 모든 엽회 닐오디,

“우리 아모나 져 돗츨 맛치면 우리 등의 웃듬을 숨고 오날 잡은 거슬 쥬리라.”

ᄒᆞ니 조일이 ᄀᆞᆯ오디,

“이 말이 됴타.”

ᄒᆞ고 숀의 강치(鋼叉)ᄅᆞᆯ 들고 나ᄂᆞᆫ드시 ᄯᅩ

---

25) 【희롱져이】 🖃 희롱(戲弄)스럽게. ¶ 젼시ᄅᆞᆯ 디ᄒᆞ여 희롱져이 말ᄒᆞ거날 젼시 응답지 아니ᄒᆞ고 집으로 도라ᄌᆞ더니 (他又故意揷幾句風話, 那婦人心堅如石, 全然不動.) <平妖 1:29> ⇒ 희롱져이

26) 【슈신】 🖃 {수(繡)신.} ¶ 繡鞋 ‖ 젼시 극히 고히 넉이더니 그 후 슈신 흔 쪽을 일코 혜오디 (錢氏恐丈夫不信, 瞞過不題. 又一日早起下床, 正要穿繡鞋, 却不見了一隻.) <平妖 1:31> 흔 生日이 지나면 곳 거름 옴길 줄을 알 거시니 내 흔 ᄱᅡᆼ 져근 슈신을 민ᄃᆞ라 저ᄅᆞᆯ 주어 하례홈이 됴타 (過了一生日便會學那步兒, 我好做一雙小綉鞋與他賀一賀.) <朴新 2:54a>

라 눕혼디 올나가니 뒤히 호한(好漢) 오뉴 인이
ㅼ로더라. 조일이 녕상의 올 【33】 나 술펴보니
그 돗치 근두(筋斗)쳐 아모더로 간 쥴 몰나 졍
히 동셔로 보더니 믄득 사슴 하나히 언덕 밋히
셔 풀을 뜻다가 쒸여 니닷거날 조일이 싱각ᄒ
되,

　‘돗츨 일헛시나 사슴을 어드면 즁인을 향
ᄒ여 말ᄒ기 됴흐리라.’

　ᄒ고 사슴을 ᄯ라 뫼흘 너머 쏘츠가더니
사슴이 ᄯ혼 간더 업거놀 목이 심히 갈ᄒ여 물
쇼리를 됴츠 깁히 드러가니 셕양이 지산(在山)
ᄒ고 월출동곡(月出東谷)이라. 믄득 보니 슈풀
쇽의 사롬의 ᄌ최 잇거놀 조일이 거름을 멈츄고
ᄌ셰히 보니 한 여이 사롬의 쳔령긔(天靈蓋)를
쓰고 달을 【34】 향ᄒ여 무슈이 졀ᄒ거놀 조일이
싱각ᄒ되,

　‘사롬이 니르되 여이 변ᄒ기를 잘혼다 ᄒ
더니 이 업츅(業畜)이 하 요괴로오니27) 아직 ᄒ
는 양을 보리라.’

　ᄒ더니 이윽고 그 여이 변ᄒ여 미쇼년이
되여 노니 그 얼골이 젼일 보던 호출 슈지라.

　조일이 싱각ᄒ되,

　‘원니 이런 일이 잇도다.’

　ᄒ고 심즁의 티로ᄒ여 살을 먹어 쏘니 졍
히 그 여이 왼다리를 맛친지라. 그 여이 쳔령긔
를 버셔 바리고 크게 한 쇼리를 지르고 살을 ᄭᅵ
고 닷거놀 조일이 눌이 어둡고 뫼길이 험쥰ᄒ믈
보고 감히 그 여이를 ᄯ로 【35】 지 못ᄒ여 오던
길노 오더니 모든 엽호들이 고기를 바라보며 고
기를 굽고 산즁의 탁쥬(濁酒)를 ᄉ 조일을 기다
리더니 조일이 돗츨 잡지 못ᄒ고 그져 도라오믈
보고 모다 더쇼ᄒ니 조일이 굴오더,

　“니 그릇 돗츨 잡지 못ᄒ고 고히혼 일을
보왓노라.”

　ᄒ고 여이 쏜 말을 니르니 모다 굴오더,

　“디랑이 마을 큰 화를 더러시니 우리 맛당
이 슐노 위로ᄒ리라.”

　ᄒ고 즁인이 통음ᄒ고 각각 훗터지다.

이 살 마즌 여이는 안문산(雁問山) ᄋ리
조록〔土洞〕의셔 사는 늙은 여이오 나혼 빅 셰
니 그 여이 스스로 별명을 ‘셩고괴聖姑姑’라 ᄒ
더라. 셩고괴 아돌 하나 【36】 ᄯᅩᆯ 하나흘 나흐니
아돌의 일홈은 호출(胡黯)이오 ᄯ딸의 일홈은 미
인(媚兒)라. 이날 밤의 고고(姑姑) 미아로 더브
러 달 아러셔 변화ᄒ는 방법을 의논ᄒ더니 믄득
호출이 뒤다리를 ᄭᅳ을고 혼 거름의 혼 번식 업
더지며28) 울거놀 고괴 급히 ᄂᆞ아가 보니 왼편
다리의 살이 박혓거놀 ᄲᅢ히려 ᄒ니 움즉이지 아
니ᄒ거놀 술 ᄭᅩᆽ출 니로 물고 두 발노 츌ᄋᆡ의 다
리를 밀치니 살이 ᄲᅢ지며 긔졀ᄒ거놀 고괴 눈물
을 흘니며 미아로 더브러 초당의 누이고 구호ᄒ
며 고괴 본더 약물을 아는지라 호출의 상체 더
단ᄒ믈 보고 미아로 더브러 근심 【37】 ᄒ여 뫼
히 나려가 신긔혼 약풀을 어더 먹이되 촌회(寸
效)업고 ᄯᅥᄯᅥ 긔졀ᄒ니 셩고괴 초됴ᄒ여 미아ᄃᆞ
려 닐오더,

　“츌아의 상체 아됴 죽기 쉬오니 ᄯᅥ나기 어
려오나 너 상ᄎᆞᆺ 산의 ᄂᆞ려가 두루 방문ᄒ여 의
원을 ᄎᆞᆽ 보고 약을 어더 오려 ᄒ되 너 홀노
보호치 못ᄒᆯ가 ᄒ노라.”

　미이 ᄯᅩᆫ 눈물을 흘니고 굴오더,

　“모친은 근심 말고 몸을 조심ᄒ여 의원을
보고 약을 어더와 형의 병을 하리게29) ᄒ쇼셔.”

　고괴 ᄯᆯ의 말을 듯고 ᄯᅩ 츌아다려 의논ᄒ
니 호출이 굴오더,

　“너 압푸믈 견디지 못ᄒ오니 복망 모친은
약을 어더와 쇼ᄌ의 【38】 병을 곳치게 ᄒ쇼셔.”

　ᄒ더라.

---

27) 【요괴로오-】 옝 《요괴롭다》 요괴(妖怪)롭다. 요
　사스럽고 괴상하다. ¶ 사롬이 니르되 여이 변
　ᄒ기를 잘혼다 ᄒ더니 이 업츅이 하 요괴로오니
　아직 ᄒ는 양을 보리라 (常聞人説, 狐能變化, 莫
　非這孽畜弄這道兒, 我且悄悄看他怎地.) ＜平妖
　1:34＞

28) 【업더지다】 동 엎어지다. ¶ 打滚 ‖ 믄득 호출
　이 뒤다리를 ᄭᅳ을고 혼 거름의 혼 번식 업더지
　며 울거늘 (只見黯兒拐着後腿, 一步一顚, 叫嘷而
　來. 到得土洞邊, 便倒在地下打滾亂嘷.) ＜平妖
　1:36＞

29) 【하리다】 동 낫다. ¶ 모친은 근심 말고 몸을
　조심ᄒ여 의원을 보고 약을 어더와 형의 병을
　하리게 ᄒ쇼셔 ＜平妖 1:37＞

4

노호더료반션당 틱의셰변숨지믹

老狐大鬧半仙堂 太醫細辨三支脈

이찌 익쥐(益州) 성즁의 흔 사름이 잇스니 셩명은 엄반션(嚴半仙)이라. 일즉 호학(好學)ㅎ여 신능다지(神能多才)ㅎ여 모롤 거시 업고 의셔(醫書)룰 달통ㅎ여 쳔지 니긔(理氣)와 음양을 통달ㅎ여 스룸의 병을 보미 믹을 보면 흔곳 병일 뿐 아냐 그 사롬의 길흉화복(吉凶禍福)을 아ᄂ지라. 시인이 호왈 '엄션싱(嚴先生)'이라 ㅎ더라. 눕흔 일홈이 원근(遠近)의 진동ㅎ니 문졍(門庭)이 요란ㅎ여 져지와 다르지 아니ㅎ더라. 엄반션이 지긔(志氣) 낙낙ㅎ고 의긔과인(義氣過人)ㅎ여 【39】 빈한흔 스룸은 스스로 약을 주며 녜물을 밧지 아니ㅎ니 그 청념ㅎ믈 일ᄏ지 아니리 업더라. 의슐의 신긔ㅎ미 쳔긔룰 누셜ㅎ미 될가 ㅎ여 경히 니르지 아니ㅎ더라.

일일은 익쥐 즈시 산즁의 니르러 엄반션의 잇ᄂ 곳을 추ᄌ니 이날 맛춤 즈ᄉ(刺史)의 싱일이라 즈시 반션을 쳥ㅎ엿ᄂ고로 연셕의 드러가고 문병ㅎᄅ 온 스룸이 문 밧긔 등더ㅎ더니 셩고괴 ᄯᅩ흔 스룸의게 셧겨 여허보니 일좌(一座) 셕가산(石假山)을 무으고 계ᅬ누무 셔너 쥐(株) 셧고 삼간(三間) 긱당(客堂)이 졍쇄(淨灑)흔더 당

상의 현판을 부쳣시니 본쥐 즈시 반션당(半仙堂) 【40】 삼즈룰 써 보닌 거시라. 셩고괴 즈시 보고 건너 쳠하(檐下)의 안줏더니 오시ᄂ ㅎ여 반션이 온다 ㅎ거눌 셩고괴 보니 반션이 말긔 ᄂ리미 모든 스룸이 닷토아 드러가니 반션이 ᄎ례로 슈응ㅎ여 보노니 눌이 임의 느졋더라. 셩고괴 비록 스룸의 얼골이 되여시나 즁인 가온디 단니기룰 슬희 녁여 셕가산 밋히 안즈 스룸 ᄲᅱ기룰30) 기다리더니 날이 어두오니 문 직흰 노가인이 문을 잠으거눌 셩고괴 황망이 ᄂ와 가인을 향ㅎ여 만복(萬福)을 쳥ㅎ니 노가인이 ᄀᆞᆯ오디,

"너ᄂ 엇던 비러 먹ᄂ 한미완디 가지 아니ㅎ엿ᄂ뇨?"

셩고 【41】 괴 울며 ᄀᆞᆯ오디,

"노신이 걸인이 아니라 노야(老爺)룰 뵈옵고 약을 어드려 ㅎ노라."

가인이 ᄀᆞᆯ오디,

"노애 스룸 보기룰 오시의 ㅎ더니 오늘 즈ᄉ 아문의 드러가셧다가 오시의 도라오신고로 시긱(時刻)을 물녀 신시(申時)까지 보아 계시거니와 엇지 너룰 위ㅎ여 다시 ᄂ오시리오? 너 만일 드러가 노야긔 알외면 날을 즁칙ㅎ시리니 도라가 ᄂᆡ일 오시(午時)룰 기ᄃ려 와 문병ㅎ라."

셩고괴 ᄀᆞᆯ오디,

"노신은 지릉현 스룸이라. 먼니셔 오기룰 긔약이 밋지 못ㅎ여시니 만일 훗날을 기다리면 즈식의 병을 미쳐 진시(趁時) 곳치지 못홀가 ㅎᄂ니 노공은 즈 【42】 비지심을 발ㅎ여 노야긔 품ㅎ라."

가인이 구지 밀막ᄋ ᄀᆞᆯ오디,

"아모리 급흔 병 아냐 황명(皇命)이라도 붉ᄂ 날 시힝ㅎ리라."

ㅎ니 셩고괴 두 발을 ᄲᅱ놀고 원통ㅎ여라 부르지지니 엄션싱이 그 쇼리룰 듯고 셔동(書童)으로 ㅎ여곰 무르되,

"엇던 스람이 와셔 요란이 구ᄂ뇨?"

노옹이 셔동다려 닐오디,

"이 늙은 거시 반은 스룸 ᄀᆞᆺ고 반은 귀신 ᄀᆞᆺ흔 거시 와셔 이쩌가지 노야긔 문병ㅎ여지

---

30) 【ᄲᅱ다】 동 흩어지다. ¶ 散 ‖ 즁인 가온디 단니기룰 슬희 녁여 셕가산 밋히 안즈 스룸 ᄲᅱ기룰 기다리더니 (且暫在假山下打盹, 比及衆人散了.) <平妖 1:40>

라31) ᄒ거눌 니 됴혼 말노 닐오디 '너일 오라'
ᄒ니 져러틋 발악ᄒᄂᆫ지라. 그디는 엇더ᄒ여 뵈
ᄂᆫ뇨?"

셔동이 ᄯᅩᄒᆫ ᄭᅮ지져 굴오디,

"이 늙은 한미【43】 도리롤 모로ᄂᆫ도다.
네 죽여야 긔 죽으미나 다르랴? 엇지 감히 이러
트시 발악ᄒᄂᆫ뇨32)? 만일 도라가지 아니ᄒ면 명
을 보젼치 못ᄒ리라."

셩고괴 방셩디곡ᄒ니 노옹과 셔동이 미러
문 밧글 니고즈 ᄒ니 즈연 요란ᄒ지라. 엄셩원
이 괴히 녀겨 쥭장을 집고 ᄂ와보니 셩고의 니
력을 임의 짐작ᄒᆯ지라. 노옹과 셔동을 물니니
셩고괴 바라보고 머리롤 쳔 번이나 두다리며 슬
피 이걸ᄒ여 굴오디,

"먼니 오노라 시긱(時刻)이 비록 느졋스오
나 즈식의 병이 크게 위즁ᄒ오니 바라건디 살녀
쥬쇼셔."

엄셩원이 ᄭᅡ가이 오라 ᄒ여【44】 닐오디,

"네 어느 곳 요믈(妖物)이완디 감히 군즈
안젼의 번득이ᄂᆫ뇨? 네 이실직고(以實直告)치
아니ᄒ면 죽고 남지 못ᄒ리라."

셩고괴 그 밝으믈 항복ᄒ여 고두ᄒ여 굴오
디,

"쇼휵(小畜)을 괴션 안문산(雁門山) 아리
잇스와 임의 빅 셰 지난지라. 스스로 변화ᄒ와
인형을 쓰오나 실은 어진 스승을 맛나 도롤 비
호고져 ᄒ미요, 스룸을 상코즈 ᄒ미 아니러니
일죽 즈녜 잇스와 아직 셩가(成家)치 못ᄒ엿더
니 즈식이 맛춤 밧긔 ᄂᆞᄋᆞ가 노다가 엽호(獵戶)
의 독ᄒᆫ 살을 마즈 긔거롤 임의로 못ᄒ고 죽기
의 니르러스오니 바라건디 구활(救活)ᄒ시믈 바
라ᄂᆡ이다."

엄셩원【45】이 인ᄒ여 호로(葫蘆)로 됴츠
약을 ᄂᆡ여 쥬어 굴오디,

"네 이롤 가져다가 바르면 즉시 하리려니
와 다리 샹홈도 져의 팔즈의 미인 비니 근심ᄒᆯ
길이 업스니 각각 마음을 졍직히 ᄒ여 후일 익
을 면ᄒ고 도롤 닥그라."

셩고괴 머리 됴아 스례ᄒ고 다시 뭇즈와
굴오디,

"즈녀의 익이 큰 희는 업스올지 하교(下敎)
ᄒ시믈 바라ᄂᆡ이다."

반션이 굴오디,

"너희 지앙은 반년 후의 반ᄃᆞ시 알녀니
니 너다려 일을 말이 잇스니 디긔 너희 무리 스
룸의 얼골을 비러 빅셩을 쇽일지연정 실노 셰샹
의 ᄲᅬ여나 죽지 아닐 도슐을 비호지 못ᄒ엿고
일됴의 하【46】날을 놀니고 ᄯᅡ홀 움죽이는 방
법이 업스니 만일 운쉬 궁진ᄒ면 미와 긔룰 엇
지ᄒ리오? 네 ᄋᆞ즈(兒子)ᄂᆫ 다리 샹ᄒ고로 오히
려 구ᄒ려니와 너롤 술펴보니 득도ᄒᆯ 연분이 엿
고 너의 무리 스룸의게 비ᄒ면 욕심이 격으니
이졔 졍녁이 불쇠(不衰)ᄒᆫ ᄯᅢ롤 타 스승을 구ᄒ
여 도롤 비화 얼골을 버셔 지앙을 면ᄒ고 셰상
을 졀젹(絶迹)ᄒ라."

셩고괴 머리롤 쳔만 번이나 두다려 스례ᄒ
고 하직고 도라가 호츌과 미ᄋᆞ롤 보고 엄반션의
말을 다 닐으고 호츌의 다리의 약을 바르니 즉
시 하리여 알푸지 아니ᄒ나 거러 단니【47】나
나리롤 잘늠잘늠 ᄒ더라.

---

31)【-지라】回 동사 형용사의 '-아 / -어 / -여'
꼴 아래에 쓰이어 소원을 나타내는 말. -고 싶
다. -기를 바란다. ¶ 이 늙은 거시 반은 사룸
ᄀᆞᆺ고 반은 귀신 ᄀᆞᆺᄒ 거시 와셔 이쩌가지 노야
긔 문병ᄒ여지라 ᄒ거눌 (這老乞婆, 人不像人,
鬼不像鬼, 這般時候却來問老爺取藥) <平妖 1:42>

32)【발악ᄒ다】圖 발악(發惡)하다. ¶ 撒潑放刁 ‖
엇지 감히 이러트시 발악ᄒᄂᆫ뇨 (你却如此撒潑
放刁?) <平妖 1:43>

5

左黜兒廟中偸酒 賈道士樓下迷花

일일은 성고괴 ᄌ녀를 더ᄒ여 ᄀᆞᆯ오디,

"니 이곳의 잇셔 날이 오리도 큰 도를 일우지 못ᄒ엿ᄂᆞᆫ지라. 져 셔악(西岳) 화산(華山)이 명승지지라 반ᄃ시 긔이ᄒᆞᆫ ᄉᆞ롬이 만흘 거시니 너희ᄂᆞᆫ 이곳의 잇셔 ᄂᆞ의 단녀오믈 기다리라."

ᄌ네 일시의 ᄀᆞᆯ오디,

"우리 함긔 가 도를 비화지이다."

성고괴 왈,

"너희 등이 일을 만히 지니지 못ᄒ여시나 그런 번화ᄒᆞᆫ 곳의 나갓다가 만일 일을 너면 세 목슴을 속졀업시 ᄆᆞ칠 거시니 엇지ᄒᆞ리오? 녀ᄋᆞᄂᆞᆫ 오히려 셩ᄒ거니와 ᄋᆞᄌᆞᄂᆞᆫ 오직 허랑(虛浪)ᄒᆞᆫ지라. 니 실노 ᄋᆞᄌᆞ를 못 미더 【48】 근심ᄒᆞ노라."

호츌이 ᄲᅱ놀며 닐오디,

"쇼지 살 마즌 후로ᄂᆞᆫ 미양 조심ᄒᆞᄂᆞ니 엇지 다시 그르미 잇스리잇고?"

성고괴 깃거 ᄀᆞᆯ오디,

"너ᄂᆞᆫ 항상 됴심ᄒᆞᄂᆞᆫ 마음을 놋치 말나."

ᄒᆞ고 ᄋᆞᄌᆞ의 일홈은 가지(獺子)라 ᄒᆞ고 녀ᄋᆞ의 일홈을 가녀(獺女)라 ᄒᆞ여 다리고 길히 오르니 본디 사롬과 달나 쳔산만슈(天山萬水)의 슈고ᄒᆞ미 업고 양식을 근심치 아니ᄒᆞᄂᆞᆫ지라. 춘춘이 힝ᄒᆞ니 이ᄯᅢᄂᆞᆫ 가을이라. 바람이 놉고 일긔 치우니 비록 터럭 돗친 즘셩이나 엇지 괴롭지 아니ᄒᆞ리오? 풍상을 무릅쓰고 힝ᄒᆞ니 가ᄌᆞᄂᆞᆫ 치우믈 견디지 못ᄒᆞ여 은은이 어미를 원망【49】ᄒᆞ여 닐오디,

"어디 가 허탄ᄒᆞᆫ 말을 듯고 이런 치위를 당ᄒᆞ여 길을 가다가 죽을노라."

ᄒᆞ고 원망ᄒᆞ기를 마지 아니ᄒᆞ니 가녀(獺女)ᄂᆞᆫ 위로ᄒᆞ고 셩고ᄂᆞᆫ 달녀 니로디,

"무릇 도를 구ᄒᆞᄂᆞᆫ ᄉᆞ롬은 고쵸를 겨거야 ᄒᆞᄂᆞ니라."

ᄒᆞ고 힝ᄒᆞ니 힝인이 가ᄌᆞ(獺子)의 누츄홈과 미아(媚兒)의 졀묘ᄒᆞᆷᄋᆞᆯ 보고 경박(輕薄) 쇼년이 미아를 희롱ᄒᆞ되 미이 답지 아니ᄒᆞ고 길만 가며 이후ᄂᆞᆫ 유벽(幽僻)ᄒᆞᆫ 곳을 갈희여 힝ᄒᆞ더니 더셜(大雪)을 맛나 힝치 못ᄒᆞ니 셩괴 ᄀᆞᆯ오디,

"이 압 거믄 산이 머지 아니ᄒᆞ니 거긔 인ᄀᆡ(人家) 잇실가 ᄒᆞ노라."

가지 겨유 힝ᄒᆞ여 산 밋ᄒᆡ 니르니 묘당이 잇스되 젼 【50】 각이 장녀(壯麗)ᄒᆞ거놀 셩괴 왈,

"이 안ᄒᆡ 필연 묘당 직흰 도시 이시리니 우리 경ᄌᆞ ᄋᆞ리셔 눈을 피ᄒᆞ리라."

ᄒᆞ고 안ᄌᆞ니 눈이 더 오ᄂᆞᆫ지라.

가지 닐오디,

"동즁의 조히 잇난 거슬 무슴 연고로 고쵸를 밧게 ᄒᆞᄂᆞ뇨!"

셩괴 닐오디,

"옛날 마시(摩氏) 도를 닷글 졔 구 년(九年)을 바다로 낫츌 두고 안ᄌᆞ니 등년츌[33]이 무릅흘 ᄭᅦ치되 마춤ᄂᆡ 동치 아니ᄒᆞ엿ᄂᆞ니 네 이졔 ᄒᆞᆫ 번 눈을 맛고 이러틋 구두다리니[34] 엇지 도

---

33) 【등년츌】 몡 등덩굴. ¶ 藤蘿 ‖ 옛날 마시 도를 닷글 졔 구 년을 바다로 낫츌 두고 안ᄌᆞ니 등년츌이 무릅흘 ᄭᅦ치되 마춤ᄂᆡ 동치 아니ᄒᆞ엿ᄂᆞ니 (當初達摩祖師面壁九年, 藤蘿穿膝也只不動.) <平妖 1:50> ⇒ 등녀츌

34) 【구두다리다】 통 중얼거리다. ¶ 抱怨 ‖ 네 이졔 ᄒᆞᆫ 번 눈을 맛고 이러틋 구두다리니 엇지 도를 어드리오 (這雨雪是大槪天時, 那在爲你一個, 你却抱怨他, 不是罪過.) <平妖 1:50> 嘓噥 ‖ ᄌᆞ긔난 ᄶᅩ 거거로 더브러 례로 보지 아니코 다만 낭ᄌᆞ로 ᄒᆞ여곰 빅빅의게 비례ᄒᆞ라 ᄒᆞ며 도로혀 구두다려 니ᄅᆞ디 (自己且不與哥子見禮, 只叫娘子與大伯磕頭, 口裏還嘓噥道.) <雪月 10:59> ⇒

롤 어드리오?"

이 쳐로 닐을 졔 흔 스롬이 드러오니 묘당의셔 향화(香火)롤 가음알고35) 문 직희는 스롬이 왕늬흐는 곳의 쥬식이 풍비(豐備)흐더라. 가지 긔한(飢寒)【51】못 니긔여 몸을 변흐여 느으가 그런 쥬식을 실것 먹으니 문 직흰 스롬들이 지져괴여 닐오디,

"우리 등이 요긔홀 쥬식이 홀연 다 업스니 괴이흔 닐이로다!"

흐거늘 셩고괴 가즈의 쇼힝인 줄 알고 디경흐여 가즈롤 춫더니 월앙(月廊)으로 가거늘 셩괴 가즈롤 불너 꾸지져 굴오디,

"네 싁을 권년(眷戀)흐다가 다리롤 졀고 쏘예와 슐을 탐흐기로 흐마 일이 날 번흐니 이후는 경계롤 잇지 말나."

가지 왈,

"아모커나 츙복(充腹)흐엿시니 조홰라."

흐고 졍히 말홀 졔 월앙으로 스롬의 즈최 느며 한 도시 느오니 나히 이십 삼수는 흐여 뵈【52】더라. 원간 묘당의 잇는 도시니 셩은 가(賈)요 별호는 쳥풍(淸風)이니 평싱 쥬식을 됴히 넉이되 잇는 곳이 유벽흐여 녀즈의 졀싁(絶色)을 보지 못흐고 항상 울울흐더니 셩고롤 보고 문왈,

"노시쥬는 어디로셔 오느뇨?"

셩괴 답왈,

"노신은 본디 안문산 아러셔 스더니 모즈(母子) 삼인이 셔악(西嶽) 화산(華山)의 분향흐라 가다가 눈을 피흐라 졍즈의 드러왓더니 어린 즈식이 법을 아지 못흐고 슐을 도젹흐여 먹으니 노신이 즁히 칙흐엿는지라 원(願) 사부는 용셔흐라."

도시 굴오디,

"어린 아히롤 엇지 칙흐리오?"

흐며 눈을 쏘아 미아롤 보니 의복이 비【53】록 화려치 못흐나 아릿쓰와 인심을 요동케 흐니 가도시(賈道士) 크게 흠모흐며 쏘 니로디,

"이런 디셜의 길 가기 어려오니 노랑(老娘)의 모지 신고(辛苦)흐도다."

가지 이 말을 듯고 답흐여 굴오디,

"과연 신고흐엿시니 다시 슐 흔 먹음을 먹으면 됴홀노다."

구두더리다

셩괴 눈을 흘긔여 보니 바야흐로 말을 못흐더라.

가도시 굴오디,

"풍셜이 긋치지 아니흐니 밤을 엇지 예셔 지니리오? 뒤히 조흔 방이 잇스니 노랑(老娘)은 그리 가 져즌 의복을 말니라."

셩괴 왈,

"하로 밤은 예셔도 지닐 거시니 명일이면 길을 가리라."

가도시 왈,

"이 압 산뫼 극히 험흐여 우리【54】남즈도 힝키 어려온지라 쇼낭지(小娘子) 엇지 힝흐리오? 이 묘당은 길가 인가와 달나 비록 오리 머무러도 반젼(盤錢)을 밧지 아닛느니 노랑은 여러 날 머므러 눈이 녹거든 힝흐미 무방흐도다."

셩괴 왈,

"법관(法官)의 후의는 감수흐나 우리로 흐여 요란흐니 미안흐여라."

가도시 굴오디,

"엇진 말고. 길 가는 사람이 뉘라셔 집을 싯고 단니리오? 조금도 혐의 말나."

셩괴 미아드려 굴오디,

"네 뜻이 엇더흐뇨?"

미이 굴오디,

"모친 쥬견디로 흐쇼셔."

도시 져 모즈의 말을 듯고 삼인을 인도흐여 졍젼 뒤흐로 가니 슈간 다락방이 졍쇄흐더【55】라. 누하의 느으가 쇠톨 졍흐고 가도시 굴오디,

"감히 노랑의 놉흔 셩을 뭇느이다."

셩괴 왈,

"쳔흔 셩은 호(胡)요 아돌의 일홈은 호츌(胡黜)이니 다리 졀기로 이달나 흐고 쇼녀의 일홈은 미이라 흐나이다."

도시 갈오디,

"쇼도(小道)의 셩은 가(賈)요 법호(法號)는 쳥풍(淸風)이니 오날날 긔약업시 모드니 젼싱 인연인가 흐노라."

가도시 왈,

---

35) 【가음알다】동 관장(管掌)하다. 다스리다. ¶ 管∥흔 스롬이 드러오니 묘당의셔 향화롤 가음알고 (正是本廟管香火的乜道人.) <平妖 1:50>

"노사뷔(老師父) 병드러 손을 보지 못ㅎ고
쇼되 집일을 쥬장ㅎ고 ᄌ근 도졔(徒弟) 잇더니
거월(去月) 지상(在喪)ㅎ여 고향의 가 미쳐 오지
아냣고 잡스롬은 오느니 업셔 심히 됴용(從容)
ㅎ니 노랑이 【56】 진실노 험악ᄒ 산의 가기 어
렵거든 여러 날 쉬여 가미 무방ㅎ다."

ㅎ고 표도인(乜道人)이라 ㅎ는 손을 명ㅎ
여 한 쥼 돈을 쥬어 쥬효(酒肴)롤 스오라 ㅎ니
도인이 은병(銀瓶)을 가지고 가더라.

가도시 셩고 모ᄌ녀롤 간쳥ㅎ여 편히 안ᄌ
라 ㅎ니 셩괴 ᄀᆯ오디,

"우연이 눈의 막혀 진퇴롤 졍치 못ㅎ더니
일시 과긱(過客)을 너모 후디ㅎ시고 ᄯᅩ 쥬찬으
로 디졉고져 ㅎ시니 불안ㅎ여이다."

가도시 겸양(謙讓)ㅎ고 미ᄋᆞ롤 쏘아보더니
표도시 슐을 더이고 안쥬롤 갓쵸아 압ᄒᆡ 버리거
늘 도시 큰 잔의 몬져 부어 먹고 ᄃᆞ시 부어 셩
고롤 쥬고 버거 츌ᄋᆞ 【57】 와 미아롤 권ㅎ니 츌
ᄋᆞ는 한 숨의 마시고 미아는 사양ㅎ다가 도시
간졀이 젼ㅎ니 부득이 ᄒ 잔을 먹고 다시 먹지
아니ㅎ니 그 나믄 슐을 셩고와 츌ᄋᆞ로 더브러
취토록 먹으니 도시 슐이 취ㅎ미 더옥 미ᄋᆞ롤
ᄯᅥ날 뜻이 업셔 니러느지 아니ㅎ니 표도인이 ᄯᅩ
ᄒ 병을 엽ᄒᆡ 끼고 쥬반을 셔르져 갈 의시 업스
니 젼의 츌가 아냐실 졔부터 쥬식의 침닉(沈溺)
ㅎ던 무리라 오리 미식(美色)을 보지 못ㅎ엿다
가 이졔 미ᄋᆞ롤 디ㅎ미 엇지 즐겨 도라가리오?
가도사의 등 뒤ᄒᆡ 셔시되 도사는 졍신이 미ᄋᆞ의
신상의 잇는지 【58】 라 뒤ᄒᆡ 스롬 셧시믈 아지
못ㅎ더라.

셩괴 니러 스례ㅎ여 ᄀᆯ오디,

"쥬식을 임의 취토록 먹고 눌이 져무러시
니 긋치믈 쳥ㅎ나이다."

도시 니러느며 뒤흘 도라보니 표도인이 병
을 들고 어린ᄃᆞ시[36] 셧눈지라.

도시 무러 ᄀᆯ오디,

"네 언졔 온다?"

표도인이 답ㅎ여 ᄀᆯ오디,

"니 원간 가지 아냣더니라."

가도시 늣츨 붉히고 발작ㅎ려 ㅎ다가 겨유
참고 도인으로 ㅎ여곰 비반(杯盤)을 슈습(收拾)
ㅎ여 가라 ㅎ며 셩고다려 닐너 ᄀᆯ오디,

"이 다락방은 거년(去年)의 시로 지은 비요
극히 유벽ㅎ고 다른 긱관(客官)은 일졀 빌니지
아니ㅎ더니 쇼낭지 이곳 【59】 을 편히 녁일가
ㅎ여 특별이 거쳐ㅎ시게 ㅎ노라."

셩고괴 갈오디,

"과히 스랑ㅎ시믈 닙으니 우리 모ᄌ 삼인
이 은혜롤 갑흘 바롤 진실노 아지 못ㅎ리로쇼이
다."

도시 닐오디,

"누상의 됴흔 평상(平床)이 잇고 누하의 ᄯᅩ
목탑(木榻)이 잇스니 마음디로 갈히여[37] ᄌᆞ라."

ㅎ고 ᄯᅩ 표도인으로 ㅎ여곰 도스의 방의
잇는 마유[38]롤 ᄌᆞ다가 누상의 노하쥬라 ㅎ다가
쳥풍(淸風)이 표도인을 싀시와[39] 졔 방의 도라
가 미ᄋᆞ롤 싱각고 그윽이 됴흔 계교(計巧)롤 싱
각ㅎ더라. 이쩌는 셩고는 등불을 가지고 미ᄋᆞ로
더브러 누상으로 ᄌᆞ라 ᄀᆞ는지라.

가도시 졔 방의 【60】 도라가 싱각ㅎ되,

'셰상의 이런 미식이 잇스니 만일 져롤 어
드면 빅년동낙(百年同樂)ㅎ리라. 그 녀지 쳐음은
심히 붓그리는 ㅎ더니 후의는 졈졈 익다히[40]
ㅎ니 하날이 만일 여러날 디셜을 느리오면 졔
ᄌ연 오리 머무러 잇스리니 기간의 모계(謀計)
롤 베풀면 엇지 니 일이 이지 못홀가 근심ㅎ리
오? ㅎ물며 노랑은 가난ᄒ 한미요, 가즈는 슐을

---

36)【어리다】[형] 어리석다. 멍하다. ¶ 呆呆的 ‖ 도
시 니러느며 뒤흘 도라보니 표도인이 병을 들고
어린 ᄃᆞ시 셧눈지라 (道士也起身答禮, 只見乜道
手中捧着一把空壺, 兀自呆呆的站着.) <平妖
1:58>

37)【갈히다】[동] 가리다. ¶ 選 ‖ 누상의 됴흔 평
상이 잇고 누하의 ᄯᅩ 목탑이 잇스니 마음디로
갈히여 ᄌᆞ라 (這樓上有凉床, 這裡又有個小木榻,
盡你們隨意自在.) <平妖 1:59>

38)【마유】[명] 매화틀. 가지고 다닐 수 있게 만든
변기(便器)의 하나. ¶ 淨桶 ‖ ᄯᅩ 표도인으로 ㅎ
여곰 도스의 방의 잇는 마유롤 ᄌᆞ다가 누상의
노하 쥬라 ㅎ다가 (又叫乜道到老道房中, 借個淨
桶放在樓上, 恐怕他娘女兩個夜間要起來解手.)
<平妖 1:59>

39)【시시오-】[동] 시샘하다. ¶ 饞臉 ‖ 쳥풍이 표
도인을 싀시와 졔 방의 도라가 미ᄋᆞ롤 싱각고
그윽이 됴흔 계교롤 싱각ㅎ더라 (却說賈淸風也
防乜道有些饞臉, 直等他下樓去了.) <平妖 1:59>
⇒ 싀새다, 싀시다

40)【익다히】[부] 익숙하게. ¶ 熟 ‖ 그 녀지 쳐음
은 심히 붓그리는 ㅎ더니 후의는 졈졈 익다히
ㅎ니 (這女子初時害羞, 以後却熟幾分了.) <平妖
1:60>

탐ᄒ미 달니기 어렵지 아니리라.'

　ᄒ고 이러틋 싱각노라 ᄒ니 밤이 맛도록 능히 한잠을 일우지 못ᄒ고 견젼ᄒ여 여러 가지로 계교롤 궁구ᄒ더라. 이ᄯᅥ 표도인이 미【61】ᄋ롤 위ᄒ여 하로밤을 시와 너니 진실노 머구리[41] 텬의(天鵝)의 고기롤 싱각홈 ᄀᆞ더라.

---

41) 【머구리】 몡 개구리. ¶ 癩蛤蟆 ‖ 이ᄯᅥ 표도인
　　이 미ᄋ를 위ᄒ여 하로밤을 시와너니 진실노 머
　　구리 텬의의 고기를 싱각홈 ᄀᆞ더라 (誰知那乜道
　　也自痴心妄想, 魂顚夢倒, 分明是癩蝦蟆想着天鵝
　　肉吃.) <平妖 1:61> ⇒ 개고리, 개구리

6

쇼ᄋ정지담도ᄉ 여마왕몽회셩고
小狐精智賺道士 女魔王夢會聖姑

시시(是時)의 가도시(賈道士) 밤시도록 한 잠도 자지 못ᄒ고 일즉이 이러나 향공(香公)을 불너 셰슈(洗手)ᄅᆞᆯ 노ᄒ라 ᄒ여 쇼셰(梳洗)ᄒ기ᄅᆞᆯ 맛고 도복(道服)을 단졍이 가라 닙고 누하의 니르러 기침ᄒ니 셩고의 모ᄌ 삼인이 발셔 셰슈ᄒ고 일시의 마ᄌ 인ᄉᄒ거늘 가도시 ᄯᅩᄒᆫ 말슴이 ᄂᆞᆨ죽ᄒ여 야간 안부ᄅᆞᆯ 뭇고 미ᄋ(媚兒)ᄅᆞᆯ 살펴보니 첫날은 도로의 ᄲᅦ쳐[42] 와시미 오히려 용뫼 쵸췌ᄒᆫ ᄃᆞᆺ ᄒ【62】더니 오날은 편히 쉬웟고 ᄯᅩ 쇼셰ᄅᆞᆯ ᄀᆽᄒ여시니 광치 비승(倍勝)ᄒ거늘 가도시 편히 안ᄌᆺ지 못ᄒ고 셩고다려 무러 ᄀᆞᆯ오ᄃᆡ,

"노랑(老娘)의 놉흔 나흔 언마나 ᄒ며 쇼랑의 방년은 언마나 ᄒᄂᆈ?"

셩괴 답ᄒ여 ᄀᆞᆯ오ᄃᆡ,

"노신의 쳔ᄒᆫ 나흔 오십뉵 셰요 녀ᄋ의 나

<hr>

42) 【ᄲᅦ치다】⑧ 고생(苦生)하다. ¶ 미아를 살펴보니 첫날은 도로의 ᄲᅦ쳐 와시미 오히려 용뫼 쵸췌ᄒᆫ ᄃᆞᆺᄒ더니 오날은 편히 쉬웟고 ᄯᅩ 쇼셰ᄅᆞᆯ ᄀᆽᄒ여시니 광치 비승ᄒ거늘 (這番看媚兒容貌, 又與昨日不同, 昨日冒雪而來, 還帶些風霜之色, 今番却豊姿倍常.) <平妖 1:61>

혼 십구 셰로쇼이다."

ᄒ거늘 도시 ᄯᅩ 무러 ᄀᆞᆯ오ᄃᆡ,

"녕낭(令郎)은 무삼 일을 ᄒ다가 다리ᄅᆞᆯ 상ᄒ여 져느뇨?"

셩괴 답ᄒᆞᄃᆡ,

"ᄋᆞ즈는 늑히 이졔 이십이 셰니 어려실 졔 남긔 올나 살구ᄅᆞᆯ ᄯᆞ다가 실족(失足)ᄒ여 ᄯᅥ러져 다리ᄅᆞᆯ 상ᄒ여 잘 것지 못ᄒ니 민망ᄒ여이다. 졍노의 갈길은 【63】 멀고 디셜은 이러틋 만히 오니 져기 눈 기기ᄅᆞᆯ 기다려 힝ᄒ려 ᄒᆞ나이다."

가도시 닐오ᄃᆡ,

"이 곳의 ᄉᆞ오일 묵어 가도 무방ᄒ거니와 무슴 일노 이러틋 가고ᄌ ᄒ니 장ᄎ 어디로 향ᄒ여 가려 ᄒ시ᄂᆈ?"

셩괴 ᄉᆞ례ᄒ고 ᄀᆞᆯ오ᄃᆡ,

"법관(法官)이 후히 관ᄃᆡᄒ시믈 닙으니 감ᄉᄒ믈 니긔지 못ᄒ오며 죽은 지ᄋ비 비록 츌가ᄂᆞᆫ 아냐시나 항상 도ᄉᆞᄅᆞᆯ 공경ᄒ더니 이 아히 비록 위인이 누츄ᄒ나 왕년의 일위 도시 보고 졔ᄌᄅᆞᆯ 삼ᄋ지라 ᄒ되 노신이 그 ᄶᅵᄂᆞᆫ 쥬지 아냣더니 이졔ᄂᆞᆫ 법관이 우리 ᄋᆞ즈ᄅᆞᆯ 이러틋 ᄉ랑ᄒ니 어【64】린 ᄌᆞ식으로 문하의 뫼셔 잇셔 쓰레질43)이나 홀가 ᄒᄂᆞ니 법관이 허ᄒ시리잇가?"

도시 졍히 미아의게 ᄯᅳᆺ이 잇스되 진실노 인연홀 모칙이 업셔 ᄒ다가 셩고의 말을 듯고 깃거 답ᄒ여 ᄀᆞᆯ오ᄃᆡ,

"쇼긔(小哥) 만일 여긔 잇셔 벗이 되면 가장 됴토쇼이다. ᄯᅩᄒᆫ 인당(仁堂)긔 품홀 말이 잇스니 쇼되 어려셔붓터 부모ᄅᆞᆯ 닐코 친쳑이 젹으니 만일 바리지 아니실진디 노랑긔 비례ᄒ여 권당(眷黨)44) 〔권당은 슈양어미란 말〕을 마ᄌ지이다.45)"

<hr>

43) 【쓰레질】⑲ 쓰레질. ¶ 掃地 ‖ 이졔ᄂᆞᆫ 법관이 우리 ᄋᆞ즈ᄅᆞᆯ 이러틋 ᄉ랑ᄒ니 어린 ᄌᆞ식으로 문하의 뫼셔 잇셔 쓰레질이나 홀가 ᄒᄂᆞ니 법관이 허ᄒ시리잇가 (今兒法官十分憐愛, 意欲叫小兒拜在門下, 伏侍焚香掃地, 不知肯收留否?) <平妖 1:64>

44) 【권당】⑲ 권당(眷黨). 친척(親戚). ¶ 乾娘 ‖ 쇼되 어려서붓터 부모를 닐코 친쳑이 젹으니 만일 바리지 아니실진디 노당긔 비례ᄒ여 권당을 마ᄌ지이다 (小道從幼父母雙亡, 沒個親戚看 , 若蒙不欺, 願拜婆婆爲乾娘.) <平妖 1:64>

45) 【-지이다】⑩ -고 싶습니다. -기를 바랍니다. ¶ 만일 바리지 아니실진디 노당긔 비례ᄒ여 권

성괴 겸양ㅎ기롤 오러ㅎ더니 가즈는 썔니
이러나 도스긔 스비ㅎ여 졔지 되고 도스는 셩고
의게 졀【65】ㅎ여 어미롤 일컷고 도시 미오로
더브러 즈미(姉妹)로 결의ㅎ더라.

이윽고 표도인이 됴반(早飯)을 출히고 둙
을 살마 드리거늘 가도시 굴오디,

"산중의 아모 것도 업셔 기르던 둙을 살마
진[건]양(乾娘)과 쇼미의 하져(下箸)ㅎ믈 바라느
이다."

셩괴 굴오디,

"노인이 고기롤 즐겨 먹지 아니ㅎ더니 법
관이 부졀업시 허비ㅎ도다."

도시 굴오디,

"그는 그러ㅎ거니와 현미도 졀문 나히46)
쇼(素)롤 ㅎ느냐? 타일 시집가면 편당(便當)치
아닐가 ㅎ노라."

셩괴 왈,

"졔 본디 셔방 맛기롤 원치 아냐 미양 출
가(出家)ㅎ기롤 싱각ㅎ느이다."

도시 싱【66】각ㅎ되,

'쏘한 조흔 긔회로다.'

ㅎ고 굴오디,

"느의 아즈미47) 졍진암(淨眞庵)의셔 츌가
ㅎ엿더니 현미 만일 힝실을 닷그러 ㅎ면 극치
편당ㅎ니 졍진암의셔 형뎨(兄弟) 셔로 돌보면
가장 맛당ㅎ니 노랑의 쇼견의 엇더ㅎ뇨?"

셩괴 왈,

"셔악의 가 분향ㅎ고 도라올 길의 다시 의
논ㅎ리라."

가도시 져 입은 도복을 버셔 가즈롤 닙히
고 일콧기롤 가미[신](瘸師)라 ㅎ고 흔 간 방을
셔르져48) 거처ㅎ고 이후는 도시 미아(媚兒)로
더브러 셔로 왕너ㅎ고 눈으로 졍을 보니니 미아
는 다만 미미히 웃고 말을 아니ㅎ더니 가도시
미오의【67】 쯧이 업지 아닌 줄 알고 암희(暗
喜)ㅎ되 미양 셩고로 더부러 한디 잇스니 한번
도 졍의 말을 못ㅎ더니 이러구러 삼일이 지느니
셩괴 길을 나려 ㅎ거늘 도시 민망ㅎ여 온 가지
로 싱각ㅎ다가 흔 계교롤 너여 상즈롤 열고 기
즁 가는 뵈 두 필을 너여 셩고다려 굴오디,

"이번 도라가미 도라올 긔약이 머럿시니

맛츰 두 필 뵈 잇스무로 이졔 드리오니 두 벌
옷슬 지어 졍을 표ㅎ고져 ㅎ느니 옷 짓는 스롬
을 불너 옷슬 지어 닙고 가미 엇더ㅎ시뇨?"

셩괴 참으 쩨치지 못ㅎ여 머무니 도시 깃
거 향공을 불너 뵈롤 쥬고 옷슬 지으라 ㅎ【68
】고 미오롤 눈을 쥬니 미이 눈칙49)롤 알고 뎡
을 먹음어 웃더라. 차일야(此一夜)의 가도시 누
의 올나 가니 마춤 미이 혼즈 잇거눌 느으가 붓
들고 이걸ㅎ여 닐오디,

"쇼미야 날을 술오라. 만일 졍을 밋지 못
ㅎ며 말나 죽으리로다."

미이 웃고 왈,

"지금은 급히 못ㅎ리니 모친이 잠들기롤
기드려 셔로 모들50) 거시니 모로미 누하의셔
기다리라."

도시 깃거 굴오디,

"만일 현미(賢妹) 날을 어엿비 넉이면 스성
(死生)을 잇지 못ㅎ리로다."

말이 맛지 못ㅎ여 향공이 불너 굴오디,

"가스부(賈師父)아! 옷 지을 실을 달니."

ㅎ거늘 도시 급히 니러느며 다【69】시 미
아롤 덩부ㅎ고 졔 방으로 실을 가질나 가더니
이썬 표도인이 졍히 다락 뒤흐로 지느더니 가도
시 미아롤 다리고 말ㅎ믈 보고 비록 즈셔히 듯

당을 마즈지이다 (若蒙不欺, 願拜婆婆爲乾娘.)
<平妖 1:64>

---

46) 【낭】圏 나이. ¶ 年紀 ‖ 그는 그러ㅎ거니와
현미도 졀믄 나히 쇼롤 ㅎ느냐 타일 시집가면
편당치 아닐가 ㅎ노라 (奇怪, 賢妹小小年紀, 如
何吃素? …改日嫁到人家去, 好不便當.) <平妖
1:65>

47) 【아즈미】圏 아주미. 아주머니. 형수(兄嫂). ¶
嫡姑 ‖ 느의 아즈미 졍진암의셔 츌가ㅎ엿더니
(孩兒有箇嫡姑, 現在淨眞庵做主持." <平妖 1:66>

48) 【셔롯다】圏 거두어 치우다. 정리(整理)하다.
¶ 가도시 져 입은 도복을 버셔 가즈를 닙히고
일콧기롤 가미[신]라 ㅎ고 흔 간 방을 셔르져
거처ㅎ고 (道士將自己身上半新不舊的道袍, 與瘸
子穿了, 叫衆人稱他做瘸師, 又把自房隔壁一間空
房與瘸子做臥室.) <平妖 1:66> ⇒ 셔럿-, 셔럿다,
셔롯다, 셜엇다, 셔롯다, 셜웃-, 셜옷다

49) 【눈칙】圏 눈치. ¶ 도시 깃거 향공을 불너 뵈
롤 쥬고 옷슬 지으라 ㅎ고 미오를 눈을 쥬니 미
이 눈칙롤 알고 뎡을 먹음어 웃더라 <平妖
1:68>

50) 【몯다】圏 모이다. ¶ 相會 ‖ 지금은 급히 못
ㅎ리니 모친이 잠들기롤 기드려 셔로 모들 거시
니 모로미 누하의셔 기다리라 (日間斷使不得.
今晚下半夜, 母親睡着, 我悄悄下樓來, 在這楊上
與你相會, 切莫失信.) <平妖 1:68>

지 못ᄒ나 임의 스스로이 언약ᄒ믈 듯고 가마니
숨어 기다리더니 가도시 나가거눌 미아 잇ᄂ 방
의 드러가 붓들고 굴오디,

"낭지 우리 사부로 언약ᄒᄂ 말을 드러시
니 쳐음 경ᄌ 우히셔 니 몬져 보앗시니 중미롤
스례 아니치 못ᄒ미라."

미이 왈,

"스룸이 볼가 겨허ᄒ노라. 앗가 네 스뷔
하 보치니 니 마지 못ᄒ여 오날 삼경의 제 방으
로 가마 ᄒ여시니 네 만일 삼경 전의 누하 목탑
우【70】 희 가 몬져 기다리라."

표도인이 디희ᄒ여 굴오디,

"낭지 진실노 이리ᄒ면 지싱지은(再生之恩)
이로다."

지삼 당부ᄒ고 가거눌 미아ᄂ 가마니 우을
ᄲᅮᆫ이러라.

셩괴 옷 짓기롤 다ᄒ미 누하의 가 가ᄌ롤
당부ᄒ디,

"니 네 누의로 더브러 명일은 길을 갈 거
시니 네 여긔 잇셔 범스롤 됴심ᄒ고 쥬식을 탐
ᄒ여 남의게 넘고롤 밧지 말나. 만일 조흔 곳을
어드면 너롤 다려가리라."

ᄒ더라.

이날 가도시 미아로 더브러 언약을 정ᄒ고
십분 쾌활ᄒ여 제 방의 도라가 밤들기롤 기ᄃ려
가려 ᄒ더니 표도인이 미ᄋ롤 맛초고 몬져 가
누상 쇼식【71】을 기다리다가 줌간 잠드럿더니
이쩌 가도시 가마니 누하의 니르러 목탑의 오르
니 스룸이 ᄌᄂ지라. 벅벅이 미인 줄 알고 황망
이 덤뷔려 ᄒ니 표도인이 ᄯᅩᄒ 미인 줄 알고 냥
인이 셔로 붓드다가 각각 아닌 줄 알고 참괴(慚
愧)ᄒ여 훗터지니라. 도시 비록 퓌흥(敗興)ᄒ나
오히려 맛날 긔약이 잇실가 ᄒ여 명일 쥬찬으로
셩고 모녀롤 니별ᄒᆯ시 지은 옷슬 닙고 길나며
다시금 가ᄌ롤 당부ᄒ더라.

셩괴 미ᄋ로 더부러 셔약 화산을 향ᄒ여
가더니 한 곳의 니르러ᄂ 날이 져물고 쵼긔 업
거눌 두루 인가롤 츳더니 믄【72】득 일위 뎐각
이 표묘히 뵈거눌 그 곳을 츠ᄌ 드러가니 가장
화려ᄒ더라. 아모커나 쉬리라 ᄒ고 모녜 쳠하
밋 디쳥의 올나 의지ᄒ여 됴을더니 비몽ᄉ몽간
의 텬지 아득ᄒ고 비풍이 쇼슬ᄒ며 뎐각이 층울
ᄒ거눌 셩괴 미ᄋ다려 왈,

"이러틋 휘황ᄒ 곳의 스룸이 업스니 괴이
ᄒ 일이로다."

미이 굴오디,

"져 곳의 반드시 스룸이 잇ᄂ가 보오니 그
리 가오시면 ᄌ연 알니이다."

셩괴 마음의 두려워 즐겨 ᄂᄋ가지 아니ᄒ
더니 믄득 두 녁시(力士) 다라드러 셩고롤 쪄51)
드러가니 한 곳의 다다라ᄂ 누각이 하눌의【73
】 다핫고 음풍(陰風)이 참참(慘慘)ᄒ며 흑뮈(黑
霧) 암암(暗暗)ᄒ더라. 니층 퓌루(牌樓)롤 지나
훈곳의 다다르니 믄득 녁ᄉᄂ 보지 못ᄒ고 훈
ᄬᅡᆼ 궁녜 븕은 스 쵸롱을 가지고 인도ᄒ여 굴오
디,

"낭낭이 기다리신지 오린지라 ᄲᅡᆯ니 가ᄌ."

ᄒ거날 셩괴 젼의 ᄂ아가니 중간의 반룡향
안(盤龍香案)을 놋코 어좌롤 비셜ᄒ엿ᄂ디 스룸
은 보지 못ᄒᆞᆯ너라.

궁녜 닐오디,

"셩고고ᄂ 잠간 기다리라."

ᄒ고 드러가더니 즉시 ᄂ와 셩고롤 쳥ᄒ거
눌 셩괴 궁녀롤 됴ᄎ 젼의 드러가니 쥬렴을 놉
히 걸고 등쵹이 휘황ᄒ디 쳔후(天后)ᄂ 즁좌의
안고 두 편【74】의 ᄌ젹(紫的)옷 닙고 스모 쓴
스룸이 잇셔 비례롤 부르거눌 셩괴 스비ᄒ니 쳔
휘 젼지(傳旨)ᄒ여 좌롤 쥬라 ᄒ디 셩괴 스양ᄒ
여 굴오디,

"낭낭의 지쳑의 감히 안ᄌ리잇고?"

쳔휘 굴오디,

"구ᄐ여 겸양치 말나, 오늘 못거지52)ᄂ 우
연ᄒ 일이 아니라 짐이 죵용이 인연을 강논ᄒ리
니 좌롤 갓가이 노ᄒ라."

ᄒ고 친히 붓드러 안치니 셩괴 왈,

"신은 산야(山野) 쳔쳡(賤妾)이라 낭낭이
과도히 사랑ᄒ시믈 입으니 아지 못게라 무삼 하
교(下敎)롤 하시리잇고?"

---

51) 【쩌다】圖 끼다. 옹위(擁衛)하다. ¶ 夾∥ 셩괴
마음의 두려워 즐겨 ᄂᄋ가지 아니ᄒ더니 믄득
두 녁시 다라드러 셩고를 쪄 드러가니 (婆子心
下有些害怕, 欲待不去, 兩個力士左右的夾幇着,
不由你不走.) <平妖 1:72>

52) 【못거지】圐 모임. 모꼬지. ¶ 會∥ 구ᄐ여 겸
양치 말나 오놀 못거지ᄂ 우연ᄒ 일이 아니라
짐이 종용이 인연을 강논ᄒ리니 좌롤 갓가이 노
ᄒ라 (不須過遜, 今日之會亦非偶然, 朕方欲與卿
細論因緣, 豈一立淡可盡耶.) <平妖 1:74>

천휘 골오디,

"경은 스룸의 뉘 아니라 스스로 혐의로이 넉이지 말나. 경은 여호 중 스룸이요 【75】 짐은 스룸이로되 여이니 낙빈왕(駱賓王)의 격셔(檄書)를 보고 이제도 한심ᄒ여 짐이 도로혀 경을 붓그려 ᄒ노라. 짐이 그ᄣ의 실노 낙빈왕의 지됴를 앗겨 죽이지 말고져 ᄒ나 그 머리를 드리거놀 짐이 불상이 녀겨 ᄎᄌ보지 아녓더니 뉘 빈왕이 다라나 중이 될 줄 알니오? 경신(廷臣)이 임군 속이믈 이ᄀᆞ치 ᄒ되 ᄉᆞ긔(史記) 짓ᄂᆞᆫ 스룸이 오히려 짐ᄃᆞ려 형벌이 과타 ᄒ니 엇지 공번될53) 말이리오?"

ᄒ고 믄득 탄식ᄒ더라.

[평뇨긔平妖記　권지이卷之二]

【1】 ᄎ셜 천휘(天后) 믄득 탄식ᄒ여 골오디,

"낙빈왕은 화상(和尙)이 되여 죽은 후 천당(天堂)의 올나갓거놀 짐은 어이ᄒ여 오히려 유명(幽冥)을 ᄲᅥᄂᆞ지 못ᄒ여 왕[황]쇼(黃巢)의 난의 빅년 셕은 ᄲᅧ의 다시 욕을 면치 못ᄒ니 금은보픠를 다 가져가고 짐(朕)의 쥬옥픠물(珠玉佩物)을 다 진멸ᄒ니 엇지 한홉지54) 아니ᄒ리오?"

셩긔 늣기를 다ᄒᆞ미 ᄂᆞ죽이 골오디,

"왕[황]쇼 도적이 이러틋 무례ᄒ나 낭낭의 위엄으로 금치 못ᄒ시니가?"

천휘 골오디,

"세상의 다다르면 하날이 마왕(魔王)을 니여 천하를 【2】 어즈럽게 ᄒ시ᄂᆞ니 짐은 당쵸의 ᄂᆞᆫ고 마왕은 당말(唐末)의 나 남녜 비록 몸이 다르나 마음은 한가지라. 짐이 당권(當權)ᄒᆞᆯ 졔 천하 스룸이 감히 짐을 금ᄒ리 업더니 왕[황]쇠 혼ᄶᅥ 당권ᄒᆞ미니 짐이 엇지 근심을 덜어 금ᄒ리오?"

셩긔 골오디,

"천휘 세상의 계실 ᄣᅥ의 부쳐를 믄들고 졀을 지어 불상을 슝상ᄒ시니 공덕이 젹지 아니ᄒ거놀 엇지 지금 유명(幽冥)을 ᄲᅥ나지 못ᄒ시니 그 곡졀을 아지 못ᄒ리로쇼이다."

천휘 탄식ᄒ여 골오디,

"조혼 일ᄒᆞᄂᆞᆫ 스룸은 마음이 됴혼 후야 바야흐로 복을 엇 【3】 ᄂᆞ니 짐은 마음이 됴치 못ᄒ니 비록 불상을 위ᄒᆞᆫ들 엇지 천당의 올나 가리오? 짐이 녀ᄌ의 몸으로 인간 복녹을 다 누려시되 오히려 호화로오믈 ᄭᅵ닷지 못ᄒ엿더니 이제 ᄯᅩ혼 유명을 면치 못ᄒ니 엇지 ᄎᆞ셕지 아니ᄒ리오?"

셩긔 골오디,

"그러ᄒᆞ오면 맛당이 유명을 면ᄒ실 일을 혜아리지 아니ᄒ시ᄂᆞ니잇가?"

천휘 골오디,

"짐도 이 싱각이 업ᄉᆞᆷ이 아니로디 셰셰 그러치 못ᄒᆞᆫ 닐이 만ᄒ니 착ᄒᆞᆫ 스룸을 어더 티ᄉᆞ를 닐으혀 왕업을 도모코ᄌ ᄒ나 가합지인(可合之人)을 엇지 못ᄒ여 쥬야 공구(恐懼)ᄒ더 【4】 니 우연이 경을 보니 가히 티ᄉᆞ를 도모홈죽 ᄒᆞᆫ지라. 경이 능히 덤을 노와 일비시ᄂᆞᆨ(一臂之力)을 쓸진디 픠업을 일운 후 유츔 만년ᄒ고 함긔 늙을긔 ᄒ노리."

셩긔 골오디,

"낭낭이 진실노 뉴렴ᄒ실진디 맛당이 죽을 힘을 다ᄒ여 셤기고ᄌ ᄒᆞ나이다."

천휘 골오디,

"왕픠 셩쇠ᄂᆞᆫ 그ᄣᅥ가 다 잇ᄂᆞ니 아직 급히 다스리지 못ᄒᆞᆯ지라. 이러무로 ᄯᅳᆺ을 품고 일을 비로ᄉᆞ지55) 못ᄒ노라."

셩긔 골오디,

"어이ᄒ여 마음을 품고 뉴예미결(猶豫未決)ᄒ시ᄂᆞ니잇고?"

천휘 탄ᄒ여 골오디,

"이는 다른 닐이 아니라 노옹 【5】 으로 말미암으미로다."

---

53)【공번되다】휑 공번되다. 공정(公正)하다. ¶ 公道 ‖ 오히려 짐ᄃᆞ려 형벌이 과타 ᄒ니 엇지 공번될 말이리오 (外人猶以朕爲誅戮太甚, 公道何在.) <平妖 1:75>

54)【한홉다】혱 한(恨)스럽다. ¶ 짐의 쥬옥픠물을 다 진멸ᄒ니 엇지 한홉지 아니ᄒ리오 (致朕今日環佩凋殘, 誠羞見卿之面也.) <平妖 2:1>

55)【비롯다】동 비롯하다. 시작하다. ¶ 왕픠 셩쇠ᄂᆞᆫ 그 ᄣᅥ가 다 잇ᄂᆞ니 아직 급히 다스리지 못ᄒᆞᆯ지라 이러무로 ᄯᅳᆺ을 품고 일을 비로ᄉᆞ지 못ᄒ노라 <平妖 2:4>

셩괴 무러 굴오디,
"노옹은 뉘니잇가?"
쳔휘 굴오디,
"이는 낙양왕 장간(張柬)이니라."
말이 치 맛지 못ㅎ여 젼 밧긔 금셩이 니러
ㄴ니 궁녜 경황(驚慌)이 드러와 알오디,
"한왕(漢王)이 낭낭의 왕업 도모ㅎ려 ㅎᄂ
뜻을 알고 십만 디군을 거ᄂ려 줏쳐56) 드러오
나이다."
쳔휘 쳥파의 디경ㅎ여 얼골빗치 변ㅎ고 황
망이 피코ᄌ ㅎ거놀 셩괴 굴오디,
"낭낭은 노신의 몸도 피케 ㅎ쇼셔."
ㅎ며 급히 니러ᄂ다가 ᄯ히 업더져 믄득
놀나 ᄭ드르니 날이 임의 붉앗고 좌우롤 술펴보
니 그런 【6】 젼각이 다 업고 무덤 밋히 누어거
놀 춍망이 미아롤 ᄎᄌ니 임의 간 곳이 업ᄂ지
라. 디경실식(大驚失色)ㅎ여 두루 헤지르며 미아
롤 부르되 동젹(踪跡)이 아됴 업ᄉ니 일장을 크
게 통곡ㅎ고 마음의 싱각ㅎ되,
'엄반션이 일오기롤 녀이 괴이ᄒᆫ 지앙이
잇ᄉ리라 ㅎ더니 졍히 이런 일을 니르미로다.'
ㅎ고 다시 술피니 시상뎍 무인ㅎ고 가시덤
불 속의 불어진 돌비 잇거놀 헷치고 보니 비의
삭인 글지 오히려 분명ᄒᆫ지라 ㅎ엿시되,
'디당측쳔황뎨비大唐則天皇帝碑'라 ㅎ엿더
라.
셩괴 싱각ㅎ되,
'원간 이런 연고로 그러ㅎ닷다? 【7】 일이
디관졀 긔특ᄒᆫ 뎔목이 ᄯ혼 니상ᄒᆫ 일이로다.
아모커나 셔악 화산의 유벽ᄒᆫ 곳을 굴히여 머무
러 니두ᄉ(來頭事)롤 보리라.'
ㅎ고 비록 이리 싱각ㅎ나 쳐음 안문산을
ᄯ놀 젹은 모ᄌ 삼인이러니 검문산(劍門山)의
츌ᄋ롤 ᄶ르치고 이 ᄯ히 와 미아롤 ᄯ 닐ㅎ니
일신이 고단ㅎ여 쳐창ㅎ더라.

---

56) 【줏치다】 图 짓치다. 시살(厮殺)하다. ¶ 厮殺 ‖
한왕이 낭낭의 왕업 도모ㅎ려 ㅎᄂ 뜻을 알고
십만디군을 거ᄂ려 줏쳐 드리오나이다 (漢陽王
聞娘娘復有圖王之意,　統領大軍十萬,　殺將來也.)
<平妖 2:5>

7

양순검녕경봉셩고 ᄌᆞ장노급슈득이난
楊巡檢迎經逢聖姑　慈長老汲水得異蛋

셩괴 미아롤 일코 홀노 힝ᄒᆞ여 셔악 화산의 올나 셩졔묘(聖帝廟)의 분향ᄒᆞ고 머리 조아 스승 맛나 도롤 엇고 모녜 셔로 맛나기롤 빌고 진도람(陳搏) 션싱 잇【8】ᄂᆞᆫ 곳을 무르니 진션싱이 임의 신션이 되여 가고 잇던 셕실만 잇다 ᄒᆞ거눌 셩괴 그 셕실이 유벽ᄒᆞᆷᄋᆞᆯ 보고 마음의 스랑ᄒᆞ여 쩌날 ᄠᅳᆺ이 업ᄂᆞᆫ지라 밤이면 그 곳의셔 ᄌᆞ고 눗이면 비ᄂᆞᆫ 한미 되여 산젼산후로 도관(道觀)과 졀을 ᄎᆞᆽ 단니더니 홀연 일위 부인이 교ᄌᆞ롤 타고 뒤히 ᄎᆞ환(丫鬟)이 ᄯᅡ라 뫼히 올ᄂᆞ와 분향ᄒᆞ거눌 셩괴 ᄌᆞᄀᆞ이 ᄂᆞᄋᆞ가 녜ᄒᆞ고 굴오디,

"원컨디 됴흔 일을 ᄒᆞ쇼셔."

ᄒᆞ니 부인이 눈을 드러 보고 굴오디,

"오날은 마춤 은돈을 가져오지 아니ᄒᆞ엿시니 줄 거시 업ᄂᆞᆫ지라. 너희 만일 젼냥을 엇고【9】 ᄌᆞ 홀진디 엇지 양노불(楊老拂)과 양잉잉(楊奶奶)을 찻지 아니ᄒᆞ고 날을 봇치ᄂᆞᆫ다?"

ᄒᆞ고 교ᄌᆞ롤 지쵹ᄒᆞ여 가니 모든 스롬이 탄식ᄒᆞ고 홋터지거눌 셩괴 무러 굴오디,

"앗가 무슴 연고로 양노불과 양잉잉을 쳔

거ᄒᆞ던고?"

즁인이 디답ᄒᆞ여 굴오디,

"이 뫼 ᄋᆞ리 화음현(華陰縣)이란 고을이 이시니 그 고을의 슌검(巡檢) 벼술ᄒᆞᄂᆞᆫ 양춘(楊春)이란 스롬이 잇셔 본디 가음연[57] 집이라. 부쳬 어진 일을 됴화 빈궁(貧窮)흔 스롬을 보면 급흔 닐 보듯 ᄒᆞ여 보시(布施)ᄒᆞ고 도ᄉᆞ와 즁싱들 공경ᄒᆞ기롤 됴화ᄒᆞ고 히마다 츈츄로 악묘(岳廟)의 올나【10】 분향ᄒᆞ되 돈과 음식을 만히 가져다가 우리롤 구졔ᄒᆞ니 이러무로 부르기롤 양노불이라 ᄒᆞᄂᆞ니라."

셩괴 이 말을 듯고 이의 도ᄉᆞ의 민도리[58]ᄒᆞ고 양슌검 집을 ᄎᆞᄌᆞ 가니 문의 방을 붓쳐시되,

'즁과 도ᄉᆞᄂᆞᆫ 졍칠월과 사십월 쵸일일 셔원의 ᄂᆞᄋᆞ가 지롤 먹고 본퇵 문 압히ᄂᆞᆫ 못지 말나.'

ᄒᆞ엿거눌 셩괴 두루 보니 돌 우히 문직흰 장공(張公)이 안ᄌᆞ거눌 셩괴 ᄂᆞᄋᆞ가 녜ᄒᆞ고 니로디.

"빈도(貧道)ᄂᆞᆫ 셔쳔(西川) 사롬이라. 악묘의 분항ᄒᆞ러 왓더니 도라길 빈젼이 진ᄒᆞ여시니 거퇵(貴宅)의셔 보시(布施)ᄒᆞᆷᄋᆞᆯ 바라ᄂᆞ이다."

장공이 ᄀᆞᆯ【11】 ᄋᆞ디,

"오려흘진디 일쪽이 올 거시여눌 어이ᄒᆞ여 오기롤 늣기야 ᄒᆞ엿ᄂᆞ뇨? 네 문의 붓친 거술 ᄌᆞ셰이 보라."

셩괴 굴오디,

"닉 비록 먼니 잇ᄉᆞ나 양노불과 양잉잉이 션ᄉᆞᄒᆞ시ᄂᆞᆫ 말을 익이 드럿더니 엇지 쇼문과 다르리오."

문직이 일오디,

"우리 노야와 잉잉이 보시ᄒᆞ시기롤 승니(僧尼)와 도ᄉᆞ와 걸인이 문의 니르면 아모 ᄯᅢ나 보시 아닐 젹이 업더니 거월의 흔 니괴 남방으로셔 와 셩장을 만히 ᄒᆞ니 우리 잉잉이 집의 두고 공경ᄒᆞ여 경을 드르시더니 원간 강도의 당이

---

57) 【가음여-】〔혤〕 《가음열다》 부유(富裕)하다. ¶ 富∥슌검 벼슬ᄒᆞ는 양츈이란 스롬이 잇셔 본디 가음연 집이라 (楊春巡檢出名叫做楊老佛, 乃大富之家.) <平妖 2:9>

58) 【민도리】〔몡〕 차림새. 분장(扮裝). ¶ 扮∥도ᄉᆞ의 민도리 ᄒᆞ고 양슌검 집을 ᄎᆞᄌᆞ가니 문의 방을 부쳐시되 (打扮個貧乞老道姑的模樣, 下山到華陰縣前, 問了楊巡檢家.) <平妖 2:10>

라. 도적 열다섯 놈을 닌ᄒᆞ여 반야의 장 【12】 기ᄅᆞᆯ 들고 다라드니 노야와 잉잉이 겨유 숨어 면ᄒᆞ되 지물을 다 분탕(焚蕩)ᄒᆞ여 갓시니 이러 무로 즁과 도ᄉᆞ 보기ᄅᆞᆯ 쯧치고 다만 히마다 절의 가 지ᄅᆞᆯ ᄒᆞ니 ᄉᆞ월 쵸ᄒᆞ로 날은 발셔 지ᄂᆞ고 칠월은 머러시니 다른 ᄃᆡ로 가라.”

셩괴 굴오ᄃᆡ,

“츌가ᄒᆞᆫ 스롬이 용ᄒᆞ니도 잇고 ᄉᆞ오나오 니도 잇스니 엇지 스롬마다 의심ᄒᆞ리오. 빈도ᄅᆞᆯ 보기ᄅᆞᆯ 위ᄒᆞ여 오미 아니라 노야와 잉잉이 보살 이란 말을 듯고 특별이 와 얼골을 뵈오려 ᄒᆞ노 라.”

언미필의 안흐로셔 문을 열며 ᄒᆞᆫ 져믄 죵 놈이 금안빅마(金鞍白馬) 【13】 ᄅᆞᆯ 잇글고 ᄂᆞ오 거늘 쟝공이 굴오ᄃᆡ,

“노애 지금 ᄂᆞ오시니 ᄲᆞᆯ니 피ᄒᆞ라. 노애 만일 보시면 너ᄂᆞᆫ 니르지 말고 날을 그러게 넉 이시리라.”

셩괴 즐겨 가지 아니ᄒᆞ더니 양슌겸이 통천 관[衝天冠]을 쓰고 금포ᄅᆞᆯ 닙고 손의 셔쳔 부쳐 ᄅᆞᆯ 쥐고 말을 타시니 두어 노복이 우산과 ᄎᆞ상 (茶床)을 가지고 그 뒤히 향쵹과 풍뉵 가진 지 ᄯᅳ르거늘 셩괴 무러 굴오ᄃᆡ,

“노애 어ᄃᆡ 가시ᄂᆞᆫ 길이완ᄃᆡ 뫼셔 가는 스 롬이 져리 만ᄒᆞ뇨?”

쟝공이 굴오ᄃᆡ,

“셔문 밧 금ᄌᆞ로 쓴 부쳐의게 경ᄎᆔᆨ을 마즈 라 가ᄂᆞ니라.”

셩괴 무러 굴오ᄃᆡ,

“그 【14】 경이 어ᄃᆡ셔 왓ᄂᆞ뇨?”

쟝공이 굴오ᄃᆡ,

“이ᄂᆞᆫ 외국 즁이 가져온 거시이니 그 즁의 니력을 드르라 그 즁이 셔문 밧긔 잇다가 죽고 다만 경문을 머무럿ᄂᆞᆫ지라. 우리 노애 가져다가 셔원 불당의 두고 분향ᄒᆞ려 ᄒᆞ시ᄂᆞ니라.”

셩괴 굴오ᄃᆡ,

“이 경ᄎᆔᆨ이 쳔츅ᄉᆞ(天竺寺) 범ᄌᆞ(梵字)로 쎠시니 니 무ᄉᆞᆷ 경인 쥴 아ᄂᆞ니라.”

쟝공이 굴오ᄃᆡ,

“도ᄉᆞᄂᆞᆫ 헷말을 말나.”

셩괴 굴오ᄃᆡ,

“니 늙은 스롬이 무ᄉᆞᆷ 거즛말 ᄒᆞ리오. 빈 되 아시(兒時)붓터 보현보살(普賢菩薩)을 뫼셔

열여슷 가지 하날 글ᄌᆞᄅᆞᆯ 모롤 거시 업거늘 ᄒᆞ 믈며 셔역(西域) 글시야 【15】 무어시 어려 오리 오.”

ᄒᆞ니 원간 셩괴 텬셔ᄅᆞᆯ 비화 알미러라.

쟝공이 디경ᄒᆞ여 굴오ᄃᆡ,

“보현보살은 관셰음보살과 ᄀᆞᆺ거늘 네 엇지 보와시리오?”

셩괴 굴오ᄃᆡ,

“빈되 일즉 보현보살과 연분이 잇시무로 뫼셔 ᄃᆞᆫ니ᄂᆞ니 양노애 만일 보살긔 뵈옵고ᄌᆞ ᄒᆞ 실진ᄃᆡ 쳥ᄒᆞ여 오미 어렵지 아니ᄒᆞ도다.”

쟝공이 굴오ᄃᆡ,

“이 말이 실노 헛되지 아니ᄒᆞ냐?”

셩괴 굴오ᄃᆡ,

“나는 츌어셰상ᄒᆞ여 ᄌᆞ쵸지우금(自初至于 今) 거즛말을 모로노라.”

쟝공이 굴오ᄃᆡ,

“만일 이러ᄒᆞ 량이면 노애 도라오거든 니 위ᄒᆞ여 드러가 뵈옵고 즉시 【16】 술오려니와 아 지 못게라 녀보살의 법호(法號)ᄅᆞᆯ 무어시라 ᄒᆞ 며 햐쳐(下處)ᄒᆞᆫ 곳은 어ᄃᆡ뇨?”

셩괴 굴오ᄃᆡ,

“빈도의 별호ᄂᆞᆫ 셩고괴니 노애 만일 날을 보고ᄌᆞ ᄒᆞ시거든 동남을 향ᄒᆞ여 셩고ᄅᆞᆯ 셰 번 부롤진ᄃᆡ 니 짐쟉ᄒᆞ고 ᄎᆞᄌᆞ오리라.”

ᄒᆞ고 말을 맛츠며 표연이 도라가니 그 가 ᄂᆞᆫ 바ᄅᆞᆯ 아지 못ᄒᆞ리러라. 이날 양슌겸이 관음 현의 가 경을 니여 비단보의 ᄡᆞᆫ 침향갑의 얍젼 의 넛코 싱쇼고악(笙簫鼓樂)으로 바로 셔 원불 관 안히 뫼셔 두고 가인을 분부ᄒᆞ여 잡인을 금 ᄒᆞ더라. 이날 쟝공이 슌겸을 보고 ᄂᆞᄋᆞ가 알외 되,

“금 【17】 일 크게 긔이ᄒᆞᆫ 보살을 보앗ᄂᆞ이 다.”

슌겸이 괴이 녀겨 급문 왈,

“너ᄂᆞᆫ 엇던 스롬을 긔이히 보왓ᄂᆞ뇨?”

쟝공 왈,

“노애 셔원의 가오신 후 일긔 노픠(老婆) ᄂᆞᄋᆞ와 노야ᄅᆞᆯ 뵈아지라 ᄒᆞ거늘 쳐음의ᄂᆞᆫ 걸긱 (乞客)으로 알고 이위 니력을 토셜ᄒᆞ여 쥰졀이 가라 ᄒᆞ온죽 졔 닐오ᄃᆡ 노야의 활불디덕(活佛大 德)을 듯고 불원쳔니(不遠千里)ᄒᆞ고 ᄀᆞᆺ더니 이곳 이 계신 틱상이라 ᄒᆞ미 왓더니 ᄂᆞ가셔 다 ᄒᆞ니

반드시 칭탁ᄒ리라 ᄒ거늘 바로 닐너 셔원의 경
칙(經冊) 가지라 가신 말슴을 ᄒ오니 츌쳐롤 뭇
거늘 젼후(前後) 말을 다 니르오니 져의【18】
능히 경문을 무불통지(無不通知)라 이르거늘 어
이ᄒ여 아는고? 무른즉 보현보살과 친ᄒ 연분이
잇다 ᄒ거날 그 말을 밋지 아니ᄒ오니 졔 닐오
디 츌세 후로 거즛말을 모로노라 ᄒ거늘 셩명거
쥬롤 무르니 별호롤 셩고괴라 닐으고 표연이 가
며 닐오디 만일 노애 보시려 ᄒ거든 남향ᄒ여
셩고괴롤 세 번 부르면 ᄌ연 알고 오마 ᄒ고 가
니 그 가는 바롤 아지 못ᄒ너이다.”

순검이 고요히 듯기롤 다 ᄒ미 반신반의ᄒ
여 굴오디,

“니일 졔 오기롤 기다릴 거시라.”

ᄒ고 후당의 드러가 잉잉(奶奶)을 더ᄒ여
【19】 범ᄷ경(梵字經) 마ᄌ온 일과 장공(張公)의
니르던 셩고의 말을 이르니 잉잉이 굴오디,

“앗가 고이ᄒ 일이 잇셔 졍히 알외고ᄌ ᄒ
더니이다. 너 마춤 뜰의셔 뉴화(榴花)롤 구경ᄒ
더니 믄득 보니 동남방으로 됴ᄎ 오식 구름이
ᄶᅵ이엿고 그 구름 ᄀ온디 칠보영낙(七寶瓔珞)ᄒ
고 흰 고리 탄 부졔 현셩ᄒ시거날 너 황망이 녜
ᄒ고 머리롤 드러 보니 믄득 간 더 업거늘 너
일시 눈이 현현(眩眩)ᄒ여 잘못 본가 ᄒ엿더니
이졔 듯ᄉ오니 셩고의 말노 볼작시면 보살이 셩
고롤 다리고 와 계시던가 보오니 명일 쳥ᄒ여
범ᄷ경을【20】 일켜 보와 허실을 알 거시니이
다.”

ᄒ더라.

원너 구름 속의셔 현셩ᄒ던 보살은 다른
닐이 아니라 셩괴 환술(幻術)노 속이미러라. 명
일 순검이 분향ᄒ고 동남을 향ᄒ여 셩고롤 세
번 부르니 쇼리로 됴ᄎ 장공이 급히 알외디,

“어졔 왓던 녀보살이 문 밧긔 왓느이다.”

순검이 고히 넉여 셔로 보고져 ᄒ더니 믄
득 ᄒ 도괴(道姑) 쳥샹(廳上)의 니르러 녜ᄒ거늘
순검이 황망이 답녜ᄒ고 굴오디,

“양츈이 무슴 지덕이 잇관디 셩고괴 욕되
이 강님ᄒ시되 먼니 맛지 못ᄒ오니 죄롤 ᄉᄒ쇼
셔.”

셩괴【21】 굴오디,

“노시쥬는 과례롤 마웁쇼셔. 빈도는 구름
ᄀᆺ치 유유ᄒ여 ᄌ최 표홀ᄒᆞ온 즁 일즉 부쳐와

연분이 잇ᄉ와 경문을 달통ᄒ옵고 도 잇는 보살
을 ᄎᄌ 단니더니 노시쥬의 부쳐 두 분 활인지
덕(活人之德)이 원근이 ᄌᄌᄒ옵거늘 빈되 외람
ᄒ온 뜻을 너여 혹ᄌ(或者) 도롤 강논ᄒ여 비홀
일이 잇ᄉ올가 작일의 문견의 요란ᄒ미 잇습더
니 다힝이 물니치지 아니ᄒ시고 더러온 자최롤
부르시오니 황감무지로쇼이다.”

순검이 답ᄉ 왈,

“셩고고는 과히 겸ᄉ치 말나. 양츈이 일즉
박복ᄒ여 젼셩 죄【22】과롤 씨둇고 후시 길이
나 닥글가 ᄒ여 남겨지[59) 지물노 빈한ᄒ니롤
약관 구ᄒ고 ᄶ다시 경문의 입승ᄒ여 어진 도롤
비홀가 ᄒ오나 마츰니 착ᄒ 스롬을 엇지 못ᄒ여
더욱 박복ᄒ 탓신가 ᄒ엿더니 쳔우신됴(天祐神
助)ᄒ여 셩고괴의 놉흔 도가롤 만나 뵈오니 깅
무쇼원(更無所願)이라. 맛당이 우리 부졔 스승을
어덧도다.”

말을 맛츠미 잉잉이 나ᄋ오니 셩괴 공슌이
녜ᄒ디 잉잉이 ᄯ흔 답녜ᄒ고 말슴이 ᄌ못 슌화
ᄒ더라. 셩괴 만복을 일컷고 경문을 강논홀시
순검과 잉잉이 굴오디,

“원【23】 컨더 셩고고는 경문을 굴으치라.”

말을 맛츠미 온ᄀᆺ 경을 너여 압히 노ᄒ오니
셩괴 온ᄀᆺ 경을 ᄎ례로 너여 오라 ᄒ여 음을 일
을시 광불심경을 셰셰히 삭여 강논ᄒ되 조금도
그르지 아니ᄒ지라. 순검 부졔 더욱 공경ᄒ고
잉잉이 셩고롤 다리고 집의 머무러 한가지로 자
며 도롤 비ᄒ고져 ᄒ더라. 순검이 불당 뒤히 삼
간 방을 셔르져 포진을 졍졔ᄒ고 공양ᄒ되 셩괴
다만 혼ᄌ 거쳐ᄒ여 츠환 낭인으로 뫼셔 잇게
ᄒ며 쇼찬과 쇼쥬란 보너되 버린 거슨 보너지
마르쇼셔. 빈되 젼일 힝실【24】 닷글 졔 십년을
엄[음]식을 먹지 아냐느이다.”

잉잉이 싱각ᄒ되,

‘음식은 하로도 폐치 못ᄒᆯ 거시니 엇지 십
년을 견디리오. 아모커나 시험ᄒ리라.’

ᄒ고 홀노 동산 직횐 하인을 분부ᄒ여 셔
원 문을 잠으라 ᄒ고 음식을 보너지 아니커롤
[놀] 칠팔 일의 니르미 잉잉이 원문의 느ᄋ가

____

59)【남겨지】⑱ 나머지. ¶ 양츈이 일즉 박복ᄒ여
   젼셩 죄과롤 씨둇고 후시 길이나 닥글가 ᄒ여
   남겨지 지물노 빈한ᄒ니롤 약관 구ᄒ고 ᄯᅩ 다시
   경문의 입승ᄒᆡ 어진 도롤 비홀가 ᄒ오나 ＜平
   妖 2:22＞

셩고를 보니 단졍이 안즈 염불ᄒᆞ거늘 잉잉이 굴
오디,

　　　"셩고는 비곫푸지 아니ᄒᆞᆫ가?"

　　　셩괴 머리를 흔드러 오히려 비곫푸지 아니
ᄒᆞᆫ 듯 ᄒᆞ거늘 잉잉이 도라와 슌검다려 셩고의 셩
불ᄒᆞᆫ 바를 니르미 슌검이 ᄯᅩ흔 경희(驚喜)ᄒᆞ【
25】여 밧들기를 부모ᄀᆞᆺ치 ᄒᆞ고 셤기기를 스승
ᄀᆞᆺ치 ᄒᆞ니 일이 다 모호ᄒᆞ더라.

8

□□□□□□□□ □□□□□□□□

慈長老單求大士籤 蛋和尙一盜袁公法

이 젹의 동경부 지경의 장노(長老)라 ᄒᆞᄂᆞᆫ ᄉᆞ롬이 잇ᄉᆞ니 일즉 화쵸ᄅᆞᆯ 기르며 ᄯᆡᄯᆡ 동산의 올나 원근을 챵망ᄒᆞ고 달구경도 됴화ᄒᆞ더니 일일은 한 ᄭᅮᆷ을 어드미 몸이 동산의 니르러ᄂᆞᆫ 긔화 ᄒᆞᆫ 송이 ᄯᅥ러져 잇ᄉᆞ되 보기 구경스럽더라.60) 마음의 가장 즐겨 졍히 집고ᄌᆞ ᄒᆞ더니 일위 신인이 일오디,

"너ᄂᆞᆫ ᄲᆞᆯ니 이ᄅᆞᆯ 거두어 기르라."

ᄒᆞ거ᄂᆞᆯ 장노 허리ᄅᆞᆯ 굽히다가 ᄭᅢ미 곳 향ᄎᆔ 오히려 코의 머무럿더라. 죽장을 집 【26】 고 긔엄긔엄61) 올나가 보니 아모 것도 업고 조고ᄆᆞᄒᆞᆫ 어린 ᄋᆞ히 잇ᄉᆞ되 ᄀᆞ마니 안ᄌᆞ시니 그 ᄉᆞ이 ᄌᆞ라 달포 된 ᄋᆞ히 ᄀᆞᆺᄒᆞ나 다만 말을 못ᄒᆞ고 장노의 오ᄂᆞᆫ 냥을 보고 우으며 장노의 옷술 잡으려 ᄒᆞ거ᄂᆞᆯ 장노 긔가 막혀 싱각ᄒᆞ되,

'별별 희한ᄒᆞᆫ 닐도 다 보리로다. 이 아니뇨괴 졍녕인가. 분명 ᄉᆞ롬일진디 하늘이 날노 ᄒᆞ여곰 거두라 ᄒᆞ시민가? 젼싱의 원쉬 잇셔 날을 히ᄒᆞ려 ᄒᆞ민가?'

ᄒᆞ고 법당의 ᄂᆞᄋᆞ가 분향ᄒᆞ고 관음보살긔 츅원ᄒᆞᆫ 후 한 졈(占)을 어드니 괘의 일녓시되,

'집안일을 외인이 알니 업ᄉᆞ니 【27】 머무러 명녕을 숨으라. ᄯᅩᄒᆞᆫ 오리지 아냐 오ᄂᆞᆫ디로와 가ᄂᆞᆫ디로 가리니 의심 말나.'

ᄒᆞ엿거ᄂᆞᆯ 장노 하하 웃고 닐오디,

"명녕(螟蛉)을 숨으란 말은 양ᄌᆞ ᄒᆞ라는 말이니 우리 츌가ᄒᆞᆫ ᄉᆞ롬은 졔ᄌᆞ로ᄡᅥ ᄌᆞ식을 삼ᄂᆞ니 이 일은 분명 부쳬 가르치시미로다."

ᄒᆞ고 말을 니되,

"엇던 ᄉᆞ롬이 어린 아히ᄅᆞᆯ 우리 동산의 바려시니 인명이 극히 앗가온지라. 아모나 ᄌᆞ식 업ᄂᆞ니 잇거든 이 ᄋᆞ히ᄅᆞᆯ 다려다가 ᄌᆞ식을 삼ᄋᆞ 기르라. 너 늙은 후 의지ᄒᆞ미 가장 길ᄒᆞ리로다."

ᄒᆞ니 뉴가아[劉狗兒]라 ᄒᆞᄂᆞᆫ ᄉᆞ롬이 본시 ᄌᆞ식 업ᄂᆞᆫ ᄉᆞ롬으로 일즉 졀의 잇셔 의탁ᄒᆞ【28】여 향화ᄅᆞᆯ 가음ᄋᆞᄂᆞᆫ 도인이 되엿시나 셩품이 아히ᄅᆞᆯ ᄉᆞ랑ᄒᆞ너니 이 말을 듯고 급히 동산의 가 보니 과연 얼골이 쳥슈(淸秀)ᄒᆞᆫ ᄋᆞ히 잇셔 말은 아니ᄒᆞ고 도릿도릿ᄒᆞ거ᄂᆞᆯ62) 황망이 거두어 품고 도라왓더니 장노 아히ᄅᆞᆯ ᄡᆞ라 ᄒᆞ고 날근 옷술 쥬거날,

"쓸 것슨 잇시나 졋시 업ᄉᆞ니 죽을가 ᄒᆞ나이다."

장노 굴오디,

"이런 답답ᄒᆞᆫ 닐이 어디 잇스리오. 이런 궁벽쳐의 무슴 녀인이 잇관디 졋술 먹이려 ᄒᆞᄂᆞ뇨?"

뉴옹(劉翁)이 굴오디,

"연즉 굴머 죽여야 올타 ᄒᆞ오리가?"

장노 우어 굴오디,

"ᄉᆞ롬도 변통이 업도다. 상담의 일너 【29】 시되 '쎵디신의 닭인들 못쓸쇼냐.' 말을 못드럿ᄂᆞᆫ가. 어린 ᄋᆞ히 어미졋시 업술진디 맛당이

---

60)【구경스럽다】휑 구경할 만하다. 볼 만하다. ¶ 일일은 한 ᄭᅮᆷ을 어드미 몸이 동산의 니르러ᄂᆞᆫ 긔화 ᄒᆞᆫ 송이 ᄯᅥ러져 잇ᄉᆞ되 보기 구경스럽더라 <平妖 2:25>

61)【긔엄긔엄】劻 기엄기엄. ¶ 죽장을 집고 긔엄긔엄 올나가 보니 아모 것도 업고 조고마ᄒᆞᆫ 어린 아히 잇ᄉᆞ되 ᄀᆞ마니 안ᄌᆞ시니 <平妖 2:26>

62)【도릿도릿ᄒᆞ다】휑 도렷도렷하다. ¶ 이 말을 듯고 급히 동산의 가 보니 과연 얼골이 쳥슈ᄒᆞᆫ ᄋᆞ히 잇셔 말은 아니ᄒᆞ고 도릿도릿ᄒᆞ거ᄂᆞᆯ 황망이 거두어 품고 (聽得慈長老這話, 一脚跑到菜園楊柳樹下, 看時, 果然好個清秀孩子, 連忙跑在懷中.) <平妖 2:28>

암쥭63)을 ᄒᆞ여 먹이ᄂᆞ니 모로미 쥭을 쑤어 먹
여도 명만 길면 부지ᄒᆞ여 술니라. 니 관음보살
알퍼셔 츄졈(抽占)ᄒᆞ여 보니 디길ᄒᆞᆫ 괘라. 모로
미 이 ᄋᆞᄒᆡ 일홈을 결ᄒᆞ여 길이(吉兒)라 ᄒᆞ라."
ᄒᆞ더라.

이ᄯᅥ 그 졀 모든 즁이 뉴도인(劉道人)의
집의 ᄋᆞᄒᆡ 잇단 말을 듯고 희한이 녀겨 다 와보
고 ᄋᆞᄒᆡ 온 곳을 무른디 장뇌 굴오디,

"우연이 동산의 올나갓더니 엇던 스룸이
이 ᄋᆞᄒᆡ룰 바렷ᄂᆞᆫ지라. 인명이 가긍ᄒᆞ여 거두어
【30】 기르노라."

ᄒᆞ니 모다 듯고 기즁의 용ᄒᆞᆫ 즈ᄂᆞᆫ 닐오디,

"인명 하나 구ᄒᆞ미 열두 층 탑 무으ᄂᆞᆫ64)
공덕의셔 더 낫다 ᄒᆞ니 길너 스라나면 우리 졀
덕음이 되리로다."

ᄒᆞ고 스오나온 즈ᄂᆞᆫ 닐오디,

"졀의 ᄋᆞᄒᆡ 쇼리 나미 됴치 아니타."

ᄒᆞ거늘 장뇌 굴오디,

"이러나 져러나 우리ᄂᆞᆫ 어진 마음으로 길
을 만 홀 ᄯᆞᆫ이요. 무슴 시비ᄒᆞ미 분분ᄒᆞ리오?"

즁인이 다시 말을 못ᄒᆞ고 ᄭᅩᆯ만 보더라.

일일은 화상이 치상을 극진이 ᄒᆞ고 도인의
게 졔ᄒᆞ랴 ᄒᆞ고 두부룰 민다라 부억의 두고 경
닑을 스이의 모든 즁이 두부 【31】 룰 헷쳐 괴룰
먹이니 화상이 두부룰 뭇거늘 즁이 일오디,

"괴65)룰 먹이나 뉴가아 먹이니나 다르리
오?"

ᄒᆞ니 화상이 노긔디발ᄒᆞ여 ᄂᆞ오니 원니 이
스연은 다른 일이 아니라 뉴도인이 자장노로 더
브러 그 ᄋᆞᄒᆡ룰 기르더니 그 아히 병업시 즈라
못홀 말 업시다 ᄒᆞ거늘 뉴도인이 경법을 ᄀᆞ르치
미 문일지십(聞一知十)ᄒᆞᄂᆞᆫ지라. 즈장노와 한가
지로 이즁ᄒᆞ여 일홈ᄒᆞ여 부르기룰 난즈화상(蛋
子和尚)이라 ᄒᆞ니 모든 즁들이 싀긔ᄒᆞ여 셔로
슛두어리되,66)

"졀이 망ᄒᆞ기의 니르미 괴이ᄒᆞᆫ ᄋᆞᄒᆡ룰 다
려다 【32】 길너 즁을 숨으니 아마도 스승이 민

간 녀즈룰 겹칙ᄒᆞ여 잉티 만삭ᄒᆞ여 싱산ᄒᆞ미 말
이 될가 ᄒᆞ여 거즛 동산의 바리다 ᄒᆞ고 기르미
로다."

ᄒᆞ고 난화상을 업슈이 녀기니 난화상이 분
한ᄒᆞ나 뉴도인의 양휵(養慉)흠과 즈장노의 귀이
ᄒᆞᆷ믈 감은ᄒᆞ여 분을 참고 잇더니 이러구러 여러
히 지나미 뉴도인이 병드러 죽으니 난화상이 셜
우믈 견디지 못ᄒᆞ고 즈장뇌 지빅을 후히 니녀
뉴도인을 극진쇼화ᄒᆞ고 각별 치졔ᄒᆞᆫ 후 난화상
을 무이ᄒᆞ미 승어젼일(勝於前日)이러라. 일거 월
셔(一去月逝)의 【33】 츈츄(春秋) 번[변]역(變易)
ᄒᆞ니 난화상이 뉴도인의 졔일(祭日)을 당ᄒᆞ여
두부룰 민드라 부억의 두엇더니 모든 즁들이 졔
룰 먹이고 도로혀 욕ᄒᆞ거늘 난화상이 크게 노ᄒᆞ
고 분한ᄒᆞᆷ믈 니긔지 못ᄒᆞ여 졀문을 표연이 니드
라 싱각ᄒᆞ되,

'머리 뮌 나귀 놈67)들이 이러트시 욕ᄒᆞ니
오늘밤의 불을 노화 졀을 쇼화ᄒᆞ리라.'

ᄒᆞ더니 다시 싱각ᄒᆞ되,

'져 놈들을 앗갑지 아니ᄒᆞ나 즈장노룰 엇
지ᄒᆞ리오. 참ᄋᆞ 못홀 일이니 니 홀노 피홀 만
갓지 못ᄒᆞ나 즈장뇌 날을 스랑ᄒᆞ니 져의게 하직
ᄒᆞ면 노화 보니지 아 【34】 니홀 거시요, 잇고즈
ᄒᆞ나 모든 즁놈의 ᄭᅩᆯ을 참아 보지 못ᄒᆞ리니 하
직지 말고 가리라.'

ᄒᆞ고 이놀 밤 슴경의 의복을 ᄲᅡ 가지고 월
식을 타 다라나니라.

---

64) 【무으다】 동 쌓다. 만들다. ¶ 인명 하나 구ᄒᆞ
미 열두 층 탑 무으ᄂᆞᆫ 공덕의셔 더 낫다 ᄒᆞ니
길너 스라나면 우리 졀 덕음이 되리로다 (阿彌
陀佛, 養得活時也是我寺中陰騭.) <平妖 2:30>

65) 【괴】 명 고양이. ¶ 猫兒 ∥ 화상이 치상을 극
진이 ᄒᆞ고 도인의게 졔ᄒᆞ랴 ᄒᆞ고 두부룰 민다라
부억의 두고 경 닑을 스이의 모든 즁이 두부를
헷쳐 괴를 먹이니 (蛋子和尚要做老道的羹飯, 念
老道是奉齋的, 特地買一塊豆腐, 把碗盛着放在廚
下. 又去買些紙錢, 轉來取豆腐時, 不知那一個移
在燒火的矮凳上, 被狗子吃去了.) <平妖 2:31>

66) 【슛두어리다】 동 수군거리다. 웅성웅성하다. ¶
즈장노와 한가지로 이즁ᄒᆞ여 일홈ᄒᆞ여 부르기를
난즈화상이라 ᄒᆞ니 모든 즁들이 싀긔ᄒᆞ여 셔로
슛두어리되 <平妖 2:31> ⇒ 슛도워리다, 슛두리
다, 슛두어리다, 슛어리다

67) 【머리 뮌 나귀놈】 관 민나귀. 욕하는 말. ¶ 禿
驢 ∥ 머리 뮌 나귀놈들이 이러트시 욕ᄒᆞ니 오늘
밤의 불을 노화 졀을 쇼화ᄒᆞ리라 (這伙禿驢欺得
我也夠了, …不如半夜三更, 放把火燒死了這伙禿
驢, 方出得這口氣.) <平妖 2:33>

63) 【암쥭】 명 암죽. ¶ 糕湯 ∥ 변통이 업도다 상
담의 일너시되 ᄭᅯᆼ 디신의 ᄃᆞᆰ인들 못쓸소냐 말을
못드럿ᄂᆞᆫ가 어린 아히 어미겻시 업술진디 맛당
이 암쥭을 ᄒᆞ여 먹이ᄂᆞ니 모로미 쥭을 쑤어 먹
여도 명만 길면 부지ᄒᆞ여 술니라 (乳食那裡便當,
早晚兄泡些糕湯喂他. 若是他該做你兒子, 自然有
命活得.) <平妖 2:29>

이튼날 조장뇌 난화상을 보지 못ᄒ여 모든 즁다려 무러 골오ᄃᆡ,

"난화상이 어ᄃᆡ 갓ᄂᆞ뇨?"

모든 즁들이 다 골오ᄃᆡ,

"우리ᄂᆞ 다 모로노라."

ᄒ더니 슈일이 지ᄂᆞ되 마춤ᄂᆡ 동젹이 업거ᄂᆞᆯ 모든 즁들이 일시의 난화상의 햐쳐의 가보니 의복도 업거ᄂᆞᆯ 더옥 의심ᄒ여 골오ᄃᆡ,

"이놈이 다라ᄂᆞ도다."

장뇌 알고 디쇼 왈,

"이ᄂᆞ 너희들이 반ᄃᆞ시 져와 ᄊᆞ호ᄆᆡ 져【35】홀노 견ᄃᆡ지 못ᄒ여 갓도다."

모든 즁들이 일오ᄃᆡ,

"과연 져와 ᄊᆞ혼 일이 업스ᄃᆡ 졔 본ᄃᆡ 나가고져 ᄒ나 뉴가ᄋᆞ롤 결연ᄒ여 가지 아니ᄒ엿다가 뉴가이 죽으ᄆᆡ 작일의 지젼(紙錢)을 살와 녕젼의 하직ᄒ고 아됴 ᄂᆞᆫ간가 ᄒ나이다."

장뇌 밋지 아냐 모든 즁을 분부ᄒ여 두루 츠즈라 ᄒ니 거즛 ᄃᆡ답ᄒ되,

"아됴 거졀ᄒ고 갓거ᄂᆞᆯ 아모리 츠즈되 조최 업더라."

ᄒ니 장뇌 보ᄂᆞᆫ 즁이 쇽이ᄂᆞᆫ 쥴 알고 홀일 업셔 다만 눈믈만 흘니더라. 니러구러 한 달이 지ᄂᆞ되 쇼식이 업ᄉᆞ니 다시 관음보살 알ᄑᆡ 가 졈을 어드니 다만 닐【36】 너시되,

'맛ᄂᆞ지 못ᄒᆞᆯ 괘(課)라.'

ᄒ여시니 마음의 싱각ᄒ되,

'당쵸의 슈양ᄒ라 ᄒ고 ᄯᅩ 닐오ᄃᆡ 오ᄂᆞᆫᄃᆡ로 와셔 가ᄂᆞᆫ ᄃᆡ로 가리라 ᄒ여시니 텬쉬 임의 졍ᄒ여시니 홀일 업다.'

ᄒ고 셰월을 보ᄂᆡ더라.

ᄎᆞ셜 난화상이 졀을 ᄯᅥ나 ᄉᆞ고무향(四顧無向)이라. 발원ᄒ여 텬하 명산을 두루 보고 긔이혼 ᄉᆞ롬을 ᄎᆞᄌᆞ 도법을 비호려 ᄒ여 경쥐로붓터 셩쥐로 가 남악 칠십이봉(七十二峰)을 두루 구경ᄒ고 미양 운유 ᄒᄂᆞᆫ 즁이나 도ᄉᆞ롤 맛나면 혼가지로 ᄃᆞ니며 긔이혼 사롬을 듯보더니 이러틋 ᄒ여 형쵸(荊楚) ᄯᅡ흘 두루 ᄃᆞ녀【37】 구경ᄒ더니 일일은 모든 즁ᄒᆡᆼᄒᆞᆫ 곳을 ᄯᆞ라 운몽산ᄋᆞ리로 지나더니 그 ᄯᅡ히 인젹이 업고 뫼히 깁흔지라. 경긔롤 탐ᄒ여 깁히 드러가더니 믄득 흰 안ᄀᆡ 망망ᄒ여 압흘 분변치 못ᄒ고 ᄌᆞ욱ᄒᄆᆡ 졈졈 외흑ᄒ믈 마지 아녀ᄒ더니 한 즁이 뒤히 오다가 손쳐 불너 일오ᄃᆡ,

"길을 그릇 드럿시니 도로 가즈."

ᄒ거ᄂᆞᆯ 난화상이 무러 골오ᄃᆡ,

"이 엇진 곳이뇨?"

그 즁이 답ᄒ여 닐오ᄃᆡ,

"너 일즉 드르니 이 ᄯᅡ 일홈은 ᄇᆡᆨ운동(白雲洞)이니 진납이 신령이 긔이ᄒ여 그 안ᄒᆡ 텬셔 법슐이 잇스무로 스롬이【38】 도젹홀가 두려 큰 안ᄀᆡ롤 믿ᄃᆞ라 인셰롤 격졀케 ᄒ미니 엇던 스롬이 감히 드러갈 의ᄉᆞ롤 ᄂᆡ리오."

난화상이 우어 골오ᄃᆡ,

"텬지 일월셩신풍우뇌졍하상빙셜(天地日月星辰風雨雷霆霜氷雪)이다. 후박홀 ᄶᅵ 잇ᄂᆞ니 엇지ᄒ여 이 안ᄀᆡᄂᆞ 구든 안ᄀᆡ랏다."

모든 즁이 일오ᄃᆡ,

"그ᄃᆡᄂᆞ 모로ᄂᆞᆫ 말 말나. 이 안ᄀᆡ 슌환ᄒᄂᆞᆫ 안ᄀᆡ 아니요, 텬셔로 인ᄒ여 스롬으로 ᄒ여곰 여허보지 못ᄒ게 ᄒ미니 엇지 쇼루이 알니요."

화상이 골오ᄃᆡ,

"이ᄂᆞ 이른바 거울 속의 ᄭᅩᆺ슬 ᄉᆞ랑ᄒ미요, 믈 밋ᄒᆡ 빗최ᄂᆞᆫ 달을 희롱ᄒ미로다. 져 속의 텬셰 비록 잇다 ᄒ니 뉘 능【39】 히 구경ᄒ며 그 잇스믄 엇지 아ᄂᆞ뇨?"

모다 일오ᄃᆡ,

"이 화상은 진실노 우울 밋 긔고리로다. 이러틋 쇼문을 듯지 못ᄒ여든가? 이 안ᄀᆡᄂᆞ 오월 오일이 되여야 한 번식 거두ᄂᆞ니 이ᄂᆞ 텬셔 직흰 원공이 돌ᄒᆞ롤 거나려 텬상으로 오르ᄂᆞᆫ 길이미 안ᄀᆡ 것ᄂᆞᆫ다 ᄒ더라."

화상이 마음의 암희ᄒ여 모든 즁을 니별ᄒ고 근쳐의 뉴ᄒ여 단오일(端午日)을 기다리더라.

9

넝공ᄌ쵸시염인부 난화상이도원공법

冷公子初試魘人符 蛋和尙二盜袁公法

초셜 화상이 단오일(端午日)을 기ᄃ리더니 이러구러 단오일이 다다르미 과연 평명(平明)의 안긔 졈졈 거더가 【40】 더니 오시의 텬지 명낭ᄒ거날 난화상(蛋和尙)이 손의 션장(禪杖)을 들고 졍신을 가다듬ᄋ 빅운동을 ᄎᄌ 가셔 깁흔 슈풀의셔 둘너 보니 ᄌ근 길이 잇거날 십니는 드러가니 과연 너른 시니 우히 흔 돌다리 잇시되 기리 셰 길은 ᄒ고 너뷔 흔 ᄌ는 ᄒ고 다리ᄋ리 천장이나 흔 물결의 쑈족흔 돌이 셔로 다하시니 난화상이 놀나 싱각ᄒ되,

'이 다리 가장 험ᄒ니 스룸이 엇지 오르리오. 너 임의 원ᄒ여 이 ᄯ히 와시니 죽은들 엇지 물너가리오.'

ᄒ고 ᄌ됴68) 거러 순식간의 건너가니 흔 돌문이 잇고 그 안히 룡운동이라 삭엿더라. 돌

---

68) 【ᄌ됴】㊖ 자주. ¶ 이 다리 가장 험ᄒ니 스룸이 엇지 오르리오 녀 임의 원ᄒ여 이 ᄯ히 와시니 죽은둘 엇지 물러가리오 ᄒ고 ᄌ됴 거러 순식간의 건너가니 (旣到此間, 如何生退避心, 死生有命, 怕他怎的. 把眼睛只看着前面, 大着膽索性走去, 不覺竟一溜烟的走過了.) <平妖 2:40> ⇒ ᄌ조, ᄌ죠, ᄌ쥬

문을 지나 드러가더니 긔이흔 물식이 진실노 별건곤(別乾坤)이라. 두루 구경ᄒ며 드러가니 흔 놉흔 바회 우히 빅옥향노를 노하시되 졔되 극히 비범ᄒ거날 마음의 싱각ᄒ되,

'이 곳의 니르미 엇지 텬싱연분이 아니리요.'

두루 구경ᄒ다가 졍히 텬셔 잇는 곳을 ᄎᄌ려 ᄒ더니 믄득 향니 코흘 거스리거늘 눈을 드러 보니 향니 가온디 흔 줄 향연(香煙)이 니러나 바로 구쇼(九霄)의 쎗치거늘 마음의 혜오디,

'이는 반ᄃ시 빅원신(白猿神)이 도라오는가?'

ᄒ여 뛰혀 바회로 ᄂ려 도라보도 못ᄒ고 급히 오더니 셕장을 닐코 셕교롤 건 【42】 너며 흰 안긔 졈졈 ᄭ이이여 오는 ᄉ이의 발셔 동구(洞口)롤 보지 못ᄒᆯ너라. 초막의 도라와 졍신을 졍흔 후 싱각ᄒ되,

'신고ᄒ여 계유 동구의 드러가 쓸디업는 경치만 구경ᄒ고 텬셔는 잇스며 업스믈 아지 못ᄒ고 나오니 너년 단오일이 삼빅뉵십일이 가려시니 엇지 기다리이오.'

ᄒ고 쏘 싱각ᄒ되,

'빅원신의 ᄌ는 방의 드러가 텬셔를 다쇼간 너여 오면 엇지 즐겁지 아니ᄒ리오. 아직 쵸막을 ᄯ나 두루 다니다가 너년 여름의 오ᄌ.'

ᄒ고 힝ᄒ여 영쥐(永州) 지경의 니르럿더니 믄득 슈풀 밧그로셔 말발 쇼리나며 【43】 여러 스룸이 흔 스룸을 옹위ᄒ여 오거늘 난화상이 숨어보니 한 쇼년낭군이 머리의 탕건을 쓰고 몸의 도의롤 닙고 한 필 됴흔 말을 타고 여라믄 가동이 됴ᄎ시니 이 쇼년은 본디 향흔 닝후ᄉ의 공지라 집이 가장 풍독ᄒ고 위인이 극히 둔박ᄒ니 그 ᄯ히셔 별호롤 닝박[피](冷剝皮)라 ᄒ더라. 닝공지(冷公子) 이날 유산(遊山)ᄒ고 도라가다가 난화상이 슈풀의 숨으믈 보고 ᄭ지져 무러 ᄀᆯ오디,

"네 아니 도젹인다?"

난화상이 공즈의 압히 나아와 답왈,

"빈승은 하방(下方) 스룸이라. 이 쏘 산슈롤 구경ᄒ랴 왓더니 귀인 【44】 이 오시는 줄 모로고 피치 못ᄒ엿ᄂ이다."

모든 가동이 일오디,

"이 화상이 무례ᄒ도다. 우리 상공을 보고
엇지 머리 둧지70) 아닛ᄂ다?"

닝공지 골오디,

"츌가ᄒ 스롬이 무삼 녜룰 ᄒ리오."

"장노 원간 셩명은 무어시며 어디 스롬으
로 이 ᄯᅡ히 와 쥬인을 어디ᄒ엿ᄂ뇨?"

화상이 골오디,

"빈승은 동경 스쥐셩(泗州城) 영휘ᄉ(迎暉
寺) 즁이니 부르기룰 난화상이라 ᄒ고 즈연이
곳셔 기다릴 스롬이 잇셔 진시(趁時) 가지 못ᄒ
엿더니 오날 우연이 귀딕 공즈의 힝ᄎ룰 그룻
촉범ᄒ오니 죄룰 용ᄉᄒ쇼셔."

닝공지 골오 【45】 디,

"화상이 영휘ᄉ의셔 왓실진디 먼니 힝ᄒ여
시니 즈못 아ᄂ 법슐이 잇실지라. 무슴 도룰 알
미 잇ᄂ냐?"

화상이 골오디,

"빈승은 다만 념불(念佛)이나 알고 권공(勸
供)ᄒ미나 알 ᄯᅮ이요. 비혼 바 법슐을 업ᄂ이다.
다만 바라ᄂ니 빈승을 어엿비 너기실진디 약간
노비룰 봇티시면 감은각골(感恩刻骨)ᄒ오리다."

닝공지 혜오디,

'이 즁은 걸승이요, 아모디도 쓰지 못ᄒᆯ 몸
이로다. 아모커나 쓸 곳이 잇다.'

ᄒ고 다려가려 ᄒ니 원너 닝공지 난화상을
다려가려 ᄒ미 됴흔 ᄯᅳᆺ이 아니라 공즈의 셩품이
박악ᄒ여 뇨슐ᄒᄂ 스롬을 【46】 됴히 너기더니
겻 고을의 장[왕]츄밀(王樞密) 공지 흔 슐스룰
쳔거ᄒ여 보니니 부르기룰 풍쳥안(酆淨眼)이라
ᄒ니 스스로 니로디, '니 눈이 붉ᄋ 능히 귀신
을 보노라' ᄒ고 ᄯᅩ 스롬을 방즈ᄒ기룰 잘ᄒ여
스롬을 ᄒᆡ하려 ᄒ면 유벽흔 곳의 단을 무으고
그 압히 ᄯᅡᄒᆯ 파 항을 뭇고 셩명과 싱년월을 써
놋코 단의 올나 넉술 불너 삼일의 오지 아니면
오일의 오고 오일의 아니 오면 칠일의 오거들
무슴 쇼리룰 ᄒ여 넉시 그 항의 들면 구지 봉ᄒ
고 부작을 붓쳐 단 북편의 봉ᄒ여 무드면 그 사
룸이 죽ᄂ지라. 닝공 【47】 지 본디 스롬 ᄒᆡᄒ기
룰 됴화ᄒ여 이 법슐을 비호려 ᄒ미 허실을 아
지 못ᄒ여 ᄒ다가 우연이 난즈화상을 맛나니 졔

먼 디 스롬으로 형셰 외로온지라 쇽여 다려다가
풍쳥안의 법슐을 시험ᄒ려 ᄒ여 임의 일홈과 싱
년월을 아랏ᄂ지라 풍쳥안을 불너 의논ᄒ더니
그 사롬의 입던 옷시나 머리털이나 손톱이나 발
톱을 어드면 더욱 조흐리라 ᄒ거눌 닝공지 골오
디,

"이ᄂ 어렵지 아니타."

ᄒ고 가ᄂ 뵈로 한삼을 지여 보니고 니로
디,

"장노 오리 옷술 가라입지 못ᄒ여실 거시
니 이 옷술 닙고 날근 옷술 ᄲᅡᆯ 【48】 게 ᄒ며 머
리룰 오리 ᄭᅡᆨ지 못ᄒ엿시리니 머리 ᄭᅡᆨᄂ 스롬을
보니ᄂ니 머리룰 ᄭᅡᆨ그라."

ᄒ니 난화상이 다만 조흔 ᄯᅳᆺ으로 알고 그
디로 ᄒ니 가동이 화상의 버슨 옷과 머리털을
가져다가 드리니 공지 디희ᄒ여 풍쳥안(酆淨眼)
으로 더브러 단을 무으고 쓸거슬 ᄀᆞᆾ쵸더니 쳥안
이 부디 공즈 보ᄂ디 졔 법슐을 즈랑코즈 ᄒ여
진심ᄒ여 흔 쟝 누른 됴희의 '스셩쥐 영휘ᄉ승
난즈화싱(蛋了和尙)의 혼을 잡으리' ᄒ여 쓰고
머리털과 한삼(汗衫)을 흔디 ᄡᅡ고 우희 부작을
써 항 속의 너허 단 알픠 파뭇고 쳥안이 밤마다
습경 ᄶᅵ면 부작 【49】 을 술오고 진언을 닑어 졔
ᄉᆞ일의 다다라ᄂ 화상이 머리룰 알고 왼몸이 불
ᄀᆞᆾᄒ니 졔오일의 이르러ᄂ 병이 즁ᄒ여 인스룰
모로더라. 쳥안이 보니 단 알픠 흰 긔운이 오락
가락 ᄒ거눌 임의 넉시 ᄯᅥ나 단니ᄂ 줄 알고 법
슐을 힘써 ᄒ니 졔칠일 황혼의 거믄 긔운이 왕
너ᄒ거눌 더욱 즈묘ᄒ여 항 가온디로 ᄀᆞᆾ가이 도
더니 삼경 ᄶᅵ의 긔운이 모다 즈두치ᄂ 흔 화상
이 되니 녕픠 흔 쇼리룰 미이71) 질너 골오디,

"이 ᄶᅵ의 드지 아니ᄒ고 어느 ᄶᅢ룰 기드리
ᄂ뇨!"

ᄒ더니 화상의 넉시 항 속으로 드리다르니
믄득 단 【50】 압히 고히흔 바룸이 이러ᄂ고 벽
녁쇼리 ᄂ며 그 항이 졀노 터져 열 됴각의나 ᄂ
고 풍쳥안이 입으로 피룰 토ᄒ고 단 압히셔 죽
으니 원간 요술ᄒᄂ 스롬이 남을 히ᄒ려 ᄒ다가
긔운이 지치고 복잇ᄂ 스롬을 맛나면 졔 도로혀

---

70) 【둧다】圖 조아리다. ¶ 磕∥이 화상이 무례
　　ᄒ도다 우리 상공을 보고 엇지 머리 둧지 아닛
　　ᄂ다 (這行脚僧無禮, 見了大爺, 頭也不磕個兒.)
　　＜平妖 2:44＞

71) 【미이】閏 매우. 심하게. 힘껏. ¶ 삼경 ᄶᅵ의
　　긔운이 모다 즈두치ᄂ 흔 화상이 되니 녕픠 흔
　　쇼리룰 미이 질너 골오디 (交至三更, 果然聚成
　　一尺二寸一個小和尙之形, ……把令牌向案桌上狠
　　擊一下, 喝道.) ＜平妖 2:49＞

죽으미러라. 닝공지 놀나 것구러졋다가 겨유 끼
여 니러나 황망이 가인을 불너 쳥안의 시신을
슈습ᄒ여 관곽을 ᄀᆞᆺ쵸아 뭇고 일변 장[왕]공ᄌ
의게 긔별ᄒ여 무단이 죽다 ᄒ고 ᄯᅩ 후원의 가
화상의 쇼식을 탐쳥ᄒ니 간밤의 왼몸의 ᄯᆉ을 흘
니고 쾌ᄒ다 ᄒ거ᄂᆞᆯ 닝 【51】 공지 비록 누셜치
아냐시나 마음의 참괴ᄒ여 은ᄌ 두 냥을 봉ᄒ여
가동으로 난화상을 쥬어 보너라 ᄒ니, 화상이
아모 곡졀이믈 모로고 다만 ᄉᆞ례ᄒ고 머리를 ᄶᆞ
고 시옷슬 닙엇ᄂᆞᆫ지라 몸이 더옥 가비야와 닝가
장(冷家莊)을 ᄯᅥ나가니라. 닝공지 일싱 박익ᄒ여
남을 ᄒᆡᄒ려 ᄒ다가 풍쳥안이 죽으미 감장(監
葬)ᄒ노라 허비ᄒᆫ 은지 슈빅금이라. 인니 ᄉᆞ름
이 다 착히 너기지 아니ᄒ더라.
　　　이젹의 난화상이 오다가 오월의 밋쳐 쵸막
의 니르러 편히 쉬고 이튼날 졍신을 가다듬ᄋ
오일 아ᄎᆞᆷ의 길을 ᄎᆞᄌ 셕교의 니르니 【52】 안
기 것고 날이 쳥명ᄒ거ᄂᆞᆯ 디회ᄒ여 셕교를 지나
동구의 드러가니 그ᄉᆞᆨ의 돌집이 잇시되 너르기
다엿 간은 ᄒ고 아모 것도 업거ᄂᆞᆯ ᄻᅦ쳐 뒤ᄒ로
드러가니 돌 ᄶᆞ근 동문이 잇거ᄂᆞᆯ 싱각ᄒ되,
　　　'이ᄂᆞᆫ 필연 빅원신의 텨셔 감촌 곳이로다.'
　　ᄒ고 졈졈 ᄎᆞᄌ 드러가더라.

11
득도법난승방스 우텬셔셩고잉졔
得道法蛋僧訪師 遇天書聖姑認弟

난화상(蛋和尙)이 졈졈 드러가보니 셕벽(石壁)의 텬셔(天書)롤 삭이고 쥬스(朱砂)로 메웟거놀 크게 깃거 하놀을 우러러 축원ᄒ기롤 맛고 조희롤 너여 원녁 셕벽을 【53】 시작ᄒ여 ᄎ례로 열 셕 장을 박은 후 쏘 올흔편 셕벽의 가 스물 녁 장을 박고 아리 ᄒ 줄 못 박은 거시 잇거놀 마져 박으려 ᄒ더니 믄득 빅옥향노(白玉香爐)의 향긔 니러ᄂ니 경황ᄒ여 박은 글을 거두어 가지고 동문으로 니ᄃ라 셕교(石橋)의 다다라는 쵸막의 도라와 급히 막은 묘회롤 너여보니 쳐음의 박을 졔논 돌 우희 조희롤 다히고 ᄌᄌ히 눌너 니니 가히 분변ᄒ여 볼 듯ᄒ더니 흔디 마라 가져왓스미 여러 장 조희[72] 셔로 눌녀 희미ᄒ여

____

72) 【조회】 ⑱ 종이. ¶ 紙 ‖ 쵸막의 도라와 급히 박은 묘회롤 너여보니 쳐음의 박을 졔논 돌 우희 조희롤 다히고 ᄌᄌ히 눌너니니 가히 분변ᄒ여 볼 듯ᄒ더니 흔디 마라 가져왓스미 여러 장 조희 셔로 눌녀 희미ᄒ여 알 길이 업스니 아니 박으나 다르미 업논지라 장장이 여러 보니 다 흔가지라 (走到草棚之中, 不等喘息定, 便解下紙束, 展開來看. 原來在洞中時, 手忙脚亂, 心神恍惚, 只像黑隱隱的有些字迹一般, 如今看時, 原是一張素紙, 何曾有一點一畵? 每張檢看, 都是如此.)

알 길이 업스니 아니 박으나 다르미 업논지라 장장이 여【54】 러보니 다 흔가지라. 이러틋 ᄒ다가 신고롤 무슈이 격고 마춤너 인연 업손 줄을 싱각ᄒ고 일장을 크게 울고 쵸막 밧긔 ᄂ와 죽을 곳을 찻더니 홀연 일위 노옹(老翁)이 마됴 ᄂ오며 무러 ᄀᆯ오디,

"장뇌(長老) 도롤 구ᄒ노라 신고(辛苦)ᄒ논도다."

난화상이 답왈,

"너 도 비홀 인연이 업셔 한 ᄌ도 박히지 못ᄒ엿시니 박명ᄒ미 이럴진디 죽음만 ᄀᆺ지 못ᄒ여라."

노옹이 ᄀᆯ오디,

"장노는 슬허 말나. 인연이 잇시며 업스믈 이졔 엇지 안연이 졍ᄒ리오. 쳔셰 임의 붓스로 그리며 먹으로 칠흔 거시 아니니 글 ᄌ곡이 어【55】이 잇스리오."

화상이 디경ᄒ여 ᄀᆯ오디,

"만일 이럴진디 어인 곡졀노 이러ᄒ니 잇고?"

노옹이 ᄀᆯ오디,

"이 글은 구텬(九天) 비밀흔 법이니 엇지 범간 문ᄌ와 ᄀᆺᄒ리오. 인연이 잇스며 업스믈 알고ᄌ 홀진디 달 븕은 밤의 스룸 업ᄉ 곳의 가 조희롤 드러 달을 향ᄒ여 빗최여 보면 은은이 푸른 글지 빗최여 뵈리니 이런 즉 인연이 잇스미요, 업스면 인연이 업스미라."

ᄒ거놀 화상이 이 말을 듯고 꿈이 쳐음으로 씬 듯ᄒ여 ᄀᆯ오디,

"가히 오날 밤의 시힘ᄒ리이다."

노옹이 ᄀᆯ오디,

"아직 월식이 차지 못ᄒ엿【56】시니 이십 이일 밤붓터 이십오 일가지 달이 졍긔(精氣) 가득흔 ᄴᅵ니 앗가 니르던 디로 빗최여 보와 글ᄌ 자최 잇거든 필묵을 가져 그디로 그려니라. 노뷔 그 ᄴᅵ의 와 의논ᄒ리라."

ᄒ고 표연이 가더라.

난화상이 깃브믈 니긔지 못ᄒ여 쵸막의 도라와 셜흔 일곱 장 묘회롤 ᄎ례로 졉어 갊쵸고 날을 기다리더니 이십이 일이 다닷거놀 조희와 필묵을 가지고 황혼 ᄴᅵ의 놉흔 뫼희 올나 몬져 원녁 셕벽의 박은 열셕 장을 달빗히 빗최여 보

____

니 과연 은은이 푸른 글지 뵈거눌 즈시 보니 굴근 글【57】 즈는 숀바닥 만ᄒ고 가는 글즈는 돈쪽 만ᄒ되 다 구름과 어름을 향ᄒ엿시니 흔 글즈도 아지 못ᄒᆯ너라. 화상이 붓시 먹을 뭇쳐 일일히 푸른 즈곡을 됴츠 그려너니 시도록 그려너기를 닷시로더 스물넉 장은 그렷더라. ᄀ지고 쵸옥의 도라와 싱각ᄒ되,

'텬셔ᄅᆯ 비록 어더시나 엇던 스롬이 아라볼고? 노옹이 다시 오마고 맛쵸앗더니 어이 ᄒ여 아니 오는고?'

오경 씌의 눈을 잠간 감앗더니 초막 밧긔 스롬이 와 일오디,

"텬셔ᄅᆯ 분변ᄒ고즈 ᄒᆯ진디 모로미 셩고고ᄅᆯ 츠즈라."

ᄒ거눌 화상이 ᄭᅮᆷ결의 ᄯᅱ여 니러나 무러 ᄀᆯ오디,

【58】 "셩고고(聖姑姑)는 엇던 스롬이뇨?"

무르니 아모 디답이 업거눌 밧긔 ᄂᆞ오가 보니 하날이 임의 붉앗고 스롬은 업거눌 화상이 괴히이 녀겨 혼즈말노 닐오디,

"긔괴흔 일이로다. 분명이 스롬의 쇼리 들니더니 어이 형영(形影)이 업는고?"

ᄒ더니 홀연 ᄭᅢᄃ라 ᄀᆯ오디,

"이 노옹이 필연 빅원신(白猿神)의 변화흔 몸이니 ᄂᆞ의 졍셩을 감동하여 셰 번지 나ᄅᆯ 가르치니 일노 볼 죽시면 셩고(聖姑)란 스롬이 능히 텬셔ᄅᆯ 알미니 어디 가 츠즐고? 텬하ᄅᆯ 다 도라 셩고ᄅᆯ 츠즈리라."

ᄒ고 텬셔와 의복을 가지고 초막을 쇼화ᄒ고 하늘을 우러러【59】 비러 ᄀᆯ오디,

"텬셔ᄅᆯ 아는 스롬 잇는 곳으로 쵸막이 쓰러지라."

ᄒ니 초막이 셔북으로 업더지거눌 싱각ᄒ되,

'셔북은 관즁(關中) ᄯ히니 관즁이란 곳은 옛 졔왕의 도읍ᄒ던 곳이라 즈고로 긔이흔 스롬이 만흐니 셩괴 반드시 그 곳의 잇도다.'

ᄒ며 빅운산(白雲山)을 향ᄒ여 스레ᄒ고 관즁을 바라고 ᄂᆞ오 가더니 여러 눌 만의 녀[너]양현(內鄉縣)의 니르니 이쩌 텬긔(天氣) 심열(甚熱)이라 노상의셔 붓치 한 잘늘73) 쥐고 가며

싱각ᄒ되,

'이 붓치 우희 셩고고ᄅᆯ 찻노라〔訪聖姑〕ᄒ여 셰 즈ᄅᆯ 써 쥐고 가면 혹즈 스롬이 니력을 알 니 잇셔 ᄀ르칠 법이 잇스리【60】라.'

ᄒ고 졈즁의 드러가 필묵을 어더 졍히 부치의 쓰더니 믄득 밧그로셔 흔 스롬이 드러오미 쥬인이 무러 ᄀᆯ오디,

"그디 싱불(生佛)을 보라가더니 보앗느냐?"

기인이 답ᄒ여 ᄀᆯ오디,

"화음현(華陰縣) 양슌검(楊巡檢)의 집의 산 부쳐ᄅᆯ 공양ᄒ니 호왈 '셩고괴(聖姑姑)'라. 근쳐 스롬이 다 공경흔다 ᄒ거눌 나도 남과 두 번 가 보앗더니 그후 보라 오는 스롬이 만흐미 번졉ᄒᆯ 믈 괴로이 너겨 문을 닷고 보지 아니ᄒ므로 그져 도라왓노라."

ᄒ거눌 화상이 문왈,

"졔 무슴 법슐이 잇관디 보라가는 스롬이 그리 만흐뇨?"

기인이 ᄀᆯ오디,

"셩고괴【61】 긔이흔 일이 만하 능히 흔 달을 먹지 아니ᄒ여도 비골푸지 아니ᄒ고 상시의 보살(菩薩)노 더브러 왕니흔다 ᄒ되 이는 니 보지 못흔 일이여니와 양슌검(楊巡檢)의 집의 부쳐의 글시로 쓴 글이 잇셔 아모리 득도(得道)흔 즁과 박남(博覽)흔 션비라도 글즈ᄅᆯ 알 니 업스디 셩고는 능히 아는 고로 양슌검이 신션ᄀᆺ치 공경ᄒᆞ느니라."

쥬인이 ᄯᅩ 무러 ᄀᆯ오스디,

"그디 얼골을 친히 보와시면 그 얼골이 엇더ᄒ더뇨?"

기인이 답ᄒ여 ᄀᆯ오디,

"얼골은 세상 늙은 한미 ᄀᆺᄒ되 다만 졍신이 범인과 다르고 션풍도골(仙風道骨)【62】 일너라."

화상이 이 말을 드르미 마음의 굼거워74) 인ᄒ여 졈즁을 ᄯᅥ나가며 싱각ᄒ여 ᄀᆯ오디,

"셩괴 임의 부쳐의 글을 알고 반드시 쳔셔ᄅᆯ ᄯᅩ흔 알니로다."

---

73)【잘ㄴ】⑲ 《자ᄅᆞ》 자루. ¶ 把 ‖ 이쩌 텬긔 심열이라 노상의셔 붓치 한 잘늘 쥐고 가며 싱각

ᄒ되 (此時五月中旬, 天氣炎熱. 想着得把扇兒用用纏好.) <平妖 2:59> ⇒ 쟈로, 즈로, 즈ᄅ, 줄, 줄ㄴ, 줄ㄹ

74)【굼거우ㅡ】휑 《굼겁다》 궁금하다. 답답하다. ¶ 이 말을 드르미 마음의 굼거워 인ᄒ여 졈즁을 ᄯᅥ나가며 <平妖 2:62> ⇒ 굼겁다

ᄒᆞ고 그윽이 깃거ᄒᆞ더라.

이ᄯᅢ 셩괴 양순겸의 집 셔원(西園)의 잇션지 일 년이라. ᄆᆡ양 싱각ᄒᆞ되,

'미ᄋᆞ(媚兒)의 쇼식을 언제나 드르리오? 너 이제 남의 집의 잇셔 문을 닷고 ᄉᆞᄅᆞᆷ을 통치 아니ᄒᆞ니 세상의 녀동빈(呂洞賓)이 잇신들 셔로 맛ᄂᆞ리오. 참ᄋᆞ 셜워 견ᄃᆡ지 못ᄒᆞᆯ 거시니 아마도 다시 외인을 상졉(相接)ᄒᆞ여야 쇼식을 듯보기[74]의 ᄂᆞ으리 【63】 로다.'

ᄒᆞ더라.

마츰 양잉잉(楊奶奶)이 상한(傷寒)으로 병이 잇셔 모든 ᄉᆞᄅᆞᆷ이 쓰라 ᄒᆞᄂᆞᆫᄃᆡ로 의약을 시험ᄒᆞ나 효험이 업ᄉᆞ니 순겸이 심히 근심ᄒᆞ더니 셩괴 이 말을 듯고 긔회를 타 순겸을 권ᄒᆞ여 무ᄎᆞᄃᆡ회(無遮大會)[75]ᄅᆞᆯ 비셜ᄒᆞ여 원방(遠方) 승도(僧道)ᄅᆞᆯ 모화 일흠을 너되 잉잉(奶奶)[76]을 위ᄒᆞ여 복을 비노라 ᄒᆞ니 실은 미ᄋᆞ의 소식을 알녀 ᄒᆞ미러라.

순겸이 셩고의 말은 언언(言言)이 순동ᄒᆞᄂᆞᆫ지라 흔연이 ᄀᆞᆯ오ᄃᆡ,

"셩고의 말ᄉᆞᆷᄃᆡ로 ᄒᆞ려니와 어ᄂᆞ 날노 ᄒᆞ리오?"

셩괴 ᄀᆞᆯ오ᄃᆡ,

"맛당이 턱일ᄒᆞ리니 법ᄉᆞᄅᆞᆯ 니 지휘 【64】 ᄃᆡ로 ᄒᆞ라."

ᄒᆞ고 ᄀᆞ마니 오둠을 누어 진언을 념ᄒᆞ며 순겸을 쥬어 ᄀᆞᆯ오ᄃᆡ,

"맛당이 이 거술 먼져 잉잉의게 전ᄒᆞ쇼셔."

순겸이 혜오ᄃᆡ,

'이ᄂᆞᆫ 곳 싱불(生佛)의 쥬ᄂᆞᆫ 비니 반ᄃᆞ시 션약이로다.'

ᄒᆞ고 ᄉᆞ례ᄒᆞ고 ᄀᆞ져다가 잉잉을 전ᄒᆞ니 잉잉이 ᄒᆞᆫ번 마시ᄆᆡ 경신이 나ᄂᆞᆫ 듯 ᄒᆞ더니 다 마신 후ᄂᆞᆫ 병세 져기 하리ᄂᆞᆫ지라. 순겸이 깃부믈 니긔지 못ᄒᆞ여 셩고의 술이 놉흐믈 칭찬ᄒᆞ고 숀됴 셔원의 가 셩고ᄅᆞᆯ 보고 칭ᄉᆞᄒᆞ믈 무슈이 ᄒᆞ고 인ᄒᆞ여 도장(道場)을 비셜ᄒᆞ고 규구(規矩)ᄅᆞᆯ 뭇거ᄂᆞᆯ 셩괴 닐오ᄃᆡ,

"이 도장 일흠은 무차ᄃᆡ 【65】 회(無遮大會)니 칠일을 연ᄒᆞ여 법ᄉᆞ(法事)ᄒᆞ여 일만 즁을 지ᄒᆞ여 먹이면 공덕이 층냥 업술지라. ᄒᆞᆯ믈 노시 쥬ᄂᆞᆫ 무병장슈(無病長壽)ᄲᅮᆫ 아니라 관음보살이 아ᄃᆞᆯ을 졈지ᄒᆞ고 문창뎨군(文昌帝君)이 복녹(福祿)을 어거ᄒᆞ여 ᄂᆞ리ᄆᆡ ᄃᆡᄃᆡ로 영화 부귀ᄅᆞᆯ ᄒᆞᆯ 거시니 바야흐로 빈도(貧道)의 ᄒᆞᆫ 됴각 은혜ᄅᆞᆯ 갑ᄂᆞᆫ ᄯᅳᆺ을 표ᄒᆞ미라."

ᄒᆞ니 원간 순겸의 부부 ᄉᆞ이 즉히 즁ᄒᆞ나 슬하의 일졈 혈육이 업ᄂᆞᆫ지라 평싱의 ᄋᆞ돌 낫키ᄅᆞᆯ 원ᄒᆞ더니 이 말을 듯고 엇지 깃거 아니ᄒᆞ리오. 칙녁(冊曆)을 보고 턱일ᄒᆞ여 팔월 십이일노 법ᄉᆞᄅᆞᆯ 시작ᄒᆞ려 셔원 【66】 문 밧긔 방을 써 붓쳐 사방 승니(僧尼)와 도ᄉᆞ(道士)며 션남ᄌᆞ(善男子) 션녀인(善女人)을 다 모화드리니 그 오ᄂᆞᆫ 쉬 이로 혜지 못ᄒᆞᆯ너라.

이러구러 팔월 십이일이 다다르니 슈륙 도장을 크게 베풀고 잉잉이 일즉 이러나 쇼셰ᄒᆞ고 옷 가라닙고 ᄂᆞ올시 ᄎᆞ환과 냥낭이 좌우로 옹위ᄒᆞ여 몬져 붓쳐 알퓌 비례ᄒᆞᆫ 후 강셕(講席)의 ᄂᆞᄋᆞ가니 셩괴 됴곰도 ᄉᆞ양치 아니ᄒᆞ고 놉흔 좌의 단경이 안져 숀의 계칙을 드러 세 번 셔안을 쳐 잡쇼ᄅᆡᄅᆞᆯ 금ᄒᆞ라 ᄒᆞ고 일너 ᄀᆞᆯ오ᄃᆡ,

"빈노ᄂᆞᆫ 본ᄃᆡ 셔쳔(西川) ᄉᆞᄅᆞᆷ으로 우연이 이 ᄯᅡ희 니르럿더 【67】 니 본턱(本宅)의셔 조흔 ᄯᅳᆺ을 셔로 맏뉴ᄒᆞ믈 닙어 인이 일 년이 지난지라 금일 특별이 무차ᄃᆡ회ᄅᆞᆯ 시작ᄒᆞ여 법ᄉᆞᄅᆞᆯ 비셜ᄒᆞᄆᆡ 졔일은 나라ᄒᆞᆯ 도와 히 운이 풍등(豊登)ᄒᆞ고 질병이 업셔 ᄇᆡᆨ셩이 평안ᄒᆞ게 ᄒᆞ고 둘흔 본턱을 도와 ᄌᆞ숀이 번셩ᄒᆞ게 ᄒᆞ고 복녹이 창셩ᄒᆞ며 ᄃᆡ쇼인원을 평안ᄒᆞ게 ᄒᆞ고 셋지ᄂᆞᆫ ᄉᆞ방의셔 모다 와 법ᄉᆞᄅᆞᆯ 보ᄂᆞᆫ 션남ᄌᆞ 션녀인을 도와 어진 마음을 여러너여 후일 텬당으로 가게 ᄒᆞ려 ᄒᆞᄂᆞ니 모다 마음을 가작이 ᄒᆞ여 모든 보살의 슈힝ᄒᆞ던 말을 드 【68】 르라."

---

74) 【듯보다】 동 알아보다. ¶ 尋訪 ‖ 아마도 다시 외인을 상졉ᄒᆞ여야 쇼식을 듯보기의 ᄂᆞᄋᆞ리로다 (還是與外人相接, 庶幾便于尋訪.) <平妖 2:62>

75) 【무ᄎᆞᄃᆡ회】 명 무차대회(無遮大會). 성범(聖凡)·도속(道俗)·귀천·상하의 구별없이 일체 평등으로 재시(財施)와 법시(法施)를 행하는 대법회. ¶ 긔회를 타 순겸을 권ᄒᆞ여 무ᄎᆞᄃᆡ회를 비셜ᄒᆞ여 원방 승도를 모화 일홈을 너되 잉잉을 위ᄒᆞ여 복을 비노라 ᄒᆞ니 (乘此機會, 勸他起個無遮大會保禳奶奶安康, 那時僧道畢集, 必有所聞矣.) <平妖 2:63>

76) 【잉잉】 명 {잉잉(奶奶).} 할머니. '내내(奶奶)'를 오독한 것임. ¶ 奶奶 ‖ 마츰 양잉잉이 상한으로 병이 잇셔 모든 ᄉᆞᄅᆞᆷ이 쓰라 ᄒᆞᄂᆞᆫ ᄃᆡ로 의약을 시험ᄒᆞ나 효험이 업ᄉᆞ니 (聞楊奶奶冒了風寒有十分沉重, 諸醫不效.) <平妖 2:63>

셩괴 눈으로 경칙을 보며 입으로는 관세음보살과 문슈보현(文殊普賢)의 집을 바리고 힝실을 닷가 온갓 괴로온 일을 격고 극낙세계의는 나죵의 오르던 말을 눈으로 보는 듯시 니르니 범상한 즁과 어린 빅셩이 올흔 말노 엇지 곳이 듯지 아니ᄒ리오. 감동ᄒ여 눈물을 흘니고 쾌락ᄒ여 ᄒ더라.

오시는 ᄒ여 셩괴 셜법ᄒ기를 맛고 양슌검이 모든 스름을 디ᄒ여 지를 됴히 먹이고 이 쳐로 ᄒ기를 칠일을 흔 후 맛치니라. 이ᄯᅥ 난즈화샹이 노샹의셔 화음현 양슌검의【69】집의셔 무차디회ᄒ단 말을 듯고 셩고의 일홈인 쥴 알고 급히 힝ᄒ여 슌검의 집을 ᄎᄌ가 문 밧 돌스디 우희 올나 안즈 념불ᄒ더니 문직흰 장공이 무러 ᄀᆯ오디,

"장노는 어디로셔 오건디 본틱의셔 슈륙디회를 홀 졔는 오지 아니ᄒ고 이졔야 여긔 안즈 무슴 일 ᄒᄂ뇨?"

화샹이 붓치를 드러 뵈며 닐오디,

"노시쥬는 이 붓치를 보라. 빈승은 셩고를 보랴 ᄒ미오, 지 먹으랴 ᄒ미 아니로다."

ᄒ고 믄득 보니 안흐로는 만흔 부녀 낭인이 쇼동(小童)을 거ᄂ려 찬합을 가지고 나오【70】거늘 장공(張公)이 ᄀᆯ으치되,

"장뇌(長老) 셩고고를 보고즈 ᄒ거든 이 노마마(老嬤嬤)와 양노인을 뵈옵고 술오라."

화샹이 ᄂᆞᄋ가 공슌이 녜ᄒ고 ᄀᆯ오디,

"빈승이 만복을 하례ᄒ나이다."

잉잉이 답녜ᄒ고 ᄀᆯ오디,

"화샹은 어디로 됴ᄎ 오관디 이졔야 오ᄂ뇨?"

화샹이 디ᄒ여 ᄀᆯ오디,

"빈승은 스셩쥐(泗城州) 잇ᄉ거니와 이졔 니르오믄 지를 위ᄒ미 아니라 셩고고를 보고즈 니르괘이다."

잉잉이 ᄀᆯ오디,

"화샹이 셩고를 무슴 닐노 보고즈 ᄒᄂ뇨?"

화샹이 짐즛 술오디,

"젼일 은혜 잇스와 뵈오려 ᄒᄂ이다."

잉잉이 ᄀᆯ오디,

"화샹【71】 이 별호를 뉘라 ᄒ며 무슴 은혜로오미 잇ᄂ뇨?"

화상이 술오디,

"빈승의 일홈은 부르기를 난즈화샹(蛋子和尙)이라 ᄒ옵고 은혜는 타시(他事) 아니오라 젼일 약을 쥰 닐이 잇ᄂ이다."

잉잉이 ᄀᆯ오디,

"진실노 보고즈 홀진디 아직 나를 ᄯ라오라."

ᄒ여 집의 니르러 햐쳐(下處)ᄒ게 ᄒ고 양냥(養娘)으로 ᄒ여곰 셩고의 먹을 음식을 갓쵸어 보니고 난화샹의 일을 젼ᄒ니 이ᄯᅥ 셩괴 됴용이 안갓더니 양냥이 무어슬 가지고 니르거늘 셩괴 마즈 ᄀᆯ오디,

"무어슬 가져 니르시ᄂ뇨?"

양냥(養娘)이 ᄀᆯ오디,

"잉잉이 스례홀 일이 업셔 졈심을【72】 갓쵸와 보니시더이다."

셩괴 스례ᄒ고 양냥을 머무러 ᄎ를 먹이며 말ᄒ더니 양냥이 잉잉의 ᄋᄃᆯ 못 나흐믈 말ᄒ다가 인ᄒ여 무러 ᄀᆯ오디,

"노보살은 당쵸의 남녜 업더뇨?"

셩괴 ᄀᆯ오디,

"빈되 흔 ᄋᄃᆯ이 잇셔 시방 츌가ᄒ여 도시 되엿ᄂ니라."

양냥(養娘)이 ᄀᆯ오디,

"노보살은 보현보살의 졔즈로디 ᄋᄌ(兒子)는 엇지 화샹이 되지 아니ᄒ고 도시 되엿ᄂ니라 니르시ᄂ니잇고?"

셩괴 ᄀᆯ오디,

"만법이 두 가지 도리가 업고 샹되(上道)며 즁도(中道)와 하되(下道) 다 근원이 각각이라 ᄒ나 실은 일체(一體)니 노신도 원간 불법도 강논ᄒ노라."

마미(嬤嬤) ᄀᆯ【73】 오디,

"노보살이 불법과 도법만 아는 거시 아니라 일졍 의슐도 강논ᄒ엿시리라. 그러치 아니ᄒ면 엇지 능히 병을 곳치리오."

셩괴 웃고 ᄀᆯ오디,

"잉잉의 병 됴흐믄 보살이 셩슈(聖水) 쥬시믈 힘닙어시니 엇지 노신의 능ᄒ미리오."

마미 ᄀᆯ오디,

"너 드르니 노보살이 남의 병을 잘 곳치다 ᄒ니 진실노 이 일이 ᄯᅩ 잇ᄂ냐?"

셩괴 엇지 알니요, 어렴푸시 니로디,

"이런 일이 타쳐의는 업노라."

ᄒ거놀 마미 굴오디,

"앗가 ᄒ 화상이 ᄉ셩쥐(泗城州) ᄉ롬이로라 ᄒ고 ᄎ져와 닐오디 셩고괴 병을 곳친 닐이 잇【74】 은혜롤 먹음어 ᄎᄌ오디 붓치의 '셩고괴' 숨ᄌ롤 뼛더라. 또 닐오디, '그 화상의 일홈이 괴이ᄒ여 스스로 난ᄌ화상이로라' ᄒ더라."

셩괴 믄득 난ᄌ화상이란 말을 듯고 이윽이 혜ᄋ리더니 마음의 크게 동ᄒ여 즉시 쑤며 닐오디,

"그 화상이 나의 젼싱 아이라. 니 젼싱의 병이 즁ᄒ여실 졔 졔 다리 살을 버혀 날을 먹여 살나니니 니 맛당이 져의 병을 곳쳐 젼싱 은혜롤 갑홈죽ᄒ 고로 꿈을 의탁ᄒ여 약방문을 일넛더니 졔 이져 ᄎᄌ 왓도다. 느롤 위ᄒ여 다려다가 보게 ᄒ라."

마미 ᄂᄋ가【75】 난ᄌ화상을 불너 굴오디,

"이리 드러오라."

화상이 무러 굴오디,

"셩고괴 어디 잇ᄂ뇨?"

마미 길을 인도ᄒ여 다리고 가며 닐오디,

"셩고괴 닐으는 말은 화상과 ᄉ졔지간이라 ᄒ니 옴ᄒ냐?"

화상이 그 말을 밋지 아냐 굴오디,

"보와야 알기스니 ᄉ라니 가ᄌ."

ᄒ고 셔원의 니르미 셩고괴 뎐일 보든 바 ᄀ치ᄒ여 반겨 니드라 안부롤 무르니 화상이 또ᄒ 반가이 얀부롤 뭇고 상디ᄒ여 일ᄏ기롤 형뎨라 ᄒ니 마마(嬤嬤)와 양낭(養娘)이 아모란 줄 모로고 긔특이 녀겨 도라가 슌검 부쳐롤 보더라.

[평뇨긔平妖記　권지삼卷之三]

12

노호경도등논법 치도스감월상졍
老狐精挑燈論法 癡道士感月傷情

【1】 초셜, 마마(嬤嬤)와 양낭(養娘)이 도라가 슌검(巡檢) 부쳐롤 보고 셩고와 화상의 슈작흐든 쇼유롤 니르니 슌검 부뷔 듯고 일변 긔특이 녀기며 그 허탄흐믈 의심치 아니흐니 쏘흔 괴이흔 일이러라.

초시 난화상이 셩고로 더브러 이 말 져 말 시작흐여 가장 젼일 친근흔 스롬 ᄀᆞᆺ더니 좌우의 스롬이 업고 고요흐믈 보고 텬셔 어든 말을 바로 못흐고 다만 무러 ᄀᆞᆯ오디,

"쇼졔 일쪽 드르니 져져(姐姐)의 박문흐시미 능이 텬츅국(天竺國) 금 【2】 ᄌᆞ경(金字經)을 아라보신다 흐니 과연 올스오며 아실진디 그 글시 쳬되 엇더흐니잇고?"

셩괴 스스로 ᄌᆞ랑흐되,

"니 일쪽 긔이흔 스롬을 맛나 열 여숫 가지 텬셔롤 모를 거시 업스니 경은 불과 텬츅궁(天竺宮) 니의 힝문흐는 글시니 무어시 어려오리오."

화상이 ᄀᆞᆯ오디,

"쇼졔 쏘흔 일쪽 이인을 맛나 스물네 장 긔이흔 글을 어덧시되 아모도 알 니 업스니 져

계 보실진디 알가 흐노라."

셩괴 ᄀᆞᆯ오디,

"원컨디 보아지라."

흐거놀 난화상이 미리 글장을 샌혀77) 임의 스미의 너헛는지라. 이의 니여 쥬니 셩괴 흔번 【3】 보고 디경흐여 거줏 닐오디,

"이 글시는 다른 글시 아니라 바다 밧긔 먼나라 글시니 나도 아지 못흐는 글시로다."

흐고 눈을 쑴젹여78) 난화상을 보니 화상이 그 뜻을 알고 도로 졉어 스미의 너흘 쑨이러라. 슌검이 스룸을 보니여 뵈직녕(直領)과 뵈니불을 난화상의게 보니고 닐오디,

"일쪽 드르니 노보살이 젼싱 형뎨롤 맛낫다 흐니 위흐여 치하흐노라. 이거시 비록 불관흐나 보니여 박흔 뜻을 표흐노라."

흐니 셩고와 화상이 깃거 한가지로 스례흐더라. 슌검이 쏘 불당 겻방을 쇄 【4】 졍(洒淨)흐여 화상을 머무러 닛게 흐니 화상이 인흐여 머므러 졔 방의 도라와 싱각흐되,

'셩괴 눈을 기여79) 나롤 보니 반드시 연괴 잇시미로다.'

흐고 두루 혜으려 의심을 결치 못흐더니 믄득 싱각고 니러나 불당의 가니 불이 희미흐고 불당 뒤히 셩고의 잇는 졍실(淨室)80)을 바라보니 문을 다닷고 스룸이 업셔 가장 고요흐거놀 드러가 뭇고ᄌᆞ 흐되 뫼신 츠환이 잇는지라 비회흐기롤 오릭흐다가 졔방으로 도라오더니 홀연

---

77) 【샌히다】 宋 뽑다. ¶ 抽 ‖ 난화상이 머리 글장을 샌혀 임의 스미의 너헛는지라 이의 니여쥬니 (蛋子和尙預先抽出一幅另放着, 當下在包裹中取出, 展開放在桌上.) <平妖 3:2>

78) 【쑴젹이다】 宋 꿈젹이다. ¶ 瞅着 ‖ 눈을 쑴젹여 난화상을 보니 화상이 그 뜻을 알고 도로 졉어 스미의 너흘 쑨이러라 (一眼瞅着蛋子和尙. 和尙念意, 連忙收摺, 依舊包過.) <平妖 3:3> ⇒ 쑴져기다

79) 【기다】 宋 눈짓하다. 꿈젹이다. ¶ 슌검이 쏘 불당 겻방을 쇄졍흐여 화상을 머무러 닛게 흐니 화상이 인하여 머무러 졔 방의 도라와 싱각흐되 셩괴 눈을 기여 나롤 보니 반드시 연괴 잇시미로다 (院子又分付園公敎打掃前堂耳房內, 與這長老做臥房. 和尙……就在耳房中安歇. 心下想道: "那婆子瞅我一眼, 必有緣故.") <平妖 3:4>

80) 【졍실】 宋 정실(淨室). ¶ 淨室 ‖ 불당 뒤히 셩고의 잇는 졍실을 바라보니 문을 다닷고 스룸이 업셰 가장 고요흐거놀 (佛堂後一帶就是淨室, 兩扇門兒緊緊閉着. 側耳聽時, 裡面幷沒聲響.) <平妖 3:4>

불당 ᄀ온디 등불이 도로 붉으며 셩괴 불너 굴오디,

"현 【5】 졔 왓다가 엇지 도로 가ᄂ뇨?"

화상이 놀나 싱각ᄒ되,

'이 한미 과연 항상 스룸이 아니로다.'

ᄒ고 ᄲᆞ니 나아가 공슈(拱手)ᄒ여 굴오디,

"쇼졔 졍히 고요ᄒᆞ믈 타 와 셩고롤 뵈옵고ᄌ ᄒ더니다."

셩괴 쳥ᄒ여 ᄀ갓가이 니르미 눌호여[82] 굴오디,

"스물네 쟝 글을 한번 보고ᄌ ᄒ노라."

난화상이 드르미 감히 숨기지 못ᄒ여 닐오디,

"실노 다 가져 왓ᄂ이다."

셩괴 굴오디,

"이ᄂ 구쳔 비밀ᄒᆞᆫ 글법이라. 현졔 어디가 어더왓ᄂ냐?"

화상이 져의 발셔 알믈 보고 실노 ᄣᅥ 굴오디,

"과연 빅운동의 드러가 도젹ᄒ여 【6】 왓시나 글을 알 길이 업셔 답답ᄒ더니 몽중의 일위 노옹이 이차이차 가르치무로 션ᄌ(扇子)의 셩고괴라 써들고 ᄎᄌ 단니다가 쳔만 의외 이곳의셔 맛나ᄉᆞ오니 원컨디 져져ᄂ 암무로 ᄣᅥ 가르치믈 바라ᄂ이다."

셩괴 쳥파의 고기 둣고 굴오디,

"니 젼일 몽중의 무측쳔(無則天) 황후낭낭(皇后娘娘)을 뵈오미 셰스롤 의논ᄒ여 문답ᄒ 후 날다려 닐오디, 우난이명(遇蛋而明)ᄒ리라 ᄒ미 그 ᄯᅳᆺ을 ᄭᅢ둣지 못ᄒ엿더니 이졔 현졔롤 맛ᄂ미 별회 난ᄌ화상이요, 텨셔롤 ᄀ껴시니 이ᄂ 곳 난을 맛 【7】 나 발키리라 ᄒᄂ 뜻이니 이졔야 ᄭᅢ다르미 되도다. 현졔곳 아니면 능히 텨셔롤 못 어들 거시요, 나곳 아니면 능히 이 글을 아지 못ᄒᆞᆯ지라. 셔로 마음을 ᄒᆞᆫ갈갓치 ᄒ여 도롤 닷가 하날 ᄯᅳᆺ을 응ᄒᆞᆯ 거시니라."

ᄒ니 화상이 만구응슌(滿口應順)ᄒ고 인ᄒ여 졔 방의 도라가 푸긔롤 열고 쳔셔 이십ᄉ 쟝을 니여가지고 와 셩고롤 쥬니 셩괴 뉴리등(琉璃燈)을 나리와 놋코 텬셔롤 펴고 둉듀지미(終頭至尾)롤 ᄒᆞᆫ번 ᄂ리본 후 일오디,

"이 글 일홈은 여의보칙(如意寶冊)이라. 첫 쟝붓터 스물넉 쟝 가지 지살법(地煞法)이요 이 【8】 밧긔ᄂ 셜흔여섯 가지 텬강법(天罡法)이니 현졔 엇지 가져오지 아니ᄒ엿ᄂ뇨?"

난화상이 굴오디,

"쳐음의 이롤 먼져 박이고 ᄯᅩ 박이려 ᄒ여 본죽 좌편 셕벽의 열셕 쟝 분명ᄒ든 글지 홀연 업ᄉ니 괴탄ᄒᄂ이다."

셩괴 긔탄ᄒ여 굴오디,

"이ᄂ 하날 ᄯᅳᆺ이니 스룸이 힘으로 능히 못ᄒᆞ노다."

화상이 ᄯᅩᄒᆞᆫ 탄식ᄒ고 무러 굴오디,

"텬강법과 지살법이 무슴 다르미 잇ᄂ니잇가?"

셩괴 굴오디,

"하날은 양의 속ᄒ고 ᄯᅡᄒᆞᆫ 음의 속ᄒᆞᆫ엿고 하놀은 놉고 ᄯᅡᄒᆞᆫ ᄂᄌ니 지살법은 능히 귀신을 부리고 얼 【9】 골을 변화ᄒᆞᆯ ᄲᆞᆫ이요. 마춤니 텬슈 밧긔 ᄲᅱ여ᄂ지 못ᄒ거니와 만일 쳔강법을 마ᄌ 잇든들 샹데라도 졔어치 못ᄒᆞ리니라."

화상이 굴오디,

"텬강법을 보지 못ᄒ여시니 엇지 지살도곤[83] 나흔 줄 알니오."

셩괴 굴오디,

"지살법 말지 조건이 지션(地仙)되ᄂ 법이니 비록 연텬(連天) 불수ᄒ고 변화ᄒ기롤 마음디로 ᄒ나 샹계(上界)의 올ᄂ가 텬션(天仙)이 되지 못ᄒ니 일노 보와도 텬강만 못ᄒᆞᆯ 거시니 분명ᄒ도다. 비록 그러ᄒ나 지살변화(地煞變化)만 ᄒ여도 신통이 젹지 아니ᄒ니 너와 니 오날 맛ᄂ미 【10】 엇지 비상ᄒᆞᆫ 복이 아니리오?"

화상이 무러 굴오디,

"이 스물네 쟝 밧긔 ᄒᆞᆫ 줄 글을 박지 못ᄒ엿더니 아지 못게라 ᄯᅩ 무슴 글이런고?"

셩괴 굴오디,

"일흔 두 가지 조건이 임의 완젼ᄒ여시니 그 남은 거슨 무러 무엇ᄒ리오."

화상이 ᄯᅩ 무러 굴오디,

---

82) 【눌호여】 뿐 천천히. ¶ 셩괴 쳥ᄒ여 ᄀ갓가이 니르미 눌호여 굴오디 스물네 쟝 글을 한 번 보고ᄌ ᄒ노라 (婆子道: "方纔所言二十四紙, 都借一觀.") <平妖 3:5> ⇒ 날호여, 날호야, 날회여, 눌회여

83) 【-도곤】 조 -보다. ¶ 勝 ∥ 텬강법을 보지 못ᄒ여시니 엇지 지살도곤 나흔 줄 알니오 (天罡想亦只如此, 聖姑旣未經目, 何以知其勝于地煞也?) <平妖 3:9>

"압쥴 크게 쓴 거슨 어인 뜻이뇨?"

셩괴 굴오더,

"이는 지살 변화ᄒᆞ는 부작이니 글지 아니ᄒᆞ니라."

화상이 셩고의 일일히 이르는 말을 듯고 ᄭᅮᆷ이 ᄭᅵᆫ 듯ᄒᆞ여 ᄭᅮ러 머리를 쳔만 번이나 조아 닐오더,

"쇼졔 만일 셩고를 맛ᄂᆞ지 못ᄒᆞ엿든들 속졀업시 【11】 익만 ᄐᆞᆯ ᄲᅮᆫ이로다. 오직 쇼졔를 바리지 말고 ᄒᆞᆫ가지로 닷그믈 바라노라."

셩괴 굴오더,

"현졔의 말을 엇지 기다리리오마는 슈련ᄒᆞ는 일이 극히 쉽지 아니ᄒᆞ니 졔 일은 유벽ᄒᆞ고 너른 ᄯᅡ흘 어더야 귀신부리기의 편당(便當)ᄒᆞᆯ 거시요 둘지는 슈련ᄒᆞᆯ ᄣᅦ 지물이 들 거시니 쳔금이 아니면 독지84) 못ᄒᆞ고 셋지는 한가지로 슈련ᄒᆞ는 ᄉᆞ룸이 마음이 가족ᄒᆞ여야85) 일을 일울 거시니 열 ᄉᆞ룸 즁 일인이 마음이 달나도 아홉 ᄉᆞ룸이 지됴를 셩취치 못ᄒᆞᄂᆞ니 부디 이 세 가지 일이 가족ᄒᆞ여야 일 【12】 을 셩취ᄒᆞ리라."

난화상이 이 말을 듯고 눈물을 흘녀 굴오더,

"니 허다 신고(辛苦)를 다ᄒᆞ고 텬셔(天書)를 겨유 어더 이졔 다힝이 셩고를 맛ᄂᆞ니 비록 텬션이 되지 못ᄒᆞ나 ᄒᆞᆫ가지로 도를 닷가 지션이 되기를 바라더니 셩괴 니르는 세 가지 즁의 셋지 일은 마음이 가족ᄒᆞ미 어렵지 아니ᄒᆞ고 쳣지 일은 깁흔 곳의 유벽ᄒᆞᆫ 더 업지 아니려니와 다만 둘지 지물 모호는 일은 비러 먹는 츌가ᄒᆞᆫ 즁으로셔 어더 가 쳔금을 어드리오. 여러 히 경영ᄒᆞ던 비 그린 ᄯᅥᆨ이 될가 ᄒᆞ나이다."

셩괴 굴오더,

"이 일 【13】 도 니 발셔 혜ᄋᆞ려시미 디강 양슌검(楊巡檢)의 몸 우히 잇ᄉᆞ니 현뎨는 넘녜 말나."

난화상이 합장ᄒᆞ고 굴오더,

"오직 셩고를 밋고 밋ᄂᆞ이다."

ᄒᆞ고 머리를 드러보니 셩괴 홀연 간 더 업ᄂᆞ지라. 화상이 놀나 ᄉᆡᆼ각ᄒᆞ되,

'니 아니 ᄭᅮᆷ을 ᄭᅮ엇던가.'

어리둥졀ᄒᆞ다가 믄득 ᄭᅵ쳐 닐오더,

"셩괴 원간 법술이 놉ᄒᆞ니 오며 가기를 ᄉᆞ룸이 츙냥치 못ᄒᆞ니 이 스물 넉 장 텬셔를 가져 가 혼ᄌᆞ 도법을 어드려 ᄒᆞ여도 어렵지 아니ᄒᆞ거놀 여긔 두고 가는 뜻은 니 마음을 평안ᄒᆞ게 ᄒᆞ미니 진짓 긔이ᄒᆞᆫ ᄉᆞ 【14】 룸이로다."

ᄒᆞ고 텬셔를 슈습ᄒᆞ여 가지고 졔 방의 가 ᄌᆞ니라.

이튼날 양슌검이 셔원의 가 난화상을 쳥ᄒᆞ여 보고 ᄯᅩ 셩고를 보아 칠일을 법ᄉᆞᄒᆞ노라 슈고ᄒᆞᆫ 줄을 ᄉᆞ례ᄒᆞ거놀 셩괴 굴오더,

"빈되 은혜 갑흘 길이 업스니 명일 한 도장을 비셜ᄒᆞ고 보현보살을 쳥ᄒᆞ여 강님ᄒᆞ시거든 노시쥬의 부쳐를 위ᄒᆞ여 복을 빌녀 ᄒᆞ나이다."

원니 양슌검이 쳐음으로 셩고 보는 날의 잉잉이 보살을 뵈오단 말을 임의 드럿ᄂᆞ지라. ᄯᅩ ᄒᆞᆫ번 보고ᄌᆞ ᄒᆞ여 여러 번 셩고다려 쳥ᄒᆞ 【15】 되 셩괴 마춤니 쾌ᄒᆞᆫ 말을 아니ᄒᆞ더니 홀연 이 금일을 당ᄒᆞ여 보살이 강님ᄒᆞ시리란 말을 듯고 크게 깃거 굴오더,

"양슌검이 만일 보살님 얼골을 뵈오면 죽어도 한이 업슬도다."

ᄒᆞ고 즉시 가인을 보너여 근쳐 ᄉᆞ찰의 가 힝실 놉흔 화상 여섯슬 쳥ᄒᆞ여 난화상으로 더브러 ᄒᆞᆫ가지로 법ᄉᆞ(法事)를 ᄒᆞ게 ᄒᆞ고 셩고괴 ᄯᅩ 집을 졍쇄(淨灑)이 ᄒᆞ고 잡ᄉᆞ룸을 금ᄒᆞ더라. 이튼날 난화상의 모든 즁을 거느려 불당의 ᄂᆞᆼ가 바라 치고 경을 외와 법ᄉᆞ를 비셜ᄒᆞ고 셩고는 져 잇는 졍실(淨室) 즁의셔 지계(齋戒)ᄒᆞ더니 슌검과 잉 【16】 잉이 ᄒᆞᆫ가지로 불당의 ᄂᆞᆼ가 분향녜불(焚香禮佛)ᄒᆞ고 셩괴 문을 ᄂᆞ지 아니ᄒᆞᆷ을 보고 일졍 무슴 공부를 ᄒᆞᄂᆞ니라 ᄒᆞ여 감히 드러가 보지 못ᄒᆞ고 ᄯᅩᄒᆞᆫ 공경ᄒᆞ여 안ᄌᆞ 보현보살 강님ᄒᆞ기를 기다리더니 모든 즁이 세 번 분향ᄒᆞ고 두 번 지흔 후 날이 져무러시되 보살의 쇼식이 업고 셩고의 방을 보니 아모 쇼리도 업

---

84) 【독다】⑤ {족(足)다.} 족(足)하다. ¶ 둘지는 슈련ᄒᆞᆯ ᄣᅦ 지물이 들 거시니 쳔금이 아니면 독지 못ᄒᆞ고 (第二要聚財. 如修煉之時, 經年累月, 供給須是完備……費得若干錢物, 非千金不可.) <平妖 3:11>

85) 【ᄀᆞ족ᄒᆞ다】⑱ 가지런하다. 나란하다. ¶ 셋지는 한가지로 슈련ᄒᆞ는 ᄉᆞ룸이 마음이 가족ᄒᆞ여야 일을 일울 거시니 열 ᄉᆞ룸 즁 일인이 마음이 달나도 아홉 ᄉᆞ룸이 지됴를 셩취치 못ᄒᆞᄂᆞ니 부디 이 세 가지 일이 가족ᄒᆞ여야 일을 셩취ᄒᆞ리라 (第三要齊心. 假如兩人同去學道, 其心不齊, 一人中道而廢, 那一人也做不得事了.) <平妖 3:11>

논지라. 이쩌 잉잉이 병을 ㅈ 지니엿스미 몸이 심히 고단ᄒ여 잠간 쉬고ᄌ ᄒ여 실중의 드러가고 순검도 공교로이 여측(如厠)ᄒ라86) 간 ᄉ이 동안이 더딘지라 모든 화상이 난화상으 【17】 로 더부러 경을 닑더니 이쩌 셕양이 지산ᄒ고 월출동녕(月出東嶺)ᄒ더니 홀연 공중의 치운이 어린 곳의 보현보살이 운간의 줌간 비겨 쇼리를 낭낭이 ᄒ여 셩고를 불너 골오디,

"니 이제 양순검 부쳐의 지극ᄒ 정셩과 너회 간쳥ᄒ믈 인ᄒ여 쟝ᄎ 오고ᄌ 홀 즈음의 옥제 뇨지연(瑤池宴)을 여르시고 셩군으로 ᄒ여곰 나를 쳥ᄒ여 오라 ᄒ오신 칙지를 밧드러 왓난지라 능히 티만치 못ᄒ여 역노의 줌간 들너 연유를 니르노라. 니 임의 왕년의 양잉잉을 보와시니 오늘날 다시 못보 【18】 나 셔운이 아지 말나 니르라."

말을 맛고 구름을 멍에ᄒ여 동북을 향ᄒ고 가거늘 셩고는 분향ᄒ고 ᄯ러 공경ᄒ여 듯고 모든 화상과 순검의 집 복비(僕婢) 양낭(養娘) 등은 나 긔특이 너기너라. 순섬과 잉잉이 차환 등의 젼언으로 됴ᄎ 이 말을 듯고 탄ᄒ여 골오디,

"니 졍셩이 부둑ᄒ 탓스로 보살이 강님ᄒ신 ᄶ를 맛나도 그 얼골을 보지 못ᄒ니 이답다."

ᄒ더라.

이늘 지를 파ᄒ고 명됴의 난화상이 순검을 가보고 비스ᄒ니 순검이 머무러 차를 먹이며 보살이 강님ᄒ 말을 다시 일ᄏ라 골오디,

【19】 "하관(下官)의 쳬 신상의 병이 잇셔 오리 기다리지 못ᄒ고 너 여측ᄒ라87) 간 ᄉ이의 보살을 뵈옵지 못ᄒ믈 한ᄒ노라."

화상이 골오디,

"아ᄌ(兒子)의 셩괴 분부ᄒ되, 잉잉을 뵈와 의논홀 일이 잇셰라 ᄒ더이다."

순검이 골오디,

"그럴진더 엇지 아니 가리오. 폐쳐(敝妻)로 ᄒ여곰 이제로 셔원의 보니리라."

ᄒ고 즉시 잉잉을 보고 화상의 말을 니르니 잉잉이 흔연이 교ᄌ 타고 셔원의 가 셩고를 보고 인연이 업셔 보살을 보지 못ᄒ여라 ᄒ고 뉘웃기88)를 마지 아니ᄒ거늘 셩괴 골오디,

"보살이 【20】 닐오시되 잉잉으로 더브러 셔로 보앗노라 ᄒ시더이다."

잉잉이 골오디,

"과연 상년(向年)의 셩고를 미쳐 보지 못ᄒ 젼의 집안의 잇셔 오월 단오일(端午日)의 셕뉴(石榴) 꼿츨 보다가 구름 ᄉ이의 보살이 현영(現影)ᄒ시거늘 바라보고 비례ᄒ엿더니 그 말씀을 니르시미로쇼이다."

셩괴 골오디,

"보살이 일오시되 양잉잉 부쳬 본디 셰돈(世尊)을 뫼셧는 금동옥녀(金童玉女)로셔 손의 드럿는 졀월(節鉞)을 가지고 셔로 부디이겨89) 긔롱(譏弄)ᄒ 죄로 인간의 ᄂ려와 부쳬 되여시나 근본이 셔방(西方)으로셔 ᄂ려왓는고로 이싱의 션ᄉ를 【21】 됴히 너기니 만일 공이 일고90) 힝실이 두렷ᄒ면91) 벅벅이 졍과(正果)를 일울 거시니 빈되 한 ᄯ홀 골히여 보현보살의 힝궁(行宮)을 짓고 보살 금신(金身)을 민드라 귀퇴복녹을 축원ᄒ여 잉잉의 부쳐로 ᄒ여곰 빅일 승

---

86) 【여측ᄒ다】 동 {여측(如厠)하다.} 측간에 가다. ¶ 이쩌 잉잉이 병을 ㅈ 지니엿스미 몸이 심히 고단ᄒ여 잠간 쉬고ᄌ ᄒ여 실중의 드러가고 순검도 공교로이 여측ᄒ라 간 ᄉ이 동안이 더딘지라 (楊奶奶病體新愈……自覺身上困倦, 只得先回. ……連楊巡檢也道是不能夠了, 便敎將文疏紙札燒化, 打點辭佛散場.) <平妖 3:16>

87) 【여측ᄒ다】 동 {여측(如厠)하다.} 측간에 가다. ¶ 하관의 쳬 신상의 병이 잇셔 오리 기다리지 못ᄒ고 너 여측ᄒ라 간 ᄉ이의 보살을 뵈옵지 못ᄒ믈 한ᄒ노라 (下官回家與拙荊說了, 拙荊自恨無緣, 身子不健, 不能久持.) <平妖 3:19>

88) 【뉘웃-】 동 《뉘웇다》 뉘우치다. ¶ 懊悔 ∥ 인연이 업셔 보살을 보지 못ᄒ여라 ᄒ고 뉘웃기를 마지 아니ᄒ거늘 (弟子無緣, 不得參詣, 深爲懊悔.) <平妖 3:19>

89) 【부디잇다】 동 부딪다. 부딪치다. ¶ 撞 ∥ 양잉잉 부쳬 본디 셰 돈을 뫼셧는 금동옥녀로셔 손의 드럿는 졀월을 가지고 셔로 부디이겨 긔롱ᄒ 죄로 인간의 ᄂ려와 부쳬 되여시나 (你夫妻兩口, 原是金童玉女降生. 只因佛會上, 兩個把幡幢相擊戲耍, 謫下塵寰, 配合爲夫婦.) <平妖 3:20>

90) 【일다】 동 되다. 이루어지다. ¶ 行 ∥ 만일 공이 일고 힝실이 두렷ᄒ면 벅벅이 졍과를 일울 거시니 (若功行完滿, 仍得超升.) <平妖 3:21> ⇒ 이-, 일우다

91) 【두렷ᄒ다】 형 원만하다. ¶ 完滿 ∥ 근본이 셔방으로셔 ᄂ려왓는 고로 이싱의 션ᄉ를 됴히 너기니 만일 공이 일고 힝실이 두렷ᄒ면 벅벅이 졍과를 일울 거시니 (因是好處出身, 所以今生好道. 若功行完滿, 仍得超升.) <平妖 3:21> ⇒ 두려ᄒ다

텬ᄒᆞ고ᄌᆞ ᄒᆞᄂᆞ니 뜻의 엇더ᄒᆞ뇨?"

잉잉이 굴오디,

"셩고의 아름다온 뜻을 감격ᄒᆞ여 ᄒᆞ노라. 니 집 동장(東莊)의 너른 ᄯᅡ히 잇셔 본디 젹지 아닌 터이니 이곳이 맛당ᄒᆞᆯ 듯ᄒᆞ되 ᄒᆡᆼ궁을 짓고 금상(金像)을 민들기의 허다한 젼냥이 들 거시니 가난ᄒᆞᆫ 집을 당ᄒᆞ여 판츌(辦出)을【22】 못ᄒᆞᆯ가 져허ᄒᆞ노라."

셩괴 굴오디,

"이ᄂᆞᆫ 넘녜 업ᄉᆞ니 빈도의 ᄋᆞ둘이 일홈은 좌츌(左黜)이니 호츌(胡黜)이라도 부르고 가지(瘸子)라도92) ᄒᆞᄂᆞ니 검문산(劍門山) 관왕묘(關王廟)의 츌가ᄒᆞ여 도ᄉᆞ 되여시니 어려셔부터 금단(金丹) 민드ᄂᆞᆫ 법을 비화 능히 은을 녹여 황금을 민드되 일쯕 유복ᄒᆞᆫ 스룸을 맛ᄂᆞ지 못ᄒᆞ여 보왓거니와 이 금은 셰상 황금과 ᄀᆞᆺ지 아냐 그릇술 민드라 음식을 담ᄋ 먹으면 빅병이 다 조코 ᄂᆞᆺ빗치 붉지 아냐 갑슬 의논ᄒᆞᆯ지라도 상녜금의셔93) 십비 나으니 귀틱의셔 만일 본젼을 니【23】여 빈도의 모즈로 ᄒᆞ여곰 가지고 쓰게 ᄒᆞ면 ᄒᆡᆼ궁(行宮)을 짓고 금신(金身)을 민다라도 니식(利息)이 젹지 아닐 거시니 가난ᄒᆞᆫ 스룸을 보시ᄒᆞ면 이 ᄯᅩ한 귀틱의 공덕이라. 빈되 임의 이 뜻을 보살긔 품쳥ᄒᆞ엿시니 모로미 비밀이 ᄒᆞ여 간더로94) 남다려 니르지 마르쇼셔."

잉잉이 굴오디,

"지아비로 더브로 의논ᄒᆞᆫ 후 회보ᄒᆞ리이다."

ᄒᆞ고 도라가 슌검다려 이 말을 이르니 슌검이 디희ᄒᆞ여 난즈화상을 디ᄒᆞ여 허락ᄒᆞᄂᆞᆫ 뜻을 몬져 셩고의게 젼ᄒᆞ라 ᄒᆞ고 미됴츠95) 셔원의 가 셩고를 보니 셩괴【24】 굴오디,

"부디 유벽ᄒᆞᆫ 쳐쇼를 어더야 가히 보살 ᄒᆡᆼ궁을 지을 거시니 이런 ᄯᅡ홀 엇기 쉽지 아닐가 ᄒᆞ나이다."

슌검이 굴오디,

"너게 동장(東莊)이 잇시니 고인이 젼ᄒᆞ여 닐오디 당 시졀의 곽녕공(郭令公)의 별업(別業)96)이라. 이 ᄯᅡ히 널너 독히 ᄉᆞ찰을 지을 거

시요. 삼ᄉᆞ 간 집이 잇ᄉᆞ니 셩괴 거쳐ᄒᆞ기의 편당ᄒᆞᆯ가 ᄒᆞ노라."

셩괴 굴오디,

"이러ᄒᆞ면 가장 됴커니와 아직 아지 오기를 기다려 ᄒᆞ가지로 의논ᄒᆞ미 가ᄒᆞ니이다."

슌검이 응슌ᄒᆞ여 관왕묘의 스룸을 보닐ᄉᆡ 양흥(楊興)이란 지 가장 실ᄒᆞ다 ᄒᆞ여【25】 편지와 은즈 이십 냥을 쥬어 좌법ᄉᆞ(左法師)를 됴심ᄒᆞ여 뫼셔 오라 ᄒᆞ고 셩고도 당부ᄒᆞ여 보니ᄂᆞᆫ 말이 잇더라. 이ᄭᅢ 관왕묘 도ᄉᆞ 가쳥풍(賈淸風)이 호미ᄋ(胡媚兒)를 니별ᄒᆞ고 쥬야로 가도ᄉᆞ(賈道士)로 더브러 동쳐ᄒᆞ여 날마다 쇼식을 무르니 다만 답ᄒᆞ되 악묘(岳廟)의 분향ᄒᆞᆫ 후면 즉시 도라오리라 ᄒᆞ더니 이후 ᄯᅩ 무르니 가지 셩니여 닐오디,

"스뷔 가장 우은 말 ᄒᆞᄂᆞᆫ도다. 니 스부로 더브러 한가지로 여긔 이시니 나ᄂᆞᆫ 니슌풍(李淳風)ᄀᆞᆺ치 쳔니 밧 일을 아지 못ᄒᆞ거든 먼디 일을 어이 알 거시라 날다려 뭇ᄂᆞ뇨?"

가도ᄉᆞ 가ᄌᆞ의 이리ᄒᆞᄂᆞᆫ 냥을【26】 보고 심히 깃거 아니ᄒᆞ되 미아를 닛지 못ᄒᆞ여 참ᄋ 꾸짓지 못ᄒᆞ고 이후 쇼식이 묘연(杳然)ᄒᆞᆫ지라. 어린 뜻의 오히려 미아를 위ᄒᆞ여 분향ᄒᆞ고 도로 올가 녀기더니 바름의 불니여 거체 업ᄂᆞᆫ지라. 계 엇지 알니요. 식음을 젼폐ᄒᆞ고 병이 골슈의 드니 가지 쳐음의 와실 졔ᄂᆞᆫ 조흔 쥬식으로 잘

---

92) 【-라도】 조 -라고도. ¶ 빈도의 ᄋᆞ둘이 일홈은 좌츌이니 호츌이라도 부르고 가지라도 ᄒᆞᄂᆞ니 검문산 관왕묘의 츌가ᄒᆞ여 도ᄉᆞ 되여시니 (貧道有個兒子, 叫做左黜, 現在劍門山關王廟中出家的做道士) <平妖 3:22>

93) 【-의셔】 조 -에서. -보다. ¶ 이 금은 셰상 황금과 ᄀᆞᆺ지 아냐 그릇 술 민드라 음식을 담ᄋ 먹으면 빅병이 다 조코 ᄂᆞᆺ빗치 붉지 아냐 갑술 의논ᄒᆞᆯ지라도 상녜금의셔 십비 나으니 (假如點就黃金, 上等者, 將來打做飮食的器用, 令人顔色不老, 百病消除, 頭頂上有靈光發現, 久之便能升擧. 下等者, 將來倒換與人, 還有利十倍.) <平妖 3:22>

94) 【간더로】 부 멋대로. 함부로. ¶ 모로미 비밀이 ᄒᆞ여 간더로 남다려 니르지 마르쇼셔 (但此事秘密, 倘或泄漏, 事旣難成, 反爲不美.) <平妖 3:23>

95) 【미됴츠】 부 뒤이어. ¶ 몬져 셩고의게 젼ᄒᆞ라 ᄒᆞ고 미됴츠 셔원의 가 셩고를 보니 (敎他先去回話, 自己乘馬到東莊去看了一回, 徑往西園見聖姑姑.) <平妖 3:23> ⇒ 미조차, 미조츠, 밋조츠

96) 【별업】 명 {별업(別業).} 별장(別莊). ¶ 別業‖너게 동장이 잇시니 고인이 젼ᄒᆞ여 닐오디 당 시졀의 곽녕공의 별업이라 이 ᄯᅡ히 널너 독히 ᄉᆞ찰을 지을 거시요 삼ᄉᆞ간 집이 잇ᄉᆞ니 셩괴 거쳐ᄒᆞ기의 편당ᄒᆞᆯ가 ᄒᆞ노라 (這庄房去處, 相傳原是唐朝郭令公的別業, 還存得有幾根古柏, 房子也有三十四間, 盡着聖姑揀中意的幾間, 關斷了就是.) <平妖 3:24> ⇒ ᄯᅡᆫ치 집, 경ᄌᆞ

디졉ᄒ니 잇기를 가장 즐기더니 가도시 병드러 누은 후는 표도인(乜道人)이 쥬장ᄒᆞᄆᆡ 디졉이 졈졈 박ᄒ니 가지 여러번 셔악(西嶽)의 가 모친을 ᄎᆞᆺ고져 ᄒ되 힝뵈(行步) 편치 못ᄒ여 혼ᄌ 가지 못ᄒ고 날마다 부르【27】ᄂᆞᆫ 쇼식을 기다리더라.

　　양홍(楊興)이 쥬인의 명을 바다 노상의셔 거줏 공치(公差)로라97) 일ᄏ고 검문산(劍門山) 관왕묘룰 ᄎᆞᆺ가 목말나 물 어더 먹어지라98) 웨지즈니99) 표도인이 져의 공친 줄 보고 감히 티만치 못ᄒ여 쇼동으로 ᄎᆞ룰 ᄀᆞᆺ다가 드리라 ᄒ고 가ᄌ(瘸子)룰 권ᄒ여 나가 디졉ᄒ라 ᄒ니 가지 표 됴화 알기 쉬온지라. 양홍이 ᄒᆞᆫ번 보ᄆᆡ 임의 셩고(聖姑)의 가르치던 말을 싱각ᄒᆞᄆᆡ 좌츌(左黜)인 줄 알고 깃거 ᄒ더니 가지 ᄂᆞ아와 읍ᄒ고 굴오디,

　　"관인은 어니 곳으로 오시며 무삼 닐을 ᄒ고ᄌ ᄒ시ᄂᆞ뇨? 스부【28】ᄂᆞᆫ 병이 즁ᄒ여 ᄂᆞ오시지 못ᄒ고 ᄂᆡ 몸바다100) ᄂᆞ오패라.101)"

　　동지 ᄯᅩᄒᆞᆫ ᄎᆞ룰 드리거늘 양홍이 바다 마시고 굴오디,

　　"이 곳의 좌츌이라 ᄒᄂᆞᆫ 빕시 뉘시뇨?"

　　동지 가ᄌ룰 ᄀᆞ르치니 가지 다시 읍ᄒ고 굼오디,

　　"관인이 어이ᄒ여 뭇ᄂᆞ뇨?"

　　양홍이 편지룰 ᄂᆡ여 쥬며 닐오디,

　　"ᄂᆞᆫ 화쥬(華州) 셔악(西嶽)의셔 셩고고의 편지룰 가지고 그ᄃᆡ의게 젼ᄒ라 왓노라."

　　가지 크게 반겨 편지룰 보니 디기(大槪)ᄒ엿시되,

　　　　ᄌᆞ식 호츌ᄋᆞ(胡黜兒)ᄂᆞᆫ 잘 잇ᄂᆞ냐? ᄂᆞᆫ ᄯᅥ나온 후 별별 일을 무슈이 지ᄂᆡ여시니 굿ᄒ여 지상(紙上)의ᄂᆞᆫ 베푸지 아니ᄒ노라.【29】이졔 양슌검이라 ᄒᄂᆞᆫ 어진 보살을 맛나 무스이 잇셔 도룰 일윗시나 너의 쥬식 방탕ᄒ든 바룰 ᄌᆞ나ᄭᅵ나 닛치지 아니ᄒᄂᆞᆫ고나. 그러나 몸이나 셩ᄒ며 스부와 졔인이 다 여작(如昨)ᄒ냐? 지금의 시로이 젼인(專人)ᄒ믄102) 다른 일이 아니라 달포 그리워 보고도 십고 긴히 의논ᄒᆞᆯ 일도 잇고 너도 이곳의 와 도룰 일우량으로 오기룰 기ᄃᆞ리무로 일필 마와 일기 건실지인을 보ᄂᆞᄂᆞ니 너는 그곳 일을 거릿씰 것 업시 즉시 ᄯᆞ라오믈 바라노라.

　　ᄒ엿더라.

　　가지 보기룰 다ᄒᆞᄆᆡ 크게 깃거 웃는 닙을【30】쥬리지 못ᄒ고 싱각ᄒ되,

　　'가도인(賈道人)ᄃᆞ려 이 말을 닐은 죽 미ᄋ(媚兒) 쇼ᄆᆡ(小妹)의게 졍신을 일흔 화상이 함긔 가ᄌ 발광ᄒᆞᆯ 거시니 모친의 편지의 ᄂᆞᆫ 혼ᄌ 오라 ᄒ엿시니 만일 한가지로 갓다가ᄂᆞᆫ 일이 되지 아니리니 바로 ᄯᅦ쳐 가리라.'

　　ᄒ고 총총이 힝장을 슈습ᄒ고 동ᄌ룰 니별ᄒᆞᆫ 후 말을 칩더103) 타고 양홍을 ᄯᅡ라 셔악 화쥬(華州)룰 바라고 ᄂᆞᄋᆞ가니 표도인은 가ᄌ의 업스믈 다힝이 녀겨 이 말을 가도인ᄃᆞ려 닐으지 아니ᄒ엿더니 ᄂᆞ조희104) 동지 가도ᄉᆞᄃᆞ려 닐오

---

97) 【-로라】回 -로다. 일인칭 하에서만 쓰임. ¶ 양홍이 쥬인의 명을 바다 노상의셔 거줏 공치로라 일ᄏ고 (再說楊興奉了主命, 在路打扮做個官差下書的承局.) <平妖 3:27>

98) 【-지라】回 동사 형용사의 '-아 / -어 / -여' 꼴 아래에 쓰이어 소원을 나타내는 말. -고 싶다. -기를 바란다. ¶ 검문산 관왕묘를 ᄎᆞᆺ가 목말나 물 어더 먹어지라 웨지즈니 (不一日來到劍門山. 取路竟投關王廟來, 只推口渴, 問廟裏討湯水吃.) <平妖 3:27>

99) 【웨짖다】동 외치다. ¶ 목말나 물 어더 먹어지라 웨지즈니 (只推口渴, 問廟裏討湯水吃.) <平妖 3:27>

100) 【몸받다】동 대신(代身)하다. ¶ 隨身 ‖ 스부ᄂᆞᆫ 병이 즁ᄒ며 ᄂᆞ오시지 못ᄒ고 너 몸바다 ᄂᆞ오패라 <平妖 3:28>

101) 【-패라】回 ((주로 동사, 형용사 어간 뒤에 붙어)) ((주로 일인칭 주어와 함께 쓰여)) -었도다. ¶ 스부ᄂᆞᆫ 병이 즁ᄒ여 ᄂᆞ오시지 못ᄒ고 너 몸바다 ᄂᆞ오패라 <平妖 3:28> ⇒ -과라, -과롸

102) 【젼인ᄒ다】동 젼인(專人)하다. ¶ 지금의 시로이 젼인ᄒ믄 다른 일이 아니라 달포 그리워 보고도 십고 긴히 의논ᄒᆞᆯ 일도 잇고 <平妖 3:29> 專人 ‖ 우리 곳의셔 무릇 무슨 스괴 잇거든 맛당히 젼인ᄒ여 통긔ᄒ다 ᄒ라 (我這裡凡有事故, 定當專人通報.) <雪月 9:74>

103) 【칩더】부 냅다. 몹시 세차게. ¶ 총총이 힝장을 슈습ᄒ고 동ᄌ룰 니별ᄒᆞᆫ 후 말을 칩더 타고 양홍을 ᄯᅡ라 셔악 화쥬룰 바라고 ᄂᆞᄋᆞ가니 (當下楊興扶着瘸子飛奔劍門山. 一路或騾或馬, 雇來與瘸子乘坐. ……望華州道路而進.) <平妖 3:30> 逼 ‖ 칩더 바드니 (逼箇住.) <奎章 水滸 48:121> ⇒ 칩써, 칩터

104) 【ᄂᆞ좀】명 저녁. ¶ 晚間 ‖ 표도인은 가ᄌ의 업스믈 다힝이 녀겨 이 말을 가도인ᄃᆞ려 닐으지 아니ᄒ엿더니 ᄂᆞ조희 동지 가도ᄉᆞᄃᆞ려 닐오디

디,

"화쥐셔 스룸이 와셔 【31】 편지롤 좌츌을 쥬더니 다리고 갓나이다."

흐거날 가도시 의심흐는 일이 잇셔 표도인을 불너 굴오디,

"좌츌이 어느 쩌의 어디로 갓느뇨?"

표도인이 답흐여 닐오디,

"아춤의 한 공치 지나다가 츳 먹고 가믈 보앗더니 제 문 밧긔 가 스괴여 무어시라 슈작흐더니 그 후는 아됴 보지 못흐미 함긔 쓰라가 공치(公差)된가 흐나이다."

가도인이 굴오디,

"그 공치 어드로셔 왓다 흐더뇨?"

표도인이 굴오디,

"졔 어디로 오믈 모로느이다."

가도인이 굴오디,

"외라 시하언야(是何言也)오. 니 임의 드르니 화쥐셔 편지 가지고 왓더라 흐 【32】 니 화쥐는 셔악 화산의 잇는 곳이니 그 곳의 건낭(乾娘)과 미뎨(妹弟) 바야흐로 머무러 잇는지라. 네 어이 화쥐 스룸을 보고 날다려 니르지 아니흐뇨?"

표도인이 하하 우어 굴오디,

"져 공치는 구외105)의 단니는 스룸이니 악묘(岳廟)의 분향흐라 간 부녀롤 졔 엇지 알거시라 져다려 무르리잇가?"

가도인이 병중의 심긔 상흐엿는지라 초됴흐여 쑤지져 굴오디,

"이 긔긋흔 놈으, 상담106)의 일너시되 '두 닙 부평최(浮萍草) 디히로 방향업시 도라가나 인싱이 어늬 곳의 맛나지 못흐리오?' 흐느니 건낭과 미뎨 시방 화산의 【33】 잇고 져 공치 반듯시 화쥐 잇는 건낭의게셔 왓거놀 어이 못 만나볼 줄 일졍 아는다? 흐물며 가지 공치107)롤 쓰라가시니 혹즈 져의 모친이 불너간 줄을 엇지 알니오."

표도인이 져의 셩너믈 보고 거즛 닐오디,

"스부의 말이 올흐니 너일 공치롤 보고 무러오리이다."

가도인이 굴오디,

"무럼즉흔 쩌의는 부리롤 다물고 잇다가 이졔 어디 가 뭇고즈 흐는다?"

표도인이 굴오디,

"스뷔 앗가 니르기롤 '인싱이 어늬 곳의셔 맛나지 못흐리오?' 흐시니 졍 공친들 일졍 못볼 줄 어이 알니요."

가도 【34】 인이 져롤 긔롱흐는 말인 줄 알고 디로흐여 닓더나108) 표도인을 치랴 흐다가 머리 어즐흐여109) 도로 구러지거놀 표도인이 밧그로 분연이 나아가 쇼동을 헌스흐다110) 흐고 잡아 치니 쇼동이 쇼릭 질너 울거놀 가도인이 듯고 더욱 노흐여 흐나 몸이 곤흐여 쇼릭도 미이111) 못흐고 혼즈 상상의 누엇더니 츳시는 구

---

105) 【구외】 圀 관청(官廳). 관가(官家). ¶ 표도인이 하하 우어 굴오디 져 공치는 구외의 단니는 스룸이니 악묘의 분향흐라 간 부녀롤 졔 엇지 알 거시라 져다려 무르리잇가 (乜道笑道: "華州是大州大府, 須不是三家村、獨脚鎭. 兩個婦人去朝出進香, 那承局那裏便眰他來.") <平妖 3:32> ⇒ 구위, 구의

106) 【샹담】 圀 {샹담(常談).} 속담(俗談). ¶ 常言‖ 샹담 <漢淸 言論 7:10b> 샹담에 닐러시되 (常言道.) <漢淸 言論 7:10a> 샹담의 일너시되 두 닙 부평최 디히로 방향 업시 도라가나 인싱이 어늬 곳의 맛나지 못흐리오 (常言道: "兩葉浮萍歸大海, 人生何處不相逢?") <平妖 3:32>

107) 【공치】 圀 {공차(公差).} 관청에서 보내던 벼슬아치나 사자(使者). ¶ 承局‖ 표도인이 져의 셩너믈 보고 거즛 닐오디 스부의 말이 올흐니 너일 공치롤 보고 무러오리이다 (乜道見他發惡, 故意道: "師父說的是, 待明日去尋那承局質問他便知.") <平妖 3:33>

108) 【닓더나다】 ⑧ 벌떡 일어나다. ¶ 가도인이 져롤 긔롱흐는 말인 줄 알고 디로흐여 닓더나 (賈道士見他還話, 氣得面皮紫漲, 在床上竪起頭來.) <平妖 3:34> ⇒ 닐더나다, 닐쩌나다, 닐쪄나다, 닑쩌나다, 닓쩌나다, 닓쩌느다, 닙쩌나다

109) 【어즐흐다】 圀 어질하다. 어지럽다. ¶ 暈‖ 표도인을 치랴 흐다가 머리 어즐흐여 도로 구러지거놀 (要扯乜道來打, 忽然發個頭暈, 依舊跌倒.) <平妖 3:34>

110) 【헌스흐다】 ⑧ 수다스레 말하다. 수다부리다. ¶ 多嘴饒舌‖ 밧그로 분연이 나아가 쇼동을 헌스흐다 흐고 잡아 치니 쇼동이 쇼릭질너 울거놀 (走了出去, 倒在外邊罵小痢痢多嘴饒舌, 打了他幾個栗暴, 小痢痢勞勞叨叨哭一箇不住.) <平妖 3:34>

111) 【미이】 圀 매우. 심하게. 힘껏. ¶ 가도인이 듯고 더욱 노흐여 흐나 몸이 곤흐여 쇼릭도 미이 못흐고 혼즈 상상의 누엇더니 (賈道士聽十分惱怒, 只恨頭昏體弱, 爬走不動 ……吟淸淸的躺在床上.) <平妖 3:34>

(再說乜道, 這一日不見癩子進來吃飯, 心裡怪異. 等到晚間, 也不見歸來, 只得報與賈道士知道.) <平妖 3:30> ⇒ 나됴, 느둉, 나둉, 나죄

월 보름이라. 달빗치 상의 가득ᄒ고 맑은 바롬이 쇼쇼(蕭蕭)ᄒ니 임 싱각이 시로온지라. 혼ᄌ 말노 일오ᄃᆡ,

"이 달이 니게도 빗최거니와 분명 미ᄋ 미ᄌ 잇는 ᄃᆡ도 빗최려니 이 【35】 달이 미ᄋ의게 빗췰 ᄯᅢ의 날ᄀᆞᆺ치 싱각는가? 이 달의 광치롤 빌니량이면 나도 아니 빗최여 볼가?"

온 가지로 싱각ᄒ더니 경신이 혼미ᄒ여 눈을 감앗더니 비몽사몽간의 쇼동이 드리다라 닐오ᄃᆡ,

"가지 도시 임의 도라왓고 건낭과 미ᄋ도 한가지로 왓다."

ᄒ거눌 가도인이 깃브믈 니긔지 못ᄒ여 넓쩌ᄂᆞ려112) ᄒ더니 삼인이 임의 방의 드러와 셩괴 우으며 가쳥풍(賈淸風)의 병을 뭇고 위로ᄒ기롤 ᄌᆞ못 은근이 ᄒ고 ᄯᅩ 닐오ᄃᆡ,

"노신이 ᄂᆞᄋᆞ가 힝니(行李)113)롤 슈습ᄒ고 다시 오마."

ᄒ고 가지롤 다리고 【36】 나가니 미ᄋ이 혼ᄌ 가쳥풍의 누은 상 압히 안ᄌᆞ며 ᄀᆞᆯ오ᄃᆡ,

"니별ᄒ연 지 오러니 형의 병이 이런 줄 엇지 안니요."

가쳥풍이 ᄀᆞᆯ오ᄃᆡ,

"니 병이 현미(賢妹)로 ᄒ여 이의 니르럿더니 이졔 현미의 ᄂᆞᆾ출 보니 죽어도 한이 업도다."

미ᄋ이 혼연이 니불을 열고 교ᄐᆡ롤 먹음어 드러오거눌 가도인이 마음이 동ᄒ고 경신이 취ᄒᆞᆫ 듯ᄒ여 붓들고 졍히 졍을 밋고ᄌ ᄒ더니 홀연 ᄭᅢ치니 한 ᄭᅮᆷ이라. 젹젹ᄒᆫ 뷘 방안의 지는 달이 상의 빗최여시니 호탕긱의 긴 한슘을 ᄌᆞᄋ니는지라. 가도인이 눈물 【37】 을 홀니고 ᄶᆞ른 한슘 긴 탄식으로 닐낙 누으락114) 밤을 시오니 가련ᄒᆫ 인싱이러라.

이튼날 가ᄌᆞ의 방의 니불이 잇나 보라 ᄒ니 동지 ᄃᆡ답ᄒ되,

"약간 힝장만 ᄎᆞ려가고 기외 니불과 다른 졀 의복은 다 두고 가더이다."

가도인이 타는 간장이 됴곰 나흔 듯ᄒᆞᆫ 오히려 미ᄋ롤 다리라 간가 ᄒ미러니 여러 날이 지난 후 ᄉᆞ롬이 젼ᄒ여 닐오ᄃᆡ,

"가지 말을 타고 관즁 길노 아됴115) 가더라."

ᄒ니 바라는 마음이 바랄 길 업시 ᄯᅥᆫ쳐지고 눈을 감으면 믄득 미ᄋ이 압히 와 보니 스스로 ᄉᆞ지 못ᄒᆞᆯ 줄 알고 탄식ᄒ여 갈 【38】 오ᄃᆡ,

"미ᄋ이야. 너 널노 더브러 금셰연분을 밋지 못ᄒ나 후셰의나 당당이 부뷔 되여지라.116)"

ᄒ고 기리 한 쇼리롤 탄식ᄒ고 명이 진ᄒ니 나히 오히려 삼십이 ᄎᆞ지 못ᄒ엿더라.

---

112) 【넓쩌ᄂᆞ다】⑧ 벌떡 일어나다. ¶ 挣扎下床 ‖ 가도인이 깃브믈 니긔지 못ᄒ여 넓쩌ᄂᆞ려 ᄒ더니 삼인이 임의 방의 드러와 셩괴 우으며 가쳥풍의 병을 뭇고 위로ᄒ기롤 ᄌᆞ못 은근이 ᄒ고 (賈道士聽得這句, 把勃勃的氣變作一天歡喜, 忙敎請進. 自己要挣扎下床, ……三口兒走進房來, 婆子問了病起的緣由, 安慰了幾句言語.) <平妖 3:35> ⇒ 닐더나다, 닐뻐나다, 닐쩌나다, 넓더나다, 낡쩌나다, 넓쩌나다, 닙쩌나다

113) 【힝니】⑲ {행리(行李).} 여장(旅裝). 짐보따리. ¶ 行李 ‖ 노신이 ᄂᆞᄋᆞ가 힝니롤 슈습ᄒ고 다시 오마 (待老身收拾行李停當, 再來叙話.) <平妖 3:35>

114) 【-락】回 -(으)락. ¶ 가도인이 눈물을 홀니고 ᄶᆞ른 한슘 긴 탄식으로 닐낙 누으락 밤을 시오니 가련ᄒᆫ 인싱이러라 (賈道士滿目凄涼, 嘆了一口氣, 不覺淚如雨下. ……短嘆長吁, 酸楚了一夜.) <平妖 3:37>

115) 【아됴】⑪ 아주. ¶ ᄉᆞ롬이 젼ᄒ여 닐오ᄃᆡ 가지 말을 타고 관즁 길노 아됴 가더라 ᄒ니 (有人說他在劍門山下雇了牲口, 一個遠方漢子, 隨着他去了.) <平妖 3:37> ⇒ 아조

116) 【-지라】回 동사 형용사의 '-아 / -어 / -여' 꼴 아래에 쓰이어 소원을 나타내는 말. -고 싶다. -기를 바란다. ¶ 미ᄋ이야 너 널노 더브러 금셰 연분을 밋지 못ᄒ나 후셰의나 당당이 부뷔 되여지라 ᄒ고 (媚兒, 我與你呵! 今生不作吹簫伴, 後世當爲結髮親.) <平妖 3:38>

13
폐동장양춘졈금 축법단셩고년법
閉東莊楊春點金 築法壇聖姑鍊法

화셜, 가지(瘸子) 양흥(楊興)으로 더브러 화음현(華陰縣)의 니르러 몬져 양슌검(楊巡檢)긔 와시믈 고ᄒᆞ니 슌검이 ᄂᆞ와 마져 차ᄅᆞᆯ 드리고 한훤(寒溫)을 맛치미 슌검이 황금 민드ᄂᆞᆫ 줄117)을 잠간 뭇거ᄂᆞᆯ 가지 아모란118) 줄을 아지 못ᄒᆞ여 두 눈을 멀거케 ᄯᅳ고 한 말도 답지 아니ᄒᆞ니 【39】 슌검은 혜오ᄃᆡ,

'비밀흔 법을 간ᄃᆡ로 뭇는 줄을 미련이 너기는가.'

ᄒᆞ여 다시 뭇지 아니ᄒᆞ고 양흥으로 ᄒᆞ여곰 가ᄌᆞᄅᆞᆯ 다려 셔원(西園)으로 가니 난ᄌᆞ화상(蛋子和尙)이 셔로 마ᄌᆞ 보더니 가지 싱각ᄒᆞ되,

'우리 모친이 나흔 만ᄒᆞ되 ᄯᅳᆺ 업고 쳘 업도다. 어디 가 즁을 어더 한ᄃᆡ 다리고 잇ᄂᆞᆫ고? 이 아니 모친이 늣게 반ᄒᆞ미 잇ᄂᆞᆫ가. 아모커나 동졍을 보리라.'

ᄒᆞ고 졍실(淨室)의 드러가 셩고(聖姑)ᄅᆞᆯ 보

고 피ᄎᆞ 별회ᄅᆞᆯ 닐은 후 좌졍ᄒᆞ고 가지 ᄀᆞᆯ오ᄃᆡ,

"미ᄋᆞ(媚兒) 미ᄌᆞ(妹子)ᄂᆞᆫ 어디 ᄌᆞ관ᄃᆡ 한 곳의 닛지 아니ᄒᆞ고 앗가 보든 사ᄅᆞᆷ은 어느 졀 화상을 다려 【40】 다가 무엇ᄒᆞ려 ᄒᆞᄂᆞ뇨?"

셩괴 ᄀᆞᆯ오ᄃᆡ,

"한 닙으로 다 못ᄒᆞ리로다."

ᄒᆞ고 인ᄒᆞ여 바람을 맛나 미ᄋᆞᄅᆞᆯ 일코 무측쳔낭낭(武則天娘娘)을 ᄭᅮᆷ의 맛나본 일과 난ᄌᆞ화상이 텬셔ᄅᆞᆯ ᄀᆞ지고 ᄎᆞ져온 곡졀을 ᄌᆞ셰히 니르고 ᄯᅩ 닐오ᄃᆡ,

"부디 쳔금을 어더야 가히 도ᄅᆞᆯ 닷글 거시로ᄃᆡ 다른 길노ᄂᆞᆫ 어들 길이 업셔 쥬인을 달니여 보현보살(普賢菩薩) 힝궁(行宮)을 지으련노라 ᄒᆞ고 너ᄅᆞᆯ 황금 민드ᄂᆞᆫ 법을 잘ᄒᆞᆫ다 ᄒᆞ여 져의 지물을 니게 ᄒᆞ고 인ᄒᆞ여 너ᄅᆞᆯ 다려다가 흔가지로 큰 도ᄅᆞᆯ 닷그려 ᄒᆞ노라."

가지 하하 【41】 웃고 ᄀᆞᆯ오ᄃᆡ,

"니 앗가 양슌검이 쳣 낫치 무슴 황금 민드ᄂᆞᆫ 말을 뭇거ᄂᆞᆯ 고히이 너겻더니 니 ᄒᆞᆫ 말도 디답지 아니ᄒᆞ기ᄅᆞᆯ 잘ᄒᆞ엿도다."

이쳐로 의논ᄒᆞᆯ 졔 양슌검이 가ᄌᆞ의게 시 의복을 보니고 셩고ᄅᆞᆯ 보와 모지 모히믈 하례ᄒᆞ더라. ᄯᅩ 붉ᄂᆞᆫ 날 한가지로 동장(東莊)의 가 보살 힝궁 지을 터흘 보ᄌᆞ ᄒᆞ고 도라가더라. 이윽고 져녁밥과 쇼찬을 ᄀᆞ쵸와 보니엿거ᄂᆞᆯ 가지 가마니 셩고다려 ᄀᆞᆯ오ᄃᆡ,

"어디 가 다시 쥬육을 먹으리가?"

셩괴 ᄭᅮ지져 왈,

"네 상시 쥬육을 참지 못흔들 유명ᄒᆞᆫ 양노불(楊老佛)의 【42】 집의 와 고기 먹을 계교ᄅᆞᆯ ᄒᆞᄂᆞᆫ다? ᄒᆞ믈며 도장의 가 슈련ᄒᆞ기ᄅᆞᆯ 시작ᄒᆞ면 여러 ᄒᆡ라도 쥬육을 찾지 못ᄒᆞ리라."

가지(瘸子) 이 말을 듯고 혀ᄅᆞᆯ 니두루더라. 이튼날 슌검이 ᄌᆞ근 교ᄌᆞ 하나와 말 두 필을 셔원으로 보니여 삼인을 뫼셔 오라 ᄒᆞ고 ᄉᆞᆫ됴119)

---

117) 【줄】 명 줄. 것. ¶ 슌검이 ᄂᆞ와 마져 ᄎᆞᄅᆞᆯ 드리고 한훤을 맛치미 슌검이 황금 민드ᄂᆞᆫ 줄을 잠간 뭇거ᄂᆞᆯ (楊春慌忙出來相見. 敍寒溫中, 也說幾句爐火的話兒探他.) <平妖 3:38> ⇒ 것, 줄

118) 【아모란】 관 아무런. 어떤. ¶ 가지 아모란 줄을 아지 못ᄒᆞ여 두 눈을 멀거케 ᄯᅳ고 한 말도 답지 아니ᄒᆞ니 (不料瘸子全然不曉, 只把雙眼來睜, 一言不答.) <平妖 3:38>

119) 【ᄉᆞᆫ됴】 부 손수. ¶ 自己 ‖ 이튼날 슌검이 ᄌᆞ근 교ᄌᆞ 하나와 말 두 필을 셔원으로 보니여 삼인을 뫼셔 오라 ᄒᆞ고 ᄉᆞᆫ됴 동장의 가 디후ᄒᆞ더니 (次日早飯後, 楊巡檢吩咐差一乘小轎、兩匹馬, 去西園迎接他三位. 自己先到東莊相候.) <平妖 3:42> ⇒ 손조, 손ᄌᆞ, 손ᄌᆞ, ᄉᆞᆫ조

동장의 가 디후ᄒᆞ더니 이윽고 셩고는 교ᄌᆞ 타
압셔고 즁과 도ᄉᆞ는 말 타고 뒤셔 힝ᄒᆞ여 동장
의 니르니 슌검이 인도ᄒᆞ여 형셰ᄅᆞᆯ 두루 보니
뫼흘 의지ᄒᆞ고 슈풀을 씌여 쥬회 극히 광활ᄒᆞ되
ᄯᅩᄒᆞᆫ 유벽ᄒᆞ여 계견(鷄犬)의 쇼릭도 들니지 아
니ᄒᆞ【43】고 그 가온디 삼간 디쳥과 좌우의 낭
과 부억 고집 치120)잇거시 갓지 아닌 거시 업ᄉᆞ
니 셩괴 마음의 깃거 슌검다려 닐오디,

"이곳이 졀을 지으며 금을 믿들기 맛당ᄒᆞ
니 오날붓터 여긔 머물녀 ᄒᆞ니 젼일 허락ᄒᆞ신
은을 닛지 말나."

슌검이 ᄀᆞᆯ오디,

"삼일 닉로 ᄎᆞ려 보닐 거시니 념녀 마르쇼
셔."

동장 맛튼 왕공(王公)을 불너 분부ᄒᆞ여 ᄀᆞᆯ
오디,

"온갓 공급ᄒᆞᆯ 일을 너ᄅᆞᆯ 맛기ᄂᆞ니 게얼니
말나."

ᄒᆞ고 동장 문 쇄약(鎖鑰)을 셩고(聖姑)ᄅᆞᆯ
맛지고121) 장긱(莊客)을 셔원의 보닉여 셩고와
난화상의 푸긔(鋪蓋)ᄅᆞᆯ 옴겨 왓거【44】ᄂᆞᆯ 셩괴
난화상으로 더브러 밧문을 삼고 밧긔 봉ᄒᆞᆯ 일
이 잇거든 노왕공을 불너 분부ᄒᆞ게 ᄒᆞ고 삼인이
슈이 드러셔 온ᄌᆞ 법ᄉᆞ의 쓸 거슬 장만ᄒᆞ기는
난화상이 맛타ᄒᆞ고 법당을 직희여 분향ᄒᆞ고 촉
불 혀고 음식 달호기122)ᄂᆞᆫ 좌츌이 쥬ᄒᆞ고 셩고
ᄂᆞᆫ 온갓 일을 긔록ᄒᆞ여 부작 쓰고 진언 닑어 도
법 슈련ᄒᆞ기ᄅᆞᆯ 쥬ᄒᆞ고 밥쌀과 시목(柴木)은 왕
공(王公)이 밧그로 진비ᄒᆞ더라.123) 이튼날 양잉
잉(楊奶奶)이 노마마(老嬤嬤)ᄅᆞᆯ 보닉여 셩고의게
문안ᄒᆞ니 마믜 가ᄌᆞᄅᆞᆯ 보고 웃고 닐오디,

"셩괴 엇지 보살긔【45】쳥ᄒᆞ여 텬의(天醫)
ᄅᆞᆯ 어더다가 영낭(令郎)의 다리ᄅᆞᆯ 곳치지 아니
ᄒᆞᄂᆞ뇨?"

셩괴 ᄀᆞᆯ오디,

"사ᄅᆞᆷ의 얼골은 하날이 졍ᄒᆞ여 계시니 가
히 곳칠 거시 아니라. 관셰음보살(觀世音菩薩)이
쳔슈쳔안(千手千眼)이로디 만흔 줄을 괴로와 쥬
리지 아니ᄒᆞ엿고 미륵보살(彌勒菩薩)의 비구
레124) 무릅히 쳐지되 약 먹어 곳치지 아냣ᄂᆞ니

라."

마믜 ᄀᆞᆯ오디,

"셩고의 말이 올타."

ᄒᆞ고 교ᄌᆞ의 담아온 상ᄌᆞ의 은이 빅 냥 너
흔 거슬 닉여 노ᄒᆞ며 갈오디,

"이거시 우리 잉잉의 아롬치125)러니 법ᄉᆞ
의 봇히여 쓰게 보닉시더이다."

셩괴 ᄉᆞ례ᄒᆞ고 바다 간슈ᄒᆞ거ᄂᆞᆯ 마믜【46
】ᄀᆞᆯ오디,

"노신이 셩고긔 ᄒᆞᆯ 말ᄉᆞᆷ이 잇셰라. 노신이
셩은 숀시(孫氏)요, 이십 년을 지일 쇼(素)ᄅᆞᆯ ᄒᆞ
엿더니 셩괴 보살을 보셔든 노신의 일홈을 칙념
(惻念)ᄒᆞᆷᄅᆞᆯ 바라노라. 노신이 지아비 죽은 후나
오히려 잘 먹고 잘 입으되 단독 일신이 고단ᄒᆞ
기로 잉잉을 의지ᄒᆞ여 날을 지닉니 후싱의 나
부뷔히로(夫婦偕老)ᄒᆞ고 효셩겨온126) ᄌᆞ식을 두
고ᄌᆞ ᄒᆞ나이다."

---

120)【치】圈 물건 또는 대상. 것. ¶ 的 ∥ 그 가온
디 삼간 디쳥과 좌우의 낭과 부억 고집 치잇거
시 갓지 아닌 거시 업ᄉᆞ니 <平妖 3:43>

121)【맛지다】圖 맡기다. ¶ 付 ∥ 동장 문 쇄약을
셩고ᄅᆞᆯ 맛지고 장긱을 셔원의 보닉여 셩고와 난
화상의 푸긔ᄅᆞᆯ 옴겨 왓거ᄂᆞᆯ (又將角門裏面鎖鑰
付與聖姑,　任意開關……將行李逶到.) <平妖
3:43>

122)【달호다】圖 달구다. 데우다. ¶ 煨煮 ∥ 법당
을 직희여 분향ᄒᆞ고 촉불 혀고 음식 달효기는
좌츌이 쥬ᄒᆞ고 (左黜腿不方便, 專管看守法壇, 燒
香點燭, 及煨煮三餐茶飯.) <平妖 3:44>

123)【진비ᄒᆞ다】圖 {진배(進排)하다.} 올리다. 바
치다. 조달하다. ¶ 밥쌀과 시목은 왕공이 밧그
로 진비ᄒᆞ더라 <平妖 3:45>

124)【비구레】圈 배. ¶ 肚子 ∥ 관셰음보살이 쳔
슈쳔안이로디 만흔 줄을 괴로와 쥬리지 아니ᄒᆞ
엿고 미륵보살의 비구레 무릅히 쳐지되 약 먹어
곳치지 아냣ᄂᆞ니라 (譬如觀世音千手千眼, 何曾
嫌多減却幾個,　彌勒祖師一箇大肚子,　垂到膝下,
何曾道不方便吃藥消他.) <平妖 3:45>

125)【아롬치】圈 아람치. 사유물(私有物). 사삿(私
私)돈. ¶ 私房 ∥ 교ᄌᆞ의 담아온 상ᄌᆞ의 은 이 빅
냥 너흔 거슬 닉여 노ᄒᆞ며 갈오디 이거시 우리
잉잉의 아롬치러니 법ᄉᆞ의 봇히여 쓰게 보닉시
더이다 (這銀子共是二百兩. 是奶奶的私房, 叫老
身送與聖姑姑聊助雜費.) <平妖 3:45> ⇒ 아람치,
아름치

126)【효셩겨오-】圈 《효셩졉다》 효성(孝誠)스럽다.
¶ 노신이 지아비 죽은 후나 오히려 잘 먹고 잘
입으되 단독 일신이 고단ᄒᆞ기로 잉잉을 의지ᄒᆞ
여 날을 지닉니 후싱의나 부뷔 히로ᄒᆞ고 효셩겨
온 ᄌᆞ식을 두고ᄌᆞ ᄒᆞ나이다 (老身只爲死了老夫
人,　兒女又不孝順,　所以孤身傍在奶奶身邊度日.
那一世只求個好兒好女足矣.) <牛妖 3:46> ⇒ 효
셩져오-, 효셩겨우-

셩괴 굴오디,

"당당이 마마(嬤嬤)의 일으는 디로 ᄒ리라."

마미 사례ᄒ고 가더라.

난ᄌ화상이 ᄉᄉ(事事)의 순히 되여가믈 보고 마음의 깃거 스물 넉 장 텬셔를 니여 셩고로 【47】 더브러 강논ᄒ려 ᄒ더니 셩괴 굴오디,

"이 조희 너모 크니 ᄌ근 칙을 니여 빈도(貧道)는 번역(飜譯)ᄒ여 일너든 현졔(賢弟)는 칙의 올니면 가지고 보기 편당ᄒ리라."

화상이 굴오디,

"이리ᄒ미 원간 됴홰라."

ᄒ고 숀바닥 만치 칙을 민드라 가늘게 스물 넉 장 글을 다 올니니 여러번 쥬운ᄒ되 일ᄌ도 츳착(差錯)이 업거늘 셩괴 굴오디,

"이 글이 샹졔(上帝) 앗기시는 비니 두 벌 두미 맛당치 아니ᄒ다."

ᄒ고 본초(本草)는 쇼화(燒火)ᄒ고 벗긴 글만 두니라. 양슌검이 쳔 냥 은ᄌ롤 ᄀᆞ쵸와 숀됴동쟝의 와 셩고롤 맛지고 굴오 【48】 디,

"이후는 감히 와 보기롤 졍치 못ᄒ리니 아지 못게라 어느 ᄢᅴ의 일을 닐니요?"

셩괴 굴오디,

"쉬우며 더디믄 인연의 달녀시니 오러면 히 밧고이고 쉬오면 반년이 되려니와 셜ᄉ 더딀지라도 밧바 마르쇼셔."

슌검이 도라가니 셩괴 난화상으로 ᄒ여곰 동셔남북 십니 밧긔 가 흙을 가져다가 놉흔 단을 무으고127) 그 우희 불근 등잔 일곱의 블을 혀고 오식 긔치(旗幟)롤 만들어 이십팔슈(二十八宿)롤 응ᄒ여 곳고 졍흔슈128) 두 동의롤 좌우의 놋코 압히 큰 칼 곳고 셩괴 난ᄌ화상과 가지로 더브러 목욕진 【49】 계 ᄒ고 단의 텬지(天地)긔 제ᄒᆞᆯ시 분향ᄒ고 츅문(祝文)을 닑은 후 사방을 응ᄒ여 네비ᄒ고 셩괴 쇼리롤 놉혀 모든 신쟝의 일홈을 ᄎ례로 부르더니 이윽ᄒ여 괴이ᄒᆞᆫ 바람이 이러나며 모든 신쟝이 ᄎ례로 드러와 쇼리롤 놉혀 굴오디,

"법시 무ᄉᆞ 닐을 ᄒ려 쇼쟝들을 부르시ᄂᆞ

뇨?"

ᄒ니 그 쇼리 웅위(雄偉)ᄒ고 몸이 크고 눈이 홰불 ᄀᆞ고 가장 위름(威凜)ᄒ더라. 난ᄌ화상과 가ᄌ는 두려오믈 니긔지 못ᄒ여 고기롤 감히 드지 못ᄒ고 셩괴 쇼리롤 놉혀 닐오디,

"니 임의 현녀낭낭(玄女娘娘) 법지(法旨)롤 밧드러 구 【50】 텬 여의보칙(如意寶冊)을 가져 쟝ᄎ 큰 도롤 어드려 ᄒᄂᆞ니 너희 모든 쟝둘이 나의 호령을 드러 한가지로 도으면 너희 공을 긔록ᄒ여 샹뎨긔 쥬문ᄒ리라."

졔쟝이 쳥녕ᄒ고 몸을 굽혀 홋터지더라. 화상과 가지 쳐음으로 신쟝(神將)을 보고 마음의 숫그려ᄒ더니129) 오러미 졈졈 익더라.

일일은 난ᄌ화상이 젼쳐로 신쟝을 불너 보려 ᄒ여 오경 ᄢᅴ의 혼ᄌ 니러나 단 우희 올나 진언을 넘ᄒ니 홀연 흔 쎄 바람이 이러ᄂᆞ며 한 신쟝이 ᄯᅳᆯ의 ᄂᆞ려 셔니 두 눈은 구리 방울 갓고 낫츤 불근 게 ᄀᆞ고 황금 【51】 북두의 슈화쥬롤 닙고 숀의 거믄 긔롤 잡아시니 이 신쟝의 셩명은 쟝ᄉᆞ쟈(張使者)라. 국궁ᄒ고 무르되,

"ᄉ뷔 쇼쟝을 부르시니 무ᄉᆞ 법지(法旨) 잇ᄂᆞ뇨?"

화상이 본디 진언을 시험ᄒ미요 신쟝을 쓸 곳이 업ᄂᆞᆫ지라, 강잉ᄒ여 굴오디,

"디쳥 뒤히 나무 슈음(樹陰)이 업셔 볏츨 가리오지 못ᄒ니 젼일 셔원의셔 보니 비나무 네 쥐 잇스니 ᄲᆞᆯ니 옴겨다가 시무라."

신쟝이 응셩ᄒ고 가더니 믄득 디풍이 모리롤 날니고 돌을 구을니며 군미 드레는 쇼리 ᄂᆞ더니 비남우130) 네히 한 쥴노 졍히 셔ᄂᆞᆫ지라. 셩괴 난ᄌ화상의 일 【52】 인 쥴 알고 발작ᄒ여 닐오디,

---

127) 【무으다】 图 쌓다. 만들다. ¶ 셩괴 난화상으로 ᄒ여금 동셔남북 십니 밧긔 가 흙을 가져다가 놉흔 단을 무으고 (婆子敎蛋子和尙, 先取五方之土, 就本莊權算中央, 餘者東南西北, 俱在十里外取用.) <平妖 3:48>

128) 【졍흔슈】 图 졍한수. 졍화수(井華水). ¶ 졍흔슈 두 동의롤 좌우의 놋코 압히 큰 칼 곳고 <平妖 3:48>

129) 【숫그려ᄒ다】 图 두려워하다. 송구(悚懼)스러워하다. ¶ 矜持 ∥ 화상과 가지 쳐음으로 신쟝을 보고 마음의 숫그려ᄒ더니 (蛋子和尙見神將來往, 初時不免矜持.) <平妖 3:50> ⇒ 숫구러ᄒ다, 숫그러ᄒ다, 숫그려ᄒ다

130) 【비남우】 图 배나무. ¶ 梨樹 ∥ 믄득 디풍이 모리롤 날니고 돌을 돌을 구을니며 군미 드레는 소리 ᄂᆞ더니 비남우 네히 한 쥴노 졍히 셔ᄂᆞᆫ지라 (須臾, 只聽得一陣大風, 飛沙舞瓦, 耳邊如軍馬雜沓之聲, 四株大梨樹做一行兒的種下了.) <平妖 3:51> ⇒ 비낡

"어이 이런 부졀업슨 일노 신장을 경히 부리리오. 너희 아직 두골(□□)이 니지 못ᄒ여시며 법녁(法力)이 니지 못ᄒ엿고 도슐(道術)이 업스니 만일 신장(神將)을 덧니면[131] 셩명도 보젼치 못ᄒ리라."

화상이 굴오ᄃᆡ,

"우연이 ᄒᆞᆫ 번 시험ᄒᆞᆫ 일이니 이후는 말니이다."

ᄒᆞ더라.

이날 양슌검(楊巡檢)의 집의셔 디풍이 이러ᄂᆞᆫ믈 괴히 녀기더니 셔원(西園)의 셧던 비남글 일코 크게 의괴(疑怪)ᄒᆞ더니 동장(東莊) 직횐 왕공(王公)이 와 닐오ᄃᆡ,

"셩고(聖姑) 잇ᄂᆞᆫ 집 뒤히 예 업든 비나무 네히 셧시니 가장 괴히ᄒᆞᆫ 일이러이다."

슌검[53]이 굴오ᄃᆡ,

"동장문을 다다시니 네 어이 본다?"

디왈,

"그 남기[132] 구름의 다케 놉ᄒᆞ니 담 밧긔셔 어이 ᄆᆞᆺ보리잇고."

슌검이 분명 셩고의 신통인 줄 알고 가인을 분부ᄒᆞ여 남다려 니ᄅᆞ지 말나 ᄒᆞ더라. 셩괴 냥인을 더브러 일흔 두 가지 변화ᄅᆞᆯ 슈련ᄒᆞ니 난ᄌᆞ화상(蛋子和尙)은 본디 총명ᄒᆞᆫ지라 슈고 아냐 능히 ᄒᆞ고 가ᄌᆞ(瘸子)ᄂᆞᆫ 비록 둔ᄒᆞ나 ᄯᅩᄒᆞᆫ 득도홀 연분이 잇ᄂᆞᆫ지라 상시의ᄂᆞᆫ 게으르더니 이ᄶᅥᄂᆞᆫ 가장 부즈런ᄒᆞ여 쥬야로 쉬지 아니ᄒᆞ니 능히 남을 ᄯᅡ라가더라.

광음이 여류ᄒᆞ여 삼년이 되[54] 엿시니 지살도법(地煞道法)이 일워 신통이 광디ᄒᆞ고 법녁이 고강(高强)ᄒᆞ니 우흐로 구름을 타고 ᄋᆞ리로 ᄯᅥ홀 쥬리며 숀으로 가르치면 뫼히 터지고 긔운을 불면 바룸이 일고 팟츠로 ᄉᆞ룸을 민들고 풀노 말을 민들고 몸을 슘기며 얼골을 밧고며 풍운뇌우(風雲雷雨)ᄅᆞᆯ 마음더로 일우고 슈화도창(水火刀槍)이 감히 상케 못ᄒᆞ니 이 빅운동 도법이 비록 신션과 부쳐의 졍도와 다르나 텬지 됴화ᄅᆞᆯ 도젹ᄒᆞ고 귀신의 공을 비러 어진 사룸이 쓰면 둑히 몸을 보젼ᄒᆞ고 희ᄅᆞᆯ 면ᄒᆞ여 신션 구

ᄒᆞᄂᆞᆫ 첩경이 되고 ᄉᆞ오나[55] 온 ᄉᆞ룸이 쓰면 뇨괴로온 일을 ᄒᆞ고 난을 일위여 인간의 히되니 이러무로 상졔 비밀이 ᄒᆞᆺ 간디로 인셰의 젼치 못ᄒᆞ되 ᄯᅩᄒᆞᆫ 아됴 업시치 아니ᄒᆞᆫᄆᆞᆫ 인연이 잇ᄂᆞᆫ 사룸을 기다리미라. 빅원신(白猿神)의 셕벽의 삭인 글 ᄋᆞ러 밍셰ᄒᆞᄂᆞᆫ 말을 삭여 만일 ᄉᆞ오나온 일을 ᄒᆞ면 뇌신이 사치 아니리라 ᄒᆞ여 후인을 경계ᄒᆞ엿더니 난화상이 미쳐 한 줄을 박지 못ᄒᆞᆫ 고로 비록 도ᄅᆞᆯ 어드나 후일의 픠쥐(貝州) 환난이 일노됴츠 나니라.

셩괴 삼년을 슈련ᄒᆞ미 양슌검의 쳔 냥 은ᄌᆞᄅᆞᆯ 쓰고 잉잉[56]의 아람치[133] 이빅 금 은ᄌᆞᄅᆞᆯ 봉ᄒᆞᆫ 지[134]로 귀신을 맛겨 도로 보너려 ᄒᆞ니라. 셩괴 가ᄌᆞ와 화상으로 더브러 의논ᄒᆞ여 굴오ᄃᆡ,

"우리 삼인이 양슌검 부부의 은혜롤 바다 ᄯᅩ 쳔금으로 셔로 도으믈 어드되 임의 일워시니 쳐음의 보현보살궁(普賢菩薩宮)을 짓고 금샹(金像)을 민들녀노라 ᄒᆞᆫ 비록 진짓 말이 아니나 하로 아참의 하직도 아니ᄒᆞ고 가미 마음의 결연(恝然)ᄒᆞ니[135] 우리 삼인이 각각 신통을 부려 이졔 한가지로 표졍(表情)홀 거슬 머무르고 가미 엇더ᄒᆞ뇨?"

가ᄌᆞ 쩨놀며 굴오ᄃᆡ,

"나ᄂᆞᆫ 범 하나흘 여긔 두어[57] 겨룰 위ᄒᆞ여 동장을 직희게 ᄒᆞ리라."

셩괴 굴오ᄃᆡ,

"나ᄂᆞᆫ 본디 겨룰 황금을 민다라 쥬마 ᄒᆞ엿시니 누 압히 잇ᄂᆞᆫ 셕가산(石假山)을 황금을 민드러 집을 진졍ᄒᆞ고 보비롤 삼으리라."

---

132) 【낡】圐 《나모》 나무. ¶ 樹 ∥ 남기 구름의 다케 놉ᄒᆞ니 담 밧긔셔 어이 못 보리잇고 (樹高出雲端, 小人從外面望見. 却是子來沒有的, 所以報知.) <平妖 3:53>

133) 【아람치】圐 아람치. 사유물(私有物). 사삿(私私)돈. ¶ 私房 ∥ 잉잉의 아람치 이빅 금 은ᄌᆞᄅᆞᆯ 봉ᄒᆞᆫ 지로 귀신을 맛겨 도로 보너려 ᄒᆞ니라 (其楊奶奶二百金, 原封不動, 遣個靈鬼送還他去了.) <平妖 3:56> ⇒ 아름치, 아롬치

134) 【지】圐 채. ¶ 잉잉의 아람치 이빅 금 은ᄌᆞᄅᆞᆯ 봉ᄒᆞᆫ 지로 귀신을 맛져 도로 보너려 ᄒᆞ니라 (其楊奶奶二百金, 原封不動, 遣個靈鬼送還他去了.) <平妖 3:56>

135) 【결연ᄒᆞ다】圐 {개연(恝然)하다.} ¶ 恝然 ∥ 하로 아참의 하직도 아니ᄒᆞ고 가미 마음의 결연ᄒᆞ니 (一旦不辭而去, 覺得恝然.) <平妖 3:56>

---

131) 【덧니다】圐 자극(刺戟)하다. ¶ 觸 ∥ 너희 아직 두골이 니지 못ᄒᆞ여시며 법녁이 니지 못ᄒᆞ엿고 도슐이 업스니 만일 신장을 덧니면 셩명도 보젼치 못ᄒᆞ리라 (況今道法未成, 又沒甚本事在身, 倘觸其怒, 性命難保.) <平妖 3:52> ⇒ 덧내다

가지 글오디,

"이러량이면 니 민든 범으로 금산(金山)을 직희여 도젹이 감히 가져가지 못ᄒᆞ게 ᄒᆞ리라."

난화상이 글오디,

"나는 다른 거슨 쓸디 업슬 듯 ᄒᆞ니 우리 삼인의 얼골을 민ᄃᆞ라 누하의 머무러 양가 ᄌᆞ손으로 ᄒᆞ여곰 디디로 녜비ᄒᆞ게 ᄒᆞ리라."

가지 글오디,

"조치 아니ᄒᆞ다. 우리 얼골을 【58】 민들 계 너 왼다리 져는 상을 홀 거시니 양가 ᄌᆞ손이 보면 엇지 웃지 아니ᄒᆞ리오."

난화상이 웃고 닐오디,

"이롤 넘녀ᄒᆞ거든 안즌 상을 민들니라."

ᄒᆞ더라.

셩괴 진언을 넘ᄒᆞ고 셕가산을 바라며 츔을 ᄲᅮᆷ으니 가는 안기 ᄌᆞᆺᄒᆞ여 믄득 금산이 되거ᄂᆞᆯ 가지 조희의 범을 그려 진언을 닑고 입으로 긔운을 부니 홀연 ᄲᅱ노라136) 쇼리 지르고 빅익회(白額虎) 되거ᄂᆞᆯ 가지 경계ᄒᆞ여 니로디,

"널노 ᄒᆞ여곰 금산을 직희오는 거시니 아모나 타인의 도젹이 가져[가려] ᄒᆞ거든 너다라 져히고137) 양슌겸의 ᄌᆞ손이 오거 【59】 든 은거ᄒᆞ여 슘으라."

ᄒᆞ고 스미롤 ᄲᅥᆯ치니 조희 예ᄌᆞᆺ치 되거ᄂᆞᆯ 금산의 두니라. 난화상(蛋和尙)은 모든 공교ᄒᆞᆫ 장인의 녕혼을 불너다가 누하의 잡아두고 하로 밤 스이의 삼인의 상을 민ᄃᆞ라 안치니 셩고(聖姑)는 가온더 안즛고 좌는 난화상이오, 우는 좌츌(左黜)이라. 얼골이 ᄉᆞᆳᄂᆞᆫ 듯 ᄒᆞ여 일ᄒᆞ 다르미 업손지라. 가지 웃고 글오디,

"우리 안즛든 더 화상이 엇지 머리롤 돗지138) 아니ᄒᆞᄂᆞᇁ?"

화상이 글오디,

"머리 돗기 어렵지 아니ᄒᆞ되 다만 니러 답녜홀 계 왼다리 편치 아닐가 ᄒᆞ노라."

가지 【60】 디쇼ᄒᆞ더라.

셩괴 글오디,

"우리 젼졍을 의논홀 거시라. 오늘날 득도

ᄒᆞ미 다 쳔휘(天后) 몽즁의 가르치믈 힘닙어시니 졔 분명 닐오디 이십팔 년 후 하북(河北)의셔 긔업(基業)을 닐우럿노라 ᄒᆞ고 나롤 언약ᄒᆞ여 픠쥐가 모다139) 셔로 도으라 ᄒᆞ니 이는 텬쉬 그러ᄒᆞ미라. 우리 등이 가히 하날 ᄠᅳᆺ을 거스리지 못홀 거시요, ᄯᅩ 져의 몽즁의 가르친 은혜롤 닛지 못ᄒᆞ리니 우리 삼인이 아직 몸을 감쵸고 한가히 노라 일이 일거든 셔로 못고 일이 업거든 각산(各散)ᄒᆞ엿다가 운쉬 다닷는140) 날의 ᄒᆞᆫ가 【61】 지로 하북의 모다 마음을 가죽이 ᄒᆞ여 텬명을 슌슈홀 거시라."

말을 맛츠며 셩괴 몬져 구름 타고 공즁의 올나가니 난화상이 집헛든 막디룰 공즁의 더지더니141) 변ᄒᆞ여 일만 길이나 ᄒᆞᆫ 금다리 되여. 화상이 표연이 올나가거ᄂᆞᆯ 가지 니로디,

"나는 병 속의 가 놀니라."

ᄒᆞ고 뷘병이 벽상의 걸녓거ᄂᆞᆯ ᄲᅱ여 그 속의 드니 아모도 드러간 줄을 아지 못홀너라.

---

136) 【ᄲᅱ놀다】 동 뛰놀다. ¶ 가지 조희의 범을 그려 진언을 닑고 입으로 긔운을 부니 홀연 ᄲᅱ노라 쇼리지르고 빅익회 되거ᄂᆞᆯ (獼子剪個紙虎, 口中有詞, 順風吹去. 喝聲: '疾!' 只見這紙虎撲地跳兩跳, 便成個黃斑老虎, 猛烈咆哮, 與眞虎無異.) <平妖 3:58> ⇒ 뛰놀다, ᄲᅱ노-

137) 【져히다】 동 겁주다. 위협(威脅)하다. ¶ 가지 경계ᄒᆞ여 니로되 널노 ᄒᆞ여금 금산을 직희오는 거시니 아모나 타인의 도젹이 가져ᄒᆞ거든 너다라 져히고 양슌겸의 ᄌᆞ손이 오거든 은거ᄒᆞ여 슘으라 (獼子吩咐道: "老虎, 老虎, 聽我法語: 鎭守金山, 不許携取, 有人携取, 老虎逐去.) <平妖 3:58>

138) 【돗다】 동 조아리다. ¶ 磕 ‖ 가지 웃고 글오디 우리 안즛든 더 화상이 엇지 머리룰 돗지 아니ᄒᆞᄂᆞᇁ 화상이 글오디 머리 돗기 어렵지 아니ᄒᆞ되 다만 니러 답녜홀 계 왼다리 편치 아닐가 ᄒᆞ노라 (獼子道: "野和尙磕頭, 誰來答禮?" 蛋子和尙道: "若起身答禮時, 只怕腿不方便的, 被人看破.") <平妖 3:59> ⇒ 2:44 /7:72

139) 【몯다】 동 모이다. ¶ 約 ‖ 이십팔년 후 하북의셔 긔업을 닐우럿노라 ᄒᆞ고 나롤 언약ᄒᆞ여 픠쥐 가 모다 셔로 도으라 ᄒᆞ니 (他說二十八年後, 當在河北興旺, 約我去到貝州相助.) <平妖 3:60>

140) 【다닷-】 동 《다돋다》 다다르다. ¶ 到 ‖ 우리 삼인이 아직 몸을 감쵸고 한가히 노라 일이 일거든 셔로 못고 일이 업거든 각산ᄒᆞ엿다가 운쉬 다닷는 날의 ᄒᆞᆫ가지로 하북의 모다 마음을 가죽이 ᄒᆞ여 텬명을 슌슈홀 거시라 (自今爲始, 各人隨意消遙, 念想動時, 立刻相見. 若運數到日, 切莫異心, 以違天道.) <平妖 3:60>

141) 【더지다】 동 던지다. ¶ 난화상이 집헛든 막디룰 공즁의 더지더니 변ᄒᆞ여 일만 길이나 ᄒᆞᆫ 금다리 되여 화상이 표연이 올나가거ᄂᆞᆯ (蛋子和尙把齊眉短棒抛向空中, 化成萬丈金橋, 大踏步上去了.) <平妖 3:61>

14

셩고당지호슈금산 슉경원장난봉미아
聖姑堂紙虎守金山 淑景園張鸞逢媚兒

셩괴 쳐음의 동장(東莊)의 갈 졔 양슌검(楊巡檢)으로 더부러 【62】 일년반셰(一年半歲)로 언약ᄒᆞ엿더니 믄득 십년이 거의 된지라 슌검이 감히 ᄂᆞᆼ아 보지 못ᄒᆞ고 다만 동장(東莊) 직흰 왕공(王公)으로 ᄒᆞ여곰 쇼식을 듯보와 알외라 ᄒᆞ니 쳐음은 냥식과 시목(柴木)을 진비(進排)ᄒᆞ미[142] 오히려 안 동졍을 아라 슌검의게 고ᄒᆞ더니 삼인의 도법이 닌 후는 온ᄀᆞᆺ 것 슈운ᄒᆞ기를 더신ᄒᆞ여 부리고 왕공을 춧지 아닛ᄂᆞᆫ지라 더옥 쇼식을 모로더니, 일일은 양잉잉(楊奶奶)이 깁히 드럿는 옷농을 너여 보더니 그 속의 은즈 이ᄇᆞᆨ 냥 봉ᄒᆞᆫ 거시 드럿거늘 이는 향년(向年)의 노마마(老嬤嬤)로 ᄒᆞ여곰 셩고 【63】 의게 보닌 은이로디 쳐음의 잉잉이 손도 봉ᄒᆞᆫ 거슬 ᄶᅥ히도[143] 아냣거늘 아모란 연권 줄 아지 못ᄒᆞ여 노마마로 ᄒᆞ여곰 동장의 보니여 왕공의게 ᄌᆞ셰이 무러오라 ᄒᆞ니 왕공이 골오디,

---

142) 【진비ᄒᆞ다】 宮 【진배(進排)하다.】 올리다. 바치다. 조달하다. ¶ 다만 동장 직흰 왕공으로 ᄒᆞ여곰 쇼식을 듯보와 알외라 ᄒᆞ니 쳐음은 냥식과 시목을 진비ᄒᆞ미 <平妖 3:62>

"이 젼은 방마다 연괴 ᄂᆞ고 시시로 스룸을 겸고ᄒᆞ고 호령ᄒᆞᆫᄂᆞᆫ 쇼리도 잇고 바롬과 우레 일시의 니러ᄂᆞ더니 스오 일지는 아모 쇼리도 업스니 연고롤 모로노라."

마미 골오디,

"네 다리[144]롤 어더다가 담의 노흐라. 무슴 일을 ᄒᆞᄂᆞᆫ고 가마니 볼 거시라."

ᄒᆞᆫ디 왕공이 다리롤 노하쥬거늘 올나 바라보니 【64】 아모 동졍도 업거눌 도로 나려 왕공다려 니로디,

"네 올나가 보라."

왕공이 올나가 보니 사름의 그림ᄌᆞ도 업거눌 담을 인연ᄒᆞ여 집 우희 올나보니 사롬은 업고 누 압희 찬난흔 황금 뫼히 셧는지라. 놀나고 깃거 다리[145]의 ᄂᆞ려와 마마로 더브러 슌검의게 알왼디 슌검이 ᄶᅮ지져 골오디,

"뉘다려 간고 가마니 보라 ᄒᆞ던다?"

왕공이 디왈,

"노마미 잉잉 명을 바다 와셔 보라 ᄒᆞ시니 쇼인의 마음으로는 ᄒᆞ온 일이 아니오나 일졍 다른 디로 가고 업는가 ᄒᆞ나이다."

슌검이 손됴[146] 말 【65】 타고 동장으로 가 문을 두다리되 안희셔 응ᄒᆞ리 업거날 문을 쳐 열고 드러가 보니 스룸은 업고 누 압희 셧던 티호셕(太湖石)이 변ᄒᆞ여 ᄌᆞ금식(紫金色) 뫼히 되엿거눌 슌검이 싱각ᄒᆞ되,

'셩고(聖姑)의 신통이 과연 긔특ᄒᆞ도다.'

머리롤 들쳐보니 셩괴 화상과 좌ᄌᆞ(左子)롤 다리고 누하의 안졋거눌 슌검이 디경ᄒᆞ여 황망이 ᄂᆞ다라 녜ᄒᆞ며 골오디,

---

143) 【ᄶᅥ히다】 宮 떼다. 뜯다. ¶ 이는 향년의 노마마로 ᄒᆞ여곰 셩고의게 보닌 은이로디 쳐음의 잉잉이 손됴 봉ᄒᆞᆫ 거슬 ᄶᅥ히도 아냣거늘 아모란 연권 줄 아지 못ᄒᆞ여 (原來就是三年前叫老嬤嬤送與聖姑姑這二百私房銀子, 原封不動在內.) <平妖 3:63>

144) 【다리】 명 사다리. ¶ 梯兒 ‖ 네 다리롤 어더다가 담의 노흐라 무슴 일을 ᄒᆞᄂᆞᆫ고 가마니 볼 거시라 <平妖 3:63> ⇒ 드리

145) 【다리】 명 사다리. ¶ 梯兒 ‖ 놀나고 깃거 다리의 ᄂᆞ려와 (心下又驚又喜, 下得梯來.) <平妖 3:64> ⇒ 드리

146) 【손됴】 閉 손수. ¶ 親 ‖ 슌검이 손됴 말 타고 동장으로 가 (楊春心下沉吟, 便叫家童備馬, 親往東莊.) <平妖 3:64> ⇒ 손조, 손즈, 손ᄌᆞ, 손조

"졔지 여러 희롤 가르치믈 듯지 못ᄒᆞ여 특별이 와 뵈나이다."

가동이 일오ᄃᆡ,

"노야ᄂᆞᆫ 졀을 마르쇼셔. 져 셰히[147] 산 사ᄅᆞᆷ이 아니로쇼이다. 그러치 아니ᄒᆞ오면 엇지 답녜 업스리잇고?"

슌검이 다시 보니 과연【66】 ᄆᆡᆫ든 상이로ᄃᆡ 엄연이 산 듯ᄒᆞ니 칭찬ᄒᆞ믈 마지 아니ᄒᆞ더라. 집안의 쓰핫던 긔용즙물이 심히 만하 오히려 스오ᄇᆡᆨ 금이나 쓰고 셔원으로셔 옴겨온 빗나무 네히[148] 엄연이 셧시되 사ᄅᆞᆷ은 임의 가고 업ᄂᆞᆫ지라. 슌검이 ᄉᆡᆼ각ᄒᆞ되,

'일졍 보현보살이 ᄒᆡᆼ궁 짓기롤 허치 아니ᄒᆞ시ᄂᆞᆫ고로 셩괴 회보ᄒᆞ기롤 무안이 녀겨 하직도 아니ᄒᆞ고 가도다.'

ᄒᆞ고 탄식ᄒᆞ더니 쇼동을 보ᄂᆡ여 잉잉을 되셔와 금산을 보게 ᄒᆞ라 ᄒᆞ니 잉잉이 갈오ᄃᆡ,

"가보리라."

ᄒᆞ고 이의 와 셩고의 상의 네ᄒᆞ고 금산을 보며 ᄌᆞ탄ᄒᆞ여 굴오ᄃᆡ,

"인【67】 간 금으로 ᄆᆡᆫ드러야 어이 이쳐로[149] 맑은 빗치 잇스리오. 다만 가셕ᄒᆞ다. 너모 크기의 옴겨가기 어렵도다."

슌검이 굴오ᄃᆡ,

"사ᄅᆞᆷ을 만히 시겨 슈레의 시러 집의 가져다가 젼가(傳家)ᄒᆞᄂᆞᆫ 보비롤 삼으리라."

ᄒᆞ고 가졍(家丁)과 장호(莊戶)롤 됴발ᄒᆞ여 스십여 인이 큰 바흐로[150] 에워 메고 일시의 움죽이려 ᄒᆞ더니 홀연 밋친 바롬이 이러나며 큰 범이 쇼리롤 우레ᄀᆞ치 지르고 ᄂᆞ오니 모든 사ᄅᆞᆷ이 디경ᄒᆞ여 아모리 홀 줄 모르더라.

【68】 모든 사ᄅᆞᆷ이 범을 보고 놀나 일시의 누상의 오르고 문을 닷더니 범이 임의 간 ᄃᆡ 업ᄂᆞᆫ지라. 오ᄅᆞᆫ 후야 숨엇던 사ᄅᆞᆷ이 졈졈 못거놀[151] 슌검과 잉잉이 의논ᄒᆞ여 굴오ᄃᆡ,

"셩괴 신상을 누하의 ᄆᆡᆫ드라 안치고 그 아ᄅᆡ 금산을 ᄆᆡᆫ드라 공양ᄒᆞ게 ᄒᆞ엿시니 이러무로 범으로 직희여 사ᄅᆞᆷ이 가져 가지 못ᄒᆞ게 ᄒᆞ미라. 집의 옴겨가나 예 잇스나 한가지니 굿ᄒᆞ여 움죽이지 아니ᄒᆞ면 ᄌᆞ연 무스ᄒᆞ리라."

ᄒᆞ고 동장 일홈을 곳쳐 셩고졍(聖姑亭)이라 ᄒᆞ고 졍(正) 칠(七) ᄉᆞ(四) 십(十)월 쵸일일이면 분향ᄒᆞ더라. 화음현(華陰縣) 사ᄅᆞᆷ들【69】 이 양슌검 집의 금산이 나고 범이 직희엿단 말을 듯고 일시의 젼ᄒᆞ여 니로ᄃᆡ,

"슌검이 다만 거줏말이라 ᄒᆞ고 동장 문을 잠가 졔 집 사ᄅᆞᆷ도 드러가 보지 못ᄒᆞ더라."

동경(東京) 긔봉부(開封府)의 한 사ᄅᆞᆷ이 잇스니 셩명은 장ᄃᆡ봉(張大鵬)이니 어려서 부뫼 죽거늘 한 도시 유명ᄒᆞ무로 ᄯᆞ라 츌가ᄒᆞ엿더니 념질(染疾)을 어더 병이 즁ᄒᆞ미 스승이 바리고 가니 혼ᄌᆞ 잇더니 마ᄎᆞᆷ 외국으로셔 온 긔이ᄒᆞᆫ 사ᄅᆞᆷ이 ᄃᆡ봉의 골격이 비범ᄒᆞ믈 보고 병을 곳치고 신션의 법을 가르치니 능히 풍우롤 부리며 귀신을 호령ᄒᆞ【70】여 ᄇᆡᆨ운동 법슐노 다르미 업더라. 텬하의 졍쳐업시 운유(雲遊)ᄒᆞ여 단니더니 동경 사ᄅᆞᆷ 쥬능(朱能)으로 더브러 친ᄒᆞ여 결의형뎨 ᄒᆞᆫ지라. 이러무로 그 집의 쥬인ᄒᆞ여 머물 젹이 만터라. 츠시 진동황뎨(眞宗皇帝) 상보(祥符) 원년이라. 걸안(契丹) 오랑키[152] ᄌᆞ로 침노ᄒᆞ니 왕흠약(王欽若)이 졔긔 쥬왈,

"예붓터 진명텬ᄌᆞ(眞命天子)ᄂᆞᆫ 부디 틱산의 봉션(封禪)ᄒᆞᄂᆞ니 폐히 만일 니젹(夷賊)을 항복 밧고ᄌᆞ 홀진디 틱산의 올나가 봉션ᄒᆞ실 거시니이다."

진동이 굴오스디,

"짐이 드르니 틱산의 봉션ᄒᆞᄂᆞ니ᄂᆞᆫ 옛 셩쥬(聖主)의 일이니 여러 가지 상셰(祥瑞) 잇셔야

---

147)【셸】圐 셋. ¶ 三 ‖ 노야ᄂᆞᆫ 졀을 마르쇼셔 져 셰히 산 사ᄅᆞᆷ이 아니로쇼이다 (老爺莫拜, 上面坐的是個死的.) <平妖 3:65> ⇒ 셸

148)【녯】㊀ 녯. ¶ 四 ‖ 셔원으로셔 옴겨온 빗나무 네히 엄연이 셧시디 사ᄅᆞᆷ은 임의 가고 업ᄂᆞᆫ지라 <平妖 3:66>

149)【-쳐로】㊅ 처럼. ¶ 恁般 ‖ 인간 금으로 ᄆᆡᆫ드러야 어이 이쳐로 맑은 빗치 잇스리오 다만 가셕ᄒᆞ다 너모 크기의 옴겨가기 어렵도다 (人間金子, 怎的有恁般赤色! 只可惜點化得忒大了, 叫人不便移動.) <平妖 3:67>

150)【밧】⑲ 밧줄. ¶ 繩索 ‖ 가졍과 장호롤 됴발ᄒᆞ여 스십여 인이 큰 바흐로 에워 메고 일시의 움죽이려 ᄒᆞ더니 <平妖 3:67>

151)【못–】㊅ 《몯다》 모이다. ¶ 오ᄅᆞᆫ 후야 숨엇던 사ᄅᆞᆷ이 졈졈 못거놀 <平妖 3:68> ⇒ 몯다

152)【오랑키】⑲ 오랑캐. ¶ 韃子 ‖ 츠시 진동황뎨 상보 원년이라 걸안 오랑키 ᄌᆞ로 침노ᄒᆞ니 왕흠약이 졔긔 쥬왈 (還是祥符元年的時節, 眞宗皇帝惱那契丹韃子欺慢中國, 有佞臣王欽若奏道.) <平妖 3:70> ⇒ 오랑캐

【71】 바야흐로 홀 거시니 네 모로미 삼일닋의 일흔 두 가지 상셔롤 쥬문ᄒᆞ라."

왕흠약이 됴회롤 파ᄒᆞ고 집의 도라와 싱각ᄒᆞ되,

'삼일닋의 어디 가 여러 가지 상셔롤 어드리오. 만일 알외지 아니ᄒᆞ면 상(上)이 일졍 그릇 너기시리로다.'

ᄒᆞ고 근심ᄒᆞ더니 이ᄯᅴ 쥬능이 왕흠약이 문하의 잇ᄂᆞᆫ지라. 져의 근심ᄒᆞ믈 보고 ᄀᆞᆯ오디,

"일이 어렵지 아니ᄒᆞ니 만일 상셔롤 어드면 가히 일흔 두 가지롤 당ᄒᆞ리라."

흠약이 ᄀᆞᆯ오디,

"무슴 상셰 일흔 두 가지롤 당홀고?"

쥬능이 디ᄒᆞ여 ᄀᆞᆯ오디,

"긔린(麒麟) 봉황(鳳凰)과 영지(靈芝) 감노(甘露) 【72】 ᄂᆞᆫ 디디로 잇ᄂᆞᆫ 거시니 족히 희한ᄒᆞ미 아니라 오직 복희씨(伏羲氏) 시졀의 하날이 글을 나리와 뇽미(龍馬) 지고 물노셔 ᄂᆞ오니 이ᄂᆞᆫ 텬셰라 모든 상셔 중 웃듬이니 이졔 만일 텬셔롤 어더 중외(中外)의 반포ᄒᆞ면 가히 티산(泰山)을 봉홀 거시요 니젹(夷賊)을 가히 항복바드리이다."

흠약이 ᄀᆞᆯ오디,

"이 말이 비록 주ᄒᆞ나 텬셰 엇기 쉽지 아닐가 ᄒᆞ노라."

쥬능(朱能)이 ᄀᆞᆯ오디,

"샹공은 근심 마르쇼셔. 니 물너가 듯보리이다."

쥬능이 본디 장디봉(張大鵬)의 도슐을 긔특이 너기ᄂᆞᆫ지라. 집의 도라와 디봉으로 더브러 의논ᄒᆞ여 ᄀᆞᆯ오 【73】 디,

"젼졍(前程)이 오날늘 달녀시니 현졔ᄂᆞᆫ 나롤 위ᄒᆞ여 계교롤 베풀나!"

디봉이 ᄀᆞᆯ오디,

"ᄎᆞ식 어렵지 아니ᄒᆞ니 니일 당당이 깃분 쇼식이 잇게 ᄒᆞ리라."

ᄒᆞ고 이늘 디봉이 법슐을 힝ᄒᆞ니 진종이 궁중의셔 잠드러 계시더니 믄득 불근빗치 궐중의 ᄌᆞ옥ᄒᆞ며 ᄒᆞᆫ 신인(神人)이 머리의 칠셩관(七星冠)을 쓰고 몸의 촉나의(蜀羅衣)롤 닙고 ᄉᆞᆫ의 한권 ᄎᆡᆨ을 밧드러 일너 ᄀᆞᆯ오디,

"옥졔 계오셔 텬셔 삼편을 나리오시니 일홈이 디중상뵈(大中祥符)라. 폐히 맛당이 공경ᄒᆞ사 바들지니 텬히 티평ᄒᆞ고 국젹(國賊)을 업시ᄒᆞ리이다!"

진둉이 경히 바드려 ᄒᆞ 【74】 더니 믄득 ᄭᅵ니 한 ᄭᅮᆷ이라. 밝기롤 기다려 젼의 오르ᄉᆞ 몽ᄉᆞ(夢事)롤 졔신의게 젼ᄒᆞ시고 길흉을 무르시니 왕흠약이 쥬ᄒᆞ여 ᄀᆞᆯ오디,

"폐히 뎐일의 일흔 두 가지 상셔롤 구ᄒᆞ시미 아모 연괸 줄 아지 못ᄒᆞ옵더니 이ᄂᆞᆫ 하날이 폐하로ᄡᅧ 진명텬ᄌᆞ(眞命天子)라 ᄒᆞᄉᆞ 텬셔롤 ᄂᆞ리오미시니 이 곳 칠십이 상셰라 맛당이 봉션ᄒᆞ쇼셔."

상이 디열ᄒᆞᄉᆞ 즉시 힝힝(行幸)ᄒᆞ여 티산의 오르며 북악(北岳)의 님ᄒᆞᄉᆞ 봉션ᄒᆞ시니 쥬능이 장디봉의 도슐노 텬ᄌᆞ 몽중의 알님ᄒᆞ여 봉션ᄒᆞ민 줄을 흠약의게 고ᄒᆞ니 흠약이 쳥ᄒᆞ 【75】 여 보고 교도(教導)롤 미지미 상(上)긔 알외여 상을 타게 ᄒᆞ니 상이 긔이히 녀기ᄉᆞ 왕흠약의 벼슬을 도도시고 장디봉의 일홈을 곳쳐 장난(張鸞)이라 ᄒᆞ시고 극히 귀이(貴愛)ᄒᆞ시니[153] 춍(寵)이 문무의 웃듬이라. 사면의 도관(道觀)을 지으시고 장난(張鸞)으로 슈도인(首道人)을 삼으시니 셰상이 츄톤ᄒᆞ고 스ᄉᆞ로 부르기롤 츙쇼쳐ᄉᆞ(沖霄處士)라 ᄒᆞ미 이러무로 도인이 구름ᄀᆞᆺ치 모히고 상이 도슐을 슝상코ᄌᆞ ᄒᆞᄉᆞ 텬셔 아ᄂᆞᆫ ᄌᆞ롤 구ᄒᆞ시니 괴이ᄒᆞᆫ ᄯᅴ러라.

［평뇨긔平妖記 권지ᄉᆞ卷之四］

【1】 ᄎᆞ셜 이ᄯᅴ 숑텬ᄌᆞ(宋天子) 도학(道學)을 슝상코ᄌᆞ ᄒᆞ시니 현신은 쵸야(草野)의 뭇치고 간신은 ᄂᆞᄋᆞ와 니ᄒᆞᆫ 말노 상하롤 뇽낙(籠絡)ᄒᆞ니 사방의 간괘(干戈) 일고 시졀이 위티홀 지경의 니롤너니 하날이 디숑텬지롤 고렴ᄒᆞᄉᆞ 진명텬ᄌᆞ 하강ᄒᆞ엿ᄂᆞᆫ지라. 쳐음의 상졔(上帝) 모든

153) 【귀이ᄒᆞ다】 동 귀애(貴愛)하다. 귀여워하다 ¶ 상이 긔이히 녀기ᄉᆞ 왕흠약의 벼슬을 도도시고 장디봉의 일홈을 곳쳐 장난이라 ᄒᆞ시고 극히 귀이ᄒᆞ시니 춍이 문무의 웃듬이라 <平妖 3:75> 시랑 부뷔 쳥미프의 디경실식ᄒᆞ여 셜ᄋᆞ의 춍명민달ᄒᆞ믈 두굿기고 여ᄎᆞ 디화롤 미리 통ᄒᆞ여 방비케 ᄒᆞ믈 귀이ᄒᆞ여 등을 두ᄃᆞ려 왈 <泉水 1:37> ⇒ 긔이ᄒᆞ다

선관을 모흐시고 됴회롤 파흐신 후 무르스디,

"숑황뎨 무즈흐여 뎨실 니을 지 업스리니 뉘 하계의 느려가디 숑황뎨의 틱지(太子) 되려 흐느뇨?"

모든 신션이 답지 아니흐더니 □□□□□ □□□□□□□□□□□ 【2】 웃는 지 뜻이 잇스미라."

흐시고 즉시 니신비(李宸妃)의 은돌을 졍흐여 느게 흐시니 느며 쥬야 울기롤 긋치지 아니흐거놀 아모 의원도 곳치지 못흐더니 일위 도시(道士) 스스로 닐오디,

"능히 황즈(皇子)의 우름을 곳치리라."

흐니 진죵(眞宗)이 불너 황즈롤 뵈시니 도인이 황즈의 귀희 다혀 닐오디,

"우지 말고 우지 말나. 이리 울죽시면 당쵸의 웃지 말미 엇더터뇨?"

황지 그 말을 듯고 우름을 긋치니 진죵이 디희(大喜)흐스 그 연고롤 무르신디 도인이 젹각디션(赤脚大仙)이 나려온 뜻을 알외고 믄득 청뇽(靑龍)이 되여 간 바롤 아지 못흐니라.

이 황지 스십 년 【3】 틱평 텬지 되니 인종황졔(仁宗皇帝)라. 궁중의셔 샹히 발벗고 보션 아니 신으니 젹각디션이기로 그러타 흐더라. 진죵(眞宗)이 황즈롤 어든 후는 더옥 도스롤 미더 각쳐 도관(道觀)을 슈리흐더라.

장난(張鸞)이 일일은 원중의 왕니흐더니 믄득 괴이흔 바롬이 크게 이러나 스롬이 눈을 쓰지 못흐더니 이윽고 바롬이 고요흐거놀 장난이 두루 살펴보더니 언덕 으러 엇던 계집으희 아모디로 온 줄 모로게 잇거놀 장난이 괴히 녀겨 나으가 그 녀즈롤 보니 상흔 곳은 업스디 바롬의 불니여 몸이 고닷거놀 붓드러 방중의 누이고 더운 술 【4】 을 입의 흘니오니 즉시 끼여나거놀 셩명 거쥬롤 무르니 그 녀지 디흐여 굴오디,

"첩은 지 동산 스롬이니 셩명은 호미이(胡媚兒)라. 모친과 셔악(西嶽) 화산(華山)의 분향흐라 가더니 즁노의셔 고히흔 바롬의 불니여 공중의 오르니 그쩌 혼미즁 드르니 신명이 닐오디 '호가녀이 왕가의 후비(后妃) 될 거시니 츙쇼쳐스(冲霄處士)의게 보니여 맛기라.' 흐더니 그 후는 더옥 인스롤 아지 못흐여 이 쓰히 니르러시니 관인은 잔명을 어엿비 녀겨 구흐시믈 바라느

이다!"

장난이 즈시보니 용뫼(容貌) 아릿쏘와 셰상의 무빵이요 쏘 말흐난 냥이 스롬의 졍신 【5】 을 동흐는지라. 마음의 스롬이 아닌 줄을 짐즉흐고 쏘 져의 말이 괴괴흐믈 보고 가마니 싱각흐되,

'이 녀지 후비 될 복이 잇는가? 지금 왕틱감(王太監)이 궁인을 쩐거니와 이런 미식은 엇기 어려오리니 고인의 니른 바 긔특흔 보비니 가히 두엄즉 흐도다!'

흐고 녀즈다려 굴오디,

"나는 곳 츙쇼쳐시니 쇼낭지(小娘子) 니게 의지흐고즈 홀진디 슉질(叔姪)노 셔로 일크르미 편당홀노다."

미이 비스(拜辭)흐여 굴오디,

"목숨을 구흐신 은혜롤 닙으니 비지(婢子) 되여도 감심흐려든 질녀되믄 감당치 못홀가 흐나이다."

장난이 즈근 방을 【6】 셔르져 미으롤 잇게 흐고 잇튼날 틱감을 보라 가니 이는 마춤 이쩌 틱지 장성흐시미 간퇵도 흐시며 일변 티즈궁 시녀 썬는 쎄라.

장난이 틱감을 츠즈보고 닐오디,

"빈도의게 흔 질녜 잇스니 일홈은 미이라. 즈못 즈식이 잇더니 부뫼 죽고 의지홀 디 업셔 갓 다려 왓더니 틱위 계 얼골을 보와 맛당흐거든 티즈궁 시녀 썬는 즁의 일홈을 보흐여 뇨힝 썬히면 빈도도 영홰(榮華) 잇실가 흐나이다."

틱감이 디희흐여 슉경원(淑景園)으로 フ미으롤 보려 흐더라.

15

노틴감참안취간쳐 호미아치심유니원
雷太監饞眼娶乾妻 胡媚兒癡心遊內苑

【7】 틴감이 슉경원(淑景園)의 가니 장난(張鸞)이 미ᄋ(媚兒)를 불너 뵈거늘 틴감(太監)이 미ᄋ의 자식이 샌혀나믈 보고 우음을 먹음고 닐오디,

"낭ᄌ의 쳥츈이 언마나 ᄒ뇨?"

미이 디ᄒ여 굴오디,

"십뉵 셰로쇼이다."

틴감이 크게 칭찬ᄒ더니 틴감이 집의 도라와 장난(張鸞)을 쳥ᄒ여 무러 굴오디

"녕질녜 지뫼(才貌) 과연 무쌍ᄒ되 다만 나히 황ᄌ(皇子)의셔 여러 히 우히니 후궁의 샌히기는 맛당치 아니ᄒ고 만일 시녀롤 삼으면 녕질의 젼졍을 그릇 민드는 작시라 니 ᄯᅳᆺ의는 하관(下官)이 션싱으로 더브【8】러 결혼ᄒ여 더옥 친친(親親)ᄒ미 엇더ᄒ뇨?"

장난이 굴오디,

"혼인ᄒ고ᄌ ᄒ는 스롬이 녕졔(令弟)냐 녕질(令姪)이냐?"

틴감이 쇼왈,

"아니라. 결혼ᄒ고ᄌ ᄒ는 스롬은 이 곳 하관이라."

ᄒ거늘 장난이 쇼왈,

"상궁이 희롱의 말숨이로다."

틴감이 굴오디,

"션싱이 아지 못ᄒᄂ도다. 하관이 비록 식을 쓰지 못ᄒ나 아름다온 쳐ᄌ롤 어더 좌우롤 빗니고ᄌ ᄒᄂ니 옛 스긔(史記)롤 닐너도 한(漢)젹 셕현(石顯)이 틴감이로디 졀식의 미인으로 쳐실을 삼아시므로 션싱도 알 거시니 하관이 비록 외료 지상의 비치 못ᄒ나 벼술이 일품의 극ᄒ고 텬지 바야흐【9】로 신임ᄒ시니 션싱의 질녜 니 집의 오면 비록 ᄌ손의 녕홰 업스나 일싱 부귀롤 누릴 거시니 이 ᄯᅳᆺ을 몬져 녕질다려 니르라."

장난이 비록 마음의 불쾌ᄒ나 노틴감이 바야흐로 권셰 잇고 지금 져의게 의지ᄒ엿는지라 마지 못ᄒ여 허락ᄒ고 슉경원(淑景園)의 도라와 미아ᄃ려 이 말을 니르니 미이 굴오디,

"슉뷔 질녀롤 가져다가 니관(內官)의 쳐롤 삼으면 사롬의 우음이 될가 ᄒ나이다."

상난이 굴오디,

"니 ᄯᅳᆺ도 그러ᄒ나 졔 바야흐로 권셰 즁ᄒ미 마지 못ᄒ여 허락ᄒ엿시나 네 실노 마음의 ᄯᅳ리거든 퇴홀 밧 업다."

ᄒ【10】고 이 ᄯᅳᆺ을 틴감의게 뎐ᄒ니 틴감이 마음의 분연ᄒ여 ᄒ더라.

일일은 미이 독의사창ᄒ여 원근을 쳠망ᄒ더니 밧기 가장 뇨란ᄒ거늘 미이 좌우다려 연고롤 무르니 디ᄒ되,

"틴감의 다려온 바 구알지(瞿瞎子)라 ᄒ는 스롬이 옛말153)을 잘ᄒ므로 모다 구경ᄒ노라 가장 분분ᄒ여이다."

ᄒ거늘 미이 굴오디,

"니 심이 심심ᄒ여 옛말을 듯고ᄌ ᄒ니 나롤 위ᄒ여 알ᄌ(瞎子)롤 불너오라."

시지 틴감긔 알외고 구알ᄌ롤 불너왓거늘 미이 창밧긔 좌롤 쥬고 닐너 굴오디,

"옛말 즁 듯기 됴흔 말 니롤쇼냐?"

알지 목을 늘히【11】여 쳥아흔 쇼리로 쥬왕(紂王)의 달긔(妲己) 엇던 옛말을 ᄒ니,

"달긔는 본디 쇼시의 ᄯᅩᆯ이라. 쥬왕이 얼골

---

153) 【옛말】圈 옛말. ¶ 平話 ‖ 틴감의 다려온 바 구알지라 ᄒ는 스롬이 옛말을 잘ᄒ므로 모다 구경ᄒ노라 가장 분분ᄒ여이다 (有個瞿瞎子最說得好, 聲音響亮, 情節分明.) <平妖 4:10>

고으믈 듯고 마져 오더니 중노의 니르러 홀연 광풍이 디작ᄒᆞ며 텬지 혼암(昏暗)ᄒᆞ여 뫼신 ᄉᆞ룸이 놀나 쓰러졋더니 바룸이 긋치미 모든 ᄉᆞ룸이 이러나 보니 달긔 단정이 안즈 뇨동치 아닛ᄂᆞᆫ지라 쥬왕이 더욱 긔특이 녀겨 여의졍궁을 삼으니 원너 달긔ᄂᆞᆫ 진짓 사룸이□□□□□□여의 졍광이 신통을 부려□□□□□□□□□□□□□□□□□□□□□□□□□□□□□□□쥬왕을 【12】 고혹게 ᄒᆞ니 쥬왕이 달긔 말은 다 됴츠 슐노 못술 민들며 고기로 슈풀을 민들며 간ᄒᆞᄂᆞᆫ 신하의 념통을 ᄲᅢ히고 믈 건너ᄂᆞᆫ ᄉᆞ룸의 다리ᄅᆞᆯ ᄶᅵ치니 빅셩이 원ᄒᆞ고 하날이 노ᄒᆞ신지라 쥬(周) 무왕(武王)이 긔병ᄒᆞ여 쥬ᄅᆞᆯ 멸ᄒᆞ고 달긔ᄅᆞᆯ 버혀 긔의 달다 ᄒᆞ니 구알즈(瞿瞎子)의 이 말을 니르믄 졍히 우연이 ᄒᆞᆫ 말 이로디 호미ᄋᆞ(胡媚兒)의 마음을 동ᄒᆞᄂᆞᆫ지라 한 쇼리ᄅᆞᆯ 탄ᄒᆞ고 니ᄅᆞ디,

“옛 ᄉᆞ룸이 닐오디 인셩이 마음을 쾌치 못ᄒᆞ면 빅년을 ᄉᆞ라도 오히려 단명ᄒᆞᆫ 작시라.”

ᄒᆞ니

“이 말이 진실노 올토다.”

ᄒᆞ고 구알즈ᄅᆞᆯ 상쥬어 보【13】너고 이날 밤의 혼즈 방중의셔 즈며 싱각ᄒᆞ되,

‘나와 달긔 ᄒᆞᆫ가지로 여의졍녕으로셔 져ᄂᆞᆫ 능히 황후(皇后)의 위ᄅᆞᆯ 누려 군왕의 총(寵)을 어드니 나의 신통이 어이 져만 못ᄒᆞ리오. 니 만일 ᄉᆞ라셔 달긔의 영화ᄅᆞᆯ 바드면 죽기ᄅᆞᆯ 달긔ᄀᆞ치 ᄒᆞ나 무삼 한이 잇스리오.’

ᄒᆞ고 이튼날 누의 올나 힝인을 마음 업시 바라보더니 이ᄯᅢ 졍히 간퇴(揀擇)ᄒᆞᄂᆞᆫ ᄯᅢ라 인가 규쉬 일변 드러가며 일변 퇴ᄶᅩ 맛고 ᄂᆞ오니 실노 구경ᄒᆞ염죽 ᄒᆞᆫ지라.

미ᄋᆞ 싱각ᄒᆞ되,

‘간퇴의 원 셩중 미식이 모다시리니 너가 엇더ᄒᆞᆫ고 보리라.’

ᄒᆞ고 니러나 소셰ᄒᆞ【14】고 면경(面鏡)을 디ᄒᆞ여 골오디,

“인물 중의 니 상이 벅벅이 드믈니니 엇지 이 ᄯᅢ히셔 쳥츈을 허송ᄒᆞ리오.”

쳥포(靑布)로 머리ᄅᆞᆯ ᄡᅳ고 향촌 부녀의 모양을 ᄒᆞ여 방 뒤흐로 됴츠 담을 넘어 녜부(禮部)ᄅᆞᆯ ᄎᆞ즈가셔 중인 즁 셧겨 보니 노티감이 녜부 관원으로 더브러 당상의 안고 모든 시녜 낭

ᄌᆞᄅᆞᆯ 인도ᄒᆞ여 당상의 ᄂᆞ오가 일홈 쓴 칙의 타졈ᄒᆞ거눌 미ᄋᆞ 싱각ᄒᆞ되,

‘너 드르니 간퇴의 황상이 친히 보신다 ᄒᆞ더니 이졔 보미 녜부와 낭지 가츠ᄒᆞ니 이ᄶᅥ롤 타 타졈ᄒᆞᄂᆞᆫ 일홈을 흐리오고 너 일홈을 치부ᄒᆞ리라.’

ᄒᆞ고 셜니 ᄂᆞ오가더니 【15】 문득 당 우흐로 됴츠 일진쳥풍(一陣靑風)이 이러ᄂᆞ며 황건녁시(黃巾力士) 결박ᄒᆞ여 가거눌 미ᄋᆞ 혼불부체(魂不附體)ᄒᆞ여 잡히여 가 ᄒᆞᆫ 곳의 이르러ᄂᆞᆫ 던각이 장녀(壯麗)ᄒᆞᆫ 곳의 일원 디장이 ᄶᅮ지져 왈,

“어린 녀이 감히 ᄉᆞ체(事體)ᄅᆞᆯ 모르고 셩셰의 ᄉᆞ룸을 흐리고 ᄂᆞ라ᄅᆞᆯ 요란케 ᄒᆞ려ᄂᆞᆫ다?”

미ᄋᆞ 우러러보니 그 장시 머리의 봉(鳳)투고ᄅᆞᆯ ᄡᅳ고 몸의 음신 갑옷세 삼각슈(三角鬚)ᄅᆞᆯ 거스리고 봉안(鳳眼)을 놉히 ᄯᅳ시니 이ᄂᆞᆫ 한 슈졍후(漢壽亭侯) 관공(關公)님이라. 미ᄋᆞ 낙담상혼(落膽喪魂)ᄒᆞ여 아모 쇼리ᄅᆞᆯ 못ᄒᆞ고 고요히 업더엿더니 관왕이 호령ᄒᆞ시되,

“이런 녀호ᄅᆞᆯ 머무러 두어 부졀업다.”

ᄒᆞ【16】시고 쳥농도(靑龍刀) 이ᄂᆞᆫ 곳의 호미아의 머리 ᄯᅥ히 구으니 일긔 자근 녀이라 ᄉᆞ룸 ᄀᆞᆺᄒᆞ면 집불 ᄭᅥ지듯 슘이 업ᄉᆞ려니와 미ᄋᆞᄂᆞᆫ 별물 뇨졍이라 비록 몸은 니쳬(離體)ᄒᆞ여시나 오히려 혼빅은 영악ᄒᆞᆫ지라, 일도(一道) 녕혼이 급급히 다라ᄂᆞᄂᆞ더니 황건녁시(黃巾力士) 관왕님 명을 바다 미ᄋᆞ의 녕혼을 잡ᄋᆞ 풍도(酆都)로 가니 미ᄋᆞ 풍도지옥의 니르미 울며 인걸ᄒᆞ여 골오디,

“별단 큰 죄단이 업습거눌 풍도지옥의 고쵸ᄅᆞᆯ 엇지 당ᄒᆞ리잇고?”

ᄒᆞ며 슬피 빌거눌 문득 젼상의셔 싱사치부ᄅᆞᆯ 상고ᄒᆞ더니,

“아직 드러올 ᄯᅢ 멀고 시졀의 마쵸인 뇨물 【17】 이라.”

ᄒᆞ고 미러 ᄂᆞ치니 미ᄋᆞ의 녕혼이 인걸ᄒᆞ여 골오디,

“육신이 난 후 이미 의지ᄒᆞᆯ 곳이 업ᄉᆞ오니 바라건디 투탁ᄒᆞᆯ 곳을 졈지ᄒᆞ쇼셔.”

젼상으로 됴차 골오디,

“너희 명쉬 당당ᄒᆞ여 왕휘될 거시요 ᄯᅩᄒᆞᆫ 픠쥐(貝州) 호원의(胡員外)게 ᄯᆞᆯ이 되여 틱 니리라.”

ᄒ니 미이 십분 희열ᄒ여 유유히 반공중의 ᄯ여단니며 출세홀 시졀을 기다리더라.

이ᄯᅦ 장난(張鸞)이 미ᄋ(媚兒)롤 보지 못ᄒ미 괴이 녀겨 미ᄋ 잇는 곳의 ᄂᄋ가 보니 ᄌ최 업ᄂᆫ지라. 십분 경괴ᄒ여 미ᄋ의 화상을 그려 벽상의 걸고 진언을 넘ᄒ며 녕혼을 부르니 젼【18】일은 산 스롬의 녕혼이나 죽은 스롬의 녕혼이나 ᄒ 번 부르면 즉시 오더니 오리도록 쇼식이 업거늘 고히이 녀겨 미아의 화상 압히 가 다시 졍신을 모호고 진언을 니러고 부작을 쇼화ᄒ더니 문득 일진 ᄂᆼ풍이 이러ᄂᆞ며 그림 ᄀ온디로 됴ᄎ 곡셩이 ᄂ더니 이윽고 그림 가온디로셔 미ᄋ ᄂ와 장난을 붓들고 슬피 통곡ᄒ거늘 장난이,

"우름을 굿치라."

ᄒ고 연고롤 무른디 미이 골오디,

"쳡이 감히 쇽이지 못ᄒ여 바로 알외나이다. 쳡은 본디 안문산(雁門山) 여이 졍녕(精靈)이라 모친 셩고고(聖姑姑)롤 조ᄎ 천하의 운유(雲遊)ᄒ여 도롤 구ᄒ【19】더니 즁노의셔 바롬을 맛나 불니여 이 ᄯᅥ히 와 션관의 슈양ᄒ시믈 닙은 은혜 골육 갓더니 우언이 큰 ᄯᅳᆺ을 너여 예부(禮部)의셔 간퇵ᄒᄆᆯ 듯고 몸을 샌혀 보라ᄌᆺ더니 인ᄒ여 디 너여 ᄃ러가 퇴ᄌ롤 고혹(蠱惑)게 ᄒ려 ᄒ다가 관왕이 노롤 발ᄒᄉ 버히시니 검하경혼(劍下驚魂)이 되엿거늘 ᄯᅩ 다시 쳡의 넉술 잡ᄋ 풍도(酆都)의 보니여 가도려 ᄒ거늘 쳡이 지숨 이걸ᄒ니 ᄉᆼᄉ치부(生死置簿)롤 보시고 닐오ᄉ디 쳡의 명쉬 당당이 사롬의 몸을 어더 타일 퓌쥐 ᄯᆞᄒ시셔 발쳔(拔薦)ᄒ여 황후될 복분이 잇ᄉ니 불구의 이 ᄯ 호원의 집의 가셔【20】ᄯᆞᆯ이 되여 ᄂ리라 ᄒ미 졍히 노혀 올 졔 션관의 부작이 니르러시미 이리 오니 바야흐로 쳡의 녁시 그림 가온디 잇는 쥴을 아라 즉금 삼혼(三魂)이 다시 모다시니 만일 션싱의 힘을 닙어 쳡의 화상을 가져다가 호원의 집의 보니면 이곳 쳡의 지싱ᄒ는 날이라. 다른날 퓌쥐셔 니러날 졔 션관이 ᄯᅩᄒ 인연이 잇는 사롬이니 만일 나의 모친 셩고고롤 만나보아든 쇼식을 젼ᄒ쇼셔."

말을 맛ᄎ미 그림으로 ᄃ러가거늘 장난이 싱각ᄒ되,

'미이 젼의 니르되 바롬의 불녀올 졔 신령

이 이르기롤 호가(胡家)의 녀이 왕가(王家)의【21】휘(后) 되리라 ᄒ거늘 너 다만 져의 셩(姓)이 호긴(胡歌)쥴 아랏더니 ᄯᅩ 엇지 호원의 집의 탄싱홀 쥴 알니오. 일노 볼 쟉시면 왕가의 휘 되리라 말도 결단ᄒ여 숑나라 됴졍을 일흐리란 말인가 아지 못게라 퓌쥐셔 발젹(發跡)ᄒ리란 말이 ᄯᅩ 어인 말인고?'

ᄒ고 스례 만단(萬端) ᄒᄂᆫ 즁 미ᄋ의 녕혼을 천도ᄒ여 주려 ᄒ더라.

16
호원외희봉선화 장원군노산요티
胡員外喜逢仙畫 張院君怒産妖胎

이ᄯᅵ 픠쥐(貝州) 지경의 호원외(胡員外)라 ᄒᄂᆞᆫ 스룸이 잇스니 일쪽 가계 부요(富饒)ᄒᆞ여 평ᄉᆡᆼ 그릴 거시 업스되 부인 장원군(張院君)으로 더부러 동쥬(同住) 스십여 년의 일졈 혈육이 업스니 평ᄉᆡᆼ 슬워ᄒᆞ더니 일일은 원외의 쵸도일을 당ᄒᆞ여 니외 【22】 빈긱을 쳥ᄒᆞ여 즐기더니 모든 빈긱이 긔린 갓혼 ᄋᆞ즈와 ᄭᅩᆺ ᄀᆞ혼 녀ᄋᆞ를 다리고 귀이(貴愛)ᄒᆞ믈 보고 원위 슬프믈 니긔지 못ᄒᆞ더니 셕양의 빈긱이 각산(各散)ᄒᆞᆫ 후 원위 부인으로 더브러 술을 셔로 권ᄒᆞ더니 원위 홀연 눈물을 흘니거늘 원군(院君)이 무러 ᄀᆞᆯ오티,

"우리 집의 옷과 밥이 족ᄒᆞ고 빅시 늣부미 업셔 공후지상의 영화ᄂᆞᆫ 업스나 ᄯᅩ혼 쳔인이 불워ᄒᆞ고 만인이 흠모ᄒᆞᄂᆞᆫ지라. ᄒᆞ믈며 오날은 원외의 됴혼 날이여늘 엇지 번뇌ᄒᆞ시ᄂᆞᆫ뇨?"

원위 ᄀᆞᆯ오티,

"금일 쥬셕간의 모든 친쳑의 말을 드르니 다 즈녀의 말 【23】 을 ᄒᆞ고 안고 지고 지롱을 보것마ᄂᆞᆫ 나ᄂᆞᆫ 홀노 업스니 니 나히 육십 쥴의 걸쳣ᄂᆞᆫ지라 자녀 노ᄒᆞ미 임의 망단(望斷)ᄒᆞ여시

니155) 금은(金銀)이 비록 북두(北斗)의 다핫신들 니 죽은 후면 다른 스룸의게 도라갈지라. 이룰 싱각ᄒᆞ면 엇지 감창(感愴)치 아니ᄒᆞ리오?"

원군이 ᄀᆞᆯ오티,

"동녁 마을 왕노랑(王老娘)이 스십팔 셰의 쳣 즈식을 나하시니 팔즈(八字)의 즈식이 늦게야 타나 그러ᄒᆞ니 니 나혼 아직 스십칠 셰요 오히려 아지 못ᄒᆞᆯ 거시니 니 만일 오십가지 즈식을 늣치 못ᄒᆞ거든 당당이 원외(員外)룰 위ᄒᆞ여 쳡을 구ᄒᆞ리라. 니 드르니 지금 황티즈(皇太子)도 황상이 【24】 비러 나흐시다 ᄒᆞ니 셩즁 본쥬[보록]궁(寶籙宮)의 우셩진군(佑聖眞君)이 극히 녕ᄒᆞ다 ᄒᆞ니 길일을 ᄀᆞᆯ희여 분향ᄒᆞ고 졍셩으로 빌면 혹즈 녕험이 잇실가 ᄒᆞ노라."

원외 그 말을 올히 너겨 향쵹(香燭)과 졔젼을 장만ᄒᆞ여 본쥬[보록]궁의 가긔도 ᄒᆞ고 도라왓더니 이ᄯᅵ 셔화(書畵) 가음아ᄂᆞᆫ 쥬관(主管)이 졍히 고즁의셔 미미(賣買)ᄒᆞᆫ 니식(利息)을 산계(算計)ᄒᆞ더니 문득 혼 스룸이 밧그로셔 드러오니 머리의 쳘관(鐵冠)을 쓰고 몸의 거믄 션 두른 비단포룰 닙고 왼손의 광쥬리룰 들고 올흔손의 별각션(鼈殼扇)을 드러시니 표연이 신션의 긔상이러라. 쥬관이 그 션싱의 용 【25】 뫼 비범ᄒᆞ믈 보고 급히 마즈 빈쥬(賓主)룰 분ᄒᆞ여 안고 무러 ᄀᆞᆯ오티,

"션싱이 이리 오미 무슴 가르치미 잇ᄂᆞ뇨?"

긔인이 ᄀᆞᆯ오티,

"빈되 혼 폭 그림이 잇셔 파라 쓰고즈 ᄒᆞ노라."

쥬관(主管)이 ᄀᆞᆯ오티,

"원컨디 그림을 보와지라."

도인이 ᄀᆞᆯ오티,

"이룰 보라."

ᄒᆞ고 광쥬리 안흐로셔 혼 폭 그림을 너여 벽상의 거니 혼 폭 미인되(美人圖)요 그 아리 '장숑[숑]유張僧繇' 삼즈룰 쎳더라.

쥬관이 무러 ᄀᆞᆯ오티,

---

155)【망단ᄒᆞ다】[동] 망단(望斷)하다. 단산(斷産)하다. 기대하던 것을 단념하다.¶ 금일 쥬셕간의 모든 친쳑의 말을 드르니 다 즈녀의 말을 ᄒᆞ고 안고 지고 지롱을 보것마ᄂᆞᆫ 나ᄂᆞᆫ 홀노 업스니 니 나히 육십 쥴의 걸쳣ᄂᆞᆫ지라 자녀 노ᄒᆞ미 임의 망단ᄒᆞ여시니 <平妖 4:23>

"이 그림 갑시 언마나 ᄒ뇨?"

도인이 굴오디,

"은즈 일빅 냥을 밧고즈 ᄒ노라."

쥬관이 쇼왈,

"션싱은 희롱의 말 말나. 이 ᄒ 복(幅) 즈근 그림은 갑시 과ᄒᆞᆯ가 ᄒ노【26】라."

도인이 굴오디,

"이 그림은 예ᄉ 그림이 아니라 옛 장송[승]유(張僧繇)의 그림이니 세간의 드믄 비라."

ᄒ니 쥬관이 굴오디,

"장송위 이제 오빅 년이 지ᄂ시나 그림은 투식(渝色)지156) 아냐시니 두리건디 모(摹)ᄒ 법인가 ᄒ노라."

도인이 굴오디,

"족히(足下) 임의 의심ᄒᆞᆯ진디 오십 냥을 감ᄒ라."

쥬관이 오히려 유예미결(猶豫未決)ᄒ더니 원외 마춤 나오다가 냥인의 슈작(酬酌)ᄒᆞᆯ믈 보고 연고를 무르니 쥬관이 도인을 가르치며 쇼유(所由)ᄅᆞᆯ 말ᄒ거늘, 원외 도인을 슬펴보니 거지(擧止) 표홀(飄忽)ᄒ여 션티(仙態) 완연ᄒᆞᆫ지라. 나시 비인도ᄅᆞᆯ 보니 신실노 셩셩셩국지식(傾城傾國之色)【27】이라. 도인의게 갑슬 무르니 도인이 굴오디,

"니 말ᄒ믄 이빅 금은 달나 ᄒ엿더니 갑시 과ᄒ다 ᄒ기로 오십 냥만 감ᄒ라 ᄒ엿더니 마춤 니 의혹ᄒ니 가히 물화(物貨)ᄅᆞᆯ 모로ᄂ 스룸이로다."

원외 굴오디,

"이 ᄒ 폭 화되(畵圖) 무슴 보비완디 갑슬 만히 달나 ᄒᄂ뇨?"

도인이 굴오디

"군이 년만(年晩)ᄒ여157) 셰ᄉ(世事)ᄅᆞᆯ 만히 경녁(經歷)ᄒ엿거늘 옛ᄂᆞᆯ 장송[승]유의 그림이 일홈난 줄 모르ᄂ냐. 남글 기르미 졈졈 즈라 여름158)이 열니고 고기ᄅᆞᆯ 그리미 쏘리ᄅᆞᆯ 치고 물을 츠즈 놀고 스룸을 그리미 능히 몸을 운동ᄒ여 말ᄒᄂ【28】니 군이 니 말을 고지 듯지

아니ᄒ거든 니 굿ᄒ여 갑슬 달나 아니ᄒ고 그져 쥬고 ᄀᆞᄂ니 미인도ᄅᆞᆯ 갓다가 벽상의 걸고 야밤 고요ᄒ ᄣᅵ의 세 번 기침ᄒᆞᆫ 죽 미인이 ᄂ오리니 놀나지 말고 ᄎᆞᄅᆞᆯ 먹이고 동졍(動靜)을 보라."

원외 반신반의ᄒ여 미인도ᄅᆞᆯ 밧고 닐오디,

"연죽 갑슬 달나 ᄒᄂ 디로 쥬리니 좀간 머무르라."

도인이 굴오디,

"니 과연 돈ᄒ여 쓸디 업고 그디 무즈(無子)ᄒᆞᆯ믈 슬워 마음을 붓칠 곳이 업셔ᄒᆞ미 이룰 쥬어 위로케 ᄒ노라."

말을 맛치며 거름을 두루혀더니 간 바ᄅᆞᆯ 아지 못ᄒ리러라.【29】 원외 십분 긔이히 녀겨 미인도ᄅᆞᆯ 스미의 너코 부인이 혹즈(或者) 싀투(猜妬)ᄒᆞᆯ가 두려 감히 말을 니지 못ᄒ고 이날 져녁의 셔동(書童)을 불너 분부ᄒ되,

"오늘 밤의 셔당의셔 ᄒᆞᆯ일이 잇스니 셕반을 가져오라 ᄒ여 ᄂ와 먹고 셔당의 잇셔 셔동은 물니쳐 밧긔셔 슈후ᄒ라."

ᄒ고 쵹을 혀고 향을 퓌온 후 벽상의 그림을 걸고 세 번 기침ᄒ니 문득 향풍(香風)이 이러나며 그림 우희 미인이 ᄂ셔니 못 ᄀᆞᆺᄒ여 진짓 텬샹 신션이라. 원의(員外)ᄅᆞᆯ 향ᄒ여 만복(萬福)을 일크르니 원외 황망이 답녜ᄒ고 파ᄒᆞᆫ 후 ᄎᆞᄅᆞᆯ 부어【30】 그 녀즈ᄅᆞᆯ 쥬니 바다 먹고 각별 다른 말 아니ᄒ고 ᄒᆞᆫ 쩨 바룸이 니러ᄂᆞ며 그림 쇽으로 드러가더라.

원외 놀나 싱각ᄒ되,

'이 그림이 이리 영험ᄒ니 긔특ᄒ 닐이로다.'

ᄒ고 이튼날 셕식을 지쵹ᄒ여 먹고 셔당으

---

156) 【투식ᄒ다】 동 투색(渝色)하다. 퇴색(退色)하다. 빛바래다. ¶ 장송위 이제 오빅 년이 지ᄂ시나 그림은 투식지 아냐시니 두리건디 모ᄒ 법인가 ᄒ노라 (張僧繇到今五百多年了, 這幅美人圖, 還是簇簇新的. 如今世上假畵也多, 忒說的沒分寸了.) <平妖 4:26>

157) 【년만ᄒ다】 형 연만(年晩)하다. 연로(年老)하다. ¶ 군이 년만ᄒ여 셰ᄉᄅᆞᆯ 만히 경녁ᄒ엿거늘 옛ᄂᆞᆯ 장송유의 그림이 일홈난 줄 모르ᄂ냐 <平妖 4:27> 年邁 ∥ 만일 쳐구를 위ᄒ야 가셔 살기를 도라보지 아니ᄒ다가 혹 실슈 잇스면 너의 년만ᄒ 아비ᄂ 일후에 어늬 스람을 의탁ᄒᆞᆯ고 (倘若有失, 叫你年邁父親日後倚靠何人?) <王昭君 上26:91>

158) 【여름】 명 열매. ¶ 남글 기르미 졈졈 즈라 여름이 열니고 고기ᄅᆞᆯ 그리미 쏘리ᄅᆞᆯ 치고 물을 츠즈 놀고 스룸을 그리미 능히 몸을 운동ᄒ여 말ᄒᄂ니 <平妖 4:27> 結子 ∥ 길에 當ᄒᆞᆫ ᄒ 퍽이 삼이 비 오면 솟 픠고 ᄇ람 블면 여름 어든 거시여 (當路一科麻, 下雨開花刮風結子.) <朴新 1:39a> ⇒ 여룸

로 가니 원군(院君)이 싱각ᄒ되,

'원외 연일ᄒ여 셔당으로 가니 원군이 잘 못흔 닐이 잇ᄂᆞᆫ가? 주못 괴이흔 닐이로다.'

ᄒ고 추야의 원군(院君)이 추환(丫鬟)을 다리고 셔당의 ᄂᆞ와 창 밧긔셔 드르니 두 ᄉᆞᆯ이 말ᄒ거늘 창틈으로 보니 흔 녀지 원외와 마됴 안ᄌᆞᆺ더라. 원군이 쇼릭 지르고 창을 열치니 원외 놀나 니로【31】ᄃᆡ,

"부인이 엇지 왓ᄂᆞ뇨?"

원군이 크게 ᄭᅮ지져 ᄀᆞᆯ오ᄃᆡ,

"이 노츅(老畜)이 가장 됴흔 닐 ᄒᆞᄂᆞᆫ도다. 져 뇨물의 계집을 어디 가 다려왓ᄂᆞ뇨?"

홀 제 그 미인이 발셔 그림 속의 드러갓더라. 원군이 노분(怒憤)이 팅즁ᄒ여 추환을 불너 두루 추즌들 어더가 어드리오. 더욱 분노ᄒ더니 믄득 보니 벽상의 미인되(美人圖) 잇거늘 ᄂᆞ리와 촉블의 살와 ᄇᆞ리고 분분ᄒ더니 그림 탄 지 ᄒᆞᆺ터지지 아니ᄒ고 방안의 회호리ᄇᆞ롬이 되여 이리져리 도라ᄃᆞᆫ니다가 원군의게 갓가이 가니 원군이 놀나 쇼릭 지ᄅᆞᆯ 제 그 ᄇᆞ롬이 입쇽으로 드【32】리다르니 원군이 크게 소릭 지르고 잣바지거늘 원외 황망이 븟드러 니루혀고 더운 믈을 먹이니 이윽고 졍신을 출혀 니로ᄃᆡ,

"노츅이 가장 됴흔 닐 ᄒᆞᆺ닷다."

ᄒ고 차환의게 붓들녀 드러가더라. 원군이 이번 놀나고 신상이 불평ᄒ여 인ᄒ여 잉틱(孕胎)ᄒᆞ엿ᄂᆞᆫ지라. 호원외 심히 깃거ᄒ더니 십삭(十朔)이 추도록 ᄒᆡ산치 못ᄒ니 원외 신의(神醫)ᄅᆞᆯ 쳥ᄒ려 ᄒ더니, 가동이 보ᄒ되,

"상년(向年)의 그림 두고 가던 션싱이 와 원외ᄅᆞᆯ 뵈와지라 ᄒᆞ나이다."

원외 ᄂᆞ와 마져 니로ᄃᆡ,

"실인(室人)이 임산ᄒᆞ엿ᄂᆞᆫ 고로 ᄂᆞ와 맛지 못ᄒ여시니【33】 죄ᄅᆞᆯ 사ᄒ라."

장난(張鸞)이 박장ᄃᆡ쇼 왈,

"원군이 금일 익이 잇ᄉᆞᄆᆞᆯ 알고 빈되(貧道) 영약(靈藥)을 어더 왓노라."

ᄒ고 호로 속으로 불근 약 흔 환을 ᄂᆡ여 원외ᄅᆞᆯ 쥬어 ᄀᆞᆯ오ᄃᆡ,

"이ᄅᆞᆯ ᄀᆞᆯ져 닝슈(冷水)의 퓨러 먹이면 순산(順産)ᄒ리라."

원외 ᄉᆞ례ᄒ여 밧고 니로ᄃᆡ,

"션싱은 잠간 머므러 지(齋)ᄅᆞᆯ 먹으라."

도인이 ᄀᆞᆯ오ᄃᆡ,

"오날은 귀퇴이 분요(紛擾)ᄒ여 가노라."

ᄒ고 밧그로 나가더라.

원외 약을 푸러 원군을 먹이니 과연 일긱이 못ᄒ여 순산 싱녀(生女)ᄒ니 원외 부체 크게 깃거 일홈을 영익(永兒)라 ᄒ다.

세월이 여류(如流)ᄒ여 영익 칠팔 셰의 니르니 용뫼 미려ᄒ여 당쵸 화즁【34】미인(畫中美人) ᄀᆞᆺ더라. 부체(夫妻) ᄉᆞ랑ᄒ기ᄅᆞᆯ 장즁보옥(掌中寶玉)ᄀᆞᆺ치 ᄒᆞ여 한 도관(道官)을 쳥ᄒ여 집의 두고 영ᄋᆞ(永兒)ᄅᆞᆯ ᄀᆞᄅᆞ치게 ᄒ니 그 도관의 셩명은 진션(陳善)이라. 위인(爲人)이 츙후노셩(忠厚老成)ᄒ여 호원외 극히 공경ᄒ더라. 이ᄶᅥ 진종황뎨(眞宗皇帝) 붕(崩)ᄒ시고 팃지 즉위ᄒ시니 팃감 이[뇌]윤경[공](雷允恭)이 죄의 죽고 승상 졍공(丁公)이 ᄯᅩ흔 원찬(遠竄)ᄒ니 장난이 이ᄶᅥ 미ᄋᆞ(媚兒)의 녕혼의 말을 드른 후ᄂᆞᆫ 셩고고(聖姑姑)ᄅᆞᆯ 심방ᄒ여 추져보고 픽쥐(貝州) 쇼식을 듯보고ᄌᆞ ᄒ더니 믄득 산동 북쥐(濮州) ᄯᅡ히 니르니 이ᄶᅥ 오월이요 일긔 가무니 각읍이 방 붓쳐 비ᄅᆞᆯ 비ᄂᆞᆫ ᄉᆞ롬을 구ᄒ더라. 홀연【35】드르니 녀도ᄉᆡ(女道士) 박평현(博平縣)의셔 단을 무으고159) 긔우흔다 ᄒ거늘 장난이 싱각ᄒ되,

'이 필연 셩고고로다.'

ᄒ고 박평현으로 가니라.

---

159)【무으다】[동] 쌓다. 만들다. ¶ 建 ∥ 드르니 녀도시 박평현의셔 단을 무으고 긔우흔다 ᄒ거늘 (聞得有個女道姑, 在博平縣揭榜建壇, 刻期禱雨.) <平妖 4:35>

17
박평현장난긔우 오룡단좌츌투법
搏平縣張鸞祈雨 五龍壇左黜鬪法

박평현(搏平縣)의셔 방 붓쳐 긔우ᄒᆞᄂᆞ 도
스ᄅᆞᆯ 구ᄒᆞ거늘 장난(張鸞)이 박평현의 니르러
셩문의 붓친 방을 보니 ᄒᆞ엿시되,

현령(縣令) 슌우(淳于)ᄂᆞᆫ 넙이160) ᄉᆞ방
ᄉᆞ람의게 고ᄒᆞ노라. 본현이 오ᄅᆡ 가무러 빅셩
이 다 죽게 되엿ᄂᆞᆫ지라. 여러 가지로 긔도ᄒᆞ
나 응ᄒᆞ미 업스니 아모나 능히 비ᄅᆞᆯ 비러 빅
셩을 구ᄒᆞᆯ 지 잇거든 ᄂᆞᄋᆞ오면 상빈 【36】 녜
(上賓禮)로 딕졉ᄒᆞ고 비오ᄂᆞᆫ 날 돈 일쳔 관으
로 ᄉᆞ례ᄒᆞ리라.

ᄒᆞ엿더라.
이ᄯᆡ 모든 화상과 도인이 구름ᄀᆞ치 모히되
ᄒᆞ나토 녕험ᄒᆞ미 업스니 현령이 근심ᄒᆞ더니 장
난(張鸞)이 ᄂᆞᄋᆞ가 납명(納名)ᄒᆞᆫ딕 현령이 쳥ᄒᆞ

여 녜필 좌졍ᄒᆞᆫ 후 현녕이 ᄀᆞᆯ오딕,
"이 고을이 오ᄅᆡ 가무러 크게 근심되ᄂᆞᆫ지
라. 션싱이 이졔 니르시믹 능히 비ᄅᆞᆯ 빌쇼냐?"
장난이 ᄀᆞᆯ오딕,
"이만 비ᄅᆞᆯ 빌기 무어시 어려오리오."
현령 왈,
"연즉 어느 ᄯᅢ의 오리오?"
장난이 ᄀᆞᆯ오딕,
"엇지 졍ᄒᆞᆫ ᄯᅢ 잇스리오. 오날 빌면 오날
오고 ᄂᆡ일 빌면 ᄂᆡ일 올 거시여늘 무삼 어려 【
37】 오미 잇스리오."
현녕이 밋지 아냐 웃고 ᄀᆞᆯ오딕,
"션싱의 말은 그러ᄒᆞ거니와 긔우(祈雨)ᄒᆞ기
의 범물을 엇지 쓰리오. 쥰비ᄒᆞ고ᄌᆞ ᄒᆞ노라."
장난이 ᄀᆞᆯ오딕,
"각별 쥰비ᄒᆞᆯ 비 업스니 본현 화상으로 몬
져 가 단을 쓸고 딕후ᄒᆞ되 다만 ᄒᆞᆫ 일이 잇스니
빈되 먼니셔 와 비골푸니 쥬식을 쳥ᄒᆞᄂᆞ이다."
현령이 ᄀᆞᆯ오딕,
"슐은 잇거니와 션싱이 쇼찬(素餐)을 ᄒᆞᄂᆞ
냐, 육찬(肉餐)을 ᄒᆞᄂᆞ냐?"
장난이 ᄀᆞᆯ오딕,
"빈되 평싱 쇼(素)ᄒᆞ기ᄅᆞᆯ 모로나이다."
현령이 ᄀᆞᆯ오딕,
"속이지 아니ᄒᆞ리니 긔우ᄒᆞ기ᄅᆞᆯ 위ᄒᆞ여 즘
싱 죽이기ᄅᆞᆯ 셕 달을 금ᄒᆞ엿ᄂᆞ니 너 【38】 ᄯᅩ 쇼
ᄅᆞᆯ ᄒᆞ노라."
장난이 웃고 ᄀᆞᆯ오딕,
"속이지 말나. 지금 육졈(肉店)의셔 온ᄌᆞ
고기ᄅᆞᆯ 다르거늘 어이 속이ᄂᆞ뇨?"
현녕이 의괴ᄒᆞ여 즉시 관치(官差)ᄅᆞᆯ 명ᄒᆞ
여,
"고기ᄅᆞᆯ 드리라."
ᄒᆞ니 마춤 육졈의셔 은근이 고기ᄅᆞᆯ 달ᄒᆞᄂᆞ
ᄯᅵ라. 모든 고기ᄅᆞᆯ 드리니 현녕이 무러 ᄀᆞᆯ오딕,
"션싱이 무슴161) 졈복(占卜)을 ᄒᆞ관딕 이러
틋 녕험(靈驗)ᄒᆞ뇨?"
장난이 우어 ᄀᆞᆯ오딕,
"우연이 맛치미니 무삼 슐이 잇스리오."
현녕이 가장 공경ᄒᆞ고 큰 그릇시 슐을 나

---

160) 【넙이】⑪ 널리. ¶ 현령 슌우ᄂᆞᆫ 넙이 ᄉᆞ방
ᄉᆞ롬의게 고ᄒᆞ노라 본현이 오ᄅᆡ 가무러 빅셩이
다 죽게 되엿ᄂᆞᆫ지라 여러 가지로 긔도ᄒᆞ나 응ᄒᆞ
미 업스니 (縣令淳于厚, 爲祈雨事. 本縣久旱, 田
業抛荒, 祈雨無應.) <平妖 4:35> ⇒ 너비

161) 【무슴】⑪ 무슨. ¶ 什麽 ‖ 션싱이 무슴 졈복
을 ᄒᆞ관딕 이러틋 녕험ᄒᆞ뇨 (先生是什麽數學?
恁般靈驗!) <平妖 4:38> ⇒ 무스, 무슨, 므스, 므
슴, 므스, 므슴

오며 쩍 흔 반과 졔육(猪肉) 양육(羊肉)을 ᄂᆞ와
권ᄒᆞ거늘 장난이 경긱 ᄉᆞ이의 다 먹고 현녕(縣
令)긔 【39】 ᄉ례ᄒᆞ니 현녕의 등 뒤히 쇼동이 뫼
셧다가 ᄀ마니 일오ᄃᆡ,

"션싱의 비 속은 언마나 너른고 입은 언마
나 크관ᄃᆡ 그더도록 잘 ᄌ시ᄂᆞ뇨?"

장난이 듯고 쇼동다려 굴오ᄃᆡ,

"네 입이 ᄯᅩ흔 젹지 아니ᄒᆞ거든 남을 웃ᄂᆞ
냐?"

홀연 쇼동의 입이 맛치 칼노 쩐 듯ᄒᆞ여 두
귀밋가지 도라지니162) 극히 흉악ᄒᆞ여 뵈ᄂᆞᆫ지라.
쇼동이 아모 말도 아니ᄒᆞ고 다만 눈물만 흘니니
원간 쇼동의 나히 십 셰요, 얼골이 고으니 현령
이 가장 ᄉ랑ᄒᆞᄂᆞᆫ지라. 현녕이 임의 도ᄉ의 일
인 줄 알고 황망이 비러 굴오ᄃᆡ,

"션싱은 미거흔 ᄋ히ᄅᆞᆯ 독가치163) 말【40
】고 하관의 낫츨 보와 용셔ᄒᆞ라!"

장난이 쇼왈,

"쇼동의 얼골이 본ᄃᆡ 변치 아냐시니 상공
이 그릇 보시도다."

현녕이 다시 보니 얼골이 젼 ᄀᆞᆺ흔지라. 이
ᄲᅦ 한 아젼이 겻히 셧더니 ᄀ마니 일오ᄃᆡ,

"ᄉ롬의 눈을 가리오는 환술(幻術)이라."

ᄒᆞ거늘 장난이 못 듯는 체ᄒᆞ고 긔우ᄒᆞᄂᆞᆫ
단으로 갈ᄉᆡ 현녕의게 니르고 겻히 잇든 아젼다
려 왈,

"타인은 굿ᄒᆞ여 오지 말고 너만 뒤흘 ᄯᆞ라
오되, 만일 ᄯᅥ러지는 폐 잇스면 법을 시ᄒᆡᆼᄒᆞ리
라."

ᄒᆞ고 ᄂᆞ셔 ᄒᆡᆼᄒᆞ니 압시(押司) 뒤흘 됴ᄎ갈
ᄉᆡ 셔로 갓치 ᄒᆡᆼᄒᆞᄂᆞᆫ 비로되 심히 갓버 ᄯᆞ르기
어려온 【41】 지라. 압시 쇼리 질너 왈,

"거름을 멈츄쇼셔. 미쳐 ᄯᆞ라가지 못ᄒᆞᆯ쇼
이다."

도ᄉᆡ 더쇼ᄒᆞ고 일오ᄃᆡ,

"빈도(貧道)ᄂᆞᆫ 근본 급히 가니 네 만일 ᄯᅡ
로지 못ᄒᆞ면 너 네 고을을 위ᄒᆞ여 긔우ᄒᆞᆯ 니 업
ᄉᆞ니 너 ᄯᅩ흐로 가려 ᄒᆞ노라."

압시 ᄯᆞᆷ을 흘니고 ᄯᅳ르며 비러 굴오ᄃᆡ,

"쇼인이 임의 션싱의 신술(神術)을 아라시
니 그만ᄒᆞ여 ᄉᆞᄒᆞ쇼셔."

도ᄉᆡ 굴오ᄃᆡ,

"빈도(貧道)ᄂᆞᆫ 불과 ᄉ롬의 눈을 가리오는
환술〔障眼法〕을 비화시니 무슴 신긔ᄒᆞᆷ이 이시
리오!"

압시 바야흐로 졔 실언(失言)흔 연괸 줄
알고 길히 업더여 머리ᄅᆞᆯ 무슈히 두다리니 도ᄉᆡ
더쇼ᄒᆞ고 손을 드러 한 번 부르【42】니 마치
진암셕164)이 바늘을 다리는 듯 ᄒᆞ여 도ᄉ의 뒤
히 셧던 압시 겻히 왓ᄂᆞᆫ지라. ᄯᅩ흔 일흘가 두려
옷슬 잡고 흔 가지로 단의 니르니 모든 화상이
도ᄉ 등과 더브러 ᄂᆞ와 마져 가더라.

장난이 보니 그 단이 가장 고상ᄒᆞ고 회도
고(奚道姑)의 민든 오ᄉᆡᆨ뇽(五色龍)이 오히려 잇
고 단상의 구름 차일과 잡물이 졍졔히 비셜ᄒᆞ고
굿보라165) 온 빅셩들이 쳔만이나 모다시되 현녕
이 오히려 오지 아냐거늘 장난이 싱각ᄒᆞ되,

'현녕이 빅셩을 위ᄒᆞ여 긔우ᄒᆞ량이면 날과
흔 가지로 거러와도 쳬면의 희롭지 아니ᄒᆞ거늘
부디 뒤져셔【43】 교ᄌ(轎子)ᄅᆞᆯ 타고 거만을 부
리려 ᄒᆞ니 니 흔 번 쇽이리라.'

ᄒᆞ더라.

이윽고 현녕이 교ᄌᄅᆞᆯ 타고 단의 니르미
모다 ᄂᆞᄋ가 마ᄌ 좌졍흔 후 하리(下吏)와 교ᄌ
ᄂᆞᆫ 먼니 츼웟더라. 믄득 쳔지 혼흑ᄒᆞ고 뇌졍벽
녁(雷霆霹靂)이 진동ᄒᆞ거늘 모다 놀나더니 장난
이 굴오ᄃᆡ,

"이ᄂᆞᆫ 별단 죄칙이 하늘노 됴ᄎ ᄂᆞ려올가

---

162) 【도라지다】 통 돌아가다. ¶ 쇼동의 입이 맛
치 칼노 쩐 듯ᄒᆞ여 두 귀밋가지 도라지니 (小廝
的面點朱屑, 一時不由自己做主, 直張開到耳根邊.)
<平妖 4:39> 호쉬 너ᄅᆞ기 빅여 보ᄂᆞᆫ ᄒᆞ디 븍으
로 져재 거리ᄅᆞᆯ 둘너 도라져시니 난간과 들보
ᄉ이예 믈그림재 ᄯᅥ 흔드기고 <표히 3:56>

163) 【독가ᄒᆞ다】 통 다그치다. 따지다. ¶ 션싱은
미거흔 ᄋ히ᄅᆞᆯ 독가치 말고 하관의 낫츨 보와
용셔ᄒᆞ라 (先生可憐他年幼不知事, 看下官薄面,
饒恕他罷!) <平妖 4:39> ⇒ 족가ᄒᆞ다

164) 【진암셕】 명 지남석(指南石). 자석(磁石). ¶
磁石 ‖ 도ᄉᆡ 더쇼ᄒᆞ고 손을 드러 한 번 부르니
마치 진암셕이 바늘을 다리는 듯ᄒᆞ여 도ᄉ의 뒤
히 셧던 압시 겻히 왓ᄂᆞᆫ지라 (張鸞把手一招, 分
明似磁石引鐵一般, 不覺立在先生背後了.) <平妖
4:42>

165) 【굿보다】 통 구경하다. ¶ 단상의 구름 차일
과 잡물이 졍졔히 비셜ᄒᆞ고 굿보라 온 빅셩들이
쳔만이나 모다시되 현녕이 오히려 오지 아냣거
늘 (中間大大架起個油布幔兒, 設得有桌椅之類.
少停, 只見城內城外百姓們紛紛而至, 何止千數,
還不見縣令到來.) <平妖 4:42>

ᄒ노라."

　ᄒ더니 말이 맛지 못ᄒ여 하리 보ᄒ되,

　"별악이 ᄂ려 교ᄌ롤 ᄯ렷나이다."

　현녕이 믄득 장난의 신슐(神術)노 ᄌ긔 교ᄌ 타고 오믈 불쾌이 녀겨 짐즛 별악 치민 줄 알고 ᄲᆞ니 압히 ᄂᄋ가 ᄉ례ᄒ여 ᄀᆞ오ᄃᆡ,

　"이ᄂᆞᆫ 다 하관의 죄로 【44】 션셩이 노ᄒ시니미니 신통이 거록ᄒ신지라. 오날 비 빌기ᄂᆞᆫ 어렵지 아니실 듯 ᄒ오니 ᄲᆞ니 감우(甘雨)롤 어더 빅셩을 구ᄒ쇼셔."

　장난이 붓드러 ᄀᆞ오ᄃᆡ,

　"굿ᄒ여 과례롤 마르쇼셔. 빈되 십일 젼의 희상의 ᄃᆞ니다가 비롤 맛나 후일의 ᄡᆞᆯ ᄃᆡ 이실가 ᄒ여 비 쥬ᄂᆞᆫ 구름을 거두어 여긔 가져왓더니 오히려 잇ᄂᆞᆫ가 볼 거시라."

　ᄒ고 광쥬리 쇽의셔 ᄒᆞᆫ ᄌᆞᄂᆞᆫ ᄒᆞᆫ 호로(葫蘆)롤 ᄂᆡ여 단상의 노코 현녕으로 ᄒ여곰 분향ᄒ라 ᄒ고 장난이 진언(眞言)을 넘ᄒ며 호로 부리 막은 거슬 ᄲᆡ히며 별각션(鱉殼扇)을 ᄒᆞᆫ 번 붓치니 단으로 됴ᄎ 일진 ᄃᆡ풍이 이 【45】 러나며 한 줄 거문 긔운이 호로 쇽으로 ᄂᆞ와 바름을 됴차 구쇼(九霄)의 올나 펴져 운뮈(雲霧) 되여 하날을 덥거늘 장난이 단 ᄋ리 ᄆᆡᆫ든 흑뇽(黑龍)을 챵ᄒᆞ어 소리 질너 ᄀᆞ오ᄃᆡ,

　"흑뇽은 ᄲᆞ니 구름을 타고 비롤 쥬라."

　ᄒ니 흙으로 ᄆᆡᆫ든 흑뇽이 비눌과 나로슬 움죽이더니 홀연 등쳔(登天)ᄒ니 경긱의 번기와 우레롤 거록히 ᄒ며 큰 비 붓드시 오니 굿보든[166] 빅셩이 네녁흐로[167] 허여지고 현녕과 모든 ᄉ롬이 비 피ᄒᆞᆯ ᄃᆡ 업셔 차일 밋흐로 드리다르니 그 차일이 등유로 결엇ᄂᆞᆫ지라.[168] 겨우 시기롤 면ᄒ나 바롬이 거록히[169] 부러 비샬[170]이 ᄉ면 【46】 으로 드리치니 모든 ᄉ롬이 졍히 뇨란ᄒ더니 이윽고 비 더옥 오며 번기불이 ᄂ려져 ᄉ면으로 두루 ᄃᆞ니 현녕이 장난ᄃᆞ려 무러 ᄀᆞ오ᄃᆡ,

　"뇌신(雷神)이 엇지 이ᄃᆡ도록 셩을 ᄂᆡ니잇고?"

　장난이 ᄀᆞ오ᄃᆡ,

　"뇌부(雷部) 신령은 나의 법지(法旨)롤 드르라. 만일 탐ᄒᆞᄂᆞᆫ 관원과 관실치 못ᄒ고 간ᄉ한 아젼과 ᄒᆡᆼ실이 ᄂ갑고[171] 욕심이 만흔 화상과 도시 잇거든 바야흐로 치기롤 허ᄒ고 그러니 업거든 ᄲᆞ니 물너가 ᄉ롬을 놀너지 말나."

　말을 맛치며 벽녁이 소리ᄒᆞ믈 더옥 진동ᄒ니 현녕이 경황ᄒ여 단의 ᄂ려 졀ᄒ며 ᄉ죄ᄒ고 모든 화상 【47】 과 도ᄉ와 아젼이 일시의 업디여 머리롤 두다리니 장난이 이 거동을 보고 우음을 참지 못ᄒ더니 두어 ᄶᆞᆫ ᄒᆞ여 비 긔고 뇌진이 ᄯᅩᄒᆞᆫ 긋치거놀 즁인이 바야흐로 졍신을 출혀 바라보니 평지의 물이 허여져 놉흔 논과 ᄂ즌 밧치 다 유족ᄒ지라. 빅셩이 깃거 츔츄고 현녕이 장난의 공덕을 칭찬ᄒ더니 홀연 단하의 ᄒᆞᆫ ᄉ롬이 녀셩ᄃᆡ즐(厲聲大叱) 왈,

　"어ᄃᆡ셔 온 도시 좀지됴[172]롤 ᄌᆞ랑ᄒ여 일쳔 관 샹젼(賞錢)을 가지려 ᄒᆞᄂᆞᆫ다?"

　장난이 보니 한 다리 져ᄂᆞᆫ 도시 킈 젹고

---

166)【굿보다】동 구경하다. ¶ 흙으로 ᄆᆡᆫ든 흑뇽이 비눌과 나로슬 움죽이더니 홀연 등쳔ᄒ니 경긱의 번기와 우레롤 거록히 ᄒ며 큰비 붓드시 오니 굿보든 빅셩이 네녁흐로 허여지고 (只見那黑龍鱗須俱動. 忽然騰空而去. 須臾之間, 閃電亂髮, 雷聲激烈, 拳頭般雨點落將下來. 嚇得百姓們四散都走了.) <平妖 4:45>

167)【네녁ᄒ】명 사방(四方). ¶ 四 ‖ 굿보든 빅셩이 네녁흐로 허여지고 (嚇得百姓們四散都走了.) <平妖 4:45>

168)【결다】동 얽다 ¶ ㄱ 차일이 등유ᄅ 결엇ᄂᆞᆫ지라 겨유 시기롤 면ᄒ나 (幸得布幔是熟油漬透的, 又架在高柱上, 才免得上漏下濕.) <平妖 4:45>

169)【거록히】부 대단히. 굉장히. ¶ 大 ‖ 현녕과 모든 ᄉ롬이 비 피ᄒᆞᆯ ᄃᆡ 업셔 차일 밋흐로 드리다르니 그 차일이 등유로 결엇ᄂᆞᆫ지라 겨유 시기롤 면ᄒ나 바롬이 거록히 부러 비샬이 ᄉ면으로 드리치니 (縣令也要下壇, 縣中取轎未到, 只得同吏役及僧道們, 在布幔中躱着. 頃刻, 大雨如注, 幸得布幔是熟油漬透的, 又架在高柱上, 才免得上漏下濕.四旁却沒有遮蔽.) <平妖 4:45> ⇒ 거록이, 거룩이, 거륵이, 걸ᄂ이

170)【비샬】명 빗발. ¶ 雨 ‖ 바롬이 거록히 부러 비샬이 ᄉ면으로 드리치니 (四旁却沒有遮蔽.) <平妖 4:45>

171)【ᄂ갑다】형 《ᄂ갑다》 낮다. ¶ 만일 탐ᄒᆞᄂᆞᆫ 관원과 관실치 못ᄒ고 간ᄉ한 아젼과 ᄒᆡᆼ실이 ᄂ갑고 욕심이 만흔 화상과 도시 잇거든 바야흐로 치기롤 허ᄒ고 그러니 업거든 ᄲᆞ니 물너가 ᄉ롬을 놀너지 말나 (雷部聽吾法旨, 如有眞正貪官汚吏, 破戒和尙, 濊行道士, 方許下山. 如無此等, 速宜退避.) <平妖 4:46> ⇒ ᄂ가오-

172)【좀지됴】명 보잘것없는 재주. ¶ 伎倆 ‖ 어ᄃᆡ셔 온 도시 좀지됴롤 ᄌᆞ랑ᄒ여 일쳔 관 샹젼을 가지려 ᄒᆞᄂᆞᆫ다 (何處初學, 敢在此施逞伎倆, 恐嚇衆人. 莫非要詐這一千貫錢麼?) <平妖 4:47>

의복이 더럽고 청녀장(靑藜杖)을 집고 거름마다 져축【48】 져축ᄒ여173) 단으로 올나오니, 아지 못게라 이 엇던 스룸고 그 사룸이 다리를 절며 큰 비를 맞고 와시되 옷시 젓지 아닌지라. 막디를 놋코 현녕을 향ᄒ여 머리 됴으니 현녕과 모든 스룸이 아니 놀나리 업더라.

장난이 굴오디,

"빈되 감우를 비러 일방 싱녕(生靈)을 구ᄒ거늘 어디로셔 온 비렁방이174) 감히 입으로 잡말을 ᄒ여 나를 슈욕ᄒᄂ뇨?"

가지(瘸子) 웃고 닐오디,

"네 무슴 법술이 잇셔 감히 스부와 결우려 ᄒᄂ뇨?"

장난이 디로ᄒ여 별각션(鼈殼扇)을 니여 더지며 닐오디,

"셜니 져 비렁방이를 가셔 치라."

그 붓치 졀노 가즈의 머리를 흔드니 썻든 두건【49】이 졀노 버셔져 공즁의 올나 붓치를 막즈르니 부치와 두건이 오르ᄂ리며 두 쇼루기175) 셔로 쏜호듯 ᄒ더라.

가지 쇼리 질너 굴오디,

"나 집헛든 막디는 어디 ᄀᄂ뇨?"

ᄒ니 ᄯ히 노혓던 청녀장(靑藜杖)176)이 홀연 뛰여나 장난을 치려 ᄒ거늘 장난이 스미를 썰치고 약 담앗던 광쥬리로 막디를 디격ᄒ니 모든 스룸이 놀나 ᄒ 편의 치여셔고177) 현녕이 감히 나와 말니지 못ᄒ더라. 두 편이 셔로 쏜화 승뷔 업더니 각각 법술을 거두고 장난이 정신을 가다듬ᄋ 쇼리 질너 굴오디,

"흑눙(黑龍)이 쾌히 오라!"

가지 단 압히 황눙(黃龍)을 가르치니 두 눙【50】이 일시의 공즁의 올나 쏜호니 흙이 물을 니긔ᄂ지라. 흑눙이 황눙을 당치 못ᄒ니 장난이 청눙(靑龍)을 불너 싸호라 ᄒ더, 가지 빅눙(白龍)을 불너 쏜호라 ᄒ니 장난이 디로ᄒ여 적눙(赤龍)을 부른디 다슷 눙이 공즁의셔 뭉크여178) ᄒ더 어우러져시니 광풍이 이러나 장막이 터지고 병풍이 업더지니 졔인(諸人)이 눈을 ᄯ

지 못ᄒ고 다리를 붓치지 못ᄒ더니 홀연 ᄒ 화상이 귀의 금환(金環)을 달고 금의 금빗 ᄀᄐ 가스를 닙고 숀의 슈졍바리를 들고 쇼리 질너 닐오디,

"스형(師兄)ᄋ, 너희 한 가지 도스로 엇지 셔로 화긔를 상히오ᄂ뇨?179) 빈승【51】이 위ᄒ여 쏜홈을 말니리라."

ᄒ고 슈졍바리를 공즁의 치치니180) 변ᄒ여 ᄒ 덩이 여의쥬(如意珠) 되여시니 다숫 눙이 쏜홈을 파ᄒ고 다와 진쥬를 희롱ᄒ더라.

---

173) 【져축져축ᄒ다】 图 절뚝절뚝하다. ¶ 拐 ‖ 장난이 보니 ᄒ 다리 져는 도시 킈 젹고 의복이 더럽고 청녀장을 집고 거름마다 져축져축ᄒ여 단으로 올나오니 (張鷟看時, 却是一箇瘸足道者. 生得身材矮小, 衣服腌臜, 提着一根靑藜杖, 從大雨中一步步拐上壇來.) <平妖 4:47-48>

174) 【비렁방이】 图 비렁뱅이. 거지. ¶ 비렁방이 중 놈 (窮禿馿) <西遊 65b> 乞道 ‖ 빈되 감우를 비러 일방 싱녕을 구ᄒ거늘 어디로셔 온 비렁방이 감히 입으로 잡말을 ᄒ여 나를 슈욕ᄒᄂ뇨 (貧道舍一壇甘雨, 救濟生靈, 你這乞道到此澆擾, 敢與貧道鬪法麼?) <平妖 4:48>

175) 【쇼루기】 图 솔개. ¶ 老鷹 ‖ 그 붓치 졀노 가즈의 머리를 흔드니 썻든 두건이 졀노 버셔져 공즁의 올나 붓치를 막즈르니 부치와 두건이 오르ᄂ리며 두 쇼루기 셔로 쏜호듯 ᄒ더라 (只見那把扇子冉冉而行, 徑奔那瘸子頭皮上來. 瘸子呵呵大笑, 把頭一攛, 這頂破頭巾望上趖兩趖, 撲的脫了頭, 去迎那扇兒. 分明兩隻老鷹相撲, 一上一下.) <平妖 4:49> ⇒ 소로기, 소리개, 쇠로기, 쇼로긔, 쇼로기

176) 【청녀장】 图 청려장(靑藜杖). 명아주 대로 만든 지팡이. ¶ 가지 쇼러 질너 굴오디 나 집헛든 막디는 어디 ᄀᄂ뇨 ᄒ니 ᄯ히 노혓던 청녀장이 홀연 뛰여나 장난을 치려 ᄒ거늘 (瘸子喝聲: "拐兒何在?" 只見地下橫着這根靑藜杖忽然躍起, 一步步跳起打那張鷟.) <平妖 4:49> ⇒ 쳥녀장

177) 【치여셔다】 图 비켜서다. ¶ 모든 스룸이 놀나 ᄒ편의 치여 셔고 현녕이 감히 나와 말니지 못ᄒ더라 (衆人都躱得躱在一邊, 連縣令也不敢上前了.) <平妖 4:49> ⇒ 츼여서다, 츼여셔다

178) 【뭉크다】 图 뭉치다. ¶ 攢 ‖ 다숫 눙이 공즁의셔 뭉크여 ᄒ더 어우러져시니 광풍이 이러나 장막이 터지고 병풍이 업더지니 (五條龍向空中亂舞, 正按着金、木、水、火、土五行, 互生互克, 攬做一團. 狂風大起, 布幔架子都吹倒了.) <平妖 4:50> ⇒ 뭉긔다, 뭉기다

179) 【상히오다】 图 상(傷)하게 하다. ¶ 傷 ‖ 스형ᄋ 너희 한가지 도스로 엇지 셔로 화긔를 상히오ᄂ뇨 빈승이 위ᄒ여 쏜홈을 말니리라 (二位同道, 休得自傷和氣, 待貧僧與你勸解則個.) <平妖 4:50> ⇒ 상해오다, 상히오다

180) 【치치다】 图 던져 올리다. ¶ 抛 ‖ 슈졍 바리를 공즁의 치치니 변ᄒ여 ᄒ 덩이 여의쥬 되여시니 다숫 눙이 쏜홈을 파ᄒ고 다와 진쥬를 희롱ᄒ더라 (將手中水晶鉢盂猛力往空中一抛, 變成一顆五彩明珠, 那五條龍都來戲這顆珠, 成圍作陣而去.) <平妖 4:51>

화상이 일오디,

"냥위 법술이 고희 업스나 아모나 빈승의 바리롤 몬져 엇는 지 니긔는 작시니라."

장난(張鸞)과 도시 일시의 답ᄒ고 굴오디,

"이 무어시 어려오리오."

ᄒ고 직시 진언을 넘ᄒ여 법술을 거두니 다셧 놓이 간디 업고 ᄌ시 보니 예 노혓던 곳의 가 노혓더라. 이쩌 장난이 여의쥬(如意珠)롤 잡ᄋ 바리롤 민드러 보니거눌 가지 쏘 진언을 넘ᄒ며 왈,

"슈졍바리(水晶鉢盂)【52】 니게 잇다."

ᄒ고 졔 허리로셔 너여 놋커눌 모다 보니 두 바리 졔되 ᄌᆺ더라. 화상이 둘 다 밧지 아니ᄒ고 스미 속으로셔 바리롤 너여 왈,

"바리는 예 잇스니 냥위는 희롱 말나."

홀연 장난의 가진 바리181)는 변ᄒ여 광쥬리 되고 가ᄌ(瘸子)의 가진 바리는 변ᄒ여 호리 되니 냥인이 다 웃더라.

장난이 싱각ᄒ되,

'이 비렁방의182) 지됴 니셰 시시 아니ᄒ니 어디로셔 난 화상의 지됴도 가히 놉다.'

ᄒ디라.

이쩌 박평현(博平縣) 빅셩들이 모다 와 분향ᄒ고 장난을 고을의 다려가려 ᄒ고 교ᄌ와 말이 이르럿거눌 현녕이 비로쇼 닐오디,

"삼【53】 위 스뷔 경텬위지ᄒᆞ뇨? 놉흔 도슐이 잇셔 상하(上下)치 아니ᄒ니 모로미 상히 오지 말고 ᄒ 가지로 폐현(敝縣)의 가 한 잔 슐노 공경ᄒᆞᆷ믈 바드쇼셔."

가지 보니 단하(壇下)의 말을 각각 디령ᄒ엿거눌 타고 가려 ᄒ더니 장난이 마참니 불평ᄒ 빗치 업지 아냐 가ᄌ롤 속이려 ᄒ여 닐오디,

"우리 삼인이 구ᄐ여183) 말 타지 말고 거러 힝ᄒ여 몬져 가는 니로 승부롤 졍ᄒᆞᆯ 거시니라."

현녕이 굴오디,

"모든 스뷔 말을 타지 아니ᄒ면 하관(下官)이 쏘흔 뫼셔 거르리라."

난ᄌ화상(蛋子和尙)이 굴오디,

"이 ᄯᅳ히 지러 거러가기 어려오나 우리는 거러가기의 익거니【54】 와 현도(縣道)는 가히 체면을 일치 못ᄒ리니 빈승이 몬져 두 벗으로 더브러 몬져 현즁의 가 디후ᄒ리이다."

ᄒ고 두 도인의 손을 닛글고 ᄒ 가지로 단의 ᄂᆞ려 힝ᄒ기롤 슈십 니는 가셔 냥인다려 굴오디,

"져기 눌호여184) 힝ᄒ라. ᄯᅳ히 밋그럽다."

장난이 졍히 졔 ᄯᅳᆺ의 마즌지라. 난ᄌ화상(蛋子和尙) 난의 손을 닛글고 더옥 섈니 힝ᄒ더니 홀연 등 뒤히셔 아야 ᄒᄂ는 쇼리 나거눌 도라보니 가지 밋그러워 길가 우물의 샌져시되 물이 깁흐니 즉시 다리롤 샌히지 못ᄒ여 덤벙이거눌185) 장난이 가마니 깃거 쾌히 너기더니 난ᄌ화상이 일오디,

"져【55】롤 본 체 말고 몬져 갈 거시라."

ᄒ고 냥인이 몬져 고을문으로 드러가더니 당상으로셔 ᄒ 사롬이 쳥녀장을 집고 마됴 나오며 닐오디,

"냥위 스형은 이졔야 오ᄂᆞ냐?"

장난이 놀나 보니 졍히 가지(瘸子)러라. 장난이 바야흐로 올 셰 가지 물의 샌셔 슈둔법(水遁法)으로 온 줄 알고 마음의 항복ᄒ여 당상의셔 녜ᄒ고 일홈을 무ᄅᆞ니 가지 굴오디,

"빈도의 일홈은 좌츌(左黜)이요 다리 상ᄒ 후 일홈을 곳쳐 좌가이(左瘸兒)라 ᄒ고 져 화상은 본디 빈도의 사형이니 부르기롤 난ᄌ화상이

---

181) 【바리】 명 바리. 중이 쓰는 그릇. ¶ 鉢盂 ‖ 홀연 장난의 가진 바리는 변ᄒ여 광쥬리 되고 가ᄌ의 가진 바리는 변ᄒ여 호리 되니 (原來張鸞的鉢盂, 是袖中的葫蘆變的. 瘸子的鉢盂, 是腰間柳瓢變的.) <平妖 4:52>

182) 【비렁방의】 명 비렁뱅이. 거지. ¶ 乞道 ‖ 이 비렁방의 지됴 니게 지지 아니ᄒ니 어디로셔 난 화상의 지됴도 가히 놉다 (這乞道的本事, 不若于我. 又不知那裏走出這莽和尙來, 更是利害.) <平妖 4:52> ⇒ 비렁방이

183) 【구ᄐ여】 부 구태여. 굳이. ¶ 우리 삼인이 구ᄐ여 말 타지 말고 거러 힝ᄒ여 몬져 가는 니로 승부롤 졍ᄒᆞᆯ 거시니라 (我們不許乘騎, 大家步行, 賭個遲快.) <平妖 4:53>

184) 【눌호여】 부 천천히. ¶ 慢 ‖ 져기 눌호여 힝ᄒ라 ᄯᅳ히 밋그럽다 (二位慢行, 地下好不難走里.) <平妖 4:54> ⇒ 날호여, 날호야, 날회여, 눌회여

185) 【덤벙이다】 동 첨벙대다. ¶ 撲通 ‖ 홀연 등 뒤히셔 아야 ᄒᄂ는 쇼리 나거눌 도라보니 가지 밋그러워 길가 우물의 샌져시되 물이 깁흐니 즉시 다리롤 샌히지 못ᄒ여 덤벙이거눌 (只聽的後面叫聲: "呵呀!" 回頭看時, 路傍有個小小水潭, 瘸子右脚陷入, 提得起時, 左脚把滑不住, 撲通的倒撞下水去了.) <平妖 4:54>

라 ᄒᆞᄂᆞ니라.”

장난이 무러 굴오디,

“두 형이 양슌검(楊巡檢)【56】 집의셔 셩고고(聖姑姑)로 더브러 도ᄅᆞᆯ 닥더냐?”

가지 왈,

“연(然)ᄒᆞ다.”

장난이 굴오디,

“큰 일홈을 드런 지 오리되 인연이 업셔 맛ᄂᆞ지 못ᄒᆞ엿더니 아지 못ᄒᆞ고 만히 실녜ᄒᆞ니 죄ᄅᆞᆯ 사ᄒᆞ라.”

ᄒᆞ고 다시 졀ᄒᆞ거ᄂᆞᆯ 냥인이 답비 왈,

“亽형의 셩명을 알고즈 ᄒᆞ노라.”

난(鸞)이 셩명을 니르니 난ᄌᆞ화상이 굴오디,

“원ᄂᆡ 츙쇼쳐시(沖霄處士)랏다186)! 셩고괴 심히 보고즈 ᄒᆞ더라.”

장난(張鸞)이 졍히 무르려 ᄒᆞ더니 믄득 현녕(縣令)이 일현 빅셩과 화상과 도亽ᄅᆞᆯ 거느리고 당젼의 니르러 몬져 장난의게 졀ᄒᆞ여 亽례ᄒᆞ려 ᄒᆞ거ᄂᆞᆯ 장난이 감히 당치【57】 못ᄒᆞ여 ᄒᆞ더니 현녕이 굴오디,

“하관이 빅셩을 위ᄒᆞ여 무릅을 ᄭᅮᆯ미 도리의 맛당ᄒᆞ니라.”

장난이 부득이 현녕의 졀을 바든 후 지비ᄒᆞ거ᄂᆞᆯ 현녕이 바야흐로 귀의 다혀 닐오디,

“이거시 후일 ᄡᅳᆯ 디 잇ᄉᆞ리니 가히 바들 거시니라.”

장난이 머리 조ᄋᆞ 닐오디,

“지필을 가져오라.”

ᄒᆞ여 단ᄌᆞ(單子) 우희 ᄡᅳ되 아직 박평현(博平縣) 셩황신(城隍神)을 쥬노라 ᄒᆞ고 아젼으로 ᄒᆞ여곰 일 쳔관 돈을 슈응ᄒᆞ여 셩황신 좌하의 ᄡᅡ하 두고 단ᄌᆞᄅᆞᆯ 불지르니 현녕이 장난의 이리 쳐치ᄒᆞᆷ을 보고 심하의 허탄이 너기되 마지 못ᄒᆞ여 아젼으【58】로 ᄒᆞ여곰 인부ᄅᆞᆯ 거느려 일쳔관을 셩황묘(城隍廟)로 슈운ᄒᆞ여 보너니 아젼이 묘직이ᄅᆞᆯ 동모ᄒᆞ여 밤즁의 그 돈을 도젹ᄒᆞ여 난호려 홀시 아젼이 회뢰(賄賂)ᄒᆞ려 ᄒᆞ고 고을노 간 亽이의 도시 싱각ᄒᆞ되,

‘하ᄂᆞᆯ이 일쳔 관 지물노 우리 묘즁의 보니

여시니 어이 남과 난호리오.’

묘 뒤히 깁혼 연못시 잇ᄂᆞᆫ지라 모든 졔ᄌᆞ로 돈을 메여다가 못시 너허 두고 조용이 너여 ᄡᅳ려 ᄒᆞ고 일시의 돈씬187)을 들머기니 홀연 그 돈이 구물구물ᄒᆞ여 졀노 움죽이거ᄂᆞᆯ 놀나 보니 모든 돈이 변ᄒᆞ여 구렁이 되여 亽면으로 허여지니 뭇 도시 쇼리 지르고 너다르니 급히 문을【59】 두다리ᄂᆞᆫ 쇼리 나거ᄂᆞᆯ 여러보니 고 직흰 아젼이 밤 들기ᄅᆞᆯ 기다려 돈을 난호련다 ᄒᆞ거ᄂᆞᆯ 도시 비얌188) 된 말을 니르니 아젼이 어이 미드리오 불을 가져다가 비최여 보니 과연 일푼 젼도 업ᄂᆞᆫ지라.

아젼이 일오디,

“도亽의 감촌 일이라.”

ᄒᆞ고 셔로 ᄡᅡ호더라. 장난이 가ᄌᆞ(瘸子)로 더브러 말ᄒᆞ더니 화상과 가ᄌᆞᄅᆞᆯ 각각 위로ᄒᆞ여 즐기며 현녕이 오히려 화상과 가ᄌᆞ의 일홈을 모로ᄂᆞᆫ지라. 일일히 뭇거ᄂᆞᆯ 장난이 그 셩명을 니르고 굴오디,

“평셩의 亽모ᄒᆞ나 맛나지 못ᄒᆞ엿더니 금일 바야흐로 보니이다.”

현녕이 굴오디,

“삼위 亽뷔 도슐이 ᄀᆞᆺᄒᆞ니 능【60】히 ᄎᆞ례ᄅᆞᆯ 졍치 못ᄒᆞ니 쳥컨디 스스로 ᄎᆞ례ᄅᆞᆯ 졍ᄒᆞ라.”

난ᄌᆞ화상이 굴오디,

“장션싱이 금일은 공 잇ᄂᆞᆫ 亽롬이니 당당이 쥬셕의 안즈라.”

현녕의 ᄠᅳᆺ도 이러ᄒᆞ니 난이 사양치 못ᄒᆞ여 몬져 안고 버거189)ᄂᆞᆫ 난화상이 안고 가ᄌᆞᄂᆞᆫ 셋지 안고 현녕은 말셕의 안ᄌᆞᆺ더라.

현녕이 굴오디,

---

186) 【-랏다】回 ((동사, 형용사 어간 뒤에 붙어)) -구나. -로다. -도다. ¶ 原來 ∥ 원ᄂᆡ 츙쇼쳐시랏다 셩고괴 심히 보고즈 ᄒᆞ더라 (原來就是冲霄處士, 聖姑姑甚想相會.) <平妖 4:56>

187) 【돈씬】똉 돈꿰미. ¶ 貫錢 ∥ 일시의 돈씬을 들머기니 홀연 그 돈이 구물구물하여 졀노 움죽이거ᄂᆞᆯ 놀나 보니 모든 돈이 변ᄒᆞ여 구렁이 되여 亽면으로 허여지니 뭇도시 쇼리 지르고 너다르니 (道士才拿得一貫錢在手, 覺得手中蠕蠕而動. 提起看時, 却是一條赤練蛇, 慌忙撒手. 當下徒弟們發叫喊來, 只見兩堆錢亂動, 都變做了蛇.) <平妖 4:58>

188) 【비얌】똉 뱀. ¶ 그 직흰 아젼이 밤 들기ᄅᆞᆯ 기다려 돈을 난호련다 ᄒᆞ거ᄂᆞᆯ 도시 비얌 된 말을 니르니 아젼이 어이 미드리오 <平妖 4:59>

189) 【버거】똉 둘째. 다음. ¶ 난이 亽양치 못ᄒᆞ여 몬져 안고 버거는 난화상이 안고 가ᄌᆞ는 셋지 안고 현녕은 말셕의 안ᄌᆞᆺ더라 <平妖 4:60>

“난스뷔 아니 쇼롤 ᄒ시ᄂ냐?”

화상이 골오디,

“빈승이 쥬육을 경계 아닛ᄂ이다.”

현녕이 임의 분부ᄒ엿ᄂ지라 쥬찬을 ᄂᄋ와 잔 세 슌이 지ᄂ미 현녕이 골오디,

“돈 일쳔 냥 단즈롤 밧드러 장션싱긔 드렷ᄂ니 박흔 줄을 혐의【61】치 마르쇼셔.”

이리 니르며 마음의 싱각ᄒ되,

‘일쳔 관이 극히 무거오니 홋몸으로 슈젼홀니 업스니 필연 ᄉ양ᄒ거나 더러 밧거나 ᄒ리라.’

ᄒ엿더니 장난이 ᄉ양ᄒ고즈 ᄒ거ᄂ 가지 귀의 다혀 말ᄒ엿더니 그 후일이 들쳐나 아젼과 도시 죄롤 닙으니라.

이젹의 장난이 난즈화상과 가즈로 더브러 슐을 밤드도록 먹더니 달이 졍히 붉은지라 일시의 니러나 현녕의게 ᄉ례ᄒ고 쩌ᄂ려 ᄒ거ᄂ 현녕이 골오디,

“슉친흔 곳이라 어이 쉬이 가려 ᄒᄂ뇨? 슈일 묵어 사쇼셔.”

난즈화상이 골오디,

“빈승의 임지 민디 아【62】니니 현돈(縣尊)이 ᄯ흔 한가지로 가시리잇가?”

현령이 골ᄋ디,

“ᄉ부의 졀이 어디 잇ᄂ니잇가?”

화상이 골오디,

“가시면 즈연 아르시리이다.”

ᄒ고 물을 먹음어 흔 번 뿜으니 홀연 변ᄒ여 강이 되여 물결이 흉용ᄒ여 하ᄂᆯ의 다핫거ᄂ 좌츌이 ᄯ흔 허리로셔 호로롤 니여 물 우히 더지니 변ᄒ여 즈근 비 되거ᄂ,

18

□□□□□□□□ □□□□□□□□
張處士乘舟會聖姑 胡員外冒雪尋相識

삼인이 현녕(縣令)을 쳥ᄒ여 승션ᄒ라 ᄒ니 현녕이 그 비 져그믈 보고 의심ᄒ여 오르지 아냐 쟝난(張鸞)은 즁간의 안고 화상(和尙)은 션두의 안고 좌츌(左黜)은 꼬리의 안ᄌ 현녕을 향ᄒ여 하직ᄒ고 별각션(鱉殼扇)을 ᄒᆞᆫ 번 【63】 드러 붓치니 마치 돗단비 ᄀᆞᆺ ᄒ여 나는 듯시 가더니 경긱 ᄉ이의 비와 강믈이 다 업셔지니 현녕이 아모 말도 못ᄒ고 쑴결 ᄀᆞᆺᄒ니 삼인은 그 션슐인지 요슐인지 간 바롤 모로미 졍신이 어린 듯 ᄒ여 도라가니라.

쟝난이 난ᄌ화상(蛋子和尙)과 가ᄌ(猢子)로 더브러 한업시 ᄂᆞ아가더니 한 곳의 니르러ᄂᆞᆫ ᄉ면이 젹막ᄒ고 산쳔이 울울ᄒᆫ 곳의 조그마ᄒᆫ 쵸당이 가장 고요ᄒ고 졍쇄(淨灑)ᄒ더라. 삼인이 공즁을 향ᄒ여 합장ᄒ고 셩고(聖姑)룰 세 번 부르더니 이윽고 공즁으로 됴ᄎᆞ ᄒᆞᆫ 줄금190) 빗치

홀너 ᄯᅡ히 ᄶᅥ러져 한 노괴(老姑) 되니 【64】 얼골이 기괴ᄒ고 졍신이 맑더라. 두삽칠셩관(頭揷七星冠)ᄒ고 신착학챵의(身着鶴氅衣)ᄒ니 표연이 셰샹의 ᄲᅱ여난 긔샹이러라. 쟝난이 셩괸 줄 알고 ᄂᆞ아가 머리 됴아 뵈니 셩괴 답녜ᄒ고 보니 쟝난의 신쟝이 칠 쳑이요 나롯시 길고 얼골이 젹옥 ᄀᆞᆺ고 냥안이 별 ᄀᆞᆺᄒ니 심즁의 긔특이 너기더라.

사인이 쵸도지셜을 베풀미 셩괴 무러 ᄀᆞᆯ오ᄃᆡ,

"쇼녀 미ᄋᆡ(媚兒) 어느 ᄯᅡ히셔 션셩을 맛ᄂᆞ니잇고?"

쟝난이 인ᄒ여 삼년 젼의 슉경원(淑景園)의셔 바롬의 불니여 ᄶᅥ러졋던 말과 환셩ᄒ여 호원의(胡員外) 집의 보니여 비 비러 낫ᄂᆞᆫ 줄을 【65】 ᄌᆞ시 니른ᄃᆡ 셩괴 지삼 칭ᄉ(稱謝)ᄒ여 ᄀᆞᆯ오ᄃᆡ,

"만일 션셩의 은혜곳 아니면 니 ᄯᅩᆯ이 명명 인셰의 못 낫시리로다. 셕년 엄반션(嚴半仙)의 말을 싱각ᄒ니 진짓 신의(神醫)로다!"

쟝난이 무러 ᄀᆞᆯ오ᄃᆡ,

"이 아니 익쥬(益州) 엄반션이니잇가?"

셩괴 ᄀᆞᆯ오ᄃᆡ,

"일졍 엄반션을 아는도다?"

쟝난이 ᄀᆞᆯ오ᄃᆡ,

"빈되(貧道) 동경(東京)의 잇실 졔 ᄒᆞᆫ 지샹의 집의 가 우연이 엄반션의 보닌 바 회싱단(回生丹) 하나흘 어더 두엇다가 호원외의 쳬(妻) 녀ᄋᆞ룰 ᄂᆞᆫ을 졔 보니여 산난(産卵)ᄒᄂᆞᆫ 익을 구ᄒ니 비록 얼골을 보지 못ᄒ엿시나 일홈 드런지 오리더니라."

ᄒ더라.

가지 닐오ᄃᆡ,

"우리 다 모혓시니 【66】 어이 실ᄉ롤 의논치 아니ᄒ고 다만 한담(閒談)만 ᄒᄂᆞ뇨?"

쟝난이 바야흐로 픠쥬(貝州) 일을 뭇거늘,

"셩괴 몽즁의 무측쳔(武則天) 낭낭(娘娘)의 니르던 말을 젼ᄒ고 ᄀᆞᆯ오ᄃᆡ,

"이ᄂᆞᆫ 텬쉬(天數)니 가히 어그릇지191) 못ᄒ

---

190)【줄금】圏 줄기. ¶ 道 ∥ 셩고룰 세 번 부르더니 이윽고 공즁으로됴ᄎᆞ ᄒᆞᆫ 줄금 빗치 홀너 ᄯᅡ히 ᄶᅥ러져 한 노괴 되니 (連叫三聲聖姑姑, 只見月中飛出一道金光, 忽地墜下, 變成一個老婆子.) <平妖 4:63>

191)【어그릇-】동 《어그릇다》 어기다. 거역(拒逆)하다. 어긋나다. ¶ 쟝난이 바야흐로 픠쥬 일을 뭇거늘 셩괴 몽즁의 무측쳔 낭낭의 니르던 말을 젼ᄒ고 ᄀᆞᆯ오ᄃᆡ 이ᄂᆞᆫ 텬쉬니 가히 어그릇지 못ᄒ리라 (張鸞方才問起貝州之事, 聖姑姑也把夢中遇

리라."

장난이 쏘흔 미ᄋ(媚兒)의 말이 다시 호가(胡家)의 녀이 되여 왕가의 휘(后) 되리라 ᄒ던 말을 니르고 쏘 무르되,

"미이 이졔 호원의 집의 탄싱ᄒ여시니 호가 녀이란 말은 응ᄒ엿거니와 왕가 휘란 말은 어인 말고?"

셩괴 굴오디,

"후일 픠쥐(貝州) 가면 ᄌ연 알니라."

손곱ᄋ 혜여 니로디,

"이후 십오 년이면 텬슈롤 응홀 스롬이 하북(河北)의셔 니러느ᄂ니 장션【67】싱이 졔일 도을 스롬이오 오히려 인연이 잇는 스롬이 여러히 될 거시니 우리 모다 쥬의ᄒ여 돗볼 거시라."

ᄒ더라.

난ᄌ화상(蛋子和尙)이 상지롤 불너 차롤 부으라 ᄒ니 상지 안흐로셔 얼골이 여윈 스롬이 나와 쥬홍반의 쥬먹 만흔 살고[192] 여둛을 담ᄋ 드리거늘 화상이 굴오디,

"ᄌ근 암ᄌ의 됴흔 치쇠(菜蔬) 업셔 이 실과롤 드리니 희갈ᄒ쇼셔."

사인(四人)이 각각 둘식 먹더니 그 상지 겻히셔 보고 먹고ᄌ ᄒ여 춤을 흘니다가 실슈ᄒ여 쥬홍반의 나리쳐 씨여지거늘 난ᄌ화상이 디로(大怒)ᄒ여 닙쩌나[193] 상지롤 드러다【68】가 쓸 ᄋ리 ᄂ리부으니 장난이 바야흐로 말니고ᄌ ᄒ더니 상지 쏘히 나려져 움죽이지 아니ᄒ거늘 곳쳐 보니 졍히 난ᄌ화상의 집고 단니던 막디요 씨여진 쥬홍반은 셕뉴화(石榴花) 흔 송이러라. 셩괴 난ᄌ화상을 쑤지져 굴오디,

"얼운[194] 알픠셔 ᄌ긔[195]롤 희롱ᄒᄂ다? 이 뜻은 장난의 알픠셔 변화ᄒ여 희롱치 말나 말이라."

장난이 굴오디,

"난ᄌ의 신통이 광디(廣大)ᄒ니 ᄂ의 밋츨 비 아니라."

ᄒ더라.

이찌 달이 진ᄒ고 동방이 붉ᄋ오더니 셩괴 몬져 니러ᄂ 굴오디,

"노신이 이졔 동경의 가 녀ᄋ롤 보려 ᄒ니 만일 의【69】논홀 일이 잇거든 셔로 부르면 즉시 모되리라.[196]"

ᄒ고 공중의 올나가거늘 장난 등 삼인이 쏘흔 홋터지니라.

이찌 호영이(胡永兒) 나히 임의 십삼 셰라. 스승 진션(陳善)의게 슈학ᄒ여 문니(文理) 통ᄒ고 총명영오(聰明穎悟)ᄒ여 남ᄌ도곤[197] 승ᄒ니 부뫼 극이ᄒ여 구혼ᄒ리 만흐나 너모 퇵셔(擇婿)ᄒ기롤 널니 ᄒ미 졍흔 곳이 업더라. 셩괴 동경의 가 여런 번 호원의 집의 출입ᄒ여 단니되 얼골을 감쵸고 종젹이 업스니 셰상 스롬이야 엇지 알니요. 셩괴 임의 영ᄋ의 총명영오ᄒ믈 보고 심히 깃거 즉시 ᄂ려가 법술을 가르치고【70】ᄌ ᄒ여 혜오디,

'부귀흔 집의 ᄌ라 깁흔 방의 잇시니 맛츰ᄂ 어이 즐겨 괴로온 공부롤 마음의 드려 도롤 비호리오.'

---

192) 【살고】⑱ 살구. ¶ 杏子 ∥ 상지 안흐로셔 얼골이 여윈 스롬이 나와 쥬홍반의 쥬먹 만흔 살고 여둛을 담ᄋ 드리거늘 (一個淸瘦小沙彌, 捧朱紅托子, 托出杏子一盤, 比梨還大, 比橘還黃.) <平妖 4:67>

193) 【닙쩌나다】⑲ 벌떡 일어나다. ¶ 난ᄌ화상이 디로ᄒ여 닙쩌나 상지롤 드러다가 쓸 ᄋ리 ᄂ리부으니 (蛋子和尙大怒, 一手提起小沙彌, 步出中庭, 抛向半天裏去, 在空中打滾.) <平妖 4:67> ⇒ 닐더나다, 닐쩌나다, 닐쩌나다, 닑쩌나다, 닒쩌나다, 닒쩌ᄂ다, 닙쩌ᄂ다

194) 【얼운】⑱ 어른. ¶ 大匠 ∥ 셩괴 난ᄌ화상을 쑤지져 굴오디 얼운 알픠셔 ᄌ긔롤 희롱ᄒᄂ다 이 뜻은 장난의 알픠셔 변화ᄒ여 희롱치 말나 말이라 (聖姑姑喝道: "大匠面前, 何須弄斧!" 這句話分明是說張鸞同是法師, 不可相戲.) <平妖 4:68> ⇒ 어룬

195) 【ᄌ긔】⑱ 자귀. 도끼. ¶ 斧 ∥ 얼운 알픠셔 ᄌ긔롤 희롱ᄒᄂ다 (大匠面前, 何須弄斧!) <平妖 4:68>

196) 【모되다】⑲ 모이다. ¶ 聚會 ∥ 노신이 이졔 동경의 가 여ᄋ롤 보려ᄒ니 만일 의논홀 일이 잇거든 셔로 부르면 즉시 모되리라 ᄒ고 공중의 올나가거늘 장난 등 삼인이 쏘흔 홋터지니라 ("老拙今往東京看女了, 不時相喚, 便得聚會." 說罷騰空而去.張鸞等三人也一時俱散.) <平妖 4:68>

197) 【-도곤】㊂ -보다. ¶ 勝 ∥ 이찌 호영이 나히 임의 십삼셰라 스승 진션의게 슈학ᄒ여 문니 통ᄒ고 총명영오ᄒ여 남ᄌ도곤 승ᄒ니 (再說東京胡員外請個學究先生在家, 教永兒讀書. 這永兒聰明敏慧, 勝於男子, 讀過的便會, 講過的便知. 看看長成十三歲.) <平妖 4:69>

ᄒ고 독ᄒ 계교를 너여 신통으로 져 집 빅만 지(財)를 업시ᄒ고 영이로 ᄒ여곰 유리긔걸(流離丐乞)ᄒ여 십분 궁박ᄒ 후 져를 다려다가 가르치려 ᄒ더라.

ᄎ셜 호원의(胡員外) 년이 졈졈 만ᄒ미 싱일이면 크게 잔치ᄒ더니 이히 싱일을 당ᄒ미 녀ᄋ의 나히 찻ᄂ지라. 진교관(陳教官) 니원외 등 모든 빈긱이 참녜ᄒ여 ᄎ토록 즐기고 셕양의 파연ᄒ미 그 부체 녀ᄋ를 다리고 후원 팔각졍(八角亭) 우히셔 달구경 ᄒ더니 【71】 이경 쩌ᄂ는 ᄒ여 집 압히셔 ᄒ 쇼ᄅ 크게 니러나며 가인이 황망이 보왈,

"비단고의 불이 놋나이다."

원외 부체 디경ᄒ여 녀ᄋ로 더브러 졍ᄌ의 ᄂ려가 보니 그 불이 乄 니러나며 맛치 화약불 乄ᄒ여 남북으로 븟터 경긱의 즁당 니실의 다ᄒ니 겸ᄒ여 바람이 이러ᄂ고 기와 타ᄂ 쇼ᄅ 텬지 진동ᄒ니 가즁 남녀와 마을 ᄉ롬이 쳐음은 물도 깃고 잠기[198]도 들고 한 가지로 구ᄒ더니 불이 졈졈 셩ᄒ여 경긱 ᄉ이의 그런 집이 ᄒ 덩이 불이 되니 사롬이 엇지 乄가이 ᄒ리오. 원외 불을 구ᄒ며 조상 신령을 부르지【72】지고 통곡ᄒ고 원군(院君)은 영이(永兒)를 안고 우더니 불이 시도록 븟트나 웃집도 다리지[199] 아니ᄒ고 졀노 쩌지거늘 원외 싱각ᄒ되,

'집안 지물은 다 탈지라도 은금은 벅벅이[200] 지 속의 드러시리니 슈습ᄒ면 오히려 셩가ᄒ리라.'

ᄒ고 가인으로 더브러 두루 지를 치니 그런 금은이 하나토 업ᄂ지라. 이ᄂ 셩고(聖姑)의 도슐노 일픈 남은 거시 업스니 호원외 빅만 가지 일됴의 뷘 터만 나무니 원외 부쳐와 영이ᄂ 졍ᄌ 우히 거쳐ᄒ고 직희엿던 쥬관(主管)들은 다 하직ᄒ고 도라가ᄂ라. ᄎ환(丫鬟)과 양낭(養娘)[201]을 파라 갑술 바드니 원군이 상시 【73】 투긔 심ᄒ여 부리ᄂ ᄎ환이 용뫼 누츄ᄒ고 긔약

---

198) 【잠기】⃝명 연장. ¶ 撓鉤 ‖ 가즁 남녀와 마을 ᄉ롬이 쳐음은 물도 깃고 잠기도 들고 한가지로 구ᄒ더니 불이 졈졈 셩ᄒ여 경긱 ᄉ이의 그런 집이 ᄒ 덩이 불이 되니 사롬이 엇지 乄가이 ᄒ리오 (初時也有許多人捔撓鉤、擔水桶, ……頃刻之間, 變做個烟團火塊, 男女們一個也進步不得.) <平妖 4:71>

ᄒ지라, 갑시 부다(不多)ᄒ고 일싱 호화ᄒ던 집이 불의 지 된 고로 오히려 옛날 셩품이 업지 아냐 졀 용치 못ᄒ니 됴셕(朝夕) 밥을 니우지[202] 못ᄒᄂ지라. 친구 즁 어진 ᄉ롬이 ᄒ두 번 돌본 후ᄂ 쥬지 아니ᄒ니 원외 상시의 남 쥬기를 아니ᄒ미 이러무로 졍ᄌ 집이 바롬벽[203]과 창회(窓戶) 업ᄂ지라. 날이 치울 계ᄂ 세환홀[204] 슈 업고 고을집의 가 의지ᄒ니 이 고을집은 나라히셔 집을 지어 비러 먹ᄂ 사롬을 머물게 ᄒᄂ지라. 쳐음은 디셜이 여러 날 오니 냥식이 업셔 낫이 겻도록[205] 됴반을 【74】 못ᄒ엿ᄂ지라

---

199) 【다리다】⃝동 불이 옮겨붙다. ¶ 원외 불을 구ᄒ며 조상 신령을 부르지지고 통곡ᄒ고 원군은 영이를 안고 우더니 불이 시도록 븟트나 웃집도 다리지 아니ᄒ고 졀노 쩌지거늘 <平妖 4:72>

200) 【벅벅이】⃝부 반드시. 틀림없이. ¶ 원외 싱각ᄒ되 집안 지물은 다 탈지라도 은금은 벅벅이 지 속의 드러시리니 슈습ᄒ면 오히려 셩가ᄒ리라 (胡員外不想被這場天火燒得寸草皆無, 前廳、後樓、通路、當房、側屋都燒盡了. 只指望金銀器皿銅錫動用什物, 雖然燒烊了, 也還在地下, 收拾攏來還有個小小家私.) <平妖 4:72>

201) 【養娘 양낭】yǎngniáng <名> 유모 (醒風 7:58) 시녀 (奎章 水滸 30:88) 侍女。(語覽 水滸 33b) ▼ 양낭 *乳母, 侍女。‖ "存幾個丫頭~, 不免轉賣與人. 人媽媽平昔吃醋捻酸, 使用的都是些下等花面丫頭, 就賣與人家也不値大錢." ᄎ환과 양낭을 파라 갑술 바드니 원군이 상시 투긔 심ᄒ여 부리ᄂ ᄎ환이 용뫼 누츄ᄒ고 긔약ᄒ지라 갑시 부다ᄒ고 (平妖 4:72) "原來這女兒會綉作……璩公歸去與婆婆說了, 到明日寫一紙獻狀, 獻來府中。郡王給與身價, 因此取名秀秀~。" (京本通俗 碾玉觀音) "張都監着丫嬛~, 尌酒相勸。" (水滸 30)

202) 【니우다】⃝동 잇다. ¶ 接濟 ‖ 일싱 호화ᄒ던 집이 불의 지 된 고로 오히려 옛날 셩품이 업지 아냐 졀용치 못ᄒ니 됴셕 밥을 니우지 못ᄒᄂ지라 (況且財主的性兒還在, 受不得十分淸淡, ……看看早晚三餐, 都不接濟.) <平妖 4:73>

203) 【바롬벽】⃝명 벽(壁). ¶ 墻壁 ‖ 졍ᄌ집이 바롬벽과 창회 업ᄂ지라 날이 치울 계ᄂ 세환홀 슈 업고 고을집의 가 의지ᄒ니 이 고을집은 나라히셔 집을 지어 비러먹ᄂ 사롬을 머물게 ᄒᄂ지라 (那胡員外住在亭子上, 四下又無墻壁.遇着晴天還保, 倘然風雨雪落, 怎地安身.不免搬去不厤求院裏住, 就似如今孤老院一般.) <平妖 4:73> ⇒ 바람벽, 바람ㅅ벽, 바롬ㅅ벽, ᄇ람벽, ᄇ람ㅅ벽, ᄇ롬벽

204) 【세환ᄒ다】⃝동 새로 단장하다. ¶ 졍ᄌ집이 바롬벽과 창회 업ᄂ지라 날이 치울 계ᄂ 세환홀 슈 업고 고을집의 가 의지ᄒ니 (那胡員外住在亭子上, 四下又無墻壁. 遇着晴天還保, 倘然風雨雪落, 怎地安身.) <平妖 4:73>

원군이 원외다려 골오디,

"우리들은 일싱 금의옥식(錦衣玉食)으로 지니기를 복의 넘게 ᄒ엿더니 이제 죽어도 감심ᄒ려니와 영이(永兒) 계유 십ᄉ 세의 부모의 앙얼(殃孽)노 이런 고쵸롤 격그니 굴머 죽는 양을 보고 안연(晏然)치 못ᄒ리니 아모 디나 아는 ᄉ롬을 ᄎᆞᆽ 젼냥을 어드면 우리 오히려 구명홀지라."

원외 이 말을 듯고 마지 못ᄒ여 붓그러오믈 무릅쓰고 옛 마을노 쎄쳐206) 닷더니 아던 ᄉ롬을 맛나면 셔로 돌치고207) 니로디,

"동경(東京)의 유명ᄒ 쟝ᄌ(長者)로셔 져리 기걸ᄒ니 불상타 ᄒ고, 경박ᄒ 스롬은 셔로 노리지어 불너 【75】긔롱ᄒ니 호원외 머리롤 슉이고 아모 말도 못ᄒ더니 믄득 ᄒ 스롬을 맛ᄂᆞ니 숀의 ᄌᆞᆫ 우산을 잡고 가다가 불너 골오디,

"이런 눈의 어디롤 가ᄂᆞ뇨?"

ᄒ니 원외 눈을 드러보니 이는 다르니 아니라 영ᄋ롤 글 가르치던 진션(陳善)이러라.

[평뇨긔平妖記 권지오卷之五]

【1】 ᄎᆞ셜 원외 눈을 드러보니 영ᄋ롤 글 가르치든 진션(陳善)이라. 참괴만면(慚愧滿面)ᄒ여 읍ᄒ고 닐오디,

"션싱을 속이지 못ᄒ리니 쳐지 오히려 됴반(早飯)을 못ᄒ여시니 아는 ᄉ롬을 ᄎᆞ쳐 젼냥(錢糧)이나 빌고ᄌ ᄒ노라."

진션이 골오디,

"원외 엇지 ᄉ퓌방(四牌坊)의셔 ᄉ는 미도감(糜都監)을 찻지 아니ᄒᄂᆞ뇨?"

원외 크게 ᄭᆡ닷라 공슈ᄒ고 닐오디,

"너 이 지경의 니르미 스스로 혼암ᄒ여 니졋노라."

ᄒ니 원너 미도감의 일홈은 젼[필]달(必達)이니 삼년 젼의 진션을 인ᄒ여 호원외롤 보고 삼빅 냥 은ᄌ롤 ᄭᆞ여 츄밀관원(樞密官員)을 ᄉ

괴여 【2】 도감(都監) 벼술을 ᄒ엿더니 갓 집의 도라왓더라. 당초의 은ᄌ ᄭᆞ인 문셰 불붓터 업시ᄒ여시니 진션이 그ᄶᅥ 징인208)이요 바야흐로 미도감을 보라 가ᄂᆞ지라. 드디여 원외롤 다리고 한가지로 미가의 가니 문직흰 스롬이 원외의 의상이 남누ᄒ여시믈 보고 즐겨 일홈을 통치 아니ᄒ거늘 진션이 우산을 원외롤 쥬고 아직 기다리리라 ᄒ고 몬져 드러가 니로디,

"ᄒ 벗지 도감을 보고ᄌ ᄒ여 문의셔 기다리ᄂᆞ이다."

도감이 골오디,

"엇던 스롬이런고?"

진션이 골오디,

"본디 도감으로 더브러 셔로 왕니ᄒ던 호원외라."

도감이 골오디,

"이 아니 【3】 호픠[디]홍(胡大洪)인가?"

진션이 골오디,

"연(然)ᄒ다."

도감이 가동으로 ᄒᆡ곰 원외롤 쳥ᄒ라 ᄒ디 문니 디왈,

"오날은 아모 원외도 오니 업다."

ᄒ거늘 원외 바야흐로 디문 쳠하의 셧다가 너다라 니로디,

"니곳 호원외로라."

졔인이 디쇼 왈,

"텬하의 두루 단니되 너 ᄀᆞᆺ흔 원외는 보지 못ᄒ엿노라. 네 져 형상으로 원외 쳥명을 홀 작시면 우리는 상셔시(尙書氏)라 부르리로다."

문을 막고 드리지 아니ᄒ니 원외 고셩ᄒ여

---

205) 【겻-】圖 《겨다》 겨다. ¶ 쳐음은 디셜이 여러 날 오니 냥식이 업셔 낫이 겻도록 됴반을 못ᄒ엿ᄂᆞ지라 (正逢冬天雪下, 三口兒廝守着火爐子坐地, 日中兀自沒早飯得吃.) <平妖 4:73> ⇒ 겨다

206) 【쎄치다】圖 꿰뚫다. ¶ 串 ‖ 원외 이 말을 듯고 마지 못하여 붓그러오믈 무릅쓰고 옛 마을노 쎄쳐 닷더니 (胡員外要尋相識, 顧不得羞, 只得在舊宅左近街坊串走.) <平妖 4:74>

207) 【돌치다】圖 돌리다. ¶ 아던 ᄉ롬을 맛나면 셔로 돌치고 니르디 동경의 유명한 쟝ᄌ로셔 져리 기걸ᄒ니 불상타 하고 경박ᄒ 스롬은 셔로 노러지어 불너 긔롱ᄒ니 (這市上人多有認得的, 見他來時, 點點搠搠道: "這便是財主的下場頭了." 也有那輕薄的, 却低低唱道: "胡員外, 天降災, 好日去了, 惡日來.") <平妖 4:74>

208) 【징인】몡 증인(證人). ¶ 保人 ‖ 당초의 은ᄌ ᄭᆞ인 문셰 불붓터 업시ᄒ여시니 진션이 굿디 징인이요 바야흐로 미도감을 보라 가ᄂᆞ지라 (當初借契上曾有保人陳學究花押, 今日胡員外雖然燒沒了文契, 且喜保人見在. ……今日陳學究正去拜望.) <平妖 5:2>

진션을 부른디 문 안으로셔 한 노인이 느오니
셩명은 뉴의(留義)요 미가(糜家)의 노창뒤(老蒼
頭)니 셩품이 본디 풍후(豊厚)ᄒ고 당쵸 미도감
(糜都監)이 【4】 은즈롤 꾸어갈 졔 뉴의 여러 번
왕뇌ᄒ여 호원외 얼골을 아ᄂ지라, 문니(門吏)롤
꾸짓고 원외롤 다려 드러가니 미도감이 져의 의
복이 남누(襤褸)ᄒ믈 보고 즐겨 졀ᄒ지 아니ᄒ
고 진션(陳善)을 보고 니로디,

　　"이 엇던 스롬고?"

　　진션이 굴오디,

　　"이 졍히 호원외니라."

　　미도감이 다시 본 체 아니ᄒ고 굴오디,

　　"보완 지 삼 년이 되엿시니 얼골이 희미ᄒ
여 싱각지 못ᄒ노라."

　　원외 진션의 겻히 안줏더니 져의 아모 말
아니ᄒ믈 보고 몬져 닐오디,

　　"존안(尊顏)이 삼 년 젼의 쳔흔 집 은즈
삼빅 냥을 꾸엿더니 이졔 텬화(天火)롤 맛나 가
지 탕진(蕩盡)ᄒ 【5】 여 위급흔 지경의 니르럿
ᄂ지라. 본은 삼빅 냥을 쥬시면 공흔 것ᄀ치 긴
히 쓰리로쇼이다."

　　미도감이 굴오디,

　　"그ᄠᅴ의 하관이 이 일빅 냥을 꾸어 쎳다가
변니(邊利) 아오로209) 일빅 오십 냥을 긔쥐(冀
州) 잇실 졔 즉시 츠례 보니엿거든 엇지 삼빅
냥이라 ᄒᄂ뇨? 만일 그러ᄒ면 반드시 문격(文
籍)이 잇슬 거시니 원컨디 보니쇼셔. 문격을 상
고(詳考)흔 후 은을 너리라."

　　원외 왈,

　　"실노 속이지 아니ᄒ리라. 과연 집의 불이
붓터 허다 지물이 다 타시니 ᄒᄆᆞ며 문셴들 샌
질쇼냐. 이러ᄆᆞ로 문셔ᄂᆞᆫ 업노라."

　　미도감이 믄득 디로 왈,

　　"이런 쳥 【6】 평셰계(淸平世界)의 이 엇지
말인다? 그져 와 구걸ᄒᆯ진디 가궁이 녀겨 싱각
도[되]ᄂᆞᆫ 디로 줄 거시지 허탄흔 은이 무슴 곡
졀이며 문셔란 낭즁의 잇슬 거시여늘 불의 티오
다 ᄒ미 어이 고이치 아니ᄒ리오. 우리 만일 이

전 안면이 업슬진디 별반지시 잇슬 거시로되 인
졍이 과ᄒ여 용스ᄒᄂᆞ니 군은 ᄲᆞᆯ니 도라가고 이
런 허무흔 말은 싱심도 니지 말나."

　　원외 긔가 막혀 졍신이 어린듯 ᄒ더니 눌
호여 굴오디,

　　"비록 문셔ᄂᆞᆫ 불의 타시나 진션셩이 나롤
권ᄒ여 은 삼빅 냥을 너여 그디롤 쥬미 분명ᄒ
고 그디 나게 갑흐믄 업거 【7】 눌 이 어인 말인
고. 그디 반드시 망녕이 나도다!"

　　진션이 ᄯᅩ흔 닐오디,

　　"은을 줄 ᄯᅵ는 니 보지 못ᄒ엿시나 문셔ᄂᆞᆫ
분명흔지라. 이졔 원외 슈익(受厄)ᄒ여 허다 지
산을 쇼화(燒火)ᄒ니 다만 은 삼빅 냥이 싱각ᄂ
리오마는 젼일의 그디 나롤 보고 은 삼빅 냥 말
을 ᄒ고 취득ᄒᆯ 곳을 엇고ᄌ ᄒ거눌 니 위ᄒ여
호형(胡兄)의게 말ᄒ여 쥬라 ᄒ미 분명ᄒ고 은
을 다시 갑핫다 ᄒ믄 듯지 못ᄒ엿ᄂᆞᆫ지라. 이졔
문셔롤 술오고 말ᄒ미 ᄶᅥᆺᄶᅥᆺ지 못ᄒ나 스롬이 죽
지 아니ᄒ고 녀슈ᄌ와 보인(保人)이 잇셔 말ᄒ
미 고이ᄒ리오? 군이 비록 년쇠(年衰)ᄒ나 【8】
졍신은 남아 잇슬지라. 셰셰히 싱각ᄒ여 말ᄒ
라."

　　미도감이 듯기롤 다 못ᄒ여 팔을 쏩니고
크게 쇼리 질너 굴오디,

　　"진션셩도 그르다. 이졔 니 말ᄒ믄 그르게
알고 호형의 말은 올흔 냥으로 밀위니 심히 한
심ᄒ도다."

　　ᄯᅩ 다시 원외롤 향ᄒ여 쇼리 질너 왈,

　　"은을 쥬엇든지 바닷든지 종문권시힝(從文
券施行)이라. 네 어이 공연이 빙즈ᄒᄂᆞᆫ다? ᄲᆞᆯ니
가고 머무지 말나!"

　　쇼리롤 벽녁ᄀ치 지르니 원외 무슴 말을
ᄒ리오. 기리 흔슘 지고 돌쳐 느오미 쳐즈의 기
다리는 싱각을 ᄒ니 눈물이 압흘 셔ᄂᆞᆫ지라. 문
밧글 나셔 압히 어두어 담 한 모홀 붓 【9】 들고
슬피 우더니 진션이 느와 위로ᄒ고 미도감의 문
하인 뉴의(留義) ᄯᅩ흔 인심이라 크게 잔잉이210)
녀겨 약간 은냥을 진히고 뒤흘 ᄯᅡ라ᄂᆞ와 위로ᄒ
며 굴오디,

---

209) 【아오로】 圖 아울러. 함께. ¶ 都 ‖ 그ᄠᅥ의 하
　　관이 일빅 냥을 꾸어 쎳다가 변니 아오로 일빅
　　오십 냥을 긔쥐 잇실 졔 즉시 츠례 보니엿거든
　　엇지 삼빅 냥이라 ᄒᄂ뇨 (下官初任提轄時, 曾
　　借過百金使用, 也沒借許多. 到冀州一年, 本利都
　　寄還了. 那裡歡甚麼銀兩.) <平妖 5:5>

210) 【잔잉이】 圖 〔잔잉(殘忍)히.〕 불쌍히. 가엾게.
　　¶ 진션이 느와 위로ᄒ고 미도감의 문하인 뉴의
　　ᄯᅩ흔 인심이라 크게 잔잉이 너겨 약간 은냥을
　　진히고 뒤흘 ᄯᅡ라ᄂᆞ와 위로ᄒ며 <平妖 5:9> ⇒
　　잔잉히

　　"이는 다 운익(運厄)의 긔구ᄒ미오니 슈한
슈원(誰恨誰怨)이리잇고.　원컨더　졈즁(店中)의
가 한 잔 술을 드리오리니 함긔 가시믈 바라나
이다."

　　"이는 다 운익(運厄)의 긔구ᄒ미오니 슈한
슈원(誰恨誰怨)이리잇고.　원컨더　졈즁(店中)의
가 한 잔 술을 드리오리니 함긔 가시믈 바라나
이다."

19

□□□□□□ □□□□□□
陳善留義雙贈錢　聖姑永兒私傳法

진션(陳善)이 쏘혼 가믈 쳥ᄒ니 원외(員外)
마지 못ᄒ여 ᄯ라가미 진션이 엇지 뉴의(留義)
와 슐을 먹으며 미도감(糜都監)의게 불평혼 일
을 보미 마음이 분ᄒ나 원외 늣치 쥬린 긔운이
가득ᄒ지라. 이러무로 쇼졀(小節)을 거리끼지 아
니ᄒ고 함긔 쥬졈의 니르러 됴혼 슐을 더ᄒ고
슉【10】육(熟肉) 두어 근을 가져오라 ᄒ여 큰
잔으로 슐을 부어 권ᄒ니 원외 본디 공복으로
왓눈지라 쥬 삼비를 먹으니 뉴의 닐오디,
　"슐은 그만 긋치시고 밥을 즈시쇼셔."
　졈쥬를 불너 밥을 드리니 원외 밥을 보고
홀연 가즁의 쳐ᄌ를 싱각고 눈물을 흘니거ᄂᆞᆯ 진
션이 그 뜻을 알고 니로디,
　"니 일을 그릇ᄒ여 원외로 미가(糜家)의 가
욕을 보고 낭픠(狼狽)되니 무안(無顔)ᄒ도다."
　인ᄒ여 뉴의다려 니로디,
　"너희 집 쥬인이 어려셔부터 날과 친ᄒ여
온갓 일을 날과 의논ᄒ고 쏘 니 말을 아니 드를
졔 업더니 이졔 머리의 ᄉᆞ모를 쓰고 넘통이【11
】변ᄒ여 다른 ᄉᆞ룸이 될 쥴 어이 알니오."
　뉴의 ᄀᆞᆯ오디,

　"쥬인이 일시 싱각지 못ᄒ미요 혹ᄌ 뉘웃
츨가 ᄒ노라. 황하쉬(黃河水) 오히려 말을 젹이
잇ᄉ니 원외 잠간 익운을 맛나시나 후일 됴혼
ᄯᅢ 업스리오. 마음을 평안이 ᄒ여 일비 쥬를 ᄂᆞ
오쇼셔."
　원외 본디 슐을 만히 못 먹고 밥을 쏘 혼
ᄌ 먹지 못ᄒ여 긋치거ᄂᆞᆯ 진션이 허리로셔 돈
한 쎄음을 너여쥬며 ᄀᆞᆯ오디,
　"간난혼 쇼관의 가진 거시 이ᄲᅮᆫ이니 원외
ᄂᆞᆫ 가져가 혼 ᄯᅢ 식물의 봇티쇼셔."
　뉴의 졈쥬를 불너 쥬반 갑슬 쥬고 쏘 돈
일빅을 너여 원외를 쥬어 ᄀᆞᆯ오디,
　"쇼인이【12】외람ᄒ믈 보고 하졍을 표ᄒ
나이다."
　호원외 졍히 위급혼 ᄯᅢ를 당ᄒ엿고 쏘 냥
인이 졍으로 쥬니 ᄉᆞ례ᄒ고 바드니라.

　이ᄯᅢ 장원군(張院君)이 영ᄋᆡ(永兒)로 더브
러 원외를 기다리더니 원군이 ᄀᆞᆯ오디,
　"인졍이 형셰를 ᄯᆞ로니 우리 형셰 픠치 아
닐 졔ᄂᆞᆫ ᄯᆞ로ᄂᆞᆫ ᄉᆞ룸이 만터니 이졔 이리 되니
뉘 즐겨 도라보리오. 네 부친이 ᄂᆞ가 슈고만 ᄒ
고 어진 ᄉᆞ룸을 맛ᄂᆞ지 못ᄒᆞᆯ가 ᄒ노라."
　날이 늣도록 원외 쇼식이 업고 비 더옥 골
푼지라 방 안히 잇ᄂᆞᆫ 돈을 혜여보니 다만 팔 분
이여ᄂᆞᆯ 영ᄋᆞ(永兒)를 쥬어 ᄀᆞᆯ오디,
　"니 ᄋᆞ히 이를 가지고 져지의 가 ᄯᅥᆨ을 스
오라."
　【13】ᄒ니 영ᄋᆡ 돈을 가지고 옷ᄌ락으로
머리를 ᄊᆞ고 ᄯᅥᆨ 파는 져지로 가니 이ᄯᅢ 눈이 만
히 와 ᄒᆡᆼᄒ기 어려온지라 겨유 혼 모퉁이를 도
라가 밋그러져 업더지니 숀의 쥐엿던 돈이 다
쏘다지고 의복이 더러웟더라. 영ᄋᆡ 밋쳐 의복을
도라보지 못ᄒ고 ᄌᆞ혹 속의 든 돈을 쥬으니 다
만 혼 낫치 업거ᄂᆞᆯ 일곱만 가지고 큰 거리 ᄯᅥᆨ
파는 졈의 가 ᄯᅥᆨ을 살시 혼 푼은 파젼(破錢)이
라 ᄒ여 여숫만 가지고 파젼은 도로 고름의 미
고 도라오더니 홀연 길가의 비러 먹는 늙은 한
미 막디를 집고 엇기의 광쥬리를 걸고 오다가
영ᄋᆞ를 보고【14】만복(萬福)ᄒ거ᄂᆞᆯ 영ᄋᆡ 답녜
ᄒ니 그 한미 무러 ᄀᆞᆯ오디,
　"낭지 무어슬 가지고 오ᄂᆞ뇨?"
　영ᄋᆡ ᄀᆞᆯ오디,

"쩍을 스가노라."

노괴 굴오뎌,

"노신이 엇지 아른 체 ㅎ리오마는 어졔 져녁과 오날 아츰을 굴머시니 그 쩍을 나를 쥬미 엇더ㅎ뇨?"

영이 싱각ㅎ되,

'모친이 쏘흔 져 한미ㄱ치 굴머 계시거니와 이 한미 져리 늙으니 아니 쥬지 못ㅎ리라.'

ㅎ고 쩍 하나흘 쥬니 한미 바다보고 굴오뎌,

"쩍은 가장 됴커니와 이 하나흘 가져 쥬린 거슬 구치 못ㅎ리니 나를 다 쥬미 엇더ㅎ뇨?"

영이 굴오뎌,

"속이지 아니ㅎ리니 집안의 양친이 계시【15】고 가계 가장 빈한ㅎ지라. 돈 여덜 늣츨 가지고 쩍을 스려ㅎ다가 즌흑의 업더져 돈 하나흘 일코 이 고롬211)의 치인 돈은 파젼(破錢)이무로 스지 못ㅎ고 다만 여셧 기만 스가지고 오더니 한미 하 쥬리여 보치무로 하나흔 쥬엇시나 다 슈지는 못ㅎ리로다."

그 한미 웃고 쩍을 도로 쥬고 닐오뎌,

"니 실노 벅고ㅅ ㅎ미 아니라 낭자의 마음을 시험ㅎ미라."

ㅎ고 파젼(破錢)을 닫ㅏ ㅎ여 숀바다의 놋코 입김을 분 후의 부븨여 너니 두렷ㅎ고 완젼ㅎ여 상흔 흔젹이 업더라. 영ᄋ(永兒)의 숀의 쥐이고 닐오뎌,

"니 방법이 엇더ㅎ뇨?"

영이 굴오뎌,

【16】"과연 긔특ㅎ니 한미 나롤 가르치미 엇더ㅎ뇨?"

한미 일오뎌,

"이 져근 법이 독히 긔특다 ㅎ리오. 낭지 만일 비호고즈 홀진뎌 너게 허다흔 법슐이 잇스니 다 가르치리라. 낭지 능히 글을 아는다?"

영이 굴오뎌,

"어려셔붓터 스승을 어더 글을 비홧ᄂ이다."

한미 굴오뎌,

"이러면 진실노 연분이 잇도다."

ㅎ고 광쥬리롤 더듬어 한 불근 칙 하나흘 쥬머 닐오뎌,

"낭지 이 글을 스롬 못 보는 곳의셔 볼진뎌 어려온 일이 업슬 거시요, 쏘흔 아지 못ㅎ여 어려오믈 당ㅎ거든 ㄱ마니 셩고고(聖姑姑)롤 부르면 나롤 즈연 맛ㄴ리라."

말을 맛치며【17】간 곳이 업더라. 영이 신긔ㅎ믈 일ㅋ고 칙을 품 스이의 넛코 도라와 쩍 여숫슬 너여노코 왈,

"즌흙의 넘어져 두 늣츨 일헛ᄂ이다."

ㅎ니 장원군(張院君)이 탄식ㅎ고 굴오뎌,

"팔지 긔험흔 스롬은 동너의 괴롭다. 셜스 쩍 둘흘 더 스온들 합ㅎ여 여둛이라. 얼마 두고 먹으리오."

ㅎ며 모녜 각각 둘식 먹고 둘흔 싼 치 두고 원외의 도라오기롤 기다리더니 오러지 아니ㅎ여 원외 드러오니 낫치 븕거늘 원군이 무러 굴오뎌,

"낭군이 반일을 나갓다가 엇던 스롬을 맛나보시고 어더 가 슐을 즈시고 오ᄂ뇨?"

ㅎ거늘【18】원외 미도감(糜都監) 집의 ᄀ다가 욕본 말과 뉴의의 후흔 뜻으로 슐을 스셔 나롤 먹이고 진션(陳善)으로 더브러 돈 삼빅을 모화 쥬던 말을 니른뎌 원군이 크게 깃거 원외로 쏠과 나무롤 스오라 ㅎ고 모녀 낭인이 나문 쩍을 난화 먹고 져기 시름을 니져 견녁밥을 지어 먹고 밤의 잠을 즈더니 영이 잠을 즈지 아니ㅎ고 싱각ㅎ되,

'앗가 그 한미 날ᄃ려 니르기롤 급흔 일이 잇거든 칙을 너여 보라 ㅎ엿거늘 이졔 부친이 약간 젼문(錢文)을 어더오시나 능히 몟날 냥식을 ㅎ리오.'

ㅎ고 ㄱ마니 이러나 옷술 닙고 밧그로 ᄂ오니 원간 원【19】외 드럿는 방이 본디 흔 간으로셔 스이롤 막ᄋ 한편은 부체 들고 한편은 영이의 즈는 방을 민다랏더니 영이 방문을 열고 나갈 쩌의 원군이 잠을 찌엿다가 알고 무러 굴오뎌,

"니 ᄋ희는 밤 즁의 어디롤 가는뇨?"

---

211) 【고롬】 몡 옷고름. ¶ 襻 ‖ 고롬 반 <倭上 服飾 46a> 돈 여덜 늣츨 가지고 쩍은 스려 오다가 즌흑의 업더져 돈 하나흘 일코 이 고롬의 치인 돈은 파젼이무로 스지 못ㅎ고 다만 여셧 기만 스가지고 오더니 (只留八文銅錢, 教奴家出來賣炊餅. 中途跌失了一文, 又退了一文破錢, 只買得六個炊餅. 媽媽吃兩個, 奴家吃兩個, 還留兩個等爹爹回來. 只怕他沒吃甚麼東西, 要把與他救飢.) <平妖 5:15> ⇒ 고롬

영이 디왈,

"불시의 비 알푸니 뒤보라 가느이다."

원군이 일오디,

"벅벅이 바룸을 쏘여 그러ᄒ니 한디 나들기의 첨상(添傷)홀가212) ᄒ노라."

영이 디왈,

"디단치 아니ᄒ여이다."

---

212) 【첨상ᄒ다】 圄 [첨상(添傷)하다.] 몸을 더욱 상(傷)하다. ¶ 做病 ‖ 벅벅이 바룸을 쏘여 그러 ᄒ니 한디 나들기의 첨상홀가 ᄒ노라 (我兒想是 受寒了, 你起身時, 仔細避風, 多穿件衣服, 莫要重 重做病.) <平妖 5:19>

20

□□□□□□□□ □□□□□□□□

胡浩怒燒如意冊 永兒夜赴相國寺

ᄒᆞ고 칙을 가지고 뉴빗히 빗최여 읽은 노
ᄒᆞᆯ 그르고 그 속의 칙 ᄒᆞᆫ 권을 너여 들고 보니
제목은 '여의보칙(如意寶冊)'이요, 첫 장의 변젼
법(變錢法)이 잇【20】ᄉᆞ니,

'돈을 변화ᄒᆞ여 민드ᄂᆞᆫ 법이라. 긴 노희 한
납만 ᄢᅦ여 아모 서ᄉᆞ로나 넙고 손의 믈그르술
잡고 진언(眞言)을 일곱 번만 넘ᄒᆞᆫ 후 믈을 ᄲᅳᆷ
고 덥흔 거술 들고 보면 ᄒᆞᆫ ᄢᅦ어미213) 돈이 되
ᄂᆞ니라.'

ᄒᆞ고 압히 썻거늘 영이(永兒) 싱각ᄒᆞ되,

'원간 이러틋 긔특ᄒᆞᆫ 법이 잇도다.'

ᄒᆞ고 고름214)의 미엿던 ᄒᆞᆫ 푼 돈을 글너
칙 동혓던 놋근의 ᄢᅦ여 놋코 믈을 어더다가 손
의 들고 치마를 버셔 돈ᄢᅵ215)을 덥고 그 칙셔의

니ᄅᆞᆫ디로 진언을 일곱 번 닑고 믈을 ᄲᅳᆷ은 후의
치마 덥흔 거술 여러보니 거울ᄀᆞ치 시로 가라
민든 돈 일쳔이 되엿거눌 영이【21】 도로혀 놀
나 싱ᄀᆞᆨᄒᆞ되,

'이디로 갓다가 야야(爺爺)긔 드리면 야얘
반ᄃᆞ시 돈 난 곳을 무르실 거시니 바로 고ᄒᆞ던
못ᄒᆞᆯ 거시요, 무어시라 디답을 ᄒᆞᆯ고?'

ᄒᆞ더니 홀연 싱각ᄒᆞ되,

'울 안히 바려두면 야얘 보시고 반ᄃᆞ시 됴
ᄒᆞᆫ 일 ᄒᆞᄂᆞᆫ 사ᄅᆞᆷ이 울 넘어 드리치고 갓다 ᄒᆞ고
나를 의심치 아니ᄒᆞ시리라.'

ᄒᆞ고 울 밋히 놋코 방으로 드러오더니 원
군이 그져 ᄢᅵ엿다가 무러 ᄀᆞᆯ오디,

"니 ᄋᆞ히 비 알푸미 엇더ᄒᆞ뇨?"

영이 디왈,

"져기 ᄂᆞ은듯 ᄒᆞ여이다."

ᄒᆞ고 ᄌᆞ더니 이튼날 아츰의 원군(院君)이
닐니러나 믈을 더히라 ᄂᆞ가더니 울 밋히 돈 ᄒᆞᆫ
ᄢᅦ 여미 잇거눌【22】 디경ᄒᆞ여 황망이 가져다가
원외(員外)를 뵈며 니로디,

"엇던 사ᄅᆞᆷ이 이 돈을 우리 집 울 안히다
가 두엇거눌 니 어디 왓노라."

원외 ᄀᆞᆯ오디,

"상담(常談)의 니르기를 견믈싱심(見物生
心)이라 ᄒᆞ여시나 니 ᄯᅳᆺ의ᄂᆞᆫ 영이 임의 장셩ᄒᆞ
엿시니 용치 아닌 쇼년들이 보려 ᄒᆞ고 이 돈을
갓다가 두어시니 이 돈을 쓰면 사ᄅᆞᆷ의 말이 잇
실 ᄲᅮᆫ 아니라 후일 난쳐ᄒᆞᆫ 일이 이실가 ᄒᆞ노
라."

원군이 일오디,

"어이 이리 무식ᄒᆞᆫ 말을 ᄒᆞᄂᆞ뇨. 동경(東
京) 안히 됴흔 일ᄒᆞᄂᆞᆫ 사ᄅᆞᆷ이 만흐니 우리 이러
틋 궁박ᄒᆞᆫ 쥴을 불상이 너겨 이 돈을 밤즁의 가
져다가 두엇ᄂᆞᆫ가【23】 ᄒᆞ노라."

---

213) 【ᄢᅦ어미】명 꿰미. ¶ 貫 ‖ 긴 노희 한납만
ᄢᅦ여 아모 거ᄉᆞ로나 덥고 손의 믈 그르술 잡고
진언을 일곱 번만 넘ᄒᆞᆫ 후 믈을 ᄲᅳᆷ고 덥흔 거술
들고 보면 ᄒᆞᆫ ᄢᅦ어미 돈이 되ᄂᆞ니라 (將一條索
子穿着一文銅錢, 打來疙瘩, 放在地上, 用物掩盖.
臽一碗水在手, 依咒語念七遍, 含口水望下一噴,
喝聲'疾!' 揭起盖時, 就變成一貫銅錢.) <平妖
5:20> ⇒ ᄶᅥ엄, ᄶᅦ엄, ᄶᅦ움, ᄶᅦ움, ᄶᅦ음

214) 【고름】명 옷고름. ¶ 고름의 미엿던 ᄒᆞᆫ 푼
돈을 글너 칙 동혓던 노ᄂᆞᆫ의 ᄢᅦ여놋코 믈을 어
더다가 손의 들고 치마를 버셔 돈ᄢᅵ을 덥고 (就
把解下來的這條麻索子, 將日間婆婆變的一文好銅
錢解下裙帶來, 穿在索子上, 打了疙瘩, 放在地下.)
<平妖 5:20> ⇒ 고롬

215) 【돈ᄢᅵ】명 돈꿰미. ¶ 고름의 미엿던 ᄒᆞᆫ 푼
돈을 글너 칙 동혓던 노ᄂᆞᆫ의 ᄢᅦ여놋코 믈을 어
더다가 손의 들고 치마를 버셔 돈ᄢᅵ을 덥고 (就
把解下來的這條麻索子, 將日間婆婆變的一文好銅
錢解下裙帶來, 穿在索子上, 打了疙瘩, 放在地下.)
<平妖 5:20>

호원외 머리를 흔드러 닐오디,

"아니라, 이런 일이 엇지 이시리오. 우리는 젼의 부요ᄒᆞ더니 언졔 이런 일을 ᄒᆞ엿더냐?"

ᄒᆞ거눌 원군이 초됴(焦燥)ᄒᆞ여 니러나 ᄭᅮ지져 굴오디,

"늙고 무지혼 놈으, 아모리 픠운(敗運)이 드럿신들 슬긔 됴츠 흐렷도다. 녜로붓터 이졔 닐흐이 이런 어진 일ᄒᆞ는 ᄉᆞ롬이 몟쳔인동 알니오, 됴혼 일ᄒᆞ는 ᄉᆞ롬도 잇고 몹쓸 일ᄒᆞ는 ᄉᆞ롬도 잇ᄉᆞ니 네 사오나와 일싱 남의게 됴혼 일을 아니ᄒᆞ엿신들 남됴츠 어질지 못ᄒᆞ다 ᄒᆞ랴. ᄉᆞ롬의 마음이 다 ᄒᆞᆫ가지면 엇지 우리 집만 텬화의 쇼해 되고 【24】 남의 집은 그런 일이 업ᄂᆞ뇨. 녀이 일즉 몹쓸 일 ᄒᆞ여 네 눈의 뵌 젹이 업거눌 미리 이더도록 의심ᄒᆞ니 이 무슴 도리리오."

원외 본디 원군을 두려ᄒᆞ는지라 아모 말도 ᄒᆞ지 못ᄒᆞ고 다만 니로디,

"이 말이 올타. 너 어졔 느가 슈욕을 만히 보고 갓가스로 셕 냥 돈을 어더왓더니 이졔 흔 ᄭᅦ염 돈을 두어시니 오빅으로 ᄡᆞᆯ을 ᄉᆞ고 삼빅으로 남글 ᄉᆞ고 이빅으로 념장(鹽醬)과 치쇼룰 ᄉᆞ면 눈이 기지216) 아닐지라도 근심이 업술노다."

ᄒᆞ더라.

원외의 부부 모녜 이날을 시름 업시 지니고 밤이 다다르니 영이 싱각ᄒᆞ되,

'오날도 돈을 흔 ᄭᅦ여미룰 【25】 믿달니라.'

ᄒᆞ고 미리 긴 노흘 어더 두엇더니 ᄀᆞ마니217)의 복을 덥고 니러가노라 ᄒᆞ니 원군이 일오디,

"너 아히 ᄯᅩ 알푸냐?"

영이 굴오디,

"어졔 나드든 ᄶᅵ라 그러혼가 ᄒᆞ나이다."

원군이 일오디,

"너 ᄋᆞ히 여러 날 쥬렷다가 오날은 양식을 어든 김의 과히 먹고 그런가 시부니 너일은 너희 부친다려 일너 약을 ᄉᆞ다가 먹을 거시라."

ᄒᆞ더라.

영이 밧긔 나와 진언을 닑고 물을 ᄲᅮᆷ기룰

젼처로 ᄒᆞ니 ᄯᅩ 흔 ᄭᅦ염 돈이 되거눌 젼ᄌᆞᆺ치 울 밋히 바리고 왓더니 이튼날 원군이 셰슈물을 바리라 가다가 보고 더옥 깃거 가지고 드러와 원 【26】 외룰 보고 돈 어든 말을 ᄒᆞ니 원외 닐오 디,

"아마도 의심되니 이 돈 츌쳬(出處) 어인 일인고?"

원외 굴오디,

"아마도 귀신의 됴해(造化)냐?"

원군이 닐오디,

"무슴 잡말을 ᄒᆞᄂᆞ뇨! 아무리 일너도 나는 두려 아닛노라. 이ᄯᅡ 귀신이 우리룰 잔잉히 녀겨 쓸 거슬 졈지ᄒᆞ시ᄂᆞᆫ가 ᄒᆞ노라."

ᄒᆞ니 호원외 젼일의 원군의 발작ᄒᆞ믈 겻거 는지라 감히 다시 말을 못ᄒᆞ고 어렴푸시 닐오 디,

"원군의 말이 올타."

ᄒᆞ더라.

두어 날 후 눈이 기이고 길히 마르거눌 원 외 양식 잇는 디룰 혜ᄋᆞ려 아는 사롬을 ᄎᆞᄌᆞ라 ᄂᆞ가고 원군이 ᄯᅩ혼 마음의 거리ᄭᅵᄂᆞᆫ 【27】 일이 업셔 겻집218)의 가셔 차룰 먹으며 한담(閑談)ᄒᆞ 더니 영이 집안이 고요혼 ᄯᅢ룰 타 문을 닷고 여 의보칙(如意寶冊)을 ᄂᆡ여 둘지 장을 펴보니 첫 줄의 썻시되 변미법(變米法)이라 ᄒᆞ엿거눌 ᄡᆞᆯ을 변화ᄒᆞ는 법이라.

영이 스스로 니로디,

"텬지긔 사례ᄒᆞ노라. 만일 ᄡᆞᆯ을 믿들면 일 싱의 밥을 어이 쥬리리오. 원군의 ᄌᆞᄂᆞᆫ 상 머리 의 본니 ᄡᆞᆯ 담는 통 하ᄂᆞ히 잇ᄉᆞ니 시험ᄒᆞ리 라."

ᄒᆞ고 잇든 ᄡᆞᆯ홀 항의 모화 담고 남은 거슬 ᄯᅩ 져근 항의 넛코 통의 ᄡᆞᆯ을 항의 담고 남은 거슬 ᄯᅳ히 쏫고 다만 여라문219) 낫츨 통 밋히

---

216) 【기다】 图 눈짓하다. 끔적이다. ¶ 이졔 흔 ᄭᅦ 음 돈을 두어시니 오빅으로 ᄡᆞᆯ을 ᄉᆞ고 삼빅으로 남글 ᄉᆞ고 이빅으로 념장과 치쇼룰 ᄉᆞ면 눈이 기지 아닐지라도 근심이 업술노다 (如今有這一 貫錢, 且糴五百錢米, 買三百錢柴, 把二百錢來買 些鹽醬菜蔬下飯, 且不煩惱雪下.) <平妖 5:24>

217) 【ᄀᆞ마니】 图 가만히. 은밀히. ¶ 미리 긴 노흘 어더 두엇더니 ᄀᆞ마니 의복을 덥고 니러 가노라 ᄒᆞ니 <平妖 5:25> ⇒ 가마니, 가마이, 가만이, ᄀᆞ만이, 굠아니

218) 【겻집】 图 옆집. 이웃집. ¶ 隣舍 ‖ 원군이 ᄯᅩ 혼 마음의 거리ᄭᅵᄂᆞᆫ 일이 업셔 겻집의 가셔 차 룰 먹으며 한담ᄒᆞ더니 (媽媽心寬無事, 便到隣舍 家吃茶閑話.) <平妖 5:27>

219) 【여라문】 图 십여(十餘). ¶ 十數 ‖ 다만 여라 문 낫츨 통 밋히 붓쳐 방의 놋코 옷슬 덥허 노 혼 후 (只存十數粒米在空桶內. 提在披屋內來,

붓쳐 방의 놋코 옷슬 덥허 노혼 후 진 【28】 언
을 넑고 물을 쏌으니 홀연 쏠이 통으로 쇼스나
니 영이 황겁ᄒ여 미쳐 긋치는 진언을 넘치 못
ᄒ는지라 쏠이 복밧쳐 터지고 왼 방의 퍼지니
영이 놀나 쇼리 지르니 원군이 겻집의셔 영이의
경황ᄒ는 쇼리롤 듯고 황망이 와셔 보니 원간
변화ᄒ는 쏠이 남사롬220) 보기롤 쩌리는지라 다
만 시움나기는221) 긋치되 임의 방안의 가득ᄒ엿
시니 원군이 이롤 보고 또혼 크게 놀나 닐오디,

"이 쏠이 어더셔 늣느뇨?"

영이 창졸의 둘너 다히지 못ᄒ여 다만 닐
오디,

"장디혼 사나히 ᄌ로의 쏠을 메고 뒷문으
로 드러와 쏠을 붓고 【29】 가거날 놀나 쇼리 질
으니이다."

원군이 통을 보고 닐오디,

"이 거시 니방의 쏠을 담ᄋ 두엇더니 어이
ᄒ여 예 와시며 통의 드럿던 쏠은 어디 가뇨?"

영이 디왈,

"앗가 통의 쏠을 다른디 붓고 가져다가 헷
친 거슬 담으려 ᄒ더니 통테 썩엇던지 터지더이
다."

원군이 문왈,

"그 ᄉᆡ니희는 엇던 ᄉ롬이며 엇진 뜻으로
가져왓는고?"

ᄒ니 겻벽222)의셔 사는 장디쉬(張大嫂) 져
모녀의 ᄒ는 말을 ᄒ는 말을 듯고 바롬벽을 두
다리며 닐오디,

"원군아, 엇지 그디 일을 몰낫는뇨? 조혼
일ᄒ는 사롬이 명명이 갓다가 쥬면 안심치 아니
ᄒ여 밧지 아니ᄒ거 【30】 나 후일 갑흐려 ᄒ면
음덕이 되지 못ᄒ는 고로 엇던 현인이 잇셔 이
쳐름223) ᄒ니 무삼 의심홀 비 잇스리오."

ᄒ거늘 원군이 장디슈의 듯는 줄 보고 다
시 영ᄋ다려 뭇지 아니ᄒ고 모녀 냥인이 쏠을
쓰러 그릇시 담고 말이 업더니 원외 드러오다가
보고 초조ᄒ여 닐오디,

"얼마나 담앗던 쏠을 그릇시 잘 담아 두지
못ᄒ고 져리 헷쳐느뇨?"

원군이 닐오디,

"져 항과 병과 통과 독을 보라. 이로 담지
못ᄒ거늘 뉘라셔 쏠을 부러 헷쳔단 말가?"

원외는 디경ᄒ여 무러 굴오디,

"이리 만혼 쏠이 돌연이 어디로 【31】 셔
ᄂᆞᆫ뇨?"

원군이 답ᄒ여 굴오디,

"니 겻집의 갓다가 영이 크게 놀나는 쇼리
로 지르거늘 급히 와보니 방중의 쏠이 허여졋고
영ᄋ의 말이 여차여차(如此如此)ᄒ더라."

ᄒ고 옴겨 젼ᄒ니 원외는 일을 아는 스롬
이라 뒷문을 열치고224) 보니 스롬의 왕ᄂᆡᄒ던
ᄌ최 업거늘 마음의 의심ᄒ여 미롤 어더 손의
쥐고 녀ᄋ롤 부르니 영이 형세 됴치 아니ᄒᄆᆯ
보고 계 방의 들고 ᄂᆞ오지 아니ᄒ거늘 원외 친
히 드러가 쓰어ᄂᆞ니 원군이 닐오디,

"죄업슨 녀아롤 무삼 일노 치려 ᄒ는다?"

원외 닐오디,

"영이의 일 【32】 이 극히 슈상져오며225)
젼의 두 쎄음 돈을 의심ᄒ엿더니 오날 이 쏠은
더욱 황당ᄒ니 계 부디 바른디로 니르면 치지
아니ᄒ려니와 만일 혼 말이나 ᄭᅮ미다가는 쥭도
록 칠 거시니 네 아모커나 바른디로 니르라. 두
쎄염 돈을 어이ᄒ여 울 밋히 바려시며 장디혼
스나희는 엇던 스롬인고? 만일 가음연226) 사롬

---

220) 【남사롬】圖 낯선 사람. 낯. ¶ 牛人 ‖ 원가
변화ᄒ는 쏠이 남사롬 보기롤 쩌리는지라 (米被
生人一冲, 便不長了.) <平妖 5:28>

221) 【시움나다】圈 샘나다. ¶ 다만 시움나기는
긋치되 임의 방안의 가득ᄒ엿시니 (只見披屋內
一地都是米.) <平妖 5:28>

222) 【겻벽】圈 옆방. 옆집. ¶ 隔壁 ‖ 겻벽익셔 사
는 장디쉬 져 므리의 ᄒ는 말을 듯고 바롬벽을
두다리며 닐오디 (却被隔壁張大嫂聽了, 不知高
低, 敲着壁兒叫道.) <平妖 5:29>

223) 【-쳐름】조 -처럼. ¶ 엇던 현인이 잇셔 이쳐
름 ᄒ니 무삼 의심홀 비 잇스리오 (做這樣好事,
不叫人知道, 這個何足爲道) <平妖 5:30> ⇒ -쳐
로, -텨로, -톄로

224) 【열치다】동 열치다. 열다. ¶ 開 ‖ 원외는 일
을 아는 스롬이라 뒷문을 열치고 보니 (那胡員
外是個曉事的人, 開了後門看時.) <平妖 5:31> ⇒
열티다

225) 【슈샹져오-】圈 《슈샹졉다》 수상쩍다. 수상스
럽다. ¶ 영이의 일이 극히 슈샹져오며 젼의 두
쎄음 돈을 의심ᄒ엿더니 (這件事却是利害, 前日
兩貫錢來蹺蹊.) <平妖 5:32> ⇒ 슈샹져ᄋ-

226) 【가음여-】형 《가음열다》 부유(富裕)하다. ¶
富 ‖ 두 쎄음 돈을 어이ᄒ며 울 밋히 바려시며
장디혼 스나희는 엇던 스롬일고 만일 가음연 사
롬이 됴혼 일을 홀 쟉시면 가난혼 집 스롬이 한
둘이 아니여늘 엇지 우리 집만 돌보리오 (因何

把件衣服盖了.) <平妖 5:27> ⇒ 여라믄, 열아믄

이 됴ᄒᆞᆫ 일을 ᄒᆞᆯ 작시면 가난ᄒᆞᆫ 집 ᄉᆞᄅᆞᆷ이 한둘이 아니여ᄂᆞᆯ 엇지 우리 집만 돌보리오. 이 중의 반ᄃᆞ시 무ᄉᆞᆷ 연괴 잇ᄉᆞ미로다."

ᄒᆞ니 영ᄋᆡ 쳐음은 모로노라 ᄒᆞ더니 ᄆᆡ 맛기ᄅᆞᆯ 당ᄒᆞ여 견ᄃᆡ지 못 【33】 ᄒᆞ고 원외 말마다 그 사나희 ᄂᆡ력을 바로 니르라 ᄒᆞ며 치거ᄂᆞᆯ 영ᄋᆡ 원통ᄒᆞ믈 니긔지 못ᄒᆞ여 닐오ᄃᆡ,

"야야ᄅᆞᆯ 쇽이지 아냐 바로 알외리이다."

ᄒᆞ고 인ᄒᆞ여 눈 오던 날 ᄡᅥᆨᄉᆞ라 가다가 중노의셔 ᄒᆞᆫ 늙은 한미ᄅᆞᆯ 만나던 말과 ᄎᆡᆨ의 쓴 방법ᄃᆡ로 ᄒᆞ니 돈과 ᄡᆞᆯ이 변ᄒᆞ여 되던 말을 ᄌᆞ셔히 고ᄒᆞ니 호원외 이 말을 듯고 발을 구르고 닐오ᄃᆡ,

"지금 관ᄉᆞ의셔 각쳐의 방문을 붓쳐 뇨술ᄒᆞᄂᆞᆫ 사ᄅᆞᆷ을 잡아드리고 만일 감쵸ᄂᆞᆫ 사ᄅᆞᆷ은 일이 드러난즉 일가ᄅᆞᆯ 다 죽이려 ᄒᆞ니 이졔 ᄂᆡ 너ᄅᆞᆯ 두엇다가ᄂᆞᆫ ᄂᆡ게 연누ᄒᆞᆯ 【34】 거시니 당당이 쳐 죽이리라."

ᄒᆞ고 ᄆᆡᄅᆞᆯ 드러 치려 ᄒᆞ거ᄂᆞᆯ 영ᄋᆡ 급ᄒᆞ엿ᄂᆞᆫ지라 사ᄅᆞᆷ ᄉᆞ로라 쇼ᄅᆡᄅᆞᆯ 지르니 장ᄃᆡ슈 영ᄋᆞ 치ᄂᆞᆫ 쥴 알고 드러와 말니고ᄌᆞ ᄒᆞ니 문을 안흐로 거럿거ᄂᆞᆯ ᄃᆡ슈 문 밧긔셔 웨여 닐오ᄃᆡ,

"원외ᄂᆞᆫ 무삼 일노 ᄋᆞ히ᄅᆞᆯ 치며 원군은 엇지 말니도 아니ᄒᆞᄂᆞ뇨?"

ᄒᆞ니 원외 긔운이 분분ᄒᆞ며 다만 니로ᄃᆡ,

"이 쳔ᄒᆞᆫ 년이 뇨괴로온 말 쓴 ᄎᆡᆨ을 가지고 잇ᄉᆞ니 바려두지 못ᄒᆞ리라."

ᄒᆞ거ᄂᆞᆯ ᄃᆡ슈ᄂᆞᆫ ᄂᆡ도이[227] 아라듯고 닐오ᄃᆡ,

"불양(不良)ᄒᆞᆫ 쇼년ᄌᆞ졔들이 부졀업ᄉᆞᆫ 말 쓴 ᄎᆡᆨ을 드 【35】 리쳣신들[228] 고낭(姑娘)이 나히 어리니 무ᄉᆞᆷ 말인 쥴 알니오. 원외 그 ᄎᆡᆨ을 업시ᄒᆞᆯ 만ᄒᆞᆯ 거시니 어이 녀ᄋᆞᄅᆞᆯ 상케 치ᄂᆞ뇨?"

원외 이 말을 듯고 ᄭᆡ다라 닐오ᄃᆡ,

"그 ᄎᆡᆨ이 어ᄃᆡ 잇ᄂᆞ뇨?"

영ᄋᆡ 마지 못ᄒᆞ여 품 가온ᄃᆡ로셔 ᄂᆡ여 드리니 원외 바다가지고 무러 ᄀᆞᆯ오ᄃᆡ,

"여러번 보지 아냐시니 긔록지 못ᄒᆞᆯ쇼이다."

원외 불을 가져오라 ᄒᆞ여 ᄎᆡᆨ을 살와바리고 녀ᄋᆞ다려 니로ᄃᆡ,

"오날은 장ᄃᆡ슈의 낫츨 보와 너ᄅᆞᆯ 사ᄒᆞᄂᆞᆫ 거시니 후일의 이런 일을 ᄒᆞ면 당당이 쳐죽이리라."

영ᄋᆡ ᄃᆡ답ᄒᆞ되,

【36】 "후일은 다시 아니리이다."

ᄒᆞ니 원외 원군다려 니로ᄃᆡ,

"우리 부쳬 복이 즁ᄒᆞ여 ᄭᆡ쳣도다.[229] 만일 다른 ᄉᆞᄅᆞᆷ이 듯고 구의의 고ᄒᆞ면 어이 큰 죄ᄅᆞᆯ 면ᄒᆞ엿시리오."

ᄒᆞ더라. 당쵸 셩고괴 난ᄌᆞ화상(蛋子和尙)과 좌츌(左黜)노 더브러 도법을 슈련ᄒᆞᆯ 졔 삼 년을 공부ᄒᆞᆫ 후 바야흐로 일웟더니 이졔 니르러ᄂᆞᆫ 경ᄀᆡᆨ ᄉᆞ이의 돈을 ᄆᆡᆫ들고 ᄡᆞᆯ을 ᄆᆡᆫ드니 젼후ᄉᆡ 다른듯 ᄒᆞ나 기중의 곡졀이 잇ᄉᆞ니 셩괴 쳐음의 단을 무으고 귀신을 불너 온ᄀᆞᆺ 일을 쇼창ᄒᆞᄆᆡ ᄌᆞ연 더ᄃᆡ고 영ᄋᆞ도 ᄇᆡ호기 어려온 쥴 알면 즐겨 ᄇᆡ호지 아 【37】 닐 거시ᄆᆡ 돈과 ᄡᆞᆯ을 ᄆᆡᆫ들 졔 셩괴 공즁의셔 도으무로 변ᄒᆞ기ᄅᆞᆯ 쉽ᄉᆞ리 ᄒᆞ고 ᄒᆞ믈며 돈과 ᄡᆞᆯ은 가난ᄒᆞᆫ 집의셔 즁히 너기ᄂᆞᆫ 거시ᄆᆡ 진짓 쳣 장의 ᄡᅥ 영ᄋᆞ의 마음을 동케 ᄒᆞ미라. 셩고의 계교로 영ᄋᆞᄅᆞᆯ 달ᄂᆡ여 도의 들게 ᄒᆞ미러라. 이ᄯᆡ 영ᄋᆞᄂᆞᆫ 부친의게 ᄆᆡᄅᆞᆯ 맛고 ᄯᅩ ᄎᆡᆨ을 불지르니 밤이 ᄉᆡ도록 울울ᄒᆞ더니 이튼날 원외 ᄯᅩ 나가고 원군은 장ᄃᆡ슈(張大嫂)의 집의 ᄀᆞᆺ거ᄂᆞᆯ 영ᄋᆡ ᄒᆞᆯ노 방즁의 잇셔 ᄉᆡᆼ각ᄒᆞ되,

'쳔금으로 밧고지 못ᄒᆞᆯ ᄎᆡᆨ을 한미 아름다온 ᄯᅳᆺ으로 나ᄅᆞᆯ 쥬엇거ᄂᆞᆯ 이졔 업시ᄒᆞ엿시니 그 【38】 아ᄅᆡ ᄯᅩ 무ᄉᆞᆷ 변화ᄒᆞᄂᆞᆫ 법이 잇던고. 미

有這兩貫錢在雪地上, 因何有這米在屋裏, 這大漢的是何人. 便做道是財主家行好事的, 難道偏照顧我家. 其中必有緣故?) <平妖 5:32>

227) 【ᄂᆡ도이】 뷔 판이(判異)하게. 엉뚱하게. ¶ ᄃᆡ슈ᄂᆞᆫ ᄂᆡ도이 아라듯고 닐오ᄃᆡ (大嫂認錯了, 只道是甚麽私情本兒, 便叫道.) <平妖 5:34> 말ᄭᅩᆺ출 내며 외텬이 다ᄅᆞᆫ 말노 ᄂᆡ도히 짓거리다가 나ᄃᆞᄅᆞ니 <醒風 4:28> ⇒ ᄂᆡ도히

228) 【드리치다】 동 들이치다. 내던지다. ¶ 불량ᄒᆞᆫ 쇼년ᄌᆞ졔들이 부졀업ᄉᆞᆫ 말 쓴 ᄎᆡᆨ을 드리쳣신들 고낭이 나히 어리니 무ᄉᆞᆷ 말인 쥴 알니오 원외 그 ᄎᆡᆨ을 업시ᄒᆞᆯ 만 ᄒᆞᆯ 거시니 어이 녀ᄋᆞᄅᆞᆯ 상케 치ᄂᆞ뇨 (須是街坊上浮蕩子弟們, 撩撥他論口辨舌. 若不中看的, 你只把這冊兒來燒了, 戒他下次便是. 何須動氣, 把孩兒恁般狠打.) <平妖 5:35> ⇒ 드릐치다, 드리티다

229) 【ᄭᆡ치다】 동 깨우치다. ¶ 得知 ‖ 우리 부쳬 복이 즁ᄒᆞ여 ᄭᆡ쳣도다 만일 다른 ᄉᆞᄅᆞᆷ이 듯고 구의의 고ᄒᆞ면 어이 큰 죄ᄅᆞᆯ 면ᄒᆞ엿시리오 (又是我夫妻福神重, 只是自家得知. 若還外人傳聞時, 却是老大利害.) <平妖 5:36>

처 보지 못ᄒᆞ미 가ᄒᆞ니로다. 한미 날ᄃᆞ려 니르
디 어려온 일곳 잇거든 셩고고(聖姑姑)를 세 번
부르면 즉시와 ᄀᆞᄅᆞ치리라 ᄒᆞ더니 혹 져의게 다
른 거시 잇실 거시니 시험ᄒᆞ여 볼 거시라.'

ᄒᆞ고 다시 싱각ᄒᆞ되,

'모친이 만일 쇼리를 듯고 무르면 평안치
아니리라.'

ᄒᆞ고 쇼리를 ᄂᆞ죽이 ᄒᆞ여 셩고고를 세 번
부르니 홀연 셩고괴 손의 막디를 들고 쳠하 우
흐로셔 나려와 방의 드러오되 발ᄌᆞ최 쇼리 업더
라. 영이 부친의 ᄎᆡᆨ 불지른 일을 일일히 니르니
셩괴 【39】 일오디,

"니 임의 ᄎᆡᆨ을 차져왓노라."

ᄒᆞ고 스미 안흐로 됴츠 너여 노ᄒᆞ니 비단
쥼치230)의 너흔 거시 조곰도 상ᄒᆞᆫ 디 업더라.
영이 디경ᄒᆞ여 졀ᄒᆞ고 다시 어드믈 무른디 셩괴
붓드러 니루혀고 일오디,

"니 아히야. 니 원간 너희 젼싱 어미러니
네 이싱의 간고ᄒᆞ믈 어엿비 너겨 특별이 와 졔
도ᄒᆞ노라. 네 비록 이 ᄎᆡᆨ을 어드나 집안의셔 두
고 쓰지 못홀 거시니 이후는 날마다 ᄂᆞᆺ의 졍신
을 쉬고 밤외 의복을 벗지 말고 잇다가 ᄉᆞᄅᆞᆷ이
잠든 후 학의 우름쇼리를 듯고 니 곳의 와 도법
을 비호다가 오경 ᄣᅢ 【40】의 도라오면 ᄉᆞᄅᆞᆷ이
아지 못ᄒᆞ리니 니 이 ᄎᆡᆨ의 잇는 도법을 일일히
네게 젼홀 거시니 득도ᄒᆞᆫ 후면 신통이 광디ᄒᆞ고
변화ᄒᆞ기를 마음디로 ᄒᆞ여 쾌ᄒᆞ고 즐겁기를 이
로 충냥치 못ᄒᆞ리라."

영이 ᄀᆞᆯ오디,

"이리ᄒᆞ미 심히 됴커니와 다만 부뫼 밤중
의 니 나가는 쇼리를 듯고 의심ᄒᆞ여와 보게 되
면 엇지ᄒᆞ리잇가?"

셩괴 ᄀᆞᆯ오디,

"이도 어렵지 아니ᄒᆞ리라."

ᄒᆞ고 손의 집헛던 쥭창을 쥬어 ᄀᆞᆯ오디,

"네 이 막디를 간슈ᄒᆞ여 두엇다가 밤중의
네 누엇던 ᄌᆞ리의 너코 불노 덥혀 두면 네 얼골
과 ᄀᆞᆺᄒᆞ여 분 【41】 변치 못홀 거시니 이거시 신

셔의 몸 디신ᄒᆞᆫ 는 법이라."

ᄒᆞ거늘 영이(永兒) 쥭창을 바드니 셩괴 간
디 업더라. 영이 마음의 깃거 쥭창을 상 밋히
감쵸고 의복을 벗지 아니ᄒᆞ고 누엇더니 홀연 학
의 우름쇼리 나거늘 쥭창을 니불 속의 넛코 가
마니 ᄂᆞ오니 한 학이 목을 늘히고 업뎌엿거
늘231) 영이 학의 등의 오르니 그 학이 공중의
ᄂᆞ라 올나 져근 듯ᄒᆞ여 한 곳의 가 ᄯᅩ 업더거늘
영이 학의 등의 ᄂᆞ려셔 보니 셩고괴 몬져 와 기
다리거늘 ᄌᆞ시 보니 한미의 복식이 젼과 달나
칠셩관(七星冠)을 쓰고【42】 학창의(鶴氅衣)를
닙고 심히 씍씍ᄒᆞ더라.232) 셩괴 손을 드러 ᄒᆞᆫ
번 부르니 그 학이 옷스미로 드러가더니 도로
너여 노ᄒᆞ니 ᄒᆞᆫ 조희로 민단 학일너라. 영이 더
옥 긔특이 너겨 ᄂᆞ려 졀ᄒᆞ더니 믄득 졔 몸이 이
른 곳이 놉흐믈 ᄭᆡ닷라 셩고다려 무러 ᄀᆞᆯ오디,

"이 곳이 엇던 ᄯᅡ히니잇고?"

셩괴 ᄀᆞᆯ오디,

"이 곳이 디상국스(大相國寺) 졀 셰존(世
尊) 계신 납 우히니 ᄯᅡ히셔 빅여 장이나 놉흐니
인젹이 니르지 못ᄒᆞ고 어음이 들니지 아니ᄒᆞᄂᆞ
니 졍히 도법을 ᄀᆞᄅᆞ칠시라. 몬져 현법을 가르
치니 나며 들믜 사롬이 아지 못ᄒᆞ고 바롬 【43】
벽을 ᄭᅦ치고233) 좁은 틈으로 단녀 문호를 말미
암지 아니ᄒᆞᄂᆞᆫ 법이라. 버거234) 힝법(行法)을 ᄀᆞ
ᄅᆞ치니 이ᄂᆞᆫ 교위의나 등ᄌᆞ의나 안고 진언을 닑
으면 공중의 ᄂᆞ라 올나 원근을 임의로 단니ᄂᆞᆫ지

---

230)【쥼치】圀 주머니. ¶ 袋兒 ‖ 니 임의 ᄎᆡᆨ을
　　 차져 왓노라 ᄒᆞ고 스미 안흐로 됴츠 너여 노ᄒᆞ
　　 니 비단 쥼치의 너흔 거시 조곰도 상ᄒᆞᆫ 디 업더
　　 라 ("冊子不曾燒, 原是我取得在此!" 便在袖裏摸
　　 出冊兒, 依然紫羅袋兒包着, 毫無傷損.) <平妖
　　 5:39>

231)【업뎌다】图 엎드리다. ¶ 歇脚 ‖ 한 학이 목
　　 을 늘히고 업뎌엿거늘 영이 학의 등의 오르니
　　 그 학이 공중의 ᄂᆞ라올나 져근듯 ᄒᆞ여 한 곳의
　　 가 ᄯᅩ 업뎌거늘 (只見一隻仙鶴, 舒頸迎接. 永兒
　　 跨上鶴背, 望空飛去, 須臾到一個所在歇脚.) <平
　　 妖 5:41>

232)【씍씍ᄒᆞ다】圀 씩씩하다. 엄숙하다. 맑다. ¶
　　 齊整 ‖ ᄌᆞ시 보니 한미의 복식이 젼과 달나 칠
　　 셩관을 쓰고 학창의를 닙고 심히 씍씍ᄒᆞ더라
　　 (只見婆婆先在, 又不是先前打扮了, 頭戴星冠, 身
　　 披鶴氅, 甚是齊整.) <平妖 5:42>

233)【ᄭᅦ치다】图 꿰뚫다. ¶ 穿 ‖ 몬져 현법을 가
　　 르치니 나며 들믜 사롬이 아지 못ᄒᆞ고 바롬벽을
　　 ᄭᅦ치고 좁은 틈으로 단녀 문호를 말미암지 아니
　　 ᄒᆞᄂᆞᆫ 법이라 (先敎你個藏形法, 可以穿窗入隙, 出
　　 入不用開門.) <平妖 5:43>

234)【버거】图 둘째로. 다음으로. ¶ 次 ‖ 버거 힝
　　 법을 ᄀᆞᄅᆞ치니 이ᄂᆞᆫ 교위의나 등ᄌᆞ의나 안고 진
　　 언을 닑으면 공중의 ᄂᆞ라 올나 원근을 임의로
　　 단니ᄂᆞᆫ지라 (次敎你個非行法, 跨在個板凳上, 念
　　 個咒語. 這凳隨意變化, 騰空而起.) <平妖 5:43>

라."

영ᄋᆡ 이 법슐을 ᄇᆡ혼 후ᄂᆞᆫ 어두어 가며 ᄉᆡ비[235] 도라와 긔탄업시 단니니 영ᄋᆡ 본ᄃᆡ 총명혜 일ᄒᆞ고 셩긔 힘써 가르치니 날마다 진언을 닑고 부작을 쓰니 오ᄅᆡ지 아냐셔 일흔 두 가지 변화ᄅᆞᆯ ᄎᆞ례로 ᄇᆡ호니라. 이ᄯᆡ 호원외 보ᄎᆡᆨ을 불지ᄅᆞᆯ ᄡᆡ의ᄂᆞᆫ 돈과 ᄡᆞᆯ이 잇ᄉᆞᄆᆡ 목젼의 쓰기의 유족ᄒᆞ【44】엿더니 날마다 먹을 만ᄒᆞ고 나ᄂᆞᆫ 곳이 업ᄂᆞᆫ지라 반 달이 못ᄒᆞ여 독 쇽의 쌀이 졈졈 젹어가고 상머리의 두 쎄염 잇든 돈이 졈졈 져거가니 오ᄅᆡ지 아니ᄒᆞ여 돈이 진ᄒᆞ고 ᄡᆞᆯ이 업셔지니 의구히 됴셕을 니우지[236] 못ᄒᆞᆯ너라. 원군이 녀ᄋᆞ의 돈과 ᄡᆞᆯ을 ᄆᆡᆫ드ᄂᆞᆫ 일을 ᄉᆡᆼ각ᄒᆞ고 날마다 원외ᄅᆞᆯ ᄭᅮ지져 일오ᄃᆡ,

"네 녀ᄋᆞᄅᆞᆯ 치고 ᄎᆡᆨ을 불질너시니 금일 굴머도 너의 탓시여니와 ᄂᆞ와 녀ᄋᆞᄂᆞᆫ 널노 ᄒᆞ여곰 공연ᄒᆞᆫ 긴 목숨을 부졀업시 굴머 죽기 아니 원통ᄒᆞ냐?"

원외 ᄀᆞᆯ오ᄃᆡ,

"이 일이 임의 이리되【45】여시니 일너 부졀업거ᄂᆞᆯ 나ᄅᆞᆯ 원망ᄒᆞ리오."

원군이 ᄭᅮ지져 ᄀᆞᆯ오ᄃᆡ,

"네 녀ᄋᆞᄅᆞᆯ 칠 제ᄂᆞᆫ 클터온[237] 체 ᄒᆞ더니 네 만일 산알[238]이 잇ᄉᆞ면 엇지 돈과 ᄡᆞᆯ을 못 어더ᄂᆡᄂᆞ뇨?"

원외 ᄀᆞᆯ오ᄃᆡ,

"ᄂᆡ 실노 그릇 ᄉᆡᆼ각ᄒᆞ엿시니 이러ᄒᆞᆯ 쥴 알더면 그 ᄎᆡᆨ을 업시치 아닐낫다.[239] ᄎᆡᆨ이 비록 업ᄉᆞ나 녀ᄋᆡ 상시의 가장 총명ᄒᆞ던 거시니 혹 긔록ᄒᆞ미 이실지라. 가 무러 보미 됴흐리로다."

원군이 ᄀᆞᆯ오ᄃᆡ,

"녀ᄋᆡ 그ᄯᆡ의 ᄆᆡᄅᆞᆯ 마즌 후ᄂᆞᆫ ᄂᆡ 방의도 오지 아니ᄒᆞ고 졔 방의 잇셔 낫ᄌᆞᆷ만 ᄌᆞ고 슈일 젼의 ᄂᆡ 밤의 여측ᄒᆞ【46】여[240] 뒤보고 오다가 뒤방 창이 벙그럿ᄂᆞᆫ[241] 냥을 보고 녀ᄋᆡ ᄇᆞᄅᆞᆷ의 상ᄒᆞᆯ가 두려 불을 혀가지고 ᄌᆞᄂᆞᆫᄃᆡ 가보니 맛치 죽엄ᄀᆞᆺ치 느러져 아모리 흔드러도 혼암ᄒᆞ여 ᄭᆡ지 못ᄒᆞ니 네게 ᄆᆡᄅᆞᆯ 마즌 후로 졍신을 일허 그리 총명ᄒᆞ던 ᄋᆞ히 어린 거시 되엿ᄉᆞ니 무삼 진언을 긔록ᄒᆞ리오.[242] 만일 무러보려 ᄒᆞ거든 네 스ᄉᆞ로 무러 볼 거시여ᄂᆞᆯ 나ᄂᆞᆫ 이쳐로 둣거온[243] ᄂᆞᆾ치 업세라."

원외 시방 궁극히 되엿ᄂᆞᆫ지라 마지 못ᄒᆞ여 영ᄋᆞ의 방의 드러가 우ᄂᆞᆫ 낫빗출 ᄒᆞ고 무러 ᄀᆞᆯ오ᄃᆡ,

"ᄂᆡ ᄋᆞ히야. 젼의 ᄎᆡᆨ을 그릇 쇼화(燒火)【47】ᄒᆞ엿거니와 네 가장 총명ᄒᆞ니 능히 긔록ᄒᆞᆯ쇼냐?"

영ᄋᆡ 답ᄒᆞ여 ᄀᆞᆯ오ᄃᆡ,

---

235) 【ᄉᆡ비】 [부] 새벽(에). ¶ 晨 ‖ 영ᄋᆡ 이 법슐을 ᄇᆡ혼 후ᄂᆞᆫ 어두어 가며 ᄉᆡ비 도라와 긔탄업시 단니니 (永兒會了這法, 自此暮去晨回.) <平妖 5:43>

236) 【니우다】 [동] 잇다. ¶ 독 쇽의 쌀이 졈졈 젹어가고 상머리의 두 쎄염 잇든 돈이 졈졈 져거가니 오ᄅᆡ지 아니ᄒᆞ여 돈이 진ᄒᆞ고 ᄡᆞᆯ이 업셔지니 의구히 됴셕을 니우지 못ᄒᆞᆯ너라 (桶裡吃的漸漸淺了, 床頭錢漸漸短了. 再過幾時, 米盡錢空, 依然有一頓, 沒一頓.) <平妖 5:44>

237) 【클터오-】 [형] «클텁다» 대담(大膽)하다. ¶ 녀ᄋᆞᄅᆞᆯ 칠 제ᄂᆞᆫ 클터온 톄ᄒᆞ더니 네 만일 산알이 잇ᄉᆞ면 엇지 돈과 ᄡᆞᆯ을 못 어더ᄂᆡᄂᆞ뇨 (你既然大膽打他, 須有用處置錢米, 如今窮性命尙在, 那冊兒却把來燒了.) <平妖 5:45>

238) 【산알】 [명] 목숨. ¶ 性命 ‖ 네 녀ᄋᆞᄅᆞᆯ 칠 제ᄂᆞᆫ 클터온 체ᄒᆞ더니 네 만일 산알이 잇ᄉᆞ면 엇지 돈과 ᄡᆞᆯ을 못 어더ᄂᆡᄂᆞ뇨 (你既然大膽打他, 須有用處置錢米, 如今窮性命尙在, 那冊兒却把來燒了.) <平妖 5:45>

239) 【-ㄹ낫다】 [미] -(었)을 것이로다. ¶ ᄂᆡ 실노 그릇 ᄉᆡᆼ각ᄒᆞ엿시니 이러ᄒᆞᆯ 쥴 알더면 그 ᄎᆡᆨ을 업시치 아닐낫다 ᄎᆡᆨ이 비록 업ᄉᆞ나 녀ᄋᆡ 상시의 가장 총명ᄒᆞ던 거시니 혹 긔록ᄒᆞ미 이실지라도 가 무러보미 됴흐리로다 (是我一時沒思算, 千不合萬不合燒了.早知留了那冊兒也好.) <平妖 5:45>

240) 【여측ᄒᆞ다】 [동] {여측(如厠)하다.} 측간에 가다. ¶ 解手 ‖ 슈일 젼의 ᄂᆡ 밤의 여측ᄒᆞ여 뒤보고 오다가 뒤방 창이 벙그럿ᄂᆞᆫ 냥을 보고 녀ᄋᆡ ᄇᆞᄅᆞᆷ의 상ᄒᆞᆯ가 두려 불을 혀 가지고 ᄌᆞᄂᆞᆫᄃᆡ 가보니 (我前晚半夜裏起來解手, 見後房門關得不緊, 被風颳開了. 我怕女兒傷了風, 打得燈火看時.) <平妖 5:45>

241) 【벙글다】 [동] 사이가 벌어 열리다. ¶ 開 ‖ 슈일 젼의 ᄂᆡ 밤의 여측ᄒᆞ여 뒤보고 오다가 뒤방 창이 벙그럿ᄂᆞᆫ 냥을 보고 녀ᄋᆡ ᄇᆞᄅᆞᆷ의 상ᄒᆞᆯ가 두려 불을 혀가지고 ᄌᆞᄂᆞᆫ ᄃᆡ 가보니 (我前晚半夜裡起來解手, 見後房門關得不緊, 被風刮開了, 我怕女兒傷了風, 打得燈火看時.) <平妖 5:46>

242) 【긔록ᄒᆞ다】 [동] {기록(記錄)하다.} 기억(記憶)하다. ¶ 記 ‖ 그리 총명ᄒᆞ던 ᄋᆞ히 어린 거시 되엿ᄉᆞ니 무슴 진언을 긔록ᄒᆞ리오 (好端端一個聰明孩兒, 被你一頓拳頭打呆了, 還記什麼冊兒不冊兒.) <平妖 5:46>

243) 【둣거오-】 [형] 두껍다. 두텁다. ¶ 만일 무러보려 ᄒᆞ거든 네 스ᄉᆞ로 무러볼 거시여ᄂᆞᆯ 나ᄂᆞᆫ 이쳐로 둣거온 ᄂᆞᆾ치 업세라 (要問他時, 你自進他房去問, 我沒這副嘴臉.) <平妖 5:46>

"젼일 비록 보와신들 오리 슉독치 못ㅎ엿
시니 엇지 긔록ㅎ리잇고. 싱각지 못홀쇼이다."

원외 굴오디,

"니 그쩌의 칙을 불술을 졔눈 호 곳 싱각
기롤 나라히셔 각관의 힝관ㅎ고 두루 방을 붓쳐
뇨괴로온 슐ㅅ롤 감쵸눈 일이 드러나면 즁죄롤
쥬리라 ㅎ믈 드른 고로 오직 국법을 범ㅎ여 스
죄롤 입을가 두려 녀롤 경계ㅎ여 말니고즈 ㅎ여
칙죄(責罪)ㅎ미러니 이졔 싱각건디 형젹을 번거
히 드러【48】 니지 말고 다만 집안의셔만 도법
을 부려 젼미(錢米)롤 어더 네 부모의 명을 살
와니미 쏘호 즈식의 도리의 맛당치 아니냐."

이러틋 달니더니 원군이 드러와 녀ᄋ의 손
을 잡고 닐오디,

"녀ᄋ는 네 부친의 일시 잘못호 일을 싱각
지 말고 니 눗츨 보와 우리 부체 굴머 죽기롤
면케 ㅎ라."

원외 일오디,

"젼일 니 그릇ㅎ믈 츄회ㅎ나니 니 ᄋ히는
이제 다시 칠가 녀기지 말나."

영이 디ㅎ여 굴오디,

"젼일의 미 맛기롤 인ㅎ여 다 니셧더니 야
애 평안이 안즈셔든 다시 됴용이244) 싱각ㅎ여
보리이디."

원외 녀ᄋ【49】 의 말디로 등좌의 안거눌
영이 입 속으로 무슨 진언을 넘ㅎ더니 홀연 원
외 그 등좌의 안즌 치 공즁의 나라올나 원외의
머리집 말네245) 다질니니246) 원외 놀나 크게 쇼
리 질너 '스롬을 구ㅎ라!' 부르지지거눌,

---

244) 【됴용이】 뿐 조용히. ¶ 暗暗 ‖ 젼일의 미 맛
기롤 인ㅎ여 다 니졋더니 야애 평안이 안즈셔든
다시 됴용이 싱각ㅎ여 보리이다 (前番因爹爹打
了, 都忘記了, 暗暗記得些兒, 不知用也得不. 爹
爹! 你去取凳子坐定. 我叫你看.) <平妖 5:48>

245) 【말ㄴ】 명 《마ᄅ》 마루. ¶ 屋梁 ‖ 원외의 머
리 집 말네 다질니니 (員外頭頂着屋梁.) <平妖
5:49> ⇒ 마ᄅ, 말ᄅ, ᄆᄅ, 몰ㄴ, 몰ᄅ

246) 【다질리다】 동 부딪히다. ¶ 頂 ‖ 원외의 머
리 집 말네 다질리니 (員外頭頂着屋梁.) <平妖
5:49> ⇒ 다딜니다, 다딜리다, 다즐리다, 다질니
다

21

□□□□□□□ □□□□□□□
平安街員外重興　胡永兒豆人紙馬

영이(永兒) 닐오디,

"변미변젼법(變米變錢法)은 다 닛고 이 진언만 긔록ᄒ엿시니 쓸 디 업슬가 ᄒᄂ이다."

원외(員外) 일오디,

"쏠과 돈을 민들지 아니ᄒ고 이런 긔롱을 ᄒᄂ냐. 어즐ᄒ여[247] 견디지 못홀지니 속히 나롤 ᄂ리오라."

영이 일오디,

"야애 진실노 돈을 엇고즈 ᄒᄂ닛가?"

원외 일오디,

"네 엇지 이런 말 【50】을 ᄒᄂ다? 밥을 못 먹은지 사홀이니 이ᄶᄅ룰 당ᄒ미 돈이 목슘이라 계 목슘을 ᄉ랑치 아니ᄒᄂ 니 어디 잇스리오."

영이 일오디,

"야애(爺爺) 진실노 돈을 어드려 ᄒ시거든 한 ᄶᅦ음을 가져오쇼셔. 셩불셩간(成不成間) 시험

ᄒ여 보ᄉ이다."

원외 싱각ᄒ되,

'영이 허락홀 ᄯᅵ의 만히 민ᄃ라 둘 거시라 ᄒ고 제 방의 가 보니 다만 노 세 발이 잇거놀 마음의 작게 너겨 길 건너 츄디랑(鄒大郎) 집의 가 일오디,

"디가(大哥)야. 슉마노홀 만히 어더 쓸 곳이 잇노라."

디랑이 문왈,

"무어시 쓰려 ᄒᄂ뇨?"

원외논 【51】 진실흔 ᄉ롬이라 바로 일오디,

"돈 ᄶᅦ려 ᄒ노라."

디랑이 웃고 일오디,

"원외 일졍 발복(發福)ᄒ여 돈을 만히 어덧도다. 노흔 만히 잇스니 돈을 만히 혜여 오라."

원외 싱각ᄒ되,

'이 말은 과연 못ᄒ리라.'

ᄒ고 굴오디,

"니 집의 엇지 만흔 돈이 잇스리오."

ᄒ고 옷슬 버셔 젼ᄒ려 ᄒᆫ디 츄랑이 싱각ᄒ되,

'져의 집의 엇지 노의 ᄶᅦᆯ 돈이 잇스리오. 급히 노흘 찻는 일이 슈상ᄒ니 졔 본디 됴히 지니던 ᄉ롬으로 일됴의 져리 되니 긔한을 견디지 못ᄒ여 목을 미려 ᄒ거나 ᄒ면 노흘 【52】 쥬엇다가 너게도 연누ᄒ미 잇실노다.'

ᄒ고 ᄶᅦ쳐 일오디,

"갑슬 밧고 파지 젼당은 아니 잡노라."

ᄒ니 원외 붓치다가 못ᄒ여 싱각ᄒ되,

'니 명박흔 타시니 도라가 세 ᄶᅦ음[248]이나 민들 거시라.'

ᄒ고 급히 제 방의 가 보니 그 노히 간디 업거놀 동셔로 헤지르더니[249] 원군(院君)이 일

---

[247] 【어즐ᄒ다】 [형] 어질하다. 어지럽다. ¶ 쏠과 돈을 민들지 아니ᄒ고 이런 긔롱을 ᄒᄂ냐 어즐ᄒ여 견디지 못홀지니 슈히 나롤 ᄂ리오라 (好怕人嚇, 且放我下來則個.) <平妖 5:49>

[248] 【ᄶᅦ음】 [명] 꿰미. ¶ 貫 ∥ 너 명박흔 타시니 도라가 세 ᄶᅦ음이나 민들 거시라 ᄒ고 급히 계 방의 가보니 그 노히 간 긔 업거놀 동셔로 헤지르더니 (足見我命薄. 且把三條索兒, 先變三貫錢再處. 急急跑回院子裏來, 鑽進房裏, 在床頭忙忙檢看, 不見了索子.) <平妖 5:52> ⇒ ᄶᅥ엄, ᄶᅦ어미, ᄶᅦ엄, ᄶᅦ옴, ᄶᅦ움

[249] 【헤지르다】 [동] 허둥대다. 헤매다. ¶ 忙忙檢看 ∥ 너 명박흔 타시니 도라가 세 ᄶᅦ음이나 민들 거시라 ᄒ고 급히 계 방의 가보니 그 노히 간 긔 업거놀 동셔로 헤지르더니 (足見我命薄. 且把三條索兒, 先變三貫錢再處. 急急跑回院子裏來,

오디,

　"이 늘근 무지흔 거스 어이 져리 구느뇨?"

　원외 일오디,

　"노 셰흘 예 두엇더니 뉘 가져가뇨?"

　원군이 일오디,

　"니 임의 녀으롤 쥬어 돈을 민다랏거니와 앗가 어디롤 곳다가 도라왓느뇨?"

　원외 골오디,

　"돈을 민들졔 【53】 민들기롤 만히 흐여 두고 오리 쓰려 흐여 길 건너 츄디관(鄒大官) 집의 가 슉마노홀249) 만히 어더오랴 흐고 옷술 버셔 젼당흐려 흐되 졔 즐겨 쥬지 아니흐미 도라와 잇든 노홀 촛즈니 이것도 홀연 간 곳이 업스미 즈못 괴이흐도다."

　원군이 골오디,

　"하날 돈을 셰 쩨염식 민다라도 남의게 비든 아니흐려든 스롬이 어이 족흔 쥴을 아지 못흐리오."

　원외 닐오디,

　"민든 돈이 이졔 어디 잇느뇨?"

　원군이 불 밋흐로셔 셰 쩨염 돈을 니여 뵈니 원외 깃브믈 니긔지 못흐여 즉시 쌀과 남글 스오고 이후는 영이 쓸는 불시의 민돌며 【54】 돈도 만드니 원외 부쳬 음식이 졈졈 풍셩흐고 의복이 쏘흔 션명흐더니 일일은 원외 느갓다가 드러오거늘 영이 일오디,

　"야애 한 긔이흔 거슬 보시려 흐시느니가?"

　원외 골오디,

　"무슴 일을 쏘 흐고즈 흐는냐?"

　영이 믄득 스미 안흐로셔 한 덩이 금을 니여 노흐니 무게 삼십 냥이나 흐거늘 원외 놀나 무르되,

　"이거시 어디셔 놋느뇨?"

　영이 골오디,

　"마춤 문의셔 보니 한 스룸이 톳기 목의 드리올 흙을 민달고 조희로 민든 금경(金錠)을 시러 가거늘 니 돈 하나흘 쥬고 스다가 흔 경을 민드럿느이다."

　원외 일오디,

"나 【55】 는 과연 쌀과 돈 밧긔는 못 민드는가 너겻더니 금은을 민들 작시면 우리 집이 예굿치 부귀흐리로다."

　흐고 즉시 푸즈250)의 가 됴희251) 금은졍(金銀錠) 이십 기롤 스오거늘 영이 졔 치마 밋히 놋코 작법흐니 이윽흐여252) 광치찬난(光彩燦爛)흔 금은이 되는지라.

　원외 원군과 녀으로 더브러 의논흐되,

　"우리 이졔 금은을 만히 두어시니 엇지 미양 비는 사룸으로 더브로 흔가지로 잇스리오. 니 뜻의는 별노이 방수(房舍)롤 짓고 비단푸즈253)롤 열고즈 흐노라."

　원군이 일오디,

　"원외의 말이 올커니와 다만 우리 긔한(飢寒)을 견디지 못흐여 남의게 비러먹다가 불 【56】시의 비단푸즈롤 열면 사룸이 의심흘가 흐노라."

　원외 골오디,

　"히롭지 아니흐니 남다려 니르기란 한 관

---

249) 【슉마농】 ⑲ 슉마(熟麻)노. 숙마로 꼬아 만든 노끈. ¶ 索兒 ‖ 돈을 민들 졔 민들기롤 만히 흐여두고 오리 쓰려 흐여 길 건너 츄디관 집의 가 슉마노홀 만히 어더 오랴 흐고 옷술 버셔 젼당흐려 흐되 졔 즐겨 쥬지 아니흐미 (多尋百十條索兒, 變些錢來, 長遠受用. 叵耐開雜貨鋪的鄒大郞, 定要現錢才賣. 我脫這奓衣與他爲當, 他再三不肯.) <平妖 5:53>

250) 【푸즈】 ⑲ {포자(鋪子 pùzi).} 점포(店鋪). 가게. ¶ 鋪裏 ‖ 즉시 푸즈의 가 됴희 금은졍 이십 기롤 스오거늘 영이 졔 치마 밋히 놋코 작법흐니 이윽흐여 광치 찬난흔 금은이 되는지라 (走到紙馬鋪裏, 買了三吊金銀錠歸來, …腰裏解下裙子來盖了. 口中念念有詞 …只見一堆金一堆銀在地上.) <平妖 5:55>

251) 【됴희】 ⑲ 종이. ¶ 紙 ‖ 즉시 푸즈의 가 됴희 금은졍 이십 기롤 스오거늘 영이 졔 치마 밋히 놋코 작법흐니 이윽흐여 광치 찬난흔 금은이 되는지라 (走到紙馬鋪裏, 買了三吊金銀錠歸來, …腰裏解下裙子來盖了. 口中念念有詞 …只見一堆金一堆銀在地上.) <平妖 5:55> ⇒ 됴희, 조희, 조히, 죠희

252) 【이윽흐여】 ⑭ 얼마 있다가. 한참 있다가. ¶ 영이 졔 치마 밋히 놋코 작법흐니 이윽흐여 광치 찬난흔 금은이 되는지라 (腰裏解下裙子來盖了. 口中念念有詞……只見一堆金一堆銀在地上.) <平妖 5:55>

253) 【비단푸즈】 ⑲ 비단가게. ¶ 彩帛鋪 ‖ 니 뜻의는 별노이 방수롤 짓고 비단 푸즈롤 열고즈 흐노라 (我意思想在熱鬧處去尋間房屋, 來開個彩帛鋪.) <平妖 5:55>

鑽進房裏, 在床頭忙忙檢看, 不見了索子.) <平妖 5:52> ⇒ 헤디럿다, 헤딜ㄴ-, 헤딜ㄹ-, 헤질ㄴ-, 헤져리다

인이 젼일 은혜 바든 ᄉᆞ롬이 잇더니 요사이 의
방의 놉흔 벼술을 ᄒᆞ엿ᄂᆞᆫ 고로 져의게 본젼을
ᄭᅮ어 니엿노라 ᄒᆞ면 의심이 업ᄉᆞ리라."

원군이 일오ᄃᆡ,

"이 말이 올타."

ᄒᆞ고 원외의 아ᄂᆞᆫ ᄉᆞ롬이면 다 이쳐럼 이
르고 큰 거리 우히 ᄒᆞᆫ 집을 셰 너여 길일을 튁
ᄒᆞ여 올마 들고 푸ᄌᆞ롤 여니 무릇 미미ᄒᆞᄂᆞᆫ 거
시 다 영ᄋᆞ의 변화ᄒᆞ여 니ᄂᆞᆫ 거시라. 다른 푸ᄌᆞ
의 것 보다가 여긔 거시 품이 더 조ᄒᆞ며 갑시
헐ᄒᆞ니 모든 사롬이【57】 복쥬병진(輻輳並進)ᄒᆞ
여 구름이 엉긔고 긔야미255) 모히듯 모히니 니
식이 졈졈 부요ᄒᆞ미 원외와 원군이 깃부믈 니긔
지 못ᄒᆞ여 츠환도 사고 괴공(雇工)도 사셔 부려
슈년 사이의 평안가 불붓튼 터의 집을 다시 슈
륙(水陸)ᄒᆞ고256) 방ᄉᆞ와 고집을 젼ᄎᆞ치 짓고 문
방 알픠 온ᄀᆞᆺ 푸ᄌᆞ롤 비셜ᄒᆞ고 후원의 화초롤
시무니 셧녁 마을과 동녁 집이 닷토와 하례ᄒᆞ고
여러히 결교ᄒᆞ엿든 붕우들이 닷토와 니르러 착
실이 별붓트니257) 완연이 젼일 부요ᄒᆞᆯ 젹 ᄀᆞᆺ더
라. 호원외 집의 와 미미ᄒᆞᄂᆞᆫ ᄉᆞ롬이 의논ᄒᆞ여
닐오ᄃᆡ,

"다른 ᄉᆞ롬의 푸ᄌᆞᄂᆞᆫ 보화【58】 롤 졔 고
의 너허 밧긔 너헛시되 오직 호원외의 푸ᄌᆞᄂᆞᆫ
보화롤 미양 안ᄒᆞ로셔 너여오니 고히 ᄒᆞ다."

ᄒᆞ거늘 원외 남의 눈츼롤 보고 드러와 영
ᄋᆞ다려 니로ᄃᆡ,

"니 집이 다시 니러ᄂᆞᆫ믄 다 영ᄋᆞ의 공이
라, 네 공을 어이 모로리오. 금은치단이 슈롤 혜
지 못ᄒᆞ게 ᄒᆞ여시니 이졔ᄂᆞᆫ 비록 도슐을 아니ᄒᆞ
여도 잇ᄂᆞᆫ 거스로만 써도 평싱이 독홀 거시오.
ᄯᅩ 미양258) 푸ᄌᆞ의 가 홍졍ᄒᆞᄂᆞᆫ 냥을 보니 남이
만일 우리 집 일을 알면 크게 비편(非便)홀가
ᄒᆞ노라."

ᄒᆞ고 인ᄒᆞ여 남들의 의심ᄒᆞᄂᆞᆫ 말을 ᄒᆞ니
영이 ᄃᆡᄒᆞ여 일오ᄃᆡ,

"이후ᄂᆞᆫ【59】 푸ᄌᆞ의 ᄂᆞ으가지 말고 다시
도슐을 마스이다."

원외 굴오ᄃᆡ,

"만일 이러ᄒᆞ면 다시 근심이 업술노다."

ᄒᆞ니 이후ᄂᆞᆫ 영이 방 즁의셔 각별ᄒᆞᄂᆞᆫ 일
이 업더라. 원외 방심ᄒᆞ여 가더니 슈월이 지난
후의 홀연 싱각ᄒᆞ되,

'녀이 밧긔 ᄂᆞ가지 아니ᄒᆞ니 됴커니와 아
니 안희 드러셔 무슴 일을 ᄒᆞ여 츠환(丫鬟) 양
낭(養娘)의 눈의 ᄲᅬᄂᆞᆫ가?'

ᄒᆞ여 즁당의 드러가 녀ᄋᆞ롤 츠ᄌᆞ니 간 ᄃᆡ
업거늘 나무 ᄊᆞ혼 헷간을 지나오다가 보니 문의
버럿거늘259) 드리미러 보니 녀이 ᄌᆞ됴[근] 둥좌
의 안ᄌᆞ 손의 불근 쵸롱을 들고 압희 믈그르슬
노핫ᄂᆞᆫ디【60】 원외 싱각ᄒᆞ되,

'ᄯᅩ 무슴 일을 ᄒᆞᄂᆞᆫ고?'

ᄒᆞ고 가마니 셔셔 보니 영이 불근 쵸롱을
거우르고260) 그 속의셔 무슈혼 불근 풀과 잘게
써혼261) 여물을 ᄯᆞ히 붓고 믈을 ᄲᅮᆷ어 진언을 닑
으니 믄득 변ᄒᆞ여 셋 치 기리ᄂᆞᆫ ᄒᆞᆫ 말 탄 ᄉᆞ롬
이 되니 불근 투고의 불근 긔의 불근 말노 진셰
롤 버려 츠례로 셧거늘 영이 ᄯᅩ 흰 쵸롱을 니여

---

255) 【긔야미】⟨명⟩ 개미. ¶ 다른 푸ᄌᆞ의 것 보
다가 여긔 거시 품이 더 조ᄒᆞ며 갑시 헐ᄒᆞ니 모든 사
롬이 복쥬 병진ᄒᆞ여 구름이 엉긔고 긔야미 모히
듯 모히니 (見買得賤, 貨物又比別家的好, 人便都
來買.) <平妖 5:57> ⇒ 가야미, 가얌이, 개얌의,
개얌이, 긔아미, 긔얌이, 긔얌이

256) 【슈륙ᄒᆞ다】⟨동⟩ {수륙(水陸)하다.} 법회(法會)하
다. ¶ 평안가 불 붓튼 터의 집을 다시 슈륙ᄒᆞ
고 (次第把平安街火發場空地依先造起屋來.) <平
妖 5:57>

257) 【별붓ᄐ-】⟨동⟩ 《별붙다》 미상. ¶ 셧녁 마을과
동녁 집이 닷토와 하례ᄒᆞ고 여러 히 결교ᄒᆞ엿든
붕우들이 닷토와 니르러 착실이 별붓트니 (那時
東隣西舍, 都來作賀. 幾年斷絶來往的人家, 到此
仍舊送盤送盒, 做相識來往.) <平妖 5:57>

258) 【미양】⟨부⟩ 늘. 항상(恒常). ¶ ᄯᅩ 미양 푸ᄌᆞ의
가 홍졍ᄒᆞᄂᆞᆫ 냥을 보니 남이 만일 우리집 일을
알면 크게 비편홀가 ᄒᆞ노라 <平妖 5:58>

259) 【벌다】⟨동⟩ 열리다. ¶ 開‖ 즁당의 드러가 녀
ᄋᆞ롤 츠ᄌᆞ니 간 ᄃᆡ 업거늘 나무 ᄊᆞ혼 헷간을 지
나오다가 보니 문이 버럿거늘 (來到中堂, 尋女
兒不見, ……往從柴房門前過, 見柴房門開着.)
<平妖 5:59>

260) 【거우르다】⟨동⟩ 거우르다. 기울이다. 따르다.
¶ 傾‖ 영이 불근 쵸롱을 거우르고 그 속의셔
무슈혼 불근 풀과 잘게 써혼 여물을 ᄯᆞ히 붓고
(只見永兒把那朱紅葫蘆兒拔去了塞口打一傾, 傾
出二百來顆赤豆, 並寸寸剪的稻草在地下.) <平妖
5:60>

261) 【써흐-】⟨동⟩ 《싸홀다》 썰다. ¶ 剪‖ 영이 불
근 쵸동을 거우르고 그 속의셔 무슈혼 불근 풀
과 잘게 써혼 여물을 ᄯᆞ히 붓고 (只見永兒把那
朱紅葫蘆兒拔去了塞口打一傾, 傾出二百來顆赤豆,
幷寸寸剪的稻草在地下.) <平妖 5:60> ⇒ ᄲᅡ흐-,
ᄲᅡ홀다, ᄲᅥ흐-, ᄲᅥ홀다, ᄲᅧ홀다, ᄲᅡᆺ흐-, 싸홀다,
써홀다

흰 팟츨 거훌너261) 니고 젼쳐로 작법(作法)ᄒ니 쏘ᄒ 변ᄒ여 흰 투고의 흰 긔의 흰 말 탄 군병이 되여 한 진세롤 베푸니 원외 졍신이 황홀ᄒ여 쑴인가 의심ᄒ더니 영이 머리의 쏘즛던 금츠(金釵)롤 【61】 ᄲ혀 쇼리 질너 변ᄒ라 ᄒ니 흔ᄌ로 보검이 되거눌 좌우롤 지휘ᄒ여 쏘호라 ᄒ니 좌우편 군시 셔로 싀살ᄒ여 함셩이 진동ᄒ니 원외 디경ᄒ여 싱각ᄒ되,

'맛춤니 다른 스롬이 보던들 어이ᄒ고? 이 ᄌ식을 두엇다가는 반ᄃ시 멸문지화롤 면치 못ᄒ 거시니 부ᄌ의 졍을 도라보지 못ᄒ노다.'

ᄒ여 부억의 가 고기 써흐는 칼을 집어 가지고 도라와보니 영이 홍빅군을 지휘ᄒ여 양구히 쏘ᄒ다가 칼을 둘너 군을 거두라 ᄒ니 인미 도로 변ᄒ여 풀과 여물이 되거눌 바야흐로 영이 롤 향ᄒ고 한 칼을 【62】 드러 버히니 머리 ᄲ히 써러지고 죽엄이 것구러져시니 셩혈이 낭ᄌ호거눌 원외 ᄎ마 보지 못ᄒ여 칼흘 더지고 거격으로 죽엄262)의 덥고 고간문을 잠으고 나와 푸ᄌ간의 안ᄌ 머리롤 슉이고 싱각ᄒ되,

'니 비록 문호롤 보젼치 못ᄒᆯ가 겁ᄒ여 녀ᄋ롤 입시ᄒ엿시나 스롬이 ᄎ마 못ᄒᆯ 일을 ᄒ엿시니 졔 어미 무르면 무어시라 디답ᄒ리오?'

ᄒ여 원외 졍신이 다 업고 안ᄌ며 셔미 평안치 아냐 안팟그로263) 드나들기롤 빅번이나 ᄒ다가 어두어 오미 방의 드러와 슐을 가져오라 ᄒ여 원군으로 더브러 두어 슌 【63】 비롤 먹더니 원외 믄득 한숨을 지고 눈물을 흘니거눌 원군이 부러 굴오디,

"집안의 근심이 업거눌 엇지 니러틋 슬푼 거동을 지어 궁상져온264) 모양을 ᄒᄂ뇨?"

원외 닐오디,

"니 마지 못ᄒᆯ 일을 ᄒ엿시니 엇지 슬푸지 아니ᄒ리오."

인ᄒ여 녀ᄋ의 군병을 민ᄃ라 습진(習陣)ᄒ던 일과 문호의 화롤 씨칠가 두려 죽인 말을 다 니르니 원군이 가슴을 두다리고 쒸놀며 통곡

ᄒ여 굴오디,

"네 삼 년 젼의 고파원(孤寡院)의셔 죽어가던 줄을 싱각ᄒᆫ다? 녀ᄋ곳 아니면 우리 냥인이 죽언 지 오릴 거시니 녀ᄋ의 덕으로 【64】 계유 살게 되엿거눌 마츰니 히ᄒ리오."

원외 굴오디,

"니 일시 그릇 ᄒ여시니 상시 부쳐의 졍을 보와 나롤 원망치 말나."

원군이 굴오디,

"네 영ᄋ롤 어니 쩌의 죽엿ᄂ뇨?"

원외 굴오디,

"ᄂ됴희265) 죽엇노라."

원군이 홀연 의심ᄒ여 안ᄒ로 드러가더니 이윽고 흔 사롬을 팔홀 ᄭ어 나오거눌 원외 눈을 드러보니 이는 다른 스롬이 아니라 곳 녀ᄋ 여눌 원외 마음의 크게 놀나 싱각ᄒ되,

'니 ᄂ됴희 분명이 칼노쎠 녀ᄋ의 머리롤 버혓거눌 졔 엇지ᄒ여 도로 사라ᄂᆞᆫ고?'

---

261) 【거훌ㄴ-】 圖 《거후르다》 거우르다. 기울이다. 따르다. ¶ 영이 쏘 흰 쵸롱을 니여 흰 팟츨 거훌너 니고 젼쳐로 작법ᄒ니 (永兒又把一個白葫蘆兒拔去了塞口的打一傾, 傾出二百來顆白豆, 幷寸寸剪的稻草在地下.) <平妖 5:60> ⇒ 거우로다, 거우르다, 거우ㄹ다, 거울ㄴ-, 거후로다, 거후르다, 거훌ㄴ-, 거훌ㄹ-

262) 【죽엄】 圐 주검. 시체(屍體). ¶ 屍首 ∥ 칼흘 더지고 거격으로 죽엄의 덥고 고간문을 잠으고 (便把刀丟在一邊, 拖那屍首僻靜處盖了, 出那柴房門把鎖來鎖了.) <平妖 5:62>

263) 【안팟】 圐 안팎. ¶ 원외 졍신이 다 업고 안ᄌ며 셔미 평안치 아냐 안팟그로 드나들기롤 빅번이나 ᄒ다가 (胡員外坐立不安, 走出走入有百十曹.) <平妖 5:62> ⇒ 안팟ㄱ

264) 【궁상져오-】 圀 《궁상졉다》 궁상(窮狀)쩍다. 궁상스럽다. ¶ 집안의 근심이 업거눌 엇지 니러틋 슬푼 거동을 지어 궁상져온 모양을 ᄒᄂ뇨 (沒甚事, 如何這等哭?) <平妖 5:63>

265) 【ᄂ동】 圐 낮. ¶ 日間 ∥ 너 ᄂ됴희 분명이 칼노쎠 녀ᄋ의 머리롤 버혓거눌 졔 엇지ᄒ여 도로 사라ᄂᆞᆫ고 (日間我一刀剮了, 如何却活在這裡?) <平妖 5:64> ⇒ 나됴, 나죄, 낫ㅈ, ᄂ좋

22

□□□□□□□□ □□□□□□
胡員外尋媒議親 蠢憨哥洞房花燭

마음이 황난ᄒᆞ여 아모 말도 못ᄒᆞ거눌 【65】 영이(永兒) 원군(院君)다려 굴오ᄃᆡ,

"야애 각별 분부ᄒᆞᄂᆞᆫ 일이 업스니 히ᄋᆞ롤 엇지 불너오시니잇고?"

말을 맞고 졔 방으로 도라가니 호원외(胡員外) 녀ᄋᆞ의 스랏ᄂᆞᆫ 양을 보고 낫치 벌거ᄒᆞ여267) 아모 말도 못ᄒᆞ거눌 원군이 일장을 발작(發作)ᄒᆞ여 원외롤 모라셰니268) 원외 ᄒᆞᆫ 말도 못ᄒᆞ고 이튼날 일즉 니러나 ᄂᆞᆷ 너혼 고간을 열고 보니 칼은 오히려 ᄒᆞᆫ 겻희 노혓고 공셕269)을 덥혼 거술 보니 한 ᄌᆞ로 닛뷔롤 버혓거눌 원외 더욱 놀나 싱각ᄒᆞ되,

'명명이 녀ᄋᆞ롤 버혓더니 어이ᄒᆞ여 닛뷔270) 되엿는고? 이러틋 뇨괴(妖怪)롤 결당ᄒᆞ여 집의 두지 못ᄒᆞᆯ 거【66】시니 다만 ᄒᆞᆫ 집의 잇지 아니ᄒᆞ면 조홀노다.'

ᄒᆞ고 ᄒᆞᆫ 계교롤 싱각ᄒᆞ고 이의 원군다려

닐오ᄃᆡ,

"아ᄃᆞᆯ이 ᄌᆞ라면 며ᄂᆞ리롤 엇고 ᄯᆞᆯ이 ᄌᆞ라면 스회271)롤 볼 거시니 이졔 영이 임의 장셩ᄒᆞ여시니 엇지 미양 다리고 잇스리오."

원군이 답ᄒᆞ여 일오ᄃᆡ,

"우리 집 일을 녀ᄋᆡ 다 일워ᄂᆞ여시니 엇지 참ᄋᆞ 너여 보니리오. ᄒᆞ믈며 슬하의 다른 ᄌᆞ식이 업스니 너 ᄯᅳᆺ의ᄂᆞᆫ 스회롤 어더 ᄒᆞᆫ가지로 우리 집의 두어 만 년의 의탁을 삼으미 맛당ᄒᆞᆯ가 ᄒᆞ노라."

원군이 일오ᄃᆡ,

"너 ᄯᅳᆺ의도 쳐음은 ᄯᅩᄒᆞᆫ 이러ᄒᆞ더니 녀ᄋᆞ의 ᄒᆞᄂᆞᆫ 일을 보아ᄒᆞ니 마【67】음의 마참ᄂᆡ 무스ᄒᆞᆯ 니 업ᄂᆞᆫ지라. 아직 셔방 마쳐두고 싀부모의 슬하의 잇게 ᄒᆞ면 친부모의 집의 이실 격과 ᄀᆞᆺ지 못ᄒᆞ여 졔 마음ᄃᆡ로 긔변겨온272) 일을 ᄒᆞ지 못ᄒᆞᆯ 거시니 녀ᄋᆞ의 ᄂᆞ히 ᄎᆞ고 노셩(老成)ᄒᆞ 기롤 기다려 스회 됴ᄎᆞ 다려다가 ᄒᆞᄃᆡ셔 살면 냥편(兩便)ᄒᆞᆯ가 ᄒᆞ노라."

ᄒᆞ니 원군이 이 말을 고지드러 일오ᄃᆡ,

"원외의 쇼견이 올타."

ᄒᆞ거눌 원외 즉시 차환을 불너 미파(媒婆) 냥인을 다려오니 하나혼 말 잘ᄒᆞᄂᆞᆫ 장삼슈(張三嫂)요 하나혼 노실(老實)ᄒᆞ 니ᄉᆞ쉬(李四嫂)라. 냥인이 니르러 원외와 원군을 보고 무러 굴오ᄃᆡ,

"쇼인 등을 어디로 부리려 ᄒᆞ【68】시ᄂᆞ니

---

267) 【벌겅다】휑 벌겅다. ¶ 호원외 녀ᄋᆞ의 스랏ᄂᆞᆫ 양을 보고 낫치 벌거ᄒᆞ여 아모 말도 못ᄒᆞ거눌 (胡員外親眼見了女兒好生生在那裏, 到是滿面羞慚, 開了口合不得.) <平妖 5:65>

268) 【모라셰다】동 몰아 세우다. ¶ 搶白 ‖ 일장을 발작ᄒᆞ여 원외롤 모라셰니 원외 ᄒᆞᆫ 말도 못ᄒᆞ고 (又被媽媽搶白了一場, 員外只得含糊過了一夜.) <平妖 5:65>

269) 【공셕】명 깔자리. ¶ 칼은 오히려 ᄒᆞᆫ 겻희 노혓고 공셕을 덥혼 거술 보니 한 ᄌᆞ로 닛뷔롤 버혓거눌 (只見刀在一邊, 剁的屍首, 却是一把株帚砍做兩截.) <平妖 5:65>

270) 【닛뷔】명 볏짚으로 만든 비. ¶ 笤箒 ‖ 칼은 오히려 ᄒᆞᆫ 겻희 노혓고 공셕〔깔자리〕을 덥혼 거술 보니 한 ᄌᆞ로 닛뷔롤 버혓거눌 (只見刀在一邊, 剁的尸首, 却是一把株箒砍做兩截.) <平妖 5:65> ⇒ 닛븨, 닛비

271) 【스회】명 사위. ¶ 女婿 ‖ 아ᄃᆞᆯ이 ᄌᆞ라면 며ᄂᆞ리롤 엇고 ᄯᆞᆯ이 ᄌᆞ라면 스회롤 볼 거시니 (常言道男大當婚, 女大須嫁.) <平妖 5:66>

272) 【지변겨오-】휑 《지변졉다》 재변(災變)되다. ¶ 아직 셔방 마쳐 두고 싀부모의 슬하의 잇게 ᄒᆞ면 친부모의 집의 이실 격과 ᄀᆞᆺ지 못ᄒᆞ여 졔 마음ᄃᆡ로 지변겨온 일을 ᄒᆞ지 못ᄒᆞᆯ 거시니 (不如擇個良姻緣, 嫁出去, 在公婆身邊, 到底不比自家爹媽, 少不得收斂些.) <平妖 5:67>

잇고?"

원외 골오디,

"너희 낭인이 일쪽 니 녀ᄋ롤 보왓눈다?"

장삼쉬(張三嫂) 디ᄒ여 골오디,

"젼일 쇼낭ᄌ롤 보니 용뫼 과연 셰상의 썬혀나시더이다."

원외 일오디,

"니 집의는 오직 녀ᄋ뿐이라. 느히 임의 십구 셰로디 졍혼ᄒ 곳이 업눈 고로 특별이 너희 낭인을 쳥ᄒ여 의논ᄒ노라."

장삼쉬 일오디,

"원외와 원군이 긔걸ᄒ시눈[273] 일을 쇼인이 엇지 진심치 아니ᄒ리잇고. 다만 아지 못게라 셔랑(婿郎)을 다리려[274] ᄒ시ᄂ니잇가?"

니ᄉ쉬(李四嫂) 일오디,

"이러ᄒ면 친ᄉ(親事)롤 듯보기 쉬올쇼이다."

원외 두 낭 은ᄌ롤 가져오라 ᄒ여【69】낭인을 난화 쥬어 골오디,

"아지 신발갑술[275] 쥬ᄂ니 친ᄉ곳 일ᄋ면 즁상(重賞)이 잇스리라."

낭인이 ᄉ양ᄒ눈 쳬 ᄒ다가 바다가지고 ᄂᄋ와 노상의셔 셔로 의논ᄒ되,

"우리 낭인이 마음을 ᄒᆞᆫ가지로 ᄒ여 맛당ᄒ 곳을 니 몬져 어들지라도 너와 의논ᄒ고 네 몬져 어들지라도 날ᄃ려 닐너 상도 ᄒᆞᆫ가지로 타고 슐도 ᄒᆞᆫ가지로 먹을 거시라."

ᄒ고 언약을 졍ᄒ며 길흘 난화 가니라. 장삼쉬 ᄉ잉각ᄒ되,

'셧녁 거리의 ᄉ는 장원외(張員外)의 집도 가음열고 ᄋ돌이 썬혀느고 쏘 고은 며느리롤 어드런다 ᄒ더니 니 아모커나 닐너 보【70】려니와 다만 신낭의 나히 십칠 셰니 맛당토다.'

ᄒ고 장원외의 집의 가니 장원외 보고 온 뜻을 뭇거눌 장삼쉬 일오디,

"ᄒᆞᆫ 됴혼 친ᄉ롤 니르라 왓ᄂ이다."

장원외 일오디,

"여러 즁미 혼ᄉ롤 닐우디 다만 ᄒ 곳도 허혼치 아니ᄒᆞ엿더니 너희 니르는 바는 뉘 집이뇨?"

장삼쉬 디ᄒ여 골오디,

"비단푸ᄌ ᄒ눈 호원외 독녀(獨女)롤 두어시니 홈홀 곳이 업ᄂ이다."

장원외 골오디,

"니 젼일 금병디[金明池]의 올나 갓실 졔 일쪽 호가 녀ᄋ롤 보니 과연 졀식(絶色)이여니와 아지 못게라 그 츈광(春光)이 언마나 ᄒ뇨?"

장삼쉬 디ᄒ여 골오디,

"십구【71】셰라 ᄒ더이다."

장원외 골오디,

"이는 희롭지 아니ᄒ거니와 져 집이 독네니 ᄉ회롤 일졍 다리려 홀 거시니 허락지 못홀노다."

장삼쉬 골오디,

"호원외 녀ᄋ롤 보너려 ᄒ나이다."

장원외 골오디,

"이리ᄒ면 됴흘노다."

ᄒ고 쥬찬을 니여 장삼슈롤 디졉ᄒ고 은ᄌ 일 낭을 상쥬고 일오디,

"친ᄉ롤 일운 후의 후히 상급ᄒ리라."

ᄒ니 장삼쉬 두 집 은ᄌ롤 엇고 슘먹은 일을 ᄉᆞᆼ각ᄒ니 마음의 흔흔(醺醺)ᄒ여 헤아리되,

'이 일이 슌히 되엿시니 니ᄉ슈롤 가보고 언약혼 일을 져바리지 말녀.'

ᄒ고 바로 니ᄉ슈 집【72】을 ᄎᄌ 가보고 골오디,

"맛당혼 혼쳬 잇다."

ᄒ니 니ᄉ쉬 무러 골오디,

"뉘 집이뇨?"

장삼쉬 골오디,

"장원외의 집의 십칠 셰된 꼿다온 쇼년이니라."

ᄉ쉬 골오디,

"니 말이 바른 쥴을 고히이 너기지 말나.

---

273)【긔걸ᄒ다】图 명령(命令)하다. 분부(分付)하다. 시키다. ¶ 원외와 원군이 긔걸ᄒ시눈 일을 쇼인이 엇지 진심치 아니ᄒ리잇고 <平妖 5:68> 叫 ‖ 우리롤 가마니 보내여 너희롤 긔걸ᄒ야 쏘혼 고장을 가지고 부의 나아와 뎡ᄒ면 샹공이 빅셩을 위ᄒ여 티위의 디답홀 말이 됴홀디라 (悄悄叫你們去, 投遞一紙地方公呈, 當堂訴明, 便好回復太尉, 好與你們解釋.) <後水滸 3:75>

274)【다리다】图 데리다. 거느리다. ¶ 贅 ‖ 다만 아지 못게라 셔랑을 다리려 ᄒ시ᄂ니잇가 (不知如今要入贅, 却是嫁出去?) <平妖 5:68>

275)【신발값】图 심부름값. ¶ 脚步錢 ‖ 아직 신발갑술 쥬ᄂ니 친ᄉ곳 일우면 즁상이 잇스리라 (權與你二人做脚步錢. 若親事成時, 自當重重相謝.) <平妖 5:69>

스나히 맛지요 계집이 아러 되어야 아름다온 비
필이니라."

장삼쉬(張三嫂) 일오디,

"네 상담(常談)을 듯지 못ᄒ엿는다? 쳐의
나히 흔 히 맛이면 금이 깃다 ᄒ니 무슴 맛갓
지276) 못ᄒ미 잇스리오. 네 남의 일을 나모라ᄒ
니 이도곤277) 나은 곳을 어덧느냐."

니스쉬(李四嫂) 굴오디,

"장원외(張員外) 집 ᄋ지(兒子) 나히 바야
흐로 이십일 셰오 셔가(徐家)의 납치(納彩)ᄒ엿
다가 그 녀지 죽【73】으니 지금 정혼혼 디 업
ᄂ니라."

장삼쉬(張三嫂) 굴오디,

"셩녜(成禮) 젼의 상쳐(喪妻)혼 신낭(新郞)
이 스쥐 셴 줄을 가히 알 거시니 호원외 엇지
혼 늣 녀ᄋ룰 불길혼 집 후실을 쥬리오."

ᄒ며 졍히 결우더니 이인이 굴오디,

"아모커나 호원외 집의 가 품ᄒ여 그 뜻을
볼 거시라."

ᄒ고 즉시 호가의 니르니 호원외 불너 ᄌ
ᄀ이 안즈라 ᄒ고 무러 굴오디,

"너희 오날 오니 벅벅이 됴혼 친스룰 쇼인
이 듯보와 왓느이다. 장원외의 집 신낭이 나히
바야흐로 십칠 셰요, 인지 츌중ᄒ고 믄여필이
흔가지니 이도곤 나혼 이 업스리이다."

호원외 머리【74】를 흔들고 니스슈다려
무러 굴오디,

"너도 듯본 디 잇거든 말ᄒ라."

니스쉬 굴오디,

"널니 듯보오나 장원외의 집 신낭 밧 느지
아니ᄒ리이다."

원외 왈,

"다 니르지 말고 셩실혼 쇼관인(小官人)을
듯보와오라."

냥인이 다 믈너느니라. 장삼슈와 니스쉬
굴오디,

"장낭(張郞)의 풍되(風度) 졍히 맛당ᄒ되
원외 허치 아니ᄒ니 여러 날 우리 널니 듯보와
셔로 진심ᄒᄌ."

ᄒ고 일일은 냥인이 셔로 의논ᄒ되,

"호원외 우리다려 일오디 셩실혼 쇼관인을
듯보와 오라 ᄒ니 졔 아니 총명ᄒ고 명명 녕니
혼 사롬을 혐의로이 너기는가?"

삼쉬【75】굴오디,

"오날 우리 호원외룰 가 보고 져룰 속여
슐잔이나 어더 먹고 은냥을 어더 난호고 모다
혼번 웃게 ᄒ미 엇더ᄒ뇨?"

니스쉬 무러 굴오디,

"네 일졍 듯본 곳이 잇느냐?"

장삼쉬 답ᄒ여 굴오디,

"아직 뭇지 말고 날을 됴ᄎ 오라. 슐을 만
히 어더 먹으리라."

ᄒ고 냥인이 호가의 가 니원외 졍히 푸즈
의 안즛더니 져 냥인을 보고 무러 굴오디,

"친스(親事)278)룰 듯보와 왓는냐?"

장삼쉬 굴오디,

"한 집이 잇스되 귀틱과 흔가지로 푸즈 ᄒ
는 쵸원의 집이니 신낭이 극히 셩실ᄒ되 다만
너모 셩실홀가 ᄒ나이다."

호원외 무러【76】굴오디,

"나혼 언마나 ᄒ며 어이ᄒ여 너모 셩실ᄒ
다 ᄒ느뇨?"

장삼쉬 디ᄒ여 굴오디,

"나혼 십구 셰로디 아침 나됴279)의 옷 가
라닙고 삼시 밥과 네 쎠 ᄎ룰 먹으되 다만 흠홀
거슨 그 신낭이 너모 고지식ᄒ고 셩실ᄒ여 뵈되
오직 쳥홍(靑紅)과 흑빅(黑白)을 분변치 못ᄒᄂ
중 쳥밍(靑盲)인 ᄌ혀여 뵈나 쵸원외(焦員外)의
집이 귀틱과 ᄌ치 푸즈ᄒᄂ 고로 집이 부요ᄒ고
셰상의 엇기 어려온 신낭이러이다."

ᄒ더이다.

---

276) 【맛갓-】〔형〕《맛갖다》 맞다. 알맞다. ¶ 맛갓지
아니케 넉이다 (不受用) <漢淸 憎嫌 7:49b> 쳐의
나히 흔 히 맛이면 금이 깃다 ᄒ니 무슴 맛갓지
못ᄒ미 잇스리오 (妻大一, 有飯吃; 妻大二, 多利
市; ……如何不好!) <平妖 5:72>

277) 【-도곤】〔조〕 -보다. ¶ 勝‖네 남의 일을 나
모라ᄒ니 이도곤 나은 곳을 어덧느냐 (你嫌我這
主兒不好, 有甚別個主兒勝得這一頭的?) <平妖
5:72>

278) 【친스】〔명〕〔친사(親事).〕 혼사(婚事). ¶ 親事
‖친스룰 듯보와 왓는냐 (有甚親事來說?) <平妖
5:75>

279) 【나됴】〔명〕 저녁. ¶ 나혼 십구 셰로디 아침
나됴의 옷 가라닙고 삼시 밥과 네 쎠 ᄎ룰 먹으
되 (焦員外的兒子雖則也是一十九歲了, 還是奶子
替他着衣服, 三頓喂他茶飯, 口邊涎瀝瀝.) <平妖
5:76> ⇒ 나죵, 나죄, 낫

[평뇨긔平妖記　권지뉵卷之六]

【1】 츠셜 호원외(胡員外) 크게 웃고 골오
디,

"이 집이 친스룰 이루미 가장 됴흐니 너희
논 힘뻐 쥬장흐라."

흐고 쥬안을 니여 먹이며 은즈룰 쥬어 일
을 일우도록 흐라 흐고 당부흐여 보니더라.

이튼날 니스쉬(李四嫂) 쵸원외(焦員外)의
집의 가니 원외 불너보고 뭇거눌 스쉬 골오디,

"비단푸즈 흐눈 호원외 집과 결혼흐시미
엇더 흐시리잇가? 쵸원외 총명흐믈 익이 알고
젼일 사룸을 보니여 혼경을 통흐니 졔 부더 스
회룰 다리려280) 흐기로 혼시 니지 못흐엿더니
아지 못게라 호원외 【2】 이졔눈 무어시라 흐느
뇨?"

스쉬 골오디,

"호원외 쇼인다려 일오디 만일 문회(門戶)
상젹(相敵)흐고 녀세(女婿) 아름다오면 싀가(媤
家)로 보니려 흐눈 고로 특별이 알외느이다."

쵸원외 크게 깃거 쥬찬으로 디졉흐고, 장
삼쉬(張二嫂) 니스슈도 너브러 호원외룰 보와
회보흐고 호가룰 쪄나 길히셔 일오디,

"나눈 너희 이디도록 형상업손 쥴을 몰낫
더니 네 말을 드르니 우움을 참지 못흘네라. 만
일 호원외 져룰 희롱흔다 흐고 노흐여 흐더면
욕을 아니 보와시리오. 네 어인 뜻이런고?"

니스쉬 골오디,

"나와 맛쵸아 네 맛당흔 혼사 【3】 룰 일우
되 졔 머리룰 흔들고 총명영니흔 사룸을 혐의로
이281) 너길시 니 본디 희롱의 말을 흐여 흔번
크게 우으려 흐고 쵸가 친스룰 일넛더니 뉘 도
로혀 인연이 잇슬 쥴 알니오."

장삼쉬 골오디,

"졔 우리룰 후히 디졉흐여 젼도곤282) 더흔
지라. 필연 맛당이 너기미니 아모커나 져의 말
디로 초가의 가 일을 거시라."

흐고 일변 힝흐며 일변 웃고 쵸원외룰 가
보니,

"원외 엇지흐고 왓눈고?"

뭇거눌 장삼쉬 일오디,

"우리 냥인이 특별이 쇼관인을 위흐여 아
름다온 혼스룰 일우고 깃분 슐을 먹 【4】 으려
흐나이다."

쵸원외 골오디,

"우리 집 아즈눈 오직 인스룰 모로눈 병인
이라. 졔 엇지 즐겨 구혼을 흐던고?"

스쉬 골오디,

"귀퇵(貴宅)과 호가(胡家)눈 흔가지로 비단
푸즈흐눈283) 집이요, 그 딕 곳다온 쇼낭지 나히
바야흐로 십구 셰라. 동경(東京) 가음연 집의셔
뉘 구혼(求婚)을 아니흐리오마눈 원외 다 물니
치고 쇼인이 귀퇵 말을 이리이리흐니 호원외 즉
시 허락흐더이다."

쵸원외 디희흐여 바라던 바의 지난지라 일
오디,

"일을 만일 니부면 슝히 스례흐리라."

흐고 십 냥 은을 니여 난화 쥬거눌 냥인이
호가의 회보흐니 원외 너희흐 【5】 여 원군(院
君)다려 닐오디,

"녀ᄋ이 친스룰 니 인이 니졍(宁定)흐엿노
라."

원군이 무러 골오디,

"뉘 집이뇨?"

흐거눌 장삼쉬 쏘라 드러갓다가 몬져 디흐
여 골오디,

"져 집의 가음열기284)눈 니르도 말고 쇼관

---

280) 【다리다】 图 데리다. 거느리다. ¶ 쵸원외 총
　　명흐믈 익이 알고 젼일 사룸을 보니여 혼경을
　　통흐니 졔 부더 스회룰 다리려 흐기로 혼시 니
　　지 못흐엿더니 <平妖 6:1>

281) 【혐의로이】 冊 {혐의(嫌疑)로이.} 싫게. ¶ 나
　　와 맛쵸아 네 맛당흔 혼사룰 일우되 졔 머리룰
　　흔들고 총명영리흔 사룸을 혐의로이 너길시 니
　　본디 희롱의 말을 흐여 (我和你說這許多頭親事,
　　都敎放過了. 我且閑耍着他, 若胡員外焦燥時, 我
　　只說取笑.) <平妖 6:3>

282) 【-도곤】 图 -보다. ¶ 比 ‖ 졔 우리룰 후히
　　디졉흐여 젼도곤 더흔지라 필연 맛당이 너기미
　　니 (想是中意了. 若不中意時, 今日如何把四兩銀
　　子與我們, 比往常更是加厚.) <平妖 6:3>

283) 【푸즈흐다】 동 {포자(鋪子 pùzi)하다.} 가게를
　　하다. 중국어 차용어. ¶ 鋪 ‖ 귀퇵과 호가눈 흔
　　가지로 비단 푸즈흐눈 집이요 그 딕 곳다온 쇼
　　낭지 나히 바야흐로 십구 셰라 (與員外一般開彩
　　帛鋪的胡員外宅裏, 花枝也似的一個小娘子. 年方
　　一十九歲.) <平妖 6:4>

284) 【가음열다】 톙 부유(富裕)하다. ¶ 豊厚 ‖ 져

인이 얼골이 풍후ᄒᆞ여 극히 복 잇ᄂᆞᆫ 사룸이요 ᄋᆞ히 젹부터 이ᄯᅥ가지 부귀ᄒᆞᆫ 집의셔 ᄌᆞ라나 옷 닙기롤 남 ᄒᆞ여285) 시기고 쇼낭지 져 집의 가시면 일싱 부족ᄒᆞᆫ 일이 업스리이다.”

원군이 ᄯᅩᄒᆞᆫ 맛당이 너기거놀 다시 쵸가의 가 회보ᄒᆞ니 쵸원외 길일(吉日)을 갈희여 납치(納采)ᄒᆞ되 스스로 아지(兒子) 샹졉(相接)지 아닌 줄을 아라 범ᄉᆞ롤 극히 풍【6】비(豊備)히 찰히더라.

쵸원외 그 쳐로 더브러 감가(憨哥)의 유모롤 불너 일오디,

“쇼관인이 친싀 다다라시니 무릇 방안 일은 다 네 몸의 잇스니 만일 부쳬 화슌(和順)ᄒᆞ면 당당이 즁상ᄒᆞ리라.”

유뫼 응낙ᄒᆞ고 물너나 마음의 민망이 너겨 감가롤 가보고 일오디,

“감ᄋᆞ(憨兒)ᄂᆞᆫ 명일의 쇼낭ᄌᆞ 엇ᄂᆞᆫ 줄 아ᄂᆞ냐? 유뫼 오날놀 너롤 위ᄒᆞ여 하례ᄒᆞ노라.”

ᄒᆞ더라.

원간 쵸가 남지 말을 ᄒᆞ나 인ᄉᆞ롤 젼혀 몰나 남이 ᄒᆞᄂᆞᆫ디로 비화 ᄒᆞᄂᆞᆫ지라.

유뫼 싱각ᄒᆞ되,

‘우리 원외ᄂᆞᆫ 남의 셜운286) 일을 ᄒᆞᄂᆞᆫ도다! 져런 ᄋᆞ둘을 두고 어진 며ᄂᆞ리롤 어더 무엇ᄒᆞ리오. 니 드르니 호가【7】녀지 얼골이 졀식이오 츙명영혜ᄒᆞ미 남ᄌᆞ의게 지나다 ᄒᆞ니 져런 녀ᄌᆞ롤 부디 범인의게 보니려 ᄒᆞ니 호원외의 ᄯᅳᆺ을 더옥 아지 못ᄒᆞ리로다.’

ᄒᆞ더라.

셩친 날이 다다르니 동경(東京) 풍쇽이 ᄉᆞ회 쳐가의 의지ᄒᆞ여 두려ᄒᆞᄂᆞᆫ ᄌᆞᄂᆞᆫ 신낭의 아비 ᄋᆞ둘을 다리고 신부 집의 가 셩녜(成禮)ᄒᆞ고 며ᄂᆞ리 싀집의 가 ᄉᆞᄂᆞᆫ 신부ᄂᆞᆫ 신부의 어미 쌀을 다리고 ᄉᆞ회의 집의 가 셩녜ᄒᆞᄂᆞᆫ지라. 장원군(張院君)이 녀ᄋᆞ롤 다리고 갈싀 쥬옥금슈(珠玉錦繡)로 신션ᄀᆞᆺ치 장쇽(裝束)ᄒᆞ여 쵸가의 ᄂᆞᄋᆞ가 ᄒᆡᆼ녜ᄒᆞᄂᆞᆫ 돗긔287) 니르니 쵸가의 유뫼 신낭을 붓드러 셔거놀 당의 가【8】 득 ᄒᆞᆫ 빈긔이 일시의 보니 신낭이 ᄉᆞ모롤 바로 쓰지 못ᄒᆞ고 닙의 춤을 흘니고 눈물을 흘니고 눈을 허여케 ᄯᅥ 사

롬을 둘너보며 몰나 드를 말을 입 쇽의 굿치지 아니ᄒᆞ며 비례ᄒᆞ기롤 모양을 일우지 못ᄒᆞ니 신부로 샹디ᄒᆞᆫ 모양이 맛치 졔팔계(猪八戒) ᄉᆞ장(沙場)의셔 관음보살을 맛날 젹 ᄀᆞᆺᄒᆞᆫ지라. 장원군이 크게 놀나 졍신을 졍ᄒᆞ여 보고 눈물을 흘니며 싱각ᄒᆞ되,

‘늙은 무지ᄒᆞᆫ 거시 녀ᄋᆞ롤 그릇 민다라도다!’

ᄒᆞ고 즁미롤 불너 발작ᄒᆞ려 ᄒᆞ더니 장삼쉬 원군의 ᄉᆞ식(辭色)288)이 됴치 아니ᄒᆞᄆᆞᆯ 보고 몬져 닐오디,

“노원군(老院君)아,【9】이 혼닌(婚姻)을 쇽여시나 쇼인이 쥬장ᄒᆞᆫ 거시 아니라 오놀 노원의 분부디로 ᄒᆞ여시니 도라가 원외다려 무르시면 ᄌᆞ연 명빅ᄒᆞ리이다. 금일은 크게 깃분 날이라 모든 빈긔이 당의 가득ᄒᆞ니 원군은 모로미 마음을 진졍ᄒᆞ쇼셔.”

장원군이 이 말이 유리ᄒᆞᄆᆞᆯ 듯고 계유 참고 이튿날 녀ᄋᆞ롤 울며 니별ᄒᆞ고 집의 도라와 원외롤 ᄒᆞᆫ번 보미 노발이 츙텬ᄒᆞ여 머리의 썻든 슈식을 버셔바리고 발을 구르며 하눌을 부르지져 통곡ᄒᆞ거놀 원외 일오디,

“됴흔 날의 엇지 이런 거동을 ᄒᆞᄂᆞ뇨? 원군【10】이 고셩ᄒᆞ여 크게 ᄭᅮ지즈되 나는 너롤 집안 님지라 ᄒᆞ여 빅ᄉᆞ의 너롤 미덧더니 늘근 짐싱읏 거시 스룸의 넘통이 업셔 녀ᄋᆞ롤 그릇

---

285) 【ᄒᆞ여】⊞ 하여금. 시키어. ¶ 要 ‖ ᄋᆞ히 젹부터 이ᄯᅥ가지 부귀ᄒᆞᆫ 집의셔 ᄌᆞ라나 옷 닙기롤 남 ᄒᆞ여 시기고 쇼낭지 져 집의 가시면 일싱 부족ᄒᆞᆫ 일이 업스리이다 (只是從小嬌養貫了, 穿衣服還要別人服侍. 生在這般的富貴人家, 好不受用.) <平妖 6:5> ⇒ ᄒᆞ야곰, ᄒᆞ여곰

286) 【셜우-】휑 《셟다》 서럽다. 억울하다. ¶ 우리 원외ᄂᆞᆫ 남의 셜운 일을 ᄒᆞᄂᆞᆫ도다 져런 ᄋᆞ둘을 두고 어진 며ᄂᆞ리롤 어더 무엇ᄒᆞ리오 (我們員外好不曉事! 這樣一個瘋子, 却討媳婦與他做甚麼.) <平妖 6:6> ⇒ 셜오-, 셜으-, 셟다

287) 【돗긔】圏 돗자리. 자리. ¶ 筵 ‖ 장원군이 녀ᄋᆞ롤 다리고 갈싀 쥬옥금슈로 신션ᄀᆞᆺ치 장쇽ᄒᆞ여 쵸가의 ᄂᆞᄋᆞ가 ᄒᆡᆼ녜ᄒᆞᄂᆞᆫ 돗긔 니르니 쵸가의 유뫼 신낭을 붓드러 셔거놀 (胡媽媽送新人入門. 少不得要拜神講禮, 參筵拂座. 奶子扶那憨哥出來.) <平妖 6:7>

288) 【ᄉᆞ식】圏 {사색(辭色).} 말과 얼굴빛. ¶ 즁미롤 불너 발작ᄒᆞ려 ᄒᆞ더니 장삼쉬 원군의 ᄉᆞ식이 됴치 아니ᄒᆞᄆᆞᆯ 보고 몬져 닐오디 (叫兩個媒人來發作時,……張快嘴看見辭色不善, 先把說話來迎住道.) <平妖 6:8>

민들 쥴 엇지 알니오."

　원외 닐오디,

　"녀ㅇ롤 그릇 민들 쥴 엇지 알니오."

　원외 닐오디,

　"녀ㅇ롤 집의 두면 필연 우리 부부의게 연누홀 거시오. 남의 집의 보닐지라도 장뷔 인ᄉ롤 알면 녀ㅇ의 ᄒᄂᆫ 일을 본죡 맛춤니 무ᄉ홀니 업ᄉ니 무삼 일 져러틋 ᄒᄂ뇨? 진짓 녀ㅇ로써 병인의 쳐ᄌ롤 삼ㅇ 아모 일을 ᄒ여도 맛춤니 허물치 아니케 ᄒ미오. 영이 니 집을 쩌나미 하놀ᄀᆞ치 깃분 일이라. 계 젼졍을 【11】 어이 돌보리오."

　ᄒ니 원군이 엇지 이 말을 고지 드르리오. 일변 통곡ᄒ며 일변 ᄭᅮ지져 부체 져무도록 쏘호더라. 이ᄯᅥ 호영이 원군을 니별ᄒ고 눈물이 마르지 아니ᄒ여 셜운 회포롤 셜이[289] 담ㅇ 잇더니 날이 어두운 후 유뫼 인도ᄒ여 쵸ᄌ(焦子)롤 붓드러 드러와 상 우ᄒᆡ 안치고 일오디,

　"밤이 깁허시니 옷슬 벗고 쇼낭ᄌ로 더부러 ᄒᆞᆫ가지로 ᄌ라."

　ᄒ고 신낭의 옷슬 벗겨 상 우ᄒᆡ 누히고 니불을 덥흔 후 영ㅇ다려 닐오디,

　"쇼낭ᄌ로 옷슬 벗고 편히 쉬쇼셔."

　영이 이 말을 듯고 더욱 셜워 싱각ᄒ되,

　'부모긔 니 일즉 불【12】 효흔 일이 업더니 나롤 도로혀 병인의게 셔방 맛치니 젼일 원외 괴로오믈 니겨 계신가? 이 부귀ᄒ미 뉘 공이 완디 나롤 이럿케 ᄒ시ᄂᆫ고. 나롤 춍명흔 장부(丈夫)의게 셔방을 맛지면[290] 법슐을 가르칠가 너겨 짐즛 병인을 구ᄒ여 맛지고 화롤 면ᄒ려 ᄒᄂᆫ 계괴라.'

　ᄒ여 유모다려 가 쉬라 ᄒ고 스스로 상의 올나 니불노 ᄂᆞᆺ출 ᄡᅳ고 겻히 누어 마음의 싱각ᄒ되,

　'야량(爺娘)이 나히 늙고 동싱이 업ᄉ무로 차마 바리고 가지 못ᄒ미러니 이졔 ᄯᅩ 나롤 이리 되게 ᄒ엿거놀 너 ᄯᅩ 권연(眷戀)ᄒ여[291] 무엇ᄒ리오. 아지 못게라 셩고괴(聖姑姑) 나의 괴로 【13】 오믈 니져 계신가 알오미 잇ᄂᆫ가?'

---

289) 【셜이】囝 서럽게. ¶ 苦 ‖ 이ᄯᅥ 호영이 원군을 니별ᄒ고 눈물이 마르지 아니ᄒ여 셜운 회포롤 셜이 담ㅇ 잇더니 (却說胡永兒見媽媽去了, 眼淚不從一路落, 苦不可言.) <平妖 6:11> ⇒ 셜니, 셜리

290) 【맛지다】동 맞게 하다. 맞이하게 하다. ¶ 嫁 ‖ 나롤 춍명흔 장부의게 셔방을 맛지면 법슐을 가르칠가 너겨 짐즛 병인을 구ᄒ여 맛지고 화롤 면ᄒ려 ᄒᄂᆫ 계ᄌ라 (敎我嫁一個聰明丈夫, 怕我敎他些什麼. 因此先識破了, 却把我嫁這個瘋子.) <平妖 6:12> ⇒ 마치다, 맛치다

291) 【권연ᄒ다】동 권련(眷戀)하다. 간절하게 생각하며 그리워하다. ¶ 貪戀 ‖ 야랑이 나히 늙고 동싱이 업ᄉ무로 차마 바리고 가지 못ᄒ미러니 이졔 ᄯᅩ 나롤 이리 되게 ᄒ엿거놀 너 ᄯᅩ 권연ᄒ여 무엇ᄒ리오 (只爲爹媽難忘, 一時撒他不下. 他又無第二個男女靠着, 何忍將奴嫁出, 又配着這個歪貨.) <平妖 6:12> ⇒ 권년ᄒ다, 권련ᄒ다

23
□□□□□□□□ □□□□□□□
蠢憨哥誤上城樓脊　費將仕撲碎遊仙枕

ᄒ며 시도록 잠을 일우지 못ᄒ다가 시벽292)의 잠간 눈을 감으니 셩고괴(聖姑姑) 학을 타고와 불너 굴오ᄃᆡ,

"너 ᄋᆞ희야, 나ᄅᆞᆯ 보ᄂᆞ냐? 너의 혼ᄉᆞᄅᆞᆯ 일우단 말을 듯고 보라 왓노라."

영이 크게 반겨 급히 마됴 ᄂᆞ와 붓줍고 심즁의 셜운을 다ᄒ니 셩고괴 닐오ᄃᆡ,

"너의 동신(終身)ᄒᆞᆯ 인연은 퍼쥐(貝州) 잇ᄉᆞ니 이 곳은 네 오리 잇슬 곳이 아니라."

ᄒ거ᄂᆞᆯ 영이 굴오ᄃᆡ,

"너 이졔 낭낭을 됴ᄎᆞ 한가지로 가려 ᄒ나이다."

셩고괴 굴오ᄃᆡ,

"네 쵸가의 빗슬293) 지고 갑지 못ᄒᆞ엿시니 이졔 어이 바리고 가리오."

영이 【14】 답ᄒ여 굴오ᄃᆡ,

"너 언졔 병인(病人)의 빗슬 졋더니잇가?"

셩고괴 굴오ᄃᆡ,

"네 젼싱(前生)의 너 녀ᄋ(女兒)로 잇슬 ᄯᅥ의 날노 더부러 검문산(劍門山)을 지ᄂᆞ다가 비ᄅᆞᆯ 피ᄒᆞ여 묘당(廟堂)의 드러가니 ᄒᆞᆫ 쇼년 도시 별호는 가청풍(假淸風)이라 네게 ᄯᅳᆺ을 두어 졍셩으로 말뉴ᄒᆞ니294) 네 비록 져의 말을 듯지 아니ᄒᆞ나 ᄯᅩᄒᆞᆫ 아됴 져ᄅᆞᆯ 거졀치 아니ᄒᆞ니 그 도시 너ᄅᆞᆯ ᄉᆞ렴(思念)ᄒᆞ여 병이 골슈의 드러 죽기의 니르니 졔 너ᄅᆞᆯ 위ᄒᆞ여 죽도록 ᄒᆞ미 심히 어린지라. 이러무로 금싱의 쵸가(焦家)의 ᄌᆞ식이 되여 병인을 믄드라 너ᄅᆞᆯ 위ᄒᆞ여 졍셩이 깁히 발원(發願)ᄒᆞ엿ᄂᆞᆫ지라 【15】 이싱의 널노 더브러 부부의 일홈을 어드니 이 졍히 너의 빗슬 갑흐미라. 인연이 진(盡)ᄒᆞ면 ᄌᆞ연 훗터지리라. 너모 밧바 말고 ᄯᅩᄒᆞᆫ 신통을 희롱ᄒᆞ여 남을 거리끼지 말나."

ᄯᅩ 일오ᄃᆡ,

"만일 어려온 일이 잇거든 졍쥐(鄭州) 가 나ᄅᆞᆯ 츠ᄌᆞ라."

ᄒ고 말을 맛치미 학을 타고 가더라.

영이 잠을 ᄭᆡ드르니 ᄒᆞᆫ ᄭᅮᆷ이라. 셩고의 니르던 말이 명명(明明)ᄒᆞ니 비로쇼 젼셰 인연인 줄 알고 마음을 진졍ᄒᆞ여 한탄치 아니ᄒᆞ더라. 장원군(張院君)이 녀ᄋᆞᄅᆞᆯ 싱각ᄒᆞ노라 시도록 한 잠을 ᄌᆞ지 못ᄒᆞ고 일죽 니러나 츄환을 쵸가의 보ᄂᆡ여 영ᄋ(永兒)ᄅᆞᆯ 보 【16】 고 오라 ᄒᆞ고 마음의 혜오ᄃᆡ,

'영이 벅벅이 우름을 긋치지 아니리라.'

ᄒᆞ여 심ᄉᆞ ᄌᆞ못 불호(不好)ᄒᆞ더니 츄환이 도라와 닐오ᄃᆡ,

"쇼낭지 밤의 평안이 ᄌᆞ시고 ᄉᆞᄉᆡᆨ(辭色)이 화열(和悅)ᄒᆞ여 됴곰도 슬허ᄒᆞ미 업더이다."

ᄒ거ᄂᆞᆯ 원군이 탄식ᄒᆞ여 굴오ᄃᆡ,

"이 ᄯᅩᄒᆞᆫ 인연이랏다.295)"

---

292) 【시벽】 ⑱ 새벽. ¶ 晨 ‖ 시벽 신 <兒上 1b> 시벽 <廣物譜 1 天道 1b> 시도록 잠을 일우지 못ᄒ다가 시벽의 잠간 눈을 감으니 <平妖 6:13> ⇒ 새박, 새배, 새벽, 새볘, 새비, ᄉᆞ벽, 시배, 시비

293) 【빗ㅅ】 ⑱ 《빗》 빚. ¶ 債 ‖ 영이 답ᄒᆞ여 굴오ᄃᆡ 너 언졔 병인의 빗슬 졋더니잇가 <平妖 6:13> ⇒ 빗

294) 【말뉴ᄒ다】 ⑧ 만류(挽留)하다. ¶ ᄒᆞᆫ 쇼년 도시 별호는 가청풍이라 네게 ᄯᅳᆺ을 두어 경셩으로 말뉴ᄒ니 네 비록 져의 말을 듯지 아니ᄒᆞ나 ᄯᅩᄒᆞᆫ 아됴 져ᄅᆞᆯ 거졀치 아니ᄒᆞ니 (有個年少的道士 名喚賈淸風, 與你眉來眼去. 雖則未曾成就, 你却也不曾決絶得他.) <平妖 6:14> ⇒ 말류ᄒ다

295) 【-랏다】 ⑪ ((동사, 형용사 어간 뒤에 붙어))

ᄒ더라.

쵸원외(焦員外)의 부체 헤오디,

'신뷔(新婦) ᄋ즈(兒子)롤 본즉 마음의 일졍(一定) 즐겨 아니ᄒ리라 ᄒ더니 져의 냥인이 화동(和同)ᄒ믈 보니 엇지 깃부지 아니ᄒ리오.'

ᄒ더라.

영이 쵸즈(焦子)로 더브러 일홈은 비록 부뷔라 ᄒ나 쵸지 인스(人事)롤 젼혀 모로니 실은 동상(東床)의 쳔니(千里) ᄀ혼지【17】라. 영이(永兒) 마음의 도로혀 평안이 너기되 상시의 쵸즈의 거동을 본즉 심즁의 잔잉히296) 너기믄 져의 유뢰 쵸즈롤 거두기롤 미시 어린아기 거두 듯ᄒ미러라. 영이 심심흔 찌면 문을 닷고 셩고의게 비혼 바 지됴 일혼 두 가지 법슐을 일너 쇼일ᄒ니 쵸즈는 겻히셔 볼 만ᄒ고 말을 못ᄒ니 이러ᄒ무로 일양 무스ᄒ여 삼년을 지낫더니 이히 뉵월이라 상시 날 더우미 젼일노 비나 더ᄒ더라. 영이 져녁이 되면 미양 쵸즈로 더브러 방의셔 밤을 지니는지라. 일일은 쵸즈다려 무러 ᄀ오디,

"오날은 더워 견디기 어렵【18】도다."

ᄒ니 쵸지 쏘 닐오디,

"오날은 더워 견디기 어렵도다."

ᄒ기놀 영이 쏘 니로디,

"니 널노 더브러 바롬을 쏘이려 ᄒ니 네 두려 말나."

쵸지 쏘 닐오디,

"니 너로 더브러 바롬을 쏘이려 ᄒ니 네 두려 말나."

ᄒ여 맛치 원숭이가 스롬의 입너니297) 듯ᄒ니 영이 쵸즈롤 다리고 흔가지로 흔 등좌(凳座)의 안즈 진언을 넘ᄒ니 등좨 변ᄒ여 큰 범이 되여 냥인을 티오고 공즁으로 올나 바로 안상문누(安上門樓) 집 우희 니르러 영이 흔가지로 바롬을 쏘이다가 스경 찌의 도로 범을 타고 도라오되 스롬이 알 니 업더라. 이후는 밤【19】이면 이쳐로 ᄒ더니 홀연 밤긔운이 증염(蒸炎)ᄒ여 셩누의 쏘 흔 졈 풍이 업는지라, 붓치질ᄒ기롤 긋치지 아니ᄒ더니 이젹의 월식이 몽농흔지라 슌경ᄒ는 즈 장쳔(張千)·니만(李萬)이 우연

이 하놀을 우러러 달을 보더니 장쳔이 두 사롬의 안즛는 냥을 보고 놀나 손을 드러 가르쳐 ᄀ오디,

"져 어인 닐고? 셩누 말네298) 사롬을 보는다?"

니만(李萬)이 쏘흔 치미러 보고 답ᄒ여 ᄀ오디,

"사롬이 엇지 능히 져 우희 오르리오. 나 보기의는 가마괴 둘히 안즈 날기롤 펴져기나299) 시부다."

장쳔(張千)이 오러 보다가 일오디,

"너는 눈터견300)만 잇고 망울과 동즈는 업는 스롬이로다.【20】ᄂ 보기의는 하나흔 남지요 하나흔 녀지로다. 니 말을 밋지 아니ᄒ거든 칼노 뽀와 ᄂ려지거든 보라."

ᄒ고 활을 니여 우러러 쏘와 흔 살이 올니 찌 쵸가의 볼기쪽을 맛치니 쵸지 크게 흔 쇼리롤 지르고 쏜히 나려지거놀 장쳔·니만이 가보니 흔 쇼년 남지로디 비록 상ᄒ엿시나 죽지는 아냣거놀 즉시 동혀미고 누상 부녀롤 보니 임의 간 곳이 업거놀 냥인이 쵸즈롤 잡ᄋ 기봉부(開

---

295)【-구나, -로다, -도다】 ¶ 원군이 탄식ᄒ여 ᄀ오디 이 쏘흔 인연이랏다 ᄒ더라 (媽媽嘆口氣, 也放下了心.) <平妖 6:16>

296)【잔잉히】[관] {잔잉(殘忍)히.} 불쌍히. 가엾게. ¶ 可憐 ∥ 상시의 초즈의 거동을 본즉 심즁의 잔잉히 너기믄 져의 유뢰 쵸즈롤 거두기롤 미시 어린아기 거두 듯ᄒ미러라 (閑常倒懷個可憐之意, 冷冷熱熱常照顧他, 恰像添了個奶子一般.) <平妖 6:17>

297)【입너니다】[동] 흉내내다. ¶ 쵸지 쏘 닐오디 니 너로 더브러 바롬을 쏘이려 ᄒ니 네 두려 말나 ᄒ여 맛치 원숭이가 스롬의 입너니 듯ᄒ니 (憨哥道: "我和你往一處乘凉, 你不要怕.") <平妖 6:18> ⇒ 임내내다, 임너니다, 입내내다

298)【말ᄂ】[명] 《마루》 마루. ¶ 屋脊 ∥ 장쳔 니만이 우연이 하놀을 우러러 달을 보더니 장쳔이 두 사롬의 안즛는 냥을 보고 놀나 손을 드러 가르쳐 ᄀ오디 져 어인 닐고 셩누 말네 사롬을 보는다 (張千猛抬起頭來看月, 吃了一驚道: "李萬! 你見麼, 門樓屋脊上坐着兩個人?") <平妖 6:19> ⇒ 마르, 말르, 므르, 몰ᄂ, 몰르

299)【펴져기다】[동] 퍼덕이다 ¶ 나 보기의는 가마괴 둘히 안즈 날기롤 펴져기나 시부다 ("據我看時, 只是兩個老鴉." 當夜兩個在屋脊上不住手的把扇搖.) <平妖 6:19>

300)【눈터견】[명] 눈테. 눈두덩. ¶ 너는 눈터견만 잇고 망울과 동즈는 업는 스롬이로다 ᄂ 보기의는 하나흔 남지요 하나흔 녀지로다 니 말을 밋지 아니ᄒ거든 칼노 뽀와 ᄂ려지거든 보라 (據我看, 一個像男子, 一個像婦人. 如今我也不管他是人是鴉, 教他吃我一箭!) <平妖 6:19>

封府)의 가니 부윤(府尹)이 좌긔ᄒᆞ엿거ᄂᆞᆯ 냥인이 알외여 ᄀᆞᆯ오ᄃᆡ,

"쇼인 등이 순경ᄒᆞᄋᆞᆸ더니 안셩[상]문누(安上門樓)의 사ᄅᆞᆷ이 올나 붓치질 ᄒᆞ되 하 【21】 나흔 남지요 하나흔 녀지여ᄂᆞᆯ 쇼인이 헤아리건ᄃᆡ 필연 간ᄉᆞᆫ 스ᄅᆞᆷ이 뇨슐을 ᄒᆞᄂᆞᆫ가 ᄒᆞ여 활노 쏘오니 남ᄌᆞᄂᆞᆫ 마져 쩌러지고 녀ᄌᆞᄂᆞᆫ 은신ᄒᆞ여 다라나 간 ᄃᆡ 업거ᄂᆞᆯ 다만 그 남ᄌᆞ만 잡ᄋᆞ ᄃᆡ령ᄒᆞ엿ᄂᆞ이다."

ᄒᆞ거ᄂᆞᆯ 부윤이 잡ᄋᆞ드려 무러 ᄀᆞᆯ오ᄃᆡ,

"네 엇던 스ᄅᆞᆷ인다?"

ᄒᆞ니 쵸지 닐오ᄃᆡ,

"네가 엇던 스ᄅᆞᆷ인다?"

부윤이 ᄀᆞᆯ오ᄃᆡ,

"네 만일 바른 ᄃᆡ로 알외면 죄롤 스ᄒᆞ려니와 그러치 아니ᄒᆞ면 죽기롤 면치 못ᄒᆞ리라."

쵸지 ᄯᅩ흔 닐오ᄃᆡ,

"네 만일 바른 ᄃᆡ로 알외면 죄롤 스ᄒᆞ려니와 그러치 아니ᄒᆞ면 죽기롤 면치 못ᄒᆞ 【22】 리라."

부윤이 ᄃᆡ로ᄒᆞ여 ᄭᅮ지져 ᄀᆞᆯ오ᄃᆡ,

"이 놈이 완만ᄒᆞ여 어린 체 ᄒᆞ고 업슈이 너기니 미이 치라."

ᄒᆞ니 쵸지 ᄯᅩ 일오ᄃᆡ,

"이 놈이 완만ᄒᆞ여 어린 체 ᄒᆞ고 업슈이 너기니 미이 치라."

ᄒᆞ거ᄂᆞᆯ 좌우의 셧ᄂᆞᆫ 사ᄅᆞᆷ이 우음을 참지 못ᄒᆞ거ᄂᆞᆯ 부윤이 모든 사ᄅᆞᆷ다려 무러 ᄀᆞᆯ오ᄃᆡ,

"뉘 져 놈을 아ᄂᆞ냐?"

ᄒᆞ되 얼골을 알 지 업거ᄂᆞᆯ 부윤이 싱각ᄒᆞ되,

'이ᄂᆞᆫ 반ᄃᆞ시 연괴 잇스미라.'

ᄒᆞ고 인ᄒᆞ여 일오ᄃᆡ,

"셩누의 엇지 스ᄅᆞᆷ이 오르며 셜스 오른들 어인 계집이 ᄂᆞ려온 닐도 업시 다라나리오. 이ᄂᆞᆫ 진졍코 뇨물(妖物)이 남ᄌᆞ롤 호리여다가 졍긔(精氣) 【23】 롤 ᄲᅢ고[301] 살 맛고 ᄂᆞ려지ᄂᆞᆫ 냥

 쵸가롤 칼메워 장쳔·니만으로 ᄒᆞ여곰 압녕ᄒᆞ여 십ᄌᆞ각 거리의 가셔 아모나 아라 보고 말ᄒᆞᄂᆞ니 잇거든 즉시 잡ᄋᆞ오라."

ᄒᆞ더라.

이ᄯᅵ 쵸원의(焦員外) 집의셔 유모와 추환이 셰슈믈을 가지고 쵸ᄌᆞ의 방의 드러가니 부쳬 다만 간ᄃᆡ 업거ᄂᆞᆯ 원외의게 보ᄒᆞ니 원외 괴히 녀겨 집안을 두루 어더 보되 종젹이 업고 ᄌᆞ던 방문도 열지 아니ᄒᆞ엿거ᄂᆞᆯ 경황ᄒᆞ여 아모리 홀 줄 모로더니 날이 느즌 후 사ᄅᆞᆷ이 젼ᄒᆞ여 일오ᄃᆡ,

"안상 누 우희 두 스ᄅᆞᆷ이 올낫다가 하나흔 다라나고 하나흔 잡히여 긔봉부의 【24】 셔 칼메워 십ᄌᆞ각의셔 지나가ᄂᆞᆫ 스람마다 뭇ᄂᆞᆫ다."

ᄒᆞ거ᄂᆞᆯ 쵸원외 의심ᄒᆞ여 십ᄌᆞ각의 가보니 과연 져의 ᄋᆞᆯ지라. 방셩디곡ᄒᆞ고 무러 ᄀᆞᆯ오ᄃᆡ,

"네 어ᄃᆡ ᄀᆞᆺ다가 이리 잡혀 오고 네 쳐ᄂᆞᆫ 어ᄃᆡ 갓ᄂᆞ뇨?"

말이 맛지 못ᄒᆞ여셔 장텬·니만이 쵸원외롤 잡ᄋᆞ 긔봉부의 가니 부윤이 무러 ᄀᆞᆯ오ᄃᆡ,

"네 셩명은 무어시뇨? 졔 칼메온 스ᄅᆞᆷ은 네게 웃지 되며 밤즁의 금셩(禁城) 문누(門樓)의 올나 무슴 간ᄉᆞᆫ 일을 ᄒᆞ며 다라난 계집은 네게 엇던 사ᄅᆞᆷ고? 바로 알외면 오히려 죄롤 사ᄒᆞ려니와 혹ᄌᆞ 긔망ᄒᆞᄂᆞᆫ 폐 잇스면 즁죄롤 입으리라."

ᄒᆞ니 【25】 초원외 ᄭᅮ러 듯기롤 다ᄒᆞ미 알외여 ᄀᆞᆯ오ᄃᆡ,

"쇼인의 셩명은 초옥(焦玉)이오니 본부(本府) 빅셩이요 칼쓴 놈은 다른 사ᄅᆞᆷ이 아니라 쇼인의 ᄌᆞ식이로ᄃᆡ 나히 이십의 밥 먹고 옷닙을 줄 모로고 져다려 뭇ᄂᆞᆫ 말이면 남 ᄒᆞᄂᆞᆫ ᄃᆡ로 입너[302]ᄂᆞᆫ 잘 ᄂᆡ오니 이러무로 일홈을 감가(憨哥)라 ᄒᆞ고 즁문 밧글 너지 아니ᄒᆞ더니 연젼의 본 쥐의셔 사ᄂᆞᆫ 호회(胡浩)란 즁미 이르러 혼인말을 ᄒᆞ거날 쇼인이 남의 녀ᄌᆞ롤 그릇 민둘가 ᄒᆞ

---

301) 【ᄲᅢ다】 图 빼다. ¶ 抽 ‖ ᄲᅨᆯ 츄, 拔也. <字上 71b> ᄲᅢ여 드다 (抽拿) <廣物譜 1 庶流 3a> 이ᄂᆞᆫ 진졍코 뇨물이 남ᄌᆞ롤 호리여다가 뎡긔롤 ᄲᅢ고 살 맛고 ᄂᆞ려지ᄂᆞᆫ 냥을 보고 다라ᄂᆞ미로다 (一定那個像婦人的, 是個妖精鬼怪, 迷着這個男子, 到那樓屋上, 不提防這厮們射了下來, 他自一徑去了.) <平妖 6:23>

302) 【입너】 图 흉내. ¶ 칼 쓴 놈은 다른 사ᄅᆞᆷ이 아니라 쇼인의 ᄌᆞ식이로ᄃᆡ 나히 이십의 밥 먹고 옷 닙을 줄 모로고 져다려 뭇ᄂᆞᆫ 말이면 남 ᄒᆞᄂᆞᆫ ᄃᆡ로 입너ᄂᆞᆫ 잘 ᄂᆡ오니 이러무로 일홈을 감가라 ᄒᆞ고 (這個枷的是小人的兒子. 枉自活了二十多年紀, 一毫人事也不曉得. 便是穿衣吃飯, 動輒要人. 人若問他說話時, 便依人言語回答, 因此取個小名叫做憨哥.) <平妖 6:25>

여 구혼치 아니려 ㅎ더니 쇼인이 다른 ㅈ식이
업ㄴ지라 요힝 ㅈ손을 볼가 ㅎ여 호가 녀ㅈ【26
】롤 다려오니 일홈은 영이(永兒)요 얼골이 단
정ㅎ고 셩품이 영니ㅎ더니 간밤의 방의 드러 ㅈ
는 쥴노 아랏습더니 오날 본죽 간 디 업ㄴ지라
바야흐로 찻더니 엇지 셩누의 가며 며ㄴ리303)는
어디롤 갓ㄴ지 부지쇼동이로쇼이다."

부윤(府尹)이 ㅅ지져 굴오디,

"간ㅅㅎ 말을 말나. 영ㅇ롤 분명 네 집의
감쵸와실 거시니 슈히304) 보너라."

쵸원외 알외여 굴오디,

"이 밧근 모로나이다."

부윤이 져의 말이 진실ㅎ믈 보고 아직 사
ㅎ고 치인(差人)을 명ㅎ여 영ㅇ의 아비롤 잡아
오라 ㅎ다. 이찌 호원외(胡員外)이 긔별【27】
을 듯고 영ㅇ의 일인 쥴 알고 원군(院君)으로
더브러 크게 놀나더니 낭기 치인이 불시의 다라
드러 원외롤 잡ㅇ가려 ㅎ니 원외 놀나 일오디,

"니 일죽 죄 업ㅅ니 관부(官府)의셔 무삼
닐노 부르시ㄴ고?"

공치 일오디,

"부윤상공이 셔셔 기다리시니 가면 알니
라."

ㅎ거늘 원외 급히 십 냥 은ㅅ톨 너여 인
졍305)을 쥬고 기봉부(開封府)로 오니 부윤이 전
후 곡졀을 니르고 굴오디,

"네 일졍 쏠을 감쵸와실 거시니 슈히 니
라."

ㅎ디 호원외 다만 아지 못ㅎ노라 ㅎ니 부
윤이 굴오디,

"니 드르니 영이 총명녕【28】니 ㅎ다 ㅎ
니 반ㄷ시 지아비롤 병인이라 ㅎ여 간부롤 두어
싀집을 긔일306) 거시니 네 만일 쏠을 위ㅎ여 관
부롤 긔망ㅎ면 즁죄롤 닙으리라."

쵸원외 겻히 ㅆ럿다가 일너 굴오디,

"며ㄴ리 만일 집의 ㅈ거든 쾌히 불너와 니
ㅇ즈의 셩명을 구ㅎ라."

원외 쇼리 질너 굴오디,

"네 분명이 니 쏠을 히ㅎ여 업시ㅎ고 순셩
ㅎ는 군관과 동모ㅎ여 셩누의셔 쏘와 잡고 하나
흔 도망ㅎ다 ㅎ여 관부롤 긔망ㅎ니 상공은 싱각
ㅎ쇼셔. 안셩 문뉘 늣지 아냐 반공의 쩌 잇ㅅ니
사롬이 눌기 업【29】거든 어이 올나가며 셜ㅅ
올나갓다 일은들 ㅆ흔 어더 ㅈㄷ다 ㅎ리오."

부윤이 호원외의 말이 유리ㅎ믈 보고 쵸옥
(焦玉)과 장쳔(張千)·니만(李萬)을 크게 ㅆ지져
굴오디,

"너희 삼인이 동모ㅎ여 뇨괴로온 말을 지
어 속이ㄴ도다."

ㅎ고 미이307) 치라 ㅎ니 살이 ㅆ러지고 피
흘너 ㅆ히 고히니 초원외 슬피 알외여 굴오디,

"쇼인이 실노 호영ㅇ롤 죽이지 아니ㅎ엿ㅅ
오니 졍으로 삼쳔 관젼(官錢)을 너여 영ㅇ의 쇼
식을 듯보와 맛춤니 엇지 못ㅎ거든 죄롤 닙어지
이다.308)"

부윤이 삼인의 거동이 이미ㅎ여 뵈고 호원
외 그디도록309) 초가의 밀위지310) 아닛는 냥을

---

303) 【며ㄴ리】图 며느리. ¶ 媳 ‖ 간밤의 방의 드
러 ㅈ는 쥴 아랏습더니 오날 본죽 간디 업ㄴ지
라 바야흐로 찻더니 엇지 셩누의 가며 며ㄴ리는
어디롤 갓ㄴ지 부지쇼동이로쇼이다 (不料昨晚吃
了晚飯, 雙雙進房去睡, 今早門不開, 戶不開, 小人
的兒子並媳婦, 都不見了. 不知怎地得出門到城樓
高處, 又不知媳婦如何不見下來, 便走得去.) ＜平
妖 6:26＞

304) 【슈히】団 빨리. 얼른. ¶ 快 ‖ 동히 부졀업시
말을 ㅎㄴ뇨 일죽 쳐치ㅎ여 슈히 인간의 환도ㅎ
게 ㅎ라 (董超哥! 有恁般閑氣力與這蠻子講話.早
了早放, 等他閻王面前快討個好人身.) ＜平妖
6:73＞ ⇒ 수이, 슈이

305) 【인졍】图 {인졍(人情).} 뇌물(賂物). ¶ 원외
급히 십 냥 은ㅈ롤 너여 인졍을 쥬고 (員外就在
鋪內取銀十兩, 送與二位.) ＜平妖 6:27＞

306) 【긔이다】동 속이다. ¶ 니 드르니 영이 총명
녕니ㅎ다 ㅎ니 반ㄷ시 지아비롤 병인이라 ㅎ여
간부롤 두어 싀집을 긔일 거시니 네 만일 쏠을
위ㅎ여 관부롤 긔망ㅎ면 즁죄롤 닙으니라 (我聞
你女兒極是聰明伶俐, 女婿這般呆蠢. 必定別有奸
夫, 做甚不公不法的事. 你怕我難爲他說出眞情,
一意藏在家中, 反來遮掩) ＜平妖 6:28＞

307) 【미이】団 매우. 심하게. 힘껏. ¶ 이놈이 완
만ㅎ여 어린 체ㅎ고 업슈이 너기니 미이 치라
(這厮可惡, 敢是假與我撒瘋.) ＜平妖 6:22＞

308) 【-지이다】回 -고 싶습니다. -기를 바랍니다.
¶ 영이의 쇼식을 듯보와 맛춤니 엇지 못ㅎ거든
죄롤 닙어지이다 (若永兒端的無消息時, 小人情
願抵罪.) ＜平妖 6:29＞

309) 【그디도록】団 그토록. 그다지. ¶ 부윤이 삼
인의 거동이 이미ㅎ여 뵈고 호원외 그디도록 초
가의 밀위지 아닛는 냥을 보고 삼인과 감가롤
보방ㅎ고 (知府見他三個苦死不招, 先自心軟. 況
兼胡員外也淡淡的不口緊要人, 便道: "這也說得
是." 一邊把三個人放了.) ＜平妖 6:29＞ ⇒ 그대ㄷ
록

310) 【밀위다】동 미루다. ¶ 부윤의 삼인의 거동

보고【30】 삼인과 감과[가](憨哥)롤 다 보방(保放)ᄒ고311) 쵸옥(焦玉)으로 ᄒ여곰 영아의 얼골을 그려니여 관부로셔 각쳐의 공ᄉ(公事)ᄒ여312) 영ᄋ롤 듯보라313) ᄒ다.

호영이(胡永兒) 셩누 우희셔 감기 살 마ᄌ믈 보고 제 방의 도라와 싱각ᄒ되,

'감가롤 일허 바리고 무슴 낫ᄎ로 여긔 잇스리오. 본가의 가도 야애 반드시 용납지 아닐 거시니 셩괴 몽즁의 일오디 어려온 일이 잇거든 졍쥐(鄭州)로 가 나롤 ᄎ즈라 ᄒ엿시니 너 이졔 몸 둘 곳이 업스니 셩고의 말디로 ᄒ 거시라.'

ᄒ고 시상의 입눈 의복과 몸지어314) 단니눈 법술ᄒ눈 것만 가지고 등좌[凳子]롤 타고 셩을 넘【31】어 사롬 업손디 가 가마니 등좌의 ᄂ려 혼ᄌ 길을 ᄎ즈가더니 이젹은 하날이 붉눈 ᄯ라 홀연이 ᄒ 사롬을 맛ᄂ니 이 믄득 다른 ᄉ롬이 아니라 ᄋ히 ᄯ 글 비호든 진션(陳善)이라. 진션싱이 호영ᄋ롤 아라보고 놀나 일오디,

"어진 졔지 엇지 홀노 이 곳의셔 맛나ᄂ뇨?"

영이 만복을 일ᄏ고 일오디,

"졔지 지아비집315) 환난을 맛나 단신으로 도망ᄒ엿시니 부모도 밋쳐 보지 못ᄒ엿나이다."

ᄒ고 사미 안흐로셔 흙 구은 벼기롤 니여 진션을 맛지며 일오디,

"사부눈 이 거술 가졋다가 니 부친긔 드려 날 본드시 ᄒ시게 ᄒ쇼셔. ᄎ눈 구【32】텬유션침(九天遊仙枕)이니 사롬이 베면 잠이 평안ᄒ고 빅병이 업스니 스뷔 부디 젼ᄒ고 잇지 마르쇼셔."

진션이 무러 골오디,

"이졔 어디로 가눈뇨?"

영이 압길을 ᄀ르쳐 일오디,

"친쳑의 집이 이 압히 잇더니 그리로 가나이다."

진션이 머리롤 흔드러 볼 ᄉ이의 경긱 간디 업스니 진션이 황홀ᄒ여 싱각ᄒ되,

'영이 일죽 죽어 귀신이 되엿고 벼기눈 인셰 옛 거시 아니로다.'

ᄒ고 너여 보려 ᄒ더니 곳쳐 싱각ᄒ되,

'죽은 사롬의 의탁ᄒ눈 말이 엇지 져바리리오.'

ᄒ고 사미의 넛코 셩으로 드러오더니 한 ᄋ히 믄득 ᄂᄋ와【33】 무러 굴오디,

"진ᄉ뷔 어디로 가시ᄂ뇨?"

ᄒ거눌 진션이 보니 젼일 비단 장ᄉ의 집의셔 글 가르치던 학동(學童)이라. 진션이 원간 밧분 연괴 잇셔 호원외의 집으로 바로 가지 못ᄒ눈지라 스미로셔 벼기롤 니여 학동을 맛겨316) 닐오디,

"아직 여긔 두라. 후일 ᄎ즈마."

ᄒ고 총망이 가거눌 학동이 보니 흙으로 민든 벼기여눌 관겨치 아닌 것만 너겨 잇눈 방의 노화두고 베고 됴으더니317) 한 무리 학동들

이 이믜ᄒ여 뵈고 호원외 그디도록 초가의 밀위지 아닛눈 낭을 보고 삼인과 감가롤 보방ᄒ고 (知府見他三個苦死不招, 先自心軟. 況兼胡員外也淡淡的不口緊要人, 便道: "這也說得是." 一邊把三個人放了.) <平妖 6:29>

311)【보방ᄒ다】동 {보방(保放)하다.} 보석(保釋)하다. ¶ 보방ᄒ다 (保官) <譯上 爭訟 65b> 보방ᄒ다 (保人) <華抄 爭訟 18b> 경월 초일일은 금황데 잇눈 연도의눈 예ᄉ 가돈 사롬도 노코 비록 죽일 죄인이라도 다 보방ᄒ눈지라 <대송 1:80> 초가의 밀위지 아닛눈 낭을 보고 삼인과 감가롤 다 보방ᄒ고 (淡淡的不口緊要人, …一邊把三個人放了.) <平妖 6:29>

312)【공ᄉᄒ다】동 공사(公事)하다. 맡기다. ¶ 쵸옥으로 ᄒ여곰 영아의 얼골을 그려니여 관부로셔 각쳐의 공ᄉᄒ여 영ᄋ롤 듯보라ᄒ나 (又着令焦家圖畵永兒面貌, 出了海捕文書各處張掛.) <平妖 6:30>

313)【듯보다】동 알아보다. ¶ 영아의 얼골을 그려ᄂ여 관부로셔 각쳐의 공ᄉᄒ여 영ᄋ롤 듯보라 ᄒ다 (又着令焦家圖畵永兒面貌, 出了海捕文書各處張掛.) <平妖 6:30>

314)【몸지-】동 《몸짓다》몸에 지니다. ¶ 隨身 ‖ 시상의 입눈 의복과 몸지어 단니눈 법술ᄒ눈 것만 가지고 등좌롤 타고 셩을 넘어 사롬 업손 디 가 가마니 등좌의 ᄂ려 혼ᄌ 길을 ᄎ즈 가더니 (當下穿了幾件隨身衣服, 帶了隨身法物. 依舊跨了凳子, 從空而出, 直到野地無人處, 漸漸下來撤下凳子, 獨立一個取路而行.) <平妖 6:30>

315)【지아비집】명 시집. ¶ 夫家 ‖ 졔ᄌ 지아비집 환난을 맛나 단신으로 도망ᄒ엿시니 부모도 밋쳐 보지 못ᄒ엿나이다 (奴家爲夫家遭難, 只身逃出, 不及對爹媽說知了.) <平妖 6:31>

316)【맛기다】동 맡기다. ¶ 스미로셔 벼기롤 니여 학동을 맛겨 닐오디 (陳學究便把枕兒遞與他道) <平妖 6:33> ⇒ 맛긔다, 맛디다, 맛지다

317)【됴으-】동 《됴을다》졸다. ¶ 睡覺 ‖ 학동이 보니 흙으로 민든 벼기여눌 관겨치 아닌 것만 너겨 잇눈 방의 노화두고 베고 됴으더니 (學童看着這土做的枕兒, 也不在意. 帶進宅裏, 就撒在耳房中自家睡的鋪上.……到鋪上去睡覺.) <平妖

이 추져와 승관도(陞官圖)를 치고 놀녀 ㅎ다가 져의 잠드는 냥을 보고 조희롤 코굼긔318) 너흐니 연ㅎ여 즈치음ㅎ고319) 니러나 【34】 어즈러이320) 지져괴거놀 바야흐로 일오디,

"니 잠드러 즐기는 거술 엇던 놈이 찌오는뇨?"

모다 닐오디,

"네 무슴 쑴을 꾸엇든다?"

학동이 일오디,

"앗가 몽중의 보니 벼기 녑히 누어 줌드니 쑴의 흔 곳의 니르러 보니 한 무리 션녜들이 신션의 풍뉴롤 쥬ㅎ고 나롤 마져 다리고 두루 구경ㅎ다가 보니 산슈경치 인간과 다르고 션녜 잔을 잡ㅇ 셔로 권ㅎ거놀 니 두 잔을 먹고 세 잔을 오히려 못 먹어셔 너희 봇치믈321) 인ㅎ여 놀나 찌왓눈지라. 이런 원통흔 일이 쏘 어디 잇술쇼냐."

모든 ㅇ희 고히이 너겨 그 【35】 벼기롤 보니 흔 편의는 문을 그리오고 한 편의는 구텬유션침(九天遊仙枕)이라 썻눈지라 모다 일오디,

"이 벼기는 일졍 됴흔 거시니 니 베여 볼가."

ㅎ고 셔로 쏘호더니 비장지[시](費將仕) 드러오다가 여러 ㅇ희들이 방 안이셔 지져괴믈 뵤고 방문을 열치니322) 모든 ㅇ희 조고만 흙벼기롤 가지고 셔로 닷토거놀,

---

6:33> ⇒ 조을다

---

318) 【코굼】 몡 《코구무》 콧구멍. ¶ 鼻孔 ‖ 져의 잠드는 냥을 보고 조희롤 코굼긔 너흐니 연ㅎ여 즈치음ㅎ고 니러나 어즈러이 지져괴거놀 (見他駒駒的睡着.一箇便去抓脚心, 一箇去捻箇紙條兒, 弄進他鼻孔底去.只見學童一連幾箇噴嚏, 似風邪般舞將起來, 亂嚷道.) <平妖 6:33> ⇒ 곳굼, 코구무, 코쑴ㄱ, 코ㅅ 구무, 콧구무

319) 【즈치음ㅎ다】 통 재채기하다. ¶ 噴嚏 ‖ 조희롤 코굼긔 너흐니 여느여 즈치음ㅎ고 니러나 어즈러이 지져괴거놀 (弄進他鼻孔底去, 只見學童一連幾個噴嚏, 似風邪般舞將起來, 亂嚷道.) <平妖 6:33> ⇒ 지치음ㅎ다

320) 【어즈러이】 뿐 어지러이. ¶ 亂 ‖ 져의 잠드는 냥을 보고 조희롤 코굼긔 너흐니 연ㅎ여 즈치음ㅎ고 니러나 어즈러이 지져괴거놀 (見他駒駒的睡着. 一箇便去抓脚心, 一箇去捻箇紙條兒, 弄進他鼻孔底去, 只見學童一連幾個噴嚏, 似風邪般舞將起來, 亂嚷道.) <平妖 6:33> ⇒ 어즈러니, 어즈러이

321) 【봇치다】 통 보채다. ¶ 羅啈 ‖ 션녜 잔을 잡ㅇ 셔로 권ㅎ거놀 니 두 잔을 먹고 세 잔을 오히려 못 먹어셔 너희 봇치믈 인ㅎ여 놀나 찌왓눈지라 (一個仙女執壺, 又一個把盞, 連勸我仙酒三杯. 第三杯還不曾吃乾, 被你們羅啈醒了!) <平妖 6:34>

322) 【열치다】 통 열치다. 열다. ¶ 여러 ㅇ희들이 방안의셔 지져괴믈 보고 방문을 열치니 모든 아히 죠고만 흙벼기롤 가지고 셔로 닷토거놀 (三個小厮, 叢着一個白土做就光滑滑的小方枕兒, 在那裡胡言亂道.) <平妖 6:35> ⇒ 열티다

24

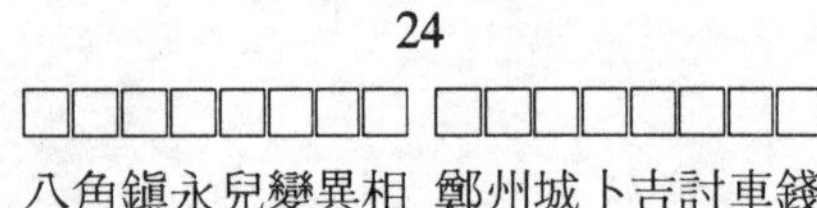

八角鎭永兒變異相　鄭州城卜吉討車錢

비장지[시](費將士) 노ᄒ며 벼기롤 창 밧긔 바리니 셤돌323)의 ᄂ려져 산산이 바아지니 그 쇽으로셔 나는 쇼리ᄂ며 ᄒᆫ 무리 시도 아니요 호졉(蝴蝶)도 아닌 거시 나라 쳠하324) 우흐로 오르거놀 비장지 다시 보니 솃 치는 ᄒᆫ 고은 계집이 손의 풍 【36】 뉴ᄒ는 구르술 잡고 싱쇼금슬(笙簫琴瑟)이 ᄀᆽ지325) 아닌 거시 업ᄉ며 그 밧326) 슐병과 붓치와 여의롤 밧들고 스무나문327) 사롬이 ᄎ례로 셔 비장ᄌ롤 향ᄒ여 ᄋ릿싸온 쇼리로 일오ᄃᆡ,

"쳡 등은 다 젼됴 시졀 궁녜러니 구텬현녜낭낭(九天玄女娘娘)의 부작으로 벼기의 구류(拘留)ᄒᆞ엿시니 텬일(天日)을 보지 못ᄒ여 심히 답답ᄒ더니 장ᄌ의 은혜로 노혀 마음더로 단니게 ᄒ시니 은혜롤 갑흘 길이 업셰라."

ᄒ고 일시의 풍뉴롤 쥬ᄒ니 곡죄 쳐완ᄒ여

사롬으로 ᄒ여곰 마음을 동ᄒ더라. 이윽고 졈졈 북다히328)롤 향ᄒ고 올나갓 【37】 다가 업셔지니 비장지 이런 고히ᄒᆫ 일을 보고 오릭도록 어린329) 듯ᄒ다가 ᄲ려진330) 벼기 조각을 보니 그 쇽의 오치로 산슈와 누디롤 ᄌ옥이 거렷거놀 바야흐로 학동을 불너 벼기 난 곳을 무르니 학동이 이실직고(以實直告)ᄒ되 진교관(陳敎官)이 맛기고 가신 후 시럽시 목침 삼ᄋ 베고 됴으더니 지근거리무로331) ᄡᆫ 말을 니르니 비장지 반신반의ᄒ여 곡졀을 ᄭᆡᄃᆞ지 못ᄒ더니 이튼날 진션(陳善)이 호원외(胡員外)롤 보려 ᄒ고 비장ᄌ의 집의 와 벼기롤 찻거놀 장지 굴오ᄃᆡ,

"이 【38】 벼기 고히ᄒᆫ 일이 잇ᄉ니 션싱이

---

323)【셤돌】명 섬돌. 지대(址臺). ¶ "殿陛." 天子階, 대궐 섬돌 <新四 31b> 階 ∥ 비장지 노ᄒ여 벼기롤 창 밧긔 바리니 셤돌의 ᄂ려져 산산이 바아지니 (費將仕一時怒, 雙手搶那枕兒在手, 眼也不去瞧, 高高的望空一撲, 在青石板上打個粉碎.) <平妖 6:35>

324)【쳠하】명 {쳠하(簷下).} 처마. ¶ 檐 ∥ ᄒᆫ 무리 시도 아니요 호졉도 아닌 거시 나라 쳠하 우흐로 오르거놀 (只見一陣東西, 又不是蜂兒, 又不是蝶兒, 有影無形的, 飛起屋檐上去了.) <平妖 6:35>

325)【ᄀᆽ-】형 《ᄀᆽ다》 갖추어 있다. 구비(具備)되어 있다. ¶ 具 ∥ 풍뉴ᄒᆞ는 그르술 잡고 싱쇼금슬이 ᄀᆽ지 아닌 것시 업스며 (執着樂器, 笙簫弦索, 無所不具.) <平妖 6:36> ⇒ ᄀᆽ다, 갓다

326)【밧】명 《밖》 이외(以外). ¶ 그 밧 슐병과 붓치와 여의롤 밧들고 스무나문 사롬이 ᄎ례로셔 비장ᄌ롤 향ᄒ여 ᄋ릿싸온 쇼리로 일오ᄃᆡ (也有執壺, 執盞, 執扇, 執如意的, 共二十餘人. …… 那一班仙女一字兒站在檐頭, 向着費將仕齊齊的道個萬福, 啓鶯聲, 開燕語, 說道.) <平妖 6:36> ⇒ 밧ㄱ, 밖

327)【스무나문】관 이십여(二十餘). ¶ 餘 ∥ 그 밧 슐병과 붓치와 여의롤 밧들고 스무나문 스롬이 ᄎ례로셔 비장ᄌ롤 향ᄒ여 ᄋ릿싸온 쇼리로 일오ᄃᆡ (也有執壺, 執盞, 執扇, 執如意的, 共二十餘人. …… 那一班仙女一字兒站在檐頭, 向着費將仕齊齊的道個萬福, 啓鶯聲, 開燕語, 說道.) <平妖 6:36> ⇒ 스무나믄, 스므나믄

328)【다히】명 쪽. 편. ¶ 方 ∥ 이윽고 졈졈 북 다히롤 향ᄒ고 올나갓다가 업셔지니 (徐徐從屋脊上行去, 向北方卽漸沒了.) <平妖 6:36>

329)【어리다】형 어리석다. 멍하다. ¶ 呆呆的 ∥ 오릭도록 어린 듯ᄒ다가 ᄲ려진 벼기 조각을 보니 (呆呆的看了半日, 再把破枕片細細檢起看時.) <平妖 6:37>

330)【ᄲ려지다】동 쪼개지다. 부서지다. ¶ 破 ∥ 비장지 이런 고히ᄒᆫ 일을 보고 오릭도록 어린 듯ᄒ다가 ᄲ려진 벼기 조각을 보니 (費將仕從來未見此異, 呆呆的看了半日, 再把破枕片兒細細檢起看時.) <平妖 6:37>

331)【지근거리다】동 지근덕거리다. ¶ 꿈의 신션의 ᄯᆞ히 가 놀다가 여러 ᄋ희들의 지근거리무로 ᄡᆫ 말을 니르니 <平妖 6:37>

어디 가 어든다332)?"

진션이 호영ᄋ(胡永兒)롤 본 말을 일일히 이르니 비장지 닐오디,

"이러ᄒ면 션싱이 벼기롤 져 집의 젼치 아니ᄒ기롤 잘못ᄒ도다."

인ᄒ여 벼기의 허다ᄒ 일을 닐으고 쏘 닐오디,

"시방 관부의셔 삼쳔 관(貫) 상젼(賞錢)을 니여 요인(妖人) 호영ᄋ롤 잡으려 ᄒ니 션싱이 만일 벼기롤 ᄀ져가던들 벅벅이 관부의셔 불너 무롤 거시니 하관이 씨쳐 업시ᄒ기롤 잘ᄒ도다."

진션이 놀나 녁시 몸의 붓지 아냐 스레ᄒ여 일오디,

"향촌의 잇기로 셩즁 긔별을 듯지 못ᄒ니 【39】 만일 장지 니르지 아니ᄒ던들 하마 굿길333) 번 ᄒ닷다!"

비장지 쏘 닐오디,

"영이 셩누의 올녓다가 다라녓는니라."

ᄒ니 진션이 더옥 놀나 호원의롤 가보지 아니ᄒ고 비장즈와 학동을 당부ᄒ여 옥션침(玉仙枕) 말을 남다려 니르지 말나 ᄒ더리. 호영이 진션을 니별ᄒ고 힝ᄒ여 한 졈의 드러가니 츠파는 한미 차롤 먹어거늘 영이 무러 굴오디,

"어ᄂ 길노 가면 졍쥐(鄭州)로 가ᄂ뇨?"

한미 굴오디,

"이 압흔 팔각진(八角鎭)이요 그리로 지나가면 졍쥐 길노 가는 큰 길이니라. 낭지 무삼 일노 혼ᄌ 길을 춧ᄂ뇨?"

영이 디 【40】 ᄒ여 굴오디,

"모친이 졍쥐 잇스니 보라가노라."

ᄒ고 돈 여라문을 믿드라 갑술 쥬고 졈을 쩌나 두어니는 힝ᄒ더니 길히셔 흔 쇼년을 맛ᄂ니 ᄂ히 이십여 셰논 ᄒ더라. 영ᄋ의 혼ᄌ 가믈 보고 니다라 읍ᄒ고 무러 굴오디,

"나는 졍쥐로 가는 길이로라.334)"

ᄒ니 그 쇼년이 본디 고량ᄌ졔(膏粱子弟)라 영ᄋ의 안식을 보고 마음이 동ᄒ여 거즛 ᄯᅮ며 닐오디,

"나도 졍쥐로 가더니 이 압 슈풀의 모진

즘싱이 사롬을 히ᄒ니 남ᄌ도 혼ᄌ 가기 어렵거든 낭지 엇지 혼ᄌ 가리오."

영이 디ᄒ 【41】 여 굴오디,

"이러ᄒ면 관인과 흔가지로 가믈 바라노라."

소년이 깃거 흔가지로 가며 쥬졈의 드러 졈심335)을 스 둘히 난화 먹고 갑순 쇼년이 찰혀 쥬더라. 날이 졈졈 어둡거놀 쇼년이 영ᄋ롤 속여 닐오디,

"거년의 이 ᄯᅡ히셔 오랑키336) 느라 셰작(細作)337)을 잡으니 관부의셔 공ᄉᄒ여338) 마을 긱겹의셔 단신으로 가는 스롬을 붓치지 못ᄒ게 ᄒ엿시니 나와 낭지 다 집을 어더 ᄌ지 못ᄒ게 ᄒ엿다."

영이 굴오디,

"집을 엇지 못ᄒ면 밤을 어디셔 지닐고?"

쇼년이 굴오디,

"니 흔 계괴 잇스니 거즛 졈쥬다려 닐오디 우리 냥인 【42】 이 부체(夫妻)라 ᄒ면 의심 아

---

332) 【-ㄴ다】⑰ -냐 -었느냐 ¶ 이 벼기 고히흔 일이 잇스니 션싱이 어디 가 어든다 (此枕有些怪異之處, 敎授實說, 從那裡來的.) <平妖 6:38>

333) 【굿기다】⑧ 고생하다. ¶ 誤 ‖ 향촌의 잇기로 셩즁 긔별을 듯지 못ᄒ니 만일 장지 나르지 아니ᄒ던들 하마 굿길 번 ᄒ닷다 (小弟因僻居鄕村, 與城中吊遠, 并不知官府事情. 若非將仕公說明, 小弟險爲所誤.) <平妖 6:39>

334) 【-로라】⑰ -로다. 일인칭 하에서만 쓰임. ¶ 나는 졍쥐로 가는 길이로라 (奴去鄭州投奔親戚則個.) <平妖 6:40>

335) 【졈심】⑲ 점심(點心). ¶ 點心 ‖ 쇼년이 깃거 흔가지로 가며 쥬졈의 드러 졈심을 스 둘히 난화 먹고 갑순 쇼년이 찰혀 쥬더라 (那些一路上逢着酒店便買點心來, 兩箇吃了, 他便還錢.) <平妖 6:41>

336) 【오랑키】⑲ 오랑캐. ¶ 韃子 ‖ 거년의 이 ᄯᅡ히셔 오랑키 느라 셰작을 잡으니 관부의셔 공ᄉᄒ여 마을 긱겹의셔 단신으로 가는 스롬을 붓치지 못ᄒ게 ᄒ엿시니 (一個月前, 這裏捉了韃子國兩個細作, 官府行文書下來, 客店裏不許容單身的人.) <平妖 6:41> ⇒ 오랑캐

337) 【셰작】⑲ {셰작(細作).} 첩자(諜者). ¶ 거년의 이 ᄯᅡ히셔 오랑키 느라 셰작을 잡으니 관부의셔 공ᄉᄒ여 마을 긱겹의셔 단신으로 가는 사롬을 붓치지 못ᄒ게 ᄒ엿시니 (一個月前, 這裏捉了韃子國兩個細作, 官府行文書下來, 客店裏不許容單身的人.) <平妖 6:41>

338) 【공ᄉᄒ다】⑧ 공사(公事)하다. 맡기다. ¶ 行文書 ‖ 거년의 이 ᄯᅡ히셔 오랑키 느라 셰작을 잡으니 관부의셔 공ᄉᄒ여 마을 긱겹의셔 단신으로 가는 사롬을 붓치지 못ᄒ게 ᄒ엿시니 (一個月前, 這裏捉了韃子國兩個細作, 官府行文書下來, 客店裏不許容單身的人.) <平妖 6:41>

니ᄒ고 방을 빌니리라.”

영이 심즁의 싱각ᄒ되,

‘이 놈이 무례ᄒ여 슈풀의 범이 잇다 ᄒ여 나ᄅ 속이고 ᄯᅩ 욱임질339)노 부체라 ᄒ니 니 엇지 속으리오.’

거즛 디답ᄒ되,

“아모려나 밤을 편이 지니게 ᄒᄆᆯ 바라노라.”

ᄒ고 팔각진(八角鎭) 긱졈(客店)의 다다라 쇼년이 불너 니로디,

“졈 쥬인아, 뷘 방이 잇거든 우리 부체 ᄌᆨ 고 가려 ᄒ노라.”

졈쥐 ᄀᆯ오디,

“오날은 긱인이 만화 뷘 방이 업고 다만 ᄒᆫ 간이 뷔여 상 둘을 노핫더니 앗가 호디장이 몬져 와 누어시니 상 하나흔 남앗거니와 너의 부체 비편ᄒᆫ 일이 잇ᄉ【43】리오.”

ᄒ고 쥬인이 냥인을 다리고 긱방의 가니 동벽 ᄋ리 평상의ᄂᆫ 구레ᄂᆺ롯시 낫치 불근 지 몬져 누어 ᄌᆨ고 셔편 상은 뷔엿거ᄂᆯ 쇼년이 영ᄋᆯ 한가지로 평상의 안ᄌ 발 씻고 기름을 어더 불을 혀고 영ᄋ다려 닐오디,

“니 쥬식을 스오마.”

ᄒ고 돈을 가지고 나가거ᄂᆯ 영이 싱각ᄒ되,

‘이 놈이 심히 무례ᄒ니 니 져ᄅ 속이리라.’

ᄒ고 진언을 념ᄒ여 입으로셔 김을 너여 디장의 누은 곳을 향ᄒ여 불고 손을 제 ᄲᆷ을 만지니 영ᄋᄂᆫ 디장의 얼골이 되고 디장은 영ᄋᆯ의 얼골이 되엿더니 쇼년이 슐과【44】ᄯᅥᆨ을 ᄉ 가지고 드러오며 싱각ᄒ되,

‘오날 니 팔지 긔이ᄒ도다. 이 졈 스롬이 임의 부체로 아라시니 오날 밤은 즐거이 지닐노다.’

ᄒ며 슐과 ᄯᅥᆨ을 방즁의 버려놋코 등불을 도도고 영ᄋ의 누은 상을 보니 ᄂᆺ치 붉고 ᄂᆞ롯 만흔 스롬이 ᄌᆨ거ᄂᆞᆯ 고히 너겨 ᄀᆯ오디,

“어이 디장이 이 상의 누엇ᄂᆫ고?”

건넌편 상을 보니 한 부인이 누엇거ᄂᆞᆯ 싱각ᄒ되,

‘노상의 ᄶᅦ치여340) 와시니 일341) 드러누엇도다.’

ᄒ고 나아가 손을 흔들며 닐오디,

“져졔(姐姐)야, 슐을 ᄉ왓노라.”

디장이 홀연 닙ᄯᅥ나342) ᄲᆷ을 치며 닐오디,

“엇던 놈이 나ᄅ 져졔【45】라 ᄒ고 ᄌᆷ을 ᄶᅵ오ᄂᆞᆫ다?”

쇼년이 곳쳐 보니 졍히 디장이여ᄂᆞᆯ 황망이 비러 ᄀᆯ오디,

“니 그릇 보와시니 고히이 너기지 말나.”

졈쥐(店主) 지져괴ᄂᆞ343) 쇼리ᄅ 듯고 드러 와 연고ᄅ 뭇거ᄂᆞᆯ 디장이 분연이 ᄀᆯ오디,

“져 놈이 나ᄅ 흔들며 져졔(姐姐)라 ᄒ니 이 아니 고히ᄒ냐?”

졈쥐 쇼년다려 무러 ᄀᆯ오디,

“네 눈망울이 져물지 아냣거든 어이 너희 상이 져편의 노혓ᄂᆞ 줄을 모로고 디장의 ᄌᆷ을 ᄶᅵ오ᄂᆞᆫ다? 디장을 말녀 ᄊᆞ호지 말나.”

ᄒ고 나가거ᄂᆞᆯ 쇼년이 싱각ᄒ되,

‘니 어이 눈이 어두엇던고?’

영이 누엇ᄂᆞᆫ 상의 ᄂᆞᄋᆞ가 불너 일오디,

【46】“쇼낭ᄌᆞᄂᆞᆫ 니러나 슐을 먹으라.”

ᄒ며 등하의 ᄌᆞ시 보니 머리털이 붉고 ᄲᆷ이 푸르고 눈이 둥잔 ᄀᆞᆺ고 엄니 부루돗친 거시 누엇거ᄂᆞᆯ 쇼년이 한 쇼리ᄅ 믜이 지르고 닐오디,

“상 우희 귀신이 잇다!”

ᄒ고 업더져 긔졀ᄒ니 졈쥬와 디장이 다

---

339) 【욱임질】명 강제(强制). 협박(脅迫). ¶ 이놈이 무례ᄒ여 슈풀의 범이 잇다 ᄒ여 나ᄅ 속이고 ᄯᅩ 욱임질노 부체라 ᄒ니 니 엇지 속으리오 (這厮與我從無一面, 萍水相逢, 并沒句好言語, 只把鬼語嚇我, 要硬討人便宜, 我胡永兒可是怕事的麼!) <平妖 6:42> ⇒ 우김지, 우김질, 위김질

340) 【ᄶᅦ치다】동 고생(苦生)하다. ¶ 辛苦 ‖ 노상의 ᄶᅦ치여 와시니 일 드러누엇도다 (想是日裡走得辛苦, 倒頭就睡着在這裡.) <平妖 6:44>

341) 【일】부 일쯕. 일쯕이. ¶ 노상의 ᄶᅦ치여 와시니 일 드러누엇도다 (想是日裏走得辛苦, 倒頭就睡着在這裡.) <平妖 6:44>

342) 【닙ᄯᅥ나다】동 벌떡 일어나다. ¶ 跳 ‖ 디장이 홀연 닙ᄯᅥ나 ᄲᆷ을 치며 (待詔跳將起來, 劈頭掀番來便打.) <平妖 6:44> ⇒ 닐더나다, 닐ᄯᅥ나다, 닑ᄯᅥ나다, 넓ᄯᅥ나다, 넓ᄯᅥᄂᆞ다, 닙ᄯᅥᄂᆞ다

343) 【지져괴다】동 지저귀다. 떠들다. 소리치다. ¶ 大驚小怪 ‖ 졈쥐 지져괴ᄂᆞᆫ 쇼리ᄅ 듯고 드러 와 연고ᄅ 뭇거ᄂᆞᆯ (店小二聽得大驚小怪, 入房來問道.) <平妖 6:45>

놀나 쇼년을 붓드러 손가락도 씨물고 물도 흘니니 계유 씨여 다만 니로디,

"귀신이 여긔 잇다!"

ᄒ니 졈쥐 닐오디,

"우리 집이 아모 씨도 꿈즈리도 어즈럽지 아니ᄒ거든 무슴 귀신이 잇다 ᄒᄂ뇨?"

쇼년이 굴오디,

"져 상의 누은 거시 귀신이 아닌가?"

졈쥐 굴오디,

"네 쳐가 속이여【47】든 어이 귀신이라 ᄒᄂ뇨?"

쇼년이 굴오디,

"졔 실노 나의 쳐지라 이르지 못ᄒ리로다. 우연이 노상(路上)의셔 맛나보고 ᄒ가지로 와 방수(房舍)룰 어드려 ᄒ고 거즛 부쳬라 ᄒ엿더니 너 앗가 술을 스가지고 와 보니 믄득 구레ᄂᆞ롯 도든 사룸이 되엿거늘 디장으로 상을 밧고 왓는가 ᄒ엿더니 곳쳐 보니 얼골이 흉악ᄒ 귀신이로다."

슝인이 일오디,

"이 말이 어인 말인고?"

ᄀ게 놀나 일시의 영ᄋᆞ의 상을 보니 솟 ㅅ고 옥 ᄀᆞᆺᄒ여 단졍이 안즈 닐오디,

"열위는 너 말을 드르라. 이 놈이 노상의셔 나룰 보고 온가지로 져【48】혀 여긔 와셔 욱임질[344]노 부부라 일ᄏ다가 돌연이 귀신이라 ᄒ니 이 놈의 뜻을 츙냥치 못ᄒ노다."

졈쥬와 디장이 다 노ᄒ여 ᄭ지즈 굴오디,

"이 놈을 용납ᄒ기 어려오니 우리 졈의 붓치여 두지 말 거시라."

ᄒ고 일시의 다라드러 무슈히 쳐 문 밧긔 미러 니치니 쇼년이 문젼의셔 계오[345] 밤을 시오고 눅칠 니는 힝ᄒ더니 슈풀 속의셔 호영이(胡永兒) 나오며 닐오디,

"네 나룰 귀신이라 ᄒ더니 이졔 나됴히 ᄌ셔히 보라."

쇼년이 츙냥치 못ᄒ여 다만 닐오디,

"냥ᄌ로 ᄒ여 여러번 놀나시니 이졔는【49

】ᄒ가지로 가기룰 원치 아니ᄒ노라."

영이 굴오디,

"압 슈풀의 범이 잇다 ᄒ니 느룰 다려 가라."

쇼년이 가로디,

"니 어졔 그리 일넛거니와 무슴 범이 이시리오."

말이 맛지 못ᄒ여 니마 흰 범이 쇼리 지르고 니다르니 쇼년이 디경ᄒ여 업더졋더니 범의 쇼리 업거늘 눈을 떠보니 범과 영ᄋᆞ룰 못볼너라. 쇼년이 영ᄋᆞ의게 여러번 속은 후는 힝혀 다시 맛놀가 두려 다시 동경(東京)으로 가더라. 호영이 쇼년을 속여 물니치고 혼ᄌ 졍쥐(鄭州)로 향ᄒ여 가더니 이씨 날이 심히 더운지라 길가 슈풀의【50】안져 쉬노라 ᄒ니 홀연 한 긱인이 젼닙 쓰고 뵈옷 닙고 슈레룰 모라가다가 쏘ᄒ 슈풀 밋희셔 쉬거늘 영이 ᄂᆞ가 그 사룸을 향ᄒ여 만복을 일ᄏ르니 긱인이 답녜ᄒ고 무러 굴오디,

"쇼낭ᄌ는 엇지 혼ᄌ 어디로 ᄀᄂ뇨?"

영이 디ᄒ여 굴오디,

"다른 날이 아니라 부모룰 ᄎᄌ 보라 졍쥐로 가는 길이 여니와 뭇ᄂ니 긱인은 어디룰 향ᄒ여 기시ᄂ닛기?"

긱인이 굴오디,

"나는 졍쥐 사룸이러니 동경 ᄯ히 보살필 일이 잇셔 갓다가 오노라."

영이 굴오디,

"니 발이 알파[346] 거러 힝ᄒ기 어려오니【51】쳥컨디 나룰 슈레의 시러가면 당당이 돈 오빅문(五百文)을 쥬어 스례ᄒ리라."

긱인이 허락ᄒ거늘 영이 슈레의 올나 안즈니 긱인이 슈레룰 미러 가되 맛참니 미ᄋᆞ(媚兒)로 더부러 말을 아니ᄒ고 눈을 거듭쩌보지[347]

---

344)【욱임질】圏 강제(强制). 협박(脅迫). ¶ 恐嚇 ‖ 이놈이 노샹의셔 나룰 보고 온가지로 져혀 여긔 와셔 욱임질노 부부라 일ᄏ다가 돌연이 귀신이라 ᄒ니 (這廝路上撞見了, 到和我同行. 一路上只把恐嚇的言語來驚我. ……又只叫我是鬼.) <平妖 6:48> ⇒ 우김지, 우김질, 위김질

345)【계오】뿐 겨우. ¶ 쇼년이 문젼의셔 계오 밤을 시오고 (只得在門外僻淨處人家門前蹭了一夜.) <平妖 6:48> ⇒ 겨오, 겨요, 겨유, 계유, 계요, 계우, 계유

346)【알프다】혱 아프다. ¶ 痛 ‖ 니 발이 알파 거러 힝ᄒ기 어려오니 쳥컨디 나룰 슈레의 시러가면 당당이 돈 오빅문을 쥬어 스례ᄒ리라 (脚痛了, 走不得, …車廂裏帶得奴奴家去, 送你五百錢買酒吃.) <平妖 6:51>

347)【거듭쩌보다】圏 거들떠보다. ¶ 打眼 ‖ 긱인이 슈레룰 미러 가되 맛참니 미ᄋᆞ로 더부러

아니ᄒᆞ더라. 영이 싱각ᄒᆞ되,

'이 긱인은 작일 쇼년 갓지 아냐 셩품이 박실ᄒᆞᆫ 사ᄅᆞᆷ이로다. ᄒᆞ믈며 용뫼 비상ᄒᆞ니 져를 인진(引進)ᄒᆞ여348) 후일의 쓰미 맛당ᄒᆞ도다.'

ᄒᆞ더니 긱인이 슈레를 미러 졍쥐 동문의 니르러 무러 굴오ᄃᆡ,

"낭즈의 집이 어ᄃᆡ뇨?"

영이 굴오ᄃᆡ,

"지명은 니졋거니와349) 길 【52】 가 집이니 그리로 가면 즈연 알니라."

셩 즁 십즈가(十字街)의 니르러ᄂᆞᆫ 영이 길가 쳡 박은350) 디문을 가르치며 일오ᄃᆡ,

"이 거시 니 집이라."

긱인이 슐위를 머무르거늘 영이 슐위의 ᄲᅱ여ᄂᆞ려 ᄒᆞᆫ 쇼리를 지르니 문이 졀노 열니거늘 안흐로 드리ᄃᆞᆯ니 긱인이 문 밧긔셔 져무도록 기다리다가 사ᄅᆞᆷ이 나오지 아니ᄒᆞᄆᆞᆯ 보고 문 안으로 드리미러 보니 등 뒤히 ᄒᆞᆫ 사ᄅᆞᆷ이 ᄭᅮ지져 굴오ᄃᆡ,

"네 엇던 사ᄅᆞᆷ이완ᄃᆡ 남의 집을 엿보ᄂᆞ뇨?"

긱인이 도라보니 ᄒᆞᆫ 늙은 사ᄅᆞᆷ이여늘 황망이 녜ᄒᆞ고 일오ᄃᆡ,

"이 ᄃᆡᆨ 쇼낭지 다리 【53】 ᄅᆞᆯ 알파ᄒᆞ여 슈레를 타고 오며 오빅 젼을 쥬마 ᄒᆞ고 허락ᄒᆞ엿더니 드러가고 나오지 아니ᄒᆞ니 이러무로 예셔 기다리노라."

노인이 굴오ᄃᆡ,

"이 집은 됴통판(刁通判) 집이요 나는 집 직흰 사ᄅᆞᆷ이러니 봉ᄒᆞᆫ 문을 뉘 여럿ᄂᆞ뇨?"

긱인이 굴오ᄃᆡ,

"문 녈기ᄂᆞᆫ 네 집 쇼낭지 ᄒᆞᆫ 닐이니 나를 위ᄒᆞ여 쇼낭즈긔 살와 슐위 갑슬 쥬라 ᄒᆞ라."

노인이 굴오ᄃᆡ,

"이 집이 오리 뷔엿고351) 본ᄃᆡ 쇼낭지 업스니 네 일졍 귀신을 보도다."

긱인이 굴오ᄃᆡ,

"네 드러가 보면 니 말이 거줏말이 아닌 줄을 알니라."

노인이 고히이 넉여 【54】 긱인을 다리고

ᄒᆞᆫ가지로 드러가니 영이 졍히 쳥샹의 안졋거늘 긱인이 일오ᄃᆡ,

"졔 네 집 쇼낭지 아닌가?"

노인이 아모란352) 줄을 몰나 머뭇거리더니 긱인이 영ᄋᆞ의 알ᄑᆡ 나ᄋᆞ가 웨여 굴오ᄃᆡ,

"쇼낭지 엇지 나를 쇽이ᄂᆞ뇨?"

영이 아모 말도 답지 아니하고 집 뒤 큰 우물의 니르러 ᄲᅱ여 드리ᄃᆞ르니 긱인이 보고 놀나 이고이고 ᄒᆞ더니 믄든 ᄒᆞᆫ 부인이 뒤흐로셔 붓잡으며 닐오ᄃᆡ,

"이 낭즈ᄂᆞᆫ 니 본ᄃᆡ 아지 못ᄒᆞ거니와 네 스스로 다려와 두고 쳥쳥ᄒᆞᆫ 셰계의 인명을 핍박ᄒᆞ여 죽여시 【55】 니 네 어ᄃᆡ로 가려 ᄒᆞᄂᆞᆫ다?"

ᄒᆞ고 동니 사ᄅᆞᆷ을 불너 긱인을 잡ᄋᆞ ᄆᆡ이니 긱인의 봉빅ᄒᆞᄆᆡ 엇지 된고 하회를 분셕ᄒᆞ라.

말을 아니ᄒᆞ고 눈을 거듭ᄶᅥ보지 아니ᄒᆞ더라 (那客人盡平生氣力推那車子, 也不與永兒說話, 也不打眼來看他.) <平妖 6:51>

348)【인진ᄒᆞ다】 图 인진(引進)하다. 인재를 끌어서 등용하다. ¶ 이 긱인은 작일 쇼년 갓지 아냐 셩품이 박실ᄒᆞᆫ 사ᄅᆞᆷ이로다 ᄒᆞ믈며 용뫼 비상ᄒᆞ니 져를 인진ᄒᆞ여 후일의 쓰미 맛당ᄒᆞ도다 (這客人是個樸實頭的人, 難得難得. 想昨夜那厮一路上把言語撩撥我, ……却也驚得他好看, 一似這等客人, 正好度他, 日後也有用處.) <平妖 6:51>

349)【닛다】 图 잊다. ¶ 不識 ‖ 지명은 니졋거니와 길가 집이니 그리로 가면 즈연 알니라 (奴家不識地名, 到那裡奴家自認得.) <平妖 6:51> ⇒ 닛-

350)【쳡 박다】 ㈜ 출입을 금하기 위하여 문을 닫고 그 위에 나무를 가로 걸쳐 박다. ¶ 鎖 ‖ 셩 즁 십즈가의 니르러ᄂᆞᆫ 쳡 박은 디문을 가르치며 일오ᄃᆡ 이 거시 니 집이라 (來到十字路口, 永兒道: "這裡是我家了!" ……見一所空屋子鎖着.) <平妖 6:52>

351)【뷔다】 图 비다. ¶ 空 ‖ 이 집이 오리 뷔엿고 본ᄃᆡ 쇼낭지 업스니 네 일졍 귀신을 보도다 (鎖的空宅子, 并無一人居住, 那有什麼小娘子! 你却說恁般鬼話, 莫非誑我麼?) <平妖 6:53>

352)【아모란】 ㉮ 아무런. 어떤. ¶ 노인이 아모란 줄을 몰나 머뭇거리더니 긱인이 영ᄋᆞ의 알ᄑᆡ 나ᄋᆞ가 웨여 굴오ᄃᆡ (老院子心中正在疑慮, 這婦人那裡來的! 只見客人走上前叫道.) <平妖 6:54>

25
팔각졍즁슈슈노시 졍쥐당복디랑헌졍
八角井衆水手撈屍 鄭州堂卜大郎獻鼎

츠셜 모든 스룸이 긔인을 모질게 미여 졍
쥐(鄭州)로 가 지부(知府)의게 고장ᄒ니 졍쥐 지
뷔 불너 드려 연고룰 뭇거눌 긔인이 알외여 굴
오딕,

"쇼인은 복[본]쥐(本州) 빅셩 복길(卜吉)이
라. 동경의 가 조각을 팔고 오더니 길히셔 셩명
도 모로고 거쳐도 아지 못ᄒᄂ 녀ᄌ룰 맛ᄂ니
졍쥐 졔 부모의 집의 가다가 발이 알푸니 슈레
룰 【56】 타지라353) ᄒ고 오빅젼으로 츠가룰 쥬
마 ᄒ거눌 그 말딕로 시러 다려오니 됴통판(ᄏ
通判) 집으로 드러가고 긔젹이 업거눌 집직환
노인으로 더부러 드러가 츠탄 삭돈을 달나 ᄒ니
그 녀지 스ᄉ로 우물의 ᄲᅥ져시니 쇼인이 핍박ᄒ
거시 아니라 일이 ᄌ못 괴이ᄒ도쇼이다."

지뷔 ᄯ호 결치 못ᄒ여 아직 복길을 가도
라 ᄒ고 명일 하관(下官)으로 복길을 압녕ᄒ여

---

353) 【-지라】回 동사 형용사의 '-아 / -어 / -여'
꼴 아래에 쓰이어 소원을 나타내는 말. -고 싶
다. -기를 바란다. ¶ 졍쥐 졔 부모의 집이 가다
가 발이 알푸니 슈레룰 타지라 ᄒ고 (言說脚痛
行走不得, 欲賃車子) <平妖 6:56>

됴통 판 집의 가 녀ᄌ의 시신을 건져 니히라 ᄒ
니 위관(委官)이 우물 가의 교위룰 노코 안져
모든 무ᄌ이354)룰 불너 녀ᄌ의 신 【57】 쳬룰 건
지라 ᄒ니 모다 닐오딕,

"이 팔각졍(八角井)은 유명이 깁흔 물이라
그껴ᄂ 드러가기 어려오니 사름 하나흘 들 거시
안치고 네 녁히 긴 줄을 미고 줄의 방울을 다라
ᄂ리오면 방울을 흔드러 우으리 셔로 응ᄒ 거시
니 이롤 맛당이 ᄒᄉ이다."

위관(委官)이 허락ᄒ고 즁인 즁의 물의 닉
은 스룸을 우물의 나리오니 삼십 길이나 드러가
더니 홀연 방울쇼릭 급히 ᄂ거눌 즁인이 일시의
올녀 보니 무ᄌ이355) 발셔 죽엇거눌 위관이 죽
은 스룸의 가쇽을 불너 신쳬룰 【58】 맛지고 즁
인다려 굴오딕,

"흔 스룸 죽기룰 인ᄒ여 그만ᄒ지 못홀 거
시니 뉘 드러 갈다?"

모다 일오딕,

"우리 등이 상공 면젼의셔 미마져 죽을지
언셩 물의 드ᄂ 못홀쇼이다."

위관(委官)이 홀일업셔 고을의 도라가 지
부룰 보고 무ᄌ이 죽고 나른 사롬은 감히 드러
가지 못ᄒ믈 니르니 지부도 아모리 홀 줄 모로
거눌 위관이 굴오딕,

"복길(卜吉)을 드려 보니면 비록 죽을지라
도 녀ᄌ룰 위ᄒ여 딕ᄉᄒᄂ 작시니 무죄흔 스룸
이 죽ᄂ니도곤356) 나을가 ᄒ나이다."

지뷔 허락ᄒ거눌 위 【59】 관이 다시 우물
의 가 복길다려 닐너 굴오딕,

"네 만일 우물의 드러가 녀ᄌ의 시신을 어

---

354) 【무ᄌ이】圐 사공(沙工). ¶ 水尺 ‖ 外邑汲水
漢也. 亦有山尺之稱, 謂炮手爲산ᄌ이 <震覽 15a>
水手 ‖ 위관이 우물가의 교위룰 노코 안져 모든
무ᄌ이룰 불너 녀ᄌ의 신쳬룰 건지라 ᄒ니 (委
官坐在交椅上, ……'打撈水手過來!') <平妖 6:56>

355) 【무ᄌ이】圐 사공(沙工). ¶ 水尺 ‖ 外邑汲水
漢也. 亦有山尺之稱, 謂炮手爲산ᄌ이 <震覽 15a>
水手 ‖ 홀연 방울쇼릭 급히 ᄂ거눌 즁인이 일시
의 올녀 보니 무ᄌ이 발셔 죽엇거눌 (只聽得銅
鈴響得緊, …急把轆轤絞上籮來. …那水手當初下
去, 紅紅白白的一個人, …死在籮裏了.) <平妖
6:57>

356) 【-도곤】㘴 -보다. ¶ 복길을 드려 보니면 비
록 죽을지라도 녀ᄌ룰 위ᄒ여 딕ᄉᄒᄂ 작시니
무죄흔 스룸이 죽ᄂ니도곤 나을가 ᄒ나이다 (不
若只做卜吉着, 敎卜吉下去打撈. 便下井死了, 也
可償命.) <平妖 6:58> ⇒ 6:3

더니면 네 죄를 사ᄒᆞ리라.”

복길(卜吉)이 ᄀᆞᆯ오디,

“쇼인이 드러가오리니 다만 즈른357) 칼을 어더지이다.”

즁인이 닐오디,

“이 말이 올타.”

ᄒᆞ고 메엿든 칼을 벗기고 ᄒᆞᆫ 즈로358) 단검을 ᄎᆞ이거ᄂᆞᆯ359) 복길이 삼티의 안즈 드리워 우믈의 드러가니 각별 믈이 업고 ᄉᆞ면으로 두로 만져도 녀ᄌᆞ의 죽엄이 업거ᄂᆞᆯ 졍히 ᄂᆞ오고즈 ᄒᆞ더니 홀연 우믈 ᄒᆞᆫ 편의 붉은 빗치 잇거ᄂᆞᆯ 나아가니 ᄒᆞᆫ 돌문이 잇거ᄂᆞᆯ 【60】 졈졈 ᄂᆞ으가며 술피니 하ᄂᆞᆯ과 ᄒᆡ 빗치 인간과 다르지 아니ᄒᆞ거ᄂᆞᆯ 복길이 ᄉᆡᆼ각ᄒᆞ되,

‘우믈 속의 엇지 이러ᄒᆞᆫ고?’

졍히 힝ᄒᆞᆯ ᄉᆞ이의 ᄒᆞᆫ 범이 길히 업더엿거ᄂᆞᆯ 복길이 혜오디,

‘이 업츅이 ᄉᆞ롬을 히ᄒᆞ도다.’

ᄒᆞ고 칼을 ᄲᅢ혀 범을 지르니 불빗치 니러나며 손이 우려 알푼지라 다시 보니 돌노 민든 범이라. ᄯᅩ 다시 힝ᄒᆞ더니 슈풀 ᄉᆞ이의 젼각이 장녀(壯麗)ᄒᆞ여 궁궐 ᄀᆞᆺ더라. 문을 닷고 ᄉᆞ롬이 업ᄉᆞ니 문 압히 셧더니 문여ᄂᆞᆫ 쇼리 나며 쳥의녀동(靑衣女童)이 닐오디,

“복디랑(卜大郎)ᄋᆞ, 셩 【61】 고괴(聖姑姑) 기다련지 오리니라.”

복길이 놀나 ᄉᆡᆼ각ᄒᆞ되,

‘이 녀동이 나ᄅᆞᆯ 엇지 알며 셩고고ᄂᆞᆫ 엇던 ᄉᆞ람인고?’

ᄒᆞ며 드러가니 젼상의 모든 션녜 시위하고 교위 우희 노괴 안ᄌᆞ시니 용뫼 쳥고ᄒᆞ고 위의 엄슉ᄒᆞ더라.

복길이 ᄂᆞ으가 졀ᄒᆞ니 셩고괴 ᄀᆞᆯ오디,

“이 곳은 범인이 드러오지 못ᄒᆞᄂᆞ니 네 인연이 잇스무로 드러와시니 당상의 오르라.”

복길이 지슴 사양ᄒᆞ고 올나 안거ᄂᆞᆯ 셩고괴 녀동을 명ᄒᆞ여 차ᄅᆞᆯ 드리고 인ᄒᆞ여 온 연고ᄅᆞᆯ 뭇거ᄂᆞᆯ 복길이 ᄒᆞᆫ 녀지 팔각진의셔 슈레 타지라 【62】 ᄒᆞ던 말과 죽엄 건지라 드러온 일을 니르니 셩고괴 ᄀᆞᆯ오디,

“네 우물의셔 무어술 본다?”

복길이 셕호(石虎) 본 일과 칼노 지른 말을 알외니 셩고괴 ᄀᆞᆯ오디,

“이 거시 졍녕이 되여 ᄉᆞ롬을 만히 히ᄒᆞ엿더니 네 능히 칼노 질너시니360) 후일의 반ᄃᆞ시 부귀ᄒᆞ리로다.”

도라 녀동다려 ᄀᆞᆯ오디,

“네 그 ᄉᆞ롬을 불너 ᄂᆞ와 복디랑을 보게 ᄒᆞ라.”

녀동이 ᄒᆞᆫ ᄉᆞ롬을 인도ᄒᆞ여 ᄂᆞ오니 졍히 팔각졍의 ᄲᅡ지던 녀지라. 복길을 향ᄒᆞ여 만복을 일ᄏᆞ라 ᄀᆞᆯ오디,

“디랑이 노상의셔 신고(辛苦)ᄒᆞ엿도다.”

복 【63】 길이 ᄒᆞᆫ번 보고 노긔 츙쳔ᄒᆞ여 크게 ᄭᅮ지져 ᄀᆞᆯ오디,

“너 됴ᄒᆞᆫ ᄯᅳᆺ으로 너ᄅᆞᆯ 시러와시니 츠가(車價)란 아니 쥬고 우물의 드러 나ᄅᆞᆯ ᄉᆞ지(死地)의 ᄲᅡ지 오니 그 무삼 도리리오.”

칼을 ᄲᅢ혀 지르려 ᄒᆞ니 영이 쇼리 질너 ᄭᅮ지즈니 복길이 몸을 움죽이지 못ᄒᆞ고 손을 놀니지 못ᄒᆞᄂᆞᆫ지라 영이 ᄀᆞᆯ오디,

“나는 너의 셩품이 박실(樸實)ᄒᆞᆷ믈 취ᄒᆞ여 졔도(濟度)코져361) ᄒᆞ거ᄂᆞᆯ 네 여ᄎᆞ 무례ᄒᆞ니 나

---

357) 【즈르다】 형 짧다. ¶ 短 ‖ 쇼인이 드러가 오리니 다만 즈른 칼을 어더지이다 (小人情願下去, 只要一把短刀防身.) <平妖 6:59> ⇒ 댜르다, 뎌ᄅᆞ다, 뜨르다, 쟈ᄅᆞ다, 져르다, 져ᄅᆞ다, 즈르다

358) 【즈로】 명 자루. ¶ 把 ‖ 메엿던 칼홀 벗기고 ᄒᆞᆫ 즈로 단검을 ᄎᆞ이거ᄂᆞᆯ 복길이 삼티의 안즈 드리워 우믈의 드러가니 (隨卽除下枷, 去了木杻, 與他一把短刀. 押那卜吉在籮裏坐了, 放下轆轤.) <平妖 6:59> ⇒ 잘ㄴ, 쟈로, 즈ㄹ, 줄, 줄ㄴ, 줄ㄹ

359) 【ᄎᆞ이다】 동 차게 하다. 채우다. ¶ 메엿던 칼을 벗기고 ᄒᆞᆫ 즈로 단검을 ᄎᆞ이거ᄂᆞᆯ 복길이 삼티의 안즈 드리워 우믈의 드러가니 (隨卽除下枷, 去了木杻, 與他一把短刀. 押那卜吉在籮裏坐了, 放下轆轤.) <平妖 6:59>

360) 【질으다】 동 찌르다. ¶ 揣着 ‖ 품의 질으다 (揣着.) <華抄 動靜 12b> 질너 (揣着.) <水滸 22b> 剝 ‖ 이거시 졍녕이 되여 ᄉᆞ롬을 만히 히 ᄒᆞ엿더니 네 능히 칼노 질너시니 후일의 반ᄃᆞ시 부귀ᄒᆞ리로다 (此物成器多年, 壞人不少. 凡人到此見此處, 必被他吃了. 你到剝了他一刀, 你後來必然發迹.) <平妖 6:62>

361) 【졔도ᄒᆞ다】 동 {제도(濟度)하다.} 모든 중생을 부처의 도로써 생사 번뇌의 고해에서 건져 극락 세계로 인도해 주다. 구하다, 돕다. ¶ 나는 너의 셩품이 박실ᄒᆞᆷ믈 취ᄒᆞ여 졔도코져 ᄒᆞ거ᄂᆞᆯ 네 여ᄎᆞ 무례ᄒᆞ니 나ᄅᆞᆯ 노상의셔 다려온 눗출 아니 보면 반ᄃᆞ시 죽이리로다 (看你這箇剪手一路上載我之面. 若不時, 把你剝做肉泥. 因見你純善穩重, 我待要度你.) <平妖 6:63>

롤 노상의셔 다려온 눗출 아니 보면 반듯시 죽 이리로다.”

셩고괴 말녀 굴오디,

“녀으는 노치 말나. 후일의【64】 너롤 반 듯시 구홀 사롬이니라.”

후고 복길을 향후여 훈번 부니 복길이 바 야호로 몸을 움죽이더라. 복길이 셩고의게 스례 후여 굴오디,

“쇼낭주의 법슐이 이러훈 쥴 아지 못후괘 이다.”

셩괴 굴오디,

“나곳 아니더면 네 셩명을 맛출 번 후엿는 니라.”

복길이 일오디,

“쇼인이 인연이 잇스와 요힝 고고(姑姑)롤 맛나시니 만일 옥의 ᄀᆞᆺ치이는 괴로오믈 면케후 시면 날마다 분향녜비 후여 은혜롤 닛지 아니리 이다.”

인후여 도라가리롤 구후거늘 셩괴 굴오디,

“디랑으, 인연이 잇셔 여긔 와시니 좀간【65】 머무러 일비 쥬롤 먹을지여다.”

녀동이 쥬찬을 드리니 금은긔명과 필진미 찬(八珍美饌)이 평싱 보지 못후던 비라. 복길이 싱각후되,

‘이 곳이 오러 잇슬 곳이 아니라.’

후고 몸을 니러 도라가려 후니 셩괴 굴오 디,

“뷘 손으로 못도라 가리라. 니 한 보물을 쥬어든 네 가져다가 지부긔 드리면 일졍 죄롤 사홀 거시요 오히려 어려온 일이 잇거든 셩고롤 부르면 즈연 구홀 사롬이 잇스리라.”

후고 녀동을 분부후더니 안히 드러가 누른 비단보의 쏜 거슬 가져와 복길을 쥬거늘 복길이 【66】 바드니 가장 무셥[겁]더라. 셩괴 녀동을 명후여 복길을 인도후여 오던 길노 너여보니라 후니 복길이 도로 삼티의 올나 방울을 흔드니 우물 우히셔 쓰어 올니니 녀즈의 신체는 아니 건지고 누른 보의 쏜 거슬 안고 올나왓더라. 중 인이 일시의 보려 후니 복길이 굴오디,

“이 거슨 신령이 지부상공긔 보니는 거시 니 타인은 못 보리라.”

위관이 압셰우고 고을의 드러가 지부긔 뵈 니 지뷔 나아오라 후여 즈셰히 뭇거늘 복길이 알외여 굴오디,

“쇼인이 우물의 드러가니 녀【67】 주의 신 체논 업고 훈 길이 넙흐로 통후엿거늘 추져 가 다가 범을 맛나 하마 죽을 번 후고 겨유 칼노 지르니 손이 알푼지라 다시 보니 돌범이여늘 나 오고즈 후더니 훈 쳥의녀동이 쇼인을 불너 거록 훈 궁젼의 가니 젼상의 훈 션인이 닐오디 고을 맛튼 신령이러니 이 보화롤 너롤 맛져 지부긔 드리고 텬긔(天機)롤 누셜치 말나 후더이다.”

지뷔 친히 바다셔 안의 눗코 싱각후되,

‘이 거시 반듯시 보물이로다.’

후여 좌우롤 최우고 여러보니 셰 발과 두 귀 가진 황금으로 민【68】 든 숏치로디 그 우히 글즈롤 삭여시되 이 보비롤 맛나는 스롬은 부귀 후리라 후엿거늘 도로 보의 쏘셔 안스롬을 불너 드려 보니니라.

의 경비(定配)ᄒ니 만일 너 스룰 맛나 노혀오면 셔울 가 등문고(登聞鼓)363)룰 쳐 너희 보물을 밧고 사룸을 구함ᄒ 죄룰 됴졍의 알외니라.”

동쵸·셜퓌 져의 말이 됴치 아니ᄒᄆᆯ 보고 급히 등미러 다리고 셩문으로 가더니 홀연 등 뒤히셔 냥인을 붓드ᄂᆫ 지 잇거놀 도라보니 본쥐 오공목(吳孔目)이라. 동최·셜퓌더러 몬져 복길을 다려가라 ᄒ고 오공목을 보니 공목이 굴오디,

“앗가 지부상공(知府相公)이 분부ᄒ시되 복길이 고을 압히셔 흉악【71】ᄒ 말을 ᄒ니 바려두지 못ᄒ리니 너의 냥인이 유벽ᄒ 곳의 가 져의 셩명을 맛고 ᄌ지ᄒ 쌤을 드리면 중상ᄒ리라.”

ᄒ더라.

동최 허락ᄒ고 셜파룰 ᄯ라 맛쵸앗더니 삽십 니ᄂᆫ 가 큰 슈풀의 다다라 냥인이 일오디,

“오날 닐364) 니러나 몸이 곤ᄒ니 잠간 ᄌ고져 ᄒ나 죄인이 도쥬ᄒ면 어이ᄒᆯ고?”

복길이 굴오디,

“이위(二位)ᄂᆫ 갓부거든365) 마음디로 쉬라. 니 도망치 아니리라.”

냥인이 굴오디,

“오디 네 말을 엇지 미드리오.”

지뷔(知府) 복길(卜吉)을 사(赦)코ᄌ ᄒ나 일쥐 스룸이 다 녀ᄌ의 우물의 샌지미 복길의 타시라 ᄒ니 아쥬 스ᄒ면 필연 의논이 이실 거시요 죽이고ᄌ ᄒ죽 녀ᄌ의 시신을 동시(終始) 엇지 못ᄒᄋᆺ고 ᄒ믈며 중보(重寶)룰 드렷ᄂᆫ지라 결치 못ᄒ더니 붓슐 드러 젹여 굴오디,

“복길이 차가(車價) 찻기로 인ᄒ여 셩【69】명 모로ᄂᆫ 녀지 우물의 샌지나 복길이 핍박ᄒ미 아니요, 시신을 맛참ᄂᆞ 엇지 못ᄒ니 ᄯᅩᄒ 고히ᄒ지라. 일노 인ᄒ여 디스(大赦)ᄒ면 필연 칭원ᄒ리니 이미타 니르나 인명이 졀노 ᄒ여 죽어시니 그 죄 경치 아닌지라. 등 이십을 쳐 밀쥐(密州) 노셩(牢城)의 귀향보니라.”

ᄒ고 즉일 두 공치룰 졍ᄒ여 보니니 하나흔 동쵸(童超)요 ᄯᅩ 하나흔 셜퓌(薛霸)라. 복길이 고을 문 밧긔 나셔 아문을 향ᄒ여 ᄲᅮ지져 굴오디,

“녀ᄌ의 익슈(溺水)ᄒ미 니 타시 아니요, 니 갑업손 중보룰 가져다가 너룰 쥬엇거놀【70】네 보물을 밧고 나룰 ᄌ지(刺字)ᄒ여362) 원지

---

362)【ᄌ지ᄒ다】통 자자(刺字)하다. 문신(紋身)을 새기다. ¶ 刺 ‖ 앗가 지부 상공이 분부ᄒ시되 복길이 고을 압히셔 흉악ᄒ 말을 ᄒ니 바려두지 못ᄒ리니 너의 냥인이 유벽ᄒ 곳의 가 져의 셩명을 맛고 ᄌ지ᄒ 쌤을 드리면 중상ᄒ리라 ᄒ더라 (在下奉知州相公所委, 適斷配卜吉出來, 這廝在州衙前放刁. 如今奉知州相公台旨, 叫你二人怎的做個道理, 就僻靜處結果了他, 揭他面上金印回話, 重重賞的.) <平妖 6:70>

363)【등문고】圏 {등문고(登聞鼓).} 신문고(申聞鼓). ¶ 怨鼓 ‖ 네 보물을 밧고 나룰 ᄌ지ᄒ여 원지의 졍비ᄒ니 만일 너 스룰 만나 노혀오면 셔울 가 등문고룰 쳐 너의 보물을 밧고 사룸을 구함ᄒ 죄룰 됴졍의 알외리라 (你得寶物, 自應免我之罪, 倒把我居斷刺配密州去. 我若將扎得性命回來, 却將你隱匿寶物事情敲皇城, 打怨鼓, 須要和你理論.) <平妖 6:70>

364)【닐】무 일찍. ¶ 무 ‖ 오날 닐 니러나 몸이 곤ᄒ니 잠간 ᄌ고져 ᄒ나 죄인이 도쥬ᄒ면 어이ᄒᆯ고 (今日恁起得早了些, 要歇一歇. 只怕卜吉逃走了時, 生藥鋪裏沒處買你.) <平妖 6:71> ⇒ 일

365)【갓부다】혱 피로(疲勞)하다. ¶ 勞 ‖ 복길이 굴오디 이위ᄂᆫ 갓부거든 마음디로 쉬라 니 도망치 아니리라 (卜吉道: “上下要縛就縛, 我決不走.”) <平妖 6:71>

ᄒ고 복길을 ᄂ무 우히 미고 동최 곤장을 들고 【72】 닐오ᄃᆡ,

"복길(卜吉)아 너 너롤 히ᄒ려 ᄒ미 아니로ᄃᆡ 지부상공이 오공목(吳孔目)을 보ᄂᆡ여 나롤 분부ᄒ여 너롤 죽이라 ᄒ여시니 우리 냥인의게 간예(干預)ᄒ366) 일이 아니라. 지하의 가도 우리롤 원치 말나."

복길이 쳥파(聽罷)의 체읍ᄒ고 ᄀᆞᆯ오ᄃᆡ,

"이위로 더브로 상시의 측ᄒ367) 일도 업더니 비록 상공 명이나 바라ᄂ니 텬지 ᄀᆞᆺᄒ 마음을 베퍼 잔명을 보젼케 ᄒ면 셰셰싱싱(世世生生)의 견미(犬馬)되여 은혜롤 갑흐리라."

동최 ᄀᆞᆯ오ᄃᆡ,

"지부상공이 네 말을 쾌심히368) 너겨 부디369) 죽어 업시ᄒ라 ᄒ【73】시니 만일 거역ᄒ면 너롤 더신ᄒ여 즁죄롤 닙으리라."

셜픠 ᄀᆞᆯ오ᄃᆡ,

"등최 부졀업시370) 말을 ᄒᄂ뇨. 일즉 쳐치ᄒ여 슈히 인간의 환조ᄒ게 ᄒ라."

ᄒ고 동쵸의 가진 곤장을 아ᅀᅡ 치려 ᄒ거ᄂᆞᆯ 복길이 울며 닐오ᄃᆡ,

"ᄂᆡ 명이 맛칠노다."

ᄒ더니 홀연 셩고괴(聖姑姑) 급ᄒ 일이 잇거든 나롤 부르라 ᄒ던 말을 싱각고 크게 웨여371) 부르되,

"셩고고는 나롤 구하라."

말이 맛지372) 못ᄒ여 슈풀노셔 ᄒ 사롬이 니드라 크게 ᄭᅮ지져 ᄀᆞᆯ오ᄃᆡ,

"너희 두 공인이 엇지 ᄉᆞ롬을 □□□□□ □□□ 【74】 나 보니 일위 도인이 신장이 칠쳑이요, 슈염이 됴코 늣츤 ᄌᆞ옥 ᄀᆞᆺ고 눈은 명경 ᄀᆞᆺ고 머리의 쳘관을 쓰고 몸의 홍포롤 닙어시니 상뫼 늠늠ᄒ더라.

[평뇨긔平妖記　권지칠卷之七]

【1】 어시의 도인이 냥인다려 일오ᄃᆡ,

"너희 상공이 임의 복길(卜吉)을 졍비(定配)ᄒ엿거ᄂᆞᆯ 너희 엇지 히ᄒ려 ᄒᄂ뇨?"

냥인이 ᄀᆞᆯ오ᄃᆡ,

"우리 상공의 명을 밧드러 복길을 죽이려 ᄒ미요, 우리의 ᄉ원(私怨)이 업셰라."

도인이 ᄀᆞᆯ오ᄃᆡ,

"네 말이 그르다. 즉금의 됴졍이 쳥명ᄒ고 관원이 공졍(公正)ᄒ니 죄업슨 사롬을 가마니 죽일 니 잇ᄉ리오. 우리 츌가(出家)ᄒ 사롬이 부졀업슨 일의 간예홀 비 아니나 복길이 셩고고롤 부르니 그 어인 ᄯᅳᆺ인고. 져다려 【2】 뭇고ᄌ ᄒᄂ니 나롤 위ᄒ여 글너 오라."

냥인이 마지 못ᄒ여 글너 노흐니 도인이 곡졀을 무른ᄃᆡ 복길이 길희셔 녀ᄌ 맛나 다려 오다가 우물의 ᄲᅡ진 일과 우물 쇽의셔 신션을 맛나 보고 보믈을 지부상공(知府相公)긔 보ᄂᆫ 말과 급ᄒ 일이 잇거든 셩고고롤 부르라 ᄒ던 말을 ᄌᆞ셰히 니르니 도인이 듯기롤 다ᄒ미 냥인다려 닐오ᄃᆡ,

---

366) 【간예ᄒ다】 图 간예(干預)하다. 관계(關係)ᄒ다. ¶ 干 ‖ 복길아 너 너롤 히ᄒ려 ᄒ미 아니로되 지부상공이 오공목을 보ᄂᆡ여 나롤 분부ᄒ여 너롤 죽이라 ᄒ여시니 우리 냥인의게 간예ᄒ 일이 아니라 (卜吉! 我們奉知州相公台旨, 叫害你, 却不干我們事.) <平妖 6:72>

367) 【측ᄒ다】 图 {측(惻)하다.} 언짤다. 섭섭하다. 원망스럽다. ¶ 寃 ‖ 이위로 더브러 상시의 측ᄒ 일도 업더니 (二位! 我與你目前無寃, 往日無仇.) <平妖 6:72> ⇒ 측다

368) 【쾌심히】 图 {과심(過心)히.} 쾌씸히. ¶ 지부상공이 네 말을 쾌심히 너겨 부디 죽여 업시ᄒ라 ᄒ시니 만일 거역ᄒ면 너롤 더신ᄒ여 즁죄롤 닙으리라 (知州相公怪你在州前放弓, 要結果你. 他是一州之主, 誰敢違拗. 你要性命, 我回去倒要替你受毒棒不成.) <平妖 6:72>

369) 【부디】 图 부디. ¶ 부디 (只除) <水滸 24b> 지부상공이 네 말을 쾌심히 너겨 부디 죽여 업시ᄒ라 ᄒ시니 만일 거역ᄒ면 너롤 더신ᄒ여 즁죄롤 닙으리라 (知州相公怪你在州前放弓, 要結果你. 他是一州之主, 誰敢違拗. 你要性命, 我回去倒要替你受毒棒不成.) <平妖 6:72>

370) 【부졀업시】 图 부질없이. ¶ 閑氣 ‖ 동최 부졀업시 말을 ᄒᄂ뇨 일즉 쳐치ᄒ여 슈히 인간의 환조ᄒ게 ᄒ라 (董超哥! 有恁般閑氣力與這蠻子講話. 早了早放, 等他閻王面前快討個好人身.) <平妖 6:73> ⇒ 브졀업시

371) 【웨다】 图 외치다. ¶ 叫 ‖ 홀연 셩고괴 급ᄒ 일이 잇거든 나롤 부르라 ᄒ던 말을 싱각고 크게 웨여 부르되 셩고고는 나롤 구ᄒ라 (猛然記得與我寶物的聖姑姑, 曾說有急難時敎我叫他. 乃大叫"聖姑姑救我則個!") <平妖 6:73> ⇒ 워이다

372) 【맛-】 图 《맞다》 마치다. 끝나다. ¶ 絶 ‖ 말이 맛지 못ᄒ여 슈풀노셔 ᄒ 사롬이 니다라 크게 ᄭᅮ지져 ᄀᆞᆯ오ᄃᆡ (叫猶未絶, 只見林子外面一個人大喝道.) <平妖 6:73>

“복길의 죄 죽지 아닐 거시니 빈도의 눗출 보와 져롤 힉치 말고 흔가지로 쥬졈(酒店)의 가 세 잔 슬을 먹으미 엇더흐뇨? 너희 반젼(盤纏)이 【3】 부독흐거든 니 당당이 도으리라.”

동쵸(董超) 셜픠(薛霸) 굴오디,

“션싱의 말디로 흐리라.”

사인(四人)이 슈풀을 나 슈리는 횡흐다가 흔 쥬졈의 드러 도인이 슬을 가져오라 흐니 졈쥐(店主) 굴오디,

“져지 먼 고로 안쥬롤 갓쵸지 못흐니 허물치 말나.”

흐고 슬과 치쇼롤 곳다가 버리거눌 도인이 보니 부억의 물 담은 통이 잇거눌 스미로셔 호로롤 너여 약 흔 환을 거홀녀373) 통의 드리치고 쥬인다려 니로디,

“니 안쥬롤 홀 거슬 네 물통의 담아 두엇시니 썔니 가져다가 달화 오라.”

쥬인 【4】 이 보니 물통의 가장 큰 금싁 니에(鯉魚)374) 쒸놀거날 건져다가 회롤 쳐 가져오니 스인이 흔가지로 먹고 셜픠 굴오디,

“이 고기 맛 됴흐니 엇지흐여 쏘 하나흘 어더 먹을고.”

도인이 굴오디,

“빈되 평싱의 슐 먹기롤 됴히 너기더니 이제 요힝 셔로 맛느니 만일 셔로 바리지 아니흐거든 빈되 잇는 곳이 머지 아니흐니 흔가지로 쥐토록 먹고 명일 길을 가미 엇더흐뇨?”

냥인이 굴오디,

“도인의 일이 슈상흐니 우리 져긔 곳다가 허슈흐미 잇시면 엇지흐리오.”

도인이 굴오 【5】 디,

“관인(官人)은 의심 말나.”

흐고 슐갑슬 쥬고 복길과 두 공치롤 다리고 쥬졈을 쩌나 슈십 니는 가니 임의 암즈의 다다랏더라. 날이 져물고 달이 쩌오르거눌 슐과 안쥬롤 비셜흐여 월하의셔 흔가지로 먹더니 동쵸·셜픠 셔로 의논흐되,

“우리 죄인을 맛타 가니 맛튼 일이 경치 아니흐고 이 도인의 일이 츙냥키 어려오니 슐을 과음치 말 거시라.”

흐고 냥인이 반취흐미 도인의게 스례흔디 도인이 굴오디,

“박쥬(薄酒)롤 오히려 사양치 말고 이위는 잠간 안즈시라.”

흐고 드러가 두 덩이 큰 은즈롤 너여 오니 무긔 각각 오십 냥이라. 냥인의 압히 노코 닐오디,

“이 거시 비록 미쇼흐나 졍을 표흐느니 물니치지 말나.”

냥인이 쳐음은 스양흐다가 도인이 여러번 권흐니 슬무시375) 밧더라. 도인이 굴오디,

“빈되 흔 쳥홀 일이 이시니 이위 즐겨 허흐랴. 빈도의 셩명은 장난(張鸞)이니 지부노애(知府老爺) 만일 복길의 간 곳을 뭇거든 장난이 아스가다 흐면 이위게는 죄칙(罪責)이 업스리라.”

셜픠 쇼리 질너 니로디,

“장션싱이 도리롤 아지 못흐는도다! 도인 【7】 이 비록 출가흔 사롬이나 임의 졍쥬(鄭州) 싼히 이시면 곳 졍쥐 빅셩이니 관부(官府)의셔 졍비(定配)흔 죄인을 엇지 감히 아스가리오. 오십 냥이 여긔 잇스니 도로 가져가라.”

도인이 굴오디,

“이위 허치 아니흐면 그만홀 거시니 무슴 일 이러트시 초조흐리오. 다시 비쥬(杯酒)롤 나아오고즈 흐노라”

냥인이 취흐믈 일크라 먹지 아니흐니 도인이 굴오디,

“빈되 됴고만 도슐이 잇스니 이위롤 뵈고 슐을 권코즈 흐노라.”

흐고 스미로셔 흔 장 조희롤 너여 달을 그려 공중의 더지니376) 두렷흔 달 【8】 이 되여 진

---

373) 【거홀ㄴ-】 图 《거후르다》 거우르다. 기울이다. 따르다. ¶ 抖出 ‖ 도인이 보니 부억의 물 담은 통이 잇거눌 스미로셔 호도롤 너여 약 흔 환을 거홀녀 통의 드리치고 (東觀西望, 見壁邊一隻水缸. 先生袖內取出一箇葫蘆兒來, 拔了塞兒, 抖出一丸白藥來, 放在水缸裏.) <平妖 7:3> ⇒ 거우로다, 거우르다, 거우ㄹ다, 거울ㄴ-, 거후로다, 거후르다, 거홀ㄴ-, 거홀ㄹ-

374) 【니어】 图 {이어(鯉魚).} 잉어. ¶ 鯉魚 ‖ 쥬인이 보니 물통의 가장 큰 금싁 니에 쒸놀거날 건져다가 회롤 쳐 가져오니 스인이 흔가지로 먹고 <平妖 7:4>

375) 【슬무시】 图 슬며시. ¶ 냥인이 쳐음은 스양흐다가 도인의 여러 번 권흐니 슬무시 밧더라 (二人被先生推不過, 各收了一錠.) <平妖 7:6>

376) 【더지다】 图 던지다. ¶ 스미로셔 흔 장 조희롤 너여 달을 그려 공중의 더지니 두렷흔 달이 되어 진짓 달노 더브러 쌍으로 밝앗거눌 (先生

짓 달노 더브러 쌍으로 밝앗거눌 동쵸·셜핀 일
시의 쇼리ᄒ여 니로디,

　"조흔 도슐이로다."

ᄒ고 달을 우러러 보노라 ᄒ니 도사와 복
길이 간 디 업거눌 놀나 츠져보니 져희 산신(山
神) 묘당(廟堂)의 잇더라. 냥인이 망극ᄒ여 일오
디,

　"우리 죄인을 일흐니 반ᄃ시 즁죄롤 닙을
노다.377)"

ᄒ고 ᄒᆫ가지로 정쥐(鄭州)로 도라오니 지
뷔 좌긔ᄒ엿거눌 동쵸·셜핀 고두ᄒ고 알외여
굴오디,

　"쇼인 등이 작일의 복길을 다리고 가다가
노상의셔 ᄒᆞᆫ 도사롤 맛ᄂ니 쳥【9】ᄒ여 졔 암
ᄌᆞ의 가 복길을 아스려 ᄒ거눌 쇼인이 쥬지 아
니ᄒ니 그 도ᄉᆡ 조희로 달을 ᄆᆞᆫ드러 공즁의 부
러올녀 진짓 달과 쌍으로 붉앗거눌 쇼인 등이
우러러 볼 ᄉᆞ이의 도사와 복길이 간 디 업고 암
ᄌᆞ는 곳 산신 묘당이라. 쇼인등이 뇨슐의 속아
죄인을 일허시니 쳥죄ᄒ나이다."

지뷔 무러 굴오디,

　"그 도ᄉᆡ 무어시라 일ᄏᆞᆺᄃ뇨?"

냥인이 디왈,

　"졔 스스로 니로디 '장난張鸞'이라 ᄒ더이
라."

지뷔 굴오디,

　"그 성명을 아라시니 뇨인을 찻기 어렵지
아니타."

말이 맛지【10】못ᄒ여 ᄒᆞᆫ 도인이 쳘관(鐵
冠)의 쵸리(草履)롤 신고 홍포(紅袍) 닙고 바로
청젼의 니르러 굴오디,

　"빈도 장난이 뵈나이다."

지뷔 노미 왈,

　"엇던 뇨인이 감히 여차 무례ᄒᆞ뇨?"

도ᄉᆡ 굴오디,

　"네 일쥐(一州)의 임지되여 경ᄉᆞ롤 명빅히
홀 거시여눌 복길의 드린 무가보(無價寶)롤 밧
고 가마니 살히ᄒ려 ᄒ니 그 무삼 ᄯᆮ인고?"

지뷔 굴오디,

　"네 거즛말 말나. 갑 업슨 보물이 어디 잇

ᄂ뇨?"

장난 왈,

　"금졍(金鼎)이 네 고(庫)즁의 드러시니 니
당당이 즁인을 보게 ᄒ리라."

ᄒ고 웨여 왈,

　"금졍ᄋ, 샐니 ᄂ오라."

ᄒ니 홀연【11】공즁으로셔 금졍이 나려오
되 두 귀롤 붓쳐 날기 편 ᄃᆺᄒ여 ᄂ라 청상의
노히니 졔인이 디경실식ᄒ여 면면상고(面面相
顧)러니 믄득 금졍 속으로셔 ᄒᆞᆫ 스룸이 ᄲᅱ여 니
다르니 졍히 복길이라. 좌슈의 칼을 들고 우슈
의 지부롤 잡ᄋᆞ 머리롤 버혀 ᄂ리치니 졔인이
일시의 장난·복길을 에워 ᄊᆞ고 잡으려 ᄒ더니
냥인이 일시의 금졍 속으로 드리다르며 일진 광
풍이 이러나니 금졍을 보지 못ᄒᆞᆯ네라.

즁인이 일오디,

　"이놈의 이런 고히ᄒᆞᆫ 변홰 잇ᄉ리오!"

ᄒ고 일변 치상ᄒ여 관지(棺材)롤 어더 염
빙(殮殯)ᄒ고 일변 됴졍【12】의 쥬문(奏聞)ᄒ니
라.

就懷中取出一張紙來, 將剪刀在手把紙剪了一個圓
圓月兒, 用酒滴在月上, 喝聲"起!" 只見那紙月望
空吹將起去.) <平妖 7:7>

377) 【-ㄹ노다】 回 -리로다. -ㄹ 것이로다. -겠도
　다. ¶ 나의 셩니롤 그릇쳐시니 그져 두지 못ᄒᆞᆯ
　노다 (又壞了一架子行貨, 這一日道路罷了, 正是
　和他性命相博.) <平妖 7:17>

27

□□□□□□□□ □□□□□□□□
包龍圖新治開封府　左癩師大惱任吳張

화셜(話說) 인종황뎨(仁宗皇帝) 빅관의 됴회롤 바드시더니 졍쥐 표문(表文)을 보시고 뎌 경ᄒᆞᆺ 좌우롤 도라보와 뇨인 잡기롤 의논ᄒᆞ시더니 ᄉᆞ쳔감(司天監) 관원이 쥬왈,

"밤의 텬문을 보오니 요괴로온 별이 위 ᄯᅡ히 빗최니 반ᄃᆞ시 요인의 장난홀 지 잇ᄉᆞ리니 맛당이 즁외의 신칙(申飭)ᄒᆞ여 미리 쥰비ᄒᆞ쇼셔."

인종이 굴오사ᄃᆡ,

"졍쥐(鄭州)의 뇨인의 변이 잇고 티시(太史) ᄯᅩ 요졍을 알외니 근심된지라. 경 등은 구쳐(區處)홀 도리롤 성각ᄒᆞ라."

빅관이 쥬왈,

"지금 기봉부윤(開封府尹)이 궐이 이시니 념명졍직(廉明正直)ᄒᆞᆫ 자롤 굴희여 ᄒᆞ이면 가히 즁외【13】롤 진졍ᄒᆞ리이다."

황졔 문왈,

"뉘 이 쇼임을 당홀고?"

모다 포증(包拯)을 쳔거ᄒᆞᆫ디 인동이 즉시 포증으로 기봉부윤(開封府尹)을 ᄒᆞ이니 포증이 도임ᄒᆞ고 동경(東京) 이십팔 문의 방 붓쳐 잡인

을 금ᄒᆞ니 호령이 엄슉ᄒᆞ여 도불습유(道不拾遺)ᄒᆞ더라. 이ᄯᅥ 동경 후슈항(後水巷)의 ᄒᆞᆫ 쩍파ᄂᆞᆫ 사롬이 잇ᄉᆞ니 셩명은 님쳔(任遷)이요 부르기롤 님ᄃᆡ기(任大哥)라 ᄒᆞ더라. 일일은 길거리의 나가 온ᄌᆞ 쩍을 가ᄌᆞ(架子)의 버리고 쩍 ᄉᆞ라오ᄂᆞᆫ 사롬을 기다리더니 홀연 졀녕졀녕378) ᄒᆞᄂᆞᆫ 쇼ᄅᆡ 먼니셔부터 갓가이 오거늘 임쳔이 보니 ᄒᆞᆫ 동냥ᄒᆞᄂᆞᆫ 법시 법환(法環)을【14】 흔들며 오니 ᄒᆡ여진 두건의 헌 뵈옷 닙고 쵸혜(草鞋)롤 신어시되 ᄏᆡ 젹고 한 다리 져니 단닐 졔 ᄒᆞᆫ 거름은 놉고 한 거름은 ᄂᆛ더라.

임쳔을 향ᄒᆞ여 굴오ᄃᆡ,

"니 늙은 어미 오히려379) 조반(早飯)을 굴머시니 쓸이나 돈을 쳥ᄒᆞ노라."

임쳔이 졔 낭즁(囊中)을 만져보고 닐오ᄃᆡ,

"오늘은 쩍 ᄉᆞ리 오지 아냐시니 돈이 업노라."

법시 왈,

"그리면 쩍을 ᄉᆞ고ᄌᆞ ᄒᆞᄂᆞ니 상화380) 갑시 언마나 ᄒᆞ뇨?"

임쳔 왈,

"큰 거슨 돈 둘히381) 쩍 하나히요, ᄌᆞ근 거슨 하나의 파노라."

법시(法師) 돈 세홀 너여 노코 닐오ᄃᆡ,

"됴흔 쩍을 ᄉᆞ다가 노모롤 먹이려 ᄒᆞ노라."

임쳔이 돈 하【15】나흘 도로 쥬며 굴오ᄃᆡ,

"이 하나흔 법ᄉᆞ롤 보시ᄒᆞᄂᆞᆫ 양으로 도로 쥬노라."

ᄒᆞ고 큰 쩍 하ᄂᆞ와 ᄌᆞ근 쩍 하나흘 쥬거늘

---

378) 【졀녕졀녕】㊩ 절렁절렁. ¶ 厮郞郞 ‖ 홀연 졀녕졀녕ᄒᆞᄂᆞᆫ 쇼ᄅᆡ 먼니셔 부터 갓가이 오거늘 임쳔이 보니 ᄒᆞᆫ 동냥ᄒᆞᄂᆞᆫ 법시 법환을 흔들며 오니 (只聽得厮郞郞地響一聲, …那法師搖着法環, 走來任遷架子邊.) <平妖 7:13>

379) 【오히려】㊩ 오히려. ¶ 兀自 ‖ 니 늙은 어미 오히려 조반을 굴머시니 쓸이나 돈을 쳥ᄒᆞ노라 (我娘兒兩個在破裏住, 此時兀自沒早飯得吃. 胡亂與我一文錢, 湊糴些米, 娘兒們煮粥充饑.) <平妖 7:14>

380) 【상화】㊄ 만두. ¶ 吹餠 ‖ 법시 왈 그리면 쩍을 ᄉᆞ고ᄌᆞ ᄒᆞᄂᆞ니 상화 갑시 언마나 ᄒᆞ뇨 (癩師見他說沒錢, 便問: "哥哥! 炊餅怎樣賣?") <平妖 7:14> ⇒ 향화

381) 【둛】㊝ 둘. ¶ 兩 ‖ 큰 거슨 돈 둘히 쩍 하나히요 ᄌᆞ근 거슨 하나의 파노라 <平妖 7:14>

법시 숀을 너여 바드니 그 숀이 검고 더러워 일싱 씻지 아닌듯 흐거눌 임천(任遷)이 가장 아니 쏘이 너겨 흐더니 두 쩍을 쥐 물너 보기룰 가장 오리 흐다가 왈,

"이 쩍이 가장 갓치 셰니382) 니 어미 나히 팔십이라 어이 잘 먹으리오. 무른 쩍을 엇고져 흐노라."

임천 왈,

"져 숀으로 쥐무루는 냥을 보면 뉘 이 쩍을 스리오."

가장 미련흐여 흐며 바다 도로 가즈의 노코 무른 쩍을 갈히여 쥬거눌 법시 젼쳐로 쥐무 【16】 르며,

"무슴 쇼룰 너헛느냐?"

임천 왈,

"졍흔 고기룰 너헛느니라."

법시 왈,

"니 어미 지일 쇼룰 흐여 이 쩍을 먹지 아니리니 스탕갈늘383) 너흔 쩍을 밧고와 너라."

임천이 법스룰 치고즈 흐다가 노긔룰 참고 스탕쩍384)을 쥬거눌 법시 쏘 바다 쥐고 보다가 닐오디,

"이 쩍이 져근니 어이 뇨긔(療飢)흐리오, 도로 향화룰 스지라.385)"

임천이 쵸됴흐다가 닐오디,

"네 두 낫 돈을 밧고 니 셰 가지 쩍을 더러여시니386) 이졔는 결단흐여 밧고와 쥬지 못흘노다.387)"

법시 왈,

"디가(大哥)는 쵸됴(焦躁)흐여 말나. 쩍 둘을 스다가 모즈 냥인이 뇨긔흘 길 업스니 니 돈을 츠 【17】 져다가 죽을 스먹으리라."

흐고 가즈(架子) 우히 돈을 더위쳐388) 가지고 온갖 쩍 버린 데로 향흐여 입김을 불고 돌쳐가거눌 임천 왈,

"이놈으, 니 쩍만 더리이고 어디로 가려 흐느뇨?"

쏠와 치려 흐다가 싱각흐되,

'졔 거동을 보니 줌간 마즈면 죽을 거시니 범스는 참는 거시 올타.'

흐고 도라와 졔 쩍을 보니 왼 계[가]즈(架子)의 노힌 쩍이 변흐여 슛검장389) 갓흔지라. 임천이 디로흐여 닐오디,

"그 놈이 나룰 봇치여390) 나의 싱니(生意)룰 그룻쳐시니 그져 두지 못흘노다.391)"

흐고 쏘라와 두루 츠즈되 업거눌 도라오려 흐더니 홀연 졀넝졀넝392) 흐 【18】 는 쇼리 머지

---

382) 【셰다】 형 거칠다. ¶ 硬 ‖ 이 쩍이 가장 갓치 셰니 니 어미 나히 팔십이라 어이 잘 먹으리오 무른 쩍을 엇고져 흐노라 (我娘八十歲, 如何吃得這般硬餠? 換個饅頭與我罷.) <平妖 7:15> ⇒ 서다, 세다

383) 【스탕갈ㄴ-】 명 《스탕가르》 사탕가루. ¶ 砂餡 ‖ 법시 왈 너 어미 지일 쇼룰 흐여 이 쩍을 먹지 아니리니 스탕갈늘 너흔 쩍을 밧고와 너라 (癩師道: "哥哥! 我娘吃長素, 如何吃得. 換一個砂餡與我.") <平妖 7:16>

384) 【스탕쩍】 명 사탕떡. ¶ 砂餡 ‖ 임천이 법스룰 치고즈 흐다가 노긔룰 참고 스탕쩍을 쥬거눌 (只得忍氣呑聲, 又換一個砂餡與他.) <平妖 7:16>

385) 【-지라】 回 동사 형용사의 '-아 / -어 / -여' 꼴 아래에 쓰이어 소원을 나타내는 말. -고 싶다. -기를 바란다. ¶ 이 쩍이 져근니 어이 뇨긔흐리오 도로 향화룰 스지라 (如何吃得他飽, 只換炊餅與我罷.) <平妖 7:18> ⇒ 3:27 /3:38 /6:56

386) 【더러이다】 통 더럽히다. ¶ 임천이 쵸됴흐다가 닐오디 네 두 낫 돈을 밧고 니 셰 가지 쩍을 더러여시니 이졔는 결단흐여 밧고와 쥬지 못흘노다 (任遷看了焦燥起來: "可知叫你忍飢受餓! 只賣得你兩文錢, 到壞了三個行貨. 這番不換了.") <平妖 7:16> ⇒ 더레이다

387) 【-ㄹ노다】 回 -리로다. -ㄹ 것이로다. -겠도다. ¶ 그놈이 나룰 봇치여 나의 싱니룰 그룻쳐시니 그져 두지 못흘노다 (這廝蒿惱了我半日, 又壞了一架子行貨. 這一日徒勞罷了, 正是和他性命相搏.) <平妖 7:17> ⇒ -ㄹ놋다

388) 【더위치다】 통 움키다. 움켜잡다. ¶ 가즈 우히 돈을 더위쳐 가지고 온갖 쩍 버린 데로 향흐여 입김을 불고 돌쳐가거눌 (去架子上捉了銅錢, 看着架子上吹口氣便走.) <平妖 7:17>

389) 【슛검장】 명 숯. ¶ 浮炭 ‖ 도라와 졔 쩍을 보니 왼 가즈의 노힌 쩍이 변흐여 슛검장 갓흔지라 (回過身來, 到架子邊定晴打一看時, 任遷只叫得苦. 一架子鏝頭炊餅, 都變做浮炭也似黑的.) <平妖 7:17>

390) 【봇치다】 통 보채다. ¶ 蒿惱 ‖ 임천이 디로흐여 닐오디 그놈이 나룰 봇치여 나의 싱니룰 그룻쳐시니 그져 두지 못흘노다 (任遷大怒道: "這廝蒿惱了我半日, 又壞了一架子行貨. 這一日道路罷了, 正是和他性命相搏!") <平妖 7:17> ⇒ 보치다

391) 【-ㄹ노다】 回 -리로다. -ㄹ 것이로다. -겠도다. ¶ 나의 싱니룰 그룻쳐시니 그져 두지 못흘노다 (又壞了一架子行貨, 這一日道路罷了, 正是和他性命相博.) <平妖 7:17>

392) 【졀넝졀넝】 부 절렁절렁. 짤랑짤랑. ¶ 厮郎郎 ‖ 쏘라와 두루 츠즈되 업거눌 도라오려 흐더니

아닌더셔 나거늘 싱각ᄒ되,

'이 놈이 근쳐의 잇도다.'

ᄒ고 쇼리를 ᄎᄌ 가더니 법ᄉᄂ 보지 못
ᄒ고 안상문(安上門) 안의 사롬이 만히 모닷거
늘 임쳔이 싱각ᄒ되,

'이 거시 고기 파ᄂ 장가(張哥)의 집이니
무삼 일노 만흔 스롬이 모혓ᄂ고?'

나아가 보니 흔 쇼년이 늘근 한미롤 붓들
고 약물도 치며 손가락도 씨무르며 닐오디,

"모친은 졍신을 ᄎ려 눈을 ᄯ라."

ᄒ되 그 한미 무셔워 눈을 못 ᄯ노라 ᄒ고
쇼년의게 업혀 가거늘 임쳔이 바야흐로 뭇고ᄌ
ᄒ더니 장긔(張哥) 나오다 가보고 문왈,

"임디랑(任大郎)은 어디로셔 오ᄂ다?"

임쳔이 【19】 닐오디,

"나ᄂ 부졀업슨 일노 지나가거니와 일낭
(一郎)의 집이 엇지 이리 뇨란ᄒ뇨?"

장긔 임쳔을 다리고 드러가 닐오디,

"니 고히흔 일을 보왓노라. 앗가 흔 다리
져ᄂ 지 법환을 흔들고 와셔 돈을 달나 ᄒ거늘
쥬지 아니ᄒ니 도마의 노핫던 돗희 머리롤 만지
며 무슴 말을 넘ᄒ고 가거늘 나ᄂ 지너여 보니
엿더니 졋집의 잇ᄂ 젹이랑(翟二郎)의 모친이
그 졔두(猪頭)롤 ᄉ 가려 ᄒ더니 그 도도지 눈
을 부릅쓰고 입을 버려 드립쩌393) 무니 늘근 사
롬이 긔졀ᄒ엿거늘 급히 이랑을 불너다가 구ᄒ
여 가니 ᄌ고로 죽은 도도지 스롬을 무 【20】 ᄂ
말을 듯지 못ᄒ엿노라. 아마도 그 법ᄉ의 뇨술
인가 시부도다."

임쳔이 이 말을 듯고 법ᄉ 계게 와 파ᄂ
쩍을 그릇 민돌고 간 말을 니르노라 ᄒ니 법환
흔드ᄂ 쇼리 압히셔 나거늘 양인이 일오디,

"우리 흔가지로 나가 칠 거시라."

ᄒ고 안상문(安上門)을 나 오록 니ᄂ 쏠와
가니 법환 쇼리 느며 사롬은 뵈지 아니커늘 냥
인이 도라오고져 ᄒ더니 길가 면(麵) 파ᄂ 졈의
셔 흔 사롬이 막디롤 들고 한머엄을 치거늘 나
아가 보니 면 파ᄂ 오왕(吳旺)일너라. 장긔 불너
왈,

"오삼낭(吳三郎)ᄋ, 어인 사롬을 져리 치ᄂ

홀연 졀녕졀녕 ᄒᄂ 쇼리 머지 아닌더셔 나거늘
(趕了半日不見, 欲待回來, 只聽得前頭厮郎郎響
聲.) <平妖 7:17>

다? 니 늣츨 보와 긋치믈 바라노라."

【21】 오왕(吳旺)이 손을 멈추고 닐오디,

"이 놈의 말을 드러보라. 젼의 가득흔 사
롬이 면을 먹고 길을 가려 ᄒ거늘 이놈다려 면
을 술무라394) ᄒ니 반일을 불을 ᄶ 면국을 어름
ᄀᆺ치 ᄒ니 모든 스롬이 기다리다 못ᄒ여 허여져
가니 일낭이 만일 말니지 아니터면 죽도록 치려
ᄒ더니라. 일낭은 엇지 흔가히 셩의 나왓ᄂ뇨?"

장긔 다리 져ᄂ 법ᄉ의게 쇽고 ᄯ라온 말
을 니르니 오왕(吳旺)이 오리 어린 듯 ᄒ다가
닐오디,

"이 말 ᄀᆺᄒ면 니 무죄흔 사람을 치도다.
앗가 흔 다리 져ᄂ 도인이 법환을 흔들고 밧긔
와 보시ᄒ라 ᄒ거늘 쥬지 아니 【22】 ᄒ니 그 도
인이 부억으로 드리다라 입김을 불고 가더니 면
이 익지 아니미 일졍 그 도인의 뇨슐인가 ᄒ노
라."

홀연 법환 흔드ᄂ 쇼리 갓가이 나거늘 임
쳔·장가·오왕 삼인이 일시의 분노ᄒ여 너다라
보니 법시 져축져축ᄒ며395) 가거늘 삼인이 ᄶᆯ와
가니라.

393) 【드립쩌】㊦ 드립다. 냅다. ¶ 一口 ‖ 그 도다
지 눈을 부릅쓰고 입을 버려 드립쩌 무니 늘근
사롬이 긔졀ᄒ엿거늘 (這猪頭扎眉札眼, 張開口
把婆婆一口咬住, 驚死那婆婆在地.) <平妖 7:19>

394) 【숣다】㊀ 삶다. ¶ 燒火 ‖ 젼의 가득흔 사롬
이 면을 먹고 길을 가려 ᄒ거늘 이놈다려 면을
술무라 ᄒ니 (一店人要麵吃了赶路, 敎他快燒火.)
<平妖 7:21> ⇒ 숨다

395) 【져축져축ᄒ다】㊀ 절뚝절뚝하다. ¶ 홀연 법
환 흔드ᄂ 쇼리 갓가이 나거늘 임쳔 장가 오왕
삼인이 일시의 분노ᄒ여 너다라 보니 법시 져축
져축ᄒ며 가거늘 (正說之間, 只聽得法環響, …吳
三郎、任遷、張屠三人, …瘸師見三個人赶, 急急
便走.) <平妖 7:21>

28

막파스가사입불두　임오장몽슈셩고법
莫坡寺癩師入佛肚　任吳張夢授聖姑法

삼인이 법스(法師)롤 쏠와가니 급히 쓰로면 법시 급히 가고 완완이 ᄒ면 법스도 완완이 가기롤 이십 니나 가다가 막파스(莫坡寺)란 졀노 드러가거놀 삼인 왈,

"이 졀이 뒤문이 업스니 제 어디로 가리오."

일시의 【23】 드러가니 법시 법당으로 치닷거놀 삼인이 조차 올나가니 법시 부쳐의 압히 노힌 탁즈의 올나 손으로 부쳐의 머리롤 밀치니 머리 구으러 너려지거놀 법시 쒸여 부쳐의 목굼그396)로 드리다르니 장기(張哥) 니로디,

"이 놈이 어리도다. 제 부쳐의 비쇽의 든 들 어이 잡으니지 못ᄒ리오."

탁즈의 올나 부쳐의 엇기397)롤 걸타고 목굼글 드리미러 보더니 그 속으로셔 ᄒ 손이 나와 장가롤 쓰어 드러가니 임쳔(任遷)이 장가롤

구ᄒ려 ᄒ고 부쳐의 몸의 오르노라 ᄒ니 쏘 ᄒ 손이 너미러 임쳔을 잡으드려 가거놀 오왕(吳旺)이 냥인의 잡 【24】 히믈 보고 구치도 못ᄒ고 바리고 가기도 어려워 ᄒ 계교롤 싱각고 큰 돌을 가져다가 부쳐의 비롤 씨쳐 굼글398) 니고 냥인을 구ᄒ려 ᄒ더니 굼기 겨유 뚤니며 그리로셔 ᄒ 손이 나와 오왕을 잡으드려 가거놀 삼인이 셔로 더듬으며 일홈을 불너 찻더니 ᄒ 곳의 뭉키여 이시되 다만 법스는 간 곳이 업더라.

삼인이 의논ᄒ여 굼글 ᄎᄌ 나가려 ᄒ더니 ᄒ 편의 불근 빗치 잇거놀 그리로 너다르니 홀연 푸른 뫼히 쳡쳡ᄒ고 맑근 물이 구뷔구뷔 ᄒ로고 곳나무와 디슈풀이 욱어졋더라. 오왕(吳旺)이 일오디,

"졔 도 【25】 라갈 길이 업스니 장ᄎ 어이 ᄒ리오?"

장기 왈,

"임의 이 곳의 와시니 아모커나 볼 거시라."

ᄒ고 길을 ᄎᄉ니 과연 삼니ᄂ 가셔 슈풀 스이의 ᄒ 마을집이 잇거놀 삼인이 문을 두다리니 안흐로셔 ᄒ 늙은 한미 나와 문을 두다리며 연고롤 뭇거놀 삼인 왈,

"우리ᄂ 셩즁 스룸으로 길을 닐코 이 곳의 왓더니 도라갈 길이 어디로 갈 줄 몰나 가르치믈 바라노라."

한미 왈,

"긱관(客官)이 먼니셔 와시니 일졍 비골푸리로다."

쳥ᄒ여 쵸당의 안치고 세 스발 슐과 ᄒ 반(盤) 고기롤 ᄂ와 디졉ᄒ고 쏘 밥지어 먹이거놀 삼인 【26】 이 졍히 쥬렷든지라 포식ᄒ고 스레 왈,

"집의 도라가 돈을 츌혀 쥬식 갑슬 갑흐리라."

한미 왈,

---

396)【목굼】團《목구무》목구멍. ¶ 腔子 ‖ 탁즈의 올나 부쳐의 엇기롤 걸타고 목굼글 드리미러 보더니 그 속으로셔 ᄒ 손이 나와 장가롤 쓰어 드러가니 (卽時爬上供桌, 踏着佛手, 盤在佛肩上, 攀着佛凔望裏面時, ……只見一隻手伸出來, 一把揪住.) <平妖 7:23> ⇒ 목구무

397)【엇기】團 어깨. ¶ 肩 ‖ 탁즈의 올나 부쳐의 엇기롤 걸타고 목굼글 드리미러 보더니 (張屠爬上供卓, 踏着佛手, 盤上佛肩, 雙手攀着佛腔子望一望, 裏面黑暗暗地.) <平妖 7:23> ⇒ 엇게

398)【굼】團《구무》구멍. ¶ ᄒ 계교롤 싱각고 큰 돌을 가져다가 부쳐의 비롤 씨쳐 굼글 니고 냥인을 구ᄒ려 ᄒ더니 굼기 겨유 뚤니며 (好沒運智, 只消得去尋些硬的物來, 打破出佛肚皮, 便救得他兩個出來.) <平妖 7:24>

"스쇼흔399) 거술 엇지 갑술 니르리오."

삼인이 길흘 뭇고즈 ㅎ더니 홀연 일인이
밧그로셔 드러오니 졍히 다리져는 법시라. 삼인
이 일시의 니다라 잡고즈 ㅎ더니 법시 크게 부
르되,

"모친은 나롤 구ㅎ라."

한미 나와 말녀 왈,

"이 거시 니 ㅇ히니 아모 일이 잇실지라도
니 낫츨 보와 용셔ㅎ라."

삼인 왈,

"이 법시 우리롤 온가지로 속여시니 만일
쥬인의 즈졔 아니런들 쎠롤 마[바]으려 ㅎ더니
【27】 라."

한미 무르되,

"니 ㅇ히 무슴 일을 득죄ㅎ엿관디 삼위 져
러툿 노ㅎ시ᄂ뇨?"

삼인이 법소의게 속은 말을 각각 니르니
한미 왈,

"이러면 니 ㅇ히 그릇 ㅎ도다!"

ㅎ고 법소롤 불너 사죄ㅎ라 ㅎ고 쏘 닐오
디,

"삼위는 ㅇ즈(兒子)의 죄롤 사ㅎ라."

삼인 왈,

"이졔는 우리 노롤 푸느니 다만 져로써 도
라갈 길흘 가르치라 ㅎ쇼셔."

한미 왈,

"삼위는 다 인연 잇는 사롬이라. 이곳의
와셔 어이 그져 도라가리오. 당당이 각기 법슐
을 ᄀ르쳐 둉신토록 쓰게 ㅎ리라."

법소다려 일오디,

"너롤 미양 【28】 나가지 말나 ㅎ되 나가면
일을 져즈니400) 이졔 삼위 널노 ㅎ여 먼니 여긔
와시니 네 맛당이 법슐을 ㅎ여 보시게 ㅎ라."

법시 허리로셔 호로롤 너여 진언을 넘ㅎ니
그 속으로 물이 쇼사나 경긱의 평지 바다히 되
거늘 법시 도로 물을 거두어 호로의 넛코 쏘 진
언을 넘ㅎ니 그 속으로셔 불이 이러나 경긱의
텬지의 ᄌ옥ㅎ엿더니 쏘 거두니 흔젹이 업눈지
라. 삼인이 그 신긔흔 도슐을 항복ㅎ거늘 한미
무르되,

"삼위 즁의 뉘 비호려 ㅎᄂ뇨?"

장긔(張哥) 왈,

"니 비호고즈 ㅎ나이다."

한미 왈,

"니 ㅇ히는 슈화호(水火胡)롤 져 디랑을 쥬
라."

법 【29】 시 마지 못ㅎ여 쥬고 쏘 진언을
ᄀ르치더라. 한미 무르되,

"니 ㅇ히 무슴 법슐이 잇ᄂ뇨?"

법시 왈,

"흔 장 됴희의 신이흔 법슐이 잇ᄂ이다."

ㅎ고 한 장 불근 됴희롤 너여 진언을 닑고
쇼리 지르니 변ㅎ여 흔 빅미(白馬) 되니 놉기
팔 쳑이오 왼몸이 은빗 ᄀᆺㅎ니 쳔니 농귀(龍駒)
라. 법시 말긔 올나 공즁의 쇼스 단니다가 나려
셔니 그 말이 변ㅎ여 도로 됴희 되더라. 법시
무르니,

"뉘 이 말을 가지고즈 ㅎᄂ뇨?"

오왕(吳旺) 왈,

"니 가지고즈 ㅎ노라."

법시 됴희말과 진언을 쥬거눌 한미 왈,

"냥위는 법슐을 어덧거니와 임디랑(任大郞)
은 엇지홀 【30】 고?"

홀연 흔 녀지 안흐로셔 나오니 한미 니로
디,

"녀ㅇ는 됴흔 법슐을 임디랑긔 젼ㅎ라."

그 녀지 쳥상의 노흔 둥좌 우히 안져 진언
을 넘ㅎ니 둥좌(凳座) 변ㅎ여 빅익회(白額虎) 된
삼인이 디경ㅎ고 녀지 꾸지즈니 그 범이 공즁의
올나 두루 단니다가 ᄂ리니 도로 둥좌되거눌 진
언을 임쳔을 ᄀ르치니 삼인이 각각 흔 번식 익
여 보며 한미긔 스례ㅎ니 한미 왈,

"삼위 임의 법슐을 두어시니 다른 날 피쥬
(貝州) 쓰히 일이 잇거든 가히 와 셔로 도으라.
부귀롤 흔가지로 ㅎ리라."

삼인이 허락ㅎ고 도라가믈 쳥흔디 【31】 한
미 왈,

"삼위 디랑이 도라갓다가 명일 막파스(莫

---

399) 【스쇼ㅎ다】⑱ 사소(些少)하다. ¶ 些少 ‖ 스
  쇼흔 거술 엇지 갑술 니르리오 (些少酒飯, 如何
  要錢?) <平妖 7:26>

400) 【져즈-】⑧ 저지르다. ¶ 惹 ‖ 너롤 미양 나
  가지 말나 ㅎ되 나가면 일을 져즈니 이졔 삼위
  널노 ㅎ여 먼니 여긔 와시니 네 맛당이 법슐을
  ㅎ여 보시게 ㅎ라 (你只除不出去, 出去便要惹事.
  直叫三位來到這裏, 你有甚法術, 敎他三位看.)
  <平妖 7:28> ⇒ 저즐-, 저즐다, 저줄다

坡寺)의셔 셔로 기다리이다."

삼인이 결ᄒ여 하직ᄒ고 법스로 더브러 뒤고기의 오르미 믄득 셩 하나히 잇거놀 바라볼 찌의 법시 밀치니 삼인이 일시의 놀나 끼치니 몸이 막파스 법당 우희 잇고 불상을 보니 한 곳도 상흔 티 업더라.

삼인이 셔로 몽즁의 갓던 디롤 니르고 품 속을 더듬으니 호로와 조희화 마가 잇고 비혼 진언과 니르던 말이 녁녁히 귀의 잇거놀 셔로 보고 츙냥치 못ᄒ다가 한미 말을 싱각고 명일 다시 와 뭇ᄌ ᄒ고 집을 도라【32】 가더라.

이튼날 삼인이 밥 먹고 막파스(莫坡寺)의 가 두루 ᄎᄌ되 법스와 한미 동젹이 업거놀 도라가려 ᄒ더니 젼 뒤히셔 흔 사롬이 불너 니로디,

"니 예셔 기다린 지 오리괘라."

삼인이 놀나 보니 졍히 도법을 가르치던 한미러라.

한미 왈,

"삼위ᄂ 어졔 비혼 법슐을 닛시 아닌다? 가히 흔 번 시험ᄒ라."

ᄌ긔 호로롤 기우러 슈화(水火)롤 너고 오왕(吳旺)이 빅마롤 타고 공즁의 올나가 각각 신통을 ᄌ랑ᄒ더니 홀연 흔 사롬이 쑤지져 왈,

"너희 쳥평세계(淸平世界)의 뇨슐(妖術)을 희롱ᄒ니 이졔 관부의【33】 셔 방 붓쳐 뇨인을 잡는 줄 아지 못ᄒᄂ냐?"

삼인이 디경ᄒ여 보니 흔 화상이 불근 가스 닙고 귀의 금환(金環)을 달고 드러오거놀 한미 왈,

"니 예셔 졔ᄌ롤 어더 조고만 법슐을 가르치거놀 션스(仙師)ᄂ 한가지로 보라."

화상 왈,

"삼인의 도슐이 비록 됴ᄒ나 큰 법이 아니로다."

한미 닐오디,

"화상은 큰 법슐을 흔번 시험ᄒ라."

화상이 흔 손으로 너와드니 다숫 숀가락 긋츠로셔 금빗치 공즁의 쏘이며 금광 속의 다숫 부쳬 안ᄌ시니 임·오·장 삼인이 황망이 ᄂ려 결ᄒ더니 홀연 흔 도인이 범을【34】 타고 드러와 한미롤 보고 쮜여나려 결ᄒ고 화상과 임·오·장 삼인을 셔로 보고 도인 왈,

"이 삼위 디랑이 일졍 셩고의 시로 어든 졔ᄌ로다."

셩괴 왈,

"연ᄒ다."

도인 왈,

"빈되 또 흔 졔ᄌ롤 어더 다려왓더니 셩괴 보시리잇가?"

ᄒ며 타고 온 범을 쑤지져 왈,

"그만ᄒ여 신통을 거두라."

그 범이 변ᄒ여 스롬이 되니 즁인이 디경ᄒ더니 셩괴 보니 이ᄂ 다르니 아니요, 졍쥐(鄭州) 긱인 복길(卜吉)이라. 셩고의게 ᄂᄋ가 녜ᄒ여 왈,

"만일 장션싱이 구치 아니턴들 하마 셩고 고롤 못볼낫다."

장난(張鸞)이 복길을 구ᄒ여 도슐【35】 을 가르치던 말을 ᄒ더니 홀연 졀문 밧긔 인미 지져괴는 쇼리 나며 흔 무리 사롬이 드러오거놀 즁인이 젼 뒤히 몸을 감쵸고 보니 슈십 인이 칼도 늘고 미도 바드며 빅마 탄 관원을 옹위ᄒ여 법당 알픠셔 말을 ᄂ려 교위의 안져 즁인을 지휘ᄒ여 셔기401) ᄎ며 권법도 시기다가 져녁 찌의 셩즁으로 드러가거놀 임·오·장 삼인 왈,

"이 사롬이 당금 너 관즁의 즁을 보시ᄒ고 어진 일을 조화ᄒ는 왕티위(王太尉)니 동경 사롬이 다 션왕티위(善王太尉)라 ᄒᄂ니라."

화상이 일오디,

"이러ᄒ면 니 명일노 져롤 가보고 흔번 희롱ᄒ【36】 거시라."

ᄒ니 즁인이 다 각각 훗터지니라.

---

401)【져기】圖 졔기. ¶ 氣球 ‖ 법당 알픠셔 말을 ᄂ려 교위의 안져 즁인을 지휘ᄒ여 져기 ᄎ며 권법도 시기다가 (來到殿前下了馬, 展開交椅來坐了, …與衆人踢一回氣球了, 又射一回箭.) <平妖 7:35>

29
왕틱위틱亽모년젼 두칠셩흔[힝]쇽두법
王太尉大捨募緣錢 杜七聖狠行續頭法

션왕틱위(善王太尉) 셩 밧긔 가 한가히 놀나 ᄂᆞᆺ다가 부즁의 이튼날은 졍즈 우희402)셔 슐 먹으며 희(戲) 즈로 보더니 홀연 담 밧그로셔 흔 탄지(彈子) 나라와 졍즈 기동의 다질녀403) ᄂᆞ려지니 틱위 놀나 왈,

"엇던 사름이 니 집을 향ᄒᆞ여 탄즈롤 쏘는고. 만일 亽룸이 맛던들 어이 상치 아니리오."

ᄒᆞ고 하인을 분부ᄒᆞ여 탄즈 쏘는 亽룸을 ᄎᆞᄌᆞ라 ᄒᆞ더니 믄득 보니 그 탄지 쏘 우희셔 쒸놀기롤 빅 번이나 ᄒᆞ다가 【37】 변ᄒᆞ여 즈근 사룸이 되여 졈졈 즈라 경직의 흔 화상이 되니 신장이 칠 쳑이오 몸의 불빗 ᄀᆞᆺ흔 가亽롤 닙고 귀의 금환을 거럿더라. 모든 사룸이 다 놀나더니 화상이 나아와 틱우(太尉)의게 녜ᄒᆞ거늘 틱위 답녜 왈,

"셩승(聖僧)은 어디 亽룸이며 무슴 일노 이의 니르럿ᄂᆞ뇨?"

화상 왈,

"빈승은 오딕산(五臺山) 문슈원(文殊院) 즁이러니 틱위 션亽ᄒᆞ시믈 듯고 흔번 지흐시믈 바라나이다."

틱위 본딕 불법을 슝상ᄒᆞ고 ᄒᆞ물며 이 즁의 긔이ᄒᆞ믈 본지라 급히 쇼찬을 비셜ᄒᆞ라 ᄒᆞ고 몬져 슐노 딕졉ᄒᆞ더니 【38】 화상이 큰 죵(鍾)으로 부어오라 ᄒᆞ여 삼십 비롤 먹으되 조금도 취치 아니커늘 틱위 긋거 싱각ᄒᆞ되,

'진짓 긔이흔 즁이로다.'

이윽고 지롤 드리니 밥과 탕과 떡을 무슈이 ᄒᆞ여 온 거슬 다 먹으니 즁인이 다 놀나더라. 화상이 ᄇᆞ야흐로 비불네라 ᄒᆞ고 니러 가려 ᄒᆞ거늘 틱위 왈,

"션시 이졔 어딕로 가ᄂᆞ뇨?"

화상 왈,

"빈승이 본졀 삼문을 곳쳐 지으려 ᄒᆞ되 돈 삼쳔 관이 들 거시니 원컨딕 ᄭᆞ이시면 곳쳐 지은 후 뉵쳔 관을 ᄒᆞ여 보닉오리이다."

틱위 어이 곳이 드르리오. 허락지 아니ᄒᆞ니 화 【39】 상 왈,

"빈되 임의 삼쳔 관을 ᄀᆞ져 갓노라."

틱위 괴히 녀겨 돈고롤 사실(査實)ᄒᆞ니404) 과연 삼쳔 관이 업거늘 딕경딕로ᄒᆞ여 포공(包公)으로 ᄒᆞ여곰 슌슈 념귀(冉貴)롤 다리고 뇨승(妖僧)을 잡으라 ᄒᆞ니 발셔 간 곳이 업더라. 두루 ᄎᆞᄌᆞ 슐 파는 졈과 차파는 집의 아니 단닌디 업스되 쇼식이 업더니 상국亽(相國寺) 압히 가니 즁인 담 쏜 드시 둘넛거늘 념귀 ᄂᆞᄋᆞ가 보니 동경의 환슐(幻術)ᄒᆞ는 두칠셩(杜七聖)이 바야흐로 온갓 노르슬405) ᄒᆞ니 만흔 사름이 굿보더라.

---

402)【웋】 뎡 위. ¶ 上 ‖ 믄득 보니 그 탄지 쏘 우희셔 쒸놀기롤 빅번이나 ᄒᆞ다가 (只見那彈子滾在那亭子地上, 托托地跳了幾跳.) <平妖 7:36>

403)【다질니다】 튱 부딪히다. ¶ 홀연 담 밧그로셔 흔 탄지 나라와 졍즈 기동의 다질녀 ᄂᆞ려지니 (正飲酒間, 只聽得那四望亭子的亭柱上一聲響.) <平妖 7:36> ⇒ 다딜니다, 다딜리다, 다즐리다, 다질리다

404)【사실ᄒᆞ다】 튱 사실(査實)하다. 사실을 조사(調査)하다. ¶ 査 ‖ 틱위 괴히 녀겨 돈고롤 사실ᄒᆞ니 과연 삼쳔 관이 업거늘 딕경딕로ᄒᆞ여 포공으로 ᄒᆞ여곰 슌슈 념귀롤 다리고 뇨승을 잡으라 ᄒᆞ니 발셔 간 곳이 업더라 <平妖 7:39>

405)【노릇】 명 놀이. ¶ 상국亽 압히 가니 즁인이 담쏜 드시 둘넛거늘 념귀 ᄂᆞᄋᆞ가 보니 동경의 환슐ᄒᆞ는 두칠셩이 바야흐로 온갓 노르슬 ᄒᆞ니 만흔 사름이 굿보더라 (兩個走到相國寺前, 只見靠牆邊簇擁着一伙人在那裏. …原來這個人在京有名, 叫做杜七聖.) <平妖 7:39>

칠셩(杜七聖)이 흔 어린 ᄋ히를 다리고 단니니 일홈은 슈쉬라. 옷슬 발가벗【40】겨 안반(案板) 우희 누이고 드는 칼노 머리를 버히니 보는 사름이 일시의 쇼리 지르더니 칠셩이 뵈니블노 슈 슈의 시신을 덥고 즁인을 향ᄒ여 닐오디,

"모든 굿보ᄂᆞ니406) 돈 닷 돈식 ᄂᆞ여 노흐시면 당당이 다시 슈슈를 살녀 니러나게 ᄒ리라."

즁인이 닷토와 돈을 ᄂᆞ더니 길거리 면 파 는 누상의 한 화상이 안것다가 칠셩의 도슐을 ᄌᆞ랑ᄒ믈 보고 진언을 념ᄒ여 디겹을 갓다가 상 ᄋ리 업허노코 면을 ᄉᆞ먹더니 칠셩이 진언을 닑 고 부작을 ᄉᆞ로고 니불을 들치니 상시의는 ᄋ히 머리【41】 즉시 니으며 니러나더니 이번은 머리 니지 아낫거눌 칠셩이 황망이 니불을 도로 덥고 왈,

"버힌 머리 도로 니이기 쉽ᄉ리 홀 일이 아니라. 녈 위는 잠간 등디ᄒ라."

ᄒ고 다시 작법ᄒ고 니불을 들고 보니 머 리 그져 니지 아낫거눌 더옥 황겁ᄒ여 비러 닐 오디,

"아보나 ᄂᆞ ᄋ히 혼빅을 잡ᄋ 누엇거는 쾌 히 노하 보ᄂ라. 후일 당당이 보은ᄒ리라."

ᄒ고 진언을 닑고 ᄋ러 보니 오히려 니이 지 아낫ᄂᆞᆫ지라. 칠셩이 상ᄌ 속으로셔 조롱박 씨를 ᄂᆞ여 ᄯᅡ히 시무고 진언을 닑으며 경긱 ᄉ 이【42】 의 줄기 ᄌᆞ라 옷 뛰고 곳치 지며 조롱 이 열니니 칠셩이 왼손으로 조롱을 잡고 올흔손 으로 칼을 드러 굴오디,

"네 ᄂᆞ 아히 혼빅을 노하보ᄂ러지 아니니 나 도 너를 머리를 버힐노다.407)"

ᄒ고 흔 칼노 됴롱을 버히니408) 누상의셔 화상이 면을 먹더니 머리 ᄯᅥ러져 ᄯᅡ히 구으니 쥬인과 흔디 안ᄌ 면먹든 긱인(客人)들이 일시 의 쇼리 지르고 다라나려 ᄒ더니 그 화상이 손 의 잡앗던 면그르슬 놋코 ᄯᅡ히 머리를 손의 드 러 두 귀박회409)를 잡ᄋ 목 우희 단졍이 맛쵸고 웃고 니로디,

"면을 먹노【43】라 ᄋ히 혼빅을 닛고 놋 치 못ᄒ엿다."

흐고 ᄯᅡ히 업헛든 디겹을 들치니410) 두 칠 셩이 목 버혓던 ᄋ히 도로 니이여 니불을 들치 고 뛰여 니다르니 즁인이 일시의 쇼리 지르더니 면파는 졈사름들이 면 먹던 화상의 말을 칠셩다 려 니르거눌 념긔 듯고 군관다려 니로디,

"이 화상이 벅벅이411) 션왕퇴우(善王太尉) 의 삼쳔 관 가져간 탄ᄌ화상(彈子和尙)이니 톳 기를 보고 어이 미를 놋치 아니ᄒ리오."

숀을 흔 번 치니 모든 공치 일시의 다라드 러 화상을 잡으려 ᄒ더라.

---

406)【굿보다】圖 구경하다. ¶ 모든 굿보ᄂᆞ니 돈 닷 돈식 ᄂᆞ여 노흐시면 당당이 다시 슈슈를 살 녀 니러나게 ᄒ리라 (衆位看官在此, …只要五個 錢賣這一道.) <平妖 7:40>

407)【-ㄹ노다】回 -리로다. -ㄹ 것이로다. -겠도 다. ¶ 네 ᄂᆞ 아히 혼빅을 노하 보ᄂ지 아니니 나도 너를 머리를 버힐노다 (你先不成道理, 收 了我孩兒的魂魄, 叫我接不上頭. 你也休想在世上 活了.) <平妖 7:42>

408)【버히다】圖 베다. ¶ 네 ᄂᆞ 아히 혼빅을 노 하보ᄂ지 아니니 나도 너를 머리를 버힐노다 (你先不成道理, 收了我孩兒的魂魄, 叫我接不上頭. 你也休想在世上活了.) <平妖 7:42>

409)【귀박회】圀 귓바퀴. ¶ 耳朶 ‖ 그 화상이 손 의 잡앗던 면그르슬 놋코 ᄯᅡ히 머리를 손의 드 러 두 귀박회를 잡ᄋ 목 우희 단졍이 맛쵸고 웃 고 니로디 (只見那和尙慌的放下碗, 起身去那樓 板上摸一摸, 摸着了頭, 雙手捉住兩隻耳朶, 掇那 頭安在腔子上, 安得端正.) <平妖 7:42>

410)【들치다】圖 들치다. ¶ 揭 ‖ ᄯᅡ히 업헛든 디 겹을 들치니 두칠셩이 목 버혓던 아히 도로 니 이여 니불을 들치고 뛰여 니ᄃᆞ르니 (伸手去揭起 碟來. 這裡却好揭得起碟兒, 那裏杜七聖的孩兒早 跳起來.) <平妖 7:43> ⇒ 들혀다

411)【벅벅이】里 반드시. 틀림없이. ¶ 便是 ‖ 이 화상이 벅벅이 션왕퇴우의 삼쳔 관 가져간 탄ᄌ 화상이니 (這和尙莫不便是騙了善王太尉銅錢的 麽?) <平妖 7:43>

30

탄ᄌᆞ승변화뇌룡도 이니가슈요조질ᄉᆞ
彈子僧變化惱龍圖 李二哥首妖遭跌死

【44】 화상이 경히 누로 나려오더니 모든 공치 다라드러 잡으려 ᄒᆞ거ᄂᆞᆯ 화상이 ᄉᆞᆫ으로 ᄒᆞᆫ 번 가르치니 면(麵) 파ᄂᆞᆫ 쥬인과 면 ᄉᆞ먹던 모든 ᄀᆡᆨ인이 다 변ᄒᆞ여 화상의 얼골이 되니 아모ᄅᆞᆯ 잡을 쥴 모로더니 홀연 군관과 념귀(冉貴)와 공치 일시의 화상이 되니 각각 셔로 보며 어린 듯 ᄒᆞ여 부지쇼위(不知所爲)러니 이윽고 즁인이 본 얼골을 회복ᄒᆞ고 화상은 부지거쳐(不知去處)러라. 군관이 도라가 포공(包公)을 보고 이 말을 니르니 포공 왈,

"요인이 셩 안히 잇ᄉᆞᄃᆡ 잡지 【45】 못ᄒᆞ니 의외지변을 두리노라. 각 문과 셩문 셩ᄂᆡ 졀과 도관(道觀)의 방 븟쳐 탄ᄌᆞ화상을 잡ᄋᆞ드리ᄂᆞᆫ 니ᄂᆞᆫ 돈 일쳔 관을 상쥬고 감쵸ᄂᆞᆫ ᄌᆞᄂᆞᆫ 연좌ᄒᆞ리라."

ᄒᆞ니 셩즁이 셔로 젼ᄒᆞ여 닐너 물ᄭᅳᆯ틋 ᄒᆞ더라. 이ᄯᅢ 셩즁 ᄇᆡᆨ셩 고기 파ᄂᆞᆫ 니이게(李二哥)란 ᄌᆞ 잇셔 부쳐 냥인이 ᄆᆡ양 ᄆᆡᄆᆡ(賣買)ᄒᆞ기로 ᄌᆞ싱ᄒᆞ더니 니이거ᄂᆞᆫ 남의게 돈 ᄊᆞ라 갓더니 도라와 제 쳐다려 니로ᄃᆡ,

"오날 ᄒᆞᆫ 말을 드르니 ᄒᆞᆫ 뇨괴로온[412] 즁이 일홈은 탄ᄌᆞ화상(彈子和尙)이라. 션왕틔우(善王太尉)의 삼쳔 젼을 ᄉᆞᆨ여 가져가고 면 파ᄂᆞᆫ 졈의셔 모든 사ᄅᆞᆷ의 얼골을 【46】 변ᄒᆞ여 화상이 되게 ᄒᆞ니 지금 ᄀᆡ봉부(開封府)의 방 븟쳐 잡ᄋᆞ드리ᄂᆞᆫ ᄌᆞᄂᆞᆫ 일쳔 관을 상쥬려 ᄒᆞ되 아모도 잡을 계교ᄅᆞᆯ 못하더라."

기쳬(其妻) 무르되,

"이 말이 진짓 말가?"

이게 왈,

"ᄂᆡ 방을 보와시니 엇지 헷말 ᄒᆞ리오?"

쳬 닐오ᄃᆡ,

"우리 냥인이 날마다 고기ᄅᆞᆯ 파라도 일싱 ᄇᆡ부른 ᄯᅢ 업ᄉᆞ니 만일 이 화상을 잡아드리면 일쳔 관 상젼(賞錢)을 어드리니 어이 됴치 아니ᄒᆞ리오."

이게 왈,

"부졀업ᄉᆞᆫ 말 말나. 다른 사ᄅᆞᆷ이 드를가 ᄒᆞ노라."

기쳬 왈,

"ᄂᆡ 엇지 부졀업ᄉᆞᆫ 말을 ᄒᆞ리오. 그 화상이 멀면 십만 팔쳔 니 밧긔 【47】 잇고 갓가오면 목젼의 잇ᄂᆞ니라."

이게 무르되,

"아마도 어ᄃᆡ 잇ᄂᆞ뇨?"

기쳬 왈,

"우리 집 겻벽[413]의 잇ᄂᆞᆫ 화상이 이 곳의 온 지 슈삭(數朔)의 남을 위ᄒᆞ여 경 닑ᄂᆞᆫ 일도 업고 동냥[414]도 아니ᄒᆞ고 날마다 밥ᄯᅢ 되도록 ᄌᆞ다가 낫의 나가 황혼 ᄯᅢ의 ᄃᆡ취코 도라오ᄆᆡ ᄂᆡ 상히[415] 괴이히 너기더니 거야(去夜)의 비

412) 【뇨괴로오-】 형 «뇨괴롭다» 요괴(妖怪)롭다. 요괴(妖怪)스럽다. ¶ ᄒᆞᆫ 뇨괴로온 즁이 일홈은 탄ᄌᆞ 화상이라 <平妖 7:45>

413) 【겻벽】 명 옆방. 옆집. ¶ 間壁 ‖ 우리집 겻벽의 잇ᄂᆞᆫ 화상이 이곳의 온 지 슈삭의 (間壁這個和尙來這裏住, 有三個月了.) <平妖 7:47> ⇒ 격벽

414) 【동냥】 명 동냥. ¶ 抄化 ‖ 동냥 <奎章 水滸 6:37> <水滸 31b> 우리집 겻벽의 잇ᄂᆞᆫ 화상이 이곳의 온 지 슈삭의 남을 위ᄒᆞ여 경 닑ᄂᆞᆫ 일도 업고 동냥도 아니ᄒᆞ고 (間壁這個和尙來這裡住, 有三個月了. 不曾見他出去抄化, 也不曾見他與人看經.) <平妖 7:47> ⇒ 동녕

415) 【상히】 부 늘. 항상(恒常). ¶ 날마다 밥ᄯᅢ 되도록 ᄌᆞ다가 낫의 나가 황혼 ᄯᅢ의 ᄃᆡ취코 도라오ᄆᆡ ᄂᆡ 상히 괴이히 너기더니 (每日睡到吃飯前後才起來, 出去未到黃昏後吃得醉醺醺地歸來.)

알파 여측(如厠)ᄒ고 오더니 그 중 잇는 방안의
불빗치 조요(照耀)커늘 불이 낫는가 ᄒ여 창틈
으로 보니 화상이 상상의 누어 즈되 왼몸의 불
빗치 나니 이 화상이 뇨승(妖僧)인가 ᄒ노라."

니이게 누셜치 말나 당부ᄒ고 바로 집포관
(緝捕官) 잇 【48】 ᄂ 디 가셔 은젼직(溫殿直)을
보고 제 쳐의 말을 즈세히 니르니 젼직이 공
치416)룰 불너 니이거와 ᄒᆫ가지로 차 파ᄂ 졈의
가 화상을 잡으미니 은젼직이 디희ᄒ여 집도쳥
(緝盜廳)의 동혀지우고 기봉부의 뇨승 잡으믈
고ᄒ니 화상이 잡으밀 졔 취ᄒ여 씨지 못ᄒ여
밤중의 눈을 쎠보고 무르되,

"이 어이 곳이뇨?"

모든 공치 답왈,

"이 거시 도관의 마을이니라."

화상 왈,

"빈승을 엇지 미여 이 곳의 지웟ᄂ뇨?"

공치 왈,

"너 잇는 졋벽 니이게 너룰 요승이라 ᄒ고
관부의 고흔 고로 잡앗ᄂ니라."

밤이 오경은 【49】 ᄒ여 포공이 좌긔ᄒ여
뇨승을 잡으드리라 ᄒ니 은젼직(溫殿直)이 화상
을 압녕ᄒ여 꿀닌디 포공이 니이게의 고장을 닑
어 들니고 힘셴 옥졸노 일빅 곤장을 치라 ᄒ니
겨유 둘흔 쳐셔 모든 사룸이 일시의 됴을거눌
포공이 보니 화상은 업고 한 즈로 뷔417)룰 미엿
거눌 홀연 관문 밧긔 ᄒᆫ 화상이 박장디쇼 왈,

"포디윤(包大尹)이 비록 강명ᄒ나 빈승의게
ᄂ 훌 일 업스리라."

포공이 디로ᄒ여 모든 공치룰 명ᄒ여 잡으
라 ᄒ니 화상이 쳔쳔이 거러 상국ᄉ(相國寺)로
드러가거눌 은젹직이 즁인으로 ᄒ여곰 상국ᄉ
압뒤 【50】 문을 다 싸고 법당으로 드러가니 그
졍쟝뇌(丁長老) 왈,

"이 졀은 됴졍의셔 향화(香火)ᄒ시고 즁지
여눌 무삼 일 요란ᄒᄂ뇨?"

은젼직 왈,

"너 포디윤(包大尹) 명을 바다 뇨승을 잡으
라 왓노라."

쟝뇌 왈,

"이 졀즁이 일빅이로디 다 도쳡(度牒)이 잇
스니 졈고ᄒ면 뇨승이 잇ᄂ동 업ᄂ동418) 알니

라."

ᄒ고 북을 쳐 디즁을 모흐니 젼직이 졔승
을 나리보되 뇨승이 업거눌 젼직 왈,

"닉 친히 뇨승을 쓰라 네 졀의 드러오ᄂ
냥을 보와시니 업슬 니 잇스리오."

ᄒ고 모든 승방(僧房)을 뒤여419) 업스니 도
로 나오더니 홀연 젼상의셔 닐오디,

"젼직아, 【51】 포디윤이 널노 ᄒ여곰 나룰
잡으라 ᄒ엿거눌 니 여긔 잇스되 엇지 잡지 아
닛ᄂ뇨?"

즁인이 보니 젼상의 나탁티즈(哪吒太子)의
화상을 안쳐 놉기 두 길이나 ᄒ고 셰 머리 여셧
팔이요, 얼골이 영악(獰惡)ᄒ더라. 동희 만흔 닙
을 버리고 니로디,

"은젼직아, 나룰 잡으가라."

즁인이 디경 왈,

"그 화상이 아니 나탁티지 변ᄒ여 인간의
작폐(作弊)ᄒ던가? 포디윤긔 알외고 이 흙상을
문희치리로다."

샹뇌 왈,

"흙상이 어이 말홀 니 잇스리오. 뇨물이
필언 사롬을 쇽이미니 나탁티자의게 간예(干預)
홀 일이 아니니라."

신쟝(神將) 압히 【52】 ᄂ으기 합쟝ᄒ고 비
러 왈,

"이졔 요승의 연고로 신상을 헐녀 ᄒ니 신
령의 위엄을 베퍼 뇨승으로 ᄒ여곰 신상을 의빙

ᄒ여 작폐치 못하게 ᄒ쇼셔."

　말이 맛지 못ᄒ여 문 밧긔셔 일인이 박장
디쇼 왈,

　"니 예 잇노라."

　ᄒ니 놀나 도라본즉 화상이러라. 모든 사
롬이 쇼리 지르고 ᄯ라가 변하(卞河) 물가의 니
르러 화상이 쇼리 질너 왈,

　"너희는 슈고로이 ᄯ르지 말나. 빈승은 스
스로 가노라."

　ᄒ고 물너 ᄲ여드니 즁인 왈,

　"이 놈이 갈 디 업셔 스스로 죽으니 우리
이졔는 슈고치 아니리로다."

　ᄒ고 시체를 【53】 건지려 ᄒ니 물이 심히
급ᄒ지라. 젼직이 도라와 회보ᄒ니 포공 왈,

　"져 도셰 궁ᄒ여 죽도다."

　ᄒ더니 홀연 계하의 한 부인이 쇼리 질너
원굴ᄒ다 ᄒ거늘 포공이 불너 무르니 그 부인
왈,

　"쇼인의 지아비 뇨승을 잡ᄋ드렷더니 상젼
을 쥬지 아니ᄒ고 오히려 집포쳥(緝捕廳)의 구
류ᄒ여시니 원통ᄒ여이다."

　포공 왈,

　"니 니졋도다."

　ᄒ고 니게(李哥)를 불너 상젼 일쳔 관을
쥬니 본디 빈한ᄒᆫ 빅셩으로 쳔금을 어드니 상국
ᄉ(相國寺) 압픠 시집을 장만ᄒ여 큰 푸즈를 열
고 부쳐 냥인이 풍독ᄒ여 【54】 옛날 고기 팔 졔
와 ᄀᆺ지 아니ᄒ더라. 할ᄂᆫ 겨울이 심히 츠거늘
냥인이 화로불을 ᄭᅵ고 슐을 더여420) 먹더니 밧
그로셔 한 ᄉ롬이 드러오며 니로디,

　"니랑ᄋ, 나를 아는냐?"

　냥인이 보니 젼일 졋벽의 잇던 화상이라.
디경ᄒ니 화상 왈,

　"너희 부뷔 ᄂ곳 아니면 엇지 오늘날 즐거
오미 잇스리오. 니 특별이 와 ᄒᆫ번 지를 구ᄒ노
라."

　니가 부쳬 ᄭᅮ지져 왈,

　"네 본디 요승으로셔 관ᄉ(官司)의셔 잡으

려 ᄒ니 변하의 ᄲᅡ져 죽다 ᄒ더니 이졔 ᄯ 와
너집의 작폐ᄒ니 ᄲᆯ니 가지 아니면 긔봉부(開封
府)의 알외 【55】 리라."

　화상 왈,

　"니 당초의 너희 부체 가난ᄒᆫ 줄 잔잉
이421) 녀겨 짐즛 잡혀가 너를 상젼을 엇게 ᄒ니
너게 스례ᄒ미 올커늘 도로혀 ᄉ오나온 말을 ᄒ
니 니 아직 널노 ᄒ여곰 목젼의 앙화를 밧게 ᄒ
리라."

　손을 화로를 ᄀᆞ르쳐 ᄒᆫ 쇼리 ᄒ니 그 불이
나라 니이게(李二哥) 다라드니 이게 ᄂᆞᆺ치 ᄭᅵ친
지라. 크게 쇼리 지르고 젓구러지니 쳬 급히 들
치고 보니 왼ᄂᆞᆺ치 불의 상ᄒ여 부푸러 올낫고
화상은 간디 업더라. 이게 알푸믈 견디지 못ᄒ
여 의원을 쳥ᄒ여 약을 붓치되 조곰도 낫지 아
냐 쥬야로 알터니 【56】 일일은 문 밧긔 황포
닙은 도인이 양식을 빌거늘 이게의 쳬 닐오디,

　"집의 우환이 잇스니 쥬지 못ᄒ노라."

　도인 왈,

　"무슴 우환고 보고즈 ᄒ노라."

　쳬 니이게 불의 상ᄒᆫ 곡졀을 니른디 도인
왈,

　"너게 약이 잇스되 불의 상ᄒᆫ 디를 잘 곳
치니 여러번 시험ᄒ여 보왓노라."

　쳬 왈,

　"진실노 션싱의 말 ᄀᆺᄒ면 즁히 스례ᄒ리
라."

　이게를 붓드러닉여 오니 도인이 됴ᄒᆫ 물을
ᄭᅥ오라 ᄒ여 약을 ᄀᆞ라 게유422) 깃스로 뭇쳐 창
쳐(瘡處)의 ᄇ르니 열ᄒ여 ᄡᅩ다히고423) 알튼 거
시 쇠훤ᄒ여 알푸지 아 【57】 니 ᄒ거늘 니게 크
게 깃거 사례ᄒ니 도인 왈,

　"이는 오히려 긔특지 아니ᄒ니 니 당당이

---

420) 【더이다】 圖 데우다. ¶ 할ᄂᆫ 겨울이 심히 츠
　거늘 냥인이 화로불을 ᄭᅵ고 슐을 더여 먹더니
　밧그로셔 한 ᄉ롬이 드러오며 (時遇冬天, 當日
　有晌午前後, 生着一爐栗炭火, 安排了幾杯酒. 夫
　妻二人正向火吃酒之間, 只見一個人入來.) <平妖
　7:54>

421) 【잔잉이】 圌 {잔잉(殘忍)히.} 불쌍히. 가엾게.
　¶ 니 당초의 너희 부체 가난ᄒᆫ 줄 잔잉이 녀겨
　짐즛 잡혀가 너를 상젼을 엇게 ᄒ니 너게 스레
　ᄒ미 올커늘 (我却周全你淸了一千貫賞錢, 叫你
　夫妻二人快活受用. 我來見你, 你合當謝我.) <平
　妖 7:55>

422) 【게유】 圐 거위. ¶ 鵝 ‖ 도인이 됴ᄒᆫ 물을
　ᄭᅥ오라 ᄒ여 약을 ᄀᆞ라 게유 깃스로 뭇쳐 창쳐
　의 ᄇ르니 (先生把一個藥包兒, 抖些藥放在水裏,
　用鵝毛蘸了, 敷在鵝毛上.) <平妖 7:56>

423) 【ᄡᅩ다히다】 圖 ᄡᅩ아대다. ¶ 열ᄒ여 ᄡᅩ다히고
　알튼 거시 쇠훤ᄒ여 알푸지 아니ᄒ거늘 (就是鋪
　水散雪的便不痛了.) <平妖 7:56>

이졔로셔 창기 써러지고 터도 업시홀 거시니 혼
쎄 바롬을 쑈이면 나으리라.”

ᄒ거눌 니게 그 말디로 문 밧긔 나와 등좌
우희 안거눌 도인 왈,

“네 쇼리 질너 창기 써러지라 ᄒ면 즈연
써러지리라.”

ᄒ니 이게 그디로 ᄒ니 쇼리 맛지 못ᄒ여
안즌 등좌가 공중의 나라 니이게 눌니여 상국ᄉ
(相國寺) 일븨 ᄌ 긋디424) 우희 올녀 안치니 이
게의 체 디경ᄒ여 이고이고 쇼리 지르더라.

도인 왈,

“네 놀ᄂ지 말고 니 번고【58】 ᄌ시 보라.”

ᄒ고 쎳던 청건(青巾)을 버셔바리니 니게
의 체 ᄌ시 보니 졍히 겻벽의 잇던 뇨승이라.
화상이 일오디,

“네 장븨 불인(不仁)ᄒ여 나롤 히ᄒ려 ᄒ니
나도 겨롤 것디425) 우희 올녀 니 슈단을 알게
ᄒ노라.”

ᄎ시 경셩 사롬이 상국ᄉ 것디 우희 ᄉ롬
잇는 냥을 보고 일시의 진동ᄒ여 모다 화상을
잡으려 ᄒ더니 화상이 사롬 만혼 곳으로 드러가
니 임의 보지 못홀너라. 즁인이 긔봉부의 가 포
공(包公)긔 알외니 포공이 교ᄌ 타고 상국ᄉ의
가 교위의 안고 니이게외 쳐롤 블너 뇨승의【59
】 곡졀을 뭇더니 홀연 법당 뒤흐로 그 화상이
ᄂ와 포공긔 녜ᄒ거눌 포공 왈,

“네 나롤 와 보니 무슴 뜻고?”

화상 왈,

“빈승이 니이게롤 ᄂ리오게 ᄒ리이다.”

포공 왈,

“네 니게롤 구ᄒ여 나리오면 너의 젼죄롤
사ᄒ고 지롤 ᄒ여 먹이리라.”

화상이 몸을 쇼쇼와426) 것디 우희 올나 니
이게롤 안고 놉히 웨여 니로디,

“포디윤ㅇ, 너는 청념경직혼 관원이니 니
너롤 범치 못ᄒ거니와 니 스스로 션왕티우(善王
太尉)의 돈을 가져든 네게 무슴 간예ᄒ미 잇관
디 부디 나롤 잡으려 ᄒᄂ뇨? 셔로【60】 갑홀
닐이 업스니 네 니이게롤 보너노라.”

ᄒ고 공중으로셔 ᄂ리치니 아지 못게라 니
게의 셩명이 엇지 된고?

---

424) 【긋디】명 깃대. ¶ 幡竿 ‖ 안즌 등좌가 공중
　　의 나라 니이게 눌니여 상국ᄉ 일븨 ᄌ 긋디 우
　　희 올녀 안치니 (只見那李二坐的凳子, 望空便去,
　　到那相國寺十丈長的幡竿頂上, 不歪不偏端端正正
　　擱一個住.) <平妖 7:57>

425) 【것디】명 깃대. ¶ 幡竿 ‖ 네 장븨 불인ᄒ여
　　나롤 히ᄒ려 ᄒ니 나도 겨롤 것디 우희 올녀 너
　　슈단을 알게 ᄒ노라 (你丈夫不近道理, 一心只要
　　害我, 却盡害我不得. 我且叫他在幡竿上受些驚恐.)
　　<平妖 7:58> ⇒ 긋디

426) 【쇼쇼다】동 솟구치다. ¶ 화상이 몸을 쇼쇼
　　와 것디 우희 올나 니이게롤 안고 놉히 웨여 니
　　로디 (只見這和尚輕輕地溜上幡竿, 雙手抱着李二,
　　高聲道.) <平妖 7:59>

31

호영이미리납쵹 왕도비회셩고고
胡永兒賣泥蠟燭　王都排會聖姑姑

화상이 것디 우희셔 니게(李哥)를 나리치믈 중인이 ᄂᆞ아 보니 발셔 죽엇더라. 포공(包公)이 사름으로 시신을 슈습하여 니게의 쳐를 맛겨 보니고 칼과 도치[427]로 것더를 버히라 ᄒᆞ니 원너 상국스(相國寺) 것디 구리로 지윗는지라. 어이 능히 버히리오. 화상이 것디 우희셔 온ᄀᆞᆺ 말노 포공을 조롱ᄒᆞ니 포【61】공이 디한ᄒᆞ여 일빅 군스로 궁노를 쏘라 ᄒᆞ니 살이 화상의 근쳐의 가면 믄득 졀노 ᄶᅥ러지니 포공이 홀일업셔 ᄒᆞ더니 넘귀(冉貴) 고왈,

"녜로붓터 뇨슐 졔어ᄒᆞ미 더러온 피로 ᄒᆞ니 살 긋ᄒᆡ 피를 발나 쏘면 뇨승이 감히 막ᄌᆞ르지[428] 못ᄒᆞ리이다."

포공이 명ᄒᆞ여 계양(猪羊)의 피로 살 긋ᄒᆡ 발나 일시의 쏘라 ᄒᆞ니 믄득 살이 화상의 몸의 지며 공중의 나려지니 모다 니로더,

"상ᄒᆞ여 죽도다."

---

427) 【도치】 명 도끼. ¶ 斧 ‖ 칼과 도치로 것더를 버히라 ᄒᆞ니 원너 상국스 것디 구리로 지윗는지라 (待要使刀斧砍斷這幡竿, …惟有這相國寺幡竿是銅鑄的.) <平妖 7:60>

ᄒᆞ고 일시의 가 보니 조금도 상ᄒᆞᆫ 더 업스되 다만 몸의 피 만히 무더 변화를 못ᄒᆞ거놀 다시 피 ᄒᆞᆫ통【62】을 ᄀᆞᆺ다가 화상의 몸의 ᄭᅵ치고[429] 쇠ᄉᆞ슬노 동혀 기봉부(開封府)로 잡ᄋᆞ다가 포공의 좌긔ᄒᆞ고 삼빅 곤장을 치니 화상이 ᄒᆞᆫ 쇼리도 아니ᄒᆞ고 집장(執杖)ᄒᆞᆫ 옥졸이 ᄌᆞ셔히 본족 ᄇᆞ야흐로 잠을 닉이 드럿거놀 츄관(推官)이 포공긔 품ᄒᆞ되,

"이 뇨승이 실노 쳐치키 어려오니 만일 옥중의 가도앗다가는 후환이 잇실가 ᄒᆞ나이다."

포공 왈,

"ᄲᅡᆯ니 져지의 가 버히라."

ᄒᆞ니 감참관(監斬官)이 화상을 영거(營車)ᄒᆞ여 법장(法場)으로 갈시 화상이 키[쾌]ᄌᆞ(劊子)다려 니로더,

"빈승이 평싱 슐을 즐기더니 이졔 셰상을 니별케 되니 ᄒᆞᆫ 그【63】릇 슐을 마ᄌᆞ막 먹어지라."

쾌ᄌᆞ(劊子) 쥬졈(酒店)의 가 슐 ᄒᆞᆫ 사발을 스다 쥬니 화상이 ᄒᆞᆫ 먹음을 마셔 공중을 향ᄒᆞ여 ᄲᅮᆷ으니 광풍이 이러나며 셕목(石木)이 날니고 텬지 회식(灰色)ᄒᆞ여 지쳑(咫尺)을 분변치 못ᄒᆞ니 졔인이 머리를 싸고 업더졋더니 바룸이 졍ᄒᆞ고 하날이 명낭ᄒᆞ거놀 중인이 눈을 ᄯᅥ보니 화상이 간 더 업고 ᄭᅳᆫ허진 쇠ᄉᆞ슬 ᄲᅮᆫ이더라. 감참관이 포공을 보고 쳥죄ᄒᆞ니 포공이 화상의 법슐을 아는지라 감참관을 사ᄒᆞ고 츠ᄉᆞ를 텬ᄌᆞ긔 쥬문ᄒᆞ니 됴지(朝旨) 누리와 각쳐【64】 군현의 신칙ᄒᆞ여 뇨인(妖人)을 긔찰(譏察)ᄒᆞ라[430] ᄒᆞ니 문셰 하북(河北) 픠쥐(貝州) ᄯᅱ히 니르미 모든 스룸이 고을 알픠가 방문(榜文)을 보더니 ᄒᆞᆫ 부인

---

428) 【막ᄌᆞ르다】 동 막지르다. 막다. 거절(拒絶)하다. ¶ 녜로붓터 뇨슐 졔어ᄒᆞ미 더로온 피로 ᄒᆞ니 살 긋ᄒᆡ 피를 발나 쏘면 뇨승이 감히 막ᄌᆞ르지 못ᄒᆞ리이다 (他是妖僧, 可將猪羊二血, 及馬尿大蒜, 蘸在箭頭上射去. 那妖僧的邪法, 便使不得了.) <平妖 7:61>

429) 【ᄭᅵ치다】 동 끼치다. 끼얹다. 뿌리다. ¶ 澆 ‖ 다시 피 ᄒᆞᆫ 통을 ᄀᆞᆺ다가 화상의 몸의 ᄭᅵ치고 쇠ᄉᆞ슬노 동혀 (將一桶猪羊血望和尚頭上便澆, 把條索子綁縛了.) <平妖 7:62>

430) 【긔찰ᄒᆞ다】 동 기찰(譏察)하다. (행동 따위를) 엄중히 살피다. ¶ 緝訪 ‖ 됴지 누리와 각쳐 군현의 신칙ᄒᆞ여 뇨인을 긔찰ᄒᆞ라 ᄒᆞ니 (朝廷降下聖旨, 遍行諸路多村巡檢, 可用心緝訪剿捕.) <平妖 7:64>

이 쇼복을 닙고 손의 광쥬리룰 쥐고 혼즈 번 짜
히 안즈 광쥬리 속으로 칼을 너여 짜홀431) 피거
늘 즁인이 느으가 보니 그 부인이 십분 즈식(姿
色)이 잇눈지라. 사룸이 만히 모다 무르디,

"낭지 이곳의셔 무슴 일을 ᄒᄂ뇨?"

부인 왈,

"니 집이 가난ᄒ고 장뷔 죽은 후 즈싱홀
일이 업셔 맛츰 조그만 지퇴 잇시니 물건을 ᄒ
여 파라 반젼(盤纏)을 ᄒ려 ᄒ노라."

즁 【65】 인이 일오디,

"낭즈의 ᄒ눈 지퇴 무어시뇨?"

부인이 광쥬리 속으로셔 스발을 너여 즁인
다려 닐오디,

"물을 어더 쓰고즈 ᄒ노라."

즁인이 물을 어더 쥬니 부인이 짜홀 파 츠
진 흙을 어더 물을 부어 화합ᄒ여 즌흙을 쵸롤
민들고 나믄 물의 손을 씻고 니로디,

"이 쵸 열의 젼문(錢文) 셋식의 파라 삼십
문(文)을 엇고즈 ᄒ노라."

즁인이 디쇼 왈,

"낭지 우리 피쥐(貝州) 스룸을 어리게 너기
눈도다. 흙 쵸롤 사다가 무어시 쓰리오?"

부인 왈,

"이 쵸 한 잘 네 불을 혀면 붉도록 닳치
아닛ᄂ니라."

ᄒ고 길가 쥬졈의 가 【66】 불을 어더 혀니
즁인이 기려 왈,

"됴혼 법술이도다."

ᄒ고 각각 세 놋 돈을 쥬고 열 잘늘432) 스
가니 부인이 칼과 스발을 슈습ᄒ여 가지고 즁인
을 향ᄒ여 만복을 일ᄏ고 도라가더라.

이튼날 부인이 쏘 고을 알피 와 쵸롤 민드
더니 쵸 스간 사룸이 다 와 닐오디,

"그 쵸 심히 붉고 닳치 아니니 밀쵸의
셔433) 낫더라."

ᄒ니 피쥐 사룸이 이후로 닷토와 스더라.

일일은 부인이 쵸롤 민들 쩌의 고을 안ᄒ

로 한 스룸이 나오니 봉의 눈이요 농의 눈셥이
요 낫치 희고 나르시 붉고 숀이 무룹홀 지니고
킈 일곱즈히니 【67】 이 사룸의 셩은 왕(王)이요
일홈은 측(則)이니 피쥐 아병이 되여시나 사룸
이 부르기롤 왕도비(王都排)라 ᄒ더라. 왕측의
모 뉴시(柳氏) 으돌 일곱을 나으니 왕측은 추례
로 다슷시라. 님산(臨産)ᄒ여실 졔 아비 왕디회
꿈의 당(唐) 시졀 무측쳔(武則天) 낭낭(娘娘)이
집을 빌니라 ᄒ더니 씨며 뉴시 싱즈(生子)ᄒ니
이러무로 측(則)이라 ᄒ니라. 왕측(王則)이 칠
셰의 부뫼 죽고 뉵형뎨 쏘 이음다라434) 죽으니
의지홀 디 업셔 마음디로 두루 단녀 말 달니고
창막디 쓰기롤 조화ᄒ고 셩품이 쏘 녀식(女色)
을 조히 너겨 일즉 상쳐(喪妻)ᄒ고 창누쥬 【68
】 사(娼樓酒肆)의 호탕ᄒ여 단니니 가업이 졈졈
피ᄒ나 본디 지물을 경히 너기고 벗 스괴기롤
즁히 너겨 남의 급ᄒ 일곳435) 보면 부디 구ᄒ고
불평ᄒ 닐을 보면 한 쥬머괴로 아모도 혜지 아
니ᄒ니 이러무로 모든 군인들이 져롤 두려ᄒ고
쏘한 스랑ᄒ더라. 이날 아즁의 가 졈고롤 맛고
나오더니 즁인이 한 부인을 에워싯눈 낭을 보고
헷치고 느러가 보니 남상쇼복(淡裝素服)으로 지
분(脂粉)을 베푸지 아냐시되 용뫼 슈려ᄒ여 탁
문군(卓文君)이 과거(寡居)ᄒ어실 젹 ㄨ더리.

왕측이 즁인다려 무르되,

"너희 【69】 예셔 무어슬 보눈다?"

즁인이 흙으로 쵸 민드눈 말을 니른디 왕
측 왈,

---

431) 【짱】 명 땅. ¶ 地 ‖ 문셔 피쥐 짜히 니르미
모든 스룸이 고을 알피 가 방문을 보더니 한 부
인이 쇼복을 닙고 손의 광쥬리룰 쥐고 혼즈 번
짜히 안즈 광쥬리 속으로 칼을 너여 짜홀 피거
놀 (文書行到河州貝州, 州衙前懸掛榜文. …婦人
揭起籃兒　晃晃拿出　把刀來. …只見婦人把刀尖
去地上掘些土起來.) <平妖 7:64> ⇒ 당, 짜, 쌍

432) 【잘ㄴ】 명 《자ᄅ》 자루. ¶ 枝 ‖ 됴혼 법술이
로다 ᄒ고 각각 세 놋 돈을 쥬고 열 잘늘 스 가
니 부인이 칼과 스발을 슈습ᄒ여 가지고 즁인을
향ᄒ여 만복을 일ᄏ고 도라가더라 <平妖 7:66>
⇒ 쟈로, 즈로, 즈ᄅ, 쥴, 쥴ㄴ, 쥴ㄹ

433) 【-의셔】 조 -에서. -보다. ¶ 比 ‖ 그 쵸 심히
붉고 닳치 아니니 밀쵸의셔 낫더라 (一枝泥蠟燭,
恰好點了一夜,　比點燈又明亮,　倒省了十文錢油.)
<平妖 7:66>

434) 【이음다라】 부 잇따라. ¶ 接連 ‖ 왕측이 칠
셰의 부뫼 죽고 뉵형뎨 쏘 이음다라 죽으니 (王
則到七歲時, 父親一病而亡. 以後六個弟兄接連患
病死個乾淨.) <平妖 7:67> ⇒ 니음다라, 니음ᄃ
라, 니음ᄃ라

435) 【곳】 조 ((체언류 바로 뒤에 붙어)) 만. 곧. ¶
벗 스괴기롤 즁히 너겨 남의 급ᄒ 일곳 보면 부
디 구ᄒ고 불평ᄒ 닐을 보면 한 쥬머괴로 아모
도 혜지 아니ᄒ니 (爲人慷慨結父 …若是有些个
如意時節, 拽出拳頭就打.) <平妖 7:68>

“니 밋지 아닛노라. 낭즈는 나롤 위ㅎ여 불을 혀보라.”

부인이 왕측을 보고 니러나 만복ㅎ거눌 측이 답왈,

“흙최 어이 불을 혀리오. 실노 불을 혈작시면 열 줄늘 니 스가고즈 ㅎ노라.”

부인이 불을 가져다가 열 잘늘 일시의 혀니 측이 기려 왈,

“낭즈의 법술이 진실노 사롬을 놀니는도다.”

마음의 싱각ㅎ되,

‘니 상시 온갓 법술을 조화ㅎ되 이런 긔히ㅎ 일은 못보왓더니 져 부인을 조츠가 비호면【70】조흘노다.’

ㅎ고 부인을 조츠셔 ㅼㅎ로 십 니는 가니 날이 져물거눌 싱각ㅎ되,

‘아직 도라갓다가 붉는 날 이 곳의 와 부인을 ㅊ즈리라.’

ㅎ고 몸을 도로혀 오던 길을 ㅊㅈ니 놉흔 뫼히 하날의 다핫고 도라갈 길히 업거눌 졍히 창황ㅎ여 ㅎ더니 부인이 알픠셔 가다가 불너 닐오디,

“왕도비야, 이 ㅼㅎ 오기 쉽지 아니커눌 어이 도라가려 ㅎㄴ뇨?”

왕측 왈,

“낭즈는 엇던 사롬이완디 ㄴ의 별호롤 알며 집이 어디 잇ㄴ뇨?”

부인 왈,

“셩고긔 날노 ㅎ여곰 도비(都排)롤 쳥ㅎ여 디스롤【71】의논ㅎ려 ㅎ니 가면 즈연 알니라”

왕측이 부인을 ㅼ라 솔슈플을 지나 드러가니 ㅎ 너른 장원(莊園)이 잇거눌 측이 문왈,

“이 곳이 어디뇨?”

부인 왈,

“셩고(聖姑) 여긔셔 도비롤 기다린 지 오리니라.”

ㅎ고 몬져 드러가더니 이윽고 ㅎ 쌍 녀동이 왕측을 인도ㅎ여 드러가니 셩고 칠셩관(七星冠)을 쓰고 학창의(鶴氅衣)롤 닙고 쳥상의 안ㅈ거눌 왕측이 ㄴ아가 졀ㅎ니 셩고 왕측이 용모긔상을 보고 심히 깃거 녀동으로 ㅎ여곰 쥬찬을 나와 디졉ㅎ더니 왕측 왈,

“금일 인연이 잇셔 셩고롤 맛ㄴ니 아【72

】지 못게라 무슴 가르칠 말이 잇ㄴ뇨?”

셩고 왈,

“하눌이 도비롤 명ㅎ여 하북(河北) 삼십뉵쥐(三十六州) 임즈롤 삼을 거시니 운쉬 임의 다다라시니 텬의롤 어긔오지 못ㅎ리라”

왕측 왈,

“셩고는 이런 말 말나. 측은 ㅎ 낫 군돌이라. 어이 감히 삼십뉵쥐 군왕이 되리오.”

셩고 디쇼 왈,

“네 만일 졔왕의 분복이 업스면 니 무스일 쳥ㅎ여 오리오.”

흙쵸 민드든 부인을 ㄱ르쳐 닐오디,

“이는 나의 녀ㅇ 영이라. 오히려 사롬을 돗지[436] 아냐시니 도비로 더부러 오빅 년 평싱 인연이니 이졔 결노 ㅎ여곰 도【73】비의 비필(配四)을 삼ㅇ ㅎ가지로 디스롤 일우게 ㅎ려 ㅎㄴ니 도비의 ㅼ의 엇더ㅎ뇨?”

왕측이 심즁의 희힝ㅎ믈 니긔지 못ㅎ여 싱각ㅎ되,

‘니 나히 이십팔 세의 오히려 가도롤 일우지 못ㅎ엿시니 만일 이러툿ㅎ 인연을 어더 쳐롤 삼으면 평싱의 원이 족홀노다.’

ㅎ고 니러 스례 왈,

“셩고의 후ㅎ ㅼ을 감격ㅎ여 ㅎ노라.”

낭인이 인ㅎ여 거스(擧事)ㅎ기롤 의논ㅎ니 왕측 왈,

“픠쥐지쥬(貝州知州) 장덕(張德)이 탐ㅎ고 스오납기 이상ㅎ여 빅셩의 금은직빅(金銀財帛)을 겁탈ㅎ고 본쥐 군병의 뇨롤 쥬【74】지 아니ㅎ니 스롬이 춤 밧고 ㅼ짓지 아니 리 업스되 졔됴졍디신을 스괴여 셰력이 큰지라. 왕측이 비록 빅셩을 위ㅎ여 히롤 덜고즈 ㅎ나 ㅎ몸으로 도을 스롬이 업스니 어이 능히 디스롤 니루리오.”

셩고 웃고 왈,

“너회 쳐ㅈ 영ㅇ 슈ㅎ의 스스로 십만 군병이 잇스니 어이 도을 스롬이 업스리오.”

영ㅇ롤 도라보아 왈,

“군마롤 됴련ㅎ여 도비롤 보게 ㅎ라.”

ㅎ더라.

---

436)【돗다】圖 조아리다. ¶ 이는 나의 여ㅇ 영이라 오히려 스롬을 돗지 아냐시니 도비로 더부러 오빅년 평싱 인연이니 (吾有此女, 小字永兒, 尚是女身, 與你是五百年姻眷.) <平妖 7:72> ⇒ 좁다, 좁다, 좃다

32

숙인현영이쵸부 산미젼왕측미군
夙姻緣永兒招夫　散錢米王則買軍

[1] 츠셜 호영이(胡永兒) 셩고(聖姑)의 명을 바다 안흐로 드러가 농 둘흘 니여와 하나흔 팟슬 담고 하나흔 여물을 담앗더라. 영이 팟과 여물을 공즁의 더지고 진언을 념ᄒ니 무슈흔 군병과 말이 되여 진셰를 버려 더외 엄슉ᄒ고 긔치 졍제ᄒ니 왕측(王則)이 디희 왈,

"이런 신병(神兵)을 두어시니 엇지 더스를 일우지 못홀가 근심ᄒ리오."

ᄒ더니 홀연 문 밧긔셔 흔 스롬이 고셩디즐 왈,

"직금 관스(官司)의셔 방 [2] 붓쳐 뇨인을 잡거늘 너는 이곳셔 팟츠437)로 군스를 민들고 풀노 말을 민ᄃ라 무슴 일 ᄒ려 ᄒᄂ뇨?"

왕측이 디경실식(大驚失色)ᄒ여 보니 흔 사롬이 쳘관(鐵冠) 쓰고 쵸리(草履)438) 신고 큰 범을 타고 드러오니 셩괴(聖姑) 니로디,

"니 바야흐로 도비(都排)로 더브러 더스를 의논ᄒᄂ니 장션싱이 어이 사롬을 놀니ᄂ뇨."

장난(張鸞)이 뛰여ᄂ려 탓던 범을 꾸지즈니 몸을 흔번 흔드러 사롬이 되니 이 졍히 복길(卜吉)이라. 냥인이 셩고의게 녜를 베풀고 쏘 왕측으로 더브러 셔로 보니 셩괴 왕측다려 장난·복길의 셩명을 일너 왈,

"이는 다 도비 [3] 롤 도을 사롬이라."

ᄒ더라. 장난 왈,

"셩고긔 미양 왕도비의 위덕을 일ᄏᄅ라 ᄒ북(河北) 삼십뉵 쥐 님지되리라 ᄒ되 빈되 지금 맛나지 못ᄒ엿더니 아지 못게라 어느 씨의 거스를 ᄒ리잇가?"

셩괴 왈,

"일이 됴셕의 잇스니 제 공은 흔가지로 잘 도으라."

ᄒ고 왕측다려 일오디,

"냥인의 신통이 져러틋 ᄒ니 엇지 더스 니지 못홀가 근심ᄒ리오."

ᄒ더니 홀연 공즁의셔 학의 쇼리나며 흔 노인이 학을 타고 ᄂ려오니 긔 쓰르고 한 다리 결고 뵈옷시 히여진 두건을 쎳더라. [4] 도비를 도으려 ᄒᄂ니라. 왕측이 좌츌(左黜)노 더브러 셔로 보미 좌츌이 셩고다려 무르되,

"왕도비의 일을 일윗ᄂ니잇가?"

셩괴 왈,

"거의 다다랏거니와 젼혀 히ᄋ(孩兒)의 오기를 기다리더니라."

좌츌이 무르디,

"도비 이곳의 오기 어려오니 오날 나조히 미즈로 더부러 친사를 일울 거시니 장션싱을 쳥ᄒ여 즁미를 삼으미 엇더ᄒ니잇고?"

셩괴 왈,

"졍히 니 뜻과 굿다."

ᄒ고 녀동을 명ᄒ여 왕도비를 별당의 다려다가 향탕(香湯)의 목욕ᄒ고 통텬관(衝天冠)과 곤뇽포(袞龍袍)와 빅옥씌(白玉帶)와 무우리(無憂

---

437) 【팟ᄎ】 圀 《팟》 팥(豆). ¶ 豆 ∥ 직금 관스의셔 방 붓쳐 뇨인을 잡거늘 너는 이곳셔 팟츠로 군스를 민들고 풀노 말을 민ᄃ라 무슴 일 ᄒ려 ᄒᄂ뇨 (官司現今出榜拿捉妖人. 你們却在此剪草爲馬, 撒豆成兵, 撒豆成兵, 待要擧事謀反?) <平妖 8:2> ⇒ 팟ᄎ

438) 【쵸리】 圀 {초리(草履).} 짚신. ¶ 草履 ∥ 왕측이 디경실식ᄒ여 보니 흔 사롬이 쳘관 쓰고 쵸리 신고 큰 범을 타고 드러오니 (王則嚇得心慌膽落. 擡頭看時, 只見一個人, 生得淸奇古怪, 頭戴鐵冠, 脚穿草履, …騎着一匹大虫, 徑入莊來.) <平妖 8:2>

履)439)롤 드리니 왕측이 일싱 이런 【5】 거술 보와시리오. 츅쳑ᄒ여 감히 닙지 못ᄒ거늘 좌츌이 닐오디,

"왕도비ᄂ 과히 겸사 말나. 날노 더브러 삼싱지(三生池)의니 그림ᄌ롤 보면 ᄌ연 알니라."

왕측이 좌츌을 ᄯ라 ᄒ 못가의 가니 좌츌이 못물을 구버보라 ᄒ거늘 왕측이 보니 졔 그림지 물 속의 빗최여시되 엄연이 졔왕의 복식을 ᄒ엿거늘 좌츌이 일오디,

"텬쉬(天數) 임의 졍ᄒ여시니 사양ᄒ고ᄌ ᄒᄂᆯ 어이 어드리오. 티됴 무덕황졔(武德皇帝) 취즁의 황포 닙은 줄을 듯지 못ᄒ엿ᄂ냐?"

왕측이 바야흐로 미러 왕ᄌ의 의복을 졍졔히 ᄒ고 쳥 【6】 상의 나아가니 모든 녀동이 영이(永兒)롤 옹위ᄒ여 후비(后妃)의 복식으로 왕측으로 더브로 교비ᄒᄂ 녜롤 일우니 왕측은 무측텬(武則天)의 후신이오 영이ᄂ 장챵됴(張昌宗)의 후신이라. 오빅 년 ᄆᆺ첫든 인연으로 다시 부쳬되니 은졍의 견권(繾綣)ᄒ믈 가히 형용치 못ᄒᆯ너라. 왕측이 신졍을 권연(眷戀)ᄒ여 사일을 셩고의 장상의 잇더니 셩괴 왕측다려 닐오디,

"운쉬 임의 다다라시니 맛당이 됴각을 보와 졍ᄒᆯ지라. 어이 아녀의 졍을 권연ᄒ여 ᄃ시롤 니ᄌ리오."

좌츌이 일오디,

"도비ᄂ 몬져 가라. 니 명 【7】 일의 장션싱으로 더브러 셩즁의 드러가 셔로 도으리라."

왕측이 여러 날 머물고 시부나 즁인 지쵹ᄒ고 ᄯᅩ 집 ᄯ난지 오리니 고을의 일이 잇실가 넘녀ᄒ여 셩고롤 하직고 영이로 니별ᄒ고 젼의 닙엇던 옷슬 닙고 피쥐(貝州)로 가려 ᄒ되 갈 길홀 찻지 못ᄒ거늘 좌츌이 왕측을 인도ᄒ여 슈십 보롤 힝ᄒ니 임의 셩문의 다다랏ᄂ지라. 왕측이 디경ᄒ여 싱각ᄒ되,

'너 이리 올 졔ᄂ 반일을 힝ᄒ엿더니 금일은 슈십 보ᄂ ᄒ니 괴히ᄒᆫ 일이로다. 하날이 ᄒ 무리 이인을 너여 나롤 도으니 너 필연 졔 왕될 【8】 분복이 잇도다.'

ᄒ고 고을 알프 지너노라 ᄒ니 아젼 두어 사름이 왕측(王則)을 보고 니로디,

"왕도비(王都排)야, 네 어디 갓더뇨? 지쥬 상공(知州相公)이 너롤 차즈시되 여러 날 엇지 못ᄒ니 심이 쵸됴ᄒ여440) ᄒ시ᄂ니라."

왕측이 황망이 고을의 드러가 지쥬긔 뵌디 지쥬 문왈,

"네 어디로 가 여러 날이 되엿ᄂ뇨?"

왕측이 답왈,

"쇼인이 셩외의 친쳑을 보라 갓다가 바롬을 쏘여 상한(傷寒)을 알하 사흘만의 오날이야 하렷기로 도라오니이다."

지쥬 문왈,

"너 젼일의 시상의 가 비단을 굴ᄒᆯ여 드리라 ᄒ엿던 거시 이졔 잉잉(奶奶)이 ᄌ히 ᄌᄅ고 빗치 션명치 아니타 ᄒ고 나무 【9】 라 쓰지 아니ᄒ니 ᄲᆯ니 가라 오라. 쇼져의 혼시 다다라시니 긔한의 밋지 못ᄒᆯ가 ᄒ노라."

시ᄌ롤 불너 비단 열셰 필을 너여다가 왕측을 맛기거늘 측이 바다가지고 집의 도라와 니로디,

"너 팔지 수오나와 겨유 삼일을 즐거이 지너고 굿집의 오미 탐관의게 봇치이니 졔 녀ᄋ 셔방 맛치미 우리 사롬의게 무삼 간예ᄒᆯ 일이 잇관더 이러틋 졈퇴ᄒᄂᆫ고?"

인ᄒ여 ᄒ 필을 펴보니 머리롤 ᄯᆫ쳣거늘 놀나 닐오디,

"뉘라셔 ᄒ 머리롤 ᄯᆫ헛ᄂᆫ고?"

열셰 필을 다 보니 필마다 ᄯᆫ헛거늘 싱ᄀᆨᄒ되,

'이 거술 가져다가 임ᄌ롤 맛길진 【10】 더 어이 즐겨 바드리오. 벅벅이 하인의 작폐ᄒᆫ 일이니 셜워 고을 가 취품ᄒᆯ 거시라.'

ᄒ고 이튼날 지쥬(知州)롤 보와 그 연고롤 ᄌ셔히 고ᄒ니 지쥬 왈,

---

439) 【무우리】 圐 무우리(無憂履). 신발의 일종. ¶ 無憂鞋 ‖ 녀동을 명ᄒ여 왕도비롤 별당의 다려다가 향탕의 목욕ᄒ고 통텬관과 곤뇽포와 빅옥ᄯᅴ와 무우리롤 드리니 (便吩咐女童引王都排到香水浴室洗澡. …女童將一身新衣與他通身換過了.聖姑姑教捧出龍袍, 王帶, 衝天冠, 無憂鞋, 請他穿着.) <平妖 8:4> 일위 부인을 뫼셔 나오니 머리의 구봉치 화관을 삽ᄒ고 홍금슈라삼의 쳥금뇽 단상을 닙고 빅옥ᄃᆡ롤 ᄯᅴ여시며 진쥬 무우리을 신어 년보롤 가ᄇ야이 옴겨 나아와 <靈異 3:74>

440) 【쵸됴ᄒ다】 圀 {초조(焦燥)하다.} ¶ 心躁 ‖ 왕도비야 네 어디 갓더뇨 지쥬 상공이 너롤 차즈시되 여러 날 엇지 못ᄒ니 심히 쵸됴ᄒ여 ᄒ시ᄂ니라 (王都排! 那裏去來好幾日? 知州相公喚你不到, 好不心躁哩!) <平妖 8:8>

"만일 그럴 작시면 어졔 어이 알외지 아니뇨?"

왕측(王則) 왈,

"쇼인이 작일의 집의 도라가보니 바야흐로 씨쳐 알고 즉시 드러와 알외고즈 흐되 날이 져무러 오날이야 왓나이다."

지쥐(知州) 디로 왈,

"네 작일의 즉시 본쥬롤 맛기지 아니흐고 집의 곳다가 와셔 오날이야 잡말을 흐니 기즁의 벅벅이 농간흔 일이 잇시되 너의 평일의 공뇌롤 싱각고 죄롤 뭇지 아니니 섈니 가【11】 가라오라. 만일 잡말을 흐면 죄롤 당흐리라."

왕측이 아모 말도 못흐고 도로 가지고 집의 도라와 근심흐더니 믄득 셰 사룸이 밧그로셔 드러오니 좌츌(左黜) · 장난(張鸞) · 복길(卜吉)이라. 삼인이 왕측의 비단 가지고 이시믈 보고 난 곳을 뭇거늘 왕측 왈,

"니 말노 다 흐기 어렵도다."

흐며 지쥬의 비단을 끈허니고 가라오는 말을 즈셔히 니른디 좌츌 왈,

"무어시 어려오리오."

얼세 삘 비난을 부쥭여 놋코 졔 뵈옷슬 버셔 덥고 진언을 넘흐고 들쳐보니 십삼 필이 다 변흐여 션명흔 쵹금(蜀錦)이 되엿더리. 왕측이 디희 왈,

"열위는【12】 잠간 안져 기다리라."

흐고 비단을 가지고 지쥬롤 가 뵈니 지붜 디희흐여 왕측을 슐 부어 먹이거늘 왕측이 필슈롤 즈세히 혜여 아즁 사룸을 맛기고 집의 도라가니 삼인이 졍히 기다리거늘 왕측이 다리고 한 가리로 쥬루의 드러가 슐을 스 먹더니 이쩌 왕측이 홀연 보니 누하 큰 길노 픠쥐(貝州) 군병이 무슈히 지나거늘 왕측이 니로디,

"오눌 습진흐는 차례 아니여늘 양영(兩營) 군병이 어즈러이 곳는고?"

누의 느려 군인다려 무르니 관영(管營)이 왕측을 보고 니로디,

"왕도비야, 우리 양영 군병이 셕 달【13】 구실441)을 흐여시되 지금 한 달 뇨롤 타지 못흐엿시니 쥬리믈 견디지 못흐여 앗가 지쥬긔 발괄흐니442) 문 다다 드리지 아니흐고 쏘츠 니치니 홀일업셔 도라가노라."

왕측이 문왈,

"이졔 장츠 어이흐려 흐느뇨?"

관영 왈,

"각각 훗터질 밧긔 홀일 업셰라."

왕측이 관영을 보니고 누의 올나와 그 말을 니르니 좌츌이 닐오디,

"급히 관영을 쏠와 불너오라. 니 당당이 도비(都排)롤 위흐여 모든 군인의 젼냥을 쥬어 군심으로 흐여곰 지쥬롤 비반흐고 도비의게 귀슌흐게 흐리라."

왕측 왈,

"허다흔 젼【14】 냥을 어이 판츌(辦出)흐리오."

좌츌 왈,

"니 스스로 조히 홀 거시니 이는 념녜 말고 관영(管營)을 쳥흐여 모든 군인을 거나리고 오게 흐라."

왕측이 좌츌의 신통을 아는지라 허다흔 사룸을 쳥흐여 다리고 집의 가보니 왼집 안의 쏠이 가득흐여 물곳치 십숫듯 흐여 뫼곳치 쓰히니 좌츌이 손을 쳐 모든 군병을 불너 니로디,

"너의 힘 잇는 사룸이이든 마음껏 가져가라."

흐니 졔인이 흔 셤도 가져가락 두 셤도 가져가 오시(午時)붓터 유시(酉時)가지 뉵쳔인이 날나가니 어이 흔곳 만 셕 쑨이리오. 군인이【15】 왕측의게 사례흐더니 좌츌이 왕측다려 굴오디,

"우리 오날 인졍 쓸 졔 후히 쓸 거시니 금야의 달이 붉으리니 즁군을 밤의 와 상젼을 마져 타게 흐라."

왕측이 관영다려 니르니 관영이 더옥 깃거 즁인의게 지휘흐여 밤들기롤 기다려 다시 오라 흐더라.

왕측이 좌츌다려 닐오디,

"션시(仙師)의 신통이 거록흐여 쏠은 어더 군냥을 쥬엇거니와 이졔 흔 냥 돈도 업거늘 어

---

441)【구실】圄 관가(官家)의 일. 벼슬살이. ¶ 役 ∥ 우리 양영 군병이 셕 달 구실을 흐여시되 지금 한 달 뇨롤 타지 못흐엿시니 (我們役過了三個月, 如今一個月錢米也不肯關與我們.) <平妖 8:13>

442)【발괄흐다】圄 {발괄[白活]하다.} 진졍(陳情)하다. 이두어(吏讀語). ¶ 쥬리믈 견디지 못흐여 앗가 지쥬긔 발괄흐니 문 다다 드리지 아니흐고 쏘츠 니치니 홀일업셔 도라가노라 (我們今日到倉前, 管倉的吏只是赶打我們回去.) <平妖 8:13>

더가 돈을 어디 난화 쥬랴 ᄒᆞᄂᆞᆫ다?"

장난 왈,

"빈되 일즉 일쳔 관 돈을 박평현(博平縣) 셩황신(城隍神)을 맛겨 두엇던 고로 임의 【16】 가져다가 도비의 샹 아리 너헛ᄂᆞ니라."

왕측(王則)이 샹 밋출 보니 과연 돈이 몟엿거늘 차례로 ᄭᅳ어ᄂᆞ니 맛치 ᄯᅡ 쇽의셔 쇼사나ᄂᆞᆫ 듯 ᄒᆞ여 일쳔 ᄶᅦ엄이 지나며 홀연 한 화상이 불빗 ᄀᆞᆺ흔 가ᄉᆞ롤 닙고 흔 쇼리 크게 웃고 샹 밋흘 너다르니 왕측이 디경ᄒᆞ여 놀난 넉시 몸의 붓지 아냐 밧그로 다라ᄂᆞ더니 장난(張鸞) 등 삼인이 왕측다려 닐오디,

"도비ᄂᆞᆫ 놀나지 말나. ᄉᆞ형은 탄ᄌᆞ화상(彈子和尙)이니 졍히 도비롤 도와 디ᄉᆞ롤 일우려 ᄒᆞᄂᆞ니라."

화상이 왕측다려 닐오디,

"빈승이 오기롤 늣기야 ᄒᆞ엿시니 도비ᄂᆞᆫ 괴히 녀기지 말나."

【17】 왕측 왈,

"사뷔 아니 긔봉부(開封府)의셔 포디윤(包大尹)과 결오던 탄ᄌᆞ화상이냐?"

화상이 닐오디,

"빈승이 과연 긔니라. 상년(向年)의 션왕티우(善王太尉)의 삼쳔 관을 두엇더니 이졔 도비의 호군ᄒᆞ기롤 돕노라."

좌츌 왈,

"뉵쳔 군병의 사쳔 관을 어더시니 오히려 이쳔 냥이 부득ᄒᆞ도다."

장난 왈,

"빈되 당당이 이쳔 냥을 더 판츌ᄒᆞ리라.443)"

복길 왈,

"이쳔 냥을 졔지 임의 ᄌᆞ비ᄒᆞ엿ᄂᆞ이다."

오인이 각각 신통을 부려 뉵쳔 관 돈을 뫼ᄀᆞ치 ᄊᆞ핫더니 관영이 임의 양영 군을 거나려 문젼의 가득ᄒᆞ엿거늘 왕측이 영을 나리와 흔 사【18】 롬이 각각 흔 ᄶᅦ염식 가져가라 ᄒᆞ니 뉵쳔 군병이 즐겨 ᄒᆞᄂᆞᆫ 쇼리 우레 ᄀᆞᆺᄒᆞ여 왕측의 덕을 칭찬치 아니 리 업더라. 즁인이 임의 홋터지거늘 좌츌 등 사인이 왕측다려 니로디,

"디시 거의 일워시니 명일노 다시 오리라." ᄒᆞ고 ᄯᅩ흔 가더라.

이튼날 시비 왕측을 불너 무르되,

"네 그디도록 호부(豪富)흔 줄 몰낫더니 드르니 나롤 디신ᄒᆞ여 양영 군병의 젼냥을 쥬다 ᄒᆞ니 그런 디ᄉᆞ롤 니게 취품 아니ᄒᆞ고 마음디로 ᄒᆞᆷ은 어인 일고?"

왕측이 바른디로 니르지 못ᄒᆞ여 【19】 말을 ᄭᅮ미려 ᄒᆞ더니 홀연 계하의 두 사롬이 ᄂᆞ오니 하나흔 창 직흰 아젼이요 하나흔 돈고 직흰 아젼이라. 지쥬(知州)긔 알오디,

"창즁의 군량 일만 셕과 고즁의 돈이 쳔 냥이 업스되 줌으고 봉흔 거시 의구ᄒᆞ여시니 아모란 연괸 줄 아지 못ᄒᆞ나이다."

ᄒᆞ더라.

원니 좌츌(左黜)의 쌀과 복길(卜吉)의 돈이 다 본쥬 창고의 거술 가져와시되 왕측이 ᄯᅩ흔 아지 못ᄒᆞ엿더라. 지뷔 이 말을 듯고 크게 ᄭᅵᄃᆞ라 니로디,

"올타 올타. 왕측의 집의 어이 뉵 쳔 군병을 난화 줄 젼냥이 잇스리오. 분명이 요슐노 창고의 거술 도 【20】 격ᄒᆞ여 가도다."

왕측이 감히 흔 말도 못ᄒᆞ거늘 지쥬 옥돌노 ᄒᆞ여곰 왕측을 큰 칼 메워 옥관의게 ᄂᆞ리와 져쥬라 ᄒᆞ다.

---

443) 【판츌ᄒᆞ다】 圄 판츌(辦出)하다. 변통하여 갖추어 내다. ¶ 빈되 당당이 이쳔 냥을 더 판츌ᄒᆞ리라 (貧道包足三千貫.) <平妖 8:17>

33

□□□□□□□□ □□□□□□□□
左癩師顯神驚衆　王都排糾伏報仇

옥 맛튼 관원이 져쥬어 무른디 왕측(王則)이 쳐음은 오히려 발명ᄒ다가 미를 견디지 못ᄒ여 웨여 일오디,

"작일의 본디 아지 못ᄒ던 네 ᄉ롬이 쇼인의 집의 와 양영 군마를 타지 못ᄒ고 군인의 원망ᄒ는 말을 듯고 쇼인의 집을 비러 무슈ᄒ 젼냥을 난화 쥰 후 네 ᄉ롬이 즉시 훗터져시니 실노 쇼인의 ᄒ 일이 아니요, 그 엇던 사롬인 쥴 아지 못ᄒ나이다."

츄관 【21】 이 문왈,

"어이 셩명부지(姓名不知)의 ᄉ롬이 너를 위ᄒ여 군의 젼냥을 쥴 니 잇스리오. 셜ᄉ 쳐음의 아지 못ᄒ 들 맛참니 셩명을 뭇지 아냐시랴?"

왕측이 형벌을 견디지 못ᄒ여 바로 알외디,

"ᄒ 사롬의 셩명은 장난(張鸞)이요, 한 ᄉ람의 셩명은 복길(卜吉)이니 다 도ᄉ의 복식을 ᄒ엿고 긔인의 밍그리ᄒ 스롬은 좌츌(左黜)이니 한 다리 졀고 하나흔 화상이니 부르기를 난ᄌ화상(蛋子和尙)이라 ᄒ더이다."

츄관(推官)이 디경ᄒ여 싱각ᄒ되,

'장난·복길은 졍쥬(鄭州)셔 작난ᄒ여 원을 쥭이고 다라나시니 관ᄉ의셔 지금 잡지 못ᄒ엿고 난ᄌ화상은 션왕티 【22】 우(善王太尉)의 삼쳔 관을 아ᄉ가니 포디윤(包大尹)이 쥭이려 ᄒ다가 못ᄒ여 시방 문셰 우리 고을의도 와시니 좌츌은 엇던 ᄉ롬인지 아지 못ᄒ나 벅벅이 뇨슐ᄒ는 사롬이니 이 무리 ᄒ 곳의 모닷시니 져근 근심이 아니로다.'

ᄒ고 왕측을 옥의 나리오고 이 뜻을 지쥬(知州)긔 품ᄒ니 장덕(張德)이 ᄂ치 흙빗 ᄀᆺᄒ여 아모리 홀 쥴 모로다가 장난·복길·좌츌·난ᄌ화상 사인의 일홈을 써 각쳐의 지휘ᄒ여 잡으라 ᄒ다. 이ᄢ 양영 군병이 왕측이 져희 군냥 주기로 인ᄒ여 쥭게 되믈 듯고 쥬겸의 모다 왕측을 구ᄒ려 ᄒ여도 【23】 모칰이 업더니 홀연 좌츌이 져츅져츅ᄒ며 다라와 중인다려 닐오디,

"왕도비(王都排) 너희 젼냥 쥴 졔 분명이 졔 집 안흐로셔 ᄂ여와시니 어이 본쥬 창고의 거시리오. 탐ᄒ는 관원이 졔 무고의 것슬 업시 ᄒ엿다 ᄒ고 무죄ᄒ 왕도비를 쥭이랴 ᄒ니 흔ᄌ 노비를 쥭이랴 홀 분 아니라 너희 뉵 쳔인이 난화 간 젼냥을 도로 거두어 드리라 홀 거시니 너 싱가ᄒᄂᆞ니 너희 간난(艱難)ᄒ 군인이 여러 달 젼냥을 타지 못ᄒ여 졍히 긔아(饑餓) 중의 잇다가 작일의 어든 거슬 먹고 허비ᄒ 거시 젹지 아닐 거시니 어더 가 【24】 도로 어드리오."

군인이 일시의 쇼러 질너 왈,

"탐ᄒ는 관원이 창고의 거슬 져만 먹고 우리는 뇨(料)를 쥬지 아니ᄒ며 남의 쥬는 것도 쇠시와 쥭이랴 ᄒ니 벅벅이 우리들도 바려두지 아닐 거시니 반(反)ᄒ 밧긔는 홀 일이 업도다."

좌츌이 일오디,

"이졔 왕도비 너희로 ᄒ여곰 쥭게 되엿시니 ᄉ롬의 은혜를 밧고 급ᄒ 찌 구치 아니리오. 맛당이 우리와 합녁(合力)ᄒ여 탐관을 퇴츌ᄒ고 왕도비를 구ᄒ미 엇더ᄒ뇨?"

중군이 일시의 응낙ᄒ더니 믄득 토포관(討捕官)이 지나다가 좌츌의 동지를 술피더니 중군이 다시 【25】 좌츌다려 뭇되,

"션싱은 뉘시니잇고?"

좌츌 왈,

"나는 일홈이 좌츌이로다."

ᄒᆞ더니 말이 맛지 못ᄒᆞ여 좌츌을 잡으가니 지쥐 왕측과 함긔 잡으드려 더즐 왈,

"너희 죄롤 고복(考覆)ᄒᆞ라."

ᄒᆞ거놀 좌츌이 ᄭᅮ지져 왈,

"양영(兩營) 군인이 뇨 아니 쥰다 ᄒᆞ고 너롤 원망ᄒᆞ거놀 니 너롤 터신ᄒᆞ여 은혜롤 베픗고 ᄒᆞᆯ믈며 기중 스쳔 냥 돈은 니 스스로이 장만ᄒᆞ여 쥬어시니 네 우리롤 감격ᄒᆞ여 스례란 아니ᄒᆞ고 도로혀 히ᄒᆞ고즈 ᄒᆞ니 진짓 어린 관원이로다."

지쥐 더로ᄒᆞ여 미이 치라 ᄒᆞ니 옥졸이 힘을 다ᄒᆞ여 쳐 그 미【26】좌츌의 몸의 ᄂᆞ려지면 좌츌을 아모라토 아니ᄒᆞ고 집장(執杖)ᄒᆞᄂᆞᆫ 놈의 손이 알파 쇼리 지르고 능이 미질을 못ᄒᆞ니 여러 옥졸이 가라드러 치되 다 모다 이쳐로⁴⁴⁴⁾ 굴거놀 옥 맛튼 관원 왕장(王奬)이 밋지 아니ᄒᆞ여 손됴 ᄂᆞ려칠시 곤장을 잡으 ᄒᆞᆫ 번을 치더니 홀연 아야 ᄒᆞ고 졔 볼기롤 만지며 왈,

"고히타, 고히타!"

ᄒᆞ거놀 좌위 다 입을 가리와 더쇼ᄒᆞ더라. 좌츌이 하하 더쇼ᄒᆞ고 ᄒᆞᆫ 쇼리롤 ᄒᆞ니 져와 왕측이 신상의 미힌 노히 졀노 ᄯᅳᆫ허지니 왕장이 모든 옥돌을 불너 잡으라 ᄒᆞ거날 좌츌이 ᄒᆞᆫ【27】손으로 가르치니 중인의 발이 ᄯᅡ히 붓터 됴곰도 움죽이지 못ᄒᆞ고 좌츌은 왕측을 다리고 바로 지쥬의 쳥상의 올나가 ᄭᅮ지져 왈,

"장덕(張德)으, 네 여러 히롤 피쥐(貝州) 빅셩을 존학이 봇치여시니 이졔 너롤 죽여 히롤 더지 아니면 더장뷔 아니라."

장덕이 형셰 됴치 아니믈 보고 ᄂᆞ러나 병풍 뒤흐로 다라ᄂᆞ더니 홀연 후당 안흐로셔 두 사름이 ᄂᆡ다르니 이ᄂᆞᆫ 장난·복길이라. 드리다라 장덕을 잡고 장난이 ᄒᆞᆫ 칼노 장덕의 머리롤 버혀 ᄂᆞ리치니 쳥상쳥하의 모든 사름이 크게 놀나【28】업더엿거놀 왕측이 웨여 니로디,

"니 이졔 너희 중인을 위ᄒᆞ여 히롤 더러시니 나롤 조츠면 부귀롤 한가지로 ᄒᆞ리라."

중인이 귀슌ᄒᆞ더니 홀연 문 밧긔 함셩이 디진ᄒᆞ며 장션(張成)·두문옥(竇文玉)이 뉵쳔군을 거나려 즛쳐 드러오다가 길히셔 왕장을 맛나

즛바라 죽이고 장덕의 가속을 츠져 죽이려 ᄒᆞ더니 이ᄯᅥ 호영이 발셔 아즁의 드러가 좌츌노 더브러 장덕의 일문 노쇼롤 하나토 남기지 아냐 다 잡으 죽이고 장덕이 빅셩을 봇치여 여러 히 모흔 금은치단을 거두어ᄂᆡ여 쳥하의【29】뫼ᄭᅩᆺ치 ᄊᆞᆼ흐니 십삼 필 비단 머리 더 ᄌᆞ식 ᄯᅳᆫ친 거시 ᄯᅩ흔 잉잉의 방즁의 잇더라.

왕측이 일오디,

"이 거시 다 피쥐 사름의 기름을 긁어 모흔 거시라."

ᄒᆞ고 반은 젼일 봇치이던 빅셩을 난화 쥬고 반은 군병을 상스하고 방 븟쳐 빅셩을 안무ᄒᆞ고 장션·두문옥으로 ᄒᆞ여곰 군을 됴련ᄒᆞ여 셩지롤 직희게 ᄒᆞ니 피쥐 크게 평안ᄒᆞ더라. 왕측이 장덕을 죽일 졔 본쥐(本州) 통판(通判) 동원츈(董元春)이 몸을 ᄲᅢ혀 다라나 경스의 가 됴졍의 알외고 군스롤 쳥ᄒᆞ여 지쥬롤 위ᄒᆞ여 보슈ᄒᆞ려 ᄒᆞ더라.

---

444)【-쳐로】圖 처럼. ¶ 여러 옥졸이 가라 드러 치되 다 모다 이쳐로 굴거놀 (換幾個獄卒行杖, 都是如此.) <平妖 8:26>

34

뉴원외삼픽픠쥐셩 호영으디란하북지
劉彦威三敗貝州城 胡永兒大亂河北地

【30】 이찌 인종황뎨(仁宗皇帝) 간신 하숑(夏竦)을 신임ᄒᆞ여 츄밀ᄉᆞ(樞密使)롤 ᄒᆞ이니 국권을 젼쥬ᄒᆞ여 한긔(韓琦)·범즁엄(范仲淹)·부필(富弼)·문언박(文彦博)·포증(包拯)·격쳥(狄靑) 여ᄉᆞᆺ 어진 ᄉᆞ롬을 참쇼ᄒᆞ여 됴졍의 못 닛게 ᄒᆞ고 모든 쇼인을 인진(引進)ᄒᆞ여 쇼쳥 만흔 니롤 놉흔 벼술을 ᄒᆞ이니 외방 관원이 ᄇᆡᆨ셩을 봇치여 지상 셤기기롤 능ᄉᆞ롤 삼으니 텬히 디란ᄒᆞ여 죠원하(趙元昊)는 셔하(西夏)의셔 반ᄒᆞ고 농지고(儂智高)는 광남(廣南)의셔 반ᄒᆞ고 왕측(王則)은 픠쥐(貝州)셔 반ᄒᆞ니 인동이 비록 셩명ᄒᆞ시나 쇼인의 가리인 【31】 빅 되여 외방 물졍을 듯지 못ᄒᆞ더니 픠쥐 통판(通判)이 경ᄉᆞ의 니르러 왕측이 반ᄒᆞᄆᆞᆯ 알외니 인종이 디경ᄒᆞᄉᆞ 디신을 불너 의논ᄒᆞ시니 하숑이 쥬왈,

"픠쥐지부 쟝덕(張德)이 군냥을 쥬지 아니ᄒᆞ니 군심이 경동ᄒᆞ여 쟝덕을 히ᄒᆞ여시나 됴졍을 반ᄒᆞ미 아니라. 이런 무리ᄂᆞᆫ 족히 넘녜롭지 아니ᄒᆞ니 굿ᄒᆞ여 디병을 움작이지 아니ᄒᆞ고 긔쥐티슈(冀州太守) 뉴원위(劉彦威) 쟝문(將門) ᄌᆞ손으로 지용이 겸젼ᄒᆞ니 픠쥐 일을 이 ᄉᆞ롬을

맛지면 필연 공을 이루리이다."

인동이 이 말을 됴ᄎᆞ 셩지(聖旨)롤 ᄂᆞ리와 【32】 긔쥐티슈 뉴원위로 ᄒᆞ여곰 본부(本部) 인마(人馬)롤 거나려 픠쥐로 나아가라 ᄒᆞ시다.

유원위 셩지롤 밧고 본쥐 도감(都監) 여강(茹剛)과 아쟝(牙將) 단뇌(段雷)롤 쳥ᄒᆞ여 셔로 의논ᄒᆞ더니 여강이 일오디,

"ᄂᆡ 드르니 왕측의 슈하의 도슐ᄒᆞᄂᆞᆫ 사롬이 만타 ᄒᆞ니 가히 경젹지 못ᄒᆞᆯ지라. 엇지 써 파ᄒᆞᆯ고?"

뉴원위 디쇼 왈,

"고인이 일너시되 사불범졍(邪不犯正)이라 ᄒᆞ엿ᄂᆞ니 이졔 나라 명을 바다 반젹을 치니 엇지 됴고만 뇨슐을 두리이요."

길일을 갈희여 본부병 오쳔을 조발ᄒᆞ여 녀강(茹剛)으로 일쳔군을 거나려 션봉(先鋒)이 【33】 되고 단뇌(段雷)롤 거나려 합후(合後)[444]롤 ᄒᆞ이고 스스로 삼쳔군을 거나려 즁군(中軍)이 되여 픠쥐(貝州)롤 줏쳐 나아갈ᄉᆡ 픠쥐 사롬이 본디 뉴원위의 용빙을 아ᄂᆞᆫ지라 누리지 아니 리 업더라. 왕측이 좌츌(左黜)·쟝난(張鸞)·복길(卜吉) 등 삼인을 쳥ᄒᆞ여 의논홀ᄉᆡ 홀노 난ᄌᆞ화상(蛋子和尙)이 참녜치 아니ᄒᆞ니 원너 난ᄌᆞ화상이 당쵸 빅운동(白雲洞)익 가 텬셔롤 어들 졔 비옥향노(白玉香爐) 알픠셔 신명이 발원ᄒᆞ여 하늘을 디신ᄒᆞ여 도롤 힝ᄒᆞ고 그른 일을 ᄒᆞ지 아니리라 ᄒᆞ엿더니 그 후의 텬셔롤 아라보지 못ᄒᆞ여 셩고괴 미양 일오디 【34】 '왕측이 텬명을 응ᄒᆞ여 하북(河北) 임지 되리라' ᄒᆞᄂᆞᆫ 고로 그 말을 미더 션왕티우(善王太尉)의 삼텬 관(貫)으로 왕측을 도앗더니 왕측이 쟝덕의 일가 노쇼롤 다 죽여 살육ᄒᆞ기롤 과히 ᄒᆞᄆᆞᆯ 보고 ᄒᆞᆫ가지로 참예ᄒᆞ기롤 슬희 녁여 홀노 셩 밧 감쳔ᄉᆞ(甘泉寺)의셔 머물고 무릇 ᄊᆞᆨ홈과 범사의 참예치 아니ᄒᆞᄂᆞᆫ지라. 이러무로 왕측이 오직 좌츌 등 삼인으로 더

---

444) 【合後 합후】 héhòu <動> <名> 합후 *軍隊中的後軍. ‖ "當下擇個吉日, 點起本部五千人馬, 茹剛領一千人爲前部先鋒. 牙將段雷, 領一千人馬爲~." 길일을 갈희여 본부병 오쳔을 조발ᄒᆞ여 녀강으로 일쳔군을 거나려 션봉이 되고 단뇌롤 거나려 합후롤 ᄒᆞ이고 (平妖 8:33) 후군 ‖ "閻羅大王做先鋒, 五道將軍做~." 염라대왕으로 션봉을 삼고 오도쟝군이 후군이 되여 올시 (水滸 3:38:43) "石靑龍爲先鋒, 上將孫虎爲~將, 韓廣爲末將." (秦幷六國 中)

브러 모계ᄒ니 좌츌(左黜)이 일오디,

"긔쥐(冀州) 군시 불과 오쳔이라 ᄒ니 우리 셩즁의 뉵쳔인 미이시니 반은 머무러 셩을 직희고 반은 너여 써 관군을 디젹ᄒ【35】리라."

ᄒ니 왕측(王則)이 친히 교장의 나아가 군ᄉᆞ를 겸고ᄒ더니 장션[셩](張成)·두문옥(竇文玉)이 함긔 니ᄃᆞ라 왕측다려 왈,

"양영(兩營) 군이 쥬장의 큰 은혜롤 닙고 갑지 못ᄒ여시니 쇼장 등이 각각 일쳔 오빅 군식 거나려 셩의 ᄂᆞ아가 관군이 미쳐 진치지 못ᄒᆫ ᄯᅦ롤 타 한 진을 짓질너 졀노 ᄒ여곰 우리 피쥐롤 바로 ᄯᅥ보지 못ᄒ게 ᄒ리이다."

왕측이 디희ᄒ여 냥인을 갑옷과 젼마롤 상쥬고 삼쳔군을 쥬어 보ᄂᆞ니 이ᄯᅦ 긔쥐 션봉 녀강(茹剛)이 일쳔군을 거ᄂᆞ려 피쥐 셩 밧 삼십니의 니르러 밋쳐 진셰롤 펴지 못ᄒ여셔 장션(張成)【36】두문옥(竇文玉)이 일시의 ᄯᅥ 드러오며 즛치니 관군이 디란ᄒ거늘 녀강이 분녁ᄒ여 홀노 냥인을 디젹ᄒ더니 피쥬 군병이 두루 ᄊᆞ오니 능히 디젹지 못ᄒ 줄 알고 ᄯᆞᆫ 거술 헷치고 다라나니 장·두 이장이 ᄒᆫ 진을 크게 니긔고 도라와 왕측의게 알외니 왕측이 이인을 즁상ᄒ고 도로 십니 밧긔 ᄂᆞ가 진쳐 뉴원위(劉彦威)의 디군을 막ᄌᆞ르라 ᄒ다.

녀강이 피군을 슈습ᄒ여 도라가 뉴원위롤 보고 죄롤 쳥ᄒ거늘 원위 디로ᄒ여 녀강의 션봉 벼술을 아사 뒷진의셔 디령ᄒ라 ᄒ고 단뇌(段雷)로 션봉을 삼【37】ᄋᆞ 분부ᄒ되 디장의 긔호(旗號)롤 가지고 몬져 힁ᄒ여 젹장과 ᄊᆞ호디 거즛 피ᄒ여 인ᄒ여 오라 ᄒ고 ᄯᅩ 일지병(一支兵)을 너여 ᄀᆞ마니 젹진 근쳐의 미복ᄒ엿다가 젹장의 진을 뷔오고 관군을 ᄯᅩ로거든 빈 진의 다라드러 불을 노ᄒ라 ᄒ고 스스로 즁군을 거나려 미조ᄎᆞ ᄂᆞ아가더라. 장·두 이장이 관군 큰 진 우희 '뉴劉' ᄌᆞ롤 ᄡᅥᆻ는 냥을 보고 혜오디,

'일졍 뉴티쉬(劉太守) 왓는니라.'

ᄒ고 각각 공 일우기롤 닷토와 함긔 진젼의 나니 긔쥐(冀州) 군이 진셰롤 일우고 문긔 여는 곳의 ᄒᆫ 장쉬 션화부(宣花斧)롤 들고 니다ᄅᆞ니 장【38】·두 이장이 단뇐 줄 알지 못ᄒ고 다만 뉴티쉬 온 줄 알고 일시의 창을 들고 다라드니 단뇌 마ᄌ ᄊᆞ화 슈십 합의 몸을 두루혀 다라나거늘 이장이 함긔 ᄶᅩᆯ와 십여 리는 힁ᄒ더니

단뇌 ᄯᅩ 몸을 도로혀 십여 합을 ᄊᆞ호다가 긔호롤 바리고 다라ᄂᆞ니 이장이 급히 ᄯᅩ로더니 홀연 피쥐 군이 스스로 어즈러오며 크게 웨되,

"장군은 ᄯᅩ로지 말나! 본영의 불이 이러ᄂᆞ나이다."

ᄒ거늘 이장이 계교의 ᄲᅡ진 줄 알고 급히 군사롤 도로혀 슈리는 힁ᄒ여셔 ᄒᆫ 쇼리 방포의 복병이 이러ᄂᆞ며【39】일원(一員) 디장이 장검을 빗기고 말을 ᄲᅱ여 크게 ᄭᅮ지지되,

"반젹은 닷지 말나. 뉴원위 여긔 잇노라!"

ᄒ고 이장이 미쳐 손을 놀니지 못ᄒ여셔 ᄒᆫ 칼노 두문옥을 버혀 ᄂᆞ리치니 장션이 급히 창을 둘너 디젹ᄒ더니 뉴원위 칼ᄊᆞ는 법이 신츌귀몰ᄒ지라 삼합이 못ᄒ여 장션을 싱금하여 말ᄋᆞ리 ᄂᆞ리치니 모든 군시 일시의 다라드러 죽이니라. 왕측이 좌츌노 더브러 셩의 올나 ᄒᆞᆫ가지로 안져 셩외의 싀살ᄒᆞ는 승피롤 기다리더니 피ᄒᆫ 군시 분분이 니르러 급히 문을 열나 ᄒ【40】거늘 왕측이 문을 여러 드리고 장·두 이장의 피ᄒ여 죽은 줄 알고 크게 놀나 좌츌다려 닐오디,

"뉴원위의 영웅인 줄 드럿더니 일홈이 헛도이 젼치 아니토다. 녈위는 무슴 모칙으로ᄡᅥ 젹병을 물니칠고?"

좌츌 왈,

"빈되 임의 혜아린 지 오러니 장난(張鸞)·복길(卜吉)노 더브러 각각 오빅 군식 거ᄂᆞ려 나아가 ᄊᆞ화 긔쥐군으로 ᄒ여곰 편갑(片甲)도 도라가지 못ᄒ게 ᄒ리이다."

왕측 왈,

"일쳔 오빅 군을 거나려 가미 너모 젹을가 ᄒ노라."

좌츌이 답왈,

"닌 스스로 쳔병귀돌(天兵鬼卒)이 잇시니 닌 거나려 가는 오빅【41】 군식 거ᄂᆞ려 가미 너모 젹을가 ᄒ노라."

좌츌이 답왈,

"닌 스스로 쳔병귀돌이 잇스니 닌 거나려 가는 오빅군은 불과 진셰롤 베풀 ᄲᅮᆫ이라."

ᄒ더라.

홀연 셩외의셔 함셩이 니러ᄂᆞ며 관군이 임의 다다랏는지라 뉴원위 진젼의 너다라 칼ᄶᅳᆺ초로 셩상(城上)을 ᄀᆞ르치며 ᄭᅮ지져 왈,

"픠쥬(貝州) 셩즁의 일 아는 사롬이 잇거든
왕측(王則)을 미여 됴졍의 드려 윈셩 사롬의 쥬
륙ᄒᄂᆫ 환을 면ᄒ라."

ᄒ니 왕측이 뉴원위(劉彦威)의 군용이 웅
장ᄒᄆᆯ 보고 크게 두려 ᄒ더니 좌츌(左黜)이 오
빅군을 거ᄂ리고 셩문【42】을 열고 ᄂ와 진셰
롤 베풀고 뉴원외롤 ᄀ르쳐 니로되,

"네 일을 알거든 ᄲᆯ니 군ᄉ롤 물녀 긔쥬
(冀州)로 도라가 ᄂ의 칼을 더러이지 말나."

뉴원위 좌츌의 뵈옷 닙고 말도 타지 아냣
ᄂ 냥을 보고 우히 녀겨 ᄭ지져 왈,

"너 너 ᄀᆺᄒᆫ 스롬으로 더브러 쏘호지 아니
ᄒᄂ니 슈이 왕측을 불너 오라."

ᄒᆫ디 좌츌이 칼 ᄭ츠로 가로치며 ᄒᆫ 쇼리
롤 질너 ᄭ지즈니 홀연 미친 바롬이 이러ᄂ며
모리와 돌을 불니여 긔쥬 진즁이 ᄭ치니 삼군
장졸이 눈을 ᄯ 보지 못ᄒ고 원위 말을 도로혀
다【43】라나니 좌츌이 ᄒᆫ 진을 짓지르고 군긔
와 마필을 어드니 뉴원위 이십 니롤 물녀 진치
고 군마롤 졈고ᄒ니 삼분의셔 일분이나 죽엇더
라.

뉴원위 제장다러 닐오되,

"너 젹인의 뇨슐을 아지 못ᄒ여 그릇 픠ᄒ
여시니 져의 바롬과 모리롤 막으면 ᄀ나믄 이ᄂ
두렵지 아니타."

ᄒ고 삼군을 지휘ᄒ여 사롬마다 쳥ᄉ(靑
紗)로 눈을 가리오ᄂ 거슬 민다라 가지고 잇다
가 젹진 즁의셔 바롬이 이러ᄂ거든 각각 쳥ᄉ로
써 눈을 ᄀ리오고 일시의 덕진의 다라드러가 좌
츌을 잡으라 ᄒ더라.

왕측【44】이 좌츌의 ᄒᆫ 진을 니긔믈 보고
마음의 져기 평안ᄒ여 ᄒ더니 삼일 만의 관군이
ᄯᅩ 셩을 친다 ᄒ거늘 복길이 오빅군을 거ᄂ려
셩의 나가셔 진을 치니 뉴원위 마음의 혜오되,

'반ᄃ시 좌츌이 나오리라,'

ᄒ엿더니 믄득 보니 복길(卜吉)이 쌍상토
ᄡᅳ코 칼 집고 나오ᄂ 냥을 보고 층낭치 못ᄒ여
즉시 삼군을 지휘ᄒ여 젹진을 ᄲᅦ쳐 드러가 치라
ᄒ니 복길이 진언을 념ᄒ며 스믜롤 ᄒᆫ 번 썰치
더니 스믜 속으로셔 쳔만이나 ᄒᆫ 호표싀랑(虎豹
豺狼)이 ᄲᅱ여 니다라 쥬홍 ᄀᆺ[튼] 입을 버리고
발툽【45】을 춤츄며 바로 관군을 희ᄒ려 다라
드니 뉴원위의 탄 말이 놀나 ᄲᅱ여날 졔 원위롤

ᄯᅳ히 ᄂ리치니 복길이 졍히 뉴원위롤 잡으려 ᄒ
더니 졔장이 뉴원위롤 겨유 구ᄒ여 본진으로 다
라나고 모든 군시 불의에 모든 즘싱을 보고 감
히 디젹ᄒᆯ 의ᄉ롤 ᄂ지 못ᄒ여 명을 도망ᄒ려
ᄒ여 급급히 분쥬히 다름질ᄒ니 셔로 즛바라 죽
ᄂ 지 무슈ᄒ더라.

각셜 복길(卜吉)이 크게 ᄒᆫ 진을 줏치고
젼마 이빅【46】 필을 아ᄉ 가니라. 뉴원위(劉彦
威) ᄯᅩᄒᆫ 진을 크게 픠ᄒ고 픠잔 군졸(軍卒)을
거ᄂ려 삼십 니롤 물녀 진치고 졈고ᄒ니 사상
(死傷)ᄒᆫ 지 티반이러라. 졍히 근심ᄒ더니 긔쥬
(冀州) 통령ᄉ(統領使) 도필현(陶必顯)이 졍병 일
쳔과 젼마 삼빅 필을 거ᄂ려 와 쏘홈을 돕거늘
유원위 크게 깃거 모칙을 졍ᄒ고 군즁의 지휘ᄒ
여 뵈와 됴희로 ᄉᄌ의 얼골을 민다라 십일 니
의 삼빅을 ᄀᆺ쵸라 ᄒ거늘 제장이 그 연고롤 아
지 못ᄒ여 그 곡졀을 무른디 뉴원위 답왈,

"져 무리 젹군이 뇨슐을 잘 ᄒ여 호표싀랑
을 부리ᄂ 고로【47】 우리 군이 능이 디젹지 못
ᄒ니 이졔 ᄉᄌ(獅子)의 얼골을 만드러 삼빅 젼
마롤 닙히고 젹군을 디젹ᄒ면 호푀 ᄉᄌ롤 보
고 필연 다라날 거시니 이ᄂ 졔갈공명(諸葛孔
明)이 남만(南蠻)을 졔어ᄒᆫ 계괴니라."

ᄒᆫ디 제장이 그 계괴 가장 묘ᄒᆷ믈 칭찬ᄒ
더라.

ᄯᅩ 단뇌(段雷)·녀강(茹剛)으로 ᄒ여곰 각
각 삼빅군 활 잘쏘ᄂ 군사롤 거ᄂ려 좌우의 미
복ᄒ엿다가 젹병이 ᄂ오거든 등 뒤ᄒ로 너다라
활노 쏘라 ᄒ고 삼군을 독촉ᄒ여 다시 ᄂᄋ가더
니 픠쥬(貝州) 빅셩이 관군이 다시 오믈 놀나더
라. 장난(張鸞)이 뉴원위 다시 오믈【48】 알고
왕도비(王都排)다려 닐너 ᄀ로되,

"이번은 빈도의 츌젼ᄒᆯ 츠례라."

ᄒ고 즉시 본부병 오빅군을 거ᄂ려 ᄂᄋ가
디젹ᄒ더니 복길이 일오되,

"뉴원위의 군시 연ᄒ여 두 번을 픠ᄒ엿시
되 물녀가지 아니ᄒ니 이ᄂ 반다시 구완병이 잇
스미라. 너 ᄯᅩᄒᆫ 사부롤 조ᄎ가 그 형셰롤 살피
리이다."

ᄒ거늘 좌츌이 ᄲᅱ여나 일오되,

"이 말이 가장 올흐니 나도 한가지로 가
뉴원위의 셩명을 아됴 맛쳐 업시ᄒ고 다시 와

작난ᄒᆞ여 요란이 구지 못ᄒᆞ게 ᄒᆞ리라.”

ᄒᆞᆫ디 왕측이 일오디,

【49】 “픠쥐셩을 파ᄒᆞ기ᄂᆞᆫ 금일의 결단ᄒᆞᆯ 거시니 열위ᄂᆞᆫ 조심ᄒᆞ라.”

ᄒᆞ더라.

긔쥐 진즁의셔 도필현(陶必顯)이 삼빅 스지 그린 말을 모라 셩하의 니르러 ᄊᆞ호ᄌ ᄒᆞ더니 홀연 보니 ᄒᆞᆫ 도인이 쳘관을 쓰고 비단 도복을 닙고 손의 별각션(鱉殼扇)을 들고 등의 숑문검(松紋劍)을 지고 진젼의 셧거ᄂᆞᆯ 도필현이 싱각ᄒᆞ되,

‘이 도인이 반다시 뇨슐ᄒᆞᄂᆞᆫ 무리로다. 커니와446) 니 임의 쥰비ᄒᆞᆫ 거시 이시니 엇지 독히 두다리오.’

ᄒᆞ고 이의 군스ᄅᆞᆯ 지휘ᄒᆞ여 졍히 그 도인을 잡으려 ᄒᆞ더니 장난(張鸞)이 입속으로 진언 【50】 을 념ᄒᆞ고 손의 드럿던 별각션을 ᄒᆞᆫ 번 붓치니 믄득 평지의셔 찬 바롬이 이러나 스롬의 ᄲᅧ롤 스못게 부니 텬지 아득ᄒᆞ고 무리와 어름이 일시의 나려와 평지의 ᄶᆔ놀거ᄂᆞᆯ 관군의 인미 다 리롤 ᄯᅥᆯ며 능히 운신치 못ᄒᆞᄂᆞᆫ지라. 뉴원위(劉彦威) 겨유 군사ᄅᆞᆯ 거두어 다라나고 도필현은 진젼의셔 픠쥐 군스의게 잡힌 비 되니라. 이ᄶᅵ 단뇌(段雷)와 녀강(茹剛)이 두 편의 미복ᄒᆞ엿다가 함셩이 진동ᄒᆞᄆᆞᆯ 듯고 급히 군스ᄅᆞᆯ 지쵹ᄒᆞ여 니다르니 하늘빗치 혼암ᄒᆞᆫ 가온디로 됴ᄎᆞ 좌츌(左黜) 【51】 복길(卜吉)이 머지 아닌 디 잇거ᄂᆞᆯ 냥인이 각각 삼빅 궁노슈(弓弩手)ᄅᆞᆯ 명ᄒᆞ여 일시의 쏘라 ᄒᆞ니 좌츌이며 복길이 간 디 업더라. 이윽고 하날이 쳥명ᄒᆞ거ᄂᆞᆯ ᄌᆞ시 출혀 보니 두 길 복병이 셔로 쏘와 뉵빅 인 거의 다 죽고 겨유 빅여 인이 남아시니 이ᄂᆞᆫ 다 좌츌·복길이 각각 법슐을 베퍼 젹군으로 ᄒᆞ여곰 셔로 쏘와 죽게 ᄒᆞ미러라. 이ᄶᅵ 단뇌ᄂᆞᆫ 투고와 갑옷슬 버셔 바리고 겨유 도망ᄒᆞ여 사라가고 녀강은 살홀 마ᄌ 즁히 상ᄒᆞ여더니 젹병이 크게 오ᄂᆞᆫ 양을 보고 스스로 목잘 【52】 나 죽으니라.

뉴원위 즉시 픠잔군을 거두어 겨유 영치ᄅᆞᆯ 민들고 이날 밤의 장즁의 쵹을 붉히고 니러 안

즈 도젹 물니칠 계교롤 싱각ᄒᆞ더니 홀연 본진 동편의셔 고각(鼓角)이 졔명(齊鳴)ᄒᆞ고 함셩이 진동ᄒᆞ거ᄂᆞᆯ 뉴원위 급히 관뇌롤 명ᄒᆞ여 동편을 막ᄌᆞ르라 ᄒᆞ더니 이윽고 동편이 고요ᄒᆞ며 셔편의셔 함셩이 ᄯᅩ 크게 니러나고 불빗치 하날의 쏘이거ᄂᆞᆯ 뉴원위 급히 칼집고 말긔 올나 젹군을 디젹ᄒᆞ려 ᄒᆞ더니 함셩이 긋치고 불빗치 됴요ᄒᆞ더라. 원위 즉시 영의 【53】 도라왓더니 ᄯᅩ 남편의셔 북쇼리 진동ᄒᆞ며 북편의셔 불이 됴요ᄒᆞᄂᆞᆫ지라. 뉴원위 동셔남북으로 분분이 헤질너447) 오경 ᄶᅳ 다다르니 영즁이 크게 뇨란ᄒᆞ며 웨여 닐오디,

“범이 드러온다!”

ᄒᆞ거ᄂᆞᆯ 유원위 ᄭᅮ지져 일오디,

“궁즁의 어이 범이 드러오리오?”

ᄒᆞ더니 말이 맛지 못ᄒᆞ여셔 믄득 보니 ᄒᆞᆫ 얼골 고은 부인이 손의 보검을 들고 범을 타고 바로 진즁을 ᄶᅦ쳐 드러오거ᄂᆞᆯ 뉴원위 디경ᄒᆞ여 급히 말을 타려 ᄒᆞ니 말이 놀나 쓰러지ᄂᆞᆫ지라. 급히 군스ᄅᆞᆯ 불너 모흐려 ᄒᆞ 【54】 더니 범 탄 부인이 간 디 업ᄂᆞᆫ지라.

뉴원위 이튼날 모든 군병을 졈고ᄒᆞ여 보니 밤의 셔로 즛바라 죽는 지 극히 만코 왼 진즁의 범의 발톱 ᄌᆞ곡이 두루 종횡ᄒᆞ엿거ᄂᆞᆯ 뉴원위 크게 괴히이 너기며 일변 그 부인의 도슐을 츙냥치 못ᄒᆞᆯ너라. 이의 크게 탄식 왈,

“유유창텬이 이 무리 요인을 니시니 니 비록 손오(孫吳)의 지뫼 잇실지라도 능히 ᄒᆞᆯ일이 업도다.”

ᄒᆞ고 즉시 남은 군사ᄅᆞᆯ 거나려 긔쥐(冀州)로 도라가 픠군ᄒᆞᆫ 연유롤 셰셰히 긔록ᄒᆞ여 츄밀원(樞密院)의 보ᄒᆞ니라. 이ᄶᅵ 츄밀스 하동 【55】 이 이 긔별을 알고 인동(仁宗)긔 알외고ᄌ ᄒᆞ나 죄칙이 잇실가 두려 감히 텬즈긔 알외지 못ᄒᆞ니라.

ᄎᆞ셜 이ᄶᅵ 호영이(胡永兒) 싱각ᄒᆞ되,

‘뉴원위 군스롤 여러번 픠ᄒᆞ여시되 졔 맛

---

446) 【커니와】 관 그렇거니와. 그렇지만. 커녕. 물론이고. ¶ 이 도인이 반다시 뇨슐ᄒᆞᄂᆞᆫ 무리로다 커니와 니 임의 쥰비ᄒᆞᆫ 거시 이시니 엇지 독히 두리리오 (一定靠着妖法了. 已有準備, 何足懼哉?) <平妖 8:49> ⇒ 크니와

447) 【헤질ㄴ-】 동 《헤지ᄅᆞ다》 허둥대다. 헤매다. ¶ 뉴원위 동셔남북으로 분분이 헤질너 오경 ᄶᅳ 다다르니 영즁이 크게 뇨란ᄒᆞ며 웨여 닐오디 (劉彦威一夜不睡, 正沒理會處, 約莫五更時分, 只聽營中又發喊起來, 說道.) <平妖 8:53> ⇒ 헤디ᄅᆞ다, 헤디ᄅᆞ다, 헤딜ㄴ-, 헤딜ᄅ-, 헤지ᄅᆞ다, 혜져리다

춤니 군돌을 거두어 믈녀가지 아니ᄒ니 ᄒ 번 가히 이 놈을 크게 놀니고 ᄂ의 위엄을 뵈리라.'

ᄒ고 바로 뉴원위(劉彦威)의 영듕으로 드러갈ᄉᆡ 신병을 비러 뉴원위의 일진 장돌을 크게 놀니여 하로밤을 감히 잠을 니루지 못ᄒ고 ᄯᅩᄒ 뉴원위의 슈한이 아직 진ᄒ지 아닌 쥴을 아는지라, 능히 히치 못ᄒ고 다만 【56】 뉴원위롤 핍박ᄒ여 ᄲᆡ니 긔쥐(冀州)로 도라가게 ᄒ고 즉시 셩듕으로 도라오니라.

이ᄯᅦ 왕측(王則)이 뉴원위의 군사롤 믈니치고 도필현(陶必顯)을 항복 밧고 크게 삼군을 상ᄉᆞ(賞賜)ᄒ고 장난 등 삼인으로 더브러 잔치ᄒ여 크게 즐기며 공을 일우믈 경하ᄒ더라.

홀연 듕인이 보니 호영이(胡永兒) 범을 타고 바로 진샹으로 향ᄒ여 드러오거늘 듕인이 황망이 니러나 맛더라. 영이 듕인을 향ᄒ여 왈,

"졔공은 이졔 ᄒ가히 모다 슐먹고 즐기거늘 나는 홀노 하로밤을 신고 ᄒ엿노라."

ᄒ고 드듸여 젹 【57】 진의 돌입ᄒ여 뉴원위의 일진 장돌을 놀녀 급급히 군사롤 믈녀 긔쥐로 가게 ᄒ 연유롤 니르니 듕인이 다 일ᄏ고 왕측이 크게 깃거 공슈 사례ᄒ며 닐오ᄃᆡ,

"퓌쥐(貝州) 바야흐로 틱산ᄀᆞᆺ치 평안ᄒ리로다."

ᄒ고 듕인으로 더브러 슐먹어 즐기더니 호영이 일계롤 드리니 듕인이 올타 ᄒ고 즉시 군마롤 됴련ᄒ여 군ᄉᆞ롤 진발ᄒᆞᆯᄉᆡ 이의 장난(張鸞)으로 퓌쥐롤 직희오고 왕측(王則)은 좌츌(左黜)노 더브러 동남으로 나아가고 호영이는 복길(卜吉)노 더브러 셔북으로 나아갈ᄉᆡ 반년이 못ᄒ여셔 【58】 여러 고을을 쳐 항복 바드니 형셰 진동ᄒᆞᆫ지라. 동경(東京)의 고기 파던 장긔(張琪)와 ᄯᅥᆨ 파던 임텬(任遷)과 면 파던 오왕(吳旺)이 쇼문의 호영이 왕측의 쳬 되고 좌츌이 두음(杜蔭)ᄒ믈 듯고 즉시 왕측의게 두탁ᄒ니 왕측이 듕인의 마음이 귀슌ᄒ믈 보고 스스로 동평(東平)이로라 일ᄏ고 이의 호영이롤 칙봉ᄒ여 황후(皇后)롤 삼고 좌츌노 군사(軍師)롤 삼고 장난으로 승상(丞相)을 삼고 복길노 ᄃᆡ장군(大將軍)을 삼고 탄ᄌᆞ화상(彈子和尚)은 비록 ᄊᆞ홈의 참예치 아냐시나 그 신통ᄒᆞ무로 군ᄉᆞ(國師)롤 삼고 장긔·님텬·오왕 등 삼인을 다 【59】 장군

을 삼ᄋᆞ 셔로 군사롤 난화 네 녁흐로 노략ᄒ니 퓌쥐 군시 니르는 곳의 귀신이 위엄을 돕고 쵸목이 군병이 되니 뉘 감히 뎌젹ᄒ리오. 하북(河北) 삼십뉵 쥐 바롬을 바라고 닷토와 몬져 항복ᄒ여 목슘을 보젼ᄒ려 ᄒ니 왕측이 불의에 교만ᄒ고 사치ᄒᆞᆯ 마음을 니여 인부롤 조발ᄒ여 궁뎐을 지으되 텬ᄌᆞ 계신 ᄃᆡ로 더브러 다르미 업게 ᄒ고 좌츌·장난 등을 위ᄒ여 아문(衙門)을 지으되 극히 화려히 ᄒ고 ᄯᅩ 셩고고(聖姑姑)롤 존슝ᄒ여 셩모낭낭(聖母娘娘)이라 ᄒ고 힝궁(行宮)을 지어 불시의 왕니ᄒ기 【60】 롤 더령ᄒ고, ᄯᅩ 민간의 고은 녀ᄌᆞ롤 슈렴ᄒ여 후궁을 메우고 미녀 삼십 인을 굴히여 좌츌 등 삼인을 난화 쥬니 장난은 본ᄃᆡ 녀식을 갓가이 아니ᄒᆞᄂ지라,사양ᄒ고 밧지 아니ᄒ니, 복길은 졔 승상이 사양ᄒ믈 보고 ᄯᅩᄒ 사양ᄒ여 미인을 밧지 아니ᄒ고, 원간 좌츌은 본ᄃᆡ 녀식을 인ᄒ여 살 마즌 병인이 되엿시되 오히려 음난ᄒ 마음을 긋치지 못ᄒ여 미녀 십인을 바다 왕측으로 더브러 셔로 결워 황음을 일숨으니 하북 빅셩이 셔로 원망ᄒ고 ᄶᅮ지져 다 왕측을 반ᄒᆞᆯ ᄯᅳᆺ을 【61】 두엇더라.

35

됴무하반싱티젹 포룡도응조튜현

趙無瑕拚生紿賊　包龍圖應詔推賢

차시 호영이(胡永兒) 젼일의 군사를 거나려 쥬현(州縣)을 노략홀 찌의 군중의셔 흔 십삼셰 동즈를 어드니 셩명은 왕쥰(王俊)이라. 셩품이 혜일(慧黠)ᄒᆞ고 셩이 쏘흔 왕기(王哥)라 ᄒᆞᄂᆞᆫ 고로 거두어 장하의 두어 양즈를 삼으니 사롬이 이르기를 쇼왕지(小王子)라 일큿더라. 두어 ᄒᆡ 지ᄂᆞ미 나히 장셩ᄒᆞ고 얼골이 고으니 호영이 인ᄒᆞ여 가마니 사통(私通)ᄒᆞ니 호영이 쳐음의 셩고고(聖姑姑)를 조ᄎᆞ 도를 비홀 졔 풍운으로 벗을 삼고 산슈로【62】 집을 삼ᄋᆞ 맛치고 힝ᄒᆞᄂᆞᆫ 도인 ᄀᆞᆺᄒᆞ여 남녀의 졍이 아됴 경ᄒᆞ더니 부귀흔 후 금의옥식(錦衣玉食)으로 너모 사치ᄒᆞ고 구즁궁궐 가온ᄃᆡ 몸을 거쳐ᄒᆞ여 사치ᄒᆞ기를 가장 심이 ᄒᆞ니 욕심이 치셩ᄒᆞ고 왕측(王則)이 쏘흔 삼궁뉴원으로 비빙을 ᄀᆞᆺ쵸와ᄂᆞᆫ지라 영ᄋᆞ로 더브러 날마다 뭇지 못ᄒᆞ니 영이 드ᄃᆡ여 왕쥰으로 더브러 사졍(私情)을 일우ᄃᆡ 오히려 마음의 독지 못ᄒᆞ여 왕쥰으로 ᄒᆞ여곰 외간의 ᄂᆞ가 미쇼년을 듯 보와 영ᄋᆞ다려 니르면 영이 도슐노 궁즁의 드려다가 슈삼 일식 머므러 음욕을【63】 흡독히 푸러 원이 찬 후의 비로쇼 남즈의 긔운이 감ᄒᆞ면

니여 보니니 왕측(王則)이 비록 눈으로 보지 못ᄒᆞ여시나 귀의 졈졈 들니는 말이 잇ᄂᆞᆫ지라. 하로는 슐을 취ᄒᆞ고 이 일을 싱각ᄒᆞ니 노긔 크게 니러나 보검을 ᄲᅡ혀 들고 바로 즁궁(中宮)의 드러가 영ᄋᆞ를 죽이고즈 ᄒᆞ더니 홀연 마음을 두루혀 싱각ᄒᆞ여 니로ᄃᆡ,

"너 이의 니르러시믄 젼혀 다 영ᄋᆞ의 공이니 그 은혜를 가히 져바리지 못홀 거시오. ᄒᆞ믈며 영ᄋᆞ는 신통이 광ᄃᆡᄒᆞ니 만일 져를 죽이지 못홀진ᄃᆡ 도로혀 난쳐흔 일이 되리로다."

【64】ᄒᆞ여 기리 흔 쇼리를 탄식ᄒᆞ고 도로 졔 궁으로 도라왓더니 잇튼날 아츰의 셩고괴(聖姑姑) 힝궁(行宮)의 왓거늘 왕측이 즉시 가 셩고를 보고 조용이 말ᄒᆞ더니 호영이 업슨 ᄯᅥ를 타 골왈,

"요사이 낭낭(娘娘)의 도으시믈 힘닙어 하북(河北) 지방을 평졍ᄒᆞ여시나 민간 풍쇽이 사오나와 부네 음난흔 힝실이 만ᄒᆞ니 즁흔 법으로 쳐치ᄒᆞ고즈 ᄒᆞᄂᆞ니 낭낭의 쇼견이 엇더ᄒᆞ니잇고?"

셩괴 왈,

"무릇 남녜 비합ᄒᆞ미 다 젼셰 인연이니 흔ᄌᆞ 부쳬 젼졍ᄒᆞ여실 ᄲᅮᆫ 아니라 하로밤 우연이 맛남도 젼졍흔 일【65】 이라, ᄒᆞ믈며 졍욕의 마음의 남녜 흔가지니 ᄉᆞ나희의 뷔 되면 계집이 쏘흔 졀뷔(節婦) 되려니와 욕심 만흔 남지 셰 쳐와 아홉 쳡을 두고 오히려 젹은 줄을 혐의로이[448] 너기며 홀노 부녀의 졍졀을 최망ᄒᆞ리오. 디기 셰쇽 부녀와 가쇽이 옷밥을 다 남즈를 우럿는 고로 남즈의 법도를 직희여 감히 다른 뜻을 먹지 못ᄒᆞ거니와 만일 지됴와 지혜 남즈의게 나리지 아닌 부녀는 남의 졔어ᄒᆞ믈 밧지 아니ᄒᆞᄂᆞ니 옛 한고죄(漢高祖) 만고영웅이로ᄃᆡ 녀티휘(呂太后) 심이긔를 통간ᄒᆞᄂᆞᆫ 줄을 알되【66】 능히 금치 못ᄒᆞ엿ᄂᆞ니 디기 녀후(呂后)의 지죄 심샹흔 녀지 아닌 고로 능히 졔어치 못홀 줄을 한고죄 싱각이 이의 밋츤 연괴라. 사롬이 셰샹의 나미 됴흔 운슈를 맛나기 어려오니 각각 ᄲᅥ를 맛쳐 즐기미니 이러틋 흔 미셰흔 일은 통달흔 사롬의 긔회홀 비 아니라."

---

448)【혐의로이】🈞 |혐의(嫌疑)로이.| 싫게. ¶ 嫌 ‖ 세 쳐와 아홉 쳡을 두고 오히려 젹은 줄을 혐의로이 너기며 (男子三妻九妾, 兀自嫌少.) <平妖 8:65>

ᄒᆞ거눌 왕측이 이 말을 듯고 묵연이 아모 말도 아니ᄒᆞ더니 도라가 싱각ᄒᆞ되,

'셩고의 말이 ᄯᅩᄒᆞᆫ 유리ᄒᆞ니 이후란 피치(彼此) 다 알은 체 마라. 각각 즐기기를 극진이 ᄒᆞᆯ 거시라.'

ᄒᆞ고 장긔(張琪)를 불너 민간 미식을 듯보아 【67】 지아비 잇시나 업스나 거리ᄭᅵ지 말고 일일이 알외라 ᄒᆞ더라.

피쥐 션비 비필[關疑]의 쳐 죠시(趙氏)의 일홈은 무이(無瑕)요 나히 바야흐로 이십 셰의 ᄌᆞ식(姿色)이 세상의 ᄲᅱ여나니 장긔 죠시의 용뫼 곱단 말을 듯고 드러가 왕측의게 알외니 왕측이 장긔로 ᄒᆞ여곰 삼빅 군인을 명ᄒᆞ여 가셔 그 집을 ᄊᆞ고 죠시를 다려다가 왕측의게 드리려 ᄒᆞᆯ시 이ᄯᅢ의 비필[關疑]은 집의 잇지 아니ᄒᆞ고 일가 노쇼는 다 두려 각각 깁히 숨엇더니 죠시 칼을 어더 몸의 감쵸고 나와 장긔를 보고 ᄭᅮ지져 닐오디,

"이 【68】 번 오미 첩을 노략ᄒᆞ여 스스로 취ᄏᆞᄌ ᄒᆞᄂᆡ, 디왕긔 드려 ᄒᆞᄂᆞ냐?"

장긔 닐오디,

"대왕이 낭ᄌᆞ의 미식이 잇스믈 듯고 특별이 쇼장을 보니사 낭ᄌᆞ를 마즈오라 ᄒᆞ시니 이번 가미 낭ᄌᆞ의 부귀 비상ᄒᆞᆯ 거시니 의심치 마르쇼셔."

죠시 닐오디,

"만일 디왕이 첩을 취ᄒᆞ려 ᄒᆞᆯ진디 왕이 스사로오면 ᄒᆞᆯ 말이 잇거니와 그러치 아니면 첩이 비록 죽어도 가지 못ᄒᆞ리로다."

ᄒᆞ거눌 낭긔 이 말을 듯고 나는ᄃᆞ시 달녀와 왕측을 보고 이 말을 알외니 왕측이 친히 갈시 오화 【69】 마(五花馬)를 타고 비가의 니르러 죠시의 얼골이 졀식이믈 보고 마음의 크게 깃거 ᄒᆞᆫ가지로 가려 ᄒᆞ거눌 죠시 졍식ᄒᆞ고 닐오디,

"대왕이 일방의 임지되여 계시니 궁즁의 뫼신 스룸을 맛당이 슉녀로 구ᄒᆞ실 거시여눌 첩의 더러온 몸은 임의 사름을 됴ᄎᆞ시니 족히 후궁을 욕되게 못ᄒᆞᆯ지라. 대왕은 강상을 즁히 녀기스 첩의 죄를 사ᄒᆞ시면 대왕의 음덕이 무궁ᄒᆞ여 쳔셰를 누리시리이다."

왕측이 일오디,

"과인의 사랑ᄒᆞᄂᆞᆫ 바는 너의 미식이라. 즉시 칙봉ᄒᆞ여 널노 【70】 황후를 삼을 거시니 부졀업슨 말을 말나."

죠시 능히 면치 못ᄒᆞᆯ 쥴 알고 크게 ᄭᅮ지져 니로디,

"나라흘 반흔 도젹놈이 가히 ᄀᆞ마 ᄀᆞ온디 노름 ᄀᆞᆺᄒᆞ니 [如魚游釜中] 불구의 멸망ᄒᆞᆯ 쥴을 아지 못ᄒᆞ고 스룸의 쳐ᄌᆞ를 더려이랴 ᄒᆞᄂᆞ냐."

ᄒᆞ고 ᄯᅩ 니로디,

"너 비록 힘이 업셔 너를 죽이지 못ᄒᆞ나 어이 너를 조츠리오."

ᄒᆞ며 언흘(言訖)의 칼을 ᄲᅢ혀 스스로 먹질으려 ᄒᆞ거눌 즁인이 다라드러 칼을 아스니 왕측이 ᄎᆞ마 바리지 못ᄒᆞ여 장긔로 ᄒᆞ여곰 '죠시를 직희여 빅단으로 기유(開諭)ᄒᆞ여 마춤니 듯지 【71】 아니ᄒᆞ거든 일문 노쇼를 다 참ᄒᆞ라.' ᄒᆞ고 부즁(府中) 궁궐노 도라가니라.

죠시 죽기를 구ᄒᆞ되 엇지 못ᄒᆞ여 장긔다려 니로디,

"대왕이 첩을 이디도록 권연ᄒᆞ시니 첩이 엇지 흔 사름의 졀을 위ᄒᆞ여 일문이 멸망케 ᄒᆞ리오. 오직 첩이 늙은 싀어미 잇스니 흔 번 보와 니별ᄒᆞ고 디왕의 말을 됴ᄎᆞ리라."

장긔 왕측의게 품ᄒᆞ니 히락ᄒᆞ거눌 징긔 비파(裴婆)를 불너 며느리를 니별ᄒᆞ라 ᄒᆞ니 고식(姑媳)이 셔로 붓들고 통곡ᄒᆞ더니 죠시 눈물을 거두고 가마니 닐오디,

"식뷔 오 【72】 눌 날 죽기 어렵지 아니ᄒᆞ니 일문의 연누ᄒᆞᆯ가 두려 거짓 져의 말을 됴ᄎᆞ 집을 ᄯᅥ난 후의 죽을 거시니 존고(尊姑)는 가히 첩의 죽지 아니흔 씨를 밋쳐 동경으로 다라나 녁젹(逆賊)의 히를 면ᄒᆞ쇼셔."

ᄒᆞ고 힝니(行李)를 ᄎᆞ려 가려ᄒᆞ더라.

이튼날 왕측이 금은치단과 양쥬(羊酒)를 ᄀᆞᆺ쵸와 빙폐를 보니고 후비(后妃)의 의복과 향거(香車) 보모로써 죠시를 마져 갈시 죠시 돈고(尊姑)의게 네번 졀ᄒᆞ여 니별ᄒᆞ고 왈,

"역젹이 미구(未久)의 멸망ᄒᆞᆯ 거시니 돈괴 식부를 스럼ᄒᆞ시거든 녁젹의 흔 졈 고기를 니 무덤 【73】 의 졔ᄒᆞ쇼셔."

ᄒᆞ더라.

슐위의 오르니 모든 군인이 옹위ᄒᆞ여 가거눌 비필[關疑]이 이ᄯᅢ의 도라와시되 감히 집의 드지 못ᄒᆞ여 밧긔 디령ᄒᆞ엿더니 죠시 집을 ᄯᅥᄂᆞ며 급급히 모친을 다리고 도망ᄒᆞ여 동경으로 가

니라.

왕측이 죠시의 탄 술위 니르믈 보고 친히 마져 왈,

"낭즈는 어셔 나오라."

ᄒ고 발을 열고 보니 임의 집 슈건으로 목을 잘나 죽엇는지라. 크게 퍼흥(敗興)ᄒ여 장긔로 ᄒ여곰 죠시 죽엄을 본가로 도라보너라 ᄒ니 집이 임의 뷔엿고 아모 긔쳑이 업더라.

왕측이 이후는 사문의 방 붓쳐 【74】 민간의 부녀 잇거든 부뫼 녀즈를 다리고 장뷔 쳐쳡을 드리게 ᄒ여 순히 드리는 즈는 빅금을 쥬고 감쵸고 드리지 아닛는 즈는 즁죄를 쥬니 이러무로 민간 부녀를 아사 궁즁의 드린 지 그 슈를 아지 못ᄒ네라.

[평뇨긔平妖記　권지구卷之九]

【1】 차셜 호영이(胡永兒) 왕측(王則)의 이러틋 ᄒ믈 보되 쏘흔 아른 쳬 아니ᄒ고 각각 궁의셔 졔 가만흔 닐 [私事] ᄒᆯ 졔는 금빈혀롤 문고리의 쏘즈 두면 큰 불이 하늘의 다하 원집이 둘넛고 밧사롬을 통치 못ᄒ니 비록 왕측이라도 감히 나아오지 못ᄒ여 업손 쩌면 법술을 거두고 왕측으로 더브러 셔로 모다 부쳬 극히 즐기니 이후는 냥인이 황음으로 일을 삼고 왕업을 도라보지 아니니 이도 텬쉬(天數) 진ᄒᆯ 쩌라.

이쩌 난즈화상(蛋子和尙)이 왕측의 불의를 보민 【2】 반ᄃᆞ시 퍼ᄒᆯ 쥴 알고 하직도 아니ᄒ고 가너라. 퍼쥐(貝州) 일은 오로지 좌츌(左黜)이 젼권ᄒ여 졔 마음더로 ᄒ니 장난(張鸞)·복길(卜吉)이 비록 장상이 되엿시나 도로혀 권이 업고 오왕(吳旺)·장긔(張琪)·임쳔(任遷)은 각각 큰 고을을 직희여 부귀를 누리고 잇다감 군사를 거나려 겻고을을 침노ᄒ여 미녀와 지빅을 노략ᄒ여 왕측의게 진상ᄒ니 하람 하동 지방이 다 평안치 못ᄒ여 고급(告急) 문셰 놀마다 츄밀원의 오더 하종[숑](夏竦)이 텬즈긔 알외지 아니터니 홀연 인동황뎨(仁宗皇帝) 티을궁(太乙宮)의 가소 분향ᄒ시더니 뎌궐노 도라오실시 【3】 반녈 안ᄒ로셔 흔 신히 다라드러 곤룡포를 붓들고 뎌셩통곡 ᄒ거늘 인동이 놀나 보시니 어ᄉ(御史) 하셤

(何郯)이러라. 놀나 무르시되,

"경이 무삼 원굴흔 일이 잇ᄂ뇨?"

하셤(何郯)이 쥬왈,

"신이 각별 원굴흔 일이 업스디 신의 셜워ᄒ는 바는 티됴황졔(太祖皇帝) 슈고ᄒ사 어드신 사빅 년 긔업이 남의게 쇽ᄒ여 폐히 뇨순(堯舜)의 셩덕을 두시고 걸쥬(桀紂)의 환을 면치 못ᄒ실가 ᄒ나이다."

인동이 디경 문왈,

"경이 드른 말이 잇거든 즈셰히 니르라."

하셤이 쥬왈,

"지금 됴원호(趙元昊)와 뉴지고(儂智高)의 난이 평치 못ᄒ엿고 퍼쥐 【4】 왕측이 장난ᄒ와 참칭(僭稱) 왕ᄒ고 하북(河北) 삼십뉵 쥬를 웅거ᄒ여 미구의 경셩을 범케 되여시되 하종[숑]이 알외지 아니니 폐히 하종을 버히지 아니시면 사직이 위티ᄒ리이다."

인종이 즉시 하종을 불너 꾸지즈니 하종이 황공무언이여놀 즉시 노셔 짜히 졍비ᄒ고 하셤다려 문왈,

"군신 즁 뉘 가히 츄밀ᄉ를 ᄒ염죽ᄒ뇨?"

디왈,

"당금의 츙직흔 즈는 됴승만[포공](包公)이니 이 사롬을 긔봉부윤(開封府尹)을 ᄒ이고 빅셩을 션치ᄒ여 예셩이 즁ᄒ더니 하종의 무인비 되여 벼술을 바리고 가시니 폐히 셰 곳 【5】 도젹을 삭평(削平)ᄒ려 ᄒ시면 됴승만[포공]을 불너 쓰쇼셔."

인동이 디희ᄒ여 됴승만을 츄밀ᄉ(樞密使)를 ᄒ이니 승만이 경ᄉ의 니르러 사은흔디 인동이 문왈,

"이졔 셔하(西夏) 됴원호(趙元昊)와 광남(廣南) 뉴지고(儂智高)와 퍼쥐(貝州) 왕측(王則)이 됴졍을 반ᄒ니 무삼 모칙으로 이 도젹을 물니칠고?"

됴승만이 쥬왈,

"셰 곳 도젹을 파코즈 ᄒ실진디 범즁엄(范仲淹)으로 셔하(西夏)를 치고 젹쳥(狄靑)으로 광능(廣陵)을 치오면 가히 공을 일우리이다. 하북을 파코즈 ᄒ시거든 문언박(文彦博)으로 뎌장을 ᄒ이쇼셔."

인동 왈,

"언박이 비록 어지나 ᄂ히 임의 팔십이 【6

】라 장수의 쇼임이 아닐가 ᄒ노라."

됴승만이 쥬왈,

"언박이 비록 늘거시나 졍녁이 삼ᄉ십 세 사롬 ᄀ치ᄒ여 지혜 과인ᄒ고 신은 요사이 동요(童謠)롤 드르니 ᄒ엿시되 '피쥐 한 무리 범이 물을 겨ᄒ여시나 무(武)는 두려 아니ᄒ고 문(文)을 두린다〔貝州一群虎, 怕文不怕武.〕' ᄒ오니 이 ᄉ롬을 응ᄒ미요, 피쥐(貝州)라 ᄒ는 '피貝' 쓰 녑히 '문文' 쓰롤 합ᄒ면 피홀 '피敗' 주니 피쥐 도젹이 문언박(文彥博)을 맛나면 반다시 피ᄒ리이다."

인동이 디회ᄒ사 범중엄·문언박·젹쳥 세 ᄉ롬을 됴셔로 부르시니 이ᄯᅢ 문언박이 졍승을 갈고 셔경유쉬(西京留守) 되엿더니【7】셩지(聖旨)롤 보고 경ᄉ의 니르러 됴회ᄒ니 인동이 인견ᄒᄉ 굴오ᄉ디,

"이졔 경으로 원슈롤 봉ᄒ여 하북 도젹을 삭평ᄒ려 ᄒᄂ니 군마롤 언마나 쓰면 독홀고?"

언박이 쥬왈,

"신이 드르니 왕측의 당뉘 다 뇨슐을 ᄒᄂ 사롬이요, 이졔 임의 삽십뉵 쥐롤 웅거ᄒ엿시니 십만군이 이니면 니긔지 못홀 거시오. 졀도ᄉ 됴위(曹偉)는 명장의 ᄌ손이요, 병법을 능통ᄒ니 부장을 삼을 만ᄒ고 츔ᄉᄒ여지이다."

인동이 즉시 문언박으로 하북쵸토ᄉ(河北招討使)롤 ᄒ이시고 조위(曹偉)로 부쵸토(副招討)롤 ᄒ이시니 냥인이 사은ᄒ고【8】틱일ᄒ여 웅병 십만을 거나려 발ᄒᆡᆼ홀시 만됴 공경이 문밧긔 나와 젼숑ᄒ더니 됴승만이 잔을 잡고 문쵸토 다려 왈,

"상국이 이번 ᄒᆡᆼᄒᄆᆡ 벽벽이 디공을 일우려니와 다만 젹인 중의 한 뇨승이 잇스니 일홈은 탄ᄌ화상(彈子和尙)이라. 그 중이 변홰무궁ᄒ여 잡기 어려오니 상국(相國)이 모로미 아라 예비ᄒ라."

초퇴 됴공(曹公)을 니별ᄒ고 하북 지경의 니르러 군마롤 긔쥐 머무르고 도젹칠 계교롤 의논ᄒ더라.

36
문상국삼노흥사 조쵸토즐통파격
文相國三路興師 曹招討唧筒破賊

초셜 문초토(文招討)의 디병이 호호탕탕이 긔쥐의 다다 【9】 르니 긔쥐퇴슈 뉴원위(劉彦威) 마져보고 왕측(王則)의 뇨슐을 니르거늘 문초퇴 즉시 장군 손부(孫輔)로 ᄒᆞ여곰 오천군을 거나려 션봉장을 삼고 뉴원위로 ᄒᆞ여곰 오천군을 거나려 션봉장 손부롤 도와 향도관(嚮導官)이 되라 ᄒᆞ고 전운ᄉᆞ(轉運使) 명호(明鎬)로 니만군을 거나려 합후(合後)롤 삼고 부초토(副招討) 됴위(曹偉)로 이만군을 거나려 좌보(左輔)롤 삼고 총관(總管) 왕신(王信)으로 니만군을 거나려 우필(右弼)을 삼고 스스로 디병을 거나려 중군이 되여 삼노 인미 바로 긔쥐로 향홀시 몬져 격셔롤 젼ᄒᆞ여 왕측의 반역지죄롤 혜고 아모나 왕측을 【10】 버혀 드리는 ᄌᆞ는 졀도ᄉᆞ(節度使)롤 ᄒᆞ이고 왕측이 스스로 항복혼 즉 죽이지 아니려니와 만일 항거혼 즉 긔쥐 일경을 뭇지르리라 ᄒᆞ니 왕측이 크게 두려 좌출(左黜) 등으로 의논ᄒᆞ니 좌출이 일오디,

"젼일 뉴원위(劉彦威) 우리게 세 번을 픠ᄒᆞ여 편갑(片甲)도 도라가지 못ᄒᆞ엿ᄂᆞ니 이제 문언박이 오미 팔십 노옹이 스스로 죽으려 ᄒᆞ미

라. 무어시 두려오리오."

장난(張鸞)이 일오디,

"빈되 동경(東京)의 잇실 ᄶᅥ 문언박(文彦博)의 일홈을 익이 드럿ᄂᆞ니 일즉 긔이혼 사름이오. 져의 팔ᄌᆞ롤 보고 일오디 출장입상(出將入相)ᄒᆞ여 부귀 【11】 비길 더 업고 ᄂᆞ히 팔십의 됴졍을 위ᄒᆞ여 큰 공을 셰우고 향슈빅셰(享壽百歲) ᄒᆞ리라 ᄒᆞ니 텬하의 복덕이 가존 사름이니 경히 보지 못홀 거시오. 뇨사이 동뇨(童謠)의 ᄀᆞ와시디 '픠쥐 혼 무리 범이 문을 두리고 무롤 두리지 아니리라 〔貝州一群虎, 怕文不怕武.〕' ᄒᆞ니 졍히 문쵸토(文招討)로 ᄒᆞ여곰 웅ᄒᆞ엿ᄂᆞᆫ지라. 우리 졀노 더브러 디젹ᄒᆞ미 길흉을 졍키 어려오니 빈도의 어린 쇼견의ᄂᆞᆫ 됴졍의 표롤 올녀 장덕(張德)이 탐ᄒᆞ고 빅셩을 봇치기로 군심이 격동혼 연고롤 ᄌᆞ셰히 고ᄒᆞ고 ᄌᆞ원ᄒᆞ여 병마와 군냥을 ᄀᆞᆺ쵸와 나라 【12】 홀 위ᄒᆞ여 셔하(西夏) · 광남(廣南) 두 곳 도젹을 쳐 공을 셰워 죄롤 쇽ᄒᆞ여지라 ᄒᆞ면 타일의 오히려 봉후(封侯)ᄒᆞ기롤 일치 아니ᄒᆞ리라. 군사(軍師)의 뜻이 엇더ᄒᆞ뇨?"

좌출(左黜)이 쇼리 질너 왈,

"승상이 어이 겁ᄒᆞ믈 이디도록 ᄒᆞᄂᆞ뇨! 우리 등이 무궁혼 법슐을 두어시니 됴관긔(趙官家) 스스로 올지라도 두리지 아니려든 어이 혼 늘근이롤 두리리오."

장난이 ᄀᆞᆯ오디,

"그러치 아니ᄒᆞ다. 당쵸의 탐ᄒᆞ던 관원이 빅셩을 봇치여 직물을 앗고 쇼인이 됴졍의 잇ᄉᆞ무로 우리 그 ᄶᅵ롤 타 일을 일윗거니와 지금은 됴졍 명신 【13】 쳥명ᄒᆞ고 우리ᄂᆞᆫ 다만 법슐을 밋으나 엇지 우리롤 디젹홀 지 업스리오. 군ᄉᆞᄂᆞᆫ 쳥컨더 세 번 싱각ᄒᆞ여 보라."

ᄒᆞ니 복길(卜吉)은 낭인의 말을 드를 만ᄒᆞ고 닙을 여지 아니ᄒᆞ더라. 왕측이 낭인의 의논이 갓지 아니믈 보고 이러나 안흐로 드러가니 중인이 흣터지다.

왕측이 궁중의 드러가 호영ᄋᆞ(胡永兒)롤 보고 의논ᄒᆞ니 영이 왈,

"디왕이 어이 긔업(基業)을 ᄇᆞ리랴 ᄒᆞ고 손을 뭇거 스룸의 계어ᄒᆞ믈 바드려 ᄒᆞ시ᄂᆞ뇨. 아모 일이 잇셔도 우리 형미(兄妹) 낭인이 독히 감당홀 거시오. ᄒᆞᄆᆞᆯ며 모친을 쳥ᄒᆞ여 오면 넘네 업 【14】 술 거시니 장난의 말을 조츠라."

왕측이 디희ᄒ여 잔치ᄒ여 즐기고 영으로 더브러 ᄌ니라.

이 날 복길이 부즁의셔 싱각ᄒ되,

'니 본디 졍쥐(鄭州) 긱인으로 탐관을 맛나 죽게 되엿더니 사부의 구ᄒ믈 닙어 이의 니르럿더니 요사이 왕측이 탐남불인(貪婪不仁)ᄒ니 난ᄌ화샹(蛋子和尙)이 다라ᄂ미 진실노 놉흔지라. 니 만일 됴졍을 항거ᄒᆫ즉 하ᄂᆯ이 용납지 아니리라.'

ᄒ고 이날 밤의 장난을 가 보고 니로디,

"가ᄌ(瘝子)의 말을 드르니 사부를 경멸이 너기ᄂᆫ지라. 우리 예셔 뉴ᄒᆡ무익(有害無益)ᄒ리니 버셔날 만449) ᄀᆺ지 못ᄒᆯ가【15】ᄒ나이다."

장난 왈,

"네 말이 니 ᄯᅳᆺ의 합ᄒ도다. 니 스승이 텬티산(天台山) 옥쇼동(玉霄洞)의 이시니 니 널노 더브러 한가지로 ᄂᆞ가 도를 일우ᄌ."

ᄒ여 이날 밤의 냥인이 도쥬ᄒ니라.

이튼날 왕측이 알고 놀나 좌츌과 의논ᄒ니 좌츌 왈,

"장난·복길은 본디 우리 도위(道友) 아니라 의논이 불합(不合)ᄒ믈 인ᄒ여 참피(慚愧)ᄒ여 가미라."

ᄒ고 임쳔(任遷) 등을 불너 ᄡᅥ려 ᄒ더라

임쳔 등이 각각 지방을 직희여 부귀를 누리더니 왕측의 부르믈 듯고 즉시 본쥐 군마를 거나려 피쥐 모다 ᄡᅩᆷ을 돕더라. 왕측이 문초토의 디군이 이르믈 보고【16】군을 거나려 셩의 나와 진셰를 일우니 좌ᄂᆫ 오왕(吳旺)이요, 우ᄂᆫ 임쳔(任遷)이오, 좌츌은 왕측의 뒤흘 조ᄎ ᄯᅥ나지 아니ᄒ고 장긔(張琪)ᄂᆫ 항복ᄒᆫ 장슈 도필현(陶必顯)으로 더브러 셩 우희셔 북치고 납함(吶喊)ᄒ라 ᄒ고 호영이 친히 병을 거나려 슌셩ᄒ더라. 문쵸퇴 진젼의 말을 잡고 왕측을 불너 말ᄒᆞᆯ ᄒ니 왕측이 마ᄌ 말을 타고 진젼의 ᄂ와 마샹의셔 몸을 굽혀 왈,

"왕측이 장덕의 탐학ᄒᆞ믈 인ᄒ여 빅셩을 위ᄒ여 히를 더니 즁인이 나를 밀워 잠간 하북

ᄯᅡᆯ 진졍ᄒ여시나 일죽이 됴졍을 침범【17】ᄒᆫ 일이 업거ᄂᆞᆯ 문쵸퇴 군을 거나려 오믄 엇진 ᄯᅳᆺ이뇨?"

문쵸퇴 디즐 왈,

"긔국 반쳔ᄒᆞᄂᆫ 도젹이 텬병이 의의 니르되 오히려 항복지 아니ᄒ여 죽을 쥴을 모로ᄂ뇨?"

왕측이 닐오디,

"오리 쵸토의 일홈과 놉흔 나흘450) 드럿더니 맛당이 묘당의 편히 안ᄌ 남은 나흘 누릴 거시여ᄂᆞᆯ 이졔 죽을 ᄯᅡᆯ 님ᄒ여 물너갈 쥴 모로고 명을 지쵹ᄒ니 두리건디 슈하 사ᄅᆞᆷ이 셔로 사랑ᄒᆯ 쥴을 모롤가 ᄒ나이다."

문쵸퇴 디로ᄒ여 션봉 손부(孫輔)로 ᄂ ᄡᅡ호라 ᄒ니 왕측이 졍히 디격ᄒ려 ᄒ더【18】니 좌츌이 말을 ᄶᅱ여 진젼의 ᄂᆞ드라 뉴원외와 문쵸토를 즐욕ᄒ거ᄂᆞᆯ 뉴원위(劉彦威) 쵸토다려 니로디,

"져 도젹이 뇨슐ᄒᆞ기를 잘ᄒ니 원컨디 원슈ᄂᆞᆫ 잘 방비ᄒ라."

말이 맛지 못ᄒ여 좌츌이 진언을 념ᄒ니 거믄 안기와 바롬과 가ᄂᆫ 비와 누른 모릭와 모진 즘성이 일시의 니다르니 문쵸토의 진즁이 디란ᄒ거ᄂᆞᆯ 왕측이 군사를 지휘ᄒ여 ᄡᅥ효더니 손뷔 문쵸토를 보호ᄒ여 겨유 다라나고 관군이 셔로 즛바라451) 죽ᄂᆫ 지 슈를 모로더라. 문쵸퇴 군을 물너 삼십 니 밧긔 진【19】치고 졔장다려 왈,

"니 일죽 셔번(西番)을 칠 졔 셔번왕(西番王)과 빅여 젼을 ᄡᅩᄒ나 이런 요슐을 보지 못ᄒ엿더니 뉴원위 여러번 피ᄒᆞ미 고이치 아니토다."

뉴원위 왈,

"쳣 진을 바롬과 모릭를 맛나 피ᄒ고 둘지 진은 호표싀랑을 맛나 피ᄒ고 셋지 진은 찬 바

---

449)【만】뗑 -뿐. -ㄴ것 만. -기만. ¶ 가ᄌ의 말을 드르니 사부를 경멸이 너기ᄂᆫ지라 우리 예셔 뉴ᄒᆡ무익ᄒ리니 버셔날 만 ᄀᆺ지 못ᄒᆯ가 ᄒ나이다 (適間瘝子甚有不然師父之意. 師父在此, 有損無益 爲今之計, 不若見機而作, 跳出是非門爲上.) <平妖 9:14>

450)【낳】뗑 나이. ¶ 壽 ‖ 오리 쵸토의 일홈과 놉흔 나흘 드럿더니 (久聞招討大名高壽.) <平妖 9:17>

451)【즛발-】图 《즛밟다》 짓밟다. ¶ 문쵸토의 진즁이 디란ᄒ거ᄂᆞᆯ 왕측이 군사를 지휘ᄒ여 ᄡᅥ호더니 손뷔 문쵸토를 보호ᄒ여 겨유 다라나고 관군이 셔로 즛바라 죽ᄂᆫ 지 슈를 모로더라 (王則見文招討陣脚亂動, 乘機趁勢驅人馬一掩. 文招討同先鋒孫輔, 大敗而走.) <平妖 9:18> ⇒ 즛밟다, 즛ᄇᆞᆮ다, 즛불오-, 즛뉇다

141

룸이 즈옥ᄒ여 인뫼 어러 죽ᄂᆞ 지 만혼지라. 이
무리 뇨인의 변홰 무궁ᄒ여 방비키 어려오니 몬
져 요슐을 파ᄒᆞᆫ 후의야 바야흐로 왕측을 사로잡
으리이다.”

쵸퇴 왈,

“이 무리 뇨슐이 한(漢) 젹 장각(張角)과
진(晉) 젹 손은(孫□)으로 다르지 아【20】ᄂᆞ니
오직 양과 돗히 피와 말오줍과 마늘이 가히 져
뇨슐을 졔어ᄒ리라.”

ᄒ고 군ᄉ로 ᄒ여곰,

“병줌기452) 살의다가 이 네 가지 거술 바
르고 디통 빅여 긔룰 어더 그 속의 피룰 너허
도젹과 ᄊᆞ홀 졔 일시의 발ᄒ면 가히 뇨슐을 파
ᄒ리라.”

ᄒ고 삼군을 지휘ᄒ여 이더로 쥰비ᄒ고 이
튼날 군ᄉ로 ᄒ여곰 파쥐 셩 삼십 니 밧긔 진치
니 셩즁의셔 관군이 다시 오믈 보고 장긔·임텬
·오왕이 셔로 의논ᄒ되,

“우리 피쥐로 온 후ᄂᆞ 촌공도 일우지 못ᄒ
고 ᄒ믈며 각각 비혼 도슐이 잇ᄉ【21】니 금일
이 졍히 지됴룰 베풀 ᄯ러.”

ᄒ고 왕측을 보와 나가 ᄊᆞ호믈 쳥ᄒ니 왕
측이 오왕(吳旺)다려 왈,

“그더ᄂᆞ 됴토쵸(曹招討)룰 더젹ᄒ라.”

ᄒ고 임텬으로 왕총관(王總管)의 군을 더
젹ᄒ라 ᄒ고 왕측은 스스로 좌츌 등 졔인으로
더브러 군즁의 돌입ᄒ여 문쵸토룰 잡으려 ᄒ더
라. 장긔ᄂᆞ 몬져 군ᄉ룰 거나려 ᄂᆞ아가 졍히 션
봉을 맛나 두어 합을 ᄊᆞ호더니 믄득 입속으로
진언을 넘ᄒ고 호로(葫蘆)룰 너여 드니 불꼿치
공즁의 즈옥ᄒ여 손부(孫輔)의 진즁의 ᄭᅵ치니
손뷔 당치 못ᄒ여 동ᄯᅩ히룰 바라고 다라ᄂᆞ거【
22】ᄂᆞᆯ 왕측이 장긔의 더졉ᄒ믈 보고 병마룰 모
라 문쵸토의 더군으로 더브러 크게 ᄊᆞ호더니 좌
츌이 머리 풀고 칼 집고 젼쳐로453) 작법ᄒ니 흉
ᄒᆫ 귀신과 고이ᄒᆫ 즘싱이 무슈이 니닷거놀 문쵸
퇴 군ᄉ룰 녕ᄒ여 오빅 피 너혼 디통과 오빅 피
무든 손외454)룰 일시의 발ᄒ니 호표와 귀신이

더러온 거시 무드면 ᄲᅥ려져 조희와 풀이 되니
좌츌이 문쵸토의 진즁의셔 졔 슐을 파ᄒ믈 보고
밋쳐 다른 도슐을 힝치 못ᄒ여셔 문쵸퇴 디군을
지휘ᄒ여 일시의 즛치니 좌츌이 디픠ᄒ여 왕【
23】왕측으로 더브러 급히 군을 거두어 셩의 들
고 나지 아니터라.

오왕(吳旺)이 일지병을 거나리고 즁노로
가 됴초토의 부장 동츙(董忠)으로 더브러 ᄊᆞ호
더니 됴초퇴 친히 ᄊᆞ호믈 도도니 오왕이 디젹지
못ᄒ여 탄 말을 한 번 치니 공즁의 ᄲᅱ여 올나
ᄂᆞᆫ드시 가거놀 조초퇴 ᄊᆞᄅᆞ다가 밋지 못ᄒ여
도라가니라.

이ᄣᅦ 션봉 손뷔(孫輔) 장긔(張琪)의게 피ᄒ
여 동ᄯᅩ히455)로 다라ᄂᆞ더니 홀연 보니 공즁으로
셔 한 장쉬 말을 ᄲᅱ여 셔너 길 우흘 지나거놀
뇨인인 줄 알고 활을 다리여 한 살노 졍히 말을
맛치니【24】살곳히 양의 피룰 발낫ᄂᆞᆫ지라. 오
왕이 공즁의셔 ᄂᆞ려지고456) 말이 변ᄒ여 조희
되거놀 손뷔 졍히 잡으려 ᄒ더니 장긔의 군이
다다라 오왕(吳旺)을 구ᄒ여 셩즁으로 다라나니
라. 임텬은 일지군을 거나려 셔로 나아가 등좌
[凳子]룰 변ᄒ여 범을 민드러 타고 왕총관의 진
즁의 다라드니 군미 피미(披靡)ᄒ여457) 감히 디

---

452) 【병줌기】 囘 병장기(兵仗器). ¶ 刀槍 ‖ 군ᄉ
로 ᄒ여금 병줌기 살의다가 이 네 가지 거술 바
르고 디동 빅여 긔룰 어더 그 속의 피룰 너허
(吩咐軍士但交戰時，刀槍頭上都要蘸血.曹招討敎
做五百箇喞筒，都盛猪羊二血.) <平妖 9:20> ⇒
병잠개, 병잠기, 병쟝긔, 병쟝기

453) 【-쳐로】 囨 처럼. ¶ 좌츌이 머리 풀고 칼 집
고 젼쳐로 작법ᄒ니 흉ᄒᆫ 귀신과 고이ᄒᆫ 즘싱이
무슈이 니닷거놀 (左黜披髮仗劍，又驅出許多妖
鬼及異獸出來.) <平妖 9:22>

454) 【손외】 囘 쇠뇌. ¶ 弓弩 ‖ 문쵸퇴 군ᄉ룰 녕
ᄒ여 오빅 피 너혼 디통과 오빅 피 무든 손외룰
일시의 발ᄒ니 (文招討大喜，吩咐軍士但交戰時，
刀槍頭上都要蘸血. ……選五百個身長力大的軍人
做喞筒手，配着五百個弓弩手. 交戰時，若見神鬼
異獸等，喞筒弓弩一齊發作.) <平妖 9:22> ⇒ 소
뇌, 손외, 쇠뇌, 쇼ᄂᆞ

455) 【ᄯᅩ히】 囘 다히. 쪽. 편. ¶ 이ᄣᅦ 션봉 손뷔
장긔의게 피ᄒ여 동ᄯᅩ히로 다라ᄂᆞ더니 홀연 보
니 공즁으로셔 한 장쉬 말을 ᄲᅱ여 셔너 길 우흘
지나거놀 (孫輔引着敗軍東走，忽見空中一將躍馬
而過.) <平妖 9:23> ⇒ 다히

456) 【ᄂᆞ려지다】 宮 떨어지다. ¶ 扳 ‖ 뇨인인 줄
알고 활을 다리여 한 살노 졍히 말을 맛치니 살
곳히 양의 피룰 발낫ᄂᆞᆫ지라 오왕이 공즁의 ᄂᆞ려
지고 (料是妖人，慌忙扳起弓來，望空一箭，正中
在馬上.那箭都蘸得有惡血.) <平妖 9:23> ⇒ ᄂᆞ려
디다

457) 【피미ᄒ다】 宮 ｛피미(披靡)하다.｝ 위력이나 힘
에 밀려 여럿이 굴복하다. ¶ 無敵 ‖ 임텬은 일
지군을 거나려 셔로 나아가 등좌룰 변ᄒ여 범을
민드러 타고 왕총관의 진즁의 다라드니 군미 피

격지 못ᄒ더니 왕춍관과 뉴춘싱(柳春生)은 본디 넙호 츌신이라 강창(鋼槍)을 드러 범을 지르니 범이 뒤쳐져 등좨 되고 임쳔이 느려지거늘 뉴춘싱이 잡아ᄆᆡ니 아즉 뒷진의 두어 경 【25】 스로 보ᄂᆡ려 ᄒ더라.

왕측이 일진을 픠ᄒ고 셩을 굿게 직희고 느지 아니커늘 문쵸퇴 디병을 지휘ᄒ여 셩을 쓰고 셩치는 긔비룰 갓쵸와 일시의 치라 ᄒ니 픠쥐 셩 우희 거믄 구름과 누른 안기 가득이 ᄢᅵ이고 신병귀돌(神兵鬼卒)이 공즁의셔 쓰홈을 도으니 관군이 죽고 샹ᄒ 니 만혼지라. 문쵸퇴 계피 궁진ᄒ여 밤의 장즁(帳中)의 안ᄌ 졍히 민망ᄒ더니 홀연 한 모흐458)로 찬 바롬이 지나며 한 부인이 얼골이 가장 곱고 깁슈건으로써 머리룰 둘너ᄆᆡ고 문쵸토의 압히 니르거늘 문쵸퇴 ᄭᅮ지져 【26】 왈,

"니 황명을 밧ᄌ와 디병을 거나려 이의 니르러시니 네 엇던 뇨인이완디 감히 군즁의 드러 왓ᄂᆞᆫ뇨?"

그 부인이 ᄭᅮ러 알외디,

"쳡은 요졍이 아니라 이 ᄯᅡ 션비 비필[關疑]의 안히요, 셩명은 죠무익(趙無瑕)라. 왕측이 쳡을 핍박하여 궁즁의 드리려 ᄒ거늘 쳡이 졀을 직희여 스스로 믁믜여 쥭으니 아모 곳의 무딧ᄂᆞᆫ지라. 만일 쳡의 ᄒᆡ골을 거두어 십니 밧ᄀᆡ 옴겨 무더쥬면 구쳔의 은혜롤 닛지 아니리이다."

문쵸퇴 닐오디,

"원니 죠낭ᄌᆞ는 곳 졀뷔(節婦)라. 하관이 공경ᄒ여 낭ᄌᆞ의 【27】 가르치는 디로 쳔장(遷葬)ᄒ려니와 아지 못게라 도젹을 어느 ᄢᅵ의 멸ᄒᆞᆯ고."

부인이 일오디,

"왕측의 운쉬 장ᄎ 진ᄒ여시니 미구의 망ᄒ려니와 문상국이 삼일니의 디익이 잇ᄉᆞ니 모로미 조심ᄒ쇼셔."

문쵸퇴 놀나 무르려 ᄒ더니 홀연 ᄭᅢ다르ᄆᆡ 한 ᄭᅮᆷ이라. 경졈(更點)을 드르니 삼경이러라.

미ᄒ여 감히 디젹지 못ᄒ더니 (任遷將木凳變成 大虫騎着, 搖頭擺尾, 自謂無敵.) <平妖 9:24>

458) 【몽】 圏 모서리. 모퉁이. ¶ 문쵸퇴 계ᄀ 궁진ᄒ여 밤의 장즁의 안ᄌ 졍히 민망ᄒ더니 홀연 한 모흐로 찬바롬이 지나며 (文招討在帳中納悶, 夜間秉燭隱几而臥. 忽然一陣冷風過處.) <平妖 9:25> ⇒ 모롱, 모롱이

37
빅원신신향구현녀 쇼호졍비마타노웅
白猿神信香求玄女　小狐精飛磨打潞公

문쵸퇴(文招討) 꿈을 끼여 다시 즈지 못ᄒ고 이튼날 하령ᄒ여 진을 굿게 ᄒ더라.

츠셜 이ᄯᅵ 옥황상졔 모든 셩신(星辰)을 거나리시고 됴회ᄒ시더니 인셰의 【28】 뇨긔(妖氣) 긔운이 창일(漲溢)ᄒ믈459) 보시고 좌우다려 무르시니 금셩(金星)이 쥬왈,

"빅운동(白雲洞)의 삭엿는 쳔셰(天書) ᄉ룸의게 누셜ᄒ여 이졔 큰 환난이 이러낫ᄂ이다."

옥졔 ᄉ획(査核)ᄒ라 ᄒ시니 금셩이 느아가 술피더니 드러와 셩고(聖姑) 삼모즈의 니력과 난즈화상(蛋子和尙)의 일과 왕측(王則)의 반함과 문언박(文彦博)이 츌ᄉᄒ믈 알외니 상졔 진노ᄒᄉ,

"왕측이 당(唐) 젹 무측쳔(武則天)의 몸으로 츠싱의 나 작난ᄒ니 그져 두지 못홀지라. 맛당이 숑(宋) 텬즈(天子)를 도아 왕측을 멸ᄒ라."

---

459)【창일ᄒ다】圖 {창일(漲溢)ᄒ다.} 왕성하게 일어나다. ¶ 透 ‖ 옥황상졔 모든 셩신을 거나리시고 됴회ᄒ시더니 인셰의 뇨긔 긔운이 창일ᄒ믈 보시고 (妖氣直透天庭, 驚動了玉皇上帝.) <平妖 9:27>

금셩이 쥬왈,

"문언박이 능히 뇨슐을 졔어치 못ᄒ리니 맛당이 【29】 빅원신(白猿神)으로 ᄒ여곰 뇨당(妖黨)을 항복 바다 써 져의 쳔셔를 누셜케 ᄒ 죄를 쇽ᄒ게 ᄒ여지이다."

옥졔 그리ᄒ라 ᄒ신디 금셩이 칙지를 밧즈와 운몽산(雲夢山)으로 느려가니 원신이 바야흐로 고요히 안져 도를 닥더니 티빅금셩(太白金星)이 이르러시믈 보고 황망이 마즈 쑤러 무르되,

"셩군이 더러온 ᄯᅡ희 강님ᄒ시니 무삼 말을 니르려 ᄒ시ᄂ니잇가?"

금셩이 붓드러 니루혀 왈,

"니 상졔긔 살와 너로 ᄒ여곰 큰 공을 일우게 ᄒ엿노라."

ᄒ며 피쥬(貝州) 요인(妖人)의 작난ᄒ믈 니르고,

"이 무리 ᄒ는 도슐이 다 빅운동 벽 【30】 상의 삭인 거시라. 옥졔 너희 잘못 직흰 죄를 무르시려 ᄒ시거늘 노뷔 겨유 알외여 널노 ᄒ여곰 뇨당을 평졍ᄒ고 공을 일워 죄를 쇽게 ᄒ엿노라."

원공이 황겁ᄒ여 일오디,

"쇼신이 비록 잠간 법슐을 아나 뇨괴 항복 밧는 법슐을 모로니 디ᄉ를 그릇홀가 ᄒ나이다."

금셩이 굴오디,

"구타여 사양 말고 구쳔현녀낭낭(九天玄女娘娘)긔 쳥ᄒ면 필연 뇨괴 항복 밧는 법슐이 잇스리라."

원공이 끼드라 고두(叩頭)ᄒ여 칙지를 밧줍고 금셩을 보닌 후의 공즁을 바라며 분향ᄒ고 현녀 【31】 낭낭을 세 번 넘ᄒ니 홀연 구름긔와 불근 졀월(節鉞)이 반공의 나렬ᄒ고 현녀낭낭이 나려 오거늘 원공이 고두ᄒ여 뵈니 낭낭 왈,

"무삼 급흔 일이 잇셔 나를 쳥ᄒᄂ뇨?"

원공이 고왈,

"티빅금셩이 상졔 명을 밧즈와 니르러 여츠여츠ᄒ더이다."

낭낭 왈,

"문쵸퇴 날노 더브러 문공을 니루려니와 본디 난즈화상의 쳔셔를 도격흔 탓시니 당당이 져로 더브러 일을 한가지로 홀 거시라. 나와 네

져룰 ᄎᄌ보고 동녁(動力)ᄒ리라."

ᄒ고 드디여 원공(袁公)을 다리고 구름 타 하북(河北)으로 가니 【32】 이ᄢ 난ᄌ화상이 픠 ᄎ룰 쎠나 디명보(大名府) ᄌ금산(紫金山)의 가 잇셔 홀노 도룰 닷그니 아모도 알 니 업더니 일 이은 암ᄌ 압희셔 경기룰 구경ᄒ다가 난ᄌ화상 이 홀연 도라보니 한 노인이 오니 이는 젼일 빅 운동을 지로(指路)ᄒ던 노인이라. 황망이 마ᄌ 니로디,

"젼의 만히 노장(老丈)의 은혜롤 닙으되 갑 홀 길이 업셔 ᄒ더니 이졔 맛ᄂ니 삼싱(三生)의 힝이로쇼이다."

노인 왈,

"노한(老漢)은 다른 사롬이 아니라 빅운동 의 잇는 원신(猿神)으로 옥졔 명을 밧ᄌ와 빅운 동 쳔셔룰 직희여 세상 사롬의게 젼치 아니 【33 】 ᄒ엿더니 션ᄉ(仙師)의 세 번 지셩으로 구ᄒ 믈 감동ᄒ여 텬셔 박ᄋ 가믈 금치 아니ᄒ고 도 로혀 텬셔 아는 스롬을 지시ᄒ엿더니 이졔 늘근 녀이 정녕460)이 션ᄉ의 어든 텬셔룰 의빙ᄒ여 픠ᄌ(貝州) 도젹 왕측(王則)을 도와 나라홀 반ᄒ 고 왕호(王號)룰 일ᄏ라 스롬 십만을 죽이니 뇨 괴의 긔운이 하늘의 쏘이는지라 상졔 쳔셔 누셜 ᄒ 근본을 ᄉ힉ᄒ여 노한과 션ᄉ룰 한가지로 쇠 룰 다스리려 ᄒ시니 장ᄎ 엇지ᄒ리오?"

난ᄌ화상이 크게 두려 원공다려 무르되,

"엇지ᄒ면 가히 죄룰 면ᄒ리오?"

워공 【34】 이 일오디,

"노한이 이 일을 위ᄒ여 구쳔현녀낭낭(九 天玄女娘娘)을 쳥ᄒ여 이의 니르러시니 우리 한 가지로 가 간쳥ᄒ면 죄룰 면홀 법이 잇ᄂ니라."

화상이 크게 깃거 원공을 조ᄎ 놉흔 봉의 올나가니 낭낭이 임의 와 기다리거눌 화상이 황 망이 녜비ᄒ고 알외디,

"빈승이 비록 빅운동 왼편 벽상 텬셔룰 벗 겨 너여시나 일즉 하늘을 속이고 밍셰룰 져바린 일이 업거눌 이졔 드르니 상졔 진노ᄒᄉ 죄칙을 ᄂ리오시리니 원컨디 낭낭은 구ᄒ믈 바라나이

다."

낭낭이 원공으로 ᄒ여곰 【35】 난ᄌ화상을 붓드러 니루혀고 왈,

"빅운동 우벽의 삭인 거손 셜흔 여숫 가지 텬강법(天罡法)이요, 좌벽의 삭인 거손 지살 일 흔 두 가지 지살법(地煞法)이라. 이졔 뇨괴로온 여이 이 법을 어더 싱민(生民)의 히룰 지으니 그 근본을 ᄎᄌ니게 되면 당쵸의 텬셔 어더닌 스롬이 엇지 죄칙이 업스리오. 지금 문쵸퇴(文 招討) 디병을 거느려 뇨당으로 더브러 싼호니 만일 졍흔 거술 도와 뇨괴룰 덜고 공을 일워 죄 룰 속ᄒ면 이는 큰 아름다온 일이라."

난ᄌ화상 왈,

"빈승이 져 무리로 더브러 뇨슐이 셔로 【 36】 갓ᄒ니 엇지 능히 니긔리오."

낭낭 왈,

"니 이졔 텬강법을 네게 마져 젼홀 거시니 어이 ᄉ법(邪法)을 니긔지 못홀가 근심ᄒ리오. 비록 이러ᄒ나 늘근 여이461) 정녕이 변홰 무궁 ᄒ여 가장 항복 밧기 어려오니 니 당당이 텬궁 의 잇는 조요경(照妖鏡)을 어더 너룰 도으리라."

난ᄌ화상이 즉시 현녀낭긔 졀ᄒ여 졔ᄌ 되여 텬강경법을 비호니라. 낭낭이 도법을 다 션흔 후의 난ᄌ화상으로 ᄒ여곰 도로 감쳔ᄉ(甘 泉寺)의 가 문쵸토룰 인ᄒ여 가기룰 기다리라 ᄒ고 빅원신(白猿神)을 다리 【37】고 텬상의 올 ᄂ가 상졔긔 ᄉ죄ᄒ게 ᄒ고 됴요경을 어더 가지 고 흔가지로 하북으로 향ᄒ여 가니라.

난ᄌ화상이 현녀낭낭을 니별ᄒ고 픠ᄌ룰 바라고 가더니 마음의 싱각ᄒ되,

'니 젼일 감텬ᄉ(甘泉寺)의 이실졔 그졀 승 인이 뉘 나의 왕측의 당변 줄 모로리오. 이졔 져룰 가보미 심히 늦치 업스리로다.'

ᄒ고 홀연 싱각ᄒ되,

'감쳔ᄉ의 쥬지승이 일홈은 슈지(遂智)오, 셩명은 졔갈(諸葛)이라. 밧긔 ᄂ간 지 십오 년의 도라오지 아니ᄒ니 모든 즁이 죽은가 ᄒ여 얼골 을 그려 졔ᄒ던 【38】 거시니 니 이졔 그 얼골이

---

460) 【정녕】 몡 정령(精靈). ¶ 精 ∥ 이졔 늘근 여 이 정녕이 션ᄉ의 어든 텬셔룰 의빙ᄒ여 픠ᄌ 도젹 왕측을 도와 나라홀 반ᄒ고 왕호룰 일ᄏ라 스롬 십만을 죽이니 (誰知老狐精倚賴吾師以成其 變化, 却去幇扶王則造反稱王, 殺人十萬.) <平妖 9:33> ⇒ 정령

461) 【여이】 몡 여우. ¶ 狐 ∥ 비록 이러ᄒ나 늘근 여이 정녕이 변홰 무궁ᄒ여 가장 항복 밧기 어 려오니 니 당당이 텬궁의 잇는 조요경을 어더 너룰 도으리라 (雖如此, 然那狐精多年老魅, 況有 左道變化無窮, 急切收他不得, 必須請天庭照妖鏡, 照破原形, 方才了手.) <平妖 9:36>

되여 가면 법시 편당ᄒ리이다.'

ᄒ고 즉시 변ᄒ여 그림 ᄀ온더 슈지(邃智) 얼골이 되여 감천ᄉ(甘泉寺)로 가니 모든 즁이 제 스승이 오는 냥을 보고 놀나고 깃거 가마니 영위(靈位) 비셜ᄒᆫ 거슬 업시ᄒ고 ᄂ와 오리 ᄂ ᄀᆺ던 연유롤 뭇거놀 난ᄌ화상(蛋子和尙)이 거즛 속여 디ᄒ고 평안이 감텬ᄉ의 잇더라.

이ᄲ 픠쥬셩(貝州城)이 관군의게 ᄊ히연 지 오린지라. 항복ᄒᆫ 장슈도 가마니 슈하 군돌노 더브러 모계ᄒ여 셩문을 여러 관군을 마져드리며 합군코ᄌ ᄒ다가 일이 들쳐나 왕측의 【39】 죽인 비 되니라.

왕측이 인심이 변ᄒᆯ 보고 심즁의 황졉ᄒ여462) 좌츌(左黜)과 호영ᄋ(胡永兒)로 더브러 의논ᄒ더니 영이 왈,

"디왕은 근심 말나. 쳡이 문쵸토롤 잡ᄋ 죽이리라."

왕측이 문왈,

"현뷔 휘 무슴 슐이 잇ᄂ뇨?"

호영이 좌우롤 분부ᄒ여 돌미돌463)을 가져오라 ᄒ여 십여 인이 메워다가 쳥하의 놋커놀 영이 손됴 ᄂᄋ가 쥬필(朱筆)노 부작을 쓰고 올혼손의 칼을 집고 왼손의 물 한 그르슬 잡고 입으로 【40】 진언을 넘ᄒᆫ 후 물을 먹음어 미돌 우히 ᄒᆫ번 쑴으니 그 돌이 당하의셔 결노 움죽여 두어 박회464)롤 도더니 홀연 회호리 바룸이 크게 니러ᄂ며 미돌465)이 공즁의 ᄂ라가니 왕측이 즁인으로 더브러 칭찬 왈,

"구리니마와 쇠머리라도 이 돌의 마ᄌ면 죽을 거시니 팔십 노옹이 어이 견디리오."

ᄒ고 깃븐 쇼식을 드르려 ᄒ더라. 이 날 문쵸퇴 장즁의 안ᄌ 됴초토와 왕총관으로 더브러 셩 칠 일을 의논ᄒ더니 홀연 광풍이 이러나며 공즁으로셔 미돌이 나려와 【41】 문쵸토(文招討)의 머리 우흐로 나려지니 그 쇼리 쳔지 진동ᄒᆫ지라 즁인이 놀ᄂ 놋빗치 흙 ᄀᆺᄒ여 문초퇴 임의 구러지니 홀연 엇던 ᄉ롬이 급히 문쵸토롤 안아 교위의 셰우니 그 교위 산산이 바아지고 그 돌이 ᄯᅡ히 셕 ᄌ히466)나 박혓더라. 계장이

문쵸토의 무사ᄒᆷ을 보고 깃거 다른 교위롤 놋코 졍좌ᄒᆫ 후 바야흐로 문왈,

"앗가 나롤 안ᄋ 구ᄒ던 지 뉘뇨?"

언미필의 ᄒᆫ 사롬이 면젼의 니르니,

"얼골이 심히 고괴ᄒ고 킈 ᄀ장 당디ᄒ더라."

문쵸퇴 문왈,

"네 엇던 ᄉ롬이완더 나의 위급ᄒᆷ을 구ᄒ뇨? 당당이 【42】 즁히 써 은혜롤 갑흐리라."

기인 왈,

"ᄂ는 군즁 사롬이 아니라 호영ᄋ이요, 법으로 상공을 히ᄒ려 ᄒ거놀 특별이 구ᄒ여 젼일 ᄒᆫ 번 밥 먹던 은혜롤 갑나이다."

문쵸퇴 디회 문왈,

"니 일즉 어니 곳의셔 네게 은혜롤 끼치미 잇더뇨. 원컨더 셩명을 알고ᄌ ᄒ노라."

---

462) 【황졉ᄒ다】🄖 {황겁(慌劫)하다.} 겁이 나고 두렵다. ¶ 慌急 ‖ 왕측이 인심이 변ᄒᆯ 보고 심즁의 황졉ᄒ여 좌츌과 호영ᄋ로 더브러 의논ᄒ더니 (王則見人心變了, 心內越慌急. 請左黜和老婆胡永兒到點軍敎場, 一起商議.) <平妖 9:39>

463) 【돌미돌】🄖 돌맷돌. ¶ 磨盤 ‖ 좌우롤 분부ᄒ여 돌미돌을 가져오라 ᄒ여 십여인이 메워다가 쳥하의 놋커놀 영미 손됴 나ᄋ가 (便吩咐手下人…, 只見十來個人, 磨盤一塊大磨盤來到廳下, 胡永兒走下廳來.) <平妖 9:39>

464) 【박회】🄖 바퀴. ¶ 그 돌이 당하의셔 결노 움작여 두어 박회롤 도더니 홀연 회호리바룸이 크게 니러ᄂ며 미돌이 공즁의 ᄂ라가니 (只見磨盤在地上左旋右旋, 忽地漾漾的望空便起, 如風吹紙鳶兒相似, 徑往城外飛將去了.) <平妖 9:40> ⇒ 바쾨, 박괴, 박쾨, 박회

465) 【미돌】🄖 맷돌. ¶ 磨盤 ‖ 그 돌이 당하의셔 결노 움작여 두어 박회롤 도더니 홀연 회호리바룸이 크게 니러ᄂ며 미돌이 공즁의 ᄂ라가니 (只見磨盤在地上左旋右旋, 忽地漾漾的望空便起, 如風吹紙鳶兒相似, 徑往城外飛將去了.) <平妖 9:40> ⇒ 밋돌

466) 【죡】🄖 자. 길이의 단위. ¶ 홀연 엇던 ᄉ롬이 급히 문쵸토롤 안아 교위의 셰우니 그 교위 산산이 바아지고 그 돌이 ᄯᅡ히 셕 ᄌ히나 박혓더라 (忽被一人攔腰抱過一邊, 離交椅有五七步路. 那麼盤下來, 打不着文招討, 却把交椅打得粉碎, 地上打一二尺一箇深坑.) <平妖 9:41> ⇒ 쟉

38

다목신보덕ᄉ은분　문쵸퇴실노봉졔갈

多目神報德寫銀盆　文招討失路逢諸葛

기인이 디왈,

"일즉　상공긔　뵈왓더니　이즈시도쇼이다.
탁ᄌ　우히　그ᄅ술　보시면　알니이다."

ᄒ고　홀연　간　디　업더라.

그ᄅ술　가져다　보니　그　안히467)　셩명을　써
시되　다목신〔多目神　눈　만흔　신령이라〕삼ᄌ롤　썻
거눌　문쵸퇴　바야흐로　황연(晃然)이　ᄭᆡ치【43】
니　원간468)　문언박이　션비　ᄱᅥ　구쳔현녀묘(九天
玄女廟)　즁의　가　빌고　그날　밤의　ᄭᅮᆷ을　ᄭᅮ니　션
녜　ᄒᆞᆫ　글을　니르니　ᄒᆞ여시되　인간　일홈난　지샹
이니　텬샹의　노인셩(老人星)이라　ᄒᆞ엿거늘　그후
언박이　놉히　된　후　션녀　묘당을　슈리ᄒ고　화샹
을　그려　위ᄒ여　달마다　분향ᄒ더니　그후　나라
일노　길갓다가　ᄒᆞᆫ　관녁희469)　드러　홀노　누엇더
니　삼경　ᄶᅴ의　ᄒᆞᆫ　사ᄅᆷ이　머리　푸러　ᄂᆞᆽ출　덥고
면젼의　니르러,

　　"쥬식을　어더　먹어지라.470)"

ᄒᆞ거날　언박이　후히　쥬엇더니　이러무로　은
혜롤　갑흐미러라.　일홈　쓴　엽히　ᄀᆞ늘게　쓴　글ᄌ
롤　보【44】니,

　'삼슈롤　맛나면　뇨괴　물너　가리라.〔逢三遂,
妖魔退.〕'

ᄒᆞ엿거눌　쵸퇴　즁장과　ᄒᆞᆫ가지로　보고　삼슈
란　말을　아지　못ᄒ더라.

문쵸퇴　니로디,

"죠열뷔(趙烈婦)　니르던　삼일　안의　지앙이
임의　마져시니　가히　병을　ᄂᆞᆯ가지라."

ᄒ더라.

이ᄣᅥ　왕측(王則)이　민돌이　ᄂᆞ라간　후　쇼
[송]진(宋陣)　쇼식이　업ᄉ믈　괴이히　너기더니　문
쵸토의　젼셰　니르럿거눌　왕측이　ᄉᆞ롬으로　ᄒᆞ여
곰　탐지ᄒ니　문쵸퇴　의구히　ᄉᆞ랏다　ᄒᆞ거눌　왕측
이　디경ᄒ고　좌츌(左黜)이　호영이(胡永兒)로　더
브러　ᄒᆞᆫ가지로　이　말을　듯고　ᄯᅩᄒᆞᆫ　놀나　두려ᄒ
더니　홀연　좌위　왕측의게【45】알외디,

"셩고낭낭(聖姑娘娘)이　오시ᄂᆞ이다."

ᄒ거눌　즁인이　황망이　마져　좌졍　후　왕측
이　문언박(文彦博)이　능히　양과　ᄯᅩ히　피로　뇨슐
을　파ᄒᆞᆫ　고로　그　후의　밋돌노　져롤　죽이지　못ᄒᆞᆫ
줄을　니르니　셩괴　왈,

"어이　빅마의　피로　군ᄉ롤　아득게471)　ᄒᆞᄂᆞᆫ
법을　쓰지　아니ᄒᆞᄂᆞ뇨?"

좌츌이　답왈,

"우리　두　번을　독ᄒᆞᆫ　법슐을　시험ᄒᆞ엿시되
영험이　업ᄉ니　이러무로　의심ᄒᆞ여　결치　못ᄒᆞᄂ

---

467) 【앓】 명 안. ¶ 中間 ‖ 그ᄅ술 가져다 보니
그 안히 셩명을 써시되 다목신 삼ᄌ롤 썻거눌
(敎人揭起銀盆來看時,　中間寫着'多目神'三個大
字.) <平妖 9:42>

468) 【원간】 ㈜ 원래. ¶ 원간 문언박이 션비 ᄱᅥ
구쳔현녀묘 즁의 가 빌고 그날 밤의 ᄭᅮᆷ을 ᄭᅮ니
션녜 ᄒᆞᆫ 글을 니르니 <平妖 9:43>

469) 【관녁】 명 관역(舘驛). ¶ 舘驛 ‖ 화샹을 그려
위ᄒ여 달마다 분향ᄒ더니 그후 나라 일노 길
갓다가 ᄒᆞᆫ 관녁희 드러 홀노 누엇더니 (公吏等
領諾, 隨"畫成娘娘之像, 表軸供養. 每月朔親自展
開, 焚香拜禱.又一日出路到一舘驛中借宿.) <平妖
9:43> ⇒ 관역

470) 【-지라】 ㈁ 동사 형용사의 '-아 / -어 / -여'
꼴 아래에 쓰이어 소원을 나타내는 말. -고 싶
다. -기를 바란다. ¶ ᄒᆞᆫ 사ᄅᆷ이 머리 푸러 ᄂᆞᆽ출
덥고 면젼의 니르러 쥬식을 어더 먹어지라 ᄒ거
눌 (見一人披髮至案前叩頭, 呼彦博爲相公, 求其
酒食.) <平妖 9:43>

471) 【아득다】 형 《아득ᄒ다》 아득하다. 어지럽다.
¶ 迷 ‖ 어이 빅마의 피로 군ᄉ롤 아득게 ᄒᄂ
법을 쓰지 아니ᄒᆞᄂᆞ뇨 (何不行白馬迷軍之法?)
<平妖 9:45>

147

이다."

성괴 왈,

"지살변화(地煞變化)는 구텬현녀(九天玄女)의 비밀흔 법이라. 신통이 츙냥472) 업스니 간디로473) 시험치 아닐지언정 시험흐면 엇 【46】 지 영험이 업스리오. 다만 법슐을 힝흐는 사룸이 쥬식을 탐흐여 정신이 손상흐엿는 고로 영흔 긔운이 부족흐여 즈연 풀기 쉬오니 이는 도법의 타시 아니라 흐고 너희 밋지 아니흐거든 노신이 너일 진상의셔 작법흐는 냥을 보라."

좌츌·영이 머리롤 슉이고 말을 못흐거놀 왕측 왈,

"전혀 셩고낭낭을 밋노라."

흐더라.

이튼날 왕측이 일만군을 거느려 셩 밧긔 느으가 진셰롤 일우니 숑진(宋陣) 중의셔 문쵸퇴 피 바른 궁노(弓弩)와 피 너흔 디통을 경계흐고 진의 느와 군스로 흐 【47】 여곰 왕측을 불너 말흐즈 흐니 적진 중으로셔 좌츌(左黜)·오왕(吳旺) 등 흔 무리 요인이 셩고고롤 옹위흐여 진젼의 느오니 셩괴 머리 풀고 발 벗고 칼 줍고 흔 필 빅마롤 타고 입으로 진언을 넘흐며 칼을 드러 빅마의 머리롤 질너 피롤 너여 입의 먹음어 쏨으니 흔 쇼리 벽녁의 텬지 아득흐고 지척의 사룸을 셔로 보지 못흐니 모진 바룸과 급흔 비와 모릭와 돌이 숑진을 쎄치니 숑군이 스셕의 마즈 슈독(手足)을 놀니지 못흐고 동셔로 분단치 못흐더라. 궁뇌와 혈통을 【48】 능히 베푸지 못흐여 스면으로 허여지니474) 왕측이 씌롤 타 군스롤 모라 즛치미 관군이 죽는 지 무슈흐고 계장이 각각 명을 도망흐니 문쵸퇴 난 군중의셔 말을 치져 느오더니 하눌이 어두어 길을 분간치 못흐는지라, 경히 급흐더니 홀연 말 알픠 흰 긔운이 달빗 ㅈㅌ흐여 길을 인도흐거놀 쵸퇴 거나린 군스롤 다 일코 필마로 흰 빗출 됴츠 흔 슈풀을 지느니 하눌이 졈졈 명낭흐여 오며 은은이 경즈 쇼리 들니거놀 마음의 혜오더,

'이곳의 반드시 졀이 잇도다. 쉬여 【49】 가리라.'

흐고 느으가노라 흐니 한 힝즈(行者) 나오며 무르되,

"장군이 아니 문장군(文將軍)이시냐?"

쵸퇴 디경 왈,

"우리 스뷔 니르시더 오늘 우리 졀의 문장군이 올 거시니 느가 마즈라 흐더이다."

쵸퇴 혜오되,

'져의 사뷔 필연 심상흔 사룸이 아니로다.'

흐고 힝즈롤 됴츠 드러가니 노화상이 황망이 마즈 방장의 안치고 졔즈롤 분부흐여 츠롤 드리고 져녁 지롤 장만흐라 흐고 타고 간 말을 닛그러 졀 뒤히 가 풀을 뜻기라 흐고 장뇌 문왈,

"장군이 아니 문쵸퇴시니잇가?"

쵸퇴 왈,

"니 긔여 【50】 니와 션시 어이 아느뇨?"

장뇌(長老) 왈,

"어졔 밤의 가람신(伽藍神)475)이 와 니로더 문쵸퇴 오날 이리로 오리라 흐기로 아느이다."

쵸퇴 왈,

"금일 픠줘 도젹과 쏘호다 픠흐여 왓노라."

장뇌 왈,

"쵸토의 지됴롤 가지고 어이 도젹을 근심흐시리오."

쵸퇴 왈,

"덕이 뇨슐을 흐무로 능히 파치 못흐노라."

장뇌 왈,

"당금의 임군이 어질고 신히 츙셩되여 됴졍이 쳥명흐거놀 조고만 요인이 엇지 감히 작난

---

472) 【츙냥】 圐 측량(測量). ¶ 지살 변화는 구텬현녀의 비밀흔 법이라 신통이 츙냥 업스니 간디로 시험치 아닐지언정 시험흐면 엇지 영험이 업스리오 (我這家法術, 千變萬化. 但不可輕試, 豈有試而不驗之理.) <平妖 9:45>

473) 【간디로】 圐 멋대로. 함부로. ¶ 輕 ‖ 지살 변화는 구텬현녀의 비밀흔 법이라 신통이 츙냥 업스니 간디로 시험치 아닐지언정 시험흐면 엇지 영험이 업스리오 (我這家法術, 千變萬化. 但不可輕試, 豈有試而不驗之理.) <平妖 9:45>

474) 【허여지다】 圐 헤어지다. 나뉘어지다. 흩어지다. ¶ 궁뇌와 혈통을 능히 베푸지 못흐여 스면으로 허여지니 (這班血筒手和弓弩手, 不知東南西北, 黑暗裏如何施展, …棄甲抛戈, 各自去尋生路.) <平妖 9:48>

475) 【가람신】 圐 {가람신(伽藍神).} 불상. ¶ 伽藍神 ‖ 어졔 밤의 가람신이 와 니로더 문쵸퇴 오날 이리로 오리라 흐기로 아느이다 (昨夜伽藍神夢中見報, 所以知之.) <平妖 9:50> 가람신이란 부체 크게 불너 닐오대 산문 아릭 진명텬지 와시니 네 당당히 느가 구흐라 (本寺伽藍神高叫: "今山門下有一眞命天子, 爾當救之.") <英烈 1:64>

ᄒᆞ기롤 이러틋 ᄒᆞ리오. 쵸토는 근심치 마르쇼셔. 빈승이 비록 지퇴 업ᄉᆞ오나 쵸토롤 위ᄒᆞ여 왕측【51】의 뇨슐을 파ᄒᆞ고 뎍당을 쓰러바리리이다."

쵸퇴 디희 왈,

"감히 뭇ᄂᆞ니 션ᄉᆞ의 셩명이 무어시뇨?"

노승이 디왈,

"쇼승의 법명을 졔갈슈지(諸葛遂智)로쇼이다."

쵸퇴 더옥 깃거 왈,

"다목신(多目神)이 니로디 삼슈(三遂)롤 맛ᄂᆞ면 도젹을 니긔리라 말이 필연 션ᄉᆞ의게 응ᄒᆞ도다."

ᄒᆞ더라.

쵸퇴 져녁밥을 먹고 장노로 더브러 ᄒᆞ가지로 ᄌᆞ고 오경의 니러ᄂᆞ니 장뇌 힝ᄌᆞ(行者)다려 왈,

"말 ᄒᆞᆫ 필을 닛그러 오라. 니 쵸토로 더브러 ᄒᆞ가지로 가 도젹을 치고ᄌᆞ ᄒᆞ노라."

모든 즁이 고히이 너겨 왈,

"우리 스뷔 십오 년을【52】ᄂᆞ갓다가 도라와 날마다 낫잠 ᄌᆞ고 병셔 보는 냥을 보지 못ᄒᆞ엿더니 홀연 도젹칠 의ᄉᆞ롤 너니 가장 이상ᄒᆞᆫ 일이로다."

장뇌 왈,

"니 스스로 파젹(破賊)ᄒᆞᆯ 계괴 이시니 됴졍을 위ᄒᆞ여 공을 일우면 이 졀의 광치 날 거시니 너희는 의심 말나."

ᄒᆞ고 쵸토로 더브러 ᄒᆞ가지로 말 타고 두어 힝ᄌᆞ롤 불터 횃불을 잡히고 산문(山門)을 ᄲᅥ나 오더니 이ᄶᅥ 숑진(宋陣)의셔 쥬장을 일코 군ᄉᆞ롤 헷쳐 네녁ᄒᆞ[476]로 찻더니 쵸토롤 보고 디희ᄒᆞ여 영즁의 도라오니 조쵸토(曹招討) 이히 다 문안ᄒᆞ거늘 문【53】쵸퇴 길을 일코 감쳔ᄉᆞ(甘泉寺)의 갓던 말과 졔갈슈지롤 다려온 말을 니르니 즁장이 디희ᄒᆞ여 문왈,

"션시 무슴 법슐노 왕젹을 파ᄒᆞ려 ᄒᆞᄂᆞ뇨?"

슈지 왈,

"노승이 십오 년을 쳔ᄒᆞ의 쥬류ᄒᆞ여 일즉 이인을 맛ᄂᆞ 텬강(天罡) 오리 경법을 젼슈ᄒᆞ여시니 아모 뇨슐이라도 노승을 맛ᄂᆞ면 감히 발뵈지[477] 못ᄒᆞᆯ 거시니 아모 뇨슐이라도 뇨승을 맛나면 스스로 파ᄒᆞ리니 타일 진상의셔 ᄌᆞ연 아르시리이다."

ᄒᆞ더라.

문쵸퇴(文招討) 즉시 젼셔롤 왕측의게 보니니 왕측이 쏠 긔계롤 쥰비ᄒᆞ고 잇【54】튼날 냥군이 상디ᄒᆞ여 진셰롤 일우며 퓌쳐 진즁의셔 셩괴 젼ᄎᆞ치 작법ᄒᆞ니 텬지 아득ᄒᆞ고 풍우ᄉᆞ셕(風雨沙石)이 일시의 줏쳐 오거늘 숑진(宋陣) 즁의셔 슈지화상(遂智和尙)이 경ᄌᆞ(磬子)[478]롤 흔들고 진언을 넘ᄒᆞ니 바롬이 도로혀 ᄉᆞ셕을 모라 왕측의 진을 ᄶᅦ치니 셩괴 형셰 조치 아니믈 보고 급히 왕측을 보호ᄒᆞ여 셩즁의 들거늘 문쵸퇴 모라 ᄯᅡ라치니 왕측의 군시 밋쳐 드지 못ᄒᆞ여 히ᄌᆞ[479]의 ᄲᅡᆫ져 죽는 지 무슈ᄒᆞ고 마필긔계(馬匹器械)롤 만히 어더 도라오니 문쵸퇴 슈지의 도슐이 신긔ᄒᆞᆷ믈 칭【55】찬ᄒᆞ고 삼군을 지휘ᄒᆞ여 셩을 치니 왕측이 구지 직회고 나지 아니ᄒᆞᄂᆞ지라.

문쵸퇴 장즁의 이셔 밤의 ᄌᆞ지 아니ᄒᆞ고 셩 칠 계교롤 싱긱ᄒᆞ더니 홀연 바롬결의 군즁의셔 노리 부르는 쇼리 들니거늘 귀롤 기우려 드르니 그 노리 뜻이 강기ᄒᆞ고 격결ᄒᆞ여 됴혼 모칙 이시되 지휘 ᄂᆞᄌᆞ 쓰이지 못ᄒᆞᄂᆞ 쥴을 한ᄒᆞ

---

476) 【네녁ᄒᆞ】몡 사방(四方). ¶ 이ᄶᅥ 숑진의셔 쥬장을 일코 군ᄉᆞ롤 헷쳐 네녁ᄒᆞ로 찻더니 쵸토롤 보고 디희ᄒᆞ여 영즁의 도라오니 (衆將與士卒見了文招討, 不勝歡喜, 迎接至中軍.) <平妖 9:52> ⇒ 4:45

477) 【발뵈다】됭 발보이다. 드러내 보이다. ¶ 아모 뇨슐이라도 노승을 맛ᄂᆞ면 감히 발뵈지 못ᄒᆞᆯ 거시니 아모 뇨슐이라도 뇨승을 맛나면 스스로 파ᄒᆞ리니 타일 진상의셔 ᄌᆞ연 아르시리이다 <平妖 9:53>

478) 【경ᄌᆞ】몡 경자(磬子). ¶ 鈴杵 ‖ 슈지화상이 경ᄌᆞ롤 흔들고 진언을 넘ᄒᆞ니 바롬이 도로혀 ᄉᆞ셕을 모라 왕측의 진을 ᄶᅦ치니 (諸葛遂智在軍中見了, 搖動鈴杵, 口念眞言, 把鈴杵一指. 可霎作怪, 那陣惡風沙石雨雹, 轉風望王則陣裏打將下來.) <平妖 9:54> 슈지화상이 경ᄌᆞ롤 흔들며 진언을 넘ᄒᆞ니 (諸葛遂智搖動鈴杵, 念那破耶神咒.) <羅孫 平妖 5:108>

479) 【히ᄌᆞ】몡 해자(垓子). 호수(연못)처럼 깊게 파 놓은 곳. ¶ 셩괴 형셰 조치 아니믈 보고 급히 왕측을 보호ᄒᆞ여 셩즁의 들거늘 문쵸퇴 모라 ᄯᅡ라치니 왕측의 군시 밋쳐 드지 못ᄒᆞ여 히ᄌᆞ의 ᄲᅡᆫ져 죽난 지 무슈ᄒᆞ고 (情知風勢不好, 連忙招軍馬急急轉身, 文招討鞭梢一指, 大小三軍一齊掩殺過去, 賊軍人亡馬倒, 折其大半, 趕落城壕死者, 不計其數.) <平妖 9:54>

거눌 쵸퇴 싱각ᄒ되,
　'이 필연 지됴롤 품은 스룸이로다.'
　ᄒ고 즉시 시ᄌ롤 불너 그 사룸을 다려오
라 ᄒ더라.

거눌 쵸퇴 싱각ᄒ되,
　'이 필연 지됴롤 품은 스룸이로다.'

39

문쵸퇴텽곡용마슈 니어밍직간노왕측
文招討聽曲用馬遂 李魚羹直諫怒王則

【56】 시동(侍童)이 이윽고 노러 부르는 스롬을 다려왓거늘 쵸퇴(招討) 보니 슌경 군스 마쉬(馬遂)라. 쵸퇴 문왈,

"네 노리롤 부르니 반드시 됴혼 모칙이 잇는지라. 숨기지 말고 다 알외라. 너 당당이 즁이 쓰리라."

마쉬 고두ᄒ고 알외디,

"쇼인이 본디 왕측(王則)으로 더브러 동향 사람이라 ᄋ희 졔붓터 교계 심히 후ᄒ여 미져 형계 되엿더니 이제 왕측이 셩을 직희고 ᄂ지 아니ᄒ니 너 응ᄒ리 업스면 파ᄒ기 쉽지 아닌지라. 만일 쇼인의 계교롤 쓸진디 이리ᄒ면 왕측을 가히 버히리이다."

【57】 쵸퇴 디희 왈,

"일이 일운 후 당당이 즁용ᄒ리니 삼가 누셜치 말나."

마슈롤 너여 보니고 이튼날 장의 올나 좌우롤 불너 왈,

"어졔 밤의 혼 군시 원망ᄒ는 노리롤 불너 나롤 회롱ᄒ니 ᄌ셔히 스획ᄒ여 너라."

오러지 아냐 마슈롤 잡ᄋ 장하의 ᄭ니니

마쉬 왈,

"쇼인이 슌경홀 졔 됴으름480)을 씨오노라 부졀업슨 노리롤 부를지연졍 각별 원ᄒ는 말을 아니ᄒ엿ᄂ이다."

쵸퇴 디로 즐왈,

"너 스스로 너의 흉스(凶事)롤 아ᄂ니 미러 너여 참ᄒ라."

마쉬 쇼리 질너 왈,

"쵸퇴 어이 혼 말을 인ᄒ여 【58】 장슈롤 죽이려 ᄒᄂ뇨! 만일 쇼인의 죄롤 사ᄒ시면 당당이 왕측을 다리여 스스로 미이여 항복게 하리이다."

쵸퇴 다시 불너 문왈,

"네 엇지 왕측으로 ᄒ여 항복ᄒ게 홀다?"

마쉬 왈,

"장군이 하로밤 일을 닛도다."

쵸퇴 짐즛 노롤 도로혀 깃거 왈,

"너 이졔 혼 봉 셔(書)롤 써 너롤 줄 거시니 너 가지고 왕측을 가보고 다리여481) 항복ᄒ면 당당이 졔일 공이 되리라."

마쉬(馬遂) 봉셔롤 가지고 픠줘셩(貝州城)의 가 웨여 왈,

"너 문쵸토의 셔신을 가지고 디왕긔 알욀 밀이 이스니 문을 ᄲ러드리라."

문 직흰 장쉬 【59】 젼셔 ᄀ져오믈 보고 즉시 불너 드려 왕측의게 뵈니 왕측이 마쉰 줄 알고 문왈,

"너 고인으로 더브러 여러 희롤 못보왓더니 네 원간 문쵸토의 진즁의 잇다가 무슴 일노 왓ᄂ뇨?"

마쉬 왈,

"너 유리ᄒ여 본향을 쩌나 몸이 항오(行伍)의 ᄲᆫ졋더니 지난 밤의 원망ᄒ는 노러롤 부르고 쵸토긔 득죄ᄒ여 나롤 버히려 ᄒ거늘 너 거줏

---

480) 【됴으름】⑲ 졸음. ¶ 瞌睡 ∥ 쇼인이 슌경홀 졔 됴으름을 씨오노라 부졀업슨 노리롤 부를지 연졍 각별 원ᄒ는 말을 아니 ᄒ엿ᄂ이다 (小人 恐怕瞌睡誤了更次, 把個小曲兒唱着消遣, 其實不 曾唱什麽怨詞.) <平妖 9:57> ⇒ 조으름

481) 【다리다】⑧ 달래다. 꾀다. 유혹하다. ¶ 招降 ∥ 너 이졔 혼 봉셔롤 써 너롤 줄 거시니 너 가지고 양측을 가 보고 다리여 항복ᄒ면 당당이 졔일 공이 되리라 (我今寫一封密書與你, 你若送 得此書, 招得王則來降, 必當記功重賞.) <平妖 9:58>

니로디 뎌왕으로 더브러 ᄋ히 젹븟터 친ᄒ니 다리여482) 항복게 ᄒ마 ᄒ니 쵸퇴 니 말을 미더 친필노 셔신을 써 쥬거늘 몸을 버셔나 뎌왕긔 투항ᄒᄂ니 니 비록 【60】 지퇴 업스나 오리 문쵸토의 진즁의 잇셔 군즁의 허실을 아라시니 뎌왕이 거두어 장하(帳下)의 두시면 견마의 힘을 다ᄒ리이다."

왕측이 바라보니 져롤 항복ᄒ라 ᄒᄂᆫ 글월이라. 뎌로ᄒ여 뮈쳐483) 바리고 마슈롤 됴곰도 의심치 아냐 후뎌ᄒ고 송진(宋陣) 허실을 뭇거놀 마쉬 왈,

"관군이 비록 십 만이라도 실은 오 만이 넘지 못ᄒ고 젼일 셩고고(聖姑姑)의게 뎌피ᄒ여 ᄉ상지 일 만이 넘고 목젼의 냥최 겨유 십 일은 견딜 거시니 뎌왕이 구지 직희기롤 십 일만 ᄒ면 문쵸퇴 ᄌ연 물너가리이다."

【61】 왕측이 뎌희ᄒ여 마슈로 참군ᄉ롤 삼ᄋ 장긔(張琪)로 더브러 ᄒᆫ가지로 군즁의 직슉(值宿)ᄒ게484) ᄒ니 마쉬 미양 왕측을 죽이고 ᄌ ᄒ되 틈을 못 어더 ᄒ더라.

일일은 마쉬 장긔로 더브러 슐 먹더니 무러 왈,

"니 드르니 뎌왕의 부하 ᄉ롬이 다 도슐을 ᄒᆫ다 ᄒ니 장뎌가(張大哥)ᄂᆫ 무삼 신통을 아ᄂᆫ다?"

장긔 왈,

"니게 슈화호로(水火葫蘆)롤 보라."

ᄒ고 ᄌ랑ᄒ니 마쉬 보와지라 ᄒᆫ디 장긔 취ᄒᆞ엿ᄂᆫ지라. 허리로셔 자근 호로롤 뵈되 그르지 아니커늘 마쉬 이날 밤의 흔더셔 ᄌ며 깁히 잠들기롤 기다려 졔 【62】 쥬머니의 너코 단니던485) 마늘과 피롤 너여 호로 속의 넛코 젼ᄌ치 막앗더라. 이ᄯᆡ 문쵸퇴(文招討) 마쉬 간 지 오리 되 쇼식이 업스믈 보고 졔장을 거나려 셩을 ᄊ고 사면으로 치니 손부(孫輔)ᄂᆫ 셔문을 치고 동도군은 동문을 치고 뉴츈싱(柳春生)을 남문을 치고 뉴원위(劉彦威)ᄂᆫ 북문을 치니 함셩이 뎌

진ᄒ더라. 왕측이 뎌경ᄒ여 급히 즁장을 모호니 좌츌이 바야흐로 미녀롤 다리고 슐을 취ᄒ여 인ᄉ롤 모로ᄂᆫ지라. 왕측이 스스로 셩상의 올나 ᄊ홈을 독촉ᄒ고 장긔·오왕(吳旺)으로 나가 ᄊ호라 ᄒ 【63】 니 장긔ᄂᆫ 슈화호(水火葫)롤 밋고 손부(孫輔)로 더브러 ᄊ호다가 신화호[쥬](神火呪)로 막은 거슬 ᄲ히니 ᄒᆫ 졈 불도 나지 못ᄒᆫᄂᆫ지라. 뎌경ᄒ여 급히 셩슈[쥬](聖水呪)롤 넘ᄒ고 호로롤 잡ᄋ 흔드니 ᄒᆫ 졈 물도 나지 아니코 다만 그 속의셔 더러온 너음시 코홀 거스리거늘 놀나 말을 도로혀 다라ᄂᆫ니 손뷔 급히 ᄯᆞ로더라.

원간 왕측(王則)이 호영이(胡永兒)로 더브러 부체 된 후 다만 두가지 법슐을 비호니 하나흔 은신법이요, 하나흔 경신법이라. 이날 손뷔 급히 장긔 ᄯᆞ로믈 보고 경신법을 외오려 ᄒ더니 마쉬(馬遂) 왕측의 겻히 셧다가 【64】 싱각ᄒ되,

'이ᄯᆡ의 하슈치 아니ᄒ고 어느 ᄯᆡ롤 기다리리오.'

ᄒ고 쥬머귀로 왕측의 입을 치니 닙시울486)이 터지고 니 둘이 부러지니 ᄊ히 잣바지거늘 마쉬 그 칼을 아ᄉ가지고 도망ᄒ여 오니라. 왕측이 급히 잡고ᄌ ᄒᄂᆫ 마쉬 임의 다라난지라 홀일업시 샹쳐롤 조리ᄒ고 영이 파격(破賊)ᄒ믈 의논ᄒ더니 셩긔 왈,

"이졔 다른 법은 쓸디 업스니 텬슈[쥬]산(天柱山)의 가 신도(神刀)롤 갓다가 오룡참장법(烏龍斬將法)을 힝ᄒᆞᆯ 거시라. 원간 이 법을 여의보칰(如意寶冊) 즁 지극히 독ᄒᆫ 방법이니 다ᄉᆺ 가지 쇠롤 모화 ᄉ십구 일을 단연 【65】 ᄒ여

---

482) 【다리다】 동 달래다. 꾀다. 유혹하다. ¶ 招降 ∥ 뎌왕으로 더브러 ᄋ히 젹븟터 친ᄒ니 다리여 항복게 ᄒ마 ᄒ니 초퇴 니 말을 미더 친필노 셔신을 써 쥬거늘 몸을 버셔나 뎌왕긔 투항ᄒᄂ니 (我有本事招降大王. 文招討信了, 親筆寫下一封書信, 敎不才來遞送. 不才僥幸得脫, 特來投順大王.) <平妖 9:59>

483) 【뮈치다】 동 찢다. ¶ 바라보니 져롤 항복ᄒ라 ᄒᄂᆫ 글월이라 뎌로ᄒ여 뮈쳐 바리고 (看了書中有許多大話, 卽便扯碎.) <平妖 9:60> ⇒ 뮈티다, 믜치다, 믜티다

484) 【직슉ᄒ다】 동 {직슉(值宿)하다.} ¶ 마슈로 참군ᄉ롤 삼ᄋ 장긔로 더브러 ᄒᆫ가지로 군즁의 직슉ᄒ게 ᄒ니 (王則封爲親軍指揮使之職, 就留他在僞府中, 與張琪一同值宿.) <平妖 9:61>

485) 【단니다】 동 다니다. ¶ 졔 쥬머니의 너코 단니던 마늘과 피롤 너여 호로 속의 넛코 젼 ᄌ치 막앗더라 (自己身邊皮袋內帶得有穢血蒜汁, 輕輕的將他葫蘆塞去了.) <平妖 9:62>

486) 【닙시울】 명 입술. ¶ 嘴 ∥ 쥬머귀로 왕측의 입을 치니 닙시울이 터지고 니 둘이 부러지니 ᄊ히 잣바지거늘 마치 그 칼을 아ᄉ가지고 도망ᄒ여 오니라 <平妖 9:64> ⇒ 닙솰, 닙시우리, 닙시욹, 입시우리

칼흘487) 민드ᄂ니 일홈은 신되라. 셕갑(石匣)의
담아 물속의 너허 두엇시니 젹장의 일홈으로 써
부작과 ᄒᆞ가지로 불지르고 신도롤 드러 거문 긔
[긔] 〔黑雄犬〕 머리롤 버히면 젹장이 쳔 니 밧긔
이셔도 그 머리 ᄯᆞ히 ᄶᅥ러지니 너 양슌검(楊巡
檢) 집의 잇실 ᄿᅵ 민드라 못 속의 너헛든 거시
니 이ᄿᅵ의 니르러 다른 도슐은 송진 슈지화상
(遂智和尙)의게 픠흔 비 되니 이 칼을 가져다가
문(文) 됴(曹) 냥장을 몬져 버히고 송진을 파ᄒᆞ
리라.”

ᄒᆞ니 영ᄋᆞ와 좌츌(左黜)이 ᄶᅱ놀며 깃거 ᄒᆞ
더라. 왕측이 상쳬(傷處) 디단ᄒᆞ미 풍뉴로 쇼견
(消遣)ᄒᆞ더니 악공(樂工) 니어 【66】 밍[깅](李魚
羹)이란 지 노러 부르고 비파 타기롤 잘ᄒᆞ더니
일일은 니어밍[깅]이 풍뉴도 아니ᄒᆞ고 노러도
아니ᄒᆞ거늘 왕측 왈,

“네 어이 번뇌ᄒᆞᄂ뇨?”

니어밍 왈,

“디왕이 샹시 미드신 비 법슐ᄒᆞᄂ 스람이
러니 이졔 다 가고 업스니 불구의 셩이 함몰ᄒᆞ
지라. 엇지 번뇌치 아니리잇고?”

왕측 왈,

“연(然)즉 엇지ᄒᆞ리오?”

니어밍 왈,

“항복ᄒᆞ쇼셔.”

왕측이 디로ᄒᆞ여 잡ᄋᆞ 민여 셩하의 ᄂ리치
니 마츰니 죽지 아닐 ᄶᅥ라 히ᄌᆞ 물속의 ᄂ려지
니,

---

487) 【칼】 명 칼. ¶ 刀 ‖ 원간 이 법은 여의보칰
중 지극히 독ᄒᆞᆫ 방법이니 다슷 가지 쇠롤 모화
스십구 일을 단연ᄒᆞ여 칼흘 민드ᄂ니 일홈은 신
되라 (原來這法用五金之精, 裝于六甲壇下, 煉七
七四十九日, 鑄成鬼頭刀一口, 名曰神刀.) <平妖
9:65>

40
노국공쥬기변경셩 빅원신즁장슈문원
潞國公奏凱汴京城　白猿神重掌修文院

츠시 숑진(宋陣) 즁의셔 순나ᄒ는 군시 셩
외의셔 사롬 나려지믈 보고 쇠갈 【67】 고리로
쓰어닉여 보니 상ᄒ 딕 업거늘 초토(招討)긔 드
리니 초퇴 문왈,

"네 엇던 사롬이며 엇지 셩하의 ᄂ려지
뇨?"

어밍[깅](魚羹)이 고왈,

"쇼인은 픠쥐(貝州) 악공(樂工)이러니 왕측
(王則)을 권ᄒ여 항복ᄒ라 ᄒᄆᆡ 디로ᄒ여 셩의
ᄂ리쳐 죽이라 ᄒ지라. 쳔ᄒᆡᆼ으로 죽지 아니ᄒ고
초토긔 뵈올 줄 엇지 알니잇고."

쵸퇴 왈,

"네 불과 악공으로 능히 역슌을 아니 가장
아름답도다."

좌우(左右)로 ᄒ여곰 쥬식을 먹이고 왈,

"네 픠쥐 셩즁 허실을 아ᄂ냐?"

니어밍[깅](李魚羹) 왈,

"왕측이 마슈(馬遂)의게 마져 진언을 못ᄒ
고 법슐ᄒ던 ᄌ는 다 가고 좌출(左黜) 등만 잇
【68】 고 셩고고(聖姑姑)는 쳔쥬산(天柱山)으로
칼을 가질나 가다 ᄒ더이다."

쵸퇴 왈,
"셩즁 군냥이 언마나 ᄒ뇨?"

디왈,

"군시 만여 인은 ᄒ고 군냥은 다 뇨슐노
슈운ᄒ더이다.[488]"

초퇴 디희ᄒ여 말을 뭇고ᄌ ᄒ더니 장하
일인이 고왈,

"쇼장이 지퇴 업스나 가히 왕측을 싱금ᄒ
리이다."

모다 보니 츠는 니슈(李遂)러라. 초퇴 디희
왈,

"젼일 다목신(多目神)이 일오디, 삼슈(三遂)
룰 맛나 도젹을 파ᄒ리라 ᄒ더니 슈지션시(遂智
仙師) 텬강졍법(天罡正法)으로 뇨슐을 파ᄒ고 마
슈(馬遂) 왕측을 쳐 진언을 못ᄒ게 ᄒ고 이졔
니슈(李遂) ᄯᅩ 모칙을 드리니 졍히 삼슈룰 응ᄒ
엿ᄂ지라. 반 【69】 ᄃ시 픠쥐룰 파ᄒᆯ노다.[489]"

ᄒ고 계교룰 무르니 니슈 왈,

"픠쥐셩(貝州城)이 굿고 직희기룰 엄히 ᄒ
니 파키 어려온지라. 맛당이 ᄯᅡᆼ 파는 군ᄉ 오빅
으로 셩즁을 파 드러가 여ᄎ여ᄎ ᄒ면 왕측을
가히 파ᄒ리이다."

쵸퇴 디희ᄒ여 니어밍으로 ᄒ여곰 픠쥐셩
원근을 뭇고 ᄯᅡ홀 파려 ᄒ더니 슈지 왈,

"츠계 묘ᄒ나 호영ᄋ(胡永兒) 등이 잇스니
히룰 닙을가 ᄒᄂ이다."

쵸퇴 왈,
"연즉 엇지ᄒ리오?"

슈지 왈,

"이ᄂ 노승이 함긔 가리이다."

ᄒ고 히ᄌ룰 파더라.

【70】 셩고괴 칼을 ᄎᄌ가지고 오더니 길
ᄀ히 흔 노괴 이윽이 보다가 무러 왈,

"가져가는 무어시관디 광치 보암족ᄒ뇨?"

셩고괴 굴오디,

"이ᄂ 신검(神劍)이니라."

---

488) 【슈운ᄒ다】 동 {수운(輸運)하다.} 운반(運搬)하
다. 운송(運送)하다. ¶ 攝取 ‖ 군냥은 다 뇨슐노
슈운ᄒ더이다 (錢糧府庫中原少, 全是左黜等妖法
攝取來費用.) <平妖 9:68>

489) 【-ㄹ다】 回 -ㄹ 것이냐 -겠느냐 ¶ 네 엇지
왕측으로 ᄒ여 항복ᄒ게 홀다 (你這厮亂道, 有
甚本事招降王則?) <平妖 9:68> ⇒ -ㄹ따, -ㄹ짜

노괴(老姑) 왈,

"한 번 뵐쇼냐?"

셩고괴 진언을 념ᄒ며 칼 갑홀을 치니 속으로 됴ᄎ 쇼리 ᄂ며 칼이 ᄲᅧ여 공즁의 놉히 올ᄂ앗다가 도로 갑홀의 드러가니 노고는 구쳔현녜(九天玄女)라 ᄀᆞᆯ오ᄃᆡ,

"너게로 신검이 잇ᄉ니 보라."

ᄒ고 탄ᄌ 하나흘 너여 손의 놋코 진언을 념ᄒ니 홀연 ᄒᆞᆫ 줄 무지게 반공의 쏘이며 화ᄒ여 보검이 되여 광치 됴요(照耀)ᄒ더니 이윽고 손바닥의 ᄂᆞ려져 도로 탄지 되거눌 【71】 쳐녜(處女) 왈,

"네 칼은 쳔니 밧 ᄉ람의 머리로 버히ᄂᆞ니라."

셩고괴 싱각ᄒ되,

'이룰 가져시면 더옥 셩ᄉᄒ리라.'

ᄒ고 밧고ᄌ ᄒ거눌 쳐녜 짐즛 박고ᄋ 가지고 ᄀᆞ마니 진언을 념ᄒᆞᆫ 후 ᄀᆞᆯ오ᄃᆡ,

"그ᄃᆡ 칼 졍긔 衰ᄒ여시니 밧고와 쓸 ᄃᆡ 업노라."

셩고 왈,

"이럴 니 잇ᄉ리오."

ᄒ고 달ᄂᆞ ᄒ여 진언을 념ᄒ니 아모 쇼리두 ᄒᆞᆫᄂᆞᆫ 닐이 업ᄂᆞᆫ지라. ᄃᆡ경ᄒ여 다라ᄂᆞ니 쳐녜 왈,

"그ᄃᆡᄂᆞᆫ 신검 부리ᄂᆞᆫ 진언이나 비호고 가라."

셩고괴 밋지 아니코 가진 탄ᄌ룰 공즁의 더지니 쳐녜 ᄯᅩᄒᆞᆫ 탄ᄌ룰 너여 손의 노흐니 공즁의 잇ᄂᆞᆫ 탄지 무지기 【72】 ᄀᆞᆺ치 ᄒᆞᆯ너 쳐녀의 손의 노히니 원ᄂᆡ ᄌᆞ웅검(雌雄劍)이 셔로 ᄯᅡ라 ᄃᆞ니ᄂᆞᆫ지라 셩고괴 신도(神刀)와 신검(神劍)을 일코 쳐녀룰 보니 홀연 간ᄃᆡ 업거눌 두루 ᄎᆞᆺ더니 ᄒᆞᆫ 노인이 바회490) 우희 안ᄌ 탄ᄌ룰 희롱ᄒ거눌 셩고괴 무러 왈,

"노장은 무어술 희롱ᄒᄂᆞ냐?"

노인 왈,

"이 거시 쌍신검(雙神劍)이니 변화무궁ᄒ니라."

말이 맛지 못ᄒ여 탄지 변ᄒ여 ᄒᆞᆫ 쌍신검이 되여 셩고룰 에워치니 셩고괴 어이 면ᄒ리오.

다라ᄂᆞ고ᄌ ᄒ더니 쳐녜 공즁의셔 됴요경(照妖鏡)을 너여 빗최니 셩괴 도망치 못ᄒ여 ᄯᆞ히 ᄂᆞ려져 살거지라491) ᄒᄂᆞᆫ지라. 현녜낭낭(玄女娘娘) 【73】 이 옥졔(玉帝)긔 쥬문ᄒᄆᆡ 칙지 ᄂᆞ려 버히니라.

이ᄯᅵ ᄯᆞ 속으로 오빅군이 니슈(李逐)와 슈지(邃智)로 더브러 바로 궁즁의 드러가 왕측을 죽이고 호영ᄋ와 좌츌을 난ᄌ화상(蛋子和尙)이 잡으려 ᄒᆞᆯᄉᆡ 호영ᄋ와 좌츌이 뇨슐을 힝ᄒ여 다라ᄂᆞ더니 하놀노 됴ᄎ 벽녁이 ᄂᆞ려 죽이고 기외ᄂᆞᆫ 쵸퇴 다 잡으니 픠쥐(貝州) 일경이 무ᄉᄒᆞ고 모든 즁은 다 도라갈ᄉᆡ 난ᄌ화상은 감텬ᄉ(甘泉寺)의셔 부쳬 되니라.

쵸퇴 방 붓쳐 빅셩을 만무ᄒ고 됴졍의 도라오ᄆᆡ 샹이 칭찬ᄒᆞᄉ 공샹(功賞)을 분논ᄒ여 봉쟉ᄒ시니라.

ᄎ 젼말이 허무ᄒᆞᆫ 듯 ᄒ나 젼ᄒ 【74】 여 ᄂᆞ려오ᄆᆞ로 민멸치 아니ᄒ나 ᄉᆞ젹이 실치 못ᄒ믈 ᄎᆞ탄ᄒ리러라.

---

490) 【바회】图 바위. ¶ 山巖 ‖ ᄒᆞᆫ 노인이 바회 우희 안자 탄ᄌ룰 희롱ᄒ거눌 <平妖 9:72>

491) 【-지라】回 동사 형용사의 '-아 / -어 / -여' 꼴 아래에 쓰이어 소원을 나타내는 말. -고 싶다. -기를 바란다. ¶ 쳐녜 공즁의셔 됴요경을 너여 빗최니 셩괴 도망치 못ᄒ여 ᄯᆞ히 ᄂᆞ려져 살거지라 ᄒᄂᆞᆫ지라 <平妖 9:72> 세 쟝슈 세 태우룰 미러 니ᄅᆞ니 ᄭᅮ러 ᄯᅡ히 업더여 머리룰 두ᄃᆞ려 살거지라 빌거눌 (三將解三大夫至, 跪伏于地, 叩首乞命.) <開闢 5:78>

[羅孫本 평요뎐平妖傳 권지삼卷之三]

12
노호졍도등논법 티도스감월샹졍
老狐精挑燈論法 癡道士感月傷情

[1] 마미(孈孈)의 양냥(養娘)이 도리기 슌검(巡檢) 부쳐드려 셩고의 젼싱 형뎨 만난 말을 니르니 슌검 부쳐도 쏘흔 긔특이 넉일 뿐이오 아조 허탄흐믈 의심치 아니흐더라.

난즈화샹(蛋子和尙)이 셩고(聖姑)의 겻희 차환(丫鬟) 양낭이 이시믈 보고 텬셔(天書) 어든 말을 바로 니르디 못흐야 다만 니르디,

"쇼뎨 드르니 셩괴 눔 모르는 범즈경(梵字經)을 아라보라 흐니 그 글시톄 엇더흐니잇고?"

셩괴 스스로 쟈랑호디,

"내 일죽 긔이흔 사롬을 만나 열 여슷 가지 텬셔롤 모를 거시 업스니 이 경은 블 [2] 과 텬튝국(天竺國) 글시니 무어시 알기 어려우리오."

화샹 왈,

"쇼뎨 일죽 이인을 만나 스믈녁 댱 긔이흔 글시롤 어더시디 아모도 알 니 업스니 만일 셩괴 보면 알가 흐노라."

셩괴 왈,

"원컨디 흔 번 보고져 흐노라."

난즈화샹이 미리 쌔혀1) 스미예 너헛눈디라. 니여 셔안 우희 노흐니 셩괴 흔 번 보고 대경 왈,

"이 글시는 일졍(一定) 히외(海外) 먼 나라 글시니 나도 아디 못흘노라."

흐고 눈을 금격여2) 뵈니 화샹이 그 뜻을 알고 도로 졉어 스미예 너터라.

슌검이 사롬 보니여 뵈딕녕(直領)3)과 뵈니블을 난즈화샹의게 보내고 셩고의게 젼갈흐디,

"드르니 노보살(老菩薩)이 젼싱 형뎨롤 만나다 흐니 이거시 비록 블관흐나 박흔 뜻을 표흐노라."

셩괴 화샹으로 더브러 흔가지로 샤 [3] 례흐더라.

슌검(巡檢)이 쏘 블당 겻방을 서러져 난즈화샹을 잇게 흐니 화샹이 어을믜4) 제 방의 도라와 싱각흐디,

'셩괴 눈을 금격여5) 뵈니 필연 연괴 잇도다.'

이리 싱샥흐며 져리 싱각흐야 의심을 결치

---

1) 【쌔히다】 [동] 뽑다. 빼다. ¶ 抽 ∥ 난즈화샹이 미리 쌘혀 스미예 너헛눈디라 니여 셔안 우희 노흐니 <羅孫 平妖 3:2>

2) 【금적이다】 [동] 꿈적이다. ¶ 瞅着 ∥ 셩괴 흔 번 보고 대경 왈 이 글시는 일졍 히외 먼나라 글시니 나도 아디 못흘노다 흐고 눈을 금적여 뵈니 화샹이 그 뜻을 알고 도로 졉어 스미예 너터라 (婆子一見了大驚, 假說道: "這又是海外異國字體, 我也不識." 一眼瞅着蛋子和尙. 和尙念意, 連忙收摺, 依舊句過.) <羅孫 平妖 3:2> ⇒ 금겨기다, 꿈적이다

3) 【뵈딕녕】 [명] 베직령(直領). ¶ 布直裰 ∥ 슌검이 사롬 보니여 뵈딕녕과 뵈니블을 난즈화샹의게 보니고 이거시 비록 블관흐나 박흔 뜻을 표흐노라 (只見園公引着院子到來, 氈包內取出新布直裰一件, 新布夾被一條, 道: "老爺聞得菩薩遇了前世的兄弟, 也是奇緣. 這兩件粗物, 送與長老, 權表薄意. 明早自來相見.") <羅孫 平妖 3:2>

4) 【어읆】 [명] 어스름. ¶ 슌검이 쏘 블당 겻방을 서러져 난즈화샹을 잇게 흐니 화샹이 어을믜 제 방의 도라와 싱각흐디 (院子又吩咐園公敎打掃前堂耳房內, 與這長老做臥房.) <羅孫 平妖 3:3> 黃昏 ∥ 어을미 셩의 올라 브라보니 동녁 모히 군매 만티 아니흐거늘 フ만이 동문을 열고 (當夜黃昏, 城上望東角無甚人馬, 密開東門.) <三國 3:46> ⇒ 어으름

5) 【금적이다】 [동] 꿈적이다. ¶ 瞅 ∥ 셩괴 눈을 금격여 뵈니 필연 연괴 잇도다 (那婆子瞅我一眼, 必有緣故.) <羅孫 平妖 3:3> ⇒ 금겨기다, 꿈적이다

못ᄒᆞ야 능히 자디 못ᄒᆞ야 니러나 블당(佛堂)의 가니 뉴리등(琉璃燈)의 블이 반은 불그락 ᄭᅥ지락6) ᄒᆞ고 블당 뒤흔 곳 셩고의 졍실(淨室)이라. ᄇᆞ라보니 문을 닷고 사ᄅᆞᆷ의 소리 업거ᄂᆞᆯ 드러가 뭇고져 ᄒᆞ디 뫼신 차환이 잇ᄂᆞᆫ디라. 비회ᄒᆞ기ᄅᆞᆯ 냥구히 ᄒᆞ다가 방으로 도라오더니 홀연 블당 등의 등블이 도로 불그며 블너 니ᄅᆞ디,

"현데 어이 왓다가 도로 가ᄂᆞ뇨?"

화샹이 놀나 ᄉᆡᆼ각ᄒᆞ디,

'이 한미 과연 샹녯7) 사ᄅᆞᆷ이 아니로다.'

공슈(拱手)ᄒᆞ고 디답ᄒᆞ디,

"졍히 와 셩고ᄅᆞᆯ 보고져 ᄒᆞ 【4】 더니라."

셩괴 왈,

"나지 니ᄅᆞ던 스믈넉 댱 텬셔ᄅᆞᆯ 다 비러 ᄒᆞᆫ 번 보고즈 ᄒᆞ노라."

난즈화샹이 감히 숨기지 못ᄒᆞ야 니ᄅᆞ디,

"실노 다 가졔왓노라."

셩괴 왈,

"이ᄂᆞᆫ 구텬(九天) 비밀ᄒᆞᆫ 법이라 현데 어디가 어더 오뇨?"

화샹이 저희 볼셔 알믈 보고 빅운동의 가 세 번 도적ᄒᆞᆫ 말과 셩등의 신녕이 셩고고 츠즈라 ᄒᆞ던 말을 일ᄼᅵ히 니ᄅᆞᆫ디 셩괴 ᄯᅩᆫ 측텬낭ᄼᅵ(則天娘娘) 만나본 말을 니ᄅᆞ고 합장ᄒᆞ야 ᄀᆞ로디,

"샤례ᄒᆞᄂᆞ이다! 난(蛋)을 만나 볼그리라 ᄒᆞ던 말이 ᄇᆞ야흐로 명빅ᄒᆞ니 현데곳 아니면 텬셔ᄅᆞᆯ 엇디 못ᄒᆞᆯ 거시오 나곳 아니면 셔ᄅᆞ 아지 못ᄒᆞᆯ 거시니 피ᄎᆡ(彼此) ᄆᆞ음을 ᄒᆞᆫ가지로 ᄒᆞ야 도ᄅᆞᆯ 닷가 하ᄂᆞᆯ ᄯᅳᆺ을 응ᄒᆞᆯ 거시라."

화샹이 방의 가 푸개(鋪盖)ᄅᆞᆯ 열고 텬셔 이십ᄉᆞ 댱을 너여 셩고ᄅᆞᆯ 쥰디 셩괴 뉴리등 【5】 을 ᄂᆞ리와 ᄲᅩᄒᆡ 노코 머리브터 ᄭᅩ리ᄭᅳ지 다 본 후의 니ᄅᆞ디,

"이 글 일홈은 여의보ᄎᆡᆨ(如意寶冊)이니 이 스믈넉 댱은 닐혼두 가지 디살법(地煞法)이오 이 밧긔 ᄯᅩ 셜흔여ᄉᆞᆺ 가지 텬강법(天罡法)이 이시니 현데 엇지 가져오지 아니ᄒᆞ뇨?"

화샹이 좌편 셕벽 열셕 댱 글지 업던 말을 니ᄅᆞᆫ디 셩괴 탄왈,

"이ᄂᆞᆫ 하ᄂᆞᆯ ᄯᅳᆺ이니 사ᄅᆞᆷ의 힘으로 못ᄒᆞᆯ노다."

화샹이 닐오디,

"텬강(天罡) 지살(地煞)이 무슨 다ᄅᆞᆷ이 잇ᄂᆞ뇨?"

셩괴 왈,

"하ᄂᆞᆯ은 양(陽)의 속ᄒᆞ얏고 ᄯᅡ흔 음(陰)의 속ᄒᆞ얏고 하ᄂᆞᆯ은 놉고 ᄯᅡ흔 나즈니 디살은 능히 다만 귀신을 브리고 얼굴을 변화ᄒᆞᆯ ᄲᅮᆫ이오 ᄆᆞ츰내 텬수(天數) 밧긔 ᄲᅱ여나지 못ᄒᆞ거니와 만일 텬강법을 마자 엇던들 샹데라도 졔어ᄅᆞᆯ 못ᄒᆞ리라."

화샹이 닐오디,

"셩괴 텬강법을 보디 못 【6】 ᄒᆞ야시면 어이 지살도곤8) 나은 줄을 아ᄂᆞ니잇고?"

셩괴 왈,

"지살법 말좌 됴건이 디션(地仙)되ᄂᆞᆫ 법이니 비록 연년ᄒᆞ고 변화ᄒᆞ기ᄅᆞᆯ ᄆᆞ음더로 ᄒᆞ나 ᄆᆞ츰내 샹계예 올나가면 텬션(天仙)이 되지 못ᄒᆞ니 일노 보아도 텬강만 못ᄒᆞᆯ 시 격실ᄒᆞ도다. 비록 그러ᄒᆞ나 디살 변화만 ᄒᆞ야도 신통이 격디 아니ᄒᆞ니 너와 내 오ᄂᆞᆯ 만나미 어이 심샹ᄒᆞᆫ 복이리오!"

화샹이 무ᄅᆞ디,

"이 스믈넉 댱 밧긔 ᄒᆞᆫ 줄을 박지 못ᄒᆞ여시니 아지 못게라 무슨 글이런고?"

셩괴 왈,

"닐혼두 가지 글이 임의 온젼ᄒᆞ여시니 그 남은 거슬 무러 무슴ᄒᆞ리오."

화샹이 ᄯᅩ 무ᄅᆞ디,

"압 줄의 크게 쓴 거슨 어인 ᄯᅳᆺ이뇨?"

셩괴 닐오디,

"이ᄂᆞᆫ 지살 변화ᄒᆞᄂᆞᆫ 부작이니 글지 아니라."

난즈화샹이 셩고의 일ᄼᅵ이 이ᄅᆞᄂᆞᆫ 말을 듯고 ᄭᅮᆷ이 ᄭᆡᆫ 듯 【7】 ᄒᆞ야 무러 머리 조아 닐오디,

---

6) 【-락】回 -(으)락. ¶ 뉴리등의 블이 반은 불그락 ᄭᅥ지락ᄒᆞ고 (只見冷冷淸淸一盞琉璃燈火, 半明不滅.) <羅孫 平妖 3:3>

7) 【샹녜】㊊ 상례(常例). 보통. ¶ 常 ∥ ᄉᆡᆼ각ᄒᆞ디 이 한미 과연 샹녯 사ᄅᆞᆷ이 아니로다 (想着這婆子果非常人.) <羅孫 平妖 3:3> ⇒ 샹녜, 샹례

8) 【-도곤】㊈ -보다. ¶ 勝于 ∥ 셩괴 텬강법을 보디 못ᄒᆞ야시면 어이 지살도곤 나은 줄을 아ᄂᆞ니잇고 (天罡想亦只如此. 聖姑旣未經目, 何以知其勝于地煞也?) <羅孫 平妖 3:6>

"쇼뎨 만일 셩고룰 만나지 못ᄒ던들 텬셔
룰 어더신들 속졀업시 무어시 쓰리오? 오딕 빈
승을 ᄇ리지 말고 ᄒᆞᆫ가지로 도룰 닷그믈 ᄇ라노
라."

셩괴 붓드러 니ᄅ혀며 닐오ᄃᆡ,

"이는 ᄌᆞ연(自然)ᄒ니 현뎨의 말을 기ᄃ리
리오! 슈련(修煉)ᄒᆞ는 일이 극히 쉽디 아니ᄒ니
제일은 유벽ᄒ고 너른 ᄯᅡᄒᆞᆯ 어더야 귀신 부리기
편당(便當)ᄒᆞᆯ 거시오, 졔이ᄂᆞᆫ 슈련ᄒᆞᄂᆞᆫ ᄯᅵ예 지
믈 드는 거시 극히 만ᄒ니 쳔금이 아니면 죡지
못ᄒ고 졔삼은 ᄒᆞᆫ가지로 슈련ᄒᆞᄂᆞᆫ 사ᄅᆞᆷ이 ᄀᆞ족
ᄒ여야 일을 일울 거시니 열 사ᄅᆞᆷ 즁 ᄒᆞᆫ 스ᄅᆞᆷ이
ᄆᆞ음이 달나도 아홉 사ᄅᆞᆷ지 [일우지 못]ᄒ느니
ᄇᆞ디 이 세 가지 일이 ᄀᆞ자야 [일을 셩취ᄒ리
라]."

화상이 이 말을 듯고 눈믈을 흘녀 굴오ᄃᆡ,

[8] "ᄂᆡ 신고룰 다 겪고 겨유 텬셔(天書)
룰 어더 이제 다ᄒᆡᆼ이 셩고룰 만나니 비록 텬션
(天仙)이 되지 못ᄒ나 ᄒᆞᆫ가지로 도룰 닷가 디션
(地仙) 되기룰 ᄇ라ᄂᆞ니 셩고의 니ᄅᆞᄂᆞᆫ 세 가지
듕 셋지 일은 ᄆᆞ음을 ᄀᆞ족이 ᄒᆞ기 어렵디 아니
ᄒ고 첫 일은 집혼 뫼골의 유벽(幽僻)ᄒᆞᆫ 곳이
업디 아니ᄒ려니와 다만 지믈 모ᄒᆞᆯ 일은 츌가ᄒ
야 ᄇᆡ러먹ᄂᆞᆫ 사ᄅᆞᆷ이 어디 가 쳔금을 어드리오.
여러 ᄒᆡ 경영ᄒ던 일이 그린 쎡이 될가 ᄒᆞ노
라."

셩괴 왈,

"이 일은 ᄂᆡ 볼셔 혜아려시니 다 양슌검
몸 우희 이시니 현뎨ᄂᆞᆫ 과도히 넘녀 말나."

난화샹이 합쟝ᄒ고 머리 조아 닐오ᄃᆡ,

"오직 셩고룰 밋ᄂᆞ이다!"

ᄒ고 머리룰 드러 보니 셩괴 임의 간 ᄃᆡ
업ᄂᆞᆫ지라. 화상이 놀나 [9] 싱각ᄒ되,

'ᄂᆡ 아니 ᄭᅮᆷ을 ᄭᅮ엇던가?'

ᄭᅵ쳐 닐오ᄃᆡ,

"셩괴 원간 법슐이 놉ᄒ니 오며 가기룰 사
ᄅᆞᆷ이 측냥치 못ᄒᆞᄂᆞᆫ도다. 이 스믈넉 댱 텬셔(天
書)룰 가져가 혼자 도법(道法)을 어드랴 ᄒ여도
어렵디 아니ᄒᆞ되 여긔 두고 가는 ᄯᅳᆺ은 ᄂᆡ ᄆᆞ음
을 평안케 ᄒᆞ미니 진짓 긔이ᄒᆞᆫ 사ᄅᆞᆷ이로다."

ᄒ고 텬셔룰 슈습ᄒᆞ야 가지고 가니라.

이튼날 양슌검(楊巡檢)이 셔원(西園)의 가

난화상(蛋和尙)을 쳥ᄒᆞ야 보고 ᄯᅩ 셩고룰 보아
칠일을 법ᄉᆞ(法事)ᄒ노라 슈고ᄒᆞᆫ 줄을 샤례ᄒ거
늘 셩괴 닐오ᄃᆡ,

"빈되(貧道) 은혜룰 갑흘 길이 업스며 명일
의 ᄒᆞᆫ 도댱(道場)을 비셜ᄒᆞ야 보현보살(普賢菩
薩)을 쳥ᄒᆞ여 강님ᄒ셔든 노시쥬의 부쳐룰 위ᄒ
야 복녹(福祿)을 빌냐 ᄒᆞᄂᆞ이다."

[10] 원간 양슌검이 처음으로 셩고(聖姑)
보던 날 잉ᄌ(奶奶)이 공듕의 보살이 뵈더라 말
을 듯고 ᄯᅩᄒᆞᆫ ᄒᆞᆫ 번 보고겨 ᄒᆞ야 여러 번 셩고
ᄃᆞ려 쳥ᄒ되 셩괴 쾌ᄒᆞᆫ 말을 아낫더니 이 날 보
살이 강님ᄒ리라 말을 듯고 크게 깃거 굴오ᄃᆡ,

"양츈(楊春)이 만일 보살 얼골을 어더 보오
면 죽어도 ᄒᆞᆫ이 업술노다9)!"

즉시 가인을 보내여 근쳐 ᄉᆞ찰의 가 ᄒᆡᆼ실
놉ᄒᆞᆫ 화샹 여ᄉᆞᆺ을 쳥ᄒᆞ야 난화샹으로 더브러 법
ᄉᆞ룰 ᄒᆞᆫ가지로 ᄒᆞ게 ᄒ고 셩괴 ᄯᅩᄒᆞᆫ 집안을 ᄡ
셜고 차환(丫鬟) 양낭(養娘)을 다 가라 ᄒ고 잡
사ᄅᆞᆷ을 업시ᄒᆞ야 보살 오기룰 기ᄃ리더라.

이튼날 난화샹이 모든 즁을 거ᄂᆞ리고 블당
의 나아가 바라 [11] 치고 경을 외와 법ᄉᆞ룰 비
셜ᄒ고 셩고ᄂᆞᆫ 저 잇는 졍실(淨室) 듕의셔 지계
ᄒ더니 슌검과 잉ᄌ이 ᄒᆞᆫ가지로 블당의 나아가
분향 녜ᄇᆞᆯᄒ고 셩고의 문을 닷고 혼자 드릿ᄂᆞᆫ
양 보고 일졍 무슨 공부ᄒᆞᄂᆞ니라 ᄒᆞ야 감히 드
러가 보지 못ᄒ고 ᄯᅩ 집의 고초 안자셔 보살이
강님ᄒ기룰 기ᄃ리더니 모든 듕이 두 번 분향ᄒ
고 세 번지 ᄒᆞᆫ 후의 날이 져무러시ᄃᆡ 보살의 쇼
식이 업고 셩고의 방을 보니 젹연(寂然)ᄒᆞ야 소
리 업ᄂᆞᆫ지라.

잉ᄌ이 병을 곳 지낸 후의 몸이 곤ᄒᆞ야 밤
드도록 기ᄃ리지 못ᄒᆞ야 몬져 도라가고 슌검은
곳쳐 분향ᄒ고 부쳐 알ᄑᆡ 가 지셩으로 녜ᄇᆡᄒ되
쟝ᄎᆞᆺ 삼경이 되도록 아모 쇼식도 업ᄉᆞ니 보살이
강님ᄒ기 쉽지 아닐 줄 혜 [12] 아리고 블ᄉᆞ(佛
事)룰 파ᄒ고 소문(疏文)을 블지ᄅᆞ더니 홀연 ᄒᆞᆫ
ᄇᆞ롬이 블 붓ᄂᆞᆫ 죠희룰 거두쳐 공듕으로 올녀가
니 모든 사ᄅᆞᆷ이 우러ᄌ 보더니 블빗치 ᄒᆞᆺ터져
오ᄉᆞᆨ 구룸이 되고 구룸 우희 일위 보살이 금쥬
(金珠)로 영낙(纓絡)ᄒ고 단졍이 흰 코키리 등

---

9) 【-ㄹ노다】 回 -리로다. -ㄹ 것이로다. -겠도다.
¶ 웃 ‖ 양츈이 만일 보살 얼골을 어더 보오면
죽어도 ᄒᆞᆫ이 업술노다 (我楊春若得瞻禮菩薩寶相,
足滿平生矣!) <羅孫 平妖 3:10> ⇒ -ㄹ놋다

우희 안자시니 순검이 놀나고 깃거 황망이 뜰의
업디니 난화샹과 모든 듕이 머리 두드리기를 마
지 아니터라. 보살이 각별 아모 말도 아니ᄒᆞ고
졈々 ᄂᆞ려와 셩고 잇ᄂᆞᆫ 졍실노 드러가니 이ᄯᅥ
팔월 십구애(十九夜)라 ᄃᆞᆯ빗치 오히려 ᄇᆞᆯ그니
모든 사롬이 보기를 분명이 ᄒᆞ얏ᄂᆞ디라. 순검이
싱각ᄒᆞ디,

'보살이 필연 셩고로 더브러 도롤 강논ᄒᆞᆯ
거시니 범인이 감히 당돌이 어이 드러가리오.
공듕의셔 ᄒᆞᆫ 번 쳠망ᄒᆞ기도 임의 비샹ᄒᆞ고 깃븐
일이라.'

모든 듕이 다 닐【13】오디,

"노애 평일의 션ᄉᆞ(善事)ᄒᆞ기를 만히 ᄒᆞ신
고로 보살이 ᄂᆞ려 겨시니 쇼승의 무리도 다ᄒᆡᆼ이
법ᄉᆞ의 참녜ᄒᆞ야 보살님긔 뵈와시니 죽은 후의
셔방으로 가게 ᄒᆞ얏ᄂᆞ이다."

순검이 겸양ᄒᆞ야 당치 못ᄒᆞ여라 ᄒᆞ더라.

이 날 법ᄉᆞ롤 파ᄒᆞ고 각々 훗터졋더니 이
튼날 화샹이 순검을 가 보아 비샤ᄒᆞ디 순검이
머무러 차 먹으며 보살 강님ᄒᆞᆫ 말을 다시 ᄒᆞ고
닐오디,

"하관(下官)이 도라와 쳐ᄌᆞ(妻子)ᄃᆞ려 니ᄅᆞ
니 신샹의 병이 이셔 오래 기ᄃᆞ려 보살을 보옵
지 못ᄒᆞᆫ 줄을 깁히 애들와 ᄒᆞᄂᆞ니라."

화샹이 닐오디,

"앗가 셩괴 분부ᄒᆞ디 잉々(奶奶)을 보옵고
의논ᄒᆞᆯ 일이 이셰라 ᄒᆞ더이다."

순검이 닐오디,

"하관이 셩고롤 보옵고 보살【14】이 무ᄉᆞᆫ
말을 ᄒᆞ시던고 뭇고져 ᄒᆞ더니 셩고의 ᄯᅳᆺ이 그러
ᄒᆞ면 쳐ᄌᆞ롤 가라 ᄒᆞ고 하관은 댱노(長老)로 더
브러 죠용이 물근 말을 ᄒᆞᆯ 거시라."

즉시 드러가 잉々ᄃᆞ려 니ᄅᆞ니 잉々이 흔연
ᄒᆞ야 교ᄌᆞ 투고 셔원의 가 셩고롤 보고 인연이
업서 보살을 보옵디 못ᄒᆞ여라 ᄒᆞ고 흔々거늘 셩
괴 왈,

"보살이 니ᄅᆞ샤디 잉잉으로 더브러 임의
서로 보앗노라 ᄒᆞ시더라."

잉잉이 닐오디,

"과연 샹년(向年)[10] 오월간의 셩고롤 미처

못 본 젼의 <u>집안희셔 셩뉴(石榴)꼿츨 보더니 보
살이 구롬 ᄉᆞ이예 현셩(顯聖)ᄒᆞ시거늘 ᄇᆞ라보고
녜비ᄒᆞ엿더니 그 말을 ᄒᆞ시다소이다.</u>"[11]

셩괴 닐오디,

"너희 부쳐 냥인이 본디 세존(世尊)을 뫼셧
ᄂᆞᆫ 금동옥녀(金童玉女)로셔 손의 드럿ᄂᆞᆫ 졀월을
가지고 서로 부디이겨[12] 희롱ᄒᆞᆫ 죄【15】로 인
간의 ᄂᆞ려와 부체 되야시디 본디 셔방으로셔 ᄂᆞ
려왓ᄂᆞᆫ고로 이싱의 션ᄉᆞ(善事)롤 됴히 넉이니
만일 공이 일고 ᄒᆡᆼ실이 두렷ᄒᆞ면 벅々이 이 졍
과(正果)롤 일올 거시니 빈되 ᄒᆞᆫ ᄯᅡ홀 굴희여
보현보살(普賢菩薩) ᄒᆡᆼ궁(行宮)을 짓고 금신(金
身)을 민ᄃᆞ라 귀틱 복녹을 튝원(祝願)ᄒᆞ야 잉々
의 부쳐로 ᄒᆞ야곰 빅일승텬(百日昇天)ᄒᆞ게 ᄒᆞ고
져 ᄒᆞᄂᆞ니 ᄯᅳᆺ의 엇더ᄒᆞ뇨?"

잉々이 닐오디,

"셩고의 아롬다온 ᄯᅳᆺ을 감격ᄒᆞ야 ᄒᆞ노라.
내 집 동쟝(東莊)의 너른 ᄯᅡ히 이셔 본디 졀 지
엇던 터히라. 그곳이 맛당ᄒᆞᆯ 듯ᄒᆞ디 ᄒᆡᆼ궁을 짓
고 금샹(金像)을 민들기예 허다ᄒᆞᆫ 젼냥(錢糧)이
들 거시니 간난ᄒᆞᆫ[13] 집으로 판츌(辦出)을 못ᄒᆞᆯ
가 ᄒᆞ노라."

셩괴 닐오디,

"이ᄂᆞᆫ 념녜 업ᄉᆞ니 빈도의게 ᄒᆞᆫ 아ᄃᆞᆯ이 이
시니 셩명은 좌츌(左黜)이라. 검문산(劍門山) 관
왕묘(關王廟)의 출가ᄒᆞ야 도【16】ᄉᆞ 되여시니
아히 젹브터 금단(金丹) 민드ᄂᆞᆫ 법을 비와 능히
은을 녹여 황금을 민드디 일쥭 복 잇ᄂᆞᆫ 사롬을
만나지 못ᄒᆞ야 경히 시험을 못ᄒᆞ여 보앗거니와
이 금은 세샹 황금과 ᄀᆞᆺ지 아니ᄒᆞ야 그ᄅᆞ술 민

五月中, 未曾會聖姑的時節.) <羅孫 平妖 3:14>

11) 원문에 없는 내용임.

12) 【부디잇다】图 부딪다. 부딪치다. ¶ 擊 ‖ 너희
부쳐 냥인이 본디 세존을 뫼셧ᄂᆞᆫ 금동옥녀로셔
손의 드럿ᄂᆞᆫ 졀월을 가지고 서로 부디이겨 희롱
ᄒᆞᆫ 죄로 인간의 ᄂᆞ려와 부체 되야시디 (你夫妻
兩口, 原是金童玉女降生. 只因佛會上, 兩個把幡
幢相擊戲耍, 謫下塵寰, 配合爲夫婦.) <羅孫 平妖
3:14> ⇒ 부듳다, 부듸이다, 부듸잇-, 부듸잇다,
브드잇-, 브드잇ㅈ-, 브드잇다, 브드잊-, 브듳다,
브듸-, 브ᄃ잇-, 브ᄃ잇다, 브더잇다

13) 【간난ᄒᆞ다】图 〔간난(艱難)ᄒᆞ다.〕 가난하다. ¶
寒 ‖ 금샹을 민들기예 허다ᄒᆞᆫ 젼냥이 들 거시니
간난ᄒᆞᆫ 집으로 판츌을 못ᄒᆞᆯ가 ᄒᆞ노라 (只是興工
鑄像, 要費許多錢糧, 寒家就竭力布施, 恐不够用.)
<羅孫 平妖 3:15>

10) 【샹년】图 향년(向年). 작년. ¶ 去年 ‖ 과연
샹년 오월간의 셩고롤 미처 못 본 젼의 (是去年

드라 음식을 담아 먹으면 일빅 병이 다 업고 눗
빗치 늙디 아니ᄒ고 갑술 널너도 샹녜 금의셔
십비나 ᄒ니 귀퇴의셔 만일 본전을 내여 빈도의
모즈로 ᄒ여곰 가지고 쓰게 ᄒ면 힝궁을 짓고
금샹을 민든 밧긔 ᄯ또 니식이 젹지 아닐 거시니
간난ᄒᆫ 사름을 보시ᄒ면 ᄯ또ᄒᆫ 귀퇴의 공덕이라.
빈되 일즉 이 뜻을 보살긔 품졍ᄒ여시니 모ᄅᆞ미
비밀이 ᄒ야 간딘로 놈드려 니ᄅ지 마ᄅᆞ쇼셔."

잉〻이 닐오디,

"지아비14)로 더브러 의논ᄒᆫ 후의 회보ᄒ리
이다."

ᄒ고 도라가 순검다려 니르니 순검이 □□
보살 본 후ᄂᆫ 오쟝뉵【17】 뷔 임의 셩고의게 뽀
다졋ᄂᆞᆫ지라 머리롤 베혀도 알푸디 아니리라 ᄒ
면 고디 듯고 베혀 보려 ᄒ려든 ᄒᄆᆞᆯ며 금은 민
들기ᄂᆞᆫ 션가(仙家)의 녯일이니 어이 고지 듯디
아니ᄒ리오! 즉시 난ᄌᆞ화샹(蛋子和尙)드려 허락
ᄒ고 뜻을 셩고드려 가 니ᄅᆞ라 ᄒ고 미조차 셔
원(西園)의 가 셩고롤 본디 셩괴 닐오디,

"브디 ᄒᆫ 너른 유벽(幽僻)ᄒᆫ 쳐소롤 어더야
가히 힝궁을 지을 거시니 이런 ᄯ따흘 엇기 쉽디
아닐가 ᄒ노라."

순검이 닐오디,

"네게 ᄒᆫ 동쟝(東莊)이 이시디 녯시름이 젼
ᄒ야 닐오디 당(唐) 시졀 곽녕공(郭令公)의 별업
(別業)이라. 이 ᄯ짜히 널너 죡히 ᄉᆞ찰을 지을 거
시오 그 듕의 셜마흔15) 간 집이 이시니 셩괴
거쳐ᄒ기의 편당ᄒᆯ가 ᄒ노라."

셩괴 닐오디,

"이러ᄒ면 ᄀᆞ장 죠커니와 아직 ᄋᆞ지(兒子)
온 후 ᄒᆫ가지로 가 보고 졍ᄒ사이다."

순검【18】이 닐오디,

"녕낭(令郞)이 이제 어디 잇ᄂᆞ뇨? 당〻이
사름 보내여 드려올 거시라."

셩괴 닐오디,

"ᄌᆞ식이 ᄒᆫ 다리예 병이 잇ᄂᆞᆫ 고로 별명을
가이(瘸兒)라 ᄒ고 이제 검문산의 이시니 예셔
ᄌᆞ못 머니 말이 이셔야 드려올 거시오 그저 가
부ᄅᆞ면 다른 도ᄉ들이 노화보내디 아닐 거시니
브디 노신의 친필을 가져가고 가는 사름을 계교

롤 ᄀᆞᄅᆞ쳐야 오기롤 샐니 ᄒ리라."

순검이 닐오디,

"내일 보낼 거시니 노샹의 말과 나귀ᄂᆞᆫ 돈
을 가져가면 사 톨 거시니 셩괴 샐니 가셔롤 ᄲᅥ
보내라."

이튼날 셩괴 편지롤 ᄲᅥ 봉ᄒ야 순검의게
보내니 순검이 가인 양흥(楊興)을 블너 그 편지
와 은ᄌᆞ 이십 냥을 주어 좌법ᄉ(左法師)롤 조심
ᄒ여 뫼셔 오라 ᄒ고 셩고로 양흥의게 당부ᄒ야
보내ᄂᆞᆫ 말이 잇더라.

이ᄯᅫ예 관왕묘(關王廟) 도ᄉ 가쳥풍(賈淸
風)이 호미ᄋ(胡媚兒)롤 니별ᄒᆫ 후로브【19】터
쥬야 ᄉ렴(思念)ᄒ니 취ᄒᆫ 듯 어린 듯ᄒ야 날마
다 가ᄌᆞ(瘸子)드려 쇼식을 무ᄅᆞ니 다만 딘답ᄒ
더,

"악묘의 분향ᄒᆫ 후면 즉시 도라오리라."

ᄒ더니 이후의 졈〻 지리히16) 무ᄅᆞ니 가지
셩내여 닐오디,

"ᄉ뷔 ᄀᆞ장 우은 말 ᄒᆞᄂᆞᆫ도다! 내 ᄉ부로
더브러 ᄒᆫ가지로 여긔 이시니 텬니안(千里眼)과
순풍이(順風耳)17) 아니어든 왼디18) 일을 어이

---

14) 【지아비】 명 지아비. 남편. ¶ 夫 ‖ 지아비로
  너브러 의논ᄒᆫ 후의 회보ᄒ리이나 (咎弟于與拙
  夫商議奉覆.) <羅孫 平妖 3:16>

15) 【셜마흔】 관 서른마흔 ¶ 三十四 ‖ ㄱ 듕읶
  셜마흔 간 집이 이시니 셩괴 거쳐ᄒ기의 편당ᄒᆯ
  가 ᄒ노라 (房子也有三十四間, 盡着聖姑揀中意
  的幾間, 關斷了就是.) <羅孫 平妖 3:17>

16) 【지리히】 부 지리히. 지루하게. ¶ 多 ‖ 이후의
  졈〻 지리히 무ᄅᆞ니 가지 셩내여 닐오디 (以後
  只管多問, 一日常兩三度. 瘸子也不耐煩了, 發個
  喉急道.) <羅孫 平妖 3:19>

17) 【順風耳 순풍이】 Shùnfēngér <名> ˹순풍이 ‖
  "我與你同在這裡, 那個是~, 千里眼, 曉得他方外
  郡的事." 내 ᄉ부로 더브러 ᄒᆫ가지로 여긔 이시
  니 텬니안과 순풍이 아니어든 왼디 일을 어이
  알 거시라 (羅孫 平妖 3:19) [순봉올] ~, 鬼名.‖
  "鹿皮先脫下衣服, 入鍋裏, 王喝 的其間, 孫行者
  念一聲'唵'字, 山神土地神鬼都來了, 行者敎千里
  眼、~等兩箇鬼, 油鍋兩邊看着, 先生待要出來,
  拿着肩膀 在裏面。" 鹿皮 ㅣ 몬져 오술 벗고 가
  마에 드니 王이 혀출 ᄉ이예 孫行者 ㅣ ᄒᆫ 소리
  唵 字롤 念ᄒ니 山神과 土地 神鬼 ㅣ 다 오나눌
  行者 ㅣ 千里眼과 順風耳 等 두 鬼神으로 ᄒ여
  기름 가마 두 편의셔 보와 先生이 나오고져 ᄒ
  거든 엇게롤 잡아 안히 드리티라 ᄒ엿더니 (朴
  下 22ab)

18) 【왼디】 명 외방(外方). ¶ 他方外郡 ‖ ᄉ뷔 ᄀᆞ
  쟝 우은 말 ᄒᆞᄂᆞᆫ도다 내 ᄉ부로 더브러 ᄒᆫ가지
  로 여긔 이시니 텬니안과 순풍이 아니어든 왼디
  일을 어이 알 거시라 (師父你也好笑! 我與你同

알 거시라 므양 날드려 뭇느뇨?"

가도시(賈道士) 가즈의 말을 듯고 심히 블열호야 호디 미ᄋ(媚兒)롤 보아 ᄎ마 ᄯᅮ짓지 못호고 이후는 소식이 더옥 묘연흔지라. 어린 ᄯᅳᆺ의 오히려 분향호고 도라올가 넉이지 어이 ᄇᆞ람의 불니여 거쳬 업슨 줄 알니오. 식음을 젼폐호고 병이 골슈의 드니 가지 처음 와실 제는 됴흔 술과 됴흔 음식을 대졉ᄒᆞ니 잇기【20】롤 ᄀᆞ장 편히 넉이더니 가도시 병드러 누은 후는 묘등 일을 포도인(乜道人)이 쥬댱ᄒᆞ야 가즈 디졉호믈 졈々 박히 ᄒᆞ니 가지 여러 번 셔악(西嶽)의 가 모친을 ᄎᆞᆺ고져 ᄒᆞ디 힝뵈(行步) 편치 못ᄒᆞ야 ᄒᆞᆫ즈 내둧지 못ᄒᆞ고 날마다 부르는 쇼식을 기드리더니 양흥(楊興)이 쥬인의 명을 바다 노상의셔 거줏 공치로라 ᄒᆞ고 검문산 관왕묘롤 ᄎᆞ자가 목몰나라 ᄒᆞ고 믈 어더 먹어지라 흔디 포도인이 저의 공친(公差) 줄 보고 감히 틱만치 못ᄒᆞ야 쇼동을 블너 차롤 드리라 ᄒᆞ고 가즈롤 권ᄒᆞ야 나가 디졉ᄒᆞ라 ᄒᆞ니 세샹의 가지 표 죠화 알기 쉬온지라, 양흥이 ᄒᆞᆫ 번 보미 임의 좌츌인 줄 아더니 가지 읍ᄒᆞ고 무르디,

"존관이 어디로셔 오느뇨?"

양흥이 닐오디,

"화쥐(華州) 셔악(西嶽)의셔 □□□□□□□□□□□□□□□【21】 ᄒᆞ야 차(茶)롤 어더 먹고져 ᄒᆞ노라."

쇼동이 차롤 드려든 양흥이 바다 먹고 문득 니러 가거놀 가지 묘문 밧긔셔 보내더니 양흥이 무르디,

"법시 아니 좌셩인인다?"

가지 디답ᄒᆞ디,

"졍히 올타."

양흥 왈,

"잠간 사룸 업슨 디 가 홀 말이 이셔라."

가지 ᄯᅡ라 묘문의셔 빅보는 가니 흥이 닐오디,

"쇼인은 화음현(華陰縣) 양슌검 집 죵이라. 녕당(令堂) 셩고々(聖姑姑)의 편지 여긔 잇다."

ᄒᆞ고 닉여 주거놀 가지 바다 ᄶᅦ혀 보니 ᄒᆞ여시디,

너 이제 화음현 양부(楊府)의 와 이시니 쥬인이 어지러 진실노 만나기 어려운지라. 널노 더브러 흔가지로 도롤 닷그려 ᄒᆞ니 ᄲᆞᆯ니 오라. 〔我在華陰楊府住, 主人賢達眞難遇. 要汝同修大道丹, 火速登程莫回顧.〕

ᄒᆞ엿더라.

가지 모친의 편지롤 보고 디희ᄒᆞ야 묘등의 드러가 힝니(行李)롤 슈습ᄒᆞ랴 ᄒᆞ거놀 양흥 왈,

"노샹의 ᄡᆯ 거슨 쇼인이 다 츌혀 왓고 ᄐᆞ고 갈 말은 찬々이 셰울 거시니【22】묘등의 드러가 무슴ᄒᆞ리오."

가지 싱각ᄒᆞ디,

'가쳥풍(賈淸風)은 병드러 죽게 되엿고 포도인은 심히 사오나이 구니 각별 권년(眷戀)ᄒᆞᆯ[19] 일이 업다.'

ᄒᆞ고 양흥으로 더브러 화쥐(華州)로 가니라. 포도인(乜道人)이 가즈의 밥 먹으라 드러오지 아니믈 보고 ᄆᆞ음의 고이히 넉이더니 밤드도록 도라오지 아니커놀 가도ᄉᆞ드려 니르니 가도시 무르디,

"어느 ᄶᅵ예 나가뇨?"

포도인이 닐오디,

"아츰의 공치 지나가다가 차 먹고 가니 졔 문 밧긔 가 보내더니 그후의 도라오지 아냣느이다."

쇼동이 겻희 잇다가 니르디,

"내 차 가지고 가셔 드르니 화쥐(華州)셔 왓노라 ᄒᆞ더라."

가도시 니르디,

"화쥐는 셔악(西嶽) 화산(華山) 잇는 ᄯᅡ히라. 네 건낭(乾娘)과 미즈(妹子)의 쇼식을 무른다?"

포도인이 디답ᄒᆞ되,

"졔 공치는 구읫 사룸이라. 악묘(岳廟)의 분향ᄒᆞ라 간 부[인]롤 어이 알 거시라 무【23】르리오!"

가도시 닐오디,

在這裡, 那個是順風耳, 千里眼, 曉得他方外郡的事.) <羅孫 平妖 3:19>

---

19) 【권년ᄒᆞ다】 圖 (권련(眷戀)하다.) 간절하게 생각하며 그리워하다. ¶ 牽掛 ‖ 가쳥풍은 병드러 죽게 되엿고 포도인은 심히 사오나이 구니 각별 권년ᄒᆞᆯ 일이 업다 (乜道可惡, 賈淸風又病倒了, 也沒甚情意牽掛.) <羅孫 平妖 3:22> ⇒ 권련ᄒᆞ다, 권연ᄒᆞ다

"건낭과 미지 보야흐로 져곳의 잇고 공치
화쥐셔 왓노라 ᄒ더니 가지 도라오지 아니ᄒ니
저희 모친이 블너가지 아닌 줄 어이 아는다? ᄒ
믈며 녯말의 닐너시디 '인싱이 믈 우희 부평(浮
萍) 굿ᄒ니 어느 곳의 만날 줄 알니오? [兩葉浮
萍歸大海, 人生何處不相逢.] ' ᄒ니 화쥐 셔 온 사
롬을 보고 어이 날ᄃ려 니ᄅ디 아니ᄒ다?"

포도인이 디답ᄒ디,

"ᄉ부의 말이 올ᄒ니 내 니일 져 공치ᄃ려
무러 오리라."

가도시 ᄭᅮ지져 닐오디,

"무럼죽흔 ᄯᅥ예는 부리20)롤 닷치고 잇다가
이제 어디 가 무르려 ᄒᄂ다?"

포도인 왈,

"앗가 ᄉ뷔 닐오디 인싱이 어느 곳의 만날
줄 아디 못ᄒ다 [人生何處不相逢.] ᄒ니 져 공친
들 일정 못 만날 줄 어이 알니오."

도시 저롤 긔롱ᄒ는 줄 알 [24] 고 노ᄒ야
포도인을 치랴 ᄒ고 니러나다가 다리 부드럽고
머리 어즐ᄒ야 구러지니21) 포도인이 문 밧긔
니ᄃ라 쇼동을 잡아 헌ᄉᄒ다22) ᄒ고 치거놀
가도시 분긔 ᄀᆞ득ᄒ니 소릐ᄒ야 ᄭᅮ지줄 실이 업
서 상상의 누엇더니 믄득 쇼동이 드러와 니ᄅ
디, '가시 임의 도라왓고 건낭(乾娘)과 미지(妹
子) ᄯᅩ흔 흔가지로 도라왓다.' ᄒ거놀 가도시 깃
부믈 니긔디 못ᄒ야 급히 니러나랴 ᄒ더니 셩괴
(聖姑) 가ᄌ(瘸子)와 미ᄋ(媚兒)롤 ᄃ리고 년ᄒ여
드러와 셩괴 가청풍(賈淸風)의 병을 보고 위로
ᄒ기롤 심히 은근이 ᄒ더니 셩괴 닐오디, '니
밧긔 가 힝니롤 슈습ᄒ야 드려오리라.' ᄒ고 가
ᄌ로 더브러 밧그로 나가거놀 미이 나아와 웃고
닐오디, '니별ᄒᄋᆞᆫ 지 오라니 거ᄌ(哥哥)의 병이
이리 듕ᄒ여실 줄 어이 알니오.' ᄒ고 니블을
들혀고 들거 [25] 놀 가도시 ᄆᆞ옴이 동ᄒ야 놀
나 ᄭᆡᄃᆞᄅᆞ니 흔 ᄭᅮᆷ이라.

미이 임의 간 디 업고 지는 둘이 셔창의
비최엿더라. 가도시 눈믈을 비ᄌᆞ치 흘니고 흔
소리롤 블너 ᄀᆞᆯ오디,

"미ᄋ(媚兒) 미ᄌ(妹子)야, 내 널노 더브러
금싱의 인연을 및디 못ᄒ나 후셰예 부뷔 되리
라!"

ᄒ고 엄연(奄然)이 명이 진ᄒ니 나히 삼십
이 못ᄒ더라.

---

20)【부리】圐 부리. 주둥이. 입. ¶ 烏嘴 ∥ 무럼죽
흔 ᄯᅥ예는 부리롤 닷치고 잇다가 이제 어디 가
무르려 ᄒᄂ다 (上門時閉着烏嘴不問, 如今去了,
又那裏尋他?) <羅孫 平妖 3:23>

21)【구러지다】圐 거꾸러지다. 쓰러지다. ¶ 跌倒
∥ 포도인을 치랴 ᄒ고 니러나다가 다리 부드럽
고 머리 어즐ᄒ야 구러지니 (要扯乜道來打, 忽
然發個頭暈, 依舊跌倒.) <羅孫 平妖 3:24>

22)【헌ᄉᄒ다】圐 수다스레 말하다. 수다부리다.
¶ 多嘴饒舌 ∥ 포도인이 문 밧긔 니ᄃ라 쇼동을
잡아 헌ᄉᄒ다 ᄒ고 치거놀 (乜道口中唧唧嘈嘈
的, 走了出去, 倒在外邊罵小痢痢多嘴饒舌, 打了
他幾個栗暴.) <羅孫 平妖 3:24>

13

폐동장양츈졈금 츅법단셩고녠법
閉東莊楊春點金 築法壇聖姑鍊法

가지(瘸子) 양흥(楊興)으로 더브러 화음현(華陰縣)의 니르러 몬져 양슌검(楊巡檢)긔 왓는 줄을 보하니 슌검이 황망이 나와 마자 차를 드리고 한훤(寒暄)을 파훈 후 슌검이 황금 민드는 말을 잠간 뭇거늘 가지 아모란 말인 줄 몰나 두 눈을 멀거키23) 쓰고 훈 말도 디답디 못하니 슌검은 헤오디,

'비밀훈 법 【26】 을 간디로 뭇는 줄을 비편이 너기는가 하야 다시 거드지 아니하고 양흥으로 하야곰 가지를 드려 셔원(西園)으로 가니 난화상(蛋和尙)이 몬져 와 보더니 가지 싱각하디,

'우리 모친이 나히 만흐디 뜻이 업도다. 어디 가 들듕24)을 어더 흔디 드리고 잇는고?'

하더니 졍실(淨室)의 드러가 셩고를 보고 무르디,

"미우 미즈는 어이하야 흔디 잇지 아니하

고 앗가 보던 화상은 엇던 사름이니잇고?"

셩괴 닐오디,

"훈 말의 다하기 어렵다!"

하고 인하야 브람 만나 미우를 일코 꿈의 무측텬(武則天) 만나본 말과 난화상이 텬셔를 가지고 추자온 곡졀을 주셔히 니르고 쏘 닐오디,

"브디 쳔금을 어더야 도를 닷글 거시로디 다룬 길노 어들 길이 업서 쥬인을 드리여 보현보살 힝궁을 지으라 하고 너를 황금 민돌기를 잘훈다 하야 져의 지믈을 내게 하고 인하야 너를 드려다가 큰 도를 닷그려 하노라."

가지 웃고 【27】 왈,

"내 앗가 양슌검(楊巡檢)이 첫 늦치 무슴 황금 민드는 말을 뭇거늘 내 고이히 넉엿더니 내 디답지 아니키를 잘하도다."

이쳐로 의논훌 제 양슌검이 가주의 새 의복을 보내고 손조 와 셩고를 보고 모지 모든 줄을 하례하고 붉는 날 훈가지로 보살 힝궁(行宮) 터흘 보쟈 하고 도라가더라.

이윽고 져녁밥과 소찬을 ᄀ초아 보내엿거늘 가지 ᄀ만이 셩고드려 닐오디,

"어디 가 쥬육을 어더 먹을고?"

셩괴 꾸지져 닐오디,

"네 샹시의 쥬육 경계를 못훈들 유명훈 양노블(楊老佛)의 집의 와 고기 먹을 의ᄉ를 하는다? 하믈며 동장(東莊)의 가 슈련하기를 시작하면 여러 히라도 긔소를 못하리라."

가지 이 말을 듯고 혀를 두루더라.

이튼날 슌검이 쟈근 교ᄌ 하나와 말 두 필을 셔원으로 보내여 삼위를 뫼셔 오라 하고 손됴 동장의 가 몬져 대후(待候)하더니 이윽고 셩고는 교ᄌ 타 압셔고 훈 듕과 훈 도ᄉ는 말 타 뒤회셔 동장의 【28】 니르니 슌검이 인도하야 형셰를 두루 보니 뫼와 수플을 의지하여 극히 광활하디 쏘훈 그윽하여 닭 개〔鷄犬〕소리도 들니지 아니코 그 가온디 삼 간 디쳥과 좌우 익낭과 부억 곳집 체엿25) ᄀᆺ지 아닌 것시 업ᄉ니

---

23) 【멀겋다】 [형] 어리둥절하여 벙벙하다. ¶ 睜 ‖ 가지 아모란 말인 줄 몰나 두 눈을 멀거키 쓰고 훈 말도 디답디 못하니 (不料瘸子全然不曉, 只把雙眼來睜, 一言不答.) <羅孫 平妖 3:25>

24) 【들듕】 [명] 들중. ¶ 野僧 ‖ 우리 모친이 나히 만흐디 뜻이 업도다 어디 가 들듕을 어더 흔디 드리고 잇는고 (我母親好沒正經, 如何招箇野僧同住. 難道許多年紀, 到要和尙起來?) <羅孫 平妖 3:26> ⇒ 들중

25) 【체】 [명] 따위. 등속(等屬). ¶ 그 가온디 삼 간

164

셩괴 ᄆᆞᆷ의 ᄀᆞ장 깃거 슌검ᄃᆞ려 닐오ᄃᆡ,

"이곳이 졀을 지으며 금을 ᄆᆡᆫ돌기 심히 맛당ᄒᆞ니 오날노 브터 여긔 머믈녀 ᄒᆞ니 젼의 허락ᄒᆞᆫ 은ᄌᆞ롤 닛디 아니믈 ᄇᆞ라노라."

슌검이 닐오ᄃᆡ,

"삼일 내예 츌혀 보낼 거시니 넘녀 마르쇼셔."

동장 맛든 늘근 왕공(王公)을 블너 분부ᄒᆞᄃᆡ,

"온갓 공급ᄒᆞᆯ 일을 너롤 맛딜 거시니 게얼니 말나."

ᄒᆞ고 동장문 쇄약(鎖鑰)을 셩고롤 맛지고 쟝긔을 셔원의 보내여 셩고와 난ᄌᆞ화상의 힝니 푸개롤 옴겨 왓거놀 셩괴 난화샹으로 ᄒᆞ야곰 밧그로 문을 줌으고 밧긔 통ᄒᆞᆯ 일이 잇거든 노왕(老王)을 문 밧그로 블너 분부ᄒᆞ게 ᄒᆞ고 삼인이 그 속의 드러셔 온갓 법ᄉᆞ의 ᄡᆞᆯ 거술 맛다 ᄒᆞ기ᄂᆞᆫ 난화샹 【29】 이 ᄒᆞ고 법단을 딕희여 분향ᄒᆞ고 쵹블 혀고 음식 달호기ᄂᆞᆫ 좌츌이 쥬ᄒᆞ고 셩고ᄂᆞᆫ 온갓 일을 쥬ᄒᆞ야 긔결ᄒᆞ고[26] 진언 닑고 부작 ᄡᅥ 도법을 슈련ᄒᆞ고 밥ᄡᆞᆯ과 쇠목(柴木)은 노왕(老王)이 진비(進拜)ᄒᆞ더라.

익일의 양잉ᄌᆞ(楊奶奶)이 노마마(老嬤嬤)롤 블니 보내러 셩고의게 문안ᄒᆞ디니 마미(嬤嬤) 가지(瘌子)롤 보고 우어 닐오ᄃᆡ,

"셩괴 어이 보현보살긔 졍ᄒᆞ야 텬의(天醫)롤 어더다가 녕낭의 다리롤 곳치디 아닛ᄂᆞ뇨?"

셩괴 굴오ᄃᆡ,

"사룸의 얼골이 하눌이 뎡ᄒᆞ야 겨시니 가히 곳칠 거시 아니라 관셰음(觀世音)이 쳔슈쳔안(千手千眼)이로ᄃᆡ 만흔 줄을 괴로와 주리지 아니ᄒᆞ고 미륵보살의 비구레[27] 무릅희 쳐져시ᄃᆡ 약 먹어 곳치지 아냣ᄂᆞ니라."

마미 닐오ᄃᆡ,

"셩고의 말이 ᄀᆞ장 올타."

ᄒᆞ고 져 ᄐᆞ온 교ᄌᆞ 속으로셔 쟉은 샹ᄌᆞ의 은ᄌᆞ 이ᄇᆡᆨ 냥 봉ᄒᆞᆫ 거술 내여 노흐며 닐오ᄃᆡ,

"이거손 우리 잉ᄌᆞ의 ᄉᆞᄉᆞ(私私) 거시[28]러니 법ᄉᆞ의 보ᄐᆡ여 ᄡᅳ시게 보내시 【30】 더이다."

셩고 샤례ᄒᆞ고 바다 간ᄉᆞᄒᆞ거눌[29] 마미 닐오ᄃᆡ,

"노신이 셩고긔 쳥ᄒᆞᆯ 일이 이셔라. 노신(老身)이 셩은 손(孫)이오, 이십 년을 지일 소롤 ᄒᆞ얏더니 셩괴 보살을 보셔든 노신의 일홈을 쳥념(稱念)ᄒᆞ믈 ᄇᆞ라노라. 노신이 지아비 죽은 후의 ᄌᆞ식이 이시ᄃᆡ 효셩겻지[30] 아니ᄒᆞ야 단독 일신이 잉ᄌᆞ을 의지ᄒᆞ야 날을 지내니 후싱(後生)의나 효셩져은 ᄌᆞ식을 두고져 ᄒᆞᄂᆞ이다."

셩괴 닐오ᄃᆡ,

"당ᄌᆞ이 마미 니론 ᄃᆡ로 ᄒᆞ리라."

마미 샤례ᄒᆞ고 가더라.

난화샹(蛋和尙)이 일마다 슌히 되여가믈 보고 ᄆᆞᆷ의 깃거 스믈넉 댱 텬셔롤 내여 셩고로 더브러 강논ᄒᆞ니 셩괴 닐오ᄃᆡ,

"이 죠희 너모 널너 뒤젹여 보기 편치 못ᄒᆞ니 쟈근 칙을 ᄆᆡ여 빈도로 번역ᄒᆞ야 닐너든 현뎨ᄂᆞᆫ 칙의 올니면 가지고 보기 편당ᄒᆞᆯ가 ᄒᆞ노라."

---

26) 【긔결ᄒᆞ다】 동 명령(命令)하다. 분부(分付)하다. 시키다. ¶ 敎導 ∥ 셩고ᄂᆞᆫ 온갓 일을 쥬ᄒᆞ야 긔결ᄒᆞ고 진언 닑고 부작 ᄡᅥ 도법을 슈련ᄒᆞ고 밥ᄡᆞᆯ과 쇠목은 노왕이 진비ᄒᆞ더라 (婆子專主敎導他們畵符念呪, 按時修煉. 預先分派已完. 其柴米之類, 老王處每月總支, 免得日日總攬) <羅孫 平妖 3:29>

27) 【비구레】 명 배. ¶ 肚子 ∥ 관셰음이 쳔슈쳔안이로ᄃᆡ 만흔 줄을 괴로와 주리지 아니ᄒᆞ고 미륵보살의 비구레 무릅희 쳐져시ᄃᆡ 약 먹어 곳치지 아냣ᄂᆞ니라 (譬如觀世音千手千眼, 何曾嫌多減却幾個, 彌勒祖師一箇大肚子, 垂到膝下, 何曾道不方便吃藥消他.) <羅孫 平妖 3:29>

28) 【私房 사방】 sīfang <名> ˈᄉᆞᄉᆞ 것 ∥ "這銀子共是二百兩. 是奶奶的~, 叫老身送與聖姑姑聊助雜費." 이거손 우리 잉ᄌᆞ의 ᄉᆞᄉᆞ 거시러니 법ᄉᆞ의 보ᄐᆡ여 ᄡᅳ시게 보내시더이다 (羅孫 平妖 3:29) ˈ아롬치 ∥ "這銀子共是二百兩。 是奶奶的~, 叫老身送與聖姑姑聊助雜費。" 교ᄌᆞ의 담아온 샹ᄌᆞ의 은 이ᄇᆡᆨ 냥 너흔 거술 너여 노ᄒᆞ며 갈오ᄃᆡ 이거시 우리 잉잉의 아롬치더니 법ᄉᆞ의 봇ᄒᆞ여 ᄡᅳ게 보ᄂᆡ시더이다 (平妖 3:45)

29) 【간ᄉᆞᄒᆞ다】 동 간수하다. ¶ 收 ∥ 셩고 샤례ᄒᆞ고 바다 간ᄉᆞᄒᆞ거눌 (婆子稱謝, 收在一箇抽屜桌兒裏頭.) <羅孫 平妖 3:30>

30) 【효셩겻다】 형 효셩(孝誠)스럽다. ¶ 孝順 ∥ 노신이 지아비 죽은 후의 ᄌᆞ식이 이시ᄃᆡ 효셩겻지 아니ᄒᆞ야 단독 일신이 잉ᄌᆞ을 의지ᄒᆞ야 날을 지내니 후싱의나 효셩져은 ᄌᆞ식을 두고져 ᄒᆞᄂᆞ이다 (老身只爲死了老公, 兒女又不孝順, 所以孤身傍在奶奶身邊度日. 那一世只求箇好兒好女足矣!) <羅孫 平妖 3:30>

디쳥과 좌우 익낭과 부억 곳집 체엿 ᄀᆞᆺ지 아닌 것시 업ᄉᆞ니 (中間三間大敞廳. 左右幇幾間雜屋, ……藥爐茶竈, 無不具備.) <羅孫 平妖 3:28> ⇒ 톄

난화샹이 닐오디,

"이리 ᄒ미 ᄀ장 묘타."

ᄒ고 손바닥 만ᄒ 칙을 미여 【31】 셩괴 니ᄅᄂᆫ 디로 ᄑ리 머리 만ᄒ 글ᄌ로 스믈녁 댱을 다 벗겨 쓰고 여러 번 쥰ᄒ야 차착(差錯)이 업거늘 셩괴 왈,

"이 글이 샹뎨(上帝)의 앗기시ᄂᆫ 비니 인간의 ᄒ 벌 두기도 쉽디 아니ᄒ니 두 벌을 두미 맛당치 아니타."

ᄒ고 본 죠희 이십 ᄉ 댱을 블질너 업시ᄒ니라.

양슌검이 쳔 냥 은ᄌ롤 ᄀ초아 손조 동장의 와 셩고롤 맛지고31) 닐오디,

"이후는 감히 와 보기롤 쳥치 못ᄒᆯ 거시니 아디 못게라 어ᄂ ᄢ예 일이 일니오?"

셩괴 닐오디,

"더듸며 쉽기ᄂᆫ 인연의 이시니 오라면 히 밧기오 쉬오면 반년의 ᄒ려니와 비록 ᄀ장 더듼지라도 밧바 마ᄅ쇼셔."

슌검이 간 후의 셩괴 난화샹으로 더브러 동셔남븍 십 니 밧긔 가 흙을 가져다가 놉흔 단을 무으고 그 우희 블근 등잔 세 곳을 비셜ᄒ야 쥬야로 블을 ᄯ디 아니ᄒ고 신녕(神靈)의 댱막과 향안(香案)을 비 【32】 셜ᄒ고 날마다 차와 실과롤 버리고 이 밧긔 세 간의 쓰ᄂᆫ 거슬 ᄒ가지도 아니 ᄀ촌 거시 업고 셩괴 날마다 왼손의 인을 잡고 올흔손의 칼흘 잡고 진언을 외오며 부작을 쓰니 난화샹과 가ᄌᄂᆫ 다 셩고 ᄒᄂᆫ 디로 비화ᄒ더라.

이리 ᄒ기롤 ᄉ십구 일을 ᄒ니 모든 신장(神將)이 단 아래 셔ᄉ 쳥녕ᄒ거늘 셩괴 화상과 가ᄌ롤 ᄃ리고 단졍이 단샹의 셔ᄉ 소리ᄒ야 닐오디,

"우리 삼인은 옥황샹뎨 권속(眷屬)으로 현녀낭ᄉ(玄女娘娘) 법지(法旨)롤 밧드러 구텬(九天) 여의보칙(如意寶冊)을 어더 쟝ᄎ 큰 도롤 어드려 ᄒᄂᆫ니 너희 모든 신장이 나의 호령을 드러 ᄒ가지로 도으면 너희 공을 긔록ᄒ야 샹뎨긔 쥬문(奏聞)ᄒ리라."

계장이 녕을 듯고 일시의 훗터지더라.

화샹과 가지 처음은 신쟝을 보고 ᄆ음이 슷그러ᄒ더니32) 오란 후ᄂᆫ 졈ᄉ 닉더라.

난화[화]샹이 저도 셩고쳐로 신쟝을 블너 보랴 ᄒ야 【33】 일ᄉ(一日)은 오경의 혼자 니러나 셩고드려 니ᄅ디 아니ᄒ고 단의 올나 진언을 념ᄒ니 홀연 ᄒ ᄶᅦ ᄇ람이 니러나며 ᄒ 신쟝이 ᄯᅳᆯ의 ᄂ려셔니 냥목(兩目)은 구리방울 ᄀ고 ᄂᆾ 춘 블근 게[蟹] ᄀ고 황금 북두(幞頭)의 슈화로[오](繡花襖)롤 닙고 손의 검은 긔롤 잡아시니 이 신쟝의 셩명은 댱ᄉ쟤(張使者)라. 국궁(鞠躬)ᄒ고 무ᄅ디,

"ᄉ뷔 쇼쟝을 부ᄅ니 무슴 법지 잇ᄂ뇨?"

화샹이 본디 진언을 시험ᄒ미오 신쟝을 블너 브릴 곳이 업ᄂᆫ디라. 강잉ᄒ야 닐오디,

"텽 뒤희 나모 그늘이 업서 볏출 ᄀ리오지 못ᄒ니 젼일 셔원의셔 보니 비나모 네 쥐(株) ᄀ장 크니 잇더니 ᄲᆯ니 옴겨 이 ᄯ회 심으라."

신쟝이 응셩ᄒ야 가더니 일진디풍이 비스쥬셕ᄒ고 군매 징분(爭紛)ᄒᄂᆫ33) 소리 나더니 나모 네히 ᄒ 줄노 졍히 셧더라.

셩괴 난화샹의 일인 줄 알고 발작ᄒ 【34】 야 닐오디,

"어이 이런 부졀업손 일노 신쟝을 경히 브리리오. 너희 아딕도 슐이 니지 못ᄒ얏고 법녁(法力)이 업ᄉ니 만일 신쟝을 덧내면 셩명지 보젼치 못ᄒ리라."

화샹이 닐오디,

"우연이 그리ᄒ야시니 이후는 다시 아니ᄒ리이다."

ᄒ더라.

양슌검(楊巡檢) 집의셔 대풍(大風)의 비남글 일코 졍히 고이히 넉이더니 동장(東莊) 딕흰

---

31) 【맛지다】 圖 맡기다. ¶ 交 ∥ 양슌검이 쳔 냥 은ᄌ롤 ᄀ초아 손조 동장의 와 셩고롤 맛지고 (楊巡檢來到東莊. 攙着一皮箱銀子, 足千金之數, 交與婆子收了.) <羅孫 平妖 3:31>

32) 【슷그러ᄒ다】 圖 두려워하다. 송구(悚懼)스러워하다. ¶ 矜持 ∥ 화상과 가지 처음은 신쟝을 보고 ᄆ음이 슷그러ᄒ야 ᄒ더니 오란 후ᄂᆫ 졈졈 닉더라 (話說蛋子和尙見神將來往, 初時不免矜持, 到後漸漸也習慣了.) <羅孫 平妖 3:32>

33) 【雜沓 잡답】 zátà <動> 〔징분ᄒ다 /드레다 ∥ "只聽得一陣大風, 飛沙舞瓦, 耳邊如軍馬～之聲. 到天明風息, 蛋子和尙往後樓看時, 四株大梨樹做一行兒的種下了." 일진디풍이 비스쥬셕ᄒ고 군매 징분ᄒᄂᆫ 소리 나더니 나모 네히 ᄒ 줄노 졍히 셧더라 (羅孫 平妖 3:33) 믄득 디풍이 모러롤 날니고 돌을 구을니며 군미 드레ᄂᆫ 쇼리 ᄂ더니 비 남우 네히 한 줄노 졍히 셔ᄂᆫ 지라 (平妖 3:51)

노왕(老王)이 와 알외디,

"셩고의 잇는 집 뒤희 녜 업던 큰 비나모네 쥐 셔시니 ᄀᆞ장 고이혼 일이러이다."

순검이 무르디,

"동장문을 다ᄃᆞ시니 네 어이 본다?"

노왕이 굴오디,

"그 남기 구룸의 다케 놉흐니 담 밧긔셔 어이 보지 못ᄒᆞ리잇가."

순검이 셩고의 신통인 줄 알고 가인의게 분부ᄒᆞ야,

"눔ᄃᆞ려 니르디 말나."

ᄒᆞ더라.

셩괴 냥인으로 더브러 닐흔두 가지 변화를 차례로 슈련ᄒᆞ니 난ᄌᆞ화상은 본디 총명혼디라 슈고 아니ᄒᆞ야【35】셔 능히 ᄒᆞ고 가ᄌᆞ는 비록 둔ᄒᆞ나 득도 연분이 잇는지라. 샹시는 게어르더니 이째는 심히 브즈런ᄒᆞ야 쉬지 아니ᄒᆞ니 능히 눔을 ᄹᆞ와가더라.

광음이 살 ᄀᆺᄒᆞ여 임의 삼년이 되니 지살도법(地煞道法)이 이러 신통이 광디ᄒᆞ고 법녁이 무량ᄒᆞ니 우흐로 구룸을 ᄐᆞ고 아리로 ᄊᆞ흘 주리고 손으로 ᄀᆞᄅᆞ치면 뫼히 터시고 긔운을 브르면 ᄇᆞ람이 닐고 픗츠로 사룸을 민들고 플노 말을 민들고 몸을 숨기며 얼골을 밧고ᄼ 풍운뇌우를 마음디로 닐위고 슈화도창(水火刀槍)이 감히 샹케 못ᄒᆞ니 이 빅운동 도법이 비록 신션과 부쳐의 경되 아니나 텬지 조화를 도적하고 귀신의 공용을 비러 어진 사룸이 쓰면 족히 몸을 보젼ᄒᆞ고 해를 먼니ᄒᆞ야 신션 구ᄒᆞ는 쳡경이 되고 사오나온 사룸이 쓰면 요괴로운 일을 ᄒᆞ고 난을 니르혀【36】인간의 해되니 이러무러 샹뎨 비밀히 ᄒᆞ야 인간의 뎐치 못ᄒᆞ게 ᄒᆞ디 ᄯᅩ흔 아조 업시치 아니ᄒᆞ믄 인연 잇는 사룸을 기ᄃᆞ리미라. 빅원신의 셕벽의 삭인 글 아리 밍셰ᄒᆞ야 훗사룸을 경계ᄒᆞ엿더니 난ᄌᆞ화상이 흔 줄을 미처 박지 못ᄒᆞ엿는고로 비록 도법을 어드나 후리예 패쥐 환난이 니러나니라.

셩괴 삼 년을 슈련ᄒᆞ매 양순검의 쳔냥 은ᄌᆞ롤 쓰고 잉ᄼ의 이빅 금은 젼의 봉흔 디로 귀신을 맛져 도로 보내니라.

셩괴 가ᄌᆞ와 화상으로 더브러 의논 왈,

"우리 삼인이 양순검 부부의 서로 도으믈 어더되 임의 니러시니 처음의 보현힝궁을 짓고 금샹을 민들넛노라 ᄒᆞ믄 비록 진짓말이 아니나 ᄒᆞ로 아춤의 하디 아니코 가미 심히 결연(恝然)ᄒᆞ니34) 우리 삼인이 각ᄼ 신통을 브려 혼 가지【37】표졍홀 거슬 머무르고 가미 엇더ᄒᆞ뇨?"

가지 쮜놀며 닐오디,

"나는 법 ᄒᆞ나흘 여긔 두어 져를 위ᄒᆞ야 동장을 직희게 ᄒᆞ리라."

셩괴 왈,

"내 본디 황금을 민드러 주마 ᄒᆞ여시니 누라 잇는 티호셕(太湖石)을 금산(金山)을 민드라 집을 딘졍(鎭定)ᄒᆞ는 보비롤 삼으리라."

가지 닐오디,

"이러면 내 범으로 ᄒᆞ야곰 산을 딕희여 도적이 감히 가져가지 못ᄒᆞ게 ᄒᆞ리라."

난ᄌᆞ화상이 ᄀᆞᄅᆞ디,

"나는 홀 거시 업스니 우리 삼인의 얼골을 민드라 누하의 머무러 양가 ᄌᆞ손으로 ᄒᆞ여곰 디ᄼ로 녜비ᄒᆞ게 ᄒᆞ리라."

가지 왈,

"됴치 아니타. 우리 샹 민들 제 왼 드리져른 샹으로 홀 거시니 양가 ᄌᆞ손이 어이 웃지 아니ᄒᆞ리오."

난화상이 웃고 닐오디,

"이를 넘너ᄒᆞ기든 인근 샹을 민들나라."

셩괴 진언을 념ᄒᆞ고 셕가산(石假山)【38】을 ᄇᆞ라며 춤을 쑴으니 ᄀᆞ는 안개 ᄀᆺᄒᆞ여 졋는 곳이면 변ᄒᆞ여 ᄌᆞ금셕(紫金石)이 되니 경긱 스이예 쳔만 근이나 흔 흔 덩이 티호셕이 변ᄒᆞ여 금산이 되거늘 가지 죠희예 범을 그려 진언 닑고 닙으로 브니 홀연 쮜놀며35) 소리 지르고 변ᄒᆞ야 빅익회(白額虎) 되거늘 가지 경계 왈,

"널노 ᄒᆞ야곰 금산을 딕희우는 거시니 아미36)나 가져가려 ᄒᆞ거든 내ᄃᆞ라 저히라."

---

34)【결연ᄒᆞ다】圖 [개연(恝然)하다.] 무심하다. ¶恝然 ‖ ᄒᆞ로 아춤의 하디 아니코 가미 심히 결연ᄒᆞ니 (一旦不辭而去, 覺得恝然.) <羅孫 平妖 3:36>

35)【쮜놀다】圖 뛰놀다. ¶跳 ‖ 가지 죠희예 범을 그려 진언 닑고 닙으로 브니 홀연 쮜놀며 소리 지르고 변ᄒᆞ야 빅익회(白額虎) 되거늘 (獅子剪個紙虎, 口中有詞, 順風吹去. 喝聲: '疾!' 只見這紙虎撲地跳兩跳, 便成個黃斑老虎, 猛烈咆哮, 與眞虎無異.) <羅孫 平妖 3:38> ⇒ 뛰놀다, 쮜노_

36)【아미】때 아무. 아무개. ¶有人 ‖ 널노 ᄒᆞ야곰 금산을 딕희우는 거시니 아미나 가져가려 ᄒᆞ

ᄒ고 ᄉ미ᄅᆞᆯ 썰티니 도로 죠희되거ᄂᆞᆯ 금산
아리 굼기 너흐니라. 난화상은 모든 공교흔 산
쟝인의 녕혼을 블너다가 누하의 잡아 너허두고
ᄒᆞᄅᆞ밤 ᄉ이예 삼인의 샹을 민ᄃᆞ라 안치니 셩고
ᄂᆞᆫ 가온디 안고 좌ᄂᆞᆫ 난화샹이오 우ᄂᆞᆫ 좌츌이
라. 얼골이 사랏ᄂᆞᆫ 듯ᄒᆞ야 죠곰도 다ᄅᆞ미 업ᄉ
니 가지 웃고 닐오디,

"우리 안잣ᄂᆞᆫ 디 들듕37)이 어이 머리ᄅᆞᆯ 좃
지 아닛ᄂᆞ뇨?"

난화샹이 닐오디,

"머리 좃기 어렵【39】지 아니ᄒᆞ디 다만
니러나 답녜ᄒᆞᆯ 적 좌각(左脚)이 편치 아닐가 ᄒᆞ
노라."

가지 디쇼ᄒᆞ더라.

셩괴 왈,

"부졀업슨 말을 날회고38) 우리 젼졍을 의
논ᄒᆞᆯ 거시라. 오늘 도ᄅᆞᆯ 어드미 다 측뎐낭ᄌ의
몽듕 ᄀᆞᄅᆞ치믈 닙어시니 제 분명이 닐오디 이십
팔 년 후의 하븍의셔 긔업을 니ᄅᆞ혀련노라 ᄒᆞ고
날을 언약ᄒᆞ야 패쥐(貝州) 가 모다 서로 도으라
ᄒᆞ니 이ᄂᆞᆫ 텬쉬 그러ᄒᆞᆫ디라. 우리 등이 가히 하
ᄂᆞᆯ을 거스리지39) 못ᄒᆞᆯ 거시오 ᄯᅩ 져의 몽듕의
ᄀᆞᄅᆞ친 은혜ᄅᆞᆯ 닛디 못ᄒᆞᆯ 거시니 우리 삼인이
아딕 몸을 곰초고 한가히 노라 일이 잇거든 서
로 뭇고 일이 업거든 각ᄌ 훗터졋다가 운쉬 다
닷ᄂᆞᆫ 날 ᄒᆞᆫ가지로 하븍의 가 도다 ᄆᆞᄋᆞᆷ을 ᄀᆞ족
이 ᄒᆞ야 텬명을 슌ᄒᆞᆯ 거시라."

언필의 셩괴 몬져 구롬을【40】 ᄐᆞ고 공듕
으로 올나가니 난화샹이 손의 딥헛던 막디ᄅᆞᆯ 공
듕의 더지니 변ᄒᆞ야 일만 길이나 ᄒᆞᆫ 금ᄃᆞ리 되
거ᄂᆞᆯ 화샹이 표연이 올나가니 가지 닐오디,

"나ᄂᆞᆫ 병 속의 가 놀니라."

ᄒᆞ고 븬 병이 벽샹의 걸넛거ᄂᆞᆯ ᄲ…여 그 속
의 드니 아모 디로 간 줄 아디 못ᄒᆞ너라.

거든 내ᄃᆞ라 저히라 (鎭守金山, 不許携取, 有人
携取, 老虎逐去.) <羅孫 平妖 3:38>

37) 【들듕】명 들중. ¶ 野和尙 ‖ 우리 안잣ᄂᆞᆫ 디
들듕이 어이 머리ᄅᆞᆯ 좃지 아닛ᄂᆞ뇨 (野和尙磕頭,
誰來答禮?) <羅孫 平妖 3:38>

38) 【날회다】동 천천히 하다. 멈추다. ¶ 부졀업슨
말을 날회고 우리 젼졍을 의논ᄒᆞᆯ 거시라 (休得
閑講, 想起今日得道緣由.) <羅孫 平妖 3:39>

39) 【거스리다】동 거스르다. ¶ 逆 ‖ 우리 등이
가히 하ᄂᆞᆯ을 거스리지 못ᄒᆞᆯ 거시오 ᄯᅩ 져의 몽
듕의 ᄀᆞᄅᆞ친 은혜ᄅᆞᆯ 닛디 못ᄒᆞᆯ 거시니 (我等一
來不可逆天, 二來不可忘了指點之恩.) <羅孫 平妖
3:39>

14

셩고당지호슈금산 슉경원댱난봉미ᄋ
聖姑堂紙虎守金山 淑景園張鸎逢媚兒

처음의 셩괴(聖姑) 동장(東莊)의 갈 제 양 순검(楊巡檢)으로 더브러 일년반지(一年半載)로 긔약ᄒ얏더니 믄득 삼년이 거의 되엿ᄂᆫ지라. 순 검이 감히 나아가 보지 못ᄒ고 다만 동장 딕흰 노왕(老王)으로 ᄒ야곰 쇼식을 듯보아 알외라 ᄒ니 처음은 냥식과 싀목(柴木)을 노왕이 진비 ᄒ매 오히려 내간 동졍을 아라 순검의게 보ᄒ더 니 삼인이 도법이 인 후ᄂᆫ 온갓 슈운ᄒ기를 귀 신을 브리고 노왕을 츳지 아니ᄒᄂᆫ디라. 더옥 쇼식을 아지 못ᄒ더니 ᄒᆞᆯ난 양잉ᄀ(楊奶奶)이 깁히 드럿ᄂᆫ 옷농을 여러 보더니 그 속의 은ᄌ 이빅 냥 봉 【41】 흔 거시 이시니 졍히 삼년 젼 의 노마ᄀ(老廖廖)로 ᄒ야곰 셩고의게 봉흔 거 시로디 처음의 잉ᄀ이 손조 봉흔 거슬 쩨히도 아냣거늘 아모란 연권 줄 아지 못ᄒ야 마ᄀ를 동장의 보내여 노왕ᄃ려 ᄌ시 무러오라 ᄒ니 노 왕이 ᄀᆯ오디,

"이젼은 밤마다 사름 덥고ᄒ고 호령ᄒᄂᆫ 소리도 잇고 ᄇ람과 우레 블시의 나더니 삼ᄉ 일지는 아모 소리도 업ᄉ니 연고를 아디 못ᄒᆯ노 다."

노마미 닐오디,

"네 ᄃ리를 어더다가 노흐라. 무ᄉ 일 ᄒ ᄂᆫ가 ᄀ만이 볼 거시라."

노왕이 ᄃ리를 노화 주거ᄂᆯ 마미 올나 보 니 아모 동졍도 업거ᄂᆯ ᄃ리 알파 ᄂ려와 노왕 ᄃ려 보라 흔디 노왕이 올나 보니 아모 사름의 그림지도 업거ᄂᆯ 담을 인연ᄒ야 집 우희 올나 보니 사름은 업고 우 알픠 광치 찬난흔 황금뫼 히 셧거ᄂᆯ 놀나고 깃거 ᄃ리를 ᄂ려와 마ᄀ(嬭 嬭)로 더브러 순검긔 알왼디 순검이 ᄯ지져 ᄀᆯ 오 【42】 디,

"뉘가 너ᄃ려 ᄀ만이 보라 ᄒ더냐?"

노왕이 닐오디,

"노마미 잉ᄀ 녕을 바다 보라 ᄒ시니 쇼인 의 ᄆ음으로 흔 일이 아니오 삼ᄉ 일지ᄂᆫ 아ᄆ 소리도 들니지 아니ᄒ니 일졍 다른 디로 가고 업ᄉ가 ᄒᄂᆫ이다."

순검이 침음ᄒ기를 오러 ᄒ다가 손조[40] 말 ᄐ고 동장의 가 문을 두ᄃ리기를 오러 ᄒ디 안 희셔 응ᄒ리 입거ᄂᆞᆯ 이윽이 기ᄃ리다 못ᄒ야 문 을 쳐 열고 드러가 보니 과연 사름은 ᄒ나토 업 고 누 알픠 셧던 틱호셕이 변ᄒ야 ᄌ금(紫金)뫼 히 되엿거ᄂᆯ 순검이 싱각ᄒ디,

'셩고의 신통이 과연 긔특ᄒ닸다!'

머리를 두루혀 보니 셩괴 난화샹과 좌츌노 더브러 단졍히 누하의 안잣거ᄂᆯ 순검이 디경ᄒ 야 황망이 내ᄃ라 녜ᄒ며 닐오디,

"뎨지 여러 히를 ᄀᄅ치믈 듯지 못ᄒ야 특 별이 뵈ᄂᆞ이다."

ᄃ려온 쇼동이 닐오디,

"노야ᄂᆫ 졀을 마ᄅᆞ쇼셔. 산 사름이 아니ᄂ 그러치 아니면 어이 답녜를 아니리잇가?"

순검이 곳쳐 보니 과연 민 【43】 돈 샹이로 디 엄연(儼然)이 사랏ᄂᆫ 둧ᄒ니 칭찬ᄒ기를 마 디 아니ᄒ더라.

집안의 쓰던 긔용즙믈이 심히 만하 오히려 ᄉ오빅 금이나 ᄲ고 셔원(西園)으로셔 온 비나

---

40) 【손조】㉿ 손수. ¶ 親 ∥ 순검이 침음ᄒ기를 오러 ᄒ다가 손조 말ᄐ고 동장의 가 문을 두ᄃ 리기를 오러 ᄒ디 안희셔 응ᄒ리 업거ᄂᆞᆯ 이윽이 기ᄃ리다 못ᄒ야 문을 쳐 열고 드러가 보니 과 연 사름은 ᄒ나토 업고 (楊春心下沉吟, 便叫家 童備馬, 親往東莊. 把敞廳後壁封條揭了. 開進去 看時, 裏面沒人來往.) <羅孫 平妖 3:42>

모 네히 완연이 셔시더 사롬은 임의 가고 업손
디라 슌검이 싱각ᄒ디,

'일졍 보현보살이 힝궁 짓기롤 허치 아니
ᄒᄂᆫ고로 셩괴 회보ᄒ기롤 늣업시 넉여 하디 아
니코 가도다.'

탄식ᄒ기롤 오리 ᄒ다가 쇼동으로 ᄒ야곰
잉ᄌᆞ을 뫼셔와 금산을 보게 ᄒ라 하니 잉ᄌᆞ이
니르러 셩고 샹의 네ᄒ고 금산을 보매 차탄ᄒ야
닐오디,

"인간 금으로 민돈들 어이 이쳐로 붉은 빗
치 이시리오! 다만 가셕ᄒ다 너모 크기의 옴겨
가기 어렵다."

슌검이 닐오디,

"사롬을 만히 드려 술위예 시러 집의 가져
다가 딘가(鎭家)ᄒᄂᆫ 보비롤 삼으리라."

ᄒ고 가졍(家丁)과 쟝호(莊戶)롤 됴발ᄒ야
십여 인이 큰 바흐로 금산을 에워 미고 일시의
움죽이려 ᄒ더니 홀연【44】 미친 ᄇᆞ람이 니러나
며 뫼 밋흐로셔 큰 범이 쒸여나니 모든 사롬이
쇼리 디르고 다 헤어지거눌 슌검이 잉ᄌᆞ을 쯔어
드리고 누샹의 올나 문을 닷더니 범이 임의 간
곳이 업손지라. 오랜 후의야 숨엇던 사롬이 졈
ᄌᆞ 못거눌 슌검이 잉ᄌᆞ으로 더브러 서로 의논ᄒ
디,

'셩괴 샹은 민드라 누하의 안치고 금산을
민드라 공양ᄒ게 ᄒ야시니 이러무로 범을 딕희
여 사롬이 가져가지 못ᄒ게 ᄒ미라. 집의 옴겨
가나 예 이시나 ᄒ가지니 굿ᄐᆞ여 가져가지 아니
면 ᄌᆞ연 무ᄉᆞᄒ리라.'

그 남은 지믈과 긔용은 짐으로 옴겨오고
동장 집은 셩고당(聖姑堂)이라 일홈ᄒ야 ᄒᆡ마다
졍칠월 스십월 삭일이면 슌검이 손조 분향ᄒ더
라. 화음현 사롬이 양슌검 집의 금산이 나고 범
이 직희엿다 말을 듯고 일시의 뎐ᄒ니 슌검이
아는 사롬이 다 와 뭇거눌 슌검이 다만 닐오디
허언이라 ᄒ고 동장문을 잠가 제 집 사롬도 드
러가 보지 못ᄒ게 ᄒ더라.

동【45】 경(東京) 긔봉부(開封府)의 ᄒᆞᆫ 사
롬이 이시니 셩은 댱(張)이오 명은 뎌붕(大鵬)이
니 어려셔 부뫼 죽거눌 ᄒᆞᆫ 도ᄉᆞ롤 조차 츌가ᄒ
얏더니 염딜(染疾)을 어더 병이 듕ᄒ니 스승이
ᄇᆞ리고 가거눌 혼자 번 뫼희 잇더니 ᄆᆞ춤 외국

으로셔 온 긔이ᄒᆞᆫ 사롬이 뎌붕의 골격이 비샹ᄒᆞᆫ
줄을 보고 병을 곳치고 신션의 법을 ᄀᆞᄅ치니
능히 ᄇᆞ람과 비롤 빌며 귀신을 부려 빅운동 법
슐노 더브러 다르지 아니터라. 졍쳐업시 운유ᄒ
야 ᄃᆞ니더니 동경 사롬 쥬릉(朱能)으로 더브러
본디 친ᄒ야 결의형뎨되엿ᄂᆞᆫ지라. 이러므로 그
집의 듀인(住人)ᄒ야 머믈 적이 만터라.

이ᄯᅥ 딘종(眞宗) 황뎨 샹보(祥符) 원년이라
걸안(契丹) 오랑캐 ᄌᆞ로 침노ᄒ거눌 간신 왕흠
약(王欽若)이 황뎨긔 알외디,

"녜브터 진명텬ᄌᆞᄂᆞᆫ 브되 태산의 봉션(封
禪)ᄒᄂᆞ니 폐해 만일 이젹(夷賊)을 항복 밧고져
ᄒ실딘더 태산의 올나가 봉션【46】 ᄒ실 거시니
이다."

진종이 니르샤디,

"딤은 드르니 봉태산(封泰山)ᄒ기ᄂᆞᆫ 네 셩
쥬의 일이니 브디 여러 가지 샹셰 이셔야 ᄇᆞ야
흐로 ᄒᆞᆯ 거시니 경이 모르미 삼일 내예 닐혼두
가지 샹셔롤 쥬문ᄒ라."

흠약이 됴회롤 파ᄒ고 집의 도라와 ᄆᆞ음의
싱각ᄒ디,

'삼일 내예 어디 가 닐혼두 가지 샹셔롤
어드리오. 만일 알외디 못ᄒ면 셩샹이 날을 그
롯 넉이실노다.'

졍히 근심ᄒ더니 이ᄯᅥ 쥬릉이 흠약의 문하
의 잇ᄂᆞᆫ디라 흠약의 근심ᄒᆞᆷ믈 보고 믄득 닐오
디,

"이 일이 어렵디 아니ᄒ니 만일 ᄒᆞᆫ 샹셔롤
어드면 가히 닐혼두 가지롤 당ᄒ리라."

왕흠약이 흔년이 대답ᄒ디,

"므슴 샹셰 닐혼두 가지롤 당ᄒ리오?"

쥬릉이 닐오디,

"긔린 봉황과 녕지 감노는 대ᄌᆞ로 잇는 쟉
시니 죡히 귀ᄒᆞᆫ 쟉시 아니라. 오딕 복희삐 ᄯᅢ예
하늘이 글을 ᄂᆞ리와 뇽매(龍馬)【47】 지고 믈노
셔 나오니 니른 텬셔라. 모든 샹셔 듕의 웃듬이
니 이제 만일 텬셔롤 어더 듕외(中外)예 반포ᄒ
면 티산을 가히 봉ᄒᆞᆯ 거시오 이뎍(夷賊)을 가히
항복 바드리이다."

왕흠약이 굴오디,

"이 말이 비록 됴흐나 텬셔롤 엇기 쉽지
아닐가 ᄒ노라."

쥬릉이 닐오디,

"샹공은 근심 마ᄅᆞ쇼셔. 쇼인이 믈너가 듯 보리이다."

ᄒᆞ더라.

쥬릉(朱能)이 본디 댱대붕(張大鵬)의 도술을 긔특이 넉이ᄂᆞᆫ디라. 집의 도라가 대붕ᄃᆞ려 의논ᄒᆞ여 ᄀᆞᆯ오디,

"나의 젼졍이 오날 이 일의 둘녀시니 현뎨 날을 위ᄒᆞ야 슈단을 베프과져 ᄒᆞ노라."

디붕이 닐오디,

"이 일은 어렵디 아니ᄒᆞ니 □□셔 깃븐 쇼식이 잇게 ᄒᆞ리라."

이날 밤의 [디붕이 법술]을 폐푸니 진종 황뎨 궁듕의셔 [잠드러 계시더니 문]득 블근 빗치 온 궁듕의 ᄌᆞ옥ᄒᆞ며 ᄒᆞᆫ 신인이 【48】 강포의(絳袍衣)롤 닙고 머리의 칠셩관(七星冠)을 쓰고 손의 ᄒᆞᆫ 칙을 밧드러 드려 ᄀᆞᆯ오디,

"옥황샹뎨 텬셔 삼 편을 ᄂᆞ리오시니 일홈은 《대듕샹뷔大中祥符》라. 폐해 맛당이 공경ᄒᆞ야 바드쇼셔. 텬해 틱평ᄒᆞ고 국뎨 면댱ᄒᆞ리이다."

진종이 졍히 텬셔롤 바드려 ᄒᆞ시더니 문득 ᄭᆡ치시니 ᄒᆞᆫ 움이라. 붉기롤 기두러 뎐의 오ᄅᆞ시니 빅관이 됴회롤 파ᄒᆞ거놀 승샹 왕흠약(王欽若)을 블너 몽ᄉᆞ롤 니ᄅᆞ신디 흠약이 하례ᄒᆞ야 ᄀᆞᆯ오디,

"폐해 셩덕이 하놀의 통ᄒᆞᆫ신 고로 이런 몽됴 이시니 ᄌᆞ고로 오딕 복희시(伏羲氏) ᄶᆡ예 텬셰 ᄂᆞ리고 그 후는 듯지 못하니 진실노 텬셔롤 어드면 닐혼두 가지 샹셔(祥瑞)도곤 비히 나을 거시니 폐해 맛당히 셩지롤 ᄂᆞ리와 듕외(中外)예 뎐유(傳諭)ᄒᆞ야 텬셔 쇼식을 듯볼 거시니이다."

딘종이 그 말을 조ᄎᆞ샤 됴셔롤 ᄂᆞ리와 경셩 구문의 부쳐 만일 텬셔롤 어더 드리는 재 이시면 놉흔 벼 【49】 술을 ᄒᆞ이리라 ᄒᆞ시니 흠약이 집의 도라와 쥬릉을 쳥ᄒᆞ야 황뎨의 움을 닐너 ᄀᆞᆯ오디,

"셩샹의 움을 볼 쟉시면[41] 혹쟈 진짓 텬셰 ᄂᆞ릴가 ᄒᆞ노라."

쥬릉이 닐오디,

"진짓 거시나 거줏 거시나 쥬릉의 몸의 이시니 샹공이 쇼인을 황셩ᄉᆞ(皇城司) 벼술을 ᄒᆞ이시면 텬셔 듯보기예 편당홀가 ᄒᆞᄂᆞ이다."

흠약이 닐오디,

"ᄂᆞ존 벼술이 큰 지조의 맛ᄀᆞ디[42] 아니ᄒᆞ거니와 일이 인 후ᄂᆞᆫ 당〃이 텬ᄌᆞ긔 알외여 듕히 쓰게 ᄒᆞ리라."

ᄒᆞ고 즉시 쥬릉의 일홈을 츄밀원(樞密院)의 보내여 황셩ᄉᆞ롤 ᄒᆞ이니라.

쥬릉이 믈너가디 디붕ᄃᆞ려 닐오디,

"셩샹이 밤의 긔이ᄒᆞᆫ 움을 ᄭᅮ시니 이 필연 현뎨의 신통이여니와 텬셔 삼 편을 엇기 어려울가 ᄒᆞ노라."

디붕 왈,

"텬셔ᄂᆞᆫ 내 볼셔 민ᄃᆞ라 누른 깁의 ᄲᅥ 두어시니 인형은 의심 말고 붉【50】ᄂᆞᆫ 날 오경의 등문고(登聞鼓)[43]롤 가 치고 텬셰 승쳔문 우희 ᄂᆞ럇다 ᄒᆞ고 가셔 알외라."

쥬릉이 닐오디,

"만일 승텬문(承天門)의 텬셰 업ᄉᆞ면 죄 적디 아닐가 ᄒᆞ노라."

내붕이 쇼왈,

"쇼뎨 어이 인형의 일을 그릇 홀 니 이시리오."

쥬릉이 대붕의 슈단을 아ᄂᆞᆫ디라 ᄯᅩᄒᆞᆫ 의심치 아니ᄒᆞ고 이튼날 등문고롤 치니 북 딕흰 관원이 ᄃᆞ리고 승샹 왕흠약을 가 보니 흠약이 텬셔 잇다 말을 듯고 크게 깃거 진종긔 알외디,

"텬셰 임의 승텬문의 ᄂᆞ럇ᄂᆞᆫ디라, 황셩ᄉᆞ 쥬릉이 알외ᄂᆞ이다."

진종이 쥬릉을 인견ᄒᆞ시고 무ᄅᆞ샤디,

"텬셰 어디 ᄂᆞ려시며 경이 어이ᄒᆞ야 아ᄂᆞᆫ다[44]?"

---

41) 【쟡】圈 것. ¶ 셩샹의 움을 볼 쟉시면 혹쟈 진짓 텬셰 ᄂᆞ릴가 ᄒᆞ노라 (據聖上此夢, 敢是眞有天書下降麼?) <羅孫 平妖 3:49> ⇒ 쟢, 쟉, 죳

42) 【맛ᄀᆞ-】圈 《맛ᄀᆞ다》 맞다. 알맞다. ¶ 稱 ‖ ᄂᆞ존 벼술이 큰 지조의 맛ᄀᆞ디 아니ᄒᆞ거니와 일이 인 후ᄂᆞᆫ 당〃이 텬ᄌᆞ긔 알외여 듕히 쓰게 ᄒᆞ리라 (只恐卑職不稱大才, 有何難哉! 煩足下用心, 成事之日, 必當保奏重用.) <羅孫 平妖 3:49>

43) 【등문고】圈 {등문고(登聞鼓).} 신문고(申聞鼓). ¶ 登聞鼓 ‖ 텬셔ᄂᆞᆫ 내 볼셔 민ᄃᆞ라 누른 깁의 ᄲᅥ 두어시니 인형은 의심 말고 붉ᄂᆞᆫ 날 오경의 등문고롤 가 치고 텬셰 승쳔문 우희 ᄂᆞ럇다 ᄒᆞ고 가셔 알외라 (張大鵬道: "劣弟前年在~去帶得些皮紙, 還剩得有. 每篇寫做一卷, 用黃帛包裹. 明日五鼓, 仁兄徑去擊登聞鼓, 報承天內鴟屋上降得有天書. 只依我說就是.") <羅孫 平妖 3:50>

쥬룡이 쥬호디,

"신이 순경(巡更)호다가 승텬문(承天門)을 브라보오니 쳠하45) 우희 누른 깁으로 혼 칙을 걸녀시니 졍히 셩샹의 몽됴로 더브러 합호디라 이러므로 알외ᄂ이다."

진종(眞宗)이 친히 어좌의 ᄂ려 빅관을 거ᄂ리고 승텬문의 【51】 나아가 니시ᄅ 명호야 드리ᄅ 지ᄅ고 문누의 올나 칙을 ᄂ리와 진종긔 드린디 진종이 손조 바다 뎐의 도라가샤 한님혹ᄉᄅ 명호야 낡으라 호시니 칙일홈은 《대듕샹보大中祥符》 삼편이오 말은 《노ᄌ도덕경老子道德經》 ᄀᆺ호여 심히 긔이호디라. 빅관이 다 만셰ᄅ 브ᄅ더라.

진종이 종묘의 고호시고 텬하의 반포호고 퇵일호야 동악(東嶽) 태산(泰山)의 친히 오ᄅ샤 봉션호는 녜ᄅ 일우시고 텬셔 어더드린 공으로 왕흠약을 국공을 봉호시고 쥬룡으로 졀도ᄉᄅ 호이시니라.

그 후의 외방 고을의셔 ᄃ토아 거즛 텬셔ᄅ 어더 드리니 진종이 브야흐로 의심호시더니 참지졍ᄉ(參知政事) 뎡위(丁謂) 흠약으로 권을 ᄃ토아 ᄀ만이 텬셔 위조혼 일을 듯보아46) 진종긔 알왼디 진종이 디로호샤 왕흠약을 귀향보내시고 쥬룡을 죽이시니 댱디붕이 제 일이 들녀 날가 두려 일홈을 곳쳐 댱난(張鸞)이라 호고 별호ᄅ 【52】 튱쇼쳐ᄉ(沖霄處士)라 호고 강호의 표탕(飄蕩)호야 ᄃ니더니 이쩌예 진종이 년이 삼십일 셰예 하늘긔 비러 처음으로 황ᄌ(皇子)ᄅ 탄싱호시니 텬샹 격각대션(赤脚大仙)이 인간의 ᄂ려왓ᄂ디라. 처음의 샹뎨 모든 션경을 모호고 무ᄅ샤디,

"뉘 하계예 ᄂ려가 대송텬ᄌ의 황지 되려 호ᄂ뇨?"

졔신이 다 디답 아니호더니 격각디션이 혼 번 웃거늘 옥뎨 굴오샤디,

"웃는 쟈는 졍이 업디 아니타."

호시고 즉시 니신비(李宸妃)의 아ᄃ이 되여 나게 호시니 나며 쥬야로 우룸을 긋치디 아니호니 아모 의원도 곳치디 못호더니 혼 도인이 스ᄉ로 닐오디,

"능히 황지의 우룸을 그치게 호련노라."

호거늘 진종이 블너 황지ᄅ 보라 호시니 도인이 황지의 귀예 다혀 소리 딜너 닐오디,

"웃디 말며 우지 말나. 이리 울 쟉시면 당초의 웃디 말미 엇더터뇨?"

황지 그 말을 듯고 즉시 우룸을 그치니 진종이 디희호샤 그 【53】 연고ᄅ 무ᄅ시니 도인이 격각디션이 ᄂ려왓는 줄을 알외고 믄득 물근 브람이 되여 업셔지니라.

황지 후일의 ᄉ십 년 티평텬지 되시니 이 인종황뎨라. 궁듕의셔 샹시 발을 벗고 보션47) 신기ᄅ 아니호시니 격각대션(赤脚大仙)이므로 그러타 호더라.

진종이 황지ᄅ 어드신 후 더옥 도ᄉ의 말을 미드샤 각쳐 도관(道觀)을 슈리호더니 댱난이 이 긔별을 듯고 쏘 여러 번 대샤ᄅ 지내엿ᄂ지라. 다시 동경의 오니 황뎨 신임호시는 환ᄌ(宦者) 뇌윤공(雷允恭)이 본디 댱난으로 더브러 친혼디라 댱난이 윤공을 가 보고 젼일 원억(冤抑)혼48) 줄 니른디 윤공 왈,

"지난 일은 됴뎡의셔 니젼 지 오라고 각별 념녜 업손디라. 이제 황지 임의 십삼 셰라 티ᄌ 비록 간퇵(揀擇)호시니 심히 다ᄉ(多事)호디라.49) 만일 결을이 이시면 뎡승샹을 가 보고 션

---

44) 【-ㄴ다】 回 -냐 -었느냐 ¶ 텬셰 어디 ᄂ려시며 경이 어이호야 아는다 (天書在何處? 卿又何以知之?) <羅孫 平妖 3:50>

45) 【쳠하】 명 {쳠하(簷下).} 처마. ¶ 鴟尾 ‖ 신이 순경호다가 승텬문을 브라보오니 쳠하 우희 누른 깁으로 혼 칙을 걸녀시니 졍히 셩샹의 몽됴로 더브러 합호디라 이러무로 알외ᄂ이다 (今早臣從承天門下巡視, 望見鴟尾上有黃帛曳出, 料想必是天書, 不敢不奏.) <羅孫 平妖 3:50>

46) 【듯보다】 동 알아보다. ¶ 訪 ‖ 참지졍ᄉ 뎡위 흠약으로 권을 ᄃ토아 ᄀ만이 텬셔 위조혼 일을 듯보아 진종긔 알왼디 (有參知政事丁謂, 也爲着謟佞得寵, 與王欽若兩個爭權. 訪出了朱能挾詐欺君, 密地奏聞眞宗.) <羅孫 平妖 3:51>

47) 【보션】 명 버선. ¶ 鞋襪 ‖ 궁듕의셔 샹시 발을 벗고 보션 신기ᄅ 아니호시니 격각대션이므로·그러타 호더라 (他在宮中, 只好赤脚, 再不愛穿鞋襪, 此其驗也.) <羅孫 平妖 3:53>

48) 【원억호다】 형 원억(冤抑)하다. 억울하다. ¶ 冤枉 ‖ 댱난이 이 윤공을 가 보고 젼일 원억혼 줄 니른디 (見了雷太監, 告訴他前事冤枉.) <羅孫 平妖 3:53>

49) 【다ᄉ호다】 형 다사(多事)하다. 바쁘다. ¶ 忙冗 ‖ 티ᄌ비ᄅ 간퇵호시니 심히 다ᄉ호디라 만일 결을이 이시면 뎡승샹을 가 보고 션싱을 쳔거호야 놉혼 벼술을 호게 호리라 (日今皇太子選妃, 蒙皇太后懿旨吩咐, 正在忙冗之際. 待稍空閑,

싱을 천거ᄒᆞ야 놉흔 벼【54】슬을 ᄒᆞ게 ᄒᆞ리라."

인ᄒᆞ야 댱난을 머무러 제 집 화원의 햐쳐(下處)ᄒᆞ니 화원 일홈은 슉경원(淑景園)이라. 댱난이 이후로 슉경원 듕의 잇더니 홀난 둘이 붉은 밤의 혼자 건니더니 믄득 혹운이 명월을 ᄀᆞ리우고 ᄒᆞᆫ 진 고이ᄒᆞᆫ ᄇᆞ람이 셔 다히50)로셔 오거늘 댱난이 닐오디,

"고이ᄒᆞ다! 이 ᄇᆞ람이 녜ᄉᆞ롭디 아니ᄒᆞ니 필연 아모 신녕이나 지나가ᄂᆞᆫ도다."

ᄒᆞ고 ᄇᆞ람 뎡ᄒᆞᄂᆞᆫ 진언을 넘ᄒᆞ고 셔: 보더니 이윽고 ᄇᆞ람이 졍ᄒᆞ고 둘이 도로 붉그며 공듕으로셔 ᄒᆞᆫ 녀ᄌᆞ 쩌러지니 이 녀ᄌᆞᄂᆞᆫ 다른 사ᄅᆞᆷ이 아니라 졍히 호미ᄋᆡ(胡媚兒)니 미ᄋᆡ 처음의 셩고로 더브러 검문산(劍門山)을 쩌나 듕노의셔 태풍을 만나 셩고ᄂᆞᆫ 무측텬(武則天)이 쳥ᄒᆞ야 가고 미ᄋᆞᄂᆞᆫ ᄇᆞ람의 블니여 표:탕:ᄒᆞ야 ᄇᆞ로 동경 뇌티감 화원의 가 쩌러지니 텬후(天后)의 니ᄅᆞ던 바 경의 쏠을 튬쇼쳐ᄉᆞ롤 맛졋노라51) ᄒᆞ미 졍히 이롤 니ᄅᆞ미러라.

댱난이 급히【55】녀ᄌᆞ롤 보니 샹ᄒᆞᆫ 디ᄂᆞᆫ 업ᄉᆞ디 ᄇᆞ람의 블니여 봄이 고닷거놀 붓드러 방의 누이고 더온 믈을 흘녀 너으니 즉시 ᄭᆡ여 나거늘 셩명괴 잇ᄂᆞᆫ 디롤 므ᄅᆞ니 그 녀ᄌᆞ 디답ᄒᆞ디,

"쳡은 지동 사ᄅᆞᆷ이라. 셔악 화산의 분향ᄒᆞ랴 가더니 듕노의셔 고이ᄒᆞᆫ ᄇᆞ람을 만나 블니여 공듕의 오르니 혼미ᄒᆞᆫ 듕의 ᄭᆞ드ᄅᆞ니 신녕이 닐오디 '호가의 녀ᄋᆡ 왕가의 후비 될 거시니 튬쇼쳐ᄉᆞ의게 보니여 맛지라.' ᄒᆞ더니 그 후ᄂᆞᆫ 더욱 인ᄉᆞ롤 아지 못ᄒᆞ야 이 짜희 니ᄅᆞ러시니 관인은 잔명을 에엿비52) 넉여 구ᄒᆞ시믈 ᄇᆞ라ᄂᆞ이다."

댱난이 즉시 보니 용모의 아릿짜오미53) 셰샹의 업ᄉᆞᆫ 비오 ᄯᅩ 말ᄒᆞᄂᆞᆫ 거동이 사ᄅᆞᆷ의 졍신을 동ᄒᆞᄂᆞᆫ디라. 심니의 사ᄅᆞᆷ 아닌 줄을 짐쟉ᄒᆞ고 ᄯᅩ 니ᄅᆞᄂᆞᆫ 신녕의 말이 긔괴ᄒᆞ믈 보고 ᄀᆞ만이 싱각ᄒᆞ디,

'아니 이 녀ᄌᆞ 후【56】비될 분복이 잇ᄂᆞᆫ가? 이제 노티감이 ᄇᆞ야흐로 궁인을 ᄲᅢ니 녯사ᄅᆞᆷ의 니ᄅᆞᆫ바 긔특ᄒᆞᆫ 보비니 가히 두엄즉다!'

ᄒᆞ고 녀ᄌᆞᄃᆞ려 닐오디,

"내 곳 튬쇼쳐시러니 쇼랑지 내게 의지ᄒᆞ고져 홀진디 슉딜노 서로 부ᄅᆞ면 ᄒᆞᆫ디 잇기 편당홀가 ᄒᆞ노라."

미ᄋᆡ 졀ᄒᆞ야 샤례ᄒᆞ디,

"목숨 구ᄒᆞ신 은혜롤 닙으니 죵이 되여도 감심ᄒᆞ려든 딜녀되기ᄂᆞᆫ 감당치 못홀가 ᄒᆞᄂᆞ이다!"

댱난이 젹은 방을 ᄡᅳ서러54) 미ᄋᆞ롤 잇게 ᄒᆞ고 이튼날 티감을 가 보고 왈,

"빈도의게 ᄒᆞᆫ 딜녜 이시니 일홈은 미ᄋᆡ라 ᄌᆞ못 ᄌᆞ식이 잇더니 부뫼 죽고 의지홀 디 업서 빈되 ᄀᆞᆺ 드려왓더니 태위 제 얼골을 보아 맛당ᄒᆞ거든55) 티ᄌᆞ궁(太子宮) 시녀 ᄲᅢᄂᆞᆫ56) 듕의 일홈을 보ᄒᆞ야 요힝 ᄲᅢ히면 빈도: 영화 이실가 ᄒᆞᄂᆞ이다."

---

50)【다히】圈 쪽. 편. 닿은 곳. 부근. ¶ 從 ‖ 홀난 둘이 붉은 밤의 혼자 건니더니 문득 혹운이 명월을 ᄀᆞ리우고 ᄒᆞᆫ 진 고이ᄒᆞᆫ ᄇᆞ람이 셔 다히로셔 오거늘 (張鸞一夜間, 見月明如晝, 在圓中閑步. 忽然黑雲掩月, 一陣怪風, 從西而來.) <羅孫 平妖 3:54>

51)【맛지다】圐 맡기다. ¶ 托 ‖ 미ᄋᆞᄂᆞᆫ ᄇᆞ람의 블니여 표표탕탕ᄒᆞ야 ᄇᆞ로 동경 뇌티감 화원의 가 쩌러지니 텬후의 니ᄅᆞ던 바 경의 쏠을 튬쇼쳐ᄉᆞ롤 맛졋노라 ᄒᆞ미 졍히 이롤 니ᄅᆞ미러라 (這小妖精被風刮起半空, 飄飄蕩蕩, 直吹到東京雷太監園中墜下. 天后所說托與衝霄處士, 便是這話了.) <羅孫 平妖 3:54>

52)【에엿비】띰 불쌍히. ¶ 관인은 잔명을 에엿비 넉여 구ᄒᆞ시믈 ᄇᆞ라ᄂᆞ이다 (望恩官救取則個.) <羅孫 平妖 3:55> ⇒ 어엿비

53)【아릿짜오-】圐 《아릿답다》 아리땁다. ¶ 妖麗 ‖ 댱난이 즉시 보니 용모의 아릿짜오미 셰샹의 업ᄉᆞᆫ 비오 ᄯᅩ 말ᄒᆞᄂᆞᆫ 거동이 사ᄅᆞᆷ의 졍신을 동ᄒᆞᄂᆞᆫ디라 (張鸞細看那女子, 妖麗非常. 況且應對之間, 有枝有葉, 不慌不忙, 情知不是人類.) <羅孫 平妖 3:55> ⇒ 아리짜오-, 아릿답다, 아릿다오-

54)【ᄡᅳ설다】圐 쓸고 닦다. 소제(掃除)하다. ¶ 댱난이 젹은 방을 ᄡᅳ서러 미ᄋᆞ롤 잇게 ᄒᆞ고 (張鸞扶起, 安放他在後面小房中歇了.) <羅孫 平妖 3:56> ⇒ ᄡᅳ서-, ᄡᅳ서르다, 스설다

55)【맛당ᄒᆞ다】圐 마땅하다. 알맞다. ¶ 中意 ‖ 태위 제 얼골을 보아 맛당ᄒᆞ거든 티ᄌᆞ궁 시녀 ᄲᅢᄂᆞᆫ 듕의 일홈을 보ᄒᆞ야 요힝 ᄲᅢ히면 빈도도 영화 이실가 ᄒᆞᄂᆞ이다 (太尉若看得中意時, 也報他一個名兒. 萬一有幸, 作成貧道做個外威.) <羅孫 平妖 3:56> ⇒ 맛당ᄒᆞ다, 맛닭ᄒᆞ다

56)【ᄲᅢᄂᆞ다】圐 뽑다. ¶ 태위 제 얼골을 보아 맛당ᄒᆞ거든 티ᄌᆞ궁 시녀 ᄲᅢᄂᆞᆫ 듕의 일홈을 보ᄒᆞ야 요힝 ᄲᅢ히면 빈도도 영화 이실가 ᄒᆞᄂᆞ이다 (太尉若看得中意時, 也報他一個名兒. 萬一有幸, 作成貧道做個外威.) <羅孫 平妖 3:56>

同去見了丁丞相, 再有商議.) <羅孫 平妖 3:53>

뇌티감이 댱난으로 더브러 슉경원의 가 미
으롤 보랴 ᄒ더라.

15

뇌틱감춤안취간쳐 호미ㅇ티심유너원
雷太監饞眼娶乾妻 胡媚兒癡心遊內苑

【57】 뇌틱감(雷太監)이 슉경원(淑景園)의 가니 댱난(張鸞)이 미ㅇ(媚兒)롤 블너 뵈거늘 뇌틱감이 미ㅇ의 즈식이 쎄여나믈 보고 우음을 먹음고 닐오더,

"낭즈의 쳥츈이 언마나 ㅎ뇨?"

미이 답왈,

"십뉵 셰로소이다."

틱감이 눈을 쏘아 오래 보고 칭찬ㅎ기롤 마지 아니터니 집의 도라가 댱난을 쳥ㅎ야 서로 볼시 녜뫼 젼일도곤 비히 은근ㅎ더니57) 좌졍ㅎ 후 닐오더,

"녕딜의 지뫼(才貌) 즈못 무빵ㅎ더 다만 나히 황틱즈긔 여러 히 뭇이니 후궁이 샌이기는 맛당치 아니ㅎ고 만일 궁녀롤 삼으면 녕딜의 젼졍을 그릇 민ᄃ는 쟉시라. 내 쓷의는 하관이 션싱으로 더브러 결혼ㅎ야 더옥 친히 되고져 ㅎᄂ니 존의 엇더ㅎ뇨?"

댱난이 무르더,

"혼인ㅎ고져 ㅎᄂ 사름은 녕뎨곳 아니면 명코 녕딜이로다."

틱감이【58】쇼왈,

"아니라, 족해 아니라 결혼ㅎ랴 ㅎᄂ니ᄂ 이 하관(下官)의 몸이라."

댱난이 ᄯᅩ흔 웃고 닐오더,

"은관(恩官)이 희롱의 말을 ㅎ시ᄂ가 ㅎᄂ이다."

틱감 왈,

"션싱이 아지 못ㅎᄂ도다. 우리 무리 비록 녀식을 갓ᄀ이 못ㅎ나 미식을 스모ㅎ기ᄂ 샹녜 사름과 흔가지오 긴 날과 춘 날의 다만 쇼동으로 ㅎ야곰 다리롤 두ᄃ리며 등을 문지ᄅ면 무슴 홍황58)이 이시리오. 이러므로 한(漢) 적 셕현(石顯)과 당(唐) 적 고녁ᄉ(高力士) 니보국(李輔國)이 다 쳐롤 취ㅎ야 ᄉ긔(史記)예 나타나시니 션싱이 녜 일을 너비 알 거시니 션싱은 모ᄅ미 밀막디59) 말나. 하관이 임의 칙녁을 보니 명일이 황도길일(黃道吉日)이니 아츰의 빙례롤 보너고 나지60) 친영홀 거시니 하관이 비록 외뎡(外廷) 지상의 비기시 못ㅎ나 벼술이 임의 일품의 극ㅎ고 텬지 ᄇ야흐로 신임ㅎ시니 션싱의 딜녜 내 집의 오면 비록 즈손의 영해 업ᄉ니 일싱 부귀【59】롤 누릴 거시니 이 ᄯᅳᆺ을 녕딜녀ᄃ려 니ᄅ과져61) ㅎ노라."

---

58) 【홍황】 명 홍황(興況). 기분. 홍미 있는 상황. ¶ 意思 ‖ 우리 무리 비록 녀식을 갓ᄀ이 못ㅎ나 미식을 스모ㅎ기ᄂ 샹녜 사름과 흔가지오 긴 날과 춘 날의 다만 쇼동으로 ㅎ야곰 다리롤 두ᄃ리며 등을 문지ᄅ면 무슴 홍황이 이시리오 (我們雖然淨過身的, 七情六欲却與常人一般. 夜間冷靜不過, 常想要箇對頭同睡. 每當寒天冷月, 敎箇小厮抱背抱脚, 沒甚意思.) <羅孫 平妖 3:58> 情緒 ‖ 입으로 말을 아니ㅎ나 ᄆᅀᆷ의 쵸민ㅎ야 각쳐의 귀경홀 홍황이 업서 오딕 밥을 먹은 후 태슈의 도라오기롤 기ᄃ리더니 (口不言, 心焦悶, 也沒有情緒到各處頑耍, 喫飽了飯, 鎭日靠着擋衆兒呆呆的望.) <隋史遺文 2:2>

59) 【밀막다】 동 밀어 막다. 말리다. ¶ 推辭 ‖ ᄉ긔에 나타나시니 션싱이 녜일을 너비 알 거시니 션싱은 ᄆ로미 밀막디 말나 (見于史冊可據, 煉師休得推辭.) <羅孫 平妖 3:58>

60) 【낫】 명 저녁. ¶ 晚間 ‖ 하관이 임의 칙녁을 보니 명일이 황도길일이니 아츰의 빙례롤 보니고 나지 친영홀 거시니 (下官看過歷日, 明日是個結婚之日, 上午納些薄聘, 晚間便氷親迎.) <羅孫 平妖 3:58> ⇒ 나됴, 나좋, 나죄, 낫

---

57) 【은근ㅎ다】 혱 {은근(殷勤)하다.} ¶ 殷勤 ‖ 녜뫼 젼일도곤 비히 은근ㅎ더니 좌졍흔 후 닐오더 (他今日意思比不日倍加殷勤, 必有好處.) <羅孫 平妖 3:57>

당난(張鸞)이 비록 ᄆ음의 블쾌ᄒ나 뇌티
감이 브야흐로 권셰 잇고 ᄯᅩ 티감의게 의지ᄒ얏
눈디라 마지 못ᄒ야 허락ᄒ고 슉경원(淑景園)의
도라와 이 말을 미우(媚兒)ᄃ려 닐온디 미이 닐
오디,

"슉슉(叔叔)이 딜녀롤 가져다가 니관의 쳐
롤 삼으면 사롬의 우음이 될가 ᄒᄂ이다."

당난 왈,

"내 뜻도 이러ᄒ디 제 브야흐로 권셰 듕ᄒ
니 거스리지62) 못홀디라. 너는 다만 방심ᄒ여
가라. 내 스스로 묘리 이시리라."

ᄒ더라.

명일의 뇌티감 집의셔 몬져 빙례롤 보내니
칠보금봉관(七寶金鳳冠) ᄒ나히오 다홍망뇽원삼
(大紅蟒龍圓衫) ᄒ나히오 곳 삭인 벽옥디(碧玉
帶) ᄒ나히오 금차(金釵) 일 빵 금팔쇠[金釧] ᄒ
빵이오 그남은 금슈 의샹과 술과 양 체엿63) 거
슨 니ᄅ 긔록디 못홀너라.

져녁 ᄢᅵ예 뇌티감이 어스ᄒ신 벽옥디예 ᄌ
류말(紫騮馬)을 ᄐ고 오치(五彩)로 교ᄌ롤 ᄭᅮ미
고 싱 【60】 쇼고악(笙簫鼓樂)으로 슉경원의 나
아가 미우롤 친영(親迎)홀시 당난이 ᄒ 한삼(汗
衫)을 가져다가 부작을 쓰고 미우롤 주어 닙힌
후 닙는 진언과 벗는 진언을 ᄀᄅ치고 장쇽ᄒ기
롤 텬션(天仙)ᄀ치 ᄒ야 교ᄌ의 올나 뇌티감을
조차가니 티감이 미우로 더브러 교비ᄒ는 녜롤
ᄆᆺ고 동방(洞房)의 드러가니 방등 비셜ᄒ 거시
[번화]ᄒ기는 니ᄅ 긔록디 못홀너라.

티감이 신인을 쳥ᄒ야 오술 벗고 샹의 오
롤 시 속의 닙은 오시 ᄒ더 년ᄒ야 골홈도 업고
술도 업스니 왼몸을 두루 ᄣᅡ 마치 ᄒ 벌 가족
ᄀᆺ흔디라. 벗길 길이 업스니 이는 당난의 법슐
이라.

티감이 이튼날 일 니러나니 당난이 티감을
와 보고 하례ᄒ거놀 티감이 미우의 닙은 오시
고이ᄒᄆᆯ 니ᄅᆫ디 당난이 거줏 놀나는 체ᄒ야 닐
오디,

"이 필연 인연이 다됫디 못ᄒ야거나 그러
치 아니면 딜네 은관을 뫼실 복이 업서 그런가

ᄒᄂ이다."

티감 왈,

"아모커나 오는 밤을 ᄯᅩ 볼 거시라."

ᄒ고 당난을 쥬 【61】 찬을 디졉ᄒ고 이 밤
의 미우의 곳의 가니 그 오시 젼과 ᄀᆺ흔디라.
티감이 져는 닙은 지 자고 데 삼야의 니ᄅ러니
니관의 셩품이 본디 조급ᄒ야 아모 일도 견디디
못ᄒᄂ디라 쇼동을 ᄃ리고 ᄯᆫ 방의 가 자더라.

당난이 처음의 혜오디 여러 날을 갓ᄀ이
못ᄒ면 필연 두로 보내리라 ᄒ더니 티감이 미우
의 얼골을 ᄉ랑ᄒ야 ᄆ춤니 보낼 뜻이 업스니
당난이 홀일업서 홀연 ᄒ 계교롤 싱각ᄒ디,

'만일 미우의 얼골을 그려 황샹이 보시게
ᄒ면 필연 궁듕의 블너 드리실 거시니 유명무실
ᄒ 니관의 쳐 되기도곤 낫지 아니랴.'

ᄒ고 이말 밤의 미우 잇던 방을 조히 ᄡᅳ설
고 지필과 치식을 ᄀᆺ초아 노코 진언을 념ᄒ야
몬져 미우의 산 먹슬 블너온 후 ᄯᅩ 녜 그림 잘
그리던 화원의 녕혼을 블너 화상을 ᄒ야 내니
마치 사랏는 돗ᄒ고 당승유(張僧繇) 삼ᄌ롤 ᄡᅥ
시니 【62】 당승유는 녜 그림 잘 그리던 사롬이
라. 당난이 ᄀ장 깃거 그림을 ᄀᆺ초아 두고 죠흔
긔회롤 기ᄃ리더라.

ᄎ시 호미이 뇌티감 집의 이셔 울울ᄒ야
깃거 아니ᄒ더니 ᄒ로밤은 몽압(夢魘)ᄒ야 헛말
ᄒ고 겨유 ᄭᅵ여나니 이는 졍히 싱혼을 블너다가
화샹홀 ᄯᆡ라. 이후는 졍신이 감ᄒ고 몸이 편치
못ᄒ야 시쟈ᄃ려 무ᄅᆫ디,

"이곳의 녯말64) 니ᄅ는 사롬이 잇ᄂ냐?"

---

61) 【-과져】回 ((주로 동사 형용사 어간 뒤에 붙어)) -고자. ¶ 내 집의 오면 비록 ᄌ손의 영홰 업스나 일싱 부귀롤 누릴 거시니 이 뜻을 녕딜 녀ᄃ려 니ᄅ과져 ᄒ노라 (先與令侄女說知, 過門之後, 只圖個富貴受用罷了.) <羅孫 平妖 3:59>

62) 【거스리다】동 거스르다. ¶ 違拗 ‖ 내 뜻도 이러ᄒ디 제 바야흐로 권셰 듕ᄒ니 거스리지 못홀디라 (我也是這般想來, 只是他現在有權有勢, 違拗不得.) <羅孫 平妖 3:59>

63) 【체】명 따위. 등속(等屬). ¶ 칠보금봉관 ᄒ나히오 다홍망뇽원삼 ᄒ나히오 곳 삭인 벽옥디 ᄒ나히오 금차 일 빵 금팔쇠 ᄒ 빵이오 그남은 금슈 의샹과 술과 양 체엿 거슨 니ᄅ 긔록디 못홀너라 (金鳳珠冠一頂, 大紅紵絲蟒衣一襲, 小團花碧玉帶一條, 金釵二對, 金釧二對, 其餘隨身一應新衣, 件件成雙, 花紅羊酒, 不必細細說了.) <羅孫 平妖 3:59> ⇒ 톄

64) 【녯말】명 옛말. ¶ 平話 ‖ 이곳의 녯말 니ᄅ는 사롬일 잇ᄂ냐 시재 디왈 구경가진 알지〔소경이라〕목쇼러 됴코 온갓 녯말 니ᄅ기롤 잘 ᄒᄂ이다 (這裏可有會說平話麼? 小內侍道: "有個瞿瞎子最說得好, 聲音響亮, 情節分明.") <羅孫 平妖 3:62> ⇒ 옛말

시재 디왈,

"구셩(瞿姓) 가진 알지65) [瞎子 쇼경이라] 목소리 됴코 온갓 녯말 니르기롤 잘ᄒᄂ니이다."

미이 닐오디,

"내 심히 심ᄉᄒ야 녯말을 듯고져 ᄒᄂ니 날을 위ᄒ야 그 알ᄌ롤 블너오라."

시재 티감ᄃ려 니르고 알ᄌ롤 블너오니 미이 창 밧긔 ᄌ리롤 주고 닐너 골오디,

"녯말 듕의 듯기 됴혼 말을 굴희여 니르라."

알지 목을 가ᄃ담고 소리롤 느리혀 쥬왕(紂王)의 달긔(妲己) 엇던 녯말을 니르니 달긔는 본디 소시(蘇氏)의 ᄯ올이라. 듀왕(紂王)이 얼굴 고으믈 듯고 마자오디【63】니 듕노의 니르러 일진광풍의 텬지 혼암ᄒ고 좌우 사롬이 놀나 쓰러졋더니 ᄇ람이 그치며 졔인이 니러나 보니 달긔 단졍이 안자 동치 아니ᄒᄂ디라. 듀왕이 긔 특이 넉여 셰워 졍궁황후(正宮皇后)롤 삼으니 원간 달긔는 진짓 사롬이 아니라. 쳔년 묵은 여의졍녕이 신통을 브려 달긔의 진짓 몸을 업시ᄒ고 궤변ᄒ야 달긔 되여 빅가지로 요괴로온 티도롤 ᄒ야 듀왕을 고혹게 ᄒ니 듀왕이 달긔의 말이면 이니 ᄀ흘 일이 업셔 슐노 모슬 민들고 간ᄒᄂ 신하의 념통을 ᄲ히고 믈 건너는 사롬 다리롤 ᄭ치니 빅셩이 원ᄒ고 하늘이 노ᄒ신디라. 쥬 무왕이 군ᄉ롤 니르혀 듀롤 멸ᄒ고 달긔롤 버혀 긔에다 둘ᄒ니 구알ᄌ(瞿瞎子)의 이 말을 니르미 본디 우연혼 일이로디 졍히 호미ᄋ의 ᄆ옴을 동케 ᄒᄂ【64】디라. 한고죄(漢高祖)롤 기리 탄ᄒ고 골오디, '녯사롬이 닐오디 인싱이 ᄆ옴을 쾌히 못ᄒ면 빅년을 사라도 단명혼 쟉시라. [人生不得逞胸臆, 雖生百歲猶爲夭.]' ᄒ니 이 말이 진실노 올타."

ᄒ고 구알ᄌ롤 샹주어 보니고 ᄎ야의 혼자 방듕의셔 자며 싱각ᄒ디,

'나와 달긔 혼 가지 여의졍녕으로셔 져는 능히 황후의 위롤 누려 군왕의 춍을 어드니 나

의 신통이 어이 져만 못ᄒ리오. 내 만일 사라셔 달긔의 영화롤 바드면 죽기롤 달긔쳐로 ᄒ야도 ᄯ오한 혼이 업술노다.'

인ᄒ야 ᄌ옴을 드니 궁듕의 드러가 텬ᄌ긔 춍이(寵愛)ᄒᄆᆯ 닙어 칙봉ᄒ야 황휘되고 모친 셩고는 국티(國太)롤 봉ᄒ고 좌튤은 지샹이 되여 일문의 영귀ᄒ미 비길 디 업더니 문득 ᄭ치니 사창의 ᄒ빗치 불갓더라. 시녜 은 그릇시 셰슈롤 더여 노코 미ᄋᄃ려 닐오디,

"오늘은 티ᄌ비 간퇵ᄒᄂ 날이라. 우리 노공ᄉ(老公公)이 일66) 녜부(禮部)의 가려 ᄒ시니【65】신낭지 소셰ᄒ시고 조반ᄒ기롤 기ᄃ려 우리로 말미ᄒ고67) 녜부의 가 굿보랴68) ᄒᄂ이다."

미이 왈,

"내 몸이 알파 일 소셰ᄒ기롤 슬ᄒ니 너희 굿보려 ᄒ거든 가라."

시녜 다 흐터지거눌 미이 싱각ᄒ디,

'오날 녜부 간퇵의 온 셩듕 미식이 다 모다실 거시니 내가 엇더ᄒ고 볼 것이라.'

ᄒ고 니러나 소셰ᄒ고 명경(明鏡)을 더ᄒ야 닐오디,

"내 얼골이 인뉴 듕의는 벅ᄉ이69) 드믈 거시니 어니 이 ᄯ희셔 곤ᄒ야 쳥츈을 쇽졀업시 겨ᄇ리ᄉ오."

쳥포로 머리롤 ᄲ고 향촌 부녀의 모양을 ᄒ야 방 뒤ᄒ로조차 담을 넘어 녜부롤 ᄎ자가 듕인 듕의 셧겨셔 보더니 뇌티감(雷太監)이 녜부 관원으로 더브러 당의 안잣ᄂ디 제 미패 냥가 녀ᄌ롤 인ᄒ야 당의 나아가 일홈 쓴 칙의 타

---

65)【알ᄌ】圖 [할자(瞎子).] 쟝님. ¶ 瞎子 ‖ 이곳의 녯말 니르는 사롬이 잇ᄂ냐 시재 디왈 구경 가진 알지 [소경이라] 목쇼리 됴코 온갓 녯말 니르기롤 잘 ᄒᄂ이다 (這裏可有會說平話麼? 小內侍道: "有個瞿瞎子最說得好, 聲音響亮, 情節分明.") <羅孫 平妖 3:62>

66)【일】ᄆᆸ 일쯱. 일쯱이. ¶ 侵早 ‖ 오늘은 티ᄌ비 간퇵ᄒᄂ 날이라 우리 노공ᄉ이 일 녜부의 가려 ᄒ시니 (今日是第三遍大選皇妃, 老公公侵早便往禮部去了.) <羅孫 平妖 3:64>

67)【말미ᄒ다】동 말미를 얻다. 휴가를 얻다. ¶ 給假 ‖ 우리도 말미ᄒ고 녜부의 가 굿보랴 ᄒᄂ이다 (也要給個假去看一看.) <羅孫 平妖 3:65>

68)【굿보다】동 구경하다. ¶ 看 ‖ 신낭지 소셰ᄒ시고 조반ᄒ기롤 기ᄃ려 우리도 말미ᄒ고 녜부의 가 굿보랴 ᄒᄂ이다 (請新娘起來梳洗早膳, 小的們服侍過, 也要給個假去看一看.) <羅孫 平妖 3:65>

69)【벅벅이】ᄆᆸ 반드시. 틀림없이. ¶ 내 얼골이 인뉴 듕의는 벅벅이 드물 거시니 어이 이 ᄯ회셔 곤ᄒ야 쳥츈을 쇽졀업시 겨ᄇ리리오 (似我這般顏色, 便人類中也稀少, 却困守此地, 可不枉了我心靈性巧!) <羅孫 平妖 3:65>

겸ᄒ고 ᄎ례로 내여 보내니 어이 ᄒ갓 빅여 인
ᄯᆞᆫ이리오. 나혼 다 십삼수는 ᄒ고 그 듕의 눈섭
이 볽고 눈이 샌혀나고 단슌호치(丹脣皓齒) ᄯᅩ
ᄒ 젹지 아니【66】ᄒ더 셰샹의 쮜여난 졀식은
ᄒ나토 업ᄉ더라.

미이 탄왈,

"이리 큰 굣 ᄀᆞᆮ고 비단 ᄀᆞᆮ혼 동경의 인지
블과 이만 ᄒ니 고인이 가인을 엇기 어렵다 ᄒ
니 어이 올치 아니ᄒ리오!"

미이 혼 넉시 화샹(畫像)혼 더 갓ᄂᆞᆫ다라.
ᄌ연 정신이 젼도ᄒ고 겸ᄒ야 ᄇᆞ람의 블녀올 제
왕가의 후비 되리라 말이 샹시 흉듕의 잇ᄂᆞᆫ더
라. 문득 망녕져온 의ᄉ를 내여 대녜예 드러가
삼궁뉵원(三宮六院)을 다 보려 ᄒ야 날이 어두
온 후 뇌티감 집을 가지 아니ᄒ고 ᄀᆞ만이 황셩
을 넘으니 우림군(羽林軍)이 병잠기[70]를 가지고
황셩문을 옹위ᄒ야시니 살긔등ᄒ더라. ᄆᆞ옴의
두려 감히 쎄쳐[71] 드러가지 못ᄒ더니 ᄆᆞ춤 혼
니관이 어화원(御花園)을 슈리ᄒ노라 쵸롱을 잡
히고 화원문으로 드러오거늘 미이 ᄒ더 섯겨 드
러가 ᄯᅩ 화원문으로 드러오거늘 미이 ᄒ더 섯겨
드러가 ᄯᅩ 화원을 지나 집 쳠하의 긔여올나 여
러 층 젼각을 도라 드러가니 문 안희 글 넑ᄂᆞᆫ【
67】소리 나거늘 뉴리지왜(琉璃之瓦)를 것고 굼
글 ᄯᅮᆲ고 ᄂᆞ리미러보니[72] 이곳은 ᄌ션당(資善堂)
이니 황티지의 글 넑ᄂᆞᆫ 곳이라. 황티지 글을 됴
히 녁여 밤이 깁허시더 오히려 쵹을 볼히고 안
잣ᄂᆞᆫ더 뫼신 내관들은 다 벽을 의지ᄒ야 잠을
닉게 드럿거늘 미이 싱각ᄒ더,

'황티지 ᄇᆞ야흐로 겸어 혈긔 미졍ᄒ야시니
내 얼골을 보면 필연 무심치 아닐 거시오 ᄯᅩ 드
ᄅᆞ니 황티ᄌᆞ는 젹각대션이 인간의 ᄂᆞ려왓다 ᄒ
니 만일 져의 진양을 어드면 괴로이 슈힝ᄒᄂᆞ니
도곤 나으리라.'

ᄒ고 젼 뒤흐로 도라ᄂᆞ리니 두어 늘근 궁
인이 화로의 차를 더이다가[73] ᄯᅩᄒ 안자 자거
늘 미이 머리의 뻣던 쳥포를 버서 ᄇᆞ리고 궁녀

의 장속을 ᄒ고 은죵의 더운 차를 붓고 제 춤을
차 속의 비왓타[74] ᄒ더 화합ᄒ니 여의춤이 본
더 사롬의 ᄆᆞ옴을 고혹【68】게 ᄒᄂᆞᆫ다라. 미이
차를 밧들고 뇨ᄼ뎡ᄼ(嫋嫋婷婷)ᄒ야[75] 후당으
로브터 나아와 졍히 티ᄌᆞ긔 나아가더니 홀연 티
ᄌᆞ의 뒤흐로 혼 신녕이 니ᄃᆞ르니 누에눈섭이오
봉의 눈이오 ᄂᆞ치 대쵸빗 ᄀᆞᆮ고 세 가러 슈염이
라. 쳥농언월도(靑龍偃月刀)를 집허시니 이 신녕
은 졍히 의용무안왕(義勇武安王) 관운댱(關雲長)
이라. 원간 셩텬ᄌᆞ 겨신 곳은 일빅 신녕이 호위
ᄒ니 추일은 졍히 관공이 호가ᄒᄂᆞᆫ 차례러니 요
괴로온 여이 음난혼 법으로 태ᄌᆞ를 고혹게 ᄒ려
ᄒ믈 보고 대로ᄒ야 칼홀 드러 대골을 쌔치니
미이 크게 혼 소리를 지르고 차그릇슐 더지고
뒤흐로 너머지거늘 왕태지 여의 소리를 듯고 대
경ᄒ야 내시를 블너 쵹을 잡고 두루 어드니 혼

---

70) 【병잠기】囝 병장기(兵仗器). ¶ 그만 이 황셩
을 넘으니 우림군이 병잠기를 가지고 황셩문을
옹위ᄒ야시니 살긔등등ᄒ더라 ᄆᆞ옴의 두려 감히
쎄쳐 드러가지 못ᄒ더니 (但那皇城裏面, 比民間
不同, 不是頑處. 他見前面侍衛嚴緊, 也未免心懷
恐懼, 不敢闖入.) <羅孫 平妖 3:66> ⇒ 병잠개,
병장기, 병장긔, 병쟝기, 병쟝긔, 병줌기

71) 【쎄치다】囯 꿰뚫다. ¶ 闖 ∥ 그만 이 황셩을
넘으니 우림군이 병잠기를 가지고 황셩문을 옹
위ᄒ야시니 살긔등등ᄒ더라 ᄆᆞ옴의 두려 감히
쎄쳐 드러가지 못ᄒ더니 (但那皇城裏面, 比民間
不同, 不是頑處. 他見前面侍衛嚴緊, 也未免心懷
恐懼, 不敢闖入.) <羅孫 平妖 3:66>

72) 【ᄂᆞ리미러보다】囯 내려다보다. ¶ 문 안희 글
넑ᄂᆞᆫ 쇼리 나거늘 뉴리지왜를 것고 굼글 ᄯᅮᆲ고
ᄂᆞ리미러보니 이곳은 ᄌ션당이니 황티ᄌᆞ의 글
넑ᄂᆞᆫ 곳이라 (只聽得下面讀書之聲, 媚兒且不下
來, 在屋上揭去幾片琉璃瓦, 挖開望板, 向下張看.
原來這去處叫做資善堂, 是皇太子讀書之所.) <羅
孫 平妖 3:67>

73) 【더이다】囯 데우다. ¶ 煎 ∥ 두어 늘근 궁인
이 화로의 차를 더이다가 ᄯᅩᄒ 안자 자거늘 미
이 머리의 뻣던 쳥포를 버서ᄇᆞ리고 궁녀의 장속
을 ᄒ고 (瞧見後堂幾個老宮人守着茶爐, 在那裏
煎茶.……媚兒去了兜頭布兒, 把臉嘴一抹, 變做年
輕美貌一個絕色的宮娥.) <羅孫 平妖 3:67>

74) 【비왓ㅌ-】囯 «비왈다» 뱉다. 토하다. ¶ 은죵
의 더운 차를 붓고 제 춤을 차 속의 비왓타 ᄒ
더 화합ᄒ니 여의 춤이 본더 사람의 ᄆᆞ옴을 고
혹게 ᄒᄂᆞᆫ다라 (忽地偸得來一個茶盤, 一個銀碗,
吐些涎沫在內. 吹口氣, 變成香噴噴的熱茶. 原來
狐涎是箇媚人之藥, 人若吃下, 便心迷意惑.) <羅
孫 平妖 3:67> ⇒ 비얏ㅡ, 비왓ㅌ-

75) 【뇨뇨뎡뎡ᄒ다】 囹 요요정정(嫋嫋婷婷)하다. ¶
妖妖嬈嬈 ∥ 미이 차를 밧들고 뇨뇨뎡뎡ᄒ야 후
당으로브터 나아와 졍히 티ᄌᆞ긔 나아가더니 홀
연 티ᄌᆞ의 뒤흐로셔 혼 신녕이 니ᄃᆞ르니 누에
눈섭이오 봉의 눈이오 ᄂᆞ치 대쵸빗 ᄀᆞᆮ고 (媚兒
捧了茶盤, 妖妖嬈嬈的走出後堂, 恰待向前獻與皇
太子, 忽見皇太子背後閃出一尊神道……眉似臥蠶
丹鳳眼, 面如重棗通紅.) <羅孫 平妖 3:68>

여이76) 대골이 ㅼ려져 당하의셔 죽어시디 닙엇
던 오시 미아미 허믈 ㅈㅎ여 혼 편의 버서젓거
놀 그ㅼ로셔 여의 죽엄을 밧긔 니여 ㅂ리고 명
일의 황 【69】 뎨긔 알외니 흠텬감으로 ㅎ야곰
길흉을 졈복ㅎ라 ㅎ시니 흠텬감이 주왈,

"요괴로온 여이 사롬의 복식을 ㅎ고 변화
ㅎ기는 녜시로디 대내(大內) 심엄혼 ㅼ회 드러
오기는 비샹혼 지변이여니와 여이 스스로 죽어
마치 신녕이 황틱ㅈ롤 도아 요괴롤 업시ㅎ 둣ㅎ
니 이 ㅼ혼 국가의 복이로소이다."

ㅎ더라.

뇌틱감이 녜부로셔 도라와 시쟈로 ㅎ여곰
신낭ㅈ(新娘子)롤 쳥ㅎ라 ㅎ시니 시재 알외디,

"신낭지 금일의 긔운이 블평ㅎ야 방문을
다든 지 여지 아냣ㄴ이다."

틱감이 손조 가 창을 열고 보니 사롬의 그
림지도 업스니 ㅁ옴의 싱각ㅎ디,

'제 벅ㅅ이 내게 엇기롤 원치 아냐 도망ㅎ
야 다라난가 시브거니와 압문의 직흰 사롬이 잇
고 뒷 팀이 심히 놉흐니 어이 능히 님어간고?'

의심ㅎ야 싱각ㅎ기 【70】 롤 오러 ㅎ다가
닐오디,

"졔 블과 슉부의게 가실 거시니 무르면 ㅈ
연 알니로라."

ㅎ고 가인으로 ㅎ여곰 즉시 밤둥의 슉경원
의 가 댱난ㄷ려 그 곡졀을 니ㄹ고 드려갓는가
무ㄹ니 댱난이 디경ㅎ야 닐오디,

"너희 노공ㅅ(老公公)이 ㄱ쟝 그ㄹ다! 내
딜네 임의 노공ㅅ 집 사롬이 되여시니 사라시나
죽어시나 어이 날ㄷ려 무롤 니 이시리오."

가인이 미이 업슨 줄 알고 회보ㅎ려 가거
놀 댱난이 ㅁ옴의 의심ㅎ야 진언 닑고 부작ㅎ야
미오의 녕혼은 부ㄹ니 젼의는 산 사롬의 녕혼이
나 죽은 사롬의 녕혼이나 혼 번 브ㄹ면 즉시 니
ㄹ더니 이번은 오라디 쇼식이 업거놀 댱난이 고
이히 넉여 미오의 화샹 알픠 가 졍심을 모화 진
언 닑고 넉 브ㄹ는 부작을 블지ㄹ니 혼 쎼 찬
ㅂ롬이 니러나며 그림 가온디 ㄱ는 곡셩이 나더
니 이윽고 화샹 우흐로셔 미오의 녕혼이 ㄴ려와

당난을 붓들고 크게 통곡ㅎ거놀 댱난 【71】 이
우롬을 그치라 ㅎ고 그 연고롤 무른디 미이 닐
오디,

"쳡이 이제는 감히 숨기디 못ㅎ야 ㅂ로 알
외리라. 쳡은 본디 안문산(雁門山) 아러 여의졍
녕이라. 모친 셩고ㅅ로 더브러 쳔하의 운유(雲
遊)ㅎ야 도롤 구ㅎ더니 듕도의 ㅂ람을 만나 블
니여 이 ㅼ회 와 션관의 슈양ㅎ믈 닙어 은혜 골
육 ㅈ더니 의외예 뇌가의 위력을 취ㅎ믈 만나
죵신대ㅅ롤 그ㄹ 민ㄷ니 ㅁ옴의 심히 울ㅅㅎ더
니 ㅎ로밤의 몽압혼 후 졍신이 산난ㅎ야 더옥
샹시 ㅈ지 못ㅎ야 녜부의셔 간틱ㅎ시믈 듯고 몸
을 ㅼ혀 보라갓더니 인ㅎ여 대내예 드러가 황틱
ㅈ롤 고혹게 ㅎ랴 ㅎ다가 관왕의 노롤 범ㅎ야
칼 아리 목숨을 ㅁ추니 쳐의 넉슬 잡아 풍도(酆
都)의 보내여 가도랴 ㅎ거놀 쳡이 지삼 이걸ㅎ
니 관왕이 싱ㅅ치부롤 보고 닐오디, 쳡이 명쉬
당ㅅ이 사롬의 몸을 어더 타일의 패쥐 ㅼ회셔
발젹(發跡)ㅎ야77) 【72】 듕궁황후 될 분복이 잇
나 ㅎ고 블구의 이 ㅼ회 호원의(胡員外)의 집의
가 쏠이 되여 나리라 ㅎ고 경히 노하 보내랴 홀
제 션관의 부작이 니ㅌ러시매 ㅂ야흐로 쳡의 넉
시 그림 가온디 잇는 줄 아라 이제 삼혼이 다
ㅁ다시니 만인 션관의 힘을 님어 쳡이 화샹을
가져다가 호원의의 집의 보내면 이 쳡의 지싱ㅎ
는 날이라. 타일 패쥐셔 니러날 제 션관이 ㅼ혼
인연이 잇는 사롬이니 만일 나의 모친 셩고ㅅ롤
만나 보아든 힝혀 쇼식을 뎐ㅎ라."

말을 ㅁ추며 그림 우흐로 드러가거놀 댱난
이 싱각ㅎ디,

'미이 젼의 닐오디 호가 녀지 왕가 후비
되리라 ㅎ거놀 내 다만 저의 셩이 본디 호갠 줄
아지 어이 호원의 집의 탁싱(托生)홀 줄 알니오.
일노 볼 쟉시면 왕가 휘(后) 되리라 말도 결단
ㅎ야 송나라 도뎡을 니르미 아니로다. 다만 아
지 못게라 패쥐셔 발젹ㅎ리라 말 【73】 은 어인
말인고? 내 강호샹의셔 일즉 드ㄹ니 셩고괴라
ㅎ리 신통이 광디(廣大)ㅎ다 ㅎ니 만일 저롤 만

---

76) 【여이】囹 여우. ¶ 狐 ‖ 한 여이 대골이 ㅼ려
져 당하의셔 죽어시디 닙엇던 오시 미야미 허믈
ㅈㅎ여 혼 편의 버서젓거놀 (只得一個牝狐, 頭
腦迸裂, 死于地下. 衣服如蟬蛻一般, 褪在一邊.)
<羅孫 平妖 3:68>

77) 【발젹ㅎ다】囹 {발젹(發跡)하다.} ¶ 發跡 ‖ 관
왕이 싱ㅅ치부롤 보고 닐오디 쳡이 명쉬 당당이
사롬의 몸을 비러 타일의 패쥐 ㅼ회셔 발젹ㅎ야
듕궁황후될 분복이 잇다 ㅎ고 (蒙關聖稽查簿籍,
道妾冥數合得人身, 他日發跡貝州, 有中宮皇后之
分.) <羅孫 平妖 3:71>

나보면 비로소 명빅홀노다.'

　　ㅎ더라.

　　이튼날 니러나니 뇌티감이 손조 와 보거눌 댱난(張鸞)이 진짓 말을 아니ㅎ고 다만 간 곳을 모르노라 ㅎ고 죠용이 듯보련노라 ㅎ엿더니 이윽고 온 셩듕이 뎐ㅎ여 닐오디 간밤의 동궁 ㅈ션당(資善堂) 알픠 흔 녀이 절노 죽으니 죽엄을 후지문(後宰門) 밧긔 브렷다 ㅎ거눌 댱난은 임의 분명이 알오디 뇌티감이야 어이 꿈윈들 미인 줄 알니오. 다만 가인을 분부ㅎ야 ㅅ방을 헤쳐 츠즈니 믈 가온디 둘을 건지고 바다 밋희 바룰을 어듬 ㄹㅊㅎ니〔水中撈月何曾有, 海底尋針畢竟無.〕무춤내 쇼식을 모르니라. 댱난이 미우(媚兒)의 의탁ㅎ던 말을 닛지 아냐 미우의 화샹을 광주리 가온디 너허 좌슈의 광주리룰 들고 우슈의 별각션〔鱉殼仙 부쳬〕을 잡고 호원의(胡員外) 집을 츠자가니라.

16

호원외희봉선화 장원군노산요티
胡員外喜逢仙畫 張院君怒産妖胎

【74】 동경(東京) 기봉부(開封府)의 평안가(平安街) 거리 우희 ᄒᆞᆫ 원의 이시니 셩은 호(胡)요 ᄌᆞᄂᆞᆫ 픠[디]홍(大洪)이니 그 집이 가음여러 젼냥의 요죡(饒足)ᄒᆞ기ᄂᆞᆫ 니ᄅᆞ디 말고 가듕의 세 큰 고히 이시니 좌편 고ᄂᆞᆫ 사라능단을 너헛고 우편 고ᄂᆞᆫ 금은쥬옥을 너헛고 가온ᄃᆡᄂᆞᆫ 셔화완호(書畫玩好)의 거술 너허시니 고마다 쥬관ᄒᆞᄂᆞᆫ 사룸이 잇더라.

쳐 댱시(張氏)로 더브러 나히 듕년의 ᄌᆞ녀 업ᄉᆞ디 원의ᄂᆞᆫ 일싱 ᄌᆡ리(財利)의 ᄆᆞ음이 잇ᄂᆞᆫ디라 신후 일의 ᄆᆞ음이 가지 못ᄒᆞ고 원군(院君)78)은 일싱 투긔ᄒᆞᄂᆞᆫ 병이 이셔 차환과 양낭(養娘)의 무리룰 원의의 근쳐의 가지 못ᄒᆞ게 ᄒᆞ디 격이 의심저온79) 일곳 이시면 반은 죽게 쳐 즈름 블너 ᄑᆞ라ᄇᆞ리니 이러무로 더옥 ᄌᆞ녀룰 ᄇᆞ라지 아니터니 원의 나히 오십이 ᄎᆞ고 ᄯᅩ 싱일이

다드르니 세 고 쥬관ᄒᆞᄂᆞᆫ 사룸이 서로 의논ᄒᆞ야 각ᄌᆞ 쥬찬을 쟝만ᄒᆞ야 원의긔 헌슈ᄒᆞ고 셩듕의 원의로 더브러 아ᄂᆞᆫ 사룸이 ᄯᅩᄒᆞᆫ 녜단을 【75】 보내니 원의 쳥ᄒᆞ야 술 먹을 시 졔긱이 그 듕의 혼ᄀᆡ 만혼지라. 쥬셕간의 ᄌᆞ녀의 말을 ᄒᆞ니 원의 홀연 남녜 업ᄉᆞ믈 싱각고 묵연ᄒᆞ야 즐겨 아니ᄒᆞ더니 빈ᄀᆡᆨ이 훗터진 후 ᄂᆡ당의 드러가니 원군이 ᄯᅩᄒᆞᆫ 쥬찬을 셩비ᄒᆞ야 원의로 더브러 서로 술을 권ᄒᆞ더니 원의 홀연 눈물을 흘니거놀 원군이 닐오디,

"우리 집의 의식이 부죡디 아니코 빅ᄉᆡᆨ(百事)난 낫븐 일이 업ᄉᆞ니 비록 공후경샹(公侯卿相)의 영화ᄂᆞᆫ 업ᄉᆞ나 ᄯᅩᄒᆞᆫ 쳔인이 블워ᄒᆞ고 만인이 흠모ᄒᆞᄂᆞᆫ디라. ᄒᆞᄆᆞᆯ며 금일은 원의의 됴흔 날이여늘 무ᄉᆞ 일 이리 번뇌ᄒᆞᄂᆞ뇨?"

원의 왈,

"금일 쥬셕간의 모든 친구들이 다 ᄌᆞ녀의 말을 ᄒᆞ디 나ᄂᆞᆫ 홀노 업ᄉᆞ니 금년이 오십이라 명년이면 뉵십 줄의 드ᄂᆞᆫ디라. 싱산ᄒᆞ미 임의 망단(望斷)ᄒᆞ야시니 금은이 비록 북두(北斗)의 【76】 다하신들 죽은 후ᄂᆞᆫ ᄂᆡ재 업ᄉᆞ리니 이룰 싱각ᄒᆞ면 어이 슬ᅳ디 아니ᄒᆞ리오."

원군이 닐오디,

"동녀 ᄆᆞ을의 왕노랑이 ᄉᆞ십팔 셰에 쳐음으로 ᄌᆞ식을 나하시니 팔ᄌᆞ의 ᄌᆞ식을 늣게 타나면 그러니도 잇다 ᄒᆞ니 내 나흔 아직 ᄉᆞ십칠 셰라 오히려 아디 못홀 거시니 내 만일 오십이 되도록 나치 못ᄒᆞ거든 당ᄌᆞ이 원의룰 위ᄒᆞ야 쳡을 구ᄒᆞ리라. 내 드ᄅᆞ니 황ᄐᆡᄌᆞᄂᆞᆫ 황샹이 비러 나ᄒᆞ시다 ᄒᆞ니 셩듕 보죡[록]궁(寶籙宮)의 우젼[셩]딘군(佑聖眞君)이 극히 녕타 ᄒᆞ니 길일을 굴회여 분향ᄒᆞ고 졍셩으로 빌면 혹쟈 녕험ᄒᆞ미 이실가 ᄒᆞ노라."

원의 그 말을 올히 녁여 수일 후 향쵹과 졔믈을 쟝만ᄒᆞ야 보죡궁의 가 긔도ᄒᆞ고 곳 도라왓더니 이ᄯᅢ예 셔화 ᄀᆞ음아ᄂᆞᆫ80) 쥬관이 고듕의

---

78) 【원군】 명 {원군(院君).} 지체 높은 부인을 일컫는 말. ¶ 院君 ǁ 원군은 일싱 투긔ᄒᆞᄂᆞᆫ 병이 이셔 차환과 양낭의 무리룰 원의의 근쳐의 가지 못ᄒᆞ게 ᄒᆞ디 (那院君又有一件毛病, 專一吃醋捻酸, 不容員外娶妾置婢.) <羅孫 平妖 3:74>

79) 【의심저오-】 형 《의심젓다》 의심쩍다. 의심(疑心)스럽다. ¶ 차환과 양낭의 무리룰 원의의 근쳐의 가지 못ᄒᆞ게 ᄒᆞ디 격이 의심저온 일곳 이시면 반은 죽게 쳐 즈름 블너 ᄑᆞ라 ᄇᆞ리니 (不容員外娶妾置婢. 還是十年前員外偸了個丫鬟, 院君知道, 登時把丫鬟打個半死, 發與主管, 敎他召人賣了.) <羅孫 平妖 3:74> ⇒ 의심저으-, 의심젓다, 의심져우-, 의심져으-

80) 【ᄀᆞ음아-】 동 《ᄀᆞ음알다》 관장(管掌)하다. 다스

셔 일년 미﹕훈 니식을 산계(算計)ㅎ더니 믄득 훈 사룸이 밧그로셔 드러오니 머리의 털관을 쓰고 몸의 【77】 거믄 션 두른 비포(緋袍)롤 닙고 좌슈의 광주리롤 들고 우슈의 별각션을 쥐여시니 표연이 신션의 씌샹이 잇더라. 쥬관이 댱난의 용뫼 비샹훈믈 보고 급히 마자 빈쥬롤 난화 안고 무르디,

"션싱이 이리 오미 무슨 말을 ᄀ르치려 ㅎ느뇨?"

도인 왈,

"이곳이 호원의의 셔화 너흔 곳이냐?"

쥬관이 닐오디,

"졍히 올타."

도인이 닐오디,

"빈되 훈 복(幅) 그림이 이셔 ᄑ라 쓰고져 ㅎ노라."

쥬관 왈,

"원컨디 그림을 보아지라."

도인이 광주리 안흐로셔 훈 튝 그림을 내여 벽샹의 거니 훈 복 미인도오 그 아러 댱승유(張僧繇) 삼 ᄌ롤 뻣더라. 쥬관이 무르디,

"이 그림 갑시 언마나 ㅎ뇨?"

도인이 닐오디,

"은ᄌ 일빅 냥을 밧고져 ㅎ노라."

쥬관이 쇼왈,

"션싱이 희롱의 말 말나. 이 훈 복 그림이 오뉵 전을 주어도 족홀가 ㅎ노라."

도인이 닐오디,

"이 그림이 녜ᄉ 그림이 【78】 이 아니라 네 댱승유의 그림이니 셰간의 드믄 보비라."

쥬관이 골오디,

"댱승위(張僧繇) 이제 오빅년이 지나시디 이 그림은 오히려 투식(渝色)지81) 아니시니 두리건디 묘훈 거신가 ㅎ노라."

동니이 닐오디,

"죡해 임의 의심홀진디 오십 냥으로 갑술 의지ㅎ미 엇더ㅎ뇨?"

쥬관 왈,

"내 쯧의논 닷 냥도 만홀가 ㅎ노라."

양인이 졍히 말을 다토더니 신 ᄭ으는 소리 나며 원의 안흐로셔 나오거놀 도인이 원의의게 졀ㅎ야 뵌디 원의 답녜ㅎ고 온 뜻을 뭇거놀 쥬관이 그림을 ᄀ르치며 원의ᄃ려 닐오디,

"이 ᄉ뷔 이 그림을 가지고 브터 오십 냥을 바드라 ㅎ니 쇼인은 감히 쥬쟝치 못ㅎ느이다."

원의 쇼왈,

"훈 복 그림이 비록 조흐나 어이 오십 냥이 ᄲ리오!"

도인이 닐오디,

"이 듕의 훈 긔묘훈 일이 이시디 이곳이 말ㅎ기 비편ㅎ니 만일 훈 거름을 빌니셔든 ᄌ셔히 베프리라."

원의 도인의 손을 잇글고 셔당의 와 무러 골오디,

"이 그림이 무슨 긔묘훈 일이 【79】 잇느뇨?"

도인이 골오디,

"이 그림이 셰샹 단쳥이 아니라 신션의 필젹이니 밤이 깁고 인젹이 고요훈 쩨에 깁흔 방 안희 걸고 죠훈 향을 픠오고 기춤 훈 소리롤 ㅎ고 그림을 세 번 퉁긔며 션녀는 ᄂ려와 차롤 먹으라 ㅎ면 션녜 문득 ᄂ려오느니라."

원의 듯고 ᄆ옴의 밋지 아냐 침음ㅎ기롤 오래 ㅎ거놀 도인이 닐오디,

"아직 그림을 머무러 오날밤의 시험ㅎ야 보고 명일 곳쳐 의논ㅎ리라."

원의 닐오디,

"이리 ㅎ미 ᄀ장 죠타."

ㅎ고 인ㅎ야 도인의 셩명을 무른디 도인이 닐오디,

"빈도는 튱쇼쳐ᄉ(冲霄處士) 댱난(張鸞)이로라."

원의 머리 조아 골오디,

"놉흔 일홈을 우러더니라."

ㅎ고 지ㅎ야 디졉ㅎ야 보내니라.

원의 그림을 ᄉ미예 너코 드러가 원군ᄃ려 닐오디,

리다. ¶ 當 ‖ 이쩌예 셔화 ᄀ음아는 쥬관이 고듕의셔 일년 미미훈 니식을 산계ㅎ더니 믄득 훈 사룸이 밧그로셔 드러오니 (當古玩的……主管正在解庫中把一年中當過見賣過的本利帳目結算, 托地布簾起處, 走將一個先生入來.) <羅孫 平妖 3:76>

81) 【투식ㅎ다】 圖 투색(渝色)하다. 퇴색(退色)하다. 빛바래다. ¶ 댱승위 이제 오빅년이 지나시디 이 그림은 오히려 투식지 아냐시니 두리건디 모훈 거신가 ㅎ노라 <羅孫 平妖 3:68>

"내 젼의 회계혼 거시 명빅디 아니 : 오날 밤의 셔【80】 당의 가 죠용이 산계ᄒ랴 ᄒ니 셕반을 일 출혀 오라."

원군이 의심치 아니ᄒ고 양인이 혼가지로 셕식을 파ᄒ고 원의 니러 셔당의 가 셔동을 분부ᄒ되,

"너희 밧긔셔 자라."

ᄒ고 창을 닷고 어둡기를 기다려 쵹을 붉히고 향노의 됴혼 향을 픠오고 손조 차를 더이고 미인도를 내여 벽샹의 걸고 도인의 니ᄅ던 되로 혼 쇼리 기춤ᄒ고 세 번 통긔니 문득 혼 쎄 ᄇ람이 지나며 그림 우희 미인이 혼 번 쒸여 ᄂ려셔니 곳 ᄀᆺᄒ며 옥 ᄀᆺᄒ여 진실노 텬샹 신션이라. 인간 지분(脂粉)의 비홀 빈 아니라. 원의를 향ᄒ야 만복ᄒ거놀 원의 황망이 답녜혼 후 손조 차를 부어 녀ᄌ의게 드리니 녀지 바다 먹고 각별 말을 못ᄒ여셔 혼 쎄 ᄇ람이 지나며 도로 죡ᄌ 우흐로 올나가니 원의 놀나고 깃거 싱각ᄒ되,

'이 그림이 과연 이러틋시 넝이ᄒ니82) 오날은 션녀를 처음으로 보아【81】 시미 말뉴치 못ᄒ엿거니와 두 번지란 당 : 이 보내지 밀고 죠용이 언어로 슈작ᄒ리라.'

원의 이튿날 져녁의 ㅆ 셕식을 지쵹ᄒ야 먹고 셔당의 가 산계(算計)ᄒ랴 ᄒ거놀 원군이 싱각ᄒ되,

'만일 간밤의 산계를 다 못ᄒ여실 쟉시면 오날 나지 ᄒᆯ지어놀 브터 밤의 ᄒ랴 ᄒ니 이 일이 가히 의심젓도나.83)'

원의의 셔당의 가기를 기드려 차환으로 ᄒ야곰 블을 잡히고 ᄀ만이 셔당의 가 창 밧긔셔 드ᄅ니 냥인의 말ᄒ는 소리 잇는 둣ᄒ거놀 창굼글 닯고84) 보니 쵹영(燭影)이 어른 : ᄒ는 ᄉ이예 일녀지 원의로 더브러 마조 안잣거놀 원군이 분긔 하늘의 쎄칠 둣ᄒ야 소리 지ᄅ고 창을 열치니 원의 디경ᄒ여 넓더나 무ᄅ되,

"원군이 무스 일노 예 왓느뇨?"

원군이 고셩디즐 왈,

"이 늙고 뜻업손 거사! 네 날을 그이고 됴혼 일 ᄒ는고나. ᄇ로【82】 니ᄅ라. 이 쳔물(賤物)85)을 어디 가 어더왓느뇨?"

이리 ᄒᆯ 제 션녀는 볼셔 그림으로 올나갓는디라. 원군이 긔운이 분 : ᄒ야 차환을 블너 수탐(搜探)혼들 어디 가 어드리오. 원군이 더욱 분노ᄒ야 ᄒ더니 문득 벽샹의 미인도를 거럿거놀 손으로 ᄭ어 ᄂ리와 쵹블의 티와 ᄇ리니 원의 원군의 더로혼 ᄯᅵ예 어이 말나 ᄒ리오. 경긱 ᄉ이예 지되니 원의 심듕의 차셕ᄒ더니 블 붓혼 지 홋터지 : 아니코 방 안희셔 회호리ᄇ람쳐로86) 여러 번 도라가 졈 : 원군87)의게 갓ᄀ이 가니 블이 ᄭᅥ지 : 아냣는디라. 츼여88) 안더니

---

82) 【녕이ᄒ다】형 {영이(靈異)하다.} ¶ 靈異 ‖ 이 그림이 과연 이러틋시 녕이ᄒ니 오날은 션녀를 처음으로 보아시미 말뉴치 못ᄒ엿거니와 두번지란 당당이 보내지 말고 됴용이 언어로 슈작ᄒ리라 (這話果然有靈. 如今初次, 只莫纏他. 等待第二遍, 細細與他扳話不遲.) <羅孫 平妖 3:80>

83) 【의심젓다】형 의심쩍다. 의심(疑心)스럽다. ¶ 可疑 ‖ 만일 간밤의 산계를 다 못ᄒ여실 쟉시면 오날 나지 ᄒᆯ지어놀 브터 밤의 ᄒ랴 ᄒ니 이 일이 가히 의심젓도다 (旣然有帳算時, 日裏工夫丟向那裏去了? 却到夜間恁般忙迫! 事有可疑.) <羅孫 平妖 3:81> ⇒ 의심저오-, 의심저으-, 의심져오-, 의심져우-

84) 【닯다】동 닳다. ¶ 창 밧긔셔 드ᄅ니 냥인의 말ᄒ는 소리 잇는 둣ᄒ거놀 창 굼글 닯고 보니 쵹영이 어른어른ᄒ는 ᄉ이예 일 녀지 원외로 더브러 마조 안잣거놀 (近風窓聽得一似有婦人女子聲音在內. 媽媽輕輕的走到風窓邊, 將小拇指頭醮些口唾, 去紙窓上輕輕的印一個眼兒. 偷眼一觀, 見一個女子與員外對坐面.) <羅孫 平妖 3:81> ⇒ 닲다

85) 【쳔물】명 {쳔물(賤物).} ¶ 歪行貨 ‖ 이 늙고 뜻 업손 거사 네 날을 그이고 됴혼 일ᄒ는고나 ᄇ로 니ᄅ라 이 쳔물을 어더가 어더왓나뇨 (做甚麽! 老氣丐, 老無知, 做得好事! ……却在這裏做不仁不義之勾當. 這沒來歷的歪行貨, 那个勾引來的, 你快快說!) <羅孫 平妖 3:82>

86) 【-쳐로】조 처럼. ¶ 블 붓혼 지 홋터지지 아니코 방 안희셔 회호리ᄇ람쳐로 여러 번 도라가 졈졈 원군의게 갓ᄀ이 가니 (紙灰起地上團團的轉, 看看旋到媽媽脚邊來.) <羅孫 平妖 3:82>

87) 【원군】명 {원군(院君).} 지체 높은 부인을 일컫는 말. ¶ 媽媽 ‖ 블 붓혼 지 홋터지지 아니코 방 안희셔 회호리ᄇ람쳐로 여러 번 도라가 졈졈 원군의게 갓ᄀ이 가니 블이 ᄭᅥ지지 아냣는디라 츼여 안더니 그 지 믄득 혼 번 소사 원군의 닙을 드리드ᄅ니 원군이 혼 번 크게 소리ᄒ고 졋바디니 (紙灰起地上團團的轉, 看看旋到媽媽脚邊來, 媽媽怕燒了衣服, 退後兩步, 只見那紙灰看着媽媽口裏只一涌出來, 那媽媽大叫一聲, 驀然倒地.) <羅孫 平妖 3:82>

88) 【츼다】동 비키다. 피하다. ¶ 退後 ‖ 졈졈 원군의게 갓ᄀ이 가니 블이 ᄭᅥ지지 아냣는디라 츼여 안더니 (媽媽怕燒了衣服, 退後兩步.) <羅孫 平妖 3:82>

그 지 믄득 흔 번 소사 원군의 닙으로 드리드르니[89] 원군이 흔 번 크게 소릭흐고 졋바디니[90] 원의 경황흐야 급히 붓드러 니르혀고 더운 물을 먹이니 이윽고 정신을 출혀 다만 닙속의 닐오딕,

"늙고 무지흔 놈이 죠흔 일을 흐얏다!"

흐고 차환 【83】 의게 붓들려 안흐로 드러가더라.

원군이 이번 놀난 후 신샹이 쾌치 못흐야 서너 둘이 지나니 져시 크고 비 놉하 분명이 잉틱흐얏는디라. 호원의 심히 깃거흐더니 십삭(十朔)이 차 히산흐기롤 님흐야 오러디 슌히 나치 못흐니 원의 심히 근심흐야 신녕긔 긔도흐고 의원을 춧더니 가인이 보흐딕,

"샹년[91]의 그림 두고 가던 션싱이 와셔 원의롤 보아지라 흐느이다."

원의 그림 말흐기롤 어려이 너겨 머뭇〻흐다가 마디 못흐야 나가 보고 닐오딕,

"일가 사롬이 브야흐로 닙산하얏는디라. 즉시 나와 맛디 못흐니 죄롤 샤흐라."

댱난이 디쇼 왈,

"원군이 근일 익이 잇는 줄 알고 빈되 녕약을 어더왓느이다."

흐고 호로 속으로셔 블근 약 흔 환을 내여 원의롤 주며 닐오딕,

"닝슈의 푸러 먹으면 슌산흐리라."

흐고 주거놀 원의 샤 【84】 례흐고 닐오딕,

"션싱은 잠간 머무러 지롤 흐고 가라."

댱난이 디왈,

"금일은 귀틱이 분요흔 써니 후일의 다시 와 하례흐리라."

흐고 무춤내 그림 말을 아니흐고 표연이 가더라.

원의 약을 푸러 원군을 먹이니 과연 일긱도 못흐야셔 녀우롤 나흐니 원의의 부체 심히 깃거 일홈을 영이라 흐더라.

세월이 수이 지나 영우의 나히 칠팔 세되니 용모의 미려(美麗)흐미 완연이 당초 그림 가온디 션녀 ㄱ튼디라. 부뫼 ᄉ랑흐기롤 손 가온디 진쥬와 궤 가온디 옥ㄱ치 넉여 흔 교관을 청흐야 집의 두고 영우롤 글 ㄱ르치니 그 교관의 셩명은 진션(陳善)이라. 사롬 되오미 튱후노셩(忠厚老成)흐니 호원의 극히 공경흐더라.

이찍 진종황뎨 붕흐시고 황틱지 즉위흐시니 이 인종황뎨라. 틱감 뇌윤공(雷允恭)이 죄 저즈러 죽고 뎡승샹이 쪼흔 먼 싸희 귀향가니 댱난이 뇌윤경[공]의 화원의 이션 지 여러 힉라. 【85】 사롬의 시비 이실가 두려흐고 또 호미우의 말을 드론 후는 동경의 이실 뜻이 업서 강호의 두루 노라 셩고롤 춧고져 흐야 동경을 써나 두루 유람흐더니 흔 곳의 니르러 드라니 박평현(博平縣)의셔 녀도시 비롤 비더라 흐거놀 댱난이 싱각흐더,

'이 필여[연] 셩고괴로다.'

흐고 박평현을 향흐여 가니라.

세지(歲在) 을미(乙未) 초동(初冬)의 경호서옥(鏡湖書屋)의셔 총총 필셔(筆書)흐느니 글시 비록 추비(醜鄙)흐나 나의 졍을 닛지 말고 써써 반길지어다.

---

89) 【드리둘-】 图 《드리둗다》 들이닫다. 달려들다. ¶ 최여 안더니 그 지 믄득 흔 번 소사 원군의 닙을 드리드르니 원군이 흔 번 크게 소릭흐고 졋바디니 (退後兩步, 只見那紙灰看着媽媽口裏只一涌出來, 那媽媽大叫一聲, 驀然倒地.) <羅孫 平妖 3:82> ⇒ 드리달-

90) 【졋바디다】 图 자빠지다. 넘어지다. ¶ 倒地 ∥ 원군이 흔 번 크게 소릭흐고 졋바디니 (那媽媽大叫一聲, 驀然倒地.) <羅孫 平妖 3:82>

91) 【샹년】 图 향년(向年). 작년. ¶ 前番 ∥ 샹년의 그림 두고 가던 션싱이 와셔 원의롤 보아지라 흐느이다 (前番當畵的先生在門前.) <羅孫 平妖 3:83> ⇒ 3:14

[羅孫本 평요뎐平妖傳　권지오卷之五]

29

왕티위대샤모연젼 두칠성흔힝속두법
王太尉大捨募緣錢　杜七聖狠行續頭法

【2】 션왕태위(善王太尉) 셩외예 가 한가히 노다가 도라가 익일(翌日)은 나가디 아니코 화원 뎡ᄌ 우희셔 술 먹으며 희ᄌ(戲子)롤 보더니 홀년(忽然) 담 밧그로셔 흔 탄지(彈子) ᄂ라와 뎡ᄌ 기동의 다질녀92) ᄂ려지니 태위 놀나 닐오디,

"엇던 사롬이 내 집을 향ᄒ야 탄ᄌ롤 쏘ᄂ뇨? 만일 사롬이 맛던들 어이 샹치 아니리오."

하인을 【3】 분부ᄒ야 탄ᄌ 쏜 사롬을 어드라 ᄒ더니 그 탄지 짜 우희셔 쮜놀기롤 빅 번이나 ᄒ다가 변ᄒ야 져근 사롬이 되야 졈ㆍ ᄌ라 경ᄀ 스이의 흔 화샹이 되니 신댱이 칠 쳑이오 몸의 블빗 ᄀᆺ흔 가사롤 닙고 귀예 금환(金環)을 ᄃ랏더라. 모든 슈하 사롬이 대경ᄒ더니 화샹이

나아와 태위긔 녜ᄒ거눌 태위 몸을 니러 답녜ᄒ고 무ᄅ디,

"셩승은 어디 사롬이며 무스 일노 이에 니ᄅ럿ᄂ뇨?"

【4】 화샹 왈,

"빈승은 오디산(五臺山) 문슈원(文殊院) 듕이러니 태위의 션ᄉ(善事)ᄒ시믈 듯고 흔 번 지ᄒ시믈 ᄇ라ᄂ이다."

태위 본디 블법을 슝샹ᄒ고 ᄒ믈며 이 듕의 긔이ᄒ믈 보앗ᄂᆫ디라 급히 소찬을 비셜ᄒ라 ᄒ고 몬져 술노 디졉ᄒ더니 큰 죵(鍾)으로 부으라 ᄒ여 년ᄒ야 셜혼아믄93) 죵은 먹으디 죠곰도 취치 아니커눌 태위 깃거 싱각ᄒ디,

'진짓 긔이흔 듕이로다!'

이윽고 지롤 드리니 화샹이 밥과 탕(湯)과 쩍과 ᄂ믈을 믈소히94) 다 먹으니 보ᄂᆫ 사롬이 아니 놀나리 업더라. 화샹이 ᄇ야흐로 비블너 파ᄒ고 니러 가려 ᄒ거눌 태위 무ᄅ디,

"션시 【5】 이제 어디로 가ᄂᆫ다?"

화샹 왈,

"빈승이 본 뎔 산문(山門)을 곳쳐 지으려 ᄒ디 논 삼젼 관이 늘 거시니 이리 와 션ᄉᄒᄂᆫ 사롬을 츳더니 태위 만일 이 일을 혼자 일워내면 복녹(福祿)이 측냥치 못ᄒ리이다."

태위 왈,

"이ᄂᆫ 어렵디 아니ᄒ디 삼쳔 관이 슈운ᄒ기 어려오니 금은을 그 슈로 보시ᄒ고져 ᄒᄂ니 화샹이 가져갈다?"

화샹 왈,

"금은은 쓰기 편치 아니ㆍ 삼쳔 젼을 주시과져95) ᄒᄂ이다."

---

92) 【다질니다】 동 부딪히다. ¶ 홀년 담 밧그로셔 흔 탄지 ᄂ라와 뎡ᄌ 기동의 다질녀 ᄂ려지니 (正飮酒間,　只聽得那四望亭子的亭柱上一聲響.) <羅孫 平妖 5:2> 믄득 흔 빗줄이 쯔쳐져 살 갓치 다라와 그 나모 밋터 다질니니 션뷔 나믄 줄을 가져 미고 닐오디 <落泉 3:39> ⇒ 다딜니다, 다딜리다, 다즐리다, 다질리다

93) 【셜혼아믄】 관 삼십여(三十餘). ¶ 三十來 ‖ 몬져 술노 디졉ᄒ더니 큰 죵으로 부으라 ᄒ여 년ᄒ야 셜혼아믄 죵은 먹으디 죠곰도 취치 아니커눌 (卽時叫一箇大金鍾來, 放在和尙面前. 太尉只是盞子喫, 和尙用大鍾子喫. 太尉只顧斟酒, 和尙也不推却. 喫上三十來大金鍾.) <羅孫 平妖 5:4>

94) 【믈소히】 부 {몰수(沒數)이.} 몽땅. ¶ 盡數 ‖ 이윽고 지롤 드리니 화샹이 밥과 탕과 쩍과 ᄂ믈을 믈소히 다 먹으니 보ᄂᆫ 사롬이 아니 놀나리 업더라 (和尙見了素食, ……這和尙, 飯來, 羹來, 酒來, 盡數盡喫, 叫供給的做手脚不跌. 手下人都呆了.) <羅孫 平妖 5:5> ⇒ 몰슈이, 몰슈히, 믈수, 믈슈히

95) 【-과져】 미 ((주로 동사 형용사 어간 뒤에 붙어)) -고자. ¶ 금은은 쓰기 편치 아니ᄂᆫ 삼쳔

태위 고마니 웃고 어이 슈뎐ᄒᆞᄂᆞᆫ고 볼 거시라 ᄒᆞ고 고 맛든96) 가인을 블너 돈 삼쳔 관을 가져다가 뫼ᄀᆞ치 ᄡᅡ 【6】 코 닐오ᄃᆡ,

"돈은 여긔 잇거니와 션ᄉᆡ 어이 가져갈다?"

화샹이 ᄂᆞ려 태위의게 샤례ᄒᆞ고 ᄉᆞ매로셔 경ᄎᆡᆨ(經冊) ᄒᆞᆫ 권을 내여 공듕의 더디니 일쳔 길이나 ᄒᆞᆫ 금드리 되여 ᄒᆞᆫ 끗춘 화원 둑의 다핫고 ᄒᆞᆫ 긋춘 구름의 다핫더라. 화샹이 공듕을 향ᄒᆞ야 손치며 블너 니르ᄃᆡ,

"오디산 모든 인부들아, 가히 ᄂᆞ려와 돈 삼쳔을 슈젼ᄒᆞ야 갈디어다."

이윽고 다리 우흐로셔 무수ᄒᆞᆫ 사람이 ᄂᆞ려와 경ᄌᆞ ᄉᆞ이예 다 슈뎐ᄒᆞ여97) 가거ᄂᆞᆯ 화샹이 다시 태위긔 샤례ᄒᆞ고 미조차98) 금교(金橋)롤 올나가니 졈ᇰ 먼니 가며 ᄒᆞᆫ 쩨 ᄇᆞ람의 금괴 업셔지거ᄂᆞᆯ 태위 심듕의 대희ᄒᆞ야 분향녜비ᄒᆞ고 니르ᄃᆡ,

"하관이 됴ᄒᆞᆫ 일 ᄒᆞ거ᄂᆞᆯ 오십여 년만의 오ᄂᆞᆯ이야 딘짓 나한(羅漢)을 만나보이다."

졔인이 태위의게 하례ᄒᆞ고 이후는 사람마다 탄ᄌᆞ화샹(彈子和尙)의 신이(神異)ᄒᆞᆷ믈 니르니 뉘 본 일홈이 난ᄌᆞ화샹(蛋子和尙)인 줄 알니오.

ᄒᆞᆯᄂᆞᆫ 왕태위(王太尉) 일 대궐 드러가다가 결문 밧긔셔 문 열기롤 기ᄃᆞ리더니 ᄒᆞᆫ 관원을 만나니 이 사람은 긔 【7】 봉부윤(開封府尹) 포증(包拯)이라. 포증이 본ᄃᆡ 왕태위 졍딕ᄒᆞᆫ 줄 아ᄂᆞᆫ디라 셔로 말ᄒᆞ더니 태위 니르ᄃᆡ,

"하관이 일ᄉᆡᆼ 블법을 공경ᄒᆞ디 진짓99) 듕을 보디 못ᄒᆞ얏더니 금일의 비로소 나한(羅漢)을 보앗노라."

ᄒᆞ고 탄ᄌᆞ화샹의 말을 니르니 포공이 입으로 신이ᄒᆞᆷ믈100) 칭찬ᄒᆞ나 ᄆᆞ옴의 싱각ᄒᆞ디,

'셰샹의 어이 그런 고히ᄒᆞᆫ101) 일이 ᄌᆞ시리오? 필연 요인(妖人)이 태위롤 소기도다.'

ᄒᆞ고 됴회롤 파ᄒᆞᆫ 후 도라와 도적 잡기 ᄀᆞ음아ᄂᆞᆫ102) 즙포관(緝捕官) 은뎐딕(溫殿直)을 블너 탄ᄌᆞ화샹의 말을 닐너 굴오ᄃᆡ,

"왕태위 뎌롤 셩승나한(聖僧羅漢)이라 ᄒᆞ나 내 싱각ᄒᆞ니 나한이 돈을 무어시 쓰리오. 영쥐

(永州)셔 댱난(張鸞) 복길(卜吉)의 변이 나고 이제 요승이 경셩의 츌입ᄒᆞ니 네 금일노셔 각쳐의 듯보아 난ᄌᆞ화샹을 잡아오라."

은뎐딕 쳥녕ᄒᆞ고 믈너와 눗치 근심ᄒᆞᄂᆞᆫ 빗치 만커ᄂᆞᆯ 긔봉부의 ᄒᆞᆫ 도적 잘 잡ᄂᆞᆫ 사람이 ᄌ시니 셩명은 염귀(冉貴)라. 일ᄉᆡᆼ 춫기 어려운 도적 잘 잡기로 유명ᄒᆞ더니 은뎐딕의 근심ᄒᆞᆷ믈 보고 연고롤 뭇거ᄂᆞᆯ 【8】 뎐딕이 탄ᄌᆞ화샹의 말과 포공의 분부ᄒᆞ던 말을 닐너 굴오ᄃᆡ,

"그 화샹이 뎌러틋ᄒᆞᆫ 도슐을 두어시니 간디로103) 사람의게 잡힐 니 업고 포대윤(包大尹)

<hr>

전을 주시과져 ᄒᆞᄂᆞ이다 (把金銀與貧僧, 不便去買料物. 若得三千貫銅錢甚好.) <羅孫 平妖 5:5>

96)【맏다】圖 맡다. ¶ 主管 ‖ 그 맛든 가인을 블너 돈 삼쳔 관을 가져다가 뫼ᄀᆞ치 ᄡᅡ코 (太尉卽時叫主管開庫, 敎官身、私身、虞侯輪番去搬銅錢來, 堆在亭子外地上.) <羅孫 平妖 5:5>

97)【슈뎐ᄒᆞ다】圖 {수전(輸傳)ᄒᆞ다.} 운수(運輸)ᄒᆞ다. ¶ 運 ‖ 이윽고 다리 우희 무수ᄒᆞᆫ 사람이 ᄂᆞ려와 경ᄌᆞ ᄉᆞ이예 다 슈뎐ᄒᆞ여 가거ᄂᆞᆯ (無移時, 只見空中橋上, 衆行者幷火工、人夫滾滾攘攘下來, 都到四望亭下, 將這三千貫銅錢, 馱的馱, 挑的挑, 搬的搬. 交叉往復, 刹時間都運了去.) <羅孫 平妖 5:6>

98)【미조차】㋒ 뒤이어. ¶ 화샹이 다시 ᄐᆡ위긔 샤례ᄒᆞ고 미조차 금교로 올나가니 졈졈 먼니 가며 ᄒᆞᆫ쎄 ᄇᆞ람의 금괴 업셔지거ᄂᆞᆯ (和尙與太尉相辭了, 也走上那金橋去. 漸漸的去得遠不見了. 空中起一陣風, 那金橋依舊化作一卷經典, 隨風吹入空中去了.) <羅孫 平妖 5:6>

99)【진짓】㋑ 진짜. ¶ 하관이 일ᄉᆡᆼ 불법을 공경ᄒᆞ디 진짓 중을 보디코 ᄒᆞ얏더니 금일의 비로소 나한을 보앗노라 <羅孫 平妖 5:7>

100)【신이ᄒᆞ다】㋠ 신이(神異)하다. ¶ 難得 ‖ 포공이 입으로 신이ᄒᆞᆷ믈 칭찬ᄒᆞ나 ᄆᆞ음의 싱각ᄒᆞ디 셰샹의 어이 그런 고히ᄒᆞᆫ 일이 이시리오 필연 요인이 태위롤 소기도다 (包待制道: "難得難得." 雖然是恁般順口答應, 口中不道, 心下思量: 這件事又作怪, 世上那有此理?) <羅孫 平妖 5:7>

101)【고히ᄒᆞ다】㋠ 괴이(怪異)하다. ¶ 作怪 ‖ 포공이 입으로 신이ᄒᆞᆷ믈 칭찬ᄒᆞ나 ᄆᆞ음의 싱각ᄒᆞ디 셰샹의 어이 그런 고히ᄒᆞᆫ 일이 이시리오 필연 요인이 태위롤 소기도다 (包待制道: "難得難得." 雖然是恁般順口答應, 口中不道, 心下思量: 這件事又作怪, 世上那有此理?) <羅孫 平妖 5:7> ⇒ 괴이ᄒᆞ다

102)【ᄀᆞ음아】圖 《ᄀᆞ음알다》 관장(管掌)하다. 다스리다. ¶ 됴회롤 파ᄒᆞᆫ 후 도라와 도적 잡기 ᄀᆞ음아ᄂᆞᆫ 즙포관 은뎐딕을 블너 (朝罷, ……問當日聽差, 應捕人役是誰. 只見階下一人唱喏, 却是緝捕使臣溫殿直.) <羅孫 平妖 5:7>

103)【간디로】㋒ 멋대로. 아무렇게나. ¶ 그 화샹이 뎌러틋ᄒᆞᆫ 도슐을 두어시니 간디로 사람의게 잡힐 니 업고 (我想他旣有恁般好本事, 定然有個

이 셩이 엄ᄒᆞ야 다ᄅᆞᆫ 사ᄅᆞᆷ과 ᄀᆞᆺ디 아니ː 그 즁을 잡디 못ᄒᆞ면 죄ᄅᆞᆯ 면치 못ᄒᆞ리라."

념귀 왈,

"일이 ᄲᆞᆯ니 ᄒᆞᆯ 거시니 그 즁이 삼쳔 관 은 가지고 먼 ᄯᅡ히 가면 잡기 어려오니라."

뎐딕이 ᄀᆞᆯ오ᄃᆡ,

"이 말이 ᄀᆞ장 올타."

ᄒᆞ고 모든 공치[104]ᄅᆞᆯ 흐터 경셩 이십팔 문의 다 듯보라 ᄒᆞ고 친히 염귀(冉貴)와 두어 심복 사ᄅᆞᆷ을 ᄃᆞ리고 샹 민도리[105] ᄒᆞ고 셩듕의 두루 ᄃᆞᆫ녀 차 ᄑᆞᄂᆞᆫ 뎜과 술 ᄑᆞᄂᆞᆫ 집의 아니 단닌 ᄃᆡ 업ᄉᆞᄃᆡ 쇼식이 업더니 샹국ᄉᆞ(相國寺) 알ᄑᆡ 가니 동장(東莊)의 환슐(幻術)ᄒᆞᄂᆞᆫ 두칠셩(杜七聖)이 ᄇᆞ야흐로 온갓 노ᄅᆞ술 ᄒᆞ니 모든 사ᄅᆞᆷ이 굿보더라. 칠셩이 ᄒᆞᆫ 어린 아ᄒᆡᄅᆞᆯ ᄃᆞ리고 ᄃᆞᆫ니ː 일홈은 슈ː라 오ᄉᆞᆯ 벌거벗겨 안반(案板) 우히 누이고 칼노 머리ᄅᆞᆯ 버히니 모든 사ᄅᆞᆷ이 일시의 소ᄅᆡ 디ᄅᆞ더니 칠셩이 뵈니블노 슈ː(壽壽)ᄅᆞᆯ 덥고 즁인을 향ᄒᆞ야 왈,

"모다 굿보시ᄂᆞ니 각ː 돈 【9】 다ᄉᆞᆺ 돈식 ᄂᆡ여 노흐면 슈ː(壽壽)ᄅᆞᆯ 당ː이 니어나게 ᄒᆞ리라."

즁인이 ᄃᆞ토아 돈을 ᄂᆡ더니 길ᄀᆞ 면 ᄑᆞᄂᆞᆫ 누 우히 ᄒᆞᆫ 화샹이 안잣다가 칠셩의 법슐을 쟈랑ᄒᆞᄆᆞᆯ 보고 무슴 진언을 념ᄒᆞ더니 대졉을 가져다가 상 아ᄅᆡ 업허노코 면을 사 먹더니 즁인이 돈을 다 내거ᄂᆞᆯ 칠셩이 진언 닑고 부작ᄒᆞ고 니블을 들혀니 뎐의ᄂᆞᆫ 아ᄒᆡ 머리 즉시 니이더니 이번은 니이디[106] 아녓거ᄂᆞᆯ 칠셩이 황망이 도로 덥고 니ᄅᆞᄃᆡ,

"버힌 머리 닛기 쉽살ᄒᆞᆫ[107] 일이 아니ː 녈위ᄂᆞᆫ 잠간 등ᄃᆡᄒᆞ라."

ᄒᆞ고 다시 니ᄅᆞᆯ 두드리고 진언 닑고 작법ᄒᆞ기ᄅᆞᆯ 오래 ᄒᆞ다가 니블을 들혀보니 그저 니이디 아녓거ᄂᆞᆯ 칠셩이 더옥 황겁ᄒᆞ야 비러 니ᄅᆞᄃᆡ,

"아ᄆᆡ나 내 아ᄒᆡ 혼ᄇᆡᆨ을 잡아 두엇거든 쾌히 노하 보ᄂᆡ라. 후일의 당ː이 은혜ᄅᆞᆯ 갑흐리라."

ᄒᆞ고 진언 닑고 여러 보니 오히려 이이디 아녓ᄂᆞᆫ디라. 칠셩이 샹ᄌᆞ로셔 죠롱박시ᄅᆞᆯ ᄂᆡ여 ᄯᅡ히 심으고 믈 ᄲᅮᆷ으【10】니 경ᄀᆞᆨ ᄉᆞ이예 줄기 ᄌᆞ라 ᄭᅩᆺ치 픠고 ᄡᅵᆺ치 지며 죠롱이 열니ː 칠셩이 왼손으로 죠롱박을 잡고 올ᄒᆞᆫ숀으로 칼ᄒᆞᆯ 드러 ᄀᆞᆯ오ᄃᆡ,

"내 아ᄒᆡ 혼ᄇᆡᆨ을 노하보내디 아니ː 나ᄂᆞᆫ 셜워[108] 네 머리ᄅᆞᆯ 버힐노다."

ᄒᆞ고 ᄒᆞᆫ 칼노 죠롱을 버히니 누샹의 화샹이 졍히 면을 먹더니 머리 ᄢᅥ러져 ᄯᅡ히 구으니 면 ᄑᆞᄂᆞᆫ 쥬인과 ᄒᆞᆫᄃᆡ 안자 면 먹던 사ᄅᆞᆷ이 일시의 소ᄅᆡ 디ᄅᆞ고 다ᄅᆞ나려 ᄒᆞ더니 그 화샹이 손의 잡앗던 면 그ᄅᆞ술 노코 ᄯᅡ흘 어ᄅᆞ문져 머리ᄅᆞᆯ 어더 두 손으로 두 귓박회ᄅᆞᆯ 잡아 목쥴ᄃᆡ[109] 우히 단뎡이 마초고 웃고 니ᄅᆞᄃᆡ,

"면을 먹노라 닛고 아ᄒᆡ 혼ᄇᆡᆨ을 놋지 못ᄒᆞ도다."

藏身之所.) <羅孫 平妖 5:8>

104)【공치】[명] {공차(公差).} 관청에서 보내던 벼슬아치나 사자(使者). ¶ 做公的 ‖ 모든 공치ᄅᆞᆯ 흐터 경셩 이십팔 문의 다 듯보라 ᄒᆞ고 (如今吩咐許多做公的, 各自用心分路走, 繞京城二十八門去捉.) <羅孫 平妖 5:8> ⇒ 공ᄎᆞ, 샤령, 승국, 승발 아전

105)【민도리】[명] 차림새. 분장(扮裝). ¶ 친히 염귀와 두어 심복 사ᄅᆞᆷ을 ᄃᆞ리고 샹 민도리 ᄒᆞ고 셩듕의 두루 ᄃᆞᆫ녀 (溫殿直自帶着冉貴, 和兩箇了得的心腹人, ……殿直用暖帽遮了臉, 冉貴扮做當值的模樣.) <羅孫 平妖 5:8>

106)【니이다】[동] 잇다. ¶ 接 ‖ 니블을 들혀니 뎐의ᄂᆞᆫ 아ᄒᆡ 머리 즉시 니이더니 이번은 니이디 아녓거ᄂᆞᆯ 칠셩이 황망이 도로 덥고 (雙手揭起被單看時, 只見那孩兒的頭接不上. ……杜七聖慌忙再把臥單來盖定.) <羅孫 平妖 5:9> 續 ‖ 질ᄋᆡ 약간 젹은 ᄌᆡ조ᄅᆞᆯ 베허 파경즁원ᄒᆞ고 낙홰 다시 니이게 ᄒᆞ리이다 (姪兒略施小技, 管取破鏡重圓, 落花再續.) <禪眞 10:52>

107)【쉽살ᄒᆞ다 /쉽ᄉᆞ리 ᄒᆞ다】[형] 쉽다. 만만하다. ¶ 容易 ‖ 버힌 머리 닛기 쉽살ᄒᆞᆫ 일이 아니니 녈위ᄂᆞᆫ 잠간 등ᄃᆡᄒᆞ라 (看官! 只道容易, 管取今番接上.) <羅孫 平妖 5:9> 버힌 머리 도로 니이기 쉽ᄉᆞ리 ᄒᆞᆯ 일이 아니라 녈위ᄂᆞᆫ 잠간 등ᄃᆡᄒᆞ라 <平妖 7:41> ⇒ 쉽살ᄒᆞ다

108)【셜우-】[형] «셟다» 서럽다. 억울하다. ¶ 내 아ᄒᆡ 혼ᄇᆡᆨ을 노하보ᄂᆡ디 아니니 나ᄂᆞᆫ 셜워 네 머리ᄅᆞᆯ 버힐노다 (你先不成道理, 收了我孩兒的魂魄, 叫我接不上頭. 你也休想在世上活了.) <羅孫 平妖 5:10>

109)【목쥴ᄃᆡ】[명] 목. ¶ 腔子 ‖ 그 화샹이 손의 잡앗던 면 그ᄅᆞ술 노코 ᄯᅡ흘 어ᄅᆞ문져 머리ᄅᆞᆯ 어더 두 손으로 두 귓박회ᄅᆞᆯ 잡아 목쥴ᄃᆡ 우히 단뎡히 마초고 (只見那和尙慌的放下碗, 起身去那樓板上摸一摸, 摸着了頭, 雙手捉住兩隻耳朵, 掇那頭安在腔子上, 安得端正.) <羅孫 平妖 5:10> ⇒ 목쥴ᄭᅴ

ᄒᆞ고 ᄯᅡ히 업헛던 대졉을 들혀니110) 두칠
셩의 머리 버힌 아히 니블을 들혀고 ᄲᅱ여 내ᄃ
ᄅᆞ니 즁인이 일시의 소래 디ᄅᆞ더니 면 ᄑᆞ던 뎜
사ᄅᆞᆷ이 면 먹던 화상의 말을 칠셩ᄃᆞ려 니ᄅᆞ거ᄂᆞᆯ
염귀(冉貴) 듯고 은뎐딕ᄃᆞ려 니ᄅᆞ디,

"이 화상이 벅ᄌ이 션왕태위(善王太尉)의
삼쳔 젼 가져간 탄ᄌᆞ화상이니 【11】 톳기롤 보고
어이 매롤 노치 아니ᄒᆞ리오." 〔見兎不放鷹, 豈可空
過.〕111)

손을 ᄒᆞᆫ 번 티니 모든 공치 일시의 ᄃᆞ라ᄃᆞ
러 화상을 잡으려 ᄒᆞ니 필경의 엇디ᄒᆞ뇨?"

---

110)【들혀다】圖 들치다. ¶ 揭 ‖ ᄯᅡ히 업헛던 대
졉을 들혀니 두칠셩의 머리 버힌 아히 니블을
들혀고 ᄲᅱ여 너ᄃᆞᄅᆞ니 (伸手去揭起碟來. 這裡却
好揭得起碟兒, 那裏杜七聖的孩兒早跳起來.) <羅
孫 平妖 5:10> ⇒ 들치다

111)【放鷹 방응】fàng//yīng <動> [방잉] 매 놋타
(譯上 佃漁 22b) 믜 놋타 (方四 佃獵 7b) (課目
禽獸 24a) [방잉] 매 놋타 (漢淸 畋獵 4:55b) (同
下 佃漁 12a) (蒙上 佃漁 50a) 믜 노타 (三學 佃)
[방잉] 매 놋타 (華抄 佃漁 7b) [방잉] 믜 놋타
(華抄 飛禽 25b) "見兎不~, 豈可空過." 톳기롤
보고 어이 매롤 노치 아니ᄒᆞ리오 (羅孫 平妖
5:11)

30

탄ᄌ승변화뇌룡도 니이가슈요죠딜ᄉ
彈子僧變化惱龍圖 李二哥首妖遭跌死

화상이 졍히 누의 ᄂ려오려 ᄒ더니 모든 공치(公差) ᄃ라드러 잡으려 ᄒ거놀 화상이 손을 ᄒᆞᆫ 번 ᄀᄅ치니 면 ᄑᆞ는 쥬인과 면 사먹던 모든 긱인이 다 변ᄒᆞ야 화상의 얼굴이 되니 아모롤 잡을 줄 몰나ᄒ더니 홀연 은뎐딕(溫殿直)과 염귀(冉貴)와 공치 일시의 다 화상이 되니 각ᄃᆞ 서ᄅ 보며 어린 듯ᄒᆞ야 아모리 홀 줄 모ᄅ더니 이윽고 즁인이 본 얼굴을 회복ᄒᆞ고 화상은 간 ᄃᆡ 업더라.

은뎐직이 도라가 포공을 보고 이 말을 고ᄒ니 포공이 니ᄅ딕,

"요인이 경셩 안히 이시디 잡디 못ᄒ니 두리건디 의외예 환이 이실가 ᄒᆞ노라. 각문과 셩듕의 멸과 도관의 방브쳐 탄ᄌ화상을 잡아드리ᄂᆞ니는 돈 일쳔 관을 샹주고 ᄀᆞᆷ초고 알외디 아닛는 쟈는 연좌【12】ᄒᆞ리라."

ᄒ니 셩듕이 서ᄅ 뎐ᄒᆞ야 믈 ᄭᆯᄐᆞᆺ ᄒ더라.

이째 셩듕의 실과(實果) ᄑᆞ는 빅셩 니이개(李二哥)라 ᄒᆞ리 이셔 부쳐 냥인이 미매ᄒᆞ기로 ᄌᆞ셩(資生)ᄒ더니 니이개 아는 사롬의게 돈 ᄭᆞ라 갓다가 도라와 제 쳐ᄌᆞᄀᆡ 니ᄅ딕,

"내 오ᄂᆞᆯ ᄒᆞᆫ 괴이ᄒᆞᆫ 말을 드ᄅ니 ᄒᆞᆫ 요괴로온 즁이 일홈은 탄ᄌ화샹(彈子和尙)이라. 션왕태위(善王太尉)의 삼쳔 관을 소겨 가져가고 면 ᄑᆞᄂᆞᆫ 뎜의셔 모든 사롬의 얼굴을 변ᄒᆞ야 화상이 되게 ᄒᆞ니 즉금 기봉부(開封府)의셔 방브쳐 잡아드리ᄂᆞ니ᄂᆞᆫ 돈 일쳔 관을 샹쥬려 ᄒᆞ디 아모도 잡을 계교롤 못ᄒᆞᆫ다 ᄒᆞ더라."

쳬 무ᄅ디,

"진짓 말가?"

니이 왈,

"내 앗가 조방(朝榜)112)을 보고 와시니 어이 헛되미 이시리오."

쳬 왈,

"우리 냥인이 날마다 실과롤 ᄑᆞ라도 일싱 비브롤 ᄲᅢ 업ᄉ니 이 화상을 잡아드리고 샹젼을 어드면 어이 됴치 아니ᄒᆞ리오."

니이 왈,

"부졀업슨 말 말나. 다ᄅᆫ 사롬이 드롤가 ᄒᆞ노라."

쳬 니ᄅ디,

"내 어이 브졀업슨 말을 ᄒᆞ리오. 그 즁이 널년 쳔니 밧 【13】 기오 갓가오면 복젼의 잇ᄂᆞ니라. 〔遠便十萬八千里, 近只在目前.〕"

니이 니ᄅ디,

"이 엇딘 말고?"

쳬 왈,

"우리 격벽(隔壁)의 새로 드러온 즁이 요승인가 ᄒᆞ노라."

니이 굴오디,

"네 어이 요승인 줄 아ᄂᆞ뇨?"

쳬 니ᄅ디,

"이 화상이 예 완 지 두서 돌이로디 아모제113)도 ᄂᆞᆷ을 위ᄒᆞ야 경 닑는 일도 업고 나가 동녕ᄒᆞᄂᆞᆫ114) 일도 업고 날마다 밥째 되도록 자

---

112) 【조방】 몡 ｛조방(朝榜).｝ 조보(朝報). 기별(寄別). ¶ 榜 ‖ 내 앗가 조방을 보고 와시니 어이 헛되미 이시리오 (我方纔看了榜來, 如何在你處說謊.) <羅孫 平妖 5:12>

113) 【아ᄆ제】 때 아무때. ¶ 이 화상이 예 완 지 두서 돌이로디 아ᄆ제도 ᄂᆞᆷ을 위ᄒᆞ야 경 닑는 일도 업고 나가 동녕ᄒᆞᄂᆞᆫ 일도 업고 (這箇和尙來這裏住, 有三箇月了. 不曾見他出去抄化, 也不曾見他與人看經.) <羅孫 平妖 5:13>

114) 【동녕ᄒ다 /동냥ᄒ다】 동 동냥하다. ¶ 抄化 ‖ 아ᄆ 제도 ᄂᆞᆷ을 위ᄒᆞ야 경 닑는 일도 업고 나가

다가 낫이면 나가 황혼 째예 대취ᄒ고 도라오니
내 샹시 괴이히 넉이더니 거월(去月)의 밤의 비
알하 집 뒤히 가 둬보고 즁 잇는 방을 디나오더
니 방 안해 블빗치 죠요(照耀)ᄒ엿거늘 블 낫는
가 의심ᄒ야 창틈으로 보니 화상이 상샹(床上)
의셔 누어 가되 온몸의 블빗치 소사나니 이 필
연 요승(妖僧)인가 ᄒ노라.”

니이(李二) 왈,

“이 말이 진짓 말가?”

체 왈,

“내 어이 이 거즛말을 ᄒ리오.”

니이 쳐롤 당부ᄒ야 누셜치 말나 ᄒ고 바
로 즙포관(緝捕官) 잇는 더 가 은뎐딕을 보아디
라 ᄒ니 뎐딕이 블 업거늘 니이게 쳐의 니ᄅ던
말을 즈셔히 알윈디 은뎐딕이 공치롤 블너 니이
로 더브러 ᄒ가지로 근쳐 뎐 ᄑ는 뎜의 【14】 가
안고 니이로 ᄒ야곰 화상의 도라오는 째롤 아라
보ᄒ라 ᄒ엿더니 황혼 째예 화상이 대취(大醉)
ᄒ고 도라오거늘 니이 급히 다방의 가 공치롤
드리고 일시예 드라드러 화상을 잡아 미니 은뎐
딕이 대희ᄒ야 즙포텅(緝捕廳)의 동혀 디우고
긔봉부의 요승 잡앗는 줄을 고ᄒ니라.

화상이 잡아밀 째예 대취ᄒ야 씨디 못ᄒ얏
더니 밤듕의 눈을 쩌보고 무ᄅ디,

“빈승이 무솜 죄 잇관디 미야 지웟느
뇨115)?”

공치 왈,

“네 잇는 격벽 사롬 니이 너롤 요승이라
ᄒ고 관부의 고ᄒ엿거늘 잡아왓노라.”

오경은 ᄒ야셔 포공이 좌긔(坐起)ᄒ고 요
승을 잡아드리라 ᄒ니 은뎐딕이 화상을 압녕ᄒ
야 올녀늘 포공이 니이의 고장(告狀)을 닑어 들
니고 힘쎈 옥졸을 갈희여 일빅 곤장을 치라 ᄒ
니 계유 둘홀 쳐 모든 사롬이 소리 디ᄅ거늘 포
공이 보니 화상은 간 디 업고 ᄒ 즈ᄅ 닛뷔116)
롤 미얏더라. 홀연 관문 밧긔셔 ᄒ 화상이 손벽
티고 니ᄅ디,

“포대윤(包大尹) 【15】 이 비록 강명(剛明)
ᄒ나117) 빈승(貧僧)의게는 홀일이 업스리라.”

포공이 대로ᄒ야 모든 공치롤 명ᄒ야 급히

쏠와 잡으라 ᄒ니 화상이 날호여 거러 샹국스
(相國寺)로 드러가거늘 은뎐딕이 즁인으로 ᄒ야
곰 상국스 전후 문을 뿌라 ᄒ고 바로 법당(法
堂)으로 드러가니 그 뎔 댱뇌(長老) 나와 니ᄅ
디,

“이 뎔은 됴뎡의셔 향화(香火)ᄒ는 곳이어
늘 관찰(觀察)이 무슴 일노 군을 거느려 드러오
느뇨?”

은뎐딕이 니ᄅ디,

“내 포대윤 명을 바다 요승을 잡으라 와시
니 너히 등이 잡아드리디 아니면 즁죄롤 닙으리
라.”

댱뇌 대셩ᄒ야 일오디,

“이 뎔 즁이 일빅 밧긔로디 다 도텹(度牒)
이 이시니 만일 졈고ᄒ야 보시면 즈연 명빅ᄒ리
이다.”

댱뇌 븍텨 대중을 모호니 뎐딕이 즁인으로
더브러 보디 요승이 업거늘 뎐딕이 니ᄅ디,

“니 친히 요승을 쏠와 네 뎔의 드러오믈
보아시니 어이 업술 니 이시리오.”

ᄒ고 모든 승방을 뒤여 아니 본 디 업스디
엇디 못ᄒ야 도로 나오더니 홀연 뎐상의셔 크게
브ᄅ디,

“은뎐딕아, 포대 【16】 윤이 널로 ᄒ여곰
빈승을 잡으라 ᄒ거늘 여긔 이시디 엇디 잡디
아니ᄒ느뇨?”

즁인이 놀나 보니 뎐샹의 나탁태즈(哪吒太
子)의 샹을 믄드라 안쳐시디 놉히 두 길이나 ᄒ
고 세 머리 여숫 풀이오 얼굴이 극히 녕악ᄒ더
라. 동히 만흔 입을 버려 웨여 니ᄅ디,

“뎐딕아, 쏠니 날을 잡아가라!”

즁인이 대경ᄒ야 의논ᄒ디,

“아니 그 화상이 나탁태지 변화ᄒ야 인간

동녕ᄒ는 일도 업고 <羅孫 平妖 5:13> 남을 위
ᄒ여 경 닑는 일도 업고 동냥도 아니ᄒ고 (不曾
見他出去抄化,　也不曾見他與人看經.)　<平妖
7:47>

115) 【지우다】 圐 묶다. 결박(結縛)하다. ¶ 縛 ‖
  빈승이 무솜 죄 잇관디 미야 지웟느뇨 (貧僧犯
  甚麼罪過, 將我來縛在這裡?) <羅孫 平妖 5:14>
  ⇒ 지오다

116) 【닛뷔】 圐 볏짚으로 만든 비. ¶ 掃箒 ‖ 포공
  이 보니 화상은 간 디 업고 ᄒ 즈ᄅ 닛뷔롤 미
  얏더라 (太尹看時, 枷窟裏不見了和尙, 却縛着一
  把掃箒.) <羅孫 平妖 5:14> ⇒ 닛븨, 닛비

117) 【강명ᄒ다】 圐 {강강(剛明)하다.} 성질이 곧고
  두뇌가 명석하다. ¶ 포대윤이 비록 강명ᄒ나
  빈승의게는 홀일이 업스리라 (好箇包龍圖, 無奈
  貧僧何.) <羅孫 平妖 5:15>

의 가 작폐ᄒ돗[118]던가? 설워 포대윤의 알외고 흙상을 허러 ᄇ리게 ᄒ엿다."

댱뇌 왈,

"흙샹이 어이 말ᄒ올 니 이시리오. 필연 요믈이 의지ᄒ야 사람을 속이ᄂ 일이니 나탁티ᄌ의게 간예ᄒ 일이 아니라."

신샹 알픠 나아가 합쟝ᄒ고 비러 닐오디,

"이제 뇨승의 일ᄂ 신샹을 헐랴 ᄒ니 신녕은 위엄을 베퍼 요승으로 ᄒ야곰 신샹을 의지ᄒ야 작폐롤 못ᄒ게 ᄒ쇼셔."

댱뇌 빌기롤 뭇디 못ᄒ야셔 ᄒ 사롬이 문 밧긔셔 손벽치고 니르디,

"니 예 잇노라!"

모다 놀나 보니 그 화샹이러라. 소리 디르고 쓸와 변하(汴河)【17】ᄀ의 니르니 화샹이 블너 니르디,

"즁인은 슈고로이 쏠와오디 말나. 빈승이 스스로 가노라."

ᄒ고 쒸여 믈속의 드리ᄃ르니 즁인이 닐오니,

"이놈이 갈디 업서 스스로 죽어시니 우리 이제ᄂ 슈고 아니ᄒ게 ᄒ엿다."

ᄒ고 죽엄을 건지려 ᄒ니 믈이 심히 급ᄒ디라 아므ᄃ로 간 줄 모롤너라 은뎐딕이 즁인을 ᄃ리고 포공의 보ᄒ니 포공 왈,

"져ᄂ 궁진ᄒ니 죽도다!"

ᄒ더니 홀연 계하의 ᄒ 부인이 원굴(寃屈)ᄒ여라 소리ᄒ거놀 포공이 블너 무르니 그 부인이 발궐ᄒ디[119),

"쇼인의 지아비 니이(李二) 요승을 잡아드렷더니 샹젼을 주디 아니시고 오히려 즙포텽의

---

118) 【-돗-】回 ((다른 어미 앞에 붙어)) 강조의 의미를 나타내는 어미. ¶ 아니 그 화샹이 나탁태지 변화ᄒ야 인간의 가 작폐ᄒ돗던가 설워 포대윤의 알외고 흙상을 허러 ᄇ리게 ᄒ엿다 (莫不是泥塑的哪吒成了器, 出來惱人麽? 如今去稟覆太尹, 須把哪吒來打壞了, 便不出外惱人.) <羅孫 平妖 5:16> 追疑貌. ‖ 그제 드르니 오한림의 ᄒ 쏠이 이셔 사롬의게 간다 ᄒ더니 아니 그릇 보돗던가 (我聞他自有一女, 已許了人. 或者看的是他, 亦未可知.) <玉嬌 3:7> 어이 이런 향촌의 뎌런 졀싁이 나돗던고 (何等鄉人, 乃生此尤物.) <平山 3:21> 청미란 두 지 이시니 이ᄂ 내의 지라 일즉 부모와 형뎨 밧 아ᄂ니 업더니 이 사롬이 엇디ᄒ야 아돗던고 (青眉二字, 乃我之小字. 除父親與兄弟之外, 知者尚少.) <玉支 1:39>

도인이 무르디,

"무슴 병환이 잇ᄂ니잇고?"

체 니이의 블의 샹흔 연고롤 니르니 도인 왈,

"내게 흔 약이 ᄃ시디 블의 샹흔 디롤 잘 고치니 여러번 시험ᄒ야 보앗노라."

체 왈,

"진실노 셩셩의 말 ᄀ흐면 듕히 샤례ᄒ리라."

ᄒ고 니이롤 붓드러 니여오니 도인이 조흔 믈을 ᄯ여오라 ᄒ야 약을 기여 게유120) 깃츠121)로 뭇쳐 창쳐의 ᄇᄅ니 열ᄒ야 ᄶ지져122) 알히던123) 거시 일시의 싀훤ᄒ야 알프디 아니커눌 니이 대희ᄒ야 샤례ᄒ디 도인이 니르디,

"이ᄂ 오히려 긔특디 아니ᄃ 내 당ᄃ이 이ᄶ로셔 창개 ᄶ러지고 ᄶ도 업게 흘 거시니 한디 ᄇ람 ᄶ이ᄂᆫ디 나 안ᄌ라."

ᄒ거눌 니이 그디로 문 밧긔 나 등좌(凳座)【20】의 안ᄌ니 도인 왈,

"네 소리 딜녀 창개 ᄶ러지라 ᄒ면 ᄌ연 ᄶ러지리라."

니이 그디로 ᄒ니 소리 ᄆᆺ디 못ᄒ야셔 안ᄌᆫ 등좨 공듕의 ᄂ라 니이롤 가져다가 샹국ᄉ 일빅 자 긔대124) 우희 올녀 안치니 니이의 체 대경ᄒ야 소리 딜녀 익고ᄃ ᄒ거눌 도인이 니르디,

"네 놀나디 말고 내 닏고 ᄌ시 보라."

ᄒ고 뻣던 쳥건을 버서ᄇ려눌 니의 체 보니 졍히 격벽의 잇던 요승이라.

화샹이 닐오디,

"네 댱뷔 ᄆ음이 어디ᄃ 아냐 날을 해ᄒ라 ᄒ니 내 ᄶ 저롤 긔대 우희 올녀 니 슈단을 알게 ᄒ노라."

이ᄶ 셩듕 사롬이 샹국ᄉ 긔대 우희 사롬 잇ᄂ 양을 보고 일시의 진동ᄒ야 모다 화샹을 잡으려 ᄒ더니 화샹이 사롬 만흔 디로 ᄶ와 드러가니 임의 보디 못흘너라.

즁인이 긔봉부의 가 포공끠 알외니 포공이 교ᄌ ᄐ고 샹국ᄉ의 가 교의예 안고 니이의 쳐 롤 블너 요승의 곡졀을 뭇더니 홀연 법당 뒤흐로셔 그 화샹이 나와 포공끠 녜ᄒ고 뵈거눌 【21】 포공이 니르디,

"네 날을 와 보미 무슴 ᄯᆺ이뇨?"

화샹이 니르디,

"빈승이 당ᄃ이 니이롤 ᄂ려오게 ᄒ리이다."

포공 왈,

"네 니이롤 구ᄒ야 ᄂ려오면 젼죄롤 샤ᄒ고 지ᄒ야 샤례ᄒ리라."

화샹이 몸을 소사 굿대 올나 니이롤 안고 놉히 웨여 왈,

"포대윤아, 너는 쳥념졍딕(淸廉正直)흔 관원이니 내 범치 못ᄒ거니와 내 스스로 션왕태위의 돈을 가져든125) 네게 무어시 간예ᄒ관디 부디 잡으려 ᄒᄂ뇨? 서로 갑흘 일이 업스니 네 니이롤 도라보니노라."

ᄒ고 공즁으로셔 ᄂ리치니 아디 못게라 니이의 셩명이 엇더ᄒ고?

---

120)【게유】명 거위. ¶ 鵝 ‖ 도인이 조흔 믈을 ᄯ여오라 ᄒ야 약을 기여 게유 깃츠로 뭇쳐 창쳐의 ᄇᄅ니 (先生把一個藥包兒, 抖些藥放在水裏, 用鵝毛蘸了, 敷在瘡上.) <羅孫 平妖 5:19> ⇒ 거유, 게우

121)【깃츠】명 깃털. ¶ 毛 ‖ 도인이 조흔 믈을 ᄯ여오라 ᄒ야 약을 기여 게유 깃츠로 뭇쳐 (先生把一個藥包兒, 抖些藥放在水裏, 用鵝毛蘸了.) <羅孫 平妖 5:19> ⇒ 깃ᄉ, 굿

122)【ᄶ지지다】동 쏘아대다. ¶ 열ᄒ야 ᄶ지져 알히던 거시 일시의 싀훤ᄒ야 알프디 아니커눌 (就是鋪水散雪的便不疼了.) <羅孫 平妖 5:19>

123)【알히다】동 아리다. ¶ 열ᄒ야 ᄶ지져 알히던 거시 일시의 싀훤ᄒ야 알프디 아니커눌 (就是鋪水散雪的便不痛了.) <羅孫 平妖 5:19>

124)【긔대】명 깃대. ¶ 幡竿 ‖ 안ᄌᆫ 등좨 공듕의 ᄂ라 니이롤 가져다가 샹국ᄉ 일빅 자 긔대 우희 올녀 안치니 (只見那李二坐的凳子, 望空便去, 到那相國寺十丈長的幡竿頂上, 不歪不偏端端正正攔一個住.) <羅孫 平妖 5:20> ⇒ 긔디, 긔재, 굿디

125)【-든】조 -거든. ¶ 너는 쳥념졍딕흔 관원이니 내 범치 못ᄒ거니와 내 스스로 션왕태위의 돈을 가져든 네게 무어시 간예ᄒ관디 부디 잡으려 ᄒᄂ뇨 (你是淸正的官, 我貧僧不敢來惱你, 我自向善王太尉化得三千貫錢, 干你甚事, 你却要來提我?) <羅孫 平妖 5:21>

31

호영ᄋ미뢰납쵹 왕도비회셩고고
胡永兒賣泥蠟燭 王都排會聖姑姑

화샹이 굿디 우희셔 니이(李二)룰 ᄂ리텨
ᄂᆯ 즁인이 나가 보니 볼셔 죽엇더라.

포공(包公)이 사롬으로 ᄒ여곰 시신을 슈
습ᄒ야 니이의 쳐룰 맛뎌 보내고 칼과 도치로
굿대룰 버히려 ᄒ니 원간 샹국ᄉ(相國寺) 굿대
ᄂ 구리로 디윗ᄂᆫ디라,126) 엇디 능히 버히리오.
화샹이 굿대 우희셔 포공을 온갓 말노 죠롱ᄒ니
포공이 대로ᄒ야 일빅 궁노슈(弓弩手)룰 【22】
발ᄒ야 쏘라 ᄒ니 사롬이 화샹의 몸의 가면 믄
득 졀노 허러디니 포공이 훌일업서 ᄒ더니 염귀
(冉貴) 포공ᄭᅴ 알외디,

"녜브터 요슐 졔어ᄒ몰 양과 돗희 피로뼈
ᄒ니 이제 살 슷히 피룰 불나 쏘면 요승이 막ᄌ
ᄅ디127) 못홀가 ᄒᄂ이다."

포공이 올히 너겨 두 가디 피와 믈오좀과
마눌을 즛두ᄃ려 살 슷히 불나 일시의 쏘니 피

---

126) 【디우다】 图 주조(鑄造)하다. 쇠를 끓여 녹이
다. ¶ 鑄 ∥ 칼과 도치로 굿대룰 버히려 ᄒ니
원간 샹국ᄉ 굿대ᄂ 구리로 디윗ᄂᆫ디라 (待要使
刀斧砍斷這幡竿, ……惟有這相國寺幡竿是銅鑄
的.) <羅孫 平妖 5:21>

무든 살히 화샹의 몸의 디며128) 공듕으로셔 ᄂ
려디니 모다 니ᄅ디,

"화샹이 죽디 아녀셔도 등히 샹ᄒ야시리
라."

ᄒ더니 일시의 드리ᄃ라 보니 죠곰도 샹ᄒ
디 업스디 다만 몸의 피 무더 변화룰 못ᄒ거늘
다시 피 흔 통을 가져다가 화샹의 몸의 ᄭᅵ치고
쇠사슬노 동여 기봉부(開封府)의 잡아가니 포공
이 좌긔(坐起)ᄒ고 몬져 삼빅 곤댱을 티니 화샹
이 흔 소리도 아니커늘 집댱(執杖)흔 ᄉ예(司隷)
ᄌ시 보니 ᄇ야흐로 좀을 닉게 드럿더라. 츄관
(推官)이 포공ᄭᅴ 알외디,

"이 요승이 쳐치ᄒ기 어려오니 만일 옥듕
의 가도왓다가 후환이 ᄀ실가 듀뎌ᄒᄂ이다."

포공 왈,

"이런 요인을 머믈 【23】 워 두디 못홀 거
시니 즉시 져자거리의 가 쳐참ᄒ라."

감참관(監斬官)이 탄ᄌ화샹을 명ᄒ야 나갈
시 화샹이 힝형(行刑)ᄒ고 쾌ᄌ(劊子)ᄃ려 니ᄅ
디,

"빈승이 평싱의 술을 됴히 너기더니 이제
술 흔 그릇술 ᄆᄌᆨ막 먹어지라."

ᄒ니 회지(劊子) 쥬졈의 가 술 흔 그릇술
어더 ᄌ거늘 화샹이 흔 먹음을 마셔 공듕을 향
ᄒ야 쁨으니 미친 ᄇ람이 크게 니러나 텬디 회
싱ᄒ고 모래와 돌히 눌니여 지쳑을 분변치 못ᄒ
니 즁인이 머리룰 ᄡᅩ고 업드엿더니 이윽고 ᄇ람
이 뎡ᄒ고 하눌이 쳥명ᄒ거늘 즁인이 눈을 ᄯᅥ
보니 화샹이 임의 간 디 업고 ᄯᅩ 처진 쇠ᄉ슬
뿐이라.

감참관이 포공을 보고 죄룰 쳥ᄒ거늘 포공
이 화샹의 법슐을 아ᄂ디라. 감참관을 샤ᄒ고

---

127) 【막ᄌᄅ다】 图 막지르다. 막다. 거절(拒絶)하
다. ¶ 녜브터 요슐 졔어ᄒ몰 양과 돗희 피로뼈
ᄒ니 이제 살 슷히 피룰 불나 쏘면 요승이 막ᄌ
ᄅ디 못홀가 ᄒᄂ이다 (他是妖僧, 可將猪羊二血,
及馬尿大蒜, 蘸在箭頭上射去. 那妖僧的邪法, 便
使不得了.) <羅孫 平妖 5:22>

128) 【디다】 图 떨어지다. ¶ 포공이 올히 너겨 두
가디 피와 믈오좀과 마눌을 즛두ᄃ려 살 슷히
불나 일시의 쏘니 피 무든· 살히 화샹의 몸의 디
며 공듕으로셔 ᄂ려디니 (包太尹聽說大喜, 命取
猪羊二血及馬尿大蒜. 手下人分頭取來. 包太尹教
將來攪和了, 叫一百弓弩手蘸在箭頭上. 一聲梆子
響, 衆弩齊發. ……見這和尚從虛空裏連凳子跌將
下來.) <羅孫 平妖 5:22>

이 일을 텬즈끠 쥬문(奏聞)흔 후 성지롤 느리와 각쳐 쥬스(州司)의 신칙(申飭)ᄒ야 요인을 긔찰(譏察)ᄒ라 ᄒ니 문세 하븍(河北) 픠쥬(貝州) 짜히 가니 졔인이 고을 알픠셔 방을 보노라 심히 열요(熱鬧)ᄒ더니 홀연 혼 부【24】인이 소복을 닙고 손의 광쥬리롤 들고 혼자 번 짜히 안자 광쥬리 속으로셔 칼을 내여 짜홀 푸거놀 모다 나가보니 부인이 십분 즈식(姿色)이 잇ᄂᆞ디라. 사롬이 더옥 모다 니르디,

"낭지 이곳의셔 무슴 일 ᄒᄂ뇨?"

부인 왈,

"본디 집이 가난ᄒ고 댱뷔(丈夫) 죽은 후 즈싱(資生)홀[129] 길히 업서 죠고만 직죄 이셔 젼문(錢文)을 사 반젼(盤纏)ᄒ고져 ᄒ노라."

즁인이 문왈,

"낭즈의 ᄒᄂ 직죄 무슴 일고?"

광쥬리 속으로셔 사발을 너여 니르디,

"믈을 어더 보고져 ᄒ노라."

즁인이 ᄒᄂ 양을 보려ᄒ고 믈을 쩌다가 주거놀 부인이 짜홀 파 추진 흑을 어더 반 사발 믈을 화ᄒ야 즌흙을 민들고 광쥬리 속의 ᄀᄂ 대 혼 묵금을 니여 흙을 부뷔여 경긱 ᄉ이예 쵸 열 줄놀[130] 민들고 남은 믈노 손을 싯고 즁인ᄃ려 니르디,

"쵸 혼 줄니 젼문(錢文) 셋식 ᄒ야 열 줄니 삼십 문을 바드렷노라."

즁인이 대쇼 왈,

"낭지 패쥬(貝州) 사롬을 다 너희만 너기ᄂ도다. 흙초롤 사다가 무어시 쓰리오."

부인 【25】 왈,

"이 초 혼 줄놀 어을미[131] 블을 혀면 붉도록 달치 아니ᄒᄂ니 내 어이 거즛 말을 ᄒ야 패쥬 사롬을 소기리오."

차 ᄑᄂ 뎜의 가 블을 어더다가 흙초롤 혀니 즁인이 니르디,

"됴흔 법술이로다."

ᄒ고 각ᆞ 세 낫 돈을 주고 열 줄놀 사 가니 부인이 칼과 사발을 슈습ᄒ야 가디고 즁인을

향ᄒ야 만복(萬福)ᄒ고 가더라.

이튼날 부인이 ᄯ 고을 알픠 와 쵸롤 민드더니 사 간 사롬이 다 와 닐오디,

"그 쵀 심히 붉고 달치 아니ᄒ니 밀노 혼 쵸의셔 더옥 낫더라."

ᄒ니 이후ᄂ 패쥬 사롬이 다토와 사더니 홀ᄂ 부인이 졍히 쵸롤 민드더니 고을 안흐로셔 혼 사롬이 나오니 봉(鳳)의 눈이오 뇽(龍)의 눈섭이오 ᄂᆞ치 희고 나로시 붉고 두 손이 무릅희 디나고 크 닐곱 자히니 이 사롬의 셩은 왕(王)이오 명은 측(則)이니 패쥬 아병이 되야시니 브르기롤 왕도비(王都排)라 ᄒ더라. 왕측의 모 뉴시(劉氏) 아돌 칠인을 나ᄒ니 측은 ᄎ례로 다ᄉ지라. 님산(臨産)ᄒ여실 제 【26】 그 아비 왕대회(王大戶) 쑴의 당 시졀 무측텬(武則天)이 집을 빌니라 ᄒ더니 ᄭᅵ치며 뉴시 아돌을 나ᄒ니 이러므로 일홈을 측(則)이라 ᄒ다. 왕측이 칠 셰예 부뫼 니어 죽고 형뎨 뉵인이 죽으니 의지홀 디 업서 ᄆᆞ옴디로 두루 ᄃᆞ녀 몰 둘니고 창막대 쓰기롤 됴히 너겨 일즉 상쳐혼 후 챵누기관(娼樓妓館)의 표탕(飄蕩)ᄒ야 ᄃᆞ니ᆞ 가업이 졈ᆞ 패ᄒ디 본디 지믈을 경히 넉이고 벗 사괴기롤 듕히 넉이고 눔의 급혼 일을 보면 브디 구ᄒ고 블평혼 일이 ᆞ시면 혼 쥬머괴로 아모롤 혜디 아니ᆞ 이러므로 모든 군인이 뎌롤 두려ᄒ고 ᄉ랑ᄒ더라.

이 날 아듕의 가 뎜고 맛고 나오더니 모든 사롬이 혼 부인을 에워ᄲᅡ시믈 보고 헤치고 드러가 보니 담장소복(淡粧素服)으로 지분(脂粉)을 베프디 아냐시디 텬지(天姿) 슈려ᄒ야 탁문군(卓文君)의 과거(寡居)ᄒ여실 적 ᄀᆞ더라. 왕도비 즁인ᄃ려 니르디,

"너희 예셔 무슴 일을 보ᄂ다?"

---

129) 【즈싱ᄒ다】 동 {자생(資生)하다.} 직업을 갖고 생활해 나가다. ¶ 度日 ‖ 본디 집이 가난ᄒ고 댱뷔 죽은 후 즈싱홀 길히 업서 죠고만 직죄 이셔 젼문을 사 반젼ᄒ고져 ᄒ노라 (媳婦因歿了丈夫, 無可度日. 有一件本事, 要賣三五百錢, 把來做盤纏.) <羅孫 平妖 5:24>

130) 【줄ㄹ】 명 《즈ᄅ》 자루. ¶ 枝 ‖ 부인이 짜홀 파 추진 흑을 얻어 반 사발 믈을 화ᄒ야 즌흙을 민들고 광쥬리 속의 ᄀᄂ 대 혼 묵금을 너여 흙을 부뷔여 경긱 ᄉ이예 쵸 열 줄롤 민들고 (只見婦人把刀尖去地上掘些土起來, 搜得鬆鬆的傾下半碗水在土內, 和成一塊, 籃內取幾條竹棒兒出來, 捏一塊泥, 把一條竹棒兒捏成一枝蠟燭.) <羅孫 平妖 5:24> ⇒ 잘ㄴ, 잘오, 쟈로, 즈로, 즈ᄅ, 줄, 줄ㄴ

131) 【어옰】 명 어스름. ¶ 이 초 혼 줄놀 어을미 블을 혀면 붉도록 달치 아니ᄒᄂ니 (每一枝燭, 就上燈前點起, 直點到天明.) <羅孫 平妖 5:25> ⇒ 어으름 /3:3

중인이 흙쵸 믄드는 말을 니르니 측 왈,

"매 밋디 아니ㅎ노라. 낭즈는 【27】 날을 위ㅎ야 블을 혀 뵈라."

부인이 머리를 드러 왕측을 보고 니러나 만복ㅎ거늘 측이 답녜ㅎ고 니르디,

"흙쵀 어이 블을 혀리오. 진실노 블혈 쟉시면 열 줄늘 너 사가고져 ㅎ노라."

부인이 블을 가져다가 열 줄늘 일시의 혀니 왕측이 기려 왈,

"낭즈의 법슐이 진실노 사롬을 놀니는 도다. 삼십 문을 주고 열 줄늘 사 드려온 사롬을 주어 보내고 심듕의 싱각ㅎ디,

'내 샹시 온갓 법슐을 됴하ㅎ디 이런 긔이흔 일을 보디 못ㅎ얏더니 뎌 부인을 조차 비호면 됴흘노다.'

부인을 ᄯ라 셔 다히132)로 십니는 가니 날이 져므럿더라. 싱각ㅎ디,

'아딕 도라갓다가 붉는 날 부인을 보고 잇는 곳을 ᄌ시 무룰 거시라.'

ㅎ고 몸을 두루혀 오던 길흘 ᄎᄌ니 프른 뫼히 하늘의 다핫고 갈 길히 업거늘 졍히 창황ㅎ야 ㅎ더니 부인이 압서 가다가 블너 왈,

"왕도비(王都排)야, 이 ᄯ히 오기 쉽디 아니커늘 엇디 도라가려 ㅎᄂᄂ뇨?"

왕측이 무르디,

"낭즈는 엇던 사롬이며 집 【28】이 어디 잇ᄂ뇨?"

부인이 니르디,

"셩고괴(聖姑姑) 날노 ㅎ여곰 도비를 쳥ㅎ야 대스를 의논ㅎ랴 ㅎ니 가면 ᄌ연 알니라."

왕측이 부인을 조차 솔수플을 디나가니 흔 너른 장원(莊院)이 잇거늘 측이 무르디,

"이곳이 엇던 곳이뇨?"

부인 왈,

"셩고괴 여긔셔 도비를 기ᄃ련 지 오라니라."

ㅎ고 몬져 드러가더니 이윽고 흔 ᄡᅡᆼ 녀동이 왕측을 인ㅎ야 드러가니 셩괴 칠셩관(七星冠)을 쓰고 학챵의(鶴氅衣)를 닙고 뎐샹의 안잣거늘 나아가 졀ㅎ니 셩괴 왕측의 용모와 긔샹을

---

132) 【다히】 圍 쪽. 편. 닿은 곳. 부근. ¶ 부인을 ᄯ라 셔 다히로 십니는 가니 날이 져므럿더라 (只見那大人出了西門, 過了草市, 只顧行去.) <羅孫 平妖 5:27>

보고 심히 깃거 녀동으로 ㅎ야곰 쥬찬을 나와 디졉ㅎ더니 측이 니르디,

"금일 인연이 이셔 셩고(聖姑)를 만나니 아디 못게라 무슴 ᄀᄅ칠 말이 잇ᄂ뇨?"

셩괴 왈,

"하늘이 도비를 명ㅎ야 삼십뉵쥐(三十六州) 님자를 삼을 거시니 임의 운쉬 다ᄃ라시니 하늘 ᄯᅳᆺ을 어그릇디 못ㅎ리라."

왕측이 니르디,

"셩고는 이리 니르디 말나. 측은 한 낫 군졸이라. 엇디 감히 삼십뉵쥐 님재 되리오."

셩괴 대쇼 왈,

"네 만일 삼십뉵군 뎨왕의 【29】 분복이 업스면 내 무슴 쳥ㅎ여 오리오. 흙쵸 믄ᄃ던 부인을 ᄀᄅ쳐 닐오디,

"이는 나의 녀ᄋ 영이(永兒)라 오히려 사롬을 좃디 아녀시니 도비로 더브러 오ᄇᆡᆨ 년 젼셩 인연이니 이제 졀노 ㅎ여곰 도비의 비필을 삼아 흔 가지로 대스를 일우려 ㅎᄂ니 도비의 ᄯᅳᆺ이 엇더ㅎ뇨?"

왕측이 대희ㅎ야 싱각ㅎ디,

'너 나히 이십칠 셰라. 오히려 가도를 일우디 못ㅎ야시니 만일 이럿ᄐᆞᆫ 미인을 어더 쳐를 삼으면 평싱이 원이 죡ㅎ노다.'

니러 샤례ㅎ야 왈,

"셩고의 후흔 ᄯᅳᆺ을 감격ㅎ야 ㅎ노라."

양인이 인ㅎ야 거스ㅎ기를 의논ㅎ더니 왕측 왈,

"패쥐디쥬(貝州知州) 댱덕(張德)이 탐학ㅎ기 이샹ㅎ야 빅셩의 ᄌ믈을 겁탈ㅎ고 본쥐 군병의 뇨(料)를 주디 아니ᄂ 사롬이 춤밧고 ᄭᅮ짓디 아니리 업스디 졔 됴뎡 대신을 사괴여 셰력이 깁흔디라. 측이 비록 빅셩을 위ㅎ야 해를 덜고져 ㅎ나 흔 몸이 도을 사롬이 업스니 엇디 능히 대스 【30】를 일오리오?"

셩괴 쇼왈,

"너의 쳐ᄌ 영이 슈하의 십만 군시 이시니 어이 도을 사롬 업기를 근심ㅎ리오."

영ᄋ를 도라보아 니르디,

"군마를 조련ㅎ야 도비를 보게 ㅎ라."

영이 드러가 농 둘흘 너여오니 ㅎ나흔 픗출 담고 ㅎ나흔 여믈을 녀헛더라. 영이 공듕을 향ㅎ야 믈 ᄲᅳ리고 소릭ㅎ니 무수흔 군매 진셰를

버려시디 디외(隊伍) 엄졍(嚴整)ᄒ고 긔치(旗幟)
션명ᄒ니 왕측이 대희 왈,

　　"이런 신병(神兵)을 두어시니 어이 대ᄉ롤
일우디 못ᄒᆞᆯ가 근심ᄒ리오."

　　말이 ᄆᆞᆺ디 못ᄒ야셔 일인이 고셩ᄒ야 ᄭᅮ지
즈디,

　　"이제 관ᄉ(官司)의셔 방브텨 요인(妖人)을
잡으라 ᄒ거ᄂᆞᆯ 너히 이곳의셔 풋출 군병을 ᄆᆡᆫ들
고 플노 말을 ᄆᆡᆫᄃᆞ라 〔剪草爲馬, 撒豆成兵.〕 무ᄉᆞᆷ
일을 ᄒ려 ᄒᄂᆞ뇨?"

　　왕측이 실식ᄒ야 크게 놀나더라.

32

숙인연영ᄋ툐부 산미젼왕측미군
夙因緣永兒招夫 散米錢王則買軍

왕측(王則)이 대경ᄒ야 보니 ᄒ 사롬이 텰관(鐵冠) 쓰고 초리(草履) 신고 큰 【31】 범을 튼고 드러오니 셩괴(聖姑) 왈,

"내 ᄇ야흐로 왕도비(王都排)로 더브러 대ᄉ롤 의논ᄒ더니 댱션싱이 어이 사롬을 놀너ᄂ뇨?"

댱난(張鸞)이 쒸여ᄂ려 탓던 범을 ᄶ지ᄌ니 몸을 흔드러 사롬이 되니 이 졍히 복길(卜吉)이라. 냥인이 셩고의게 녜ᄒ고 왕측으로 더브러 서로 보니 셩괴 왕측ᄃ려 니ᄅ디,

"이 ᄯ흔 도비룰 도을 사롬이라."

ᄒ고 셩명을 니룬디 댱난 왈,

"셩괴 ᄆ양 도비의 위덕을 일크라 하븍 삼십뉵군 뎨왕이 되리라 ᄒ디 빈되 지금 만나디 못ᄒ엿더니 아디 못게라 어ᄂ 쩌 거ᄉᄒ리잇고?"

셩괴 왈,

"일이 됴셕의 이시니 다만 군심이 변ᄒ믈 기ᄃ려 발작홀 거시니 졔공이 ᄒ가디로 잘 도으라."

왕측ᄃ려 닐오디,

"냥인의 신통이 이러툿ᄒ니 엇디 대ᄉ 이지 못홀가 근심ᄒ리오."

홀연 공듕으로셔 학의 소리 나며 ᄒ 도인이 학을 타고 ᄂ려오니 킈 쟈르고 ᄒ 다리 졀고 오시 희야지고 헌 두건을 뼛더라.

셩괴 니ᄅ디,

"이ᄂ ᄋᄌ(兒子) 좌츌(左黜)이라. 【32】 ᄯ흔 도비룰 도으려 ᄒᄂ니라."

왕측이 좌츌노 더브러 서ᄅ 본 후 뉵인이 좌룰 뎡ᄒ니 좌츌이 셩고ᄃ려 무ᄅ디,

"왕도비의 일을 일윗ᄂ니 앗가 셩괴 왈 거의 다ᄃ랏거니와 젼혀 희ᄋ(孩兒)의 오기롤 기ᄃ리더니라."

좌츌이 니ᄅ디,

"도비 이곳의 오기 어려오니 오늘 나죄 영ᄋ 쇼미로 더브러 친ᄉ롤 일울 거시니 댱션싱을 쳥ᄒ야 듕미룰 삼으미 엇더ᄒ니잇고?"

셩괴 왈,

"이 말이 졍히 내 ᄯ듯의 합ᄒ다."

ᄒ고 녀동을 명ᄒ여 왕도비룰 별당의 ᄃ려다가 향탕(香湯)의 목욕ᄒ고 통텬관(衝天冠)과 곤통포(袞龍袍)와 븩옥ᄯᅴ(白玉帶)와 무우리(無憂履)룰 드리니 왕측이 어이 이런 거술 보아시리오. 츅쳑(踧踖)ᄒ야[133] 감히 닙지 못ᄒ기놀 좌츌이 블너 닐오디,

"왕도비ᄂ 과히 겸ᄉ치 말고 날노 더브러 삼싱디(三生池)의 가 그림ᄌ룰 보면 ᄌ연 알니라."

왕측이 좌츌노 더브러 ᄒ 못ᄀ의 가니 좌츌이 못믈을 구버보라 ᄒ거놀 왕측이 구버 보니 졔 그림지 믈속의 비 【33】 최여시디 엄연ᄒ 뎨왕의 복식이라. 좌츌 왈,

"텬쉬 임의 뎡ᄒ얏시니 ᄉ양코져 흔들 어이 어드리오. 태조(太祖) 무덕(武德) 황뎨 취듕의 황포(黃袍) 니븐 줄을 듯지 못ᄒ엿ᄂ다?"

왕측이 ᄇ야흐로 미더 왕쟈의 의관을 졍졔ᄒ고 쳥샹의 나아가니 모든 녀동이 영ᄋ룰 위ᄒ야 후비(后妃) 의복을 닙히고 왕측으로 더브러 교비(交拜)ᄒᄂ 녜룰 일우니 왕측은 무측텬(武則天)의 후신이오 영ᄋᄂ 댱챵종(張昌宗)의 후신이

---

133) 【츅쳑ᄒ다】 동 {츅쳑(踧踖)하다.} 조심스러워 하다. ¶ 왕측이 일싱 이런 거술 보와시리오 츅쳑ᄒ야 감히 닙시 못ᄒ셔놀 (土則從ᄉ曾見這般行頭, 那裏敢接.) <羅孫 平妖 5:32>

라. 오빅년 젼싱 인연이 다시 부뷔 되니 은졍의 견권(繾綣)ᄒᆞ미 형용치 못ᄒᆞᆯ너라. 왕측이 신졍을 권년(眷戀)ᄒᆞ야 ᄉᆞ일은 셩고의 장상의 잇더니 셩괴(聖姑) 왕측ᄃᆞ려 니ᄅᆞᄃᆡ,

"운쉬 임의 다ᄃᆞ라시니 맛당이 조각을 보아 긔업을 뎡ᄒᆞᆯ디라. 엇디 ᄋᆞ녀의 ᄉᆞ졍을 권년ᄒᆞ야 대ᄉᆞᄅᆞᆯ 니ᄌᆞ리오."

좌츌(左黜)이 니ᄅᆞᄃᆡ,

"도비는 몬져 가라. 니 댱션싱으로 더브러 셩듕의 가 서로 도으리라."

왕측이 여러 날 머믈고져 ᄒᆞᄃᆡ 즁인의 지촉ᄒᆞᆷ믈 보고 ᄯᅩᄒᆞᆫ 집을 ᄯᅥ난 디 오【34】란디라 고을의 일이 ᄌᆞᆯ실가 넘녀ᄒᆞ야 셩고의게 하딕ᄒᆞ고 영ᄋᆞ(永兒)ᄅᆞᆯ 니별ᄒᆞ고 젼의 닙엇던 오ᄉᆞᆯ 도로 닙고 패쥐로 가려 ᄒᆞᄃᆡ 도라갈 길흘 ᄎᆞᆺ디 못ᄒᆞ여 ᄒᆞ거ᄂᆞᆯ 좌튤이 왕측을 인ᄒᆞ야 수십 보는 ᄒᆡᆼᄒᆞ니 임의 셩문의 다ᄃᆞ랏ᄂᆞᆫ디라. 측이 크게 놀나 혜오ᄃᆡ,

'내 이리 올 적은 반일을 ᄒᆡᆼᄒᆞ엿더니 금일은 수십 보ᄅᆞᆯ ᄒᆡᆼᄒᆞ매 볼셔 셩문의 와시니 괴이토다. 하ᄂᆞᆯ이 ᄒᆞᆫ 무리 이인을 ᄂᆡ여 날을 도으니 필연 내 뎨왕 될 분복이 잇도다.'

이려로 ᄉᆡᆼ각ᄒᆞ며 고을 알플 디나더니 아젼 두 놈이 왕측을 보고 닐오ᄃᆡ,

"왕도비(王都排)야 어디 갓던다? 디쥬샹공(知州相公)이 ᄎᆞᄌᆞ시ᄃᆡ 여러 날 엇디 못ᄒᆞ야 심히 쵸조ᄒᆞ야 ᄒᆞ시ᄂᆞ니라."

왕측이 황망이 고을 드러가 디쥬ᄭᅴ 뵌디 디쥬 무르ᄃᆡ,

"네 여러 날 어디 갓더뇨?"

왕측이 대답ᄒᆞᄃᆡ,

"친쳑을 보라 갓다가 ᄇᆞ람 ᄡᅬ여 상한(傷寒)을 어더 여러 날 알코 오늘이야 ᄒᆞ려 도라오다가 샹공이 ᄎᆞᄌᆞ시【35】ᄆᆞᆯ 듯고 집의ᄂᆞᆫ 든니디 아니코 바로 왓ᄂᆞ이다."

디쥬 무르ᄃᆡ,

"젼일 널노 ᄒᆞ여곰 시샹의 가 비단을 골히여 드리라 ᄒᆞ엿더니 잉ᄌᆞ이 자히 뎌ᄅᆞᆯ고 빗치 션명치 아니타 나모라니 네 ᄲᆞᆯ니 가져다가 ᄌᆞ라오라. 쇼져의 혼ᄉᆞ 다ᄃᆞ라시니 긔흔의 밋디 못ᄒᆞᆯ가 ᄒᆞ노라."

죵쟈(從者)ᄅᆞᆯ 블너 비단 열세 필을 ᄂᆡ여다가 왕측을 맛디거ᄂᆞᆯ 측이 바다가지고 집의 도라

가 닐오ᄃᆡ,

"내 팔지 사오나와 계유 삼일을 지너고 ᄯᅩ 집의 도라오ᄃᆡ 탐관오리의게 보치이니 제 쏠 셔방 마치미 우리 패쥐 사름의게 무슴 간예ᄒᆞ미 잇관디 이러틋시 염퇴ᄒᆞᄂᆞᆫ고?"

인ᄒᆞ여 ᄒᆞᆫ 필을 펼쳐 보다가 놀나 닐오ᄃᆡ,

"뉘라셔 ᄒᆞᆫ 머리ᄅᆞᆯ 버혓ᄂᆞ뇨? 열세 필을 필마다 다 보니 그러ᄒᆞ거ᄂᆞᆯ 자흘 가져다가 자혀[134]보니 필마다 대 자식 업거ᄂᆞᆯ ᄉᆡᆼ각ᄒᆞᄃᆡ,

'이거슬 가져다가 님자ᄅᆞᆯ 준들 엇디 즐겨 바드리오. 벅ᄂᆞ이 하인의 작용이니 셜워 고을 가 취품(取稟)ᄒᆞᆯ 거시라.'

이튼날 디쥬(知州)ᄅᆞᆯ 가보고【36】그 연고ᄅᆞᆯ ᄌᆞ시 알왼디 디쥐 일오ᄃᆡ,

"만일 그럴 쟉시면 어제 어이 알외디 아니뇨?"

왕측이 닐오ᄃᆡ,

"쇼인이 작일의 집의 도라가며 보고 ᄇᆞ야흐로 ᄭᆡ쳐 알고 즉시 드러와 알외고져 ᄒᆞᄃᆡ 날이 져므러 오늘이야 왓ᄂᆞ이다."

디쥐 대로 왈,

"네 즉시 본쥬ᄅᆞᆯ 맛디ᄌᆞ 아니코 집의 갓다가 오늘이야 와셔 잡말을 ᄒᆞ니 그 듕의 벅ᄂᆞ이 농간ᄒᆞᆫ 일이 ᄌᆞ시더 평일의 너의 공뇌ᄅᆞᆯ ᄉᆡᆼ각ᄒᆞ야 죄ᄅᆞᆯ 뭇디 아니ᄒᆞᄂᆞ니 ᄀᆞ라올 만[135] ᄒᆞ고 잡말 ᄌᆞ나."

왕측이 아모 말도 못ᄒᆞ고 도로 가디고 집의 도라가 안잣더니 홀연 삼인이 드러오니 좌츌 댱난(張鸞) 복길(卜吉)이라. 삼인이 왕측의 비단 가디고 이시믈 보고 난 곳을 뭇거ᄂᆞᆯ 왕측 왈,

"ᄒᆞᆫ 말노 다ᄒᆞ기 어렵다."

ᄒᆞ고 디쥬(知州)의 비단 더러 골기고[136] ᄀᆞ

---

134) 【자히다】 [동] 재다. ¶ 量 ∥ 자흘 가져다가 자혀 보니 필마다 대 자식 업거ᄂᆞᆯ (取尺來量着, 每匹短了五尺.) <羅孫 平妖 5:35>

135) 【만】 [명] -뿐. -ㄴ것 만. -기만. ¶ 네 즉시 본쥬ᄅᆞᆯ 맛디ᄌᆞ 아니코 집의 갓다가 오늘이야 와셔 잡말을 ᄒᆞ니 그 듕의 벅ᄂᆞ이 농간ᄒᆞᆫ 일이 ᄌᆞ시더 평일의 너의 공뇌ᄅᆞᆯ ᄉᆡᆼ각ᄒᆞ야 죄ᄅᆞᆯ 뭇디 아니ᄒᆞᄂᆞ니 ᄀᆞ라올 만 ᄒᆞ고 잡말 ᄌᆞ나 (昨日驗收明白, 就該發還鋪家. 你又拿回家裏, 自不小心, 被家中甚麼人剪動了, 今早反來我這裏胡裏. 若不念你平日效勞之勤, 就該打你一頓毒棒. 快去立等還來, 再休多口.) <羅孫 平妖 5:36>

136) 【골기다】 [동] 금품을 강탈하다. 빼앗다. ¶ 剪 ∥ 디쥬의 비단 더러 골기고 ᄀᆞ라오라는 곡졀을

라오라는 곡절을 ᄌ시 니론디 좌튤이 니ᄅ디,

"무어시 어려우리오."

열세 필을 구[무]둑여[137] 노코 제 뵈오술 덥고 딘언을 념ᄒ고 들혀보니 십【37】삼 필 비단이라. 선명ᄒ 쵹금이 되거ᄂ 왕측이 대희 왈,

"녈위ᄂ 잠간 안자시라. 내 고을 가 ᄃ녀오리라."

그 비단을 가디고 디쥬롤 가보니 디쥐 대희ᄒ야 술 부어 샹 먹이거ᄂ 왕측이 필수롤 혜여 아듕 사롬을 맛디고 집의 도라가니 삼인이 졍히 기ᄃ리거ᄂ 왕측이 ᄃ리고 쥬푸(酒鋪)의 가 술을 사 먹더니 홀연 보니 누하 큰길노 패쥐(貝州) 군병이 무수히 디나거ᄂ 왕측 왈,

"오늘 습딘 ᄎ례 아니어ᄂ 냥영(兩營) 군병이 어드ᄅ 가ᄂ뇨?"

누의 ᄂ려와 군인ᄃ려 무론디 관영(管營)이 왕측을 보고 니ᄅ디,

"왕도비야, 우리 냥영 군인이 석 돌을 귀실[138]을 셔시디 지금 ᄒ 둘 뇨(料)롤 ᄐ디 못ᄒ야시니 주리몰 견디디 못ᄒ야 앗가 디쥬(知州)긔 발궐ᄒ니[139] 문 다ᄒ 드리디 아니코 또차 니치니 홀일업서 도리오노라."

측이 무ᄅ디,

"그러면 닭ᄎ 엇디ᄒ랴ᄂ뇨?"

관영이 닐오디,

"각ᄒ 훗터딜 밧 홀일이 업서ᄒ노라."

왕측이 관영을 보【38】니고 누의 올나가 삼인ᄃ려 니ᄅ니 좌튤(左黜) 왈,

"관영을 쏠와 블너오라. 내 당ᄒ이 도비(都排)롤 위ᄒ야 모든 군인의 젼냥을 주어 군심으로 ᄒ야곰 디쥬롤 비반ᄒ고 도비의게 귀슌ᄒ게 ᄒ리라."

왕측이 무ᄅ디,

"허다 젼냥을 어이 판츌ᄒ리오[140]?"

좌튤 왈,

"내 스스로 도비홀 거시니 이ᄂ 넘녀 말고 셜니 관영을 쳥ᄒ야 모든 군인을 거ᄂ리고 오게 ᄒ라."

왕측이 좌튤의 신통을 아ᄂ디라. 허다 군인을 거ᄂ리고 와보니 온 집의 뿔이 ᄀ득ᄒ야

믈ᄀ치 ᄢ히니 좌튤이 모든 군병을 보고 손쳐 닐오디,

"너희 힘 잇ᄂ 사름이어든 ᄆ옵것 가져가라. 졔인이 ᄒ 셤도 가져가고 두 셤도 가져가 오시(午時)브터 유시(酉時)ᄭ디 뉵쳔이 날나가니 어이 ᄒ갓 만 셕 분이리오."

모든 군인이 왕측의게 샤례ᄒ더라. 좌튤이 왕측ᄃ려 니ᄅ디,

"우리 인졍 쓰ᄂ니 ᄆ내 쓸 거시라. 오늘 밤의 샹젼을 ᄆ자 ᄒ게 ᄒ라."

왕측이 관영(管營)ᄃ【39】려 니ᄅ니 모든 군병이 더욱 깃거 즁인의게 디휘ᄒ야 밤들기롤 기ᄃ려 오려 ᄒ더라.

왕측이 좌튤ᄃ려 무ᄅ디,

"션셩의 신역을 힘닙어 허다 냥미롤 훗텃거니와 이제 돈이 어디 잇ᄂ뇨?"

댱난 왈,

"빈되 일쳔 관들을 박평현녕(博平縣令)을 맛져 두엇더니 임의 가져다가 도비의 샹 아러 두엇ᄂ니라."

왕측이 샹 밋츨 보니 과연 돈이 몌엿거ᄂ ᄎ례로 ᄭ이 내디니 ᄶ 속으로셔 소사나ᄂ ᄃ 일쳔 쎄음이나 디며 홀연 ᄒ 화샹이 블빗 ᄀᄒᄒ 가사(袈裟)롤 넙고 ᄒ ᄆ디 대쇼ᄒ고 샹 밋히셔 내ᄃᄅ니 왕측이 놀나 넉시 몸의 붓디 아녀 밧그로 내ᄃᄅ니 댱난 등 삼인이 왕측ᄃ려 닐오디,

"도비ᄂ 놀나디 말나. ᄉ형(師兄)은 탄ᄌ화샹(彈子和尙)이니 셩이 노비롤 노아 대ᄉ롤 일

<hr>

137) 【무둑이다】图 한데 모아놓다. ¶ 做一堆兒 ‖ 열세 필을 구[무]둑여 노코 제 뵈오술 덥고 딘언을 념ᄒ고 (把十三匹彩帛, 做一堆兒堆在地下, 脫下粗布衫蓋了. 口中念念有詞.) <羅孫 平妖 5:36> ⇒ 무죽이다

138) 【귀실】명 관가(官家)의 일. 벼슬살이. ¶ 役 ‖ 우리 냥영 군인이 석 돌을 귀실을 셔시디 지금 ᄒ 둘 뇨롤 ᄐ디 못ᄒ야시니 (我們役過了三個月, 如今一個月錢米也不肯關與我們.) <羅孫 平妖 5:37> ⇒ 구실

139) 【발궐ᄒ다】图 {발괄[白活]하다.} 진졍(陳情)하다. 이두어(吏讀語). ¶ 앗가 디쥬긔 발궐ᄒ니 문 다ᄒ 드리디 아니코 또차 니치니 홀일업서 도라오노라 (我們今日到倉前, 管倉的吏只是赶打我們回去.) <羅孫 平妖 5:37> ⇒ 발괄ᄒ다

140) 【판츌ᄒ다】图 판츌(辦出)하다. 변통하여 갖추어 내다. ¶ 허다 젼냥을 어이 판츌ᄒ리오 (先生那裏有許多錢米?) <羅孫 平妖 5:38>

<hr>

ᄌ시 니론디 (便將知州剪壞了原物, 要他鋪中換取事情, 備細說了.) <羅孫 平妖 5:36> 剋減 ‖ 싱각건대 술 ᄀ음아ᄂ 사롬들이 ᄀ려 내엿도다 (想是管酒的人們剋減了.) <朴新 1:3b>

우려 ᄒᆞᄂᆞ니라."

화샹이 왕측ᄃᆞ려 왈,

"빈승이 오기를 더디 ᄒᆞ여시니 도비ᄂᆞᆫ 고
히〃 너기디 말나."

왕측이 ᄇᆡ야흐로 무ᄅᆞ디,

"ᄉᆞ뷔 아니 기봉부(開封府)의셔 포대윤(包
大尹)과 【40】 결우던 탄ᄌᆞ화샹인다?"

화샹이 닐오디,

"빈승이 졍히 긔라. 샹년(向年)[141]의 션왕
태우(善王太尉)의 삼쳔 관을 어더 졍히 쓸디 업
더니 이제 가져다가 도비의 호군(犒軍)ᄒᆞ기를
돕노라."

좌튤이 굴오디,

"뉵쳔 군병의 ᄉᆞ쳔 관을 어더시나 오히려
이쳔 관이 부족ᄒᆞ도다."

댱난 왈,

"빈되 당〃이 이쳔 관을 판출ᄒᆞ리라."

복길이 닐오디,

"이쳔 관은 뎨지 조비(造備)ᄒᆞ엿ᄂᆞ이다
[142]"

ᄉᆞ인이 각〃 신통을 브려 뉵쳔 관 돈을 뫼
ᄌᆞ치 ᄲᅡ핫더니 관영이 임의 냥영 군을 거ᄂᆞ려
문젼 문외예 몌엿거ᄂᆞᆯ 왕측이 명을 ᄂᆞ리와 ᄒᆞᆫ
사름이 각〃 ᄒᆞᆫ 쎄음식 가져가라 ᄒᆞ니 뉵쳔 군
병이 즐겨ᄒᆞᄂᆞᆫ 소리 우레 ᄀᆞᆺᄒᆞ야 왕측의 덕을
칭숑치 아니리 업더라.

즁인이 흐터지거ᄂᆞᆯ 좌튤이 왕측ᄃᆞ려 니ᄅᆞ
디,

"대시 거의 일어시니 명일노 다시 오리라."
ᄒᆞ고 가더라.

이튼날 새벽의 왕측이 고을 가 디후ᄒᆞ더니
디쥬 평샹의 나 안고 왕측을 블너 무ᄅᆞ디,

"너의 그디도록 호부(豪富)ᄒᆞᆫ 줄을 몰낫 【
41】 더니 날을 디ᄒᆞ야 냥영(兩營) 군병의 젼냥
을 주다 ᄒᆞ니 이런 대ᄉᆞ를 날ᄃᆞ려 취품(取稟)
아니코 ᄆᆞ음ᄃᆞ로 ᄒᆞᆫ 어인 일고?"

왕측이 바른디로 니ᄅᆞ디 못ᄒᆞ야 말을 쑤미

려 ᄒᆞ더니 홀연 계하의 두 사름이 나아ᄀᆞ니 ᄒᆞ
나흔 창 딕흰 아젼이오 ᄒᆞ나흔 고 딕흰 아젼이
러라. 지듀(知州)긔 알외디,

"창듕의 군냥 일만 셕과 고듕의 돈이 쳔관
이 간 디 업ᄉᆞ디 좀으고 봉흔 거시 의구ᄒᆞ야시
니 아모란 연괸 줄 아디 못ᄒᆞᆯ소이다. 원간 좌튤
의 ᄡᆞᆯ과 복길의 돈이 다 창고읫 거슬 가져와시
디 왕측은 아디 못ᄒᆞ더라."

디쥬 이 말을 듯고 니ᄅᆞ디,

"올타, 〃! 왕측의 집의 어이 뉵쳔 인 눈화
줄 젼냥이 〃시리오. 분명이 요슐노 창고읫 거
슬 도적ᄒᆞ여 가도다."

왕측이 감히 흔 말도 못ᄒᆞ거ᄂᆞᆯ 디쥬 옥졸
노 ᄒᆞ야곰 왕측을 큰 칼 메워 옥관의 ᄂᆞ리와 져
주라 ᄒᆞ다.

---

141) 【샹년】 명 향년(向年). 작년. 왕년. ¶ 向年 ‖
빈승이 졍히 긔라 샹년의 션왕태우의 삼쳔 관을
어더 졍히 쓸디 업더니 이제 가져다가 도비의
호군ᄒᆞ기를 돕노라 (貧僧向年化得善王太尉三千
貫錢, 沒處化消. 早間聞得張先生往博平縣取錢與
都排賞軍, 貧僧也把這三千貫運來相助.) <羅孫 平
妖 5:40>

142) 【조비ᄒᆞ다】 통 {조비(造備)하다.} 만들어 갖추
다. 준비(準備)하다. ¶ 辦 ‖ 이쳔 관은 뎨지 조
비ᄒᆞ엿ᄂᆞ이다 (徒弟已辦下了.) <羅孫 平妖 5:40>

사롬이 셩명은 댱난(張鸞)이니 도스의 복식을
ᄒ고 ᄒ나혼 복길(卜吉)이니 긔인의 모양을 ᄒ
엿고 ᄒ나혼 좌튤(左黜)이니 혼 다리 절고 ᄒ나
혼 화샹이니 브ᄅ기롤 탄ᄌ화샹(彈子和尙)이라
ᄒ더라."

츄관(推官)이 크게 놀나 싱각ᄒ디,

'댱【43】난(張鸞) 복길(卜吉)은 뎡쥬(鄭州)
셔 작난ᄒ야 원을 죽이고 ᄃ라나시니 관스(官
司)의셔 지금 잡디 못ᄒ엿고 탄ᄌ화샹은 션왕태
위(善王太尉)의 삼쳔 관 돈을 가져가시니 포대
윤(包大尹)이 오히려 잡디 못ᄒ야 문셰 이제 우
리 고을의 도와시니 좌츌은 엇던 사롬인디 아디
못ᄒ나 벅ᄌ이 혼 낫 □□□ᄒᄂ 사롬이니 이
무리 혼디 모다시니 젹은 근심이 아니로다.'

ᄒ고 왕측을 옥의 ᄂ리와 두고 이 뜻을 디
쥬(知州)믜 고ᄒ니 댱덕(張德)이 눗빗치 흙 ᄀᆺᄒ
여 아모리홀 줄 몰나 ᄒ다가 마디 못ᄒ야 좌튤
댱난 탄ᄌ화샹 복길 스인의 일홈을 뻐 각쳐의
디위ᄒ야144) 잡아드리라 ᄒ다.

이째 냥영 군들이 왕측이 젼냥 주기로 죽
게 되엿ᄂ 줄 ᄃᆺ고 쥬뎜의 모다 왕측을 구코쟈
ᄒ디 모죽이 업서 졍히 댱덕을 ᄶ짓더니 홀연
좌튤이 져튝이고145) ᄃ러와 중인ᄃ려 닐오디,

"왕도비(王都排) 너희 젼냥 줄 제 분명이
제 집안흐로셔 내여와시니 【44】 어이 본쥐 창고
읫 거슬 가져가실 니 이시리오. 탐ᄒᄂ 관원이
구읫 지믈을 도적ᄒ야 업시ᄒ고 왕도비의 신샹
의 밀치려 ᄒ니 흔갓 도비롤 죽일 분 아니라 너
희 뉴쳔 인의 군냥을 도로 믈닐 거시니 내 싱각
ᄒ니 너희 간난혼 군병들이 여러 둘 젼냥을 튼
디 못ᄒ야 긔아듕의 잇다가 작일의 어든 거슬
먹고 허비혼 거시 젹디 아닐 거시니 어디 가 어
더 도로 밧치리오."

중인이 일시의 소리 딜러 굴오디,

"탐ᄒᄂ 관원이 국곡(國穀)을 져만 가지고
우리롤 주디 아니며 눔의 주ᄂ 일재146) 싀새와

33
좌가스현신경듕　왕도비규과보슈
左瘸師顯神驚衆　王都排絣夥報讐

【42】 디쥐(知州) 왕측(王則)을 잡아 옥의
ᄂ리와 옥 맛튼 관원 왕쟝(王獎)이 져주어 무ᄅ
니 처엄은 오히려 발명ᄒ더니143) 매롤 견디디
못ᄒ야 다만 닐오디,

"작일의 본디 모ᄅ던 녜사롬이 쇼인의 집
의 와 냥영(兩營) 군의 젼냥 트지 못ᄒ야 원망
ᄒ믈 보고 쇼인의 집을 비러 무수혼 젼냥을 수
운ᄒ야 뉴쳔 인을 ᄂ화준 후 스인이 즉시 훗터
져 가니 실노 아디 못ᄒᄂ이다."

츄관(推官)이 무ᄅ디,

"어이 셩명 모ᄅᄂ 사롬이 너롤 위ᄒ야 군
인의 젼냥을 ᄂ화줄 니 이시리오. 셜ᄉ 처엄의
아디 못혼들 ᄆᆞᄎᆞ니 뭇디 아닐 니 이시리오. 왕
측이 □□□을 견디디 못ᄒ야 바로 알외디 혼

---

143) 【발명ᄒ다】 동 {발명(發明)하다.} 무죄(無罪)를
변명(辨明)하다. 죄나 잘못이 없음을 말하여 밝
히거나 또는 그리하여 발뺌하려 하다. ¶ 抵賴
‖ 옥 맛튼 관원 왕쟝이 져주어 무ᄅ니 처엄은
오히려 발명ᄒ더니 매롤 견디디 못ᄒ야 다만 닐
오디 (這勘官姓王名獎, 問王則, ……王則初時抵
賴, 後來喫苦打不過, 只得供認道.) <羅孫 平妖
5:42>

144) 【디위ᄒ다】 동 {지회(知會 zhīhuì)하다.} 알리
다. 중국어 차용어. ¶ 좌튤 댱난 탄ᄌ화샹 복길
스인의 일홈을 뻐 각쳐의 디위ᄒ야 잡아드리라
ᄒ다 (知州吩咐書手將榜文一樣四十來張, 懸掛各
門及州前, ……立限捕獲.) <羅孫 平妖 5:43>

145) 【져튝이다】 동 절뚝거리다. ¶ 홀연 좌튤이
저튝이고 드러와 중인ᄃ려 닐오디 (只見瘸師走
來營前, 拍手高叫道.) <羅孫 平妖 5:43>

146) 【-재】 접 -째. -채. ¶ 탐ᄒᄂ 관원이 국곡을

죽이려 흐니 벅:이 우리롤 브려두디 아닐 거시
니 반흘 밧긔 흘 일이 업술노다."

좌튤 왈,

"왕도비 너희로 흐야 죽게 되여시니 사롬
의 은혜롤 밧고 급흔 째예 구치 아니면 대댱부
(大丈夫)의 일이 아니라."

즁인이 닐오디,

"우리 쏘흔 이 뜻을 두어시디 슈창(首倡)
흘147) 사롬을 엇디 못흐여 흐노라."

좌튤(左黜) 왈,

"이 말이 올흐니 내 그디내롤 위흐야 녕슈
(領袖) 【45】 노룻술 흘 거시니 즐겨 도울다?"

즁인이:: 말을 듯고 팀음흐고 답디 아니
커눌 좌튤이 그 뜻을 알고 즁인드려 닐오디,

"그디내 내 말을 답디 아니:: 이는 나의
킈 젹고 힘이 미흐야 스업을 일우디 못흐리라
흐미냐?"

몸을 흔드러 변흐야 킈 열 자히오 허리 열
우흠148)이나 흔 대댱이 되야 등잔 만흔 눈을 브
릅쓰고 큰 칼을 믄지며 셔시니 위풍이 늠:흔디
라. 즁인이 대희흐야 일시의 절흐고 닐오디,

"우리 눈이:: 셔도 태산(泰山)을 아디 못흐
니 원간 텬신(天神)이 느려 겨시닷다149)!"

절흐기롤 뭇고 니러나 보니 도로 킈 스 척
이오 흔 다리 저는 법시(法師)러라.

좌튤이 닐오디,

"즁인은 모음을 두 가지로 말라. 하놀이
왕도비롤 명흐야 패쥬(貝州) 님자롤 삼으시니
너희 조츠면 복을 엇고 좃디 아니면 홰 이시리
라."

말이 뭇디 못흐야셔 즁인 듕의 두 사롬이
쒸여나니 흐나흔 댱셩(張成)이오 흐나흔 (寶文
玉)이니 본디 창막디 쓰는 교시 되엿 【46】 더
라. 냥인이 웨여 왈,

"왕도비는 됴흔 사롬이라. 우리 맛당이 뎌
롤 도을 거시니 날을 좃디 아니면 몬져 텨 죽이
리라. 즁인이 일시의 디답흐야 흔가지로 가지
라."

저만 가지고 우리롤 주디 아니며 눔의 주는 일
재 스새와 죽이려 흐니 벅:이 우리롤 브려두디
아닐 거시니 반흘 밧긔 흘 일이 업술노다 (我們
喫的用的, 又不是官物. 現在該支的錢糧不肯關與
我們, 到要追奪我們的. 恁地時, 眞箇逼我們反了.)
<羅孫 平妖 5:44> ⇒ 째

흐거눌 좌튤 왈,

"그디니 긔계롤 졍졔히 흐야 기드리라. 내
몬져 드러가 도비롤 구흐야 니응이 되리라."

즉시 은신법을 흐야 디쥬 안잣는 평상의
올나가 안즌 교위롤 박츠니 교의 산:이 을허지
고150) 디쥬 곳그라디거눌 좌우의 뫼신 사롬이
일시의 붓드러 니르혀니 디쥬 닐오디,

"교의 민드란 지 오라니 그러타."

흐고 새 교의롤 노코 좌뎡커눌 좌츌이 그
만이 웃고 디쥬의 등 뒤히 셧다가 머리의 쓴 사
모롤 므이 치니 먼니 쒸여 계하의 느려지거눌
즁인은 아디 못흐고 디쥬샹공이 스매 안히셔 비
들긔롤 놋는다 흐더니 홀연 보니 디쥬 머리롤
붓잡고 급히 사모롤 가져오라 흐니 즁인이 크게
괴히:: 너기더라.

좌튤이 얼골을 니여 사모롤 가지고 텽샹의
올나가 디쥬드려 니르디,

【47】 "댱덕(張德)아, 네 사뫼 임의 내 손
의 드러시니 네 머리 쏘흔 이러흐리라."

모든 사롬이 좌튤(左黜)이란 말을 듯고 지
져괴며 닐오디,

"이 벅:이 방 부쳐 잡으려 흐는 다리 저

---

147) 【슈창흐다】 동 {수창(首唱)하다.} 앞장서다.
¶ 頭腦 ‖ 우리 쏘흔 이 뜻을 두어시디 슈창흘
사롬을 엇디 못흐여 흐노라 (我們也有此意, 只
是力量不加, 又沒個頭腦, 如何救得他出來?) <羅
孫 平妖 5:44> ⇒ 슈창흐다

148) 【우흠】 명 움쿰. ¶ 圍 ‖ 킈 열 자히오 허리
열 우흠이나 흔 대댱이 되일 등잔 만흔 눈을 브
릅쓰고 큰 칼을 믄지며 셔시니 위풍이 늠늠흔디
라 (只見身長一丈, 腰大十圍, 頭似車輪, 目如燈
盞, 手中執兩把潑風刀如扇板門相似.) <羅孫 平妖
5:45> ⇒ 우희옴

149) 【-닷다】 回 -도다. ¶ 原來 ‖ 우리 눈이 이셔
도 태산을 아디 못흐니 원간 텬신이 느려 겨시
닷다 (我們有限不識泰山, 原來是天神.) <羅孫 平
妖 5:45>

150) 【을허디다】 동 부서지다. ¶ 디쥬 안잣는 평
샹의 올나가 안즌 교위롤 박츠니 교의 산:이
을허지고 디쥬 곳그라디거눌 좌우의 뫼신 사롬
이 일시의 붓드러 니르혀니 (閃在知州背後, 捉
箇空兒, 將交椅往後一退, 知州撲地的跌了一交,
衆人慌忙扶起.) <羅孫 平妖 5:46> 劃然 ‖ 그 집
사롬이 가는 디롤 똘오더니 블의예 흔 돌히 가
다티니 므어시 을허디는 소리 잇고 그 손은 보
디 못흘러니 이튼날 붉거눌 보니 오란 술독이
문 밧긔 뜨려덧고 술이 짜히 フ둑흐야 흘럿더라
(家人遂因逐之, 見客悞抵一石, 劃然有聲, 尋不見.
至曉睹之, 乃一多年酒甕, 已破矣.) <太平 2:3>

는 좌튤이로다.”

디쥐 져의 킈 젹으믈 보고 업슈이 너겨 닐
오디,

“네 진짓 좌튤인다?”

좌튤이 흔 손으로 제 다리를 치며 왈,

“내 다리를 보면 알니라.”

디쥐 왈,

“니 졍히 너를 잡으려 ᄒ거놀 네 엇디 감
히 드러온다?”

좌튤 왈,

“이러므로 특별이 와 죄를 쳥ᄒ노라.”

디쥐 ᄭ지즈디,

“셰샹의 어이 ᄾ런 쓸게151) 큰 도젹이 이
시리오.”

좌우를 ᄭ지져 좌튤을 잡아 큰 칼 메워 옥
의 ᄂ리와 왕측으로 더브러 디면ᄒ라 ᄒ니 왕측
이 좌튤을 보고 놀나 무르디,

“네 어이 ᄯ 잡혀온다?”

좌튤 왈,

“니 오디 아니면 너를 엇디 구ᄒ리오?”

왕쟝(王漿)이 무르디,

“챵듕의 도젹흔 거시 녜일 가 발로 알외
라.”

과츌이 니르디,

“댱덕(張德)이 탐ᄒ고 사오나와 군냥을 주
디 아니ᄾ 냥영(兩營) 군병이 니를 좃고 원망ᄒ
거늘 니 디쥐를 위ᄒ【48】야 디신ᄒ야 은혜를
베푸고 ᄒ들며 그 듕 ᄉ쳔 관은 내 ᄉᄾ로이 쟝
만ᄒ야 주어시니 너히 우리를 감격ᄒ여ᄂ 아니
코 도로혀 해ᄒ려 ᄒ니 진짓 어린 관원이로다.”

왕쟝(王漿)이 쵸조ᄒ여 옥졸을 ᄭ지져 무
이152) 치라 ᄒ니 매 좌튤의 몸의 디면 좌튤은
아모라도 아니코 집쟝(執杖)ᄒᄂ 놈이 알파 소
리 디르고 능히 미질을 ᄒ디 못ᄒ니 여러 옥졸
을 ᄀ라드리디 다 그러커늘 왕쟝이 밋디 아냐
친히 ᄂ리드라 곤댱을 잡아 흔 번 치더니 홀연
아야 ᄒ고 제 볼기를 붓들고 괴이ᄒ다ᄾ ᄒ거
놀 좌튤이 하ᄾ대쇼(呵呵大笑)ᄒ고 흔 소리를
ᄒ니 져와 왕측 뫼신 샹의 믠 노히 졀노 ᄯᆫ처디
니 왕쟝이 믄득 옥졸노 잡으라 ᄒ더니 좌튤이

흔 손으로 ᄀ라치니 즁인이 발이 ᄯᆞ히 붓고 흔
거름도 움죽이디 못ᄒ거놀 좌튤이 왕측(王則)을
ᄃ리고 바로 디쥬의 텽하의 가 ᄭ지즈디,

“댱덕아, 네 여러 히를 패쥬(貝州) 사름을
죽여시니 내 너를 죽여 해를 더지 아니면 대댱
뷔 아니라.”

댱덕이 형셰 사오나오믈 보【49】고 병풍
뒤흐로 드라나더니 홀연 후당으로셔 두 사름이
내ᄃ르니 졍히 쟝난(張鸞) 복길(卜吉)이라. 댱덕
을 잡고 쟝난이 흔 칼도 머리를 버혀 ᄂ리치니
텽샹 텽하 사름이 크게 어즈럽거놀 왕측이 웨여
왈,

“니 이제 너히를 위ᄒ야 해를 더러시니 날
을 ᄯᆞᄅ면 부귀를 흔가지로 ᄒ리라.”

듕인이 다 귀슌ᄒ더니 홀연 문 밧긔 함셩
이 진동ᄒᄆ 댱셩(張成) 두문옥(竇文玉)이 뉵쳔
군병을 거ᄂ려 즛쳐 드러오다가 길ᄒ셔 왕쟝을
죽이고 즁인을 즛볼와 죽이고 댱덕의 가쇽을 추
자 죽이려 ᄒ더니 이째 호영이(胡永兒) 아듕의
드러가 좌츌노 더브러 댱덕의 일문 노쇼를 ᄒ나
토 남기지 아니코 댱덕이 빅셩 보채여 모흔 금
은 치단을 다 ᄂ녀 텽하의 뫼ᄀᆺ치 ᄡᆞ흐니 십삼
필 비단 머리 대 자식 ᄯᆫ흔 거시 ᄯᅩ흔 잉ᄾ(奶
奶)의 방듕의 잇너라.

왕측 왈,

“이거시 패쥬 빅셩의 골슈를 글거 모흔 거
시라 반은 군병을 샹ᄉᄒ고 반은 년일 보채인
빅【50】셩을 ᄂ화 주리라.”

ᄒ고 방 브쳐 빅셩을 안무ᄒ고 댱셩 두문
옥으로 ᄒ야곰 군마를 조련ᄒ야 셩디를 딕희게
ᄒ니 패쥬 크게 뎡ᄒ니라.

왕측이 댱덕을 죽일 제 통판(通判) 동원츈
(董元春)이 몸을 ᄲᅡ혀 드라나 경ᄉ(京師)의 가
됴뎡의 알외고 군ᄉ를 쳥ᄒ여 디쥬를 위ᄒ야 보
슈ᄒ려 ᄒ더라.

---

151)【쓸게】圀 쓸개. ¶ 膽 ‖ 셰샹의 어이 ᄾ런
　　쓸게 큰 도젹이 이시리오 (從不曾見恁般大膽的
　　妖賊.) <羅孫 平妖 5:47>

152)【무이】閉 매우. 심하게. ¶ 着力 ‖ 왕쟝이 쵸
　　조ᄒ여 옥졸을 ᄭ지져 무이 치라 ᄒ니 매 좌튤
　　의 몸의 디면 좌튤은 아모라도 아니코 집쟝ᄒᄂ
　　놈이 알파 소리 디르고 (王漿焦燥, 喝令獄卒着
　　力拷打. 獄卒提起杖子, 拖翻左黜便打. ……才打
　　一下去, 左黜全然不覺, 倒是行杖的叫痛.) <羅孫
　　平妖 5:48> ⇒ 마이, 미오, 미우, 미이

34

뉴언위삼패패듀셩 호영ᄋ대략하븍디
劉彦威三敗貝州城 胡永兒大掠河北地

잇째 인종(仁宗) 황뎨 간신 하숑(夏竦)을 신임ᄒ야 츄밀ᄉ(樞密使)를 ᄒ이시니 나라 권을 젼쥬ᄒ야 한긔(韓琦) 범듕엄(范仲淹) 부필(富弼) 문언박(文彦博) 포증(包拯) 뎍쳥(狄靑) 여ᄉ 어진 신하를 춤소ᄒ야 됴뎡의 못 잇게 ᄒ고 모든 쇼인을 인진ᄒ야 쇼쳥 만ᄒ니로 벼슬을 ᄒ이니 외방 관원이 ᄇᆡ셩 보채여 지샹 셤기ᄂᆞ로 능ᄉ를 삼으니 텬해 대란ᄒ야 됴환[원호](趙元昊)은 셔하(西夏)의셔 반ᄒ고 능디고(儂智高)ᄂᆞ 광남(廣南)의셔 반ᄒ고 왕측은 패쥐셔 반ᄒ니 인종이 비록 셩명(聖明)ᄒ시나 쇼인의 【51】 ᄀᆞ리온 배 되여 외방 믈졍을 듯디 못ᄒ시더니 패쥐 통판(通判) 동원츈(董元春)이 경ᄉ의 니르러 왕측의 반졍을 알외니 인종이 크게 놀나샤 대신을 블너 의논ᄒ시니 하숑이 알외디,

"패쥐디쥬 댱덕이 군냥을 주디 아니ᄂᆞ 군심이 격동ᄒ야 댱덕을 해ᄒ야시니 됴뎡을 비반ᄒ미 아니라, 이런 무리ᄂᆞ 죡히 넘녀롭디 아니ᄂᆞ 굿ᄐᆞ여 대병을 움죽이디 말고 긔쥐태슈(冀州太守) 뉴언위(劉彦威) 쟝문(將門) ᄌᆞ손으로 디용이 겸젼ᄒ니 패쥐 일을 이 사람을 맛디면 필연

일을 일우리이다."

인종이 말을 조ᄎ샤 셩지를 ᄂᆞ리와 긔쥐태슈 뉴언위로 ᄒ야곰 본부 인마를 거ᄂᆞ려 왕측을 치라 ᄒ시니 뉴언위 셩지를 밧드러 발병ᄒ더니 부쟝 여강(茹剛)이 닐오디,

"내 드르니 왕측의 슈하의 도슐ᄒᄂᆞ 사람이 만타 ᄒ니 경히 보디 못ᄒ리라."

뉴언위 대쇼 왈,

"녯 사람이 닐오디 '샤긔(邪氣)ᄂᆞ 뎡(正)ᄒᆞ 거슬 이긔지 못ᄒᆞ다' ᄒ니 내 이제 군 【52】 명을 밧드러 반젹을 치니 어이 죠고만 요슐을 두리ᄂᆞ오. 길일을 굴ᄒᆡ여 본부 오쳔 군마를 됴발ᄒ야 여강으로 일쳔 인을 거ᄂᆞ려 션봉이 되고 단뇌(段雷)로 일쳔 인을 거ᄂᆞ려 합후(合後)를 삼고 뉴언위 스스로 삼쳔인을 거ᄂᆞ려 듕군(中軍)이 되야 패쥐를 즛딜너 오니 패쥐 사람이 본디 뉴언위 용밍을 나ᄂᆞ디라. 두려 아니리 업더라.

왕측이 댱난(張鸞) 복길(卜吉) 좌툘(左黜) 등 삼인으로 더브러 의논ᄒᆞᆯ 시 홀노 탄ᄌᆞ화샹(彈子和尙)이 참예치 아니ᄂᆞ 당초 ᄇᆡ운동(白雲洞)의 가 텬셔를 어들 제 ᄇᆡ옥향노 알픠 가 신녕ᄭᅴ 발원ᄒ야 하늘을 더ᄒ야 도를 힝ᄒ고 그른 일을 아니리라 ᄒ엿더니 그 후의 텬셔를 아라보디 못ᄒ야 셩고로 더브러 일을 ᄒᆞᆫ가디로 ᄒ니 셩괴 미양 닐오디,

"왕측이 텬명을 바다 하븍(河北) 님재 되리라 ᄒᆞᄂᆞ 고로 그 말을 미더 션왕태위(善王太尉)의 삼쳔 관을 왕측을 도앗더니 왕측이 댱덕(張德)의 일가를 다 죽이고 살육ᄒ기를 과히 ᄒᆞ믈 【53】 보고 ᄒᆞᆫ가디로 참예ᄒ기를 슬히 녀겨 홀노 셩 밧 감쳔ᄉ(甘泉寺)의 가 머믈고 싸홈 싸호ᄂᆞ 일의 참예치 아니ᄒᆞᄂᆞ디라. 이러므로 왕측이 좌툘 등 삼인으로 더브러 의논ᄒ니 좌툘 왈,

"긔쥐 군신 블과 오쳔이라 ᄒ니 우리 셩듕의 뉵쳔 군병이 이시니 반은 머므러 셩을 딕희우고 반은 관군을 디격ᄒᆞᆯ 거시라. 왕측이 친히 교댱(敎場)의 가 군ᄉ를 졈고ᄒ더니 댱셩(張成) 두문옥(竇文玉)이 흠긔 내ᄃᆞ라 닐오디,

"낭영 군병이 쥬쟝의 큰 은혜를 닙어시더 갑디 못ᄒ얏시니 쇼쟝이 쳥컨대 각ᄌᆞ 일쳔 오ᄇᆡ 인식 거ᄂᆞ려 셩의 나가 관군의 미쳐 딘 치디 못ᄒᆞᆯ 째를 타 ᄒᆞᆫ 딘을 즛딜너 결노 ᄒ야곰 우리 패쥐를 바로 보디 못ᄒ리라."

왕측이 대회ᄒ야 냥인을 갑옷과 젼마롤 샹
주고 삼쳔 군마롤 거ᄂ려 내여보내다. 이ᄢ 긔
쥐(冀州) 션봉 여강(茹剛)이 일쳔 군을 녕ᄒ야
패쥐 삼십 니의 니ᄅ러 미처 딘셰롤 일우디 못
ᄒ야셔 댱셩 두문옥이 삼쳔 인마롤 지휘ᄒ야【
54】 일시의 쌔텨 드러가니 관군이 대란ᄒ거놀
여강이 분녁ᄒ야 혼자 냥쟝을 대젹ᄒ더니 패쥐
군병이 두루 ᄲᅡ오니 디젹디 못ᄒ야 ᄲᆫ 거술 헤
치고 ᄃ라ᄂ니 댱(張) 두(竇) 이 쟝이 혼 진을
이긔고 왕측의게 알외니 왕측이 냥인을 등샹ᄒ
고 십니 밧긔 가 뉴언위의 대군을 막ᄌᄅ라 ᄒ
다.

　여강이 패군을 슈습ᄒ야 도라가 뉴언위롤
보고 쳥죄ᄒ거놀 언위 대로ᄒ야 여강의 션봉 벼
슬을 아사 뒷진의 디령ᄒ라 ᄒ고 단뇌(段雷)로
션봉을 삼아 분부ᄒ더,

　“대쟝의 긔호롤 가지고 몬져 히ᄋ야 젹쟝
과 ᄲᅡ호라 가 거줏 패ᄒ야 혀오라.”

　ᄒ고 ᄯᅩ 일지 군을 내여 젹딘 근쳐의 미복
ᄒ엿다가 젹쟝이 딘을 뷔오고 관군을 ᄯᅩ로거든
ᄲᆫ 진의 ᄃ라드러 블을 노ᄒ라 ᄒ고 스스로 듕
군을 녕ᄒ야 미조차 나아가다.

　댱 두 이쟝이 관군 긔 우히 ‘뉴劉’ ᄌ롤
보고 일뎡 뉴튀슈(劉太守) 왓ᄂ니리 ᄒ고 각ᄼ
공을 ᄃ토와 딘젼의 나니 관군이 딘셰【55】롤
일우고 문긔 열고 디혼 쟝쉬 션화부(宣花斧)롤
들고 나오니 댱 두 이쟝이 단뇌 줄 아디 못ᄒ고
다만 뉴태쉬 손조 왓다 ᄒ야 일시예 창을 들고
ᄃ라드니 단뇌 마자 수십 합을 ᄲᅡ로더니 몰을
두루혀 십여 합은 ᄲᅡ호다가 긔호롤 ᄇ리고 ᄃ라
나니 젹군이 ᄃ토아 ᄇ린 거슬 줍더니 홀연 후
군(後軍)이 드레며 크게 웨더,

　“본영의 블이 니러ᄂ다 ᄒ니 이쟝이 계교
의 ᄲᅡ딘 줄 알고 급히 군ᄉ롤 도로혀더니 혼 소
리 방포의 복병이 니러나며 일원대쟝이 칼을 빗
기고 몰을 ᄶᅱ워 크게 ᄭᅮ지ᄌ더,

　“반국 역젹은 ᄃᆺ디 말나! 뉴언위(劉彦威)
여긔 잇노라.”

　이쟝이 대경ᄒ야 미처 손을 놀니디 못ᄒ야
셔 언위 혼 칼노 두문옥(竇文玉)을 버혀 ᄂ리티
니 댱셩(張成)이 급히 창을 드러 디젹ᄒ더니 언
위의 칼 ᄡ는 법이 신츌귀몰ᄒᄂ디라. 삼합이
못ᄒ야 댱셩을 사로잡아【56】 몰게 ᄂ리치니 모

든 군시 일시의 ᄃ라드러 죽이니라.

　왕측(王則)이 셩외예셔 쇠살ᄒᄂ 줄을 듯
고 좌튤(左黜) 등을 ᄃ리고 셩의 올나 보더니
패혼 군시 분ᄼ(紛紛)이 니ᄅ러 급히 문을 열나
ᄒ거놀 왕측이 문을 여러 ᄃ리고 댱 두 이쟝의
패ᄒ야 죽은 줄 알고 크게 놀나 좌튤ᄃ려 닐오
더,

　“뉴언위 영웅인 줄 드럿더니 일홈이 헛되
디 아니랏다. 널위는 무슴 계교로 병을 믈니칠
고?”

　좌튤이 니ᄅ더,

　“빈되 혜아련 지 오라니 당난 복길노 더브
러 각ᄼ 오빅 병식 각ᄼ 혼 진식 ᄲᅡ화 긔쥐 군
ᄉ롤 편갑(片甲)도 도라가디 못ᄒ게 ᄒ리라.”

　왕측 왈,

　“오빅 인이 너모 젹을가 ᄒ노라.”

　좌튤이 니ᄅ더,

　“스스로 신병귀졸이 ᄀ시니 오빅인은 블과
딘대로 버릴 분이라.”

　ᄒ더니 홀연 셩외예 함셩이 대딘ᄒ며 관군
이 임의 다ᄃᄅ니 뉴언위 몰을 ᄶᅱ여 딘젼의 내
ᄂ라 갈 ᄭᅩᆺᄐ로 셩샹을 ᄀᄃ쳐 꿰여 닐오더,

　“패쥐 셩샹의 일 아ᄂ【57】 빅셩이 잇거든
왕측을 미어 됴뎡의 드려온 셤듕 빅셩의 도륙을
면ᄒ라!”

　왕측이 뉴언위 군용이 엄슉ᄒ믈 보고 크게
두려ᄒ더니 좌튤이 오빅군을 거ᄂ릭 셩문을 열
고 나가 칼홀 드러 뉴언위롤 ᄀᄅ쳐 니ᄅ더,

　“네 일을 알거든 ᄲᆯ니 믈너가 슈급 바치기
롤 면ᄒ라.”

　언위 좌튤의 뵈옷 닙고 몰도 ᄐ디 아녀시
믈 보고 ᄭᅮ지져 닐오더,

　“내 너 ᄀᆺ혼 사롬으로 더브러 ᄲᅡ호디 아닛
ᄂ니 수히 왕측을 블너오라.”

　좌튤이 칼홀 드러 ᄀᄅ치며 ᄭᅮ지ᄌ니 홀연
미친 ᄇ람이 니러나 모래와 돌홀 부러 긔쥐 진
듕의 ᄢᅵ치니 삼군이 눈을 ᄯᅳ디 못ᄒ야 뉴언위
몰을 도로혀 ᄃ라나니 좌튤이 혼 딘을 쥿디ᄅ니
군긔와 마필을 무수히 어드니라. 언위 이십 니
밧긔 퇴군ᄒ야 군마롤 뎜고ᄒ니 삼분의셔 일분
이 죽엇더라. 뉴언위 계쟝ᄃ려 닐오더,

　“내 젹인의 요술을 아디 못ᄒ야 그릇 패ᄒ
니 져의 ᄇ람과 모래롤 막ᄌᄅ면 그남은 일【58

】은 두렵디 아니타.”

흐고 삼군을 명흐야 사롬마다 쳥사로 눈을 ᄀ리오눈 거술 믿ᄃ라 가디고 잇다가 ᄇ람이 니러나거든 눈을 각ᄀ ᄀ리오고 젹진의 ᄃ라드러 좌툘을 잡으라 흐다.

왕측(王則)이 좌툘(左黜)의 흔 딘을 이긔믈 보고 ᄆ옴이 져기 평안흐야 흐더니 삼일만의 관군이 ᄯ오 와 셩을 치거눌 복길(卜吉)이 오빅군을 거느려 셩의 나 딘티니 뉴언위(劉彦威) 처음은 좌툘인가 흐더니 복길이 가로 샹토의 칼 집고 나오눈 양을 보고 측냥치 못흐야 삼군을 지휘흐야 ᄲᅦ쳐 가라 흐더니 복길이 입속의 진언을 념흐며 ᄉ매롤 ᄯᅵᆯ티니 쳔만이나 흔 호표ᄉ랑이 입을 버리고 발톱을 춤추이며 관군의게 ᄃ라드니 뉴언위 튼 ᄆᆯ이 놀나 ᄲᅱ여나 언위롤 ᄯᅡ히 ᄂ리치니 졔쟝이 계유 구흐야 ᄃ라나고 모든 군시 피미(披靡)흐야 각ᄀ 셩명을 도망흐니 뉴언위 ᄯᅩ 흔 딘을 패흐니 군시 샹흔 거시 반이 남은디라. 졍히 근심흐더니 【59】긔쥐총병ᄉ(冀州總兵使) 도필현(陶必顯)이 졍병 일쳔과 젼마 삼빅 필을 거느려 와 ᄡᅡ홈을 도으니 뉴언위 대희흐야 군듕의 지휘흐야 뵈와 죠희로 ᄉ지의 얼굴을 믿ᄃ라 십일 니의 삼빅을 ᄀ초라 흐거눌 졔쟝이 그 연고롤 무론디 언위 니로디,

“젹군이 요슐노 호표ᄉ랑을 브리눈 고로 우리 군이 디젹디 못흐니 이졔 ᄉ지의 얼골을 믿ᄃ라 삼빅 젼마롤 닙혀 뎍군을 디젹흐면 호표ᄉ지롤 보고 필연 ᄃ라날 거시니 이눈 졔갈공명이 남만을 졔어흐던 법이라.”

졔쟝이 다 칭찬흐더라. ᄯᅩ 단뇌(段雷) 여강(茹剛)으로 흐여곰 각ᄀ 삼빅 궁노슈롤 거느려 좌우의 미복흐여다가 젹병이 셩의 나거든 등 뒤흐로 내ᄃ라 도젹을 ᄡ오라 흐고 삼군을 지휘흐야 다시 나아가더니 패쥐(貝州) 셩듕의셔 관군이 니르믈 둣고 댱난이 닐오디,

“이번은 빈도의 ᄎ례라.”

흐고 본부 오빅 군을 거느려 나가 디젹흐더니 복길이 니르 【60】 디,

“뉴언위 년흐야 패흐디 믈너가디 아니ᄂ 필연 구병이 ᄀ실 거시니 대 ᄯᅩ흔 ᄉ부롤 조차 가 형셰롤 술피리라.”

좌툘이 ᄲᅱ여나 닐오디,

“이 말이 올흐니 내 ᄯᅩ흔 아조 뎌의 목슘

을 ᄭᅳᆺ쳐ᄇ려 다시 와 요란흐미 업게 흐라.”

왕측 왈,

“패쥐 셩매 금일의 결흘 거시니 녈위눈 용심흐라.”

관군 딘듕의 도필현(陶必顯)이 삼빅 ᄉ지 그린 ᄆᆯ을 모라 셩하의 와 ᄡᅡ호랴 흐니 흔 도인이 비포(緋袍) 닙고 텰관 쓰고 손의 별각션(鼈殼扇)을 들고 등의 숑문검(松紋劍)을 지고 딘듕의 셧거눌 도필현이 싱각흐디,

‘일인이 요슐흐눈 무리어니와 임의 준비흔 거시 이시니 어이 두리ᄅ오.’

군ᄉ롤 지휘흐야 졍히 잡으려 흐더니 댱난(張鸞)이 진언을 념흐며 별각션을 드러 흔 번 부르니 평디의 춘 ᄇ람이 니러나 사롬의 ᄲᅧ ᄉ못게 슬흐며 텬긔 아득흐고 모리와 어룸이 일시의 ᄂ려지니 인매 다 ᄃ리롤 쩔고 능히 운동치 못흐눈디라. 뉴언위(劉彦威) 계유 【61】 군ᄉ롤 거느려 ᄃ라나고 도필현은 패쥐 군병의 잡힌 배 되니 이ᄯᅢ예 단뇌(段雷) 여강(茹剛)이 두 편의 미복흐얏더니 함셩이 진동흐믈 보고 군을 거느려 내ᄃ라 보니 텬식이 혼암흔 듕 좌툘 복길이 머디 아닌 디 잇거눌 냥인 각ᄀ 군ᄉ롤 발흐야 일시의 ᄡᅩ니 좌툘 복길은 간 디 업고 이윽고 하눌이 쳥명커눌 출혀 보니 두 길 복병이 서로 ᄡᅩ아 뉵빅 인이 거의 죽고 계유 빅여 인이 남아시니 이 다 좌툘 복길의 법슐노 서로 ᄡᅩ아 죽게 흐미라. 단뇌눈 투고와 갑오술 ᄇ리고 계유 도망흐야 살고 여강은 살흘 마자 듕히 샹흐엿더니 젹병이 크게 ᄯᅩᆯ와오믈 보고 스스로 몃딜너 죽으니라.

뉴언위 패잔흔 군마롤 거두어 계유 영채롤 믿들고 밤드도록 측을 붉히고 영듕의셔 도젹 틸 계교롤 싱각디 못흐더니 홀연 딘젼 후의 고각(鼓角)이 졔명(齊鳴)흐고 함셩이 진동흐거눌 언위 급히 단뇌로 동편 【62】 을 막ᄌᆞᄅ라 흐더니 이윽고 동편이 고요흐며 셔편의 함셩이 니러나고 블빗치 하눌의 ᄡᅩ이거눌 언위 ᄆᆯ게 올나 칼 잡고 급히 가보니 함셩이 그치고 블빗치 업서디거눌 언위 ᄭᅩᆺ 영듕의 도라오며 남녁희 븍소리 진동흐고 블빗치 됴요흐니 언위 동셔남븍으로 분주흐야 오경의 다ᄃ라 영듕이 요란흐여 범이 드러온다 흐거눌 뉴언위 ᄭᅮ지ᄌᆞ디,

“군듕의 어이 범이 드러올 니 이시리오.”

　　ᄒᆞ더니 말이 뭇디 못ᄒᆞ야셔 ᄒᆞᆫ 부인이 범
을 타고 쎼쳐 드러오니 언위(彦威) 놀나 ᄆᆞᆯ을
타려 ᄒᆞ니 ᄆᆞᆯ이 놀나 쓰러지거ᄂᆞᆯ 급히 군을 모
흐려 ᄒᆞ더니 범 ᄐᆞᆫ 부인을 임의 보디 못ᄒᆞᆯ너라.
뉴태쉬(劉太守) 이튼날 군병을 뎜고ᄒᆞ니 서로
즛불와 죽은 거시 급히 만코 온 ᄃᆡᆫᄃᆞ의 범의 발
자최 종횡ᄒᆞ엿거ᄂᆞᆯ 언위 탄왈,

　　"하ᄂᆞᆯ이 ᄒᆞᆫ 무리 요인을 니시니 비록 손외
라도 ᄒᆞᆯ일업도다!"

　　ᄒᆞ고 즉시 남【63】은 군ᄉᆞᄅᆞᆯ 거ᄂᆞ려 긔쥬
(冀州)로 도라가 패군ᄒᆞᆫ 글을 츄밀원(樞密院)의
보ᄒᆞ니 츄밀ᄉᆞ 하송(夏竦)이 제게 죄칙이 〻실
가 ᄒᆞ야 텬ᄌᆞᄭᅴ 알외디 아니ᄒᆞ니라.

　　호영ᄋᆡ(胡永兒) 뉴언위 여러번 패ᄒᆞ더 믈
너가디 아니ᄆᆞᆯ 보고 바로 영듕의 가 신병을 베
퍼 ᄒᆞᄅᆞᆺ밤을 자지 못ᄒᆞ게 ᄒᆞ고 언위 슈흔이 던
치 아녀시미 능히 해치 못ᄒᆞ야 다만 핍박ᄒᆞ야
도라가 (이하 필사 중단됨)

35

□□□□□□ □□□□□□

趙無瑕拼生紿賊　包龍圖應詔推賢

【64】 "……역적이 오라디 아녀 죽을 거시니라. 패 신부롤 녀뎜ᄒ거든 역적의 ᄒ 뎜 고기롤 어더 무덤의 졔ᄒ쇼셔."

ᄒ고 술위예 올나가니 믄득 군인이 옹위ᄒ야 가거ᄂ 결의 이째 도라와시더 감히 드러와 됴시(趙氏)롤 보디 못ᄒ고 밧긔 뎌령ᄒ엿더니 됴시 집을 쩌나미 급ᄌ히 모친을 드리고 도망ᄒ야 동경(東京)으로 가니라.

왕측(王則)이 됴시의 술위롤 보고 급히 마자 발을 열고 보니 임의 깁슈건으로 목을 줄나 죽엇더라.

크게 픠흥(敗興)ᄒ야 댱긔(張琪)로 ᄒ야곰 됴시의 죽엄을 궐가(闕家)로 보내라 ᄒ니 집이 임의 븨엿ᄂ디라, 패쥐(貝州) 셩 밧긔 무드니라.

왕측이 이후는 ᄉ문의 방을 부쳐 민간의 미ᄉᆡᆨ(美色)잇 부녀 잇거든 부뫼 녀ᄌᆞ롤 드리고 댱뷔(丈夫) 쳐쳡을 드리게 ᄒ야 순히 드리ᄂ 쟈ᄂ 빅금을 주고 굠초고, 드리디 아닛ᄂ 쟈ᄂ 중죄롤 주니 민간 부녀롤 아사 궁듕의 드린 재 그 수롤 아디 못ᄒᆞᆯ너라.

호영이(胡永兒) 왕측(王則)이 이러틋 ᄒᄆᆞᆯ

본【65】 디 ᄯᅩᄒᆞᆫ 아른 체 아니코 각ᄌ 궁의 이셔 민간의 미쇼년을 ᄲᅡ 드려오디 금빈혀롤 문골희예 ᄭᅩ자 두면 큰 블이 하늘의 ᄉᄆᆞᆺ고 은빈혀롤 ᄭᅩ자 두면 큰 믈이 ᄀᆞ리뎌153) 바다히 되여 너외 격졀(隔絶)ᄒ니 비록 왕측이라도 드러오디 못ᄒ고 일이 업ᄉ면 법술을 거두고 의구히 왕측으로 더브러 모다 즐기고 다시 왕패(王覇)의 업을 ᄉᆡᆼ각디 아니ᄂ ᄯᅩᄒᆞᆫ 텬쉬러라.

이째 댱긔(張琪) 오왕(吳旺) 임쳔(任遷)이 각ᄌ 큰 고을ᄒ 웅거ᄒ야 부귀롤 누리며 째ᄌ 군ᄉ롤 거ᄂ려 근쳐 고을ᄒ 노략ᄒ야 미녀와 금빅을 어더 왕측의게 드리니 빅셩이 괴로오믈 견디디 못ᄒ더 츄밀ᄉ 하송(夏竦)이 나라히 고치 아니ᄂ 인종(仁宗)이 아디 못ᄒ시더니 일ᄌ은 됴회롤 파ᄒ고 후당으로 드러가시더니 ᄒ 사롬이 농포 기슭154)을 잡고 오ᄅ거ᄂ 뎨 도라보시니 간의태우(諫議大夫) 하셤(夏鄈)이러라. 연고롤 무ᄅ시니 하셤이 울며 주ᄒ더,

"폐해 요슌(堯舜)의 덕을 두시고 걸쥬(桀紂)의 화롤 면치 못ᄒ【66】게 되여 계시니 원컨디 하송을 죽여 샤딕을 안보ᄒ야지이다."

뎨 놀나 무ᄅ신대 하셤이 주왈,

"님군의게 아당(阿黨)ᄒ고 관쟉을 ᄉᄌ로이ᄒ야 졍시 졔 손의셔 나시니 텬해 대란ᄒ야 됴원호(趙元昊)ᄂ 셔하(西夏)의셔 반ᄒ고 능디고(儂智高)ᄂ 광남(廣南)의셔 반ᄒ고 왕측(王則)은 패쥐(貝州)셔 반ᄒ디 하송이 다 알외디 아니코 거년(去年)의 긔쥐태슈(冀州太守) 뉴언위(劉彦威) 왕측의게 패ᄒ야 편갑도 도라오디 못ᄒ니 왕측이 왕호롤 춈칭(僭稱)ᄒ고 하븍(河北) 삼십뉵쥐(三十六州)롤 파ᄒ고 ᄉ면을 노략ᄒ니 빅셩이 도탄(塗炭)의 ᄲᅡ져시디 하송이 죄롤 두려 고치 아닐 샤딕(社稷)을 됴셕의 안보치 못ᄒ리로소이다."

인종이 크게 놀나 하송을 블너 엄히 힐문ᄒ시니 하송이 감히 ᄒ 말도 디답디 못ᄒ거ᄂ 예대로 ᄒᄉᆞ 즉일의 폐ᄒ야 먼 ᄯᅡ히 귀향보내시

---

153) 【ᄀᆞ리디다】 图 가로지르다. ¶ 一派 ‖ 은변혀롤 ᄭᅩ자 두면 큰믈이 ᄀᆞ리뎌 바다히 되여 너외 격졀ᄒ니 (把一隻銀簪揷在檻外, 繞屋却似一派大水, 外人寸步難進.) <羅孫 平妖 5:65> ⇒ ᄀᆞ리지다

154) 【기슭】 图 기슭. 가장자리. ¶ <禪眞 4:2> 농포 기슭을 잡고 울거ᄂ (一手扯住御衣, 伏地大哭.) <羅孫 平妖 5:65>

고 군신으로 더브러 의논ᄒᆞ신대 모다 포증(包
拯)을 쳔거ᄒᆞ야 ᄀᆞ오대,

"이 사ᄅᆞᆷ이 쳥념졍딕ᄒᆞ니【67】기봉부윤
(開封府尹)을 ᄒᆞ매 경시 슉연ᄒᆞ더니 이제 믈너
가 이시니 블너 그 쳔거ᄒᆞᄂᆞᆫ 사ᄅᆞᆷ을 쓰시면 도
적을 평뎡ᄒᆞ리이다."

인종이 즉시 포증을 블너 츄밀ᄉᆞ를 ᄒᆞ이시
고 도적 칠 모칙을 무르신대 포증이 주ᄒᆞ대,

"범듕엄(范仲淹)으로 죠원호(趙元昊)를 티
고 뎍쳥(狄靑)으로 농디고(儂智高)를 티고 문언
박(文彦博)으로 왕측을 티면 다 공을 일우리이
다."

뎨 ᄀᆞᄅᆞ샤대,

"문언박이 나히 만ᄒᆞ니 이 소임을 감당치
못ᄒᆞᆯ가 ᄒᆞ노라."

포증이 ᄀᆞ오대,

"문언박이 나히 비록 만ᄒᆞ나 졍녁이 쇠치
아녓고 요ᄉᆞ이 동요(童謠)의 ᄒᆞ야시대 패쥐 ᄒᆞᆫ
무리 범이 무(武)를 두리디 아냐 문(文)을 두린
다 ᄒᆞ니 졍히 문언박의 셩의 응ᄒᆞ엿고 ᄯᅩ 패쥐
(貝州)라 ᄒᆞᄂᆞᆫ '패貝' ᄌᆞ의 '문文' ᄌᆞ를 더ᄒᆞ면
패ᄅᆞᆯ '패敗' ᄌᆞ 되니 이 사ᄅᆞᆷᄭᅩᆺ 아니면 가치 아
니ᄒᆞᄂᆞ이다."

인종이 즉시 문언박 뎍쳥 범듕엄 세 사ᄅᆞᆷ
을 블너 각각 대군을 거ᄂᆞ려 듕엄으로 됴원호를
티고 뎍쳥【68】으로 농디고를 티고 문언박으로
왕측을 티라 ᄒᆞ시고 문언박으로 하븍쵸토ᄉᆞ(河
北招討使)를 ᄒᆞ이시고 졀도ᄉᆞ(節度使) 조위(曹
偉)는 ᄯᅩᄒᆞᆫ 명쟝 ᄌᆞ손이라. 하븍부툐토(河北副招
討)를 ᄒᆞ이시고 총관 왕신(王信)을 합후(合後)를
ᄒᆞ이여 대군 오만을 거ᄂᆞ려 츌ᄉᆞ(出師)ᄒᆞᆯ 시 군
호를 십만이라 ᄒᆞ고 문쵸퇴 교댱의 가 군ᄉᆞ를
뎜고ᄒᆞ고 궐하의 하딕ᄒᆞ고 셩문을 나니 졍긔(旌
旗) 날빗ᄎᆞᆯ ᄀᆞ리오고 검극(劍戟)이 셔리 ᄀᆞᆺ더라.
셩 밧 십니 댱뎡(長亭)의 빅관이 다 니르러 젼
숑ᄒᆞ니 긔매 가야미 못ᄃᆞᆺ ᄒᆞ더라.

포공이 잔을 잡고 문쵸토ᄃᆞ려 닐오대,

"이번 츌ᄉᆞᄒᆞ매 벅벅이 대공을 셰울 거시
니 도라올 ᄯᅢ를 기ᄃᆞ려 맛당이 하례ᄒᆞ리라. 다
만 적인 듕의 ᄒᆞᆫ 요승(妖僧)이 잇ᄉᆞ니 일홈은
탄ᄌᆞ화샹(彈子和尙)이라. 이 즁의 변홰 무궁ᄒᆞ니
조심ᄒᆞ야 방비ᄒᆞ라."

문쵸퇴 잔을 밧고 ᄀᆞ오대,

"삼가 ᄀᆞᄅᆞ치믈 닛디 아니ᄒᆞ리라."
ᄒᆞ더라.

36

문샹국삼노흥스 죠토토즐통파젹

文相國三路興師 曹招討喞筒破賊

"문툐토(文招討)의 대병이 긔쥐 다드르니
태슈 뉴언위(劉彦威) 마자 뵈고 왕측(王則)의 요
슐 디젹ᄒ기 어려온 말을 니르거늘 문툐퇴 쟝군
손부(孫輔)로 ᄒ여곰 오쳔군을 거느려 션봉을
삼고 뉴언위로 오쳔군을 거느려 손부롤 도아 향
도관이 되라 ᄒ고 뎐운ᄉ(轉運使) 명호(明鎬)로
이만을 거느려 합후(合後)롤 삼고 부툐토(副招
討) 조위(曹偉)로 이만인을 거느려 좌보(左輔)롤
삼고 총관 왕신(王信)으로 이만인을 거느려 우
보로 삼고 스스로 대병을 거느려 삼노 인매 바
로 패쥐(貝州)로 향ᄒ실 몬져 격셔(檄書)롤 지어
왕측의 반역ᄒ고 황음ᄒᄂ 열 죄롤 혜고 아뫼나
왕측을 버혀 항복ᄒᄂ 쟈ᄂ 졀도스(節度使)롤
ᄒ이고 왕측이 스스로 죄롤 (이하 필사가 중단됨.)

210

37

빅원신신향구현녀 □□□□□□□□
白猿神信香求玄女　小狐妖飛磨打潞公

...... 【70】 진노ᄒᆞ샤 죄칙(罪責)을 도망키 어려오니 오닉 낭ᄼ(娘娘)의 구ᄒᆞ시ᄫᆞᆯ 브라ᄂᆞ이다."

낭ᄼ이 원공(猿公)으로 ᄒᆞ여곰 붓드러 니ᄅᆞ혀고 닐너 왈,

"빅운동(白雲洞) 좌편의 삭인 거ᄉᆞᆫ 삼십뉵 텬강법(天罡法)이오 우벽희 삭인 거ᄉᆞᆫ 칠십이 디살법(地煞法)이라. 이제 요괴로온 여이 샤법(邪法)을 어더 싱민의 해ᄅᆞᆯ 지으니 근본을 ᄎᆞ자 녈진디 당초 텬셔 어든 사름이 어이 죄칙이 업ᄉᆞ리오. 즉금 문쵸퇴(文招討) 대병을 거ᄂᆞ려 요당으로 더브러 ᄡᅡ호니 만일 경ᄒᆞᆫ 거ᄉᆞᆯ 도아 요괴ᄅᆞᆯ 덜고 공을 일워 죄ᄅᆞᆯ 속ᄒᆞ면 이ᄂᆞᆫ 큰 아롬다온 일이라."

난화샹(蛋和尙) 왈,

"빈승이 겨 무리로 더브러 도슐이 ᄀᆞᄐᆞ니 어이 능히 이긔리잇고?"

낭ᄼ이 닐오디,

"내 이제 텬강법을 네게 뎐ᄒᆞᆯ 거시니 어이 샤법을 못 이길가 근심ᄒᆞ리오. 비록 그러나 늘근 늬의 졍닝이 변홰 무궁ᄒᆞ야 항복 밧기 극히

어려오니 당ᄼ이 텬궁(天宮)의 잇ᄂᆞᆫ 죠요경(照妖鏡)을 어더 도으리라."

난화샹(蛋和尙)이 즉시 니러 현녀낭ᄼ(玄女娘娘)이ᄭᅴ 절ᄒᆞ【71】야 졔지 되여 텬강법을 비호니라. 낭ᄼ이 도법을 뎐ᄒᆞ고 난화샹을 ᄒᆞ여곰 감쳔ᄉ(甘泉寺)의 가 이셔 문쵸토ᄅᆞᆯ 인ᄒᆞ야 가기ᄅᆞᆯ 기드리라 ᄒᆞ고 빅원신(白猿神)을 드리고 샹뎨ᄭᅴ 샤죄ᄒᆞ게 ᄒᆞ고 죠요경을 어더가지고 하복을 향ᄒᆞ여 가니라.

난화샹이 현녀낭ᄼ을 니별ᄒᆞ고 패쥐(貝州)로 가더니 ᄆᆞ음의 싱각ᄒᆞ디,

'내 젼일 감쳔ᄉ(甘泉寺)의 이실 제 그 뎔 승인이 뉘 나의 왕측의 당인 줄 모ᄅᆞ리오. 이제 져ᄅᆞᆯ 가 보기 심히 ᄂᆞ치 업술노다.'

홀연 싱각ᄒᆞ디,

'쥬지 즁이 일홈은 슈지(遂智)오 셩은 졔갈(諸葛)이라 밧긔 나간 디 십오 년의 도라오디 아니ᄒᆞ니 모든 즁이 죽은가 의심ᄒᆞ야 얼굴을 그려 졔ᄒᆞ던 거시니 내 이제 그 얼골이 되어 감쳔ᄉ의 가니 모든 즁이 셰 스승의 오ᄂᆞᆫ 양 보고 놀나고 깃거 ᄀᆞ마니 녕위 비셜ᄒᆞ거늘 업시ᄒᆞ고 디만 오래 깃던 【72】 연고ᄅᆞᆯ 뭇거늘 거즛 슈지 넌ᄌᆞ시 디답ᄒᆞ고 이후ᄂᆞᆫ 모든 즁의 스승을 공양을 밧고 평안이 감쳔ᄉ의 잇더라 이ᄭᆡ 패쥐셩이 ᄲᅥ연 지 오란디라. 항장 도필현이 슈하 군ᄉ로 모계ᄒᆞ야 셩문을 여러 속죄ᄒᆞ려 ᄒᆞ다가 일이 들녀 왕측의 죽인 배 되니 왕측이 인심이 변ᄒᆞᄆᆞᆯ 보고 심히 황겁ᄒᆞ야 좌튤과 영오ᄅᆞᆯ 더브러 의논ᄒᆞ더니 영이 왈,

"대왕은 근심 말나. 쳡이 ᄒᆞᆫ 계교 이시니 문쵸토로 ᄒᆞ여곰 목젼의 비명의 죽게 ᄒᆞ리이다."

영이 좌우ᄅᆞᆯ 분부ᄒᆞ야 큰 밀 매돌홀[156] 가져오라 ᄒᆞ니 십여 인이 메여 텽하의 노화ᄂᆞᆯ 영이 친히 ᄂᆞ려가 쥬필(硃筆)노 부작을 ᄡᅳ고 올흔 손으로 칼홀 집고 왼손을 믈 그ᄅᆞᆺ술 잡고 입속의 진언을 넘ᄒᆞᆫ 후의 믈을 먹음어 매돌 우희 ᄲᅮᆷ으니 그 돌히 ᄯᅡ 우히셔 절노 움죽여 두어 길이나 소사 두어 박회ᄅᆞᆯ 도더니 홀연 회호리 ᄇᆞ람

---

156) 【매둛】 명 매돌. ¶ 磨盤 ∥ 영이 좌우ᄅᆞᆯ 분부
ᄒᆞ야 큰 밀 매둘홀 가져오라 ᄒᆞ니 십여 인이 메
여 텽하의 노화ᄂᆞᆯ (便吩咐手下人去磨坊裏取一塊
大磨盤來. 不多時, 只見十來箇人, 扛 塊大磨盤
來到廳下.) <羅孫 平妖 5:72> ⇒ 매돌, 매둛

이 니러나며 매돌히 공듕의【73】올나 죠희로
민돈 연ㄱ치 쩌가니 왕츙이 즁인으로 더브러 칭
찬ᄒ야 굴오디,

"구리 머리와 쇠니마라도 즛디여딜 거시니
팔십 노옹이 엇디 견디리오."

ᄒ고 됴혼 쇼식을 기ᄃ리더라.

이날 문툐퇴 댱듕의셔 조툐토(曹招討)와
왕춍관(王總管)으로 더브러 셩 칠 모칙을 의논
ᄒ더니 홀연 광풍이 니러나며 공듕으로셔 매돌
히 ᄂ려와 문툐토의 뎡박이156) 우희 ᄂ려지니
쇼리 텬디 진동ᄒᄂᆫ디라. 즁인이 놋비치 흙ㄱ
ᄐ여 문툐퇴 임의 죽어시리라 ᄒ더니 엇던 사ᄅᆷ
이 문툐토ᄅᆯ 안아 교위(交椅) 밧긔 세윗고 교위
임의 산ᄉ이 을허졋거ᄂᆯ157) 보니 돌히 ᄯᅡ히 박
혀더라. 졔쟝이 문툐토의 무ᄉᄒᄆᆯ 크게 깃거
다른 교위ᄅᆯ 노코 좌뎡ᄒᆫ 후 ᄇ야흐로 무ᄅᆮ디,

'앗가 날을 안아 칙우던 재 엇던 사ᄅᆷ이러
뇨?"

말이 뭇디 못ᄒ여셔 면젼의 ᄒᆫ 사ᄅᆷ이 니
ᄅ니 얼골이 심히 고긔롭고 ㄱ장 쟝대ᄒ더라.
문툐퇴 무ᄅᆮ디,

"네 엇던 사【74】ᄅᆷ이완디 나의 어려우ᄆᆯ
구ᄒᄂᆫ 당ᄉ이 크게 쩌 은혜ᄅᆯ 갑흐리라. 그 사
ᄅᆷ이 닐오디,

"나ᄂᆫ 군듕 사ᄅᆷ이 아니라. 호영이 요괴로
온 슐노 샹공을 해ᄒ려 ᄒᄆᆯ 보고 특별이 와 셔
로 구ᄒ야 젼일 밥 먹인 은혜ᄅᆯ 갑ᄂᆫ이다."

툐퇴 대희ᄒ야 닐오디,

"내 일죽 어ᄂᆫ 곳의셔 은혜ᄅᆯ 베프ᄂᆫ 원컨
디 셩명을 알고져 ᄒ노라."

---

156)【뎡박이】圀 정수리. ¶ 頂門 ‖ 홀연 광풍이
　　니러나며 공듕으로셔 매돌히 ᄂ려와 문툐토의
　　뎡박이 우희 ᄂ려지니 쇼리 텬디 진동ᄒᄂᆫ디라
　　(只見狂風驟起, 望空中落下一塊磨盤來, 望着文招
　　討頂門上便落. 一聲震天動地价響.) ＜羅孫 平妖
　　5:73＞ ⇒ 졍박이

157)【을허지다】圄 부서지다. ¶ 粉碎 ‖ 즁인이
　　놋비치 흙ㄱᄐ여 문툐퇴 임의 죽어시리라 ᄒ더
　　니 엇던 사ᄅᆷ이 문툐토ᄅᆯ 안아 교위 밧긔 세윗
　　고 교위 임의 산ᄉ이 을허졋거ᄂᆯ 보니 돌히 ᄯᅡ
　　히 박혀더라 (衆人驚得面如土色, 只道打死文招
　　討. ……那磨盤下來, 打不着文招討, 却把交椅打
　　得粉碎, 地上打一二尺一箇深坑.) ＜羅孫 平妖
　　5:73＞ ⇒ 을허디다

38
다목신보덕샤은분 문쵸토실노봉졔갈
多目神報德寫銀盆　文招討失路逢諸葛

문됴퇴(文招討) 무ᄅ디,
"네 엇던 사ᄅᆷ이완디 나의 명을 구ᄒ뇨?"
가인이 답왈,
"일죽 샹공을 뵈왓더니 니ᄌ시도소이다."
탁ᄌ 우흘 보니 필연과 은 그ᄅ시 잇거ᄂᆞᆯ
나아가 그ᄅ시 셩명을 뻐 ᄯ따히 업고 하디 아니
코 댱 밧긔 나더니 임의 보디 못ᄒᆞᆯ너라.

문됴퇴 크게 놀나 은 그ᄅ술 여러 보니 다
목신 삼ᄌ룰 뼛거ᄂᆞᆯ ᄇᆞ야흐로 황연이 ᄭᆡᄃᆞᄅ니
원간 문언박(文彦博)이 션빈 졔 구텬현녀묘(九天
玄女廟) 등의 가 빌고 그 날 ᄭᅮᆷ꾸니 현녜 【75】
ᄒ 글지룰 니ᄅ니 ᄒ여시디 일홈난 지샹이오 텬
샹의 노인셩(老人星)이라 ᄒ엿더니 그 후 언박
이 되어 현녀묘등을 슈리ᄒ고 현녀 화샹을 ᄒᆞ야
둘마다 분향ᄒ더라. 그 후 국수로 길가다가 ᄒ
역관(驛館)의 드러 온자 누엇더니 삼경 ᄠᅢ예 ᄒ
사ᄅᆷ이 머리룰 프러 ᄂᆞᆺ출 덥고 면젼의 니ᄅ러
쥬식을 어더 먹어지라 ᄒ거ᄂᆞᆯ 언박이 닐오디,
"네 귀신인다 사ᄅᆷ인다? 바로 니ᄅ면 당ᄼ
이 ᄒ 번 비브르게 ᄒ리라."
기인이 닐오디,

"나ᄂᆞᆫ 구텬현녀(九天玄女) 낭ᄼ(娘娘) 부하
신녕 텬니안(千里眼)이러니 요ᄉᆞ이 현녀ᄭᅴ 득죄
ᄒ야 이 ᄯ따히 귀향와시디 밥을 못 어더 먹언 지
셕 둘이라. 샹공은 크게 귀ᄒ 사ᄅᆷ이니 이러므
로 와 쳥ᄒᆞᄂᆞ이다."
언박이 무ᄅ디,
"네 임의 낯을 와 보면 머리룰 프러 ᄂᆞᆺ출
덥헛ᄂᆞ뇨?"
텬니안이 골오디,
"내 면목이 샹시 사ᄅᆷ과 다ᄅ니 지인이 놀
나실가 ᄒᆞᄂᆞ이다."
문 【76】 언박이 닐오디,
"내 어이 놀나리오. 텬니안(千里眼)이 머리
룰 져치고 ᄂᆞᆺ출 드니 원간 눈이 세히 이시디 니
마 우희 이셔 광치 블빗 조ᄒ니 심히 흉악ᄒ더
라. 언박이 드ᄃᆞ여 쥬식을 비ᄇᆞ니 먹이고 ᄯᅩ 닐
오디,
"내 샹시 현녀낭ᄼ을 공경ᄒ더니 너룰 비
러 져룰 버서나게 ᄒ리라."
텬니안이 대희ᄒ야 퇴비 샤례ᄒ고 가거ᄂᆞᆯ
언박이 ᄼ튼날 향촉을 ᄀ초아 현녀ᄭᅴ 비러 텬니
안의 죄룰 샤ᄒᆞ쇼셔 ᄒᆞ엿더니 훗날밤 ᄭᅮᆷ의 텬니
안이 와 샤례ᄒ디,
"샹공의 덕으로 귀향을 노쳐시니 다ᄅᆫ 날
샹공의 어려운 일이 잇거든 구ᄒ리라."
ᄒ고 가거ᄂᆞᆯ 문언박(文彦博)이 ᄼ후ᄂᆞᆫ 현
녀 공양ᄒ기룰 더욱 졍셩으로 ᄒ더라.
이날 텬니안이 짐즛 두건을 드리 그어 니
마룰 업허 일시의 ᄭᅵ치디 못ᄒᆞ엿다가 '다목신多
目神' 삼ᄌ룰 보고 ᄇᆞ야흐로 텬니안인 줄 알고
드디여 졔쟝드려 니ᄅ니 모다 하례ᄒ고 다시 【
77】 그ᄅ시 쓴 글을 보니 그 겨티 ᄀᆞᄂᆞ리159) 여
숫 지 이시디 '삼슈룰 만나면 요괴 믈너나리라'
〔逢三邃, 妖魔退.〕 ᄒ엿거ᄂᆞᆯ 문됴퇴 졔쟝으로 더
브러 브디 삼슈룬 말은 능히 아디 못ᄒ더라. 문
됴퇴 됴녈뷔(趙烈婦) 니ᄅ던 삼일 안 지익이 임
의 마자시니 가히 병마룰 졍졔ᄒᆞ야 다시 셩을

---

159)【ᄀᆞᄂᆞ리】㊀ 가늘게. ¶ 小‖ 그 겨티 ᄀᆞᄂᆞ리
여숫 지 이시되 '삼슈룰 만나면 요괴 믈너나리
라' ᄒ엿거늘 (只見傍邊有六個小字寫道: '逢三邃,
妖魔退.') <羅孫 平妖 5:77> 슈샹의 뻐 고기 잡
ᄂᆞᆫ 비 빗기 노리룰 졔으니 ᄀᆞᄂᆞ리 쳥쇼의 ᄉᆞ못
고 쟈ᄅᆫ 사아대 바야이 움즉이니 져근 믈이 벽
파의 버럿ᄂᆞᆫ디라 <보은 6:9> ⇒ ᄀᆞ놀게, ᄀᆞ놀이

칠 거시라 ᄒᆞ더라.

이째 왕측(王則)이 매돌이 ᄂᆞ라간 후 흔젹
이 업ᄉᆞᄆᆞᆯ 보고 괴히ᄒ 너겨 친셔ᄅᆞᆯ 뼈 군ᄉᆞ로
ᄒᆞ여곰 문토토(文招討)의 딘의 가 쇼식을 아라
오라 ᄒᆞ니 문토퇴 젼셔 와시믈 듯고 임의 왕측
의 ᄯᅳᆺ을 알고 ᄉᆞ쟈ᄅᆞᆯ 브르니 ᄉᆞ재 당하의 니ᄅᆞ
러 보니 문토퇴 엄연이 교위 우희 안자 졍치 젼
일의셔 비ᄒᆞ야 위풍이 늠ᄒᄒᆞᆫ다라. 크게 놀나
감히 우러ᄒ 보디 못ᄒᆞ거ᄂᆞᆯ 문토퇴 젼셔ᄅᆞᆯ 뒤덕
여 ᄉᆞ쟈ᄅᆞᆯ 주어 내일 ᄯᅡ호쟈 ᄒᆞ니 ᄉᆞ재 도라가
문토토의 무양ᄒᆞ믈 니ᄅᆞ니 좌튤(左黜) 영익(永
兒) 이 말을 듯고 브야흐로 삼 【78】 분이나 두
리ᄂᆞᆫ ᄯᅳᆺ이 잇더니 홀연 좌위 알외디,

"셩고낭ᄒ(聖姑娘娘)이 오시ᄂᆞ이다."

즁인이 황망이 마자 좌뎡ᄒᆞᆫ 후 왕측이 데
양의 피로 패ᄒᆞ고 매돌노 이긔지 못ᄒᆞᆫ 니ᄅᆞᆫ디
셩괴 좌튤을 도라보아 닐오디,

"엇디 빅마의 피로 군ᄉᆞᄅᆞᆯ 아득게 못ᄒᆞ
뇨?"

좌튤이 닐오디,

"우리 두 번 샹등(上等) 독ᄒᆞᆫ 법을 시험ᄒᆞ
디 녕험이 업ᄉᆞ니 이러므로 의심ᄒᆞ야 결치 못ᄒᆞ
ᄂᆞ이다."

셩괴(聖姑) 왈,

"디살(地煞) 변화ᄂᆞᆫ 구텬(九天) 비밀ᄒᆞᆫ 법
이라. 신통이 측냥 업ᄉᆞ니 간디로 쓰디 아닐디
언졍 시험ᄒᆞ면 어이 녕험치 아닐 니 이시리오.
다만 법슐 ᄒᆡᆼᄒᆞᄂᆞᆫ 사ᄅᆞᆷ이 쥬식을 탐ᄒᆞ야 졍신이
모손(耗損)ᄒᆞ엿ᄂᆞᆫ고로 녕긔 브죡ᄒᆞ야 ᄌᆞ연 풀기
쉬운디라. 이ᄂᆞᆫ 도법의 타시 아니라. 너히 밋디
아니커든 노신이 너일 딘샹의셔 작법ᄒᆞᄂᆞᆫ 양을
보라."

좌튤 영익 머리ᄅᆞᆯ 숙이고 말을 못ᄒᆞ거ᄂᆞᆯ
왕측이 닐오디,

"젼혀160) 셩고낭ᄒ을 밋ᄂᆞ이다."

이튼날 왕측 【79】 이 일만 인마ᄅᆞᆯ 발ᄒᆞ야
셩의 나 진티니 송딘(宋陣) 듕의 문토퇴 피 브
론 궁뇌(弓弩)와 피 녀흔 대통을 졍계ᄒᆞ고 딘문
의 나 사ᄅᆞᆷ으로 ᄒᆞ여곰 왕측을 블너 말ᄒᆞ쟈 ᄒᆞ
니 이윽고 적딘 듕의 좌튤 오왕(吳旺) 댱긔(張

琪) 흔 무리 요인이 셩고ᄅᆞᆯ 옹위ᄒᆞ야 딘젼의 나
니 셩괴 머리 플고 칼 잡아 흔 필 빅마ᄅᆞᆯ 트고
입 속의 진언을 념ᄒᆞ며 빅마(白馬)ᄅᆞᆯ 딜너 피ᄅᆞᆯ
내여 먹음어 쑴으니 흔 소리 벽녁의 텬디 아득
ᄒᆞ야 지쳑을 분변치 못ᄒᆞ고 사ᄅᆞᆷ이 셔로 보디
못ᄒᆞ여 급흔 비와 나ᄂᆞᆫ 모래 송딘 듕의셔 ᄲᅵ치
니 졔군이 사셕의 마자 슈죡을 놀니지 못ᄒᆞ고
ᄒᆞ틀며 동셔남북을 분변치 못ᄒᆞᄂᆞᆫ다라. 비록 궁
뇌와 혈통이 ᄒ시나 능히 베프디 못ᄒᆞ야 일시의
잠기161)ᄅᆞᆯ ᄇᆞ리고 헤여지거ᄂᆞᆯ 왕측이 풍우ᄅᆞᆯ 타
모라 줓디ᄅᆞ니 관군이 대패ᄒᆞ야 셔로 줏ᄇᆞ라 죽
ᄂᆞᆫ 재 수ᄅᆞᆯ 아디 못ᄒᆞ니 졔쟝이 각ᄒ 살기ᄅᆞᆯ 【
80】 도망ᄒᆞ니 뉘 능히 쥬쟝을 돌보리오. 문쵸퇴
(文招討) 난군 듕의 몰을 채쳐 나오더니 하놀이
어두어 길흘 분변치 못ᄒᆞᄂᆞᆫ다라. 졍히 위급ᄒᆞ더
니 홀연 말 알픠 흰 긔운이 둘빗 ᄀᆞᆺᄒᆞ여 길흘
인도ᄒᆞ거ᄂᆞᆯ 쵸퇴 거ᄂᆞ린 사ᄅᆞᆷ을 다 일코 필마로
흰 긔운을 조차 흔 수플을 디나니 하놀이 졈ᄒ
명낭ᄒᆞ고 은ᄒ이 경ᄌᆞ소리 들니거ᄂᆞᆯ 싱각ᄒᆞ디,

'이곳의 뎔이 잇ᄂᆞᆫ가 시브니 몰을 쉬워 갈
거시라.'

ᄒᆞ고 길흘 조차 가더니 흔 힝재 말 오며
무ᄅᆞ디,

"댱군의 셩이 아니 문(文)이시니잇가?"

문쵸퇴 닐오디,

"네 엇디 니 셩을 아ᄂᆞ뇨?"

힝재 답ᄒᆞ디,

"우리 ᄉᆞ뷔 닐오디 금일의 문댱군이 우리
뎔의 오실 거시니 나가 마자오라 ᄒᆞ시더이다."

문토퇴 싱각ᄒᆞ디,

'졔의 ᄉᆞ뷔 필연 심샹흔 사ᄅᆞᆷ이 아니로다.'

ᄒᆞ고 힝쟈ᄅᆞᆯ 조차가니 노화샹이 마자 방댱
(方丈)의 안치고 뎨ᄌᆞᄅᆞᆯ 명ᄒᆞ야 차ᄅᆞᆯ 드리라 ᄒᆞ
고 ᄯᅩ 져녁 지ᄅᆞᆯ 더령ᄒᆞ고 【81】 타온 몰을 잇그
러다가 플을 쓰더 먹이라 ᄒᆞ고 니ᄅᆞ디,

"댱군이 아니 문토퇴시니잇가?"

토퇴 왈,

"내 긔어니와 션시 어이 아ᄂᆞ뇨?"

댱뇌(長老) 왈,

---

160) 【젼혀】 倶 젼혀. 오로지. 제멋대로. ¶ 全 ∥
젼혀 셩고낭낭을 밋노라 (全仗聖母娘娘神力.)
<羅孫 平妖 5:78>

161) 【잠기】 冏 연장. ¶ 甲戈 ∥ 비록 궁뇌와 혈통
이 이시나 능히 베프디 못ᄒᆞ야 일시의 잠기를
ᄇᆞ리고 헤여지거ᄂᆞᆯ (這班血筒手和弓箭手,……黑
暗裏如何施展……棄甲抛戈, 各自去尋生路.) <羅
孫 平妖 5:79> ⇒ 잠개, 줌기

"어제밤의 가람신(伽藍神)이 와 니르는 고로 아느이다."

툐퇴 이에 니르시매 어이 슈죵혼 사름이 업스니잇고?"

문툐퇴 니르디,

"금일의 패쥬(貝州) 도적으로 더브러 싸호다가 패ᄒᆞ야 난을 도망ᄒᆞ야 이에 니르과라."

댱뇌 노나 닐오디,

"툐토의 큰 지조로 텬ᄌ의 명툐롤 바다 십만 대군을 거느려 죠고만 도적을 티미 태산으로 알홀 지ᄌ롬〔泰山壓卵〕ᄀᆞᆺ거늘 엇디 도로혀 패ᄒᆞ리잇고?"

문툐퇴 닐오디,

"만일 용병ᄒᆞ기로 의논ᄒᆞ면 각별 두릴 일이 업스디 왕측의 댱뉴(黨類) 다 요슐을 ᄒᆞᆫ디라 능히 이긔지 못ᄒᆞ야 스졸이 다 헤여지고 홀노 길홀 일허시니 도라갈 길홀 ᄀᆞᄅ치면 당ᄀᆞ이 샤례ᄒᆞ리라."

댱뇌 분연 왈,

"당금의 텬지 이지ᄅᆞ시고 신해 등셩되여 툐명이 쳥명ᄒᆞ거늘 죠고만 요인이 쟉난ᄒᆞ기롤 이러ᄐᆞ시 ᄒᆞ리오. 툐【82】토는 근심 마ᄅᆞ쇼셔. 노승이 비록 지죄 업스나 툐토롤 위ᄒᆞ야 왕측의 요슐을 파ᄒᆞ고 역당을 쓰러브리ᄂᆞ이다."

툐퇴 대희ᄒᆞ야 니르디,

"감히 션스의 셩명을 쳥ᄒᆞ노라."

댱뇌 왈,

"노승의 셩은 졔갈(諸葛)이오 일홈은 슈지(遂智)로소이다."

툐퇴 더옥 깃거 왈,

"다목신(多目神)의 삼슈(三遂)롤 만나면 요괴 믈너나리라 말이 필연 션스의게 응ᄒᆞ엿도다. 이 날 문툐퇴 져녁 지(齋)롤 ᄒᆞ고 댱노로 더브러 ᄒᆞᆫ가지로 자고 오경의 일 니러나 댱뇌 힝쟈(行者)ᄃᆞ려 닐오디,

"믈 ᄒᆞᆫ 필을 잇그러 오라. 내 툐토롤 위ᄒᆞ야 도적을 치려 ᄒᆞ노라."

졔승이 괴히ᄒᆞ 너겨 닐오디,

"우리 스뷔 십오 년을 나갓다가 도라와 날마다 낫줌만 자고 병셔 외오는 양도 보디 못ᄒᆞ엿더니 홀연 도적 칠 의스롤 ᄂᆞ니 ᄀᆞ장 이샹혼 일이로다."

댱뇌 왈,

"내 스스로 도적 칠 모칰이ᄂᆞ시니 툐명을 위ᄒᆞ야 공을 일우면 이 뎔의도 광치 이실 거시니 너희는 의심 말나."

ᄒᆞ【83】고 툐토롤 조차 두어 힝쟈로 블을 잡히고 사문을 써나오더니 이쩌 송딘 듕의셔 쥬쟝을 일코 군ᄉᆞ롤 헤쳐 네녁ᄒᆞ로 춫다가 툐토롤 보고 대희ᄒᆞ야 마자 영듕의 드러오니 조툐토(曹招討) 이해 다 문안ᄒᆞ거늘 문툐퇴 길 일허 감쳔ᄉᆞ(甘泉寺)의 갓던 말과 졔갈슈디(諸葛遂智) 만나 ᄃᆞ려온 말을 니르니 조툐퇴 대희ᄒᆞ야 좌우롤 최우고 슈지ᄃᆞ려 무르디,

"션시 무슨 법슐이 잇관디 패쥬(貝州) 요적을 파ᄒᆞ려 ᄒᆞᄂᆞ뇨?"

슈지 닐오디,

"빈승이 십오년을 운유ᄒᆞ야 일죽 이인을 만나 텬강오졍법을 뎐슈ᄒᆞ여시니 후일의 딘샹의셔 ᄒᆞᄂᆞᆫ 양을 보시면 브야흐로 아르시리이다."

ᄒᆞ더라.

문툐퇴 젼셔롤 왕측의게 보너니 왕측이 제인ᄃᆞ려 닐오디,

"문툐퇴 젼일 혼 딘을 패ᄒᆞ야 군ᄉᆞ롤 반이나 죽이고 오히려 싸호려 ᄒᆞ니 다시 셩모낭ᄂᆞ(聖母娘娘)을 쳥ᄒᆞ야 이번은 혼 사롬도 도라가디 못ᄒᆞ게 ᄒᆞ리라."

ᄒᆞ더라.

이튼날 싸호쟈 ᄒᆞ야 보니고 명일【84】의 냥군이 서로 디ᄒᆞ야 진셰롤 일우며 패쥬 진듕의셔 셩괴 젼쳐로 작법ᄒᆞ니 풍우ᄉᆞ셕이 젼ᄀᆞᆺ치 일시의 줏쳐 오거눌 송딘 듕의셔 슈지화샹(遂智和尙)이 경ᄌ(磬子)롤 흔들며 진언을 념ᄒᆞ니 ᄇᆞ람이 도라져162) 모래와 돌히 왕측의 진의 ᄭᅵ치니 셩괴 형세 툐치 아니믈 보고 즉시 왕측을 구호ᄒᆞ야 셩문으로 도라들거늘 문툐퇴 군을 모라 ᄯᆞ라치니 적군이 미쳐 드디 못ᄒᆞ야 힝ᄌ의 ᄲᅢ져 죽은 재 무수ᄒᆞ고 긔계 마필을 만히 아사 도라오니 문툐퇴 슈지의 도슐이 신긔혼 줄 칭찬ᄒᆞ고 삼군을 지휘ᄒᆞ야 셩을 치니 왕측이 이번 패혼 후는 구디 딕희고 나디 아니ᄒᆞᄂᆞᆫ디라.

---

162)【도라지다】圄 돌아가다. ¶ 슈지화샹이 경ᄌ롤 흔들며 진언을 념ᄒᆞ니 ᄇᆞ람이 도라져 모래와 돌히 왕측의 진의 ᄭᅵ치니 (諸葛遂智在軍中見了, 搖動鈴杵, 口念眞言, 把鈴杵一指. 可霎作怪, 那陣惡風沙石雨雹, 轉風望王則陣裏打將下來.) <羅孫平妖 5:84>

문표퇴 밤의 자디 아니코 셩 칠【85】 모칙
을 싱각ᄒ더니 홀연 ᄇ람길희 군듕의셔 노래 부
ᄅᄂᆫ 소리 들니거ᄂᆞᆯ 귀롤 기우려 드ᄅ니 노래
ᄯᅳ시 강개ᄒ고 격졀ᄒ야 됴흔 모칙이 이시되 쓰
디 못ᄒᄂᆫ 줄 탄ᄒ거ᄂᆞᆯ 토퇴 싱각ᄒ더,
　　'이 사ᄅᆷ이 필연 지조롤 품엇도다.'
　　ᄒ더라.

39

문툐토텽곡용마슈 니어깅직간노왕측
文招討聽曲用馬遂 李魚羹直諫怒王則

문툐퇴(文招討) 시쟈로 ㅎ야곰 노래 부르는 사롬을 불너오니 순경 군ㅅ 마슈(馬遂)라. 툐퇴 무르디,

"네 노래롤 드르니 지조롤 품고 쓰이디 못ㅎ믈 개탄ㅎ여시니 필연 흉둥의 됴혼 모칙이 이실 거시니 숨기디 말나. 내 당ː히 듕히 쓰리라."

마슈 고두ㅎ고 알외디,

"쇼인이 본디 왕측(王則)으로 더브러 동향인이라. 아희 적부터 교계 심히 후ㅎ야 형데 되엿더니 이 【86】 제 왕측이 셩을 딕희고 나디 아니ː 니웅ㅎ리 업스면 텨 나기 쉽디 아니리이다. 만일 쇼인의 계교롤 쓰실딘대 이리ː ㅎ면 가히 왕측을 버히리이다."

문툐퇴 대희 왈,

"일이 인 후 듕히 쓸 거시니 삼가 누셜치 말나."

ㅎ고 마슈롤 너여 보내고 이튼날 툐퇴 댱의 올나 좌우롤 분부ㅎ야 닐오디,

"작야 삼경의 원망ㅎ는 노래롤 불너 날을 긔롱ㅎ니 즈시 ㅅ횟ㅎ야 내라."

오라디 아녀 마슈롤 잡아 댱하의 꿀니ː 마슈 긇오디,

"쇼인이 순경홀 제 조오름 씨오노라 부졀업시 노래롤 불너실지언뎡 각별 원망ㅎ는 말을 내엿ㄴ이다."

툐퇴 대로ㅎ야 ㅽ지즈디,

"네 스스로 닐오디 지조롤 품어시디 쥬댱이 사롬을 몰나 쓰디 아닛ㄴ다 ㅎ니 어이 날을 긔롱ㅎ는 【87】 일이 아니리오. 훼방ㅎ는 말을 지어 큰 법은 범ㅎ니 내여 버히라."

무시 마슈롤 잡아 내여 가거놀 마슈 소래 질너 닐오디,

"문툐퇴 어이 혼 말을 인ㅎ야 댱ㅅ롤 죽이려 ㅎ느뇨. 만일 쇼인의 죄롤 샤ㅎ시면 당ː이 왕측을 다래여 스스로 미여 항복게 ㅎ리라."

툐퇴 다시 블너오라 ㅎ여 무르디,

"네 어이 왕측을 다래여 스스로 항복게 ㅎ리오?"

마슈 왈,

"쇼인이 왕측으로 더브러 진ㅎ니 슉금의 도적이 패ㅎ야 형셰 위급ㅎ더라. 쇼인이 저롤 가보고 니해(利害)로 나래번 반닷시 항복ㅎ리이다."

툐퇴 도로혀 깃거 닐오디,

"내 혼 줄 글을 뻐 너롤 줄 거시니 네 가디고 가 왕측을 다래여 수이 항복게 ㅎ면 당ː이 졔일공이 되리라."

즉시 밀셔롤 뻐 준디 마슈 바다가지고 셩하의 가 웨여 닐오디,

"문툐토의 셔신을 가지고 대왕긔 【88】 알욀 말이 이시니 문을 녀러 드리라."

문 딕흰 댱슈 젼셔롤 가져왓ㄴ니라 ㅎ야 드리고 왕측을 가 뵈니 왕측이 미친 줄 알고 닐오디,

"여러 ㅎ롤 보디 못ㅎ엿더니 네 원간 문툐토의 군듕의 잇닷다! 무ㅅ 일노 날을 와 보ㄴ다?"

마슈 왈,

"뉴리(遊離)ㅎ야 본향을 쩌나 몸이 항둥의 ㅽ졋더니 디난 밤의 원망ㅎ는 노래롤 부르고 득죄ㅎ야 버히려 ㅎ거놀 내 닐오디 대왕으로 더브러 아희 적브터 친ㅎ니 다래여 항복ㅎ게 ㅎ렷노라 ㅎ니 문툐퇴 미더 친필노 셔찰을 뻐 주거놀

몸을 버셔나 대왕긔 투항ᄒᆞᄂᆞ이다. 내 비록 지
죄 업스나 오래 문툐토(文招討)를 ᄯᆞ라단녀 군
듕 허실【89】을 아라시니 대왕이 거두어 쓰시
면 견마의 힘을 다ᄒᆞ리이다.”

드디여 문툐토의 글월을 드리거늘 왕측이
바다보니 대강 항ᄒᆞ라 ᄒᆞ얏ᄂᆞᆫ디라 대로ᄒᆞ야 ᄶᅴ
여ᄇᆞ리고 마슈(馬遂)를 츄호도 의심티 아니ᄒᆞ야
고인을 더졉ᄒᆞ고 문툐토의 군듕 허실을 뭇거늘
마슈 닐오디,

“관군이 비록 십만이라 ᄒᆞ나 실은 오만이
넘디 못ᄒᆞ고 젼일 셩고(聖姑)의게 패ᄒᆞ야 죽고
샹ᄒᆞᆫ 거시 일만이 남고 목젼의 냥최 겨유 십일
은 견딜 거시니 대왕이 구디 딕희기를 오뉵 일
만 ᄒᆞ면 관군이 ᄌᆞ연 믈너가리라.”

왕측이 츠언을 듯고 ᄀᆞ장 깃거 마슈를 친
군지휘ᄉᆞ(親軍指揮使)를 ᄒᆞ이여 ᄒᆞᆫ가지로 딕슈
게 ᄒᆞ니 마슈 미양 왕측을 죽이고져 ᄒᆞ디 틈을
엇지 못ᄒᆞ더라.

홀난 마슈 댱긔로 더브러 술 먹더니 무러
ᄀᆞᆯ오디,

“내 드르니 녀왕의 슈하【90】 사름이라도
슐을 ᄒᆞᆫ다 ᄒᆞ니 댱대가는 무슴 신통을 두엇ᄂᆞ
뇨?”

댱긔 슈화호뢰(水火葫蘆) 신긔ᄒᆞᆷ믈 쟈랑ᄒᆞ
거늘 마슈 보아디라 ᄒᆞ니 댱긔 이째 취ᄒᆞ얏ᄂᆞᆫ디
라 오술 들혀고 져근 호로를 내여 뵈디 그ᄅᆞ디
아니커늘 마슈 이 밤의 ᄒᆞᆫ디셔 자며 댱긔 깁히
잠든 ᄯᅢ를 타 제 주머니의 녀코 단니던 마놀과
개피를 너여 호로 속의 녀코 젼쳐로 막아 두니
댱긔는 아조 아디 못ᄒᆞ더라. 이째 문툐퇴 마슈
간 지 오라디 쇼식이 업스믈 보고 졔쟝을 거ᄂᆞ
려 셩을 ᄢᅡ고 스면을 치니 손부(孫輔)는 동문을
치고 동튱(董忠)은 셔문을 치고 왕신(王信)은 남
문을 치니 함셩이 대진ᄒᆞ더라.

왕측이 대경ᄒᆞ야 듕댱을 모드니 좌츌이 ᄇᆞ
야ᄒᆞ로 부듕의셔 모든 미녀를 ᄃᆞ리고 슐을 취ᄒᆞ
야 인ᄉᆞ를 모ᄅᆞᄂᆞᆫ디라. 왕측이 친히【91】 셩샹
의 올나 ᄲᅡ홈을 독쵹ᄒᆞ야 댱긔(張琪) 오왕(吳旺)
으로 ᄒᆞ여곰 나가 ᄲᅡ호라 ᄒᆞ니 댱긔 손부로 더
브러 ᄲᅡ호다가 신화쥬(神火呪)를 넘고 호로
막은 거술 ᄲᅦ치니 ᄒᆞᆫ 졈 블도 나디 아니ᄒᆞᄂᆞᆫ디
라. 경겁ᄒᆞ야 셩슈쥬(聖水呪)를 넘고 호로를
잡아 흔드니 ᄒᆞᆫ 졈 믈도 나디 아니코 다만 그

속의 더러온 너 코흘 거스리니 댱긔 뒤흘 ᄇᆞ라
고 ᄃᆞ라나거늘 손뷔 급히 ᄯᅩᆯ오더니 원간 왕측이
호영으로 더브러 부톄 된 후 다만 두 가디 법슐
을 비ᄒᆞ니 ᄒᆞ나흔 변신법이오 ᄒᆞ나흔 뎡신법이
라. 이 날 손뷔 댱긔를 급히 ᄯᅩᆯ오믈 보고 뎡신
ᄒᆞᆫ 진언을 외오려 ᄒᆞ더니 마쉬 왕측의 뒤히
셧ᄂᆞᆫ디라. ᄀᆞ마니 싱각ᄒᆞ디,

‘이째에 햐슈(下手)치 아니코 어ᄂᆞ ᄶᅢ를 기
ᄃᆞ리ᄂᆞ오.’

【92】ᄒᆞ고 이 네 ᄒᆞᆫ 주머괴로 왕측의 입
을 치니 입시울이 터지고 니 둘히 부러지니 ᄯᅡ
희 졋바지거늘 마쉬 좌우의 칼을 아사 죽이려
ᄒᆞ더니 왕측의 심복인 댱셕경이 마슈의 다리를
질너 업지ᄅᆞ고 왕측을 붓드러 구ᄒᆞ니 왕측이 졍
신을 출혀 마슈를 버히려 ᄒᆞ니 마쉬 ᄭᅮ지져 왈,

“내 손의 잠기163) 업스므로 요적의 머리를
버히디 못ᄒᆞ니 죽어도 모진 귀신이 되여 너를
죽이라.”

ᄒᆞ고 죽도록 ᄭᅮ짓기를 마디 아니ᄒᆞ더라.
이 날 댱긔ᄂᆞᆫ 손보의게 ᄯᅩᆯ오여 히ᄌᆞ164)의
ᄲᅡ져 죽고 오왕은 대패ᄒᆞ야 셩으로 ᄃᆞ라들고 왕
측은 마슈의게 마자 죽든 아니나 부듕의 도라와
알키를 마디 아니ᄂᆞ 셩고ᄂᆞ 호영이 다 와 병을
보고 좌츌이 슐을 ᄭᅵ여 이 긔별을【93】듯고 ᄯᅩ
ᄒᆞᆫ 와 문안ᄒᆞ더니 영이 가ᄌᆞ(瘸子)의 슐 취ᄒᆞ야
일을 그릇ᄒᆞ믈 원망ᄒᆞ거늘 가지 웃고 닐오디,

“나는 입시울165)도 샹치 아냐시니 어이 슐
을 금ᄒᆞ리오.”

영이 왈,

“희롱의 말난 날회고 즉금 ᄉᆞ셰 위급ᄒᆞ니
부디 댱슈를 버히고 ᄒᆞᆫ 진을 이긔여야 셩 ᄲᅡ인
거술 플니라.”

셩괴 왈,

---

163)【잠기】몡 연장. ¶ 刀 ‖ 내 손의 잠기 업스
므로 요적의 머리를 버히디 못ᄒᆞ니 (我爲無刀在
手, 不能砍下妖賊之頭.) <羅孫 平妖 5:92> ⇒ 잠
개, 줌기
164)【히ᄌᆞ】몡 해자(垓子). 호수(연못)처럼 깊게
파 놓은 곳. ¶ 이날 댱긔ᄂᆞᆫ 손부의게 ᄯᅩᆯ오여
히ᄌᆞ의 ᄲᅡ져 죽고 (張琪繞濠而走, ……被孫輔趕
上一槍, 搠下馬來, 跌入濠中溺死.) <羅孫 平妖
5:92>
165)【입시울】몡 입술. ¶ 嘴唇 ‖ 나는 입시울도
샹치 아냐시니 어이 술을 긋ᄒᆞ리오 (我嘴唇又不
綻, 如何禁我飲酒.) <羅孫 平妖 5:93> ⇒ 입샳,
입촬, 입슈얼, 입스얼, 입시울, 입시우리

"문툐토의 군듕의 우리 도슐 푸는 사롬이 이시니 다룬 법을 뼈는 효험이 업스리니 텬쥬산(天柱山)의 가 신도(神刀)룰 가져다가 오룡참쟝법(五龍斬將法)을 ㅎ리라."

원간 여의보듕의 이 법이 ㄱ장 도흔 법이니 다숫 가디 쇠룰 모화 스십구일을 단년ㅎ야 칼홀 민드니 일홈이 신도(神刀)라 셕강의 담아 물 속의 너헛다가 ㅂ야흐로 쓸 때면 적쟝의 셩명을 뼈 부작과 흔가디로 블지르고 신도 【94】로 긔문개 머리룰 버히면 개머리 쩌러지면 적쟝의 머리 천니 밧긔셔도 느려지니 셩괴 양슌검 동장의셔 도법 닷글 제 신도 ㅎ나흘 민드라 텬듀산(天柱山) 못믈의 녀허두고 경히 내여 쓰디 아니ㅎ더니 이째예 니르러 다룬 법은 다 슈지화샹이 파ㅎ니 셩괴 마디 못ㅎ야 이 칼을 가져다가 문(文) 조(曹) 냥 툐토와 그 남은 유명흔 쟝슈룰 버히려 ㅎ니 좌츌 영이 대희ㅎ야 셩고룰 권ㅎ야 칼홀 가디라 가니 왕측이 여러 날 샹처룰 치료ㅎ되 알푸기 긋치디 아니ᄒ 번뇌ㅎ기룰 이긔디 못ㅎ야 듀야로 풍뉴만 듯더니 악공 니어깅(李魚羹)이란 재 노래 부르고 비파 투기룰 잘ㅎ니 왕측이 심히 스랑ㅎ더니 홀는 니어깅이 알픠셔 풍뉴도 아니코 노래도 부르디 아니커눌 왕측이 【95】 닐오디,

"네 므스 일 번뇌ㅎ느뇨?"

어깅이 디왈,

"대왕이 오히려 번뇌ㅎ시니 쇼인이 어이 번뇌치 아니ㅎ리잇고? 샹시 미드시는 거시 법슐ㅎ는 사롬이어눌 이제 난ᄌ화샹(蛋子和尙)이 가고 댱난(張鸞) 승상이 피ㅎ고 복길(卜吉) 댱군이 드라나고 좌츌(左黜) 군시 패ㅎ고 임쳔(任遷)이 잡히고 댱긔(張琪) 죽고 셩모낭ᄒ이 마자 칼 가져오기 밍셰ㅎ고 먼니 칙여시니165) 블구의 관군이 함셩ㅎ면 대왕과 쇼인 등이 다 잡힐 거시니 어이 번뇌치 아니리잇고."

왕측 왈,

"네 날드려 엇디ㅎ라 ㅎ는다?"

니어깅 왈,

"아즉 항복ㅎ야 죽기룰 면홈만 ᄌ디 못ㅎ니이다."

왕측이 대로ㅎ야 쑤지즈디,

"이놈이 언어로 날을 긔롱ㅎ니 동여미여 셩 아래 느리쳐 쎠 지이166) 부러져 죽게 ㅎ라!"

좌위 즉시 니어깅을 잡아다가 슈죡을 미여 【96】 셩샹의셔 느리박으니 ᄆ춤 죽디 아닐 째라 희즈 믈속의 느려지니 송진 슌나ㅎ는 군시 셩 우희셔 사롬이 느려지믈 보고 요구(撓鉤)로 거러 두던의 올녀 민 거술 그르니 샹흔 디 업거눌 문툐토의 쟝하(帳下)의 잡아가니 툐퇴 무르디,

"네 엇던 사롬이며 무스 일노 셩하의 느리치더뇨?"

어깅이 굴오디,

"쇼인은 패쥐 악공(樂工) 니어깅(李魚羹)이러니 왕측을 권ㅎ야 툐토긔 항ㅎ라 ㅎ니 왕측이 대로ㅎ야 쇼인을 셩의 느리쳐 죽이려 ㅎ더니 이제 쳔힝으로 죽디 아니코 쏘 툐토긔 뵈올 줄 알니오."

툐퇴 닐오디,

"네 블과 흔 악공으로셔 능히 역슌(逆順)을 아니 ㄱ장 아롬답도다."

좌우로 ㅎ야곰 쥬식을 먹여 놀난 거술 진뎡ㅎ라 ㅎ고 무르디,

"네 패쥐 이시니 만드시 【97】 셩듕 허실을 알니로다."

니어깅 왈,

"왕측이 마슈의게 마자 입시울이 터지고니 부러져 젼의 ㅎ던 진언을 넘치 못ㅎ니 쓸디 업고 난ᄌ화샹과 댱난 복길이 다 법슐을 달호더니 왕측의 사오나오믈 보고 다 ᄇ리고 가고 이제 잇ᄂᄂ는 군ㅅ 좌츌과 왕측의 쳐 호영이(胡永兒) 도슐을 능히 ㅎ고 영ᄋ의 어미 도슐이 더옥 신통ㅎ더니 요ᄉ이 관군의게 쌰이여 삼인이 심히 황망ㅎ야 셩괴 텬듀산의 무솜 칼 가디라 가노라 ㅎ고 쏘흔 셩듕의 잇디 아니ᄒ 두리건대 몸을 버서는가 ㅎᄂ이다."

툐퇴 무르디,

"셩듕의 군ㅅ와 냥쵀(糧草) 언마나 ㅎ뇨?"

니어깅 왈,

"본디 만여 인은 ㅎ더니 여러번 패흔 후

---

165) 【칙다】 동 비키다. 피하다. ¶ 躱 ∥ 셩모 낭낭이 마자 칼 가져 오기 핑계ㅎ고 먼니 칙여시니 (聖姑姑尋事兒躱了.) <羅孫 平妖 5:95>

166) 【지이】 분 {지(至)이.} 이르도록. 되도록. ¶ 셩 아래 느리쳐 쎠 지이 부러져 죽게 ㅎ라 (就城上打出去, 跌做骨醬肉泥.) <羅孫 平妖 5:95>

반남아 죽어시니 이제 셩 직흰 군시 반남아 풋과 【98】 됴희로 민든 신병이오 군냥은 젼혀 좌출이 요슐노 외방 근쳐의 가 슈젼ᄒᆞ여168) 오ᄂᆞ니이다."

됴퇴 닐오디,

"하늘이 이 사름으로 ᄒᆞ야곰 셩듕 허실을 누셜ᄏᆞ니 왕측 잡기 어렵디 아닐노다."

홀연 당하의 ᄒᆞᆫ 사름이 너ᄃᆞ라 닐오디,

"쇼댱이 지죄 업스나 왕측을 싱금홀 모칙이 잇ᄂᆞ이다."

모다 보니 이 사름의 셩은 니(李)오 명은 쉬(邃)니 됴토의 막하 당관이 되엿더라.

됴퇴 대희 왈,

"젼일 다목신(多目神)이 닐오디 '삼슈(三邃)를 만나면 요괴 믈너나리라.' ᄒᆞ더니 슈지(邃智) 션시 텬강법으로 요슐을 파ᄒᆞ고 마쉬(馬邃) 왕측으로셔 진언을 못ᄒᆞ게 ᄒᆞ고 니쉬(李邃) ᄯᅩ 모칙을 드리니 도적을 반ᄃᆞ시 파홀노다."

ᄒᆞ고 니슈ᄃᆞ려 닐오디,

"네 무슴 모칙이 【99】 잇ᄂᆞ뇨?"

니쉬 왈,

"패쥐셩이 굿고 딕희기를 엄히 ᄒᆞ고 좌출 등이 요슐노 군냥을 졉졔(接濟)ᄒᆞ니 우리 군이 오래 ᄲᅡ셔는 이긔기 어려오니 쇼댱이 슈하의 오빅 굴ᄌᆞ군 〔掘子軍 ᄯᅡ ᄑᆞ는 군시라〕 169)을 거ᄂᆞ려시니 미양 디도(地道)를 파 셩듕의 드러가고져 ᄒᆞ디 셩듕 디형을 아디 못ᄒᆞ여 ᄒᆞ더니 이제 다힝이 니어깅을 만나니 쇼댱이 쳥컨디 니어깅으로 더브러 굴ᄌᆞ군을 거ᄂᆞ려 ᄯᅡ홀 ᄑᆞ 왕측의 궁듕으로 내ᄃᆞ라면 도적의 군시 다 셩샹의 이시니 미쳐 구치 못홀 거시니 왕측을 잡아미면 대시 뎡ᄒᆞ리이다."

됴퇴 대희ᄒᆞ야 패쥐셩 디형을 멀며 갓가온 디를 ᄌᆞ시 그려 니슈로 ᄒᆞ야곰 그림을 인ᄒᆞ야 디도를 ᄑᆞ라 ᄒᆞ더니 슈지화샹이 닐오디,

"쟝군의 계괴 ᄀᆞ장 묘ᄒᆞ나 【100】 왕측을 잡디 못ᄒᆞ리이다."

문됴퇴 굴오디,

"션시 어이 아ᄂᆞ뇨?"

슈지 왈,

"왕측이 비록 병드러시나 그 쳐 호영이 요슐을 잘ᄒᆞ니 쟝군이 비록 궁듕의 드러가나 도로혀 호영ᄋᆡ게 해ᄒᆞ미 될가 ᄒᆞᄂᆞ이다."

됴퇴 왈,

"이러면 도적을 어ᄂᆞ ᄠᅢ예 멸ᄒᆞ리오?"

슈지 왈,

"됴토는 넘녀 마ᄅᆞ쇼셔. 노승이 니쟝군으로 더브러 ᄒᆞᆫ가디로 가면 호영이 요슐을 베푸디 못홀 거시니 왕측을 잡으리이다."

됴퇴 대열 왈,

"션시 즐겨 ᄒᆞᆫ가디로 가면 일이 닐니로다."

드디여 니슈로 ᄒᆞ야곰 셩 븍녁희 히즈여튼 디로브터 시작ᄒᆞ야 디돌룰 ᄑᆞ 드러가려 ᄒᆞ더라.

---

168) 【슈젼ᄒᆞ다】 國 {수젼(輸傳)하다.} 운수(運輸)하다. ¶ 攝取 ∥ 군냥은 젼혀 좌출이 요슐노 외방 근쳐의 가 슈젼ᄒᆞ여 오ᄂᆞ니이다 (錢糧府庫中原少, 全是左黜等妖法攝取來費用.) <羅孫 平妖 5:98> ⇒ 슈뎐ᄒᆞ다

169) 【굴ᄌᆞ군】 國 {굴자군(掘子軍).} 땅 파는 군사(軍士). ¶ 掘子軍 ∥ 쇼쟝이 슈하의 오빅 굴ᄌᆞ군을 거ᄂᆞ려시니 (小將手下見管五百名掘子軍.) <羅孫 平妖 5:99>

40

노국공주개변경셩　빅원신듕쟝슈문원
潞國公奏凱汴京城　白猿神重掌修文院

이째 셩괴(聖姑) 텬득[듀]산(天柱山) 못믈 셕갑 속의셔 신도(神刀)롤 내 【101】 여가디고 패쥐(貝州)로 오더니 텬니안(千里眼)이 임의 보고 현녀(玄女)긔 알외니 낭:(娘娘)이 변ᄒ야 쳐녀의 모양이 되야 바로 가 셩고드려 닐오디,

"파:(婆婆)ᄂ 어디로 가ᄂ뇨? 잠간 머믈면 ᄀᄅ치믈 쳥코져 ᄒ노라."

셩괴 닐오디,

"녀ᄋ의 무리 하븍(河北)의 잇더니 ᄇ야흐로 어려온 일이 이셔 구ᄒ라 가더니 밧바 머무디 못ᄒᆯ노다."

쳐녜(處女) 무ᄅ디,

"파패 무슴 지죄 잇관디 여ᄋ의 급흔 거슬 구ᄒ려 ᄒᄂ뇨?"

셩괴 왈,

"노신이 잠간170) 도술이 잇노라."

쳐녜 닐오디,

"일싱 도술을 됴화ᄒ더니 ᄒ나 둘홀 ᄀᄅ치과져171) ᄒ노라."

셩괴 닐오디,

"쇼낭ᄌ는 무슴 도술을 됴화ᄒᄂ뇨?"

쳐녜 왈,

"됴화ᄒᄂ 거ᄉ 텬강 삼십뉵 변홰로되 잠간 향광 [本領] 을 알고 일즉 일우디 못ᄒ엿노라."

셩괴 ᄀ마니 싱각ᄒ 【102】 디,

'뎌의 도술은 내게셔 낫도다.'

디답ᄒ야 골오디,

"노신이 디살변화롤 아노라."

쳐녜 왈,

"디살변화ᄂ 뎡되(正道) 아니: 비호기롤 원치 아니ᄒ노라."

ᄯ 무ᄅ디,

"파:의 손의 가졋ᄂ 거시 무어시뇨?"

셩괴 왈,

"이 칼 일홈은 신되니 스ᄉ로 스ᄉ로 울고 스ᄉ로 ᄲ노라 십만 군듕의 샹쟝의 머리 버히기롤 슈고 아닛ᄂ니라."

쳐녜 왈,

"쳥컨대 ᄒ 빈 보고져 ᄒ노라."

셩괴 손으로 칼 갑플172)을 ᄒ 번 치니 갑플 속의셔 휘ᄑ람 소래 진동ᄒ며 뇽이 읍쥬어리고 귀신이 우ᄂ 듯ᄒ더니 칼이 졀노 ᄲ여나 공듕의 ᄒ 길이나 올낫다가 도로 갑플의 들거늘 쳐녜 왈,

"내게 ᄯᄒ 신검(神劍)이 잇더니 ᄒ 번 보게 ᄒ리라."

ᄒ고 스매 안흐로셔 흰 탄ᄌ ᄒ나흘 더드며 손가락 가온디 【103】 노ᄒ니 홀연 ᄒ 줄 무지게 반공의 ᄲ이며 변ᄒ야 보검이 되여 광치 ᄉ방의 됴요(照耀)ᄒ더니 이윽고 손바닥의 ᄯ러져 탄지 되거늘 쳐녜 왈,

"내 칼은 쳔니의 ᄂ라 도로 와 변홰 측냥

---

170) 【잠간】몡 {잠간(暫間).} 잠깐. 약간. ¶ 粗 ∥ 노신이 잠간 도술이 잇노라 (老拙粗知道術.) <羅孫 平妖 5:101> 稍 ∥ 죄 싱녁군을 엇고 마음이 잠간 누거 ᄒ더라 (操得這枝生力軍馬, 心中稍安.) <三國 16:62> ⇒ 잔간, 잠ᄭ

171) 【-과져】어 ((주로 동사 형용사 어간 뒤에 붙어)) -고자. ¶ 일싱 도술을 됴화ᄒ더니 ᄒ나 둘홀 ᄀᄅ치과져 ᄒ노라 (我最好的是道術, 幸教一二.) <羅孫 平妖 5:101>

172) 【갑플】몡 칼집. ¶ 鞘 ∥ 셩괴 손으로 칼 갑플을 ᄒ 번 치니 갑플 속의셔 휘ᄑ람 소래 진동ᄒ며 (聖姑姑將手向刀鞘上拍三拍, 只聽得喊聲大振.) <羅孫 平妖 5:102> ⇒ 가플

업스니 파ᄒᄒ(婆婆)의 신도(神刀)도곤173) 아니 나
으랴."

셩괴 ᄀ마니 싱각ᄒ디,

'만일 이 칼을 어드면 문됴토의 머리 버히
기 더옥 쉬올노다.'

ᄒ고 쳐네ᄃ려 닐오디,

"노신이 신도로써 쇼낭ᄌ의 신검을 밧고고
져 ᄒᄂ니 즐겨 허락홀다?"

쳐네 왈,

"아딕 존명(尊命)디로 ᄒ리라."

신검을 내여 셩고롤 주고 신도롤 바다 보
다가 ᄀ마니 진언을 넘ᄒ야 신도의 졍신을 거두
고 거즛 놀나는 쳬ᄒ여 왈,

"이 칼이 긔운이 진ᄒ야 아조 쓸디업스니
밧디 아니ᄒ노라."

셩괴 왈,

"그럴 니 이시리오!"

신도롤 달나 ᄒ야 세 번 갑【104】플을 치
되 소래 업거놀 셩괴 혜오디,

'이 칼이 신검을 보고 두려워 소래 못ᄒᄂ
도다.'

믄득 용치174) 아닌 ᄆ음을 너여 신도롤 ᄇ
리고 신검을 가디고 돗거놀 쳐네 왈,

"파패(婆婆) 밧고ᄒᄒ려 ᄒ면 당ᄒᄒ이 밧고려
니와 다만 신검 브리는 진언이 이시니 마자175)
뎐코져 ᄒ노라."

셩괴 밋디 아녀 왈,

"내 스스로 시험ᄒ야 보리라."

공듕의 치ᄒᄒ니176) 쳐네 쏘 ᄒ 탄ᄌ롤 내여
손바닥의 노ᄒ니 공듕의 잇는 탄지 무지게ᄀ치
흘너 쳐녀의 손의 다 모드니 원간 ᄌ응검(雌雄
劍)이 서ᄅ 쏠와 단니ᄂ디라. 셩괴 신검과 신도
롤 다 일허 ᄇ리고 쳐녀ᄃ려 무ᄅ려 ᄒ더니 쳐
네 홀연 간디 업거놀 셩괴 공듕의 올나 두루 ᄇ
라보더니 ᄒ 노인이 길ᄀ 바회 우회 안자 손 가
온디 탄ᄌ롤 희롱ᄒ거놀 셩괴 ᄆ옴의 의심ᄒ야
【105】나아가 무ᄅ디,

"노댱(老丈)의 희롱ᄒᄂ 거시 무엇고?"

노인이 닐오디,

"이거시 ᄒ 쌍 신검이니 변홰 무궁ᄒ야 비
록 쳔병만매(千兵萬馬)라도 대격디 못ᄒᄂ니라."

셩괴 왈,

"원컨디 시험ᄒ야 보고져 ᄒ노라."

노인이 탄ᄌ롤 너여 공듕의 치ᄒᄒ니 ᄒ 쌍
신검이 되여 셩고롤 즛쳐 브러가니 셩괴 대경ᄒ
야 병잠기177) 막ᄌᄅᄂ 진언을 넘ᄒ고 두 발노
북두(北斗)롤 드디고 셔시니 일쳔 번게와 일만
우레 셩고롤 에워빠 두고 능히 해치 못ᄒ거놀
노인이 검슐을 거두고 ᄀ마니 현녀낭ᄒ을 쳥ᄒ
니 쳐녀 홀연 면젼의 셧거놀 셩괴 대로ᄒ야 몸
을 흔드러 보현보살(普賢菩薩)이 되여 빅샹(白
象)을 타고 공듕으로 ᄂ려와 쳐녀롤 즛바ᄅ
려178) ᄒ거놀 쳐녜 스매 안흐로셔 됴요경을 내
【106】여 비최니 금빗치 쏘이여 빅샹(白象)이
변ᄒ야 됴희 되고 셩괴 짜희 ᄂ려져 옷ᄉ매로
눈을 빠고 머리롤 두드려 살거지라 ᄒ니 원간
만믈의 졍녕이 다 눈망울179)의 모다시니 하놀거

---

173)【-도곤】조 -보다. ¶ 比 ‖ 내 칼은 쳔니의
ᄂ라 도로 와 변홰 측냥 업스니 파ᄒᄒ의 신도도
곤 아니 나으랴 (我這劍能飛行千里, 斬人之頭,
還自飛回. ……比婆婆的刀不勝麽?) <羅孫 平妖
5:103>

174)【용ᄒ다】혱 진실(眞實)하다. 선(善)하다. ¶
良 ‖ 믄득 용치 아닌 ᄆ음을 너여 신도롤 ᄇ리
고 신검을 가디고 돗거놀 (聖姑姑就起不良之意,
撤了神刀, 拿了神劍走.) <羅孫 平妖 5:104> 好
‖ 복셩인이 본디 용치 아닌 뜻을 품어시니 이번
의 반드시 샹공을 해ᄒ리라 (家姐就知卜成仁不
懷好意, 定要逞强凌弱.) <玉支 2:108>

175)【마자】円 마저. 남김없이 모두. ¶ 一發 ‖ 파
패 밧고ᄒᄒ려 ᄒ면 당ᄒᄒ이 밧고려니와 다만 신검
브리ᄂ 진언이 이시니 마자 뎐코져 ᄒ노라 (婆
婆要換便換了罷, 只是還有訣兒, 一發傳你.) <羅
孫 平妖 5:104>

176)【치치다】통 던져 올리다. ¶ 내 스스로 시험
ᄒ야 보리라 공듕의 치치니 ("我且自家試看." 把
彈丸兒抛向空中.) <羅孫 平妖 5:104>

177)【병잠기】명 병장기(兵仗器). ¶ 兵 ‖ 셩괴 대
경ᄒ야 병잠기 막ᄌᄅᄂ 진언을 넘ᄒ고 두 발노
북두롤 드디고 셔시니 (這婆子戰戰兢兢, 捏着避
兵訣, 口念避兵呪, 牢牢站定在魁罡位上.) <羅孫
平妖 5:105> ⇒ 병잠개, 병장기, 병쟝긔, 병쟝기,
병쟝긔, 병줌기

178)【즛발-】통 《즛밟다》짓밟다. ¶ 蹴踏 ‖ 셩괴
대로ᄒ야 몸을 흔드러 보현보살이 되여 빅샹을
타고 공듕으로 ᄂ려와 쳐녀롤 즛바ᄅ려 ᄒ거늘
(聖姑姑二見了大怒, 搖身一變, 變做普賢菩薩聖像,
身騎白象, 望空來蹴踏處女.) <羅孫 平妖 5:105>
⇒ 즛밟다, 즛ᄇᄅ다, 즛불오-, 즛볿다

179)【눈망울】명 눈망울. ¶ 瞳神 ‖ 원간 만물의
졍녕이 다 눈망울의 모다시니 하놀 거울이 눈
망울의 비최면 본령이 날다라 (原來萬物精靈,
都聚在兩個瞳神裏面, 隨作千變萬化, 瞳神不改.
這天鏡照住瞳神, 原形便現.) <羅孫 平妖 5:106>

울이 눈망울의 비최면 본령(本領)이 나ᄂ니라.
셩괴 제 본령이 날가 두려 감히 눈을 ᄯᆞ디 못ᄒ
거늘 현녀낭≈(玄女娘娘)이 거울을 감초고 원공
으로 ᄒ야곰 셩고를 미여 옥데긔 주문ᄒ니 식월
호셩관이 모든 텬호(天狐)를 거ᄂ려 옥데긔 발
궐ᄒ야180) 셩고를 슬와지라 ᄒ거늘 셩괴 ᄇ야흐
로 눈을 ᄯᅥ 옥데 뎐좌ᄒ신 곳인 줄 알고 머리를
무수히 두드릴 분이러니 옥데 셩디를 ᄂ리와 죽
이디 아니키로 허ᄒ시고 아딕 텬옥(天獄)의 ᄂ
리와 요당(妖黨)이 평졍ᄒ고 현녀낭≈이 올나온
후 발낙(發落) 【107】 ᄒ라181) ᄒ시니라.

이째 패줘셩이 ᄲᅡ현 지 석 둘이라. 처음은
ᄡᅳᄂ 냥초를 좌츌이 도슐노 가져오더니 현녀낭
≈이 텬나디망(天羅地網)을 ᄉ면팔방의 두루 치
고 뉵졍(六丁) 뉵갑(六甲) 토디(土地) 모든 신녕
이 현녀의 법지를 밧드러 요언의게 브리이디 아
니≈ 셩등이 크게 곤ᄒ야 오래 견디디 못ᄒ게
되여시디 좌츌(左黜) 영ᄋ(永兒)ᄂ 오히려 신통
을 미더 셩이 비록 패ᄒ여도 저희 일신은 근심
입스리라 ᄒ야 됴셕으로 황음ᄒ고 나반 셩긔 신
도 가져오기를 기드리니 엇디 늙은 여이 텬옥
(天獄) 등의 인짓ᄂ 줄 일니오.

왕측(王則)은 됴병(調兵)ᄒ노라 궁등의셔
나디 아니ᄒ디 눈을 감ᄋ면 듀무하(趙無瑕)의
녕혼이 목숨을 달나 ᄒ니 경셰종을 어더 모든
희첩(姬妾)을 【108】 ᄉ면으로 안치고야 겨유 졍
신을 출히더니 ᄉ경 때ᄂ ᄒ야 함셩이 크게 니
러나며 니쉬(李遂) 디도(地道)를 ᄯᅲᆯ고 내ᄃᆞᄅ니
니어깅이 오ᄇᆡᆨ군을 거ᄂ려 왕측의 자ᄂ 방으로
드ᄅ라드니 모든 희첩은 드라나고 왕측은 밋쳐 손
을 놀니디 못ᄒ야셔 니쉬 등인으로 더브러 드라
드러 동혀미고 호영아의 궁등으로 좃쳐 드러가
더니 다만 보니 큰 믈이 ᄀ리지고182) 갈 길히
업스니 등인이 홀일업서 ᄒ더니 슈지화샹이 경
ᄌ183)를 흔들며 진언을 넘ᄒ니 홀연 믈이 업서
지고 문 알픠 은빈혜 ᄂ려졋더라. 이째 호영이

자다가 블의예 함셩이 니러나니 창황이 니러나
미처 오슬 닙디 못ᄒ여셔 슈지화샹이 요슐 푸ᄂ
진언을 넘ᄒ니 영이 능히 신통은 브리디 못ᄒ야
【109】 미이고 니쉬 궁등의 블을 지ᄅ니 문툐토
의 대군이 니슈의 발작ᄒ믈184) 알고 일시의 셔
문을 ᄶ치고 오왕(吳旺)과 셕경(石慶)을 사로잡
고 문툐퇴 셩등의 드러 일변 블을 ᄶᆞ고 죄인을
함거의 시러 션봉 손부(孫輔)로 ᄒ야곰 구지 딕
희게 ᄒ더라.

슈지화샹이 등인을 거ᄂ려 군ᄉ 마을을 ᄲᅡ
고 좌츌을 ᄎᄌᆞ니 좌츌이 ᄇ람벽185)으로 드리둣
거늘 등인이 벽을 ᄶ치니 종격이 업손디라. 졍
히 엇디 못ᄒ여 ᄒ더니 ᄒᆞᆫ 사ᄅᆞᆷ이 닐오디,
"좌츌이 방하간186)으로 드러가더라."
ᄒ여늘 등인이 그 집을 ᄲᅡ고 드러가니 쥬
인이 놀나 닐오디,
"내 집의 아모도 드러오디 아니ᄒ엿ᄂ이
다."
슈지화샹(遂智和尙)이 방하간의 두루 보다
가 ᄒᆞᆫ 방하고187)를 ᄀᆞ라쳐 쥬인ᄃ려 무ᄅ디,

---

180) 【발궐ᄒ다】 동 {발괄[白活]하다.} 진정(陳情)하
다. 이두어(吏讀語). ¶ 식월호셩관이 모든 텬호
를 거ᄂ려 옥데긔 발궐ᄒ야 셩고를 슬와지라 ᄒ
거늘 셩괴 ᄇ야흐로 눈을 ᄯᅥ 옥데 뎐좌ᄒ신 곳
인 줄 알고 머리를 무수히 두드릴 분이러니 (早
有天宮十萬八千聽差的天狐, 齊來殿下叩頭, 都替
聖姑姑認罪求饒. 聖姑姑聞得衆天狐聲息, 才敢開
眼, 見了玉帝, 喘做一團, 哀求不已.) <羅孫 平妖
5:106> ⇒ 발괄ᄒ다

181) 【발낙ᄒ다】 동 {발락(發落)하다.} 처리(處理)하
다. ¶ 發落 ∥ 옥데 셩디를 ᄂ리와 죽이지 아니
키를 허ᄒ시고 아딕 텬옥의 ᄂ리와 요당이 평졍
ᄒ고 현녀낭낭이 올나온 후 발낙ᄒ라 ᄒ시니라
(玉帝降旨, 許他不死, 權且發下天獄, 等妖族盡平
之日, 玄女娘娘時發落.) <羅孫 平妖 5:106>

182) 【ᄀ리지다】 동 가로지르다. ¶ 호영아의 궁등
으로 좃쳐 드러가더니 다만 보니 큰 믈이 ᄀ리
지고 갈 길히 업스니 (就打入胡永兒僞宮中來,
只見一派汪洋大水, 並無門路.) <羅孫 平妖
5:108> ⇒ ᄀ리디다

183) 【경ᄌ】 명 경자(磬子). ¶ 鈴杵 ∥ 슈지화샹이
경ᄌ를 흔들며 진언을 넘ᄒ니 (諸葛遂智搖動鈴
杵, 念那破耶神咒.) <羅孫 平妖 5:108>

184) 【발작ᄒ다】 동 {발작(發作)하다.} ¶ 니쉬 궁
등의 블을 지ᄅ니 문툐토의 대군이 니슈의 발작
ᄒ믈 알고 일시의 셔문을 ᄶ치고 (看見城中火起,
已知掘子軍于中發作, 一齊幷力來攻.) <羅孫 平妖
5:109>

185) 【ᄇ람벽】 명 벽(壁). ¶ 壁 ∥ 슈지화샹이 등인
을 거ᄂ려 군ᄉ 마을을 ᄲᅡ고 좌츌을 ᄎᄌᆞ니 좌
츌이 ᄇ람벽으로 드리둣거늘 등인이 벽을 ᄶ치
니 종격이 업손디라 (衆軍撲入看時, 分明見癩子
靠在壁下, 眨眼之間, 走入壁裏去了. 衆軍一齊把
壁推倒, 並無踪影.) <羅孫 平妖 5:110>

186) 【방하간】 명 방앗간. ¶ 碓房 ∥ ᄒᆞᆫ 사ᄅᆞᆷ이 닐
오디 좌츌이 방하간으로 드러가더라 ᄒ여늘 (有
人看見左黜走入一家碓房裏去了.) <羅孫 平妖
5:109>

187) 【방하고】 명 방앗공이. ¶ 碓嘴 ∥ 슈지화샹이

"이거시 네 집의 본디 잇【110】더냐?"

쥬인이 굴오디,

"내 집의는 뷘 방하괴 업ᄂ이다."

슈지 닐오디,

"분명이 방하 우희 뷘 방하괴 이시니 눔은 몰나도 날은 못 속이리라. 급히 양의 피와 돗희 피룰 ᄭ치라."

ᄒ니 임의 방하고룰 보디 못ᄒ녀라. 홀연 마룬 하늘의 벽녁소래 뫼히 문허지고 바다히 터지는 ᄃᆺᄒ더니 공듕으로셔 다리 져는 여을 죽여ᄂ리치니 좌출이 처음은 방하괴 되엿다가 슈지의 아라보는 양을 보고 ᄣᅯ우쳐 먼니 ᄃ라ᄂ려 ᄒ되 텬나디망(天羅地網)이 뷘틈업시 둘너시니 ᄲᅦ치고 나디 못ᄒ야 슈지의 얼굴이 되여 문툐토룰 해ᄒ려 ᄒ더니 현녀낭〵이 됴요경(照妖鏡)을 드러 본령(本領)[188]이 나게 ᄒ고 뇌부(雷部) 신댱(神將)으로 ᄒ야곰 별학쳐[189] 빅원신(白猿神)의 셕벽의 삭인 밍셰디로 ᄒ니, 슈지화샹이【111】죽은 여을 보고 현녀낭〵이 돕는 줄 알고 크게 깃거 군ᄉ로 ᄒ야곰 죽은 여을 메여 문툐토룰 뵈고 좌출의 별학 마즌 줄 니ᄅ니 툐퇴 샤례 왈,

"만일 션ᄉ의 신긔ᄒᆫ 도법이 아니면 이러 ᄐᆺᄒᆫ 요마룰 뉘 항복바드리오!"

슈지 ᄀ마니 툐토긔 고ᄒ디,

"텬되 셩명ᄒ샤 쇼인을 업시ᄒ고 현인을 쓰시니 샹텬이 감동ᄒ샤 구텬현녜 공듕의셔 도으시니 쇼승의 공이 아니라."

ᄒ더라.

졍히 말ᄒᆯ 제 벽녁소래 거록ᄒ니 듕인이 놀나더니 션봉 손뷔 급히 고ᄒ디, 요인 호영이 별학[190] 마자 죽다 ᄒ니 문툐퇴 좌출 영이 다 벼락마자 죽으믈 보고 ᄇ야흐로 방심ᄒ야 방붓쳐 빅셩을 안무ᄒ고 왕측과 좌출의 모든 희쳡은 다 제 집의 도라보내고 크게 잔치룰【112】비셜ᄒ야 호군ᄒ고 쟝ᄉ의 공을 치부ᄒ야 됴뎡의 알욀 시 계갈슈지(諸葛遂智)로 졔일공을 삼으려 ᄒ거눌 슈지 닐오디,

"빈승은 방외(方外) 사룸이니 됴뎡의 공을 알외여 무어시 쓰리오. 이제 하딕고 감쳔ᄉ(甘泉寺)로 도라가지이다."

문툐퇴 지삼 말뉴ᄒ디 듯지 아니ᄒ고 금빅을 주디 밧디 아니ᄒ고 젼의 타온 ᄆᆯ을 타고 힝쟈 삼인을 ᄃ리고 표연이 가거눌 툐퇴 ᄆᆞᆷ의 노치 못ᄒ야 군인으로 ᄒ야곰 미쳐 가 화샹의 죵젹을 아라오라 ᄒ다.

이 젹의 감쳔ᄉ(甘泉寺) 쥬지화샹(住持和尙) 계갈슈지(諸葛遂智) 나간 지 십오 년만의 ᄇ야흐로 도라오니 뎨ᄌ들이 다 닐오디, ᄡᅡ홈 ᄡᅡ호기룰 다ᄒ고 패쥐(貝州)로셔 도라오ᄂ니라 ᄒ고 툐토와 군듕 긔별을 뭇거눌 슈지 어이 알【113】니오 ᄒᆫ 말도 디답디 못ᄒ니 모든 듕이 의심ᄒ야 결치 못ᄒ더니, 홀연 보니 힝쟈 삼인이 ᄆᆞᆯᄐᆞᆫ 화샹을 옹위ᄒ야 오거눌 보니 뎔의 잇던 슈지로 더브러 다ᄅᆞ미 업손디라. 졔승이 크게 놀나 서로 의논ᄒ디,

"우리 굿ᄒ여 분변ᄒ려 말고 냥인이 엇디 ᄒᆞᆫᄂᆫ고 볼 거시라."

ᄒ더니 밧그로셔 온 슈지 ᄆᆞᆯ ᄂ려 법당으로 드러가더니 안흐로셔 ᄯᅩ 슈지 나와 ᄭᅮ지져 왈,

"엇던 괴믈이 노승의 얼굴을 비러 사룸을 혹게 ᄒᆞᄂ뇨?"

밧그로셔 온 슈지 손을 저어 왈,

"노보살은 말을 만히 말나. ᄌᆞ연 명빅ᄒᆞ미 이시리라."

법당의 나아가 필연을 가져다가 네지 글을 뻐 굴오디,

방하간의 두루 보다가 ᄒᆞᆫ 방하고룰 ᄀᆞᄅ쳐 쥬인ᄃ려 무로디 (諸葛遂智就入碓房周圍看了, 指着一箇碓嘴, 叫主人家問道.) <羅孫 平妖 5:109> 塹 ‖ 반산 가온대 니ᄅ러 ᄒᆞᆫ 늘근 한미 방하고룰 들고 돌히 굴거눌 <孫龐 1:63> ⇒ 방하공이, 방핫고, 방핫고

188) 【본령】 图 본령(本領). ¶ 原形 ‖ 현녀낭〵이 됴요경을 드러 본령이 나게 ᄒ고 뇌부 신댱으로 ᄒ야곰 별학쳐 빅원신의 셕벽의 삭인 밍셰디로 ᄒ니 (却被玄女娘娘將照妖寶鏡空中懸起, 照破原形, 使他變化不能, 就着雷部登時震死, 以全白猿神石壁之誓.) <羅孫 平妖 5:110>

189) 【별학치다】 图 벼락치다. ¶ 震 ‖ 뇌부 신댱으로 ᄒ야곰 별학쳐 빅원신의 셕벽의 삭인 밍셰디로 ᄒ니 (就着雷部登時震死, 以全白猿神石壁之誓.) <羅孫 平妖 5:110>

190) 【별학】 图 벼락. ¶ 震 ‖ 요인 호영이 별학 마자 죽다 ᄒ니 문툐퇴 좌출 영이 다 벼락마자 죽으믈 보고 ᄇ야흐로 방심ᄒ야 (方知妖犯胡永兒適纔亦被天雷震死, 益信生事害民, 天誅難免, 非虛誓也. 文招討見兩箇魔頭都死, 方纔放心.) <羅孫 平妖 5:111>

貝州城下霹靂唳, 白雲洞裏翻筋斗.
虧你今朝肯認眞, 笑我十年空作耍.

패쥐셩 아래 벽녁이 부르지지고
빅운동 듕의 세 번 근두질ᄒᆞᄂᆞᆫ도다.
오날 아 【114】 춤의 뉘 진짓 거시며 뉘 거
즛 것고?
나의 십년을 부졀업시 희롱ᄒᆞ던 줄 웃노
라.'

붓을 더지고 무릅홀 서려191) 단졍이 안자
눈을 감고 움죽이디 아니ᄒᆞ거ᄂᆞᆯ 모든 듕이 나아
가 보니 엄연이 죽어시디 얼굴이 임의 달니 되
여 눈섭이 검고 코히 놉고 입이 너르고 특이 모
나니 분명히 탄ᄌᆞ화샹의 모양이라. 모다 ᄇᆞ야ᄒᆞ
로 변화ᄒᆞ야 슈지 되엿던 줄 알고 차탄ᄒᆞ고 긔
이히 녁이기를 마디 아니터라.
문툐토의 보낸 군이 도라가 이 말을 회보
ᄒᆞ니 툐퇴 크게 놀나되 밋디 아냐 조툐토(曹招
討)와 왕총관(王總管)을 드리고 친히 감쳔ᄉᆞ의
가니 보는 듕이 션도히192) 사분의 ᄯᅴ러 영셥ᄒᆞ
더니 문툐퇴 그 듕의 슈지화샹이 이시믈 보고
붓드러 닐오디,
"션시 어이 과ᄒᆞ 녜를 ᄒᆞᄂᆞ뇨?"
계승이 알외디,
"이 【115】 화샹은 본ᄉᆞ 쥬지(住持)오 젼의
툐토를 조차갓더니ᄂᆞᆫ 탄ᄌᆞ화샹이 변형ᄒᆞ엿더니
이제 법당의셔 좌화(坐化)ᄒᆞ야 임의 본 얼굴이
낫나이다."
문툐퇴 법당의 나아가 보니 용뫼 늠ㅅᄒᆞ야
완연이 사랏ᄂᆞᆫ 둣ᄒᆞ더라. 조툐토ᄃᆞ려 닐오디,
"포공이 일죽 탄ᄌᆞ화샹의 어려온 줄 니르
더니 이제 도로혀 나라홀 위ᄒᆞ야 대공을 셰우니
진짓 비샹ᄒᆞ 사름이로다."
ᄯᅩ 툐희예 쁜 글을 보고 차탄ᄒᆞ기를 오래
ᄒᆞ고 계댱으로 더브러 분향녜비ᄒᆞ 후 쟝인을 블
녀 육신 우희 흙을 바르고 금칠ᄒᆞ야 그 졀의셔
공양ᄒᆞ라 ᄒᆞ고 은 일쳔 냥을 그 뎔 듕을 주어
향화(香火)의 쁘게 ᄒᆞ니 이제 탄ᄌᆞ화샹의 진짓

몸이 감쳔ᄉᆞ의 이시니 그 ᄯᅡ 사름이 일ᄏᆞᆺ기를
탄ᄌᆞ보살(彈子菩薩)이라 ᄒᆞ더라.
문툐퇴 됴뎡의 표롤 【116】 올녀 패쥐(貝
州)롤 평뎡ᄒᆞ야 왕측 등 잡은 줄193) 보ᄒᆞ고 ᄯᅩ
구텬현녀(九天玄女)와 탄ᄌᆞ화샹(彈子和尙)의 녕
이ᄒᆞ ᄉᆞ젹을 알외니 인종이 대열ᄒᆞ샤 셩지롤 ᄂᆞ
리와,

왕측 오왕(吳旺) 임쳔(任遷) 셕경(石慶)
왕쥰(王俊) 등을 다 본쥐 져지거리의 가 능지
쳐참ᄒᆞ고 영으ᄂᆞᆫ 임의 텬벌을 닙어시나 ᄯᅩᄒᆞ
효시ᄒᆞ고 좌츌의 두건을 블지르고 궁궐은 구
텬현녀묘롤 민둘고 탄ᄌᆞ화샹은 샤롤 버리고
뎡도의 도라가 큰 공을 일우고 죽어시니 놉
흔 벼슬을 츄증ᄒᆞ고 됴무하(趙無瑕)ᄂᆞᆫ 졍졀이
아롬다오니 졍문(旌門)ᄒᆞ고 기여(其餘)ᄂᆞᆫ 고
향의 도라오믈 기드려 논샹(論賞)ᄒᆞ라.

ᄒᆞ시다.
문툐퇴 셩지롤 밧ᄌᆞ와 왕측 등 졔인을 십
ᄌᆞ가 거리의 가 ᄒᆡᆼ형(行刑)ᄒᆞᆯ 시 패쥐(貝州) 빅
셩이 눌너셔 굿보며 춤밧고 ᄯᅪ짓더니 ᄒᆞ 션비
늙은 【117】 한미롤 붓드러 듕인 듕 내ᄃᆞ라 방셩
대곡ᄒᆞ거ᄂᆞᆯ 감참관이 언고롤 무로디 졍히 궐의
(闕疑) 모지라 ᄯᆞ러 고ᄒᆞ디,
"왕젹의 고기롤 어더 됴시(趙氏)의게 졔ᄒᆞ
여지이다."
감참관이 툐토긔 고ᄒᆞ디 툐퇴 희ᄌᆞ(劊子)
로 ᄒᆞ야곰 왕측의 념통을 ᄲᅡ혀 주라 ᄒᆞ니 궐의
(闕疑) ᄯᅩ 왕측의 빙녜ᄒᆞᆫ 금을 드리거ᄂᆞᆯ 토퇴
거두어 고듕의 두고 다ᄅᆞᆫ 금은을 주어 열부(烈
婦)의 ᄉᆞ당을 짓게 ᄒᆞ고 즉일의 현녀낭ㅅ ᄒᆡᆼ궁
을 슈리ᄒᆞ고 다목신(多目神)의 샹을 민ᄃᆞ라 공
양ᄒᆞ고 근쳐 도관(道觀)의 ᄒᆡᆼ실잇ᄂᆞᆫ 도ᄉᆞ롤 모

---

191) 【서리다】 통 서리다. 사리다. ¶ 盤 ‖ 붓을 더
　지고 무릅홀 서려 단졍이 안자 (寫完投筆, 盤膝
　坐下, 瞑目而逝.) <羅孫 平妖 5:114> ⇒ 셔리다,
　셜이다

192) 【젼도히】 부 젼도(顚倒)히. ¶ 이 화샹은 본ᄉᆞ
　슈[쥬]지오 젼의 툐토롤 조차갓더니ᄂᆞᆫ 탄ᄌᆞ화샹
　이 변형ᄒᆞ엿더니 이제 법당의셔 좌화ᄒᆞ야 임의
　본 얼굴이 낫나이다 (這是本寺住持, 前隨招討去
　的, 乃是蛋師假托. 今坐化在佛堂之內, 已復原形.)
　<羅孫 平妖 5:115>

193) 【줄】 명 줄. 것. ¶ 문툐퇴 됴뎡의 표롤 올녀
　패쥐롤 평뎡ᄒᆞ야 왕측 등 잡은 줄 보ᄒᆞ고 ᄯᅩ 구
　텬현녀와 탄ᄌᆞ화샹의 녕이ᄒᆞ ᄉᆞ젹을 알외니 (文
　招討再修一道表章, 奏上朝廷, 單奏九天玄女娘娘
　及蛋子和尙靈迹.) <羅孫 平妖 5:116> ⇒ 것, 줄

화 현녀묘(玄女廟) 듕의셔 칠일칠야룰 법스ᄒ야
젼쟝의 죽은 쟝스와 왕측의게 원스ᄒ 녕혼을 졔
도(濟度)ᄒ고 튁일ᄒ야 회군홀 시 일노의 굿보
는 사룸이 길히 며 【118】 여 문표토의 나히 놉
ᄒ며 졍신이 싁々ᄒᄆᆞᆯ 보고 닐오디 강태공(姜太
公)이 다시 낫다 ᄒ더라.

제쟝을 거ᄂᆞ려 텬ᄌᆞ긔 됴회ᄒ니 인종이 옥
음을 ᄂᆞ리와 표댱ᄒ시고 문언박으로 평댱스노국
공(平章事潞國公)을 봉ᄒ시고 포증은 쳔거 잘ᄒ
다 ᄒ샤 동평댱스(東平章事)룰 ᄒ이시고 니어깅
으로 통졔스(統制使)룰 ᄒ이시다.

오라디 아녀 뎍쳥(狄靑)이 능디고(儂智高)
룰 버히고 범듕엄(范仲淹)이 됴원호(趙元昊)룰
항복바드니 일노조차 텬해 태평ᄒ니라.

현녀낭々이 패쥬 요마(妖魔)룰 평뎡ᄒ고
원공을 ᄃᆞ려다가 옥뎨긔 됴회ᄒ니 옥뎨 빅원신
을 공뇌 잇다 ᄒ야 도로 텬샹의 올나와 슈문원
(修文院) 소임을 ᄀᆞ음알나 ᄒ시고 셩고々의 죄
룰 샤ᄒ야 원공을 디신ᄒ야 빅운동 텬셔룰 딕희
라 ᄒ시니 셩괴 【119】 비록 ᄌᆞ녀룰 다 업시ᄒ여
시나 텬옥을 버서나고 평안ᄒ 싸흘 어드니 다힝
ᄒᄆᆞᆯ 니긔디 못ᄒ야 '빅운동의 가면 텬강법을
마자 비홀오다.' ᄒ야 더욱 깃거ᄒ더니 셩괴 빅
운동의 간 후 홀연 빅옥향노 노핫던 뫼봉이 졀
노 문허져 골문을 막고 향노와 무막(霧幕)은 텬
샹으로 거두어 올녀가고 이후는 빅운동의 다시
드러갈 사룸 업더라.

194)당초의 셩괴 양슌검(楊巡檢) 둥쟝(東莊)
을 쩌날 졔 좌츌 난ᄌ화샹으로 더브러 금산을
ᄆᆞᆫ들고 범을 딕희워 삼인의 소상(塑像)을 ᄒ야
언쳣더니 패쥬 난이 난 후 됴뎡의셔 각쳐의 지
휘ᄒ야 뇨당을 듯보라 ᄒ니 이째 양슌검은 임의
죽고 잉々은 노병ᄒ야 가스룰 슬피디 못ᄒᄂᆞᆫ디
라. 가인이 쇼쥬인긔 알 【120】 의고 밤듕의 삼
인의 샹을 허러 ᄇᆞ리고 금산을 보니 돌히 되엿
고 딕흰 범은 됴회에 그린 범이러라. 일노 인ᄒ
야 양슌검 집의셔 년누ᄒᄂᆞᆫ 죄룰 면ᄒ고 호원의
와 초옥의 가뎡이 다 모ᄅᆞᆫ 일이라. 호녕ᄋ의
년좌룰 아니ᄒ니라.

인종황뎨 지위 스십 년의 붕ᄒ시고 영종

(英宗)이 즉위ᄒ시고 영종이 붕ᄒ시니 신종(神
宗)이 즉위ᄒ시고 신종이 붕ᄒ시니 텰종(哲宗)이
즉위ᄒ시고 텰종이 붕ᄒ시니 휘종(徽宗)이 즉위
ᄒ시니 이 신쇼옥부도군황뎨라. 궁듕의 만셰산
(萬歲山)을 니ᄅᆞ혀고 텬하의 스쟈룰 보내여 일
홈난 곳과 긔이ᄒ 남글 구ᄒ더니 텬티산(天台
山) 바회 우희 솔남기 이시되 가디 드리워 버들
ᄀᆞᆺ고 여롬195)이 푸른 구술 ᄀᆞᆺ흐니 【121】 텬하의
업손 남기라. 스재 인부룰 지휘ᄒ야 파내려 ᄒ
더니 홀연 ᄒ 도시 공듕으로셔 ᄂᆞ려와 스쟈ᄃᆞ려
닐오디,

"이 솔이 우리 스부 튱쇼쳐스(衝霄處士)의
손조 심은 거시라. 빈되 녀긔 칠십여 년을 슈호
ᄒ더니 빈도의 ᄂᆞᆺ출 보아 머무러 두과져 ᄒ노
라."

스재 왈,

"이 나모 얼굴을 그려 님의 텬ᄌᆞ긔 드려시
니 어이 무단이 가리오."

도시 왈,

"텬지 만일 포라 ᄒ시거든 뎡쥬부(鄭州府)
도인이 말니더라 ᄒ면 혹 도로실가 ᄒ노라."

스재 듯디 아니코 인부룰 발ᄒ야 파내니
샏희196) 갓 쓰며 즉시 말나 죽으니 스재 홀일업
셔 도로 도스룰 주니 도시 손을 붓드러 도로 녯
곳의 셰우니 젼쳐로 무셩ᄒ더라.

스재 도라가 이 일 【122】 을 알외니 됴신
듕의 인종됴 고스(故事)룰 알 니 이셔 닐오디,

"튱쇼쳐스(冲霄處士)는 댱난(張鸞)이오 복
도인(卜道人)은 복길(卜吉)이니 인종됴 임의 빅
년이 되여시디 오히려 무양ᄒ니 필연 득도ᄒ야
신션이 되엿다."

ᄒ더라.

시셰(時歲) 무슐(戊戌) 밍츈(孟春) 협슌(浹旬)
의 년산(延山) 관동(關東) 타방(他方) 남창하의셔
종셔(終書)ᄒ다. 우리 인딜(愛姪) 슈곡 김딕칙(金宅
冊)을 보랴 병신(丙申) 동(冬)의 비러왓더니 ᄆᆞᆺ출
니어달라 ᄒ엿기 벗겨 보내랴 ᄒ되 작년 졍월(正

---

194) 이하는 원문에 없는 내용임.

195) 【여롬】 명 열매. ¶ 텬티산 바회 우희 솔남기
　　이시되 가디 드리워 버들 ᄀᆞᆺ고 여롬이 푸른 구
　　술 ᄀᆞᆺ흐니 <羅孫 平妖 5:120>
196) 【샏희】 명 뿌리. ¶ 根 ‖ 인부룰 발ᄒ야 파내
　　니 샏희 갓 쓰며 즉시 말나 죽으니 <羅孫 平妖
　　5:121> 플을 버히미 샏희룰 업시ᄒ라 (斬草不除
　　根, 萌芽依舊發.) <禪眞 4:34>

月)브터 병이 드러 팔월(八月)꺼지 스싱츌몰(死生
出沒)은 ᄒ다가 겨울의야 싱도(生道)를 어드나 됴
회가 업서 이제야 【123】 간신이 벗겨시나 언제 보
낼고 답답ᄒ다. 아모 째라도 내가 이 칙(冊)은 벗
기려 ᄒ니 ᄯ 빌녀라. 을미년(乙未年) 팔월(八月)의
오륙일(五六日) 단취ᄒ여 디내간 거슨 일댱츈몽(一
場春夢)인 듯 어ᄂ 시졀(時節)의 우리 슉딜(叔姪)이
다시 만나 회포(懷抱)를 펴볼고. 싱젼난득(生前難
得)이니 싱각곳 ᄒ면 창연(愴然)ᄒ 심ᄉ(心事)와 굿
분 회포룰 억뎨(抑制)홀 길이 업다. 이 칙을 하 오
래 두엇다가 보내니 무안이나 쓰려 내게 잇던 헌
칙의로 내가 머리 긔괴(奇怪)ᄒ게 미여 보낸다.
　　【124】 뉵십일쟝
　　이 칙은 홍산딕 칙 평요뎐 오권지일
　　첫권 칠십구 쟝
　　츠권 스십삼 쟝
　　삼권 팔십팔 쟝
　　ᄉ권 뉵십일 쟝
　　합이 빅칠십일 쟝
　　(평요뎐 죵)

찾아보기

剮千刀、將王則心肝、把與關疑母子、其金銀、聽
造烈婦祠堂費用、又將關疑補了州學秀才、後來明
讀書登第、終身不立正妻、人謂義夫節婦、出於一門、此
是後話。當日文招討將各犯、梟首傳送京師、處分地方
官吏、安撫軍民了、當修整了玄女娘娘行宮、并塑多尊
神像、供養在內、招集有行道流士、持香火、文招討又在
貝州打了七日七夜醮事、超度陣亡平將、及貝州屈死
寃魂。事畢、擇日班師回京鎮、箇是嘉孜孜報皷金鐃響、
笑吟吟齊唱凱歌、一路行軍、秋毫無犯、與民秋毫無

一六九八

凡百姓們聞得文招討、年已八旬、今日平妖定亂、成了
大功、人人要爭先、箇箇怕落後、都來識認文招討容顏、
文招討恐怕擠壞了百姓、每日只是騎馬、不乘煖轎、
人觀看、看的人、無不喝采、都道、當初太公呂尚、八十遇
文王、興師滅紂、後來更無第二箇人、今日文招討、這般
精神丰采、可不是朝廷有道、生此福神、治世、我等百姓
都有造化。閒話休題。不一日、到了東京、面君仁宗天子、
玉音慰勞了、文彥博仍為首相、封潞國公、包拯舉薦得
人、就拜次相、同平章事、曹偉封樞密使之職、其餘王信

第四十回

一六九九

以下各加官進級、老……恩義也、陞做統制之職、以
就陞河北總管、不多時、狄青也平了邕州儂智高、差官
獻捷、范仲淹威震西夏、趙元昊害怕、遣人納了降書、年
年進貢、正是朝廷有道民安樂、四海無虞國太平、不在
話下。再說九天玄女娘娘、除了貝州妖亂、同袁公回復
天庭、玉帝念白猿神之功、釋其前罪、復了白雲洞君之
號、仍在修文院掌九天秘書。蛋子和尚、已證了菩薩正
果、不必說。老牝狐精雖有眾天狐保奏、罪業不小、罰
在白雲洞、恭奉白猿神、行守天書。聖姑姑說、雖說折了

（以下原闕）

一七〇〇

一六九四

文招討再修一道表章，奏上朝廷。單表九天玄女娘娘及蛋子和尚靈蹟。却說樞密院將兩次表章盡呈御覽。仁宗皇帝龍顏大喜，即時聖旨行下貝州，將妖賊王則即於本州市曹凌遲碎剮，從賊任遷、吳旺、王俊、石慶等盡行處斬。胡永兒雖巳受天誅，仍行梟首，俱傳首京師，告廟後遞送各府州縣號令。左黜狐屍燒灰風化貝州。百姓遭王則暴虐，准齎兵餉若干，計戶給散，以贍窮民。其王則所造違禁偽府，即改作九天玄女娘娘廟，賜號聖佑。本州廳治另行相地起建。彈子和尚棄邪歸正，平

一六九五

妖有功，追贈護國禪師之號。馬遂殉忠節可嘉，俱從厚贈。蔭烈婦趙無瑕，准立貞烈碑坊。貝州知州久缺，就着文彥博於附近官僚量才推補。河北各州縣官多有先行被賊脅從，以後歸正者，都著分別事情輕重，便宜處分。其征討有功偏正將佐，俱候還朝之日論功陞賞。文招討與各官接了聖旨，一一奉行。次日早起，監中取出一行妖人，寫了犯由牌，打開囚車，推上木驢。文招討判了剮字斬字，擁出市曹。王則和任遷、吳旺等都各眼中流淚，面面相覷，做聲不得。貝州看的人壓肩疊背，

一六九六

有唾罵的，也有嗟歎的。但見：

兩聲破鼓響，一棒碎鑼鳴。皂纛旗招展如雲，柳葉鎗交加似雪。犯由牌高貼，人言此去幾時回；白紙花雙搖，都道這番難再活。長休飯喉內難吞，永別酒口中怎聽。當頭馬上監斬官，勝似活閻羅；刀劍林中劊子手，猶如追命鬼。請看當日凌遲者，盡是興妖叛逆人。

劊子手叫起，惡殺都來。恰好午時三刻，將王則等押到十字路口，讀罷犯由，盡行如法凌遲處死。可憐王則，剮剮反了五年零六箇月，今日受了極刑，絕了王大戶的

一六九七

後代。當時第五胎生的，背上刺五箇福字，小名五福，此乃五年之讖也。監斬官正坐在盧蓆棚裏面，看劊子手行刑，只見人叢中一箇人扶着箇老婆婆，推搶上來，在案卓前擺着八錠金銀，放聲大哭。問其緣故，那人是關疑，這老婆婆是他母親，妻房就是趙烈婦了。因王則逼娶不從，自縊而死。他母子逃在東京，今日聞王則巳擒，聖旨就在貝州發落，兩口兒復回故鄉。這金銀便是王則聘財，情願將來納官公用，買王則幾塊肉去祭奠亡妻。監斬官不敢擅便，稟知文招討。文招討

招討事情，全然不知，衆僧也委決不下。忽一日，只見遠
的三箇行者控馬而回，馬上坐的又是一箇諸葛遂
智，與寺中的全然無異。衆僧大驚，商量道：我們不須費
嘴，竟去請裏邊的老和尚出來，待他兩箇自辨真假。卻
說外邊的長老下了馬，一逕走入佛堂中去。裏邊的長
老出來，一見了，便罵道：什麼怪物，假老僧的面貌。氣忿
忿的正要發作。衆僧都兩傍跕着冷看。只見外邊的長
老聽得箇假僧字，連忙搖手道：老菩薩莫要開口，貧僧巳
悟了，還你箇明白去也。取筆研就經卓上寫下一偈云

假你本非真　真我亦是假
揝却假你我　自有真爹媽
咦　廝你今朝肯認真　笑我十年空作耍

又寫四句道

貝州城下霹靂吼　白雲洞裏翻筋斗
萬法皆空歸去來　蛋子如今不出醜

寫完投筆，盤膝坐下，瞑目而逝。衆僧上前看時，巳換了
形像，只見膿眉隆準，闊口方頤，分明是蛋子和尚模樣
了，方知蛋子和尚是箇聖僧，各各驚訝不巳，卻說文招

第四十回

討差人來看下落的，知道此事，慌忙回報文招討。大驚
即同曹招討、王信，三匹馬，領了隨身軍士，親到甘泉寺
來。衆僧正待商量盛殮之事，報道文招討到了，諕得他
顛之倒之，連老僧也出來迎接，見了文招討
一齊下跪。文招討還在疑信之間，慌忙扶住道：吾師何
行此禮。衆和尚稟道：這是本寺住持，前番隨招討去的
乃是蛋師假托比丘尼坐化在佛堂中，巳復原形。文招
討方繞信了。衆僧引至佛堂中，文招討看了蛻體，見他
威容凜凜，儼然如生，對曹招討說道：包待制曾說此僧

利害，教老夫仔細防備，今反助我成功，乃知此僧非凡
人也。衆僧將二偈呈與文招討看了，讚歎不巳，同衆將
一齊拈香下拜。拜畢，分付訪取高手匠人，就將他肉身
漆好造龕供養。又於軍中支取千兩銀子，以爲衆僧修
蘸香火之費。至今蛋子和尚真身還在甘泉寺中，做了
本寺伽藍，土人稱爲彈子菩薩，或稱蛋頭菩薩，香火不
紹。後人有詩題甘泉寺壁云

三遍盜書都是假　一朝破假即成真
若從得意中間破　便是竿頭進步人

第四十回　十五

躲在我家。王信教軍士屋裏細細搜尋。諸葛遂智入雄房週圍看了，指着一箇雄嘴叫主人家問道：「這箇可是你家物也不是？」主人家看了道：「我家不曾有這箇雄嘴。」諸葛遂智道：「這箇正是左黜。他兩箇瞳神分明在雄嘴上，不是老僧無人認得。快教取穢物來澆。」說猶未了，巳不見了雄嘴，重復搜尋並無蹤跡。忽聽得青天上一連數聲霹靂，如山崩地裂。眾軍士發起喊來，王信親去看時，却是一箇瘸脚雄狐震死在地。原來左黜變了雄嘴，指望瞞過眾人，却被和尚識破，方復隱身遁去，要變

做諸葛遂智模樣，去害文招討。被玄女娘娘將照妖寶鏡空中懸起，照破了他的原形，變化不得。就差雷部登時震死，以全白猿神石壁之誓。可憐左黜多年做了有法的瘸妖，一朝做了無靈的狐鬼。正是：會施天上無窮計，難免酆都永劫災。不在話下。再說諸葛遂智看了死狐，認得是左黜，巳知玄女娘娘神力，歡喜不勝，便教軍士擡到偽府門前。文招討和眾將看驗過了，文招討大喜道：「若非吾師以正破邪，妖人一黨如何平靜？」諸葛遂智向文招討耳邊道：「此乃朝廷有道，去奸用賢，感動

庭有九天玄女娘娘空中佐助，非老僧之功也。」正說間，有先鋒孫輔差人賫話，方知妖死胡永兒適繞亦被天雷震死。益信生事害民，天誅難免，非虛誓也。文招討見兩箇魔頭都死，方纔放心，即忙出榜安民：凡貝州軍士不曾妖法者，俱係脅從，一槩免究；王則、左黜採取民間婦女有夫者，給還原夫，無夫者聽憑父母領回擇配；其百姓之家被賊搜括受害，就將餘下軍餉討戶分給，以贍窮民。合城歡呼載道。文招討一面在府堂上置酒慶賀，并請明鎬赴席；犬小三軍札營城外，俱有犒賞。一面

具表申奏朝廷，叙明功次，并一行妖賊，或解京，或本州發落，專等聖旨定奪。功勞簿上諸葛遂智第一。諸葛遂智道：「老僧出世之人，要叙功何用？乞分派効勞與將士名下。只還老僧原來馬匹，到甘泉寺去回復徒弟們，以全老僧之信，吾願畢矣。」文招討再三勸留不從，贈以金帛無所取受，原領着三箇小行者，別了眾將，騎馬出城而去。文招討潛地差人隨去打探他下落。却說甘泉寺中老和尚叫做諸葛遂智的，出外一十五年，恰好這幾日真箇回了。眾徒弟徒孫們只道他征戰回來，問起這

〔一六八二〕

入來，驚得衆姬妾網羅走散了，單剩王則一箇偏裨，上因打綻了嘴唇，落了當門兩齒，念不得呪語，只學得一箇禁人法，一箇隱身法，都靠不着了。李遂上前，敎軍士一條蔴索兒，綁縛簡四馬攢蹄，就打入胡永兒偽官中來。只見一派汪洋大水，竝無門路，衆人都慌了。諸葛遂智搖動鈴杵，念起破邪神呪，登時不見了水。李遂只聽得脚頭下踢着鐃的一響，拾起來，原來是一股銀釵。此是胡永兒邪法，都就胡永兒正與小王子王俊在牀上快活行雲雨之事。衆軍士狂然打進，胡永兒不知高

〔一六八三〕

低，剛扯得一件小衣，穿了還不曾下得牀來。衆軍士那管三七廿一，把猪羊二血、馬尿大蒜，望着牀上亂潑。諸葛遂智又念動呪語，胡永兒沒做手脚處，和王俊一齊挷了。李遂使羣刀手簇擁着王則、胡永兒、王俊軍士，就偽宮放起火來。因是諸葛遂智使了道術，外面人全然不覺。吳旺見火起，只道失火，引着守府親軍，挈着撓鈎水桶入來撲救，正遇了李魚羹指點與李遂看了，并心腹石慶等，一齋都被擒挷，挷縛不管，會妖法不會妖法，但是挈到的，都用猪羊二血、馬尿大蒜，劈頭澆過

第四十回

〔一六八四〕

招討大軍在外，准備接應，看見城中火起，巳知擄掠於中發作，一齋併力來攻。也有從地洞入城來的，衆軍將守城軍亂砍，大開了貝州城，放下吊橋。文招討即時入城，向偽府中偏廳坐定，一面敎人救滅了火。李遂解王則、胡永兒一班人到面前，文招討敎上了囚車，并吊老寨中先擒賊犯任遷，一同監候，分付先鋒孫輔牛同看守。再就諸葛遂智領着衆兵將圍住軍師府，要挈左黜。搜到中堂，一箇軍士道，在這里了。衆軍撲入看時，分明見瘸子靠在壁上，一眨眼之間走入壁裏去了。衆

〔一六八五〕

王信處差人來報道，有人看見左黜走入一家碓坊裏去了，特請諸葛老師父去擒挈王則。原來左黜立心要走，奈天羅地網密密布置，脫不得身，偶然躲在碓坊裏去，被人看見了。諸葛遂智當同衆人逕奔入碓坊人家。總管王信親自引軍到來，敎軍士把前後門圍了，入去搜捉。這簡人家喫了一驚，問道，我家有甚麼事，如此大驚小怪。衆軍道，有妖人左黜走入你家，會事放他出來，免得遭累。這莊人家道，告將軍，自不曾有人入來

第四十回

鬥術暗叫師父九天玄女娘娘，只見處女又在前面。聖姑姑一見了大怒，搖身一變，變做普賢菩薩聖像，身騎白象，望空來蹴踏處女。處女便把天庭照妖寶鏡扯出錦囊，一道金光射去，那紙剪的白象空中墜下。聖姑姑倒跌下來，把衣袖掩頭，緊閉雙眼，只是磕頭告饒。原來萬物精靈都聚在兩箇瞳神裏面，隨你千變萬化，瞳神不改。這天鏡照着了瞳神原形便現。聖姑姑多年修鍊，巳到了天狐地位，素聞得天鏡的利害，處女既出天

一六七八

孫機杼上織就的無縫錦囊，情知是那件法物，只恐現了本相，所以雙眸緊閉，束手受縛。玄女娘娘妝過了寶鏡，叫袁公將老狐精解上天庭，以贖漏法之罪。袁公進了天門，剛跪在凌霄殿下啓奏其事，早有天宮十萬八千聽差的天狐齊來殿下叩頭，都替聖姑姑認罪求饒。聖姑姑聞得衆天狐聲息，繞敢開眼，見了玉帝，嗑做一團，哀求不已。玉帝降旨，許他不死，權且發下天獄，等妖霒靈平之日，玄女娘娘來時發落。衆天狐俱散了。袁公矴下天門，跟隨玄女娘娘。話分兩頭，却說貝州城被

第四十回　八

一六七九

招討困住了三月有餘，初時城中糧草都是左黜四處攝來支費。如今被玄女娘娘下了天羅地網，一切妖邪符呪都行開去不得。六丁六甲、城隍土地諸神都來聽娘娘法旨，不被妖邪驅遣了。糧草也都竭了，只好括取城內百姓的東西來用。其時百姓的苦楚自不必說。且說胡永兒自恃千變萬化，到底自巳一身不得喫虧，且自及時行樂，端等聖姑姑取神刀來，看是如何。那邊老狐精巳在天獄中坐下，這邊那里得知，呆呆的靠這一眷全不在意。再說李遂和諸葛遂智、李魚羹引着五百

一六八〇

子手掘了多時，到一簡去處，李遂約莫是王則僞府，左側教掘子手從這里打出去。掘子手打通了間，李魚羹道這是那里，李魚羹看時，正是僞府中後堂。此時有四更時分，李魚羹前面引路，李遂和眾人發一聲喊，運奔入王則養病的臥房裏來。却說王則因齒痛未痊，睡在牀上閉着眼，便見烈婦趙無瑕領着萬千眾鬼前來索命。王則整夜不寐，心中害怕，只教多點蠟燭，教姬妾輩做簡肉圍屏兒圍着，又心下煩燥，不許他們說話，霎悄悄地守着簡活屍靈兒。忽聽得喊聲大起，軍連

第四十回　九

一六八一

時刻自鳴還自躍　　等閒斬將不須勞

處女道此刀如何鳴躍乞試一觀聖姑姑將手向刀鞘
上拍三拍只聽得嘯聲大振慘如寃鬼哀號猛似兇神
叱喝撲的一聲響忽然躍起空中有一丈之高仍落鞘
內處女道我亦有神劍把與婆婆一看袖中摸出一箇
鉛彈丸兒在手掌中旋了兩轉一抛抛起約有三丈化
成雪霜似白的寶劍光芒四射如長虹而下直至於地
重復躍起隊於手掌中仍是一箇彈丸兒處女道我這
劍能飛行千里斬人之頭還自飛回又且能舒能歛燮

化無窮比婆婆的刀大勝麼聖姑姑暗想道若得此劍
斬文招討之頭有何難哉便念老咧咒將神刀與小娘
子換取神劍不知肯否處女道但憑念些女接得鬼
頭刀在手拔出來看了一看暗念了伏魔呪攝去了
他的神光其刀便不能照躍處女道你的神刀神氣巳
竭全無用處我不換了聖姑道那有此理接過神刀
來把刀鞘左一拍右一拍全不動撣聖姑姑想道這神
刀也是服善的他見神劍威力勝他害羞不敢出頭了
聖姑姑就起不良之意撤了神刀挈了神劍便走處女

第四十回　六

道婆婆要換便換了罷只是還有訣兒一發傳你聖姑
姑不信暗暗的道我且自家試看把彈丸兒拋向空中
這里處女手掌中又托出一箇彈丸兒那空中的彈丸
兒如長虹而下撲地跳起遝到處女手掌中去了原來
兩箇彈丸正是雌雄二劍擒了雌的這雄的自來就他
聖姑姑還不覺着只道拋向地下看時不見攛起頭來
連處女也不見了聖姑姑不得神劍又失了神刀好沒
巴鼻攛身在雲端瞭望要尋那處女只見前邊一箇白
翁老奚坐於山巘之上于中正弄着兩箇鉛彈丸兒聖

姑姑走到山前向老奚道老奚我弄的何物老
叟道此乃神劍有詩為證

雌雄二劍合陰陽　　不用鋒鋩只用光
飛去飛來隨意便　　千軍萬馬不能當

聖姑姑道這分明兩箇彈丸兒如何作用老叟道老漢
舞一回你看便把兩箇彈丸兒拋起須臾之閒左一跳右
一躍如兩條金蛇纏繞盤旋不離這婆子左右一往一
來迸出萬道寒光冷列刺骨耳中如聞千刀萬刃擊刺
之聲驚得這婆子戰戰兢兢捏着避兵訣口念避兵

第四十回　七

李遂各人衣服一套，就僉補李魚羹爲帳前虞候，教李魚羹細說城內衙門地面坊巷虛實，即令浮寨官相度，畫了箇圖本，把與李遂看了，計筭遠近虛實闊狹方向，稟覆文招討道：這事須密切，亦不是一時一霎之間，招討整頓軍旅，時刻打通，就好接應，就要帶李魚羹變去做奸細。文招討道：你可仔細用心，如拏得王則，克復貝州，奏聞朝廷，你的功勞不小。隨喚五百掘子軍都賞賜，發放了李遂。正要起身，只見諸葛遂智向前道：告招討，李將軍雖打得地洞入城，恐不能捉王則，文招討

一六七〇

道：吾師何以知之？諸葛遂智道：那貝州城中王則左右一班，俱是妖人，若李將軍打地洞入去，他那里知覺了，行起妖法，非但不能擒捉王則，李將軍及爲他所害。文招討道：若如此，何時能滅此賊？諸葛遂智道：不必招討憂心，老僧當同去，以正破邪，教他使不得妖法，盡皆擒捉便了。文招討大喜道：若吾師肯去，大事濟矣。諸葛遂智先辭出帳，去見九天玄女娘娘，告知其事，求他盞中相助，好歹這番要擒王則。玄女娘娘巳知王則數盡，教恁前去。這邊李遂領了將令，分付五百掘子軍

第四十回　四

一六七一

備下猪羊二血、馬尿大蒜之類，即同李魚羹看了圖本，只有城北地面土寬濠淺，計筭了地理，和諸葛遂智商量，揮掘子手穿地洞，打入貝州來，有詩爲證：

平妖一事十分難，　　喜得今朝有孔鑽。
縱使瞞天妖術狡，　　爭教立地欠平安。

話分兩頭，再說聖姑姑到天柱山頂池中石匣內取了神刀回來，早有千里眼看見，報知玄女娘娘，仍變做處女模樣，中途迎住問道：婆婆何來？幸必住請教。聖姑姑道：老拙有些政務，不得伴話。處女道：婆婆有何政

一六七二

務？聖姑姑道：兒女們有急難，要去救他，則箇。處女道：婆婆有甚本事，去救得人？聖姑姑道：老拙粗知道術。處女道：我最好的是道術，幸教一二。聖姑姑道：小娘子好的是那一家道術？處女道：我好的是天罡三十六變化法，略曉得此二本領，未曾鍊就。聖姑姑暗暗的喫驚道：他學的法，更勝似我。便道：老拙會的是七十二般地煞變化。處女道：這地煞法，乃是左道，學之無益。又問：婆婆手中抱的是甚麼刀？聖姑姑道：此乃神刀，有詩爲證：

金精百鍊號神刀，　　仗此能令神鬼號。

第四十回　五

一六七三

事打出城來、李魚羹道、告招討、小人是貝州樂人、名喚做李魚羹、一時不合勸諫王則歸順招討、王則大怒、把小人做砲稍打出城來、要跌小人做骨醬肉泥、天幸不死、得見招討、文招討道、你是箇樂人、如何的勸諫王則、李魚羹道、王則被一箇馬逐、一拳打落了當門兩箇牙齒、綻了嘴唇、念不得呪語、叫小人解悶、小人撞着燥頭、勸他歸順、不然時、旦夕之間、必被招討捉了、豈知此賊不悟、反怪小人、文招討聽說、喜不自勝、道、你雖然是箇樂人、却識進退、教左右賞他酒飯、李魚羹喫了酒飯、文

一六六六

招討又問道、你既是箇樂人、既然在貝州久了、定知城內虛實、李魚羹道、告招討、賊首王則、被打綻了嘴唇、念不得呪語、已無用了、先前有國師蛋子和尚、丞相張鸞、大將軍卜吉、都有本事的、因見王則不仁、前後都去了、如今出力的、只有瘸脚軍師、喚做左黜、善使妖術、還有王則的渾家胡永兒、也會與妖作法、胡永兒的母親叫聖姑姑、更是利害、王則全靠這幾箇妖人、其餘都不足道、近日被官軍破了妖法、連輸幾陣、也都着忙了、聖姑姑今往天柱山去取什麼神刀、只怕也是脫身之計、文

第四十回　二

一六六七

招討道、城中兵糧、還有多少、李魚羹道、他們靠的是豆人紙鬼、其軍士在先也、不過萬餘、連次損折大半、今會百姓頂補、都是烏合、不諳戰陣的、錢糧府庫中原少、全是左黜等妖法攝來費用、所以時時不缺、文招討又問、城中有多少百姓坊巷河道衙門、怎地模樣、李魚羹一一都說了、文招討道、天使此人泄漏虛實、王則可斬矣、文招討正說之間、只見帳下走出一員將官、來道告招討小將能生擒王則、來見招討、文招討見這箇人出來、甚喜道、正應多目神之言、逢三遂、可破貝州、原來這箇

一六六八

將官姓李、名遂、先前這舊妖人妖法利害一時、次後馬遂、打綻了嘴唇、念不得呪語、不得施法、今又逢李遂、却好三遂、因此文招討再捉妖人妖法、問李遂道、你有何計策可擒王則、李遂道、小將手下見管着五百名掘子軍、今得李魚羹說破城裏虛實地里坊巷、一應去處、圖畫闊狹容小將再一一仔細問他端的、對圖本度量地面遠近相同、只須帶五百名掘子手、在城北打一箇地洞、直入貝州城內、到王則帳前捉了一行妖人、然後關城門、放大軍入城、有何不可、文招討大喜、賞李魚羹

第四十回　三

一六六九

所松至惡之術也當初聖姑姑等三箇錄法之詠所
此法利害總只鑄得神刀一口藏於天柱山頂池中
姑姑要去取來斬取文曹二招討及有名諸將之首左
黜和胡永兒都喜歡道必須如此方保無虞聖姑姑
身去了左黜自和吳旺巡城守禦胡永兒也回僞府中
行樂王則疼得煩悶酒食不進做李魚羹彈得好琵琶唱得好
一箇粉副淨的樂人叫做李魚羹彈得好琵琶唱得好
曲又會說平話嘲笑要子王則教喚他來解悶當日李
魚羹來到王則面前也不彈也不唱閉着口只不則聲

一六六二

王則問道李魚羹你爲何不則聲心下有甚煩惱李魚
羹道大王尚且煩惱小人怎地不煩惱小人與大王都
是做私的大王所靠者只幾箇與妖作法之人如今彈
子國師去了張鸞丞卅避了卜吉將軍走了左黜軍師
輸了任遷捉了張琪死了聖姑姑尋事兒躲了今日在
圍城之中城外軍馬越添得多了併力攻打雙目不着
單日着終久被他捉了如今煩惱也算遲了王則道着
的意思要如何李魚羹道不如及早受了招謀反
福王則大怒道时时這斯不伏輩我及把言語

第三十九回　　十一

一六六三

我唱教左右拿下手下人把李魚羹捉了王則教起
縛了手脚吊在砲梢上就城上打出去跌做肉醬肉
衆人縛了李魚羹吊在砲梢上摽勁砲架一聲砲響
李魚羹打出城外正是酒逢知已千鍾少話不投機
句多畢竟李魚羹性命如何且聽下回分解

一六六四

第四十回

潞國公奏凱汴京城　　白猿神重掌修文院

神器從來不可干　　借王稱制詎能安

潞公當日擒王則　　留與妖邪做樣看

話說王則怪李魚羹直言傷觸吊他在砲梢上打出城
外可然作怪不前不後恰好打落一箇人來即時去看將義
城的軍士們見城上砲打出一箇人來却恰好打落在城濠邊河裏有攻
鈎搭上岸來還是活的隨即解了索子押到文招討帳
李文招討問道你這漢子是甚麼樣人姓甚名誰

第四十回　　一

一六六五

一六五八

之破得他一支軍，其他安身不牢，必盡還來萬善道，見只要哄開王則身邊一班妖人，他好於中取事。王則不解其意，點頭道是，問何人敢去衝陣。張琪自恃來本葫蘆前番只他有功，挺身出來應道：孫輔是其手下敗將，素識破他手段，情願引一枝兵出西門迎敵。說罷飛馬下城去了。王則道：再得一人接應方好。看着吳旺，吳旺喫過驚嚇，本不願行，出於無奈了，只得應承，快快而去。王則靠着懸空板，按住木欄杆在西門城上觀戰。却說先鋒孫輔正在率眾打城，忽見城門開處，一彪軍飛

（以下原闕一葉）

一六五九

報來。馬遂大罵道：我為無刃在手，不能斬妖賊之頭與萬民除害，我死必為厲鬼殺你矣！眾人推馬遂去斬了。後人有詩贊之云：

> 葫蘆水火巳成空　　又見妖王折齒凶
> 却笑荆卿名劍客　　祖龍遶柱竟何庸

却說張琪走到吊橋邊，眾軍爭先逃命，先把吊橋踏斷，背後孫輔趕來，張琪遶濠而走，遇泥濘處，馬前脚陷不住，被孫輔捏上，一鎗搠下馬來，跌入濠中溺死。可憐張琪，平生不安本分，今日做了水中之鬼。孫輔教軍士

第三十九回　九

一六六〇

將燒鈎拖起屍首，割了首級，到中軍帳下獻功去了。吳旺只推橋斷，竟不來救應，引軍而回。再說王則被馬遂打綻了嘴唇，聲也則不得，恰好聖姑姑和胡永兒都到，見王則恁般模樣，又損折了張琪，深恨馬遂之事，忙教人將煖輿擡王則到偽府中，一面教醫人調治。左黜酒醒來，知道此事，也來問安。胡永兒埋怨瘸子喫酒誤事。瘸子笑道：我嘴唇又不綻，如何禁我飲酒？胡永兒道：且莫說笑話，則今攻城緊急，必須從長計較，斬得他正將二員方纔肯退。聖姑姑道：他既有破法之人，別無其

一六六一

計，除非行烏龍斬將法。此法急切難破，但如意寶帶上寫道：此乃至惡之術，萬萬不可輕用，用之必有陰騭報。今也說不得了。原來這法用五金之精，聚於六甲壇下，鍊七七四十九日，鑄成鬼頭刀一口，名曰神刀，自能鳴躍。用石匣盛之，藏於水底，金水相得，方不躍去。如遇至危之際，將純黑雄犬一隻，朱書斬將符三道，并開欲斬之人姓名，一同焚化，念斬將咒三遍，吸西方金炁一口，存想人頭落地光景，將神刀猛力砍落，其頭所斬之人，同時皆落。若把軍冊焚化，雖千萬人亦皆落頭

第三十九回　十

一六五四

同鄉、在書館中做對吟詩、自徙愛了鎗棒、不攻文墨、今
日故人相見、可各題詩一首、以表衷曲、馬遂道、小人從
幼愚魯、趨大王鄉跟、不上何況今日大王請先吟、小人
效顰而巳、王則敎取文房四寶、乘醉寫出四句道
　脫却軍裝換袞袍、　　六千人內選英豪、
　他時破敵功成日、　　敢爲賓爻客節旄、
王則道、我爲散了六千軍士的錢糧、別州見怪、因而起
手、第四句、示不忘舊之意、馬遂道、大王制作甚妙、小人
如何敢和、王則道、正欲觀卿廣和、以占學問消長耳、馬

一六五五

遂依前韻也寫出四句道
　交情纔見說縲袍、　　何幸今逢天挺豪、
　佐命願隨諸將後、　　敢言功績望旌旄、
王則看詩大笑道、辟立意甚美、不獨辭章也、兩箇喫得
盡醉而散、次日馬遂進來、就王則封爲親軍指揮使之職、
就留他在偽府中、與張琪一同直宿、時請他談論馬
遂進此、諛語、王則甚喜、並不疑他是行詐降計來的、馬
遂要殺王則、又下不得手、忽一夜與張琪同坐喫酒、客
談胸臆、說到志懷之際、馬遂道、聞大王部下人人都有

一六五六

道術、不知老哥有甚神通、張琪便把水火葫蘆來歷變
用都說出來、馬遂見他醉了、定要求來一觀、張琪揭起
衣服、只見貼肉汁衫上繫着二條軟絛、見絛上掛着一
箇小小葫蘆、擬與馬遂看了、不解下來、馬遂看在眼裏
是夜只推佯醉、就張琪同宿、馬遂有心半夜只說解手
起來叫聲張大哥、張琪沉醉熟睡去了、馬遂要去解他
腰間的法物、見縛得緊緊的、恐怕驚醒他、自巳身邊皮
袋內帶得有穢血蒜汁、輕輕的將他葫蘆塞去了、滴幾
呪水在內、照舊塞妤、天明起來、張琪全不知覺、正是

一六五七

尚與事成沒興、事無心人對有心人、不在話下、再說文
招討見馬遂、去了許多時、沒些動靜、傳下令來、敎眾將
引兵四面攻城、孫輔攻打西門、董忠攻打東門、柳春生
攻打南門、劉彥威攻打北門、各各近城擂鼓、吶喊勒戰、
王則急請眾人計議、只有瘸子恰遇中酒、叫喚不醒其
餘都到齊上城巡看、一面差人報聖姑姑胡永見得如
王則喚馬遂問道、你說文招討軍中缺糧、緣何又來攻
城、馬遂道、他只趁這幾日糧艸、如何不并力來攻、只道
大王拆過一陣、決不敢出兵迎敵、若出其不意必然

一六五〇

又唱怨詞的廝、馬遂道、告招討、小人恐怕打、臨睡慌了、更次把箇小曲兒唱着消遣、其實不曾唱甚麼怨詞、文招討大怒道、你說背井離鄉、攜風冒露、捆打有分、功勞無分、不是怨詞、這廝捏造謠言、怠慢軍心、即當斬首、喝敎刀斧手推出轅門斬訖報來、馬遂道、告招討饒小人之罪、小人情願去招降王則、文招討敎且押過來問、道、你這廝亂道、有甚本事招降王則、馬遂道、小人與王則曾有一面相識、今見賊兵連敗、困於一城之中、勢在危急、小人片詞說之、必使他不戰而降也、文招討道、我

一六五一　　第三十九回　四

今寫一封密書與你、你若送得此書、招得王則來降、必當紀功重賞、如其不然、你的死自在後面、文招討當時寫了書信、封固了、交與馬遂、馬遂慌忙出帳、逕到貝州城下、隔着城河、高聲叫道、城上人、我有機密大事來報你大王、可開城門、放我入城、那守城軍聽說、報與守門官、開了城門、用小船過河來渡馬遂上岸、少不得細細搜檢、並無夾帶寸鐵、衆軍人見有文招討書信、只道下戰書的、押來見王則、王則認得馬遂、是同鄉兄弟、便道、多時不見你、原來在文彥博軍中、今日有甚事、却來見

一六五二

我馬遂道、告大王、馬遂不才、失身在軍伍、見大王、因前日夜間該馬遂巡、三更恐怕打、臨睡、不合唱箇曲兒、被文招討道我攪亂軍心、要斬我、幸我轉口得快、稟道、我有本事招降大王、文招討信了、親筆寫下封書信、敎不才來遞送、不才僥倖脫身、特來投順大王、不才盡知文招討軍中虛實、望大王收留在帳下、做一走卒、當以犬馬相報、就把文招討書信遞與王則、王則看了書中有許多大話、即便扯碎、便敎馬遂改換衣服、請到便室同坐、馬遂道、大王是三十六州之主、小人得

一六五三　　第三十九回　五

蒙大王收留、鞭鞚隨鑣足矣、敎安排筵坐、王則道、寡人與鄉乃同鄉、又是從小兄弟、與別人不同、馬遂只得坐了、王則敎安排酒來、一面請馬遂喫酒、一面問文招討軍中虛實、馬遂道、文招討只有五萬人馬、詐稱十萬、前日又輸了幾陣、折了一萬多人馬、又傷了家丁、明鎬寨中存下一萬老弱中傷之人、如今不上二三萬實數、昨日計點糧草、聽得說只可關支十餘日、公用心守把、不過數日、文招討之軍、不戰而自退矣、王則聽馬遂說了、十分歡喜、當日直飲酒到晚、王則對馬遂道、曾記得

害我十萬大軍、背井離鄉操戈帶甲、受遠戍的苦惱
更有俺巡更的軍士們擔着風冒着露整夜的行來
步去步去行來喝號而提鈴、怎般辛辛苦苦、何曾有
人道簡可憐的、一聲想將來只是不公道的閻君、一
般樣生、一般樣長如何偏派我做軍人、若是有功的
時節、大將算大功小將算小功、何曾派到我小軍只
有陣上的鑰刀、營中的綱打是我們做軍的本分裏
應受應承不合做了小軍呵、你便有張良般智韓信
般才有誰偢採那里去討簡出身笑殺那文招討曹

一六四六

招討兩簡有名的招討到如今、招得幾人討得幾人
眼盼盼看這手掌大的城兒妝妖作怪何日得太平、
酸辛、俺做小軍的到有三分主意兒只恨不在其位、
了有忠難進有志難伸酸辛、若是有簡築壇拜將的
蕭何、俺這副忠肝義膽情願報效了朝廷
文招討聽得明白便回帳房、喚身邊心腹之人悄悄地
喚那唱曲打更的軍士進來、我有話說須臾喚到直至
榻前文招討問道方纔說有張良般智韓信般才的
是你瘋軍士跪着蘆頭道小人信口胡

第三十九回

一六四七

知、小人該死文招討道你休要慌張目
是用人之際你的三分主意兒是怎麼
要我築壇拜你亦有何難軍士道不是小人誇口、小人
能斬王則之首獻與招討文招討慌忙親手扶起問
你有何計策怎地方便軍士道不瞞招討說王則與小
人同鄉自小同堂上學結爲兄弟原來這軍士也是澶
州人與王則相交最厚、因跟隨一簡房分叔叔到東京
做客、消折本錢叔叔死了、他就流落在東京占了軍籍
文招討問道你姓甚名誰那軍士道小人姓馬名遂文

一六四八

必能了事文招討道你且說如何用計馬遂直走到文
招討身邊附耳低言說道小人如此如此去、如此行事必斬
王則、文招討聽罷大喜道若事成之日必當一力舉薦
管你出身不小不可洩漏於人馬遂應諾悄悄地出了帳
房、自去交更安息去了、到次日天明、文招討陞帳衆將
官都到帳下聲喏遶了擺立兩邊文招討發放軍事已
畢、叫左右喚昨夜打三更的軍士來、不多時左右推開
是馬遂喚到帳前跪下文招討問道、你便是昨夜打三

第三十九回

三

一六四九

智以正破邪乘勢就殺將進去不期王則仗着妖法守只不出來文招討只得教軍士離了貝州城下寨先提鈴唱號遞箭傳更與曹招討計議道下官同招討領十萬人馬一日費了朝廷許多錢糧到此將及有兩簡月日破不得貝州如何是好曹招討道主帥且請寬心容曹偉再思良策當日曹招討別了自歸本營文招討在帳中憂慮不覺天色夜深但見

銀河耿耿玉漏迢迢穿營斜月映寒光透帳凉風吹
夜氣雁聲嘹喨孤眠才子夢魂驚為蠻韻凄凉獨宿隹

人情緒苦軍中戰鼓一更未盡一更敲遠處寒砧千揭將殘千搗起畫簷間叮噹鐵馬敲碎士女情懷旗旛上閃爍青燈偏照征人長歎妖邪賊侶心如蝎忠義英雄氣似虹

富夜文招討在帳中番來覆去睡不着至三更前後聽寨外時靜悄悄地文招討起來離了寨房聽時正打三更見一箇軍士打着梆子來交更口裏低低唱隻曲兒只因這隻曲兒有分教司更小卒同為討賊之人仗錢賊軍定平妖芟蕘填箇是吳在精而系在

解

南宋在夏畢竟唱甚曲兒生出甚事端來且聽下回分

第三十九回

文招討聽曲用馬遂　　李魚羹直諫怒王則

小齋長夏一爐燒　　總几生凉竹樹交
午睡起來無別事　　聽人鼓掌說平妖

話說文招討三更時分寢不能寐起來離了寨房悄地巡行只聽得唱曲之聲上前窺看原來是箇打更的軍士把那梆子按着板唱箇曲兒唱道

恨妖人麀心大膽不怕朝廷的法令從你據了這貝州城不知殺了千萬軍民的生命只為你一箇人

來文招討道昨日被王則使邪法十陣惡風吹得塵
蹤失路到一寺中偶遇此聖僧說能破邪法我恐正
多目神之言乃去曹招討耳邊低低說道這箇和尚明
做諸葛遂智曹招討大喜屏退左右問長老道吾師有
何神術能破妖邪諸葛遂智道老僧遊方一十五年曾
遇異人傳授五雷天心正法凡遇金剛禪左道一應邪
術老僧見了念動真言即能反邪從正招討如不信來
日對陣便見分曉當日文招討留長老與衍者在中軍
即修戰書一封教軍士去貝州投下約在來日交戰一

一六三八

面傅家瞳老管內挑選生兵一萬來補中軍頻折人
及替中傷軍士退回後寨將息且說王則見了批回
書打發軍士自回乃對眾妖人商議道前日一陣殺
殺得大敗而走今日尚敢又來勒戰必須求聖母娘
再用前日之法直殺到界分教他十萬人馬不留一
話休煩絮兩邊各自整點人馬只等來日廝殺次日
則領軍馬出貝州城排一箇陣勢兩陣對衝旗鼓
旗影裏又見眾妖人簇擁着聖姑姑影殺影役
前中念念有詞

一六三九

文招討陣前諸葛遂智在軍中見了招討
言把鈴杵一指可霎作怪那陣惡風飛砂走
王則陣裏打將入來王則剛叫聲阿呀看那一陣
都不見了情知風勢不好忙招軍馬急急轉身文招
鞭梢一指大小三軍一齊掩殺過去王則人亡馬倒
其大半趕落城濠死者不計其數王則急急收拾些
敗殘人馬奔入貝州拽起吊橋關上城門緊守不出
說文招討三軍殺到城下割人頭其單奪金鼓旗旛

一六四〇

招討令鳴金收軍離貝州城不遠下寨文招討請諸葛
遂智上坐躬身謝道這一陣皆吾師之力也若如此賊
兵指日可破諸葛遂智道老僧以正破邪無往不利若
是有老僧在陣中何懼王則一行妖法之人文招討聞
言甚喜道王則今日輸了一陣越守得城子緊了儻今
教軍士併力攻城只見貝州一股青黑之氣罩定城頭
內中或時見萬團烈火武府見一派洪水種種鬼怪
計布擺文招討教三路人馬團團圍了貝州城周圍
漸逼相似播鼓發喊只等城中軍馬出來這裏諸葛

一六四一

廳文招討道、吾師何以知之、長老道昨夜伽藍神[illegible]見報、所以知之、聞名久矣、今日山門多幸得招討到此、如何無隨從之人、文招討道、今番與賊對陣、不意大敗、單騎逃難至此、長老見說、大驚道、莫說招討大才、就是十萬大兵、對付不易、貝州乃一窪之地、能有多少人馬、如何邾輸與他、文招討道、若論對陣、必不能取勝於我、今王則一班賊黨、皆會妖法、但交戰之時、他陣內便放出神頭鬼臉猛獸怪物來、軍馬見了[illegible]各奔走、副招討曹偉獻計用豬羊二血為屍[illegible]一陣賊

一六三四

兵數日不敢出城、日前下官陞帳、與諸將議攻城之策、不期妖人使邪法、將磨盤從空壓將下來、幸得多目神救了性命、蚤間與賊兵見陳、不提防王則陣裏起一陣惡風、忽然天昏地暗、疾雷驟雨、飛砂走石、打得陣勢散亂、下官獨自迷路至此、望乞吾師指引歸途、到寨卻當重謝、長老聽說罷、離坐拍手大怒道、當今乃堯舜之世、君聖臣賢、此一等妖人、輒敢惱亂朝廷、請招討免憂、看老僧與招討出力、滅其邪法、掃除逆黨、文招討聞言大喜道、不敢拜問吾師高姓、長老道、老僧覆姓諸葛名遂

第三十八回　八

一六三五

智、文招討聽罷歡喜道、多目神曾寫六箇字、道達之[illegible]妖魔退衆、人曉夜叅詳、全然不解其意、今日天教遇着吾師、若吾師肯去破得貝州、下官奏過朝廷、官賞功勞不小、長老道、老僧是空門中人、豈貪富貴爵賞、但今清平世界、不可容此妖人、老僧當效犬馬微勞、助招討蕩平妖逆、今晚請招討寺中權宿一宵、明蚤五更同往大寨、文招討卸了衣甲、喫了晚齋、和長老講論了半夜睡到五更起來、洗嗽罷、喫些飯食、長老教行者寺中有馬牽一疋來、我同招討去破賊衆、僧們一齊都叫起師公

一六三六

師父來、說道、你老人家出外一十五年、方纔回家、還沒數日、閒常日裏只是打瞌睡、幾曾曉得廝殺事情邦跟這位老將軍去、好沒來頭、那長老嘻嘻的笑道、你們不須見阻、我自有破賊之法、替朝廷幹場功勞、也與寺中增光、待事畢還歸寺中、與你們相聚、衆僧只得備馬、文招討與長老都騎上馬、帶三箇行者、眜點火把離寺、迤邐來到寨前、衆將與軍士見了文招討、不勝歡喜迎接、至中軍、曹招討等都來動問道、主帥一夜不回、衆將盡慌慌無措、不知落埳走到那里、緣何同這箇老師父來

第三十八回　九

一六三七

向空吹毛戒五六尺而墜、或一二尺而墜、皆肯雨神氣有足不足之。故明日上陣、看老拋做作、他們破得破不得。左黜和永兒低頭無語、王則道、全仗聖母娘娘神力、當日計議巳定、次日天曉、王則整點一萬人馬、大開城門、放下吊橋、排成陣勢、良久、兩陣對圓、文招討依舊帶了卿簡手并猜着二血、使人高叫王則打話、王則陣裏金無一人出來、却說左瘸師裸體跣足、不穿衣甲、領了張琪與旺一班人擁着聖姑姑、看他作法、聖姑姑披髮仗爾率者一定白馬在陣中、叩齒作法、脚下步魁罡、口中

一六三〇

念念有詞、喝聲道、疾、扎念尖利、首白馬的頭、刺出血來嗡口血水出到陣前、一噴不噴時、天清日朗、噴了時只見烏風猛雨霹靂交加、飛砂走石、那陣風吹得黑魆魆地對面不相見、伸手不見掌、這班血筒手、和子箭手、不知東西南北黑暗裏、如何施展、眾軍士們被砂石亂打、人人喪膽、箇箇銷魂、棄甲拋戈、各自去尋生路、文招討在亂軍中左一撞右一衝、不知高低、幾乎跌下馬來、忽見馬前又起一陣旋風、風去處吹開一道毫光、淡如寒月、文招討趂着這點光兒落陣逃走、回頭看時、並無一

第三十八回　六

一六三一

簡人跟隨、獨自騎着疋馬、好生荒張、愁悶正似鳳落荒坡、脫盡渾身錦羽、龍居淺水、失却頷下明珠蜀王春恨啼紅、宋玉悲秋怨綠、呂虔忘腰下之刀、雷煥失匣中之劍、孤客夜行燈又熄、破舟風盪雨還來當日文招討正行之間、只見前面是山林樹木、不知是那裏去處、勒馬轉過山嘴、天氣却明朗了、見一條旛竿又聽得一片笙簧、駐馬看時、是一座寺院、文招討道、到此無奈、只得到寺裏、尋人問、係歸寨的、又作區處、來到寺前下馬、入寺裏來、見一個行者、文招討對行者說、要

一六三二

見長老、行者道、老師怎姓文、文招討道、你為甚裏便曉得我姓文、行者道、老師父、今日有箇姓文的將軍到此分付我、伺候迎接文招討、口雖不語、心下想道、他師父預知我到此、必非等閒人也、便對行者說、正要見你老師父、行者牽了馬前行引導、那老和尚、早在方丈門首相迎、慌忙請入問訊、大敘賓而坐、長老道、將軍必然饑渴了、忙教徒弟們、合個廚下辦齋、將這馬牽在院後喂草、先教行者討茶來喫茶罷、長老問道、將軍可是會入中書拜相、見今領十萬大軍、來討王則的文招討

第三十八回　七

一六三三

[illegible]心中企皆駭然，都去看。有六箇小字，寫道：逢三遂妖魔退。文招討仔細看了，衆人時都不解其意。曹偉道：主帥禱告齊天神靈護體，據曹偉看來，此賊不日可平矣。文招討道：何以見之？偉道：神名多目，又八箇眼睛，乃貝字之義，今日撼眼祖見八睛俱滅，此示貝州亡滅之徵也。因主帥敬事玄女娘娘，所以遣神預報徵兆。三遂雖然不明，後必有驗，只顧進兵便了。文招討道：夢中趙烈端所言大厄，此可慮矣。既有令休兵三日，待日滿進兵未遲，諸公且去細想。

一六二六

三遂之意，衆將應諾而退，各歸本寨，細想不在話下。都說貝州一班妖人，滿望磨盤成功，置酒作賀，一面差人打聽官軍寨內動靜來報，只見探事的來報道：文招討軍容嚴肅，隊伍整齊，依然無事。王則與衆人說道：若那邊沒了主將，便不整齊，無心戀戰。今文彥博陣上沒一此動靜，不知磨盤曾害得他也不。左黜道：道家法術，百發百中，沒人解得，必然壓死了。王則道：若是要知虛實，何教人去下戰書，便知端的。衆太道：大王見得是。何□護書差一箇的當□軍士重□某招討□□

第三十八回　四

一六二七

文招討見說是下戰書的，教喚至帳下，左右接了戰書，在卓上。文招討展開看了，便解王則之意，思忖道：他那里沒些動靜，故以下戰書爲由，來看虛實。當時文招討當面批迴，來日交戰。與下書人回來，王則看了批迴，卻問下書人道：你曾到文招討帳下麼？下書人道：告大王，招討並無疑忌，直喚小人到帳下，親自寫了批迴，打發小人回來。王則聽說文招討無事，心下慌忙，連夜請黜到偽宮中，與胡永兒商議對敵之策。左黜和胡永兒

一六二八

見說磨盤壓文招討不死，心下也有三分着忙，正在躊躇，忽報聖姑姑到來。衆人慌忙迎接上坐。王則告訴文彥博血筒破法，及磨盤壓他不死，目今刻期交戰之事。聖姑姑對左黜道：偌不行自馬迷軍之法。左黜道：男女們兩次用法，皆是上等利害的，都被他解了，只恐行之無驗，及折軍馬，所以躊躇未決。聖姑姑道：我這家法術千變萬化，倘不可轉試，豈有試而不驗之理，只因行法之人貪酒戀色，七情六欲，耗散精神，所以存想不定，元氣不足，自已力量不能相配，靈氣既薄，自然易爲所制。

第三十八回　五

一六二九

一六二二

那簡人道、某不是軍中人、今貝州王則使
來壓死相公、某特來救相公之命、報相公向日一飯之
恩、方便之德、文招討見說、大喜、道、感謝你來救我、不
我文彥博施恩、在於何處、願求姓名、那人說出姓名
真簡百家小說、未見其名、廿一史中、從無此事、正是、神
聖有靈扶正直、妖邪無術害公卿、畢竟說出甚姓名來、
且聽下回分解

一六二三

第三十八回

多目神報德寫銀盆　文招討失路逢諸葛

一飯千金信有之　鬼神亦自報恩私
試看多目銀盆事　陰德從來豈受虧

話說文招討、若不是一代福人、險些見被磨盤壓死、
得那人救了性命、問其姓名、那人道、口說、恐相公失忘
了、可借銀盆筆硯來、手下人取銀盆筆硯、排列卓上、那
人道、乞退左右、文招討喝退了左右、那人提起筆
將銀盆覆在地上、大驚、夢走出帳外去了、文

一六二四

時使人追趕、便不見了、文招討道、卻又作怪、教眾人將
銀盆來看時、中間寫着多目神三箇大字、眾人皆不識
其意、文招討沉吟了半晌、方纔想得起來、原來文彥博
幼年未及第時、曾在九天玄女娘娘廟中祈夢、夢見娘
娘贈他十簡字、道是、人間名宰相、天上老人星、彥博從
此、央簡高手畫工、畫成娘娘聖像、裱軸供養、每月朔望
自展開、拈香拜禱、又一日、出路、到一館驛中借宿、驛更
告道、此處有兇魅、在此房宿者、常多損人、比時文彥博
不信此言、乃明點燈燭、置酒驛房獨酌、夜至三更、忽然

（以下原闕一葉）

一六二五

香燭、在神軸前拜告、求寬千里眼之罰、是夜、又夢那人
來謝道、承相公方便、已銷了罰限矣、相公福壽非常、記
取他時換眼相見、文彥博從此深自抱負、後來身榮及
第、出將入相、益信玄女娘娘之靈、月朔禮拜、到老恭敬
不衰、雖在軍中、未嘗間斷、因當初館驛中見的、蓬頭垢
面臉上四對兒睛、今日雖然亂陋、衣冠整飾、只有一雙
兒眼、所以文招討一時想不起來、見了多目神三字、
連他特換眼相見之語、方知此人即娘娘部下千里眼、
文招討把這些話、述對眾將說了、眾將一齊道

示眾出首軍士賞了千戶之職，後因有詩云：

從王從賊兩無成，反覆偷生竟不生。
何似茄剛同死節，甘陵城下表雙貞。

又有詩單道軍士先見事急同謀，後因兵退出首，真小人也。詩云：

獻門救死本同謀，兵退旋為媚賊圖。
世上勢交皆若此，幾人心腹可無虞。

王則見人心變了，心內越慌，急請左黜和老婆胡永兒到點軍敎場，一起商議。胡永兒道：大王且不必憂慮，奴

一計只教文招討在城外死於非命，殺他十萬軍馬，沒了主將，不戰而自散。好處。王則道：賢后有甚妙術安排得他死，散得他十萬人馬，解吾貝州之圍。永兒向左黜耳邊說道如此如此。好處。左黜拍手大笑道：要得官軍解散，除非此計。便分付手下人去磨坊裏取一塊大磨盤來。不多時，只見十來箇人扛一塊大磨盤來到廳下。胡永兒走下廳來，將硃砂筆書一道符在磨盤上，右手仗一口劍，左手持一鉢盂水，口中念念有詞，噀一口水，看着磨盤喝聲道疾，只見磨盤在卓

右旋，忽地漾漾的望空便起，如風吹紙鳶見相似墨狀，城外飛將去了。王則和眾人見了，無不喝采，想看這般大磨盤邊傍擦過，也須去一層厚皮，若是看得準打將下去，料不是箇小小肌膚，莫說近八十歲一箇老文招討，就是橋壯後生，一連擺他千來箇在那里，怕他不都做箇肉餅兒。這一番必然了事，正是急將妖法使呆等好官來，不在話下。都說文招討正坐帳，請副招討曹偉、總管王信、先鋒孫輔等到帳中，議論攻城之策。只見狂風驟起，空中飛下一箇磨盤來，望着文招討頂門上便

落，一聲響振天動地，眾人驚得面如土色，只道打死了文招討。都說文招討正坐在交椅上，蓋被一人攔腰抱過一邊，離交椅有五七步路，那磨盤下來，打不着文招討，都把交椅打做粉碎，地上打一二尺一箇深凹。眾將見文招討無事，俱各大喜。文招討喫那一驚不小，別取交椅坐定，閒問適來抱我者是何人，說猶未了，只見一箇人來到面前唱喏。其人生得身材長大，面貌醜陋黝黑。人看時，都不認得，又不是親隨人，又不是帳前士卒。招討問道：你是何人來救我一命，乞道其詳，自當重

壁天書金不會欺天背誓注事害……望娘娘解救則簡娘娘便教袁公……起對他說這……洞中右壁乃天罡正法左壁乃地煞邪法令妖盡伏……邪法生事害民推究這法從何來豈能無罪目今文招討大兵征討若能助正除邪將功掩罪此萬全之福也蛋子和尚道貧僧與他們本事也只相等如飫勝得他娘娘道我把天罡破邪法傳授與你他的邪法自不能施雖則如此那狐精多年老魅況有左道變化無窮怎切收他不得必須請天庭照妖鏡照破原形方繞了手

蛋子和尚當拜玄女娘娘為師傅受了天罡破邪法娘娘分付道你先在貝州住居城內城外和尚道弟子見王則不仁便在城外甘泉寺中着鄉從不入城娘娘道你今仍到甘泉寺中住下我自指引文招討來相會汝戍三遂之事蛋子和尚不知三遂是何語也不敢開口了法旨辭別出山再望貝州而去路上想道義當初在甘泉寺時一寺中僧眾都知我名號那簡宋設盡妖人一黨今番又去好沒情臉又想一想道

不回杳無音信眾僧疑他已死替他排下靈位……他掛的小像又知他生年該七十一歲何不變他形貌也好棲身少不得仍把地煞七十二變中的摸形法來使口中念呪將臉一抹就變做諸葛老僧繞進得甘泉寺眾僧接見認得是本寺師父又驚駭又喜將靈位悄地撤去大大小小盡來叙寒溫問起居蛋子和尚因話答話大盼盼的看他掃舍安牀供茶敬飯受他叫師公師父全不在意看官牢記話頭蛋子和尚自在甘泉寺中且做老僧諸葛遂智住着再說玄女娘娘引白猿神天

庭見帝謝罪遂請得照妖鏡來同袁公到河北界內雲居霧宿專等時候到時平妖定亂話分兩頭再說貝州城中見官軍連打了三日城雲梯砲石天橋火箭逼近城下雖然攻打不破好生慌迫降將陶必顯與手下幾箇心腹商議城破之日性命難保謀西安獻門贖罪寫下密書縛在箭頭上等明日官軍打城緊急時捉空射去不期第四日文招討收兵回營不曾射得有同謀軍士只道官軍退了夜在王則面前獻功偷了密書出首王則大怒卽將陶必顯金同謀諸人一齊捆來城上梟首

〔一六一〇〕

洞中修真養性忽見太白老金星
跪接問道星君降臨凡洞不知何諭李星君雙手扶起
便道我在上帝前保奏把一件大大功績與你幹去袁
公道諒小神幹得甚麼功績李星君便叙起貝州之事
這一班妖人舞弄的術法都是白雲洞壁傳出去的玉
帝要問你箇監守不嚴是老夫保奏下來要你平妖魔
罪袁公慌得手足無措道小神粗知劍術曾無伏妖蕩
魔力量恐誤大事實不敢任李星君道我說與你一箇
門路除非去求九天玄女娘娘便有箇裁處袁公叩首

〔一六一一〕

謝教送了金星他身便把師門信香焚起望空叅拜連
呼師父九天玄女娘娘三聲只見旌旆煜耀干羽繽紛
那娘娘聖駕在半空中駐扎原來娘娘是九天道法之
祖但是徒弟都有箇信香分授倘有急難焚起香時即
來救護當下袁公叩見了娘娘將李長庚傳來帝旨告
訴了一遍拜求師父聖力裁處娘娘笑道原來如此文
招討與我平日有恩我合當助他成功但此事是蛋子
和尚開端還須要他涑出功且令他在大名府[illegible]

〔一六一二〕

起袁公隨着雲車逕到紫金山高峰之上
上古玉女修真之處滿山都是翠石絕無撮土蛋師愛
他秀麗自離了甘泉寺便在此山結菴而住正是

山古仙雷跡　　菴幽石作鄰
一聲天際籟　　不惹世間塵

蛋師正在菴前開玩擡頭忽見一老者認得是舊時指
引他到白雲洞去的慌忙問訊道向日多蒙老翁指教
無門叩謝今日幸得再遇請到小菴攀話則箇老者道
老漢非別只白猿神的就是奉玉帝命看守白雲洞天

〔一六一三〕

書石壁不敢輕傳向年因見吾師三遍衷求真心設誓
爲此指點吾師到洞摹法誰知老狐精倚賴吾師成其
變化卻去幫扶王則造反稱王殺人十萬令妖氣騰天
玉帝查出盜法之由欲將吾師與老漢一同治罪天譴
難逃如之奈何蛋子和尚終是本分蛋巳心慌便道動
問老翁如今有何解救老者道老漢請得九天玄女娘
娘聖駕到此吾師若同去求他此事可解和尚變憂作
喜拱手道全賴老翁引見當下兩箇同坐萬峰頂頭
了娘娘慌忙拜倒自陳貧僧雖切法緣護過[illegible]

第三十七回

七

人的數天上都像算命先生流年般細細開寫載
簿籍上得幾間屋裝這簿籍每日生生死死開除添造
幾千萬簡書手也弄不來福祿壽三位星官好不忙哩
就是人生一日間百善百惡善惡司那里記得許多看
官有所不知假如平民百姓無祿無位亦無大善惡此
輩萬千相等他的窮通壽夭隨着世亂世治年豐年歉
大小劫數內總來總去不計其數了若是低低裏一簡
前程小小的一簡財主上界便都有簡注錄有金則升
有惡則降又民間極善極惡之人也是上天間氣所鍾

一六〇六

其姓名亦須入善惡簿內況且草頭天子他的命數修
短大則關係天下小則關係一方天庭如何沒有簡紀
錄開話休題原來王則原是人趣修羅中多欲魔王轉
劫五百年一出世或男或女妖淫好殺應人間魔運而
起遇着昏君無道攬亂乾坤若撞了治世明王其魔亦
不能起也因是真宗皇帝僞造天書裝神說鬼醞釀妖
氣所以生下王則湊着魔運幸是赤郭太仙治理
更勅武曲諸星皆爲輔佐不能成其大害前劫武

第三十七回

一六〇七

合君王位一十二年遇天壽星蕭艷草會招安那天壽
星是誰就是招討使文彥博了他在唐朝姓張名東之
一生抱文武全才年近八旬不得際遇虧了梁國公狄
仁傑薦爲丞相領羽林軍勦滅了武氏建立了李家後
因中宗皇帝不明枉受賍死上帝哀憐使配天壽星之
他世享富貴遐齡在五代爲馮瀛王在今日爲文彥博
都是位極人臣壽將百歲當初則天之亂是他平定了
今日王則之亂仍要做他的功勞天數注定并偶然也
據說王則有十二年王位之分今繞五年有餘還該一

一六〇八

半因他五年內虐殺了生靈十萬又強占有夫婦女多
人逼死烈婦一名作孽太重善惡司議將王則兩年折
做一年只今三箇月內仍受國刑誅死以警萬衆李星
君同天曹各司覆奏玉帝道王則處分極當只是一班
妖人恐文彥博不能料理李星君奏道從來妖法易破
但此乃天書秘冊七十二般變化無窮旣從白猿神白
雲洞中盜出臣願領帝旨仍責成白猿神令收伏妖靈
以贖漏洩之罪玉帝准奏當下李星君領了帝旨出了
天門按開雲頭望白玉爐中香煙而下卻說袁公

第三十七回

一六〇九

一六〇二

去、復一婦人屍首外邊稻草包裹、那婦人顏色如生、頭上緊繫著白羅帕子、像箇新縊死的、文招討便敕軍中用棺盛殮備下三牲祭禮、親到靈前奠酒、離營十里外、擇箇高阜處安葬、親題貝州趙烈女之墓七箇字於石上、令石工鐫石立於墓上、以記之、這趙氏寃抑三年、紛得文招討與他改葬立碑表他是烈婦、分明受了一道封號、把這烈婦的精神洗發出來、有詩為證

北邙山下冢纍纍　　　誰似清陽一土堆
記得潞公題石處　　　年年只有子規啼

一六〇三

文招討想那烈婦所言大厄之事、只怕有刺客奸人潜入營中、分付小心巡警攻城將士暫時休息待三日之後、再議攻取、話分兩頭、卻說貝州城中一班妖人累後鬼不論日子的作弄妖法、妖氣直透天庭、驚動了玉皇大帝、遣太白星李長庚查看李星君把王則等一夥妖人反叛始末奏聞玉帝、玉帝道、天書秘册、在白雲洞中、有白猿神看守、今被人盜祛、生事害民、合當一體治罪、李星君奏道、臣觀數不宜作皆由人與、只因趙家

一六〇四

誑百姓、以此民間競尚妖誣、釀成妖蠱、那時宮闈中便有野狐之異、必主妖狐作亂、天下不得太平、司天監失於推詳、恰遇白雲洞天書出現、妖法流傳、延至今日狐黨猖獗正應其禍、此乃天數、非關白猿神之咎也、況盜法乃是蛋子和尚其人曾設火誓、合有道法因緣、白猿神原無私授之罪、玉帝道、蛋子和尚何人也、李星君奏道、昔年有優婆夷十二歲出家修行三十餘年、不曾破戒、偶於蓮花塘中、見鴛鴦交感、忽動欲心、從此懷孕一十三箇月不產、一日在迎暉山下、經過腹中作癢、產下

一六〇五

一蛋、棄之水潭而去、有迎暉寺僧、拾得此蛋、送雞窠中抱出一小兒來、從幼剃度為僧、是名蛋子和尚、長成勇猛精進、一心好道、聞白雲洞有天書秘法、三年辛苦剛慕得地煞變化七十二條、央老牝狐精聖姑姑辯識其字、因而同他母子修鍊、只因狐女胡永兒與王則有夙世姻緣、所以狐黨輔助為亂、蛋子和尚見機而作、並不與事、玉帝點頭、便命老金星於福祿壽三司查取王則命數就同善惡司查勘王則行過罪惡、詳議來奏說話的你又作謊了、普天下人如恒河沙無數、若是一箇箇

第三十七回　　三

婦人將白羅帕擁頸冉冉而來到文招討面前跪下文招
討大喝道我奉王命引大兵到此是何妖精敢來衝突
婦人道妾非妖精乃本州閩氏之婦趙無瑕也王則愛
妾之色強妾成婚妾守志不從自經而死今暴葬在城
外淺土正在老相國軍營之內被軍人囉唕不安乞老
相國憐憫遷骨於十里之外九泉銜感文招討道原來
小娘子是位烈婦下官失敬了小娘子精靈文招討道
此賊何時可滅婦人道賊入魔運將盡但老相國三日
之內主有大厄須當謹慎文招討太驚只因這番有分

教鬼怪魔君盡被雷霆碎首妖邪逆黨俱遭刀劍分屍
正是不泯貞魂終作厲無知逆黨定遭殃要知結末且
聽下回分解

第三十七回

白猿神信香求玄女　　小狐妖飛磨打潞公

人生本是三更夢　　　世事渾如一局棋
但願心田存得正　　　平時亂世總相宜

話說文招討夢見這美婦人對他說三日之內主有大
厄喫了一驚醒將轉來恍惚還見這婦人的身影冉冉
而去聽軍中更鼓正打三更文招討一夜不睡到天明
分付軍校在營中查訪烈婦趙無瑕的葬處不多時軍
校來報有軍士李十八適間坎地理鍋因土鬆掘將下

頭橫尾自謂無敵，領一支軍西去。王總管前部隨軍。柳春生原是獵戶出身，使一柄渾鐵鋼叉，部下都是步軍。柳春生認是眞虎，提起鋼叉便搊。任遷見勢頭來得兇，猛把大蟲一拍，那大蟲跳起，有二丈多高，張牙舞爪，望柳春生身上撲將下來。柳春生一閃，閃過，把鋼叉向大蟲尾後盡力一搠，喝聲着，花擦一聲，只見大蟲倒地。看時不是大蟲，却是一條板櫈。這板櫈屬木，鋼叉是渾鐵打就的，金能尅木，況鋼叉頭上也蘸得有惡血，着了一此是其妖法便解，任遷脚跟着地，早落慌了，被柳春生肩

胛上一叉搠倒，活活綁縛。衆軍無主，各自逃生。文招討這一陣廝殺三路得勝，就逼着貝州城下寨，劉彦威在城下拾得無數的怪物來獻，都是紙剪艸做的，及赤荳白荳之類，但是粘着穢氣，都收不去了。先鋒孫輔收得吳旺的紙馬來獻。曹招討招降軍士千餘人，王信部下柳春生解到正賊一名任遷，及變虎板櫈一條，文招討一記在功勞簿上。文招討將任遷親自細細的審問，方知起手連王則共是六人，以後又有張琪等三人，彈子和尚先去了，張鸞、卜吉與左黜不合，也去了，今

只有胡永兒和左黜、張琪、吳旺四箇，還有胡永兒的母親叫聖姑姑，往來不常。文招討臨行時，聽包龍圖說得彈子和尚、姑姑恁地利害，令聞說不在城中，又放下了一憂慮。當下審畢，喝教上了囚車，送在大寨中明鎗處看守等待，提了王則一同解京，每日用一碗猪羊血淋頭。正是從前作過事，沒與一齊來。有詩為證：

紙馬形消木虎癁，數年妖法頓成灰。
何如餅鬃生涯穩，無是無非不喫虧。

王則輸了這陣，折了許多人馬，又失了任遷。正是刀添

三箇缺，人減七分威。這里文招討十萬大軍倍增意氣。河北州縣先被王則侵占的，聞得天兵得勝，都潛地差人送款。虎視貝州，指日可得。文招討下令，差五百軍上山砍伐木植，做造攻城器械，雲梯、砲石、天橋、火箭，數日之內俱各齊備。文招討令傍城勤戰，衆軍士直到城濠邊攻打，只見貝州烏雲黑霧罩了城子，虛空中隱隱現出神頭鬼臉，毒蛇猛獸，軍士都打不得，城反傷了許多人馬。一連打了兩三日，只打不下。文招討在帳中納悶，夜闌秉燭，隱几而臥，忽然一陣冷風過處，見一妖

鼓聲振地喊殺連天原來王則手下無甚英雄好漢都
殺全仗妖法屢屢取勝不把文招討在意當日聞得軍
馬臨城張琪和任遷吳旺商議道我等三人自到貝州
從無尺寸之功枉學得道術在身今日何不施展三人
一齊來王則情願領本部兵出戰王則道前日文彥
博大照破他左右閤路兵來攻救去今日吳旺可引一
支兵東去邀住他右軍任遷可領一支兵西去邀住他
左軍張琪作先鋒與孫輔交戰寡人同國舅軍師攻取
中軍務要擒此老翁以絕後患三人得令引兵出城分

一五九〇

路而去卻說先鋒孫輔領着五千人直逼城下搦戰正
撞着張琪軍馬張琪不知武藝只靠着水火葫蘆當下
忙忙的念呪雙手把那葫蘆口向前擎起只見葫蘆中
左邊噴出一道水來如高巖瀑布右邊噴出一道火來
如野餧燒空遇水的淋頭澆面遇火的燎髮焦鬚孫輔
抵當不住恐怕衝動大軍發馬刺望東而走張琪指
揮人馬追趕去了王則見前軍得利大驅人馬而進與
文招討大軍相遇門旗開處左黜披髮仗劍又驅出許
多神鬼異獸出來文招討唱開陣門放出五百箇弩手

第三十六回　　九

一五九一

手五百箇弓弩手拏的射的一齊發作箭上都有穢物
那些神鬼異獸被穢物猪羊二血破了邪法形消影滅
左黜出其不意嚇了一驚再變擺布時都被文招討人
馬乘勢掩殺將來大敗荒荒而走王則急急引兵入城
搜起弔橋不出再說吳旺一支兵東去正
迎着曹招討前部偏將董忠挺鎗直取吳旺吳旺從幼
也曾習過鎗棒兩箇闘起鎗來一來一往約二十餘合
曹招討後隊已到曹偉使雙刀法神出鬼沒親出陣前助
戰吳旺料不能敵把馬一拍騰空而起甚去如飛曹招

一五九二

討迫之不發再說孫輔引着敗軍東走忽見空中一箇
躍馬而過離地有數丈料是妖人慌忙攀起弓來望空
一箭正中在馬上邪箭頭都蘸得有惡血吳旺從半空
妖馬本是紙剪就的着了箭仍變做紙吳旺騎的是
倒顛下來孫輔帶轉馬正待搶人張琪軍恰好
看見空中墜下二人認得是吳旺連忙救了曹招討大軍
都到張琪不敢戀戰保着吳旺而走到吊橋邊叫開城
門城中接應進去了吳旺這一支兵隔絕在後盡數殺
降在曹招討麾下再說任遷將水攪變成大蟲騎着

第三十六回　　十

一五九三

交鋒誠恐手下不相饒讓勿罪勿罪文招討太怒喝發
播鼓先鋒孫輔挺鎗指人馬搶城提王則見人馬
搶來望後一退讓左黜馬頭在前劉彥威在文招討身
邊指着獅子道這賊道慣使妖法元帥宜防之說猶未
了只見左黜在陣前叩齒作法烏風猛雨雷聲閃電火
塊亂滾就兵馬隊裏捲起一陣黃砂來罩得天昏地塘
黃砂內盡是神頭鬼臉之人引着許多豺狼虎豹前來
衝陣眾軍只鬪得人如何鬪得神思猛獸戰馬驚得亂
颳把鞍上將都擺將下來王則見文招討陣脚亂動乘

一五八六

機趁勢驅人馬一掩文招討同先鋒孫輔大敗而走王
則領人馬隨後追趕副招討曹偉總管王信見文招討
兵敗各引本部軍馬前來救應王則見兩路軍馬齊來
唯恐有失急下令收軍馬入城文招討引軍離城三十
里傅家疃下寨計點人馬殺傷併自相踐踏死者無數
文曹二招討及總管王信聚集眾將共議攻城之策文
招討道我與西番戎兵大小也曾戰數百陣不曾見王
則這般妖勢可知道劉太守輸與這賊劉彥威道小將
初時被妖賊刮起風砂敗了一陣小將分付軍中各營

第三十六回　七
一五八七

第二陣都趕出猛獸來又折一陣小將又分付軍
中將布盡成獅形覆於馬背此孔明破南蠻之計不料
第三陣都是冷風冰雹人馬大半凍死這夥妖人真箇
變化不測必須破其妖法方可取勝曹招討道聞得貝
州會妖邪術者不過四五人餘者俱不會然這妖邪術
法曹某有簡道理可以破得文招討聽了歡喜道敢問
招討有何妙計可破妖法曹招討道王則這家法術和
尚家喚做金剛禪道士家喚做左道術者是兩家法術
都會喚做三會子皆是邪法只怕的是豬羊二血及馬

一五八八

尿大糞大蒜著滿一點在他身上就變不成神鬼弄不
得邪法文招討大喜分付軍士但交戰時刀鎗頭上都
要蘸血曹招討敎做五百簡唧筒都盛猪羊二血選五
百簡身長力大的軍人做唧筒手配着五百簡弓弩手
交戰時若見神鬼與獸唧筒弓弩一齊發作有詩為證

　　邪不勝正從來有　　識破之時豈能久
　　任你妖孽變化多　　今朝難免唧筒手

文招討犒賞了軍士至次日擺布軍馬雷明鎬守傅家
疃大寨其餘都起保先分作三隊離城三里排列陣勢

第三十六回　八
一五八九

一五八二

計不若見幾而作，跳出是非門，爲上。張鸞道，汝所言亦
合吾機，我有簡師父在天台玉霄峰隱居修道，你我不
若同到彼處尋訪采藥鍊丹，圖箇神仙正果，豈不爲美。
二人商議已定，當夜便離了貝州城，望天台山而去。有
詩爲證

一念貞邪轉吉凶　奸雄回首即英雄
今朝雙翮沖霄去　不問洺州舊戰烽

後來道君皇帝蓋萬歲山，差十制使往江南運花石綱，
一箇制使在天台玉京洞，看好了一株金松，原來金松

一五八三

不比凡松，說你如細柳，結子如碧珠，只有台州生產這
株松更生得瓏瓏可愛，根株盤旋在一塊巧石上，制使
將御用字樣黃旗插着，擇日起夫連石搬去，忽然洞中
走出箇老道者說道，此樹乃先師冲霄處士手植，貧道
在此看守七十多年了，乞閣方便莫動他，罷制使道，松
石圖樣已打在御前去了，怎罷得，老道者道，若萬歲
時，但說鄆州卜道人求來作伴，制使不聽喝教人夫
鐵鍬來掘鏡下鍬時，只聽得一聲響亮，石倒根扶遠金
公一時粘泥制便挈了一驚，老道者又再三來告制

一五八四

樣允，老道者將手輕輕的扶起，那巧石道金松必報
盛制使回朝，奏與道君，時朝中有曉得仁宗朝故事的
說道冲霄處士乃張鸞，卜道人是卜吉，仁宗到道君時
將近百年，卜吉尚存，疑其得仙矣，此是後話，再說王則
次蚤聽得有人報道，張鸞卜吉都不知那裏去了，急召
左黜問之，左黜道，張鸞原與我們不同支派，昨因議論
不合懷慚而去，卜吉是他徒弟，一同去了，我們也不靠
着他，可召張琪任遷吳旺三人回來聽用，張琪等正在
各地方爲官享福，聞得貝州信到，各率本處軍馬齊來

一五八五

助戰，王則打聽得文招討大軍已到，大開城門引軍靠
城擺列陣勢，瘸子緊緊相帮，左手吳旺，右手任遷，留張
琪和陶必顯在城頭擂鼓吶喊，胡永兒親自領兵遶城
巡警，文招討將兵分作三路，出於陣前，與王則打話，王
則見文招討出馬，喝簡嘮道，王則因州官貪濫，挺身爲
百姓除害，眾人推我暫領一隅之地，又不侵犯別郡，朝
廷何必興兵到來，此文招討大喝道，汝造下十大迷天罪
惡，今天兵到來，理合開門投降，輒敢拒敵不知死活，王
則道，久聞招討大名高壽，宜知進退以享餘齡，若必

一五七八

[damaged]擅據城池，四不合聚集，散賞罰兵，五不合稱王立后，六不合擅封官職，七不合縱兵劫掠州縣，八不合私役人夫，起造王宮為府，九不合姦淫民間婦女，十不合叛國害民，長惡不悔。今天兵十萬前來征討，只要首惡王則一人，餘黨悉赦不問。如有擒斬王則來獻者，一體敘功。倘王則自知其罪，束手歸降，當奏聞朝廷，待以不死；如仍前執迷抗拒，兵臨城下，悔之無及。王則見了這榜文，驚得手足無措，急聚左黜等一班兒計議。左黜道：前日冀州劉彥崴殺得片甲不回，令

一五七九

文彥博年巳八旬，自來送死，雖有雄兵十萬，能奈我何？張鸞道：貧道在東京時，多聞文彥博之名，曾有異人推他八字，說他一生出將入相，富貴無比，年近八旬，再為朝廷建大功勞，安邦定國，壽近百歲而終，此乃天下福神，不可輕也。又童謠有云：貝州一羣虎，怕文不怕武。今文招討正應此讖，凶吉難保，依貧道愚見，不若把郟州張德貪污激變緣由，委曲訴明，早詞謝罪，煩文招討奏天子，願自具軍糧，替國家出力，或征西夏，或討廣南，那時功成奏凱，仍不失侯王之位，不知軍師意下如何。

第三十六回　三

一五八○

左黜道：做大的難為小，伏我等法力，便趙官家亦柰也不怕，何怕一老頭見哉？丞相柰何自損志氣？張鸞道：寶初舉事本為貪官害民，人心共憤，恰遇奸臣在朝，隱匿不奏，使我輩得成其事。今朝政清明，去邪用賢，命大臣統重兵而來，大非往時可比，我等單特些法術，安卹彼處，無會事之人，軍師請三思之。卜吉在傍，只不開口。王則見三人議論不一，抽身便起，眾人俱散。王則逕入偽官，來見胡永兒，把兩般說話，都述一遍。永兒道：大王柰何，業已成之業，而束手受制於人乎？千金擔子，自有我

一五八一

哥妹二人承當，再不放心，再請母親聖姑姑到，萬無一失。張鸞之言，不可聽也。王則聽了，大喜道：王后之言是也。是晚飲宴盡歡，就宿於永兒宮中。卻說卜吉這日巳難不言，心下想道：我本是做客生理，為胡永兒跳井事，撞了賊官，幾送殘生，幸遇我師父救取，跟隨王則得報此讎，誰知王則做事，比那賊官更狠，民心離怨。彈子和尚不辭而去也，只為看不上眼。我等若不見幾，又與文招討作對，誠為逆理罪過。遂連夜來見張鸞，說道：適聞瘸子甚有不然師父之意，師父在此，有損無益，為今之

第三十六回　四

僧叫做彈子和尚，此僧變化多端，相國可以随身。招討道：多承指教。三杯酒罷，包拯別去。文招討即日[□]上路，渡黃河，直抵河北界上，軍馬就於冀州駐劄。真箇是：

人人欲建封侯績，箇箇思成盪寇功。

畢竟文招討征討貝州勝負如何，且聽下回分解。

一五七四

第三十六回

文招討三路興兵　曹招討卿筒破賊

勝敗兵家難不常，從邪從正判殊祥。
若知邪正殊途理，及早回頭不用商。

話說文招討大兵到冀州駐劄，劉彥威迎接。二招討入城，備說王則妖法難敵。文彥博與曹偉商議，道：王則占據州郡，身住貝州。目今進兵，還是合兵還打貝州？還是分兵四下攻取？招討必有奇謀神策。曹偉道：曹某係副將，安敢僭越計謀，王帥有命，一聽指揮。文招

一五七五

討道：不然，招討乃名將之子孫，曾與先王建立邊功。彥博雖爲主將，終是書生，全仗招討共成王事，不必謙遜。曹招討應諾道：河北州縣雖歸王則，皆因懼勢，非爲心服。今聞大兵到此，自顧不暇，何暇出兵助賊。仗主帥神威，直擣貝州，若貝州攻破，餘者不消加兵，自然服矣。文招討道：招討所見極明。打聽他城中兵不滿萬，我這裡有大兵斗萬，更得招討奇謀，破賊如反掌矣。曹招討道：某亦探聽得王則等輩，雖不能用武施文，盡行妖法。日前劉太守去收伏，特被王則用了妖法，是以損兵折

一五七六

將而回。曹某[願]領主帥將三萬八作中軍，以二萬人與曹某作左輔，以二萬人與總管毛信爲右弼，分爲三路作長蛇之陣。以二萬人與轉運使明鎬爲押後，以五千人令先鋒孫輔各營巡視，以五千人與劉彥威幫助孫輔，就爲向道。如今王則兵不滿萬，止可敵我一路，我軍若勝則三路金進，若有少虧則兩路必來救應，此萬全之策也。文招討見說大喜，道：招討如此用兵，何愁貝州不破。次日，文招討分三路人馬，來取貝州，先打箇榜來。前去榜上數王則十般大罪：一不合激變軍心，二不合

一五七七

一五七〇

有云八隻眼兒嗔然三教奪太神……
武只怕六王則字又貝州俱有八隻眼遠
義妖人中僧道俱有獨奉王則為王故說鬼然三教奪
神將鬼軍乃妖術也這一班人武有餘而文不足故說
不怕武只怕文令差文彥博去正合着這句讖語又見
字着一文字是簡敗字上所以不屬他人獨舉彥博且
彥博雖然年老精力不衰才智過人老成持重若此人
一去王則必敗無疑矣仁宗天子聞奏甚善連降二道
詔書令使命分頭召取三人連夜赴京耀用有詩為證

一五七一

夏竦奸邪太不仁　　欲將一網盡賢臣
但看忠佞分明日　　便是邊疆息戰塵

不說范仲淹狄青二人之事就中單表文彥博此人乃
河東汾州人氏少年曾討西番有功累官做到首相因
與夏竦不合固求去任罷為西京留守年已七十九歲
精力勝如二三十歲的後生使命領敕星夜到了西京
文彥博并本州大小官員出郭迎接聖旨至州衙……
讀罷各官望闕起居謝恩文彥博領了詔令……
綦羅而行不一日到了東京官員都進接……

第三十五回

一五七二

卻入城次日蚤朝臨班見帝怎見得番朝姐……
祥雲迷鳳閣瑞氣罩龍樓舍煙御柳拂旌庭露宮
花迎劍戟天杏影裏玉簪珠履聚丹墀仙樂聲中繡
襖錦衣扶御駕珍珠簾捲黄金殿上現金聲鳳羽扇
開白玉階前停玉輦隱隱淨鞭三下響層層文武兩
班齊
當日仁宗天子宣文彥博至面前聖旨道河北貝州王
則造反今命卿為元帥收伏妖賊當用人馬幾何副將
幾人任卿便宜酌處文彥博奏道臣聞王則一黨盡是

一五七三

妖人若人馬少恐不能取勝臣願保舉一人為副將請
十萬人馬可以克敵仁宗道軍馬依卿所奏但不知卿
保舉何人為副將文彥博奏道臣乞曹偉為副將仁宗
道這曹偉莫非是下江南第一有功封王的曹彬的子
孫麼文彥博奏道正是曹彬嫡孫仁宗聞奏龍顏大喜
命宣曹偉見駕仁宗當殿封文彥博為統兵招討使曹
偉為副招討撥賜內帑金銀錢帛犒賞三軍二人謝恩
出朝便去各營點兵發馬樞密使包拯其酒送行……
文招討說道老相國此行定成大功但賊人太中有一

第三十五回

凡事恣意施為，張鷥卜吉。雖在其葬塋無所權[illegible]得清閒受用。吳三郎改名吳旺，和張琪任遷都討醫地[illegible]做了知州之職，享用富貴，時常領兵，冠橫鄰境，奪[illegible]子女財帛貢與王則，只為姦臣夏竦蒙蔽朝廷，養成打這般大勢。任那一方百姓受苦，只是隱匿不奏。一日仁宗皇帝御駕往西太乙宮行香，禮畢，正欲還朝，忽然百官隊裏走出簡新來御史，那人姓何名鄒，上前快走幾步，一手扯住御衣，伏地大哭。仁宗道：卿有何屈事，只管奏聞，朕當為卿申理。何鄒奏道：臣沒甚屈事，只可惜太

一五六六

祖皇帝四百軍州，弈看侵削，陛下枉有堯舜之資，將來不免桀紂之禍也。仁宗大驚道：卿何出此言？可細剖之。何鄒奏道：西夏反了趙元昊，邕州反了儂智高，無人收伏。今貝州又反了王則，河北一路皆為賊巢，陛下不思選求良將討賊安民，竊恐與圖日蹙，天下非復趙家之有矣。仁宗道：朕已命范雍征討元昊，楊畋征討儂智高。朕見次第貝州兵變，當時便遣冀州太守劉彥葳率定。卿言從何而來？何鄒又奏道：范雍年老，為元昊所輕易，敗久出無功，虛耗糧草。貝州反賊王則，殺得劉彥葳[illegible]

第三十五回

一五六七

甲不回，稱王僭號，連河東地方都要一片到京都，被樞密院使夏竦隱匿不奏，陛下不誅夏竦，天下不得太平。此時夏竦也在駕前，諕得面如土色，支吾不得。仁宗大罵夏竦姦臣：朕委你執掌兵權，不思報效，欺君誤國，本當斬首，姑且革職為民。夏竦滿面羞慚，只得謝恩去了。仁宗又問道：方今何人可任樞密使之職？何鄒奏道：只今天下聞名剛正無私的，無如包拯此人。昔年曾任開封府尹，治得一清如水，只為不肯奉承夏竦，棄官而歸。陛下若欲選求良將，削平三處大寇，只

一五六八

消起用包拯，他所薦舉，無有不當。仁宗大喜，准奏，即日起召包龍圖陛下為樞密使之職。包拯在家聞召，連忙起身到東京面君，謝恩已畢，仁宗問道：今西夏、廣南、河北三處反叛，卿有何良策定國安民？包拯奏道：以臣愚見，范仲淹可專任西夏，狄青可專任廣南，文彥博可專任河北。陛下要天下太平，除非委此三人可責成功。仁宗道：河北只是一箇軍卒鼓噪，如何恁地利害？包拯奏道：王則不足道，他有一班妖賊幫助，能興妖法，任[illegible]每包八旬，卿如何獨舉薦他？包拯[illegible]

第三十五回

一五六九

都乘着寶馬，捧的是金冠繡蟒、玉帶紅袍，一般有鴉袍
臣執了龍鳳掌扇，引着香車、細輦十來隊，樂人吹打貝
要奉承趙氏歡喜，所以儀從極盛。趙氏別了關氏祠堂，
又拜了婆婆四拜，又望空拜了丈夫四拜，哭了一遭，登
車下簾，眾人一擁而去。那婆婆暈倒在地，養娘喚醒，關
疑知道妻子起身，方敢回家，巳自哭得不耐煩了，忙忙
的收拾行李，棄了家私，同養娘扶着婆婆潛地逃入東
京去訖。再說王則聞張琪報道新人巳娶來了，喜從天
降，慌忙大排儀仗，親出府門迎接。軍士們人人望賞。簡

簡生歡做兩行擺列，讓香車進府。王則親自開簾不見
動撣，抱將出來看時，頸上繫着羅帛，原來在車中密地
自縊。真烈婦也。史官有詩贊云：

罵賊非難紿賊難　　夫家免禍九泉安
似茲賢智從來少　　不但芳心一寸丹

後人又有詩云：

罵賊曾聞元楷妻　　從容就義更稱奇
衣冠多少偷生者　　不及清河趙與崔

清河就是貝州之地，那末時有簡崔元楷之妻趙……

賊而死。此詩是表二烈婦之貞節，男子未逮也。王則
鬧一場掃興，想這婦人烈性，不干眾人之事，將屍首着
張琪給歸原夫，追還聘禮。到次日，張琪聞知關家逃走
去了，稟過王則，蒙養葬妻於城外。王則出榜，但是民間美色
或父母獻女、武夫獻妻者，候選中，日官給聘禮百兩
倘藏匿不獻，致被他人首出，即治本家之罪。於是奪民
閭妻女，不計其數，討得醜百姓，討了簡有姿色的老婆
不解之物，若討得醜的，反生歡喜。當時有簡口語道：

莫貪顏色好　　醜婦良家寶

私嫌官不要　　夫妻直到老

至今說醜婦良家之寶語，起於此。胡永兒明知王則貪
色恣慾，倒也由他。但是自巳有些私事，不要王則進宮。
把一隻金簪，插在檻外，繞屋便像千團烈火；把一隻銀
簪，插在檻外，繞屋邦似一泒大水，外人寸步難進。常
沒事時收了法術，或是請王則到宮相聚，或是王則自
來，夫婦依然歡好。奸黠殺他夫婦貪戀荒淫，墮了進取之
慈也是氣數只到得如此。彈子和尚見王則所為不
天理炎後必敗無成，竟身不辭而去了。[illegible]

【五五八】
家之命但妾頗讀書知禮若以威相逼有死不從妾老姑在堂丈夫在外須待他一面而別另居他室擇禮聘庶妾無苟合之羞大王亦免強婚之議望將軍善言傳達張琪又將這班說話飛馬傳去王則依允着他婆婆看守只不許他夫婦相會來日便要聘娶入官張琪喚他婆婆出來把媳婦交付他身上倘有差池全家不保五十名壯士分守着前後門不容他丈夫回家相見原來丈夫疑巳自回了見說家中有這一節事不敢進只在左近人家住下流着眼淚打聽消息那婆婆也

【五五九】
只怕兒子回來被眾軍人所害悄地寄信教他不要回來當晚婆媳兩箇割捨不得抱頭而哭趙氏收淚對婆婆說道媳婦今日不難一死只恐連累婆婆但媳婦到彼偽府必然自盡以全節操婆婆可預先收拾細軟家私約會了丈夫待妾起身之後作速逃竄東京以避賊人之害媳婦與丈夫雖做兩年夫婦並無生育丈夫年紀正小前程萬里自然別有良姻只恨媳婦薄福奉侍婆婆不了到今生死之際又被強徒隔絕不得與丈夫一面捎上金釵鈿二枚煩婆婆寄與丈夫做箇憶念之

第三十五回　六　　五五九

【五六〇】
罷放聲又哭正是

世上萬般哀苦事　　無過死別與生離
縱教鐵漢應腸斷　　便是泥人也淚垂

婆媳兩箇這一夜眼淚不乾泣聲不絕捱到天明婆婆教他預先遠遠地覓一輛小車兒準備走路且說王則將聘娶的事都托在張琪身上張琪侵晨先到關家莊巡哨了一遍打聽得夜來無事歡喜不勝少停聘禮已黃金白金各四錠黃的每錠重十兩白的每錠重五

【五六一】
十兩絳帛二十端雙羊雙酒大吹大擂送上門來罷設在中堂婆媳兩箇重新哭起婆婆道這些東西分明是買我身上的肉我何忍要他趙氏道今日雖買婆婆的肉他日好買那賊徒的肉婆婆道怎麼說趙氏道這賊徒少不得天兵到來拿住解去東京千刀萬剮你把這金銀置着到那時送與劊子手在刀頭上買他一塊來祭你媳婦我在泉下也得快活莫說婆媳二人悲傷之事再說張琪催那婆婆收了禮物自巳又去催趲取起添撥一百名衙府親軍金鼓旗鎗前導二十來箇官人

第三十五回　七　　五六一

受人制人也制他不得你且說漢帝劉邦謀害妻□□□□等英雄任着呂太后在宮中胡作亂為全然不管他也不把呂后當簡尋常女子看成也人生世上得意難逢趁着好時好運得便宜處且便宜得快活處且快活此等閒事非達者所當經心也只這一席話說得王則嘿嘿無言辭別回府想着聖姑姑說話亦自有理從今以後我也莫管他他也莫管我各盡其樂豈不美哉當下召張琪任遷等敎他三路察訪民間美色不拘有夫無夫只要出色標致不一日張琪訪得本州關家莊關疑

一五五四

之妻趙無瑕年方二十歲姿色無雙王則就敎張琪領兵取來觀其顏色如何張琪領三百軍人圍住關家莊立要趙氏關疑又不在家慌得他一門老小都躲了趙氏道賊徒慕我之色而來我若不挺身出去倘被進門搜索反為不美乃取解手刀一把藏在身邊自出中堂來見張琪張琪見他果然天姿國色心中大喜便欲扯他上馬趙氏大喝道將軍不得無禮將軍此來取妾去者還是自要還是郡王要張琪道王府聞娘子美色特遣小將相迎此去富貴非常切勿遲疑趙氏道就是郡

第三十五回　四

一五五五

工要妾須郡王自來妾有話相對若郡王環來□□□亦不去也張琪單馬去飛報王則王則乘了一匹□騘引着僞府中親軍親自到關家莊來看了趙無瑕真簡比花解語比玉生香吳宮西子不如楚國南威遠遜王則大驚道原來世上有這般女子可上前與寡人叅話趙無瑕口稱萬福不慌不忙的說道大王為一方之主侍巾櫛者必須香閨淑質繡閣嬌姿如妾陋貌殘軀不足以辱後宮願大王以綱常為重恕妾一身大王陰德必富享年千歲王則道寡人所愛是你的顏色即當

一五五六

立為次后休得刪話趙氏再三求告王則只是不免趙氏料道不免大罵道你這反叛賊徒如魚遊釜中不久亡滅還娶家人妻子我恨不得一刀砍下賊人之頭豈做不成手腳趙氏罵不絕口只求速死王則心中不忍分付張琪散了眾軍只留五十名壯士環守着他務要勸他隨順如執意不從滿門斬首王則自回僞府中去了卻說趙氏被張琪同壯士看守一日一夜求死不得心生一計紿道大王既真心要妾妾何敢執迷求死事□

第三十九回　五

一五五七

下爲養子出入不離甚是憐愛王則見了也自歡喜
外人都稱他做小王子不覺過了二年那小廝二十
歲越長成得好了怎見得一
面如傅粉體似凝脂唇若塗朱目如點漆身材秀麗
是未經嚙被的幸童態慶妖嬈像不曾藏髻的美女
賦性清揚真自喜出詞償利得人憐馬上共轡沃還
子主家重見賣珠兒
胡永兒朝夕相傍到看上了他與他私下成就了好事
原來婦人家只是初次廉恥縈難好破倒壞事到得

一五五〇

開手時一不做二不休連自家也息不得念頭了永兒
初時跟着聖姑姑行動風雲作伴山水爲家半像箇出
家人樣子這箇道兒是不想着的如今住在曲房深院
錦永玉食合着了俗語飽煖思淫慾這句了眼見得
中翠袖成羣蛾眉作隊自巳只守着一箇王則兒且他
有三妃六嬪不得夜夜相聚看了粉粧玉琢這般箇永
斷能不動情這小廝竭力奉承爭奈永兒崖心蕩漾
滿所欲這小廝乖巧但出外見箇美男子便訪開
名進與永兒永兒自會洪術便攝袍到僞宮

第三十五回

一五五一

意時多住幾日不中意時就放他去了
知除非莫爲若要不聞除非莫說正刪與永兒聞
住便道不曾親眼看見難道沒些風聲吹在耳際提了
一夜間喫得爛醉猛然想起蓮事怒氣勃發提了一口
青鋒寶劍到中宮來殺永兒步至僞宮門前忽然轉備
念頭道事不三思終有後悔這一套富貴都是永兒作
成的怎好負他况且他神通廣大若殺他不得反破了
面皮不好相處轉到別院將寶劍擲在地下歎了口氣
自去睡了合好這幾日聖姑姑正在聖母行宮王則次

一五五二

日蚤起一逕來見聖姑姑叙了此三開話王則傾道近來
仗托洪庇地方到也寧靜只是訪得民間婦女多有私
下養着漢子的敗壞風俗今如何處置他聖姑姑道凡
男女相悅都是夙世姻緣假如做夫婦的是正緣私合
的也是旁緣還有一節七情六慾男女總則一般女體
爲節婦男亦當爲義夫男子三妻九妾元自嫌少如何
偏怪得婦人况且婦人讓着男子只爲男子治外事
事體都是他做作婦人靠着他見成喫着所以守男
的法度從一不亂若是有才有智的賽過男

第三十五回

一五五三

272

其勢越大分兵四出抄掠各處聞得他妖術通神無不
望風而靡河北州郡大半爲王則所有王則役起人夫
就州廳改造王府宮殿與朝廷制度一般又左黜張鸞
卜吉都造得有衙門費耗錢糧無算又尊聖姑姑爲聖
母娘娘創造行宮一所以備他不時來往百姓晝夜
作無不嗟怨又遍訪民間有顏色閨女納入行宮上等
的立爲妃嬪次者做宮娥伏侍又選美女三十人分賜
左黜等三八張鸞原是天閹近不得女色辭而不受卜
吉見張鸞辭了也不敢用只左黜原爲調戲婦人上被

趙大郎一箭射傷左腿做了瘸子今日雖然學得一身
法術淫心不改收納了十箇美女日夕取樂又各處自
行選取與王則賭賽的受用只因這般有分教草頭天
子坐不成一面山河瘸腳妖人做不徹千般鬼怪正是
奢淫無度終遭禍變詐多端久必窮畢竟王則後來如
何且聽下回分解

第三十四回　　十六

第三十五回

趙無瑕拼生給賊　　包龍圖應詔推賢

學此三伶俐學此三駿　　伶俐兼駿是大才
駿無伶俐難成事　　伶俐無駿做出來

話說胡永兒先前引兵攻打州縣之時軍中擄掠得人
口內中有簡小廝生得十分清秀永兒一見便喜問他
來歷答道姓王名俊年方一十三歲父母雙亡隨着他
公出來避兵不意中途失散被擄到此望娘娘饒命
見見他言語敏給容色可憐又且與王則同姓救

第三十五回　　一

只聽得營中又發起喊來說道司更的被矢虫咬去了劉彦威大喝道此地那得有大虫到來說猶未了只見營裏面一箇美貌婦人手中仗劍騎着一匹大虫直衝出來劉彦威連忙跳下雕鞍那馬早已驚倒婦人和大虫都不見了軍中一夜不得安息到天明看時滿營都是虎跡巡風的報道夜來失去鹿角只在里許之外散一堆兒堆着劉彦威歎口氣道天生此輩妖人教劉某亦無奈何矣卽時拔寨奔回冀州連夜申文到樞密院去說妖人如此作耗乞添兵遣將廣求智謀之士速行

勦除以絕後患所來宋朝一款但凡舉薦邊將六機誤事者薦主一同罪責凡此樞密使夏竦瞞過朝廷不行舉奏話分兩頭且說騎大虫的婦人是誰正是胡永兒他見官軍屢戰不退今番又一塲大厮殺也到陣前觀看已知張鸞等得勝還不了事直到傅家疃劉彦威寨前布散鬼兵惱他一夜只爲劉彦威壽數未絕所以結果他不得只逼迫得他逃走且說當晚張鸞等拔寨入城衆軍解到陶必顯滿功陶必顯磕頭願降王則准了就封爲統領使之職領着張鸞二將的人馬點兵縣

並不損一箇王則大喜連夜殺牛宰馬分付守城軍士小心在意自巳和張鸞等三人排宴在州廳上喫簡盡醉方休看看五更將絕只見廳前一聲響亮蹿箇胡永兒進來衆人大驚連忙起身迎接胡永兒道你們衆人喫酒快活誰知我一夜辛苦劉彦威這廝巳被我趕回冀州去了把夜間蔫惱他事情說了一遍王則拱手稱謝道貝州方有泰山之安也胡永兒道堅守孤城不成大事趁此目下軍威便可收伏附近州縣衆人都道說得是當下再點人馬王則同左黜引軍

打東南一路胡永兒同卜吉引軍打西北一路只留張鸞守城不上半年連得了曲安肥鄉邯鄲廣平等十數縣城池招降人馬多得錢糧變得勢力大了東京賣肉的張琪賣炊餅的任遷賣麪的吳三郎打聽得胡永兒是王則的渾家都到貝州投奔王則王則見人心歸順乃自立爲東平郡王册封胡永兒爲皇后左黜爲國舅軍師張鸞爲丞相卜吉爲大將軍孫子和尚雖不曾出力衆人推他手段高强封爲國師月送錢米在甘泉寺供養只怕日後有用他之處以下張琪等都掛印封官

不[⋯]眾也似一隊人馬出、眾爲首一箇道人、身穿耕袍、面如噴血、目若朗星、手持鼈殼扇一把、背一口松紋古劍、陶必顯暗暗稱奇、想道這廝手中只拿軍器、一定靠著妖法了、已有准備、何足懼哉、喝教衆軍一齊衝突上去、對面張皇、口中念念有詞、將鼈殼扇一揮、喝聲疾、只見平白地起陣冷風、吹得人毛骨凜冽、如冬天相似、半空中一朵黑雲、正罩在官軍陣上、氷雹亂下、都打得破頭傷腦、馬俱股慄、不容不亂竄、倒把劉彥威大軍衝動、弄得七斷八續、急急鳴金收軍、點兵

不見了陶必顯、原來陶必顯詋得昏了、倒撞入賊人隊裏去、被眾軍綁縛去了、再說段雷、苟剛兩路伏兵聽得喊殺連天、巳知交戰、急忙引軍殺出、分明看見左黜、卜吉在前用力追趕、須臾天色昏暗、不辨人形、兩軍恰好相撞、各認做賊軍、六百弓弩手一齊發箭、都是自射自軍、少停天氣清、則六百人止剩得有百餘箇活的、其餘都射死了、此乃左黜卜吉行法之功也、段雷先伏在土窟中、不曾傷損、脫去盔甲、混在殘兵中逃去、苟剛身中五六箭、倒在地下、不能行動、望見賊兵來到、拔出身邊

佩劍自刎而亡、後人有詩贊云

不是將軍無智武、熠熠妖星如衆虎。
甘陵城畔弔忠魂、白日清霜共千古。

劉彥威見段雷引殘兵逃回、曉得苟剛身死、痛惜不巳、又打聽得陶必顯被擒、方知妖人如此利害、夜間秉燭而坐、正思去住之間、忽然營中發喊起來、劉彥威安坐不動、差人問時、說道營前密布鹿角、一時都不見了、劉彥威大怒、按住軍中、不許喧譁妄動、綽刀在手、教點起火把、自出營前來、看果然周圍鹿角全然失去、正驚訝

間只聽得東邊鼓角齊鳴、殺聲震地、正不知何處兵來、劉彥威敎段雷引軍向東邊迎敵去了、須臾東邊寂然、西邊鼓角又起、火光燭天、如在一二里之近、劉彥威大怒、提刀上馬、自引數百人往西迎去、約行了三四里、鼓角不聞、火光也漸息了、劉彥威只得轉回繞到營前、只見南邊鼓角又起、殺聲至近、劉彥威分付段雷後營巡視、自己在前營立馬、而看也不去迎他了、軍中點得火把通紅、如同白日、不多時、南邊聲響又絕、殺聲又從北邊而來、劉彥威一夜不睡、正沒理會處、約莫五更時分

一五三四

兒睛省打結，横肉臉生毛。
仗劍諸神伏，揚聲百獸嘩。
鄭州無遠客，天下有名妖。

劉彥威只道原是這癆子出陳，今番換了一箇，又不知什麼妖貨，莫等他倚手脚只管衝突前去便了。只見卜吉不慌不忙，口中念念有詞，喝聲疾，把兩箇衣袖望前張開，袖裏奔出千千萬萬豺狼虎豹之屬，張牙舞爪，齊向官軍陣上衝去。劉彥威的馬見了，驚得直跳起來，將劉彥威掀番在地下。吉大踏步正待向前，却被左右兩

一五三五

冀一齊攏來急救上馬，官軍見了與獸，都拋戈棄鼓逃自逃生。卜吉乘勢追殺，奪了二百餘匹好馬，軍器不計其數。劉彥威又折了一陣，軍士損傷者極多，仍退在傅家疃寨內。想道：我一生未嘗見此妖人，欲待收兵回去，心下不甘；欲待再戰，又無良策。況且五千人馬折了一半，若再挫折，豈不恥笑。正躊躇未決，分付軍中牢守柵寨，不得妄動。過了一日，只見冀州有文書到，原來渝判夏有守招募壯勇軍一千、戰馬三百匹，盡統領使陶必顯押來助戰，卻遣了軍冊來見過了，劉彥威來賽

第三十四回

一五三六

道夫使妖勢也打箇回文去，就敎陶必顯新到一千軍，另立一管，為衝勢，分付軍中畫匠將棉花畫成獅子圖形三百具，候十個內縫完，敎陶必顯引術到軍為前部衝鋒，將畫成獅衣披在三百戰馬身上，偷賊軍作起妖法，虎豹突至，放出三百獅衣馬軍，士篩鑼。隨後獅為百獸之尊，篩鑼以象其聲，虎豹見之必退，乃自巳引大軍隨後而進。再敎段雷、茹剛各引三百弓弩手，預先埋伏左右，只等賊兵出城，抄出背後亂箭射之。雖有風沙，虎豹只能向前，不能向後。劉彥威分撥巳定。

一五三七

自謂必勝之策。再說王則正和左黜等三人議事，探子報官軍又到。張鸞道：這番少不得貧道行了。也引本部五百人出城迎敵。卻是馬軍卜吉道：劉彥威這廝連敗不退，歇了許多時又來，其中必有計謀，不才願隨師父同往一看。左黜跳將起來，道說得是，今日我們都去索性結果了他，省得終日來攪得俺們不太平。王則道：成不成，敗決於今日，全賴列位用心。癆子和卜吉都引軍去。府王則親上城樓擂鼓助戰。且說陶必顯初到，不知厲害，看一根根狼牙棒，抖擻精神，大呼搦戰，初見湯

第三十四回

有何退敵之法左黜道貧道巳算下了且教敗殘軍走守城替出一千五百人來貧道與張鸞卜吉各領五百在我們三箇身上大家殺他一陣教他片甲不回王則道每位五百人恐太少左黜道自有天兵鬼卒這五百人只將來擺樣助陣而巳玉則道全仗列位扶持同享富貴王則便傳下號令挑選一千五百精壯軍人分爲三隊正在選軍未畢只聽得城外喊殺連天官軍巳到劉彥威分付叚雷茹剛一面准備攻城自巳跨一匹追風好馬立於陣前將刀頭抬着城內大叫道貝州有會

事的將王則綁縛出來獻與朝廷免你一城人屠戮王則見他軍容雄壯不敢則聲左黜穿領布衫伏一口劍領着五百軍步行出城將劍尖見指着劉彥威道你會事時領了人馬速回冀州免納首級若少遲延教你一行人都死於吾手劉彥威道你這厮是助王則的逆黨看你身上衣甲皆無又沒馬匹敢和我厮殺可惜你殘疾之人還不勾我一刀哩左黜道我不與你鬪只教你看我手段則箇劉彥威在陣前施逞刀法欺敵左黜左黜用劍尖一指喝聲疾只見面前捲起一陣狂風吹動

官軍陣裏黃沙撲面一軍都開眼不得劉彥威叫聲罷了撥回馬頭便走被左黜領軍大殺一陣方纔轉去劉彥威直走到二十里外方纔風息計點軍馬三停損了一停不多時叚審茹剛引軍都到問其緣故稟道小將正欲攻城只見大風飛砂走石料得賊人妖法恐有挫折收軍而回劉彥威道吾不知賊人使倆恨墮其術且退在傅家疃休息三日吾自有計破之分付軍中每人預備青紗眼罩一箇聽用到第四日四更造飯五更起身只選五百匹好馬五百名長鎗手都帶眼罩在身邊

以備風沙一遇賊軍不論好歹便直衝過去用長鎗刺之叚雷茹剛領軍爲左右翼一等中軍殺入賊軍兩翼便圍裏將來務要殺他箇盡絕休容走脫一箇却說左黜勝了一陣王則心下稍安連日哨探雖然不見動靜守城的也不敢懈怠到第四日報道官軍又到張鸞道前日瘸師建功今番輪該貧道了卜吉道徒弟替吾師去一遭也引了五百步軍飛奔出城你道卜吉怎生模樣

頭挽雙丫髻　身穿綠錦袍

這傳家疃乃是貝州咽喉之路若賊人乘勝就此扎寨
截住來路雖有十萬之師安能窺其城下哉今乃捨此
不守依城立營吾破之必矣分付段雷打劉字旗號先
行約至來日平明到彼寨前索戰只要輸不要贏引他
到傳家疃一路來我自有計段雷領計去了又差帳下
兩箇校尉各領三百步軍連夜潛行伏在他柵寨近側
左右等待他們出寨迎敵便去奪寨放火又分付如剛
准備雲梯火砲攻城之其來日午時在貝州城下取齊
處分已畢白已中軍少不得拔寨都起別有號令不題

一五二六

却說張成寶文玉雖是鎗棒教師不通兵略偶然初次
出軍得勝自誇其能便看得不在意了次日聞得官軍
搦戰旗號上打著劉字張成和寶文玉都要建功爭先
出陣各使一根鑌鐵鎗騎著戰馬耀武揚威望恩官軍
早已排成陣勢門旗開處擁出一員將來頭戴銀盔身
穿繡鎧手中擔一柄宣花大斧二將道這不是劉彥威
是誰二將更不打話挺鎗直取那將那將握斧相迎鬪
上三十餘合那將賣箇破綻叫聲暫歇撥回馬頭便走
張寶二將招動人馬儘力趕殺那將且戰且走約有十

第三十四回　六

一五二七

餘里那將回身又關上十餘合又走二將不捨只顧追
趕官軍撇下金鼓旗鎗滿地賊人亂搶只見後馬如飛
報來叫道將軍休趕了後面寨中兩路火起張成寶文
玉知道中計着了忙急引眾軍退後部伍早已亂了行
不多路只聽得連珠砲響刺斜一支軍橫衝出來為首
一員大將橫刀躍馬大喝及賊休走劉彥威在此等候
多時了二將從不曾見恁般威容先自心慌措手不及
被劉彥威手起刀落先斬寶文玉于馬下張成料不
脫只得舞鎗來關不上三合劉彥威順目大呼號得張

一五二八

成手軟輪鎗不動劉彥威馬頭早到一手提下雕鞍擲
於馬下眾軍齊上結果了性命劉彥威麾兵掩殺三千
軍折其大半有詩為證

　兵家料敵最先機　　輕敵須知定喪師
　堪歎教師矜小勝　　一朝墮計盡輿屍

再說王則聽得城外廝殺忿忿請左黜等一同發城幫助
只見敗軍紛紛而至叫道張寶二將已被殺了劉太
守兵隨後便到快開城門賺箇王則教守門的放進回
其備細大驚對左黜等道劉彥威英雄名不虛傳列位

第三十四回　七

一五二九

商議瘸師道打聽得他那里有多少人馬王則道有五千人馬左黜道便是五萬亦不足慮這里兩營共有六千人留一半守城、一半迎敵看我左黜本事王則親到教場點軍只見軍中走出兩箇新系統領使的教師來一箇是張成、一箇是竇文玉系拜過了稟道兩營軍士受了主帥大恩竝無寸報某等情願各分本部一千五百人出城乘他安營未定殺他一陣挫他銳氣使他不敢正眼覷俺貝州王則大喜各人賞了披掛一副戰馬一匹點了三千人馬犒賞巳畢分付來日出軍小心在

意過了一日次日兩箇統領使全身披掛整頓軍馬大開城門分兩路殺將出去瘸師見他去得雄猛且教他探試來兵虛實也不阻攔且說張成引着一千五百軍先行約離城三十餘里地名傳家疃恰好過着冀州先鋒茹剛軍馬兩下正欲排開陣勢准備厮殺竇文玉軍馬又到了茹剛領這一千軍喘息未定怎當這里兩支生力軍驀地衝來兇且寡不敵衆立脚不牢四散奔走茹剛連斬數人只是按納不住張成竇文玉見敵軍勢竇兩匹馬一齊拍動上前來擒茹剛茹剛力敵莫敵竇

無懼怯闘了二十餘合見貝州軍奮出殺圍圍裏各奔回顧手下、單剩得一人一騎、無心戀戰殺開條路而走張寶二將恰待追趕報馬到來、冀州大軍到了、相距十里之外、二將不敢進過慌忙收軍轉回貝州把軍馬扎住城外、二將入城見了王則、稟道冀州前部先鋒巳被小將殺得大敗虧輸正欲追趕爭奈劉太守大軍巳到小將只得收兵見屯城外、專候主帥鈞旨、王則道聞得劉彥威這厮手段高強、今前部失利巳減威風二位將軍便算第一功了、乘此銳氣便可住扎城外、防他攻城明

日交戰當令軍師們相助二將得令、連夜離城十里下了兩箇大寨、各守一寨倘有敵軍來攻、互相救援却說茹都監收拾敗殘軍卒、來見劉太守謝罪、劉太守大怒道凡行軍者須要遠其哨探、一有風聞預作准備、你全不用心致被賊人出其不意衝動官軍、紀律何在、本當斬首號令、今交戰在通誠恐於軍不利、喝教綑打一百罰在後隊催趲糧草、倒換後隊段雷爲先鋒之職到傳家疃下寨、探子打聽得張成竇文玉率領賊軍、離城十里分爲二寨住扎劉太守大笑道我知賊人無能爲遁

妬賢嫉能招權納賄所以州縣多有貪官天下不得太
平西夏反了趙元昊廣南反了儂智高都未收復今日
貝州反了王則也為着貪官而起當時貝州一州的官
只走得通判董元春提點田京兩箇逕至京師把反情
奏知朝廷仁宗天子聞奏便召樞密院官商議夏竦奏
道此乃知州張德不放錢米一時激變軍心非地方之
反叛也不勞聖慮臣保一人乃冀州太守劉彥威此人
將門之子文武雙全只消此人領着本部人馬前去相
機勦撫可保無虞仁宗准奏卽忙傳下聖旨令冀州太

守速領本部人馬逕往貝州或撫或勦一任便宜行事
事平之後論功陞賞這太守姓劉名彥威雖然是文科
出身家世將門精通韜略使一柄大桿刀有萬夫不當
之勇當日接了勅書便請都監茹剛商議茹剛道聞得
貝州一夥妖人作耗廣有神通須當量力而進不可輕
敵劉彥威大笑道劉某曾讀詩書自古道邪不勝正吾
仗天威討反賊有何懼哉當下擇箇吉日點起本部五
千人馬使茹剛領一千人為前部先鋒牙將段雷領一
千人為合後自己統三千人為中軍一齊進發殺奔貝

州來却說貝州報子探聽得劉彥威起兵飛馬來報王
則貝州一州人都慌了王則雖然學得此些武藝從不曾
經過戰陣也不免驚惶急請左黜張鸞卜吉三箇人來
商議說話的問你彈子和尚那里去了看官有箇緣故
那和尚三遍到白雲洞袁公處盜法時節曾到白玉香
爐前誠心禱告發願替天行道不敢為非只為不識天
書廢了聖姑姑辨認就同聖姑姑和左黜三箇一齊修
鍊因見聖姑姑說河北三十六州合當換主衆人該得
輔助王則除滅貪官污吏這都是天數彈子和尚信了

這般言語所以把善王太尉三千貫文相助王則散與
兩管軍士以後衆人去殺州官和尚就躲過一邊不曾
同去為何的一來是佛門中出身又是慈長老手下長
大的終帶三分慈悲之意二來他心靈性巧既設過誓
願嘗把替天行道四箇字存在胸中就是嵩惱包龍圖
也是包龍圖先要去拿他却不是他惹禍今日雖然信
道天數也要觀其動靜不肯出身露體生事造業寔里
王則據了貝州城那和尚自在城外甘泉寺裏居住只
有左黜等三人朝夕共事故此今日王則只請他三

奶房裏搜將出來王則道這許多財物都是貝州人的
骨髓令分做三分把一分散與營中有請的一分給還
舖行欠帳及知州詐錢被害之家一分散與窮經紀人
教他安心做道路王則據住州衙出榜撫安百姓令兩
營軍人整齊兵器頂盔掛甲分布四門緊守城池兩箇
教師就充做統領使分領兩營軍馬如今做一回話兒
說過那其間老大一場事當時只走了兩箇官一箇
是通判董元春一箇是提點田京兩箇收了印信棄了
老小奔上東京奏　知朝廷要請兵與知州報讎只因這

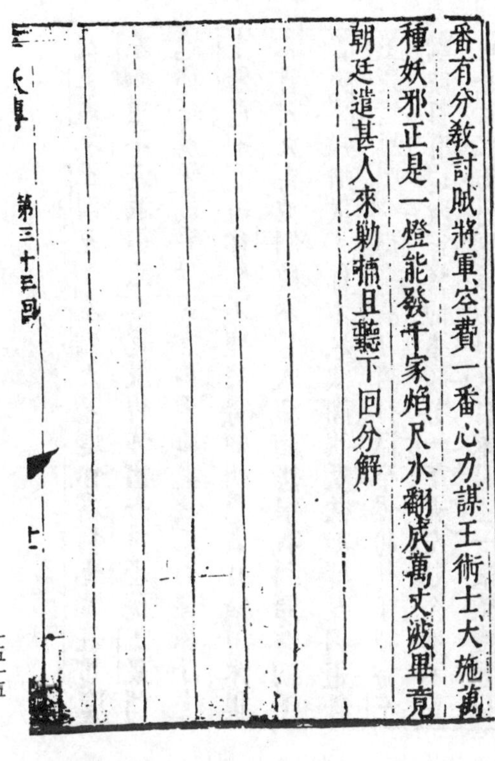

番有分教討賊將軍空費一番心力謀王術士大施邪
種妖邪正是一燈能發千家焰尺水翻成萬丈波畢竟
朝廷遣甚人來勦捕且聽下回分解

第三十四回

　劉彥威三敗貝州城　　胡永兒大掠河北地

　　從來叛亂數應然　　也是朝廷政未全
　　試看聖明全盛日　　放牛歸馬任安眠

話說大宋慶曆年間仁宗皇帝雖然聖明却被奸臣夏
竦蒙蔽引用王拱辰魚周詢等一班小人造言生事謀
尊忠良一連罷去了六箇賢臣那六箇文彥博韓琦富
弼范仲淹歐陽修包拯他六箇都是老成練達肯替國
家做好事的自六箇人去後夏竦受樞密使之職專

出王則來，王則見了左黜，大驚道：你爲何也來這裏。左黜道：不是我進來，如何救得你出去。司理院王漿問道：你這漢子從實供說，倉裏米、庫裏錢怎的樣攝了去。左黜道：勘官連你也不理會得，知州愚蠢，月錢月米俱不肯放支與他們，教兩營人切齒怨恨我。到賠着四千貫錢替知州撒了，他不感激謝我，反欲加罪，是何道理。王漿焦燥，喝令獄卒看力拷打。獄卒提起杖子，拖番左黜便打。有這般作怪的事，繞打一下去，左黜全然不覺，到是行杖的叫疼，恰似打在自家身上一般。換幾簡獄

卒行杖，都是如此。但是打一下，便叫起疼來，撤着杖子躲向一邊去了。至漿不信，走下來自提杖子去打，這棒不像打左黜，到像打勘官，也撤了杖，把手掩着屁股便走，連叫作怪。只見左黜阿阿大笑，唱聲疾，把自巳身上和王則身上的索子，就如爛蔥也似都斷了，柳也開了。嚇得王漿道，這漢子真是簡妖人，忙教獄卒并眾人一齊向前來提，被左黜用手一指，禁住了許多人的脚，一似生根的一般，一步也移不動。左黜和王則直到廳下，知州正在廳上，依先戴了紗帽，坐着虎皮交椅，比較錢

第三十三回　九

糧。只見左黜喝道：張大尹，你害盡貝州人，報應自來這遭。我今日不爲貝州人除害，非大丈夫也。知州見他兩簡來得惡，撥身望屏風背後便走。忽地後堂內搶出兩簡人來，那兩簡非別，正是張鸞、卜吉，各仗一口刀，向前揪住知州。張鸞向知州一刀，連肩卸臂，斷額分尾，把知州殺了。嚇得廳上廳下的人都麻木了，轉動不得。王則道：你眾人聽我說，你們內中有一大半是被他害的。今日我替你們去了禍胎，教一州人都得快活。你們喫他苦的隨我入衙裏來，搶搬些金銀，教你們當貴。眾

人見說，都來幫助王則。兩管教師張成、寶文、王率領着六千軍卒，都好都到州衙前，聽得說王則殺了知州，一齊搶入來。正遇着司理院王漿引着一家老小出衙逃避，張成棍起，先把王漿打倒，眾人齊上踹做肉泥，一家老小都結果了性命。胡永兒巳自到了州衙裏面，和左黜等將知州滿門殺盡，又訪問知州平素心腹用事之人，都搜尋來殺了。打開獄門，把罪人都放了。到知州宅裏搬出金銀、錢寶、綾羅、段疋，定在堦下堆積如山。連這十三疋綠帛剪下來的五尺零頭，做一包兒包着，也在內

第三十三回　十

是天神、可知道昨日王都排家裏不甚寬大散了六千
人錢米衆人拜罷起來看時端的只是箇瘸師瘸師道
衆人休三心兩意因是你貝州人合當有難天遣我來
提拔你們你們從與不從只在今日說聲未絕營裏跳
出兩箇鎗棒敎師來一箇姓張名成一箇姓寳名文玉
那兩箇各提一條棍棒在手叫道王都排是好人合當
救他那箇不肯去的我先與他鬪一百合衆人齊聲道
都去都去瘸師道難得兩位恁般義氣就煩你做箇頭
領敎他們在此整頓器械我如今獨自一箇先去救王

都排壞了貝州之主敎你們豐衣足食快活下半世衆人聽得
了貝州知州你們就來接應輔助得王都排做
說都應道我們就來相助有詩為證

重瞳各賞終亡國　　吳起同甘便勤動
只爲米錢私敞去　　一朝反了六千軍

左黜離了營前迤邐奔入[墨污]裏來正值知州陞廳
坐在虎皮交椅上胡言亂道方黜人去時使箇隱身法
金無一箇人看見左黜一閃閃在知州背後捉箇空兒
蔣交椅望後一退知州撲地的跌了一交衆人慌莊蹀

起知州道想是這交椅日久腳損壞了另換一把坐起
左黜暗暗的笑道這賊贓狗知道我瘸腳也來借名朝
我我再要他一耍衆人將交椅換過鋪上虎皮坐褥安
放得穩穩的知州方繞坐定左黜在背後將他紗帽猛
打一下撲的一聲響那紗帽離頭似箭一般去了直到
聽下落地衆人只道知州相公袖裏放出一隻鷦鴒子
來了只見知州捧着頭呌道快拾取紗帽來戴衆人方
繞曉得是知州的紗帽正待去拾取却被左黜影在下
面又先拾得在手大盻盻的拐上廳來對着知州呌道

大尹你今日沒了冠也你今日沒了頭也把紗帽捻起
又道大尹你的頭兒巳被左黜捻得在此衆人聽得左
黜二字便道這里正出榜捉他他却來將頭套枷知州
見他身材短小不將他為意乃問道你便是那瘸師麼
左黜將左腿一拍說道這隻腿可是假得的知州道我
正耍拿你你如何敢來左黜道曉得大尹見怪特來拜
見領罪知州大怒罵道從不曾見恁般大膽的妖賊喝
敎左右拿下取長枷來將左黜枷了送到司理院去與
汪則對證錢米獄卒把左黜押到勘事廳裏就獄中搜

庫妖賊張鸞等未獲、如有擒捕真賊來獻者、每名官
給賞錢一千貫、知情不首、一體治罪、故示
一名張鸞、係遊方道人、頭帶鐵如意冠、身穿皂沿緋袍
一名卜吉、容人粧扮
一名癩師、左腿係瘸脚、頭帶破巾、身穿爛布衫
一名蛋師、又名彈子和尚、耳帶金環、身穿裂穴裝
慶曆四年　月　日

一五〇二

知州分付書手、將榜文一樣寫十來張、懸掛各門、及州
前并城內外衝要去處、一面喚緝捕使臣立限推覆不
在話下、都說兩營六千人秤老小都得知王則借支錢
米與我們、知州將他罪過、把他送下獄中受苦、人人都
在茶坊酒店裏說、沒一箇不駡知州賊狗、不近道理、說
猶未了、只見瘸師走來營前拍手高叫道營中有請的
官人們聽者、王都排不合把錢米散與你們衆人、你們
都看見他在自屋裏搬出來的、知州都把倉中的米庫
中的錢隱匿過了、反陷王都排偷盜、即今更差人來神

第三十三回

一五〇三

着兩箇管營的追取你們錢米、還會還庫、我想你們窮
漢的買賣米是喫了錢是用了、郏里賠出去、還官眾人
聽了、都亂嚷起來道、我們喫的用的、又不是官物、見在
該支的錢糧、不肯關與我們到要追奪我們的、恁地將
眞箇逼我們反了、瘸師道、王都排好意支散錢米與你
們如今被知州打得皮開肉綻禁在獄中性命不保、你
們知恩報恩肯出力救他出來麼、衆人道、我們也有此
心、只是力量不加、又沒一箇頭腦如何救得他出來、左
黜道官人們也說得是必須要一箇爲首的我與你們

一五〇四

為首衆官人前相助也不、衆人看了左黜口裏不說、心
下思量道看他這一些兒大、又瘸着脚便跳入人的咽
喉裏也刺不殺人隨他去恐不了事倒粧謊子左黜見
衆人不則聲問衆人道你們因甚不則聲莫不是欺我
身小力微奈何不得人、我變箇奈何得人的教你們看
看、左黜口中念念有詞唱聲道疾將身顯出神通不見
了邪四尺來長的瘸師、只見身長一丈腰大十圍頭似
車輪眼如燈盞手中執兩把潑風刀如兩扇板門相似
衆人見了大驚忙忙的拜道我們有眼不識奉山原來

第三十三回　六

一五〇五

聖明帝主他在九重之上，那里曉得外邊備細怎般說。將起來可不到是做貪官的便宜，說話的據你說人大該做貪官了。雖則如此，那百姓們千萬張口呪咀祝頌，難道全然沒用？或者生下子孫賢愚不等，後來家道消長不齊，暗裏報應，天道自然不爽，只目前人不知道。還有一件，假如朝廷洪福齊天，地方平靜，且算做僥倖。若是氣運適然，地方合當有事，定然是箇貪官惹出禍來。這禍依還是他自家先當。前一回說邪貝州知州張德，若不是怎般胡做，如何激變了軍心，弄成大禍？這便

是貪官的樣子。且說當日知州見倉裏失了米，庫裏失了錢，不勝焦燥，將王則枷了，送司理院如法勘問報來。這勘官姓王名羨，問王則道：說你昨日散了兩營請受，你如何能有多少大？如何堆放得六千人錢米？今日州庫裏不見了許多錢，倉裏不見了許多米，你且說如何將出來的？王則初時抵賴，後來喫拷打不過，只得供稱道：昨日是王則下班月期，在家裏團坐，只見那許多有請的從王則門前過，都怨帳道：役了三箇月，要關支一箇月錢米也不能得，又有四箇人不知從何處來，不由王

第三十三回　三

則分辯，借王則屋裏散了六千人錢米，那四箇人自去了，實不知是甚人。勘官道：登有不識姓名的人你不詢問他來歷，便容他在家裏散請受？教獄卒拖番王則，看力好生夾起再打。王則受不過苦楚，只得供說：一箇姓張名鸞，一箇姓卜名吉，一箇喚做瘸師左黜，一箇喚做蠻師，又名彈子和尚。勘官把紙筆教王則開將出來，見了大驚，想道：張鸞、卜吉是殺了鄭州知州逃走去的，彈子和尚是騙了善王太尉三千買錢包龍圖三番兩次奈何他不得。兀今兩處都行得有文書，緝捕那瘸師左

不知底人，一定也不是害民之輩，這班人都合做一彩，聚在貝州，此事非同小可。當下教王則押了招狀，依舊監禁獄中。即時回覆知州，細細的陳其利害，說得知州面如土色，欲待認真搜捕，誠恐這夥妖人等閒的拿不到手，反惹其禍；欲待隱瞞過去，連王則都寬了他罷，奈余庫中錢米失散，王則明明裏招出四箇人來，眾人共知，怎好丟手？怎般大事虎頭蛇尾，如何壓服得軍民？做得一州之主，左思右量，只得出箇榜文。榜云：

貝州知州張　為緝捕事：據排軍王則招稱，同盜金

第三十三回　四

修文院

一四九四

第三十三回

左瘟師顯神驚眾　王都排斜彀報讎

劉寵清名舉世傳　至今遺廟在江邊
近來仕路多能者　也學先生揀大錢

這首詩是簡有名才子王叔能所作那紹興錢清鎮有
箇一錢太守廟這太守姓劉名寵在西漢桓帝時爲會
稽太守一清如水絲毫不染陞任臨行之日山陰縣諸
多父老號泣相送每人齎百文錢贈爲行資劉寵感其
來意揀一文大錢受了後人思其清德立廟祀之號爲

一四九五

一錢太守廟這鎮就喚做錢清鎮王叔能偶然在此鎮
經過拜了一錢太守遺像因想近來仕路貪污只揀大
主錢兒便取所以題這四句詩寫在廟中壁上借意譏
誚又有人說這四句詩雖然做得好可惜還未盡其意
如今做官的若單揀大主錢兒方纔繞上索就算做有志
氣的了他的算計恰像歸乘法兒分毫不漏他的取錢
恰像做土磚的地皮也墾下了三分那管你大主兒小
主兒好像屁尿掃地的畚得來簸箕裏頭就是只說揀
大錢可不是未盡其意了另有詩云

一四九六

若是取錢能舍小　喚爲廉吏亦何妨

那貪官也有簡計較他取得錢來將十分中拼着幾分
在上面打點使用一般得箇美陞便做道萬一公論穿
了但着對頭罷職家居也做箇大大財主落得下半世
豐足受用子孫肥田美宅鮮衣怒馬何等奢華任他地
方百姓呪罵我耳朵裏又不聽得比如做清官的沒人
扶持沒人歡喜一筆勾了回去地方上許多鼻涕眼淚
又帶不回家累及妻子不免饑寒六親無不抱怨便有

一四九七

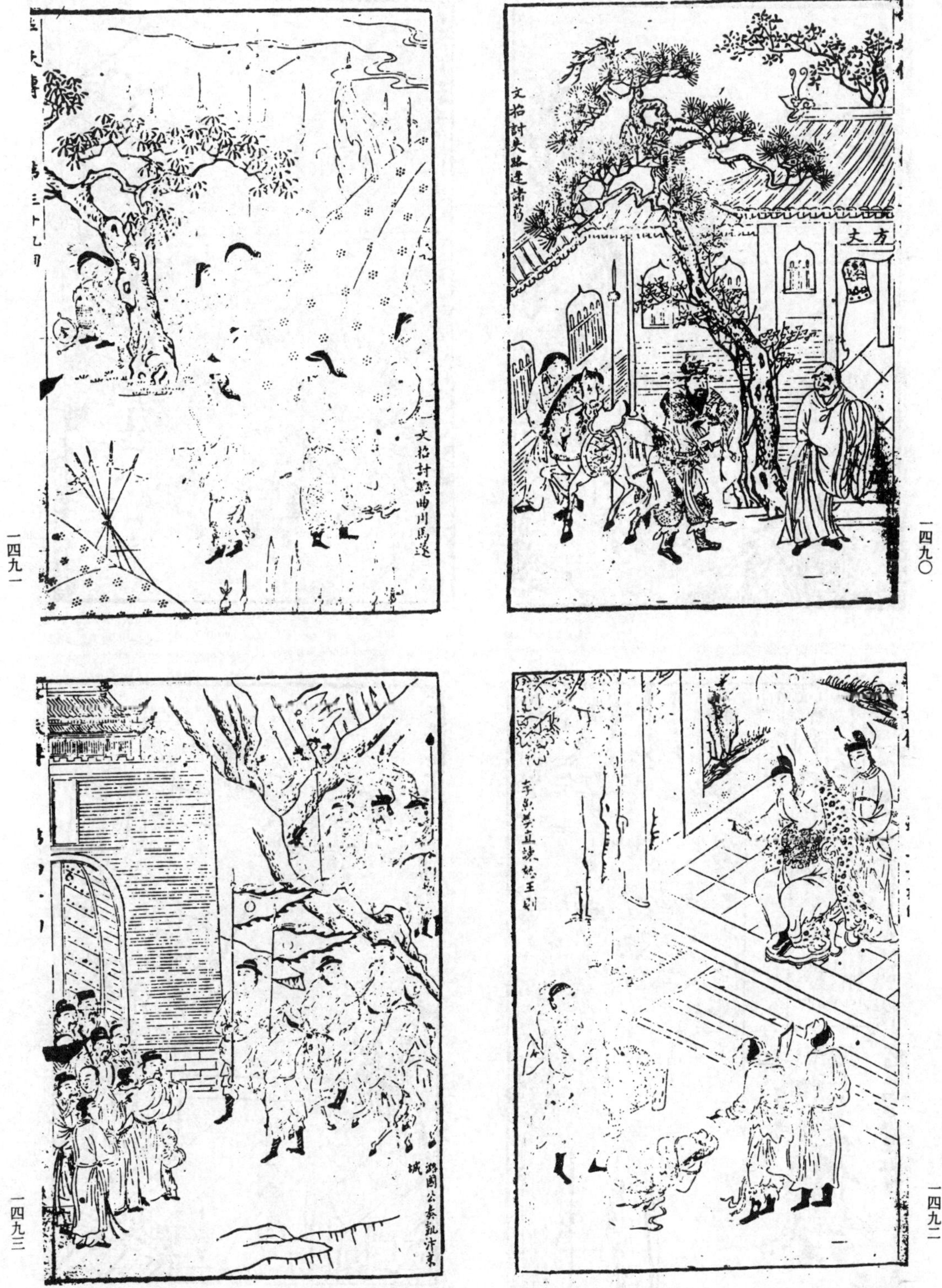

胡永兒大戰河北地
一四八二
一四八三
包龍圖應詔推賢
一四八四
一四八五

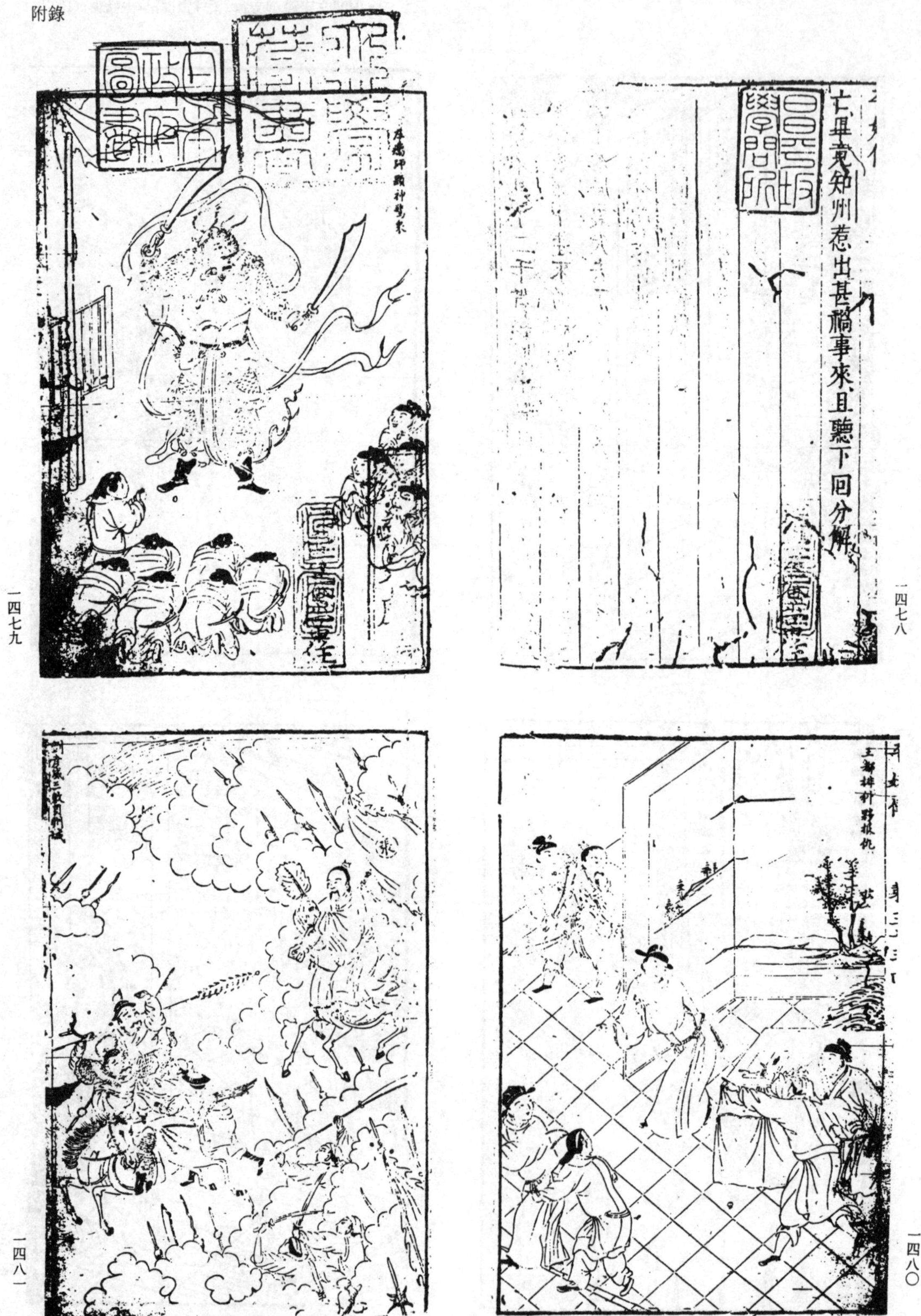

的、王則道莫非在開封府惱了包龍圖相公的就是愛
師道然也王則方繞心穩上前相見彈子和尚道貧僧
向年化得善王太尉三千貫文沒處花消蚤間聞得張
先生往博平縣取錢與都排賞軍資僧也把這三千貫
運來相助瘸師道六千人每人與他一貫有了四千貫
還少二千貫張鸞道貧道也包足三千貫卜吉道不勞
吾師神力徒弟已辦下了五箇人同入裏面馱將出來
一千貫做一堆堆得滿屋裏都是錢堆尚未了只見有
請的都在門前王則教他們入來搬去每人只許搬一

貫這夥人出自塋外也沒箇敢多要的乘着月色約莫
搬了兩箇更次恰好兩管人都有了這六千人和老小
那一箇不稱讚道好箇王都排誰人肯將自己的錢米
任意教人搬去任有手腳快有氣力的關了三箇月錢
米安在家裏煩惱甚的當日左黜等四人散完了錢米
別了王則自去約到明日又來王則次日正該上班日
分五更三點入州衙前伺候知州陞廳這箇知州姓張
名德滿郡人罵道、

第三十六回　綺羅裏定真禽獸　百味珍羞養畜生

堪歎地方都悔氣
何時叛出銀刀劍

這知州每日不理正事只是要錢當日坐在廳上便要
軍健王則王則在廳下唱喏道請相公台旨知州道王
則我聞你直恁地豪富昨日替我散了六千人請受錢
米似此要散與他們何不先來稟我待我發放王則答
敢說是甚人變化出來的只得勉強應諾方欲動身只
見階下兩箇人身穿紫襖腰繫勒帛唱箇喏稟道告相
公倉裏不動封鎖不見了十數廒米那知州喫了一驚
正沒理會處只見管庫的出來稟道告相公庫裏不動

封鎖不見了二千貫錢原來瘸師的米卜吉的錢都是
本州倉庫中運來的知州道是了王則我倉裏失
去了米庫裏失去了錢你家又沒倉庫如何散得六千
人錢米分明是你使箇搬運妖法盜去了王則被他道
着無言回答知州教獄卒收一面長枷來當廳把王則
枷了教送下獄去與同理院審生勘問這張大尹只
把王則下獄有分教自己身首異處連累一家老小死
於非命貝州百姓不得安生直待朝廷起兵發馬剪除
妖孽方復州郡正是貪污酷吏當刑戮假手妖人盡滅

認得王則齊來唱喏王則道你們衆人去那里去來管
營的道都排知州苦殺我們有請的也我們役過了三
箇月日如今一箇月錢米也不肯關與我們今日
到倉前管倉的吏只顧趕打我們回來王則道若是恁
地都怎的好管營的道如明日再不肯關支衆人須要
反也管營的和衆人自去王則上樓來把管營的說話
對左黜說了一遍左黜起身來道你快去趕上管營教
他們回來請支一箇月錢米與他們教這兩營軍心都
歸順你王則道先生那里有許多錢米左黜道你只叫

一四七〇

他們回來我自有措置王則當時來趕見管營教他叫
住許多人且不要行都轉來與你們一箇月錢米管營
聽得說叫轉許多人都到王則門首只見王則家裏
也似堆起米來王則肚裏想道如何家裏卓櫈都不見
了這一屋米從何而至只見腐子把手招道你們有請
的衆人如有氣力的搬一石兩石不打緊只是不要羅
唝那有請的三二五五來搬也有馱得一石的也有馱
得兩石的儘着氣力搬運王則道這米只有百來石兩
營共有六千人如何支散得遍左黜道你休管我包你

第三十八回

九

一四七一

都教他有米便了衆人從千牌時候搬起直搬到酉牌
時何止搬有一萬餘石家中尚剩下四五石管營和若
干人都來謝王則左黜道王都排一客不犯兩主有心
賣簡人情今夜有月亮的你和管營說教他去營裏告
報衆人就今晚來請一箇月錢省得到明日一件事兩
截做管營見說不勝歡喜飛也似去報衆人來領錢王
則道先生散了許多米了如今錢在那里左黜道我自
有張鸞道貧道有一千貫寄在博平縣城隍處今盂取
得來了見在都排狀下王則進去看時果然米下都塞

一四七二

待滿滿的不知如何運來的正驚訝間只覺得脚底下
踏着箇錢索頭兒恰像埋在地下的一般王則曲身下
去將手一扯那索子隨手而出索上密密的都穿得有
上好官錢似紡車兒一般出倒不了王則倒慌了手脚
郗待放手只聽得大笑一聲驚地錢索上鑽出一箇和
尚來耳帶金環身披裂火袈裟諕得王則魂不附體散
了手望外便走只見和尚也隨身出來叫道貧僧今日
來遲了都排休怪張鸞等見了都認得是彈子和尚對
王則道此位是彈師也是我們一家來帮都排擧大事

第三十八回

十

一四七三

一四六六

跪在下面，知州見了，喜道，王則還是你會幹事，昨晚分付得你今番就換來了。王則稟道，還不曾換來，昨日相公發出這些綵帛來，不是原物了，不知何人每疋剪去了五尺，教小人如何好換，乞相公台旨。知州道，昨日當堂教你驗收，既然剪動，當時就該說了。王則道，小人當堂只點得疋數，到家去仔細檢看，方知短少，連忙來稟知相公，其時相公巳散衙了，天色巳晚，小人不敢傳報，今番特來伺候。知州大怒道，胡說，昨日驗收明白，就該發還舖家，你又拿回家裏自不小心，被家中甚麽人剪

一四六七

動了，今番反來我這裏胡稟，若不念你平日效勞之處，就該打你一頓毒棒，快去立等換來，再休多口。罵得王則頓口無言，只得依舊抱回，悶悶的坐在家裏，正在尋思無計，只見三箇人從外面入來，王則看時，不是別人，正是左黜和張鸞卜吉四箇，敘禮巳畢，三箇人見卓兒上堆着許多綵帛，問道，那裏來的，王則道，一言難盡，便將知州剪壞了原物，要他舖中換取事情，備細說了，左黜道，這箇何難，在貧道身上，包換還你，當下把十三疋綵帛做一堆兒，堆在地下，脫下[■]布衫蓋了，口中念念

第三十二回　七

一四六八

有詞唱聲道，疾揭起布衫來看時，變了十三疋鮮明綵段，王則大喜道，有順三位少坐待，小可送去州裏再來陪話，三人道，我等正有話商議，快去快來，王則笑容可掬，棒着綵帛去了，有詩爲證

任所如何辦嫁裝
剪殘綵帛要入籠
有官望使千年勢
沒理天教一旦丟

知州還未退衙，見換到鮮色綵帛，歡喜自不必說，王則如數點明，交付私衙去訖，火速轉回家裏，那三箇人正在那裏相待，王則道，有失陪待，休得見罪，又道，三位至

一四六九

此合當拜茶，奈王則家下乏人，三位請到間壁酒肆中飲數杯麽。張鸞笑道，還不曾擾都排一杯喜酒，指着師道，莫說這位大舅，今日只當請媒，麽左黜跳起來道，休論親道，故既然相遇，少不得盡醉方休。卜吉道，還是師說得爽利。王則道，今日是箇下班日分，那綵帛又交付過了，正好久坐，四箇入酒店樓上，靠窗坐定，正飲酒熱鬧，只見樓下官旗成羣攏隊走過，王則道，今日不是該操日分，如何兩營官軍盡數出來，左黜道，王都排你下去問看是何緣故，王則下樓來，出門前看時，人人都

第三十三回　八

一四六二

一連的住了三日、真箇是王歡香濃、送盡□夜、花堆錦簇
送時光、這也不在話下、到第四日、聖姑姑請王都排
事、說道、氣運已至、宜作急相機而動、休得貪戀新婚、誤
其大事、癩師道、都排且回、我明日和張先生等入貝州
來替你舉事、王則心上已不得再住幾日、一來被眾人
催逼、二來三日不曾到家中、看得生怕州裏有事、只得
謝了聖姑姑、別了胡永兒、依舊做來時打扮、癩師引他
離了莊院、出林子來、指一條路教他回去、王則回頭看
時、不見了癩師、行不多幾步、蚤到貝州城門頭、王則喫

一四六三

了一驚、道、却不作怪、前番行了半日、到得傀姑莊上、如
今行不得數十步、蚤到了城門頭、原來這一班都是墨
人、都會法術來扶助我、我必是有分發跡、此時進
城、尚是未牌時分、先打従州前走一遍、看其動靜、只見
兩三箇做公的、見了王則、便道、王都排那裏去了、好幾
日、知州相公喚你不到、好不心焦哩、王則聽說慌忙
進州裏、見了知州、知州問道、王則你這幾日在那裏、王
則道、小人往鄉里看箇親戚、原想只一日轉回、不道
冒了些風寒、睡倒身子、□□□

一四六四

喚、小人特來參見、還不曾到家裏、知州道、既是□
計較了五日、前差你到舖中取下綵帛、奶奶嫌顏色不
鮮明、尺頭又短、用不着、你可領去、照數作速換來、眼□
明日交制、小姐吉期近了、事等裁永、休得遲悮、當下喚
簡心腹親隨、到私衙裏討出綵帛來、共是十三疋、教王
則點清了數目收去、王則答應了、兩手抱出州衙、一直
到自家屋裏坐下、想道我王則好悔氣、繞快活得三日
回來、沒討鍾茶喫、這賍官又來歪纏了、你自要嫁女兒
于我貝州人甚事、舖家銀又不肯發還、教人硬賒取着

一四六五

東西、還嫌好道歹、弄得亂亂的、又去倒換你做官府
的、直恁強橫、一頭說、一頭把綵帛展開、待要重新摺好
提起看時、喫了一驚、先前送進去是簡整疋、如今一頭
翦動了、逐疋展看、都是如此、取尺來量看、每疋短了五
尺、王則道、少了這疋把到是小事、可惜都剪殘了、既不是
原物、舖家如何肯換、一定是手下人作弊、官府那裏曉
得、少不得去稟明、看他如何說、連忙摺起、重跑到州裏
來、知州已自退堂了、王則道、且拿回去、明蚤來稟他未
遲、次日起簡蚤伺候、知州上廳、王則捧着十二疋綵帛

得一人來,教你成事,王則道,又有何人正說之間,從空中飛下一隻儇鶴來,到卅廳立地了,背主箇人來,張鸞卜吉和永兒都[……]與那人施禮,看那人時瘸了一隻腿,身材不過四尺,戴一頂破巾,看領麤布衫,行纏碎破,穿一雙斷耳蔴鞋,將此些皁著腰,王則見了他這般模樣,也不動身,心裏道,不知是甚人,聖姑姑道,王都排這是吾兒左瘸,得他來時,你的大事濟矣,如何不起身迎接,王則聽得說,慌忙起身施禮,左瘸上卅廳來,與聖姑姑唱箇喏,便坐在眾人肩下,

問聖姑姑道,告娘娘,王都排的事成也未,聖姑姑道,孩兒論事非蚤,即晚專行你來,這事便成,左瘸道,既然商議停當,難得都排到此,即今晚便可屈寓與妹子永兒完成親事,就煩張先生為媒,却不好麼,聖姑姑道,正合吾意,便分付女童,引王都排到香水浴堂洗澡,王則換了箇淨浴,女童將一身新衣與他通身換過了,聖姑姑教捧出龍袍玉帶,衝天巾,無憂履,請他穿着,王則曾見這般行頭,那里敢接,只見瘸師拐將過來,你休懷疑慮,你若疑慮時,我引你到三生...

第三十二回　三

今世的出身,王則跟了瘸師,走出莊院來,到一箇池邊,瘸子教王則向水中自家照看,王則看了大驚,見本身影子照在水裏,頭帶衝天冠,身穿滾龍袍,腰白玉帶,足穿無憂履,相貌堂堂,儼然是一朝天子,瘸師道,都排你見麼,天數巳定,謙讓不得,王則方纔信了,當時就裝扮起來,只見卅廳上鼓樂喧天,八箇女童紗燈宮扇伏侍永兒出來,珠冠繡襖,別是一般粧束,就如皇宮妃子一般,兩箇在卅廳上行了夫婦之禮,但見名香滿爇,異綵高懸,百歲姻緣,笑語節撮成花燭一場

歡喜笙歌擁入蘭房,何處來風流帝子,分明巫山夢裏襄王,誰得似窈窕仙娘,除非天寶宮中妃子,恩山義海歡娛足,錦地花天富貴多

當晚洞房花燭鋪設得十分齊整,王則想道,莫非是夢麼,不是夢,難道是真,又道便不是真,也是箇好夢了,我且落得受用,只因王則和胡永兒兩箇,一箇是武則天娘娘托生,轉女作男,一箇是張昌宗托生,轉男作女,他先前在百花亭上罰了真願,願生生世世永為夫婦,到今四百年來重重[……]約,壽結新歡,夫婦恩情不須[……]

第三十二回　四

是誰且聽下回分解

一四五四

第三十二回

鳳媒緣永見招夫　　散錢米玉則買軍

人言左道非眞術　　何須方外學神僊

若是得傳心地正　　只恐其中未得傳

話說王則正在州廳上看軍馬說話之間只聽得有人
高叫道你們在此舉事謀反麼王則驚得心慌膽落擡
頭看時只見一箇人生得清奇古怪頭戴鐵冠脚穿州
履身上看皂沿絆袍面如墨血目似怪星騎着一匹大
蟲逕入莊來聖姑姑道張先生我與王都排在此議事

一四五五

一

你來便來何須大驚小怪先生跳下大蟲喝聲退那大
蟲望州外去了先生與聖姑姑施禮王則向先生唱喏
喏先生還了禮坐定聖姑姑道張先生這箇便是貝州
王都排後五日你們皆爲他輔助先生對王則道貧道
姓張名驚常與聖姑說都排可以獨霸一方貧道幾次
欲頭與都排相見恐不領諾不敢拜問聖姑如何得王
都排到此聖姑姑道我使永兒去貝州術前用此小術
引得都排到方欲議事都遇你來先生道不知都排
幾時興事聖姑姑道只在旦夕待等軍心變動一時發

一四五六

作你們都來相助舉事道猶未了只見莊門外走一箇
異獸人來王則看時却是一箇獅子直至州廳上盤旋
哮吼王則見了又驚又喜道此乃天獸如何凡間也有
必定是我有緣得見方欲動問聖姑姑喝道這厮既來
相助都排何必作怪可收了神通獅子將頭搖一搖不
見了獅子却是箇人王則問聖姑姑道此人是誰聖姑
姑道這人姓卜名吉教卜吉與王則相見禮畢就在
廳上坐定聖姑姑道王都排你見張驚卜吉的本
王則道二人如此奢遮不怕大事不成聖姑姑道

第三十二回

一四五七

二

對聖姑姑道王則有緣今日得遇仙姑不知仙姑為何
見教聖姑姑道且一面飲酒與你商議如今氣數到了
你上應天數合當發跡河北三十六州有分教你獨霸
王則道仙姑莫出此言官中耳目較近王則是貝州一
簡軍健怎敢為三十六州之主聖姑姑道你若無這福
分時我須不着人來請你只恐你挫過了機會可惜了
更有一事恐你隻身無人相助成事指着賣泥蠟燭的
婦人道吾有此女小字永兒尚是女身與你是五百年
姻眷今嫁此女與你為妻助你成事你意下如何王則

一四五〇

心中不勝歡喜思忖道我今年二十八歲渾家去年死
了尚不曾繼娶今日仙姑把這美婦人與我豈不是天
緣奇遇王則道感謝仙姑厚意焉敢推阻王則幼小時
曾遇着一簡與人相我道年近三旬必然發跡今日蒙
仙姑接引果應其言只是一件奈貝州知州央及王
則取辦一應金銀絹帛物件俱不肯還舖行錢鈔害盡
諸行百業那一簡不怨恨唾罵近日本州兩營官軍逼
了三簡月要關支一簡月請受他也不肯欲待與他爭
競他朝中勢力大和他爭競不得與王則一般一

第三十一回

一四五一

人不知喫他苦害了多少我們要祛除一簡虜民官商
且無力量如何幹得大事聖姑姑笑道你獨自一簡如
何行得必須仗你的渾家他手下有十萬人馬相助你
你須及得依王則笑道我聞行軍一日日費千金瞥歇
暫停江湖範濟有許多軍馬須用若干糧食草料
庄院能有多少大道十萬人馬安在那里聖姑姑笑道
我這里人馬不用糧草亦不須屯劄有急用便用不用
便妝了王則道怎地時卻好聖姑姑道我且教你看我
的人馬則簡聖姑姑教永兒入去掇出兩隻小籠兒來

一四五二

籠兒是剪的稻草永兒撮一把萁撒一
把稻草把來一撒喝聲就變做二百來騎軍馬在
廳前王則看了喝采道既有這剪草為馬撒萁成兵的
本事何憂大事不成正說之間只聽得庄外有人高聲
叫道你們在這裏好做作官司見令出榜捕捉妖人你
們却在此剪草為馬撒萁成兵待要舉事謀反諕得王
則大驚如分開八片頂陽骨傾下半桶冰雪來真所謂
機謀未就怎知窗外人聽計策總施却早蕭牆禍起正
是……畢竟那裏來

第三十一回

一四五三

則道且住你們都不要買人都認得王則是有婆媳人他叫聲不要買人都不敢買婦人擡起頭來看見王則便起身來叫聲萬福王則還了禮王則道你把泥來做蠟燭如何賺得有婦人道都排在上媳婦在此賣了半簡月日了若點不着時人却不來問我買每日做十枝只是沒得賣王則道不要要我扯起衣襟在便袋內取出三十文錢都買了婦人將蠟燭遞與王則王則道且住買將去點不着時枉費了錢不是我不信事真簡不曾見丑點一枝敎我看看婦人道這簡容易都排敎人

去討火種來王則敎跟隨的去討簡火種遞與婦人婦人炙着發燭兒將十枝泥蠟燭都點與王則看王則看了喝采道好果然真簡驚人這十枝蠟燭我又不要你們要的都將了去眾人都拿了去婦人起身收拾了刀碗安在籃裏衆人道簡蠟福自去了王則打發了跟隨人先回自已信步隨着那婦人王則戶裏不說心下思量道這婦人不是我貝州人想是在草市裏住的且隨到他家用此一錢學得這件法術也好只見那婦人出了西門過了草市只顧行去王則道這婦人觀那不住

第三十一回　十三

市裏不知在那裏住又行了十來里不認得這簡去處王則道這婦人是簡蹺蹊作恠的人我且回去待明日看那婦人來賣時問他住處便了轉身却待取路回來看時不是來時的舊路只見漫天峭壁峰巒高山當住來路歸去不得又沒人行走正慌之間只見那婦人在前頭高聲叫道王都排不容易得你到這裏如何便要回去誑得王則戰戰兢兢向前道娘子你是誰婦人道都排聖姑姑使我來請你議論大事你不要疑忌我和你同去則簡王則道却不作怪欲要回去却耐迷失了

路只得且隨他去同行入松林裏良久轉過林子見一座淨院王則問道這里是甚麼去處婦人道這里是聖姑姑所在等都排久矣王則到得在前庄裏走出兩簡青衣女童來叫道此位是王都排麼婦人道便是青衣女童道仙姑等你久矣引着王則迤到廳下棄道迁都排請到了王則見一簡婆婆頭戴星冠身穿鶴氅坐在廳上婦人道此乃聖姑姑何不施禮王則就廳下參拜了聖姑姑敎請王則上廳三位坐定敎點茶來茶罷聖姑姑敎女童置酒管待王都排王則心局恚氣甚是歡喜

第三十一回　十四

【一四四二】

此時劉太公也故了，並無親族尊長拘管，到十五六歲，生得身雄力大，不去讀書，專好鬪難走馬，使鎗輪棒，供養多少教師在家，又喚巧手匠人在背上刺五箇福字。還有一件喜術的，是百般法術，一看就學，只是小小戲耍，法界不曾過得箇明師傅，授什麼大本領。然雖如此，這裏頭也不知費了多少錢鈔。還有一件從小好的是女色，若見了箇標致婦人，寧可使百來兩銀子，一定要刮他上手，其他婦家寡婦自不必說，又有一班開漢幫他使錢，這裏頭又不知費了多少錢鈔，過了十來年，把箇

【一四四三】　第三十一回

家業費得罄盡，房子田地也都賣來花費了，單靠著一身本事，在本州充做箇排軍頭兒，在州衙後巷賃下一所小小民房居住，從幼娶得一房媳婦，並無生育。前二年也被他剋了，依舊剩箇單身，他只在娼樓妓館及落腳人家走動，不曾娶得老婆。人家見他無賴，也沒箇肯把老婆與他，偶然有肯與他的，他偏又嫌好道歉，正是志高難滿意，運蹇未逢時。說起來他也有一節好處，為人慷慨結交，沒錢時寧可束了肚皮過日，一有錢鈔……況四弟，終日大酒大肉，慣同喫，若是有些落泊的

【一四四四】

時節攛出拳頭就打，所以眾人又畏懼他，又喜歡他。閒話休叙，這一日王則五更入衙，畫卯幹辦完了，纔事道來，見州衙前一夥人圍著了看，王則搭起腳來望一望，見一箇看孝的婦人坐在地上，仔細看時，但見身穿縞素，腰繫麻裙，不施脂粉，自然體態妖嬈，懶淡鉛華，生定天姿秀麗，雲鬟半整，如西子初病捧心處，眼微波，若文君舍愁聽曲，恰似嫦娥離月殿，渾如纖女下瑤池。王則便問跟隨的人道，這婦人在此做甚的？跟隨人道，

【一四四五】　第三十一回

告都排造，婦人在此賣泥蠟燭。王則道，我日逐在官府忙，也聽得說多日了，道是一箇婦人賣泥蠟燭，我那一般當官執事的人說，也曾買來點，且是明亮，我便是要問怎地喚做泥蠟燭。跟隨人道，說起來，且是驚人。那婦人在地上掘起泥來，把水和了，揑在竹棒上，似蠟燭一般，焠着燈便看，從上燈時點起，直點到天明。王則聽了，心裏思忖道，却也作怪，我從來好此三廟法術道二……又驚人，乃挨身入人叢中，看那婦人，都被点了她……了手道，我這蠟燭，賣三文錢十……

一四三八

賣十枝賣了半箇月，閙動了貝州，一州人都說道：有一
箇婦人在州衙前賣泥蠟燭，且是耐點又明亮。當日這
婦人正攤場，做得一半，州衙裏走出一箇人來，眾人看
時，却是箇有請有分的人，姓王名則，見做本衙排軍。那
人怎生模樣？

鳳眼濃眉如畫，貴鬚白面高額，手垂過膝，濶雙肩，六
尺身材壯健，善會開弓發弩，更兼使棒輦拳，一生志
氣在人前，王則都排出見。

這王則的父親，源是本州下箇大富戶，因信了箇風水

一四三九

先生的說話，看中了一塊陰地，當出大貴之子，這塊地
就是鄰近人家葬過的。王大戶欺他家貧，賤放些二儈頭，
故意好幾年不葬，累積無償，遂要了他的地，掘起屍棺，
把自家爹娘靈柩，葬在上面。自葬過之後，媽媽劉氏一
連懷八遍胎，只第一胎是箇女，其餘七胎都是男。那王
則是第五胎生的，臨產這一夜，王大戶夢見唐朝武則
天娘娘特來他家借住，說道你家合生有福之男，與基
立業昌大門閭。醒來時恰好媽媽生下孩兒，王大戶夫
這家名王則，小名叫做五福兒，以記夢中之兆 [illegible]

第三十一回

一四四〇

俐，五歲時便會讀書。一日外祖劉太公到來，看 [illegible]
挨肩的七箇甥兒，甚是歡喜，只有五福兒聰俊，出一對
道小孩兒五歲，聰明冠世。王則應聲道，犬丈夫一朝富
貴驚人。劉太公誇好，又出一對道，一母八胎生七子，小
者如虎，大者如龍。王則又對道，單鐘獨馬領三軍，成則
為王，敗則為賊。劉太公大驚道，此兒雖然穎異，必非安
穩保家之人。囑付女壻道，五福兒若長成，休得教他拳
棒，恐怕他不學本領，為家門之累。又一日王則在街上
頑耍，遇一箇過往的相士，立住脚，定睛看了他一回，說

一四四一

道此兒骨法非常，將近三旬，必然大有際遇，只是刑剋
太重，須剋盡六親，湯盡祖基，方繞發福。又看一看道，只
可惜有始無終，妳子進去，傳與王大戶聽了。王大戶正
走出來，婆細問明，那相士巳自去了。果然王則到七歲
時，父親一病而亡，以後六箇八兒接連患病，死箇乾淨。
母親劉媽媽不勝痛苦，也病死了，單單剩得一身。有詩
為證

獨留五福敗門牆　　不料多男盡喪亡

形家未必全無准　　陰地何如心地良

第三十一回

甚麼只見婦人去籃裏取出一隻碗來看著一顆人道
衆位在上媳婦不是路歧也不曾賣藥打卦因殺了夫
夫無計奈何只得自出來賺三二十文錢使那箇哥哥
替我將碗去討碗水來有箇小廝道我替你去討水不多
時討將一碗水來看的人道不知他賣甚東西討水何
用婦人揭起籃兒明晃晃拿出一把刀來看的人道莫
不這婦人會行法只見婦人把刀尖去地上掘些土起
來搜得鬆鬆地傾下半碗水在土內用水和成一塊籃
再取幾條竹棒兒出來捏一塊泥把一條竹棒兒捏成

一四三四

一枝蠟燭安在地上又捏一塊泥再把一條竹棒兒捏
成一枝蠟燭霎時間做了十來枝都安在地上看的人
相挨相擠冷笑道沒來由我們倒喫這婦人家耍了討
了這半日又沒甚花巧裂裂缺缺的捏這幾枝泥蠟燭
要他何用有的人道你們且閉嘴看他必有箇道理且
見婦人將剩的半碗水洗了手揩乾淨了看著一顆大
道媳婦因無了丈夫無可度日不敢貪多只要賣些
錢一枝這里十枝要賣三十文足錢每一枝燭就
起直點到天明看的人都笑道這把蠟燭

一四三五

人取笑泥做的蠟燭方纔做的兀自未乾纔待點得著
分明是取笑人沒箇人來買婦人見沒人來買又道
貝州人好不信事難道媳婦脫空騙你三文錢那箇哥
哥替我取些火來有一箇沒安死屍處專一幫閒的況
待詔替他去茶坊裏討些火種把與婦人那婦人去籃
兒內取出一片硫黃發燭兒在火上焠著去泥蠟燭
從頸點著一夥看的人都嗐采道好妙劇術六枝濕的
泥蠟燭便點得著又只要得三文錢一枝那里不便了
三文錢愛好事的取三文錢把與婦人婦人接我錢拿

一四三六

一枝過來吹滅了遞與買的霎時削十枝燭都賣了婦
人擡起身來收拾了刀和碗入籃內與衆人道箇萬福
便去了到明日婦人又來空地上來人都簇著了看婦
人道昨日生受賣得三十文錢過了一日今日又來相
惱衆人道真箇作恠昨日三文錢買了一枝泥蠟燭卻
好點了一夜比點燈又明亮倒省了十文錢油婦人在
場子上討些水掘些泥又做了十枝泥蠟燭衆人道不
須點了都爭著買了去婦人又賣得三十文錢自
第三十一回　八
見後逐日來賣做不落手竟有人買去

一四三七

外住的人聽得說出妖僧經紀人不做買賣新來都
見犯由牌前引棍棒後隨劊子手押着妖僧離了在
巡院看的人挨擠不開且說一行人押那和尚看
到市心裏不遠和尚立住了脚劊子手道前頭去做身
人如何不行和尚道衆位在上貧僧一時不合攪擾太
尹有此果報告上下前面酒店裏有酒討一碗與貧僧
喫了棄世也罷劊子手料得沒事可憐他是將死之人
只得去酒店裏討了一碗酒把木杓盛了教他喫和尚
將口去木杓內喫了大半衆人擁着一行將次到法場

一四三〇

上原來和尚睜着一口渺望空一噴只見青天白日風
雨不知從何處而來一陣風起黑氣罩了法場尾石從
人頭上打將來看的人都走了不多時風過黑氣散了
獄卒劊子手并監斬官一行人看那和尚時迸斷了索
子不見了四下裏搜尋那有簡影兒正是鰲魚脫却金
鈎去擺尾縧頭　　　　　不來有詩爲證

和尚生來忒怪異　　提防煩難去時易
縱教勻酒不容吞　　未必光頭便落地

上至監斬官下至獄卒劊子手都煩惱走了這和尚怎
（第三十一回　五）

一四三一

南大尹見罷我們這一行人都要受苦免不得回開封
府報知太尹龍圖聞報即時陞廳監斬官帶着一行人
請罪此時龍圖明知道妖人出見朝廷要動刀兵不肯
教人胡亂喫官事發放一行人自去星夜寫表申奏朝
廷教就小時還好治理若日久妖人大聚得多時恐難勤
捕朝廷降下聖旨遍行諸路鄉村巡檢可用心緝訪勤
捕文書行到河北貝州州衙前懸掛榜文那簡去處甚
是熟鬧有一簡婦人戴着孝手内提簡籃兒在州衙前
走來走去五七遭這婦人若還生得不好瞧也浪人跟

一四三二

着看他不十分打扮大有顏色到處有這般閑漢問道
姐姐我見你七來走去有五七遭爲着甚事婦人道實
不相瞞哥哥說媳婦因歿了丈夫無可慶日有一件本
事要賣三五百錢把來做盤纏那人又問道如姐你有
甚本事得賣婦人道無甚空地賣不得若有簡空地纔
好賣那人與他趕起了衆人吹的撲的道這里好也曾
有人在這里打野火兒過在這里做奸那婦人盤慮去
地上坐了看的人一來看見這婦人生得好二來見
入打野火兒的便有二三十大團集着都道系

一四三三

〔一四二六〕

軍中喚、一百名弓弩手……
……了嬌竿射上去、那弓弩手內中有射得……
到和尚身邊、和尚將稀衫袖子遮了、包大尹正深……
重重只見溫殿直手下做公的冉貴跪上稟道、小人有
一愍許獻上、可提妖僧、包大尹道、你有何道理、冉貴道
他是妖僧的邪法便使不得了、包大尹聽說大喜、命取猪
分妖僧可將猪羊二血、馬尿大蒜蘸在箭頭上、射去
羊二血及馬尿大蒜、手下人分頭取來、包太尹教將來
攪和了教、一百弓弩手蘸在箭頭上、一聲梛子、問眾……

〔一四二七〕

齊發不射時萬事俱休、一百箭齊射上去、只見寺內寺
外有一二千人發聲喊、見道和尚從虛空裏連梛子跌
將下來、眾人都道這和尚來死也殘疾了、那佛殿西邊
卻有一箇水池、這和尚不偏不側不歪不斜、跌在水池
裏、眾做公的即時拖起來、就池子邊將一猳猪羊血
往和尚光頭上便澆、把條索子綁縛了、包大尹道醫耐……
府……廳教押那和尚過寨當面包大尹道醫耐……
……來……之、平使妖術攪害軍民令……
唤怪攪害軍民依律處斬……

〔一四二八〕

這院勘問鄉貫姓氏悉有……
涼、大尹分付了、自去歇息通……
便不得法術被十……領人分箭射出麻困到槽裏
院裏將大尹的話對推官說子推官道我……都是……
勘問你這妖僧踪跡你必有寺院安歇同行共有幾人
卻也好問你不得教獄卒施番拷打獄卒耙和尚兩郷……
賽在枷稍上且是關閘承得著實打了二三百棍手和尚……
不則一聲也不叫疼、推官低頭仔細看時只見和尚鞠
鞠地睡著、推官道卻不作怪、教獄卒且監在獄中、少停

〔一四二九〕

再帶出來勘問、一日三次拷打、獄卒打得無氣力、這和
尚一如無物、只是不則聲、若打他時他便睡著子推官
勘問了十來日、無可奈何、只得來稟大尹、道蒙台台勘
問妖僧、今經數日、每日三次拷打、但打時便睡着了寔
般妖僧實難勘問、若停留獄中、恐有後患、謹取台旨發
大尹道似此妖僧停留則甚、即時文書下來、將妖僧發
定條法推出市曹處斬、推官教押那和尚出來、遞春……
曹犯由牌上寫道不合故殺李二义、不合於寨裏妖……
唤怪攪害軍民依律處斬、犯天六名頭領……

一四二二

道包龍圖你是清正的官我貧僧不敢害你我
善王太尉化得三千貫錢干你甚事你却要來捉我我
無可報答你還你一箇李二從空中把李二直攝下來
眾人發聲喊看那李二時正是身如五鼓銜山月命似
三更油盡燈斷竟李二性命如何且聽下回分解

一四二三

第三十一回

胡永兒賣泥蠟燭　　王都排會聖姑姑
妖邪法術果通靈　　賽過仙家智略精
　且看永兒泥蠟燭　　黃昏直點到天明

話說這李二不合為這一千貫錢首告那和尚既得了
賞錢做資本開箇菓子店和尚來投齋理合將恩報
反把言語來惡了他當日被那和尚從旛竿頂上直
下來正在包龍圖面前龍圖看時只見李二頭[illegible]
[illegible]頭直撞入腔子裏去嗚呼哀哉[illegible]

第三十一回

一四二四

[illegible]大哭起來[illegible]
下却說那和尚在旛竿頂上撬子高處坐着看的人
山人海越多了許多人喧嚷起來手下人禁約不住
圖看了沒個意智提他待要使刀斧砍斷這旛竿是[銅]
寺院裏旛竿都是木頭做的惟有這相國寺旛竿是銅
鑄的不知當初怎地鑄得這十丈長的原來相國寺裏
有三件勝跡佛殿前一口井有三十丈深頭髮打成的
索子黑漆弔桶硃紅字寫着大相國寺公用忽一日斷
了索子沒尋弔桶處以後有人泛海回來到相國寺說

一四二五

道我為客在東洋大海船上只見水面上浮着一箇弔
桶水手撈起來看時硃紅字寫着大相國寺公用正看
之間風浪大作幾乎覆船隨即許了送還弔桶風浪即
時平息因此來還弔桶愿心方知那日井直通着東洋
大海相國寺門前有條橋叫做延安橋在橋上看着那
[illegible]條橋一般及至佛殿上看着那條橋比寺[illegible]
[illegible]旛竿是銅鑄的截不得鋸不得[illegible]
[illegible]見那和尚在旛竿頂上將言語[illegible]
[illegible]

時自常重相謝先生道你去請他出來就取些水來李二嫂入去扶出李二把碗水遞與先生先生把一箇藥包兒抖些藥放在水裏用鵞毛蘸了敷在瘡上李二喜歡道好妙藥就是舖冰散雪的便不疼了先生道這箇不爲奇妙即時下落瘡瘢敎你無事你意下如何李二道若得恁地感謝先生先生道此乃熱毒之氣你可出外面風涼處吹着瘡瘢即便脫落李二依先生口出街上來先生敎李二坐在橙上先生看君李二道你叫三聲瘡瘢落這瘡瘢便浴下來李二聽得好喜歡盡性

一四一八

命叫了三聲只見那李二坐的橙子望空便起去那相同寺十丈長的旛竿頂上不歪不偏端正正閣一箇住街上人見了發起喊來李二嫂出來看見喫了一驚道若也先生我丈夫如何得下來先生道不要慌我敎他下來敎你認得我則箇那先生脫了黃袍除下青巾李二嫂仔細看了一看讀得叫聲苦不知高低原來却是妖僧那和尚道你丈夫不近道理一心只要害我却又害我不得我且敎他在旛竿上受此二驚恐街上入闉闉烘烘都來看內中有做公的看見道

第三十回

一四一九

明張榜文堆垛賞錢要提妖人這和尚又在這裏還妖作怪須要帶累我們做公的與當坊里甲一齊來提這和尚那和尚望人叢裏一躱便不見了衆人道自不曾見這般蹺蹊作怪的事那李二緊緊地坐在旛竿頂上下又下來不得衆人商議救他又沒有這般長的梯子驚動了滿城軍民都道這和尚却也利害這箇人如何得下來却說當坊巡軍飛也似來報包大尹包大尹即時坐轎來到相國寺裏下轎排開交椅入殿在殿前擡起頭來看時見李二坐在旛竿頂上橙子上高聲叫救人

一四二〇

包大尹尋思沒箇道理救他下來教叫他妻子來問他李二嫂向前拜了包大尹問道你丈夫爲何緣故得在上頭可對我實說李二嫂把和尚投齋潑火的事道人敷藥的話一一說了包大尹道叵耐妖僧恁般無理若不次挺住斷然不與干休說猶未了佛殿上一壁廂走出一箇和尚來到大尹面前唱箇喏包大尹睜着眼間道和尚你有甚事來見我和尚道貧僧有箇道理敎救二下來包大尹道吾師若救得李二下來當爲齋供養謝和尚道和尚輕輕地濟上旛竿雙手抱着李二

一四二一

妻兩箇當廳領了賞錢謝了大尹出府門回到店裏去
詩爲證
　誰近龍圖手內錢　當時李二賴妻賢
　妖僧不怕千金子　受用浮財得幾年
古往今來說話的總是一般沒錢便罷休有了錢便有
沈待詔來擬張博士來相幇李二去相國寺前典了
一所屋子門前開一箇大果子舖夫妻二人豐衣足食
時遇冬天當日有晌午前後生着一爐栗炭火安排了
幾杯酒夫妻兩箇正向火喫酒之間只見一箇人走入

一四一四

來叫聲李二郎有細絲買些箇夫妻二人却認得是和
尚驚得木呆了和尚道李二郎你不因貪僧如何得有
今日快活我特來問你求一齋他夫妻兩箇有一會
事的就出來拜謝了這和尚便齋他一齋打甚麼緊終
不成他眞箇要你的齋喫他來試探你也未見得或者
把幾句好言語指斷他求他離了我家便了李二夫妻
却沒有這般見識千不合萬不合起箇念頭道你這妖
僧說你被做公的趕捉跟在汴河水裏死了你却因何
又來我家引惹是非你若會事快快走去若少遲延

第三十回
十二

一四一五

這里叫一聲當值巡軍來捉你去喫官司不要恕我和
尚道若奈何得我時捉了我多日了你首我喫官司我
又周全你請了一千貫賞錢教你夫妻二人快活受用
我來見你你合常謝我倒發惡念頭要叫做公的捉我
你這漢子甚不近道理且教你受些疼痛用手一指喝
聲道疾只見那李二向的火盆飛起來望李二臉上只
一掀李二大叫一聲忽然倒地渾家慌作急救扶起看
時栗炭火燒得臉上都是潦漿泡看房內和尚時不見了
李二被火燒得疼痛不可當沒錢時把只得自受休了

一四一六

因有了這些賞錢便請醫人救治敷上藥越疼得緊叫
了三日三夜煩惱得渾家沒措置處只見門前一箇道
人青巾黃袍走到櫃邊叫聲抄化李二嫂道我家沒事
時便與你兩三箇錢打甚麼緊這裏人命交加却沒工
夫與你先生道娘子你家中有甚事李二嫂道好教先
生得知被一箇妖僧把我丈夫潑了一臉火燒起許多
潦漿泡敷上藥越疼叫了三日三夜只怕要死先生道
娘子貧道牧得此二湯火藥敷上便不疼瘡痂便脫落屢
試屢驗救了許多人李二嫂道休言便好只止得疼痛

第三十回
十三

一四一七

一四〇

則聲衆人看那那吒泥龕塑就五采粧成的有一
尺來高六隻臂膊早早地動三顆頭中間這顆頭
口血潑潑地露出四箇獠牙叫道溫殿直你來捉我
讀得長老稱衆人大驚道作怪作怪衆人要來捉那吒
却又是泥塑的如何捉得他去那那吒又叫道怎的不
教人來捉我去衆人商議道莫不是泥塑的那吒成了
器出來惱人麼如今去稟覆大尹、須把那那吒來打壞了
倸不出來惱人長老道觀察這箇使不得那有泥神會
說話無過是妖物憑借作怪不干法身之事粧塑的工

一四一

本大將他壞了日後難得成就溫殿直道既有妖物憑
借作怪合該毀除了免成後患衆僧中乙箇有德行的
和尚合掌向佛前道龍天三寶可以護法逐遣妖僧出
來不則恐妄壞了神像禱祝巳畢只聽得外面有人拍
着手阿阿大笑道觀察我在這里何勞費力一行散合
的見了正是和尚發聲喊都來捉妖僧只爭得辱衆步
遠只是趕不上那和尚引着一行人出了相國寺蓮步
出火街來經紀人都做不得買賣推番了架子蓮剛
[illegible]來難去道趕出了獄寨[illegible]

一四二

廳將到市稍頭那和尚叫道你衆人不要來趕了我
僧自歸去了罷看着汴河裏湯身一跳只聽得騰地一
聲響和尚擦入水裏去了衆做工的道今番好工得
自死在水裏也省了許多氣力那汴河水滴溜溜也似
緊的衆人都道他的尸首不知浮到那里做住溫殿直
只得回去稟覆大尹、正值大尹在廳上打斷公事溫殿
直唱了喏把捉妖僧的事從頭說了一遍包大尹聽了
道時耐這厮惱得我也沒奈他何得他自跳在水裏死
了也罷說猶未了只聽得階下有婦人聲叫屈大尹閒

一四三

道為甚事叫屈婦人道告相公丈夫李二為因首告妖
僧巳經捉獲到官反將我丈夫拘禁於今婦人也不願
支賞錢只要放丈夫回家趁口渡日出賜相公台旨大
尹道李二首告得實合給賞錢與他如何把他監禁了
溫殿直道不曾監禁他却父管待他酒飯留在使臣房
裏伺候相會不肯尹教叫他出來溫殿直即時到便
臣房裏叫出李二到廳來大尹道既出榜文在先合給
賞錢一千貫與他當時東京一貫錢值銀一兩李二是
窮漢經紀人平白得了一千貫錢非細的好了本李長（第三十四回 上）

尚却縛着一把茗箒，大尹道：怎有這般妖人，方纔秘那和尚柳在這裡，却如何是把茗箒。正說之間，只聽得府衙門外有人發喊，大尹驚問有甚事，把門的來報道：告相公，有一僧人在門外拍手大笑道，好箇包龍圖，無奈貧僧何。包大尹聽得說，大怒道：這廝敢如此無禮，即時教人下手去捉。這番捉着妖僧，依例賞錢一千貫。當時做公的奔出府門，逕來捉這妖僧。和尚見人來捉他，連忙走到街市上，不慌不忙，攏着褊衫袖子去了。做公的見了緊趕他，緊走；慢趕他，慢走；不趕他，不走。做公的趕

一四〇六

得沒氣力了，立住了腳，只爭得十數步，只是趕他不着。衆人將趕到相國寺前，那和尚在延安橋上望見衆人趕來，和尚連忙走入相國寺山門去了。溫殿直道：這和尚走了死路，好歹被我們捉了。分付一半做公的圍住了前後寺門，一半向佛殿兩廊分投趕捉，只見本寺長老出來與溫殿直相見了，道告觀察，本寺是朝廷香火院，觀察為甚事將着一行人手執器械來寺中，大驚小怪。溫殿直道：我奉大尹相公台旨，趕捉一箇妖僧到你寺中，你莫隱藏了，會事的即便縛將出來。長老道：敝寺

第三十回

一四〇七

有百十衆僧，都是有度牒的，但有掛搭僧到寺中，知客不曾敢留過夜。若是觀察趕到寺中，必然認得此僧，何不便捉了，却來這裏討人。溫殿直道：這妖僧騙了善王太尉三千貫錢，甚惱付一府人不得安跡。若不送出來時，我稟過大尹，敬你寺中受累，諕得長老慌了，道告觀察：本寺僧都是明白的，不是妖僧。若不信時，都叫出來，教觀察一一點過。溫殿直道：最好。長老即時鳴鐘聚集本寺百來僧衆，教溫殿直點視。溫殿直同做公的看時，都叫不是。溫殿直道：長老，我親自趕入你寺裏來，如何

一四〇八

便不見了，緊教我們搜一搜看。長老道：貧僧引路，任從觀察搜看便了。從僧房裏到厨下淨頭庫堂都搜不見，轉身到佛殿上，見塑着一尊六神佛，三箇頭一似三座青山，六隻臂膊一似六條峻嶺，托着六件法寶。溫殿直道：寺內不塑佛像，却緣何塑那吒太子。長老道：那吒太子是不動尊王佛，以善惡化人。溫殿直與衆人見殿上空蕩蕩地，只見那吒一行人正出殿門，只聽得殿上有人吟道：溫殿直，包大尹教你來捉貧僧。如何不提溫殿直與衆人回頭看時，却是那吒

第三十回

一四〇九

的舖裏坐了，教李二走來走去，看那和尚。當日未有黃昏時候，只見那和尚喫得醉釀釀地，跟跟踉蹌撞將來。李二慌忙入茶坊裏見溫殿直道：告觀察，和尚來了，却好和尚走到茶坊門前，溫殿直指着一行做公的道：捉這妖僧。衆人發聲喊，正似皂鵰追紫燕，猛虎啖羊羔，一發都上把那和尚橫拖倒拽，把條蘇索綁縛了，衆人前後簇擁押着，逕奔甘泉坊使臣房裏來。有詩為證：

世間誤事無如酒　一醉能令萬事忘
試看神通蛋和尚　[illegible]

一四○二

溫殿直道：慚愧，幹辦得這場公事，且教龍圖相公安心。衆人把那和尚細縛做餛飩兒一般，那和尚醉了不醒，駒駒地睡着。溫殿直即時進府申覆，大尹道：妖僧已拏下了，本合押赴廳前，爭這和尚大醉，不省人事，見在使臣房裏，稟領相公台旨。龍圖大尹見說，教且牢固看守，待來日早衙解來。溫殿直出府到使臣房裏看那和尚酒還未醒，分付衆做公的小心看守。却說那和尚到半夜酒醒，覺道好不自在，開眼看見燈燭照耀，如同白日，兩邊坐着，都是做公的。和尚悶道：這是那裏，做公

第三十回　六　一四○三

這是便臣房裏。和尚喫驚道：貧僧做甚麼罪過，將我來綁在這里。衆做公的情知這和尚是箇妖僧，不敢惡他。內中有一箇年紀老成的做公的道：和尚你不要錯怪我們，這是我們的職事，我們家中各有老小，不去惹空頭禍。因你客店裏隔壁賣果子的李二，說你住了三箇月，不曾與人看經，又不出去抄化，每日喫得醉釀釀地，說你來歷不明，因此我們來捉你。和尚道：我自有官員府院宅裏齋我，這也不干他事。做公的道：和尚沒奈何，等到天明，你自去大尹面前和李二分辯。將有五更遶

一四○四

殿直教做公的發擁着和尚，入開封府的廳下伺候。大尹陞廳，四司六局立在廳前，只見大尹出來公座，甚是火第一，似水晶燈籠，却如照天臘燭，皂隸喝低聲。溫殿直押那和尚到廳下，唱了喏。大尹看了李二的首狀，看着和尚焦燥道：耐你出家為僧，不守本分，輒敢惑騙人錢財。教獄卒取面長枷來，把和尚枷了，叫兩箇有氣力的獄卒過來，與我把這和尚先打一百棍，却再審問他。獄卒唱了喏，將和尚腿上打，不得兩三棍，衆人發聲喊，悶子喝低聲，喝他們不住。大尹見枷窟裏不見了和

第三十回　七　一四○五

是甚處渾家道我包你尋得一千貫錢便了李二哥
怎地教我請得一千貫錢渾家道三哥好教你得知這
和尚不在別處遠便十萬八千里近便只在目前李二
哥道在那里渾家道在間壁房裏李二哥道你見他趁
麼破綻來渾家道間壁這箇和尚來這裏住有三箇月
了不曾見他出去抄化也不曾見他與人看經每日睡
到喫飯前後纔起來出去來到黃昏後喫得醉醺醺地
歸來我半月前因喫了些二冷物事脾胃不好肚疼了
去後怕房裏窄狹有臭氣只得去店後面去上坑知

一三九八

從他房門前過那時有巳牌時候只見他房裏放出些
燈光來我道這早晚兀自有燈望破壁裏張一張時只
見那和尚睡在牀上渾身迸出火來和尚把頭擡一擡
離床直頂着屋樑說得我不敢東厠上去便歸房裏來
了這和尚必然就是妖僧李二哥道這事實應渾家道
我與你說甚麼脫空李二哥道你且低聲不要走漏了
消息分付了渾家出門一地裏逕到使臣房來却又來
敢入去只在門前走來走去做公的看見喝聲道李二
你有甚事不性在此走來走去李二道告上下男人

第三十回　四

一三九九

件機密事特奔見觀察做公的懇道你這門首同
我稟過方可入去適值溫殿直正在廳上做公的要道
告觀察賣果子的李二在門外走來走去我問他他道
有機密事要見觀察溫殿直道叫他進來做公的出來
引李二到廳下唱了喏溫殿直見了不敢驚他笑吟吟
地問道李二哥有甚事來見我李二道告觀察男女近
日因病了不曾做得道路早間出來幹此二閒事只見
掛榜文男女也識幾箇字見寫着出一千貫賞錢捉妖
僧歸去和渾家說渾家道隔壁歇的和尚是妖僧溫殿

一四〇〇

直不敢大驚小怪新道李二哥道作事却要仔細你
夫妻兩箇見他甚麼破綻來李二把渾家的言語說了
一遍溫殿直道這事却要實落你去補一紙竹紙來李
二應了出來央做公的草了稿見討一張紙親筆謄了
真入來當廳遞了溫殿直道如今這和尚在店裏顧李
二道每日早飯後出外到黃昏便歸溫殿直道你且在
這里坐下待我教人去買些酒來與你喫不多時買將
酒來教李二喫了溫殿直叫過做公的來教李二做眼
帶一行人離了使臣房取路來客店左側一箇開茶坊

第三十回　五

一四〇一

（一三九四）

的看不知提那箇是得麵店裏熱鬧，一場喫麵
自散了溫殿直看那主人家并眾人依舊面貌，一般看
那店裏不見了和尚，溫殿直即時教做公的分投去趕
發報子到各門上去，如有和尚出門，便教捉住，即時溫
殿直回府，正值大尹晚衙陞廳打斷公事，溫殿直當廳
唱喏，龍圖大尹道，我要你捉挐妖僧，事體若何，溫殿直
稟覆道，使臣領相公台旨緝捕彈子和尚，適來大相國
寺前見一箇行法的，叫做杜七聖，一刀剁下了孩兒的
頭，對門麵店樓上有箇和尚，把那孩兒的魂魄來收了

（一三九五）

教他接不上頭，杜七聖不勝焦燥，就地上種出一箇葫
蘆兒來，把葫蘆兒一刀剁下半箇，那麵店樓上喫麵的
和尚便滾下頭來，和尚去樓板上摸那頭來接上了，下
面孩兒的頭也接上了，使臣見這般作怪，教人去捉，只
見那和尚把手一指，店裏人都變做和尚，連使臣并手
下做公的也變做和尚，教使臣沒做道理處，告相公道
等妖人實難捕捉，望相公台旨主裁，龍圖大尹道，我
開封一府之主，似此妖人在國之內，恐生別事
罪於我，即時分付該吏寫榜文各門張掛
第三十回

（一三九六）

庵觀寺院人等，若有挈獲彈子和尚者，官給賞
賈如有容留來歷不明僧人，及窩藏隱匿不首者
一體連坐，因此京城內外說得沸沸的，却說東京市心
裏有一箇賣青果的李二哥，夫妻兩口兒，在客店裏
方纔害病了起來，沒本錢做買賣，出來求見相識們，要
借三二百文錢做盤纏，當日出去借不得，歸來悶悶不
巳，渾家道，二哥你今日出去借錢如何，李二道，好教你
得知，今日出去借不得錢，街上人鬧哄哄地，經紀人都
做不得買賣，說昨日一箇和尚在麵店樓上喫麵，只見

（一三九七）

他的頭骨殘破，淡他把手去摸著了頭，雙手捉
住耳朵，安在腔子上，依舊接好了，做公的見他作怪，一
齊去捉他，被那和尚用手一指，滿店裏人都變做了和
尚一般模樣，如今開封府出一千貫賞錢，要捉這和尚
原來這和尚三五日前，曾騙了善王太尉三千貫銅錢
四做彈子和尚，渾家道，二哥真箇有這話麼，李二道，我
方纔着了榜來，如何與你說謊，渾家道，二哥我如今和
你汲得喫，若有采時，捉得這箇和尚，請得一千貫賞

喫麵忘還了他的兒子魂魄伸手去揭起標兒來這裏
却好揭得起標兒那里杜七聖的孩兒蚤跳起來看的
人發聲喊杜七聖道我後來行這家法術今日撞着師
父了却說麵店裏喫麵的人沸沸池說出來有多口的
與杜七聖說道破了你法的却是麵店樓上一箇和尚
內中有溫殿直和冉貴在那里聽得這話冉貴道觀察
這和尚莫不便是騙了善王太尉銅錢的廝溫殿直道
我也有些疑惑冉貴道兒兔不放鷹箆可空過情冉貴把
那頭巾只一摴招一行做公的大喊一聲都搶入麵店

裏來見那和尚正走下樓眾人都去捉那和尚那和尚一
用手一指有分教鼎沸了東京城大鬧了開封府惱得
做公的看了妖僧捉他不得惹出一箇貪財的後生來
死於非命正是是非只為多開口煩惱皆因強出頭畢
竟當下捉得和尚麼且聽下回分解

第三十回

彈子僧變化惱龍圖　李二哥貪妖遭跌死

為人本分守清貧　非義之財不可親
命裏有時當自至　不然好處反遭迍

話說溫殿直帶着一行做公的搶入麵店裏只見和尚
下樓來溫殿直便把鐵鞭一指教做公的捉這和尚
和尚見人來提用手一指可囊作怪櫃上主人攧蹉
小搏士并店裏喫麵的許多人都變做和尚

312

【一三八六】

出來用樣兒蓋了、安在桌子上、一邊賣弄、等麼喫酒

證

莫向人前誇大口，強中更有強中手。
續頭神術世間無，誰料妖僧竊靈走。
小兒如玉得人憐，魂去魂來不值錢。
戲耍萬般皆可做，何須走馬打鞦韆。

話分兩頭都說杜七聖念了呪、拿起刃來剁那孩兒的
頭落了、看的人越多了、杜七聖放下刀、把臥單來蓋了、
提起符來、去那孩兒身上盤幾遭、念了呪、杜七聖道、看

【一三八七】

官休怪、我久佔獨角桌、此冊過去、想無冊趂一趟家
賣這一百道符、雙手揭起被單來看時、只見孩兒的
接不上、衆人發聲喊道、每常揭起臥單、那孩兒便跳起
來、今日接不上、决撒了、杜七聖慌忙再把臥單來蓋定
用言語瞞着那看的人、道看官、只道容易、管家
上再叩齒作法、念呪語、揭起臥單來看時、又
七聖慌了、看着那看的人、道
各別養家總是一般、只因家火相逼、適閒言語
這番教戲接了頭下來

【一三八八】

海之內皆相識也、杜七聖伏罪道是
上了、只顧口中念呪、揭起臥單看時、又接不上、杜
焦燥道、你教我孩兒接不上頭、我又求告你、再
已的不是、要你恕饒你、却直恁地無理、便求面
裏取出一箇紙包兒來、就打開撮出一顆葫蘆子、那
地上、把土來掘鬆了、把那顆葫蘆子埋在地下、口中念
念有詞、噴上一口水、喝聲疾、可霎作怪、只見地下生出
一條藤兒來、漸漸的長大、便生枝葉、然後開花、便見花
謝結一箇小葫蘆兒、一夥人兒了、都喝采道好、杜七聖

【一三八九】

把那葫蘆兒摘下來、左手提著葫蘆兒、右手拿著
你先不近道理、收了我孩兒的魂魄、教我接不上頭、你
也休想在世上活了、看著葫蘆兒攔腰一刀、剁下半箇
葫蘆兒來、却說那和尚在樓上拿起麵來、却待要喫、只
見那和尚的頭、從腔子上骨碌碌滾將下來、一樓上喫
麵的人都喫一驚、小膽的丟了麵、跑下樓去了、大膽的
立住了腳、看只兒那和尚慌忙放下碗、和筯起身去那
襖枝上摸一摸、摸着了頭、雙手捉住兩隻耳朵、拔那頭
要在腔子上安得端正、把手去摸一摸、和尚道

第二十九回　十三

泉坊、奔東京大路來、溫殿直用煖帽遮了臉、冉貴扮做
當直的模樣、眼也不閉、看那往來的人、茶坊酒店鋪內
若有些姿色的人、即便去推查審問、溫殿直對冉貴說
道、他投東洋大海中去、那里去尋、冉貴道、觀察不要輸
了志氣、走到晚、却又理會兩箇、走到相國寺前、只見靠
墻邊簇擁着一簇人、在那里、冉貴道、觀察少等待我去
看一看、扮起脚來、人叢裏見一二百人中間圍着一箇
人、頭上裹頂頭巾、戴一朶羅帛做的牡丹花、腦後盆來
大、一對金環挽着半衣、繫條繡裹肚、着一雙多耳蔴鞋

露出一身錦片也似文字、後面插一條銀鈴、監幾面落
旗、見放一對金漆竹籠、都是一箇行法的、引着這一叢
人在那里看、原來這箇人在京有名、叫做杜七聖、那杜
七聖拱着手道、我是東京人氏、這里是諸路軍州官員
客旅往來去處、有認得杜七聖的、有不認得杜七聖的
不識也聞名、年年上朝東嶽、與人賭賽、只是奪頭籌、有
人問道、杜七聖、你會甚本事、我道、兩輪日月、一合乾銀
天之上地之下、除了我師父不曾撞見箇對手、與我圖
這家法術回頭附聲壽義見幣肉囊着都小蘇脫鎚

了上截衣服玉硯也似白肉、那穀從腿脊兼道好箇露
見杜七聖道、我在東京上上下下、有幾箇一年也有些
見的、也有不曾見的、我這家法術、是祖師醫下焰火燼
油熱鍋、煠碗、喚做續頭法、把我孩兒臥在櫈上、用刀割
下頭來、把這布袱來蓋了、俟先接上這孩兒的頭、衆姓
看官在此、先教我賣了這一百道符、然後施逞自家姓
術、我這符、只要賣五箇銅錢一道、打起鑼見來那看
人、時刻間捱挤不開、約有二三百人、只賣得四十道符
杜七聖焦燥不靜、着一簇人道、莫不衆位看官

中有會事的、敢下場來、同法、衆們二三聲沒
人下來、杜七聖道、我這家法術、教孩兒臥在板櫈上作
法、念了呪語、却像睡着的一般、正要施逞法術、解數都
恨人叢裏一箇和尚、會得這家法術、因見他出了大言、
被和尚先念了呪、道聲疾、把孩兒的魂魄先收了、安在
衣裳袖裏、看見對門有一箇麪店、和尚道、我正肚饑且
去喫碗麪、麪了來、却還他兒子的魂魄未遲、和尚壴入麪
店樓上、靠着街腮、看着杜七聖坐了、過賣的來放下碗
受鋪中小菜、開了麪、自吃生了、和尚

第二十九回

官人正是開封府包待制，這包待制自從治了開封府，那一府百姓無不喜歡。因見他平生正直，稟性賢明，常懷忠孝之心，每存仁慈之念。戶口增，田野闢，黎民領德滿街衢；詞訟減，盜賊潛，父老謳歌喧市井。攀轅載輗名標青史播千年，勒石鐫碑聲振黃堂傳萬古。果然是：慷慨文章欺李杜，賢良方正勝龔黃。

當日包待制伺候蚤朝，見了太尉，請少坐。太尉是箇正直的人，包待制是箇清廉的官，彼此耳內各聞清德。雖

一三七八

然太尉是箇中貴官，心裏喜歡包待制，包待制亦喜歡這王太尉。兩箇在閣子裏坐下。太尉道：凡為人在世，善惡皆有報應。包待制道：亦然。如包某在開封府斷了多少公事，那犯事的人，必待斷治方能悔過遷善。比如太尉平常好善，不知有甚報應。王太尉道：且不說別事，如王某昨日在後花園內亭子上賞玩，從空中打下一箇彈子，彈子內爆出一員聖僧來，口稱是五臺山文殊院化主，問其求齋。某齋了他，又問某化三千黃銅錢不使一箇人搬去，把一卷經從空中打一撒

第二十九回　一三七九

成一座金橋，叫下五臺山行者、火工人夫，無片時都蓋了去。和尚也上金橋去了。凡間豈無諸佛羅漢，王某一此齋僧供佛，果然有此感應。包待制道：難得，難得！雖然是恁般順口答應，口中不道，心下思量：這件事又作怪，世上那有此事？捱到天曉，文武俱入內朝，罷，百官各自回了衙門。包待制且不來打斷公事，問當日聽差應捕人役是誰，點的是緝捕使臣溫殿直。包待制道：今日蚤朝間在待班閣子裏坐，見箇王太尉，說昨日他在後花園亭子上喫酒，外面打一箇彈子

（以下原闕一葉）

一三八〇

既有恁般好本事，定然有箇藏身之處，他覓了三千銅錢，自往他州外府受用去了，教我那裏去捉他？包大尹又不比別的官員，且是難伏事，只得應承了出來。終不成和尚自家來出首，沒討奈何，因此煩惱，把貴道：這件事何難，於今分付許多做公的，各自用心分路去遶京城二十八門去捉，若是遲了，只怕他分散去了。溫殿直道：說得有理，你年紀大，終是有見識。看着做公的道：你們分投去幹辦，各要用心。眾人應允去了。溫殿直自帶着把貴和兩箇了得的心腹人，也出使臣房，離了甘

第二十九回　一三八一

教貧僧來募緣文殊院山門崩損用得三千貫錢修蓋
山門貧僧今日遭際太尉蒙賜一齋太尉若捨得三千
貫錢成就這山門盛事願太尉增福延壽廣種福田太
尉道這是小緣事不知吾師幾時來勾疏和尚道不必
勾疏便得更好山門多幸太尉道吾師我把金銀與你
如何和尚道把金銀與貧僧不便去買料物若得三千
貫銅錢甚好太尉暗笑道吾師你獨自一箇在這里三
千貫銅錢也須得許多人搬挑和尚道告太尉貧僧自
有道理太尉即時叫主管開庫差上身私身虞侯輪番

一三七四

去搬銅錢來堆在亭子外地上一百貫一堆共三十堆
太尉道吾師三千貫銅錢在這里了路途遙遠要使許
多人夫脚錢怎地能勾得到五臺山和尚道不妨起身
下亭子來謝了太尉喜捨不須太尉費力貧僧自有人
夫搬挑去袖中取出一卷經來太尉口中不道心下思
量且看他怎地和尚道僧家佛力浩大自把經卷看了
一遍教一行人且開只見那和尚貶眼把那卷經去虛
空中打一撒變成一條金橋那和尚望空中招手叫道
[illegible]衆將者夫主衆夫我尉善王太尉授化得三[illegible]

第二十九回

一三七五

[illegible]銅錢[illegible]衆本可來搬去[illegible]只見空中無數
衆行者并火工人夫滾滾攘攘下來都到四望亭子下
將這三千貫銅錢駄的駄挑的挑搬的搬交叉往復霎
時間都運了去和尚向前道感謝太尉賜了齋又喜捨
三千貫銅錢異日如到五臺山貧僧當會衆僧撞鐘擊
鼓幢幡寶蓋接引太尉貧僧歸五臺山去也和尚與太
尉相辭了也走上金橋去漸漸地小去得遠不見了空
中起一陣風那金橋依舊化作一卷經典隨風吹入空
中去了太尉甚是喜歡教從人焚香禮拜道小官齋僧

一三七六

布施五十餘年今日遇得這箇聖僧羅漢衆人都來與
太尉賀喜後人有詩云

布施空門種福田　　片言曾不吝三千
長安多少饑寒者　　何不分些救命錢

自此善王太尉一家人人都稱讚聖僧彈子和尚把彈
子和尚一箇名頭霎時傳播京師並不知有舊名蛋子
二字當日無事次日是上直日期太尉蚤起梳洗罷下
祇應人從跟隨直到内前下轎入内來太尉當日却來
得蚤些箇往從待班閤子前過遇着一箇官人[illegible]

第二十九回

一三七七

【二三七〇】

望亭，眾人去那亭子［……］尉獨自一箇坐在亭子上至自［……］賓伏事的，各自去施逞本事，正飲酒［之間］望亭子的亭柱上，一聲響，上至太尉下至手下的人都喫一驚，看時不知是甚人打這一箇彈子來花園裏來。太尉道：「咄！這厮蚤是打在亭柱上，若打着我時却不利害。」叫眾人看是誰人打入來的，眾人四下裏看時，都不［見］。大一箇花園週圍墻垣又高，如何打得入來，正說之間，只見那彈子滾在亭子［……］托地跳了幾跳，一似鷹［鷂的］

【二三七一】

線兒也似團團地轉，轉了千百遭，太尉道都不作怪。只見一聲響，爆出一箇小的人兒來，初時小被凡風，只吹漸漸長大，變做一箇六尺來長的和尚，牙披烈火袈裟，耳墜金環。太尉并眾人見了，都喫一驚。只見那和尚走向前來，看着太尉道拜揖，太尉見了，口中不說，心下思量道：好箇僧家，不可慢他。擡起身來，還禮，間道：「聖僧因何特來拜見？」太尉欲求一齋，這太尉從來敬重行腳僧，特來拜見太尉［……］一齋，這太尉從來敬重［……］那僧特來拜，實見了這般的和尚，來［……］

第二十九回

【二三七二】

［……］如何承，驚喜。太尉教請坐，和尚對著太尉坐了，吩咐太尉飲宴。太尉命廚下一面辦齋，向著和尚道：「吾肯相伴，先飲數杯酒。」和尚道：「多感。」面前鋪下一應器食饌等物，盡是御賜金盞金盤。和尚道：「有心齋僧，這等小盞子如何喫得貧僧快活。」太尉只見，即時教取箇大金鍾子來，放在和尚面前。太尉只是盞子喫上三十大金鍾子喫，太尉教只顧斟酒，和尚也不推故，喫得許多酒。來大金鍾，太尉歡喜道：「不是聖僧，如何喫得許多酒？」下稟道素貪辦了。太尉道：「齋食既完，請五［……］齋。」教數將

第二十九回

【二三七三】

來放在和尚面前。太尉面前見了素食，拿起來喫，只不放下碗。和尚筋，手下人道去添來這和尚飯來羹來酒來，盡數喫，教供給的歇手脚不送。手下人都呆了，太尉見他喫得，也呆了，道：「這箇和尚必是聖僧，喫酒喫食，都不知喫去那裏去了。」只見和尚放下碗，收拾手下人道：慚愧，也有喫了的日子。和尚道：纔飽了，收拾過齋器，點將茶來，茶罷，和尚起身謝了太尉。太尉喜歡道：「吾師廳齋，不必致謝。敢問吾師齋罷，住甚［……］和尚道：「貧僧乃是五臺山文殊院化主長老，法諱［……］

第二十九回

酒食自已在殿中飲了數杯、便上馬、一行人衆隨從自
去了衆人再到佛殿上來婆婆道我只道做甚麼的却
原來一行人來作樂耍子也教我們喫他一驚張屠任
還吳三郎道我們認得他是中貴官在白鐵班住喚做
善王太尉如法好善齋僧布施和尚聽得說道看我明
日去蒿惱他則箇衆人各自散了只因和尚要去惱善
王太尉直使那開封府三十來箇眼明手快的公人伶
倒了得的觀察使臣不得安跡兒了也捉他不得惱亂
了東京城罷沸了汴州郡真所謂白身經紀番爲二會

回分解
邪法斷送堂堂六尺軀畢竟和尚怎地去欄人且聽下
子之人情务愚人鋔

第二十九回

・王太尉大捨募緣錢　　杜。七聖狠行續頭法
　九天玄女法多端　　要學之時事豁然
　戒得貪嗔淫慾事　　分明世上小神僊

話說善王太尉那日在城外閒遊回歸府中當日盤喜
衆人都自散了次日官身私身閒漢都來唱喏太尉道
時日出城開走了一日今日不出去了只在後花園裏
幹歡酒殺衆人都休散去且來園裏看戲文耍子原要
蓮蓋覽圖環期、丁蓮亭子關玩處畫畫多、學習暮頭道

看則箇只見和尚伸出一隻手來，放開五箇指頭。指頭上放出五道金光，金光裏現出五尊佛來。任吳張三箇見了便拜。三箇正拜之間，只聽得有人叫道：這座寺乃朝廷敕建之寺，你們如何在此學金剛禪邪法。和尚即收了金光。衆人看時，却是一箇道士騎着一匹猛獸，望殿上來。見了婆婆，跳下猛獸，擎拳稽首道：弟子特來拜揖。婆婆道：先生少坐。先生與和尚拜了揖。任吳張三箇也來與先生拜揖。先生問道：這三位大郎皆有法術了麼。婆婆道：有了。先生道：貧道也覓得一箇徒弟在此。婆

〔一三六一〕

婆道：在那里。只見先生看着猛獸道：可收了神通。那猛獸把頭搖一搖，尾擺一擺，不見了猛獸，立起身來，却是一箇人。衆人大驚。婆婆看時，不是別人，正是客人卜吉。卜吉與婆婆唱箇喏。婆婆道：卜吉你因何到此。卜吉道：告姑姑，若不是老師張先生救得我性命時，爭些見不與姑姑相見。婆婆問先生道：你如何救得他。先生道：貧道在鄭州三十里外林子裏，聽得有人叫聖姑姑救我，箇貧道思忖道，此乃婆婆之名，爲何有人叫喚，急趕來看時，却見卜吉被人吊在樹上正欲謀害。貧道聞

第二十八回　十二
〔一三六二〕

緣由，卜吉將前後事情對貧道說了，圖其要害，施小術救了他大難。婆婆道：原來如此。怎地時先生也教得有法術了。卜吉道：有了。婆婆道：你們曾見我的法術麼。和尚并道士道：願觀聖作。只見婆婆去頭上取下一隻金釵來，唱聲道疾，變爲一口寶劍，把胸前打一劃，放下寶翎，雙手把那皮只一拍，拍開來。衆人向前看時，但見：金釘朱戶，碧瓦盈簷，交加翠栢當門，合抱青松遶殿。僊童擊鼓，一羣白鶴聽經；玉女鳴鐘，數箇青猿獻菓。不異蓬萊僊境，宛如紫府洞天。

〔一三六四〕

衆人都看了失驚道：好。正看之間，只聽得門前發聲喊，一行人從外面走入來。衆人都慌道：却怎地好。和尚道：你們不要慌，都隨我入來掩映處背身藏了，看那一行。有二十餘人，都腰帶着弓弩，手架着鷹鶻，也有五坊家，也有官身，也有私身。馬上坐着一箇中貴官人來到殿前，下了馬，展開交椅來坐了，隨從人分立兩傍。原來這箇中貴官叫做善王太尉，是日都不該他進內上班，因此得暇帶着一行人出城來開逛戲耍，信步直來到眞寶寺中，與衆人踢一回氣毬了，又射一回箭，賽射了各人

第二十八回　十三
〔一三六五〕

裏吳三郎道我的紙馬兒也在這裏，任憑我使的是
變大蟲的呪語，張屠道我們似夢非夢那癩師和婆婆
幷那胡永兒想都是異人只管說他日異時可來吳州
相助不知是何意故三人正沒做理會處只見佛殿背
後走出癩師來道你們且回去把本事法術記得明白
明日卻來寺中相等當時三人辭了癩師各自歸家有
詩為證

逍遙蝴蝶真成幻　　富貴南柯亦偶然
何似夢中齊授法　　等閒變化似神僊

當日無話次日喫蚤飯罷三人來莫坡寺裏上佛殿來
看佛頭端然不動三人往後殿來尋婆婆和癩師却沒
尋處張屠道我們回去罷正說之間只聽得有人叫道
你三人不得退心我在這里等你們多時了三箇回頭
看時只見佛殿背後走出來的正是昨日的婆婆三箇
見了一齊躬身唱喏婆婆道三位大郎何來甚晚昨日
傳與你們的法術可與我施逞一遍異日好用張屠道
我是水火既濟葫蘆兒口中念念有詞唱聲道疾只見
葫蘆兒口內倒出一道水來叫聲收那水漸漸收入葫

蘆兒裏去又唱聲疾只見一道火光從葫蘆兒口內奔
將出來又叫聲收那火漸漸收入葫蘆兒裏去了張屠
歡喜道會了吳三郎去懷中取出紙馬兒來放在地上
口中念念有詞唱聲道疾變做一匹白馬四隻蹄兒巴
巴地行吳三郎騎了半晌跳下馬來依舊是紙馬任憑
去後殿掇出一條板櫈來騎在櫈上口中念念有詞唱
聲道疾只見那櫈子變做一隻大蟲咆哮而走任憑唱
聲住那大蟲漸漸收來依舊是條櫈子三人正逞法術
之間只聽得有人叫道清平世界浪蕩乾坤你們在此

施逞妖法見今官司出榜文要捉妖人若官司得知
須連累我眾人聽得慌忙回轉頭來看時却是一箇和
尚身披裂火袈裟耳帶金環那和尚道貧僧在廊下看
你們多時了婆婆道吾師恕罪我在此教得他們些小法
術和尚道教得他們好便不枉了用心教得他們不妖
術三人俱各做了婆婆道吾師我三箇徒弟何如和尚
空勞心力可對貧僧施逞則箇婆婆再教三人施逞法
道依小僧看來都不爲妖婆婆焦燥道你和尚家敢
驚天動地的本事你會甚麼法術也做與我們看一

橫法如飛真箇日行千里

瘸師騎上那馬喝一聲只見曳曳地從空而起良久馬漸漸下地瘸師歇下馬來依然是匹紙馬瘸師道那箇大郎要吳三郎道我覓這箇紙馬兒法衛開領瘸師就將這紙馬兒與了吳三郎吳三郎謝了婆婆看着瘸師道兩箇大郎皆有法術了這箇大郎如何瘸師道娘娘法旨本不敢違但恐孩兒見法力低小正說之間與見一箇婦人走出來那婦人不是別人正是胡永兒泉兒與眾人道了萬福向着婆婆道告娘娘娘教教這大

一三五四

郎一件法術諳娘娘法旨婆婆慈悲願觀聖作胡永兒入去接一條板橙出來安在草廳前地上永兒騎在橙上卻中念念有詞唱聲道疾只見那橙子變做一隻吊睛白額大蟲這大蟲怎生模樣有西江月為證

項短身圓耳小吊睛白額雄威爪蹄輕展疾如飛跳淵如同□□地剪尾能驚麋鹿咆哮嚇殺狐狸下莊雖勇怎生施子路也難當抵

胡永兒騎着大蟲叫聲起那大蟲便騰空而起唱聲住那大蟲漸漸地下來喝聲疾只見那大蟲係舊是一條板橙

第二十八回

一三五五

瘸婆婆道任大郎你見麼任還道告婆婆還了法子道吾女可傳這箇法術與了任大郎胡永兒傳法與任還任還謝了婆婆道你三人各演一遍三人演得都會了婆婆道你三人既有了法術我有一件事對你們說不知你三人肯依麼張屠道告婆婆不知教我們依甚的但說不妨婆婆道你們可牢記取他日貝州有事你們可前求相助同享富貴張屠道既蒙婆婆分付他日定來貝州相助今日乞指引一條歸路回去則箇婆婆道我教孩兒送你們入城中去瘸師道領法旨三箇拜

一三五六

謝了婆婆三人道我今日教孩兒暫送三位大郎回去明日可都來莫坡寺相等三人辭別了婆婆永兒當時瘸師引着路約行了半里只見一座高山瘸師與三人同上山來瘸師道大郎你們望見京城麼張屠吳三郎任還看時見京城在咫尺之間三人正看間只見瘸師猛可地把三人一推都跌下來驀然驚覺卻在佛殿上張屠正疑之間只見吳三郎任還也醒來張屠問道你兩箇曾見甚麼來吳三郎道瘸師教我們法術來你的葫蘆兒在地不在張屠摸一摸着時有道

第二十八回

一三五七

火入去、三箇正要謝別婆婆、求他指引出路、只見
莊門外一箇人走入來、三箇看時不是別人、却正是癩
師張屠道、被你這廝蒿惱了我們半日、你却在這里、三
箇急下草廳求、却似鷹拿燕雀、捉住癩師、正待要打、只
見癩師叫道、娘娘救我則箇、那婆婆從莊裏走出來、叫
道你三箇不得無禮、這是我的兒子、有事時但看我面
下草廳求、教三箇放了手、再請三箇入草廳坐了、婆婆
道我適間好意辦酒食相待、如何見了我孩兒却要打
他、你們好沒道理、張屠道、罪過、莊主辦酒相待、我們實

一三五○

不知這癩師是莊主孩兒、奈他不近道理、若不看莊主
面時、打教他粉骨碎身、婆婆道、我孩兒做甚麼了、你們
要打他、張屠任遷吳三郎都把蚤間的事對婆婆說了
一遍、婆婆道、據三位則箇、癩師走到面前、婆婆道、三位
我叫他求告了三位大郎、說時都是我的兒子、不是待
大郎且看老拙之面饒他則箇、三人道、告婆婆、我們也
不願與他爭了、只教他送我們出去便了、婆婆道、直請
少坐、我想你三位都是有緣的人、方到得這里、既到
莊家未成只怎地回去罷了、我們都有些術教你們

第二十八回　六

一三五一

入學一件、把去終身受用、婆婆看着癩師道、你只管着
出去、出去、便要惹事、直教三位來到這里、你有甚勞德
教他三位、看婆婆看着三箇、道我孩兒學得些劇術、對
你三位施呈則箇、三位道、感謝婆婆、癩師道、請娘娘法
肯去、腰間取出一箇葫蘆兒來、口中念念有詞、唱聲道疾
只見葫蘆兒口裏倒出一道水來、項刻間波濤泛地、衆
人都道好癩師、道我收與取并荷杆、漸漸收那水入葫
蘆裏去了、又口中念念有詞、唱聲道疾、又一道火來
項刻間烈焰燒天、衆人又漸漸收那火入

一三五二

葫蘆裏去了、張屠道、告癩師、背與我這箇葫蘆兒麼、婆
婆道、我見把這箇水火葫蘆兒與了這箇大郎、癩師不
敢逆婆婆的意、就將這水火葫蘆兒與了張屠、張屠謝
了癩師道、我再有一件劇術、教你們看、取出一張紙來
剪下一匹馬、安在地上、喝聲道疾、那紙馬立起身來、尾
搖一搖、頭擺一擺、變成通身雪練般一匹白馬、有西江
月為證

眼大頭高背穩昂昂、八尺身軀渾身毛片、飲錄挑
被玉鞍無比、雲錦隊中曾賽、每聞伯樂聲嘶斷登山嶺

第二十八回　七

一三五三

們的必然是癩師他也要得我們好了四下裏摸着若
模得他見時我們且不要打他只教他扶我們三箇出
佛肚去他若不肯扶我們出去時不得不打他了當時
三箇四下裏去摸都不見癩師任遞道原來佛肚裏這
等寬大我們行得一步是一步張屠道黑了如何行得
任遞道我扶着你了行吳三郎道我也隨着你行巡邏
行了半里來路張屠道都不作怪莫坡寺殿裏能有得
多少大佛肚裏到行了許多路正說之閒忽見前面一
點明亮吳三郎道這里原來有路又行幾步看時見一

一三四六

座石門縫裏射出一路亮光來張屠向前用手推
開石門佇目定睛只一看叫聲好這里山青水綠樹密
花繁好一箇所在吳三郎道誰知莫坡寺佛肚裏有此
景致任遞道又無人煙何路可歸張屠道不妨既有路
必有人煙我們且行又行了二三里路見一所莊院但
見

名花灼灼嫩竹青青冷冷溪水照人寒陣陣春風迎
面煖茆齋寂靜衝泥燕子翻風院宇蕭疎弄舌流鶯
穿日驕憐黃頭稚子吹來短笛無腔荷簑黑體耕夫

第二十八回　四

一三四七

唱出長歌有韻高巍巍瘦犬隔疎籬亂吠行人兩兩山
禽藏古木聲催過客
張屠道待我叫這箇莊院當時張屠來叫道我們是過
往客人迷踪失路的只聽得裏面應道來也來也門開
處走出一箇婆婆來三箇和婆婆廝叫了婆婆還了禮
問道你三位是那裏來的張屠道我三箇是城中人迷
路到此一來問路二來問莊裏有飯食回此喫婆婆道
我是村莊人家如何有飯食得賣若過往客人到此便
喫一頓飯何妨你們隨我入來三箇隨婆婆直到草廳

一三四八

上木櫈上坐定婆婆[⋯]放在三箇面前婆婆
道我看你們肚內饑了一面安排飯食你們喫你們若
喫得酒時一家先喫碗酒三箇道恁地感謝王婆婆
進裏面不多時拿出一壺酒安了三隻碗香噴噴地托
出一盤鹿肉來抖下三碗酒婆婆道不比你們城市中
酒好這里酒是杜醞的胡亂當茶三箇因起癩師走得
又饑又渴不曾喫得點心聞得肉香三箇道好喫一人
喫了兩碗酒婆婆搬出飯來三箇都喫飽了三箇道感
謝莊主依例納錢婆婆道此些少酒飯如何要錢一面收

第二十八回　五

一三四九

張屠道、好了、他走了死路了、看他那里去、我們如
路去趕、任遷道、說得是、吳三郎從中間去趕、張屠
廊入去趕、任遷從右廊入去趕、瘿師見三人分三
趕逕奔上佛殿、爬上供卓、踏着佛手、爬上佛肩、雙手攀
着佛頭、三箇齊趕上佛殿、看着瘿師道、你好好地下來
你若不下來、我們自上佛身拖你下來、瘿師道、若也佛
救我則箇、只見瘿師把佛頭只一撧、那佛頭骨碌碌滾
將下來、瘿師便將身蚤鑽入佛肚子裏去了、張屠道、却
不作怪、佛肚裏没有路、你鑽入去則甚、終不成罷了、張

二三四二

屠爬上供卓、踏着佛手、盤上佛肩、雙手攀着佛腔子、望
一望、裏面黑暗暗地、只見佛腔子中伸出一隻手來、把
張屠劈角兒揪住、張屠倒跌入佛肚裏去了、吳三郎、任
遷叫聲苦、不知高低、兩箇計較道、怎地好、任遷道、不妨
事、我且上去看一看、便知分曉、吳三郎道、小大一哥、你
仔細些、休婴也入去了、任遷道、我不比張一郎、即時將
上供卓、踏着佛手、盤在佛肩上、攀着佛腔子、望裏面
只見黑暗暗地、叫道、張一郎、你在那里、叫時不應、只
一隻手伸出來、一把揪住任遷、任遷喫了一驚、道

第二十八回　二

二三四三

道、親爹爹、活爹爹、可憐見、饒了我、再也不敢來趕你了
我特來問你、要炊餅、要饅頭沙餡、我便送將來與你喫
只見任遷頭朝下、脚朝上、倒撞入佛肚裏去了、吳三郎
看了、道、苦呀苦呀、他兩箇都跌入佛肚裏去、我都如何
獨自歸去、得欲待上去望一望、看只怕也跌了入去、欲
待自要回去、這兩箇性命如何、没做道理處、只得上去
望一望、爬上供卓、手脚蘇麻、扒做一堆、不敢上去、尋思
了半晌、没奈何、只得踏着佛手、攀着佛腔子、欲待望一
望、又怕跌了入去、欲進不得、欲退不得、吳三郎自思量

二三四四

道、好没運智、只消得去尋些硬的物事來、打破了佛肚
皮、便救得他兩箇出來、正待夔下供卓、却似有箇人在
肯後攔腰抱住了、只一撧、把吳三郎也跌入佛肚子裏
去了、一脚踏着任遷的頭、任遷叫道、踏了我也、吳三郎
道、你是兀誰、任遷應道、我是任遷、吳三郎道、張一郎在
那里、只見張琪應道、在這里、任遷道、吳三郎你如何也
在這里來了、吳三郎道、我上佛腔子來望你們、一箇
一箇人把我攛入佛肚裏來、任遷道、我也似一箇
伸隻手攛出現、揪我入來、張屠道、我也是此這般

第二十八回　三

二三四五

十餘里路了、聽得法環響、只是趕不着兩箇、却待要回
只見市稍頭一箇素麵店門前、一箇人拿着一條棒、打
一箇漢子、張屠却認得是賣素麵的吳三郎、張屠道三
郎息怒、看我面饒恕他、罷、吳三郎住了手道、一店人要
麵、罷了趕路、教他去燒火、橫也燒、竪也燒、不着、不看半
日不能得鍋裏熱、人都走了去、似恁般做生意時、不如
拆了店面罷、定、教他皮開肉綻、張屠道看我面罷休、吳
三郎道你今朝不是、日分開走、張屠遂把適繞腐
師的事、一一說了一遍、吳三郎聽罷呆了道、恁地戎便

一三三八

錯打了他、你兩箇聽我說、我當有箇籠上、只見一箇癩師
搖着法環、到我門前叫道、招財來、利市來、和合來、把錢
來、我手裏正忙、我道你也沒早、聽月中出來、解厭晚些
出來、怕鬼捉了你去、我沒雯錢、且空過這一遭、只見
他看着我鍋裏吹一口氣、便走了去、他轉得背、我叫小
博士去燒火、却如何燒得着、有兩頓飯間、只是燒不着
許多喚麵的人等不得、都走散了、我因此上打他、若不
是你們說時、我那里知道、耐這厮却是毒害、壞了我
一日買賣、正說之間、只聽得法環響、吳三郎望一望見

一三三九

癩師在前面一路搖將去、吳三郎任遷張屠三箇
道我們去趕癩師、癩師見三箇人來趕、急急便走、只顧
他三箇來趕癩師、有分到一箇冷靜佛門、見一件蹺蹊
作怪的事、正是開天闢地不曾聞、從古至今希罕見罕
竟三人趕癩師到何處、見甚事來、且聽下回分解

一三四○

第二十八回

　莫坡寺癩師入佛肚　　任吳張夢授聖姑法
　炊餅皆烏灸不燒　　　豬頭札眼術能高
　只因要捉癩師去　　　致使三人遇女妖

話說當下癩師見任吳張三人趕來、急急便走、緊趕
走慢、趕慢、走不趕、不走、三人只是趕不上、張屠道、且走
他下落、却和他理會不妨、三人離了京城、行了一二十
里、趕到一箇去處、叫做蛟虬莫坡、邪條路、真箇冷靜
一座寺、叫做莫坡寺、只見癩師遶走入莫坡寺裏

一三四一

題一日趲路罷了、正是和他□□除□
人看看架子搓拳捵步、向前來趕癩師、後生家忙走起
了半日不見、欲待回來只聽得喻頭、嘶郎郎响聲、任遷
道莫非便是那嘶麼、望前頭直趕來看、又不見蚤來覆
先直趕到安土大門樓下見、一夥人圍着一箇肉案子
門前看任遷道、這是我相識張屠家裏、不知做甚的、有
這許多人、立住了脚去人叢裏望一望、只見一箇婆婆
倒在地上、一箇後生扶着、口裏不住叫娘、叫了□□箇時
辰醒來、婆婆緊緊地閉着眼、不肯開、後生道娘你□□

二三三四

藥些、開了眼、婆婆道、快扶我起去、後生道、你開開眼、婆
婆道、我怕了、開不得、後生扶了婆婆自去了、任遷道不
知這婆婆因甚倒在這里、只見張屠道、眾人散開、沒甚
好看、任遷認得本人姓張名琪、排行第一、任遷道一郎
多時不見、張屠道、任大哥那里去來、任遷道幹些閒事、
張屠道、任大哥入來、我告訴你、任遷入去問張屠道門
首做甚麼、這等熱閙、張屠道、不曾見這般曉蹺作怪的
事、方纔一箇瘸脚的道人、上裏破頭巾身穿破布衫、手
裏拿着法環口裏道、招財來利市來、和合來、把錢來裏

二三三五

道癩師你好不知、早晚想是你家沒有天餳癩師聾
道沒錢便罷休、却取笑我怎的、不想看着掛在案子上
的猪頭摸一摸口裏動動地、不知說此甚的搖着法環
自去了、我也不把他為事、側竹院子裏做花兒的翟二
郎、定下這箇猪頭、却教他娘來取、我除下猪頭與他、這
猪頭扎肘扎眼、張開口、把婆婆一口咬住、驚死那婆婆
在地、我慌忙教小博士叫他兒子來、早是救得他活若
是有些山高水低、倒婆嫁他一塲官事、翟二郎子提起這
猪頭看時、又沒一些動靜、翟二郎道、老人家自服花了、

二三三六

何曾見死的猪頭扎肘扎眼、方纔扶了娘去、任遷聽了
把適間癩師買炊餅的事、從頭至尾對張屠說了一遍、
張屠道作怪作怪說猶未了、只聽得法環响、任遷道這
嘶兀自在前面、張屠道壞了你炊餅、不打緊、也不甚利
害爭此一兒、教我與婆婆償命、不須你動手、待我捉這厮
打一頓好的、任遷道我和你同去趕那嘶兩箇捵開脚
步、來趕癩師、趕了半日、不見張屠看着任遷道如何是
好若還趕着、斷無干休、如今趕他不上、回去了罷、却待
要回、又聽得法環响、又趕了五六里、出安土大門、約有

二三三七

遷道、瘸師仔細照管地下、不要踏了[……]
後來解厭好、不知早晚、瘸師道、我也說出來得早了、
討得三文錢、任遷道、何不晚些出來、瘸師道、哥哥莫怪、
我娘兒兩箇在破窰裏住、此時兀自沒早飯得喫、胡亂
與我一文錢、糴糴些米、娘兒們煮粥充饑、任遷見他說
得苦惱子、要與他一文錢、去腰裏摸一摸、看却不曾帶
得出來、看著瘸師道、我有錢也不爭這一文、今日未曾
發市、瘸師見他說沒錢、便問道、哥哥炊餅怎的賣、任遷
道、大的兩文錢一箇、小的一文錢一箇、瘸師便去懷中

三二〇

取出三文錢來、攤在盤中、道哥哥賣箇炊餅與我娘喫、
任遷收了兩文錢、把一文錢還了瘸師、道我也只當發
市、將這一文捨施你、瘸師得了一文錢、藏在懷裏、任遷
去蒸籠裏取一箇大一箇小、遞與瘸師、瘸師伸手來接、
任遷看他的手腕、腌臢臢、黑魆魆地、道不知他幾日不
曾洗的、瘸師接那炊餅在手裏、看一看、捻一捻、看著任
遷道、哥哥、我須八十歲、如何喫得這般硬餅、換換
與我、任遷道、弄得腌臢臢、別人看見、須索要[……]
便兒裏再去蒸籠裏搋一箇饅頭與他[……]

三二一

手裏又捻一捻、開著[……]
一包精肉在裏面、瘸師道、哥哥我[……]
一箇砂餡與我、任遷道、未曾發市、撞著這箇[……]
摸與他、只見架子邊有許多人熱鬧、只得忿氣[……]
又換一箇砂餡與他、瘸師又接在手裏、捻一捻[……]
喫得他飽、只換箇炊餅與我、罷、任遷看了、焦燥、道、可[……]
教你忿、受饑、只實得你兩文錢、倒壞了三箇行貨、賣[……]
眷不換了、瘸師道、哥哥休要焦燥、兩箇炊餅、如何喫得[……]
我娘兒兩箇餽、不如只糴米去煮粥、喫、籠去架子上挑[……]

三二二

鍋錢看著架子上、吹一口氣、便走、任遷趕回、耐這斯壞
了我三箇行貨、你待走那裏去、便來打那瘸師、忽然立
住了腳、尋思道、這等一箇模樣、喫得幾拳頭、脚尖若是
有些二長三短、倒打人命官司、只好饒他罷休、回過身
來、到架子邊、定睛打一看、時、任遷只叫得苦、一架子
頭炊餅、都變做浮炭、也似黑的、有詩為證

炊餅饅頭隨意搋
鄉下老兒也憎嫌
弄得腌臢不好看
要買除非是瞎漢

任遷大怒、道、這斯萬惱了我、半日、又壞了一架子行貨[……]

第二十七回　　五

三二三

〔一三二六〕

州新有此事太史又奏妖星出現事干利害卿等當頭
為區處眾官具奏道目今南衙開封府缺知府須得揀
選清廉明正之人任之庶可表率四方祛除妖佞仁宗
皇帝問誰人可去任開封府眾官奏道龍圖閣待制包
拯字希仁盧州合肥人也為人剛正無私不輕一笑有
人見他笑的如見黃河清一般必須此人可任此職仁
宗准奏敕宣至殿前趄居畢命即日到任包拯謝了恩
出來開封府祗候人等迎至本府免不得交割牌印即
日升廳行文書下東京并所屬州縣令各姓五家為一

〔一三二七〕

甲五五二十五家結一保不許停歌游手好閒之人在
家宿歇如有外方之人須要諮問鄉貫求歷各處客店
不許容醫單身客人東京大小布二十八座門各門張
掛榜文明白曉諭百姓們都燒香頂禮道好箇龍圖包
相公治得開封府一郡人民無不歡喜真箇是

　　兩行吏立春冰上　　一郡民居寶鏡中
　　鬼魅潛形愁洞照　　皇親斂手避威風

那行人讓路鼓腹謳歌路不拾遺夜不閉戶蕭靜了一
箇東京不在話下却說那後水巷裏有一箇經紀人姓

第二十七回　　二　　一三二七

〔一三二八〕

任名遷排行第一人都叫他做小大一哥亦是五熟行
裏人何謂五熟行

　賣甜的喚做湯熟、　　賣燒餅的喚做火熟、
　賣炸的喚做醃熟、　　賣炊餅的喚做氣熟、
　賣餡兒的喚做油熟、

這小大一哥是箇好經紀人去在行販中爭強奪勝在
家裏做了一日賣的行貨都裝在架子上把炊餅燒餅
饅頭餕餡糕裝碼當了那小大一哥挑着担子出到馬
行街十字路口歇下担子把門面鎖了和一般的經紀

一三二八

〔一三二九〕

人廝叫了去架子後取一條三腳攪子方穩坐得下具
聽得廝郎郎地響一聲一箇人迤奔到架子邊來卻是
是買炊餅的看那廝郎郎響的此物喚做隨速殿賽又
喚做法環是那解厭法師搖着做招牌的那法師搖着
法環走來任遷架子邊看着任遷道招財來利市來那
合來把錢來任遷忍不住笑看那解厭法師時身材矮
小又瘸了一隻腿一步高一步低頭巾沒領頂上破
蓬出頭髮來一似亂草披領破布衫穿着舊男褲一
師穿破行纏斷耳蔴鞋腰裏繫着

第二十七回　　一三二九

了他無價寶物是何道理知州道休得胡說他有甚麼
無價的寶物張鸞道金鼎我在你庫中我就叫他出來
只見張鸞叫道金鼎我今相請作速出來衆人立
等號得知州聽得廳上聽下的人都呆了只見金鼎從空
中飛將下來兩隻耳朶搖動如翅翅乎相似直飛到廳上
知州見了道怪哉怪哉說猶未了金鼎內鑽出一箇人
來那人正是卜吉一跳跳出金鼎外來右手仗劍左手
揪住知州就廳上把知州一劍剁爲兩段衆人見知州
身死俱各手足無措廳上廳下人都道終不成殺了知

一三三三

州就恁地罷了一齊向前捉那張鸞卜吉兩箇見衆人
來捉提着金鼎跳在馬臺石上放下兩箇齊把襆脚跨
入鼎內叫聲列位諸了我們夫也將頭向下一縱兩箇
人都不見了忽然起陣狂風風過處連金鼎也都不見
了衆人面面相覷都道自不曾見這般怪異的事就請
本州同知管事六房吏典買辦棺木將知州身屍盛了
一面差緝捕公人四下裏搜捉張鸞卜吉一面商議具
一面開朝廷只因此起有分教大鬧河北鼎沸東京朝
是起與發馬挍捉不得直惹出一位正直大臣治罪衆

第二十六回

一三三二

正是邪將左道救鄭衛　說譖如龍入海
朝廷如何且聽下回分解

一三三四

第二十七回

包龍圖新治開封府　左瘸師大鬧任吳張

君起早時臣起早　趕入朝門天未曉
多少山中高臥人　不聽朝鐘直到老

且說鄭州官吏具表上奏仁宗皇帝仁宗皇帝就將表
文在御案上展開看了遂問兩班文武道鄭州知州被
妖人殺害卿等當以勤捕祛除道猶未了忽見太史院
官出班奏道夜來妖星出現正照雙魚宮下臨魏地主
有妖人作亂乞我皇上聖鑒早爲准備仁宗皇帝曰鄭

第二十七回

一三三五

說這先生與三箇賞月喫酒將散先生道二位做箇人
情把卜吉與了貧道罷董薛二人道我們家中各有老
小比先生不得知州知道我兩箇實難分解先生道知
州分付你們要安排他死其事甚容易我教你兩箇帶
一件表證與知州看只見先生將道袍袖結做一箇肐
膊揣在背後雙手揪住卜吉用索子將卜吉背剪綁了
縛在草廳上薛霸道先生你早辰要救他緣何如今又
要縛他先生道教你二人帶他一件物事去見知州董
超道不知教我兩箇帶甚的物事去先生道知州既要

一三一八

壞他性命如今貧道替你下手剖腹取心帶去與知州
表你二人能事董超道使不得這是斷了的罪人知州
要謀害他是知州的私意如今將着心肝去知道夠須
是先生殺了他不知道的只說是我兩箇謀財害命這
一場屈官事教我兩箇喫不起先生笑道原來你們怕
喫官事我也取笑你們便把卜吉解了就安排三箇人
睡先生道二位若回州裏去時說我張鸞要救卜吉可
早就取三箇叫了安置就在外面窩歇先生自進裏面
[illegible]董超薛霸一覺直睡到天明閃開眼來看時兩箇

第二十六回 十

一三一九

[illegible]了一驚身邊不見了卜吉也不見[illegible]
在山神廟內紙錢堆裏兩箇面面[illegible]道苦也苦也[illegible]
兩箇不曉事走了罪人如何是好董超道我們且不要
說和你去告知州一逕直回到鄭州正值知州午衙升
廳董超薛霸來廳前跪下知州便問道你兩箇解卜吉
往山東如何今日便回董超薛霸道告相公昨日押卜
吉上路去在三十里外撞見一箇道士邀到庵中要奪
卜吉小人們和他爭執那道士是箇異人剪一輪紙月
吹在空中便見兩輪明月知州聽得說道作怪昨晚因

一三二〇

見兩輪月鬧炒了州城一夜後來却是如何董超道那
道士教小人們就庵裏歇睡了一夜今日早起開眼打
一看時却是箇山神廟的紙錢堆裏正不知卜吉和道
士那裏去了那道士自稱我叫做張鸞知州道既有姓
名這妖人好捉了當日即喚緝捕使臣分付言說未了
只見一箇道士鐵冠草履皂沿緋袍直上廳前高聲道
貧道張鸞在此喏也不唱知州大怒道汝乃妖人怎敢
如此無禮張鸞道汝乃一州之主如何屈斷平人卜吉
無罪把他刺配山東路上兀自教人殺害他性命又[illegible]

第二十六回 十一

一三二一

是有些緊急都有老小在家裏不是
面客來時由生既到這里且喫箇看他如何
將酒出來各人喫了十數盃都飽了兩箇公人道
生酒食都喫不得了我三箇借宿一宵來早便行先生
道淡酒不足為禮何必致謝你二位且請坐那先生起
身進去不多時拿出兩錠大銀子來都有五十兩重便
道二位各收一錠休嫌輕微醉謝不則一聲董超道感
謝先生賜了酒食巳為過擾這銀兩決不敢受先生道
你二位權且收了表意而巳二人被先生推不過各收

三三四

了一錠先生道貧道有一件事奉告不知你二位肯依
慶兩箇思量道酒也喫了銀子也收了如何不依得便
道先生休道一件事十件事也依先生但說不妨先生
道你兩位各收了五十兩銀子做了養家本念卜吉是
箇寃負屈的人貧道又不認得他只是以慈悲好生
為念且聽卜吉說來他是平白的人却教他喫這場屈
官事臺三位怎地做箇方便雪他在庵裏相伴貧道貧
道若知州問時只說張鸞要救卜吉便了不
郊董超不敢則聲薛霸叫將起來道見

第二十六回　八

三三五

曉事普天之下皆屬王土率土之民皆屬王
是出家人住在鄭州界上也屬知州所管他是
本官問出來的罪人甚人敢收留他你道我們得了你
的銀子你便挾制着我們你的銀子分毫不動在此請
自收去先生道不須焦燥肯留時便留下不肯留時你
二位收下銀子再告盃酒黃超道擾了先生酒食又賜
了銀子何須只顧勸酒先生道不只勸酒貧道有箇小
術就呈二位看看上至知州下及庶民都敎他們賞箇
雙月則箇先生就懷中取出一張紙來將剪刀在手把

三三六

紙剪了一箇圓圓月兒用酒滴在月上喝聲起只見那
紙月望空吹將起去三箇人齊喝采道好只見兩輪月
在天上有詩為證

堪憐卜吉本無辜　獻鼎翻教險害軀
只為覆盆難鑑察　故將雙月照糊塗

先生道看貧道這輪明月面上請一盃酒這里四人自
喫酒却說鄭州上至知州下及百姓哄動了城裏城外
落民都看空中有兩輪明月有那曉事的道只有一輪
月却何有兩輪月此必是箇妖月且不說哄動眾人却

第二十六回　九

三三七

三三〇

出林子外來約行了半里路見一箇酒店四人進那酒店裏坐了酒保來問道張先生打多少酒先生道打二角酒來有雞回一隻與我們喫酒保道街市遠沒開處先生道又沒甚菜蔬如何下得酒酒保拿酒來四箇入一家喫了一碗先生道有心請人卻無下口東觀西望見壁邊一箇水缸先生看時是一缸乾淨水先生袖內取出一箇葫蘆兒來拔了脣兒抖出一丸白藥來放在水缸裏依先去櫈上坐了叫酒保來道我們四箇如何喫得淡酒我方攪將下口放在你水缸裏與我將去

三三一

來酒保道張先生你四箇空手進來不曾見甚麼下只先生道你自去水缸裏看酒保去看時只見水動雙手去撈撈出一尾三尺長鯉魚來道却不作怪只得替他剖了魚落鍋煮熟了用此鹽醬椒醋將盤子盛了搬來與他四箇一面喫酒董超道感謝先生厚意薛霸道這魚滋味甚好怎地再得一尾喫也好先生道這箇不足爲禮貧道平日好飲貪盃難得相遇二位四海之內皆相識也若不棄嫌同到貧道院中盡醉方休來日起程不知二位尊意何如薛霸是後生心性道難得先生

第二十六回　六

三三二

意相請今日也將晚了我們就同往仙院暫宿一宵是不當取擾董超終是年紀大曉得事叫薛霸到靜處說道這先生是箇作怪的人着甚來由同他到道院中去薛霸道董大哥你空活這許多年紀不識得事這酒店裏主人家也認得他但有差遲只問酒店裏要人董超道此說得是先生還了酒錢四箇人離了酒店一路說此閒話不知行了多少路只見那先生用手一指道這箇便是貧道小庵董超看時好座茅庵不甚大蓋得團簇庵前庵後沒一箇人家兩箇便有些心疑怕

三三三

做有偏歇處令晚且快活歇一夜來早便行此時是六月中旬月兒早上先生撥張棹子出來放在外面入裏面去安排出葷腥菜蔬之類鋪在棹上先生道方繞在酒店中請二位不足爲禮就此盡醉方休兩箇公人面面相覷私議道這先生在酒店裏請我們喫了如今來庵裏又安排許多酒食欵待不喫肚裏又饑待喫他的不知他主何意故薛霸道我兩箇押着這箇罪人早晚承望方離得鄭州一程路就憧見這箇蹺蹊的先生

目今時是你死忌卜吉慌得魂不附體兩眼淚道二位我與你日前無怨往日無仇復是知州相公也並沒得罪於他如何就要結果我性命望二位開地之心保畱殘命生生世世當効犬馬之報一頭說一頭淚如雨下董超道你啼哭也沒用知州相公怪你要性州前放刀要結果你他是一州之主誰敢違拗你要性命我回去倒替你受毒棒不成薛霸道董大哥有怎般開氣力與這蠻子講話早了早放等他閻王面前快討箇好人身說罷在董超手裏劈手奪過棒來却待摔起

要打卜吉道苦呀苦呀我命休矣猛然記得與我寶物的聖姑姑曾說有急難時教我叫他乃大叫聖姑姑救我則箇叫猶未絕只見林子外面一箇人喝聲道防送公人不要下手我在此聽得多時了董薛二人噢了一驚慌忙跑出林子外面看時見一箇先生怎生模樣有

西江月為證

奕奕丰神出眾，堂堂七尺身材，面如鏃玉美髯
目若朗星甚怪，束髮鐵冠如慧，紅袍腰繫
師張姓自天兼只妙虎見騎在

那道士撐拳拽步趨入林子裏來看看兩箇公人身州教你們押解他去如何將他弄壞實理兩箇公人慌了手脚道先生我們奉知州相公台並無私怨先生道你亂道如今官司清明如鏡緣何無罪要壞他性命我是出家人本當不管閒事遍間聽得林子裏高叫聖姑姑是何意故你且放他下來待我問他董超只得把卜吉解放了卜吉道告先生聽卜吉說我因販皂角去東京賣了回來路上見一婦人叫脚疼走不得許我五百文錢賃我車子載他到鄭州東門內

一箇空宅子前這婦人跳下車子走入去我不見他出來入去看時婦人自跳下井去地方人道我逼他下井捉了我解到官司知州教我自下井打撈屍首我下去時原來井裏沒水却有一條路見一所官殿遇著箇神姑與我一件寶物教我送與知州免罪臨上井時吩咐我道若有急難時便叫聖姑姑先生聽得說了道原來恁地看著兩箇防送公人道這卜吉不當死遇著貧道可同來林子外村店裏喫三盃酒更齋助你們些盤纏好看他到地頭則箇董超薛霸道感謝先生四箇人同

二十脊杖，喚箇文字匠人刺了兩行金印，押了文牒。兩箇防送公人，一箇是董超，一箇是薛霸，當廳押了卜吉，領了文牒，帶卜吉出州衙前來。卜吉到州衙外立住了脚，回頭向看衙裏道：我卜吉好屈煞人，自跳在井中，我又不曾威逼他，他又不是別人，是本州土神教我下去護得這件寶物獻你，你得了寶物相應，免我之罪，倒把我屈斷刺配密州去。我若閙閧得性命回來，卻將你隱匿寶物事情，藏皇城打怨鼓，須要和你理論。董超見他言語不好，只顧推著卜吉了行。薛霸道：你在這裏出

言語，累及我兩箇，卻是利害。急急離了州衙，走到一箇酒店，三箇人同入來坐定。董超道：取兩角酒來。薛霸道：卜吉，我兩箇雖然是奉公差遣防送你到山東密州，路程許多遙遠，你路上也要盤纏，我們自不曾帶盤纏隨人走的，你有甚親戚相識去措置些銀兩，路上好使用，我兩箇不妥你的。卜吉道：告上下，小人原有些錢本，為喚官司時，不知誰人連車子都推了去，如今教我問誰去討。小人單身獨自，別無親戚盤纏，實是無措辦處。薛霸焦燥道：我們押了多多少少兇頑罪人，不似你這般

嘴臉。你道沒有盤纏，便是李天王也要酹下甲仗坐地捏出汁來，在我們手裏的行貨，不輕輕地放了。說了一塲，還了酒錢。兩箇押著卜吉，出鄭州西門外來，正走之間，只聽得背後有人叫聲。董超回頭看時，認得是本州的吳孔目，使致薛霸押行卜吉先行，自巳落後一步與他廝見。吳孔目道：在下奉知州相公所委，適間斷配卜吉出來，運斯在州衙前放，纔如今奉知州相公台旨，教你二人怎的做箇道理，就僻靜處結果了他，揭他面上金印回話，重重賞你。董超應承了，自超上來，和

薛霸知會，只就前面林子裏結果了他休。兩箇押卜吉到一所空林子前，董超道：我今日有些困倦，行不動，且就林子裏睡一睡則箇。薛霸道：繞離州衙行不得三十里路，如何便要歇？董超道：今日忒起得早了，此三要歇一歇，只怕卜吉逃走了，時生藥舖裏沒買處，你等我們縛一縛便是，睡也心穩。卜吉道：上下要縛便縛，我決不走。董超將條長索把卜吉縛在樹梢上，提起索頭，去扳樹大枝梢上倒弔起來，手裏拿着水火棍，道：卜吉，我們奉知州相公台旨，教害你，却不干我們事，明年今月今

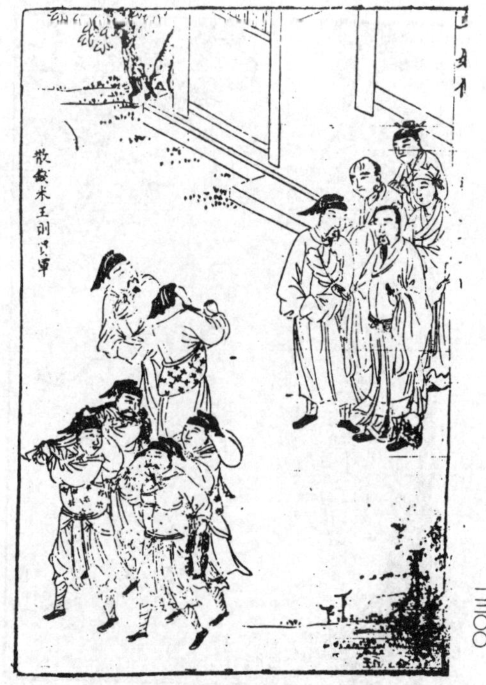

第二十六回

野林中張鸞救卜吉　山神廟公差賞雙月

君遠天高兩不靈　濫官污吏敢橫行

腰間寶劍如秋水　要與人間斷不平

話說知州心下躊躇了半晌舉筆判道卜吉不合逼取
車脚錢致不識姓氏婦人一名情慌走避誤足入井井
在久閉空宅中素多凶怪撈屍不獲亦一異事也卜吉
原無感逼之情似難抵償然誤死人命不爲無因合應
脊杖二十刺配山東密州牢城營當軍當下當廳醫筆

第二十六回

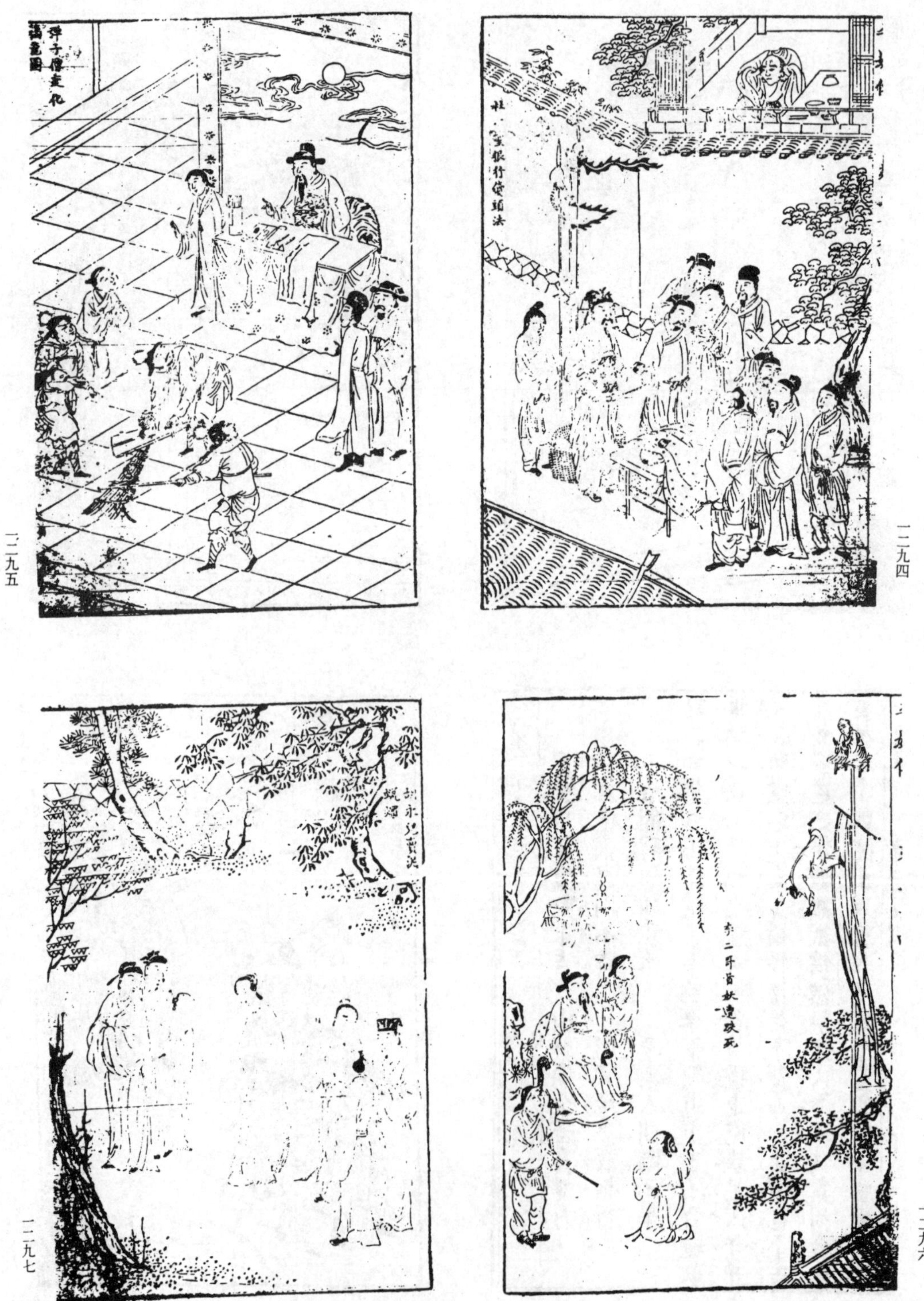

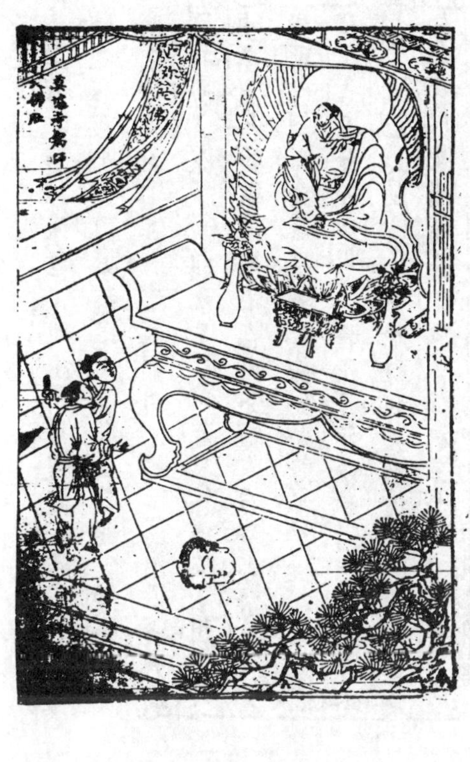

看罷，再把黃袱來包了，叫他家裏親隨大拿入
卑之實。該吏向前稟道，這卜吉候台旨發付知州尋
追。欲待放了卜吉，一州人都知他趕一簡婦人落井群
至打撈，又壞了一簡水手性命，若只恁地放了州裏人又
須要議我，我欲待把卜吉償那婦人的命，怎奈屍首
無獲處，倒將金鼎來獻我，卻何是好，驀然提起筆來斷
這卜吉有分教知州，登時死於非命，鄭州一城人都涼
得安寧。正是沒興店中賒得酒，災來撞見南蠻人裏覓
知州惹出甚禍事來　且聽下回分解

二八六

二八七

二八八

二八九

事杯杯斟滿盞盞飲乾酒至半酣卜吉思忖道我從去
上來到這里許多路見恁地一箇去處遇着儇婦又見
了這箇婦人知他是神儇是妖怪在此不是久長之計
便起身告姑姑和小娘子道我要去井上看車子錢物
恐被人捉了婆婆道錢物值得甚麼我教你帶一件物
事上去富貴不可說不知你心下何如卜吉道感謝姑
姑美意休道是值錢的物事便是不值錢的把去井上
做表正也免得小人之罪婆婆叫永見近前附耳低聲
入去不多時只見一箇青衣女童從裏面雙手搋一件

二二八一

物事出來把與卜吉卜吉接在手裏覺有些沉重思量
這是甚麼東西用黃羅袱包着卜吉道告姑姑把與小
人何用婆婆道你不可開將上井去不要與他人但只
言本州之神收此物已千年今當付與知州可免你本
身之罪又有一件事分付你你凡有急難之事可高叫
聖姑姑我便來救你卜吉聽得說一一都記了婆婆教
青衣女童送卜吉出來復舊路入土穴行到竹籠邊走
入竹籠內坐了搖動索子那鈴便響上面聽得便把轆
轤絞起衆人看時不見婦人的屍首只見卜吉懷抱着

第二十五回　二二八三　九

一箇黃羅袱包來見委官卜吉道衆太平不要動彈傷你這東
西是本州之神交付與知州的直到知州面前稟來正
官上了轎一千八簇攏園定着卜吉直入州衙裏
值知州坐廳公吏人從擺開兩傍委官上前稟說
吉抱着黃羅袱包着一件東西口稱是本州之神付與
下井去太半日績後聽得鈴響即時絞他上來只見卜
州官早職不敢擅動取台旨知州叫押過卜吉道告相
問道黃袱中是何物件因何得來卜吉道告相公小人
下井去到井底不見婦人的屍首郤沒有只有一條路

二二八四

徑約走二里方見天日見一隻虎幾乎被他傷了性命
小人剝一刀去只見火光迸散仔細看時是隻石虎有
一條松徑路入去見一座官殿外有青衣女童引小人
至殿上見一偓人言稱是本州之神與小人酒食
喫了又將此物出來教小人付與州官收受不許泄漏
天機知州捧過黃包袱放在公案上覺道沉重知州想
道一件寶物出世合當過我教手下人且退親手打開
黃袱包看時道可知這般沉重郤是一箇黃金三足兩
耳鼎上面鑄着九箇字道遇此物者必有大富貴如

第二十五回　二二八五　十

行不得。許我五百束錢，載他到東門裏刁通判宅前。婦人道：這是我家了。下車子，推門走入去了，不見出來。見我卻要進去，他就跳在井裏。因此地方捉了我，解送官司。差人下井打撈，又死了一箇水手。知州只得令小人下來見。井底有路無水，信步走到這里。婆婆道：曾見甚的？卜吉道：見一隻石虎。婆婆道：此物成器多年，壞人不少。凡人到此，見此虎必被他喫了，你倒剁了他一刀，你後來必然發跡。卜吉，我且教你看箇人。看着青，女童道：叫他出來。女童入去，不多時，只見走出那箇

跳在井裏的婦人，來看着卜吉道箇萬福，道：客長，昨日甚是起動。卜吉見那婦人，怒從心上起，惡向膽邊生，便罵道：打脊賊賤人，都不時耐，見你說腳疼走不得，好意載你許多路腳錢，又不與我，自走入宅裏，跳在井中，教我被官司捉了，項上帶枷，臂上帶杻，牢獄中喫苦這寃枉事，如何分說，只道永世不見你了，你却原來在這里。警人相見，分外眼睜。且教你喫我一刀。就身邊拔起刀來，向前劈胸揪住便剁。被胡永兒喝一聲禁住了手。卜吉和身與腳都動不得了。胡永兒道：看你這箇漢子

路上載我之面，若不聽，把你剁做肉泥。因見你純會穩重，我待要度你，你却如此無禮，敢把刀來剁我，却又剁我不得。婆婆起身勸道：不要壞他，日後自有閑他處。還要他們來助你。婆婆看着卜吉臉上只一吹，腳便動得了。卜吉看着婆婆道：小娘子是箇陰騭的人。婆婆道：若不是我在這里，你的性命休了。再後休得無禮。卜吉道：小人有緣，遇得姊姊，若救得卜吉牢獄之苦，出得井去，無事時回家，每日焚香設位，禮拜姊姑。婆婆道：你有緣到這里，且莫要去，隨我來飲數杯酒，送你回去。卜吉隨

到裏面，喫驚道：我本是鄉村下人，那曾見這般好處，安排得甚是次第。但見：香焚寶鼎，花插金瓶，四壁張翠幃綾絹，獨卓排金銀器皿。水晶壺內，盡是紫府瓊漿，琥珀杯中，滿泛瑤池玉液。玳瑁盤堆仙桃異菓，玻璃盞供熊掌駝蹄鱗鱗，鱠切銀絲，細細茶烹玉蕊。婆婆請卜吉坐。卜吉不敢坐。婆婆道：卜大郎坐定，異日富貴俱各有分。卜吉方繞坐了，只見酒來，又見飯來。他當時見這般施設，兩箇青衣女童在面前不住拿酒來

有永把脚來踏時是實落地、一面摸、一面行、約莫行了
一二里路見那明處摸時、都有兩扇洞門隨手推開閃
身入去看時依然再見天日、卜吉道井底下、如何有這
箇所在提着刀、正行之間見一隻大蟲伏在當路、卜吉
道傷人的想是這隻大蟲壁、如你喫了我我左右是死
大跨步向前看着大蟲便剎唱聲着一聲響亮只見火
光迸散震得一隻手麻木了半晌仔細看時、却是一隻
石虎卜吉道裏面必然別有去處又行幾步、只見兩邊
松樹中間一條行路都是鵝卵石砌嵌的、卜吉道既是

二七四

有路前面必有箇去處、伏着刀入邪松徑裏行了一二
百步閃出一箇去處諕得卜吉不敢道前定睄看時但
見
金釘朱戶、碧尾雕簷飛龍盤柱戲明珠、雙鳳幢屏鳴
曉日、紅泥墻壁、紛紛御柳間宮花、翠靄樓臺淡淡神
光籠瑞影、厖橫龜背香風冊冊透黃紗、簾捲蝦鬚皓
月團團懸紫綺若非天上神僊府定是人間帝主家
卜吉道這是甚麼去處却關着門敢是神僊洞府欲推
門又不敢欲待回去又無此、表證終不成只說見隻虎

第二十五回　五　二七五

虎來、知州如何肯信我正躊躇之間只見呀地門開走
出一箇青衣女童來、女童叫道卜大郎聖姑姑等你多
時了卜吉聽得說想道這箇女童如何認得我都是甚
麼姑姑姓聖我三黨之親都沒有這箇姓他却又等我
俊世的卜吉只得隨女童到一箇去處見一所殿宇殿
上立着兩箇僊童、一箇青衣女童當中交椅上坐着一
箇婆婆卜吉偷眼看時但見那婆婆
磐形古貌鶴髮童顏眼昏似秋月籠煙寶髻如曉霜
映日繡衣玉帶依稀紫府元君風髻龍簪彷彿西池

二七六

王母正大僊容描不就威嚴形像畫難成
卜吉想道必是箇神僊洞府我必是有緣到得這里卜
吉便拜道告真僊客人卜吉謹參拜拜了四拜婆婆道
我這里非凡你福緣有分得到此間必是有功行之人
請上瑤賜坐卜吉再三不肯坐婆婆道你是有緣之人
請坐不妨卜吉方敢坐了婆婆叫點茶來、女童獻茶已
罷婆婆道你來此間并同容易因何至此下吉道告姑
姑小客販皂角去東京賣了、推着空車子回來路上見
一箇婦人坐在樹下道義要去鄭州投姦婆娘娘家

第二十五回　六　二七七

341

二七〇

好教一面速即辦來、水手道要爪縛轆轤架下、用二十
丈索子、一箇大竹籮、一箇大銅鈴、人夫二十名若有些
事、便搖動鈴響、上面好拽起來、不多時都取辦完備、水
手扎縛了轆轤銅鈴竹籮俱完了、水手道請郎中台上
敎下井去打撈委官道你眾水手中著一箇會水下得
的下去、四五箇人扶着轆轤、一箇水手下竹籮坐了、兩
三箇人撥那竹籮下井裏去、四箇人便放轆轤約莫放
下去有二十餘丈、只聽得鈴響得緊、委官教眾人退後
急把轆轤絞上籮來、眾人見了、一齊吶聲喊看那籮裏

二七一

時亙古未聞、於今罕有、那水手當初下去、缸缸內有
一箇人、如今絞上來看時、一箇臉便如蠟皮也似黃的
手脚却板僵、死在籮裏了、委官叫攙在一邊、一面叫水
手老小扛回家、夫殞殁、不在話下、委官道終不成只一
箇下去了、不得公事便罷了、再別差一箇水手下去眾
水手齊告道郎中在上、眾人家中都有老小過繞見樣
子麼着甚來由把性命打水撤兒斷然不敢下去著是
郎中定要小人等下去、情願押到知州相公面前喫打
並在岸生、死責罰下去不得、委官責罰定是輕、恕罪

第二十五回　　三

二七二

都是如何得這婦人的屍首上來、條一干人都在此都
看卜吉等、我去稟覆知州相公商議、則箇委官上了轎
一直到州門前下了轎、逕到廳上、把上件事對那知州
說了一遍、知州也沒做道理處、委官道、逸与眾人等都說
習通判府中自來不乾淨、今日又死了一箇水手誰入
再敢下去、只是打撈不得那婦人的屍首起來如何斷
得卜吉的公事係甲職愚見不若只做卜吉看教下吉
下去扛撈、便下井死了、也可領命、知州道、也說得是你
自去處分委官辭了知州、再到井邊押過卜吉來委官

二七三

道是你起婦人下井你、自下去打撈屍首起來、我稟過
知州相公出給你的罪、卜吉道小人情願下去、只要一
把短刀防身、眾人道、說得是、隨即除了枷去了木杻、與
他一把短刀、押那卜吉在籮裏坐了、放下轆轤、半晌多時
不見到底、眾人發起喊來道、以前的水手下去時、只二
十來丈索子、便鈴響、這番索子在轆轤上看、看放盡却
不作怪、放許多長索尤自未能勾到底、正說未了、轆轤
不轉鈴也不聲、且不說井上眾人都說卜吉到井底下
籮起頭來看時、見井內十點明亮、斜面打一摸時、都響

第二十五回　　四

憑城地畫滿畢竟客人解到州裏怎生決斷且聽下回
分解

第二十五回

八角井泉水手撈屍　鄭州堂卜大郎獻鼎

佶大乾坤何事無　　壺中天地井中區
有人從此翻筋斗　　便是人間大丈夫

話說老院子和街坊人等將客人一條索子縛了直解
到鄭州來正值大尹在廳上斷事地方里甲人等解客
人跪下備說本人在才通判府中將不識姓名女子趕
下八角井裏去了大尹將客人勘問客人招稱係本州
入氏姓十名吉因販皂角前往東京質賣剛來行到

橋八角鎮五十里外大樹下遇見不識姓名女子責
腳疼行走不得欲賃車子前到鄭州東門十字街賣皂
媽媽家去則簡情願出錢五伯是吉載到本家卻開
入去垃不出來吉等已久只見老院子出來言說我家
是才通判屏宇無人居住空房不肯還銀一時間同老
院子進去尋看不期女子見了自跳在井中即井相
宅裏井中打撈屍首次日大尹委官一員獄中取出
等情大尹教且將卜吉押下牢裏來日押去才通判
吉同鄰里人等押到才通判屏宇裏來街上看的人挨

肩擡背人人都道才通判府裏　時常聽得裏面神歌鬼
哭人都不敢在裏面住有的人道看今日打撈屍首何
如委官坐在交椅上押卜吉在面前跪下委官問老院
子井四鄰人等卜吉如何趕這女子落井卜吉告道女
子自跳落井垃不曾趕他下去委官叫打撈水手過來
水手唱了喏着了水背心委官道奉本州台旨委我押
你下井你須仔細打撈水手道告郎中方纔小人去
上看驗約有三五十丈深淺若只恁地下去多不濟
須用爪扎聽轆轤有急事時叫得應委官道賣用毒

【二六二】
不害他性命、都也驚得他好、恰似這等客人正好慶他日後也有用他處、那客人推那車子直到鄭州東門外問永兒道你爹爹媽媽家在那里住永兒道養娘奴奴不識地名到那里奴奴自認得客人推着車子入東門來到十字路口永兒道這里是我家了客人放下車子見一所空屋子鎖着客人道小娘子這是鎖着的一所空屋子、如何說是你家永兒跳下車子喝一聲道疾鎖便脫下來、用手推開一扇門走入去了客人却在門前等了一簡多時辰不見有人出來天色將晚只管舒着

【二六三　第二十四回　十三】
步向裏面望不隄防背後一簡人喝道你只覷着宅裏做甚麼這宅門誰人打開的諕得客人回頭看見一簡老兒慌忙唱簡喏道好教公公知道適間城裏五十里路見簡小娘子說脚疼了走不得許我五百文錢教我載到這里入去了不出來教我等了半日老兒道這宅是蔡通判宅子我是看守的原係封鎖在此却是誰人開了客人道恁地時相煩公公去宅裏說一聲教取銀子還我則簡老兒道咩我開你誰打開的宅門客人道是你小娘子自家開的老兒聽得這簡客人這

【二六四】
人居住那有甚麼小娘子你都說恁般鬼話莫不害風客人道好沒道理我載你家小娘子來家許我五百文錢又不還我到說白府話兒你只教我尋去看若小娘子不在時我情願下情陪禮老兒道你說了若尋不見時不要走了老兒大開了門教客人入去到前廳過迴廊直至後廳遠遠的見永兒坐在廳上客人指道這不是小娘子麼老院子心中正在疑慮這婦人那里來的只見客人走上前叫道小娘子如何不出來還我銀子、是何道理永兒見客人來、忙起身望後便走客人大

【二六五　第二十四回　十四】
踏步走到後廳永兒見他趕得緊攬身後有一眼八角井走到井邊看着井裏便跳下去了客人見了嚇得只叫苦也苦也却待要走被老院子一把捉住道這婦人我又不認得你自同他來却又逼他下井去清平世界蕩蕩乾坤逼死人命你却要脫身倘或這婦人家屬知道到此索命那時那里來尋你說話今番罷休不得扭出宅前叫起街坊人等、將客人一條索子縛了、直解到鄭州來只因這番有分教老實客長都打着沒影官司貪墨州官轉弄出欺心手段直教匹夫瞋目天開眼

〔二五八〕

那大蟲來看着那廝，只一撲，那廝大叫一聲，撲地便倒。那廝閉着眼，肚裏道：我性命今番休了。多時沒些動靜，慢慢地閃開眼來看時，大蟲也不見了，婦人也不見了。那廝道：我從來愛取笑人，昨日不合撩撥了這婦人，喫廝子打了一頓拳頭，又喫他驚了，教我魂不附體。今朝地不知大蟲出來嚇道，性命休了，原來是驚要我。這婦人不知是好是歹，前面又撞見他，却了不得。我自不如回東京去休。那廝依先轉身去了。後人有古風一〔首〕——

〔二五九〕

美人顏色如嬌花，獨行踽踽時嗟呀。
路傍忽逢年少子，殷勤借問向誰家。
答言鄭州訪爹媽，客店不嫌鰥與寡。
假為夫婦望成真，誰道歡娛翻受娶。
交拜換面神難察，迷戀色眼真羞殺。
豈是美人曾變鬼，美人原是生羅剎。
老拳毒手橫遭楚，明日林中驚復覩。
何曾美人幻虎來，美人原是臙脂虎。
少年貪色不自量，乍逢思結野鴛鴦。

〔二六〇〕

英雄難脫美人手，何況無知年少郎。

且說胡永兒變大蟲出來驚他，他再不敢由這路去泰山，我自向鄭州去，一路上好慢慢地行。此時天氣炎熱，且行且住。將近巳牌時分，看見一株大樹下好歇歇，坐一回。正坐之間，只聽得車子轆轆地響，見一箇客人，頭帶范陽氊笠，身上着領打布衫，手巾縛腰行纏，瓜着袴子，脚穿八搭麻鞋，推那車子到樹下，却待要歇歇。見永兒立起身來道：客人。還了禮，問道：小娘子那里去？永兒道：要去鄭州投奔爹媽去，脚疼

〔二六一〕

了，走不得，歇在這里。客長販甚寶貨，推車子那里去？拏人道：我是鄭州人氏，販皂角去東京，賣了回來。永兒道：客長若從鄭州過賒，車廂裏帶得奴奴家去，送你五百文錢買酒喫。客人思量道：我貨物又賣了，鄭州又是順路，落得趁他五百文錢。客人道：恁地不妨。教永兒先廂裏坐，那客人盡平生氣力推那車子，不與永兒說話，也不把眼來看他，低着頭只顧推着車子而行。永兒自思量道：這簡客人是簡朴實頭的人，難得難得。想夜那廝一路上把書符藥撥我破了真箇[illegible]

一二五四

依倒地店小二正在門前喫飯只聽得房裏叫有鬼人來看時見那廝跌倒在地上連忙扶起驚得彼皮鞋重待詔也起來店裏歇的人都起來救他也有喫喫逐的也有咬中拇指的那廝喫剝消了一夜三魂再至七魄重甦那廝醒來道好怕人有鬼有鬼被店小二揪住尋了爭去處客店裏有甚鬼走

一二五五　第二十四回　九

上撞見他和我同到此討房見做假夫妻的方繞我去買酒來到房裏看他却是鬍子我却錯叫了待詔喫他一頓拳頭再去看他時却是朱紅頭髮碧綠眼睛青臉獠牙原來是鬼衆人喫了一驚燈光之下看那婦人時如花似玉一箇好婦人都道你眼花了這等一箇好婦人你如何說他是鬼永兒道衆位在此可奈這廝漢道理我自要去鄭州投奔爹爹媽媽這廝路上撞見了我和我同行一路上只把恐嚇的言語來驚我又說捉了滿箇細作店裏不容單身的歇强要我做假夫妻淥對

一二五六

房兒及至到了這里又只叫我是鬼一晚胡言亂語不知這廝懷着甚麼意故衆人和店小二都罵道可奈這廝情理難容着他好生離了我店門若不去時衆人一發上打教你粉骨碎身把這廝一時熱趕出去把店門關了那廝出到門外黑洞洞地不敢行又怕巡軍捉了喫官司只得在門外僻靜處人家門前蹲了一夜到天曉那廝道我自去休離了店門走了六七里路子却待要走過一林子去只見林子裏走出胡永兒來看那廝道哥哥昨夜罪過你帶挈我客店裏歇了一夜你却

一二五七　第二十四回　十

如何道我是鬼你今番青天白日裏看奴家是鬼不是鬼那廝看了永兒如花似玉生得好肚裏與決不下道莫不昨晚我真箇眼花了那廝道如如待要和你同行昨夜兩次喫你驚得我怕了想你不是好人你只白生休永兒道昨夜你要我做假夫妻也是你如今却又怕我我有些怕冷靜要哥哥同行則箇那廝道白日裏怕怎的永兒道哥哥昨日說有大蟲出來傷人那廝道說便是這等說那里真箇有大蟲永兒用手一指道這不是大蟲來了說聲未絕只見林子內跳出一隻吊睛白

一二五〇

黃金紅粉高横酒　誰為三般事不迷

豈不聞古人云他妻莫愛他馬莫騎怎地路途中遇見一箇有顏色的婦人便生起邪心來那廝看着店小二道討些脚湯洗脚店小二道有有看着待詔說道他夫妻兩箇自東京來的店中房都歇滿了只有這房裏還有一張牀沒奈何教他兩箇歇一夜待詔道我只睡得一張牀有人來歇教他自穩便永兒進房來叫了待詔萬福待詔還了禮那廝看着韜子上高惱則箇待詔道請不似待詔肚裏自思量兩箇訝言語不似東京人怎地箇

一二五一

孤調詞虼行兩箇不像是夫妻事不一心有些脚又樣干我甚事由他便了韜子道你們自穩便那廝和永兒牀上坐了店小二掇脚湯來那廝洗了脚討一盞油點起燈來韜子不做夜作喚了安置朝看裏牀自睡写那廝道姐姐路上貪起路不會打得火我出去買些酒食來喫轉身出房去了永兒道都不時耐這廝無禮他買酒去了我且作弄他要子則箇口中不知道此甚的舒氣向韜子牀上只一吹又起自己臉上摸一摸永兒臉變做箇韜子帶些…敢皮鞋的待詔將認待詔

第二十四回

一二五二

變做了永兒假待詔也倒在牀上假睡着杯說那廝些酒買些炊餅拿入店裏來肚裏尋思道我令朝遇着好遇着這等一箇好婦人客店裏都知道我是他的丈夫了今晚且快活睡他一夜那廝推開房門放酒鋒鞋卓子上剔起燈來看那牀上時却是做皮鞋的待詔睡感道却是甚麼意故如何換過了來我牀上睡看那廝面牀上時都睡着婦人那廝道想是日裏走得辛苦倒頭就睡着在這里向前雙手搖那婦人叫道姐姐我買酒來了你走起來只見那做皮鞋的待詔跳

一二五三

將起來劈頭揪番來便打那廝叫道做甚麼便打老公韜子喝道誰是你的老婆那廝定睛看時却是做皮鞋驚小怪入房裏來問道做甚麼待詔道可奈這廝走的待詔慌忙叫道是我錯了莫怪莫怪店小二聽得太這邊店小二勸開了待詔依舊上牀睡了那廝喫了一拳道我的悔氣眼睜睜是箇婦人原來却是待詔將認待詔邊牀上女娘睡着叫道小娘子起來喫酒完當只一却是永兒紅頭髮碧綠眼睛…

第二十四回

〔二四六〕

腰細膀闊，戴一頂木瓜心攢頂頭巾，穿一領銀絲襖，白紗衫子，繫一條蜘蛛班紅綠壓腰，着一對土黃色多耳皮鞋，背着行李，挑着柄雨傘。那後生正行之間，見永兒不戴花冠，綰着箇角兒，挿兩隻金釵，隨身衣服，生得有些顏色，向前與永兒唱箇喏，道：小娘子那里去來？永兒道：哥哥，奴去鄭州投奔親戚則箇。那廝却是箇人家浮浪子弟，便道：我也往鄭州那條路去，尚且獨自一箇難行，你是女人家，如何獨自一箇行得？我與小娘子一處行。一面把些恐嚇的言語驚

〔二四七〕　第二十四回　五

他到一箇林子前，那廝道：小娘子，這箇林子最惡，時常有大蟲出來，若兩箇行便不妨得，你若獨自一箇走，大蟲來便馱了你去。永兒道：哥哥若如此時，須得你的氣力拖帶我則箇。那廝一路上逢着酒店，便買點心來，兩箇喫了，他便還錢，又走歇，又坐歇，看看天色晚來。永兒道：哥哥，天晚了，前面有客店歇廳。那廝道：小娘子，好教你得知，一箇月前這里捉了鄰國裏兩箇細作，官府行文書下來，客店裏不許容單身的人，我和你都討不得房兒。永兒道：若討不得房兒時，今夜那里去宿歇？那

〔二四八〕

廝道：若依得我口，便討得房兒。永兒道：只依哥哥便了。那廝道：小娘子，如今不直箇，只假說我們兩箇是夫妻，便討得房兒。永兒口中不道，心下思量：這廝與我無一面萍水相逢，並沒句好言語，只把鬼話誘我，要硬討人便宜，我胡永兒可是怕事的？永兒道：哥哥，拖帶睡得一夜也妨。那廝道：如此却好。來到八角鎮上，有幾箇好客店都過了，却到市梢頭一箇客店，那廝入那客店門，叫道：店主人，有空房也沒？我夫妻二人討間房歇。店小二道：大郎莫怪，沒房了。那廝道：苦也，我上上落落

〔二四九〕　第二十四回　六

只在你家投歇，如何今日沒了房兒？店小二道：都歇滿了，只有一間房，鋪着兩張牀，方纔被做皮鞋的客子歇了，怕你夫妻二人不穩便。那廝道：且引我去看一看。店小二在前，那廝同永兒隨後，店小二推開房門與那廝看了。那廝道：怕甚麼事？他自在那邊去，我夫妻兩箇在對牀。永兒自道：却不耐這廝，我又不認得你，却教我做他老婆。店小二道：恁地你兩箇自入裏去。店小二交了房兒，老婆來討房兒，我只教他認一認老婆手段。有詩為證：

堪笑浮華輕薄兒　偶逢女子認為妻

裏頭且待來朝陳學究來時間明是實方纔饒恕再說
陳善到次日身上空閒了要去平安街胡員外家走遭
先來看費將仕就便討那枕頭兒去費將仕一聽得陳
善到來忙請進內書房相見坐下費將仕先問道教授
曾有簡兒寄與小童來陳善道不曾教對將仕公說
將仕公何以知之費將仕道此枕有些怪異之處教授
實說那里來的下官亦有言告訴陳善道小可舊時曾
街胡大洪家處館那女學生叫做永兒年長嫁
邪蚤忽然在城外相逢說夫家遇難故此

一二四一

逃將此枕托小可寄與他參媽聊表情念小可因昨
日有些事忙也不曾仔細看得不知有何怪異費將仕
道如此說又是教授不曾替他寄得到好便把學童夢
見這般這般及自己撲碎了枕兒又是如此如此怎樣
怪異見今官府行文出三千貫賞錢要拿妖人胡永兒
教授若將這枕頭去時剛好做簡表證須有分喫官司
又是下官撲碎了妖物泯於無迹到好陳善說得魂不
附體謝道小可因辟居鄉村與城中吊遠金不知官府
事情若非將仕盡說明小可險為所誤只不知官府

第二十四回
三

一二四二

見得胡永兒是妖人將仕公必知其詳費將仕又把張
千李萬在安上門城樓屋脊上射下慈哥弁焦胡兩親
家見官對證始末述了一遍說得陳善毛骨悚然當下
費將仕留了酒飯陳善再三作謝而別竟自回去也不
到胡員外家去了費將仕開了鎖放出三箇小斯來分
付從今汝後再不許趄起枕兒一節若有外人風聞時
節我便把你三箇奴狗當妖人解官三箇小斯連聲不
敢自此無人題起遊僊枕之事話分兩頭再說胡永兒
離了陳學究獨自行了一日天色已晚到一箇凉棚下

一二四四

火箇點茶的婆婆永兒入那茶坊裏坐了歇脚那婆婆
點盞茶來與永兒喫罷永兒問婆婆道此是何處前面
出那里去婆婆道前面是板橋八角鎮過去便是鄭州
大路小娘子無事獨自箇往那里去永兒道爹爹媽媽
在鄭州要去探望則箇婆婆道天色晚了小娘子可只
在八角鎮上客店裏歇一夜却行蚤是有這歇處獨自
一箇夜晚不便行走永兒變十數文錢還了茶錢謝了
婆婆又行了二里路見一箇後生
六尺以下身材二十二三年紀三牙鬚口細[illegible]

第二十四回

一二四五

第二十四回

八角鎮承兒變異相　鄖州城卜吉討車錢

　　優枕上遊仙境夢　　絕勝華胥太古天
　　此枕有誰枯贈我　　一生情願只酣眠

話說費將仕不由分說將那枕兒望空撲下學童兒叫得
一聲阿呀那枕兒跌在青石堦前打得粉碎就那枕兒
破碎之時嘆的一聲只見一陣東西又不是雀兒又不
是蝶兒有影無形的飛起屋簷上去了費將仕走下堦
頭看時原來是三寸多長一班的優女手中執着樂器

第二十四回　　一二三九

笙簫絃索無所不具也有執壺執盞執扇就如意的其
二十餘人如一棚木偶人兒相似三箇箇艷質濃粧美
麗無比那一班優女做一字兒站在簷頭向着費將仕
齊齊的道箇萬福啓鶯聲開燕語說道亥等原係前朝
內班近侍宮人被九天玄女娘符令拘禁在此今叫
恩庇釋放逍遙實乃萬分之幸也說罷把樂器一齊動
起聲調和諧婉娜可聽徐徐從屋脊上行去向北方郎
漸沒了費將仕從來未見此異果呆呆的看了半日再把
破枕片兒細細檢起看時裏面滑滑淨淨的都盡着細

一二四〇

山絕水亭臺樹木這枕兒是一塊白土捻就的外邊又
無絲縫不知裏面盡是如何動手豈不是箇優枕費將
仕繞把三箇小斯喚來跪下問這枕兒的來歷那兩箇
小斯指着學童道是他說陳學究先生寄與他處約明
日來取的小的們並不知情只聽得他說枕着睡去時
便有許多快樂受用看的是優景聽的是優樂喫的是
優酒小的們見枕墻上寫着九天遊優枕五箇金字心
下疑惑正在此商量議論不期老爹回來再問學童果
是如此費將仕只是不信將三箇小斯鎖禁一間空房

第二十四回　　二

也不在意帶進宅裏就撒在耳房中自家睡的舖上早
飯後費將仕出去拜客書童沒些事到舖上去睡覺見
枕兒方便就用着他也是這小廝凡世有緣好箇九天
瓷砼枕多少王侯貴戚眼不曾見耳不曾聞到是他試
法受用正是黃粱猶未熟一夢到華胥學童正在熟睡
之際有與他一般樣的兩箇小廝來尋學童同打瞌睡
心，一箇去撚箇細紙條兒弄進他鼻管底去只見學童
栗子罩到耳房裏見他鼾鼾的睡着，一箇便去抓脚
一陣藥箇噴涕似呃那般撐扶將起同枕裏道好好

二三四

快活得兩小廝每人捧了一隻□□人問道什
麼好快活學童道繞睡去忽見枕褥上兩箇門開異香
撲鼻一班女樂吹彈而出箇箇有月貌花容迎我去仙
界遊玩轉步之間果然仙山仙水仙花仙鳥景致非常
一箇仙女執壺又一箇把盞連勸我仙酒三盂第三盂
還不曾喫乾被你們囉哻醒了，一箇道我不信我不信
一箇便去搶那枕兒在手看時只見一邊枕牆上泥金
塗寫九天遊仙枕五字那一邊畫成兩扇門兒上面橫
箇牌額寫仙界二字看得仔細方知夢乃此枕之故，一

十二

二三五

箇道不知你是真是慌今夜把這枕兒我擎去也睡一
夜看有夢也沒有那一箇道不要偏枯了大家受用受
用上半夜是你下半夜是我費將仕拜客方回在耳房
邊過去聽得說要分上下半夜受用只道商量件麼多
事，腳踢開房門來三箇小廝叢着一箇白土砵就光
光滑滑的小夕枕兒在那裏胡言亂道費將仕一時怒
起雙手論那枕兒在手眼也不去瞧高高的望空一撲
在青石衙冷土打箇粉碎可惜無窮遊仙枕化作堦前
一片塵難道這枕只與尋常枕頭一般遠于晌碎別沒

二三六

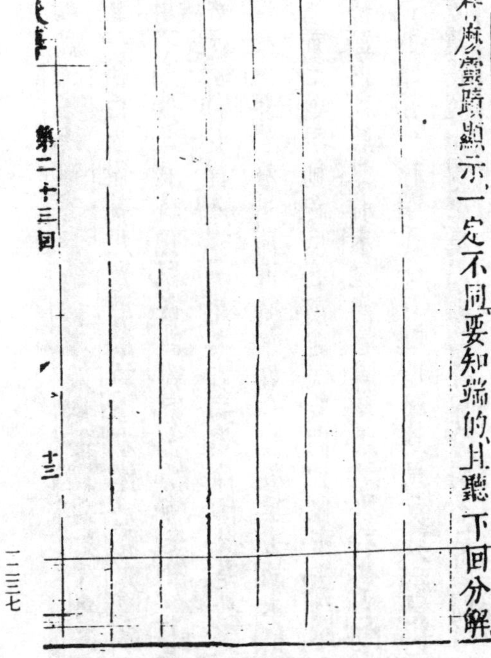

有些麻窓靈蹟顯示，一定不同要知端的且聽下回分解

第二十三回

十三

一二三七

自古公堂冤業多，無如訟口惑人何。
上官比及回心轉，一頓嚴刑已受過。

這四句詩是說聽訟之難。假如兩邊說來都似有理，少不得要看那一邊理勝一分的聽他，及至有恁般理的，未必有恁般事。即如胡貞外當堂一番說辯，何等可聽。知府為此將焦玉和巡兵一來拷打，誰知都是冤枉。所坐公堂的，切不可自恃聰察，輕易用刑。閑話休題。且說胡永兒憨哥中箭跌下去了，口中念念有詞，從空便起，獨自箇回到家中，想道失了憨哥，住在這裡不成

了，爹爹媽媽家裏也不好去得，如何是好。想起成親之夜夢見聖姑姑與我說道：此非你安身之處，若有急難，可來鄭州尋我。見今無處著身，不若去鄭州投奔聖姑姑看是如何。當下穿了幾件隨身衣服，帶了隨身法物，依舊跨著橇子從空而出，直到野地無人處漸漸下來，撇了橇子，獨自一箇取路而行。此時天色方明，恰好遇見舊時從他讀書的陳學究先生陳善，從鄉里起早入城有些事幹，認得是女學生胡永兒，喫了一驚，問道：賢弟為何獨行至此，爹爹媽媽何在。永兒道了萬福答

第二十三回　　二三一

教奴為夫，家道難，隻身遁出來，及對爹媽說知了。取出一箇白土做就光光滑滑的小方枕兒，遞與陳學究道：有煩師父將這枕兒寄與我家爹媽，聊表些此乃九天遊仙悅人魂夢枕之，百病俱除，師父是必要去。陳學究接得在手，問道：賢翁如今往那裡去。胡永指着前面道：有箇親戚在前途，我同到他家去。陳究撞頭向前瞭望時，永兒使箇隱身法，忽然不見了。陳舊把眼睛抹一抹，嘆了一口唾，叫聲見鬼，莫非永兒已死，方繞精魂出現。麻這泥做的枕兒，分明不是陽間用

的[illegible]道是鬼話，我也[illegible]地將[illegible]袖裏著枕[illegible]今日自家還有此一緊要事件[illegible]去城來，忽然又想道：我是順路帶着枕見行走，好不方便，偶到過一箇小廝，叫道：陳師父那里去。原來陳善也曾在費家教授過來，這小廝正是舊時學童陳善，便把枕見遞與他道：這東西權寄你處，今日忙些箇，明日來取，就順便來看。將仕說罷自去了。學童看着這土做的枕見

第二十三回　　二三二

問便見下落。公差領了鈞牌，飛也似趕到胡員外家裏來。却說胡員外聽得街坊上喧傳這件事，早已知是自家女兒做出來的勾當，害了慈哥與媽媽，正在家暗暗地叫苦，只見兩箇差人跑將入來。驚得魂不附體，只得出來，劈起閂問道：你何見喻？公差道：奉知府相公嚴命呼喚。胡員外道：在下並不曾開管為非，不知有甚勾當。公差道：知府相公立等，去則便知分曉。（員外入）裏取銀十兩，送與二位權當酒飯，没事回來。兩箇公差接了

三二六

銀子，不容分說，推扯出門，逕到府裏。知府正等得心焦，見拏到了胡員外，便把城樓上射下慈哥，次後焦員外說出永兒并慈哥，對答不明，要永兒出來審問的情由，說了一遍。胡員外只推不知。知府道：我問你，女兒極是聰明伶俐，女壻這般呆蠢，必定別有姦夫，做甚不公不法的事。你怕我難為他，說出真情，一意藏在家中，反來遮掩。焦員外跪在那邊哭告道：若在你家，快把他出來救我兒子性命。胡員外道：世上只有男子拖帶女人做事，分明是你把我的女兒，不知怎地緣故，斷送那裏去

第二十三回　八

三二七

人故意買囑巡軍，只說同在城樓屋脊上射下一箇，走了一箇。柑公在上城樓，在半天中一般，又無梯子，難道這兩箇人挿翅飛上去的？若果同在上面時，怎地死也不賽，這般逃走得快？女人家須是鞋弓襪小，巡軍如何趕他不着，眼睜睜放他到小人家中來躲了。知府聽他言語，句句說得有理，喝把慈哥的父親與張千李萬俱夾起來，指着焦員外道：這事多是你家謀死了他的女兒，通同張千李萬設出這般計策，把這瘋癲的兒子做簡出門入戶，不打如何肯招？喝將二人重重拷打兩邊

三二八

公人一齊動手，打得箇箇皮開肉綻，鮮血淋漓。焦員外受苦不過，哀告道：望柑公青天作主，原不曾謀死胡永兒。容小人圖畫永兒面貌，情願出三千貫賞錢，只要相公出箇海捕文書，開行各府州縣懸掛面貌信賞。若永兒端的無消息時，小人情願抵罪。知府見他三箇苦死不招，先自心軟，況兼胡員外也淡淡地不口，緊要人知府便道：這也說得是。一邊把三箇人放了，一面取慈哥進府，開了枷，併一千人俱討保，暫且寧家伺候，着令焦家圖畫永兒面貌，出了海捕文書，各處張掛。**有詩為證**

第二十三回　九

三二九

看這箇人胡言胡語，冗自未醒，但不知這箇人姓名家鄉如何，就罷了這頭公事。尋思了一會，喝道：且把這箇人枷號在通衢十字路口。看着張千李萬道：就着你兩箇看守，如有人來與他廝問的，即便拏來見我，不多時。獄卒取面枷將憨哥枷了，張千李萬攛扶到十字路口，開動了大街小巷的人，挨肩擦背，爭着來看。却說那焦員外家娭子和丫鬟，侵晨送臉湯進房裏去，不見了憨哥，永兒哭了一驚，慌忙報與員外媽媽知道。員外媽媽都驚呆了，道：門不開，戶不開，去那里去了。焦員外走

出走入，沒做理會處，忽聽得街上的人三三兩兩說道：昨夜安上大門城樓屋脊上有兩箇人坐在上面，被巡軍射了一箇下來，一箇走了。又有的說道：如今不見枷在十字路口。焦員外聽得說，却似有人搓他背門一般，遥走到十字路口，分開衆人，挨上前來看㤂，却是自家。見了便放聲大哭起來，問道：你怎的去城樓上去，你娘子在那里。張千李萬見焦員外來問，不由分說，橫拖倒拽捉進府門。知府問道：你姓甚名誰，那枷的是你甚麼人，為何直上這城樓，那裏坐地，意欲如何，及事與那枷

第二十三回　六

…起的婦人有甚緣故，你實實說來，我饒了你。焦員外身告道：小人姓焦名玉，本府人民，這箇枷的是小人的兒子，柾自活了二十多年紀，一毫人事也不曉得，便是穿衣喫飯動輒要人扶，若問他說話時，他便依人言語回答，因此取箇小名叫做憨哥。小人只是叫他小畤伏侍的妳子看管，雖中門外一步也不敢放他出來。三年前偶有媒人來與他議親，小人欲待娶妻與他，恐悞了人家女見，欲待不娶與他，小人止生得這箇兒子，沒

一二四

把一箇［⋯］胡永兒娭他，只是生得美貌伶俐。不料昨晚喫了晚飯，雙雙進房去睡，今早門不開，戶不開，小人的兒子并媳婦都不見了，不知怎地出門得到城樓高處，又不知媳婦如何不見下來，便走得去。知府喝道：休得胡說，既是你的兒子媳婦，如何不開門啓戶走得出來，媳婦以定是你藏在家中了，快叫他來見我。焦員外道：小人安分愚民，怎敢說謊，便拷打小人至死端的屈殺小人。知府聽他言語真實，更兼憨哥依人說話的模樣又是真的，再差兩箇人去拏胡永兒父親來審

第二十三回　七

一二五

不信試從吳地看　西山跳虎是遺踪

怨一口永兒道我們好去乘凉也永兒念念有詞橃子變做大蟲從空便起直到安上大門樓乘凉當夜却沒有風永兒道今日好熱拏着一把月樣白紙扇兒在手裏不住的搖此時月却有些朦朧有兩簡上宿軍人出來巡城少不得是張千李萬兩簡巡了一遍回到城門樓下張千猛擡起頭來看月喫了一驚道李萬你見麼門樓屋脊上坐着兩簡人李萬道若是人如何上得去張千定睛一看道真是兩簡

三二八

人李萬道據我看時只是兩簡老鴉當夜兩簡在屋脊上不住手把扇兒搖李萬道却不是老鴉如何在高處展翅張千眼快道據我看一簡像男子一簡像婦人如今我也不管他是人是鴉敎我一箭去那袋內抽弓取箭搭上箭拽滿弓看清只一箭射去不偏不歪不邪不正射着憨哥大腿憨哥大叫一聲從屋脊上骨碌碌滾將下來跌得就似爛冬瓜一般張千李萬上前看時却是簡漢子幸得不曾跌死將他縛了再看上面時不見了那一簡至次日早間解到開封府來正值知府

第二十三回　四

坐堂張千李萬押着憨哥跪下稟道小人兩簡是夜巡軍人昨夜三更時分巡到安上大門猛地擡起頭來見兩簡人坐在城樓屋脊上搖着白紙扇子彼時月色不甚明亮約莫一簡像男子一簡像婦人小人等計算這等高樓又不見有梯子如何上得去必是飛簷走壁的人隨卽取弓箭射得這簡男子下來再擡頭看時那簡像婦人的却不見了今解這簡男子在臺下請相公台旨知府聽罷對着憨哥問道你是甚麼樣人憨哥也道你是甚麼樣人知府道你從實說來免得喫苦憨哥

三三〇

也道你從實說來免得喫苦知府大怒罵道這廝可惡敢是假與我撒瘋憨哥也瞪着眼道這廝可惡敢是假與我撒瘋滿堂簇擁的人都忍不住笑知府無可奈何叫衆人都來廝認看是那里地方的人衆人齊上認了一會都道小人們並不曾認得這簡人知府存想道安上大門城樓壁斗樣高這兩簡人如何上得去就是上得去那簡像婦人的如何不見下來却暗暗地走了一定那簡像婦人的是簡妖精鬼怪迷着這簡男子到那樓屋上不隄防這廝們射了下來他自一逕去了

第二十三回　五

冤債主姑姑道、你前生做我的女兒時節、我同你到鐏門山關王廟中避雪、等个簡年少道士賈清風、與你貪來眼去、雖則未曾成親、你却也不曾决絕得、他那道士為思憶你、一病而亡、只為他情緣深重、所以今生投胎變成凝子、但他的情根却也種得深了、少不得今世要開花結果、今日與你做一塲夫妻、也是還債、到緣分了時、自有簡散塲、你也須索忍耐、休得賣弄神通、惹人猜忌、若有急難、可到鄭州來尋我、依舊乘鶴飛去了、永兒醒來、一句句都記得在心、只覺前緣宿業、到也心

定了張院君、不回客、到第二日、一心只牽掛女兒、不知這一夜如何過了、眼兒也一定哭得紅腫了、差兩簡養娘去看、回來說道、歡歡喜喜在那里、媽媽不消理、看了幾遍、回報都是一般話兒、媽媽歡口氣也放下了、心從此不和員外爭嚷、那焦員外、夫妻兩口兒、只怕新婦心中不樂、見他兩簡孝順、十分歡喜、自不必說、員外又自到胡親家處來稱謝、從此兩家無話再說、永兒與憨哥雖為夫婦、實則同林千里、憨哥從來不省人事、不來經老婆、永兒也落得推開閒、常到懷簡可憐之意、冷冷

熱熱常照顧他、恰像添了簡妳子一般、有時節閉上房門、演弄法術兒、頑要憨哥、呆呆的看、只不則聲、所以一向相安無事、荏苒光陰、不覺過了三載、時遇六月間、這一年、天氣倍加炎熱、永兒到晚來、堂前叫了安置、與憨哥來天井內乘涼、永兒道、憨哥、我們好熱麼、憨哥道、我們好熱麼、永兒道、我和你一處乘涼、你不要怕、憨哥道、我和你一處乘涼、你不要怕、永兒見憨哥七顛八倒、心中好悶、當夜永兒和憨哥、合坐着一條橃子、永兒念念有詞、那橃子變做一隻吊睛白額大蟲、背上載着永兒

和憨哥、從空便起、直到一座城樓、這座城樓叫做安上大門樓、永兒喝聲住、大蟲在屋脊上便住了、永兒與憨哥道、這里好涼麼、憨哥道、這里好涼麼、兩簡直乘涼到四更、永兒道、我們歸去休、憨哥道、我們歸去休、永兒念念有詞、只見大蟲從空而起、直到家中天井裏落下、依舊變做橃子、永兒道、憨哥、我們去睡休、憨哥道、我們去睡休、自此夜為始、永兒和憨哥、兩簡夜夜騎虎、直到安上大門樓屋脊上乘涼、到四更便歸、有詩為證

白雲洞法大神通　木橃能令變大蟲

二二〇

道這等一箇好女兒，嫁恁地一箇瘋呆子，豈不悞了我女兒一生。員外道：他離了我家，是天與之幸，你管他則甚。媽媽只是哭親哭肉，罵一回哭一回，整整的廝鬧了一夜，不在話下。都說胡永兒見媽媽去了，眼淚不從路落，苦不可言。陸續相送諸親出門，晚飯巳畢，謝了婆婆，道了安置，隨妳子入房裏來。見憨哥坐在牀上，妳子道：你和小娘子睡休。憨哥道：你和小娘子睡。妳子道：你和小娘子睡休。憨哥道：你和小娘子睡。妳子心裏道：只管隨我說時，幾時是了。不若我自安排小娘子睡便不——

妳子先替憨哥脫了衣服，扶他上牀睡倒，蓋了被。然後看着永兒道：前小娘子寬衣睡了罷。永兒見妳子請睡，包着兩行珠淚，思量道：爹爹媽媽，我有甚虧負你處。你却把我嫁箇瘋子，你都忘了。在不斯求院子裏受苦時，如今富貴，不知虧了誰人。休休，我理會得爹爹意了。教我嫁一箇聰明的丈夫，怕我教他些甚麼，因此先識破了，却把我嫁這箇瘋子。抹着眼淚，叫了妳子安置，脫了外蓋衣裳，與憨哥同睡。妳子自歸房裏去了。永兒上牀，把被緊緊的捲在身上，自在一邊睡，不與憨哥合雙。

二二一

心下想道：我久有跟隨聖姑姑出門之意，只為爹媽難忘，一時撇他不下。他又無第二箇男女靠老，何忍將奴嫁出，又配着這箇柔貨，不知聖姑姑那邊知道也不知道。默了一回，不覺睡去了，夢見聖姑姑乘鶴而來。只因這一來，有分教：永兒安心息念，又過幾時。正是：夫妻本是前生定，莫怨東風當自嗟。畢竟聖姑姑說出甚麼來，且聽下回分解。

第二十四回

蠢憨哥誤上城樓脊　　費將仕悞詐遊仙枕

駿馬慣馱村漢走　　　巧妻常伴拙夫眠

姻緣都是前生債　　　莫向東風怨老天

話說胡永兒夢見聖姑姑騎鶴而至，叫聲：我兒，聞得你嫁了新郎，特來看你。永兒便把心中苦楚告訴了一遍。聖姑姑道：你終身結果，自在貝州，這些原非你安身之處。永兒道：奴奴只今日跟了娘娘去休。聖姑姑道：宿癲未畢，還不是脫身的時候。永兒道：奴奴與那瘋子——

二二二　　二二三

許總歸與他、做甚麼書呆大家豹教見那胡員外也
分曉、聽得人說這箇女兒、十分生得標致、又聰明智慧
書算皆能、却把來嫁這箇瘋子、不知是何意故、當夜過
了、至次日焦家打點迎娶、不在話下、晚間胡媽媽送新
人進門、少不得要拜神講禮、參筵拂塵、妳子扶那憨子
出來、胡媽媽看見、喫了一驚、但見

面皮垢積、口角涎流、帽兒光歪、罩雙丫衫子新横寬
遍體帶着縮頰、反耳斜睛、靴穿歪腿、步踉蹌六七人
挽涕揶唇觜腌臜、一雙袖袜瞪目視人、無一譍渾

二二〇六

如扶出猙獰短毛、連鬢有千根、好似招來䰟䰡、蠢軀
難自立窮崖怪樹搖風、陋臉對神前深谷妖狐拜月、
但見花燈邪解、今宵合巹雖逢駕侶、不知此夜成親、
送客驚番滿堂笑倒、洞房花燭分明織女遇那羅簾、
慢搖紅宛似觀音、逢八戒便教媒姆也妳憎縱是無
鹽羞配合

當晚妳子扶着憨哥、行禮揖拜不成揖、拜不成拜、平昔間
慣隨人口裏說話、到此沒隨一頭處、口中只是亂噪、明
媽媽看見新女壻這般模樣、不覺歎篡、他淚下暗地裏

第二十二回　十二　七

叫苦道、老無知、却將我這塊肉、斷送與這樣人、我女見
終身、如何是了、要叫兩箇媒人來發作時、那李老實已
睬過一邊去了、張快嘴看見辭色不善、先把說話來遮
住道、老院君這頭親事、媳婦們也不敢斗膽、都依着老
員外分付下來、老院君回去問老員外時、自然明白今
日大喜之日、列位高親在此望老院君、凡百包荒隱惡
而揚善、則這幾句話、張院君到、不好開得口了、正
是啞子慢嘗黃蘗味、難將苦口對人言、沒奈何與許多
親眷勸酬了一夜、次早只得撇了女兒別了諸親回家

二二〇八

一見了員外、不覺怒氣衝天、拔下了髻兒撞一箇滿懷、
便叫天叫地、介哭將起來、員外道好時好、母沒事為着
共的媽媽道、只想你是一家之主、百事恣逐誰如是箇
老禽獸、沒人心的、我這一箇成家立業的好女兒千百
頭親事來說、只是不允、偏揀這箇瘋子嫁他、是何道理
胡員外道、我女見罷在家中久後必然累及我家、便是
嫁出別人家裏去嫁了箇聰明伶俐的老公壓不住這
盤星露出此三分鑒痕來、又是苦我如今將他嫁箇木實
不曉人事的老公、便是有些泄漏他也不理會得嬤嬤

第二十二回　十三　九

胡員外聽了道這頭親事到稱我意煩你二位用心說
說則箇院君面前莫說實話只是襃獎罷了兩箇媒人
聽得說口中不說心下思量千頭萬頭好親花枝也似
兒郎都放過了却將這箇好女兒媒這箇瘋子兩箇又
喫了數杯酒每人又得了二兩銀子謝了員外出
門是箇茶坊兩箇入去喫了茶李四嫂道你沒來由教
我忍不住笑捏着兩把汗只怕胡員外焦燥起來帶累
我甚麼意思張三嫂我和你說這許多頭好親事都教
放過了我自開着要他若胡員外焦燥時我只說取笑

二〇二

誰想到成了事李四嫂道想是他中意了若不中意時
今日如何把四兩銀子與我們比往常更是加厚兩箇
厮趄着一頭走一頭笑逕投閻子門來見焦員外焦員
外教請坐喫茶員外你兩箇上門是喜蟲兒有甚好
話來說張三嫂道告員外我兩箇特來討酒喫與小員
外說親焦員外我兒子是箇呆子不曉人事的誰
家女兒肯把嫁他李四嫂道一箇小娘子年方二十九歲
的胡員外宅裏花枝也似一箇開綵帛舖
多少人家去說親的都不肯方繞媳婦們說起宅上來

第二十二回　十

二〇三

胡員外便肯應承特教我兩箇來說焦員外見說好歡
喜道你兩箇若說得成時重重的相謝兩箇喫了數杯
酒每人送了二兩銀子出得焦員外家逕來見胡員外
李四嫂道焦員外見說宅上小娘子十分歡喜教來稟
覆員外要揀吉日良辰下財納禮要甚安排都依宅上
分付胡員外聽說不勝之喜自教媒人去對張院君說
院君細問時只說小官人生得豐厚是箇有造化的只
是從小嬌養慣了穿衣服還要別人伏侍生在這般富
足人家好不受用院君也允了媒人去焦家回復話休

二〇四

絮煩回家少不得使媒人下財納禮奠雁傳書焦員外
因是自家兒子不濟每事從厚不只一日揀了吉日良
時成那親事都說焦員外和媽媽叫妳子來分付道小
官人成親房中的事皆在你身上若得夫妻和順我却
重重賞妳妳子道多謝員外媽媽妳子自有道理媽媽
道怎地時慢慢教他好妳子與媽媽入房裏來看着憨
哥道憨哥明日與你娶老婆也憨哥也道明日與你娶
老婆也妳子又道且喜也憨哥道且喜也妳子口中來
說遂下思量道我們這般好不曉事這緣一箇瘋子都

第二十二回　十一

二〇五

媒姿兩腳似船形　有水河中各自行
空自相騙爭起釁　誰知員外不應承

卻說胡員外正走出客座來、兩箇媒人相見了、員外教、難得你們用心、昨日說了、今日便有張三嫂不等李四嫂開言、便攙先答應道、有一頭好親事、是小媳婦家來的、西街上大槐張員外家、單生一女、年方十七、人才出衆、真箇十分伶俐、一手寫、一手算、胡員外聽說了、荒且放過這頭親事、李四嫂道、茂說的又是一箇主見、起金沙唐員外家、好箇小官人、年二十一歲了、百伶

倒寫算俱精、五六年前曾在宅上求過親的、不曾放得今番又來相求、胡員外搖着頭道、這頭親、也且放過一邊、別有親時、再煩你二人來、說兩箇媒人都道、恁地好親事、如何教放過了、員外且與院君商議則箇、胡員外道、我心裏便是有些、不在意、院君也十分做不得主、便去衣袖裏摸出一兩銀子來、送與二位道、天早、不敢相耽擱、權當一茶、有煩用心體訪一頭誠實小官人、直待我自心裏像意方好、兩箇媒人受了銀子、只得起身出來、說道、雖然親事說不成、也不白折了這箇早起、想起來、

這頭媒人、不是獨做得的、今後須是你吹我唱、大家攛掇慫恿、不怕他不聽、兩箇又把一兩銀子分了、各自去訖、從此兩箇媒婆、真箇和同水蜜一條、夜上走路話休煩絮、但有好親去說、聽得說兒郎聰明伶俐、便教放過了、如此也不知幾次、又隔了數日、兩箇媒人商量道、有難得胡員外、去時便是酒和銀子、不曾空過我兩箇、有七八頭好親事去說、只是不肯、不知是甚意故、李四道、他說要尋箇誠實小官人、莫非到嫌忒聰俊了、張三嫂道、今日我們兩箇沒處去了、我和你去胡員外宅

裏騙他幾杯酒喫、有采騙得他兩把銀子、大家取一回笑耍、李四嫂道、你有甚親事去說、張三嫂道、你休管只顧隨我來、教你喫酒便了、兩箇來到胡員外家、卻好員外正在舖裏、兩箇坐定喫茶、員外問道、有甚親事來說、張三嫂道告員外、今有和宅上一般開絲帛舖的焦員外、他有箇兒子、甚是誠實、只怕太過分了些、員外問道、他兒子幾歲、諸事如何、張三嫂道、焦員外的兒子、雖則他兒子十九歲了、還是妳子替他着衣裳、三頓喂他茶飯、口邊涎涎瀝瀝地、不十分曉人事、滿門都稱他是憨哥

人去說胡員外要招贅在家搖得頭落不肯因此扳了
徐家這頭親事只不知胡員外有口風沒有你却如何
來說李四嫂道昨日胡員外叫將我去與了我一兩銀
子又與了三杯酒喫要說門當戶對的親情願嫁出故
此媳婦特來它上說唐員外見說十分歡喜即時叫安
排酒來教李四嫂喫了也把一兩銀子相送道若親事
成時另有重謝有煩用心着力則箇李四嫂謝了唐員
外出來一路上歡歡喜喜也打帳瞞過了快嘴張三嫂
明日獨自箇去做這頭媒人都說次日胡員外家開了

一九四

大門是張三嫂先到剛要進門遠遠的望見東邊的
好似李四嫂模樣張三嫂道這婆子清蚤起那里去我
且躲在一邊看他只見李四嫂到了胡家門首兩頭扑
一看還鑽進門內來了正與張三嫂打箇照面正是夜
眠清蚤起又有不眠人兩下都喫了一驚好生沒趣張
三嫂道你來有甚話說李四嫂看見你在此特地進
來陪你張三嫂道我也想道李四嫂你决然到這里的所以先
來等候兩箇笑了一場李四嫂道阿姆你實說尋得箇頭
好主兒麽張三嫂道不騙你說有一箇上好頭腦筭取

第二十二回　六　一九五

十說九成李四嫂問那家張三嫂道是大桶張員外家
一十七歲花枝般的小官人李四嫂道阿姆莫怪我說
男大女小團圓到老到是雌的大了兩歲恐怕不中本
它的意張三嫂道你快閉了口常言道妻大一有飯喫
妻大二多利市妻大三屋角攤如今剛大兩歲正是利
市發財旺夫如何不好你嫌我這主兒不好有甚別箇
主兒勝得這一頭的李四嫂道我這家都勝得多哩是
親的張三嫂道便是那望門寡的硬東兩箇誰家女兒
金沙唐員外家兒子長房長媳目下說成就行聘就做

一九六

兒銅盆首去對那鐵梘[illegible]講得地罷也省
些後來抱怨李四嫂道我與你打箇掌偏要員外成我
這頭親事張三嫂道不須賺得從今讓過了你的
我也不來爭成了我的你也休指望八刀只喫杯喜酒
便了鋪裏主管聽得了傻悍口道這句話說得是各人
郤底下有水各人自行拜範了從哩兒也是沒用正不
却我家員外喜那一頭哩姻緣是五百年前結下的勉
強不得兩箇方纏住了口雙雙的走進客座裏來有詩
為證

第二十二回　七　一九七

【一九〇】

子平分了兩箇於路上商量道那里有門厮當戶厮對
的好人家趁熱就去說便好李四嫂道急切難得只看
我們造化張三嫂道今日講過了你也不要瞞我我也
不要瞞你大家分頭去尋訪得一頭來我兩箇有話
同說有錢同近有酒同喫李四嫂道說得是我尋得來
也對你說你尋得來也對我說兩箇約定了分路而去
張三嫂想道西街上大桶張員外單生得一箇兒子年
方一十七歲只要說一箇好媳婦我且去走一遭只怕
他嫌胡家年長成不成喫三瓶且去哄杯酒喫也好當

【一九一】　第二十二回　四

下張三嫂逕到張員外家張員外見箇媒婆入來便問
道有何事到我家張三嫂道有一門好親特地來說員
外道有多少媒人來說過都不成得如今不知是誰家
女兒張三嫂道是開綵帛舖胡員外的女兒生得花枝
般好張員外道我留在金明池上見來真箇生得好只
不知多少年庚張三嫂道二十九歲獨養女兒張員外
道長兩歲也不妨只怕他不願嫁出我只有這箇兒子
我都不肯入贅張三嫂道胡員外也情願嫁出來張員
外見說十分歡喜教安排酒來與張三嫂喫三杯取出

【一九二】

一兩銀子相送說道若親事成時別有重謝張三嫂收
了銀子作謝出來喫了兩家的酒醺醺的自言自語道
今日是好日都順溜這頭親事管情嬰成過了今夜明
日起箇黑煞到胡家去嬰嬰蔡淮李老實知道都說老
實李四嫂這日因在金沙唐員外家門經過想着他
有箇兒子年方二十一歲向李方十餘大戶家的女兒
因此女害了癆快未□□□月□女兒已死那唐小
官人是要緊做親的若□□□□□必然樂從
走到唐家門首恰好唐員外□□看見李四嫂

【一九三】　第二十二回　五

前來原是相熟的便道四嫂那里來李四嫂道有句話
特地到宅唐員外道既有話請到裏面講李四嫂跟員
外進去坐了問道小官人在宅廳唐員外道出外去收
些小貨未回李四嫂道徐家小娘子沒了另扳得有好
親事唐員外道還不曾你看見有好頭腦作成則箇李
四嫂道有一頭在此說來必定中意唐員外道是那一
家李四嫂道是開綵帛舖的胡員外的女兒年方一十
九歲唐員外聽得說笑道我知胡員外的女兒且是生
得好又聰明伶俐當初胡家開典舖的時節我家便央

柴房門看時、諕得員外呆了、只見刀在一邊、捋刴的是
都是一把株茗斫做兩截員外道哎呀昨日明明是
我下手的、如何卻是茗蕜似此成妖作怪決雷他不得
了只教他離了我家便了員外踌躇了一日、到晚來與
媽媽喫夜飯商議道常言道男大須婚、女大須嫁、如今
永兒年已長成只管留他在家不是長久之計他的終
身也是不了、媽媽道今日家計都是女兒撐的何忍推
他出去且你我膝下並無第二箇人還是贅箇女婿
在門討家過活　　半子倚靠員外道媽媽我

初意亦是如此只是女兒從幼嬌養慣了好的是頑要
便趙開養娘把柴房中豈人草馬爭戰之事述與媽媽
聽了似此弄手弄腳偶然落在別人眼裏說將出去可
不斷送了你我的性命、不如擇箇良姻嫁他出去在公
婆身邊到底不比自家爹媽少不得收歛此、過了三年
五載待他年長老成連女婿收拾回來、可不兩得其便
只這一席話哄過了媽媽便應道員外見得也是、此汩
天明便叫當直的去前街後巷叫兩箇媒人入來
去不多時叫得兩箇媒婆有一首小詞名駐雲飛

那做媒婆的行徑
堆歡媒婆兩腳撥來疾似梭、八字全憑做年紀、傳來
錯咠古上弄風波、將貧作富、撮合成交、那管終身悮
只要男家財禮多、只望花紅謝禮多
那兩箇媒婆、一箇喚做快嘴張三嫂、一箇喚做老實李
四嫂、兩箇來到堂前、叫了員外媽媽教坐了
請茶、茶罷、安排酒來相款、張三嫂起身來萬福、媽媽和員
外道、叫媳婦們來、不知有何使令、員外且坐、你二人
曾見我女兒麼、張三嫂道、前次留見小娘子來、好箇小

娘子、員外道我家只養得這箇女兒年方一十九歲要
與他說親特請你二人來商議則箇張三嫂道謝員外
媽媽照顧媳婦、既是小娘子要說親事不知如今要入
贅卻是嫁出去、胡員外道我只是嫁出去李四嫂道若
要嫁出去時這親事卻有員外取出二兩銀子來道權
與你二人做腳步錢若親事成時自當重重的相謝兩
箇道媳婦們不曾出得分毫之力、如何先蒙厚賜受之
不當口裏雖恁般說兩箇都伸手去接那銀子、是張三
嫂先接到手、作謝出來到綠帛舖借禮等子來剪把銀

一八二

年前在不厭求院子裏住時忍饑受凍不是我女兒如
何有今日你便下得手把我孩兒殺了員外道雖是
我一時間焦燥却也是為着身家所係萬不得巳你休
怨我且看日常夫妻之面媽媽道你殺了我女兒我如
何不煩惱媽媽又旋道適纔我見女兒好好地在房裏
如何說是壞了乃問道你是幾時殺的員外道是日間
殺的媽媽道既是日間殺的我教你看一箇人媽媽入
去不多時臂膊拖將出來員外仔細看時喫了一驚
正是我女兒見日間我一刀剁了如何却活在這裏說得

一八三

員外莊裏慌張想道終久被這作怪的妮子連累不覺
略施小計保我夫妻二人性命只因胡員外動了這念
頭有分教永兒弄出一段奇異姻緣鬧遍了開封一府
正是一味平安方是福萬般怪異總非祥畢竟員外設
出甚麽計來且聽下回分解

第二十一回

一八四

第二十二回

胡員外尋媒議親　　蠢憨哥洞房花燭
多言人惡少言癡　　惡有憎嫌善又欺
富遭嫉妬貧遭辱　　恩暠邪佞合天機

話說媽媽一隻手牽着永兒臂膊出來永兒見了爹爹
背轉了臉道箇萬福對娘道爹爹沒甚事叫孩兒出來
做甚說罷依舊進房去了胡員外親眼見了女兒好生
生在那里到是滿面羞慚開了口合不得又被媽媽搶
白了一塲員外只得含糊過了一夜次日蚤起先生

第二十二回

八五

在地下口中念念有詞含口水、一噴喝聲道疾都變
三尺長的人馬都是白盔白甲白袍白纓白旗白號
馬一似銀牆鐵壁一般也排一簡陣勢逳柴房能變
多寬轉却容了四百多人馬排下兩箇陣勢還空得有
戰場竝不覺一分兒狹窄看得員外眼花撩亂如在夢
中光景只見永兒去頭上拔下一條金篦兒來喝聲變
手中篦兒變成一把寶劍指着兩邊軍馬喝聲道交戰
只見兩邊軍馬合將來喊殺連天驚得胡員外木呆了
逳早是我見若是別人見時却是老大的事終又被逳

一七八

妮子連緊要無事睡不如早下手顧不得父子之情員
外看了十分焦燥走出柴房門去廚下尋了一把砍骨
的蠻刀復轉身來却說胡永兒執着劍喝人馬左右旋
合龍門交戰只見在左右混戰不分勝敗良久陣勢走開
赤白人馬分做兩下永兒把劍一揮喝聲收只見赤白
人馬依先變成赤豆白豆寸草永兒收拾紅白葫蘆兒
內了胡員外在背後提起刀看得永兒分明只一刀頭
隨刀落尸橫在地有詩為證

父子天親竝忍戕　只防妖孽變炎威

第二十一回

一七九

可憐兩隊如雲騎　不救將軍一命亡
員外看了永兒身首異處心中又好苦又好悶又好
便把刀丟在一邊拖那尸首僻靜處蓋了出那柴房門
把鎖來鎖了沒精沒彩走出彩帛舖裏來坐地心中思
忖道罪過我女兒措辦許多家緣家計適來一時之間
我見他做作不好把他來壞了也怪不得我若額了他
時我須有分喫官司寧可把他來壞了我夫妻兩口兒
倒得安跡他的娘若知時如何不氣終不成一日不見
到晚如何不問着甚麼道理殺了他胡員外坐立不安

一八○

走出走入有百十遍到晚收了舖主管都去了分付養
娘安排酒來我與媽媽對飲三盃員外與媽媽都不提
起女兒兩簡喫了五七盃酒只見員外歎了一口氣歎
籟地兩行淚下媽媽道沒甚事如何這等哭員外道我
有一件事又是我的不是我們夫妻兩箇方得快活我
看女兒做作不好一時間見不到把他來壞了恐怕你
怪你不要煩惱媽媽道員外怎的說這話孩兒又做甚
麼蹺蹊的事員外把那永兒變人馬之事從頭至尾說
了一遍媽媽聽得說搥胸擗腳哭將起來道你忘了三

一八一

憑誰寄語廉都監　財主於今復春財

別家店裏見他有人來買便疑道蹺蹊作怪一應貨
主人都從裏面取出來主管們又疑道貨物如何不安
在櫥裏都去裏面去取胡員外便理會得他們疑忌的
意見自忖道我家又不曾買却是女兒變將出來的如
今喫別人疑忌如何是好過了一日到晚收拾了舖進
裏面教安排晚飯來喫養娘們搬來三口兒喫大酒之間
員外分付養娘道你們自去歇息我們要商量些家務
事養娘得了言語各自去了不在話下員外與永兒說

一七四

道孩兒一箇家緣家計皆出於你有的是金銀段匹不
計其數外面有當直的裏面有養娘舖裏有主管人來
買的段匹他們疑道只見賣出去不曾見上行從今以
後你休在門前來聽了賣得百十貫錢值得些甚麼若
是露出斧鑿痕來喫人識破倒是大利害把家計都撒
了今後也休變出來了永兒道告爹爹奴奴自在裏面
只不出來門前聽做買賣便了員外道若恁地甚好叫
將飯來喫罷女兒自歸房裏去了自從當晚分付女兒
以後舖中有的段匹便賣沒的便教去別家買先前

一七五

的便變出來如今女孩兒也不出舖裏來聽了胡員外
甚是放心隔過一月有餘胡員外猛省起來這幾日只
管得門前買賣不曾管得家中女兒若納得住定盤星
便好倘是胡做胡為教養娘得知却是利害當日胡員
外起這箇念頭來看女兒來到中堂尋女（　）不見房裏
亦尋不見走到後花園中也尋不見往從些房門前過
見柴房門開着員外道莫不在這裏面應務身挺脚入
得柴房門只見永兒在那空閒地土坐着一條小橙見
面前放着一隻水碗手裏拏箇朱紅葫蘆兒員外自道

一七六

一地裏沒尋他處却在此做甚麼又不敢驚動他立住
了脚且看他如何只見永兒把那朱紅葫蘆兒扳去
塞的打一傾傾出二百來顆赤豆并寸寸剪的稻草在
地下口中念念有詞含口水一噴喝聲道疾都變做三
尺長的人馬都是紅盔紅甲紅袍紅纓紅旗紅號赤馬
在地上團團的轉擺一箇陣勢員外自道那箇月的初
十邊被我叮嚀得緊不敢變物事却在這裏舞弄法術
且看他怎地計結只見永兒又把一箇白葫蘆兒扳去
了塞的打一傾傾出二百來顆白豆并寸寸剪的

第二十一回

一七七

員外道變得百十貫錢值得什麼、若還變得金銀時
見依然富貴、走到紙馬舖裏買了三吊金銀歸
看女兒道若還變得一錠半錠、也不濟事、索性變
二十錠也快活、下半世永兒捺那金銀錠安在地
上腰裏解下裙子來蓋了日中念念有詞噴上一口
喝聲道疾揭起裙子看時只見一堆金、一堆銀在地上
員外看見歡喜自不必說了、都是得女兒的氣力、變
許多金銀員外看着媽媽和永兒商議道如今有了金

一二〇

銀富貴了終不成只在不厮求院子裏住我思想要在
熱鬧去處尋間房屋開箇綵帛舖你們道是如何媽媽
道我們一冬沒飯得喫終日裏去求人如今猛可地去
開箇綵帛舖只怕被人猜疑員外道不妨有一般一樣
的相識俩我和他俩說道近□有箇官人照顧我借得
本錢問牙人是買一半賒一半便不猜疑了媽媽道
也說得是當日胡員外打扮得身止乾淨出去見那
相識說道我如今承□一箇官人照顧□得□本錢要□
□小舖兒你們東位相識俩真□助義□□□□□一

一一七

半買一半作成小子則箇眾人道□□□□□在我們
身上眾相識一時說了去那當坊市井買得一所屋子
這些櫥櫃家火物件揀箇吉日開張舖面雖說縣一半
買一半其實只做箇媒兒能妝得許多貨物都屬了永
兒在舖中聽了要長要短便到裏面去變將出來因不
費本錢所以但是一貫貨物只賣別人九百文加一相
饒人人都是要便宜的見買得賤貨物又比別家的好
人便都來買舖裏貨物件件賣得員外不勝歡喜家
漸漸的長舖裏用一箇主管兩箇當直兩箇養娘沒兩

一二一

三年、一箇家計、甚是次第、把平安街火發場空地依先
造起屋來雖比不得舊時齊整、一般有廳堂房室後園
種植些花草正是頓開新氣象重整舊門風東鄰西舍
都來作賀幾年斷絕來往的人家到此仍舊送盤送盒
做相識來往胡員外住在八角亭子上和那不厮求院
子裏將及二年賃房子開舖又有三年共是五年還歸
故里依先是箇胡員外這繞是黃河尚有澄清日豈可
人無得意時有詩為證
　　貧富升沉總運該　家□□□去冬還來

一二三

便下來了員外道好險幾乎兒跌下來便不員外道要
得青腫了幾處永兒道爹爹你真箇要錢也不員外道
我見你說疑話爹媽與三月沒有飽飯喫了不要錢也
罷難道不要性命的永兒道旣爹爹要錢時去尋兩條
索子來肥變三兩貫錢來使用員外口雖不語心下想
道右心做我女兒若一客不煩兩主趣他心肯時節多
尋此三索子要他變幾百貫錢敎我快活則簡事發到官
卻又理會到狀頭檢看只剩得三條索子員外心上嫌
少一逕走出巷來到大街相識的鄒大郎雜貨舖內問

一六六

道大郎絲蔴索要大些一捆鄒大郎道什麼用的員外
是老實人便道穿錢用的鄒大郎笑道員外又發財了
有許多錢穿哩索子儘有數錢來便了員外繞省得身
邊沒錢便將身上舊布氅衣脫下權時爲當鄒大郎想
道他買索子的錢也沒有那里有錢要穿眼見是虛話
他恁般貧困口食不過知道將蔴索子去做什麼把戲
明日弄出一場是非連累着我便道小店本少利微見
錢便買這衣服休要脫下員外道寄下一時少停慶錢
夫郎那里肯依員外只得下

一六七

的如此別家定然也是不肯的足見我
索兒先變三貫錢再處急急跑回院于裏來
在床頭忙忙檢看不見了索子媽媽和永兒看了恐不
住笑媽媽道老無知你忙做什麼員外道我檢出三條
錢在此你又跑到那里去來員外道我想着兩心衷意
索子在此如何不見了媽媽道我把與女兒變得三貫
兒一遭多尋百十條索兒變些錢來長遠受用阔開
雜舖的鄒大郎定要見錢來買我脫這氅衣與他爲當
他執意不肯媽媽道你莫要利心忒重每日不脫有一

一六八

二貫錢在家也勾你下半世不求人了員外問錢在那
里媽媽道在被窩裏蓋着員外不勝歡喜便取去耀來
買柴明几又同媽媽去求永兒變錢自從這日爲始永
兒不時變些錢來缸裏米也常常有員外自身邊也常
有錢買酒食喫衣服逐件置辦身子比舊光鮮了一日
員外出去買此東西歸來永兒道爹爹我敎你看件東
西去袖子裏摸出一錠銀子來員外接得在手裏顛一
顛看約有二十四五兩重員外道這錠銀子那里來的
永兒道旱起閃前看見賣春紙的老兒遺車兒土有紙

一六九

盧員外真箇走進房裏階着笑道我兒爹爹同你
冊兒上變錢米的法你記得也不記得永兒道告爹爹
不記得員外道我見搭救了爹媽又不搭救了別人休
得使性是做爹的不是了永兒只不綰口媽媽跴維房
閂把員外一攙罵道死漢走開娘的向前道我見莫看
爹面看娘面好歹記得些法兒便救娘的性命則箇員
外道令後再不打你了永兒道前番因爹爹打哥哥忘
記了暗暗也記得此兒不知用得也不著爹爹你生燒子
坐定我教你看員外依着女兒只在板櫈上坐子只見

永兒念念有詞唱聲道疾那櫈子從空便起嚇得媽媽
呆了員外頭頂着屋梁叫救人下又下不來若沒這屋
直起在半天裏去了正是未曾施展神通手先把親爹
耍一場未知胡員外如何下來且聽下回分解

第二十二回

平安街員外重興　　胡永兒豆人紙馬

五雷正法少人知　　左道流傳世亦稀
不作欺心負天地　　神通遊戲總仙機

話說胡永兒耍着員外坐在板櫈上櫈便飛起直頂屋
梁那時員外好慌看着女兒道這簡是甚麼法見且教
我下來永兒道告爹爹知道變錢米法見都忘子只記
得這簡法見敖不得餞叉濟不得急員外道好怕人子
直放我下來卹簡永兒口中念念有詞唱聲道疾櫈

便在裏狀蓆子下取出枕兒覆於被內悄悄步出庭中
只見一隻仙鶴舒頸迎接永兒跨上鶴背望空飛去
貝到一箇所在歇脚只見婆婆先在又不是先前打扮
了頭戴星冠身穿鶴氅[illegible]走齊整那婆婆把手一招那
鶴便鑽進他永神裏去[illegible]有時都是一箇紙剪的仙
鶴慌得永兒又拜下去[illegible]起道我兒休得驚恐永
兒覺得站身之地甚是高[illegible]問道此處是那里婆婆道
這是大[illegible]寺中[illegible]一層人跡不到正好教道你
先教你簡飛[illegible]穿窓入隙出入不用開門次教

一五八

你簡飛行法跨在簡板櫈上念簡呪語這櫈隨意變化
騰空而起你每夜自來自去何等方便永兒會了這法
自此暮去晨歸把這如意寶冊大第領會一來永兒聰
明見性書符念呪一教便會二來多分是聖姑姑見成
鍊就的法物交付與他只須指點運用甚是省力不題
永兒學法再說胡員外燒冊的時節米桶裏有米喫米
頭邊有錢用古人原說是坐喫箱空立喫地陷一月三
三日九那里過得半月十日桶裏喫的漸漸淺了米頭
錢漸漸的短了再過幾時米盡錢空依然有[illegible]

五九

顧永賣太公沒著[illegible]慶後鬼還債[illegible]
起永兒變錢變米冷痛熱疼[illegible]
來打叉燒了他的冊兒今日你全[illegible]餓死[illegible]
兒受苦你如何做這般人[illegible]算米缸餓死教我爆兒[illegible]
忍飢受餓員外道事到如今也沒奈何你只顧趕來[illegible]
怎的媽媽道總有些飯喫便生出許多事來你既然[illegible]
膽打他須有用處置錢米於今窮性命尚在那裏見你[illegible]
把來燒了員外道是我一時沒思籌算千不合萬不合[illegible]
不爹知雷了那腿兒也媽媽道你省口時將進[illegible]員

一六○

外道沒奈何我陪些下情央我女兒想他還記得冊變
得些錢種米搭救我們則箇你且去問他看媽媽道女
見自從喫你打了再不到爹媽身邊來只在自房裏往
日裏悶悶昏昏只打瞌睡被裏上牀便如一塊木頭相
似昏迷不醒我前晚半夜裏起來解手見後房門關得
苯紫被風刮開了我怕女兒傷了風打箇燈火看時他
緊緊裹着被兒睡倒隨你左搖右搖只是不醒好編綿
一箇聰明孩子被你一頓拳頭打呆了還記得甚麼冊
錢還冊見要問他時你自遣他房去問他我慚這[illegible]

第二十回

一六一

說話的有一句話問你這書第十三回上說聖姑姑和
蛋子和尚左黜三人鍊法三年方就何等煩難今日胡
永兒變錢變米恁地容易可不前後相背了看官有所
不知當初鍊神鍊鬼都是生手做事今日是聖姑姑時
法來度他女兒陳空中暗暗祐助若初次兒得煩難時
永兒又不曾學了這冊兒第一葉便是變錢法第二葉
便是變米法也只揀永兒家中缺少的打動他心這都
是聖姑姑引誘入門處開話休題且說胡永兒被父親
打了一頓逼取冊兒燒了好不氣悶自去流淚是媽媽

一二五四

看見勒住了過了一夜到次日見外又出去了媽媽
到間壁張大嫂家閒話永兒把前後門都閉了悶悶的
坐在房中思量這本冊兒千金難換那婆婆一團美意
把來與我就是變些二錢米來度日也免得求人都被爹
爹燒了可惜後面都沒看得不知是甚麼要法那婆婆
分付不省得時可叫聖姑姑他便來教導我今相逢沒
了冊兒我且喚一聲看他來也不來若肯來時藏著他
還等甯得有再與他取討一本只怕那婆婆來時驚著他
了媽媽都不穩便走到天井中去仰面看著

第二十一回

五五

一聲聖姑姑只見那婆子手携竹杖從屋簷
披屋悄然無聲永兒跟進屋去道了萬福把父親
冊兒之事告訴過了婆婆道冊兒不曾燒原是你
在此袖裏摸出冊兒依然紫羅袋包著毫無傷損永兒
喫驚連忙下拜相求婆婆扶起道我兒我原是你家中不
的親娘今番憐你受苦特來度你你要這冊兒家中不
能施展也是無用可依我言語日裏輕眠養息精神夜
間莫脫衣服待黃昏人定後但聞鶴唳之聲便是我差
來迎你的你便悄悄出房跨鶴而來我與你相會五鼓

一二五六

你這的術法我一一傳教與你得道之日神
通廣大逍遙快活不可盡說也永兒道如此甚好只怕
抵賴婆婆夜間覺察尋覓容易把手中竹杖遞與永兒分付道
我兒把這杖兒藏好到夜間動身時放在臥處將被蓋
著你爹媽若來看時便如你睡著一般此乃仙家藏身
之法永兒接了竹杖在手那婆婆飛上屋簷忽地又不
見了永兒方纔歡喜把杖兒藏在席子底下依著婆婆
言語不脫衣服到黃昏時候果然聽得一聲鶴唳家

第二十四回

五七

頓便打殺他、我問他、因何有這兩貫錢在屋裏、這大漢的是何人、便做道財主家衍好事的、難道偏照顧我家、其中必有緣故、永兒初時抵賴、後來喫打不過、又逼他招稱那大漢來歷、這天大寃柱、承當不起、只得實說道、不瞞爹爹媽媽說、那一日初下雪時、爹爹出去了、媽媽教我出去買炊餅了、回來路上、撞見一箇婆婆、看着我說肚饑、問我討炊餅喫、是奴不忍見、把一箇炊餅與那婆婆、他道我不要喫你的、試探你則箇、便還了我、道是難得你慈悲孝順好心、便把我

一五〇

一箇紫羅袋兒、內有一箇冊兒、說道你若要錢、將米着這冊兒上呪語、都變得出來、我初時不信、一連兩夜依那冊兒上呪語、都變得有錢、今日媽媽在間壁人家去了、我把變米的法兒試用、果然又變得米來、胡員外聽得說、跌脚叫苦道、如今官司見令張掛榜文、要揖妖人、喫你連累我、我打殺這妮子、也免我本身之罪、拿起棒來便打、永兒叫救人、只見隔壁張大嫂聽得、打永兒走過來、勸時却關着門、大嫂就在門外叫道、員外饒了孩兒則箇、閑常時不曾這般焦燥、爲甚事打他、媽媽他不

第二十回　七

勸勸、員外忍着一口氣、答應道、大嫂可奈遠這孩子、一本冊兒、說了半句、便住了口、大嫂道冊兒上寫着甚廳、員外道都是些閑言閑語、大嫂認錯了、只道是甚麼私情本兒、便叫道你女兒年紀小、又不理會得、須是街坊上浮浪子弟們撥撩他、論口辯舌、若不會中看的、你只把這冊兒來燒了、諫他下次、便是何須動氣、把孩兒怎般狠打、員外到被他提醒了、應道大嫂說得是、着永兒道你把冊兒來我看、那永兒去懷中取出冊兒來、遞與爹爹、員外接了道、你記得上面的言語也不、永兒道

一五二

呸、爹爹記不得、若乔上面時、便讀得出、員外叫媽媽點一把柴火來、連紫羅袋兒一包的燒了、看着永兒道、今日看間壁乾娘面皮、饒你這一遭、後番若冊恁地、活打殺你、永兒道告爹爹、再不敢了、員外對媽媽道、又是我夫妻禍神重、只是自家得知、若還外人傳聞時、却是老大利害、媽媽被員外亂了一場、不知高低、只索由他有

詩為證

昔年媽媽燒倦畫　員外今將寶冊燒
似此火攻能用慣　爭饒天火肯相饒

第二十回　八

一二四六

了、念了呪、噴一口水、喝聲道蘇潔還珠發［⋯］來、永兒心慌、不曾念得解呪、冰凍實地起來、桶籮辰久却是爛的、忽然口一聲響、斷了桶籮、撒一地米、後人聽說變錢變米之事、戲作詩云、

錢滿素時米滿屋　何物呪語能神速
有人肯把呪傳吾　生願事他死當哭

永兒見了、失聲叫苦、媽媽在隔壁聽得女兒叫苦、慌忙走過來看、這米被生人一衝便不長了、只見披屋內一地都是米、媽媽喫了一驚道、如何有這許多米、永兒生

一二四七

一箇急計、便做脫空計、道好教媽媽得知、一箇大漢馱一布袋米、把後門推開來、傾下米在此便去了、喫他一驚、因此叫起來、媽媽看見桶籮散了、問道這米桶是我房裏的、拿出來做甚、這桶裏米那里去了、永兒道這是我傾在房裏、要出這空桶、盛這披屋下的米、不想桶籮年深斷了、媽媽道那大漢却是甚人、是何意故、正在絮叨、却被隔壁張大嫂聽見了、不知高低敲着壁兒叫道、胡媽媽、你直恁地不曉得、是那有錢的員外財主、見雪雨下了多日、情知院子裏有萬千沒飯喫的、做這樣好事

一二四八

不教人知道、撒錢撒米在人家裏、這是陰騭、著明明的捨、怕人囉唕、這箇何足為道、媽媽因張大嫂聽見了、便不言語、教女兒作急收拾、媽媽也來相幫、兩箇兀自收拾未了、胡員外却好歸來、見娘兒兩箇在地下掃米、便焦燥起來道、那見你娘兒兩箇的做作、繞有一兩頓飯米、便要作塌了、媽媽道、我如何肯作塌、教你看缸裏甕裏瓶裏桶裏都盛得滿了、這里還有許多兀自沒家火盛得哩、員外看了、喫驚道、這米却是那里得來、媽媽道你出去了、我在隔壁喫茶、只聽得女兒叫起苦來、我連

一二四九

忙趕將歸來、看見一地都是米、員外道却是作怪、這米從何而來、媽媽道永兒說、見一箇大漢馱着一袋米、推開後門、傾下米在家裏便去了、那胡員外是箇曉事的人、開了後門、看籬笆裏外、都沒有人來往的脚跡、心下疑惑、把後門關了、入來尋條棒在手裏、連叫永兒永兒、見勢頭不好、躲在自家房裏、不敢出來、員外扯將過來、媽媽道、沒甚事、打孩兒做甚麼、員外道、且閉了口、這件事却是利害、前日兩貫錢來得蹊蹺、今日米又來得不明、教這妮子實對我說、我便不打他、若一句不實、我

若見老大雪下，可憐這院子裏有許多沒飯喫的，撒在人家屋裏來捨貧，也不見得。員外搔首道難說難說，我也是做過財主的，幾曾有此事麼。媽媽焦燥起來，罵道老無知，真箇是人貧智短了，自古道賢愚不等，也有拾得的，也有不捨得的，那里都要與你一樣，你被天火燒了怎的，別箇財主天火不燒，他們行好事的到底好。自家女兒你郑三心四意去疑他，我女兒又不曾出去一遍兩遍認得甚麼人來，你郑這般胡說，罵得員外頓口無言，點頭道也說得是，我昨日出去求人，三二百〔一四二〕

錢元自不能勾得，如今有這一貫錢，且糴五百錢米，買三百錢柴，二百錢，把來買些鹽醬菜蔬下飯，且不煩惱。雪下，三口兒歡歡喜喜過了一日，到晚去睡到二更前後，永兒自思昨夜變得一貫錢也好，今夜再去安排看。日裏便有這心，預先尋得一條索子藏在身邊了。永兒款款地起來，着了永服，媽媽問道我兒做甚麼，永兒道肚裏又疼，要去後則箇。媽媽道苦呀，我兒先前那幾且有一頓沒一頓，這兩日有些柴米，不知饑飽只顧喫多了，明日教爹爹出去贖貼藥喫。永兒下牀來，到破披屋〔一四三〕

下，一似昨夜安排如法，用索穿錢，拌面桶蓋，念了噴一口水，揭起桶來看時，和夜來一般，又有一貫錢。永兒開後門，把這錢又撒在雪地上，關了後門入房裏睡。到天曉，媽媽起來燒湯洗面，開後門潑湯，又看見一貫錢，好不歡喜拿了回來。胡員外道好蹺蹊，這錢來得不明。媽媽道莫胡說，我不怕，這是當方神道不忍見我們三口兒受苦，救濟我們，又把這一貫錢安在我家。員外見媽媽昨日焦燥，今番再不敢說，只得含糊答應道，媽媽說得是，安在家中，慢慢用度。過了三五日後雪却消〔一四四〕

了，天晴得好，媽媽對員外道，趁家中還有幾日糧食，你出去外面走一遭，儻撞見熟人賺得一二百錢，也好買。員外聽得說，只得走出去。媽媽心寬無事，出去鄰舍家喫茶開話。永兒見媽媽出去，屋裏沒人，關了前門，取出冊兒揭開第二板看時，上面寫着變米法。永兒道，謝天地，既是變得米，憂他甚沒飯喫。媽媽牀頭原有一隻米桶、一隻米缸，永兒去看時，都盛得有米，想了一回，把桶內的米并在那缸內，剩下的，把被單鋪在地下，都傾出了，正存十數粒米在空桶內，提在披屋內來，把件衣服藍〔一四五〕

第二十回

胡洪怒燬如意冊　　永兒夜赴相國寺
九天秘冊好驚人　　但恐於中得不真
若得善修并善用　　等閒疑鬼復疑神

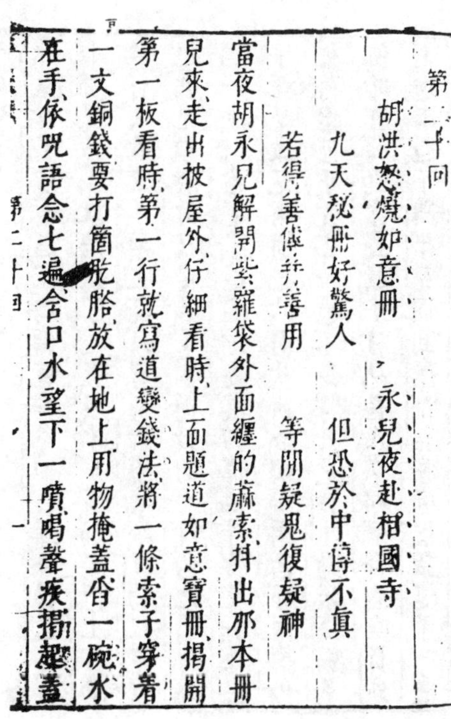

當夜胡永兒解開紫羅袋外面纏的蘇索抖出那本冊
見來走出披屋外仔細看時上面題道如意寶冊揭開
第一板看時第一行就寫道變錢法將一條索子穿着
一文銅錢要打箇乾胎放在地上用物掩蓋昏一碗水
在手依咒語念七遍含口水望下一噴喝聲疾揭起蓋

一三九

一三八

時就變成一貫銅錢永兒道原來如此方法這簡就解
下來的這條蘇索子將日間婆婆變的一文娇銅錢解
下裙帶來穿在索子上打了肬膌放在地上將面桶來
蓋了去水缸內舀一碗水在手依咒語念了七遍含口
水望下只一噴喝聲疾放下水碗揭起面桶打一看時
青碗也似一堆銅錢永兒到喫了一驚沒做理會處思
量道若把去與爹爹媽媽必問是那里來的如何回答
永兒就心生一計輕輕的開了後門一撒撒在自家籬
笆內雪地上只說別人暗地裏捨施貧戶的便把後門

一四〇

關上入房裏來把柵兒藏了婆婆道女兒肚裏疼也不
永兒道不疼了依然上牀再睡到天曉三口兒起來燒
些面湯媽媽開後門潑那殘湯忽見雪地上有一貫錢
喫了一驚慌忙提起把與員外看了道不知誰人撒這
貫錢在後面雪地上我拾得在此胡員外道媽媽寧可
清貧不可濁富我的女兒長成恐怕不三不四的後生
來撩撥他把這銅錢來調戲我今又是沒運氣的時節
莱開取用了弟得後生們到家囉唣沒法擺佈媽媽
道你好沒見識東京城內有多少財主做好事濟貧拔

一四一

一二四

永兒捧着炊餅還家媽媽道我兒如何歸來得恁遲永
服都泥污了敢是跌了一交麼永兒道媽媽街上雪滑
難行又跌失了兩文錢只買得六箇炊餅媽媽歡口氣
道我兒命苦的只是苦多兩箇錢的炊餅也飽不得我
們一世只索罷了這泥污處莫動揮他等待乾時擦去
了就是娘兒兩箇把六箇炊餅各喫了兩箇那兩箇仍
把荷葉包了放在一邊不多時只見員外歸來媽媽見
他臉紅問道你去這半日見甚人來那里得酒喫員外
把途中遇了陳學究同到糜都監家這段話述了一遍

一二五

喜得天無絕人之路馱了他家老院子叫做罷義一片
好心請我到店上喫了酒飯又與陳教授湊出三百多
錢相助媽媽歡喜教員外去糶些米買些柴炭且過三
五日又作區處娘兒兩箇把剩下的炊餅又分喫了等
得米來兔不得做些做喫到晚去睡永兒却睡不着思
想日間那婆婆與這冊兒時說道有急難便可解開來
看今日爹爹雖羅得些米勾得幾日之用少不得又是
饑餓也算做急難了我且去開看有救餓的法見沒有
永兒欵欵地起來輕輕的穿了衣裳走出房來原來胡

第十九回　　八

一二六

員外住下房屋是一間一披無非是此二籬笆土砌那個
邊披屋又破了只好將就候箇炊爨之所把那一間屋
隔斷做了兩箇臥房前半段通近了外街自己老夫妻
住着後半段把與女兒做妖排又在左邊抽出一條走
路通着厨下天井裏去當夜永兒開門出去雖不經由
爹媽牀邊那在紫貼壁如何不知驚覺了媽媽問道我
兒那里去永兒道我肚疼起來要去後賺箇娘道我兒
想是受寒了你起身時仔細避風多穿件永服莫要重
重做病永兒道不妨事下牀來着了鞋兒到側邊破屋

一二七

內只見雪光照耀如同白日厨下土竈砂鍋和那水缸
面桶之類無物不見永兒去懷中取出紫羅袋兒來解
開細蔴索兒打一抖抖出這箇冊兒來看時只因胡永
兒看了這箇冊兒有分教少年閨女變成作怪妖精倒
運乞兒仍作多錢員外直教三十六州年號改五六七
載戰塵飛畢竟永兒怎麽樣變化且聽下回分解

第十九回　　九

餅來、那婆婆道我兒好教你知道[illegible][illegible]日沒晚飯今日
沒蚤飯、你肯請我喫箇炊餅麼、永兒口中不道心下思
量、我媽媽也昨日沒晚飯今日沒蚤飯、這婆婆許多年
紀好不忍見、解開荷葉包來、把一箇炊餅遞與婆婆、婆
婆接得在手、看了炊餅道好却好了、這一箇如何喫得
我飽、何不都與了我、永兒道告婆婆、奴家却不敢都把
與你、家中三口兒兩日沒飯得喫、媽媽教爹爹出去告
人、止討得八文銅錢、教奴家出來買炊餅、中途跌失了
一文、又退了一箇破錢、只買得六箇炊餅、媽媽喫兩箇

一三〇

奴奴喫兩箇、還討兩箇等爹爹回來、只怕他沒喫甚麼
東西、要把與他救饑、因見婆婆年高、奴奴不忍、只得讓
一箇與婆婆喫、婆婆道你媽媽問炊餅如何買得少了、
你却說甚的、永兒道媽媽問時、只說奴奴肚饑就路上
先喫了一箇就是、婆婆道既然炊餅要將回去、把這文
破錢拾我罷、永兒全無難色、真箇就在衣帶上解下這
文錢遞與婆婆、婆婆道媽媽問起錢來、又是怎的回答、
永兒道只說街上泥濘跌失了兩文錢就是、婆婆道難
得我兒心好、且是聰明、實對你說、我寔不肚饑、不要喫這

第十九回 六

一三一

炊餅、還了你去、永兒道我與婆婆喫的、如何還了[illegible]奴
婆婆道我試探你、則箇難得你這片慈悲孝順的心、我
撩撥你耍子、將這文破錢在手心中顛一顛、呵一口氣、
便變成周周正正的一文好錢、遞在永兒手裏、問道這
法兒好麼、永兒道什麼樣法兒、婆婆教會奴奴則箇、婆
婆道這小法不為希罕、你肯學時、還有許多好耍子的、
一發教你、你識字麼、永兒道奴奴識得幾箇字、婆婆道
我兒恁地却有緣法、伸手去那籃兒內、取出一箇紫羅
袋兒來、外面細細一條蔴索兒纏緊、看着永兒道你好

一三二

生收了、永兒接了袋兒、道婆婆這是甚麼物事、婆婆道
這箇喚做如意寶冊、許多好耍子法兒都在上面、你可
牢收了、若有急難時、可解開索子來看、便有解法、倘不
省得處、只暗暗地喚聖姑姑、我便來救你、切勿令他人
知道、永兒把冊兒揣在懷裏、把這文變的好錢直穿在
裏頭裙帶上、謝了婆婆先走、不上幾步、回頭看時、那婆
婆忽然不見、永兒心中好生驚怪、後人有詩云

一枚炊餅見人心　羅袋天書報德深
識得好心還好報　施恩何必吝千金

第十九回 七

一三三

外想着家中苦楚又見他兩箇都出於至誠只得[illegible]
作揖稱謝正是着意種花花不發無心栽柳柳成蔭有
詩爲證

欺心官長輸窮漢　有義家奴勝主人
善惡俱從心上發　由來不在富和貧

常言道施不在多要於當厄東京城裏有名唯金積玉
的胡員外今日患難中見了三百多銅錢便十分歡喜
百分感激可見好人原是容易做的越顯得麽都監人
品反不如陳學究與酉義了話分兩頭且說張院君共

女兒冷冷清清坐着永兒道爹爹出去告人未知如何
媽媽道世情看冷煖人面逐高低爹爹沒奈何擔着臉
皮去告人知道如何永兒又道媽媽雪又下得大風又
冷爹爹去告誰是媽媽道我兒家中又沒錢不教爹爹
出去終不成餓得過日子我兒你且去牀頭邊尋幾文
銅錢出巷去買些點心來喫待你的爹爹回來却又作
道理當時永兒去牀頭番來倒去止尋得八文銅錢媽
媽道我兒你拿去買幾箇炊餅來你且胡亂喫幾箇充
饑永兒拖着一雙破鞋將衣襟兜着頭踏着雪走出來

[illegible]子來那街市上不比深[illegible]往來人衆
地下積雪不起都踐做爛泥十分難走永兒纔轉箇灣
一脚踏箇高低跌上一交手中銅錢撒做一地衣服都
泥污了永兒爬將起來顧不得衣服且在爛泥中檢起
銅錢只有七文那一文不知拋向那里去了尋了一會
不見只得罷了行到大街賣炊餅處永兒便與店小二
道箇萬福道叔叔買七文錢炊餅小二哥接錢在手看
時一文錢又是破的揀出不用永兒把來繫在衣帶上
道只買六文錢罷小二哥把一片荷葉包了六箇炊餅

遞與永兒永兒接了取舊路回來已是未牌時分沿着
屋簷正走之間到一箇空處只見一箇婆婆拄着一條
竹杖肐膊上掛着一箇籃兒從背後趕上前來那婆婆
怎生模樣但見

腰駝背曲面瘦皮寬眉分兩道雪髻挽一窩絲眼如
秋水微渾髮似楚山雲淡形如三月盡頭花命似九
秋霜後菊

却原來是箇教化婆子看着永兒道箇萬福永兒還了
禮婆婆道你買甚麽來永兒道家中爹娘教奴家買炊

郤不用小杯、有些好下飯、只顧搬來。酒保道：只有新出籠的黃牛肉、別沒甚賣。羅義道：有壯雞便宰一簡、都有。胡員外道：一味足矣、何勞過費。羅義道：簡裏休笑、羅義親到甕邊把酒、嘗得奸了、繞敎酒保去煖。酒保滿滿的切一大盤牛肉、連小菜鹽醬楪、一齊擺下、放着三簡大瓻子、止待斟酒。羅義奪了他壺瓶道：待我們自便、你肖去宰雞、快快羡來。胡員外對羅義道：你老人家也請坐下。羅義道：員外和敎授在上、小人如何敢坐。陳學究道：你不坐時、連我與員外坐下的都不安子。羅義道：旣

第十九回　一二二

怎地分付時、小人傍坐斟酒、大膽休怪、把大甌子滿斟送與員外和學究喫。胡員外還是空心出門的、喫了兩甌熱酒、便覺面紅心跳、道：在下不能彀了、有飯求一椀罷。羅義怕他肚饑、也不苦勸、便分付酒保、等雞熟了先看一位的飯來、我陪敎授還喫壺酒。酒保去熟了雞、也剗做一盤連酒送到、纔去取飯椀、一椀一添捧來、問道那一位用飯。羅義敎送去、員外擎着飯椀在手、剛咽得一口、[illegible]別聲先[illegible]做指望、如今空手而回、我便有這椀飯喫了他[illegible]

第十九回　一二三

飯還不知在那里幾時到口、不覺吊下雙行淚。學究已知其意、便道：當初是我多嘴的、不是帶累財買氣、也不信得麼家、是這樣人、對着羅義[illegible]主公幼年與我相交、如一簡人、百事與我商[illegible]簡人身一般、肚裏心肝五臟、都變過了。羅義道：黃河尚今月紗帽上了頭、對聲老爺、就似閻羅王而前重換[illegible]有澄清日、豈可人無得運時、員外暫時落莫、終有好日、且請喫簡飽、郤又理會。若是我家主、到底不認時、在小人身上會也、打一簡來與員外經紀過活。胡員外道：如

第十九回　一二四

此多謝。喫了兩椀飯、便放下節。羅義道：再請用些兒。胡員外道：多了些、酒便喫不得了。羅義看着陳善道：旣不用飯、還勸杯酒麻。陳善道：員外從來節飲。胡員外道：自從患難之後、一[illegible]菜不得、眞簡是酒落快腸、今日領二位高情、已爲過分了。陳善與羅義兩簡也喫完了酒飯。陳善便立起身來、在袖裏摸出二百文銅錢、把與員外道：這一串錢、胡亂拿回家去買頓點心、只恨窮敎讀不能十分加厚。羅義喚酒保會過了鈔、還剩得一百多[illegible]送與胡員外、說道：小人郤輕褻了、野當一[illegible]

第十九回　一二五

榮任冀州，在下並不敢啓齒。近因在下命運窮蹇，若遭了一場天火，燒得罄盡，寸草不畱，食缺衣單，實難度日。幸遇尊官高轉回府，特來叩謁。利錢巳不敢計較，只見賜本銀與在下爲營生之資，恰似尊官見惠一般。應必達道：下官初任提轄時，曾借過百金使用，也沒借許多。到冀州一年，本利都寄還了，那里又欠甚麼銀兩？胡員外道：貴人多忘事，實是三百金，不曾見還麼？都監道：既是未還，必有借券，取出來看便知。胡員外道：借券巳被火焚燒。只指陳學究道：見有保人在此爲證。陳善道：是學

一一六

生經手的，果係未還。想都監錯記了麼？必達就變了臉，道：閒說！常言道：有文書不關口。既無原券，有何憑據？你兩人口裏說三百就是三百，若說三千就是三千麼？陳善還只道他偶然忘記了，便道：都監休執意，天理人心，有罪有，無則無，請自慢慢思量。胡員外陪着笑說道：如今在下也不敢說三百二百，但憑尊官齎發此二便了。必達大怒，立起身來說道：你兩箇一吹一唱，同謀合夥，硬要人的錢鈔，好沒來由。你若有原契時，三千兩也還你；沒有原契，休想半文破錢到手。說罷，一直走進內宅。

第十八回　十五　一一七

第十九回

陳善器義雙贖錢　　聖姑永見私傳法

近日厨中之短供，嬰兒啼哭飯籮空。
母因附耳和見語，爹有新詩謁相公。

話說麼都監倚富欺貧，見胡員外窮形窘狀，負債不還。胡員外冒雪而往，落得一場怠慢，肚裏又氣又苦，到是麼家老院子雷義，見員外饑寒之色，看他不過，拉他到僻靜處一箇小小酒店內，揀副乾淨座頭，請員外上坐，陳學究下面階廉，喚酒保分付打兩角酒，要煖得滾熱

…雖然火燒灰了支契、卻喜保…萬無不還之理、今日陳學究正去拜望廳都監兩便、所以胡員外欣然而去、到得門首、多少官身承一出一入、好不鬧熱也、有管門的門公、一見員外藍縷、分明像箇乞丐模樣、喝唱起來、誰肯放他進門、陳教授分說、也不作準、只得把小拳與他、教他權且站在街頭等我進來、見了都監、必然相請、眾人又道、街頭上站立簡教化模樣的人、壞他官府體面、直趕得他在對門簷頭去了、却說陳學究進廳去、與廳都監相見、敍了

竟坐、陳善道、還有箇朋友在外面特來奉拜、廳都監是甚人、陳善道、原與都監有往來的、叫做胡大洪、廳都監道、莫不是平安街上開解庫的胡員外麽、陳善道、然也、廳都監快教請進、家僮即忙傳話出去、請胡員外進來相會、門公道、從不見有甚麽胡員外到來、胡員外在對門簷頭下聽得了、便走過來、說道、則我便是胡員外、眾人笑道、走盡了四百軍州、也沒有你這簡員外、你這副嘴臉也叫員外、時像我們都該叫尚書了、門公把

第十八回

攔住、不放進去、胡員外便高聲叫起、陳學究來、只見裏走出一箇老漢、姓麻名義、是廳家的老蒼頭、為人老實忠厚、向來跟在任上、近日方回、當初廳必達在胡員外家借銀、是他經手擔回、也往來了好幾遍、今日員外雖然改樣、面龐、兀自認得、便喝住門公、上前迎住員外、胡員外便將遇難的大畧、幷今日來意、對他說了、麻義道、家主相請、定有好情、便引著員外、到廳上來、陳學究望見慌忙起身、那廳都監看見、是箇藍縷窮漢、便有欺他之意、竟自坐定、胡員外走近椅子邊、恭恭敬敬的作

箇揖、道、尊官久違了、廳都監就在椅上把手淺淺一拱依舊坐下、問陳學究、道、此位何人、陳善道、就是胡大洪員外、廳必達故意把眼睛覷了一覷、便道、一別三年竟不相認了、也不另作箇揖、口裏叫聲請坐、又不看椅到是陳學究半賓半主的、拖把椅子在上面同坐了、胡員外見廳都監不言不語、只得先開口道、在下有句不識進退的話、奉告廳都監、只做不知、問道、有何見教、胡員外道、當初三年之前、在下還開解庫、家事頗裕、尊官會立箇券約、與在下取銀三百兩、契上加二起利、尊官

第十八回

成我三口兒、直等餓死、你趁如今出去、見一兩箇親怕告得三四伯文錢歸來、也過得幾日、員外道、近來世情你可也知道的、今番我出去、見兀誰是得、媽媽道、然我雖如此、一日不識羞、三日喫飽飯、你不出去、終不成我出去、胡員外喫媽媽逼不過、起身道、且把腰繫繫此三箇不知是一日半日的事、如今的世界、只有錦上添花那肯雪中送炭、却不道上山擒虎易、開口告人難、你們且耐心看真、要看得十分、便易說罷、舍着一包眼淚、開了門出去、走得兩步、倒退了三步、口裏道、好冷劈面寒風

二〇八

似箭侵人、冷氣如刀、被西北風吹得倒退幾步、欲待回身轉來、媽媽又把門來關上了、沒計奈何、只得冒風冒雪而行、走出不斯求院子來告人、不在話下、有詩為證

彤雲四野雪紛紛　滿地瓊瑤路不分
欲乞青蚨贍妻子　眼前誰是孟嘗君

胡員外要尋相識、顧不得羞、只得在舊宅左近街坊串走、這市上人多有認得的、見他來時、點點掤掤道、這便是財主的下場頭了、也有輕薄的、低低唱道、胡員外天好日去了惡日來、又有曾在解庫內喫飯過的、便

二〇九

道、出等輕、入等重、假紋出、真紋入、胡家老兒見世間只有開典舖的心只願一簡、簡像胡員外低着頭只顧走、劈面撞着一箇人、手裏拿柄小傘、叫一聲員外、這雪天那里去、胡員外看時、却是舊時請在家內教永兒經書的陳學究先生陳善、胡員外滿面羞慚、作了揖、便道、瞞不過學究、家中實是艱難、只得出來尋簡相識、則簡陳善道、既是窘乏之時、如何不去投奔四牌坊下那一箇人來、胡員外問是那簡、陳學究向他耳邊說了幾句說話、胡員外大喜、拱手道、全仗學究扶持攛掇、陳

二一〇

善道、當得當得、就把胡員外扯向小傘庇下、一同遮盖了、胡員外趁着傘、復身從舊路轉南、向四牌坊大闊樓下投那簡人來、原來那人姓廖名必達、東京人氏、原是簡朋漢出身、得了樞密院一箇官員的心腹、扶持他做簡提轄、三年前要謀陞遷、缺少些使用、因員外的散友曉得他在胡員外家教書、央他去借了三百兩銀子湊辦衙門、嘗幹得陞黃州都監之職、做了二年有餘、因同僚不睦、改調青州赴任、順路帶家小、家中看看回家覺得兩日、當初借契上曾有保人陳學究、竟姍今日胡

第十八回　十三

二一一

件不夏買的不多時、手中用得罄盡了、看看番晚三餐
都不接濟、親鄰朋友處好意的、送不一兩遍、也索罷休、
又不免去借些、柴米只好一遭兩次、一日三、三日九半
年過歲、只內喫的、身上穿的、件件皆無、夾人作中情願
將空地賤價賣與左右兩鄰、又道天火燒過地十年沒
生氣、地經天火燒十年害枯焦、有這些、俗忌邪惱要他
看看窮得藍縷、去求告舊時相識、在家裏的只說不在、
日常裏認得的、只做不認得、街上撞着、也把窮兒避臉、
只當不看見、自古道、貧若鬧市無人問、富在深山有遠

二一○四

親、又道是行得春風、有夏雨、胡員外平日閒得一盤
十、得十盤百、原是刻苦做家的人、說起窮似他的一輩
不曾受他一分恩惠、若與他一般樣的財主、常時你妳
我思到今日還有喜談樂道的、誰肯道個可憐二字、就
是說舊時相識、不過為他有錢有鈔、相扳來往的那里
是管鮑心腹之交、所以有行止的窮漢、反有人扶持他
起來、沒下梢的富家、往往一敗塗地、那胡員外住在亭
子上、四下又無牆壁、遇着晴天罷、倘然風雨雪落、怎
地安身、不免搬去、不斷求院子裏住、就似於今孤老院

第十八回　九

二一○五

一般、時逢仲冬、彤雲密布、朔風凜列、紛紛洋洋下一天
好大雪、怎見得這雪大、但見、
紛紛柳絮、片片鵝毛、空中白鷺群飛、江上素鷗翻覆、
千山玉砌、能令樵子迷蹤、萬戶銀裝、多少行人腸斷、
畏寒貧士祝天公、少下三分、玩景王孫願滕六平添
幾尺、正是、盡道豐年瑞、豐年瑞若何、長安有貧者宜、
瑞不宜多
愛雪的、是高樓公子、嫌雪的、是陋巷貧民、在東京城裏、
這箇繞落泊的胡員外、原是大財主、只因天火燒得落

二一○六

難、蕩盡了家私、搬在不斷求院子裏住、正逢冬、天雪下
二口兒廝守着地爐子坐地、日中兀自沒盞飯得喫、媽
媽將指頭向員外頭上指一指、胡員外擡起頭來看見
道、媽媽沒甚事、媽媽道、怎的、沒甚事、大雪下、屋裏沒飯
米、我共你會得豐衣足食、享用過來、便今日忍饑受餓也
是合當、指着永見道、他今年只得一十四歲、曾見甚麼
風光來、教我兒喫恁般苦楚、做爹媽的、於心何忍、胡員
外道沒奈何、教我怎生、是好、媽媽道、你是養家的人、外
面卻繞雪下、若一朝半日凍住了、急切出去、不得終不

第十八回　十

二一○七

見門公慌慌忙忙來報道員外禍事員外道禍從何來事在那里門公道外面中間這箇解庫裏火起員外和媽媽永兒喫那一驚不小都立下亭子來看時果然是好大火怎見得這火大

初如螢火次若燈光千條蠟燭煙勢難當萬箇水盆敵不住驪山頂上料應褒姒逞英雄楊子江頭不窮局郎施妙計氤氳紫霧騰天起閃爍紅霞貫地來樓房好似破燈籠土庫渾如鐵炮杖

這火從解庫中起延入中堂內室若是一層層的次第

二○○

周圍房子頃刻之間變做箇煙團火塊男女們一箇也進步不得媽媽和永兒慌得抱頭而哭員外見他母子悲切到去安慰他道你兩箇且不要慌便燒盡了也窮我們下半世不得只見火焰騰騰越昌越熾整整的燒了一夜三口兒只得在八角亭子上權歇等天曉起來叫人去爬火地盤眾人去爬看開了口合不得睜了眼閉不得常言道人雖有千算天只有一算天若容人算世上無窮漢胡員外不想被這塲天火燒得寸草皆無前廳後樓過路當房側屋都燒盡了只指望金銀器皿

二○一

燒將進來還好做整備這火是聖姑姑使神通降來的天火能穿牆透壁倒柱崩梁就是炮杖上的藥線也沒這樣傳遞得快更兼刮起大風風隨火勢火趁風威必必剝剝只顧燒着員外跌腳叫苦呼神道喚祖宗一面敎妳子侍婢開了後門喚院子們傳話顧出重賞倩人救火一面敎家中男女到內室裏面搶此細軟家私緊夏箱籠那夥地方鄰里初時也有許多人捐鐃鈎擔水桶似馬蟻一般的緣梯上屋那里救得火滅一時間火顛透起如天摧地裂之聲眾人發聲喊都走了前後一

第十八回　七

二○二

銅錫動用什物雖然燒洋了也還在地下收拾攏來還有箇小小家私敎人爬看時不料都被聖姑姑攝去上半世有福受用如今福退了滿火地盤爬看金沒尋一絲見處真箇是百萬富家一焰窮胡員外家三口兒就在亭子上住下那夥掌事主管都辭去了家中男女們沒屋住沒飯喫只得都打發出去存幾箇丫鬟養娘不免轉賣與人因媽媽平昔喫醋撚酸使喚的都是這些下等的花面丫頭就賣與人家也不值大錢況且財主性見還在受不得十分清淡除了炓炭之外其餘那

第十八回　八

二○三

紅托子失手墜地、打得粉碎蛋子和尚大怒二手提起
小沙彌步出中庭拋向半天裏去在空中打滾張鸞方
欲上前勸解那小沙彌從空墜下、一聲響亮直挺挺的
在地下不動張鸞看時却是一根齊眉短棒再看朱紅
托子乃是石榴花一簇聖姑姑喝道大匠面前何須美
斧這句話明是說張鸞同是法師不可相戲張鸞道蛋
師神通廣大非某所及也此時月色西沉東方將亮聖
姑姑起身道老拙今往東京看女?不時相喚便得會
聚說罷騰空而去張鸞等三人、一時俱散不知所之有

一〇九六

詩爲證

　茅簷夜月清如水　　偏撰閒人促膝譚
　自去自來真自在　　如斯妙法幾人探

再說東京胡員外請簡學寃先生在家教永兒讀書這
永兒聰明智慧勝於男子、讀過的便會講過的便知看
未見長成一十三歲生得一貌如花又且、寫算皆通伶俐
無比多少一般樣的員外人家慕他才貌央人說合、欲
聘他為媳婦、胡員外愛惜過了揀來揀去只是不就、正
是婚姻前註定遲早不由人、不在話下、且說聖姑姑身

第十八回　二九七

到東京、在胡員外家前前後後串了好幾遍只是來無
迹、去無踪他家那里知道、已自看見永兒長大聰明心
中歡喜意欲把法術教導他想他處這般富貴之日深
閨繡閣如何得見便相見時他如何肯信心學道不如
使簡神通把他萬貫家私撇去、美得他流離顛沛、那女
兒到十分窮苦之際、然後設法誘之、無有不從不題聖
姑姑再說胡員外家每年八月中秋整備筵席請陳學
寃玩月飲酒其年因永兒年長陳學寃辭去了、沒有外
客、分付備酒在後花園中八角亭子上、至親三口兒賞

一〇九八

玩那一夜天色晴明東方月色如一箇玉盤推起、但見

　桂華離海嶠雲葉散天衢彩霞照萬里如銀玉兔映
　千山似水、一輪皎潔能分宇宙澄清四海團圓解使
　乾坤明白影搖曠野驚獨宿之棲鴉光射幽腮照孤
　眠之怨女水輪碾破三千界玉魄橫吞萬里秋

胡員外早早打發各解庫掌事的及主管各人回家賞
中秋分付院子俱各牢拴門戶仔細火燭自巳同媽媽
永兒三口、到後花園中八角亭子上來坐下飲酒只用
妳子侍婢伏事並無三尺之童看看坐到一更天氣只

第十八回　六　一〇九九

只鴛畏途公道少　　高人直欲老煙蓑

話分兩頭、再說張鸞等三人、坐着小船、御風而行、雲
到峴、蛋子和尚引着張鸞先走、癩師後隨、不多些到了
一箇所在、茂林修竹、鶴鹿成羣、中間閃出一座精緻茅
菴來、張鸞問道、此是蛋師習禪之所、蛋子和尚道、生不
習禪、亦無常所、開雲去佳、偶然而巳、張鸞歎服、蛋子和
尚向癩師道、張先生在此、何不請聖姑姑來相會、癩子
仰面對月、連叫三聲聖姑姑、只見月中飛出一道金光
忽地墜下、變成一箇老婆子、那婆子生得蒼形古貌、豐

一○九二

髮鬖眉頭、戴星冠、身穿鶴氅、真箇有飄然絕塵之相、張
鸞巳知是聖姑姑、便上前道名稽首、聖姑姑口稱先生
慌忙答禮、兩下各叙相慕之意、聖姑姑看那張鸞身長
七尺偉幹脩髯、面如噀血、目若朗星、丰神自與凡人不
同、暗暗稱奇、當夜月白如畫、四人都進菴坐定、上邊聖
姑姑居首、張鸞居次、癩師傍坐、蛋子和尚在下相倍、聖
姑姑問道、小女媚兒、何處與先生相會、張鸞便把一十
三年前淑景園中、風吹媚兒下來、直至胡員外家投胎
養育備細叙了一遍、聖姑姑稱謝道、若非先生始終用

第十八回　　三

一○九三

情、吾女永絕人身矣、又對癩兒道、你記得嚴三點之事
乎、真神醫也、張鸞道、莫非益州嚴半仙麽、聖姑姑道、先
生也曾會來、張鸞道、貧道曾在東京一箇官家、贏得一
丸、催生藥送與胡員外家媽媽、度其產厄、曉得是半仙
堂嚴太醫家來的、但聞其名、實未會面、癩師道、你們丟
了正務不說、却講閒話、張鸞方纔問起貝州之事、聖姑
姑也、把夢中遇見了武則天娘娘一段說話叙過、又道
此乃天數不可違也、張鸞又題起胡家女兒王家后之
語、今在胡員外家新生子半句、江應了、只不知王家后

一○九四

是如何、聖姑姑道、他日到貝州自有分曉、張鸞道、此事
何時起手、聖姑姑屈指道、從此去一十五年、真人方出
先生乃第一起手之人、幫助的、尚該有幾位、且看緣分
如何、大家去用心招引、以成其功、說話良久、蛋子和尚
喚小沙彌、看茶、菴裏面走出一箇清瘦小沙彌、手捧朱
紅托子、托出杏子一盤、比梨還大、北橋還黃、蛋子和尚
道、此臨淄所出金杏、漢武帝最愛之、至今土人稱為漢
帝果、聊當一茶之敬、恰好是入牧金杏、四人各取二枚
食之、只見小沙彌在傍看見衆人喫杏、口內流涎、把朱

第十八回　　四

一○九五

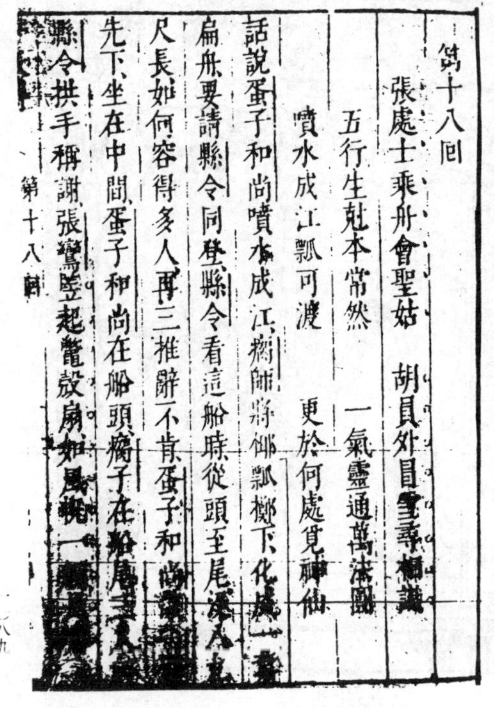

第十八回

張處士乘舟會聖姑　胡員外閉堂尋褐誼

五行生尅本常然　一氣靈通萬法圓
噴水成江瓢可渡　更於何處覓神仙

話說蛋子和尚噴水成江，瓢師縣令瓢槳下，化成一
扁舟要請縣令同登，縣令看這船隻從頭至尾
尺長如何容得多人再三推辭不肯蛋子和尚
先下坐在中間蛋子和尚在船頭瘸子在船尾
縣令拱手稱謝張鸞監起籠殼扇如馬鞭一

一八九

一八八

妖飛而去聘眼之間噴水都不見了
前雨道塞門光景驚得縣令目睜口呆
怪麼雖然求了一壇甘雨救濟萬民卻擔了
心驚恐不知是仙術還是妖術好難判斷怕他偶又
纏攪分付將五龍壇廢了三日之後各縣傳聞博平
有箇遊方道士立刻致雨他都在亢旱之際紛紛的僧
懺來迎濮州知州也有文書下縣縣令淳于厚瞞不過
了只得含糊將不識姓名僧道三人前後祈雨圖法及
登舟而去許多奇異事跡備細申文回復知州見請不

一九○

來甚不歡喜各縣自家祈雨不應見博平縣雨足都懷
妒忌又來知州面前一口撦掇道據文書所說分明一
縣妖人縣官不該與他相接恐情熟生變有累地方知
州聽信反將博平縣戒飭着他體訪妖人姓名窟宅一
面將事情申報樞密院去樞密院奏過奏　廷東京起方
廣闊恐有妖黨潛住為禍出榜曉諭遇有踪跡詭異等
即便報官不許隱蔽從此東京傳遍遊方僧道這
入城後人有詩歎淳于縣令之枉詩云

　　　　　陰謀忌嫉起同爨
　　祈雨靈功夏

一九一

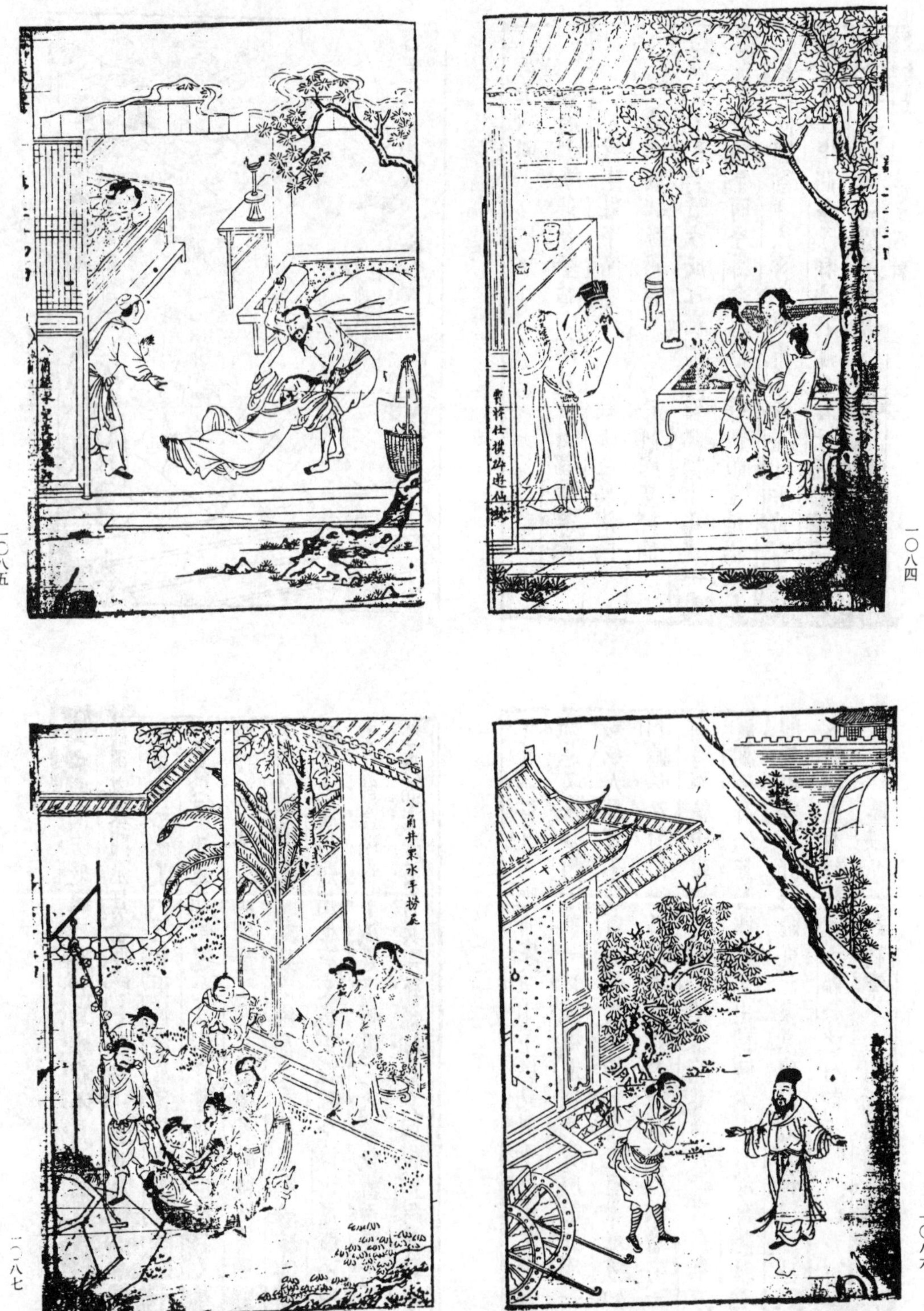
費許仕棋仙遊仙枕
一〇八四
一〇八五
八角井衆水手捞瓦
一〇八七
一〇八六

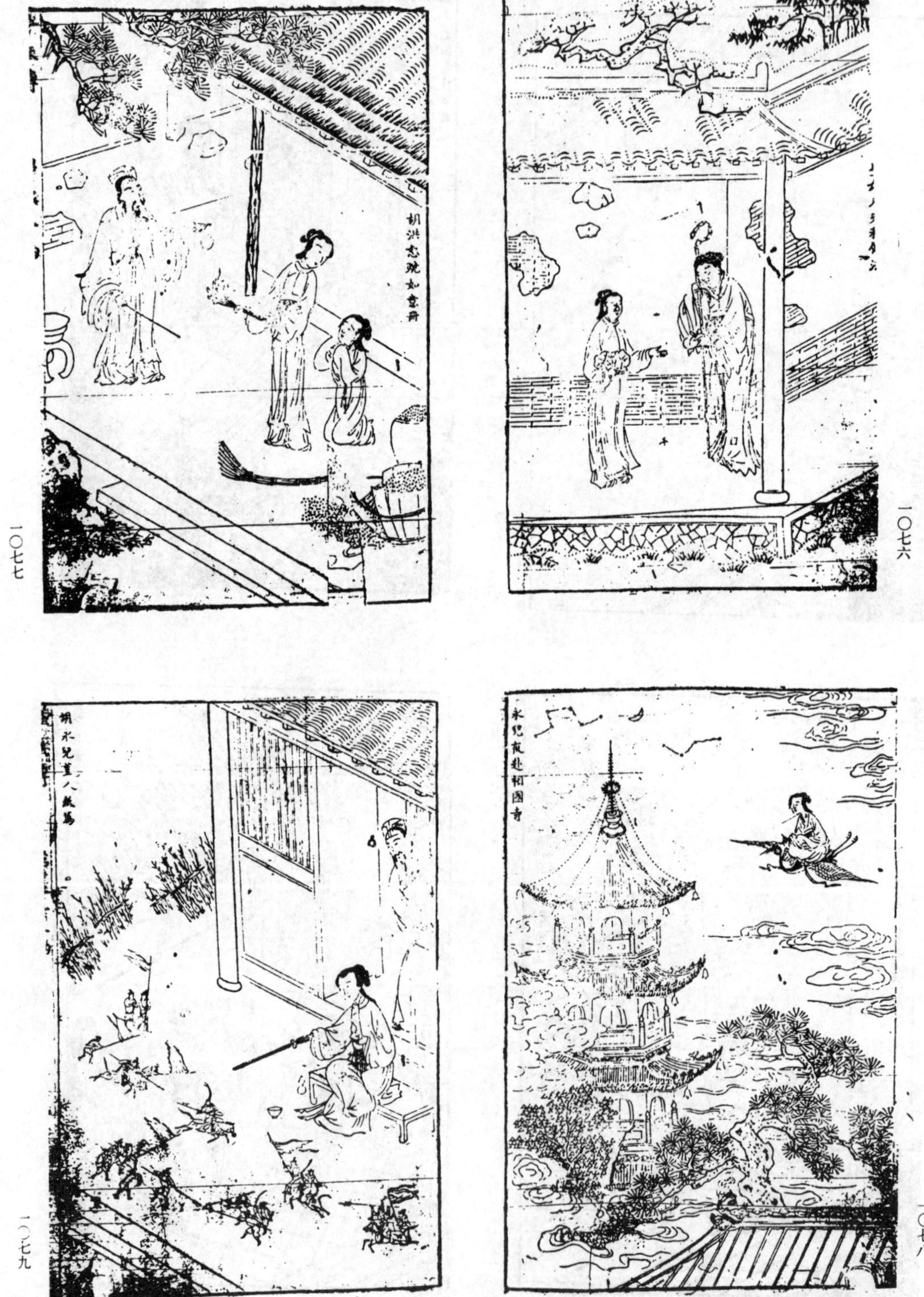

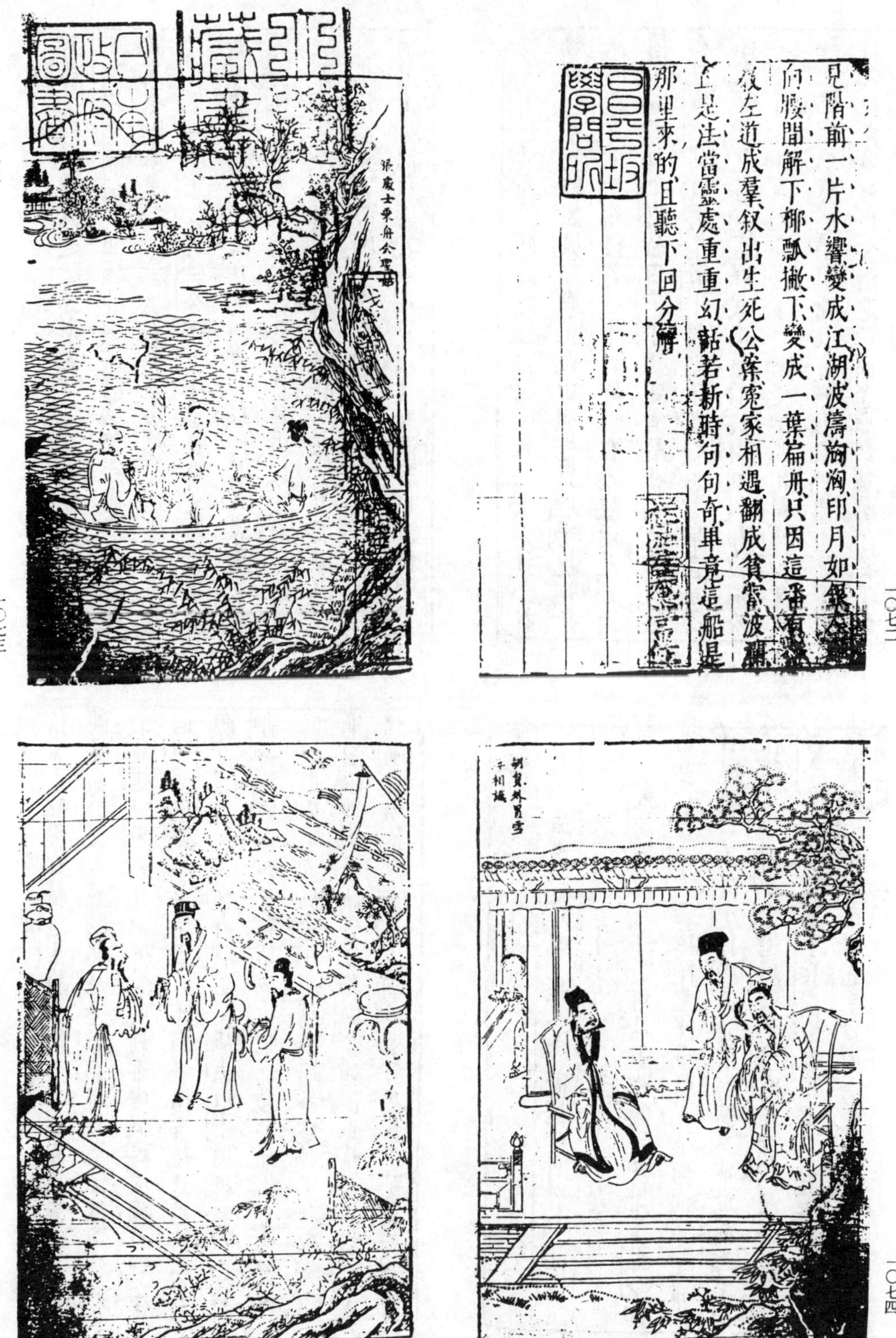
見階前一片水響變成江湖波濤洶洶印月如銀人
的腰間解下椰瓢撇下變成一葉扁舟只因這番有
覆左道成羣敘出生死公案寃家相遇翻成貧窶波瀾
之思法當靈處重重幻話若新蒋句句奇畢竟這船是
那里來的且聽下回分解

辭瘸子向耳邊說道這錢財他日正有用處可以愛之張鸞點頭便討紙筆過來寫道暫寄博平縣城隍教庫就央本縣庫吏將這紙燒在廟中香爐之內這一千貫錢墮至神座下放着縣令嘿然半晌只得教庫吏來分付庫吏答應去了心中想道那見城隍替人掌財就是送去也乾被人取用了趣此黑夜擡回家中看他怎地又想道這一千貫文非同小可撿得誰人耳目況且官府事情俏在城隍廟中查問却不穩便我且擡到廟中與道士通同商議大家八刀若官府問時只說城隍爺

一〇六八

牧去了那裡查帳好計好計當夜喚起人夫犬扛小扛擡那一千貫錢到城隍廟正殿中間先對道士說知把法師親筆焚過然後將一千貫錢堆在香爐兩邊如兩箇土墩相似庫吏私與道士約定黃昏後面大家計較八刀庫吏回復去了道士忽動了欺心想道常言見物不取反受其咎見送在我廟裏的錢財如何却與別人分用廟後有箇大魚池不免喚徒弟們相幫陸續運去撒向池中總算做城隍爺牧去無形無跡却不乾淨等待久後從容取出受用連忙闗了廟門喚齊了徒弟牧

第十七回　二六九

拾家火准備扛擡道士纔拿得一貫錢在手覺得手中蠕蠕而動提起看時却是一條赤鏈蛇慌忙撒手徒弟們發起喊來只見兩堆錢亂動都變做蛇成團絞塊滾向神廚中去了此時五月十四日雨霽後月色倍明只聽得敲門響開來看將正是庫吏道士便將變蛇之事告訴了庫吏那裡肯信收火把向神樹照看並不見一條蛇影庫吏道士將錢籠過各處搜索無獲兩下爭論相打後來結告在縣縣令鞫出實情各人責二十枷庫吏罰蠶道士逐出廟外不許居住這是後話有詩

一〇七〇

為證

庫吏心貪道士乖　欲圖千貫作私財
八刀無分才下介　不是天災是自災

再說張鸞等三人在席到月明時候起身辭了縣令作別要行縣令道三位既蒙降重屈在公館同宿一宵來日還要請教蛋子和尚道貧僧有箇茅菴敢屈尊官同往隨喜一回縣令道琳宮何處蛋子和尚道離此不遠縣令送出前堂蛋子和尚道告求淨水一碗小斯取水到來蛋子和尚接得在手口中念呪含水向下一噴只

第十七回　二七一

等他便了。比及兩人進得縣門，只見縣堂上一箇着青藜杖拐將下來，口中叫道：二位如何來遲。張鸞看了大驚。那人非別，正是癩子，方知搯下水潭，乃是水遁之法。張鸞到此，心下纔服。到縣堂上重新講禮，方纔動問名號。癩子道：貧道姓左名䣥，因爲左腿損傷，改名左癩。法侶中都稱貧道是癩師。這位就是貧道師兄，號叫蛋師，幼名蛋子和尚便是。張鸞道：二位莫非是在楊巡檢家與聖姑姑一同脩道的。癩子道：足下何以知之。張鸞道：貧道會到永興地方，多曾聽得人說起大名，只是

無緣會面，今幸相逢，多有冲撞。說罷便拜下地去。蛋師和癩師兩箇慌忙答禮，問道：師兄是誰。張鸞叙了名號。蛋子和尚道：原來就是冲背處士。聖姑姑甚想相會。張鸞正待叩問，報道縣令同來。那縣令已知衆師父們先到，便下了轎，步入縣門。這班和尚道士及百姓們都隨進來。縣令教鋪下紅氈，先請張鸞拜謝。張鸞不肯。縣令道：下官爲萬民屈膝，禮之當然。兩下再三謙讓，交拜了兩拜。次請那兩位相見。那兩簡教收起紅氈，賓主作揖。階下這班僧道及百姓們一齊拜倒，歡聲如雷。張鸞安

慰了幾句言語，教縣主發放他去。和尚自去做回向，道士自去殺雞謝將。其餘百姓各自散歸。縣令分付備有卓席，擺在後堂，管待三位。縣令尚不知蛋子和尚及左癩師名號，到後堂一一動問，都是張鸞代答。縣令道：先生如何曉得。張鸞道：原是平日最相慕的，纔說起方知。縣令笑道：下官勸三位休爭客氣。正爲此也。既然三位都是神交，今日之坐，下官不敢僭序，請三位自定位次。蛋子和尚道：張先生今日有功之人，自宜首席。縣令也是此意。張鸞謙不過，只得充了。癩子讓蛋

師坐了第二位，自家第三位，縣令下面陪席。縣令道：蛋師莫不奉齋麼。蛋子和尚道：葷素不拘。縣令暗想道：是不曾見這一般和尚道士。當下酒過三巡，食供兩套。縣令起身把盞，教取一千貫文支帖，親手遞與張鸞道：此乃地方薄酬，休嫌輕褻。鶴駕行時，便憑支取，庫上即當賫送。宋朝那時，一貫錢值一兩銀子，一千貫便值千兩，就是千兩銀子一箇人還帶不得，況且千貫銅錢如何領得。縣令也是有言在先了，盡箇人情，筭定那先生必然推辭的，就受也受不得許多。誰知張鸞正待推

條龍都來戲這顆珠成團作師而去瘸子已認得是蛋子和尚暗暗歡彼此俱不說破只見和尚舉手道二位鬭法沒有勝負那一箇取得水晶鉢盂還了貧僧便斷他是師兄張鷟和瘸子齊聲應道有何難哉兩箇嘿念呪語都妝了法術那五條竹胎紙糊的龍形依然復還其是恰似不曾移動一般又不見他那里飛回的只見張鷟神中收出一箇水晶鉢盂送還和尚瘸子道他是假的那前的在我處果然向腰膀間取出一箇來大小一般無二那和尚都不接受却在自巳袖中摸出鉢

〇六〇

盂來笑道貧僧的兄在二位休得相戲原來張鷟的鉢盂是袖中葫蘆變的瘸子的鉢盂是腰間椰瓢變的一見真鉢盂出來二物都還本相各各大笑都收去了張鷟心下也自駭然起道這乞道的本事不弱於我又不知那里走出這荞和尚來更是利害有詩為證

孫龐鬭智非為敵　楚漢爭鋒未足誇
爭似雩壇齊鬭法　大家看得眼睛花

只聽得壇下人語嘈雜百姓們絡繹不絕人人執香來迎法師進縣縣中轎馬也都到了縣令方敢出頭開談

第十七回

〇六一

道適繞下官見三位師父手段俱有驚天動地之相上下依下官說三教同源休爭客氣都請到敝縣下官一同設禮備得有馬匹在此各請乘坐幸勿推却瘸子見有馬在壇下便要去乘張鷟終有此三不平之意欺他是瘸脚一把抓住道我們不許乘騎大家步行賭簡遲快瘸子道足下莫非是駥子張鷟道如何是駥子瘸子道不是駥子怎的放了馬步行眾人都笑起來縣令道既三位不肯乘馬下官禮當陪步蛋子和尚道地下泥濘官府們不可失了觀瞻貧僧同二位道友先到

〇六二

貴縣州候說罷牽了兩箇道人的手步下壇來百姓們起初只認得新雨的一位師父如今忽然又添了一僧一道正不知那里來的好生怪異紛紛的分開兩邊讓一條路與他們先行蛋子和尚在前張鷟居中瘸子在後走不多幾步瘸子故意拐着道二位慢行地下好不難走哩張鷟正中其意扯着蛋子和尚越走得快了只聽得後面叫聲阿呀回頭看特路傍有箇小小水潭瘸子右脚陷入提得起時左脚把滑不住撲通的倒撞下水去子張鷟口稱慚愧蛋子和尚道莫管他且到縣裏

第十七回

〇六三

簡夏人哩，當下張鸞高聲道：雷部聽吾法籤，如有真靈、貪官污吏、破戒和尚、穢行道士，方許下擊；如無此輩，速宜退避。那霹靂愈加連聲不絕，慌得縣令先倒身下拜，自隙悔過，以下吏役及僧道們，那一簡說得嘴響的，都着了慌，團團的拜做一堆，笑得張鸞眼花沒縫。約莫一簡時辰，雨聲方歇，雷電亦止，眾人方繞放心，爬將起來，向壇下一望，落得山鳴川響，池滿溝盈，足足有三尺甘雨。縣令剛在那里稱讚先生之功，只聽得壇下有人厲聲喝道：何處初學敢在此施逞伎倆，恐嚇眾人，莫非要

〇五六

詐這一千貫賞錢。廳張鸞看時，卻是一簡瘸足道者。生得身材矮小，衣服襤褸，撲着一根青藜杖，從大雨中一步步拐上壇來，渾身無一絲沾濕。到得壇上，放下藜杖，操着手與縣令稽首。縣令和眾人俱各駭然。張鸞道：貧道捨一壇甘雨，救濟生靈，你這乞道到此溷擾，敢與貧道關法麼？瘸子笑道：諒你有何法敢與師父賭鬥。張鸞大怒，便把鼈殼扇子一丟，喝道：快去打那乞道。只見那把扇子冉冉而行，逕奔那瘸子頭皮上來。瘸子呵呵大笑，把頭一攪，這頂破頭巾望上壇兩趐撲的脫了頭。笑

第十七回

迎那扇兒，分明兩隻老鷹相撲，一上一下。瘸子喝聲楊兒何在，只見地下憤著這根青藜杖忽然躍起，一步步跳去打那張鸞。張鸞把袖一拂，身邊這隻荊筐籃兒離地相迎，如藤牌架棍，一來一往。眾人都嚇得躲在一邊，連縣令也不敢上前了。兩下賭鬥，各無勝負，都收了法術。張鸞大怒，扴擻精神，口中念念有詞，舉手向北方一招，大呼黑龍快來。那瘸子聽得，便把壇上黃龍頭上打將一下。只見先前飛去行雨的那條黑龍，半雲半霧飛向壇來。這里黃龍鼓擻張鱗，就地騰起，迎住黑龍空中

〇五八

相鬥。自古道士能剋水，黑龍敵不過黃龍。張鸞又叫青龍快去相助。瘸子又把白龍一掌，那青龍繞飛起去。白龍又去迎住，霎得張鸞咬牙切齒，急喚赤龍討助。五條龍向空中亂舞，正按着金木水火土五行互生互剋，攪做一團。狂風大起，布幔架子都吹倒了，眾人正立腳不住。忽然走出一簡和尚，耳墜金鐶，身披烈火袈裟，手裏托一簡水晶鉢盂。這和尚正不知那里來的，喝道：二位同道中休得自傷和氣，待貧僧與你勸解則簡。將手中水晶鉢盂猛力望空中一拋，變成一顆五采明珠。那五

第十七回　〇五九

〔一〇五一〕

般烈日、雨在那里、小道士捻起拳頭、對縣令道、恐遑疑、命小道開掌為信、說罷把拳頭放開、忽然一聲霹靂、從掌中發起、轎扛震得平斷、嚇得縣令掩耳不迭、面如土色、直跌出轎來、眾人七顛八倒、連小道士也驚架了、停了一會、縣令正待差人去問、四下左近人家、或驟馬借來乘坐、只見一班和尚們、又引着許多百姓到來、催取縣主上壇行香、縣令巳喫了這一番驚恐、不敢違慢、此時只得教左右扶擁、步行到壇、一面差人回縣、取轎馬到雩壇伺候、轉身、張鷟見縣令到來、迎接上壇

〔一〇五二〕 第十七回 十二

問道、相公何不乘轎來、縣令將雷震轎扛之事說了、道先生原來有此神通法術、今日祈雨不難、乃萬民之有幸也、張鷟道、不是貧道誇口、風雲雷雨、是貧道腰囊內的東西、且試箇戲術與相公看、乞借大傘一用、縣令教夫將一柄青絹傘、遞與先生、先生接傘在手、旋了兩旋、驀地望上一攙、喝聲起、吹口氣、這把傘兒漸漸升上、到最高處、變成一朵烏雲、將日色罩定、紅光盡斂、眾人都仰面而看、張鷟把手一招、這朵烏雲托地墜下、仍是一柄青絹傘、便透出一輪烈日、縣令心中又喜又懼、便

〔一〇五四〕

請先生上坐、跪下拜相求、速賜甘雨、以救一方之困、鷟道、不須過禮、貧道十日前、從南岷山過、遇着大雨、貧道把這些三雨雲收得在此、今日捨與貴縣結緣罷、便向荊筐籃中、取出小小一箇葫蘆、攤在壇前、敎縣令焚香拜禱、張鷟捻訣念呪、作用巳畢、將葫蘆塞口揭去、輕輕用鱉殼扇、一連幾搧、只見壇前起陣大風、一股黑氣從葫蘆中出、被風刮起、直透九霄、布成一天濃雲、張鷟將葫蘆收了、走到那竹胎紙糊的黑龍傍邊、分付道、黑龍黑龍、助我神通、乘雲宜速行雨、須洪甘霖三尺、慰彼三

〔一〇五五〕 第十七回 十三

空而去、須臾之間、閃電亂發、雷聲激烈、拳頭般雨點、將下來、嚇得百姓們四散、都走了、縣令也要下壇、奈縣中取轎未到、只得同吏役及僧道們、在布幔中住札、項刻大雨如注、幸得布幔是熟油漬透的、又架在高阜、雖綿得上漏下濕、四旁却無遮蔽、眾人將卓椅都側下遮雨也、有帶得遮陽傘兒的、迎着風兒撐開、正在忙亂、只見金蛇亂掣、霹靂連聲、不離雩壇左右、旋轉、縣令道、敢問先生、今日雷神為何發怒、張鷟道、想是着中意

步看時，那先生前去約有二三十步之遠，押司道：里還好，倘然遊方道人一時口出大言，不能取驗酒去了，教我如何回話？又或者真箇不認得路走潛縣主先到雲壇，也顯得我的不能幹事。發狠的趨步上前要跟那先生，只見先生在前緩緩而行，這里盡力只趕不上，不論緊走慢走，只差得二三十步。見押司走得氣喘，只叫喊道：先生慢走一步，小人跟隨不上哩。張鸞在前呵呵大笑道：貧道走不慣慢步，你若不上前引路，睬我走向天上去也不與你祈雨了。急得押司捨命又跑

眼盼盼看見在前，冉趕不着脚跟。有詩為證：

遁甲之中縮地高
雖然緩步去程遙
押司饒舌今勞步
耍得渾身汗似澆

押司汗如雨下，喘做一團，只得高聲叫道：小人巳知先生神術了，饒過小人罷。張鸞道：貧道是障眼法兒，有什麼神術。押司方纔省得昨日失言之過，磕頭謝罪。張鸞把手一招，分明似磁石引鐵一般，不覺立在先生背後了。押司一把扯住先生，死也不放，不勾幾歩到了壇。壇上那影和尚道士巳先在了，聞得新差新

第十七回

兩班下壇迎接張鸞，看這零壇甚是高爽，四圍圖畫林那奚道姑擺設下的五龍尚在，都是竹胎紙糊的，塗抹着五色鱗文。中間大大架起箇油布幔兒，設得有桌椅之類。少停，只見城內城外百姓們紛紛而至，何止千數。還不見縣令到來，張鸞想道：這縣令不肯陪我同行，却做張做智，叫我先走，自巳要打轎來。你為百姓祈雨，便步行了這一遍兒，也不見失了體面，直恁做格，我今番且耍他一耍。便對着一箇年小的道士說：縣主未到，煩你前往一催，扯他左手過來，自巳捻箇劍訣在他手

心中虛畫箇符形，急教握緊拳頭，分付道：你見了縣主時，便傳吾言，請縣上快來迎雨。如若遲疑，開掌為信，不可私自中途開看。又脫下他兩隻鞋兒，也畫箇符在鞋底上，教他穿了快走。如要住脚，高聲喝咄退二字。小道十剛把鞋穿上，兩足猶如有人搬運一般，不由自巳，如風而去，約有四五里之程。過了縣主相公頭踏，到寨橋一聲咄退，脚便輕鬆，由他收住了。只見縣主相公坐乘青紗慢的凉轎，四擡四綽，打着青羅傘行來。小道乍到轎前跪着稟道：法師教請相公快來迎雨

第十七回

生是什麼數學怎般靈驗張鸞道儕中而巳縣令道
曉得先生不比常人刮目相敬。少停當直的煖到一大
鏇酒約有六七斤二十來箇大饟饟和豬肉羊蹄一筲
兒擺在卓上張鸞拱手道貧道不為禮了大碗大塊只
顧喫雲時間喫箇風捲殘雲只剩三箇空盤子一把壺
兒口裏說道蒙賜巳點過心了到廟中却又領飯衆人
都唬駭了道沒見這樣會喫的好副大腸肚縣令背後
立箇俊俏小廝便接口要道不是這般大腸肚怎配
這剜大口張鸞聽見俊把這小廝一指說道你的巳也

一〇四

不小只見這小廝的兩點朱唇一時不出自巳做主直
張開到耳根邊圓圓的好似一隻朱紅漆碗開了再合
不下又說不得話只是隨淚原來這小廝纔一十五歲
髮方覆肩生得清俊是縣令相公極寵愛的一箇親隨
縣令見他作怪巳知衝撞了先生之故慌忙作揖謝罪
道先生可憐他年小不知事看下官薄面饒恕他罷張
鸞道貧道並不曾難為他縣令道這小廝原好副嘴臉
張鸞指道如今原好副嘴臉縣令回頭看時小廝的嘴
照舊好了一箇押司在傍低低的說道這是障眼法兒

張鸞巳聽得了却不說破問縣令這押司何姓縣令道
姓陸名茂張鸞道好箇陸押司慌得陸押司躲在一邊
去了縣令差人送張鸞到公館安歇早晚酒食自有本
館人供應張鸞臨別約縣令早起同到雲壇行香縣令
道這是下官本篆自當陪侍當日曉堂縣令分付各寺
觀僧人道衆將五龍壇打掃潔淨鋪設齊整明日五鼓
都要先在壇上伺候迎接法師又分付本縣吏役侵晨
取齊又標撥官馬一匹到公館去伺候法師起身當晚
身助了博平縣裏次日東方發亮縣令出堂方欲上轎

一〇六

只見張鸞右手持鱉殼翁左右持荊筐籃擡擺進來縣
令相見了問道先生何又賜顧張鸞道昨日有約特來
奉邀同步縣令道此去有十里之遙巳曾撥馬奉候可
會到否張鸞道馬見見在只是貧道會走不用着他縣
令道用過早飯了麼張鸞道朋過了縣令道既如此請
先行一步下官隨後便來張鸞道貧道不認得筆直有
煩陸押司作伴縣令分付陸茂好生替先生引路陸押
司奉了縣主相公之命緊緊帮着同走一箇眼挫忽
不見了先生慌得他手足無措料然不是落後遷迻

朝求暮求，求得滴水不流，縣令也沒箇主意了。只得他這日行香過了早堂方畢，退在私衙安息，只聽得堂上一片聲喧嚷，將堂鼓亂撾。慌得縣令冠帶不迭，便服跑出後堂來。門子稟道：今有遠方道人揭了祈雨榜文，百姓簇擁前來。縣令分付里正率領百姓們在門外伺候，單請道人後堂相見。張鸞左手提着荊筐籃兒，右手持鱉殼扇子，飄然而進，見了縣令，放下籃兒，打箇稽首。縣令慌忙回禮，問道：先生高姓尊號，從何處來？張鸞道：貧道姓張名鸞，別號冲霄處士，從海上到此，見榜文

一○四○

祈雨特來効勞。縣令道：先生行的是月字法麼？張鸞道：不是月字法，是日黑法。不弄黑了日頭，怎得下雨？縣令也笑起來，又問道：北門外見築得有雩壇，不知可用得否？張鸞道：既有見成雩壇，便用他罷。縣令道：約莫幾日之內可以致雨？張鸞道：只上壇早有雨早，上壇晚有雨晚。縣令因見道姑出醜了一遍，不甚准信，便道：先生蓋得好大口，只不知還用甚法物，好預准偹。張鸞道：不用甚法物，只教本縣各寺觀祈雨的僧道先去掃壇伺候。縣令道：這却容易，下官今晚分付停當，先生暫在城

第十七回

一○四一

隍廟中一宿，明早登壇便了。張鸞道：但憑尊命，只是此間隨分空閒公館，貧道暫歇一宵。若到城隍廟去，恐褻神道，接見彼此不安。縣令道：公舘儘有。口雖答應，心下不以為然。張鸞早已知覺，故意道：貧道今早枵腹而來，求此見成酒飯。縣令道：要酒儘有，只是素齋。張鸞道：貧道慣喫酒的，且將葷肉，却不用素。縣令道：不瞞先生說，只為兩事有三箇多月禁屠，下官只是蔬食，要鮮肉却不方便。張鸞笑道：官府斷屠，從來虛套，常言道官禁私不禁，只好作成公差和里正。尊官若不信時，縣東第

一○四二

十三家屠戶家裏今早殺下七十斤大豬，間壁孫孔目為見子週歲請客，買下十五斤，見今賣熟在鍋裏；又縣西頭酒店夜來殺羊，賣還剩得一隻熟羊蹄，將蒲草蓋在小竹籮裏，放在牀前米桶上。可依吾言，言語開他，說官府不計較你，平價買他的，必然肯與。縣令道：不信有此事。當喚直日買辦的，依着先生言語，問那兩家要回買豬肉五斤、羊蹄一隻。當直的去，不多時把豬肉羊蹄都取得來，回話道：那兩家初時抵賴不承，被小的如言告訴，他便心慌，卽便將肉送出，連價也不敢取。縣令道：這

第十七回

一○四三

〔一○三六〕

聽允他行的是什麼月孛之法各坊各□
報懷孕婦人的年庚憑他輪筭一箇指稱題母順用中
有旱魃不由分說教縣裏拏到壇前這道姑上□□
指揮徒弟們鳴鑼擊鼓噴水念呪弄得這婦人□□
他剝得赤條條地倘在一扇板門上雙腳雙手和頭髮
共用五箇水盆滿滿盛水浸着
髮使翎用右腳踏在他肚子上口中不知念此些什麼言
語其餘男女徒弟也有搖旗的也有打兎的紛紛嚷嚷
亂了一日這懷孕婦人悔氣弄得七死八活失土絕無

〔一○三七〕

雲影日色沒了只得欸燵托言龍王今日不在家明日
管教有兩教縣主出三貫遮羞錢與那孕婦的丈夫責
領回去到第二日又輪一箇魃母要拏到壇前行事眾
百姓憤氣不平登時聚集起三四百人丟朝頭擲瓦片
喊聲如雷要打死他師徒們這奚道姑慌了和他一鬨
改換衣服從壇後逃走了去縣主也不追究另叙着道
榜文各門張掛老漢是本地方里正怕有揭榜的簡□
只得在此看守張鸞阿呵大笑道原來如此貪□□□
一刻□夫與你們漸一壇甘雨□□箇□□罷□□□

第十七回　一、三

〔一○三八〕

一手揭了老者上前扯住道你大膽揭榜敢是真□
些本事麼休得要大話小結果只有頭見沒有尾□□
那女神仙壇前上去壇後逃去張鸞道你們要多少雨
怎般大驚小怪老者道只要三尺甘雨高低俱足了張
鸞笑道我只道要倒翻江底掠盡海嵊這還費貧道幾
簡時辰的蹺蹊只這點點雨水有何難哉當下老者將
杌子寄放人家就引張鸞從縣前一路而行百姓們看
見里正引箇道人進城想情定是揭榜祈雨的什麼歡
嵩都跟來看原來博平縣將有六箇月不雨亢旱非常

〔一○三九〕

怎見得但見

河底生塵田中坼縫樹作枯焦之色井存泥濘之漿
炎炎白日天如怒目之威滾滾黃埃草欲垂頭而臥
擔錢換水幾家奪買爭先遇客款茶多半空呼不出
渾如漢詔乾封日却似商牲未禱時途中行客暍如
焚泉底眠龍鞭不起

本縣也有幾箇寺觀僧道們各依本教科儀設醮修齋
念經祈禱縣令淳于厚每日早上往城隍廟行香一次
全無應驗百姓起箇□號道朝拜暮祭拜得日頭乾□

第十七回　四

個動靜、撒開腳步、迤投博平縣來、正是管數久旱逢
雨賽過他鄉遇故知、畢竟張鸞這一去遇着聖姑姑[illegible]
且聽下回分解。

一〇三三

第十七回

博平縣張鸞祈雨　　五龍壇左黜闕法

春三夏四好栽秧　　萬目懸懸盼雨暘
但願太平賢宰相　　用心變理免災傷

話說張鸞聞得博平縣有箇老道姑登壇祈雨心疑是
聖姑姑在彼、一溜煙跑來、進得博平縣城門只見門內
懸掛着一道榜文傍邊小机兒上一箇老者呆呆的坐
着、雖然往來人衆站住腳頭看榜的却少、張鸞走上一
步、從頭念去道

第十七回　一〇三三

博平縣縣令淳于　為祈雨事、本縣久旱、田業[illegible]
多方祈禱無應、如有四方過往不拘何等之人能[illegible]
法降雨救濟生民者、揭榜前來本縣待以師體、雨降[illegible]
之日、本縣見斂就一千貫文在庫、即時酬謝決不輕
慢、須至示者
　　天聖三年四月　日示
張鸞看罷向老者拱手道貴縣幾時沒雨了老者見他
道貌不俗、忙起身答應道、自去年十一月起到今並無
滴水、將有六箇月亢旱了、張鸞道、聞得有箇遠方道姑

一〇三四

揭榜祈雨這信可真麼、如今在那里、老者把雙手一攤
籤着嘴說道、在那里、一萬箇也走了、張鸞笑道却是爲
何、老者道這道姑姓奚自號女神仙、有五十多歲的人
了、跟隨的徒弟、男男女女共有十來箇女的叫做仙姑
男的叫做仙官、據他說是大萬谷樂總管府來的善能
呼風喚雨、初時揭了榜文、縣主相公好不敬重[illegible]
北門十里之外、擇高阜處建立雲壇名爲五[illegible]
青黃赤白黑五色龍彩、按方擺設[illegible]
地方土二千貫文酬謝[illegible]

第十七回　一〇三五

一〇二八

在門前胡員外聽得說喫了一個蹬心拳只得出來迎
接道我師又得一年光景不覺不敢告訴今日我房下
正在坐草之際有緣得我師到來只見那先生呵呵大
笑道媽媽今日有難貧道有些藥在此就於荊筐籃內
取出一個葫蘆兒來傾出一丸紅藥遞與員外教將去
用淨水吞下即時便得分娩員外收了藥雷先生喫齋
了夫先生道今日宅內忙迫不敢相妨改日却來拜賀
擾齋說罷作別去了亦不提起贖畫之事且不說先生
却說員外將藥與媽媽喫了無移時生下一個女兒來

一〇二九

員外甚是歡喜老娘婆收了衣兒就做三朝滿月百歲一
遇取個小名因是紙灰鴻悲腹懷有孕因此取名叫做
湧兒後來又嫌鴻字不妤改做永字時光迅速不覺永
兒長成七歲生得十分清秀素臉鬒髮解胖皓齒如觀
音座前龍女一般夫妻兩口兒愛惜他如掌中之珠檀
中之玉員外請一個教授在家教永兒讀書這教授姓
陳名善為人忠厚老成是個積年句讀之師員外請得
到家夫妻兩口兒好生敬重雖說慈親護嬌女喜逢賢
主對佳賓這段話且閣過一邊再說雷太監自那日不

一〇三〇

見了新娘差人四下尋訪並無蹤跡只恐張鸞發惡著
實陪禮本來張鸞已知不干當家之事落得受他恭敬
只為了永州詢俊與皇太子不甚投機真宗皇帝晚年
又得了個風疾不能覷朝所以雷太監十分有心要引
薦張鸞無處用力張鸞又信了小妖魂一番鬼話況且
胡員外家見在投胎生女眼見得有幾分靈驗把自己
進身一徑也不甚上緊只將淑景園做個安樂在東京
城內城外散漫遊遊一來要尋訪聖姑姑相會二來要
右取胡員外女兒下落光陰似箭不覺到了景德元年

一〇三一

真宗皇帝晏駕皇太子登基是為仁宗皇帝因委元允
恭管造山陵誤移皇堂於絕地被學士王曾劾奏奸發
丁丞相內外交結許多惡跡仁宗龍顏大怒將丁謂貶
去遠州司戶參軍雷允恭卽時處斬抄沒家私連淑景
園都沒入做了官產張鸞因在這園中住久怕有是非
干涉預先脫身遠去浪跡江湖忽一日遊至山東濮州
地方其時四月節氣正值九旱各縣都出榜廣召法師
新禱無驗聞得有個女道姑在博平縣揭榜建壇刻期
祈雨張鸞心下思想道這一定是聖姑姑我且

要去算帳，忙忙的催取晚飯喫了，又到書房中來。卻說張院君思忖道：員外昨夜算帳，今夜又算帳，我不信有許多得算。既然有帳算時，日裏工夫丟向那里去了，卻到夜間怎般忙迫，事有可疑。不免叫了鬟提個行燈在前，媽媽在後，遷到書院邊近風颯聽時，一似有婦人女子聲音在內。媽媽輕輕地走到風颯邊，將小拇指頭觸些兒睡去，紙窗上輕輕地印一個眼兒，偷眼一張，見一個女子與員外對坐了說話。這媽媽兩條忿氣從腳板底直灌到頂門上，心中一把無明火高了三千丈，按納

一〇二四

不下，舒着手推開風颯門扑入書院裏來。員外喫了一驚，起身道：媽媽做甚麼？那媽媽氣做一團，近做甚麼，老乞丐老無知，做得好事！你這老沒廉恥，連連兩夜只推算帳，卻在這里做這等不仁不義的勾當，這沒來歷的歪行貨，那個勾引來的？你快快說！正鬧裏只見那女子一陣風過處，巳自上畫去了。那媽媽氣噴噴的喚梅香：來與我尋將出來！教你不要慌。員外口中不道，心下思量，自道：你便把這書院顛倒翻將轉來，也沒尋處。那媽媽尋不見這個女子，氣做一堆，猛攘頭起來，遶圍一看，

第十六回　十

一〇二五

看見壁上掛着幅美女，媽媽用手一扯，扯將下來，便去燈上一燒，燒烤放在地上。員外見媽媽盛怒之下，又不敢来奪那畫，烘烘地燒着，紙灰在地上團團地轉，看看旋到媽媽腳邊來。媽媽怕燒了衣服，退後兩步，只見那紙灰有些飛，媽媽口裏只一湯，那媽媽大叫一聲，蟇然倒地。有詩為證：

　傳神偶入風流譜　帶笑還歸離恨天
　只為妖踪消不盡　重來火宅作姻緣

胡員外慌了手腳，教丫鬟相帮扶起來，坐在地上，去湯

一〇二六

罐內傾些湯，將媽媽灌醒，扶將起來，交椅上坐地。媽媽道：老無知，做得好事！喚養娘，且扶我去卧房中將息。媽媽睡到半夜光景，自覺身上有些不快，自此之後，只見媽媽眉低眼慢，乳脹腹高，身中有孕。胡員外甚是歡喜，却有兩件事心中不樂：一來可惜這軸仙畫被媽媽燒了，再不得會仙女之面；二來恐日後那先生來取贖，怎得這畫還他。不在話下。光陰似箭，日月如梭，經一年光景，媽媽將及分娩。員外去家堂面前燒香許愿，只聽得門首有人熱鬧，當直的來報員外道：前番當畫的先生

第十六回　士

一〇二七

晚先教當直的打掃書院安排香爐燭臺茶架湯罐之
類預思量定下一箇計策向媽媽說道我有些帳目不
曾明白今夜要到書院中去算清快催僧臘飯來喫媽媽
信之不疑真箇的早旱收拾睡饉兩只兒喫罷員外道
媽媽你先請歇息我去去便來不覺樓頭鼓響寺內鐘
鳴已是初更時分但見

十字街漸牧人影九霄雲暗鎖山光八方行旅向東
家各隊分樓七點明星看北斗高垂半側陸博呼盧
月下無非狎客酒人五經勤誦燈前盡是才人學士

一〇一〇

四面鼓聲催夜色三分寒氣透重幃兩枝畫燭香閨
靜一點禪燈佛院清
胡員外遠到書院推開風窗走進書院裏面分付當直
的你們出去外面伺候回身把風窗門關上點得燈明
了壁爐上湯罐內湯沸沸地滾了員外打些上號龍團
餅兒放在罐內燒一爐香點起兩枝燭來取過畫义把
畫掛起真個是摘得落的妖娆美人員外咳嗽一聲就
卓子上彈三彈只見就卓子邊微微地起一陣風怎見
得這風

第十六回　八　一〇一一

善聚庭前草　能開水上萍
動簾深有意　滅燭太無情
古寺傳鐘響　高樓送鼓聲
惟開千樹吼　不見半分形

風過處只見那畫上美人歷歷地一跳跳在卓
子上一趓趓立地上這女子腳到頭五尺三寸身才生
得如花似玉的是皮肉黑的是頭髮怎見得有許多
好處

添一指太長減一指太短施朱太赤傅粉太白不施

一〇一二

脂粉天然態縱有丹青畫不成有沈魚落雁之容閉
月羞花之貌
只見那女子劇著員外深深地道個萬福那員外急忙
還禮去壁爐上湯罐內傾一盞茶遞與那女子自又傾
一盞奉陪著喫茶罷盞托蹄臺不曾道個甚麼那女子
一陣風過處依然又在畫上去了員外不勝之喜道這
畫果然有靈如今初次比莫經他等待第二遍細細與
他扳話不遲當時把畫軸自家卷過叫當直的來收拾
了家火員外心回裏室歇息不在話下到第二日又說

第十六回　九　一〇一三

一〇一六

多少。先生道：這畫非同小可，要解一百兩銀子。主管[道]：我師休得取笑，若論這一幅小畫，見值也不過值五六百錢，要當百兩銀子，差了幾多倍數，如何解得。先生道：這是晉朝張僧繇畫的，世間罕有之物。主管道：張僧繇到今五百多年了，這幅美人圖，還是簇簇新的，世上假畫也多，忒說得沒分寸了。先生道：足下既惑不真，只當五十兩去罷。主管道：便五兩[illegible][illegible]不得。先生[illegible][illegible]當主管只是不肯，當回他去，又不肯去，兩箇說假誇真，嫌多道竟。正在爭論之間，只聽得鞋履響、腳步鳴，中間布幔

一〇一七

起處，員外跳將出來，問主管燒午香也未。主管遂道：員外燒過午香了。那先生看看員外，員外答禮道：我師請坐、茶。員外只道他是抄化的，只見主管把畫軸交起呈上。員外道：此位師父有這幅小畫，定要當五十兩銀子，小人不敢主張。員外把眼一觑，笑道：我師這畫雖好，不值許多，如何當得五十兩。那先生道：員外你只知其一，不知其二，這幅畫見雖小，却有一件奇妙處。員外道：願聞。先生道：此非說話處，請借一步方好細言。員外與先生將着手，逕進書院內，四顧無人，慎[illegible]

第十六回　六

一〇一八

道：這畫有何奇妙。先生道：這畫不比世上丹青，乃是神仙之筆，於夜靜更深之時，不可教二人看，去將畫在密室掛起，燒一爐好香，點兩枝爛眼燈，一榻坐子上彈三彈，請仙女下降、喫茶。一陣風過處，這畫上仙女便下來。那員外聽得思忖道：怎地[聰]果是仙畫了，只怕未必如此。先生見他沉吟，便道：員外如若不信，且暫畫在此，今夜試看，明日來領當價。員外道：我師恁地說，必非謬言，敢問我師尊姓。先生道：貧道姓張，名鸞，別號冲霄處士。員外點看頭即，同先生出來，教主管當與這張先生

一〇一九

去罷。主管道：日後不來贖時，却不干小人事。員外道：不要你管，只去簿子上註下一筆，說我自當的便了。員外一面請先生喫齋，就將畫收在袖子裏，却與先生同入後堂裏面坐定。喫齋罷，員外送先生出來，主管兌足了五十兩白銀，交付先生，先生作別自去，不在話下。員外在家受了媽媽的制縛，等閒女子也不得近身，況且說是箇仙女，妖嬈美貌，生平不曾見面的，如何不魂搖搖浦神蕩，陽臺當日巴不能勾，一拳把白日打於蕉樓上，立地催他起鼓。正是：眼望捷旌旗，耳聽好消息[illegible]到天

第十六回

一〇二

有生育那時少不得娶箇通房與你還有一說今皇太子也是皇帝拜求來的偏我庶民之家拜求不得如今城中寶籙宮裏北極佑聖真君甚是靈感不若我與你揀簡吉日良時多辦香燭紙馬拜告真君求祈子嗣不問是男是女也作墳前拜掃之人便叫養娘們安排熱酒我與員外解悶則簡夫妻二人喫了數盃妝拾了家火歇息了又過數日恰遇吉日逸時叫當直的買辦香紙安排轎馬伴當了鬟跟隨了遷到寶籙宮門首歇下轎馬走入宮裏來到正殿上燒香少不得各殿

一〇三

兩廊都燒遍了來到真武殿上胡員外虔誠禱祝生年月日拜求一男半女也作胡氏門中後代員外推金山倒玉柱叩齒磕頭媽媽亦然插燭也拜了幾拜祝告化紙出宮回家不在話下自此之後每月逢初一十五日便去燒香求子已得半年光景忽一日時值十二月間解庫中正當算帳的日子又且逼着殘冬當的要當贖的要贖那掌事的和主管又要應接主顧又要打點清理帳目交割好不忙哩只有中間這箇解庫當古玩的到底比那邊清閒一分主管正在解庫中把今年中□□□

第十六回　四

一〇四

過贖過的本利帳目結算托地布簾起處走將一箇先生入來那先生頭戴魚尾鐵道冠身穿皂沿邊烈火雞袍左手提着荊筐籃右手拿着鼉殼扇行纏絞腳多耳麻鞋有飄飄出世之姿分明似神仙模樣原來神仙有四等

走如風　立如松　臥如弓　聲如鐘

只見那先生揭起布簾入來看着主管見他道貌非俗急起身迎入解庫與先生施禮畢榻上分賓主坐了主管道我師有何見諭那先生道告主管此間這箇

一〇五

典庫是專當琴棋書畫的應主管道然也先生道貧道有一幅小畫要當些銀兩目後原來取贖主管道我師可借來觀一觀看值多少主管只道有人眼遍他來拿着畫只見那先生去荊筐籃內探手取出一幅畫來沒一尺闊遞與主管上管接在手裏已中不□□□一思量莫不這先生作耍笑遮畫兒值得多少□□□叉兒又將起來看時長不長五尺把□一□□的一幅美女圖上面寫僧繇筆三字畫值□□是小了此三不值甚麽錢主管放了畫叉回身間遶我師要解

第十六回　五

焦員外說不盡許多員外、其中有一員外、家中巨富、真個是錢過北斗、米爛陳倉、家中開三個解庫、左邊這個解庫、專當燕羅段疋、右邊這個解庫、專當金銀珠翠、中間這個解庫、專當琴棋書畫古玩之物、每個解庫內用一個掌事、三個主管、這個員外、姓胡名浩、字大洪、止有院君媽媽張氏、嫡親兩口、別無他人、正是眼睛有一對、兒女無一人、因這員外、平昔間、一心只對待人家、盤本算利得、一盤十、得十盤百、全不想到兒女、那院君又有一件毛病、專一喫醋撚酸、不容一直娾

一〇〇八

還是十年前、員外餘了一個丫頭、院君知道、發脫打個半死、就發與主管、教他召人賣了、又和員外關吵伴唇舌、做面嘴、整整的有個把月、不得太平、所以員外也不做這個指望、終日只在錢鈔中滾過日子、有詩為證

世間只有婦人癡
百年香火是孩兒
不想歡娛容易散
喫醋撚酸無了期

光陰似箭、胡員外不覺行年五十、本家解庫中三個掌事的、一發見商量、打出錢來、備下一副羊酒公禮、侵早進去捧觴稱壽、那九個主管另做一起、其餘家人安童

平妖傳　第十六回　二

一〇〇九

們又做一起、都來磕頭、城中一般的員外、及相識人家、也有親來捧觴的、也有差人送禮的、兔不得分付當直的、備下筵席、寫個顏色帖兒、請人喫麵飲酒、中間只聽得賓客裏而、你親家、我親家的、交盃酬酢、都說此三家常兒女的說話、員外轉想著自家無男無女、心中嘿然不樂、到筵席散了、眾賓客別而共、院君在房中、另整個攢盒、請員外喫三盃賀喜、員外覷著院君蔫然、思想起來、兩眼托地淚下、媽媽見了、起身向員外道、員外你家中喫不少、著不少、百事豐餘、勾你受用、雖不比為卿為相

一〇一〇

的富貴榮華、也是千人欣、萬人羨的一個財主、況且今日壽誕、又是個好日、緣何恁般煩惱、胡員外道、我不為喫著受用、家私雖是有些、奈我和你無男無女、日後靠誰結果、則今日酒席上、簡有親戚扳談、都是兒女面上來的、偏我孤身獨自、常言道、養兒待老、積穀防饑、明年就是五十一歲、望著六十年頭了、生育之事漸漸稀少、以此心中傷感、媽媽道、東村有個王老娘、四十八歲黃頭生我、今年纔四十七歲、還不算老、終不然就養不做了、或是會裏招得遲、也未見得、我若也到五十歲纔

第十六回　三

一〇一一

方知姜之一魂已在圖畫之中，今三魂再得團聚矣。他起官之力，將畫送入胡員外家，便是姜之生路矣。他日貝州之事，仙官亦起有名人數，倘遇我母親聖姑姑，幸寄一信。說罷依舊走在畫上去了。張鸞因想起媚兒被風刮來之時，他曾聞空中神語兩句，道胡家女兒，王家后外家托生一節，據那王家后三宗，已不是趙家媳婦了。不知貝州之事又是如何？我在江湖上也聞得有箇聖姑姑，神通廣大，此時正不知在那里，若會了聖姑姑，始遠送與冲霄處士受我。只只道他本姓是胡，原來還有胡員

一〇〇四

話自然明白。那睍想了一夜，次日侵早雷太監親到園中，只怕張鸞尋他要人，自己先來與他陪話。張鸞不對他說明，只將套話兒支吾答應，求他用心尋訪。少停，滿京中傳遍，說昨夜有箇牝狐死在東宮資善堂，今早卷出後宰門去了。張鸞肚裏已自了了，睎睎的稱奇。那雷太監如何想得到媚兒身上，只分付官身私身閒漢等四下尋訪，出一千貫文充賞，這些衆人當一場生意，見神見鬼的東挨西問，那有消息，好似水中撈月何會，猶如海底尋針。畢竟無不在話下，再說張鸞畢竟發何

第十五回

一〇〇五

得齊齊整整，頭戴鐵道冠，魚尾模樣，身穿皁沿緋袍，將媚兒真容捲起，放在一箇荊筐籃中，左手提著籃兒，右手擎著鱉殼扇，聞知胡員外住在平安街上，遙齊這條路來。正是白雲本是無心物，却被清風引出來。畢竟張鸞怎生把這畫送入胡員外家，且聽下回分解。

一〇〇六

第十六回

胡員外喜逢仙畫　　張院君怒產妖胎

君今不識承兒誰　　便是當年胡媚兒
一自妖胎成結果　　凶家害國總由斯

話說大宋盛時，東京開封府汴州，花錦也似城池。城中有三十六里御街，二十八座城門，有三十六條花柳巷，七十二座管絃樓。若還有搭閒田地，不是裁花，蹴氣毬。那東京城內勢要官宦且不說起，則這財主員外也不知多少。有染坊王員外、珠子李員外、泛海張員外、綵帛

第十六回

一〇〇七

黨在內前後都照一遍絕沒影響正不知那里來的當
夜將狐屍擡出後面明早太子入宮奏過聖上命司天
監占其吉凶司天監奏道狐妖冒人承服聠常有之徒
皇宮內地何從禍人此非常之妖也昨日是尾火狐直
日適有狐怪宮中宵禁防火災然狐死似有思補擊之
此乃皇太子千秋之福亦不爲大災其後羣火災不驗
天子亦不追究後人有詩云

浪說司天據理眞　　其中禋寵是何人
只將泛語尋常應　　宜室何曾卧鬼神

話分兩頭再說雷太監走臨從禪部巴來教諭新婦悟
伴飲酒小內侍稟道新婦從早間着房門至今未開叫
喚亦不答應不知何故雷太監自去敲了幾下又喚了
幾聲裏面寂然發起性來教把房門打開衆丫鬟下都
看到何曾有半箇人影心下想道他見我不甚親
密或者逃走去了只是女兒家弓鞋
沒箇梯子如何去得跻踏了一回
他叔叔那邊教人去看就知歎
淑景園張鸞寓所看新娘在否強

第十五回

來意張鸞大驚道你家老公公差女既嫁了他
生死是他家的人真女後出家往那里去少不得只在
老公公家裏終不然不走了一箇又要我賠一箇不成
官身領着言語自回復丈夫乞張鸞當脆心下懷疑把門
閉了郎便書符念咒要攝媚兒的靈魂到來審問平昔
閒符到魂來這番偏不應驗張鸞叫聲怪事向媚兒真
容前重復凝神注想了一會再焚一道追魂符只見一
陳冷風過處甕中嚶嚶的似有哭聲忽地走將下來正
是道見的妖魂扯住張鸞大慟張鸞勸止了他問其緣

故告訴道姜今不敢隱藏寶乃雁門山下狐精也隨母
觀聖姑姑雲遊求道中途遇風變刮來此地蒙仙官收
養視同骨肉感恩非淺不意爲雷家強娶擔誤終身前
宵嘗嚐一番自覺情魂耗散昨開禮部選妃偷身去看
自念紅顏不落人後潛入皇宮希圖蠱惑不意陰中觸
了正直關聖之怒攪其刀鋒欲將妾魂牒送酆都問罪
妾再四苦求蒙關聖檢閱簿籍道妾眞數合得人身他
日發跡貝州有中宮皇后之分即今月內該往本地胡
員外家托生正待釋放恰遇仙符幾番見召遂承業批

第十五回

御花園行了多時，猛見宮中牆垣高聳，羅帳低垂，趣又有
簡寒禁，且坐下蹲踏則簡，忽然想起皇太子獨居東宮，
赤脚大仙轉生，骨器非凡，若取得他一點真元，又落得
血氣未定，倘然討得相見，必有憐愛之意，聞得她又是
一節便宵了，轉步向東，迤邐而進，遇了金水橋，想要在
御溝中鑽去，一來怕他水深，二來有銅柱隔絶不便，只
得又向前行，聽宮漏正打初更，月尚未起，只見遠遠的
幾點火光，急跑上前去覰時，却是四五箇小太監擎著
紅紗燈，見做夥出來出恭，媚見道：他院有門而出，我不

九九六

怕無門而入，趁火光悄地看時，果然有箇角門開着，媚
兒捱身進去，覰簡便處，爬上屋簷，過了幾層院宇，只聽
得下面讀書之聲，媚兒且不下來，在屋上揭去幾片琉
璃瓦，空開望板，向下張看，原來這去處叫做饡善堂，是
皇太子讀書之所，這皇太子生性聰明好學，雖然夜深，
兀自秉燭而坐，幾簡內侍們四下倚幾靠壁，東倒西正，
都去打瞌睡，媚見道：此機失了，更待何時，便從窗寵中
飛身而下，瞧見後堂幾簡老宮人守着茶爐在那裏煎
茶，卓上擺着剔漆茶盤，瓶銀茶甌盡金盞之屬，便一

第十五回

九九七

頭伏見，把臉嘴一抹，變做俊年清貌美一箇絶色的宮，
忽地偷得一箇茶盤，一箇銀碗，吐些涎沫在內，吹口氣，
變成香噴噴的熱茶，原來狐涎是箇媚人之藥，人若喫
下便心迷意惑，不拘男女，一着了他道兒，任你會男子
難說坐懷不亂，便露筋祠中的貞女也鑽入帳子裏來
了，媚兒捧着茶盤，妖妖嬈嬈的走出後堂，恰待向前獻
與皇太子，忽兒皇太子背後閃出一尊神道，怎生模樣，
有臨江仙為證：

　貌似臥蠶刑鳳眼，面如重棗通紅，鋼刀萬縷月舞青龍，

九九八

戰袍穿綠錦，美號足荊公。　一片丹心懸日月，扶劉佐
漢成功，神靈千古播英風，戡魔稱上將，護國顯神通。

這尊神道正是義勇武安王誡魔上將關聖，從來聖天
子百神阿護，這日正輪着關聖虛空護駕，見媚兒施妖
逞幻，看看上交了，聖心大怒，顯出神威，將青龍偃月刀
從頭劈下，媚兒大叫一聲，掀了茶盤，然後使倒皇太子，
聽得狐嗅，喫了一驚，內侍們都驚醒不，攜着書燭西處
照看，只見一箇牝狐頭腦迸裂，死於地下，衣服如蟬脱
一般退在一邊，亂起衆人打着行燈火把，只怕還有狐

第十五回

十一

九九九

媚兒聽了歎口氣道古人云人生不得逞胸臆雖年
歲猶焉妖若得意一旦死而無怨便教取一貫錢賞了
瞿聽子去了心下想道同一般狐媚他能攤妲己之位
取君王之寵我之靈幻質不如他乎其夜獨宿房中使
夢見自家選入昆宮蒙朝廷十分寵愛冊為皇后宮娥
放摧宮□□□□□姑封為國太哥哥左黜亦拜
大官一門貴戚蒸然比猛然悟來乃是南柯一夢紬
窗上日色然紅方□□見小□□待捧著一箇洗臟銀盆放
在朱紅面架上東道今日是第三遍大選皇妃老公公

九九二

首也擠在人叢中來只見衙門大開遠遠的望見雲來
監和禮部官比鄰坐在堂上一班官媒婆引著各良家
女子過堂上面周圍簾幕從東前門進西角門出也有
貧戶愛女的父母自家跟隨在門外伺候也有官家小
姐鬱家人養送眼有戀來個女行人都是十三四歲
□□□蜂孤崗自的也儘多只沒有箇起摹
□□□一看了道苦辛過甚人難
□□□也只如此矣眾人擠挨擠挤下
□□□坐地堂中至院裏來不回家發簡疑念

九九四

侯牛伴往禮部去了再講新娘起來在洗早籃小的們伏
侍過他要給箇假去看一看媚兒道我身子困倦且不
梳洗你們要去看時自去看這班小廝們得了這句分明
村裏先生放學一羣子都跑了媚兒道既是第三遍大
選谷城美色都聚在一處我也去看看是甚麼樣兒起
來簇簇對著明鏡道似我這般顏色便人類中也稀少
却困守此地可不坑了我心靈性巧將一幅青布奓簷
裏頭䊬做村姑模樣把房門拴了使出舊時狐精伎倆
從房後踰牆而出開了後門一溜煙走去直到禮部門

九九三

頭要往朝廷大內遍看三宮六院如何富貴你道他怎麼
何發這癡念頭一來被仙筆傳下他的真魂因此精神
顛倒二來有王家后三字在肚中打攪聽了妲己的故
事一發心中發癢按納不住乘夜黑潛入皇城雖然妖
狐幻惑來不知蹤去不知蹤那皇城裏面比民間不同
不是要處他見前門待衛嚴緊也未免心懷恐懼不敢
闖入轉到後宰門原來一多子匠人修葺御花園恰好
教工完了太監在那裏審問工頭什麼就話打著兩盞
懸燈兩箇火把照得白日十般媚見氣鬧中闖進兩箇

九九五

見、如要傳其人真容、打掃一間潔淨房子、[備]筆及各樣顏色、安設酒果供養、寫一道細細的畫符、和請仙符、攝魂符焚了、念請仙呪、攝魂呪各一遍、將門鎖閉、其人不拘遠近、能攝其生魂到來、畫畢方去、生者當時只如噴嚏一般、便是遠年死鬼、亦能攝其游魂、與生時不異、所以形容態度傳得逼真、畫仙一到、便聽得筆墨亂動、到放筆聲響、此仙去矣、徐徐開門進去、真已傳就、大抵請詩仙者來的、多分是能詩之鬼、請畫仙者求的、多分是能畫之鬼、若偶然遇得真仙下降詩

九八八

必入妙畫、必延生靈、那晚張鸞就在姐兒臥房之中、如法請下畫仙、到夜半聞得放筆之聲、張鸞開了鎖進去看時、畫得雙頰如花、秋波欲滴、儼如活的一般、上面草書僧繇筆三字、乃知是晉朝張僧繇下降、所謂僧繇畫龍不點眼、點眼龍飛、飛上天便是、此人真仙筆也、張鸞歡喜、次日用絹紙裱倘小小軸兒、懸掛內室、只等雷太監再相會時、討他聲口、便進說詞去、說他了、却說胡媚見在雷太監家沒做沒保、自從這一夜打箇讌諍、到朝來昏昏悶悶、自覺精神減少、問小內侍道、這里可有會説

第十五回　六

九八九

平話的麼、小內侍道、有箇瞿瞎子、最說得妖聲音響亮、情節分明、他就在本府簷頭居住、媚兒道、你與我喚來消閒則箇、小內侍稟知了雷太監、將瞿瞎子喚到、扶入中堂兒、他行禮、把一張小卓兒、一箇小杌兒、教他坐於檻外、媚兒坐在中間、垂簾而聽、分付不用命題、只揀好聽的便說、瞿瞎子當下打掃喉嚨、將氣拍向卓上一拍、念了兩句務頭詩句、說入正傳、原來是紂王妲己的故事、說起來、如妲己是紂王聘來的一箇美人、遜至中途、一陣狂風、天昏地暗、從人都驚倒了、風過處撐扎起來看

九九〇

時、只有妲己端坐不動、紂王道他有個福、立為正妃、十分寵幸、却不知那妲己不是真的、是箇多年玉面狐狸精、起這陣怪風、攝了美人開去、自己却變做他的模樣、百般妖媚、哄弄紂王、紂王只為寵了這箇妃子、為長夜之飲、以酒為池、以肉為林、誅殺諫臣、肆行無道、其時萬民嗟怨、惹起周武王興師伐罪、破紂王於牧野、殺妲己於宮中、說罷又念四句詩、詩曰

盡道商王寵幸殊　　誰知妲己是妖狐
假饒狐智能賢達　　還勝人間呂武無

第十五回

九九一

〔九八四〕

燭雙雙引入洞房交盃飲酒有一班好事的做下小詞
兒唱得好
老太監看你渾身上下沒些兒閑[閑]道畫屏前
列了十二金釵只好用着他搔背我看你穿不少着
不少用不少只少了一般兒滋味也是前生時偷婆
娘誘小官把那話兒用得過分了今生筭帳罰你做
箇沒水道的婦人少雞巴的男子也只索忍着悔氣
你不去燒些香念些佛施些財多行些方便少下此
除毒積下那一世兒做箇薛敖曹的徒弟還要癡心

〔九八五〕

癡心癡想心兒人學様訊如兒好女什麼的便宜
真凝你是關男他非石女怎與你做得一世的乾妻
真凝桃兒邊你叫一聲小娘子他叫一聲老公公可
不羞殺你金色的臉皮
此時寒冬天氣雷太監房中鋪下紅氊毹地衣張着貂
鼠帳幔綿衾繡褥百事奢華上牀時節一般兒也會說
幾句勾搭話兒只有一件奇事嫻兒卻了花冠繡襖解
到貼肉汗衫再解不開分明似生成的皮膚一般連下
截小衣都被衫兒褁定便是雷太監自來動手也只看

〔九八六〕

得只得和衣睡了討不得粘皮貼肉親近一番此是張
鸞的術法次日侵早合府的官身私身漢總來磕頭
要恭見夫人雷太監都辭了分[...]稱他是
新娘羞叫破夫人惹人笑話[...]上門賀喜雷
太監請入裏書房坐下告訴這段怪事來張鸞道此
是緣法不到或者恩官尊造第七宮中[...]不良姻舍姪
女沒福伏侍雷太監道且看今夜何如當下醫張鸞一
席潤俠而去到晚臨睡時嫻兒脫衣依舊如此原來雷
太監最好交用他在錦褥叢中滾出來的線結兒也摧

〔九八七〕

不得一箇在身上捱着時便是箇大乾搭雷太監只爲
愛那嫻兒容貌陪他和衣睡過一夜分明受了一夜苦
楚第二晚再成不得了只得各被各頭到第三晚另攽
拾箇房戶送嫻兒自睡張鸞也只道相處不來必然退
出誰想他心下雖不喜歡却又不捨得打發回去張鸞
心下躊躇道這事我又不好開口怎麼處如今我且傳
下嫻兒一箇真容以後覰箇方便設箇法見就勸他戲
與今上倘得召幸或者博箇封號強如無名無目做箇太
監的乾老婆當曉行箇請仙傳真法看官你道[...]

第十五回　五

九八〇

慌忙下階迎接。張鸞是箇鑒貌辨色的，心下想要探他本日意思，比平日倍加殷勤，必有好處。上廳坐定了，便問：恩官呼喚，有何台旨？雷允恭道：適纔見令姪女甚好才貌，只是皇子年方十四歲，令侄女年庚反長，恐難充妃嬙之選，若只做宮人，可不髒髒了。鄙意到有一說，要與鍊師做箇親家，不知意下如何？張鸞道：對親的是令弟還是令姪？雷太監笑道：竝非弟姪，就是下官本身。張鸞道：恩官是穿宮近臣，休得取笑。雷允恭道：鍊師有所不知，我們雖然淨過身的，七情六欲與常人一般，夜間冷

九八一

靜不過，常想要箇對頭同睡。每常寒天冷月，教箇小廝抱背抱腳，沒甚意思；也有結識箇娼家外宅，時時做伴，到底不是常法，縱好而不妙，不如娶下一房，長久相處，豈不美哉。張鸞道：這事可做得麼？雷允恭道：內官娶妻，前朝都有故事，漢朝石顯有妻有子，唐朝高力士娶妻呂氏，李輔國娶妻元氏，見於史冊可據，鍊師休得推辭。下官看過曆月，明日是箇結婚上吉之日，上午納此二薄聘，晚間便來迎親。有煩鍊師做主，先與令姪女說知，過門之後只圖箇富貴受用罷了。張鸞見他十分執意

第十五回

九八二

把此話對媚兒說了，媚兒道：叔叔將奴嫁箇太監，有甚出息？張鸞道：我也是恁般想來，只是他見在有權有勢，違拗不得。你但放心去，時我自有道理。當日無話。到次日，雷太監家早上便掛起紅綵，大吹大擂，準備做親筵席。上午先去行聘，聘禮是金鳳珠冠一頂，大紅紵絲蟒衣一襲，小團花碧玉帶一條，金釵二對，金釧二對，其餘隨身一應新衣，件件成雙，花紅羊酒，不必細說。把張鸞寓中擺得錦片一般。有詩爲證：

花紅羊酒儘鋪陳，太監今宵喜結親。
有勢有財胡亂做，世間多少獨眼人。

九八三

至晚雷太監蟒衣玉帶，乘匹紫騮馬，押着五綵花輿，笙簫鼓樂，往園中來親迎。張鸞將新汗衫一件，捻訣書符，口中念了些呪語，教媚兒穿了，就把這口訣傳與媚兒：但是要穿時念箇鎖身呪，若要解時念箇脫衣呪。媚兒都會了，當下粧扮得天人相似，上了花輿，隨雷太監去了。張鸞送出園門自回。却說雷太監同媚兒交拜成親，也有箇丫頭老嬤伏侍，無非是這些小廝……攜了花

第十五回

情知不是人類。父聽說神語奇怪，暗暗地想道：莫非連妮子到有如后之分麼，則今宮中貴挑選宮人，似恁般美貌釋也難得，止所謂奇貨可居也。便道：要問沖霄處士，只貧道便是。小娘子須認做貧道姪女，貧道方好相畱。媚兒忙拜下道：蒙救命之恩，便伏侍尚且甘心，況爲叔姪敢不從命。張鸞扶起，安放他在後面小房中歇了，次蚤去見雷允恭，說道：貧道有箇姪女，小名媚兒，頗有姿色，近因父母雙亡無倚，貧道已取到寓所。太尉若看得中意時，也報他一箇名兒。萬一有卒作成貧道做箇

外戚。雷允恭大喜，便同張鸞到淑景園來，正是得他心肯日是我連通時。因這番有分教：胡媚兒輪迴海中，重投一遍胞胎，鴛鴦牒上再結一宗眷屬，要知端的，且聽下回分解。

平妖傳　第十四回　十五

第十五回

雷太監饞眼聚乾妻　　胡媚兒凝心遊內苑

才子佳人兩下貪　　姻緣錯配總難堪

不如意事常八九　　可與人言無二三

話說雷太監到淑景園中，張鸞引出胡媚兒來拜見了。雷太監看見生得十分妖麗，滿臉都堆上笑來，問道：青春幾歲了，媚兒道：年方一十六歲。雷太監雙瞳覷定，沉吟了一回，連讚了幾聲好，上馬而去。少停便差箇官身讀書吏府叙話，雷允恭在屬上相候，報道張鸞到書

第十五回

情由已罷。出得宮門，化陣清風而去。這聖子是誰。便是四十二年太平有道的仁宗皇帝。他在宮中，只好赤腳，再不愛穿鞋襪。此其驗也。真宗因感齋醮靈應，愈加信奉，各處修復道家廟宇。張鸞聞知此信，又且皇子是仙家轉世，必然與道流有緣。先在東京時曾與太監雷允恭相識，些家敬重那雷允恭。寵幸用事，官拜宜政使之職，與丞相丁謂又是內外交結的。張鸞為此冊到東京，見了雷太監，告訴他前事寃枉，就便托他打丁丞相的關節，希圖與隆道教，自已討簡賜號。大抵術士輩任你

神欽想服婆偕重皇帝的敕封，方免得天庭責罰。雷允恭道：達年舊事不須掛念，先生只在家下淑景園中作寓。目今皇太子選妃，蒙皇太后懿旨分付，正在忙冗之際，待稍空閒，同去見丁丞相，再有商議。張鸞謝了，手下官身引至淑景園書房中寓下。按宋史所載，真宗皇帝共改了五箇年號，咸平六年，景德四年，祥符九年，天禧五年，乾興一年。此時祥符九年，二月中旬，張鸞一夜間見月明如晝，在園中閒步，忽然黑雲掩月，一陣怪風從西而來。張鸞道：奇哉，又是甚麼神道過往。捲了定風訣

定睛而看。須臾風頭過處，雲開月朗，只聽得一聲響亮，半空裏墜下一箇女子。有詩為證。

倩知天上無人住，那得佳人墜九霄。
一陣賭風迷道眼，若非月怪即花妖。

那女子非別，正是胡媚兒這小妖精。這回書直接上第六回的情節。他與聖姑姑離了劍門山，一路同行，到永興地方，因天色已晚，變起到樹林中歇宿，正行走間，對面起陣黑風，刮得人立腳不住。那婆子是武則天娘娘謫夫幽宮中相會。這小妖精被風刮起，半空飄飄蕩蕩

直吹到東京雷太監園中墜下。天后所說托與冲霄處士便是這話了。張鸞見這女子來歷蹺蹊，近前看時，已被冷風吹得半僵了。即便扶進書房，把熱湯灌醒，問其名姓。答道：賤妾安德州人，姓胡，小名媚兒，同母親往西嶽華山進香，不期中途遇了一陣怪風，把賤妾吹向空中。那時昏迷不醒，耳中只聞得神語云：胡家女兒王家后送與冲霄處士受。須臾如捲殘雲，似飄落葉，正不知去了多少里數，墜於此地，望恩官救取則箇。張鸞細看那女子妖麗非常，況且應對之間有枝有葉，不慌不忙，

敢不奏眞宗天顏大喜趨下帝座龍行虎步直到承
門下驚得滿朝文武顧不得鴛班驚戶紛紛的下殿邊
行朱能指點鴟尾與眞宗看了眞宗遣兩箇內侍取梯
升屋原來小小一箇黃袱包兒兩條帶子縛在鴟尾之
上解將下來王欽若接得在手跪獻眞宗有詩爲證

星冠鴟尾總玄虛　　聲臭俱無豈有書
君柳一時俱似夢　　天言口代竟誰歟

眞宗對天再拜御手捧着步行到殿把與翰林學士陳
堯叟啓封宣讀乃是太中祥符上中下三篇篇中都似

九六八

道家之語讀罷百官皆呼萬歲眞宗命內侍取金匱來
盛了權送在景靈宮聖祖案前供養與造玉清昭應
宮專奉天書就命陳堯叟卹認宣播天下改今年爲大
中祥符元年擇日起駕親往泰山行禮加封王欽若爲
竟國公朱能爲荊南巡檢三年之內直陞到節度使之
職情知這套富貴都是張大鵬作成的相見之間生怕
他題起前因頗有崎慢之意張大鵬猜着這箇意思也
不破他只不來往便了此見朱能薄德處後來十五
路軍州表章都奏得有天書天子不知那一箇是眞是

九六九

假倒疑心起來有參知政事丁謂也爲着諂佞上得寵
與王欽若兩箇爭權訪出了朱能挾詐欺君密地奏
眞宗就將丁謂替了王欽若之職差使臣去拿那
朱能問罪朱能自恃武藝把使臣殺了統手下兵衆反
將起來戰敗被擒到招得有張大鵬名字聖旨將朱能
碎剮行海捕文書各處捉獲奸人張大鵬因此張大鵬
又向江湖飄蕩改名張鸞自號冲霄處士他有了一身
法術那一處不去子常言道官無五十日緊過了幾年之
後這事便懶散了張鸞在江湖上打聽得眞宗所生皇

九七〇

子今已長成那皇子乃是赤腳大仙轉生怎見得原來
眞宗三十一歲上登基宮中尚無皇嗣御製祝文頒行
天下令各處名山宮院修齋設醮祈求上帝時玉帝正
與羣仙會聚問誰人肯往羣仙都不答應只有赤腳大
仙笑了一笑玉帝道笑者未免有情卽命降生宮中與
李宸妃爲子生後晝夜啼哭不止御榜招醫有箇道人
向爲侍說貧道能止兒啼眞宗召入宮中抱出皇子敎
佢朕視道人向皇子耳邊說道莫叫莫叫何似當初莫
笑皇子當下便不哭了眞宗大喜問其緣故道人說覺

第十四回

九七一

當隆天書大中祥符三篇、如有人先得者、不拘軍
人等、詣闕速獻、即時擢用、如係職官、加秩進祿、欽哉
無忽

景德五年正月　　日御筆

王欽若捧了這道聖旨、辭朝而去、便仰文書房一樣抄
白了九張、差人向九門張掛、把御筆收藏奉為至寶、左
右報朱能候見王欽若忙、教請進、相見巳畢、朱能道相
公正要啟奏天書恰好有、這道聖旨、可謂湊巧之極矣、
王欽若道、據聖上此夢啟告、定真有天書下降、應朱能道

九六四

莫管真不真、只在朱能身上、包有天書真遠相公便是但
得權充巡官之職、庶幾便於察訪、王欽若道、只恐甲職
不稱大才、有何難哉、煩足下用心、事成之日、必當保奏
重用、當下便差人送名帖、到樞密院去、將朱能充作皇
城司巡官之職、朱能就相府掛了牙牌出來、對張大鵬
說道皇上果有異夢、此乃賢弟之神力、只是大中祥符
三篇、那里求取、張大鵬道天書左右是箇名色、劣弟巳
模倣老子道德經之意、胡謅三篇、不知可用得否、在軸
裏摸出卹稿送與朱能看、朱能原不甚通理、滿口稱讚

第十四回　九

九六五

便道就煩賢弟一寫、用甚紙張、我去取來、張大鵬道
第前年在高麗國去帶得此二皮紙、還剩得有、每一篇
做一卷、用黃帛包裹、明日五鼓、仁兄逕去擊登聞鼓、報
承天門鴟尾上降得有天書、只依我說、就是朱能道朝
廷不是取笑的、倘或駕到承天門、沒有天書、獲罪不小、
張大鵬道、劣弟必不擔誤仁兄之事、次日五鼓、朱能先
去敲張大鵬的房門、又去叮嚀這事、張大鵬在牀上答
應道巳停妥了、朱能曉得張大鵬的手段、更不猜惑、一
口氣跑、到登聞院前、將鼓聲罄罄的亂捶、有直日鼓吏、報

九六六

與本院院使審問來歷、帶去朝房、先見了宰相王欽若
王欽若聞說有了天書、不勝之喜、須臾淨鞭三響、官裏
升殿受朝、王欽若引着登聞院院使奏道、天書下降承
天門見有皇城司巡官朱能來報、在朝門外候旨、真宗
聞奏便教宣朱能上殿、朱能拜舞巳畢、真宗問道天書
在何處、卿又何以知之、朱能奏道臣自從前日見了九
門聖旨、晝不敢寧、夜不敢睡、想得帝命天言、必降於高
崇之處、又天機秘密、必不是白日降下、今早臣從承天
門下巡視、望見鴟尾上有黃帛曳出、料想必是天書、來

第十四回　十

九六七

姓朱名能，有一身好武藝，題起那話，還是辭箭龙年
時節、真宗皇帝惱那契丹蠻子欺慢中國，有佞臣王欽
若奏道、從來若非真命天子、上不得泰山，所以秦始皇
怎般英雄、也被風雨打將下來，我皇若要鎮服四海、誇
示外夷、須徽繡天瑞，東封泰山方可稱一朝聖主，真宗
問道、泰山曾封過幾遍了，王欽若奏道、七十二遍了，真
宗准奏、就在王欽若身上、要他三日之內報過七十二
般祥瑞、事事、須要有據，王欽若退朝、面帶憂容、一時間
多了這嘴、三日裏面那有七十二般祥瑞，便說靈芝廿

九六〇

露麒麟鳳凰兒、今世上都生得有，三日內也取不將來
那朱能正在他門下做箇館賓、曉得王欽若有這件事
在心、便道此事不難、依朱能說只用一般祥瑞便可抵
當得那七十二般了，王欽若欣然問計，朱能道蚪木鳥
獸之瑞都是後來、不為稀罕，只有上古伏羲時河中龍
馬負圖、而出天示陰陽卦象、謂之天書，此為祥瑞之祖
如今若得天書下降、把來宣布中外、泰山就封得成了
王欽若道、天書怎得降來，朱能道不消相公費心，朱能
自有妙策來、朝容稟當晚朱能回家、與張太鵬商議張

第十四回　　七　　九六一

大鵬道、不是劣弟誇口、伏平生學的道法、只今夜送
天書信息到皇帝老兒宮裏去，朱能道、愚兄此番便是
出身之階、全仗賢弟幫視、則簡其夜張大鵬行箇法
夢的法兒、見真宗皇帝睡在宮中、夢見紅光曜室、一簡神
人頭戴七星冠、身穿絳衣、手捧文書一本、告道、上帝有
命、降天書大中祥符三篇、陛下宜虔誠受之、聖福萬載
正特旨手法、接那文書、猛然驚覺、到五更鐘動、真宗皇
帝上殿、正是

九天閶闔開宮殿，萬國衣冠拜冕旒

九六二

月色纔臨仙掌動　　香輝欲傍袞龍浮

百官早朝已罷、便召宰相王欽若面對、把夜來之夢與
他說了，王欽若奏道、此乃我皇志一氣動、與天心相通
方有此夢兆、這天書自伏羲時龍馬負圖、直至如今不
曾再見、若果然降下、便是國家之上瑞、依臣言七十二般
禎祥、便千萬般也賽不過矣，乞我皇速降一道，九
門傳諭、四下察訪天書消息，真[illegible]奏，當下取龍
鳳花箋、就御案上拂開、提起玉管兔毫筆、御手親寫道
朕在深宮、恭嘿思道、夢有神人星冠絳衣、傳說帝命

第十四回　　八　　九六三

【九五六】

一隻黃斑老虎撲地跳將出來……散奔走逃命楊巡檢拖着奶奶一隻臂膊跑上樓去將門摠都閉了過了一時不聽見樓下動靜在摠子眼兩偷看時老虎巳不見了楊巡檢推開樓摠叫人一箇也不答應只得大着膽走下樓來只見這些丫鬟養娘兀自在神像案卓下躲着也有跑出去的和安童在門口探頭探腦望着裏面消息楊巡檢喝道虎在那里兀自見神見鬼的做甚張智安童和養娘們方繞放心楊巡檢教安童一面備馬一面喚齊轎夫送奶奶回宅到家

【九五七】

後夫妻兩口說道這聖姑有靈旣塑下渾身必然要那金山供養不許人移動所以顧箇老虎出來嚇人如今不去動他自然没事商議定了把存下貨物器用一應搬回這三間樓下叫做聖姑堂每年正四七十這四箇月的初一日西園設齋楊巡檢自去燒香點燭一遍便封鎖了也不容外人進去瞧看餘月連本宅人都不進去又分付安童莊客等不許向外人面前多嘴饒舌常言道拿得住的是手掩不住的是口家主恁般分付了一般又有恐嘴不牢的做新聞異事說將出去滿縣人

第十四回　五

【九五八】

都敢嚷道楊巡檢莊上出了一座金山来有箇黃斑老虎也有同輦親友特爲此事來問楊春楊春只推沒有後來這箇聖姑堂直待貝州反後樞密院行下文書着處捉查妖人蛋子和尚左黜等餘黨此時楊巡檢巳故了奶奶老病在牀管家窠知小主人私下喚莊戶連夜毀了這三箇土偶看那金山時仍是一座太湖石老虎是紙剪的巳朽壞了此是後話正所謂時來鐵也生光運退黃金失色有詩爲證

堪笑楊春誠見蠢　　孤精錯認真傯長

【九五九】

黃金不作鎮家山　　險使兒孫作妖黨

楊巡檢一段話表過不題看官們如今要曉得胡媚兒的下落少不得打箇大寬轉又起一宗話頭了話中單表一人姓張名大鵬西安府人氏從小讀書十二歲上没了爹娘跟隨箇全眞先生出去遊蕩在燕都大房山偶染疫病那全眞葉之而去幸遇箇外國與人救好了他見他丰骨不凡傳授他一家法術能呼風喚雨役鬼驅神若與白雲洞法術比較也是半斤八兩差不多見平生與東京一箇人交厚結爲兄弟常寓在他家那人

第十四回

轉身去後老王一腳箭前跑到城中報與東主楊巡檢道如此這般想來是老爺洪福特來報喜楊巡檢喝道誰教你去覷來老王道是奶奶羞老嬤嬤來教小人去看不關小人之事因是好幾日院裏不聞聲響想不在了所以小人大膽不然也不敢楊春心下沉吟便教家僮備馬親往東莊把厫廳後壁封條揭了開進去看時裏面沒人來往亂紬縱橫迴廊下小角門依然緊閉楊巡檢自去敲了幾下不見答應教安僮收起磚塊去打打二三箇時辰只如不打一般楊巡檢發箇急性教莊

九五二

戶轎夫隨從人等一齊用力把門撞開楊巡檢分付衆人退後只帶四箇安童跟隨不往廳屋書房住腳一徑串出後樓去看只見樓下竪著這座太湖石巳變成一塊紫金楊春暗想道聖姑神通果然非小摹轉頭來猛見聖姑姑和蛋子和尚左黜三箇端端正正坐於樓下楊廉大驚慌忙上階拜倒稟道弟子久失侍教聞師父點化巳成特來拜謁安童道老爺莫拜上面坐的是箇死的不然怎不回禮楊春起身上前看時原來都是聖的薄泥儀如生排稱讚不巳看四下雜屋東難讚看

第十四回

九五三

貨物器用尚直得四五百金三箇的[illegible]了後四株大梨樹果然西園移來[illegible]正[illegible]知甚麽緣故不別而行想是曾賢祖師不願造箇行宮在此聖姑不好回話竟自去了楊春歎息了一回便教安童快去迎接奶奶到來不多時楊奶奶接到楊春引他見了渾身說是聖姑姑自塑下的奶奶拜了四拜轉身見了這座金山誇道人間金子怎的有恁般赤色只可惜點化得忒大了教人不便移動楊春道多着此二人來搬他家去做箇鎮家之寶看見香案邊堆下黃布帳

九五四

子一頂自去取來罩在金山上面一面教安童喚莊戶轎夫隨從人等討了扛棒繩索一齊進來何止三四十人這班人聞安童呼喚問其緣故巳自曉得了見帳子裏看都去偷揭來看那一箇不驚喜夥裏自相議論也有箇說眼見稀奇物壽增一紀也有箇說畢竟做官宦的福分大財鄉跟着他走也有箇說皇天心也不平有這些金子不派點屑粒與我們窮漢又與那財主做甚有幾箇有氣力肯出尖的將繩索向前要去細縛那金山不動手時猶可繞動手時忽然金山下面起陣黃風

第十四回

九五五

子、癨子道、我且向壺天頑耍則簡蒲團棒槌何慮一顧
兒放穩在地、叫一聲我下來也、雙脚登瓶嘴中一跳、不
知那里去了、正是從來只有神仙樂法術高時不諜能
畢竟他三人那處相會胡媚兒又在何處番騰出什麽
來、且聽下回分解

第十四回

聖姑堂紙虎守金山　　淑景園張鶯逢媚兒

仁慈勝似看經典　　　節儉何須點永金

跨鶴腰纏無此理　　　堪嗟愚輩枉勞心

話說聖姑姑初到東莊、原約楊巡檢一年半載便有回
復誰知一口氣鍊法閉了三年的角門、楊巡檢已情當堂
分信服的、又見移樹運米、如此神通少不得有個動用
爲此只分付管莊的老王暗地打聽消耗自己尋不著
尋蹤關打戶、討消問息、忽一日、楊知奶奶

見箱內堆着十多子東西、取來看時源頭
敎老孃孃送與聖姑姑這二百兩私房銀子原封不動
在內奶奶喫了、一驚忙喚老孃孃來認時果然不金退
分明是靈鬼所爲就是搬柴運米的一箇法見他個都
知就裏只管胡思亂猜道這衣箱多時鎖下不開爲何
銀子倒在裏面又是幾時送來的不免敎老孃孃到東
莊上打探一遭老孃孃坐箇小轎到東莊老王家來問
其動靜老玉道以前半夜三更常聽得院裏大驚小怪
呌喚听喝老聲、如今好幾日不聞聲響不知何故老孃

孃道你且討箇梯見待我爬上屋去偷望一望看是怎
的老王見是掌房的孃孃自然奉承一分又且奶奶敎金
來、如何違拗慌忙在厰廳上去撥箇長梯子弄了半晌
弄進屋來、靠在迴廊屋簷上老孃孃先爬上去望了一
望就下了梯說道院裏靜悄悄地、絕無動靜我脚軟軟
不住還讓你老人家來老王真箇上梯去舒頭而望盡
無一人直爬上屋脊仔細前後觀看忽然見了明晃晃
黃燦燦這座金山心下又驚又喜下得梯來心裏
嚇着老孃孃只說不見甚的想是獲發開走了老

第十四回

果然生事害民、動起河北一帶數載的平妖
名千秋不減、此是後話。且說聖姑姑這
楊巡檢的銀子、其湯奶奶二百金原封不動
送還他丟了、想起鴈門山下初離土洞之時、毋子共是
三口、如今雖添了箇蛋子和尚、畢竟少了箇胡媚兒、是
箇缺典、少不得尋取將來、傳授與他、這是婆子心上第
六件事了。那起卷籌像的說話、原非本心、不須題起。只
是還有十件、我等三人受了楊巡檢夫婦多時供養、又
得他手金相助之力、一旦不辭而去、覺得忍然、每人題

九四四

箇神通罷。一箇憶念與他癩子跳起來、道我送箇虎與
他看、婆子道我原許他點化黃金、今將樓前這塊太
湖石點成、與他做箇鎮家之寶、癩子道正妖我的虎就
着他看守金子、使盜賊不敢動念、蛋子和尚道劣弟不
不意欲召箇上好塑手、將我等三人形像、塑此樓下、使
楊家子子孫孫朝夕瞻禮、癩子道恁地不好、不好塑出我癩
腿來、你却笑我、蛋子和尚笑道恁地時只塑箇坐像罷
子、當下婆子口中念念有詞、望石上只一噴、涎沫如綑
霧散落、急把手掌擦之、凡掌所到處、皆成紫金之色、不

九四五

宗時整千舶、一塊太湖石明晃晃變成金山一座、癩子
朝簡紙處、口中念念有詞、順風吹去、喝聲疾、只見這紙
虎撲地跳兩跳、便成箇真夫就虎猛烈咆哮、與真虎無
異、蛋子分付道老虎聽我淒語、鎮宅金山、不許攜
有人攜取、老虎逐去、說罷把神一拂、依然是箇紙虎、
癩子哥金山座下有箇空處、便放那紙虎在內、蛋子和
尚把頃匠的生魂、閉於樓下、夜塑成要箇渾身
倘若相像、聖姑姑居中、蛋子和尚居左、蛋子
相麻、怎不勝之喜、便道是我塑下的像、我先礶箇頭

九四六

兒起若、癩子道野和尚碎頭、誰來答禮、蛋子和尚道若
起身答禮時、只怕腿腳不方便的、被人看破、癩子也笑
起來、婆子道休得閒講、想起今日得道緣由、遇楊而止
遇蛋而明、都是天后婆中指點、他說二十八年後當在
河北興頤、約我到貝州相助、此是天數、我等一來不可
逆天、二來不可忘了揩點之恩、自今爲始、各人隨意、
道念想動時、立刻相見、若運數到日、切莫異心、以達天
遊、說罷婆子騰空而起、在空中把手招他、兩箇蛋子和
尚把齋肩短棒、撇向空中、化成鞭支金橋大斷

九四七

却說西園上園公因這番大風失去了四棵大梨樹忙去報與楊巡檢知道楊春正在驚訝只見東生老也來報道今早五更風起聖姑姑住下樓房後邊添幾棵大樹楊春道角門鎖斷你如何看見老王道這高出去端小人從外面望見却是自來沒有的所以知楊春情知又是聖姑姑的神通聰暗稀奇便道我睡得了你們休得在外人面前傳播各賞子酒飯打發回去不題再說婆子和二人商議道如今將已鍊就可將七十一般地煞變化次第修鍊每鍊一法必要經歷四

九四〇

十九日其中不饒使的只管升日做去去約三年之內務期完事二人見說得快當歡喜無限從此加倍用心步罡踏斗書符念咒時刻不虛鍊過一箇七七先能暗中搬運連柴米之類不去與老王支取老王道他不來支一定不是缺乏老漢且落得此二受用去查那柴米數且依然按日減少老王大驚又去報與楊春只教莫說看他怎麼光陰似箭看看三年將滿婆子等三箇把七十二般道法俱已鍊成且說神通變化大略如何但見

第十三回

九四一

上可梯雲下能縮地手指處山開壁裂靈啊時石沙飛蹟形蛻貌儘教當面糊塗攝魄招魂任意庫役使豆人草馬戰陣上添來八面威風紙虎帶蛇愁難時弄出一椿雲怪熖雲嘻雨隨時用水火燄刃不敢傷開山仙姊神通大混世魔王法術高原來這白雲洞法上等不比甚佛普薩累劫修來證以虛苙三昧自在神通中却不比蓬萊三十六洞真仙難幾十年抽添冰火搧筋方得超形度世遊戲造化他不過憑着將肌裝取一將盜竊天地之精英假借鬼

九四二

神之運用在佛家謂之金剛禪邪法在仙家謂之幻術所以玉帝愼重不許私啓天封雷傳入世也然雖如此高明之人借此法術全身遠害做箇仙家的津梁入山採藥不怕虎狼千里尋師不費車馬也到是捷徑為此白雲洞酓下這二脉以待有緣之人洞主白猿神又添一筆在後要他每年向斗設誓若生事害民害神不春只為玉香爐煙起早了些蛋子种尚少摹了後面生千六箇字所以不曾看着這一條利害的話季日修鍊成功便認做驚天動地的學問長生不死的塗問到後來

九四三

呪焚符煉了十七二七到五七微有影響或聞鐶珮之
聲，或露衣袍之色，看來此尚非真將及將手下之人所
遣來開壇者也，四七五七，始現真形，或半身或全身，或
獨行，或聯騎跟隨人衆，或多或少，只是竟往竟來，不向
庭中停駐，說話的却是爲何，這將來還是作用
爲常人精氣與他不相感通，所以俗眼不能看見，今日
爲符呪所攝，遊行時未免從法壇經過，或撞着志心至
意的，目光凝聚，豈有不見之理，其竟往往來，還是作用
未滿，法力不到之故，到七七四十九日，衆將站立庭中

九三六

拱手受令，四圍簇擁，如有千軍萬馬之勢，全不覺庭中
狹窄，婆子在前，和尚道士在後，肅容端立，婆子開口分
付道五戶等三人，乃上帝眷屬，奉九天玄女娘娘法旨，得
九天如意寶冊，天文符籙闡弘道法，特召汝等前來輔
助，聽吾差遣，功成之日，泰聞上帝，紀錄超昇，諸將鞠躬
稱喏而退，一霎時庭中寂然，有詩爲證

　　盡道有錢堪使鬼
　　也知無術不通神
　　試看神將庭中列
　　只爲天書呪語真

話說蛋子癩子見神將來往，初時不免矜持，到後漸漸

九三七

也睡慣，不只是每過，是婆子當前，兩筒隨着團團做
雖只一般，偏喃蛋子和尚性急信心不過，欲得自試一
番，悄悄地起身，五更求入壇前，如法捻訣念呪，只聽得
鏗鏘一聲，庭中降下十員天將，怎生模樣，有西江月爲
證

　　眼似銅鈴般太，面如紫蟹飜頦剛撲，頭金色放毫光繡
　　此襖圍龍花樣，手執皁旗一面，招風喚雨行藏英雄猛
　　⋯⋯刹敢誰當，使者姓張天將

那使者鞠躬而前問道，吾師見召，有何法你，到⋯⋯晃得蛋

九三八

子和尚雖紅心跳，急按定神視窗道，這里樓後此窗
少幾株大樹遮陰，只有西南上四棵梨樹絕大，可遮後
來，恒於此地，神將應聲去了，須臾其聽得一陣大風飛
沙舞尾耳邊，如軍馬雜沓之聲，到天明風息，蛋子和尚
往樓下看時，四棵大梨樹做一行兒的種下，乃張使者
差神兵所爲也，婆子知道是蛋子和尚幹出這事，著實
發作了一場，說這天將，非是凡人之比，不該把這沒要緊事
輕易差遣，況今道法未成又沒甚本事在身，倘觸其怒
性命難保，蛋子和尚道，偶爾試驗一次，今後再不敢笑

九三九

規不必細述、且說安壇次日、先將眾人合用器皿等排於六甲壇下、婆子起首、腳踏魁罡三字、左手有手翻訣取東方生炁一口、念通靈呪一遍、焚符一道、蛋子和尚和左黜都依著婆子行事、雖然一般念呪燒符、這符形都是婆子動筆畫的、如此七七四十九日、紙墨筆硯俱靈、然後商議召將、蛋子和尚要得自家書祿、婆子逍書符最是難事、須要以氣攝形、以形攝氣、假如此符是何作用、便要作此觀想、如要與雲、便想得一點陰氣起自丹田、漸覺滿身都是靈氣、充塞從七竅中噴

九三一

薄出來、瀰漫乾坤、如要起雷、便想得一點陽氣起自丹田、漸覺一身都是雷火運旋、從七竅中搏擊出來、震動天地、想就嘹急將此氣落墨一筆而成、所謂以神合神、以氣合氣、正要把我的神氣與天地貫通、這符方有靈驗、初時尚費收攝、到工夫純熟、開眼神便聚、書空符亦靈、此通天徹地之妙訣也、若只照著符形描畫、自己的神氣先自散亂、如何感動得神鬼、俗語云、書符不效、却被鬼笑、寫符不靈、到被神驚、我今先寫與你們看、從何起手、從何結構、如何凝神運氣、你們看得爛熟、然後動

第十三回　九三二

筆、一法通、萬法通、一法不通、萬法都不通了、切不可粗心浮氣、自誤其事、蛋子和尚和瘸子嗒嗒連聲、不約而同的、問道、書符之法、已領教、每遇欲召將、不知將便能來否、若來時、如何相待、婆子道、正要與你細講、有內將方可召外將、鄧辛張陶、苟畢溫關、此外之十將也、先鍊就自己眼耳鼻舌身、心肝脾肺腎、内之十將也、森列在前、然後呌主將統下、不亦亂、存神定志、懺如外將、森列在前、然後見神之節、應役之節、從初時或先現半身、後現全身、若見神貌兇惡、不可畏懼、如甚醜陋、不可戲笑、須是敬之如從

九三四

母、親之如朋友、役之如奴僕、尚為不然、必取神怒、又几欲召將、先預定所行之事、所問之語、若召至無用其將、不為准信、後次雖召亦不來矣、兩箇和尚道士未曾見將先聽子、這段說話、分明像小學生初進學堂、還不知先生甚麼規矩、一肚子戰戰兢兢、毛骨俱悚、各自去虔心靜坐凝神養氣、婆子到書符時、先教他兩箇看樣、蛋子和尚摸書、十一遍便會了、瘸子時刻把手、向空中摸書、也是緣法、至從來懶惰的、到此也精勤起來、當他用心、不過畢竟也被他趕上、大家步罡踏斗念

第十三回　九三五

偏於佛面貪資福

話說蛋子和尚見事事湊巧心中歡喜便要將二十
紙天書求聖姑譯出講解婆子道今番我三人在一處
脩鍊你瞞不得我我瞞不得你這夫紙上看字不甚去
便可將素紙釘成手掌大小本貧道將唐音譯出賢
細細謄寫幾作用時便於翻閱蛋子和尚道如此甚
妙且說紙墨筆視恰用多少做一起見買下這小事
照先做下不妨婆子道每人好紙要四十九張筆十枝
墨五錠小硯二箇硃砂二三兩三箇人便要三倍如今歷

九二八

寫小本費紙也不多再加
勾用婆子在西園上時原有人送下此二錢鈔把來教蛋
子和尚製辦這事因是先前派定瘌子也不敢攪越須
吏之間蛋子和尚將文房四寶買齊婆子取餘紙五張
裁破每張裁做二十餘葉除符形照樣描寫其他文字
俱將唐音譯過寫成蠅頭細字蛋子和尚寫一行明白
一行快活一行正是雖然未得神通使不作三心兩意
人一日一夜都寫完了婆子對閱過一字無差第三日
天明將原來二十四紙用火燒化這天書數萍可

第十三回

九二九

可二亦恐醫下人嘲減致褻瀆罪有漸
巡檢自到東莊擡着一發箱銀子硬千兩之致教剌
子妝下道點出黃金時剌換銀子再點便提無窮子
子道正是如此楊春戲道今番別行聖姑不甚去
但不知丹城冰約在於初日婆子道也看緣法遲具多
則一年少則半載哪時定南好資華頗倘武遲慢也甚
性急楊巡檢剌法婆子敢蛋子和尚洗
本莊推算中央餘者陳南西北俱在十里外取用各將
布囊盛示其他世間動用之物貴的如金珠賤的如本

九三〇

石喫的如豆麥燒的如缸瓷細的如針線
清的如茶泅雜的如藥材色色都要買得完備一面蛋
子和尚製辦東西一面婆子打掃樓下設壇先期戒
沐浴擇六甲日吉時將土布囊按定五方之位相去各
尺許周圍將新靓罌起約高一尺五寸空處用五穀填
滿上設明燈三盞晝夜不絕外用黃布製成神帳一頂
罩下前面設香案一座供養着甲馬雲鶴每日設茶酒
果三品早起念淨口呪一遍淨身呪一遍淨法界呪一
蝠安土地呪一遍安瑰呪三遍然後依法作用此呪

第十三回

九三一

鑰付與聖姑、任意開閉、就帶幾箇莊客、去西園取二
的行李、婆子住下這房子、稱心滿意了、不少停、偃園公同
箇莊客、將行李送到、蛋子和尚的包裹、有天書在內
坐不離、已帶在身邊、只有鋪陳棍棒在耳房中、也一齊
取來了、日沒時、婆子教蛋子和尚將側門鎖閉、二日見
做一處商議、蛋子和尚遊方熟脫、一應買辦合用東西
俱是他奔走、左䯐腿不方便、專管看守法壇燒香點題
及烹煑三餐茶飯、婆子爲主教導他們畫符念咒、按時
俢鍊預先分派已定、北紫來之類、老王處每月總支銷

九二四

得日日纏擾、第二日、伐俊杵奶奶差掌房的老嬤嬤遲
箇小轎兒、到東莊特看聖姑姑、敲門進來、道奶奶聞知
法眷同住、怕不方便、不好自來看得、教老身多多致意
婆子道、足感奶奶掛念、老嬤嬤看着瘸子笑道、此位便
是令郎瘸法師麼、聖姑與普賢菩薩恁般識熟、何不夾
菩薩分付天醫醫好了這隻腿、婆子道、一人一相、不可
更改、譬如觀世音千手千眼、何曾嫌多、減却幾箇臂膊
祖師一箇大肚子、垂到膝上、何曾道不方便、喫藥消他
老嬤嬤道、聖姑說的是、又道、轎子裏有隻小者箇瀾頭

第十三回　六

九二五

蛋師一取蛋子和尚跟進來、敎淮坐
鎖上、一巨白銅小鎖、老嬤嬤張神弄鬼的道、老身兩
私房話兒、敎兩位師父權且閃開、袖裏摸出條猪肝征
的舊汗巾來、角上縳箇小鎗匙見、將鎖開了箱內取出
幾包東西做、一堆兒放着道、這銀子共提二百兩是奶
奶的私房、敎老身送與聖姑聊助雜費、別的面前莫說
婆子稱謝收拄、一箇抽替卓兒裏頭、老嬤嬤又叮嚀道
孜在謹慎去處纏好、婆子道、不妨事、老嬤嬤道、老身是
恁般小心的、莫怪多講、又道、今後聖姑見普賢菩薩

九二六

也替老身寄簡名規、老身是孫氏、奉過二十多年無斎了
婆子道、當得當得、老嬤嬤道、老身只爲死了老公、見女
又不孝順、所以孤身傍在奶奶身邊度日、那一世只求
箇好兒好女足矣、說罷、依舊把空箱鎖上、婆子喚瘸見
拿着送他出門上轎去了、瘸子鎖了角門進來、巳自曉
得奶奶送得有銀子、便熱鬧閙的要買東買西、婆子道
奶奶瞞着人來的、且慢些動撣、等楊巡檢送到、看多
少再作區處、有詩爲證、

陰性從來客嗇多　　百般好事被蹉跎

第十三回　七

九二七

要他走一遭、楊春答應道、最好去、不多時嚴家人[拿]
飯來擺下一卓子素菜、癩子秖對婆子說道、娘怎
得此蕃酒見來喫便好、婆子道、有名的楊老佛家[裏]
不聞的、你休得慣了嘴、到明日脩鍊時整年月不許動
葷、呷擱子呆了、把舌頭也伸一伸、當夜無話、次日早飯
後楊巡檢分付、差一乘小轎兩匹馬、去西閣迎接他三
位、们巳先到東莊相候、婆子乘轎在前、一僧一道騎馬
在後、管家引着飛逕東莊上來、一路看時、果然好箇去

九二〇

田連阡陌、樹滿丘陵、田連阡陌、零星住下莊家、樹滿
丘陵、整隊行來、樵子山坳中寬寬一片空閒田地、曾
為比丘尼道場、高阜處大大一圍精緻莊房、已非郭
令公故業、倘建佛菴道院、儘教千門萬戶怕做不下
鳥華輦飛、若作鬼窩神壇、便住半載一年真箇不聞
雞鳴犬吠、最喜主人能好客、深林飛鳥任安棲、
婆子見楊巡檢先在謝道、老檀越如此信心、都是夙因
所致、楊春道、來路上曾看這片隙地、婆子道、已見過
十分稱意了、這貴莊外面也好箇形勢、只不知裏面房

第十三回　九二一

屋何如、楊春道、就同下看、便引着衆人、彎彎曲曲一路
走了一遍、原來雖說莊房造得甚有體製、牆門裏面
片大空場、是堆積柴穀之所、兩旁設下倉廒、中間一
大厰廊在右、封幾間雜犀、那左屋就是管莊的住居屋
後開箇大大的魚池、以防火燭、右邊望去、都是亭臺花
木之類、三株古柏橫斜半朽、用箇朱紅木架晃扶着、左
邊一帶迴廊、過廊盡處另有箇角門、進了角門又是三
間半座漢瓶書室樓房、藥爐茶竈、無所不具、楊巡檢每
年春間祖祠帳忕、也到此卅用半月介住、所以收拾得齊整

九二二

若閒上角門時、分明別是一座宅院、楊春道、這幾間敞
房可將就作寓否、婆子道、何消恁帳篩窨、罪過罪過、又
道、只今晚就在此住下罷、一動不如一靜、只是所借每
銀望乞作速賵意、楊春道、三日內便湊集送到三位、日
用供給、就在這小莊支用、只怕炊爨時、還用箇小斯、婆
子道、更不消得、楊巡檢臨別喚管莊的老王來分付、一
應供給、要你支撐、須是周備、每月只開帳來看便了、又
教將嚴廳後面照壁門斷貼下封皮、若送供給時就從
老王家裏穿出迴廊、不許別人走動、又將角門裏面鎖

第十三回　九二三

了生口、一箇遠方漢子、隨著他妻子從此又著了一病勢轉添、夜夜夢見這小妖精來、纏他泄了幾遍、成了滑精的病、日裏三不知忽然火動、下邊就流出來了、又後合著眼、便看見媚兒、看看骨瘦如柴、自知不濟、歎道、媚兒我與你呵、今生不作吹簫伴、後世當為結髮親、對了乜道、和小厮廝說的都是永訣的悽涼話、見老道士從來不出房的、也來看了他幾次、病勢已是九分九厘的地位、砂不得預辦後事、淹至交春、油乾火盡、嗚呼哀哉、剛剛三十七歲、正是貪花不滿三十、昔人有小詞名

清江引說得好

百般病見都可解、切莫把相思害、害得地痛鑽心整日魂不在、到嗚呼、繞省得冤業債

這癡道士臨死還一心牽掛着小妖精、為此一片精靈不散、那一世媚兒托生胡家、叫做永見道士起生集案、叫做懋哥、雖然不得到老齊眉、也算做少年結髮在姻緣簿上、勾除宿帳、此是後話、不題、再說癡子同楊典趕路、飢食渴飲、夜住曉行、不一日來到華陰縣、先在楊巡佛門首經過楊典醫癡子進宅報與家主、宅道、楊春……

程此來相見、錢寒虛中、也說不盡、媚兒的話、探他半全然不曉、只把雙眼來睜、實不答、楊春……他不肯輕易講論、也不窮究寃戲、茶後就叫楊典送……到西圍與聖姑姑相會、癡子進得圍門、先會見了蛋子和尚、心下想道、我母親好沒正經、如何招簡野僧同住、難道許多年紀、到打和尚起來、一到淨室見子婆子便問道、妹子媚兒如何不在、一處住、前邊那野和尚又是何人、婆子道平、言難盡、先說樹林中躱風、媚兒則天娘娘如此如此、懼來就失了媚兒、後來遇着蛋子和尚正應了

夕中遇蛋而明之語、他帶得有天書、只我識得乃是九天秘法、若修鍊時、須得千金之費、我只推要建普賢祖師佛院、小兒左黜善能點化黃白、借這話兒誘出他些財物來、就乘機接你到此、同行修鍊、却不是好、癡子笑道、怪得楊巡檢一見面、便說什麼爐火、又是我不答應、不然、却不露出馬腳來、廝麼、正說話間楊巡檢來拜癡顧、送上新衣一套鋪蓋一副、就約母子二人明日同往康莊看屋、看地、婆子道、要買辦此藥料、及出入奔走少不得托我這蛋子兄弟、若用別簡恐怕口費承題期……

有此貪愛賈道士見四下無人訴出東陽道遠病是因
賢姝而起今得見賢姝死亦無恨便把手去勾那樹枝
的頸媚見低頭下去做了箇嘴便捱身入被窩來賈道
士去摸那下截原來只是單裙不曾穿袴賈道士慾心
頓起病都忘了便要與他雲雨剛剛膚肉相湊未曾行
事便覺渾身一陣逼快叫聲阿呀那精離了命門直倘
出來賈道士已醒原來是箇夢泄張開眼看寂寂空房
惟有半澄月魄涼氣襲人賈道士滿目悽涼歎了一口
氣不覺淚如雨下正是尋常一樣窗前月偏照愁人愁

轉添不知賈道士性命如何且聽下回分解

第十三回

閉東庄楊春點金　　　築法壇聖姑鍊法

古洞天書不記年　　　誰將半壁向人傳
一從辨出雷文字　　　修鍊成時擬上仙

話說賈道士雷却瘸子指望掛住那老婆子一條心腸
是與媚兒重會的大關目不知其麼緣故忽然而去心
上又惱又疼神魂散亂就做出這箇癡夢來醒後短歎
長吁酸楚了一夜次日問起瘸子承服被窩都在還道
他不曾遠去教人四下訪問有人說他在劍門山下催

也道這一日、不見瘸子進來喫飯、心裏
也不見歸來、只得報與賈道士知道、賈道士問道
去的、也道道早開有簡承局到來、討湯水喫、他送出門
就不曾見他回轉、賈道士道、承局是那里來的、小鬀鬀
在旁答應道、是我將托盤子送米湯出去、聽得說一句
像是華州來的、賈道士聽得華州二字、疑心復起、便道
華陰正是西嶽華山所在、乾娘和妹子正在那里進香
如何不對我說、問簡信兒、也道笑道、華州是大州大府
須不是三家村僻脚鎮、兩箇婦人去朝山進香、那承局

九〇八

那里便作些他來、賈道士病中容易焦燥、便罵道、狗弟
子孩兒、你曉得甚麼、常言道、兩葉浮萍歸大海、人生何
處不相逢、他母子見在華陰縣進香、你道承局不能會
面、這瘸子在劒州山僻去處、如何却與承局相會了、見
今這瘸子跟着承局一路去、必是有甚信息到來、或是
他母子在這里近處喚他、或是另在一所反來接那瘸
他去、都不見得、你自不用心盤問、倒說這沒氣力的話
却不是放屁、慌得小鬀鬀先跑出房去了、也道見他發
惡、故意道師父說的是、待我明日去尋那承局問他地

第十二回　上　九〇九

知、賈道士道、上門時閉着鳥嘴不問、如今去尋、又那里
尋他、也道道師父說的人生何處不相逢、賈道士見他
還話、氣得面皮紫漲、在牀上監起頭來、要扯他起來打
忽然發簡頭暈、依舊跌倒、也道忙中咿咿嚷嚷的走了
出去、到在外邊罵小鬀鬀多嘴、饒不了他幾箇栗暴
小鬀鬀勞勞叨叨哭、一箇不住罵道士、聽得十分惱怒
只恨頭昏體弱、爬走不動、到黃昏時燈火也不點進來
了其時九月十八日、月出得快、賈道士舍着一口氣、冷
清清的倘在牀上、看見月上牕櫺、萬種思量千般傷感

九一〇

不知此一時、嫦娥見妹子在於何處、只有這輪明月、照見
他亮亮的在那里、怎得嫦娥方便、寄我簡信兒、正在胡
思亂想、忽見小鬀鬀跑來報道、瘸師回了、和乾娘三口
兒在門外、賈道士聽得這句、把勃勃的氣變做一天歡
喜、忙教請進、自己妥睜扎下牀、終覺頭重脚輕、又復睡
下、只聽得叮叮的說話響、三口兒走進房來、婆子問了
病起的緣由、安慰了幾句言語、忙忙的出外、道待老身
收拾行李停當、再來叙話、瘸子也跟出去了、只留胡嫦
娘笑嘻嘻的坐在牀沿上來、說道哥哥、別來多時、不道

第十二回　下　九一一

見光景不好、也未免想起娘來、道娘啊、三口兒出題、爲我脚腿不便、權窟在此、說過一有安身之處、便令信來喚我、如今一年半了、不成你還在中途飄蕩、我達茶不茶、飯不飯、沒人疼痛、你那知道、我若是手脚便實的、跑出廟門、做箇雲遊道士、也度了這張嘴、怎見得不上不下、進退兩難、正是人無千日好、花無百日紅、又道人心若比初相識、到底終無怨恨心、莫說瘸子起怨、說楊興奉了主命、在路打扮做箇官差下書的承局、夜宿曉行、不一日來到劍門山、取路迤逗授關王廟來、只雖

尸渴、問廟裏討湯水喫、也道先看見是箇公差、意慢不得的、賈道士又病倒了、慌忙唱了一碗米湯、將托盤盛了、教小厮厮捧着、唉瘸子出去陪侍、世間只有瘸子最好記認、楊興一見便曉得了、瘸子作過揖、便問尊官何來、楊興道是華州奉差來的、瘸子將米湯送上、道荒山之茶、怕不中喫、楊興道、救渴足矣、小厮厮收碗進去、楊與便起身、瘸子送出廟門、楊興道、法師可姓左麼、瘸子道正是、楊興道、借一步說話、瘸子跟他離了廟門、約有百步之遠、楊興道、小人是華州華陰縣楊巡檢老爺家

第十二回　十七

差來、有令堂聖姑姑家書在此、煩法師是夜行、不可遲滯、瘸子接書拆開看時、原來是四句詩、詩曰

我在華陰楊府住　主人賢達真難遇
要汝同修大道丹　火速登程莫回顧

瘸子認得婆子筆跡、喜出望外、卻待轉身收拾包裹、楊與道、不消得少甚東西、只問小人就是、便路上不甚整齊、此三到家中自有、瘸子道、華州許多路、我行走不便、趕你不上、如何是好、楊興道、捱到劍門山上、一路自有騾馬雇得、不煩算步、瘸子想起廟中、也道可惡賈清風、又病

倒了、也沒甚情慈牽挂、若論初相會時、母子三人受他恩惠、今日母親書到、合該說知、只是一封空書、又不曾寄得一物謝他、怎妖題起、到不如不見爲高、就有幾件冬夏衣服、只揀好的、又在解庫中去了、那漢子口稱小人、一定家主分付他來承應、我去、我又遲慢、怎的歡了口氣、便道、既是我母親教我火速登程、只令便走、怎家師們知道時、卻又擔誤、當下楊興扶着瘸子、飛奔劍門山、一路武縣或馬、雇來與瘸子乘坐、楊興是慣走路、慈行怎慈隨緩術緩隨逢華州路道而進

第十二回

又遠行送出門扁難禁珠淚偸零、呀、珠淚偸零
燒香約定重來至專盼回程、呀、專盼回程等待來時
續舊盟感恩情叫一聲救苦天尊、呀、救苦天尊
清明別去重陽到辜負光陰、呀、辜負光陰再一遍燒
香也轉程、小妖精爲何因全沒風聲、呀、全沒風聲
此情難語他人道只自酸辛、呀、只自酸辛索性回咱
簡決絕音罵一聲放開心也到歡忻、呀、也到歡忻
關王不管私情事也去通陳、呀、也去通陳夢想朝思
爲此人說無憑話無憑全仗神靈、呀、全仗神靈

九〇〇

箇單思這癡道士自犯了單思的病百事無心坐如
眠如醉也不誦經也不打醮連每月初一十五日關
前香燭都不去看了家中食用到只憑也道胡亂扯皮
也道支持了幾日做起喬家公來與瘸子漸漸有些口
面不和這癡道士也管不得了有時節心猿意馬禁道
不住又只得把也道來瀉火一箇十三歲的小徒弟是
新剃頭也生把他後庭弄過千方百計無孔可鑽一年
之外漸覺骨疼身熱肌瘦面黃弄成一箇癆怯症候原
來這症候不疼不痒不死不生最難過日子的涪江渡

九〇一

道人害了相思病天下奇聞、呀、天下奇聞愛想癡心
欠婦人沒正經老脚跟難見天尊、呀、難見天尊
大尼不上手的私情有二等、一等郎才女貌你貪我愛
傳書遞柬千期萬約中間有人隔礙、不能成就花前互
想月下同憐這謂之相思、一等或男欠着女那一邊女
全不掛在心上或女欠着男這一邊男全不放在壯裏
一般情牽意亂短歎長吁郄是乾折了便宜這謂之單
思今日胡媚兒的精魂不知那里去了賈淸風還眼盼
盼的指望他來重訂鴛鴦之約滿償雲雨之歡都不是

第十二回　七

九〇二

只有箇淨眞菴那老尼正是賈道士的親姊娘也知趣
見有病特地來廟中看他帶一箇極醜的女香童來伏
侍賈道士慾心如熾又與他調戲不幾日就括上了姑
娘知道大怒罵了姪兒一頓臨去時說誓再不到廟中
來了莫說癡道士害病單表瘸子初時道士奉承他好
酒好食喫得歡喜以後漸漸嬾散了到得道士害了癆
低一發沒人照覷他有些飲食先儘也道背地裏受
用便有得到口也是殘盤剩水着實不敷況且少一鈌
一連病子的衣服也把幾件解了錢米那箇眾嬭子

第十一回　六

九〇三

件省縮一去一回、還想落得此一見、別在腰裏做私

也是人情之常、不在話下、有詩為證

燒丹情願費貲財　只等功成脫九垓
遙望天涯左癩子　不知何日拐將來

却說關王廟道士賈清風、自從去年二月中與胡媚兒
分別之後、眠思夢想、如醉如呆、每日向邪癩子討信問
進幾時轉回、癩子只胡應他、道進過香便回、以後只管
多問、一日常兩三度、連癩子也不耐煩了、發箇喉急道、
師父你也好笑、我與你同在這里、那箇是順風耳千里

眼曉得他方外郡的事、兩隻腳生在他們肚子底下、要
緊要慢由得他、終不然我把箇細麻繩兒牽得他來的、
你道是乾娘乾妹、偏我嬌親的心上不牽掛、就是你朝
暮間他、他那里也不知道、可不杠了、賈道士現在心緒
不樂、又被他數落一場、又沒得回答、他念他是媚兒的
瓜葛、又不敢十分衝撞、只得忍耐過了幾日、三不知又
問起來、癩子竟不答應、好生沒趣、看看半年十箇月、毫
無音信、賈道士心中委決不下、待說來時、去了許多時、
也該轉了、待說不來、他一箇親兒在此、難道老婆子的

第十二回

肚裏也全不掛念、私下各處去閒走、捍報也有說來、
也有說不來的、也有說行人遲慢的、也有說得快約
約日的、說得賈道士心不喜、一回愁、一回望、一回想、一
回猜、一回恨、一回、有一班輕薄子弟、聞得這樁故事、出
就幾篇小詞兒、唱得有趣

去年瞥見多嬌面、勾去魂靈、呀、勾去魂靈、覷定花容
不轉睛、喜殺人、愛殺人、忙獻慇懃、呀、忙獻慇懃
新樓不許凡人寓、特借多情、呀、特借多情、朝暮饔飧
咱管承放寬心、慢發程、且待天晴、呀、且待天晴

乾娘認了為兄妹、添分親情、添分親情、日漸相知
事可成、他有心、咱有心、不用冰人、呀、不用冰人
癡見使去監工了、一半功程、呀、一半功程、只惱虔婆
礙眼睛、眼中釘、厭殺人、不肯開身、呀、不肯開身
油綠梭布聯衣服、聊表微誠、呀、聊表微誠、只怕裁縫
不稱心、哄娘親、自監臨、私下偷情、呀、私下偷情
忙來樓下把多嬌抱、一刻千金、呀、一刻千金、肯作成
時快作成、且消停、到黃昏、捉空應承、呀、捉空應承
隔墻有耳機關破、拆散張鶯、呀、拆散張鶯、明日匆匆

第十二回

　　〔八九二〕

待貧道母子點化黃金、來用興造這廡餘、還要添盖
納還、若多點得些、把來布施貧人也好、昨貧道已著此
事問過祖師、連稱善哉善哉、無量功德、你若無此仙福、
祖師亦必不輕許、但此事全要秘密、倘或泄漏、事既難
成、反為不美、楊奶奶道、客弟子與拙夫商議、奉復楊奶
奶歸家對丈夫說了、楊巡檢五臟六腑、向來已被聖姑
姑惱壞了、這假菩薩一發死心蹋地、便要他割下頭
來、哄他說不痛的、他也就割一刀了、況且點化為仙家
常事、豈有不信、當時出應在盒子和尚面前、應承過了、

　　〔八九三〕

教他先去回話、自已乘馬到東莊去看了一回、遂往西
園、見聖姑姑、問其點金建院之事、婆子道、別的
要一所淨房、在曠野去處、雞犬不聞、人跡罕至的、在內
作用方妙、楊巡檢道、弟子適到敝莊、看了地面儘寬足、
可啓建道院、如今緊要一所淨房、除非就在敝莊住下、
這莊房去處、相傳原是唐朝郭令公的別業、還存得有
幾株古栢、房子也有三四十間、儘着聖姑姑揀中意的
幾間關斷了、就是莊僕自在外邊一帶、與裏頭絕不相
干、分付了他、自然不放人來混擾、婆子道、特特小說盒

第十二回　　十一

　　〔八九四〕

駙到日同往擇便而用、就是楊巡檢齋童師兄
夜差人接取、婆子道、我兒子一隻腿有病、讓名師
見在鄿門山、離此頗遠、他行走不便、須要簡都勿
一件、那關王廟中、全靠小兒一簡有此道術、挼拆房
若聽說貴府接他到此、衆道士決是不肯放的、只老身
親筆寫簡字去、分付管家、如此如此、小兒脫身方快、楊
巡檢大喜道、有煩聖姑、快寫家書、只明早便差人送去、
一路腳力不打緊、有金以雇得、兩下別了、聖姑姑慌
忙寫書封固、教蛋豆尚送刂楊巡檢、發楊巡檢喚箇

　　〔八九五〕

慣打差的楊興到來、將聖姑姑這封家書、細細分付了
他的說話、限他明日便要起身、與他二十多兩銀子盤
纏、教他一路雇馬、與左法師乘坐、小心伏侍、益去益回、
楊興領了家主之命、連夜收拾、老婆見了一大包銀子、
抵死纏住、要他做件新布衫、買朶翠花、楊興被纏不過、
只得拈一二塊與他、約去了五六錢、到明益往解庫中、
贖取自已衣服被窩等件、人都知道他匆匆遠行、又悶
得盤纏付得有餘、有些三零星欠帳、都來取討、也只得還
他、又去了幾兩銀子、只恐使用不來、路上夋美

第十二回　　十二

八九五

【八八八】
聖姑姑叙話、我等凡人、又不敢讓入[illegible]
雲端出現也、是非常之喜、眾僧都道、逢是老爺貴[illegible]
昔好善、所以感動了世尊、契帶小僧們、也得著一[illegible]
實乃三生有幸、楊巡檢謙遜了幾句、又[illegible][illegible]前叩首作
謝、別了眾人、上馬先回、眾僧到前堂喫齋、方散、香火們
收拾家火、回菴去訖、蛋子和尚依舊在耳房安歇、到第
二日侵早、蛋子和尚答拜楊巡檢、楊巡檢罷坐喫茶、辭
謝昨日有勞、又題起菩薩現身之事、道、下官回家與拙
荆說了、拙荆深恨無緣、身子不健、不能久待、蛋子和尚

【八八九】
道、今早蒙聖姑姑分付、要得奶奶到園中一會、有話商議
楊巡檢道、下官正要來見聖姑姑、問其夜來菩薩相會之
事、既如此、下官不去了、長老到在寒舍素齋等、拙荆去
聖姑處領教、郤不好、且屈長老東廳寬坐一時、下官就
來相陪、說罷起身入內、對奶奶說知了、奶奶欣然收拾
丫鬟伏侍上轎而去、蛋子和尚本不戒葷酒、因見連日
楊巡檢一門奉齋、只得假說喫素、這日在東廳楊巡檢
陪著素飯、不在話下、且說楊奶奶來到西園、逕入淨室
算來與聖姑姑有兩箇月不曾會一面了、這番相見[illegible]

第十二回　九

【八九〇】
歡喜寒溫、也叙了好多時、楊奶奶道、夜來蒙聖姑姑[illegible]
菩薩真身、弟子無緣、不得參謁、深為懊悔、婆子道[illegible]
祖師說、奶奶已曾會過一次了、楊奶奶道、是舊年五月
中、未曾會聖姑姑的時節、婆子道、祖師說、你夫妻兩口原
是金童玉女降生、只因佛會上、兩箇把幡幢相擊戲耍
謫下塵寰、配合為夫婦、因是好處出身、所以今生好道
若功行完滿、仍得超昇、貧道欲就本處建箇普賢佛院
鑄成金身供養、貧道常住看經念佛、保佑你夫妻闔宅
飛昇、不知意下如何、楊奶奶道、多感聖姑美意、寒家東

【八九一】
莊、到有塊空閒山地、約有四五十畝、舊時原有箇尼菴
多年費了、只是與工鑄像、要費許多錢糧、寒家乾竭力
布施、恐不勾用、聖姑姑道、不帶貴府一分錢鈔、貧道有
箇兒子、叫做左黜、見在劍門山關王廟中出家做道士
他從幼傳得箇丹法、善能點白為黃、只不曾遇著箇有
福之人、所以不敢輕試、這簡、不是尋常之福、乃是仙
福、假如點就黃金、上等者、將來打做飲食的器用、令人
顏色不老、百病消除、頭頂上有靈光發現、久之便能升
舉、下等者將來倒換與人、還是十倍貴府、只圖此[illegible]

第十二回　十

八八四

願明日修齋吉日、這里只管做迴向功德、楊巡檢道如此甚好、一應齋醮文疏已曾分付、觀音卷中預備公勞長老必然道行清高、就相煩主行、賕箇蛋子和尚道小僧年幼只可隨班效勞而已、婆于道貧道受貴府之恩、無可報答、到明日還要請普賢祖師降臨道場、與老檀越夫婦祈福、却說楊巡檢自初見聖姑姑時、聞得奶奶說了普賢菩薩出現、便想慕一見、也曾幾次對聖姑姑說、只是口中答應不能如意、今番聽說降臨賜福、喜自天來、便道我楊春若得瞻禮菩薩寶相、足滿平生矣、當

八八五

時忙差隨身的家人到西門外觀音卷、分付來日回向、只請六衆長老、楊巡檢起身去後、當晚觀音卷裏將辦下文疏樂器家火、預先教道人送至其佛像園中、自有不消請得聖姑姑、只說要室中清淨方好屈菩薩來會、將幾箇伏侍的丫鬟養娘都打發回去了、來日黎明時分、觀音卷中請到六衆長老與蛋子和尚相見、真是七衆一齊擊鼓鳴鐃、誦經宣號、一依功德常規、不必細說、楊巡檢也早到、穿起大衣服拜佛、楊奶奶病體新愈、聞說菩薩將臨席、也要瞻禮、勉強乘箇小轎、親到園上來點

第十二回　七

八八六

香靄見淨室縈繞、已知就裏、不去纏擾、楊巡檢敬老婆等送奶奶往書房中靜坐、自已往來觀看支分、眼巴巴的只等普賢菩薩下降、便請奶奶一同瞻禮、衆僧們共行了三次香、赴過兩遍齋、看看日光西隆、燭爐香灰全不見一毫消息、瞧那淨室縈繫的閉着雙門、聽裏面時絕無動靜、楊奶奶等得不耐煩、雖是好佛、捱了一日自覺身坐困倦、只得先回、楊春分付添香換燭、重復穿着了幞頭圓領、向佛前再三叩首、遍陳哀懇、衆僧見主家如此、一箇也不敢懈怠、直亂到三更、連楊巡檢也道

第十二回　八

八八七

走不能勾了、便教將文疏紙扎燒化、打點辭佛散場、衆人正在庭中化紙、只見一陣風來、將紙帶火捲入空中、楊巡檢和衆人擡頭觀看、火光散處、化爲五色辭雲、上現出一位菩薩、金珠瓔珞、寶相莊嚴、端坐在一箇白象身上、楊巡檢倒喫了一驚、一字也通陳不出、忙忙的倒身下拜、蛋子和尚也認做真了、隨着衆僧磕頭不已、其餘走使答應之人、那一箇敢不跪拜的、那菩薩也不開口、冉冉而行、遲到淨室中墜下而去、此是八月十九日、月光尚盛、看見分明、楊巡檢想道、菩薩全裝必然臨

第十二回　八

乃七十二法作用之符、非字也、蛋子和尚道容
數十行字、又不在七十二條數內、何也、婆子道此修鍊
此法必先立壇召將、此乃總要之語、蛋子和尚向來做
夢到此、方繞大醒、不覺下跪磕頭道、劣弟若不遇聖姑
指教、枉費了三番辛苦、如璞不知琱、蚌不知剖、何所用
之、今日千萬挈帶同行修鍊則箇、婆子雙手扶起道、此
自然之理、何用叮嚀、但修鍊之事、說時只一句、做時不
容易、第一要擇地、地須寬敞、又極幽僻、雞犬不聞、人
跡罕到、方能秘密、使神鬼往來而無礙、第二要聚財、如

八八〇

修鍊之時、經年累月供給、須是預備、這還是小可、其合
用東西、如五金百貨諸品藥料、各項家火、必須無物不
備、臨時便於取用也、費得若干錢物、非千金不可、第三
要齊心、假如兩人同去學道、其心不齊、一人中道而廢
連那一人也做不得事了、蛋子和尚聽說流淚起來道
我千般辛苦、弄得天書到手、萬分僥倖、求得聖姑見面
不指望做天仙、便做一日地仙、死亦瞑目、據聖姑說起
第三件齊心不難、第一件擇地、或者深山窮谷還有
靜處、所則這第二件聚財、不做官不做盜、還乍千金

八八一

而來、多管又是箇畫餅充饑、望梅止渴
慌、俗語云、一客不犯兩主、等這里做過圓滿功德
得這箇東道、仍要在楊巡檢身上設處、蛋子和尚合
作禮道、全仗聖姑提挈、直起腰來、蛋已不見了邪婆子
蛋子和尚把眼睛一擦、四圍介看道、莫不是夢魘、又到
淨室門首看時、寂然如故、想起許多說話、一句句有條
有理、方省得婆子原布術法、他要攝去這二十四張天
書、獨擅其美、亦有何難、明明收放我處、所以安我之心
聖姑真異人、不可及也、當下將天書收拾保舊、包妖裝

八八一

入包裹裏、把瑠璃燈扯起高掛、提了包裹、復身往耳房
內安歇去訖、有詩為證

瑠璃一盞光不滅　蒲團細論神仙訣
千金仍欲費東家　法成不把東家挈

到天明、楊巡檢親到西園、請蛋子和尚相見、問其來歷
稱讚了幾句、便同他到淨室中、見了聖姑、姑謝他七日
說法念佛之勞、因說各處齋僧、總來尚不滿四千之數
不知何日圓滿、婆子道、老檀越發念之頃、便是圓滿了
料萬僧齋颺之費、派在各菴院去便了、那老檀越颺

第十二回

八八三

八七六

待等箇更深、再闖入淨室……

見不是簡理、左思右量懷疑不決……出耳房

遠遠石磬三聲、料是淨室中安置的常規了、步出耳房

悄悄的直到佛堂之中、只見冷冷清清、一碗瑠璃燈火

半明不滅、佛堂後一帶就是淨室、兩扇門兒緊緊閉着

側耳聽時、裏面並沒聲響、放心不下、徘徊了半箇時辰、

繞轉步出來、只見佛堂中、燃火暗而復明、聖姑姑到在

外面走進、叫聲賢弟那里去、來蛋子和尚喫了一驚、想

看這婆子泉非常人、拱手答應道、正來尋聖姑姑請教婆

八七七

予道方繞所言二十四紙、都借一觀蛋子和尚不敢隱

瞞便道其實都在婆子道、此乃九天秘法、雷文雲篆、賢

弟從那里得來、蛋子和尚見他說看了、便將白雲洞三

卻來道之事、及夢中神語、一一叙過婆子亦將所夢則

天皇后一段說話述了、合掌道謝天謝地、遇蛋而明今

日方得明白也、此書非賢弟不能取、非我不能識彼此

各無隱藏同修、至道以應奇徵、當時取下瑠璃燈火放

在地上蛋子和尚在耳房中抱進包裹竟蒲團上……

取出天書二十四紙、遞與婆子、兩箇席地而坐……

第十二回

八七八

頭至尾揭了一遍、道此書名如意寶冊……

變法還有三十六天罡變、如何不……蛋子

兩壁都曾摹過、只左壁一十三張紙半字全無……婆子

道緣也、命也、蛋子和尚道、天罡與地煞有何……亦變子

道天陽地陰、天虛地實、天尊地卑、天簡地煩、地煞法絲

但能役使一切有情有形之物、只儘着人世間的變化

終未免爲天罡所圍、若天罡迭成神遊天府名座仙班

雖上帝亦不得而制之矣、蛋子和尚道、一般能驅神役

鬼麼、婆子道神鬼亦有情之物、如何不能、蛋子和尚道

八七九

天罡想亦只如此罷、姑既未經目、何以知其勝於地煞

也婆子道、天能包地、地不能包天、據今第十六條爲壺

天法壺中之天、非天上之天、此不過遊甲縮地之意第

七十二條爲地仙法、不曰天仙而曰地仙以此度之、其

不如天罡明矣、雖如此說、神通亦非小可、你我今日得

遇乃非常之福也、蛋子和尚道、地煞變化這二十四紙

已完全否、婆子道完了、蛋子和尚道、後面尚有一段

字未曾摹得父不知何法、婆子道正語已完、餘亦不多

問之矣、蛋子和尚道、前面有許多大字何也、婆子道

第十二回　四

第十二回

老狐精挑燈論法　癡道士感月傷情

千般算計心如渴　不是姻緣總迂闊
無心栽桲桲成陰　着意種花花不活

話說蛋子和尚與聖姑姑認做前世的骨肉，何等荒唐，老嬤嬤與女陪堂偏認做真事，回去報與揚春夫婦知道，他夫婦也只說奇異而已，並不疑其妄也。向來聖姑姑在淨室中原是一箇獨住，因這幾日啓建道場，揚春奶撥幾箇丫鬟養娘到彼答應。蛋子和尚見左右

不敢細談，只問那梵字金經是甚樣體製，與聖姑姑得。婆子自誇曾遇異人，受過二十六樣天書、龍章鳳篆，無有不識。那梵書出自天竺，是佛門中之一體，當先大藏真經都是梵書，陳玄奘與鳩摩羅什等譯過，撰了歷字唐音，方有今本，至今名山古剎還有梵本西傳得來。蛋子和尚道，劣弟也遇簡與人傳與二十四紙異樣文書，把與人看，一字不識，今帶得一紙在此，聖姑姑看是甚樣說話。婆子道，願借一觀。蛋子和尚預先抽取一幅另放育，當下在包裹中取出，展開放在卓上，婆子一見了，

大驚，假說道，這又是海外異國字體，我也不識一眼。聽若蛋子和尚，和尚會意了，連忙收摺依舊包過。晚齋後，只見園公引着院子到來，連包內取出新布直裰一件，新布夾被一條，道，老爺聞得老菩薩遇了前世的兄象，也是奇緣，這兩件粗物送與長老權表薄意，明早自來相見。婆子與和尚同聲稱謝。院子又分付園公教打掃前堂耳房內與這長老做臥房。和尚將所送直裰夾被放包裹上，一手抱着，取了棍棒，也隨着院子出來，書房中安歇，心下想道，那婆子聽我一眼，

八六一

八六三

八六二

中更無大小只管坐着不妨老嬤嬤方纔取簡小杌兒放在傍邊叫聲大膽坐下去了殷殷勤勤的送茶送果說話中間提起奶奶求子之事女陪堂問道老菩薩你當初曾有兒沒有聖姑姑道貧道有簡兒子在遠方出家做道士女陪堂道緣何不做和尚却做道士不是老菩薩本等聖姑姑道萬法初無二理三教本是一宗就是老身佛法也講道法也講老嬤嬤就插嘴道老菩薩你醫法也不然如何能救人的病症聖姑姑笑道奶奶豈意是齊了聖水老嬤嬤道你又會夢中去救人有

八五六

怎般事廳聖姑姑道沒有老嬤嬤道方纔有簡昏昏老是泗城州人道你夢中去救了他病特地尋訪手中拿一把細篾兜扇上寫訪聖姑三字他名字又叫得奇怪叫甚麼團子和尚女陪堂道差了是叫做蛋子和尚只這簡蛋字直觸在聖姑姑心裏那老狐精最有急智忙扯簡謊道這和尚是我前世的兄弟平生最是孝順我曾有病他割下腿上一片精肉煎湯我喫我就好了今世我合去救他正是恩恩相報如今他在那里便引來見我則簡老嬤嬤應承去了却說管西園齋飯的本是不

八五七

打發遊僧因見是掌房老嬤嬤與女陪堂同引來的一般有齋有酖蛋子和尚喫了齋正靠在門上開看只聽得叫聲蛋長老是你前世姐兒喚你蛋子和尚回頭見是老嬤嬤問道誰是貧僧的姐兒老嬤嬤便把聖姑姑的說話述了一遍如今喚你相見蛋子和尚明曉得是科諢只得將錯就錯把直裰整一整隨着老嬤嬤直至淨室聖姑姑先起身招架蛋子和尚一見便放下棍棒承包磕頭稱謝聖姑姑慌忙扶起認做兒翁再取簡杌了就教他對着老嬤嬤坐了兩下裏竟沒半點栢木

八五八

免敘幾句鬼話只因這番相會有分教盜法的臨僧兼辦天文蝌蚪坐關的妖嫗頓成地煞神通破楊巡檢幾分的家私費起官家一番的心計正是一整儘有千尋勢尺水能興萬丈波要見分明且聽下回分解

第十一回

八五九

八五二

要慶天下裙釵化女身　南無佛阿彌陀佛
做了妙莊皇帝三公主　阿彌陀佛
不享榮華受苦辛　南無佛阿彌陀佛
那婆子將觀音菩薩九苦八難、棄家脩行的事迹、
出來說一回、頌一回、騙得這些愚夫愚婦、眼紅鼻塞
住的拭淚、到午齋時分、聖姑姑收了科、下座赴齋、眾
也有住下喫齋的、也有竟自回去的、只飯僧堂僧眾、齋
齋的坐下、每人一大椀飯、椀上頭着一簇乾菜、兩片大
荳腐、兩箇大饟饟、一索兒壽綿綿線、上穿三十文銅錢

（以下原闕一葉）

八五三

遶盤膝坐着念佛、管門的張公道、你那長老想是没耳
聯的、本宅見今齋僧、却不到巷院中去領受、在此閒坐
則甚、蛋子和尚舉扇道、貧僧没耳聯、老菩薩是有眼睛
的、怎不看扇上寫的字麼、貧僧是求見聖姑姑的、不是討
齋覷的、言之未巳、只見宅門裏面走出兩箇有年紀的
婦人來、背後安童捧箇雙撞的食盒見、跟着你道那婦
人是誰、一箇是掌房的老嬤嬤、一箇是女陪堂、如何叫
做女陪堂、比如男子家讀書的、有箇伴讀頑耍的、有箇
幫閒、則這女養們廝伴的、叫箇陪堂、又不是女教學、又

（第十一回　二十）

八五四

不是針線娘、日逐只清話閒耍、或是喫茶飲酒、又
壺遇着好佛的、就陪着燒香、倭佛、大人家往往有之、婆
公指着道、長老你要見聖姑姑時、只央這兩箇老人家
引進、便得相見、蛋子和尚慌忙起身、打箇問訊、道女善
薩、貧僧稽首了、貧僧要見聖姑姑、相煩引進、則箇老嬤嬤
先立住脚、那女陪堂和安童、也住了、老嬤嬤問道長老
那里來的、要見聖姑姑、則甚、蛋子和尚道、貧僧泗城州
迎脾寺出身、去年得了箇不起之疾、夢中蒙着聖姑姑
救好、特地相訪、不期在此閒、知貴府告示、凡遠方術脈

（以下原闕一葉）

八五五

子和尚道、貧僧没姓没名、從小只叫做蛋子和尚、老嬤
嬤道、到是箇光頭的、諢名帶笑的、走進去了、這一日、聖
姑姑說的、是那羅卜救母的因果、說了、又念佛念了佛
又說到午牌時分完了、老嬤嬤將送來茶果擺在淨室
中間無非是白糕油餅蒸酥麻團、及榛松棗栗之類等
候聖姑姑進來、女陪堂迎着相見、便道連日辛苦奶奶
十分掛欠、特地備下些粗點心、請老菩薩用此、聖姑姑
稱謝過了、女陪堂推聖姑姑坐了客席、自家坐了主席、
也去扯老嬤嬤同坐、老嬤嬤再三不肯、聖姑姑道佛門

（第十一回　二十一）

八四八

火工亂叫斧頭來、洗菜熬油厨子只嫌帮手少、可惜
富家齋一日、堪充貧戶費終年。
少憼楊巡檢帶了一班家樂、到西園前後左右點檢了
一回、這些僧徒道友、男男女女、源源而至、又有一等開
漢見童、雖不念佛、役齋都來趁鬧觀看、此等最多、越顯聖
得入山人海、只聽得靜室中、共是三遍鐘鳴、第一遍聖
姑姑起身梳洗、第二遍、聖姑姑盥齋更衣、第三遍、樂人
齋吹打、但見堂中盡燭齊明、香煙繚繞、好幾箇丫鬟
養娘、簇擁着聖姑姑、齊齊整整穿着一身新衣、摇摆出

八四九

來向佛前拈香膜拜、楊巡檢隨後也拜了、一班吹手迎
出前堂、那婆子全不謙讓、逕往高座上坐了、楊巡檢口
稱師父、倒身下拜、衆人中也有去年拜過他的、也有新
來的、不分男女、但是佛會中、一齊隨着磕頭、那婆子端
然不動、原來這念佛會上為首者謂之佛頭、他若開談、
衆都靜聽、他若念佛、衆都齊和、其人妄自尊大、旁若無
人、從來有這箇規矩、這婆子也只蹈襲而已。拜罷聖姑
姑分付男左女右、分班而坐、楊巡檢看見人衆嘈雜、避
在旁邊一箇書房中、坐了一會、先回去了、這夥老少婆

第十一回　十七

八五○

娘、張姨李姨、你扯我拽的、各尋伴侶、向右首坐下、
僧流居士都任左邊、也有說是女僧、搌向右邊坐的、念
忙裏辦不得真假、亦有搌擠不下、只在兩旁站立的、其
他投齋行脚、都在外邊四散、或坐或立、聖姑姑將界方
在案上猛擊三下、分付眾齋友、不許揚聲、各宜靜聽、無
常迅速、時至不霽、要免輪迴、作速念佛、偈曰

西方有路好脩行　阿彌陀佛
勸你登程不肯登　南無佛阿彌陀佛
你若登程吾助你　阿彌陀佛

八五一

只須念佛百千聲　南無佛阿彌陀佛、
每稱揚佛號、衆人齊聲附和、畢、聖姑姑道、貧道從西川
到此、感承本宅官府相邀、一年有餘、今日出關、啟建這
簡道場、一來要保國治年豐、民安道泰、二來要保本宅
官府人口平安、福祿綿遠、三來要保十方大衆、道心開
發、早辦前程、貧道今日也不講甚經、說甚咒、且把諸佛
菩薩的出身、叙與大衆聽着、你道觀音菩薩是甚樣出
身、偈曰

觀音古佛本男人　阿彌陀佛

第十一回　十八

偏房有子、却不喜歡、只要奶奶有箇親生方纔心滿意
足聞了此言、如何不喜當下取曆日看了擇於八月初
三日啟請聖姑出關十一日道場起手先去稟通了縣
尹自已寫簡告示張掛西園門首寫道

本宅因家眷不安發心啓建無遮大會以八月十一
日為始、一連七日四方善男信女僧尼道眾真心願
來念佛者本宅倒有齋贐如有捏徒乘機囉唣攪亂
佛場定行送官懲治不恕特示
天啓二年七月　　日

却說楊奶奶自服過聖水之後病勢漸退雖然精神未
復且喜及事了感聖姑姑活命之恩做下青紵紗道袍
一箇紫花細布道衣一件將白綾做簡夾裏梅綠暗花
錦裙一條雲頭道鞋一雙到初二日差兩箇丫鬟跟着
老嬤嬤從西園後邊私路進去送與聖姑姑說奶奶多
多上復感謝聖姑姑救命之恩明日出關不得自來茶
見特具拜佛新衣一套幸勿棄嫌聖姑姑送還宅
如何又要奶奶費心推辭不過只得收了便逕回去睐
敬意奶奶耐心保重十一日道場起手、奶奶那時也廐

建了、請釜過拈香功德滿日還保扶奶奶添箇公子罷
老嬤嬤道奶奶諸般稱意不只少一件見男男女女也
生過五胎只是不育聖姑姑道奶奶今年幾歲了聲
道老爺四十一歲奶奶小二歲今年三十九歲了聖姑
姑道這場病症也是明九年分的晦氣應過便没事看
奶奶不是箇孤相命中定有奶子只是招得遲些說了
一會你謝我我謝你的辭別去了到初三日楊巡檢自
去西園前門揭封皮開鎖一面着人打掃佛堂佈理
鍋竈一面請出聖姑姑到佛堂中秤量道場合用

家火除却菜蔬茶水臨期每日備辦其他米麥豆粉油
鹽醬醋及卓櫈椀楪件件預先運到此時哄動了華陰
縣裏那箇不傳說楊老佛家齋僧有等無籍的花子串
街的婆娘平昔不曾喫一日素念一聲佛的也學裏到
唐巾戴箇道覓整備起齋之日來道場中趁口種到
了十一日天色方明便有人一出一進的觀看但見
園門洞啓佛室弘開琉璃燈下燭臺土油燭成行獅
子爐前香案間牙香滿盒念佛場高裝法座起號專
待佛頭飯僧堂雜擺春臺放鉢任從僧侶

八四○

是七月、一載有餘了、猛然想起媚兒不知下落文
道自有人來尋你、又不知何年何日、在此內外不通便
有呂純陽張道陵出世、那簡半夜敲門三更打戶、把起
偃機妙法特地尋你則甚、還是與外人相接庶幾便於
尋訪、聞得楊奶奶冒了風寒、十分沉重諸醫不効、楊巡
臉正在着急乘此機括、勸他起簡無遮大會保釀奶奶
叙康那時僧道畢集必有所聞矢當晚送供給的家童
來、便將建會保釀的活對他說了、又道若是老爺貴發
心時俗道只今晚便求管賢菩薩的聖水來救取奶奶

八四一

管情沒事家童回去述與楊巡檢聽了、楊巡檢頓足道
正忘了聖姑姑有這簡良醫、到不去求他、便教掌房的
老嬤嬤快到西園求他聖水、所言保釀道場、但憑開規
起建老嬤嬤到西園見了聖姑姑把楊巡檢分付的話、
一一說了、那老狐精那里有甚麼聖水、魆地裏到臥室
中把簡磁碗澈一潑尿、徹張做智的擎出房來交與老
嬤嬤老嬤嬤接在手中、分明捧了玉杯甘露戰兢兢只
怕損了一滴、討簡盒見盛了、拿回獻與楊巡檢、楊春平
習慣奉到此豈疑其詐、真簡認做儓丹妙藥教丫鬟妻

第十一回　十三

八四二

起奶奶的頭親手把這碗狐尿灌在他口裏去原來
性本草上一款狐尿主治寒熱瘟瘧偶然暗合了、楊奶
奶到半夜來頓覺清爽討湯水喫楊春喜從天降、稱讚
聖姑姑不絕那時就有簡親知灼見的對他說是老牝
狐澈的膿瀝他家如何肯信這也是狐精的法緣將到
自然有恁般造化世間萬事皆如此也有詩為證
　運如未至真成假
　時若通時假亦真
　莫向人前誇本事
　還愁造化不如人
次夤楊春巡檢親到西園從後邊私路進去見了聖姑

八四三

姑再三稱謝、就問他保禳道場、如何規則、婆子道這箇
道場、名為無遮大會、或是講經明心見性、或是念佛、專
修西方、世人根器鈍多利少、如今還是說些二因果勸化
世人念佛、不論善男信女、在家出家願來者聽本宅施
工備齋管待、別簡有頭髮的喫去不算只光光和尚要
齋滿一萬之數數滿之日做簡迴向功德其福無量、不
但老檀越夫妻長壽還要觀音菩薩送子文昌帝君填
祿世世富貴總表貧道的一點報効之意原來楊巡檢
天妻兩口、極過得好、真簡是如魚似水百縱千隨鸞慈

第十一回　十四

449

船頭上叙此一開話、漁翁帶醉、不覺睡去了、蛋子和尚
睜睜看着水面、亦聞得游泳唼哜之聲、並不見有赤光、
候至夜深、月從東起、照見水面、果然魚皆浮起、那丹魚
映着月光、其色如火、蛋子和尚急急的唤醒了漁翁、那
漁翁酒還未醒、呼么喝六的、望空打下一網、拿不多幾
箇小魚兒、再下網時、魚都驚散了、共取得十來尾、殺起
來血又不多、蛋子和尚心下想道、有心便遍遍乖了、且
把漁翁來試一試、若有驗、下年來多取些三備用、他也未遲、
敎漁翁舒過雙腳來、把此三魚血塗在那腳心裏口中、假

八三六

做念呪、阿口氣唱、聲疾、敎漁翁下水、快走那漁翁老貢
真箇望水面、雙腳跳下、撲涌的一聲、沒頭沉下、漁婆在
艄頭看見、叫起屈來、蛋子和尚也着忙了、把船上水板
竹篙亂撤下水去、喜得漁翁識水性的、在船頭下水都
在船舷上爬起、老夫妻兩口纏住蛋子和尚咭箇不
子不休、蛋子和尚無言回對、只得招箇不是、情願陪禮、
到次日天明、包裹中取出一塊銀子、約有二錢重、與他
買酒喫、壓驚、方纔罷手、放和尚起岸、那漁船自去了、蛋
子和尚數口氣、道古人云、盡信書、則不如無書、世上傳

第十一回　　　　十一　　　　八三七

雷術法、都只捕風捉影、有假無眞、即如白雲洞天書須
是三番親到、方信其眞、然未曾辦識試驗、尚不知其何
如也、只因蛋子和尚好奇、太過求道太急、偶見抱杜子
書上有這一段話、便要試他、及至不驗連白雲洞天書
都疑心起來了、有詩爲證

世間戲法本無眞　　弄鬼詐傳來也哄人
何事癡僧偏易信　　漁翁落得感驚銀

又有人駁這首詩道、古人之言、定然有據、人自不得其
傳、不可直謂其妄也、詩曰

八三八

世間變幻儘多奇　　抱杜傳來未必虛
自是奉行無秘訣　　見今丹水出丹魚

蛋子和尚見天氣炎熱、因過秋林山、見其泉石秀麗心
下歡喜、道據泰恒所言、聖姑閉關未必便能相見、到那
邊時進退兩難、我且住過六月等秋涼走路未遲、這山
寺中和尚們見他扇上訪聖姑三字、也有不曉得的絮
叨叨的盤問他、也有曉得的道、便是華陰縣那箇老婆
子、蛋子和尚聽見僧衆聞名、一發放意了、話分兩頭、再
題聖姑姑在楊巡檢西園住起、是去年五月中、今年又

第十一回　　　　十二　　　　八三九

【八三一】

想聞只見那人自家拿箇托盤、盤中放着兩椀炮茶、在卓上、道長老請茶、蛋子和尚道相擾不當、兩下坐了、喫茶、那人開口道、在下姓秦、單諱箇恒字、去年往華陰縣西嶽華山進香、聞得街坊上入都說道、本縣楊巡檢家供養箇活佛、在那里叫做聖姑姑、我問他怎見得是活佛、他說楊巡檢家請得梵字金經、無人識得、只有聖姑姑能識、楊巡檢敬之如神、供養在西園、合縣的人多多少少去拜他為師、在下也去隨喜了兩番、後來因四處聞名、人越去得多了、便閉關不接見外人、如今聞得

【八三二】

還在那邊、算來住箇一年有餘了、蛋子和尚道、他單識得梵字、還別有甚道法麼、秦恒道、聞得也有些異處、能整月不食、也不饑餓、又時常與菩薩們往來、我們却不曾試他、蛋子和尚道、施主親見過聖姑姑、是甚麼模樣、秦恒道、也只是箇老婆子、但神氣不同、像有些仙風道骨、長老此去、只怕他還未出關、不能相見、倘相見時、乞道賤譔說、不日又來茶謁、蛋子和尚道、當得當得、謝了擾茶、當下問了華陰路程、作別夫了、尋至菊潭邊、果是……潭清水、蛋子和尚道、雖不是菊花時候、不可當面西邊……

（版心：第十一回）

【八三四】

將子掬水來喫了幾口、脫得赤剝、又洗了箇浴、穿了衣服、問路到丹水那邊去、這一年是閏七月、該六月初二日、夏至此時五月二十一日了、蛋子和尚記得分明、在左近處艸宿一晚、到二十二日、恰好是夏至前十日、蛋子和尚來到水邊、見是一條太河、問着土人、方知原是箇通渠、只這二三里河面內所出之魚、都帶紅色、更不雜亂、所以喚做丹水、可見水族也有箇界限、此乃造化之奇也、因這丹魚又少、又小、又不中喫、所以丹水中絕沒箇打魚的船、見蛋子和尚特地往下流頭

【八三五】

小漁船移來住下、多買些酒食、和漁翁同喫、對他說道、今夜要煩你下箇網、取得幾箇丹魚時、我教你箇戲法、作要漁翁道、甚麼樣戲法、蛋子和尚道、取這丹魚的血、塗在脚底上、念箇呪語、呵口氣、往水面上行走、如履陸地、漁翁道、此法惟我漁家切用、千萬傳這口訣與我、蛋子和尚道、有了魚、傳你却容易、漁翁乘酒興忙去船頭取網、漁婆見他醉了、不肯與他、兩下廝鬧了一場、奪得網來整理停當、便要撒將下去、蛋子和尚道、且住、我還念動呪語、停一會兒、等魚自浮水、方可取之、兩箇且蓮……

（版心：第十一回）

【八二八】

欲辨雷文有聖姑　愁懷誰向夢中呼
一別山靈作行脚　孤征遙望長安途
長安自古繁華府　名山長駐神仙侶
此去逢師萬法通　不負三年立志苦

話說蛋子和尚行至宛州內鄉縣、此時五月中旬、天氣炎熱、想着得把扇兒用用、遶扇寫箇訪聖姑、走不多步、恰好見箇扇鋪、那時摺疊扇還未興、舖中賣的是五般扇子、那五般是紙絹團扇、黑白羽扇、細篾兜扇、蒲扇、蕉扇、蛋子和尚道、羽扇倒好、只是寫不得字、團扇又不像出家人手中

【八二九】

之間遇箇曉得的、他也好指引、走上街頭叫店官取塊扇來看、揀選一柄中意的、講就五分銀子買了、原來店面後半間、設箇小坐啓、排下一張卓兒、幾把椅見、靠卓處是箇半窗、窗外小小天井、種幾竿瘦竹、卓上擺得有筆研之類、蛋子和尚一眼瞧見了、便道、有心焦惱、要店官備筆研一用、店官道、主人不在、外面但用不妨、慌忙取出、放在店櫃上、蛋子和尚遶磨下墨、還未曾動筆、只聽得裏面問一聲、誰取了筆研去、店官答應道、有

第十一回

【八三〇】

箇長老在此借來寫箇字、就拿來了、便對和尚道、快寫罷、主人出來了、說聲未絕、只見裏面走出箇人來、頭裏萬字頭巾、身穿單掛兒、看見和尚扇上寫着訪聖姑三字、拱一拱手、便問、長老那里來、要訪這聖姑怎的、蛋子和尚道、貧僧是泗城州迎暉寺來的、聞得聖姑廣有道行、特地訪他、那人道、泗城州是嶺南地方、這般遠處也曉得聖姑哩、蛋子和尚暗暗裏驚訝道、果然有箇聖姑了、便問、施主曾會過聖姑麼、那人道、曾會過來、蛋子和尚道、見今在何處、有煩施主指引、那人道、且請到裏面

【八三一】

坐下、容其細講、蛋子和尚走進坐啓、那人又道、熱天怎無禮了、請坐、其去潑杯茶與長老喫、那人進去了、蛋子和尚見卓上有幾冊雜書、內一本、是破損不完的、偶然取看、其書名抱朴子、內一條云

丹水出丹魚、先夏至十日夜伺之、魚皆浮水、赤光如火、取其血塗足、可步行水上不溺

蛋子和尚道、這內鄉縣有箇菊潭、又有箇丹水、只聞得菊潭兩岸、都是天生甘菊、飲此水者多壽、却不知丹水又產此異物、若得此法、怎見得羅家敗落水之

第十一回

合眼去只聽得艸棚外似老者聲音說道欲辨天書須尋聖姑蛋子和尚夢中跳將起來便問聖姑是何人此時天巳黎明趨出棚外看時盡無人影蛋子和尚道奇怪明明有人說話如何不見想了一會道是了這白猿老者一定就是白猿神化身因我求道心誠感動了他兩番到此指迷今又在夢中喚我若果如此寔然寔有箇聖姑能辨天書的在那里只不知住何處天涯海角怎得相逢不免四處去尋訪他⋯⋯無益這艸棚也用不著了當門下⋯⋯

在永句之內煨飯喫了取了永包棍棒將地竈中灰炊起用松毛引在艸棚上燒燼只看棚倒在那一方便向這方走路是他心無主意把這艸棚只當聽憑天數一般有詩為證

　三遍求真喫盡苦　　到頭不辨雷文古
　這回掙得走天涯　　識字之人在何所

這一日是東北風火勢被風刮起必炎剝剝把艸棚上蓋都燒完了一聲響亮那幾根桅子向北帶西而倒蛋子和尚道風頭向南那棚柱反倒北去也好古怪哩北⋯⋯

第十一回　五

方常西正是關中地面那里是帝王建都之地豈有異人或者聖姑在彼未可知也便逢對白雲洞去處磕了一箇頭謝別了白猿神大踏步望北行去後人有古風一篇單表蛋子和尚三番求道之事

　洞天深處濃雲鎖　　玉爐香繞千年火
　中有袁公飽素書　　石壁鑴傳分右左
　畸僧原是蛋中兒　　忽發驚天動地思
　掉臂出門不返顧　　天涯遊遍求明師
　迷津偶爾來雲夢　　行人指示神僊洞

　年年崒午去朝天　　香沉霧捲此時容
　奇書靈蹟神魂駕　　餐風宿月何精虔
　絕壑千尋甘越海　　危梁三丈輕登天
　貪看景物爐煙起　　一番辛苦成流水
　再來繞洞覓天書　　空尋天書無筆紀
　天書不用兎毫傳　　空摹石壁愁無籙
　堪憐血淚神翁導　　千驚萬恐剛三年
　三年驚恐幾捐命　　空山獨守心堅定
　分明綠字現雷文　　夜半峰頭月如鏡

第十一回　六

八一〇

和尚目睜口呆手癱足軟這場沒興不可形容想着真是神見鬼這許多時都是謊帳受了三番辛苦險些兒讓了性命直恁無緣一兩行兒也僥倖不得前兩番雖是空行還是箇不了之局今番絕望再沒箇題目做了發箇惱把這紙張撤做一地轉思轉苦心下酸痛起來淚如珠湧不覺放聲大哭哭了一場要往清水潭邊尋箇自盡出得艸棚行不多步剛遇見去年的白鬚老者迎着問道長老求道辛苦蛋子和尚滿面羞慚答道不好向長者告訴命裏無緣一束紙白去白來全沒半字在

第十一回

八一一

上似此潑……淚下如雨老者道長老且莫傷悲有緣無緣也未可定這天書既不由筆臨墨側字跡從何而來蛋子和尚道天書不比凡迹況明授筆墨如何又怎般說述……者分付不用者屬陽私竊者屬陰日光之下陰氣伏藏自然不見此陰陽相尅之理也要辨得有緣無緣須於戊亥子三箇時辰擇箇月盈之夜在曠野無人處將紙角月照之隱隱有緣字現出這便是機緣已到若受某時便是無緣子蛋子和尚如夢方醒如死復生多謝本長者菩薩救了

第十一回

八一二

今晚不知有月……老者又道……未足直待至十五這五日內月漸盈滿如法照之若見字跡便將筆墨依樣描出老漢臨期又來相會蛋子和尚稱謝不盡老者別了和尚打發去了蛋子和尚不勝歡喜轉到艸棚中把地下紙張重複檢起照依東西暗記各順號數做兩宗兒卷着藏於布包之中好生安放依了老者的分付直到十一月預先磨下一硯墨汁黃昏時分帶到一箇最高的山頭上面揀箇平穩處將布包打開鋪在地下先將左壁上摹過的紙一張張對月照着依

第十一回

八一三

然半字俱無蛋子和尚這一慌非小……壁上摹過的紙月中照有果然隱隱現出綠色字樣纖細字有銅錢大類字有手掌大但都是鳥篆雲纂半點不識且喜有了字跡傳下時再作計較當下將筆……原紙上照樣描寫到下半夜來月色倒西便不甚分明了收拾回去次晚又來一連五日天氣晴明也是數合如此到十五日二十四張紙都已描完收放布包裏面到艸棚中一夜不睡想着這天書文字不知何人識得老者約我臨期相會又不見來好生悶人到五更時繞

第十一回

第十一回

得道法蛋僧訪師　遇天書聖姑認弟

跳丸雙轉疾如梭　瞽眼年華又蚤過
有事做時須急做　誰人挽得曾陽戈

話說蛋子和尚第三遍端午、遇了天雨之後、石橋濕滑行走不得、心生一計、放下齊眉短棍、將這綿紙包袱緊緊的縛在背上倒身下去、將雙手抱定石橋、那石橋的兩傍底下、未免有些些稜角、不比橋面光滑、兩脚可以懸力、逐步挺去、霎時間過了、蛋子和尚爬起身來、會

八一七

叫聲謝天謝地、急急的進了白雲仙洞、來到白玉壇雙膝跪下、磕頭通陳道、貧僧到此第三番了、乞神靈可憐、傳取道法、情願替天行道、倘作惡為非、天誅地滅發罷願、走到石屋中、解下包袱、取出紙、就地展開、逐張撮起照、一號二號順去、先從左壁上起、將手搵定、通前至後、凡有字處、次第拂過、共一十三張、每張摘去紙角記認了、轉向右壁、逐一按摹、右壁字又密又長、摹到二十四張、覺得香氣來了、後邊還有一段、摹不及了、忙將摹過的共三十七張、亂亂的卷做一束、用包袱裹了、揭

八一八

其餘紙棄下、不及收取、急走出石屋時、白玉爐中、煙氣大發、慌忙跑出洞來、將袱包照前縛在背後、仍用脚手做力、像猴猻跧樹一般跐過了那三丈長一尺闊、光如鏡、滑如油的一條石橋、大凡走路的、去時覺遲、轉時覺快、蛋子和尚喜得這番到手、又且險處已過、檢起地下棍棒、挑開脚步、沒多時、走到艸棚之中、不等喘息定便解下紙束、展開來看、原來在洞中時、手忙脚亂、心神恍惚、只像黑隱隱的有些字跡一般、如今看時原是一張素紙、何曾有一點一畫、每張撿看、都是如此、弄得

第十一回

八一九

儘人喫着亦無多　苦若貪求却為何
試看墨吏終當敗　縱免人誅有鬼誅
却說蛋子和尚那日出了黔陽縣離了辰州又往湖北
荊南一路遊去逢山看山逢水看水那連光景不覺又
過了一年看看李白桃紅又瓷梅黃杏紫蛋子和尚切
記着本等前程預先買下一百張潔淨純綿太紙帶着
雲夢山下艸棚中來將紙預先綑箇一二三四的號數
把石頭陀這疋細白布縫箇袱包兒包着又去清水渾
中洗簡淨浴到端午日釜起在地竈中煨飯喫飽正待

八一二

扎縛停當只見雲暗山頭下着一陣大雨蛋子和尚道
却不是晦氣這雨日日不下偏是今日與我送行起來
只得在松棚內望空磕頭禱告道某今日若有緣得見
天書之面望乞歛雲收雨速現紅輪看看權到巳脾時
分雨已停止和尚喜不自勝取了綿紙提了齊眉棍棒
便走此是第三遍了路逕已熟只山地艸濕高下崎嶇
況且冒霧而行只恐遲悮忙忙的向前比及霧將散
石橋也到了蛋子和尚看時喫了一驚這橋是天生成
一條青石經雨後其滑如油隨你筋節未心如何把得

第十回

八一三

腳住有人問道那三百六十日的濃霧難道石橋上沒
些濕氣直等這番大雨看官有所不知但是尋常的霧
都為地氣上升天氣不應其氣氤氳迷亂而成所以沾
濡則濕觸石則潤久而不解則雨這白雲洞的霧是
模中噴出來的只是乾霧分明是蜃樓海市望之有形
就之無迹所以前兩遍石橋全無濕氣這一番雨後難行
也若是三尺四尺不多步兒也還好處這三丈多長哩
下面不測深淵可是取笑得的除非插翅飛將去動脚
之時必墜傾是這般說時第三番又丟空了却不道風

八一四

急雨至人急計生畢竟用着甚計來且聽下回分解

第十回

八一五

設在臥房裏面、請他來坐、又把自己鋪蓋搬子由來、這房與和尚安歇。蛋子和尚飲酒中間、問起道、既然禪道又靈、香火又盛、為甚廟宇恁般狼狽。道士歎口氣道、然雖如此、在小道有損無益。蛋子和尚低聲開道、莫非縣令難為你們。道士臉都紅了、不敢答應。蛋子和尚又道、貧僧與這縣令素不相識、只今日要貧僧到慶元府走一遭相陪、在此貧僧一時應承了、不知是甚麼書信。聞得縣令是簡貪官、刻剝百姓、足下必知其詳、你休疑忌、我但說不妨、我們出家人難道到與賊狗做一路

第十回　八〇八

不成。道士見他語言出於至誠、便把兩指做簡錢圈兒、說道、縣令老爺愛的是那簡東西、莫說別件、只這城隍廟裏、不論月大月小、只要納還他香火錢、十貫不足數時、小道還要賠補。若布施得此木料在這裏、縣中便來取用去了、所以門口無神道、無力修整、[illegible]只存小百姓上做工夫、也是勢利他的、[illegible]撞着做官的、全無報應。蛋子和尚道、他是那里人氏、有甚親戚在慶元府、便一封書信打甚麼緊、是必用着貧僧。道士道、他正是慶元府慈谿人氏、姓侯雙名明宰、在

第十回　八〇九

此做過四年官了、每年積下若干贓物、運至家中、恐有疎虞、定要簡有本事的護送將去。去年用人不當、到洞庭湖中、被劫去了。聞得今番要委你早路、他畱着禪師一定爲此。他原是窮儒出身、只這任官、家中解庫也開過好幾簡了、貪心兒不止、禪師你道狠也不狠。蛋子和尚道、原來恁地。道士道、繞禪師盤問、小道多口了、路途中在他們管家或公差面前、是必休題。蛋子和尚不消分付。當晚酒飯巳罷、道士別去了。蛋子和尚在房中思想道、這些許人的錢財、到教我替他送去、這事不

第十回　八一〇

成不成、捱到五更、只推解手、取了包裹棍棒、出了廟門、一溜煙走了。明旦道士不見了和尚、慌了手腳、稟知縣令。縣令道、並是不曾托他幹事、這遊方和尚、全無信行、也不責備道士、只追他這兩貫錢、完庫。道士又去生錢、借債補完這項、到折了三百文錢、一頓酒飯。後來侯縣令多用賄賂、得陞京職、自家建簡生祠、在縣去任、後任衆百姓夜半時撞那祠中的土偶、打折了脚、撒在糞坑裏面了。縣令在中途被馬驚墮地、折足而死、可見天道不爽、此是後話、有詩爲證。

第十回　八一一

八〇四

家害了妻見一般衆莊家勸道老娘如今說也是無益了且喜得遇這位長老報了冤仇死者也得瞑目識是如今林子裏倘着一箇家裏倘着一箇不是箇道理也該作速討較家裏有米廳可煮些飯來喫了相煩長老同到縣令相公處首明等他差官相驗順便就帶口棺木下來盛殮省得過些時被做公的看見林子內屍首又造言生事在地方上做一塲生意蛋子和尚道聞得縣令是箇贓官告訴他怎的要埋時自家埋下便罷了邪孝道卻使不得當下敲火煮飯衆人各剩得有些乾

八〇五

菜都將出來等飯熟大家喫飽老婆婆把銀子遞與邪孝說其緣由邪孝又向和尚致謝衆人道也要老娘去走一遭邪孝安排箇牢頭小車敎老娘坐上鎖了門夾一箇相厚的莊戶同推着車兒蛋子和尚提了柺把兩箇包裹打幷做一箇背着跟了衆人一擁的到黔陽縣來等不多時候縣令正升晚堂衆人將血胎一包當堂呈上首告地方人命事縣令把一千人逐一審過錄了口詞當委縣尉一員下鄉相驗到次日晚堂回話錄了官批石頭隖慈惠籍遊僧所犯雖重走死不[illegible]

八〇六

令馳方埋訖沈氏著邪孝自行瘞葬蛋子和尚同[illegible]殺傷免罪餘人都發回寧家單留蛋子和尚在縣[illegible]分付退堂之後候縣令敎喚和尚到後堂書房中灣去左右誇獎了他幾句次說道我有封緊要書信禮物去寄到慶元府親戚那邊路程遙遠沒箇可托之人適纔聞得你慷慨義氣又且英雄了得肯與我幹這件功勞回來之日重重酬謝蛋子和尚道貧僧遊方之人那一處不去旣然相公尊委不敢有負縣令大喜喚心腹吳孔目送長老到城隍廟居住庫上支兩貫足錢發與趄

八〇七

士養他供給等帳修書完日攛掇起身不題縣令進衙收拾金珠銀兩打疊箱籠之事卻說蛋子和尚和吳孔目到城隍廟中先布官身報知道士迎進客座裏坐下蛋子和尚看見廟宇傾頹房室敞壞道士永衫藍縷便問道這神廟香火可盛麽道士道神道極靈香火也不絕的蛋子和尚默然無語茶罷吳孔目將兩貫錢交付與道士便起身分付好生管待道士就把三百文錢遞與吳孔目折箇東道送他出門去了道士問子[illegible]尚喫葷用酒忙忙的分付廟祝買東薈[illegible]

第十回

〔八〇〇〕下來相見，說罷撲地一跳，跳出衆人圈外。衆莊家又把和尚圍住盤詰來由。蛋子和尚道：列位且說從那里來。衆莊家道：我們奉縣令老爺差委，往沅州採取丹砂，昨晚到縣和里正交納，今早起箇五更，走到這里。蛋子和尚道：列位中可有那孝廬，貧僧覆報他箇信見。衆人裏面走出箇矮黑漢子，上前道：在下便是那孝。蛋子和尚指着這死屍道：則這箇賊頭陀，便是你七世的寃仇。那孝聽罷這句，好似一千箇槲槌在他心上亂敲，面色都變了，一把扯住和尚道：還我箇明白。蛋子和尚道：如今

〔八〇一〕第十回　我說時你也不信。高居去此不遠，列位体散了，大家去做箇證見。衆人道：那大哥莫慌，既然同到宅上，自然有箇分曉。當時大衆和尚一路走，雖然那火兒同向前脚跟兒，郤有三種情況不同。蛋子和尚的心下，欣欣喜喜，好像撐船的逆風收港，有箇結末了。衆莊家心下，疑疑惑惑，好像看把戲的，不知搬出甚故事來。只邢孝的心下，驚驚恐恐，好像解察院的訪犯一般，有罰無賞。正是：背人偷酒喫，冷煖自家知。都說老婆婆見和尚去了，心中害怕起來，勉強去舖上，裹一條被單，裹

〔八〇二〕婦人的屍首就地蓋了，摸到門前兩頭看着，又不知一條是來路，東一張西一望，只等和尚到來，匹畫這事。夢裏也不想兒子回來。這里老娘模糊，還未分明。邢孝先走一步，爹已看見，叫道：老娘，你緣何獨自一箇在門外，有誰媳婦在那里，不隄件你。老婆婆三見他，扯住放聲大哭道：我兒，你爹歸，三見他，你怎麼好好端端的媳婦被甚麼石頭陀、石羅漢弄死了。邢孝道：怎麼說。老婆婆哭道：他死得好苦。邢孝搶進門來看時，衆人隨後都到了，擁上前到，把老婆婆搶在後面，只見那孝連被

〔八〇三〕第十回　單抱起媳婦，放在後屋中間，對着趄胸大哭，衆莊家人人淒慘，問蛋子和尚道：這事怎的樣起。蛋子和尚道：等邢大哥哭過了，自問老娘便知。邢孝道：我娘年老之人，須是長老與我剖簡明白。蛋子和尚便把自家落水借宿，直到打死了頭陀，後面你家老娘與我說如此如此這般這般，備細述了一遍。邢孝止不住腮邊吊淚，衆人無不咬牙切齒。都是你那天殺的鬼話，喫甚麼艸頭方安胎藥，引得那賊頭陀上門上戶，弄出這事來。如今一命便是兩命，都不是你自

告只是不允、又將鍋內兩隻熱草鞋、輪番在肚皮上擦、捺可憐血胎墜下、我媳婦當時血崩而死、老身嚇壞了、伏在後面不敢則聲、只聽得那天殺的說道、到是箇男胎、他又在布袋內取米造飯、只待喫了便走、不期遇着師父到來、奈何了他、正是天理昭彰、惡人自有惡人磨、蛋子和尚也笑起來、問道他取下血胎在那里、老婆婆道想收拾在包裹裏面了、因這老婆婆話長、蛋子和尚也不知喫了幾碗飯、把鍋裏喫箇罄盡、只剩箇鍋底和尚[族]下碗飯、向櫥櫃上尋着他的包裹、就在鍋蓋上

七九六

打開看時裏面又有小小布包兒、解開索是一條布裙子、正裹着血團團的小腳、和那胎衣在內、又一包、是十多兩散碎銀子、又是一定細白布包着一件烈火袈裟、也有件直裰衫子、另零星衣服、另有箇布囊盛下二三升雜米、蛋子和尚看着血胎、心下想道不知他那長生不死的方兒是真是假、把些藥物怎麼取用、可惜造下這罪業棄之無用了、念聲阿彌陀佛、將血胎連布裙子遞與老婆婆、老婆婆看見了、重復哭起來、蛋子和尚關了銀包、只揀幾塊大的、約莫到有五六兩、把與老婆

七九七

道這銀子你將去、斷送了媳婦、其餘自家收拾起、把時天已漸明、老出天井、看那頭陀面皮發黃、已自沒氣、腳下穿的到好一雙青布僧鞋、蛋子和尚剝來穿了、將這根齊眉鐵包頭的棍兒、挑了包裹、叫聲老人家那賊頭陀已死了、太平無事、我去了也、老婆婆道、師父你去不得、蛋子和尚真箇住了腳、問道為何去不得、老婆婆道你雖然替我除了這害、撇下這兩箇屍首、教我七十多歲的老婆子、如何擺布蛋子和尚道、世說得是我且把那頭陀的屍首、撇在荒僻處、再來計較放下棍棒包

七九八

裹一把抓着那死頭陀的腰褲、恰似小雞兒一般提起、出了門、直到林子裏面、此時天已大明、認得夜來這棵大松樹正待撇下屍首、踏上去取那衣包、只聽得遠遠的有人唱道清平世界、那里和尚殺了人、撇在這箇地方、蛋子和尚定睛看時、林子後面七八箇莊家一箇箇背着包裹、跨口腰刀、提口朴刀、飛也似逕將來、蛋子和尚不慌不忙、撇屍在地、鑽踏上樹去、取得衣包在手裏、莊家把這株大松樹團團圍定、蛋子和尚在樹上叫道、貪僧不是殺人的、是殺那殺人賊的、剝拉閃開待貧僧

七九九

的蹬上一下，那頭陀大叫一聲，口中鮮血直噴出來。有詩為證：

僧家淨業樂非常，何事芒鞋走十方。
做賊行淫遭惡報，分明好肉自剜瘡。

蛋子和尚方纔收起了，扶起老婆婆問其緣故。老婆婆啼哭起來，指看披屋裏面說道，師父去看便知。蛋子和尚還怕那頭陀奸詐，倒要加他幾拳，只見他直挺挺的不動，踢他一腳，也不做聲了，方纔放心，走到披屋裏去，把壁上掛的燈兒剔明，那鍋中兀自熱騰騰的氣出

七九〇

揭開鍋蓋看時，噴香的一鍋熱飯，是那頭陀繞煮下的。蛋子和尚正在饑緊之中，便道我且喫他兩碗，卻又理會向竈前撿起一把柴，點着去照箇碗兒來用。剛剛的在破樹櫃內取得一隻磁碗，一雙柳木筯兒，猛看見墻角頭又是一箇人睡着，到喫了一嚇，仔細打一照，原來是箇婦人，剝得赤條條的，死在血泊裏面，卻好老婆婆帶着哭也摸進來了。蛋子和尚問道，這婦人是你甚麼人，為何而死。老婆婆道，一言難盡，拖着櫈子頭兒，教師父請坐，聽老身慢慢的告訴。蛋子和尚道，你莫管我

第十回　　七九一

喫了肚疼便止，又能安胎，兒子也是沒奈何，只得憑他解開包裹，把幾味艸頭藥煎來灌下，果然肚疼止了。當日請了他一頓飽齋，又不要錢，竟自去了，只道他是箇好人。昨日又到這里化齋，媳婦回他道，男子漢不在家，改日來罷。他不肯去，就無言語調戲我媳婦起來，媳婦閉了門進來了，不理他。他坐在門首念經，只是不去。到更深時分，老身睡了，媳婦還在中間績麻，那頭陀曉得家裏沒人，悄地把門弄開，竟走進來，將媳婦抱住，恐嚇他道，若聲喚就殺了你。當下被他強姦了，這還是小事，

七九四

又教媳婦去燒下一鍋滾湯，我要洗箇熱澡，媳婦只得與他燒了，又教傾一半在桶裏。那天殺的原來不要洗澡，把包裹打開，取出一丸白藥，教媳婦喫了，後來易產。喫下後便覺有些肚疼，他又解出兩隻新艸鞋來，浸在鍋內，對媳婦說道，我要與你借件東西，合箇長生不死之藥，藥成時送些與你喫，大家升仙。媳婦問是甚麼東西，他道要你腹中五箇月的血胎。媳婦慌急了，哭奔告饒。那天殺的雙手抱定，剝箇寸絲不掛，將他綁住手腳，按在桶上，把熱湯操他的肚皮。媳婦痛極了，再三要

第十回　　七九五

七八八

有名的好漢少林寺出尖的打手、原來惹縣裏
東西叫甚麼石羅漢你便是鐵羅漢我也會銷兵器
來迎琤寺前偌大一塊搗永石我也只一拳打簡粉碎
先前我再三讓你是我出家人本等你又到林裏裏面
來尋趁我你實說在此做甚勾當惹得他家啼啼哭哭
快快說來還有簡商量若半句令戶擱我也不用棍打只
敎把你做簡搗永石見試我拳頭一試說罷左手便起
棍兒撤下右手捻起拳頭待打那頭陀心慌又被蹬翻
了胸脯好不自在儘力叫道佛爺爺佛祖師徐放俺起

七八九

來待你細說蛋子和尚道賊頭陀便放你起來、料你也
不敢走那待鬆鄉放他、只聽得屋裏黑暗中有人叫道
師父與我家伸寃則簡、莫放鬆他、蛋子和尚認得就是
先前一般的聲音定了腳看時只見簡白頭老婆婆腰
駞背曲半蹩半走的摸將出來、到大井中、朝着蛋子和
尚跪下連連的磕頭只叫伸寃蛋子和尚道老人家不
要多禮你有甚寃情、快說來、我與你做主老婆婆道這
天殺的壞了我家媳婦母子兩口的性命、只這一句、引
得蛋子和尚心頭火起、將腳跟向那頭陀的心坎裏踩

七九二

儘你說我都聽得盛着飯、一頭喫、一頭聽那老婆婆的
說話老婆婆坐在門檻上從頭至尾告訴道老身家姓
邪這死的是老身的媳婦沈氏兒子叫做邪孝在這羅
家畈種田爲生、因本縣縣令老爺貪財責取里正要百
來擔好丹砂、這丹砂雖說出在辰州、都不是黔陽縣土
產都在沅州老鴉井內這井好不寬大、四圍生成的青
石壁須要積下乾柴放起火來燒得那石壁迸開方繞
有砂現出這裏羅家畈莊戶種田空閒時都慣做這行
生意里正科欲百姓的銀子、顧人去到那邊納了地頭

七九三

錢採取丹砂、奉承縣令、這畈裏幾家莊戶都接受得工
錢但是有老婆的都寄在親眷人家去了、只我家媳婦
有了五箇月身孕、出門不得又且老身七十多歲兩口
兒做伴、在這房子內看守、一月前邪孝還在家的時節
媳婦患簡肚疼的症急切沒有簡醫人剛遇這頭陀上
門化齋兒子回他道見有病人在家沒心緒齋得你他
問是甚麼病兒子不合對他說道媳婦有四箇月身孕
了見今患肚疼只怕小產那頭陀道我叫做石頭陀石
羅漢不但會看經也曉得些醫理有簡艸頭方見

【七八四】

作伴也好、為甚抵死、不肯此只又讓了
尋西覓、只恐我還在左近、放心不下、其中必有緣故
不然、要做打家劫舍的勾當、怕我礙眼、這箇荒村野
料有甚大財鄉動了他、火好生難解、且莫管他、自邑安
息一時、再處、方欲閉眼、不覺肚中餓得疼痛、腸鳴起來
蛋子和尚道、這一夜好難過、就熬過了今夜、來朝怎得
氣、方跳下樹去、便跳下時、跑走不動、倘遇了那賊頭陀
乾折了性命、與他、聞得仙人餐松茹柏、我且學他一學
把松枝上嫩毛摘來、試嘗滋味、雖不可口、卻也清香、喫了

【七八五】

此兒引得性起、不耐煩、不論老的、嫩的、滿把的放在口
中亂嚼嚥下了許多、也覺得腹中充實了些、忽然一陣
風來、遠遠的聞得號呼哭泣之聲、蛋子
和尚道、這里又不是熱鬧村坊、此聲從何而來、側耳再聽時、其聲
哀急、又像箇婦女聲音、分明在前面那屋那一搭兒
子和尚猛省道、是了、一定是那賊頭陀幹甚不公不道
的事出來、欲待不理、心頭氣憤憤的、怎忍得住、我
悄地去探箇下落、也得放懷、當時解下腰間承包
王童把搭膊鬆繫了、腰分開松樣蛋

【七八六】

腳點地、毫無傷損、將身抖一抖、走出林子、照前來
步、一步的捱去、約莫那房相近、悄地舒頭去望那
寂無動靜、再走上幾步、向前看時、已不見了、頭陀走
擡頭、左右細看、端的不見了、側耳聽時、裏面哭聲也住
了、蛋子和尚心下疑惑、輕輕的推那門兒、原來是兩扇
舊白板門、這石頭陀在裏面、用棍撐著、撐得不牢、初時
推不開、以後用力一攪、撲的一聲、棍兒倒地、左一扇
兒、閃開這那房、原來是小小三間開、兩進一披、頭
進、兩邊安放些做屋的土磚木料、更有幾件粗重家火
（以下原闕一葉）

【七八七】

棍又打下去、那邊把右手來撐、正迎着棍兒、棍去得重
只一聲響、打折了兩箇指頭、連皮見掛着、石頭陀負痛
便叫好漢饒命、蛋子和尚巳知得了便宜、左手持棍牢
到天井裏面高高的、向下一擲、那頭陀殺豬也似叫喊
手查開五指、一把抓去、連腰胯連肚皮做一堆兒、提起
蛋子和尚上前一步、將右腳劈胸踹定、掇起升籃般大
的拳頭、在他臉上晃一晃、喝道、賊頭陀、你要死要活、那
頭陀方纔認得、就是落水的和尚、只叫師兄、是俺得
子饒命罷、蛋子和尚罵道、賊頭陀、我只道籙是汪相
第十回

老師父希得有乾糧望布施些三兒見在功德那頭陀兒
是不保蛋子和尚道啐是木的是石的只不開口莫得
纏他我且去敲得開時化碗熱湯水喫也好又猛
然想道這屋內不知有人住沒人住那頭陀同是佛門
中出身尚然如此黑夜敲門打戶知道人心喜怒如何
打熬也只一夜且喜不是簡寒天這濕衣濕裳在身上
煖過一夜好万也乾了衣包便慢慢的整理也不打緊
把搭膊將腰束紧也來簷下向頭陀對面打坐那頭陀
見這里和尚坐下去時便罵道死禿囚這簷下是老爺

七八○

要伸腰倘脚的怎般不達時務不管濕衣濕裳胡亂撐
來教老爺怎得安穩蛋子和尚想道那里有這箇樣出
家人開口便罵直恁粗莽沒奈何耐了氣又對他說道
貧僧走錯了路頭一日沒討得口齋飯又失脚落在溪
中渾身打濕了夜晚沒處去權借這簷下捱過一宵明
蚤就行與老師父沒甚妨礙望乞相容則箇那頭陀愈
加發很罵道死禿囚你不認得老爺麼老爺叫做石頭
陀異名石羅漢的便是一生遊方行也是睡行臥也是
獨歐不慣與人合夥你這禿驢知是好人歹人來

七八一

帳走便走不走時一棍就結果了你性命護窩便起
身來將手去摸那棍棒蛋子和尚又餓又冷身邊
器械只怕那頭陀了得敵他不過慌忙立起道老師父
息怒貧僧迴避便了那頭陀又罵道死禿囚怕你不迴
避須是遠遠的與我閃開若在近側時老爺一眼瞧見
休想恕饒蛋子和尚連聲道不敢不敢提着承包望屋
後便走黑暗中正不知那里去好信步走去到得樹林
中間只見一株大松時亭亭直上約有百尺之高心下
想道這樹上到好棲身只是怎得上去心生一計將搭

七八二

膊解下連承包拴在腰裏向那松樹傍一株小樹踅上
去一手攬着松枝將身就勢躍過那樹又盤上幾層揀
箇大大丫叉中似鳥鵲般做一堆兒蹲坐着方繞安身
得牢忽聽得下面聲響蛋了和尚眼快在星光下仔細
一看只見那頭陀提着齊眉短棍在樹林左右行來步
去東張西望口裏哼道死禿囚真簡那里去子穿過林
子又走去一段路繞縮轉來倒拖着棍棒向舊路徐徐
而去蛋子和尚看了叫聲慚愧且喜不遭他毒手只是
一件那頭陀獨自一箇坐在人家門首好不冷淡得

七八三

[七七六]

……逕走了多時、並無處化一口齋飯喫、看看日色晚中饑餓、正沒擺佈處、忽見高岡上四五箇樵夫挑着柴擔忙忙而走、蛋子和尚趕上一步、扯住箇老成的問道、向齋貧僧要到黔陽縣中、那一條路去近些、樵夫指道、向南只管走下了這岡子、便是羅家畈大路、那裏有幾家莊戶、你再問便了、天色巳晚、唶們還要趕過界口去、沒工夫與你細講、說罷招呼一聲、前面夥伴慢走、挑着擔喫也似去了、蛋子和尚不好阻當、遙問一句道、這里喚做

[七七七]

甚麼地名、聽得那邊答應、一箇亂葬岡、三字、蛋子和尚點頭道、怪得丘家纍纍、原來是土人埋骨之所、人生一世、浮生一秋、不學此本事、做些功業、揚名於萬代之下、必此一坏黃土、誰別賢愚也、歎了一口氣、向南而行、又走可好多路、地勢漸平、見有幾處田畦禾黍、想是羅家莊只不見箇居人也、有幾間零星艸房、都封鎖……鞋下只得忍餓、又走、看看日落天色……望見馬……沐那里像有箇人家、欲待渡溪而去、不知溪……

[七七八]

……那裡頭直到木辰、跳將起來……向下流淌去、只蛋子和尚打澇不着、只得拾了這邊……溪走去看時、約莫又是一箭之地、溪面稍狹、有兩岸……來、將艸繩綑着橫倒水面、做箇浮橋、蛋子和尚……把雙腳踹上、不隄防艸繩月久朽爛、這邊身勢去得太

[七七九]

重把兩根木頭、一腳蹬開、好箇蛋子和尚、收腳不迭、踢地倘將下去、喜得是箇淺處、剛剛淌到乳旁、全不曾奥半口水、見只是衣包都打濕了、左腳陷在深沙裏面掙得脱時、一隻麻鞋巳失了、當時無可奈何、不管三七二十

緊束細絛，脚踹方舄，飄飄直欲凌雲，手執[illegible]……步步

真堪扶老，若非海底老龍，定是天邊太白

蛋子和尚見他形容古怪，連忙向前打箇問訊那老者

又道長老不多年紀，緣何獨自一箇住在這荒山之中、

有甚苦情，啼啼哭哭，試向老夫訴說則箇，蛋子和尚道、

好教長者得知、小僧從幼出家，並無親屬，只因一心好

道，要學箇驚天動地之術，聞知此山有箇白雲洞內藏

有天書道法，因此不辭辛苦，欲求一見，誰知兩遍端午

到得洞中，全沒用處，便把第一次尋不見天書，第二次

七七二

見了又不能抄寫備細，說了一遍，說罷又哭起來，老者

勸道長老不須過哀，聽老夫一言，這白雲洞老夫少年

也曾到過，蛋子和尚轉悲為喜，忙問道長者既曾到過

必見天書，不知抄錄得多少，老者道雖則看見無計傳

取，後來過着方上一箇全真道人，對老漢說此天庭秘

法不比凡書可以抄寫，要傳法時也不用筆臨，也不用

墨刷，只用潔白淨紙帶去，到白玉香爐前誠心禱告，發

箇誓願替天行道，不敢為非，祈禱過了，便將素紙向石

壁有字處摹去，若是道法有緣的，就摹得字來，若無緣

第十回　　三

七七三

時一字也沒有，蛋子和尚道長者可曾摹得，老者道老

漢精力已衰，就摹得來也做不及了，故此不曾，蛋子和

尚道長者高居何處，若小僧摹得來時，好來請教，老者

道老漢離此不遠，閒時又來相探，說罷策着一根藤條、

望東路一直去了，蛋子和尚似信不信的，道一不做、二

不休，挣得功夫深，鐵杵磨了針，再守他一年十二箇月、

好友要摹模些兒本錢到手，終不然這秘法不許人傳

必鐫他在石壁上怎的，從此息了念頭，又做着下年的

指望，一連四五日內，竟心訪那老者住處，並無踪跡，心

七七四

腸又放慢了，這松棚中怎過得一年四季，少不得打疊

箇承包，提一根防身短棍，彷向外方遊行化齋，不一日、

來到辰州地方，且說辰州是甚樣去處

複嶺重岡，控溪扼洞，山有二酉五城之雄，水有黔江

武溪之勝，羅公隱處鳥嗚占雨，無釜辛女化來石立

與人不異，明月洞泉澄巖上，桃花山春滿峰頭齊天

秀色每連雲龍淵，腥風曾帶雨

蛋子和尚在辰州往來遊食，非止一日，無事不題，卻說

[illegible]偶行至黔陽縣界上，到一箇曠野所在[illegible]

第十回　　四

七七五

第十回

石頭陀夜鬧羅家疃　蛋和尚三盜袁公法

休將懶惰貿光陰　鐵擔勤磨變繡針
盜法三番終到手　世間萬事怕堅心

話說蛋子和尚暗想這小洞內必是袁公藏書之所、低著頭鑽進去時、只見裏面彎彎曲曲、或明或暗、或寬或窄、有好幾處像屋的所在、內有石牀石櫈石椅石卓之類、亦有石筆石硯石碗石甕諸般家火、俱生成形像、拿不起的、並不見有甚麼書籍、再進去時、洞漸小了、地下

平妖傳　第十回　一

七六九

低窪約有一二尺深的水、料是盡頭處了、覆身再看一回、已知天書不在其內、鑽出洞來、到前面石屋內周圍細看、叫一聲阿也、遠不遠千里、近只在目前、這兩邊石壁上鑴滿許多文字、不是天書又是何物、只是一件天生石壁、撥又撥將不去、要抄錄時、紙墨筆硯又不曾帶來、如何是好、且憑著自己記性、看他幾條下肚、也不枉辛辛苦苦走這兩番、方繞站定脚頭、抹一抹眼角、仔細從頭辨認那字腳、忽聞得一陣香氣撲鼻、走出屋外、瞧時白玉爐中蚤已煙起、慌得蛋子和尚不敢回頭

七七〇

抴開兩腿、脚不點地、一口氣直跑過了石橋、到了松棚裏面打坐、良久喘息方定、自古道痛定還思痛、想著兩遍到白雲洞中、擔了多少驚怕、受了多少辛苦、不曾摸得一些子在肚裏、不覺的放聲大哭、一連哭了三日三夜、兀自哀哀不止、只聽得外面大聲問道、棚中何人如此悲切、蛋子和尚聽得人聲、抹乾了眼淚、鑽出棚外看時、却是箇白頭老者、怎生模樣、但見

肴端林雪、頦下垂絲、聲似洪鐘、形如瘦鶴、頭裏著一幅青絹巾、腦後橫披大片、身穿着四鑲

第十回　二

七七一

不與相見、蛋子和尚只道見他有病、不肯露歷住、却知借他試法險此二見送了殘生、當下蛋子和尚接子、子、千恩萬謝道、多承布施了、剃着光光潔潔的頭見、貼肉又換了二件新布衫、歡歡喜喜離了冷家莊而行、徑先四處遊方去了、却說王樞密公子、接得冷家書信、扛發回書也免不得報與鄴家家小知道他家也有妻見、女兒親兒眷兒聞知此信趕上一大隊過這冷家莊來守着棺木哭哭啼啼、冷公子沒奈何他自知事不正氣央簡主文先生出來、處此二殯葬之費與他又把此二盤經

銀兩送與眾人、內中有箇出尖的奸猾老見與主文先生私講得了些二偏手、於中一力擔當攬毀棺回棺本方繞清淨也廢過百十兩銀子冷公子一生刻薄慣妻兒計別人不遺這一番做了折本的買賣地方鄰里見是官家又是有名的剃皮公子誰敢出頭開口只背地裏暗笑、正是大風吹倒梧桐樹、自有傍人說短長、不在話下再說蛋子和尚開遊慶日光陰似箭不覺又是一年頭開話休叙看看花枝變綠梅子翻黃已是五月間蛋子和尚一月前便回到雲夢山下、將那

好歹留住下、預先積下乾糧、從初一日起緣只在棚中打坐蓄養精神、到第五日早起、便扎轉停當一條搭搏將布衫兒緊緊拴住穿下雙多耳麻鞋約莫午時將到眉着霧氣就走比到橋邊剛剛霧氣斂盡、蛋子和尚喜不自勝道是第二遍了越發膽大信步行去早過了那三丈長一尺闊的不測飛梁進得洞門無心觀看景致望着那座供白玉爐的大石峰、一直走去、原來石峰對處是簡天生石屋、約有民房五六間之大中間空空洞洞、並無鋪設穿過石屋後面叉是簡小小

石洞、蛋子和尚道、這洞內想必白猿神藏書之所矣、低着頭鑽進洞去、正是不施萬丈深潭計、怎得驪龍頷下珠、只因這一番有分教蛋子和尚再費一片精神、重受一年辛苦畢竟幾時總盜得法來、且聽下回分解

閒話休題，且說冷公子聞鄧淨眼有這家法術，慇懃學他，但未曾試得真假，何如見這蛋子和尚是箇遊僧，又不曾落箇寺院，一心哄他到家裏要將他試法，巳問得他名字籍貫了，只這生辰單有年月，却沒有日時，便着人到鄧淨眼下處，請他到來商議此事，淨眼道，若沒有生辰，須得本人貼身衣服一件，及頭髮或爪甲，也是一般，冷公子道，這却容易，便喚家童取定新布微裓衫兒，送與那和尚道，大爺恐怕長老身上不淨，教送這件布衫換下舊的來漿洗，又喚箇待詔與他淨頭，分付暗

（以下原闕一葉）

七六〇

漸次日教冷公子開閤，和尚沿息得知臥病不起，越加用心做張做智的施設，到第七日黃昏以後，那團黑氣往來惡頻不住的，在圈邊打旋，交重三更，果然聚成一尺二寸一箇小和尚之形，或退或進，徘徊圈外，被鄧淨眼睜神怪眼，把令牌向案卓上狠擊一下，喝道，直天將城隍土地，這時候不奉吾法旨，更待何時，說猶未絕，那小和尚滾滾進圈來，對着罈中便鑽下去，不鑽時猶可，一鑽下時，忽塌前起陣怪風，空中如霹靂之聲，罈兒逬開七八塊，那鄧淨眼口吐鮮血，死於壇前，可憐做

第九回　　十三

七六一

了，世的術士到此未能害人，先害自己，有詩為證

邪術有驗害他人　無驗之時損自身
圈外游魂仍不滅　壇前淨眼總非真
法臨甕破兒童笑　呪與人空公子嗔
萬事勸人休計較　塋頭三尺有明神

後人又有詩云

毀人還自毀　呪人還自呪
譬如逆風火　放着我先受
呪咀禍如靈　祈禱福宜厚

七六二

賓賓司命者　願發平等心
大權寧倒授　相安庶無咎

冷公子驚倒在地，半晌方纔甦醒，兩箇十來歲的安童，嚇得啼哭不止，當下冷公子慌忙自去開鎖，喚起家人，收拾壇場尸首，到來朝買下棺木盛殮，一面寫書與王柩寄公子，只說中惡身死，一面教人打聽蛋子和尚時，那和尚出下一身冷汗，病巳好了，冷公子十分沒趣，然候關不曾漏洩，却也無顏見他之面，封下二兩銀子，教源伏侍飛的兩箇家童，打發他起身，自還舊寺做道

第九回　　十四

七六三

【七五六】

廢說話、這幾日不得工夫、只教我們好生管待長老、莫要怠慢你。且寬心住下幾時、怕他怎地。蛋子和尚道：你大爺有甚說話、索性說箇明白、我住在此也安穩。家童道：大爺肚裏的事、我們手下人怎曉得。長老莫非夜間怕冷靜、要箇人作伴麼。若是要時、莫說別的、就要箇婆娘也是容易。去年大爺養箇全真道人、也在這箇亭子上講、甚麼採檢補些的法兒、每夜少不得婆娘相伴。大爺常常過了三四箇姐妓陪伴他、來作成我們也怎混。一箇多月、如今往洛陽去了、約道今年又到、遂不見

【七五七】

來。蛋子和尚道：貧僧從不曾破色戒、也不怕冷靜、只是一件：既承你大爺美意相留、放我在這園上開走開走、散澹一時也好。家童指着南邊嚴廳道：這廳後一帶樓房、就是婆的新姨住下、常有丫鬟們下來採花、恐怕外人行走不便。蛋子和尚聽得這話、便不開口。話分兩頭、都說冷公子生長富貴之家、迷花戀酒之事到也不是。其內只有一件不老成好的、是師巫邪術。四方薦來士無有不納、恰好這幾日前鄰縣王樞密的公子薦簡人來、叫做鄧淨眼、自言眼界能見神鬼...

第九回

【七五八】

...之術、且是利害。漢時巫蠱之事、刻成木人...祭起於地下、夜間祀鬼呪咀、使死人往擊其人。唐時呂用之在高駢門下用事、專權亂政、將銅鑄就高駢一箇小人、身軀眼耳俱用物蒙着、藏於篋中、埋於自巳臥牀之下、使他耳目昏亂、惟我所制、則令。鄧淨眼之術又自不同。要厭那人時、在僻靜處設立祭壇、供養神將、壇前畫一大圖、圈內放一箇磁鏵、將那人姓名籍貫、生年生月生日生時、開寫置放鏵內、他在壇前書符念呪、攝其生魂、三日攝不來、到五月五日攝來、到七日生魂來時止、

【七五九】

長一尺二寸、面貌與其人無異。若走進圈內、把令牌一下、攝入鏵中、書符封固、埋之坎方、其人立死。有詩為證：

當年老董說高駢
若使呪人人便死
太子曾舎巫蠱冤
誰人不握死生權

這四句詩言人死生有命、就是魔魅弄得死時、也是本人命盡祿絕。俗語道得好：棺材頭邊那有寃死鬼。然雖如此、又有一句話道是：寧有屈死、沒有寃生。若是那人後祿正旺、便遣簡天雷也打不殺他。若是庸常之童子...有屈死的、終不然陰司設立枉死城...

蛋子和尚道，葷酒到不曾戒得。冷公子笑道，怪道長老
這般雄壯恁地時，小莊到也便當，分付家童把些見成
魚肉之類，煖一大壺劣酒，一同素齋送去。又道，在下有
此些俗事，不得相陪了。蛋子和尚道，不消費心，少停拜謝。
當下別了冷公子，隨著家童灣灣曲曲走到後園。這園
上有箇方池，約有數畝之大，正中三間小小亭子，彷著
正南船樣，一順兒迤邐去的。亭子四圍欄些蓮花，此時
深秋天氣，雖沒花了，還有些敗巢横斜水面。亭上有箇
扁額，寫採蓮舫三字，傍注探花馮拯題。池南邊三間大

下繫一隻小小渡船。家童請長老下了渡船，解了纜，把
篙罷槳兒撑着，項刻到那亭子邊，送和尚進那採蓮舫
内，依先撑着渡船去了。蛋子和尚看時，果然與船舫無
異。三間開都有照壁隔斷，都是開關得的。第一層是箇
小坐想，第二層又進深，此龍列有卓椅等件，傍邊都是
朱紅欄杆，掛下與竹簾兒。第三層四圍煖腿，中設小攢，
分明是箇臥室。蛋子和尚心裏暗想道，要請我喫齋，到
處喫得，如何送我在這水池中間，敢是怕我走了去不

第八回

八

領他的盛意，終不然難道他不信佛法，怪我們僧家
哄我到這絕路餓死不成。正在彷徨之際，只見兩箇家
童擡箇食盒，下了渡船，送到亭子中間卓上擺著，是一
碗臘鮝、一碗豬腎蹄兒、一碗鮮魚、一碗乾筍，
和那香蕈熬的一碗油炒豆腐、一碗青菜、一碗豆角，共
是四簋門素，一大壺酒，一鈎鈎子白米飯。蛋子和尚叫
聲把勁，也不謙讓，恣意侯喫。衆人等他喫完，收拾過了，
拭淨了卓子，邦待轉身。蛋子和尚問道，你家大爺在那
里，貧僧作別了好去。衆人道，大爺還沒有主意，想是要

留長老，說罷，衆人道大
我這夜是甚麼意思，我且耐心住箇看怎地，看看天
晚，又是兩箇家童，一管花槳，一副鋪陳，一箇拿些茶食
點心之類，下了渡船，到亭子上，一面能着茶食請師父
用茶。一面鋪設臥具，叫聲安置，他兩箇又下船去了。蛋
子和尚道，且快活睡他一夜，明日卻又理會。當夜無話。
到得天明，兩箇家童又來送湯送水，擺設早飯，整整齊
齊的兩葷兩素。蛋子和尚喫罷，便道貧僧無功食祿，今
日是必要去了。家童道，大爺還要與長老面會，講些甚

第九回

九

向前、打箇問訊、道貧僧稽首了、貧僧是泗州城人氏、心要朝各郡名山、經遊貴地、不知貴人到來、失於迴避、眾家童道、這行腳僧無禮、見了大爺頭也不磕、那蛋子和尚却待回言、到是冷公子說道、出家人不須行禮、動問長老尊姓何名、到敝地幾時了、掛塔在於何處、蛋子和尚道、貧僧在迎暉山迎暉寺出家、叫做蛋子和尚、到貴地雖然將及一月、爺不曾落箇寺院、只是風餐露宿、冷公子便道、難得有緣相遇、敝莊不遠、欲屈長老到彼素齋、是必勿拒、蛋子和尚道、多承大檀越厚意、當下

七四八

冷公子上馬先行、分付兩箇家童跟隨長老慢慢來、却說兩箇家童在路上對長老說道、我大爺好的是道、家不信佛法、從不曾齋一箇僧、布施一文錢的、今日見了長老、便請莊上赴齋、是十分敬重破格相待了、蛋子和尚道、你大爺姓甚、家童道、姓冷、百家姓上冷訾辛闞的冷字、家老爺在朝官拜翰林學士、止生下這一位公子、畱在家中讀書、新近娶了箇小主母、在莊上、以此這幾日只在這莊上住、說話之間、已到莊前、蛋子和尚看時、果然好箇冷家莊、但見

第九回　六　七四九

門迎黃道、山接青龍、路列著雙樹槐陰、面對著一泓塘水、打麥場平平石碾、正好蹴毬、放牛坡密密草蘢、又堪馳馬、層層精舍、似齊孟常養客之居、處處花臺疑石、太尉娛賓之館、定是官家別業、非同村戶小莊園、蛋子和尚到得堂中、冷公子出來重新講禮、看坐閒道、長老出家幾年了、青春多少、不像有年紀的、蛋子和尚道、貧僧虛度一十九箇臘了、從幼出家的、原來僧家不序齒、只序臘、冷公子道、俗家端的姓甚、難道真箇姓蛋

七五〇

余氏、這蛋子和尚道、貧僧在佛門長大、豈沒有箇俗姓、却只這蛋子二字、姓也是他、名也是他、冷公子道、聞得命犯華蓋的、定要為僧、為道、長老從小入空門、是十二分的硬命了、今年十九歲、是那月日生、蛋子和尚道、貧僧是月內領進寺門的、說起來像是十一月的光景、日子時辰都不曉得、說罷、只見一箇家童出來問道、素齋已完、擺設何處、冷公子沉吟了一會、答應道、擺在探蓮的裏罷、冷公子先起身道、請長老到後園赴齋、蛋子和尚道、多謝了、冷公子道、方纔失問了、敢也用些葷酒麼、

第九回　七　七五一

却盤中照夜珠、到那一箇端午、整整的還有三百六十
日、怎生樣推得過、又思想了一回道、一遍生、兩遍熟、再
等一年我也不看甚麼景致了、一口氣跑到那白猿神
的臥室、隨他藏得天書多多少少、滿擔的挑他出來、在
我揀擇取用、却不好、從此息心息意做箇長久之計、把
這草棚兒權當箇家業、整日整月的四處去開遊募化、
一日行到一箇地方、名曰永州、其地有箇石燕山、有箇
語溪、都有些奇處、那石燕山上堆滿的零星碎石、狀如
燕子、若風雨時節、其石亂飛、就像飛燕一般、人若走近

……在身上來、及至拿到手中看時、還是一塊石頭、風
息雨止、便不飛了、那浯溪石崖上、天然嵌下一塊鏡石、
高一尺五寸、闊三尺、厚三尺、其色如漆、明澈異常、雖比
不得秦時照膽鏡、把五臟六腑都照出來、却也一根根
鬚眉朗然可數、蛋子和尚因愛這兩處古跡、在永州多
任些時、一日又到石崖邊去看時、不見了石鏡、單單留
下箇窩籠、正當驚訝之際、只聽得山坡上鸞鈴聲響、一
羣人衆飛迸前來、蛋子和尚伏在一株大松樹後偷眼
覷時、爲首馬上的是一位年少郎君、生得唇紅面白、頭

帶唐進士巾、身穿吳綾道袍、騎下一匹騮黃馬、見後面
跟着十來箇家童、那郎君下了馬、步到崖邊、看這箇
窩籠、指天畫地、不知與家童說些甚麼、隨後四箇莊戶
牽繩帶索的、扛着一塊黑色大石頭來、蛋子和尚心下
想道、一定是這郎君取了那石鏡去了、把石頭照樣做
一塊來嵌着哄人、只見莊戶擡到崖邊、衆家童道、趁這
繩索方便、不要欹手、衆人一齊上前助力、也有在上面
牽的、也有在下面推的、也有將扛子幇襯的、不一時將
那塊石頭弄到窩籠跟前、相着體勢、安頓停當、慢慢的

抽起繩索、那石頭忙忙的、衆人發起一聲喊來、原來
那塊黑色石頭、就是石鏡、這郎君姓冷、是本處冷學士
的公子、雖然生得標致、爲人刻薄、諢名叫做冷剝皮、有
箇田莊、只在這五里之內、叫做冷家莊、這冷公子一心
愛那石鏡、驀地敎人偷回莊上去、誰知此鏡有神、離了
石崖、就如黑炭一般、全無半毫光彩、方纔送還舊處、剛
剛嵌入、明朗如故、蛋子和尚聽得衆人發喊、佔出頭來
看時、冷公子早已瞧見、喝道、兀那和尚獨自一箇在此
探頭探腦、莫非是剪徑的毛賊麼、蛋子和尚只得出身

在山頭上打箇探望、只見茫茫蕩蕩的、一片白正不知中間是甚樣光景、一日喫飽了飯、又買些酒來喫箇半醉、說道聞得醉飽之人、霧氣傷他、不得我頭頂著天、腳踏著地、怕甚麼袁公袁婆、等甚麼端午、端六、只管問他、言不謬、守得到端午日、看看已脾時分、霧氣漸開交了要這天書罷了、乘著酒興、冒霧而行、約進去還沒有一里、那霧氣漸濃、眼也開不了、只得轉身出來、方知僧午時天氣清爽、蛋子和尚道慚愧、果有此諍、今日被我守著了、脚穿一雙把滑的多耳麻鞋、手提一根檀木棍

七四○

兒抖擻精神、飛也似一般遄去、行過二三里外、高高低低都是亂山深澤、艸木蒙茸、不辨路徑、只中間一綫見暑覺平穩似曾經走破的、依著這路行去、約莫千里之程、果然有箇石橋、跨在開澗之上、足有三丈多長、止一尺多闊、橋下波濤洶湧、亂石縱橫如刀鎗擺列、蛋子和尚初時看見、未免駭然、一念想著、既到此間、如何生退避心、死生有命、怕他怎的、把雙眼只看著前面、大著膽索性跑去、不覺一溜煙的走過了、那邊便是石前洞、上面鑴白雲洞三字、進得洞時、好大一片田地、別是天

第九回　二　一

七四一

日、但見

平原坦坦、古木森森、奇花異卉、四時不謝、長春珍果名蔬終歲、非栽自足、楚王遊獵、馳騁未經、司馬詞章形容不到、避秦假使居斯地、縱有漁郎難問津蛋子和尚觀之不足、玩之有餘、行到前去、見一座大石峰、峰上供著一箇白玉爐、瑩潔可愛、蛋子和尚道、且莫論天書法術、只這般景致、這般寶貝、都是世人夢想不到的、今日到此、也是寄緣有幸、爬上峰頭、正待飽玩、忽聞得香氣觸鼻、剛說得、一聲奇怪、早見爐中、二縷香煙

七四二

裊裊而起、蛋子和尚大驚道、莫非午時過了、白猿神歸來也、撲地的跳下峰頭、也不回顧、一心照著來路狠跑連這根檀木棍兒也忘失了、到得石橋邊、只見霏霏霺霺、霧氣漸生、這和尚著了忙、在橋上打箇脚跰險些兒落在下面去、且喜過了石橋、膽便壯了、放開脚步十來里路須臾走到、方繞回頭看時、一天濃霧把洞門依舊遮藏、回到草棚中坐了、一箇多時辰、喘息方定、心中納悶、特地這遍辛苦、只看些景致、討不得一點兒消息、知天書真箇有也沒有、正是貪看天上中秋月、失

第九回　三

七四三

有簡方上道人趕着這簡時辰進去、將到洞口[illegible]
條石橋甚是危險、情知走不過、只得罷了、這霧[illegible]
許多里數、若誤走進去、被霧迷了、四面皆無[illegible]
跑得出時受了這霧氣在肚裏、不是死也病[illegible]
夢山共有九百里大本地、還有不曉得白雲洞的蛋子
和尚聽了、心下想道、原來真有這簡法術在此、我若及
緣時、更與那簡有緣遇了、幾日撤却了同行僧伴獨自
遲到雲夢山舊路來、傍着近霧之處、斫些枯木摘些松
枝低低的搭起一簡艸棚、日裏出外投齋化飯、夜間只

七三六

在棚中歇息、專等端午日、要到白雲洞中盜取白猿神
的天書道法、若是一偷就偷着了、那一簡不去走一遭
見也不見得天書妙處、正是受得苦中苦、方爲人上人、
畢竟蛋子和尚怎麼樣去盜法、且聽下回分解

平妖傳　第八回　廿八

七三七

第九回

冷公子初試厭人符　蛋和尚二盜袁公法

道法緣流各一宗　　白雲洞裏最神通
有緣千里能相會　　無緣對面不相逢

話說蛋子和尚在雲夢山下艸棚中棲身、專等五月端
午日霧氣開時、便去白雲洞中盜法、此時已是四月初
旬、算來端午、只有一簡月了、心下十分焦燥、雖然求法
的念頭甚誠、還在半信半疑、恐怕那僧伴所言道聽途
說、未知是真是假、若是假時、這霧氣那里來的時常[illegible]

七三九

繼到寺內的、認得他。何州何縣、向海底下撈針去老師
太你必定曉得些踪跡、對我們說知待我們寫簡長帖
請書請他到來便了、慈長老被眾僧七張八嘴氣得開
口不得回到房中落了幾點眼淚以後也不教眾僧去
尋了、每日鎖了房門、自家各處摧問、每遍回來眾僧背
後做手勢、裝鬼臉慈長老只做不見過了月餘毫無音
耗、慈長老又在觀音大士前求了好幾遍籤都是不吉
話兒想着起初求的籤訣上說道螟蛉只暫時、又道
處來蹄法處去、一定是尋不着了、那籤是第十五籤

第八回
六
七三一

急道我老人家也自家去奔走了一遍、麼你後生們看
得過在這寺裏相處幾時、全沒些三情分、就不去訪他簡
下落眾僧見慈長老認真越發不在意、一簡道不消尋
得他想着老師太恁地牽掛、決不去遠的、只兩日三日
自然來看你又一簡道老師太你便牽掛他他到不牽
掛你若是他心地好時不走去了就去也對你說聲又
一簡道他將來是一寺之主我們都沒川的怎教老師
太不牽掛又一簡道他又沒有俗家原是簡倘來僧老
師太有處尋他來還有處尋他去又不是我們作中媒

七三二

剛撫養到一十五歲想是天數巳定、無可奈何歎巳
也只得罷了、正是世上萬般哀苦事、無非死別與生離
天下無有不散的筵席這段話纔過不題再說蛋子和
尚出了寺門、立心要遊各處名山訪簡異人傳簡驚天
動地的道法、一路化緣前去、到全州湘山光孝寺中拜
了無量壽佛的真身、又往衡州朝了南嶽衡山、把七十
二峰、十洞十五巖三十六泉二十五溪都遊簡遍逢山
看山逢水看水遇簡遊方僧道便跟他半月十日、看他
沒甚意思又拋撇了、如此非一忽一日同幾簡僧家、來

七三四

這沔陽雲夢山下經過、到簡所在絕無人煙、都是亂山
舍着僻靜只顧走、只見自霧漫漫前途不辨、心中正在
驚疑內中一僧在後面把手招道快轉來走錯路了、蛋
子和尚隨着僧伴轉去問道這是甚麼所在那僧一頭
走一頭說道聞得這里有簡白雲洞乃白猿神所居弟
有天書法術在內怕人偷去、故與此大霧坟隔絕之一
年之內只有五月五日午時、那一簡時辰猿神上天奏
事暫時收斂、過了這簡時辰猿神便回、霧氣重庵、南廟
供在香爐一座、只香爐中煙起此乃猿神將歸之令

第八回
七三五

念其前因把五斗麥子去助他喪事又領着蛋子和尚
到他靈前磕頭所以蛋子和尚與丑漢一向相識來往
這日丑漢正在潭邊埋着頭洗菜只聽得石頭碎響擡
起頭來看時認得蛋子和尚問道蛋師爲甚在這裡試
力蛋子和尚坐着只不做聲丑漢道你與誰關蒙氣來
出家人戒的是酒色財氣四件酒是沒要緊雖說色財
兩字那裡沒有甚麼婆娘與你偷錢鈔兒與你搬只這
氣是日月有的第一要戒的是他蛋子和尚聽了這話
十分氣已降下三分了便道老哥好話我別無他事只

七二八

受這一夥禿驢欺瞞不過丑漢道我父親在日常識你
是不落血盆的好人怎的與他們一般見識自古道欺
一壓二他先進寺門一日大位又是單身除非別處去
不住這寺中罷了若要同鍋喫飯後日慈長老去世還
要在他們手裏討針線哩思前算後總不如耐氣爲上
說罷提着一把菜向東去了蛋子和尚因這一席話把
放火燒寺的念頭撤開決意出外遊方想着慈長老待
我甚好不對他說一句如何使得又想道若對他說一
定不放我去不如硬着肚腸就今決撤開罷　先進

第八回　十四

七二九

到廚下去看時紙錢還在碗櫃土取來就焚在竈前遶
到慈長老房中魆地裏將隨身衣服被單打箇包裹
着等到天晚溜出寺門趁着月光撥開腳步便走有詩
爲證

　　不分南北與西東　大步行來去似風
　　未必前途都稱意　且離此地是非中

不說蛋子和尚去後且說慈長老當晚不起蛋子和尚
進房問着眾僧都推不知過了一夜明日看他的衣服
被單都沒有了心下疑慮對眾僧道你們那一箇與他

七三〇

前關口來他承服被單都收拾去了也不對我說聲
定是賭氣去的眾僧那箇肯認都說我等金無口面他
立心要遊方久了只牽掛着劉狗兒昨日燒些紙錢是
打帳出門的意思長老不信分付眾僧四下里尋訪他
回來眾僧口裏答應那箇去尋只在寺前寺後關蕩了
箇把時辰回覆道沒處尋想他去得遠了喫了早飯慈
長老又催并眾僧分頭再去自家拄箇竹杖也去村中
走了一回轉到寺前見這些徒弟你們在水潭邊一
行見擺着撿近三兒片見賭打水跳耍子慈長老發箇

第八回　十五

七三二

頭便有些無禮之處老道又一口埋怨下情陪禮那慈
長老又說他是箇孤身異種勸衆僧讓他一分所以
僧只得耐他下去這蛋子和尚聽得人說是蛋殼裏頭
出來的自家也道怪異必不是箇凡人要在世上尋件
驚天動地的事做一做衆僧背地裏都叫他是畜生種
又叫他是野和尚雞兒抱的狗兒養的心中不美常想
走出寺門雲遊天下只爲慈長老看待得好又老道有
父子之恩所以割捨不下忽一日老道得了一箇危症
在牀數日蛋子和尚衣不解帶看湯看藥的伏侍不捨

嗚呼哀哉死了蛋子和尚哭了一塲少不得棺木盛殮
又與慈長老討茱園傍邊一塊空地埋葬慈長老許了
衆僧都有些不像意喞喞噥噥的說道老師太越沒志
氣了一箇香火道人也把塊葬地與他若是死了箇和
尚必須造箇大塚傳下兩三代休想剩半畝茱園終不
然把這寺基廢了都做墳墓罷慈長老只做耳聾由他
個自言自語只不則聲不一日擇吉入土衆僧們也有
推傷風的也有推肚疼的都不肯來幫助只一箇老
尚把幾鈸響着送葬當晚慈長老就波拾蛋子和尚

自房裏去安歇到第三日蛋子和尚要做老道的墓穴
念老道是奉齋的特地買一塊豆腐把碗盛着放在厨
下又去買些紙錢轉來取豆腐時不知那一箇孩子在燒
火的矮檯上被狗子喫去了蛋子和尚明知是衆僧們
故意如此又惱又苦對着竈下哀哀的啼哭衆僧出來
攬事道這厨房須不是劉氏門中祠堂孝堂只管喪甚
鳥早知道這塊豆腐恁地直錢時老師太也該替你看守
好繞是如今也不消啼哭左右不是張狗兒喫也是李
狗兒喫與你親爺差不多蛋子和尚被衆僧一人一口

數落一塲也不回言撇却紙錢一逕走出寺前向水潭
邊一塊搗衣石上氣忿忿的坐着想道這夥禿驢欺得
我也勾了我如今死了養爹更沒箇親人了老和尚雖
好許多年紀也是風中之燭朝不保暮到底是箇不好
開交不如半夜三更放把火燒死了這夥禿驢方出得
這口氣只慈長老這條命頑頭斷不的他的哄他出來
寺門便好千思百量心頭火按納不下提起拳頭向那
搗衣石上只一下把一邊角兒打箇粉碎此時東都的
朱大伯也故了有箇兒子喚做丑漢大伯死後老和尚

裏便是埋在土裏，後來聽得劉狗兒撫養着一箇小廝，我疑心是那話兒，今日拿這叉袋去寺裏借些麥，便瞧一瞧那小廝是甚麼模樣，你不與我瞧也罷了，怎般發惡，道干你屁事。又道認做你家孫兒去罷。常言道：樹高千丈，葉落歸根。這小廝怕養不大，若還長大了，少不得尋根問蒂，怕不認我做外公麼。衆鄰舍道：到底是你老人家口穩，有恁樣異事，再不見你題起。旣是這老和尚做張做智，你只看出家人分上，耐了些罷。老人家着甚麼緊事，剖這樣閒氣，再過幾日，我們與這老和尚

七二〇

說討些麥子還你。你不消着惱。大家三言兩語，勸那朱大伯回家去了。有詩為證：

別家閒事切休題，題起之時惹是非。
何如賈人問小孩兒，麥子不還賠閒氣。

再說慈長老因朱大伯這番發氣，分付老道再莫抱小廝出來。到了週歲，便替他在佛前祝髮，從此廢了吉見的小名。合寺都喚他做小和尚。只因朱大伯與這些鄰舍說了鵝蛋中抱出來的，三三兩兩傳揚開去，本寺徒弟們都知道，慈長老也瞞不過了，因此又都喚他做蠢

第八回

七二一

子和尚。俗語說得好：只愁不養，不愁不長。光陰似箭，這蛋子和尚看看長成一十五歲，怎生模樣，有西江月為證：

鮮眼濃眉，隆準肥軀八尺多。長生成異相，貌堂堂，吐語洪鐘響亮。葷素一齊不忌，勇力賽過金剛。天教降下蛋中王，不比尋常和尚。

又且資性聰明，諸般經典，雖不肯專心誦習，若是教他一遍流水背誦出來，有人不識起倒，與他賭記問時，乾自把東道折了。老道將他愛惜，自不必說。則這慈長老

七二二

一條心也未免偏在他身上。看官你道為甚的，一來爲他聰明，二來可憐他沒有俗家看覷，三來還有一件。這蛋子和尚從幼不忌葷酒，好的是使鎗輪棒，雖則寺中沒這家火，時常把大門杠子舞上一回。若教他鋤田種地，做一日工，抵別人兩日還多。只是性氣不好，觸着他便要斯罵厮打。且喜聽人說話，或是老道和這慈長老隔壁喝一聲時，氣也不敢呵了。有這幾件，上得了住持之心，喫的穿的，每事加倍的照顧他。那起徒弟徒孫，漸有不平之意，常時合計商量，要熱他出去。只是沒箇事

第八回

七二三

顫你且回去一時間我教人送來朱大伯道不游運
老漢帶得有叉袋在這里若方便時老漢自家情去
說罷便把叉袋子提起與慈長老看慈長老接得在手
便道既如此你且在這廊下暫住等老僧進法取來與
你朱大伯道老漢還要尋劉狗兒說句開話慈長老恐
怕這老兒進去看見了小孩兒口嘴不好講出付麼怕
非來便趕狗兒在園上鋤地哩待老僧喚他出來罷長
長老左手拿着叉袋右手去籃上撿起這件補不完的
敝福衫也放在左肩上對裏頭便走朱夫到勞鄉哩

七一六

隨進來慈長老着了急連忙開門已被老兒蹿進一隻
腳來了慈長老焦躁道這里禪堂僧院你俗人家沒事
趕進來做甚止無過要幾斗麥子我又不是不捨得與
你教你廊下等一時兒你郆不依我說朱太伯扯開了
口笑嘻嘻的道老漢閧得劉狗兒領下一箇小廝要去認
一認看他是胎生卵生慈長老聽得卵生兩字說着了
筋節面皮通紅發作道這老兒也好笑胎生卵生關
你屁事他自在路上拾來一箇小廝初時便有二尺麥
長子難道卵生是大鵬卵裏頭抱出來鶉鶉進進這老

七一七

終不然瞧中意了認做你家的孫兒去罷便把叉袋
撒在地下又道你既要認你孫兒我也沒氣力與孫
麥子朱大伯見慈長老發怒便道不要我看這小廝便
罷了直得怎地變臉只怕這野種子做不成你徒子徒
孫哩拾起叉袋子抖一抖抱着轉身便走慈長老道不
要麥子也由得你難道教老僧央你帶去不成冷笑一
聲把門閉了朱大伯走出寺門口裏喃喃的道再沒見
這樣出家人許多年紀火性尤自不退便問得這句胎
生卵生也只當取笑你便着了忙發出許多說話好胎

七一八

扯淡眾鄰舍見朱大伯氣憤憤的從寺中出來便問道
大伯你討甚麼東西不肯直得如此着惱朱大伯道告
訴你也話長哩去年冬下這慈長老拿箇鴛蛋兒到我
家來趁我母雞抱卵也放做一窠兒抱着誰知蛋裏抱
出一箇六七寸長的小孩子鄰舍道有這等事朱大伯
道便是說也不信抱出了小孩子還不打緊這母雞
死了這一窠雞卵也都沒用了我去叫那長老來看
老道不要說起是我連累着你明年麥熟時把些麥
聽你罷把這小怪物連窠兒掇去我想道不

七一九

收養做箇兒子只這幾箇和尚中也有好善的也有的那好善的便道阿彌陀佛養得活時也是我寺中驗讒那惡的便道誰家肯把自養的孩兒撇却一定是沒守大的婦女做下些不叩不白的事生下這小廝怕人知道悄悄惹捨棄了我們惹甚麼是非却去收他那好善的又道莫說這般非過的話知道是那家生的多有年命刑魁爹娘不肯留下或是婢妾所小大娘子妬忌將來拖却也不見得那小廝額上又沒有姓張姓李字樣有甚是非那惡的又道撫養他也能只是寺院裏另

七一二

頭哭出小孩子聲響外人聞得不當稚相老道道這小廝只有這件好處再不哭一哭見眾僧便不言語慈長老道我出去讓你們在牀鋪上坐坐莫要搖倒了這間房子說罷走出房去了眾僧見慈長老有此二不悅之意也各散訖有詩為證

> 收養嬰兒未足奇　　半言好事半言非
> 信心直道行將去　　眾口從來不可齊

却説老道自收了這小廝愛如己子早晚調些糕湯餵他便當寅就把些粥飯放他口裏這小廝也嚥下字

七一三

又沒病痛自此老道每日的省粥省飯養這孩子過了三五箇月外人都知道寺裏老和尚在菜園裏拾箇小孩兒交與劉狗兒養着把做箇新聞傳說東鄉的朱大伯聞這句話暗想道菜園裏那有甚麼孩子拾得莫不是鷄蛋中抱出來的這箇怪物老和尚沒有安排殺他撫養在那正當時因壞了我一窠雞兒曾許下賠我幾斗麥子不見把來與我如今只說少了麥種與他借此麥子做種只當提頭他一般料他也難回我順便就去看那孩子是甚麼模樣是那怪物也不是當下朱大

七一四

伯取箇义袋子拿着走進寺來正遇見慈長老在廊門檻上坐着手中拈箇針兒在那里縫補那破福衫朱大伯道老師太多時不見了慈長老一見了朱大伯便想起舊話來慌忙放下襦衫起身問訊道老僧許你的麥子還不曾相送朱大伯道怎說這話咾漢不是來與老師討債的自家藏下此些做種的蕎麥子被一起親看到我家住下幾日都喫去了少了麥種只得與老師太借此二去待來年種出來做饝饝送老師父喫慈長老道我許下了少不得送你的那論你有麥種沒有

七一五

【七〇八】

尸疏巳畢、將籤筒向上搖了一回、撲地跳出一根籤來。拾起看時、是箇第十五籤、果然註箇上吉二字、那籤訣上寫道：

風波門外少人知　来處来時去處去
認得螟蛉只暫時　因緣前定不須疑

慈長老看這籤中之語道、螟蛉乃是養子、我僧家徒弟便是子孫、這籤中明明許我收留、料也沒事、當下就喚老道劉狗兒來到禪堂、分付道、不知村裏甚麼人家、養多了兒子、撇下一箇在我家菜園裏、方繞我到那邊看

【七〇九】

見他在楊柳樹下、到好箇小廝、可惜他一條性命、我們僧家不便收養、你可領他在身邊撫育、倘或成人長大、剃度為僧、你老人家也有箇依靠、原來這劉狗兒是本處一箇莊戶家中、也有得過活、因年老無子、老婆又死了、別著一口氣、到貼幾兩銀子、進入本寺、做箇香火、因自巳沒兒、平日間見了人家小孩子、便是他的性命、聽得慈長老這話、一腳跑到菜園楊柳樹下看時、果然好箇清秀孩子、連忙抱在懷中、把布衫角兒兜著、剛轉身到門口、只見慈長老也走將來了、慈長老見老道

【七一〇】

孩子、心下也到歡喜、對他道、你抱進自房裏去、我就老道忙忙的去了、慈長老搬轉園門、取下這副銅鎖、回房中、便向牀邊衣架上、揀一件舊布衫、一條破裙子、拿到老道臥房裏來、把與他包裹孩子、老道道、舊衣舊裳倒也有、然件套這甲了、還存得幾尺藍布、恰好與他縫箇彩兒、穿着、只是沒討乳食處、怕餓壞了、慈長老道、乳食那裏便當、早晚只泡些糕湯餵他、若是他該做你兒子、自然有命活得、倘然沒命、也沒奈何、強如撇他在菜園活活的餓死、舉心動念、天地皆知、你老人家肯收

【七一一】

也是一點陰隲、神明也必然護祐、我先前在觀音大士前求下一籤、是箇上吉、明日長成、喚他叫做吉兒罷、老道道、且喜這小廝歡喜、稍只會笑、不會哭、從來園裏抱進來、直到如今、也不見則聲、慈長老道、是不哭的孩子、好養、兩箇正在講話、只見走出一箇小沙彌來、看見了小廝、便去報與師父、師兄知道、三四箇和尚都踊將來、把老道半閒臥房擠得滿滿裏、眾僧問道、這小廝那里來的、慈長老道、不知是張家兒李家子、撇在我家園裏頭、我見他好箇小廝、又可惜他一命、因此教老道

忍便道、小厮、你可惜討得箇人身、若撇在蛋殼裏求
富貴、人家夜明珠也賽不過、你如何鑽在蛋殼裏去、
你自走錯了路頭、不干老僧之事、今番聽老僧分付、別
投生路、休得成精作怪、恐諕老僧、便把鋤頭柄兒按倒、
將雞窠翻上、冒看添些泥土、堆得高高的、又取幾塊亂
石、壓在上面、料是出不得頭、方繞轉身、又想道、倘或走
箇狗子進來、爬開石塊、怎麼好、我且把園門關上幾日、
這怪物不是悶死、也是餓死、當下帶轉門、見搭上鐵鈕、
回到房中、取一具鹵鑽的新銅鎖鎖上、分付僧眾直等

我來自開、這長老生性有些固執、眾僧不知他甚麼意
思、也不去問他、一連過了十來日、慈長老心下總是掛
又想道、眼見得這孩子不活了、我且看他一看、終不然
鎖斷了門、抛荒了這片園地、菜也不要喫、一根當下取
匙鑰去開了鎖、曳開園門、走到西邊牆角頭、看時、只見
亂石四散、抛開雞窠、兒也翻在一邊、內中不見了小孩
子、慈長老喫了一驚、四下尋看、只見那小孩子赤條條
地坐在一棵楊柳樹下、身上並無傷損、已變做二尺長
了、生得清秀、只是不能言語、見慈長老近前笑嘻嘻的

一手扯住他的布衫角、見慈長老沒奈何、把他掙開、轉
身便跑、再也不敢回頭、離了菜園、心頭還突突的跳、暗
地想道、我恁般埋了他、又是甚麼神鬼弄他出來、終不
然一點點小厮、許大力氣、自會掙扎、便泥裏鑽出來時、
這些石塊、如何運得開去、況且十來日裏頭就長了一
尺多、若過二三十年、怕不撐破天哩、恁般怪事、古今罕
有、這禪堂中觀音大士靈籤極準、我且問箇吉凶、若是
該留下撫養、或者到是箇聖僧、不是我們滅得他的、若
不該留時、再做商議、原來禪堂中供養的是一尊僧伽

有驗、慈長老那時也是無計可施、只得取了籤筒、跪在
大士前磕頭、祝告道
弟子出家多年、小心持戒、不合潭邊汲水、把箇蛋兒
攜帶、送與鄰家老母、誰知抱出箇小無賴、埋之不
死、餓之還在、忽然一尺二尺、恁般易長、易大、來歷甚
奇、蹤跡可怪、不是妖魔、定是冤債、若還天遣爲僧、當
下金無災害、乞賜靈籤上吉、使我不疑、不駭、特地祈
求、誠心再拜

第八回

慈長老單求大士籤　　蛋和尚一盜袁公法

伊尹空桑說可疑　　　偃王卵育事尤奇
書生語怪偏搖首　　　不道東鄰有蛋兒

話說慈長老在菜園中埋了小孩子，方欲回身貝見那
孩子分開泥土，一箇大核桃般的頭兒鑽將出來。那
老慌了手脚，急將鋤頭打去用力過了撲地跌上一交
把鋤頭柄兒也打脫了爬起來看時那孩子卻含笑正
坐在雞菓裹面對着慈長老笑容可掬慈長

都沒用了等明年蕎麥熟時把幾斗賠你罷珠大姐道
不消得這也足各人的命運只怕東鄰西舍傳說開去
鬧動了官府把小事弄做大事前村王婆家養一窩小
豬內中有一箇悟前邊兩隻腳全然像簡人手被保正
知道報了州裏說民間有此怪異州裏差幾簡公人押
了保正到王婆家要這簡豬去審驗這一夥人到時要
酒要飯又要討錢連母豬都賣來送了他還不勾用如
今老師父快快拿這怪物去撇下了休得要連累我家
慈者老聽了這般說話嘿嘿無言只得脫下身衫連築

六九二

菴前帶回寺裏也不對徒弟們說知遂到後園菴
中尋箇鋤兒鋤開地戶頭一搭地就把雞窠做了小孩
了的棺木深深的埋了正是一坏濁土埋戲不滅的精
且月寺生所运在無常候忽死生二字皆由命禍福
三生總是天末是蛋中的小孩子死了也到絕了簡禍
狠只不知能逐長老的意否且聽下回分解

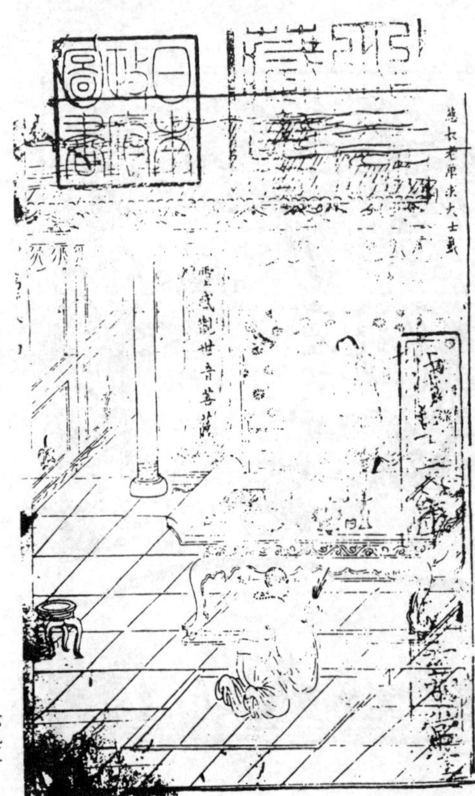

六九五

都到西園去求見也有願拜做師父的過了一兩個月沸沸揚揚隔州外縣都知道這話來的人越發多了楊巡檢恐怕惹是招非不便對聖姑姑商議只就閉關三年、一躲不接見外客把佛堂前門鎖斷貼下兩層封條都在後邊通簡私路彎彎曲曲的魍地裏送東送西楊巡檢又向本縣知縣說知討一道榜文張掛禁絕外人混擾眾人見了縣家禁約再也不來纏帳只本宅老夫妻兩只有時來園上遊玩私到淨室整日整夜的談論些因果佛法眾人也不好去管他自此這老狐精只在

華陰縣裏受楊巡檢家供養他也自家想道則天娘娘所言遇楊而止四字巳應驗了只不知遇蛋而明這四簡字又是如何說話的忘了一椿要緊關目了那胡媚兒䍐不知下落緣何不見題起看官且莫心慌只有一張印沒有再刷占頭怎好那邊說一句這邊說一句如今月天起胡媚兒這段關目索性把遇蛋而明四箇字表白起來單說泗城州界內有箇迎暉山迎暉寺中住持老和尚法名慈雲只一箇房頭大小到有三四眾徒弟又有一箇毛道叫做劉狗兒這慈長老年近六旬

第七回

極是箇志誠本分的一日州裏有人家請他看經慈老想道身上衣服有箇把月不曾漿洗了又浸得脫難且燒鍋熱湯淨淨也好拿箇桶到寺前潭中去浣衣只見間的溜的一件東西在水而上半沈半浮看看晡剗桶邊乘着長老汲水的丁勢摸通的家進桶裏來慈長老只道是蛋殼見撈起來有到足圈圈蛋兒像箇鷲卵慈長老道這近寺人家沒甚養鷲那裏是蛋見且有他有雄無雄若沒雄的把與小沙彌啊飯若有雄的束鄰朱大伯家雞母正在那里看雞送與他抱了

出來也起一箇生命佛經上說好喫蛋的死後要墮空城地獄倘或貪嘴的拾去喫了卻不是作業把蛋兒面日光下照時東南滿滿地是有雄的忙到朱大伯家敢他放在雞窠裏面若抱出鷲來就送你罷朱大伯應承了不抱猶可花到筭七十朱大伯去喂食只見母雞死在一邊有六七寸長一箇小孩子撐破了那蛋殼鑽將出來坐在窠內別的雞卵都變做空殼做一堆兒堆著朱大伯慌了便去報與主持知道慈長老驚說喫了這去看時連呼作怪作怪是老僧連累你是寡鸞

第七回

坐於兩旁席開顯起金經一事婆子道不是貧道誇口
任你龍章鳳篆貧道都知當下齋罷楊巡檢教安童備
起轎馬自巳夫妻兩口和那婆子共是兩箇轎一箇馬
少不得男女跟隨直到西園這西園雖不比金谷繁華
端的也結搆得好但兄
　地近西偏門開南面行來夾道兩行官柳間疎槐步
　入迷踪一帶竹屏盤曲徑前而設五間飯僧堂中間
　造幾處留賓館樓窓華嶽那數他景石成山水引渭
　川不枉了築亭臨沿迴廊雅致到書房疑是仙家淨

六八四

空房閒修佛堂如遊僧舍開徑逢人宜置酒閉門謝

客可逃禪

楊巡檢和奶奶讓婆子先下了轎分付園公引路迤到
佛堂三箇同拜了佛像楊巡檢教安童檯過一張黑漆
小卓兒抹得乾乾淨淨親手捧那紫榿匣兒安放卓上
開了匣蓋將經取出解開紅錦包袱請聖姑觀看這婆
子合掌念了一聲阿彌陀佛便將經文展開前後看了
一遍說道原來是一卷波羅蜜多心經却是天竺梵書
又後面脫了菩提薩摩訶五箇字所以世人不能辨認

第七回　十一

六八五

楊巡檢不信教取一卷唐本心經把與聖姑姑逐字把
對分說果然少了五字楊巡檢夫婦自此愈加敬重當
下楊奶奶要請聖姑姑到家中去同房住下早晚講論
這婆子不願就在佛堂後邊三間淨室打掃潔淨收拾
鋪陳器具日逐三餐供養這聖姑姑在內這婆子只是
獨自一箇往着夜間也不要箇丫鬟婆娘作伴又對楊
奶奶道素齋素酒有便送些來喫若不便也不消貧道
可以十年不飲不食楊奶奶道這飲食可是一日少得
便來縈了肚皮怎過得十年我且推箇事忙不送他幾

六八六

日供給看如何分付劉公只說有事家來鎖了園門一
連七日影也沒人走去第八日楊奶奶乘箇小轎親到
西園開着鎖望他只見聖姑姑在淨室中安然不動坐
在蒲團上念佛楊奶奶道聖姑可饑麼婆子搖首道正
飽哩楊奶奶回宅對丈夫說道聖姑七日不喫東西全
不妨事越有精神有恁般奇異夫妻兩口越發道是活
佛了從此華陰一縣都傳箇遍說楊巡檢家供養箇活
佛在那里論起理來若是活佛他也何求於以受人供
養到底有見識的少縣裏若男若女每旭介成羣逐隊

第七回　十二

六八七

（六八〇）

識得如來眞實意　唐書梵字一般般、

這裏張公見楊巡檢下馬跟進廳來稟道老爺賀喜了今日講得金經就有箇能識梵字的到此求見楊巡檢問道是何等樣人張公道是箇女菩薩法名聖姑姑他說是普賢菩薩的徒弟能識一十六樣天書老爺若要請他相見只向東南方喚他三聲他立地便到楊巡檢似信不信道有這等事且待明日看他再到我門首來否楊巡檢進了內宅把這迎取金經和那聖姑姑這班說話一一對奶奶說了奶奶道適繞有件怪事正要說

（六八一）

知我到天井中去尋不櫝花只見東南方五色祥雲一朵拂拂而來空中見一位菩薩金珠瓔珞寶相莊嚴端坐在一箇蓮花座上我心裏道是普賢菩薩出現慌忙禮拜下去才起這來花不見了我只道是眼花這般說起眞箇是普賢菩薩差着聖姑姑來的這聖姑姑定不是凡人披這菩薩出現的是他徒弟也不見得明日只依他叫喚他若來時把這梵字金經敎他識認看他怎地若果是普賢菩薩的徒弟守不說謊說話的這雲端裏的菩薩是誰就是聖姑姑變來的第二回書上曾說

（六八二）

過來他是多年狐精變人變佛任他妖幻只没有甚麼人神通所以成不得大器有詩為證

藤蘿雖然為瓔珞　　樹葉披來當道衣
堪笑世人皆肉眼　　認真菩薩便皈依

當夜無話到來朝早起楊巡檢喚當直的備下香燭擺在廳上自巴穿着一身潔淨新衣走出廳前對着東南方志心的叫了三聲聖姑姑聲猶未絕管門的張公來稟道昨日的老道姑巴在門外了楊巡檢心中驚異便道請進適請進兩字還說不完只見廳上站一箇老道

（六八三）

姑在那門邊打簡問訊道老檀越貧道稽首了楊巡檢巴知是聖姑姑又不見他走進門來如何的反在廳上心下又疑又怕慌忙磕頭下去道我楊素有何能德敢勞聖姑姑下降有失迎接婆子道不須老檀越過禮你夫婆都有佛緣的貧道承齊賢祖師分付特來求見楊巡檢有些聖姑姑模樣雖然髮白面皺兩眼如星光比凡人精神不同身上藍縷郏也乾淨當下楊巡檢分明見了簡活佛歡天喜地接入後堂請奶奶出來相見夫妻兩口拜為師父整備素齋款待聖姑姑上坐他老夫妻

你老人家好善積下來的、張公道、老爺身邊許多安童只歡喜我的大孫兒出去不拘遠近定要他跟隨婆子道方繞老爺在那里去卻用着一班吹手、張公道西門外迎取梵字金經哩、婆子道這經是那里來的、張公道是簡哈密僧帶來的這哈密僧又啞又聾在這里西門外觀音菴內借住、活到九十九歲無疾而逝、身邊並無一物存留下這部梵字金經菴裏長老說有人造簡金龕子斷送了他就將這部經把與他去、是我家老爺替他造龕燒化、又請僧衆做此三法事與他今日到那菴內請

六七六

這部經供養在那間佛堂裏去婆子道是甚麽經、張公道知道他是佛經道經寵玉經、誰識得半簡字來、婆子道若是梵書貧道或者到也辨得出張公笑將起來道聞得此經是西域天竺國來的、一片泥金寫就與世間字體不同、所以叫做梵字金經先在菴中、經過了許多人的眼睛並無人識你這老婆子調這樣謊罪過罪過婆子道不瞞你老人家說、貧道曾跟曾賢菩薩受過一十六樣天書所以諸經梵字無有不識原來這老狐精、多曾與天狐往還果然能辨識天書說曾賢菩薩乃是

六七七

鬼話、張公聽了大驚道、曾賢是觀世音一輩、你如何看見得他、婆子道、貧道與這位菩薩有緣、不時相會的、你老爺要瞻禮他、也極容易、張公道是真也還是假、婆子道千真萬真、張公道若果然如此等老爺回時、老漢卽便稟知、只不知女菩薩尊姓安歇何處、今恐怕老爺回得遲、你等不及去了、倘或要尋你時、那里相請婆子道、貧道喚做聖姑姑、若老爺要請我時、向東南方、叫聖姑姑三聲、貧道卽便來也、這婆子說罷飛也似跑去了常言道、一人喫齋十人念佛、因這楊巡檢夫妻好道連這

六七八

老門公也信心的見婆子說話有些古怪便認真了當日楊巡檢到菴中、拜了佛像、請出梵字金經來解去舊繡袱揭開細看喝采了一回重換箇大紅蜀錦袱兒包了放在紫檀匣內自己捧着坐在馬上一班吹手笙簫細樂迎入西園中佛堂內面供養在觀音菩薩面前燒香點燭又拜了四拜打發吹手先回自己又在園中遊玩了一番臨去分付園公莫放閒人到佛堂裏去、恐不潔淨、四箇安童跟着騎馬而回有詩爲證

笙簫一隊擁雕鞍　手捧金經心裏歡

六七九

六七二

身燈的本宅也齋了他一遍布施他些錢帛誰知那二
班是大夥强盜這尼姑正是箇引頭暗暗裏偷箇消息
夜間裏應外合明火執杖打劫了若干東西去老爺和
奶奶走得快躲了這性命他兩箇老人家商量說是前
生欠下那和尚尼姑的債莫去告官帶累地方鄰里了
從今爲始也不布施也不許放進門來相見只每年正
四七十這四箇月的初一日在西園設齋一遍如今四
月初一日又過了老道姑你不如別處去罷我這縣裏
除了本宅也少箇慷慨施主就化一兩箇錢來也濟得

六七三

甚事婆子道出家人裏而好歹不同只爲他歹的帶累
了好的張公道正是婆子道貧道也不指望布施了只
聞得老爺奶奶是兩位現世的菩薩特求一見他日西
方路上也做箇相識說猶未了只聽得宅裏有人開那
第二重門出來張公道老爺出廳了你快些躲避莫累
我們就那慌忙向自已腰拶邊一箇破纏袋裏頭拈出
箇銅錢來放在石獅子頭上道我自把這文錢捨你去
罷婆子那裏肯走只見裏面一箇安童牽一匹高頭白
馬到大門前帶住繮繩站着隨後楊巡檢出來頭帶金

六七四

線忠靖冠身穿暗花絹道袍腳穿烏靴手執一柄川扇
背後一箇安童打傘一箇安童抱着交牀一箇安童捧
箇盒子盒內無非香燭之類盒子上又放箇紫檀空匣
兒又有一班家用的吹手各帶樂器隨着出門那巡檢
老爺踏着交牀跨上雕鞍衆人一擁望西而去張公埋
怨道你不見老爺出去了早是他沒瞧見你若瞧見你
時又嗔怪我門上人不遵他的告諭我捨你這文錢你
不收了還要怎地婆子道那要你老人家壞鈔沒有得
布施便罷這錢貧道決不敢受兩下裏正在你推我辭

六七五

只見慣賣山亭兒的壽哥挑着擔子打從門首經過側
首門房裏跑箇四五歲的小廝出來扯住張公叫道老
爹爹我要箇山亭兒頑耍張公見這婆子不肯收受便
喚住壽哥擔子在石獅子頭上取下這文錢來買了一
箇山亭兒把與小廝道好好頑耍不要弄壞了再不買
與你那小廝笑哈哈的跑向門房裏去壽哥挑着擔也
自去了婆子道這小廝是你老人家甚麼人張公道是
老漢第二箇孫兒方纔抱交牀跟隨老爺的是太孫兒
就是那小廝的親哥婆子道怪道一般嘴臉生得

擡着一箇婦人、一箇丫鬟上山燒香、衆貧婆等他出
燒紙過了、便去上前抄化、婦人道今日沒帶得錢來送
子聽得他這話、便悶悶一邊那此二衆貧婆因早起到今
不曾討得一文錢、算定這女養定肯開手的、如何放過、
抵死纏住、要他發心喜捨、你說一句、我說一句、道明中
去了暗中來、今生布施來生福、那見海龍王沒寶、婦人
焦燥道我又不是楊老佛楊奶奶、你有本事到他那里
恕用他大請大受、纏我怎的、分開衆人、下了階上轎、擡
灰飛遶去了、衆貧婆歎聲悔氣、沒興沒致的、四散走開

六六八

開、婆子看箇老實知事的、便去問他道方纔說甚麼楊
老佛、楊奶奶、是甚意思、貧婆答道這裏華陰縣裏有箇
楊春巡檢、出名叫做楊老佛、大富之家、夫妻兩口都好
道、各處燒香布施、不拘僧尼道士、但是有本事的、與他
說得來講得合他、便准年介供養、這奶奶一年也到這
山上兩遍、見了我們每人整十來箇錢、這樣捨、又把大
食籮擡着火燒饊饊、給散我們喫、今年二月中、來過一
遍了、到秋間定是又來、你少不得看見的、婆子聽在肚
裏、當晚過了一夜、明日早起、打扮箇貧乞老道模

第七回

三

六六九

樣、下山到華陰縣前、問了楊巡檢家、逕到他門首、婆子
見門前帖着謹愼出入四字、又有兩行告示、上寫道
應僧道尼姑、止許於每季首月初一日、西圍赴齋、本宅
門首倒不布施、婆子暗想道邪又作怪、只見鎮門的石
獅子上靠着一箇老門公、解開布衫、在那裏捉虱子、見
了婆子進門、慌忙把布衫披上、喝道快走出去、婆子上
前打箇問訊、道貧道是西川人氏、發心來朝西嶽華南
貴縣缺少了回去的盤纏、特求布施則箇、這管門的張
公道老道姑你沒造化、十日前來、還沒有這告示、如今

六七〇

不布施了、婆子道久聞巡檢老爺夫婦好道、四方邪箇
不但說好箇楊佛子楊奶奶、如今怎的就灰了這善心
張公道本宅老爺奶奶、當初果是歡喜施捨四方僧道
若能講經說法的、便把房子與他住下、不論年刀供養
臨動身時又齋助他盤纏衣服之類、這門首時刻有人
募化、不是這般冷靜、只為一月前、南路來一箇尼姑、約
莫四十多歲、會說些因果、奶奶好聽的是邪因果話兒
留在宅內住了半箇多月、又有十四五箇遊方和尚、做
一班兒念佛抄化、也有頂包的、也有燃指的、也有

第七回

四

六七一

第七回

楊巡檢迎經逢聖姑　慈長老汲水得異蛋

座有閒人堪說鬼　　智無奇字莫唫詩
但將談笑消清晝　　閒是閒非總不知

話說聖姑姑似夢非夢，見了武則天娘娘，說起一段因緣，原來媚兒是張昌宗轉生，那一世則天娘娘為男，張昌宗為女，相會在貝州，復得配合，稱王稱后，則今媚兒已不見了，又不知托與那一箇冲霄處士，好生奇怪，他既說道行住，一般明明教我歇腳，我如今想來……

六六五

……好處，思量一會，道：「有了，這華山嶽廟的香願，原是樓……說起，我且到西嶽聖帝前進牲香，保佑媚兒，就便看那裏有甚僻靜之處，可以棲身，好歹等他三年，再作區處。媚兒既把與道士做徒弟，看這道士十分美意，諒不致於失所，倒是放得下的。」當下婆子隻身獨自往華陰縣太華山去進香。怎見得太華山景致，有西江月為證：

峭壁插天如削，危崖仙掌遙攀。蓮花湧地燦明星，屈曲蒼龍臥嶺。
太白攜詩欲問，昌黎賈勇先登。不如收拾利和名，睡箇希夷不醒。

六六六

婆子到得山上，向西嶽聖帝殿前撮土為香，拜了幾拜，磕了幾箇頭，通陳了一回，無非是祈求道緣早遇，母女更逢的說話，下得殿來，觀看景致，訪問陳摶先生，有人指道這箇希夷峽，便是他尸解的去處，方知陳摶已仙去了，婆子愛這箇希夷峽幽靜，夜間就在峽下存身，日裏只借化緣為名，來山前山後行走，看這來往男女，雲遊僧道，觀其動靜，若化得幾分錢，撦些素酒素食受用，他是常事。一日同著一般樣的貧婆閒站了半日，不曾觀見箇肯布施的香客，看看午牌將過，只見兩乘小轎

第七回　　　　二

六六七

六六〇

托生富貴，還如舊否。天后道，旣成魔道，必乘魔運而[行]，若無權勢，魔力安施。朕前是女身，且為帝王，何況男乎。卿女媚兒實數合為朕妃，卿今巳托之冲霄處士興，勿慮也。婆子道，娘娘旣轉男身，復得稱孤道寡，豈少正官六院美麗妖嬈，而擇取其類之女乎。天后道，卿有所不知，媚兒前身乃張六郎，當時稱他貌似蓮花者，朕與六郎恩情不淺，曾設私誓云，生生世世願為夫婦，不異。事與心違，參商至此。今朕為君，彼復得為后，鴛鴦巳注定，豈可變哉。朕之發跡當在河北，從今二十八年復與

六六一

卿於貝州相見。卿宜琢磨道術，以佐朕。命婆子道，吾母子正為求道而來，不知道術在於何處。天后道，朕有十六簡字，卿可記取，必有應驗。道是

逢楊而止　遇蛋而明
人來尋你　你不尋人

天后又道，卿三年之内必有所遇，行住一般，不須性急。若得道之後，可往東京度取卿女，雖然改頭換面，卿亦自能認矣。天機宜密，不可輕洩，儻八十翁聞之，為禍不小。婆子問道，八十翁何人。天后道，漢陽王張柬之也。絕

第六回　十四

六六二

為五王之首，與朕世世作對，卿宜避之。說猶未了，只聽得前殿一片聲吶喊，侍女驚惶傳報道，漢陽王闡娘娘復有圖王之意，統領大軍十萬殺將來也。天后慌得面如土色，起身向坐後便跑。婆子道，娘娘挈領老媳婦一路躲避，則簡心忙腳亂，把錦墩踢倒，蹼地絆了一交，驚出一身冷汗。原來臥在一簡大墳墓下，殿宇俱無，身邊巳不見了媚兒，四下叫喚，全無蹤影，正不知那里去了。哭了一回，想道嚴半仙說我女兒有厄，果然有此。不明不白之事，看看天蹺，只見墓前荆棘中橫着一片破石

六六三

鑿着大唐則天皇后神道字樣。婆子道，原來夢中所遊乃天后幽宮，他分付許多言語，一一記得。此事甚奇，我且看這十六簡字有何應驗。雖然如此，想起初離土洞時，母子三口劍門山跳下了，媚兒到此又失去了，媚兒單單一身，好不悽慘。旣道是行住一般，不須性急，且到太華山下尋簡僻淨處住下，幾時再作道理。因這簡有分敎老狐精再遇一簡異人，重生一段奇事。正是踏破鐵鞋無覓處，得來全不費工夫。畢竟胡媚兒何處去了，這聖姑姑有甚人來尋他，且聽下回分解。

第六回　十五

端的，婆子心下有些害怕，欲待不去，兩箇力士左右的夾幫着，不由你不走，總動身峙腳，不點地，不一時來到一箇所在，古木嵾天，藤蘿滿徑，陰風慘慘，夜氣昏昏，過了兩重牌坊，現出一座大殿宇，來力士都不見了，又見兩箇宮妝侍女挑着紫紗燈籠來引接，道娘娘候之久矣。婆子進殿，只見中間設箇盤龍香案，並無人坐在上面，侍女道聖姑姑在此少待，去不多時便出來。

〔六五六〕

道天后有旨，請聖姑姑到後殿相見，婆子隨着侍女進去，但見朱簾高捲，裏面燈燭輝煌，天后居中坐下，兩傍站着幾箇紫衣紗帽的女官，口中唱拜，婆子朝上依唱。拜罷方纔平身，天后傳旨賜坐，婆子謙讓道天顏之下，怎敢大膽，天后道不須過遜，今日之會亦非偶然，朕方欲與卿細論因緣，豈一立談可盡也，便教取錦墩相近，御手相攙而坐，婆子又道山野醜類，人所不齒，過蒙娘娘俯召，有何見諭，天后道卿勿以非人自嫌，卿乃狐中之人，朕乃人中之狐，讀駱生檄，至今寒心，朕反愧卿耳，遂吟詩一首，詩曰：

朕本百花王
權閏大間帝

〔第六回　上〕　〔六五七〕

應運合龍興
作態非狐媚
國法豈不伸
文人亦可畏
不敢照青銅
對面還知愧

又道朕那時甚惜駱賓王之才，獻俘時，聞有他的首級，不忍視之，誰知首級是箇假的駱賓王，逃去為僧，從來做官的欺蔽朝廷，都似此類，外人猶以朕為誅戮太甚，公道何在，又歎口氣道，駱生做了和尚，反得生天，朕令猶滯於幽冥，黃巢之亂，百年朽骨重被污辱，金玉之類，發掘一空，致朕今日冠珮殘缺，誠羞見卿之面也，婆子

〔六五八〕

擡頭看時，果然天后頭上挽箇朝天髻，絕無簪珥，身上有袍無帶，婆子道黃巢草冠無禮，娘娘神靈何不禁之，天后道凡殺運到時，天遣魔王臨世，朕生在唐初，黃巢生在唐末，男女現身不同，為魔一也，朕當權之時，天下誰能禁朕，朕獨能禁黃巢乎，婆子道，聞天后在位日鑄像造塔，廣作佛事功德，不小為何尚滯於冥途也，天后道凡人先發清淨心，後獲布施福，朕居心不淨，修成魔道，當時享盡女禍，單恨不得為男，俟佛祈求，無非為此，今因緣將到，已蒙上帝遣作男身，笑婆子道，娘娘此話

〔第六回　十三〕　〔六五九〕

六五二

你你都不要做簡金蟬脫殼縱去九霄都教兩簡
家人頭對頭腳對腳做簡鸞顛鳳倒當下把火兒
了早知一簡是買清風一簡是也道你兩簡朝暮花
廟裏做鞠郝綠何半夜三更擔驚受怕到這樓兒下
楊兒上急忙忙的來看遠把分到明朝你看着我我
看着你可不羞殺了老賈到明朝雌雄的是雌
雄可不乾折了這遭
閂下行事了畢依先悄悄的各自去睡了這道士分明
□了一簡魘夢自巳也不信有這事邪時到放下了心

六五三

腸一覺睡去看看天曉眾人都起身了道士看着也道
只管笑也道看着道士也只管笑這小狐精看着道士
和那也道也只管笑正是今日相逢無一語想來都是
會中人邪道士雖然夜來失鶯還想他西獄進香轉回
尚有相會之日這簡相思嬌兒不肯拋下當時叫也道
安排早飯陪他娘兒喫了婆子把新做的兩件布衫與
媚兒各穿了一件收拾起程又囑付癩子幾句教他把
心癩子答應道我都曉得道士和癩子送出廟門婆子
又殷勤拜謝道士道乾娘轉來是必到我廟裏來賣□

第六回

六五四

小哥孩兒明日便寄信到淨真菴姑娘那裏去偷□
心儕行時節無如那裏清淨又對媚兒說道賢妹保重
相見有日不覺兩眼墮淚險些兒哭將出來怕人知覺
背地掩着眼急急裏跑進去了媚兒心裏也覺慘然看
官牢記話頭道左蹤自在鋼門山下關王廟裏做道士
再說娘兒兩口離了廟中望鋼閣而進此時沒有癩子
帶腳行得較快一路無話看看永與地方相近天色已
晚遠遠望見前面有簡林子約去有十里之程婆子道
媚兒趕到這樹林裏面歇宿此去到西獄不遠了娘女

六五五

兩簡行不多幾步忽然對面起一陣大黑風刮得人脏
眼不開立腳不住那風好狠正是
　　無影無形寒透骨
　　忽來忽去冷侵膚
　　若非地府魔王叫
　　定是山中怪鬼呼
風頭過處只見兩簡戎裝力士上前躬身道天后有旨
教請聖姑相見婆子道天后何人力士道唐朝武則天
娘娘也婆子道則天娘娘棄世已久如何還在且與老
媳婦素不識面有何事相喚力士道娘娘見此地與
聖姑有段因緣數合相會便請同行聖姑到彼處自知

第六回

六四八

夜到他房裏去、你今夜等師父進房去了、悄地先到樓
下翻上睡、看我下樓時、先與你勾帳、纏到他房中去、那
不好、也道磕箇頭道、小娘子果然如此、便是救度生
命了、說罷也道出去了、媚兒暗笑道、機關洩漏大家不
成了、也且要他一覺、教他今夜裏一覺沒趣、卻說婆子
分付裁縫了、當晚道士到樓下、吩付他道、你在此間須
要學好、我與你妹子、明早定是行、不妨有些好處、便
挈帶着你、你休只貪圖酒食、貪他些賞賜、下次做娘的到
此也沒光采、當日道士又來[…]

六四九

了衣服、送了進來、道士又向婆子道、乾娘明日淮行了
也不須十分早起、用此早飯了、去婆子道、多感厚意、來
朝總謝、道士有了媚兒的私約、十分快活、回到房中、煖
起一壺好酒、自家喫箇三分醉意、且坐在醉翁牀上、打
箇盹、養些精神、到下半夜去行事、卻說也道收拾完了
捉箇空、先是在樓下天井裏、芭蕉樹下蹲倒、窺見道士
房門巳閉、娘女兩箇也上樓去了、便悄地走在榻上眠
着、只等樓上的消息、等了半箇時辰、不覺睡去、這里道
士打了一回盹、不知早晚、只恐失了期約、急急的將[…]

六五〇

手擡着房門、輕輕扯開、做箇鶴步空庭、一腳一腳的輕
步兒走去、到得榻邊、將手向榻上摸時、知有箇人在榻
上睡倒、心裏想道、這寃家果然有情、巳先在此等不慣
忙脫了鞋兒、倒身做一頭睡去、那也道被他驚醒、也只
想這小娘子、不失信、果然來了、兩箇盡不說話、抱着先
做了箇甜嘴、彼此慾火如焚、你手插向我腰裏、我手插
向你腰裏、大家去摸那東西、這道士摸去、是件鐵硬的
行貨、喫了一嚇、那也道也摸着道士的硬物、心中疑道
這姑娘莫非是二行子、如何也有那話兒、只聽得道士

六五一

低低問道、你是那箇、也道巳認得是道士聲音、便應道
師父是我、道士也認得是也道了、他如何也在這里、一
定這賊精曉得了些風聲、在此打斷我的好事、然雖如
此、怎奈慾火動了、一時禁遏不住、又聽得樓上婆子唧
唧噥噥的說話響、料不成了、便扯開也道的袴兒、把他
後庭戲弄起來、權做箇望梅止渴、那也道也動了火、
着道士討箇還席、道士幼年曾被老道弄過、是熟慣的
也不拒他、當夜做了一場交易、有隻小曲兒道得有趣
小狐精使乖弄巧、直恁的推調、白白裏送些補藥與

第六回　九

慌忙在箱籠裏面尋出兩箇綿細的綠色梭布抱到樓下來對婆子說道乾娘賢妹這一去不知幾時回轉揀得兩匹粗布各做件衫兒穿去也當箇掛念巳喚下裁縫了明日做完後日行罷婆子道重重生受甚是惶恐教媚兒謝了師兄道士轉身出去就教也道村中去喚兩箇裁縫明日侵早要趕件衣服也道答應了就去那也道一點淫心也不輸與那賈清風因見那道二手慌脚亂討不得上手自巳明知不能了却也每日兩心去覷他的破綻這番喚裁縫巳定又做出甚麼把戲且冷

六四四

眼看他怎地話分兩頭却說賈道士那日又自想過了一夜到得天明又着也道去催取裁縫不多時回覆道裁縫巳喚到齋堂了道士慌忙跑到樓上教婆子將這布出去又道不知合長合短須乾娘自去看裁就分付他如何樣做我這村裏的裁縫沒有高手若隨他弄去怕不中意婆子真箇捧着兩匹布隨着道士出去二到齋堂道士忙覆身轉來跑到樓下趂着媚兒獨自一箇在那裏便上前抱住道賢妹我遮心多時了乘此機會快快救我性命則箇媚兒道青天白日羞人答答的遮

第六回　六

六四五

怎使得我娘就進來了道士道你娘處分裁縫還有幾一會一刻千金望賢妹作成做哥的罷休要作難便很着臉去做嘴媚兒也把舌尖兒度去叫道親哥做妹子的也不是無情怎奈不得方便日間斷使不得今晚下半夜母親睡着我悄悄下摟來在這榻上與你相會切莫失信道士便跪下去磕箇頭道若得賢妹如此此恩生死不忘說猶未了只見老香公叫聲賈師父前面老媽媽問你討線哩道士慌忙答應又叮囑媚兒道適纔所言賢妹是必休忘道士到自房取線去了不隄防也

六四六

在樓上擔淨桶聽得賈道士的聲音悄悄地伏在樓檻邊聽着雖然兩箇說話不甚分明這箇肉麻光景都巳瞧在眼裏料是有箇私約了專等道士出去便走下樓來將媚兒雙手抱住道你與俺師父有情我都知道了不說破你只要拈箇頭兒便罷并亭上是我起手少不得謝一謝媒人贈見終是心靈性巧眉頭一皺討上心來便道你放手恐怕人來瞧見不好意思包綻有好處也道真箇放了便道你怎生發付我去揭見道恰教俺家師父經不過了教他夜間開着房[後段字跡漫漶不清]

六四七

瘸子稱道士做師父，道士稱婆子為乾娘。道士又與媳
兒重見箇禮，道今後就是哥妹一家了。却說乜道婆養
了雞，切做兩碗，又整幾色素菜，將早飯擺在樓下。道士
同婆子娘兒三口下樓，照先坐定。只因瘸子這番做了
徒弟，却讓道士坐於上首。道士道：雪天沒處買東西，只
宰得箇雞兒，望乾娘賢妹隨意用些。便揀下席碗內好
的，將筋夾幾塊送上去。婆子道：老身與小女都是奉齋
的，只這村兒用葷，不知法官這等費心，不曾說得。道士
道：奇怪，賢妹小小年紀，如何喫素？婆子道：他是箇胎裏

素。道士道：改日嫁到人家去，好不便當。婆子道：那裏嫁
甚麼人家，他是箇有髮的尼姑，時常想着出家哩。道士
想道：這箇又有機會了。便道：出家是好事，只怕出不了
時，反為不美。孩兒有箇的姑兒在淨真菴做主持，乾娘
賢妹若肯離塵學道，遷到那裏去，修行這菴離此處止
四十多里，小可，又在這廟中相去不遠，又好照顧，免得
兩下牽掛。婆子道：如此甚好，只我媳兒許下西嶽華山
聖帝的香願，必要去的，老身伴他去進香，過了轉來時
還到廟中來商議。道士道：這箇都容易，喫過早飯，婆子

見道士好情，已是骨肉一家，也不性急趕路了。道士將
自巳身上一件半新不舊的道袍與瘸子穿了，教眾人
稱他是瘸師，又把自房間壁一間空屋與瘸子做臥室，
喚箇木匠收拾，做些橱櫃，却教瘸子監工，夜來瘸子也
不到樓下來睡了，又整些茶果擺設，自家房裏請乾娘
賢妹到房中閒坐說話，中間捉箇空就把箇眼見遞與
那小妖精媚兒，只是微笑，因此這道士越發迷了。有詩
為證：

一腔媚意三分笑　　雙眼迷魂兩朵花

只道武陵花下侶　　却忘身是道人家

道士托熟了兄妹，緊隨着媳兒的腳跟，一步不離。兩箇
覷來眼去，也覺得情意相通。再過些時，捏手捏腳都來
了，只礙着婆子，沒處下手。正是折腳鷺鷥立在沙灘上，
眼看餘魚忍肚饑。一連的過了三日，天巳晴得好了，婆
子打點作別起身，道士苦留再過一日，婆子被央不過，
只得允從。道士回到房中，悶悶而坐，想着只有這一日
了，若不用心弄他上手，却不是枉費無益，走來走去籌
了，願剔指甲，想了三箇時辰，忽然笑將起來，道有計較

499

點、早飯廟中只有一隻報曉公雞，教乜道宰來安排喫罷。乜道已知這道士的心事，忙忙的收拾。老香公還是愛哩，便道：阿彌陀佛，罷他報曉不好，沒事壞這條性命做甚。乜道笑道：師父新學起早，不用報曉了。且說婆子和媳兒兩箇在樓上商議道：我們出外的日子多，行走的路程少，都爲這瘸子帶住了腳，不得方便。這箇法官甚好意思，不如把瘸子與他做箇徒弟，寄住此間，我們自去，倘然訪得明師，有箇住脚去處，來喚他也不遲。到天明先叫瘸子上樓對他說了，瘸子正怕走路，恰似給

了一箇免帖，歡喜無量。三箇商議已定，只聽得樓下咳嗽響，是賈道士的聲音，說道：婆婆可曾起身，我教道人送洗臉水上來。婆子應道：起動了，待瘸兒自來擔罷。瘸子下樓擔水，沒拐得四五層梯子，那乜道早已送到。瘸子接上，約莫梳洗了當，賈道士走上樓來作揖，問道：昨夜好睡。婆子道：多謝。這番看媚兒容貌，又與昨日不同，昨日冒雪而來，還帶些風霜之色，今番丰采倍常。正是：桃源洞裏登僊女，兜率宮中稔色人。道士看了，沒擡着褻處，恨不得一口水咽他在肚子裏頭。當下殷殷勤勤

的問道：婆婆高壽了，小娘子青春多少。婆子道：老媳婦齊頭六十，小女一十九歲了。道士道：是四十二歲上生的。婆子道：正是。道士道：這小哥幾歲，緣何損了一足。婆子道：村兒二十三歲了，這雙腳是幼時頑耍跌蹞的，只是他跑走不動，帶遍我們多少腳步。道士道：這瘸得大了，要銷鎔乾淨，也得四五日後纔好走哩。既是不方便，多住些時也無妨。婆子道：老媳婦正有一句不識進退的言語告禀道士。有話儘說。婆子道：老媳婦亡夫原是縉火巷，道士與法官同道，只是法術

不高。道利兒雖然醜陋，倒有些道緣，去年一箇全真先生，曾麻衣相法，說他是出家之相，要他去做箇徒弟，只是老媳婦捨不得罷了。今見法官十分憐愛，意欲敎小兒拜在門下，伏侍焚香掃地，不知肯收留否。道士有心要勾搭那小狐精，正沒做箇道理，這一節非親是親，正合其機，便應道：得。小道從幼父母雙亡，沒箇親戚看覷，若蒙不棄，願拜婆婆爲乾娘。婆子道：老媳婦怎當得起。兩下謙讓了三回，道士拜了婆子四拜，瘸兒也拜了道士四拜，饒鐵

且老道更不疑惑，却說這清風也道有些饒臉，直等他下樓去了，方纔轉身。婆子道：「難得這法官如此用心，處分得恁精細。明日若沒雪時，我們快走罷，顧不得路滑難行了。出家人的東西，一箇便是兩箇，莫要太高惱他，不當人事。」瘸子道：「有心打攪他了，便老着臉幷住幾日，索性等箇晴乾好走。時我只在這裏等你。」媚兒笑話你們：「若執性要去，莫待走不動，又退轉來，反惹道哥哥喫得快活不肯去了。」瘸子道：「閒常趕起你們，脚跟不上，你只是焦燥。此去劍門這一路，好不嶮峻難走哩。

拖泥帶水的，弄甚把戲？我也是從長計較，可行則行，止則止。你却說我喫得快活了不肯走，終不然在此處朝朝寒食，夜夜元宵。這法官今日也只是敬着新客，難道日日如此壞鈔。我喫得快活，偏你不曾動口。」媚兒道：「我是耍子，你便認眞起來。」婆子道：「你兩箇休關口，到天明我自有箇計較。」那瘸子趂着些酒意，便向榻上倒頭而睡。婆子攜着燈，和媚兒上樓去了。道士在房中痴想道：「黃生這般好女子，若肯嫁我時，情願還俗。」又想道：「這女子初時害羞，以後却熟分了。老天若肯再[……]

賺得他多住些時，不怕他不上手，明日對行本成[……]且再陪些下情，着實釣他一釣。人心是肉做的，難道是鐵打的。這老娘又是箇貪婪，瘸子只貪些酒食，都不是難處之事。那賈道士準準的想了一夜，眼縫也不曾合，這還不足爲奇。誰知那老道也自癡心妄想，魂顛夢倒。分明是癩蝦蟆想着天鵝肉，喫怎能勾到口。正是：

癡心羽士，專盻着握雨攜雲；
老臉香童，也亂起心猿意馬。
劍門不是巫山廟，錯認襄王夢裏人。

畢竟這些道家與小狐精弄出甚事來，且聽下回分解。

第六回

小狐精智賺道士　　女魔王婪惑聖姑

從來色字最迷人，烈火燒身是慾根。
慧劍若能揮得斷，不爲仙佛亦爲神。

話說賈道士因看上了胡媚兒，心迷意亂，一夜無眠。不到天明，便起身開了房門，悄悄的走到樓下打探，只見瘸子在榻上正打鼾哩，樓上絕無動靜。回到房中又坐不過，一連出來走了四五遍，好似馬蟻上了熱鍋蓋上的，一頭跑到厨下，喚起老香公來，教他燒洗臉水[……]

六二八

婆子敎媏見也對一杯酒回敬道士四箇坐下又飮了
幾巡說了些閒話只見也道也精精緻緻的帶子一頭
新帽子身上換了一件乾淨布襖又旋着一壺酒到樓
下來說道熱酒在此多用些兒若要喫米飯時厨下也
有婆子道勾了不消得道士便將壺內餘酒斟上一大
磁甌拈箇火燒把與他喫取他手內這壺熱酒放在卓
上換這空壺與他敎拿向厨下去這分明嫌他礙眼打
發他開去的意思誰知這也道年紀不多也是箇不本
分的原是劍州一箇官家的幸童因偷了本家使婢被

六二九

鄉宦打箇什死趕出叫花他父新也老兒在日與本廟
老香公曾做過舊鄰所以老香公在道士面前多了這
嘴收留他在廟裏答應他的舊性尚存見了花撲撲的
好女兒怎肯轉脚當下一眼瞧定了那小鬼頭見站在
道士背後只是不走道士也忘懷了只顧其前不顧其
後大家又坐了一同只見婆子起身道蒙賜酒食俱已
醉飽天色晚了告止罷道士覷着媏見正在出神聽說
告止便道再請一杯兒慌忙取壺斟酒却不知酒壺已
菝腐子在他手中取去喫箇罄盡了端的是心無二用

第五回　十二

六三○

當下媏見三尸下席稱謝道士也起身答禮只見也道
手中捧着一把空壺兀自呆呆的站着道士問道你幾
時來的也道答應道我幾曾去的道士一肚子氣又家
好發作只得忍住敎他快快收拾便向婆子說道這兩
間樓房是小道春間自家造的雖說蝸窄極是幽靜就
是過往客官借宿也只在前面齋堂兩廂房住下金不
曾到此因怕小娘子夏穩便特地開來奉借婆子道多
承過愛我娘兒們無可爲報道士又道這樓上有凉牀
這里也有箇小木榻儘你們隨意自在指着天井側裏

六三一

一箇小門說道這裏面便是小道的臥室備或妙樂缺
西只煩小哥呼喚一聲就是婆子見他十二分殷勤甚
不過意便道法官請自便來日再容相謝道士去不多
時忙忙又取箇燈兒放在卓上又潑些茶來道請三位
喫了茶安置又敎也道到老道房中借箇淨桶放在樓
上恐怕他娘女兩箇夜間要起來解手原來這賈道士
有箇的親姑娘年紀五十餘了也在涪江渡口淨眞菴
爲尼去這劍門不遠這老尼隔幾箇月便來看他姪兒
或住一日兩日方去每遍來時借慣淨桶用的所以今

第五回　十三

得起幾日、若不娉怠慢、胡亂喫些、不用打火瘑子道娘難得法官如此好善、我們便在房子裏住去夜裏睡着也做箇好蕘婆子看着媚兒道我兒心上如何媚兒道、但憑娜做主賣道士兒他你允歡、喜無限便道小道引路了、隨我進來當下娘兒三口隨着道士從東廊下去轉過正殿又過了齋堂打厨下穿過直到後邊只見兩間新造的小小樓房天井裏種幾株花木三口兒到樓下站定道士重新講禮、一箇箇都作揖過方繞看坐間道老娘高姓、婆子道老㷀婦姓左、這村見原名左黜爲

他損了一足喚做右瘸兒這小女喚做媚兒道士道小道姓賈賤號清風今日不期而會、也是有緣婆子道有掌家的老師父請來相見則箇道上道家師老病、幾年不見客了、方繞殿後西邊這小小角門裏面便是他的臥房、如今只是小道掌家婆子道法侶共有幾位道士道還有箇小徒正月裏喪了父親徃俗家去了未來方繞買酒的道人姓也也、是新進廟門不多時的、厨下還有箇老香公單管燒火、煑飯此外並無他人三位一路來的、怕肚裏餓了、有見成素齋可用此　婆子道不消得

第五回　十

帶有乾糧道士道乾糧雷在咬目路上喫道士連忙到厨下去、亂了一回、弄了些三素着麵飯叫也道捧出擺一卓子、又向自房中取幾楪乾果、也擺着婆子謝道何勞盛設道士道、山中之物款待休笑只見也道旋了一大壺酒來把四箇㽇杯、一套子放肴道士擺開三箇杯見滿滿斟酒對婆子道請老娘居中坐了小哥居左、小娘子居右、寬心請一盞消寒婆子道老媳婦母子大膽相擾也請法官坐地道士道怕小娘子見嫌不敢奉陪、婆子道但坐何妨道士道、既蒙老娘分付、小道禮當執

壺便取箇杌子在這瘸子肩下抹角兒坐了媚兒害盞遠站在婆子背後婆子道在客邊比不得家裏我兒只管坐下休虛了法官的盛意媚兒方繞坐了不坐猶可一坐之時道士斜對着看得十分親切比前愈加妖嬈把這三魂六魄、分明寫箇謹具粘子、盡數送在他身上了有詞名黃鶯兒爲證

仔細覷妖嬈轉教人神思勞、看他不言不語徵徵笑貌兒恁嬌年兒尚小、不知曾否通情竅小身腰若還覆抱不死也魂銷

第五回　十一

〔六二〇〕

前面柵欄邊、取兩金拍乾夾着、提了酒罐、望大殿東廊
下、嘻嘻的帶笑而去、這里婆子向瘸兒埋怨道、你直恁
貪嘴惹禍、天罰你帶簡殘疾、若生下兩隻快腿、連這石
井欄子、都偷去換酒喫了、媚兒取笑道、只這翻筋斗的
本事、也換得酒喫、瘸子笑道、雖然翻箇筋斗、落得肚子
裏、比你們煖活、正在說話、只聽得廊下脚步響、裏面走
箇後生道士出來、原來這廟中有箇老道士、姓陳、道號
崆峒山、年紀雖不上七十、得箇痰火疾、終日靜養、喫飯過
象、都只在房裏、再不出門、只這後生道士、便是廟主、他

〔六二一〕

姓賈、道號清風、年方二十四五、卻是殘流、平生有些三毛
病、專好的是花酒、因這劍門山是箇險僻去處、急切要
見箇婦人之面、也不能勾、聽得乜道說有箇俊俏村姑
在井亭內坐着、這罐子內酒多酒、急起不去看、連忙走
出殿前、踏着雪地、一逕到井亭內、來開道、你這一家眷
屬那里來的、婆子道、老媳婦是劍門山下居住、至親三
口、因欲往西嶽華山進香、途中遇雪到此打攪、適來村
見、不知進退、偷了些酒喫、老媳婦巳埋怨他半日了、望
法官休責、賈道士道、這小事何妨、不勞掛懷、兩隻眼睛

〔六二二〕

骨碌碌覷定、背後的小牝狐、魂不附體、怎見得、有詞名
駐馬聽為證
堪羨村姑、兩鬢烏雲巧樣梳、生得不長不短不瘦不
肥、不細不麤、芙蓉為面雪為膚、看他丰采上下皆濟
楚、曾否當壚利市、若遇錯認了卓家少婦
賈道士又道、這雪天出路、極是難為人的、你娘兒受過
辛苦了、瘸子跳起道、便是辛苦、再得口酒兒下肚方妙
婆子嗔着眼看他、便住了口、道士又道、這井亭也不是
安身遇口裏的、怎過得、殿後有潔淨

〔六二三〕

房子、來往客官、常來借寓的、請老娘到裏面去煨些
炭火烘烘、這些打濕的衣服也好、婆子道、不消得胡亂
過了一夜、明日便趲路的、賈道士道、這天道還不像晴
的、況這里山路不比別處、極是崎嶇難走、便晴了雪路
上也還泥濘、我們兀自害怕殺這、小娘子如何行動、這
廟宇、是箇公所、就住上十來日、那箇要你房錢、只管等
天晴了、日色曬幾日、却上路也未遲、婆子道、多謝法官
只是打攪不當、道士道、說邪里話、誰箇頂着房子走、常
言道、與人方便自巳方便、就是枯茶淡飯、小道也供給

道石碑，兩旁都有柵欄，第二層正殿三間極其宏麗，帶朱紅槅子閉著，殿前右邊砌一座化紙的大火爐，法邊設一座井亭，四圍半牆，朱紅欄杆，只留箇打水的道兒，婆子道，殿內必有道流居住，我們莫驚動他，只在井亭上安歇些時也好，三箇走進亭子，只見中間是箇八角琉璃井，兩旁都設得有石橙，三箇剛繞坐定，看這雪豐年沒要緊，下著許多，做甚麼我們也好，沒來由那見越下得大了，瘸子道，這天也會作弄人，又不是臘雪報得死期，就到莽甚麼師訪其麼道，如今受這般苦楚樂

六一六

子道，當初達磨祖師，面壁九年，藤蘿穿膝，他只不動，那九年之內，不知受了多少雨雪，終不然有房子蓋著他，這雨雪是大樊天時，那在為你一箇，你卻抱怨他，不是罪過，說猶未了，只聽得大門呀的一聲開，瘸子把眼向欄杆漏空處張時，只見外面走箇人進來，頭上裏著破唐巾，身穿百補褐襖，腰繫黃繩，腳曳艸履，你道是誰，正是本廟管香火的乞道人，那人一隻手拿箇雨傘，一隻手提著一箇繩絡的大瓦罐子，約莫容得五六斤酒，口中誦誦的道，出家人卻把酒當性命，這般大罈要

第五回　六

六一七

村裏去買這膿血，跑上了許多路，老天有眼，只教他喫了肚疼，一頭說，一頭把傘和瓦罐子放下，卻攞那大門攬子去撐門，瘸子心裏想道，正在寒冷得些酒喫也好，這瘸子常時，只是懶走，到此偏健，說時遲，那時快出了井亭，做三四步，拐去早，把那酒罐兒，提起嘴對嘴骨都都咽將下去，喫一筒，不亦樂乎，道人聽得聲響，回頭看見大喝道，那裏窮鬼來，這里做賊偷酒喫，我辛辛苦苦向村裏多少路賞得來，你卻見成受用，瘸子忙把酒罐放下，慌忙被道人劈臉打上一掌，打箇翻筋斗，爬起來

六一八

把著腿，向井亭欄跑道，人趕到井亭裏面，只見娘兒女兒一窠子坐著，那婆子慌忙起身道箇萬福，說道我娘兒三口往西京省親的路中遇了大雪，權借此躲一時，我這村兒是箇憨子，看老媳婦陪禮莫計較罷，道人正變著臉還要發作幾句，一眼睃見婆子背後遮遮隱隱站箇俊俏的女兒，心腸就軟了，把這股熱騰騰的氣撇向瓜哇國裏去了，忙改口道，你兒子恁不通理，做出怎般手腳，既是憨子也罷了，只是喫去好多酒哩，怕裏面師父關時，你老人家照樣答應，則箇出了亭子，復身

第五回　七

六一九

【六一二】

都說媚兒雖扮做村姑、自是妖麗、這瘸子行步不便、別
人兩步、他只十步、不時的落後、去了走不上十來里、便
要歇腳、娘女兩箇只得隨他、每遇歇息處、村中女伴們、
張姑李嫂、互相呼喚、聚集觀看、都道這一箇老貧婆、到
有恁般好女兒、若肯把與人家做媳婦、百來貫後鈔、也
肯出這瘸子、不知他甚麼人、也有說這瘸子必是老婦
人的親兒、這女子一定是養媳婦、又有多嘴的上前問
他、繞曉得是哥妹、便道一箇店兒搬出兩樣貨來、同是
這老婦人肚皮裏出來的、男的恁醜、女的恁俊、亦有輕

【六一三】

薄子弟故意盤問搭訕、挨擦媚兒、也到老成、總不
理他、只低着頭走路、以後纔得不耐煩了、只揀靜僻所
在方歇、一日只好行得五六十里、他三箇本是箇狐精、
饑餐花果、渴飲清泉、夜間揀長林茂州中便住宿、路上
就擔閣幾日、不為大事、不比做人的出門、便有許多費
用、就是日裏一椀稀粥、夜間一條艸薦、若沒有幾文錢
鈔在腰囊裏、也聊不得到手、說到此處、反是畜生便宜
三箇狐精行了數日、且喜都遇却晴和天氣、忽一日刮
起大風、濃雲密布、降下一天春雪、原來這雪有數般名

【六一四】

色、一片的是蜂兒、二片的是鴦兒、三片的是攢三、四片
的是聚四、五片喚做梅花、六片喚做六出、這雪本是陰
氣凝結、所以六出應着陰數、到立春以後、都是梅花雜
片、更無六出了、這瘸兒好天好地、兀自一步一攧、況遇
恁般大雪、越發動揮不得、只管叫苦叫屈、婆子道、此去
離劍門山不遠、那裏好歹有箇卷院、可以安身、說不得
再掙幾步、當下摘些樹葉、頂在頭上、權當箬笠遮蓋、瘸
子也不免把着滑、逐步捱去、約莫又走了兩箇時辰、看
看望着劍門山相近、這劍門少五丁力士所開、有西江

【六一五】

月爲證

大劍插天空翠嵯峨、小劍連雲天生險峻、隔西秦、插
翹難飛過嶺、一自五丁開道、至今使賈通行、蜀王空
自鑿凶門、畢竟金牛沒影、

未到山下、只見前面林子裏面、隱隱露出二紅墻頭出來
婆子指道、到這箇所在暫歇、却不好、三箇努力走上前
去、看那金字牌額、原來是座義勇關王廟、前面門道三
間、中間朱門兩扇、半開半掩、捱身進去、再看時、右一間
塑箇掙獰軍漢、控着一匹赤兔臙脂馬、左一間豎起

師唐朝婁師德丞相也，都是箇獃子，便說上八洞神仙，也有箇鐵拐李在裏面，我兒這箇不足爲恥。因提起嚴半仙三字，猛然想着他囑付之言，不覺悽然流淚。媚兒道：娘，我依着你說話，不記懷便了，你却爲何掉淚？婆子道：凡得道者，神不能制，鬼不能禍，人不能傷。我等身無道術，只是粉點人形，幻惑愚衆，少不得數有盡時，萬一此後再有三長兩短，終不然靠着太醫活命。況且嚴半仙說我兒女俱有災厄，不知到底做箇甚樣散場。因把半仙尋師訪道的一席話，細述一遍，說得兩箇兒女

六〇八

毛骨悚然。當下婆子便要離却玉洞，出外求道。媚兒都願跟隨，三箇商量，道打那一路去好。媚兒道：只有東京汴州，乃當今皇帝建都之地，花錦世界，人煙湊集，多有異人在彼。婆子道：這般繁華去處，怕你們心神不定，惹出什麼是非來。我聞得鄆州一帶，有三江七澤之勝，你家祖公公傳下四句，道：要做法中王，除非到汴陽；要去法中弄，除非問雲夢。雲夢是兩箇澤名，正在汴陽萬山連繞，聞得其中有箇白雲洞，乃天書所藏，有白猿神守之。我等道法因緣，若到劉跛，必有所遇。媚兒道：當

第五回　　二

六〇九

常言出處不如聚處。東京是三教聚集之所，若到那裏，便不能勾傳道得法，看也看些好景致，喫也喫些好東西。婆子道：說怎樣話，就不是專心求道之人了。媚兒道：此去鄆州甚遠，哥哥現在一隻腿不方便，教他跑許多路，不知何年可到。依我說，不如打永興一路去，那裏有西嶽華山，是陳摶先生脩行去處。我們一來在聖帝前燒炷香，二來就訪陳先生，求他的五龍蟄法。其餘終南、太乙、石樓、天柱幾箇名山，都是神仙來往所在，挨次去遊玩尋訪一番，就是東京那裏也七八近了。到了東京

六一〇

又商量鄆州路逕，却不是一朝兩朝迤邐。瘋子聽了此言，正合其意，連聲道：妹子說的是。一力攛掇，婆子點頭依允。當下瘋子扮箇村農，媚兒扮箇村姑，老狐慣扮做老貧婆的，自不必說。離了玉洞，望西京一路而進。此時正是二月初旬天氣。但見：

真山真水，名山名花，灣環碧浪，幾行嫩柳舒眉，森聳青峰數樹，夭桃露頰。雙雙粉蝶翩翻，對對蜻蜓點水。乍晴乍雨養花天，不煖不寒遊玩日。踏青士女歌連袂，選勝遊人醉解貂。

第五回　　三

六一一

的是箭鏃頭、箭起初只拔出得箭桿、那箭鏃撲入肉
未曾出得、當時心忙意亂的、不及細看、到此方知并
識見之高、亦見拔毒膏的妙處、婆子煎此二解毒的草
湯、輕輕的與他洗淨、只見骨損筋傷、肉開皮爛淋淋的
流出鮮血來、慘不可言、忙將神仙接骨膏烘開貼上用
此二布絹之類、緩緩扎縛、過了一夜、明日又解開收拾一
遍、如此七日、膿水便盡、從此不去動他、調養到四五十
日裏面長出新肉來、筋絡也就和順、勉強開闔得起半
眠半坐、不敢出土洞之外、到百日滿足、去了膏藥全然

不覺、只曾經膏藥斯處、赤光光的精肉、半根毛也不生
出來、行動之時、左腿比右腿巳自短了二寸、婆子兀自
歡喜道、嚴半仙說只怕不免做箇癱子、今果然矣、可改
姓名為左癱兒、以識半仙之功、自是喚做左癱、亦名左
黜去了胡姓不用、一日左癱兒出了土洞、開走一回、走
到林子裏面、正是舊時中箭之處、想起一箭之讎、如何
不報、特地跑回洞中、與母狐商議其事、那婆子正俏
土案坐着、聞說此語、忽然掉下淚來、你道為何、道
狐蓮緣深處、正是富貴場中、反召陰陽之事。

處翻開道德之緣、畢竟婆子說出甚話來、這癱兒
還報得成報不成、且聽下回分解。

第五回

左癱兒廟中偸酒　　賈道士樓下迷花

讐報讐時冤報冤　　冤冤机報枉牽繩
勸君莫作冤讐想　　處處春風自在天

話說左癱兒想起自家五體具足、只為一箭之故、做
箇癱子、行動時、右長左短、拐來拐去、好不像樣、此讐
何不報、婆子道、冤讐宜解不宜結、你自不小心、把箭
綻露在別人眼裏、受這一場苦楚、天幸與嚴半仙有
救得性命、就損了一足、不過料想當初……

不忘半仙道你女兒的災厄却有奇奇怪怪連我也詳不出也只在這一年半載上便見大抵你們將獸假人哄弄愚民上無超形度世之學下無驚天動地之術一且數窮命盡鷹犬皆為勍敵矣比如你兒子早是射了左腿若中着要害之處雖盧醫扁鵲也只好道箇可憐兩字似此却不枉了一死我看你右手尺脉命根牢固在寸脉心竅通大有道緣況你等生於山谷入世不深七情六慾牽累尚少何不趁此精力未衰求師訪道二家兒脫落皮毛永離苦厄豈不美哉只這一席

六〇〇

話說得婆子淚下如雨又磕下頭去道多謝恩官指教半仙喚一箇掌外科藥的家童出來分付取一九九靈續命丹又取兩箇骨藥各將紙來裹好把與婆子道此丸用好酒調服自然沒事只是箭既入骨只怕箭簇還弱在內若不取出一生在裏面作痛可將溫水洗淨瘡口將此拔毒膏貼上待他紫血流盡倘出鮮血來然後換這神仙接骨膏百日之外便可行動又道我方繞囑付之言都是好話你須記取便喚老嬤嬤送他出去婆子接了藥謝了又謝隨着老嬤嬤出得前堂

第四回　　九一

六〇一

管家還在那里守門婆子又對他道箇萬福起動莫怪出了柵門歡天喜地介去了這里半仙心中也自駭怪更不向人說知噫此其所以為半仙也有詩為證

回生起死未為奇　獸脉人形那得知
心話一番終不洩　始知醫術卽仙機

却說那婆子連夜踰城而出路上買了一大瓶無灰的好酒直到德安州鴈門山下這里黜兒帥吟不絕媚兒寸步不離的伴他哥妹兩箇懸懸而望一見婆子鑽進土洞欣喜無量婆子將瓶酒燒得滾熱把這九靈續命

六〇二

丹用溫薄薄的調在磁甌裏面扶起黜兒將藥灌下又把些酒與他過只如法將拔毒膏貼上患處只見黜兒對着土牀裏而一覺睡去足足有三箇時辰不醒婆子和媚兒守着看他都道他有好幾日不曾合眼這一番睡着想是不疼痛了這就見得藥力看他腿彎裏流下一堆膿血膏藥巳自浮了怕驚他睡不敢動揮少停兒醒來叫道瘡上好生奇癢難過婆子揭開膏藥看時膿血裏面隱隱露出一件東西婆子將細草展把指爪去撥時一箇鑽頭箭簇隨手而出原來

第四回　　十

六〇三

〔五九六〕

縱然未必便死　目下少吉多凶

老管家見勢頭不好到埋怨起書童來道我老人家數說了他一番你出來牧科便好也來助興罵他一場又我推推攄攄這病快性的婆子如何當得你自去稟復老爺不干我老人家事書道也慌了只得去報與半仙如此如此半仙正在書房內靜坐聽說大驚慌忙走出前堂到後山邊看時那婆子已被老管家喚醒聊着雙眼兒行只不動些老管家扯起他右手用三简渾靈入沙的粘頭的愆子闊尺三支脉上一點又教扯

〔五九七〕

起他左手一般點過叫聲怪哉此脉不比尋常懷回身到後面公事廳裏坐下叫書童去喚老嬤嬤扶那婆子進來我自有話說老嬤嬤出堂對婆子說道老爺道你脉氣有些古怪喚你進後堂來有話和你細講那婆子起先還直僵僵的倘在地下一得了這简消息分明似木做的跳虎撥動機括一跳跳將起來就地下拾起拐杖也不用人扶持把三步弁做兩步鬧鬆鬆的走進後堂去了連老嬤嬤到趕他腳跟不上落後了幾步老管家看着笑道這老乞婆原來會詐死嚇壞了人也却說

第四回　七

〔五九八〕

嚴半仙在後廳明晃晃點着一枝蠟燭坐着見婆子進來慌忙屏去眾人喚他近前問道你那里君住婆子道老媳婦德安州人氏半仙道你休要瞞我我看你人之形獸之脉其中必有緣故婆子暗想道好简先生料是瞞他不過見四下無人慌忙跪下道實不相瞞身是鴈門山下老狐因慕半仙大名特求診脉半仙道你的脉我巳知道了你不害別病只害些救兒女的病慌得婆子連磕幾箇頭方爬起來道太醫是眞仙何止半也老媳婦親生止存下一男一女今兒子被人射傷左腿只

〔五九九〕

要死不要活便將黜兒箭瘡利害備細說了一遍半仙道瘡却不妨事只是筋骨巳傷便好起來這左腿巳比不得右腿只怕要做简瘸子婆子道若得了性命便損却一隻腿也是小事待兒子瘡口合時老媳婦還要率領他到恩官宅上拜謝半仙道這简斷不消得我還有句話說據你脉氣你女兒也有災厄那婆子心頭又像被棒槌槌了一下他見半仙巳前語語靈驗又說出這句話來如何不慌婆子連忙道我女兒災厄當在何時有煩恩官做简大方便索忙救取他則简老媳婦生死

第四回　八

神隱無如西蜀嚴　仙醫仙卜一家兼
只因乞藥門如市　也學君平早下簾

那婆子見眾人擁擁擠擠，明知自巳有些蹺蹊之故，而怕之不敢撞前，且暫在假山下打耽。比及眾人散了，急跑上前，嚴仙巳自進宅去了。那婆子還望他出來，呆呆尚在那門口死守着，看到晚，只見老管家手中拿一巨鐵鎖出來關柵門。婆子着了忙，迎上前去，深深道箇萬福。老管家道：「你抄化也須趕早，如今關門閉戶的時候，難家說等便箇空着錢米在門口等你布施。」婆子聽

說罷，雙眼中淚，老媽媽不是抄化的，是求藥的。老管家道：「就是求藥，也有箇時候。俺老爺忙了一日，纔討得單簡時辰清閒，終不然為你一箇老乞婆，壞了俺家的規矩。俺就是進去稟話，也乾討老爺嗔責。」婆子道：「老身安德州居住，來路甚遠，趕遲了。此二見只因有箇奇症，求太醫救療，望老公公方便則箇，救人一命，勝造七級浮屠。醫家有割股之心，老公公若肯稟知太醫院一聲，或者太醫可憐見，肯出堂來，也不見得。」說罷，一手撐着竹杖，一手扯住老管家的衣袂，屈着一隻腿，跪將下去。老管家

焦燥起來，發作道：「你這老乞婆，好不曉事！這般與你講明了，還要歪纏做甚？你便有奇症，料今晚也不死。就是皇帝老官兒勅旨宣召，好歹也等明日動身。」說罷，便把手扯起那婆子，攮他出去。那婆子雙脚跳地，叫起屈來，驚動了裏面嚴半仙，教箇書童傳話出來，問道：「何人喧嚷？」婆子正待上前分訴，被老管家一手拉開，向書童說道：「這老乞婆，人不像人，鬼不像鬼，這般時候卻來問老爺取藥，教他捱過一夜也不是好意，攮他出去到門招屈來。」書童道：「那里走來這老婆子，直恁不達道理！你又

與主顧作成他們，賺過錢的，又不是什麼夫人小姐，便剋了，只當少了一隻老癩狗。州守相公是一州之主，他取藥也須揀箇時候，不致躁門打戶。你卻如此撒潑放刁，快快出去便休，不由去時惹惱我家老爺，寫箇三十闊的帖兒，送你到州守相公處，只怕病到病不死，打到要打死，一頓說一頓，幫着老管家將手腳搠那婆子。那婆子發賴起來，犬叫一聲，把拐杖抛在一邊，驀然到地面，皮漸黃，四肢不舉。正是：

身似三秋墜葉　命如五鼓殘鐘

病便好了、後來夫人果產一男、知州也還道是馮
月內寄到一封家書、是他大公子親筆說他媳婦八
廿七日小產身亡、知州從此敬之如神、呼爲半仙以
外人又號爲嚴半仙、其名天下聞知、有一篇詞名臨江
仙單道嚴半仙的好處
世人切脉皆三指輸他一點仙機、闔家休咎盡皆知
回生須勻飲續命只刃圭問、切望聞俱不朋隔垣見
腑非奇、從來三豎避良醫、若教人種杏花滿錦江西、
却說老狐扮做有病的老丐婦、晝夜行走到得益州城

五八八

內已知嚴半仙往在海棠樓州
輪該施藥之期、恰好是知州生日、半仙備幾箇盒子往
州裏賀壽去了、紛紛的看脉求藥之人、何止百數都四
散等著、也有在海棠樓上去遊玩帶看州前動靜的、這
座樓在州衙之西、乃唐時節度使李回所建爲僚佐燕
遊之所、四圍遍植海棠、至今茂盛、每次新官到任葺理
一番、極是整齊、那婆子也無心觀看、一逕到半仙門首
只見門面是一帶木柵、柵內有一座假山、四五株古桂
裏面三間小小堂屋、扁上寫半仙堂三字、這扁乃是

第四回

五八九

州所送兩旁掛板、對一聯、云切脉憑三點、服藥只一劑
婆子眼快、都看在肚裏子、他拄著一根竹杖、只在對門
簷下站著、直等到午牌時分、只聽得人說道來了來了、
走到街上一望、只見半仙騎箇白馬、家僮捧著一套大
衣服、和幾箇空盒子、從東而回、因知州罷他早飯、所以
回得遲了、眾人等得不奈煩、三停裏頭也散了一停、又
有一多子在州前伺候、隨著馬尾來的半仙到栅欄門
首下馬、也不進宅、還在堂中站著、眾人推三頂四、簇擁
將來、一箇箇伸出手來求大醫脉、也有傳說家中病

五九〇

源的半仙挨次流水般看去、　　中說　一面家童
取藥、也有煎劑、也有丸劑、也有內科外科、十來箇家童
分頭打發、不勻兩箇時辰、都已散完、那半仙早是切脉
憑三點、依著平常醫者調起息來、糖餅般揉起日子、
也看不了許多脉、又早是用藥只一劑、依著時醫動了
藥箱便是兩三袋十來劑、還未收功、隨你茅柴一般堆
起藥料千人剉、萬人配、也打發不開、這起病人半仙平
日施藥、只以午時爲限、過午便不發藥了、因今日出去
回遲、特地忙到申時方畢、有詩爲證

第四回

五九一

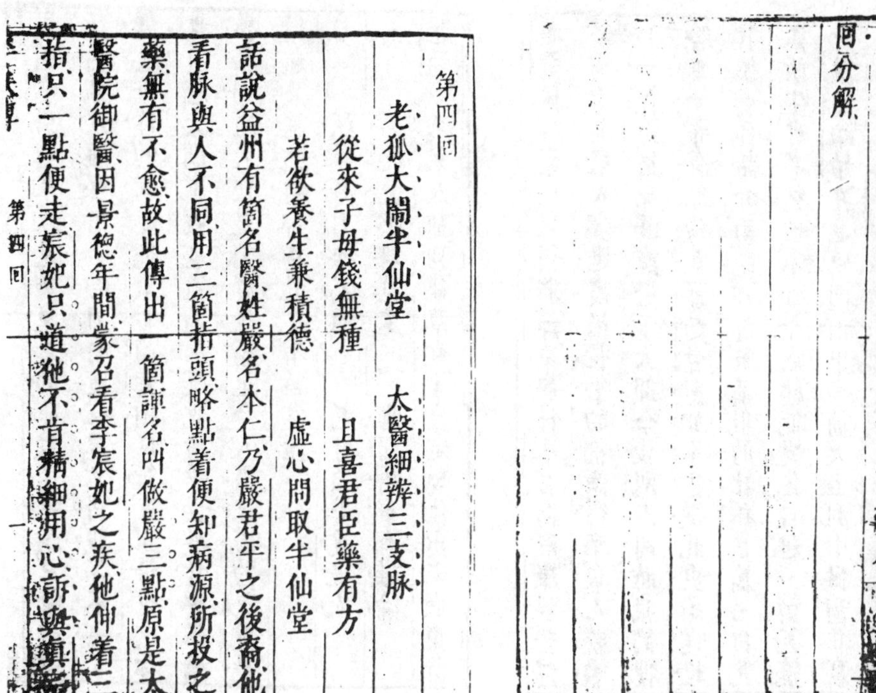

〔五八四〕

重啟無限的事端、正是法若有緣終到…平之…病…

畢竟嚴太醫如何用藥救得那小狐精否、…

回分解、

〔五八五〕

第四回

老狐大鬧半仙堂　　太醫細辨三支脉

從來子母錢無種　　　且喜君臣藥有方

若欲養生兼積德　　　虛心問取半仙堂

話說益州有箇名醫、姓嚴名本仁、乃嚴君平之後裔他
看脉與人不同、用三箇指頭略點着、便知病源所投之
藥無有不愈、故此傳出一箇諢名叫做嚴三點、原是太
醫院御醫、因景德年間蒙召看李宸妃之疾、他伸着二
指、只一點、便走宸妃只道他不肯精細用心、訴與真

〔五八六〕

皇帝知道、真宗要治他不敬之罪、賴得衆官保奏道他
得箇異人傳授、非常醫可比、雖然饒他的計較、畢竟不
用他方藥、遂回原籍、以此他就在益州行醫、每月初五
十五二十五、道三日施藥、不取分文、就是平日取藥的
有藥錢也不拒、無藥錢也不爭、所以其門如市、更有一
件奇處、別人看脉、只看得本身的病患、就是精通得太
素脉理也、只看得本身的貴賤壽夭、偏他三指一點闊、
家爹兒娘兒妻兒女兒但係至親有災無災盡能懸斷、
便算命先生排着十二宮星辰、細細推詳也沒這樣有

〔五八七〕

準只是他怕洩了天機不十分肯輕易說、一日州守相
公傷了些風寒、接他去切脉、他點着了脉、便道算官所
患不須服藥、只消濃煎六安茶一碗、乘熱服下、到三更
出汗、自然沒事、且喜令正夫人日下當有生男之慶、但
令長子婦秋間主有產厄、州守相公大笑、想道我夫人
果是懷胎、或者衙內人露了箇消息、他就撒文一句、奉
承簡男喜也不見得、只是我見婦產襄州家中三千餘
里之外、有孕無孕、連我也不知、況且媳婦的禍福如何
在公公脉息內看出萬無是理、當夜知州只一碗

見趙壹引著眾人見神兒鬼的尋覓了半晌只管走遠
了去眾人道呸青天白日打這樣鬼官司我等不去了
轉去擾你的東道罷氣得趙壹頓口無言到得村中你
也道趙大謅謊我也道趙大亂說清平世界什麼狐精
狐精則趙大便是簡說謊精至今人遇說謊的還說是
精趙又說亂趙都為此也有詩為證

妖狐拜月本為真　　世間屈事有誰論
雨洗血蹤無覓處　　趙壹原非說謊人

趙壹回來眾人都到他草堂上坐定要他出采做東道

五八○

趙壹無可奈何只得將渾家幾件衣衫向解庫解些二錢
鈔備酒與眾人喫連幾簡長年的都請得來眾人咬嚕
了一番臨起身道既擾了大郎今後別人問時我們便
答應一聲有狐精也罷趙壹愈加不忿從此更不提起
射狐一節話分兩頭却說被箭射的牡狐是簡老白牝
狐所生那老狐也不知年歲頗能變化自起一簡美號
叫做聖姑姑在這鷹門山下一簡大土洞中做簡住窩
這山東西兩峰突起其高接天北來南去之鷹都從兩
山中間飛過所以喚做鷹門這聖姑姑生下一牡一牝

五八一

牝的叫做胡黜兒牝的叫做胡媚兒原來狐精起初是這
百年的多是姓白姓康但是千年的多是姓趙姓張遠
胡字是他的總姓當夜聖姑姑同媚兒在月明之下講
此丹術只見黜兒揚着後腿一步一顛叫嘩而來到得
土洞邊便倒在地下打滾亂嘩老狐上前觀看已知左
腿上著了一箭慌忙去拔時這箭頭入得深了落得痛
若全不動揮聖姑姑心生一計叫一聲兒子忍痛者屏
一口氣將牙關緊緊的咬住箭簳用雙手把他的腿盡
力一推撲的一聲這箭簳便離了皮肉抽出來撇在一

五八二

邊那牡狐發昏去了原來這箭剛剛射中在腿彎裏筋
絡巳被射斷了兩條又且拾命掙回跑了許多路如何
不死聖姑姑對著流淚喚媚兒一同擡他到土林上放
下經兩簡時辰方醒這老狐也識得幾味草頭煎湯洗
治全無功効兩日之後看看待死正在悲傷忽然想起
益州城中有簡太醫姓嚴諢名嚴三點此人有起死回
生手段若求得他藥來時有何虞哉分付媚兒好生侍
侍哥哥自巳扮做有病的老馬婦提一條百結鶉衣
望威都府有病而來只因這番直教老狐晉接[illegible]

五八三

514

【五七六】

澆花又不等你洗臉、又不消你煎茶、急忙忙不住
為着甚麼簷前滴瀝、一番慢、一番細、一番大、一番扁
得人耳朵裏害怕、心兒裏愁緒如麻、把簡活動動的
人兒都困做了籠中之鳥、就是跨下簡日行千里的
馬兒也討不得出脚、日宮天子你在何處閒要恨風
伯偏不起陣利害的鼠兒、刮刮雨師呵、你費盡心力
有甚奢遮、只落得此二呪罵、索性你下簡無了無休、我
到也無說話、只怕連你也有厭煩的時節、這些濃濃
淡淡的雲兒、少不得收拾還家、勸你雨師呵、何不早

【五七七】

一刮收拾了罷

趙壹那時、恨不得取一根幾萬丈的竹竿、撥斷雲根透
出一輪紅日、又恨不得爬上天去、拿簡幾萬片絕乾的
展布、將一天濕津津的雲兒、展簡無滴、渾家見丈夫晚
飯懶喫、只是納悶、蓄得兩瓶好酒、打開煖下、把煮下的
野味搬來與丈夫喫、趙壹不覺喫得爛醉、進得房來、永
也不解襪、也不脫、倒身便睡、直至四更方醒、攧起頭來
巳不聽得有雨聲、想是晴了、又捱一簡更次、牕上漸有
此二亮光、趙壹起身便去抓牕看天、還是烏洞洞的、且

【五七八】

雨却住了、趙壹道、這些害睡癆的、此時還未醒、索性喫
了早飯去、不遲、忙催渾家起身、燒湯梳洗、安排早飯喫
了、出門看時、又下着濛濛的細雨、趙壹道、這些狗毛雨
却不濕衣服、怕怎地、行上幾步、見地下十分泥濘、趙壹
復轉身來、脫了襪、套上一雙蠟底的脚展、走到東鄰西
舍家去拉他時、一簡簡都不肯動身、道什麼緊要拖泥
帶水、跑許多路去、若果有野狐被你射着、此時正在害
磨、料不連夜搬去、忙他怎的、趙壹見去不成、又悶了一
夜到第三日、天色晴明、趙壹道、今日料無推托了、侵早

【五七九】

先到各家去約了一聲、回家早飯過了、又去東邊西拉
有幾簡老成的回了、不去、道這般半濕不乾的地下讓
你後生家走罷、眾人道、我們跟大郎拿得狐精、却來回
話、一行二十餘人、各執器械、趙壹當先領路、彎彎曲曲
走過了多少山坡、眾人已自走得簡不耐煩、比及到了
林子裏面、各處搜尋、竝無半點血迹、原來被這日大雨
衝沒了、趙壹也是這般解說、眾人那里肯信、道這茂林
之中、上有樹枝遮蓋、終不然雨衝得這般乾淨、就是血
迹衝沒了、少不得他的穴洞也在左近、如今那里簡影

上倒提鋼叉、飛遊舊路而回、却說衆獵户向村中沽了
些些濁酒、煮熟了些些野味、在山下凉棚內團坐喫着、等那
趙壹的消息、一人說大郎來得遲、一定被他得手了、一
人說兩隻脚趕着四隻脚、也把穩不得、一人說趙大手
脚原自了得、又一人說此時不見回、莫非趕不着獵、反
被獵趕了去、衆人都在耍笑內、一箇眼快的指道這不
是他來了、衆人都走出凉棚迎着、只見趙壹空手而回、
衆人道我等已趕得兩箇狗獾烹煮在此、大郎何故許
久方回、眼見得出來有分了、趙壹道我雖趕不着這獾

五七二

兒却也撞着一裝異事、釋了一段大大的疑惑、就把狐
精拜月被箭之事、說了一遍、衆人道虧着老兄除了地
方一害、似此說我等友該出來相賀、中間多有不信的
道趙大郎趕不着獵、却裝這篇鬼話來哄我、我如何肯
信、除是我親眼看見、方准、又有箇年長的道寧可信其
有、不可信其無、一面扯着趙壹進凉棚內坐着、把大碗
斟酒送他、一面又引着幾箇狐狸精故事與衆人聞說、
衆人到底疑信相半、趙壹道我一箭射中他後腿大叫
而去、想必地下血點尚存可驗、我等明日同去就依着

第三回　七

五七三

血跡尋取狐穴、料不是一箇兩箇、盡數拿來、剝他皮做
件襖子過冬、却不好麽、衆人道如此、再沒話說、若果有
些些證見、我等出來相謝、沒有時、便是說謊、少不得擾你
大大一箇東道、趙壹應允、當晚喫了一回、大家拿些些野
味回家去、趙壹到家中、把前項事說與渾家、渾家口雖
答應、心中也不十分決然、趙壹一夜無眠、巴得天明、便
跳起身來、只聽門前樹葉亂響、趙壹道今日是初九日
重陽信到、風起了、推窻看時、只見絞得水出的一天烏
雲、趙壹性急道天變了、趁這未下雨時、我且扯衆人去

五七四

尋一遭、回來早飯未遲、忙忙的梳洗完了、穿上布衫、走
到東鄰西舍去敲他門時、一箇箇都還在牀上翻身、叫
得他起身、東家又等洗臉水、西家又等點心喫、把趙壹
等得不耐煩、看看等下一天大雨、趙壹起初還只指望
雨止、口說不妨事不妨事、過一會兒、一發下得大了、
料是行走不成、只得轉回家裏、喫了早飯、在草堂中坐
着、兩隻眼睛呆看着天、這雨自朝至晚、何曾住點、有一
篇苦雨詞單道那雨下得不稱人心意、
　雨兒雨兒下得好沒搓煞、又不要你插秧、又不用[illegible]

第三回　八

五七五

的道、一人能斃二虎、嘷的嘷、叫的叫、聲音悽慘驚駭
的、無非是野獸飛禽、死的活的、血肉淋漓束縛
的、總只是披毛帶角、鷹犬媚人、偏作勢刀鎗遇物本
無情、只圖多獲作牛洴、一任傍人呼鳥賊
趙壹和眾獵戶打圍將晚、得了些麋鹿兔之類、眾人
均分了、卻欲轉身、忽然山凹裏趕出一群獲來、眾獵戶
道、我們各迸來比、趙取那獵先得者、眾人出采相賀、趙
壹道說得是、叫幾簡伏侍的庄戶守着鷹犬、趙壹提
一柄鋼叉、同五六簡好漢各執此鎗棒、飛逕上去那

簡絕大的豬獲、盡力趕去、約莫二三里路、那獲已不見
了、趙壹心中不捨、跑上高處望時、只見那獲還在前山
坡下亂草中東跳西鑽、要尋個孔洞藏躲、趙壹儘力又
趕轉過了幾簡山坡、那獲走得沒影、只見一頭大角鹿
在坡下喫草、那鹿瞥得人來便跑、趙壹道、雖趕獲不着
若得此鹿也好遮羞、便把腋下布衫拴在腰裏、飛逕下
坡趕了好一程、那鹿又不見了、只聽得泉聲亂響、趙壹
跑得口渴、正要尋口水喫、看着幾處澗水、都是小小去

處、不甚潔淨、依着流泉來路、揑尋上去、又行了一程、直
到那山凹之中、一股清泉、如珠簾噴薄下來、下面有簡
水潭、潭內都是石子、一清徹底、趙壹放下鋼叉、將手掬
起呷了幾口、道勾了、覺得天色已晚、提了鋼叉、回身便
走、卻不知已來了二十多里之地、此是九月初八日、
光纔退、半現着半輪明月、正是乘興而來敗興而去、一
步懶一步、約莫行不上二里、月光之下、遠遠望見前
面樹林中有些行動之影、趙壹站住腳頭、定睛看時、卻
原來是一簡野狐、頭上頂了一片死人的天靈蓋、對着

明月不住的磕頭、趙壹道奇怪、常聞人說狐能變化、莫
非這業畜弄這道兒、我且俏俏看他怎地、只見那狐拜
了多時、趙壹笑夫、看看像簡美男子、與先前所見胡黯
秀才無異、趙壹道、原來如此、不覺心中大怒、輕輕的放
下鋼叉、解下弓來、搭上箭、弓開的滿、箭去的疾、看正狐
身軀的射去、叫聲着、正是明鎗易躲、暗箭難防、正中了
狐的左腿、那狐大叫一聲、把簡天靈蓋掀將下來、復了
元形帶箭而逃、趙壹一來天晚、二來心中也不免有些
害怕、打簡寒禁、不敢追趕、掛了弓、把布衫展開、披在身

魅不成村、此臝到五代時稍息、然其種至今未嘗絕

詩曰

世間事事皆成假。　那得妖狐得認真。

若使人情無假偽。　妖狐應自得天嗔。

話說大宋咸平改元、真宗皇帝登極、那時民安國泰、
不必說、却說西川安德州、有個梓潼村、村中住個獵戶、
姓趙名壹、原是敗落大戶人家、為他行一、人都稱他趙
大郎。那趙壹有個妻子、姓錢、是府中錢員外家生女見、
年方二十二歲、頗有顏色、趙壹靠打獵為生、那錢氏只

五六四

在草堂中做些針指幫家過活、稟性貞潔、人人敬重。一
日出門汲水、誰知被一個妖狐窺見、那畜生動了邪心、
要去引誘他、變做個俊俏秀才模樣、穿一身齊整的衣
服、每日只等他丈夫出門、便去到他門首、或立或坐、或
時假裝餓渴、討漿討水、引得婦人開口、他又故意揷幾
句風話、那婦人心堅如石、全然不動、因此懸他不得。趙
壹一連兩日在自巳門首撞見了那秀才、見他蹤跡有
些奇怪、問他姓名、秀才答應道、在下姓胡名黯、在前村
看書、關步至此、趙壹有心、到前村訪問、並無此人、

五六五

疑惑、忽一日錢氏早起梳粧、不見了一隻定髻的銀
簪、衫兒袖兒箱兒籠兒減粧兒被窩兒、各處都翻遍了、只
墙角下有個老鼠穴、也點着燈照過幾遍、那有些影像
到午上賣飯熟了、揭開鍋蓋、道栽簪不歪不邪、揷在飯
鍋中心、扻起看時、却又作怪、道滚熱的飯鍋裏面簪兒
還是冷的、錢氏恐丈夫不信、瞞過不題、又一日早起下
粧、正要穿繡鞋、不見了一隻、趙壹道想是貓兒衝去不
另換一雙穿罷、那日趙壹出門、不多時便回、袖裏摸出
一隻鞋兒與妻子看、問道可是你的、錢氏道正是那里

五六六

拾來、趙壹道、在三里之外、一株石榴樹上掛着、却不是
怪事、錢氏方纔放把銀簪之事、對丈夫說、趙壹道、此必
山魈野魅所為、常言道、兄怪不怪、其怪自壞、莫俟他便
了、自是趙家怪異不絕、亦無傷損、夫妻兩箇無可奈何、
只不理他、後來慣了、越不在意、其時重陽節近、風高草
枯、正是射獵的時候、趙壹和幾箇一般的獵戶、駕着鷹
犬、掛了弓箭、各執使慣的器械、出了梓潼村、到山中打
獵。但見

人人逞勇、箇箇夸強、逞勇的道、一箭可貫雙鵰、夸強

第三回

四

五六七

來且聽下回分解

第三回

胡黠兒村裏鬧貞娘　　趙大郎林中葦狐跡

橫生變化亦多途　　妖幻從來莫過狐
假佛裝神人不識　　何疑今日聖姑姑

話說諸蟲百獸多有變幻之事、如黑魚漢子、白蝶美人、虎爲僧爲嫗、牛稱王豹稱將軍、犬爲主人鹿爲道士、狼爲小兒見於小說他書不可勝言就中惟猿猴二種最有靈性算來總不如狐成妖作怪事跡多端道狐生得口銳鼻尖頭小尾大毛作黃色其有玄狐白狐則壽多

而色變也、按玄中記云、狐五十歲能變化爲人、百歲能知千里外事、千歲與天相通、人不能制、名曰天狐、蟲惑變幻萬端、所以從古至今、多有將狐比人的、如說人容貌妖嬈、謂之狐媚、心神不定、謂之狐疑、將僞作眞、謂之狐假、三朋四黨、謂之狐羣、看官且聽我解說狐媚、一字、大凡牝狐要哄誘男子、便變做了美貌的婦人、牡狐婆哄誘婦人、便變做美貌的男子、都是採他的陰精潛血助成幼㜷之事、你道甚樣法兒變化他天生有這個道叚假如牝狐要變婦人、便用着死婦人的髑髏頂

蓋牝狐要變男子也、用着死男子的髑髏頂、蓋取來戴在自家頭上、對月而拜、若是不該變化的、時候這片頂蓋谷碌碌滾下來了、若還牢牢的在頭上、拜足了七七四十九拜、立地變作男女之形、扯些樹葉花片、遮掩身體、便成五色時新衣服、人看見他美貌華裝、又且能言善笑、不親自近、無不顛之倒之、除却義夫烈婦、其他十個人到有九個半着了他的圈圚、所以叫做狐媚、不止如此、又能逢僧作佛、遇道稱仙、哄人體拜供養、所以唐朝有舊神之觀、家家祭祀、不敢怠慢、當時有蕃將、驅兵

供本院北斗星君亦拜辭而出袁公又往脩文院拜
謝了舍人往北斗司拜謝了星君右手擎着白玉寶爐
左腋下夾着霧幞離了天界望着雲夢山白雲洞中鑽
去那一班猿子猻孫猴獲之屬已被本境城隍山神土
地奉着令驅逐巳盡袁公單單一身不勝凄慘且喜
有了性命又得了兩件至寶正所謂一悲一喜便將寶
爐陳設於石室內只見香氣氤氳直透九霄雲外又
將霧幞展開尺餘懸於洞口果然白氣騰空須臾之間
散成十里濃霧把一筒山洞如白綾包裹看不見洞外

[illegible]公大喜道世
上事多半是有名無寶只這洞名問來亦是虛傳今日
繞不枉喚做白雲洞也說罷復身到寶爐前磕了四箇
頭以謝天恩從此日日如此不敢懈怠每年五月端午
午時便把霧幞捲收到天庭朝見玉帝謝罪一次過
了午時仍舊還洞又將霧幞展掛內外隔絕別是一箇
世界那洞中到也寬大各色名花異果四時不絕也勾
袁公一身受用袁公自此只在洞中脩真養性閒時探
取雌雄二丸戲舞消遣兩壁雖鑴着一百單八條變化

之法仔細叅求都是偷天換日追魂攝魄的伎倆其中
邨有豆人紙馬鬼刀神翅種種害人之術袁公道怪道
玉帝十分秘惜不許洩漏人間這般法術分明是金剛
禪外道與白家心性無緣早知如此他便不開得玉篋也
罷了心下懊悔無及取筆添數行字於石壁之後云此
係九天秘法上帝所惜儻後人有緣得之者只宜替天
行道保國佑民每年臘月二十五日後半子時銜刀被
髮登屋跨介向北斗設誓弟子某持法於今若干年
無過失倘生事害民雷神殛之共七十六字照前鑴就

說話的這是甚意思只因袁公在脩文院成招立下誓
願恐後有得法之人心術不正帶累非小他自己曾經
雷神擒拿北斗星君勘問所以說持法者通陳北斗生
事者受報雷神臘月二十五日乃玉皇下降之辰到此
繞見袁公本心好道並無邪念也然雖如此依我說來
還是鑴在石壁多了這一番事想緣會當然所以天庭
亦不曾敎他銷毀只因這般有分敎白霧巖中再遇偷
書之賊紅塵世界忽生弄法之殘正是有事不如無事
好人心怎比道心閒畢竟後來何人盜法生出甚麼事

第三是雲母。乃混沌初分時山川之氣所結、團團如華蓋、相似、其雲五色不一、若歲時豐稔雲色則黃有兵冠雲色則青、有死喪、雲色則白、然雲主水、赤雲主旱、若五色葱菁、此為祥瑞之徵、雲師所職掌之、亦有詩為證

白衣蒼狗雖無意
紅藍金翹亦有徵
假使雲師無職掌
保章雲物辨何因

第四是霧母、狀如一幅布帟、約長八九尺、亦名霧幛繾展開些子分明是初啓蒸籠一般熱騰騰噴將出來、若展盡時瀰漫百里、把箇乾坤都皆罩了、及至捲起郤似

五五二

水中吸桶、那霧氣即漸收藏、當先軒轅黃帝在位時節、有一箇諸侯最為無道、名曰蚩尤、他得了這箇霧幛、能致大霧、又剏造刀戟大弩、自恃天下無有敵手、鼓眾造反、劫奪黃帝的天下、黃帝與蚩尤大戰於涿鹿之野、一軍都被霧氣迷惑、東西不辨、三日三夜不能取勝、賴得九天玄女下降、授黃帝陰符秘策、造成一集、名指南車、車上站一箇木人、木人伸一隻手、手伸一箇指、隨你車兒左旋右轉、這木人一手一指、準的對着南方、當下遂破了蚩尤、追而斬之、其血流地、變而為鹽、只今陝西

第二回　九　五五三

廬陽府城北臨池便是因他創造兵器、罪業深重、萬世百姓食其血也、這霧幛是九天玄女收得獻上玉帝收藏天庫、亦有詩為證

黃帝神靈是聖君
蚩尤狂惡亦兇犀
不將霧幛歸天庫
安得天開日月明

後人又有詩云
四母珍奇古未聞
誰知天界假和真
風雲聚散陰陽理
不道成形各有神

此詩是駁邪氣母、風襄、雲蓋、霧幛四件奇寶乃荒唐之

五五四

說、不知此乃坐井觀天、淺見薄識之輩、假如鏡能取火蚌能出水、猛火生風、蜥蜴致雹、在世間的多有奇奇怪怪、不可思議、何況天界事情、則今開話休題、且說玉帝見袁公一心護法、念念不離、且是九天玄女弟子、就取這霧幛交與袁公、以為鎮守、永鎮付道、此幛只可展開尺餘、便有一里霧氣、不可全展、恐於世人不便、又道你自今改過遷善、專心修道、還有上昇之日、不然火誅不赦、永墮無間地獄矣、袁公不住口的唯唯拜辭、玉帝當下脩文舍人再拜、奏請御封、仍將玉箋封記

第二回　十　五五五

五四八

甘受所供是實。北斗星君看罷供招，笑道：到好，說得身上十分乾淨，心裏也乾淨。公跳將起來，說道：我老袁不但身上乾淨，心裏也乾淨，說一是一，說二是二，不比他人言三語四。舍人和左右都笑起來。當下星君和舍人起身，引着袁公迴到雷霆寶殿，回奏玉帝道：袁公罪犯雖深，情詞可憫，況且混沌老祖曾遣下四句云：玉篋關緣當來，玉篋開緣方去，緣者袁也。或者袁公有緣，所以玉篋自啓，他既無邪心，宜看九天玄女面上，從寬釋放爲便。玉帝准奏，免其死罪，

五四九

革去白雲洞君之號，改爲白猿神，着他看守白雲洞。石壁先發下天符一道，着本境城隍土地逐去猿子猿孫一切黨類，十里之內不許停留，單單只容一箇袁公居住。如若妄傳凡人生災作耗，一體治罪。袁公謝恩巳畢。玉帝傳旨，將御前白玉寶爐賜與袁公，這爐名爲自在爐。若袁公在洞修行時，爐中香煙繚繞，自然不斷，直透天門。倘或袁公離了洞門，香煙便熄，分明把爐中這點真火降住袁公的野心，使他不敢散亂。袁公又謝了恩，奏道臣所居雲夢山白雲洞，雖則險僻，郤與塵世來往

第二回　七

五五〇

隔絕，聞仙官張楷能作五里霧，願乞天恩借來遮掩門庭，免外人窺覷。玉帝准奏道：若要霧，不須煩仙官，爽便喚掌天庫的，取一件希奇無價之寶出來，這寶名爲霧母。原來上界有四母，都是天生至寶，第一是氣母，藏着先天一氣，大千世界轉輪其中，卻令彌勒祖師手中提着的布袋便是。有詩爲證：

和尚肚皮如甕，眼見笑得沒縫。
布袋早暮提攜，手中不知輕重。
閒柒袋裏有何物，一氣陰陽妙用。

五五一

笑他世界衆生，袜內蠶虬亂動。

第二是風母，藏着八方風氣，怎兀得東方滔風、南方薰風、西方飂風、北方寒風、東南方長風、東北方融風、西南方巨風、西北方臁風，這八風消息於風囊之中，風伯飛廉掌之。亦有詩爲證：

人間尚有司風史，況是天庭豈無主。
鹿身蛇尾號飛廉，風伯從來功配雨。
少女前驅孟婆狂，折丹指點封姨忙。
縱使扶搖千里勢，不離噓吸一風囊。

第二回　八

曾見簡生人之面，星君暗暗想道：這畜生到也老實。文喝問道：你把秘冊鐫在石壁，是何主意？袁公道：常聞說上帝無私偏，不信有簡秘。帝院說簡秘，便不消齎下文書。既齎下文書，便是要流傳萬古。玉帝匣藏我老袁石刻，同是一般意思。舍人喝道：絲毫添得，強辭奪理。袁公慌忙叩頭，連稱死罪，道：我老祖心想前，只是據理自陳，竟敢強辯。舍人道：開得這籤，是天庭法寶，有三不開。無滬元老祖法旨不開，無九天玄女娘娘法旨不開，無毛畜決旨不開。你這毛畜如何開得？袁公道：起初時

五四四

實是三番兩次展開不得，末後志心飯命吾師九天玄女娘娘保佑，弟子道法有緣，承作護法，不敢為非造次。蓋就登時揭起，若到底揭不起時，我老袁也罷了，終不然喚箇碾玉匠碾開來看。早知天條如此嚴禁，玄女娘娘也不該作成我這箇罪名。往時常恨着世路狹窄，每每在一封柬帖、一篇文字上坐人罪過，不道天庭浩蕩，為這三寸長短小小冊兒，不鑒我好道之心，翻坐以偷書之賊，悔之無及，死不甘心。彌衡舍人聽說到世路狹穿幾句，慨然動色，想着自家得罪於劉表，也與為着緣

第二回　五

五四五

第一封書上，況且生性剛直，見袁公情辭慷慨，涕泣哀憐下，心中十分不忍，問着北斗星君道：這毛畜所言，儘自可聽。論起道法流傳，也有因緣在內，況是九天玄女娘娘高弟，有煩真君同在玉帝而前保奏，許他改過自新，不知真君意下如何？星君道：原是先生屬下人員，但憑裁決。只是這番鞫問，百神盡知，也須成簡招詞，以便覆奏。舍人道：真君之言甚當。便教左右將紙筆硯墨付與袁公。袁公此時已知舍人有心出脫他罪過，懽喜不勝，連忙取筆寫道：

五四六

供狀袁公，不知年歲，向在雲夢山白雲洞住居修道，因本師九天玄女娘娘舉薦，蒙帝恩封為白雲洞君，掌管九天秘書，屬修文院，典守多年，益無失。近因九天仙真俱赴蟠桃壽宴，自念道微德薄，不得從行，不合私發天封，欲窺秘冊，兩遍揭取籤蓋，不遂志心，祝禱本師玄女娘娘保佑，方始開篋見書，妄意天上無私，欲作人寰不朽，輒將冊文鐫於白雲洞壁線法，自信專擅難辭，然皆好道本心，益無私毫邪念，償蒙敕宥，情願專心護法，不敢妄洩凡人。如有違心，天誅

第二回　六

五四七

上帝法旨與你取討如意冊有無，自到修文院中回話。袁公連聲應道，有有有。心中暗想道，既是上帝有旨來拿我，如何卻到修文院去，想是着我尋取原書。這修文院自我老袁自家屋裏，只消我出諸袖中便了，此時十分驚恐，已自放下了七八分，況且眼見得雷部神通，怎敢違抗。當下謝仙取鐵鏈，套在袁公頸上，乘着雷車，頭刻進了天門，選投修文院來。正是青龍共白虎同行，吉凶事全然未保。且說那修文舍人彌衡，早已升座，怎生品格，有西江月為證：

五四○

作賦平欺時彥，挾才敖王侯，懷中刺敝不輕投，只有孔楊好友。鸚鵡洲前夢慘，漁陽鼓裏聲愁，八生剛正表清流，天府修文職受。

不多時只見旌旛寶蓋，簇擁着北斗星君到來。怎見得，亦有西江月為證：

七政樞機有準，陰陽根本寒門，攝提隨柄指星辰，斗四垣定八道，南生北殺七公，理獄分明招搖玄，七擺前旌，不數人間法令。

當下修文舍人降階接入，行禮讓星君坐於上首，這裏

五四一

雷公電母將袁公解進修文院來交割，一面繳還帝旨，自回本部去了。郤說袁公被一番雷電鬧炒得不耐煩，到得本院，如醉如夢，吏卒押他跪於階下，高聲稟道，拿到偷書賊。當面袁公擡頭一看，只見兩行擺列得旌旛齊整，椶浄嚴硯。上面時端端正正坐著兩位問官。右首修文舍人是本院職掌，還不在意，左手皇王簡分明認得是北斗星君，這一驚非小。原來南斗星君北斗注死，隨你顏回楊烏道般壽夭，若求得南斗星君添上幾堅畫，便活到一百九十隔，羅天子也不敢去。

五四二

想他會的儇慧，着北斗星君把筆尖動一動，登時了郤性命，便是玉帝御旨降一千道救書，也未想他起死回生。今日這一番多凶少吉，如何不驚恐。當時袁公不等上面開言，雙手擎着如意寶冊獻上，連連磕頭，只稱死罪。北斗星君喝道，業畜，你擅啟天封，私偷秘法，比監守自盜加等，合當擬斬。袁公只叫饒命，磕頭不已。彌衡舍人問道，你有無洩漏天機，從實說來。袁公道，我老袁一生不作詭語，那如意冊上諸般變化之法，已整整齊齊鑴在白雲洞兩傍石壁上了，若說洩漏委是家

五四三

雷鳴了、想是天變也、袁公道、這不是雷鳴、乃是天門
報鼓響、凡天宮有刑獄問斷之事、便鳴着報鼓、儒書止、
所謂鳴鼓而攻也、你每緊守洞中、我老袁且上去點簡
卯探聽簡消息、說罷涌身一跳、早出洞口、冉冉望天門
而上、只此一去、有分教袁公犯一款不赦的天條、設一
重不輕的法願、正是曾施天上無窮計、難免今朝目下
災、畢竟不知此去吉凶如何、且聽下回分解

第二回

修文院斗主斷獄　白雲洞猿神在霧

茅山萬法總虛浮　　如意從來不可求
寶冊誰人能會取　　刻時羽化上瀛洲

話說玉帝在瑤池宴回守天宮的執事人員都來接見、
單單不見了袁公有修文院舍人彌衡字正平、起奏道、
白雲洞君私發秘書、竊了如意冊下界巳七日矣玉帝
大驚道這如意冊乃九天秘法不許洩漏人間只因世
上人心不正得了此書必然生事害民那畜生獸心不

改、有犯天條、不可恕也、當下嗚起天門報鼓、百神俱應、
玉帝傳旨命雷神豐隆遣本部雷公電母火速下界、
袁公赶起修文院仰本院舍人會同北斗真君輓問正法、
却說袁公正到天門打探、聞知此信、自言自語道那簡
多嘴饒舌的開在那里不去打睡、都去報新聞、搬起
這樣是非、我且把如意冊包裹停當仍舊放在玉篋裏、
面隔時與他白賴則簡一頭、走、一頭伸手去摸那袖兒
却是一箇空袖喫了一驚、原來放在石牀上不曾帶來
慌忙撥轉雲頭回到白雲洞中這夥獮子猻孫見袁公

轉回得快、一擁前來問信、袁公此時那有心情回答他
一言半字、舒着雙臂拉開逕奔石牀上、取了如意冊兒
覆身復上天門、正撞着雷公電母一羣聖衆駕着雷車、
飛逕前來、電母便將閃電亂掣、火鞭飛舞、金蛇走躍袁
公大驚道這婆子好利害哩也、到聽得幾分劒術正要
探取雌雄二劍與他賭鬥只見雷部謝仙等衆擊起連
鼓如山崩地塌之聲四圍雷火焰焰燒着把袁公分明
困在火城之中、險些兒燎去了皮毛嚇得袁公掩着耳、
閙着眼口中叫道列位有話好講不要出粗雷公道摹

封一道，只見封不見開。袁公暗忖道：這重重封記，必有妙處。扯開御封，把雙手去揭那篋蓋時，却似一塊生成，全然不動。袁公連叫作怪：若是鐵打的篋兒，只恐年遠鏽結了；這兒美玉琢成的，直恁年緊，不知那篋玉工做下的，若與老袁尚是，再細細光去一層，便好開閉了。說罷，抖擻半生的精神，又去狠揭一下，那玉篋兒恰似重加釘釘，再用金錘，休想動得半毫。看官聽說：若是別篋，猢猻兩番揭不起，未免焦燥，拿起手一丢一丢，腳去踏，頭去撞，都是有的。那袁公畢竟多年修道，火性已退的，

五三三

如何肯造次。當下慌得他雙手兒捧着玉篋，屈下兩隻毛腿，叫道：吾師九天玄女娘娘，保佑弟子道法有緣，揭開篋蓋，永作護法，不敢為非。連叫了三四篋頭，爬起來，把玉篋再揭，那篋蓋隨手而起，內有火珠般繡袱包裹。打開看時，三寸長，三寸厚，一本小小冊兒，面上題着三簡字，叫做如意冊。裏面細開着，道來一百單八樣變化之法。三十六大變，應着天罡之數；七十二小變，應着地煞之數。端的有移天換斗之奇方，役鬼驅神的妙用。袁公心下大喜，道：只此一書，勾我老袁受用矣。一世從師

第一回　十

受道，今日到手時還是我自家檢得。正是蚤知燈是火，飯熟巳多時。手中捻着本如意冊兒，長嘯一聲，飛下雲端，徑往雲夢山石雲洞中鎖住，那里猿子猿孫和着一班狨猨獿之類，聽鑼欣欣，都上前拜見袁公道：我今日得了天書，做箇傳法教主，得道之日，你們一箇箇都做真仙。便教把洞中兩邊峭壁與我削平，我有用處。眾畜聽說傳法與他，那箇不踢躍向前，鑿的鑿，磨的磨，霎那之間，把兩壁弄成一片鏡面相似。袁公取出筆墨來，石卓之上磨得墨濃，蘸得筆飽，向西邊壁上寫着三

五三四

十六大罡大變法，又向東邊壁上寫着七十二地煞變法。却教眾畜勁起碰鑿，刻成三分深字樣。袁公笑道：人說天上無私，緣何也有簡秘書，你做三十三天老大皇帝，直恁私刻？我老袁且與人為善，你們眾弟子孩兒要學法的，儹着去學。眾畜道：苦也，俺們怎得理會，全仗老公公教導。袁公道：了頭做媒，自身難保。我老袁但能記誦，尚未得手哩。且慢消停，等他半月十日，玉皇老頭兒不言不語時節，我老袁給簡寬假，到於本洞，逐節與你們演習。說猶未了，只聽得轟轟的一片聲響，眾畜通

第一回　十二
五三五

瓊瑋道人於南山尋訪、更無蹤跡、卻論建私女祠於南
山之上、歲時祭祀不絕、你道為何尋訪不着、這里越國
建功那邊、玄女已自上天、同復玉帝去了、况這神仙妙
用、要現便現、愛隱便隱、亦非凡人之可測也、且說玄女
帶袁公上天、朝見了玉帝、見袁公好道、封為白雲
洞君、教他掌管着九天秘書、但是人間所有
之書、不論三教九流、人間無不備、天上所有
書、人開耳未聞、目未見的、也不計其數、所以總喚做秘
書、有金匱玉篋收藏、每年五月端午日、脩文舍人來查

五二八

點一次、此乃脩文院之屬官也、袁公雖然掌管、奉有天
條禁約、等閒也不敢私自開發、忽一日間、正值西天金
母蟠桃勝會、玉帝引着一班仙官將吏、都往崑崙山瑤
池赴宴、怎見得、有古風一篇為證、

崑崙山在少水陽　古稱地首天中央
星辰隔輝桂天柱　日月引避行其旁
中有蟠桃萬丈高　寶樹琪花顏色古
千年結實年年熟　渥丹斗大如瑪玉

第一回

此時王母開壽筵　十萬仙真共捧觴
壽筵高啟碧琳堂　鳳鉤鷺舞紛迴翔
玉童前驅執羽蓋　靈妃後列吹笙簧
瓊漿飲罷顏婀娜　玉盤托出神仙果
食之壽與天地齊　安得偷嘗一二顆

袁公雖云脩道未證仙果、且是天宫有執事的人員、因
此不得隨行、他本是簡好喫果子的、開說蟠桃如斗之
大、三千年方始開花結果、一次喫此桃者、壽與天齊、如
何不口內流涎、心中納悶、袖中取出兩箇彈兒

五三〇

氣吼聲疾、化成雌雄二劍、左一跳、右一躍、戲舞了一回
將袖兒一拂、攝了劍光、依舊收藏袖內、正在無聊之際、
猛然想起自家掌管着許多秘書、未曾展覩、今日且偷
看一會、便怎地、一頭說、一頭便把雙眼溜去、只見那金
匱玉篋、都編得有三教九流門類字樣、袁公覷着許多
儒字號、口中喃喃的道、那秀才買賣莫去纏他、指着佛
字號、又道那黃臉老兒也不好相處、看到道字號、道這
是我老袁的本業、中間一箇小小玉篋兒、面上橫着無
數封記、原來這篋兒、每年脩文舍人來檢點時、加上御

第一回

五三一

娘娘一聲叫師父、處女按住雲頭、將慧眼打一看時、處
來正是袁公、雙膝跪於路傍、手擇着一箇石盤、盤中列
着四般長命果、口中只叫道、師父可憐弟子一片誠心、
收留教誨則箇、且說那四般果子、是榛子松子榧子核
桃、假如東南橘柚楊梅、西北林檎梨棗、此等並爲佳品、
要之只算時新、不堪長久、只有那四般藏在殼中、風吹
不乾、雨打不濕、久而如新、所以謂之長命果、求爲山家
之積糧也、後來丹青家有箇白猿獻凱圖、止此故事當
下袁公放下石盤、連連磕頭、又喚道師父母必收留弟

五二四

子生死不忘、處女被他識破是九天玄女娘娘化身、道
這畜生眼睛到也利害、又見他十分志誠、將他所獻四
般長命果、每件取他一箇、這是領他的情處、其餘都向
空中拋散、做箇布施功德、當下袁公就茂林中端端正
正拜了八拜、玄女受了、向袖中取出圓眼般大兩箇彈
丸兒、付與袁公、袁公將雙手接着、安放掌中、看這彈丸、
蒔白色、如鉛鑄成、不甚光彩、袁公口雖不語、心中疑惑、
想道若是粉做的兩箇團子、到好充饑、便是銀打的、也
不上二兩多重、不值甚事、若只是兩箇鉛彈、見我老漢

第一回　六

又不學打彈、要他甚麼、遶墨忿筆轉翻、那邊玄女早
知道、便向那彈丸上吹一口氣、叫聲疾、只見放起光、
須臾之間、左一跳右一躍、如兩條金蛇、纏繞盤旋、只
頭上頭下、一往一來、进出寒光萬道、冷冽難當、耳中
聞千刀萬刃擊刺交加之聲、嚇得袁公緊閉雙眼、心神
只叫好師父、弟子已知師父神威、鐃恕俺則箇、原來這
兩箇彈丸、就是仙家煉成雌雄二劍、能伸能縮、變化無
窮、若攝了光時、只如兩箇鉛彈相似、倘然動揮起、寒能
於百萬軍中、橫行直撞、來如箭去如風、所以仙家乘劍

五二六

斬妖百中、今日玄女只是小小弄箇神通、恐嚇袁
公、雖然利害、只削去了些頭毛眼毛、其他並無傷損、若
心不至誠時、一萬顆頭也取下來了、玄女當時把袖一
攝、攝了劍光、依然兩箇鉛彈丸兒、收入袖中去了、袁公
纔敢開眼、嚇出了一身冷汗、半晌開不得口、從此死心
塌地跟隨玄女、直至南山、終日摘花獻果、供養玄女憐
他小心謹慎、把劍術盡傳與他、袁公依樣鍊成雌雄二
劍、收藏袖中、亦能變化、歡會不盡、此時越王已將君子
軍立平、直入吳國、滅了夫差、稱霸江東、班還吳、處女前

第一回　五二七

能施符呪，神通廣大，不可盡述。怎見得？但見：

生居申位，裔出巴山。申陽宮子孫聚居，裔出巴山，巴西侯宗族繁衍。桑腸易斷，嘯月明誰不合悲。長臂能通，登樹杪何愁善射。數學傳風后，誰知是前代曆師。刀法授雲長，錯認做人間劍俠。神通却似降龍祖，變化平欺孫馬溫。

話說春秋周敬王時，吳越交爭，吳王夫差圍困越王勾踐於會稽山之上，差得下大夫文種卑詞厚禮去請行成，吳王依允，將越王夫婦摘去冠服，囚於石室之中，替

夫差養馬三年方始放回。越王一心要報此讎，想吳國有魚腸之劍三千，難以抵敵。有上大夫范蠡獻計，挑選六千君子軍，朝夕訓練。訪得南山有箇處女，精通劍術，奉越王之命，聘請他為教師。那處女收拾下山，行到半途，逢著一箇白髮老人，自稱袁公，對處女說道：聞小娘子精通劍術，老漢粗知一二，願請試之。處女道：妾不敢隱，但憑老翁所試。袁公覷著樹梢頭透出一竿枯竹，蹋身一跳，竿已扳起，撇向空中，墜下那根竹，迎著風勢，咭喇一聲，折作兩段，處女接取竹梢，袁公接取竹根。袁公

第一回　四　五

就勢去刺那處女，那處女不慌不忙，將竹梢架住，轉身刺著袁公，袁公飛上樹梢頭，化為白猿而去。原來處女不是凡人，正是九天玄女化身，因吳王無道，玉帝遣玄女臨凡助越亡吳。那袁公是楚國中多年脩道的一箇通臂白猿。因楚共王校獵荆山，他連接了共王一十八枝御箭，共王大怒，宣楚國第一善射有名百步穿楊之手，喚做養由基，前來射他。白猿知養由基是箇神箭，躲迭不及，一溜煙走了。共王教大小三軍圍住山頭摻尋無迹，把一山樹木放火都燒了。至今傳說楚國亡猿禍

延林木為此也。那白猿從此躲入雲夢山白雲洞中潛心脩道，今日明知玄女下降，故意變作袁公試他的劍術。後來處女見了越王，教練成了六千君子軍，也不回復范蠡，也不拜辭越王，逕自飄然而去。有詩為證：

玄女神機豈妄投，
六千君子只凡流。
要知天上些須妙，
已是人間第一籌。

話說處女下了南山，來於越國，那時有越王差來迎接，人眾香車寶馬，自不必說。今日不辭而去，未免獨自驚身，半雲半霧，行至舊路，只聽得茂林之中一聲叫這

第一回　五

夜間夫人坐在牀上喫了幾口粥湯喚養娘收過粥碗只見銀燈昏暗養娘道夫人且喜好一簡大燈花夫人道我有甚喜事且與我剔去則簡落得眼前明亮心上也覺爽快養娘向前將兩指拈起燈杖打一剔剔下紅燄燄的燈花蕋兒落在卓上就燈背後起一陣冷風吹得那燈花左旋右轉如一粒火珠相似養娘笑道夫人好耍子燈花兒活了說猶未了只見那燈花三四旋旋得像碗兒般大一簡火毬滾下地來咭的一聲如爆竹之聲那燈花爆開散作火星滿地登時不見了只見三尺來

五一六

長一簡老婆婆俏名夫人叫萬福老媳婦聞知夫人病怎有服仙藥在這里與夫人喫那夫人初時也驚怕聞他說出怎樣話來認做神仙變現反生歡喜正是藥醫不死病佛度有緣人當時喫了他藥雖然病得痊可後來這婆子纏住了夫人婆做簡親戚往來懷着一乘四人轎前呼後擁時常來家咭噪遣又遣他不去慢又慢他不得若有人一句話兒拘着他他把手一招其人便撲然倒地不知甚麼法兒血瀝瀝一副心肝早被他擎在手中直待眾人苦苦哀求把心肝望空一撇自然

五一七

那死人的口中溜下去那死人便得甦醒因此一件悄人劉諫議合家煩惱私下遣人蹤跡他住處却見他鑽入臙脂湖水底下去了你想臙脂湖是甚麼樣水那水底下怎立得家必然是簡妖怪屢請法官書符念呪都禁他不得反喫了虧直待南林菴老僧請出一位揭諦尊神布了天羅地網遣神將擒來現其本形乃三尺長一簡多年作怪的獼猴那揭諦名為龍樹王菩薩劉諫議平時供養這尊神道極其志誠所以今日特來救護斬妖絕患詩曰

五一八

人家切莫畜獼猴　　野性奔馳不可收
莫說燈花成怪異　　尋常时耐是淫偸

那獼猴似人之形性最靈巧就是尋常爬隱上卓開盤倒甕扯袖牽衣撦蝨子弄雞巴氣質十分不雅況且多年豈不作怪又有長大一种其名為猿尤為矯捷那猿內又有一种通臂的兩臂相通隨他伸那邊一隻臂這邊一隻就縮進去做一條臂膊舒將出來所以善能緣崖登木人若把箭去射他時右來右接左來左接近來近接遠來遠接全然不怕還有年深得道的善曉陰陽

五一九

第一回

授劍術處女下山　　盜法書袁公歸洞

生生化化本無涯　　但是舍情總一家
不信精靈能變幻　　旋風吹起活燈花

話說大唐開元年間鎮澤地方,有箇劉直卿官人曾做
諫議大夫因上文字打宰相李林甫不中,棄職家居,夫
人曾勸丈夫莫要多口到此,未免搶白幾句那官人最
簡正直男子,如何肯代氣爲此言語往來,上夫人心中
不樂害成一病請醫調治,三好兩歉不能痊可忽一日

531

太醫細辨三支麻
五〇八
尤病兒廟中偷酒
五〇九
賈道士樓下迷花
五一〇
小孤耕智懸道士
五一一

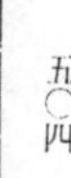

535

四八八

阿强求。且如讀書等輩，有高才絕學，辛苦一生，未遇
已，終於淪落。又有小小年紀，纔學謅得幾句，尚未成
便聯科及第去了，千人喝采，萬人誇强。若是不達的虽
說試官沒眼，屈了他。沒口朵邱，不知那小小年紀的虽
是前生讀書行善積下今生受享榮貴，所以古人說得
好。要知前世因，今生受者是。又道一飲一啄，莫非前定。
若是數合承當為王稱帝，也是等閒。比如宋太祖陳橋
兵變，一朝黃袍罩體，不費一毫氣力，子子孫孫安享三
百餘年天下，豈不是箇⋯是命中沒有時節，眼盼

四八九

盼看着一箇銅錢，到拾起時，還要變了箇柿蒂，可笑那
一種最沒撻煞、歪肚腸、空腦子的人，癡心妄想。如唐末
進士黃巢，一箇及第也掙不來，却想要做皇帝，殺人百
萬，流血千里，後來被其甥林言所誅，貽臭於萬年之下。
又如漢末黃巾賊首張角，依着左道，招引三十六方之
衆，一時俱叛，自稱天公將軍，亦為皇甫嵩所破。弟兄三
入俱死無葬身之地，那兩箇人便攪壞了漢唐兩家的
社稷。漢家天下分為三國，唐家天下變做梁朝⋯
兩家國運將終，天使其然，不在話下。還有不達⋯

四九〇

過國家全盛的時節，也去弄一場把戲，不能勾榮⋯
寨，只落得身首異處，把與後人看樣，則今三遂平妖⋯
這本話頭便是。有詩為證，詩曰

　飲啄由來總是天　　須將行素學前賢
　飯蔬飲水真吾分　　食祿乘車亦偶然
　紙虎狥形空費筆　　井蛙龍勢豈安眠
　請看三遂平妖傳　　禍福分明在簡編

引首畢

四九一

四八四

第二十四回。口如臍中閃砲窘如
束尾如條附囑蠟金吾淋味且張
奪彈子和尚胡承先及任吳張等
後來金吾旋踵而來香稅而減鶖邪金書
物窘狁而來而竟不出何
蓋疑和羅公出筆及觀蔵刻四難

四八五

倍者如賀結構偽人鬼之態畫真
幻之長維山先生所孫載立新手
年尤愛其以偽天書之誕妮出天
書之眾妖由人興此等繡火青闌
條削此壽傳自京都一勳臣家抄
求為束必朱羅公筆亦當出自

四八六

連鄉直日作續三國浪束野史
鴟嶋稺件獲罪名教者比比而罰
小説名家故賈人乞朱敘也而年
許之
朱巳元手去至巷一日隴西張譽
參答父題
〔印〕〔印〕

四八七

天許齋批點北宋三遂平妖傳引首

宋　東原羅貫中　編
明　隴西張無咎　校

詞

國泰時平月白風清興來時酒盞頻傾花莽莽今古一
局棋枰看幾人爭幾人敗幾人成　休運英雄莫弄
聰明生一事一害還生滿盤算子交付黔驢只得屏
他來順他止順他行
這篇詞名為行香子大槩說人窮通有命只宜安分不

引首

538

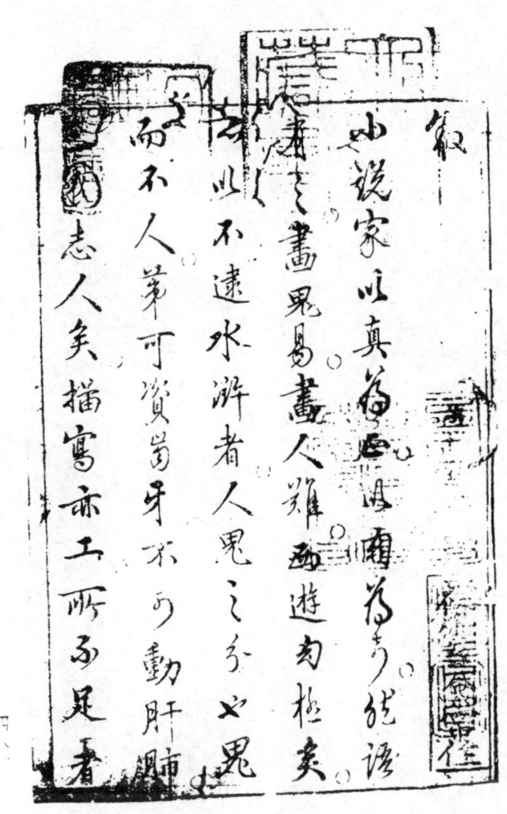

敘

小說家以真為正，而兩為奇能語……之畫鬼易畫人難，而遊勾極矣。此不遠水滸者，人鬼之分也。鬼而不人，第可資當牙，不可動肝肺……志人矣，描寫亦工，所不足者……

季孚之間乎，嘗辟諸傳，為水滸西……南也，三國志竊惡記也，西遊則點……曰牡丹亭之穎矣，他如玉嬌麗、金……瓶梅，如慧婵作夫人，只會記曰開……帳簿，全不曾學得，雯分忘改，敢水……

……平妖勢玉得匈邱才，不張菊期……

滸而寶宋奇也，十國、兩漢、兩唐、宋如……弋陽岁壓，一味鑼鼓了事，效三國……志而甲者也，西遊記如三卷金宗……神說謊乞布施，效西遊而愚者也。王猴山先生每孫三遂平妖傳想……必家滸韻頌，朱昔見武林彦刻……

頡頏者定非過論也宜貫中氏蓋世奇才
遺文不泯于今然毀譽相半予於水滸
有所發明而今見是書真正幻奇無所
不備勸善懲惡包羅文外較諸馮氏增
補本其捷豈但霄壤已閱者不悟隱微
昔人偶有言是書而以增補為白眉一
盲揆衆聲羣犬競吠聲私論儘好惜橫

四四八

平妖傳四卷

議忞褒貶若夫十襲燕石不知夜光擲
烏雀而不悔唾哦曲子不明音律薪芻
上而不惜噫嘻誰為貫中氏知音也哉
嘆有餘于茲遂造平妖國字總評一卷
贈於主人以爲惜書之報主人又請以予
言附戴是書編左同好之懇求不可辭
即便題數行還之

跋三

四四九

皇和天保四年癸巳夏肆月之吉把筆於
著作堂南簷石榴花開處
襄笠漁隱撰并書

四五〇

〔四四四〕

夫山寨孛文招討請過聖旨叛出一行妖人寫了紀曰
牌在上木驢夫招刈判了剮字壓出州衛王明知頭
來兒與一行妖人都名眼中流淚面□想麗然舊不
得貝州官的人塵膚毒背但見
兩賀破鼓响一楝碎鑼鳴皂囊頌詔展弄云即
葉鈴交加仙堂把由門□焉亦人言此表幾行
白艇花簇擢都鹿里眷顯科洨長休飯族□
吞求別兩日冲遠來高頭馬上破法長一□
范闌罪刀志來行差刑剝子鑽支進命完□
（以下原圖）

〔四四五〕

讀三遂平妖傳題跋

平妖傳一書相傳云元人羅貫中所手
集其書二十回明王慎修校梓之自馮
猶龍增補四十回本出于世和漢好事
者以舊刻本難得不為憾清張無咎增
補平妖傳引曰王緯山先生每稱羅貫
中三遂平妖傳堪與水滸頡頏無咎昔

平妖傳四卷　跋一

〔四四六〕

見武林舊刻本止二十回開卷即胡員外
逢畫突如來聖姑姑不知何物而張鸞
彈子和尚胡永兒及任吳張等後東全
無施設方諸水滸未免強弩之末新補
之剗回數倍前蓋猶子龍所補始終結
搆有原有委備人鬼之態華真幻之長
余尤愛之由此觀之舊刻本當時罕于

〔四四七〕

唐山可知也伊勢松阪桂窓主人吾志
年之友也才長於國風且嗜讀稗史嘗
乃藏弆有平妖舊本四卷客歲購得之
于京師書賈云予輩之欲見渴望稍久
主人亦思欲就予詳其書新舊與作者
巧拙因郵附以兄惜為拾是繙閱再三
初知是書瑰奇王緯山所云可與水滸

平妖傳四卷　跋二

也不在話下，且說……差房週圍看了道，可知你……

凌乎左黜慶他，初亦六藏一物在這裡了，王信道卻也……

作怪諸曾口遠知哗，其六家問道這箇……

也不是本人家看，画我家不曾有這箇……是你家物……

蜀遂智鹿去黜會，難逃我流寫之千交左右……

取家來將軍士扛去，外祖去王信……

又從去傲县說計算……

炭兩化去……過众将獅羊……

荒石镜……上……沉兩足箇石……

（以下原闕一葉）

四四〇

竟具論�@落于熊羆之中，實不干衆日姓之事，

乃欲究蕩不惟罪及無辜，柳且有傷天地好生之仁。

頃求招討六便，身馬奏請救此一方愚民文招討聽

曹招討之言，即斬百姓無辜被妖人諮惑之情馬表

將奏朝廷一面大書鹚文張掛通衢各門曉諭日姓

非止元則等一千有名妖人其餘妖黨及滿城日姓

供各申奏救宥一應軍民人等安心職業不必驚慌

等僑因此百姓見了榜文俱各放心朝夕莫香迴天

尋待收鹭恩宥不歒日間朝廷隆下聖青迴依鄉所

四四一

四四二

四四三

四三六

正是

畢竟王則[illegible]下面分解

第二十一

貝州城碎[illegible]

詩　神器從來不可干，文招討平妖辭東京
　　惜王稱帝詐能安
　日[illegible]公當日擒王則，智與妖邪做樣看

四三七

[illegible]

四三八

[illegible]

四三九

[illegible]

不能擒捉王則文招討道吾師何以知之諸葛遂智
道那貝州城中王則左右一班俱是妖人若李將軍
打地洞入去他那裡知覺了行起妖法非但不能擒
捉王則李將軍反為他所害文招討道若如此何時
能滅此賊諸葛遂智道不必招討憂心貧僧當同去
以正破邪交他使不得妖法當皆擒捉便了文招討
見說大喜道若吾師肯去大事濟美諸葛遂智交備
下猪羊二血馬尿大蒜之類隨身即同李遂出帳來
却說李遂帶同李魚羹看了圖本到城比計算了一

四三二

里和諸葛遂智悄揮窩子手築地洞打入貝州城來打
到一簡去慶李遂約莫是州衙左側交窩子手從這
裡打出去窩子手打通了問李魚羹道這是那裡李
魚羹看時正是王州衙此時有四更時分李魚
羹前面引路李遂和衆人奴一齊城還奔入王則即
房裡來不說王則日間自思量直茫這裡有左師即
子和尚張鸞卜吉等一班兒妝勁直文招討雖有十
萬人馬圍在城外看他怎地入得城柰奈何得我不
以為事當夜正放心和卻求見在床上快活行雲雨

四三三

四三四　四三五

打落了當門兩箇牙齒綻了嘴唇念不得呪語行不
得妖法叫小人纔間小人乘著燥頭勸他歸順不然
時旦夕之間必被招討捉了豈知此賊不曾改怪小
人文招討見說吾不自勝道你雖然已是箇樂人却識
進退交左右賞他酒飯李魚羹吃了滿飲艾招討又
問道你既是箇樂人必然在貝州久了定知城內虛
實李魚羹道告招討賊首王則被打綻了嘴唇念不
得呪語已無用了有一箇軍師最利害跛著一隻脚
喚做左黜又進一箇國師喚做彈子和尚又有一箇

四二八

發鸞一箇卜吉又有三箇斗做張琪任遷吳三郎遺
有王則的渾家胡永兒極會使妖法王則全靠這一
班妖人手下軍人雖有萬數盡是烏合之衆不足為
道文招討又問此中有多少百姓坊巷河道衙門怎
地模樣李魚羹一一都說了文招討道天使此人泄
漏虛實王則可斬吳文昺討正說之間只見帳下走
此一員將官笑迎着招討小將能生擒王則來見招
討文招討一壁廂箇人出來甚喜道正應多目神之言
連三遂可破貝州元來這箇將官姓李名遂先前諸

二六

四二九

葛遂智曾破法殺了一陣次後馬遂打綻了嘴唇念
不得呪語行不得妖法今又逢李遂却好三遂因此
文招討喜歡文招討問李遂道你有何討策可奪速
則李遂道小將手下見管着五伯名窩子軍令得李
魚羹說破城裡虛實地里坊巷一應去處圖畫盡
容小將再一匕仔細問他端的對圖本覷童地面窩
近相同只須帶五伯名窩子手在城北打一面號
直入貝州城內到王則帳前捉了一行妖人口
城門放大軍入城有何討不可又把對火喜實

四三〇

李遂各人衣服一套就令袴李魚羹為帳前覷侯交
李魚羹細說城內衙門地面坊巷虛實即令浮寨官
相度畫了箇圖本把與李遂匕看了計算遠近虛
實闊狹方向稟覆文招討道這事須審切亦不是一
晦一霎之事望招討整頓軍旅時刻打通就好接應
就要帶李魚羹去做跟文招討道你可仔細用心如
拿得王則克復貝州奏聞朝廷你的功勞不小隨喚
五伯窩子軍都賞賜發放了李遂正要起身只見諸
諸葛遂智向前道告招討李將軍難打得地洞入城恐

三九

四三一

四二四

看那城下軍士撼打城的器械近城來打城這裡瘦
師等一班妖人叩齒作法王則也念呪語就現出許
多神頭鬼臉毒蛇猛獸驚得那打城的軍士倒退了
不敢近城馬遂立在王則身邊左右都執着刀斧器
械擺立兩傍馬遂心內欲奪刀來殺王則又怕不了
事乃裡得更待何時看他身邊思量道這裡不下手
拳頭沒縱王則正念呪語被馬遂一拳打中嘴上打
落當門兩箇牙齒來縱了箇唇跌倒在城樓上馬遂
奪左右的刀來砍却被王則身邊一箇心腹賊器

四二五

右夏腰裡援出刀來起刀落把馬遂剁作一
復肮膊來衆人一齊向前捉了馬遂救起王則上上
大怒交左右斬訖報來馬遂大罵道我為無刀在手
不能斬妖賊之頭與萬民除害我死必為厲鬼發你
美衆人推馬遂去斬了不在話下却說王則被馬遂
打縱了脣唇聲也則不得酒食也吃不得衆人皆憂
又恐官軍打城俱各面七預覷一面交醫人調治王
則疼得煩燥無可消遣平日暴笑歡一箇扮剔净的
蔡人叫做李魚羹王則交葉多珠辭問當日李魚羹

四二六

來到王則面前閒着口只不則聲王則問道李魚羹
你為何不則聲心下有甚煩惱李魚羹道大王尚且
煩惱小人怎地不煩惱小人與大王都是做私的今
日在城上眷比城外又添了許多軍馬併力攻打城
池賤日不着單日着終久被他捉了王則道時耐這
厮不伏事我反把言語來傷觸我喝交左右拿下李
下人把李魚羹捉了王則交把他縛了手脚吊在
稍上就城上打出去跌敲骨醬肉泥衆人縛了李魚
羹吊在砲稍上搬動砲架每砲響把李魚羹打出

四二七

寨外可煞作怪恰好村落在城邊過河裡去
寨中見城上砲打出一箇人來即時交軍士去
軍士將撓鈎搭上岸來還是活的隨即解了索子將
到帳下文招討問道你這漢子是甚麼樣人姓甚名
誰為甚事打出城來李魚羹道告招討小人是貝州
樂人名喚做李魚羹一時不合勤諫王則歸順招討
王則大怒把小人做砲稍打出城來要跌小人做學
蔡門恐天平不死得見招討文招討道你是箇樂人
如何的勸諫王則李魚羹道王則共六箇馬遂一拳

【四二〇】

告道馬遂罪合當誅但於軍不曾虧之招討寬恕權且
寄罪待破了王則問罪拳遜文招討恐氣不息衆將
官告亡哀告文招討道若不着要將面皮決斷你首
既犯吾令難以全免令左右救　伯以正其罪左右
拖番馬遂打了五十提怨将官只告饒文招討起身
寨馬遂在寨裡道我直焦地悔氣不合唱了箇曲見
道且寄下王十恨聲不絕　怒入帳中衆将官各自歸
惡了文招討要斬我又得衆将官討饒只打得五十
覷對衆人樸了一口氣當　反馬遂悄亡地出帳迎到

【四二一】

貝州城下隔著城河高聲叫道城上人我有機密大
事來報你主將可開城門放我入城那守城軍聽說
稟了守門官開城門用小舡過河來渡馬遂上岸少
不得細亡搜檢並無夾帶寸鐵衆軍人見有捧瘡也
不縛他着守到天明押寨見王則亡　認得馬遂是
同鄉兄弟便道多時不見你原來你在交彦博軍中
今日有何事却來見我馬遂道吾大王不才失
身往軍伍之中不敢來見大王西前日夜閒誘我
起三更恐怕打磚　下合唱箇曲見文招討道我着

【四二二】

亂軍心要斬我幸得衆將官告饒打了五十脊杖全
百特來投順大王望大王收留在帳下饒一走卒營
汉犬馬相報就脫下衣裳來與王則看了王則看了罷
不忍見便交馬遂穿了衣裳請上應來坐定馬遂道
大王是三十六州之主小人得蒙大王收留執鞭墜
鐙足矣安敢預坐王則道我與你是同鄉人又是從
小兄弟與別人不同馬遂只得坐了王則交安排酒
來一面請馬遂吃酒一面問文招討軍中虛實馬遂
道文招討只有五萬人馬詐稱十萬前日又輸了一

【四二三】

降折了一萬多人馬如今不上四萬實數昨日誘馬
粮看聽得說只可開支十日今大王用心守把不過
十餘日文招討之軍不戰而自退矣王則聽馬遂說
了十分歡喜就留他在州衙裡宿歇又喚醫人醫治
逐日好酒好食管待他看亡馬遂將息得棒瘡好了
王則並不疑他是行苦肉計的馬遂要殺王則又下
不得手文招討見馬遂去了許多時沒些動靜傳下
令來交軍士近城播鼓發喊勳戰王則帶領一班賊
人連馬遂都上城來亡靠著懸空板按住木欄手

衆將官來唱喏了罷立兩邊文招討發放軍事已畢呼左右喚昨夜打三更的軍士來不多時左右喚問叫到文招討問道你便是昨夜打三更唱曲兒的麼軍士道告招討小人恐怕打磕睡悞了更次把這曲兒來唱便不打磕睡文招討道胡說亂我軍法即當斬首叫刀斧手推出斬訖報來那軍士道告招討饒小人之罪小人能斬王則首級獻與招討文招討交且押他過來問道你這廝亂道我領了十萬大軍在此兩箇月破不得貝州你獨自一箇却如何斬得王

則首級那軍士道王則與小人同鄉自幼結義兄文招討問道你姓甚名誰那軍士道小人姓馬名遂文招討聽了暗喜道想其人必應多目神之言這遭子去必能了事文招討道你有何討策能斬王則為遂直走到文招討身邊附耳低言說道小人去如此必斬王則文招討聽罷大怒喝交左右拿下〇耐這廝我奉朝廷命領十萬大軍為招討使尚且未計克復貝州你是何等人輒敢妄言亂我軍法不饒你首難以伏衆刀斧手把馬遂推下衆將官都喫了

平妖傳四卷

剌着白馬嚼口血水只一噴只見王則陣上惡風急
起砂石雨雹看匕來到文招討陣前諸葛遂智在軍
中見了挺動鈴杵口念真言把鈴杵一指可變作怪
那陣惡風砂石雨雹轉風望王則陣裡打將入來王
則見風勢不好荒忙招軍馬急匕轉身文招討鞭梢
一指大小三軍一齊掩殺過去王則人亡馬倒折其
大半趕落城濠死者不計其數王則急匕收拾此少
殘人馬奔入貝州拽起吊橋關上城門緊守不出

四二二

文招討令寫金收軍離貝州城不遠下寨文招討
請諸葛遂智上坐躬身謝道這一陣皆吾師之力也
若如此賊兵指日可破諸葛遂智道貧僧以正破邪
無徒不利若是有貧僧在陣中何懼王則一行妖法
之人文招討聞言甚喜道王則今日輸了一陣越守
得城子緊了傳下將令交軍士併力攻城只見貝州
烏雲黑霧罩了城子虛空中現出神頭鬼臉毒蛇猛
興軍士都打不得城反傷了許多人馬打了兩三日
只是打不下文招討交十萬人馬圍了貝州城擂鼓

平妖傳四卷

三才

發喊王則只不出來文招討只得交軍士離了貝州
城下寨依先提鈴喝號滅竈傳更與曹招討計議道
彥博同招討領這十萬人馬一日費料了許多錢
糧到此將及有兩箇月日破不得貝州如何是好曹
招討道主帥且請寬心容曹彥博另思良策當日曹
討別了自歸本管文招討在帳中憂慮不覺天色
深但見

銀河耿匕玉漏迢匕穿雲斜月映寒光透板
風吹夜氣鴈聲嘹唳夢魂驚

四二三

涼獨宿佳人情緒苦軍中戰鼓一更未盡一更
敲遠慶寒砧千搗將殘千搗起盡簷間叮噹鐵
馬敲碎士女情懷旗旛上閃爍青燈偏照征人
長嘆妖邪賊侶心如螞忠義英雄氣似虹

當夜文招討在帳中番來覆去睡不着至三更前後
聽寨外時靜悄匕地文招討起來離了寨房應時正
打三更見一箇軍士打着梆子來次更口裡低匕罵
簷曲兒起那梆子打着板文招討應符東面帳房聽
了到次日天明衆將士都到帳下藥與咒文招討裡

平妖傳四卷

三一

来幸得多目神救了性命，早間與賊兵見陣不隄防，王則陣裡起一陣惡風，雷聲閃電霹靂交加，飛砂走石，打打得陣勢散亂，下官獨自迷路至此，望乞吾師指引歸路，到寨却當重謝。長老聽說罷，離坐拍手大怒，道：當今乃堯舜之世，君聖臣賢，此一等妖人輒敢欺惱，亂朝廷，請招討兒憂看，貧僧與招討出力破其邪法，掃除逆黨。文招討聞言大喜，道：不敢拜問吾師高姓？長老道：貧僧復姓諸葛名遂智。文招討聽罷歡喜，道：多目神曾寫七箇字，道逢三遂可破貝州。衆人曉夜

四〇八

衆許金然不辭其意，今日天交遇着吾師，若吾師能去破得貝州，下官奏過朝廷，官賞功勞不小。長老道：貧僧是空門中人，豈貪富貴爵賞，但今清平世界，不可容此妖人，貧僧當効犬馬微勞，助招討蕩平妖逆。今晚請招討寺中權宿一宵，明早五更同往大寨。文招討卸了衣甲，吃了晚齋，和長老講論了半夜，睡到五更起來，洗漱罷，吃些飯食，長老交行者寺中有馬牽出來，和文招討上了馬，帶三箇行者，明點火把，離寺迤邐運來，到寨前，衆將與軍士見了文招討不勝歡

四〇九

平妖傳四卷　二八

吾迎接至中軍。曾招討等都來動問，道：主帥一夜不迴，衆將皆憂荒無措，不知落陣走到邪裡，緣何同這箇和尚回來？文招討道：昨日被王則使邪法一陣，惡風吹得我迷踪失路，到一寺中偶遇此聖僧，說能破邪法，我想正應多目神之言。乃去曾招討耳邊低正說道：這箇和尚叫做諸葛遂智。曾招討大喜，屏退左右，問和尚道：吾師有何神術，能破妖邪？長老道：貧僧曾遇異人傳授五雷天心正法，凡遇金剛禪左道一應邪術，貧僧見了，念動真言，即能反邪從正。招討

四一〇

不信，來日對陣便見分曉。當日文招討與和尚英行者任中軍，即脩戰書一封，交軍士去貝州投下，約在來日交戰。王則見了，批迴戰書，打發軍士自回，乃對衆妖人商議，道：前日一陣被我殺得大敗而走，今日尚敢又來勒戰，必須另用□之法，直殺到界分，交他十萬人馬不留一箇。話說往下，兩邊各自整點馬，只等來日厮殺。次日立即領軍馬出貝州城，排一箇陣勢，兩陣對沖，旗鼓相望，門旗影裡又見王則發蔡就足伏劍孽著白馬莊前，口中念七有詞，把劍尖

四一一

平妖傳四卷　二九

入寺裡來見一箇行者文招討對行者道要見長老
行者入方丈報與長老七七出來見文招討戎衣甲
馬不是以下將士打扮必然是箇主將荒忙向前問
訊交行者牽了馬請入方丈坐定長老情知道餓渴
了忙分付厨下辦齋先交討茶來吃茶罷長老問道
將軍高姓因何到此文招討道下官姓文名彥傳長
老道莫非便是征西夏有功的文招討麼文招討道
然也長老道聞名久矣今日山門多幸得招討到此
何無隨從之人文招討道貝州王則謀反朝廷起

十萬人馬命下官為將收伏此賊今早與賊對陣不
慮大敗逃難至此長老見說大驚道以招討為將又
有十萬大兵貝州乃一窪之地能有多少人馬如何
却輸與他文招討道若論戰敵必不能取勝於我今
貝州王則一班賊黨皆會妖法但交戰之時他陣內
便放出神頭鬼臉猛獸怪物來軍馬見了俱各驚走
副招討曹偉獻計用猪羊二血馬尿大蒜唧筒贏得
一陣賊兵數日不敢出城日前下官陛帳與諸將下
議攻城之策不期妖人使邪法將魔籃從空壓將下

平妖傳四卷

陵些動靜，故以下戰書為由，來看虛實當時文招討
當面批廻，來日交戰。與下書人囘來，王則看了批廻
問下書人道：你曾到文招討帳下麼？下書人道：大
王，文招討並無疑忌，直喚小人到帳下，親自寫了批
廻打發小人囘來。王則聽說文招討無非心下憂慮
連夜請左黜等一班妖人商議對敵之策。左黜道：麼
盤院歷他不死，與王則附耳低言道：來日交戰必須
怎地七。當日計議已定，次日天曉，王則整點一萬
人馬，開城門放下吊橋，排成陣勢，良久，兩陣對圓

招討依舊帶了唧筒手并猪羊二血，使人高叫王則
打話。王則不出陣前，只在陣裡披髮跣足，不穿衣甲
裸形，仗一口劍，掯着一疋白馬，左腐師叩齒作法，脚
下步魁罡，口中念七，有洞賓蓬道疾，把劍尖刺着白
馬的頭，刺出血來，唸口血水出剗尘前一噴，不噴時
天青日朗，賣了時，只見烏鳳猛雨，霹靂交加，飛砂走
石。那陣風吹得黑魆七地，對面不相見，伸手不見掌
駕得軍士鎗刀盡棄，各自逃生，只因如此，有分交東
京拳相殺，番為失路之人，正直文公偶遇平妖之客証

見
單竟文招討性命如何，且聽下囘分解
　　有緣千里能相會　　無緣對面不相逢
第十九囘
　文彥博偶遇諸葛遂　　李魚羮獻計擒王則
詩　　立功獻策與圖讖　　要忤妖賊盡平收
曰　　皇王洪福千七歲　　奸貪邪佞一齊休
且說文招討若淩有丞相福分之時，幾乎喪了性命

前進獨自騎着疋馬，妤生荒張，愁悶正似
鳳落荒坡，盡脫渾身羽翼；龍居淺水，失却頭下
明珠蜀王春恨啼紅，宋玉悲秋怨綠呂慶亡所
佩之刀雷煥失豐城之寶，奸妤似蛟龍鈌雲雨猶
如舟楫少波濤
當日文招討正行之間，只見前面是山林樹木，不知
是那裡去處，勒馬轉過山嘴，見一條旛竿，又聽得鐘
聲向看時，是一座寺院，文招討道：到此無奈，只得到
寺裡尋人問條歸寨的路，又作區處，來到寺前下馬

盤來壓死你我特來救你之命報你向日一飯之恩
文招討見說大喜道感謝你來救我不知我文彥博
施恩在於何處愿求姓名那人道口說恐招討失忘
了可借銀盆筆硯來手下人取銀盆筆硯排列棹上
那人道乞退左右文招討喝退了左右那人提起筆
來寫罷將銀盆覆在地上大跨步走出帳外去了文
招討即時使人去趕時便尋不見了文招討心下又作
怪交人揭起銀盆來看虛隙寫着多目神三箇大
字楷不曉其意文招諱沉吟了半晌方纔想得

三九六

延來對眾將道文彥博未及第時曾於一舘驛中宿
歇驛吏告道此處有鬼魅在此房宿者常多損人比
時文彥博不信此言乃明點燈燭置酒此房獨酌夜
至三更忽然起一陣狂風上過處見一人髮至案
前低頭叉手呼我為相貢我酒食文彥道你是
何人如何不見面貌他蓢衣生得面貌醜惡凡人見
者皆被驚為死故不敢以面貌相見文彥博不信其說
其人分開頭髮只見青臉上霍上眼上有十二隻眼
文彥博見了亦驚駭遂與他酒飯其人吃罷便道公

三九七

相異日有大難我必來相救言罷隱然而去今想道
適來救我者必多目神也眾人見說皆去看那銀盆
濟只見邊傍又有七箇小字道逢三遂可破貝州之
招討仔細看了大喜道不想多目神救了我性命又
救我破王則之策但不知何謂三遂甚不曉其意諸
佐可想其意麼眾人都道不解其意各曰
不意諸下却說貝州王則等一班妖人陸廁看酒
左輔師作賀一面差人打陣與他救只見

三九八

一戰令又彥擧陣上突一此動靜不知麼磨盤的只得
佢也不在然道我行這家法術百發百中交人辦得
又然壓死了王則道若是要知虛實可交人去下戰
書便知端的眾人道大王見得是即特寫下戰書差
一箇的當的軍士直至文招討帳前去下文招討見
書招討展開省了便解王則之意思忖道他只道俠
說是下戰書的交喚至帳下左右接了書安在棹上
妖法把磨盤壓死了我誰知我安然無事見我這裏

平妖傳四卷

見下來箇人扛一塊大磨盤來到廳下左黜下廳來
將銀硃筆畫一道符在磨盤上披髮跣足右手伏一
口翎左手持一休盂水口中念上有詞唸一口水着
着磨盤上只一噴吗聲道疾只見磨盤漾上的望空
便起運往城外飛將去王則和衆人見了無不喝采
却說文招討正陞帳請副招討曹偉緫管王信先鋒
孫輔到帳中議論攻城之策只見空中飛下一箇磨
盤來望着文招討頂門上便落一聲響振天動地衆

三九二

聖姑姑文招討書後二人攔腰抱通一邊離交椅有
五七步路那磨盤下來打不着文招討却把交椅打
做粉碎地上打一二尺一箇深凹衆將見文招討無
事俱各大喜文招討吃那一驚不小別取交椅坐定
問道適來抱我者是何人說由未了只見一分
到面前唱喏其人生得身材長大面貌醜惡衆人看
峙都不認得又不是親隨人又不是帳前士卒文招
討問道你是何人來救我一命乞道其詳自當重報
那箇人道我不是軍中人今貝州王則使妖法將磨

平妖傳（四）卷
二十

三九三

三九四

三九五

〔三八八〕

異獸出來文招討喝開陣門放出三伯箇即箇手一
齊射去只見王則的神鬼異獸見了穢物猪羊二血
破了那法望本陣便走文招討招人馬乘勢攙殺將
來王則大敗落荒而走鑌刀盡亟人馬蹄做肉泥只
因此陣敗有分交奸邪逆黨俱遭刀劍分尸妖法婦
人推出市心斬之正是

　欲將妖法等正人　正人有福神靈護
　畢竟王則敗七　何且聽下面分解

第十八回

〔三八九〕

左瘸師飛磨打潞公　多目神救潞公獻策
詩　癩師妖法得年深　合敗今朝遇血箇
　自　馬遂李遂諸葛遂　三遂平妖萬右閱

卻說文招討喝開陣門放出三伯箇即箇
手一齊上着神頭鬼臉猛獸便射卿筒血
即只見午…多都是紙剪草做的射死軍人不討
其數衆一見勝一子…二停軍馬彼文招討殺了二
停王則大敗輸虧急七引兵入城拽起吊橋將城門
深閉不出文招討得勝收軍離城不遠下寨虎視着

〔三九〇〕

指日可破將士得功者上了功勞簿當日十萬
大軍倍增喜氣文招討傳下將令令五伯軍上山砍
伐木植做造打城器械雲梯砲石天橋火箭一二日
間俱各齊備文招討令傍城勤戰衆軍士直到城濠
邊攻打却說王則輸了這一陣正是刀添三箇人
減七分威令軍士弓弩上弦緊守城舖却不出戰王
則在貝州廳上交請左黔張鸞卜武胖子和尚任選
張琪吳三郎一班妖人團七坐下王則道諸位在此
　　笑彥博識破我法漸打許多軍士我今不敢出城

〔三九一〕

他又直來城下搦戰如何是好說由未了只見
大衆報道文招討令軍士做造雲梯砲石天橋
搬過近城下見在打城王則荒道若如此緊急這
一城老小如之柰何只見左黔師起身向王則
王河必憂應我左黔能千變萬化也不消得願效只
交文招討在城外死於非命他十萬軍馬後了主將
不戰而自散好廝王則道賢卿有甚妙術實排得他
死散得他十萬人馬解我貝州之圍左黔道容易
分付手下人去磨坊裡取一塊大磨盤來不多時只

【三八四】
黃砂來罩得天昏地暗黃砂內盡是神頭鬼臉之人
引着討多豺狼虎豹前來冲陣眾軍只鬬得人如何
鬬得神鬼猛獸戰馬驚得亂擺把鞍上將都擄將下
來王則見文招討陣腳亂動乘機趂勢驅人馬一擁
文招討同先鋒孫輔大敗而走王則領人馬隨後追
趕副招討曹僐總管王信見文招討兵敗各引本部
軍馬前來救應王則見兩路軍馬齋來唯恐有失急
下令收軍馬入城文招討將本部軍馬離城三十里
下寨計點人馬殺傷倂自相踐踏死者無數文

【三八五】（平妖傳四卷　十六）
招討及總管王信三人共攻城之策文招討道我
與西番戎兵大小也曾戰數十陣不曾覷王則這般
陣勢可知道各路軍馬都輸與這賊上陣裡暗藏
著神頭鬼臉電光火塊猛獸亂滾將來驚得戰馬跳
動亂了陣腳被賊眾乘勢趂來不能抵敵若非招討
與總管救應必致多折人馬似此喪敗如之奈何曹
招討道聞得貝州除了王則四五人外餘者俱不會
妖邪術法然這妖邪術法曹僐有箇道理可破貝州
可得王則可擒文招討聽了歡喜道敢問招討有何

【三八六】
妙計可破妖法曹招討道王則這法術和尚家喚
做金剛禪道士家喚做左道術若是做二會子皆是
邪法只怕的是猪羊二血及馬尿大蒜若滴一點在
他身上就變不成神鬼弄不得邪法文招討大喜分
付軍士但交戰時刀鎗頭上都要蘸血曹招討交做
三伯箇唧唧筒都盛猪羊二血三伯箇身長力大的
軍人做唧唧筒手交戰時若見鬼異獸便唧將去文
招討犒賞了軍至次日擺布軍馬依先分作三隊離
城三里排列陣勢王則見文

【三八七】（平妖傳四卷　十七）
招討兵臨城下對眾人道昨日被我殺了一陣兀自
不怕今日又來和我廝殺這番把文彥博一發捉了
定交他寸草不留點起一萬人馬出城迎敵兩陣對
圓旗鼓相望鼓聲振地喊殺連天弩箭如雨射住了
陣腳王則手下無甚英雄好漢廝殺全伏妖法屢上
取勝不把文招討許多軍馬作意却說文招討下令
交金鼓齊鳴先鋒孫輔伏長鎗去敵上首曹僐架雙
刀去敵下首文招討指庵中軍三路人馬一齊發來
王則見了將劍尖一指門旗開處又驅出許多神鬼

三八〇

於冀州太守劉彥威迎接二招討入城偹說王則妖法難敵文彥博與曹偉商議道目今要下貝州不知招討有何神策用何討謀可以破滅曹招討道曹偉係副將安敢僭越討謀主帥有命一聽指揮文招討道不然招討乃名將之子孫曾與先皇建立過功彥博雖為主將終是書生全伏招討共成王事不必謙遜躊躇也曹招討應諾道讓曹偉愚意不若把人馬分作三路作長蛇之陣去攻貝州若一路有失兩路必相救應文招討道貝州乃一窠之蛇今

三八一

又探聽他兵不滿萬我這裡有大兵十萬員偹糧草奇謀破賊如反掌矣曹招討道曹偉亦探聽得王則等輩雖不能用武只行妖法目前劉彥威欲去收伏時被王則用了妖法是以損兵大敗文招討欲作主帥將四萬人作中軍以三萬人與曹偉作左輔以三萬人與總管王信為右弼令先鋒孫輔各管巡視令王則兵不滿萬止可敵我一路我軍若勝則三路併取貝州若有少虧則兩路爻來救應此必勝之策也文招討見說大喜道招討如此用兵何愁貝州不破

平妖傳　　十四

三八二

次日文招討分三路人馬來取貝州不在話下卻說王則探聽得文彥博領十萬人馬來取貝州遂聚集左黜等一班兒妖人計議彈子和尚道前日冀州劉彥威領兵來只一陣殺得他片甲不回今文彥博雖有大兵十萬吾何懼哉某請一萬人馬當頭取之斬於庵下王則大喜即選一萬人馬出戰當日早開城門靠城擺列陣勢文招討將兵分作三路出於陣前與王則打話王則見文招討出馬唱喏道王則為因張大尹毀道理我殺了爾普害百姓餘害衆

三八三

欲誇耀我曹領貝州一隅之地朝廷何必興兵到此文招討大喝道汝乃一州之軍敢壞一州之主又佔據貝州殺傷各路官兵罪惡迷天今我大軍到此理合開門投降輒敢引兵迎敵王則拍手笑道招討雖有人馬十萬如何收伏得我文招討交擂鼓先鋒孫輔挺鎗指人馬搶城捉王則匕匕見鼓響入馬搶來雖取所佩之劍在手一指却早陣門開處走出彈子和尚左黜張鸞卜吉等輩在陣前叩齒作法只見烏風猛雨雷聲閃電火塊亂滾就兵馬隊裏捲起一陣

平妖傳　　十五

早朝但見

祥雲迷鳳闕瑞氣罩龍樓含烟御柳拂雄旌
露宮花迎劍戟天香影裡玉簪朱履聚冊墀
樂聲中綵襖錦衣扶御駕珠簾捲黃金殿啟
現金聲擊鳳羽扇開白玉墀前俟玉輦隱七淨鞭
三下謪層七文武兩班齊

當日仁宗天子宣文彥博至而前聖旨道河北貝
王則造反令命卿為將領收伏妖賊當用人馬
副將變人任卿便宜酌量文彥博奏道臣

三七六

竭盡是妖人若人為少恐不能取勝臣愿保奏一人
為副將請十萬人馬可以克敵仁宗天子道軍馬任
卿所奏但不知卿保何人為副將文彥博奏道臣乞
曹偉為副將仁宗天子道這曹偉莫非是下江南第
一有功封王的曹彬的子孫麼文彥博道正是曹彬
嫡孫仁宗聞奏龍顏大喜命宣曹偉見駕仁宗當殿
封文彥博為統兵招討使曹偉為副招討撥賜內帑
金銀錢帛犒賞三軍二人謝恩出朝便去各營點兵
發馬即日離京上路渡黃河直抵河北界上軍馬

平妖傳四卷

三七七

【三七二】

逃生王則帶領三千人馬乘勢趕殺劉彥威大敗虧折了一半人馬自歸冀州不在話下却說王則廝了一陣心安膽壯一州人見王則殺敗官軍各自盡心歸順手下人見殺剴有手段都放心扶助王則領貝州人馬打附近州縣胡永兒領眾兵擄掠郡邑鄉村招降人馬多得錢糧變得勢力大了東京賣肉的張琪賣炊餅的任遠賣雞的兵三郎打聽得胡永兒是王則的渾家都到貝州投奔王則匕見人心歸順乃肖遊為東平郡王冊封胡永兒為皇后左嚴善

【三七三】

兵師奏天子和尚爲國師張鸞爲丞相上去廣大驚懼玹下衆人都揷印封官其勢越大却說附近州縣各具告急表文申奏朝廷仁宗天子覽表大驚遂問兩班文武貝州反了王則聚集妖人數多附近州縣皆被攜掠冀州劉彥威又被殺敗如此失利朕心甚憂不知誰人可爲大將收伏王則只見左丞相呂順執簡出班奏道臣舉一人乃河東汾州人民姓文名彥博昔曾征討西夏有功今棄職閑居見在西京居住若召此人爲將必能克復貝州剪除王則仁宗天子

平妖傳第四卷

【三七四】

聞道卿不舉別人緣何只舉文彥博呂順奏道臣昨日聞兼思想王則如此大逆無計可擒夜至三更忽思貝宇着一文字是一簡敗字故止有文彥博可用臣特坐以籌迫面奏愿以全家保舉文彥博爲將仁宗天子聞奏甚喜即時降詔令使命往西京宣召文彥博還朝使命領勑星夜到西京文彥博异本州天小官員出郭迎接聖旨至州衙禮開讀罷各官望闕……恩文彥博領了詔令別了家眷隨即赴朝只……收伏有分交……行與妖作尊之人

【三七五】

死鎻衆軍　五代史李存孝　漢書中彭越　正是

畢竟文彥博領兵勝負如何且聽下回分解

攘稍指麾狼煙滅　馬蹄到處妖氛匕

第十七回

文彥博領兵下貝州　曹招討血簡破妖法

詩　崔師十萬貝州來　妖術軍兵命合衰

曰　天差三遂同收伏　任你英雄化作灰

却說文彥博自接了勑旨蓋程來到東京官員都接官廳伺候迎接入城次日早朝隨班見帝怎見箇

平妖傳第四卷

鳶卜吉商議左黜道打聽得他那裡有多少軍馬王
則道有五千人馬驚得我也怕起來如何處置左黜
道且不要荒我這裡只消三千人馬迎敵着我左黜
本事當日點了三千人馬犒賞已畢分付來日對陣
過了一夜次日整齊軍馬出貝州城排簡陣勢劉彥
威全付披掛使一條寶鉄鎗騎一疋追風馬來到陣
前這三千人見他軍容雄壯都各喪膽亡魂劉彥
把鎗指着道貝州有會事的將王則綁縛出來獻與
鄶更捉你一城人屠戮王則自荒

穿領破布衫仗二口劍將劍尖見猶有動彥威道
會事時領可入馬速細冀州兒你殘生若必遲延交
你一行人都死於我手劉彥威道你這廝是助王則
的逆黨着你身上衣甲皆無敢和我廝殺我把你前
心一鎗後心透出頭來左黜道我不與你鬭口交你
着我手段則簡劉彥威在陣前范堤鎗法欺敵左黜
被左黜用劍尖一指門旗開處衝出一隊虎豹來劉
彥威的馬見了驚得跳起來將劉彥威掀番在地衆
軍向前急救上馬人馮見了異獸都拋戈棄鼓各自

三六八　三六九

三七〇　三七一

三六四

生根的一般一步也移不動左黙和王則直到廳下
知州正在廳上比較錢糧只見左黙唱道張大尹你
害盡貝州人報應只在今日我今日不為貝州人除
害非大丈夫也知州見他兩箇來得惡發身望屏風
背後便走只見後堂內搶出兩箇人來却正見張鸞
卜吉各伏一口刀卜吉向前揪住知州張鸞向知州
一刀連肩卸臂斷額分屍把知州殺了諕得廳上廳
下的人都麻木了轉動不得王則道你眾人聽我說
你們內中有一大半是被他害的今日我替你們去

三六五

了禍胎交一州人都得快活你們吃他苦的隨我入
衙裡來搶擄些金銀交你們富貴眾人見說都來幫
助王則兩營有請的邪好到州衙前聽得說王則殺
了知州一齊搶入來將知州老小盡數殺淨左黙和
張鸞卜吉帶領着一班軍人把知州平素心腹及司
理院王燦等官并一行傚公的都搜拏殺了打開倉
門把罪人都放了到知州宅裡搬出金銀錢寶綾羅
叚定在堦下堆積如山王則道這許多財物我分文
不要計筭并與有請的若有餘剩散與窮經紀人交他

三六六

安心做道路王則隨往州衙出榜撫安百姓令兩管
軍人整齊兵器盔甲掛甲分布四門緊守城池如今
做一囘話兒說過夫邪其間老大一場事當時只走
了兩箇官一箇是通判董元春一箇是提點田京兩
箇收了印信棄了老小奔上東京奏知朝廷仁宗天
子聞奏即便傳下聖旨令貝州太守速領本部軍馬
逕往貝州收伏王則這太守姓劉名彥威乃將門之
子交武襲仝接了勅旨點點本部五千軍馬殺奔
貝州來只因此處有分交王則自稱玉位大鬧貝州

三六七

說詩多蹉魔奇異的事屈害了數千人命正是
只因半萬貔貅驕　惹起妖邪法術
畢竟劉彥威勝負如何且聽下囘分解

第十六囘

王則領眾貝州造反　　求見率兵擄掠郡邑

詩曰

偽立為王不忖量　將何才德效堯唐
一朝事敗湯澆雪　亂劍分屍自滅亡

却說貝州報子探聽得劉彥威起兵飛馬來報王則
貝州一州人都荒王則驚得手足無措急請左黙張

來相助。左黙離了管前，連連奔入州衙裡家。正值知州坐在廳上，左黙入去時並無一箇以着見。左黙走到廳下，高聲叫道：大尹，我左黙特來拜見。上廳下衆人道：這裡正出榜捉他卜。却來將頭套枷。知州見他身材短小，不將他為意，乃問道：你便是左黙。廳交左右拿下，取長枷來，將左黙枷了，送下獄中，與王則對証。錢未來還，錢卒把左黙押下獄來。就助事廳前搜出王則來，見了左黙道：你為何也奔到迸程。左黙道：不是我來，如何救得你出去洞裡。

王衆問道：你這漢子從實供說，倉裡一厥來州裡一庫錢怎的樣攜了去。左黙道：勘官連你也不理會得。知州愿春月錢月来俱不肯放支與他們交兩營人。切齒怨恨，我替知州散了有何不可。王衆焦燥喝令獄卒着力拷打，獄卒提起栿子拖番左黙，打得身上寸卜的破了。左黙呵卜大笑，喝聲疾，把自己身上和王則身上的索子就如爛葱也似都斷了，枷自開了。讀得王衆道：這漢子是箇妖人。忙交獄卒并衆人向前來捉，那左黙用手一指，禁住了許多人的脚也似

平妖傳四卷
四

563

三五六

兩營請受你家能有多少大如何堆放得六千人錢
米今日州裡不見了一庫錢倉裡不見了一厫朱紅
如何將了出來王則初時抵賴後來吃拷打不過只
得供稱道昨日是王則下班日期在家裡閑坐只見
那許多有請的從王則門前過都怨悵道欠了三箇
月要閑支一箇月錢米也不能得又有三箇人不知
從何處來不由王則分辯借王則屋裡散了六千人
錢米那三箇人自去了實不知是甚人勘官道豈有
不識姓名前來你不詢問且來擾攘容他在家裡散

三五七

吩咐獄卒聽斷王則着力好生夾起再打王則受
不過苦楚只得供說一箇姓張名爲一箇姓小名壽
二箇喚做病師左黙勘官炎王則押了招狀依舊監
禁獄中即時覆了知州出榜誕拿那三人不在話下
却說兩營六千人和老小都曾知王則因借支錢米
與我們知州將他罪過把他送下獄中受苦人乜那
在茶坊酒店裡說沒一箇不罵知州不近道理說卻
末了只見左黙走來營前拍手高叫道營中有請的
官人們聽者王都排不合把錢米散與你們衆合破
二

三五八

知州禁在獄中你們可報他的恩救他則箇衆人道
王都排好意支散錢米與我們如今知州反把他罪
過禁在獄中只是我們力量不加又沒一箇頭腦如
何救得他出來左黙道官人們也說得是必須要一
箇爲首的我與你們爲首衆官人肯相助也不衆人
看了左黙口裡不說心下思量道看他這一些兒大
又瘸着脚便跳入人的咽喉裡也刺不殺人隨他去
恐不了事倒挺說于左黙見衆人不則聲問衆人道
微……何不辯

三五九

我交了交如你們肯与左黙唱聲道疾將身顛出
過不見了那四尺寨長的病師只見朱紅頭髮碧眼綠
眼睛青臉徐子一箇六尺讕得衆人見了便拜道我
們有眼不識泰山元來是天神可知道昨日王都排
家裡不甚寬大散了六千人錢米衆人拜罷起來看
時端的只是箇病師七七道管營的你去分付衆人
交他們在此營摂器械我如今獨自一箇去救王都
排壞了貝州知州你們就來接應輔助得王都排交
你們豐衣足食快活下半世衆人聽得說都應道我
三

貪污酷吏當刑戮　儇手妖人早滅亡

畢竟知州惹出其禍事來且聽下回分解

三五二

三遂平妖傳四卷目錄

平妖傳四卷

三五三

三五四

三遂平妖傳卷之四

東原羅貫中編次

金陵世德堂校梓

第十五回　瘸師救王則禁諸人　劉彥威領兵收王則一

詩曰

妄言天子容易做　會施天迾無窮法

十筒及的敗九筒　難免目前災與禍

當日知州不勝焦燥將王則枷了送司理院知法助

問報來遠勘官姓王名筴問王則道說你昨日教了

平妖傳四卷

三五五

起米來左黠道你們有請的眾人如有氣力的搬一
石兩石不打緊只是不要囉唕那有請的三匕五匕
來馱也有馱得一石五斗的也有馱得兩石的王則
道這米只有伯來石兩營共有六千人如何支散得
遍左黠道你休管我包你都交他有米便了眾人發
早飯前後搬起直搬到晌午時候何止搬有一萬餘
石家中尚剩下四五石管管和若干人都來謝王則
左黠道王都排今日尚早裡你和管營說交他去簽
裡告報眾人就今日來請一箇月錢管營見說不肯

三四八

多飛已似天報眾人家……先生散了許
多米了如今錢在那裡左黠道我有交張寫卜吉
入裡面馱將出來一千貫做一堆上得滿屋裡都是
錢堆尚未了只見有請的都任門前王則交他們入
來搬去搬到晚恰好兩營人都有了這六千人和老
小那一箇不稱讚道將箇王都排誰人肯將自己的
錢米任意交人搬去但有手腳快有氣力的關了三
箇月錢米安在家裡煩惱甚的當日左黠張寫卜吉
散完了錢米別了王則自去約到明日又來王則次

平妖傳三卷

三四九

日正詼上班日分五更二　入州衙前伺候知州陞
廳適箇知州姓褒名德清系……馮道
　　綺羅裹定真禽獸　　百味珍羞養畜生
這知州每日不理正事只是要錢當日坐在廳上便
喚軍健王則上上在廳下唱喏道請相公台旨知州
道王則我聞你直恁地哭富咋日替我散了六千人
請受錢米似此散與他們何不獻來與我王則不敢
說是他三人變化出來的只得勉強應諾方欲動身
只見階下兩箇人身穿紫快腰繫勒帛唱箇喏禀道

三五〇

相公倉裡不動封鎖不見了一應未知州吃了
一驚正沒理會處只見管庫的出來禀道告相公庫
裡不□鎖不見了一庫錢知州道是了上上王則
我倉裡失去了米庫裡失去了錢你家又沒倉庫如
何散得六千人錢米交徵辛取一面長物來當廳把
王則枷了交送下獄去與司理院好生勘問造張大
尹只囚把王則下獄有分交向已身首異處連累一
家老小死於非命貝州百姓不得安生直待朝廷起
兵發馬剪除妖孽克復州郡正是

平妖傳三卷

三五一

姑道王都排這是吾見左黠得他來時你的大事濟矣如何不起身迎接王則聽得說慌忙起身施禮左黠上草廳來與仙姑唱箇喏便坐在眾人肩下問仙姑道告婆上王都排的事成也未仙姑道秖見論事非早即晚專待你來這事便成左黠道今日晚了且交王都排四去分付王則道我明日和張鸞卜吉入貝州來替你舉事王則謝了聖姑上和眾人胡來見領著王則離了庄院出林子來指一條路交他四去王則四顧看時不見了未見行不多幾步早到貝州

三四四

我門與王則吃了一驚週遭卻不准些通阛行了半日到得仙姑庄上如今行不得幾十步早到了城門頭元來這一行人是異人都會法術來扶助我上必是有分發跡王則當晚進城到家一夜無話次日是下班的日分天明起來吃了一驚心裡道又是作怪的事如何家裡椑桄都不見了這一屋米從何而來道由未了只見三箇人從外面入來王則看時正是左黠和張鸞卜吉四箇敘禮已畢王則道眾位先生至此合當拜茶奈王則家下乏人三位肯到間聲酒隆

平妖傳三卷 五二

三四五

中飲數盃麼左黠道休言數盃畫醉方休王則道今日是箇下班日分正好久坐四箇入酒店樓上靠窗坐定正飲酒之間只見樓下官旗成群揹隊走過王則道今日不是讀操日分如何兩營官軍畫數出來左黠道王都排你下去問看是何緣故王則下樓來出門前看時人人都認得王則齊來唱喏王則道你們眾人去那裡去來管營的處都揹知州菩薩我們有讀的也我們後邊過了五箇月日如今一箇月錢米竟不曾開支眾人今日到倉前只領起打死們

三四六

好管營的道如明日再不肯開支眾人湏要反些管營的和眾人自去王則上樓來把管營的說話對左黠說了一遍左黠起身來道你快去趕上管管交他們回來請支一箇月錢米與他們交這兩營軍心都歸順你王則道先生那裡有這許多錢米左黠道你只叫他們回來我自有措置王則當時來趕見管營交他叫住許多人且不要行都轉來與你們一箇月錢米管營聽得說時轉許多人都到王則門首只見王則家裡山也似堆

平妖傳三卷 五三

三四七

州衙前用些小術引得都排到此方欲議事卻遇你來先生道不知都排幾隊時舉事仙姑道只在旦夕待等軍心變動一時發作你們都來相助舉事道由未了只見庄門外走入一箇異獸入來王則看時卻是一箇獅子直至草廳上盤旋哮吼王則見了又驚又喜道此乃天獸如何凡間也有必定是我有緣得見方欲動問仙姑…喝道這一廂既來相助都排何必作怪可收了神通獅子將頭搖一搖不見了獅子卻是一則間仙姑道此人是誰仙姑道這人姓卜

三四〇

名吉交卜吉與王則相見…畢就在草廳上坐定仙姑道王都排你見張鸞卜吉的本事麼王則道二人如此奢遮不怕大事不成仙姑道須更得一人來交你成事王則道又有何人正說之間只見從空中飛下一隻仙鶴來到草廳上立地了背上跳下一箇人來張鸞卜吉和末兒都起身來與那人施禮王則看那人時身材不過四只薰一頂破頭巾着領麁布衫行纏碎破穿一雙斬且棄鞋將此皂帶繫着腰王則見了他這般模樣也不動身心裡道不知是甚人仙

平妖傳三卷

五十

三四一

三四二

三四三

〔三三六〕

吃他苦害了多少我們要袪除一箇雲民官
力量如何幹得大事仙姑笑道你獨自一箇如何行
得必湏仗你的渾家他手下有十萬人馬相助你也
湏反得成王則笑道我聞行軍一日七費千金暫歇
暫停江湖絕溜若有這許多軍馬湏用甚名干粮食草
料座院能有多少大遠十萬人馬寔在那裡仙姑笑
湏我這裡人馬不用甚草亦不湏也剗有急用便用
不用便收了王則道他抛時却好仙姑道我且交你
潴我的人馬則箇仙姑交來兗以去撥出兩隻小籠

〔三三七〕

兒來一籠兒是葦一籠兒是剪的稻草來兒撮一把
葦撮一把稻草把來一撒喝聲道疾就变做二伯來
騎軍馬在廳前王則看了喝采道既有這前刃草為馬
撒葦成兵的本事何憂大事不成正說之間只聽得
庄外有人高聲叫道你們在這裡好做作官司見今
出榜捕捉妖人你們却在此剪草為馬撒葦成兵待
要緊專謀反謊得王則大驚如分開八片頂陽骨傾
下半桶氷雪來真所謂機謀未就怎知窓外人聽計
薰繞施却早蕭墻禍起正是

評妖傳三卷　四八

〔三三八〕

畢竟那裡來的是誰且聽下囬分解
會施天上無窮計　難避隔窓人竊聽
第十四囬
左癲師散錢米招軍　王則被官司拿下獄
詩曰　人言左道非真術　只恐其中未得傳
若是得傳心地正　何湏方外學神仙
那王則正在草廳上看單馬說話之間只聽得有人
高叫道你們在此學專謀反麼王則驚得心荒膽落
擡頭看時只見一箇人進得湹來奇古怪頭戴鐵冠脚

〔三三九〕

芒草履身上著皂沿緋袍面如淡墨目似怪星騎着
一疋大驢迤入庄來仙姑道張先生我與王都排在
此議事你來便來何湏大驚小怪先生跳下大驢喝
聲退那大驢望門外去了先生還了禮與宋仙姑道
先生唱了喏先生還了禮與宋仙姑道張先生這箇
便是貝州王都排後五目你們皆為仙輔助先生對
王則道分道有張名字與宋仙姑都排可以獨覇
一方負與幾次欲要與都排相見恐不領諾不敢拜
閗仙姑如何得王都排到此仙姑道我使來兒去貝

評妖傳三卷　四六

怪的人我且回去待明日看那婦人來賣時問他住處便了轉身却待取路回來看時不是來時的舊路只見漫天崎嶇嶒嶂峻高山當住來路歸去不得又沒人行走正慌之間只見那婦人在前頭高聲叫道王都排不容易得你到這裡如何便要回去誑得王則戰兢兢向前道娘子你是誰婦人道都排聖姑姑使我來請你議論大事你不要疑忌我和你同去則箇王則道却不作怪欲要回去时耐迷失了路只得只隨他去同行入松林裡良久轉過林子見一座庄

三三二

平妖傳三卷

院王則問道這裡是甚麼去處婦人道這裡是聖姑姑所在等都排爹爹王則到一箇庄前庄裡走出兩箇青衣女童來叫道此位是王都排麼婦人道便是青衣女童道仙姑等你爹爹引着王則逕到廳下禀道王都排請到了王則見一箇婆子頭戴星冠身穿鶴氅坐在廳上婦人道此乃仙姑何不施禮王則就廳下參拜了仙姑交請王則上廳三位坐定交點茶來茶罷仙姑交女童置酒管待王都排王則心局志氣甚是歡喜對仙姑道王則有緣今日得遇仙姑不知

四六　三三三

仙姑有何見教仙姑道且一面飲酒與你商議如今氣數到了你上應天數合當發跡河北三十六州有分交你獨霸王則道仙姑莫出此言官中耳目較近王則是貝州一箇軍健豈敢為三十六州之主仙姑道你若無這福分時我湏不着人來請你只恐你挫過了機會可惜了更有一事恐你隻身無人相助成喜指着賣泥臘燭的婦人道吾有此女小字永兒尚是女身與你是五伯年姻卷今嫁此女與你為妻助爾成事你意下如何王則心中不勝歡喜思忖道我

三三四

平妖傳三卷

的渾家去爭死不今日仙姑花遠嫁婦人與我豈不是天緣奇遇王則道感謝仙姑厚意焉敢推阻王則數年前遇着一箇異人也曾說道我日後必然發跡替我背上刺一箇福字今日蒙仙姑擡舉果應其言只是一件时耐貝州知州央及王則取辦一應金銀綠帛物件俱不肯遠鋪行錢鈔害盡諸行百業那一箇不怨恨嗤罵延日本州兩營官軍過了三箇月要開支一箇月請受他也不肯欲待與他爭競他朝中勢力大和他爭競不得與王則一般一輩的人不知

四七　三三五

王則還了禮王則道你把泥來示做臘燭如何點得着
婦人道都祷在上媳婦在此去買了半筒月日了若點
不着時人却不來問我買每日做吉蔡只是沒得賣
王則道不要要我扯起衣襟在便藥內取出三十文
錢都買了婦人將臘燭遞與王則比道且住買將
去點不着時枉費了錢不是共以不信事真簡不曾見
且點一炊炎我看婦人道遠心簡容易都排交人去
討火種來王則交虫的去討以闊大種源與婦人婦
人炙着發燭兒將卡枝泥臘燭一都點與王則看王則

看了喝采適好果然真簡驚人這十枝臘燭我又不
要你們要的都將了去衆人都拿了去婦人起身收
拾了刀碗安在籃裡向衆人道簡萬福自去了王則
打發了跟隨人先回自已信步隨着那婦人王則口
裡不說心下思量道這婦人不是我貝州人想是在
草市裡住的且隨到他家用些錢學得這件法術也
好只見那婦人出了西門過了草市只顧行去王則
商這婦人既不在草市裡不知在那裡住又行了十
來裡不認得這簡法處王則道這婦人是簡跷蹊作

平妖傳三卷 四四

又只要得三文錢一枝那裡不便了三文錢有好事
的取三文錢把與婦人上上歃了錢拿一枝過來吹
滅了遞與買的雲時間十枝燭都賣了婦人攛起身
來收拾了刀和碗入籃內與衆人道這箇萬福便去了
到明日婦人又來空地上來人都簇着了看婦人道
昨日生受賣得三十文錢過了一日今日又來相惱
衆人道真箇作怪昨日三文錢買了一枝泥臟燭却
好點了一夜比點燈又明亮倒省了十文錢油婦人
茬塲子上討些水澆此泥臟燭又做計枝泥臟燭衆人道

三二四

不須嚇了都爭着買了去婦人又賣得三十文錢自
收拾去了已後逐日來賣做一个不落手便有人買去了
每日只賣十枝賣了半箇月閧動了貝州一州人都
說道有一箇婦人在州衙前賣泥臟燭且是耐點又
明亮當日這婦人正攤塲做得一半州衙裡走出一
箇人來衆人看時却是箇有誥命的人姓王名則
見做本衙排軍是日五更入一箇畫卯幹辦完了執事
出來見州衙前一夥人闇着了看王則搖起脚來望
一望見一箇着孝的婦人坐在地上仔細着那婦人

平妖傳三卷　四二

三二五

時但見

身穿縞素腰繫孝裙不施脂粉自然艷態妖嬈
懶染鉛華生定天姿秀麗雲鬢半整有沉魚落
鳳之容星眼含嬌有閉月羞花之貌恰似嫦娥
離月殿渾如織女下瑤池

王則便問跟隨的人道這婦人在此做甚的跟隨人
道告都排這婦人在此賣泥臟燭王則道我日逐在
官府忙也聽得說多日了道是一箇婦人賣泥臟燭
我那一歲當官執事的人說他曾買來點且是明亮

三二六

我便是要問怎地嗩傍泥臟燭跟隨人道說起來且
是驚人那婦人在地上搖起泥來把水和了揑在竹
棒上似臟燭一筴捽着燈便着從上燈時點起直點
到天明王則聽了心裡思忖道却也作怪我從來好
此劇法術這一件却又驚人乃挨身入人叢中看那
婦人都做完了把水洗了手道既這臟燭賣三文錢
一枝人上都爭搶要買王則遣且住你們都不要買
人都認得王則是有誥的大便他叫聲不要買人都不
敢買婦人攛起頸淒看見王則兩便起身來叫聲萬福

平妖傳三卷　四三

三二七

竹棒兒出來捏一塊泥把一條竹棒兒捏成一枝臘
燭安在地上又捏一塊泥再把一條竹棒兒捏成一
枝臘燭要時間做了十來枝都安在地上看的人相
挨相濟冷笑道沒來由我們倒吃這婦人家要了引
了這半日又沒甚花巧烈上鋪心的把這幾枝泥臘
燭要他何用有的人道你們且閑嘴看他如何簡道
理只見婦人將剩的半碗水洗了手摸散淨了香著
一夥人道媳婦因無了丈夫無可度日不敢貪多只
賣三文錢

三三〇

枝燭花上燈前點起直點到天明看的人都笑道這
姐上把我貝州人取笑泥做的臘燭方纔做的元自
未乾如何點得看分明是取笑人沒簡人來買婦人
見沒人來買又道你貝州人好不信事只道媳婦脫
空騙你三文錢那簡哥子替我取此火來有一簡沒
安死尸廢專一幫閑的泥荷包替他去茶坊裡討些
火種把與婦人那婦人去籃兒內取出一片硯黃發
燭兒在火上焠著去泥臘燭上從頭點著一夥著的
人都喝采道好妙剛第一枝濕的泥臘燭便點得著

平妖傳三卷　四十

三三一

三三三

三三二

〔三二六〕

僧吃了棄世也罷劊子手沒柰何只得去酒店裡討
了一碗酒把木杓盛了交他吃和尚將口去木杓內
吃了大半衆人擁着了行將次到法場上元來和尚
噙着一口酒望空一噴只見青天白日風雨不知從
何處而來一陣風起黑氣罩了法場瓦石從人頭上
打將下來看的人都走了不多時風過黑氣散了獄卒
劊子手并監斬官一行人看那和尚遂斷了索子
不見了四下裡搜尋却沒有上至監斬官下至獄卒
劊子手都煩惱走了這和尚恐怕大尹見罪我們這

〔三二七〕　平妖傳三卷

一行人都要受苦兒不得用開封府報知大尹龍圖
聞報即時陞廳監斬官帶着一行人請罪此時龍圖
知道妖人出現朝廷要動刀兵不肯交人胡亂吃
官事簽放一行人自去星夜寫表申奏朝廷
還好治理若日久妖人聚得多時恐難勤捕朝廷
降下聖旨遍行諸路鄉村巡檢可用心緝訪勤捕文
書行到河北貝州州衙前懸掛榜文那簡去處甚是
鬧熱有一箇婦人帶着孝手內提簡籃兒在州衙前
逕來走去五七遭這婦人若還生得不好時也次人

〔三二八〕

跟着他不十分打扮大有顏色到處有這般好漢
開道姐上我見你走來走去有五七遭爲着甚事婦
人道實不相瞞哥上說媳婦因殁了丈夫無可度日
有一件本事要賣三五伯錢把來做盤纏那人又問
道姐上你有甚本事得賣婦人道無甚空地賣不得
若有箇空地才好賣那人與他趕起了吹的撲的道
這裡好也曾有人在這裡打野火兒遍在這裡做好
那婦人盤膝在地上坐了看的人一來看見這婦人
生得好二來見婦人打野火兒的便有二三十人圍

〔三二九〕　平妖傳三卷

住着都道不知他賣甚麼只見婦人去籃裡取出一
雙碗來看着一夥人道衆位在上媳婦不是路岐也
不會賣藥打卦因殁了丈夫無可柰何只得自出來
要三二十文錢使那箇哥上替媳婦將碗去討碗水來
有箇小廝道我替你去討不多時討將一碗水來看
的人道不知他賣甚東西討水何用婦人將那籃兒
上拿出一把刀來看的人道莫不這婦人會行
法只見婦人把刀尖去地上搰些土起來搜得了一
地須下半碗水在土內用水和成一塊籃內取出一

包大尹交將來覽和了交一伯弓弩手蘸在箭頭上一聲梆子響衆弩齊發不射時萬事俱休一伯箭齊射上去只見寺內寺外有一二千人發聲喊見這和尚從虛空裡連撥子跌將下來衆人都道這和尚不死也殘疾了那佛殿西邊却有一箇水池這和尚不偏不側不歪不斜跌在水池裡衆做公的即時拖扯起來就池子邊將一桶猪羊血望和尚光頭上便澆把條索子綁縛了包大尹便坐轎囘府陞廳交押那和尚過來當面包大尹一喝道耐你這妖僧敢來帝輦

〔三一二〕

之下使妖術攪害軍民今日被吾捉獲有何理說叫取第一等枷過來將和尚枷了交押下右軍巡院勘問卿貫姓氏恐有餘黨須要審究明白一倂拿治大尹分付了自去歇息這和尚滿身都是尿血糖住了便不得妖法被一行做公的押出府門到右軍巡院裡將大尹的話對推官說了推官道我奉大尹台旨勘問你這妖僧蹤跡你必然有寺院安歇同行共有幾人却也好問你不得交獄卒拖番拷打把和尚兩脚吊在枷稍上且是關閣不得着實打了三伯

平妖傳三卷

〔三一三〕

覷那和尚不則一聲也不叫疼推官低頭仔細着時只見和尚鼾地睡着推官道却不作怪交獄卒且監在獄中少停再帶出來勘問一日三次拷打獄卒打得無氣力這和尚一如無物只是不則聲若打他時他便睡着了推官勘問了十來日無可奈何只得來稟龍圖道蒙台旨勘問妖僧今經數日每日三次拷打但打時便睡着了這般妖僧實難勘問若停留獄中恐有後患謹取台旨包大尹道似此妖僧停留便即時文書下來將妖僧擬定條法推出市曹處

〔三一四〕

斬推官交押那和尚出來迎奔市曹犯由牌上馬道不合故殺李二又不合於東京興妖作怪撓害軍民依律處斬犯人一名彈子和尚京城內外往的人聽得說出妖僧經紀人不做買賣都來看只見犯由牌前引棍棒後隨劊子手押着妖僧離了右軍巡院看的人挨濟不開且說一行人押那和尚前頸去做好人心裡不遠和尚喜住了脚劊子手道前頸去做好人如何不行和尚道衆位在上貧僧一時不合攪擾大尹有此果報告上下前面店裡有酒討一碗與貧

平妖傳三卷

〔三一五〕

舡上只見水面上浮着一箇吊桶水毛揹起來着
時殊紅字寫着大相國寺公用正看之間風浪大作
幾乎覆舡隨即許了送還吊桶風浪即時平息因此
來還吊桶懇心方知那口井真甬着東洋大海相國
寺門前有條橋叫做延安橋在橋上看着那座寺如
在井裡一般及至佛殿上看着那條橋比寺基又低
干戲文併這條旛竿是銅鑄的截不得鋸不得共是
三件勝跡只見那和尚在旛竿懷上將言語調戲着
起大尹包大尹甚是蕉燥發衷何他靈盌玆思邊包

三〇八

交去營中喚一伯名弓弩手來聽差的即時叫到包
大尹交圖了旛竿射上去那弓弩手內中有射得好
的射到和尚身邊和尚將褊衫袖子遮了包大尹正
沒做理會慶只見一箇道人來參見龍圖相公包大
尹見了問道先生有何見諭道人道貧道見妖僧惱
人特來獻一計擬他包大尹道先生有何道理道人
道他是妖僧可將猪羊二血馬桑大蒜蘸在箭頭上
射去那妖僧的邪法便使不得了說罷長揖而去包
大尹命取猪羊二血及馬尿大蒜手下人分投取來

平妖傳三卷

三四

三〇九

三一〇

三一一

前攖起頭來看時見李二坐在旛竿頂上揝子上高
聲叫救人包大尹尋思沒箇道理救他下來交叫他
妻子來問他李二嫂向前拜了包大尹問道你丈夫
為何緣故得在上頭可對我實說李二嫂把和尚校
齋發火的事道人敷藥的話一匕說了包大尹道財
耐妖僧恁般無理若今次捉住斷然不與干休說由
來了佛殿上一聲麻走出一箇和尚來到大尹面前
膏簡唔包大尹聯養眼問道和尚你有甚事來見我
尚道會儞有箇道理茭李二下來包大尹道吾師

三〇四

口教得來李二下來當以齋供細紬只見宣軍和尚極匕
地溜上旛竿發手抱着李二嚷叫道包龍圖你晃清
正的官我貧僧不敢來惱你我自問善王太尉化得
三千貫幾千你甚事你却要來捉我匕無可報答你
還你一箇四李二從空中把李二直攛下來眾人發聲
喊看那李二蹄正是
　身做五鼓鬧山月　命似三更油盡燈
畢竟李二性命如何且聽下回分解

第十三回

三〇五

末見賣泥燭誘王則　　聖姑匕教王則謀反
詩　　死邪法術果通靈　賽過仙家智慮深
曰　　旦看末見泥甌燭　黄昏直點到天明
這李二不合為這一千貫錢肯告那和尚既得了賞
錢做資本二箇菓子店和尚來捉齋理合將恩報恩
反把言語來惡了他當日被那和尚從旛竿頂上直
攛下來正在包龍圖面前龍圖看時只見李二頭在
下脚在上把肓攛入腔子裡去嗚呼哀哉伏惟尚
饗李二嫂哭起來兒不得交人扛擡尸首四去礦

三〇六

話不在話下却說那和尚在旛竿頂上揝子高處坐
着着的人匕山人海越多了許多人喧嚷起來手下
人禁約不住龍圖看了沒箇意志捉他待要使刀斧
欣斷這旛竿諸慶寺院裡旛竿都是木頭做的惟有
這相國寺旛竿是銅鑄的不知當初怎地鑄得這十
丈長的原來相國寺裡有三件勝跡佛殿前一口井
三十丈深頭髮打成的索子黑漆吊桶絑紅字寫
大相國寺公用忽一日斷了索子汲尋吊桶扇以
問人沒海圖來到相國寺說道我為客在柬洋大

三〇七

三〇〇

治敷上藥越疼得緊叫了三日三夜煩惱得渾家沒
惜置廢只見門前一箇道人青巾黃袍走到櫃邊叫
聲抄化李二嫂道我家沒事時便與你兩三箇錢打
甚麼緊這裡人命交加却沒工夫與你先生道娘子
你家中有甚事李二嫂道好交先生得知被一箇妖
可把我丈夫澄了一臉火燒起許多療漿泡敷上藥
捱了三日三夜只怕要死先生道娘子貧道收
入藥敷上便不疼療靂便院落屢試屢驗救
李二嫂道休言便招只止得疼療時自當

三〇一

敷入去扶出李二把碗水遞與先生匕把一箇藥
包兒抖些藥放在水裡用戳毛蘸了敷在療上李二
歡道好妙藥就似鋪冰散雪的便不疼了先生道
高竇不為奇妙即時下落療靂交你無事你意下如
阿李二道若得恁地感謝先生匕道此乃熱毒之
氣你可出外面風涼廈次着療靂即便脫落李二作
先生口出街上來先生交李二坐在橙上先生看着
李二道你叫三聲療靂落這療靂便落下來李二聽
平妖傳三卷

三〇二

得好喜歡盡性命叫了三聲只見那本李二坐的橙子
望空便起去那相國寺十丈長的幡竿頂上不歪不
偏端上正匕閣一箇住街上人覓了箇發起喊來李二
嫂出來看見吃了一驚道苦也匕先生我丈夫如
何得下來先生道不要荒我交他下來交你認得我
則箇那先生脫了黃袍除下青巾交李二嫂仔細看了
一看讀得叫聲苦不知高低元來却是妖僧那和尚
道你丈夫不近道理一心只要害我却又害我不得
我且交他在幡竿上受些驚恐街上人鬨一鬨匕都

三〇三

塚賞錢要捉妖人這和尚又在這裡逞妖作怪須要
帶累我們做公的與當坊里甲一齊來捉這和尚那
和尚望人叢裡一躲便不見了眾人道自不曾見這
般蹊蹺作怪的事那李二嫂匕地坐在幡竿頂上下
又下來不得眾人商議救他又沒有這般長的梯子
驚動了滿城軍民都道這和尚却也利害這箇人如
何得下來却說當坊巡軍飛也似來報包大尹包大
尹即時坐轎來到相國寺裡下轎排開交椅坐在殿
平妖傳三卷

二九六　　二九七

李二郎你不因貧僧如何得有今日快活我特來問
你求一齋他夫妻兩簡有一簡會事的就出來拜謝
了這和尚便齋他一齋打甚麼緊終不成他真簡要
你的齋吃他來共探你也未見得或者把幾句好言
語指斷他交他離了我家便了李二夫妻却沒有這
般見識千不合萬不合起簡念頭道你這妖僧說你
被做公的趕捉跳在汴河水裡死了你却因何又來
我家引惹是非你若令曾⋯⋯不遅我這

二九八

⋯⋯尚遭若李偶得我時捉了⋯⋯多⋯⋯了你賣瘊⋯⋯
我又周全你請了一千貫賣錢交你夫妻二人快活
受用我來見你上合當謝我倒發惡念頭要叫做公
的捉我你這漢子甚不近道理交你受此疼痛用手
一指喝聲道疾只見那李二向的火盆飛起來望李
二臉上只一掀李二大叫一聲忽然倒地渾家慌忙
來救扶起來看時栗炭火燒得臉上都是漿泡看
那和尚時不見了李二被火燒得疼痛不可當沒錢
時也只得自受休了因有了這幾貫錢便請醫人救

平妖傳三卷

二九九　　二九

得粧塑的工本大將他壞了日後難得成就溫殿直
過今日不祛除了恐成後患眾僧中一箇有德行的
和尚合掌向佛前道龍天三寶可以護法逐遣妖僧
出來不則恐妄壞了神像禱祝已畢只聽得外面有
人拍着手呵呵大笑道觀察我在這裡何勞費力一
行做公的見了正是和尚發聲喊起來捉妖僧只爭
得十來步遠只是趕不上那和尚力差一行人出了
相國寺逕奔出太街來經紀人都做不得買賣推番
行字子逕開了些柴的人態多打庭東歷法直遷

二九二

兩了城過了幾官廳將到市曹頭那和尚叫道你從
人不要來趕了我貧僧自歸去了罷看着汴河裡湧
身一跳只聽得騰地一聲响和尚攛入水裡去了眾
做公的道今一番好了得他自死在水裡也省了許多
氣力那沖河水滴溜地也似緊的眾人都道他的尸
首不知添到那裡做住溫廢直只得回去稟覆大尹
正值大尹在廳上打斷公事溫殿直唱了喏把捉妖
僧的事從頭說了一遍包大尹聽了道時耐這厮惱
得我也沒奈他何得他自跳在水裡死了也罷說由

平妖傳三卷

二六

二九三

來了只聽得牆下有婦人聲叫屈大尹問道為甚事
叫屈婦人道告相公丈夫李二為因首告妖僧已經
捉獲到官反將我丈夫拘禁干今婦人也不顧支賞
錢只要放丈夫回家趁口度日出賜相公台肯大尹
道李二首告得實合給賞錢與他如何把他監禁了
溫殿直道不曾監禁他朝夕管待他酒飯窑在使臣
房裡伺候相公台肯大尹交叫他出來溫殿直即時
到使臣房裡叫出李二到廳下大尹道既出榜丈在
先令給賞錢二千貫與他當時東京一貫錢值一

二九四

好了李二夫妻兩箇當廳要了賞錢謝了大尹出府
門回到店裡古往今來說話的總是一般沒錢便罷
休有了錢便有沈待詔來讚殺張博士來相幫李二
去相國寺前典了一所屋子門前開一箇大菓子鋪
夫妻二人豐衣足食時過冬天當日有晌午前後生
着一爐栗炭火安排了氽盃酒夫妻兩箇正向火吃
酒之間只見一箇人走入來叫聲李二郎有細菓買
此箇夫妻三人都認得是和尚驚得木呆了和尚道

平妖傳三卷

二九五

〔二八八〕

了脚只爭得十數步只是趕他不着衆人將趕到相
國寺前那和尚在延安橋上望見衆人趕來和尚連
忙走入相國寺山門去了溫殿直道這和尚走了死
路好歹捉我們捉了分付一半做公的圍住了前後
寺門一半向佛殿兩廊分投趕捉只見本寺長老出
來與溫殿直相見了道告觀察本寺異朝延香火院
觀察為其事將着一行人手執器械來寺中大驚小
溫殿直道我奉大尹相公台旨趕捉一些妖怪到

〔二八九〕

那妖僧都是新度牒弟⋯⋯僧到
中知客不曾敢留過夜若是觀察趕到寺中必然認
得此僧何不便捉了却來這裡討人溫殿直道這妖
僧騙了善王太尉三千貫錢高惱得一府人不得安
跡若不送出來時我稟過大尹交你寺中受累讒得
長老荒了道告觀察本寺僧都是明白的不是妖僧
君不信時都叫出來交觀察一一點過溫殿直道眾
好長老即時鳴鐘聚集本寺百來僧眾交溫殿直點
視溫殿直同做公的看時都叫不是溫殿直道長老

平妖傳·三卷　二四

〔二九〇〕

我親自趕入你寺裡來如何便不見了溫殿是交我們
搜一搜着長老道貧僧引路交觀察搜便了從僧房
裡到廚下守頭庫堂都搜不見轉身到佛殿上見塑
着一尊六神佛三箇頭一似三座青山六隻臂膊一
似六條峻嶺額托着六件法寶溫殿直道寺內不塑佛
像却元何塑那吒太子長老道那吒太子是不動尊
王佛以善惡化人溫殿直與眾人見殿上空蕩上地
只見那吒一行人正出殿問只聽得佛殿上有人叫
匠溫殿直包大尹交你來捉貧僧見了貧僧如何不

〔二九一〕

捉溫殿直與眾人回頭看時却是那那吒太子則盤
眾人看那那吒泥龕塑就五采粧成約有一丈五尺
來高六隻臂膊上地動三顆頭中間這顆頭張開
口血發上地露出四箇獠牙叫道溫殿直你來捉我
去讀得長老和眾人大驚道作怪上上眾人要來捉
那吒却又是泥塑的如何捉得他去那那吒又叫道
怎的不交人來捉我去眾人商議道莫不是泥塑的
那吒成了器出來惱人麼如今去稟覆大尹湞把那
吒來打壞了便不出來惱人長老道觀察這箇使不

平妖傳·三卷　二五

【二八四】

瞧着温殿直即時進府申覆大尹道妖僧已拿下了
本合押赴廳前因這和尚大醉不省人事見在使臣
房裡票領相公台旨龍圖大尹見說交且牢固看守
待來日早衙解來温殿直出府到使臣房裡看那和
尚酒還未醒分付衆做公的小心看守卻說那和尚
到半夜酒醒覺道好不自在開眼看見燈燭照耀如
同白日兩邊坐着都是做公的和尚問道這是那裡
做公的道這是使臣房裡和尚吃驚道貧僧做甚麼
非過將我來縛在這裡靠做公的講知

【二八五】

妖僧不敢怨他內中有一箇年紀老成的做公的道
和尚你不要錯怪我們這是我們的職事我們家中
各有老小不去惹空頭偈因你客店裡隔壁賣菓子
的李二說你住了三箇月不曾與人看經又不出去
抄化每日吃得醉醺醺地說你來歷不明因此我們
來捉你和尚道我自有官員府院宅裡齋我這也不
干他事做公的道和尚沒奈何等到天明你自去大
尹面前和李二分辯將有五更温殿直交做公的簽
擁着和尚入開封府的廊下伺候大尹陞廳四司方

平妖傳三卷　二二

【二八六】

屙立在廳前只見大尹出來公座甚是次第一似水
晶燈籠卻如照天朦燭皂隸喝低聲温殿直押那和
尚到廳下唱了喏大尹肴了李二的首狀看着和尚
焦燥道耐你出家為僧不守本分輒敢惑騙人錢
財交獄卒取面長枷來把和尚枷了呌兩箇有氣力
的獄卒過來與我把這和尚先打一伯棍卻再審問
他獄卒唱了喏將和尚掀上打不得兩三棍衆人發
聲喊鬥子喝低聲喝他們不住大尹見枷窟裡不見
和尚卻縛着一把薦蓆大尹道怎生有這般妖人

【二八七】

覷捉那和尚枷在這裡卻如何是把苦薦蓆正記之語
只聽得府衙門外有人發喊大尹驚問有甚事把那
的來報道告相公有一僧人在門外指手大笑道好
簡包龍圖無奈何我貧僧處包犬尹聽得說大怒道
這廝敢如此無禮即時交人下手去捉這番捉着妖
僧依例賞錢一千貫當昨做公的奔出府門遶來覷
這妖僧和尚見人來捉他連忙走到街市上不荒不
忙擺着褊衫袖子去了做公的見了緊趕他緊走慢
趕他慢走不趕他不走做公的趕得沒氣力了立住

平妖傳三卷　二三

事却要仔細你夫妻兩箇見他甚麼破綻來李二把
澤象的言語說了一遍溫殿直道這事却要實落你
去補一紙首狀來李二應了出來央人做公的草了稿
兒計一張紙親筆謄了真入來當廳遞了溫殿直道
如今這和尚在店裡麼李二道每日早飯後出外到
黃昏便歸溫殿直道你且在這裡坐下待人離了便
買些酒來與你吃不多時買將酒來交李二吃了溫
殿直叫過做公的來交李二做眼
臣房取路來客店左側一僻開茶坊的裡坐

二八○

李二先來客著那溫殿直日來本使身時候只趴
那和尚吃得酩酊地跟已蹡已撞將來李二慌忙
入茶坊裡見溫殿直遂告觀察和尚來了却好和尚
走到茶坊門前溫殿直指着一行做公的道捉這妖
僧眾人簽聲喊正似皂鵰追紫燕猛虎噉羊羔一發
都上起那和尚橫拖倒搜把條蔴索綑了眾人前
後簇擁押着迤奔其泉坊使臣房裡來溫殿直道
愧幹辦得這場公事且交龍圖相公安心眾人把那
和尚細綑做着餛飩見一般那和尚醉了不醒卽上地

二八一

二八二

二八三

二七六

手一搤滿店裡人都變做了和尚一般模樣如今開封府出一千貫賞錢要捉這和尚元來這和尚三五日前曾騙了善王太尉三千貫銅錢叫做彈子和尚渾家道二哥真簡有這諕麼李二道我方纔着了榜來問何與你說謊渾家道二哥我如今和你沒飯得吃若有采時揣得這箇和尚請得一千貫錢來把我門做買賣卻不是好李二道胡說官府得知不是耍慶渾家道我包你請得一千貫錢便了李二道你怎[illegible 末行]

二七七

和尚不在別處遠便十萬八千里近便只在目前李二哥道在那視渾家道在閒辟房裡李二哥道你見他甚麼破綻來渾家道閒辟這箇和尚來這裡住有三箇月了不曾見他出去抄化也不曾見他與人看經每日膳到吃飯前後繞起來出去未到黃昏後吃得醉醺醺地歸來我半月前因吃了些冷物事脾胃不好肚疼了要去後怕房裡窄狹有臭氣只得去店後而去上坑却打從他房門前過那時有巳牌時候只見他房裡閃出些燈光來我道這早晚元自有燈

二七八

望破壁裡張一張時只見那和尚聽在床上渾身出火來和尚把頭搭一搭離床直頭着屋椽讀得我不敢東廁上去便歸房裡來了這和尚必然就是妖僧李二哥道這事實廢渾家道我與你說甚麼脫空李二哥道你且低聲不要走露了消息分付了渾家出門一地裡遲到使臣房來卻文不敢入去只在門前走來走去做公的省見喝聲道上下男女有甚事住在此走來走去李二道告上下我有些機密[illegible]觀這婆公的□道你在門首伺候我[illegible 末行]

二七九

方可入去適間溫殿直正在廳上做公察賣菓子的李二在門外走來走去我機密事要見觀察溫殿直道叫他入來引李二到廳下唱了喏溫殿直見了不吟地問道李二哥有甚事來見我李二我近日因病了不曾做得道路早間出只見張掛榜文男女也識幾簡字見寫貫錢捉妖僧歸去和渾家說渾家道隔是妖僧溫殿直不敢大驚小怪唉着道李二哥這件

二七〇

裡却好揭得起簾兒那裡杜七聖的覷見早跳起來看的人發聲喊杜七聖道我特來行這家法術今日撞着師父了却說麵店裡吃麵的人沸地說出來有多口的與杜七聖說道破了你法的却是麵店樓上一簡和尚內中有溫殿直並冉貴在那裡聽得這話冉貴道觀察這和尚莫不便是騙了善王太尉銅錢的麼溫殿直道莫交不是冉貴道見兎不放鷹豈可空過冉貴把那頭巾只一掀招一行做公的大喊一聲都搶入麵店裡來見那和尚正走下樓衆人都

二七一

去捉那和尚那和尚用手一指有分教鬨動了東京城大鬧了開封府惱得做公的看了妖僧捉他不得惹出一簡貪財的後生來死於非命正是

只因酒色財和氣　斷送堂堂六尺軀

畢竟當下捉得和尚麼且聽下回分解

第十二回

包龍圖下令捉妖僧　李二哥賣妖遭跌死

詩　為人本分守清貧　非義之財不可親
曰　飛蛾投火身湏喪　蝙蝠遺□命被坑

二七四

也接上了使臣見這般作怪交人去捉只見那和尚把手一指店裡人都變做和尚連使臣并手下做公的也變做和尚交使臣沒做道理稟告相公這等妖人實難捕捉出賜相公麾下龍圖大尹道我乃開封一府之主似此妖人在國之內恐生別事朝廷見罪於我即時分付該吏寫押榜文各門張掛一應庵觀寺院人等若有拿獲蛋子和尚者官給賞錢千貫如有容留來歷不明僧人及窩藏隱匿不肯首告者一體□罪因此京城内□□□□得□□

二七五

京市心裡有一簡賣青菓的李二哥夫妻兩口兒在客店裡住方纔害病了起來沒本錢做買賣出來求見相識們要借三二伯文錢做盤纏當日出去借不得歸來悶悶不已渾家道二哥你今日出去借錢如何李二道好交你得知今日出去借錢街上鬧哄哄地經紀人都做不得買賣昨日一簡和尚在麵店樓上吃麵只見他的頭骨碌碌滾落地來他把手去摸着了頭雙手捉住耳躲安在腔子上依舊接好了做公的見他作怪一齊去捉他被那和尚用

上杜七聖焦燥道你交我孩兒接不上頭我又求些你再三認自己的不是要你饒恕你却直恁地盃慳便去後面籠兒裡取出一箇紙包兒來就打開撮出一顆葫蘆子去那地上把土來掘松了把那顆葫蘆子埋在地下口中念些有詞噴上一口水喝聲疾可雲作怪只見地下生出一條藤兒來漸些的長大便生枝葉然後開花便見花謝結一箇小葫蘆一顆人見了那喝采道好杜七聖把那葫蘆兒摘下來左

平妖傳三卷
二六八

我發跑的恁盃怒不上理一記便要在世上了着葫蘆兒攔腰一刀剁下一箇葫蘆兒來却說那和尚在樓上拿起麵來却待要吃只見那和尚的頭從腔子上骨碌上滾將下來一樓上吃麵的人都吃一驚小擔的丟了麵跑下樓去了大膽的立住了腳看只見那和尚慌忙放下碗和筯起上去那樓板上摸一摸着了頭雙手捉住兩隻耳繫掇那頭安在腔子上安得端正把手去摸一摸和尚道我只顧吃麵忿怒還了他的兒子竟魆伸手去揭起碟兒來這

平妖傳三卷
十四
二六九

二六二

我師父不曾撞見簡對手與我鬭這家法術便回頭叫聲壽兒上我兒你出來看那小厮剝了上截衣服正碾也似白肉那夥人喝聲采道好簡孩兒杜七聖道我在東京上上下下有幾簡一年也有曾見的也有不曾見的我這家法術是祖師留下煽火燉油熱鍋燉碗喚做續頭法把我孩兒卧在橔上用刀割下頭來把這布袱來蓋了依先挼上這孩兒的頭舊位看官在此先交我賣了這一伯道符然後施遑自家法衕我這符只要賣五箇銅錢一逭打起鑼兒來那看

（版心：平妖傳　卷三　十二）

二六三

的人時刻開挨擠不開約有二三伯人只賣得四十道符杜七聖焦燥不賣得符看着一夥人道莫不衰位看官中有會事的敢下場來閒法廢問了三聲又問三聲沒人下來杜七聖道我這家法術交孩兒卧在板橔上作法念了呪語却像睡着的一般正要施遲決術解數却恨人叢裡一箇和尚會得這家法術因見他出了大言被和尚先念了呪道聲疾把孩兒的寃鬼先收了安在衣裳袖裡看見對門有一箇麵店和尚道我正肚饑且去吃碗麵了來却還他兒子

二六四

的寃鬼未遲和尚走入麵店樓上靠著街窓看著街七聖坐了過賣的來放下筯子舖下小菜問了麵安下去了和尚把孩兒的寃鬼取出來用碟兒蓋了安在棹子上一邊自等麵吃話分兩頭却說杜七聖念了呪拿起刀來剝那孩兒的頭落了提起看的人越多了杜七聖放下刀把卧單來蓋了提起身上盤幾遭念了呪杜七聖道看官你怪我文仿角案此舟過去想無舟遲了這家法術賣一伯道符劈手揞起被單來看時只見孩兒的

二六五

不上一決懶了杜七聖慌忙再偢睬瞞着那看的人道着官只道遊場管取遑番接上且叩齒作法念呪語揭起卧單來看時又接不上杜七聖荒了看着那看的人道眾位看官在上遑路雖然各別養家總是一般只因家火相逼過閒言語不到慶望着官們恕罪别簡遑着交我接了頭下來吃盃酒四海之内皆相識也杜七聖伏罪道是我不是了這番接上了只顧口中念呪揭起卧單看時又接不

（版心：平妖傳　卷三　十三）

【二五八】

內有一箇做公的當時溫殿直最喜他其人姓冉名
貴叫做冉土宿一隻眼常閉天下世界上人做不得
的事他便做得與溫殿直捉了許多疑難公事因此
溫殿直喜他當時冉貴向前道告長官不知有甚事
恁地煩惱溫殿直遞典大說起來交你也煩惱却緣
大尹叫我上廳去說早朝時白鐵班善王太尉說道
昨日在後花園亭子上飲酒見外而打一箇猱子入
來爆出一箇和尚問善王太尉布施了三千貫銅錢
怎善王太尉說他是聖僧羅漢大尹道他既是聖僧

【二五九】

羅漢如何要錢欵然是箇妖僧限我今日要捉這箇
和尚我想他覓了二千貫銅錢自往他州外府去了
交我去那裡捉他包大尹又不比別的官員且是難
伏事只得應成了出來終不成和尚自家來出首沒
計奈何因此煩惱冉貴道這件事何難于今分付許
多做公的各自用心分路去遠京城二十八門去捉
若是遲了只怕他分散去了溫殿直道說得有理你
年紀大終是有見識看著做公的道你們分投去幹
辦各要用心衆人應允去了溫殿直自帶著冉貴和

【二六〇】

两箇了得的心腹人也出使臣房離了甘泉坊奔東
京大路來溫殿直用璦帽遮了臉冉貴扮做當直的
模樣眼也不閉看那徙來的人茶坊酒店鋪內暴有
些又色的人即便去挨查審問溫殿直對冉貴說道
他投東洋大海中去那裡去尋冉貴道觀察不要輸
了志氣走到晚却又理會兩箇走到相國寺前只見
靠墻過簇擁著一夥人在那裡冉貴道觀察少等待
我去看一看掯起腳來人叢裡見一二伯人中間圍
着一箇人頭上暴頂頭巾帶一朵羅帛做的牡丹花

【二六一】

腦後金釵大一對金環搬着半衣些不絛繡袋照着一
鬢多耳蘇鞋露出一身錦片也似文字後面插一條
銀鎗堅炁而落旗見放一對金漆竹籠却是一箇行
法的引着這一叢人在那裡看元來這箇人在京有
名叫做杜七聖那杜七聖拱著手道我是東京人氏
這裡是諸路軍州官員客旅往來去處有認得杜七
聖的有不認得杜七聖的不識也聞名羊七上朝東
岳奧人賭賽只是奪頭籌有人問道杜七聖你會甚
本事我道兩輪日月一合乾坤天之上地之下除了

日却來得早此箇徃從待班閣子前過遇着一箇官人相揖這官人正是開封府包待制這包待制自從治了開封府那一府百姓無不喜歡因見他平生正直禀性賢明常懷忠孝之心每存仁慈之念戶口增田野闢黎民頌德滿街衢詞訟減盜賊潛父老謳歌喧市井擎轅截鞭名標青史播千年勒石鐫碑聲振黄堂傳萬古果然是懷慨文章欺李杜賢良方正勝龔黄當日包待制伺候早朝見了太尉請少坐太尉是箇

二五四

正直的人包待制是箇清廉的官彼此耳内各聞清德雖然太尉是箇中貴官心裡喜歡這包待制包待制亦喜歡這王太尉兩箇在閣子裡坐下太尉道凢為人在世善惡皆有報應包待制道包某受職亦然如包某在開封府斷了多少公事那犯事的人必待斷治方能悔過遷善比如太尉平常好善不知有甚報應王太尉道且不說別事如王某昨日在後花園内亭子上賞翫從空中打下一箇彈子上内爆出一員聖僧來口稱是五臺山文殊院化主問某求齋

二五五

某齋了他又問某化三千貫銅錢不使一箇人搬去把一卷經從空中打一撒化成一座金橋叫下五臺山行者火工人夫無片時都搬了去和尚也上金橋去了凢間豈無諸佛羅漢包待制見說口中不遁心下思量這件事又作恠漸已天晩文武俱入内朝罷百官各自回了衙門包待制四府不来打斷公事問當日聽差應捕人役是誰只見墻下一人唱喏却是斫捕使臣温殿直大尹道今日早朝開在待班閣子坐見差王太尉說昨日他在後花園亭子上飲酒

二五六

外面打一箇彈子入來匣子裡爆出一箇和尚口稱是五臺山文殊院募緣僧抄化他三千貫銅錢去了那太尉道他是聖僧羅漢我想他既是聖僧羅漢要錢何用攦我見識必是妖僧見今鄭州知州被妖人張鸞卜吉所殺出榜捉拿至今未獲怎麽京城禁地容得這般妖人指着温殿直道你即今就要提這妖僧赴厰見我温殿直只得應喏領了台旨出府門由甘泉坊遶入使臣房來厰上坐定兩邊擺着做公的衆人見温殿直眉頭不展面带憂容低着頭不則聲

二五七

二五〇

酒食都不知吃去那裡去了只見和尚放下碗和
筯手下人道慚愧也有吃了的日子和尚道纔飽了
收拾過齋器點將茶來茶罷和尚起身謝了太尉太
尉喜歡道吾師窵齋不必致謝敢問吾師齋罷往甚
處去和尚道貧僧乃是五臺山文殊院化主長老法
旨交貧僧來募緣文殊院山門崩損用得三千貫錢
修蓋山門貧僧今日遭際太尉蒙賜一齋太尉若捨
得三千貫錢成就這山門盛事頌太尉增福延壽廣
積福田太尉道這是小緣事不如吾師幾時來內院

二五一

和尚道不必勾疏便得更好山門多幸太尉道吾師
我把金銀與你如何和尚道把金銀與貧僧不便去
買料物若得三千貫銅錢甚好太尉暗笑道吾師你
獨自一箇在這裡三千貫銅錢也須得許多人搬挑
和尚道告太尉貧僧自有道理太尉即時叫主管開
庫交官身私身廝侯輪番去搬銅錢來堆在亭子外
地上一伯貫一堆共三十堆太尉道吾師三千貫銅
錢在這裡了路程遙遠要使許多人夫腳錢怎地能
勾得到五臺山和尚道不妨起身下亭子來謝了太

平妖傳三卷　五

二五二

尉喜捨不須太尉費力貧僧自有人夫搬挑去袖中
取出一卷經來太尉口中不道心下思量且看他怎
地和尚道僧家佛力浩大自把經卷看了一遍交
行人且開只見那和尚睜眼把那卷經去虛空中打
一撒變成一條金橋那和尚望空中招手叫道五臺
山眾行者火工人夫我問義王太尉抄化得三千貫
銅錢你眾人可來搬去則簡無移時只見空中經
眾行者并火工人夫滾上攘上下來都到四望亭子
將這三千貫銅錢駄的駄搬的搬交叉杜

二五二

後事時間都搬了去和尚向前道感謝太尉賜了齋
又喜捨三千貫銅錢異日如到五臺山貧僧當會眾
僧撞鐘擊鼓幢幡寶蓋接引太尉貧僧歸五臺山去
也和尚與太尉相辭了也走上金橋去漸上地小去
得遠不見了空中起一陣風上過了金橋也不見了
太尉甚是喜歡交從人焚香禮拜道小官齋僧布施
五十餘年今日遇得這簡聖僧羅漢眾人都來與太
尉賀喜當日無事次日是上直日期太尉早起梳洗
廳下祇應人從跟隨直到內前下轎入內來太尉當

平妖傳三卷　六

二五三

二四六

二四七

二四八

量道好箇僧家不可慢他撑起身來還禮問道聖僧因何至此和尚道貧僧是代州鴈門縣五臺山文殊院行腳僧特來拜見太尉欲求一齋這太尉從來欽重佛法時常拜禮三寶見了這般的和尚來求齋又來得蹺蹊如何不驚喜太尉交請坐和尚對着太尉坐了道有妨太尉飲宴太尉何命厨下一面辦齋向着和尚道吾師肯相伴先飲一盃酒麼和尚道多感面前鑼下一應玩器食饌等物盡是御賜金盞金盤和

二四九

尉見說即時交取箇大金鍾子來放在和尚面前太尉只是盞子吃和尚用大鍾子吃太尉交只傾斗酒和尚也不推故吃上三十來大金鍾太尉喜歡道不是聖僧如何吃得許多酒厨下稟道素食辦了太尉頂齋食既完請吾師齋交搬將來放在和尚面前太尉面前些少相陪和尚見了素食拿起來吃只不放下碗和筯太尉交從人入去添來這和尚飯來羹來酒來盡數吃盡交供給的做手脚不迭手下人都呆了太尉見他吃得也呆了道這箇和尚必是聖僧吃

遂平妖傳卷之三

　　　東原羅貫中編次
　　　錢塘王慎脩校樣

第十一回

聖子和尚攝善王錢　杜七聖法術剁孩兒

詩　九天玄女法多端　要學之時事豁然
日　戒得貪嗔淫慾事　分明世上小神仙

話說善王太尉那日在城外閒遊回歸府中當日無
淨眾人都自散了次日官身私身閒漢都來唱喏太

二四三

尉道昨日出城閒走了一日今日不出去了只在後
花園安排飲酒交眾人都休散去且來園裡看戲文
要子元來到這座花園不則一座亭子閒玩慶甚多今
日來到這座亭子謂之四望亭眾人去那亭子裡安
排著太尉的飲饌太尉獨自一箇坐在亭子上自
官身私身下及跟隨伏事的各自去施逞本事正飲
酒之間只聽得那四望亭子的亭柱上一聲響上至
太尉下至手下自　　　不知眾人打

二四四

柱上老打着我時卻不　　　眾人　是題入
打入來的眾人四下裡看去　老大一箇花園週圍牆
垣又高如何打得入來正此之間只見那彈子衮在
亭子地上托上地跳了幾跳一似碾線兒也似圍上
地轉上了千百遍太尉道卻不作怪只見一聲響爆
出一箇小的人見來初時小被兒風只一吹漸上長
大變做一箇六尺來長的和尚身披烈火袈裟耳墜
金環太尉并眾人見了都吃一驚只見那和尚走向
前來看著太尉道拜揖太尉見了口中不說心下思

二四五

婆上道我只道做甚麼的却元來一行人來作樂要
子也交我們吃他一驚張屠任選吳三郎道我們認
得他是中貴官在白鉄班住喚做善正太尉如法好
善齋僧布施和尚聽得說道看我明日去萬惱他
簡眾人各自散了只因和尚要去惱善王太尉則
得開封府三十來簡眼明手快的公人伶俐了得的
觀察使臣不得安跡見了也捉他不得惱亂了東京
城嚷沸了汴川邠真所謂白身經紀當為二會子之
人清秀愚人姿微金剛客正是

眾用學人會妖邪法一盞遠道比六沢心
竟和尚怎地去惱人且聽下面分解

三遂平妖傳卷之二終

如何在此學金剛禪邪法和尚即收了金光眾入骨
時却是一箇道士騎着一疋猛獸望殿上來見了婆
婆跳下猛獸攀拳稽首道弟子特來拜揖婆と道先
生少坐先生與和尚拜了揖任吴張三箇也來與先
生拜揖先生問道這三位大郎皆有法術了麼婆と
道有了先生道貧道也虐得一箇徒弟在此婆と道
在那裡只見先生看着猛獸道可收了神通那猛獸
把頭搖一搖尾擺一擺不見了猛獸立起身來却是
一箇人眾人大驚婆と着時不是別的正是客人

二三二

告道告婆と若不是老師救先生教你我性命時爭
唑見不與婆と相見婆と問先生道你如何救得他
先生道貧道在鄭州三十里山松二裡聽得有人呌
聖姑と救我則箇貧道思忖道此乃婆と之名謂何
有人叫喚急趕入去看時却見卜吉被人吊在樹上
正欲謀害貧道問起緣由卜吉將前後事情對貧道
說了因此畧施小術救了他大難婆と道元來如此
怎先時先生也教得有法術了卜吉道有了婆と道

二三三

你們曾見我的法術麼和尚并道士道願觀聖作
見婆と去頭上取下一隻金釵來喝聲道疾變為一
口寶劔把胷前打一劃放下寶劔雙手把那皮只一
拍と開來眾人向前看時但見
金釘朱戸碧瓦盈簷交加翠栢當門合抱青松
逺殿仙童擊鼓一群白鶴聽經玉女鳴鐘敲簡
青猿喂藥不異蓬萊仙境宛如紫府洞天
眾人都看了失驚道好正看之間只聽得門前發聲
戟一行人從外而進

二三四

兩道徐罔不要荒君動我入來撲映家并藏了戟
那一行有二十餘人都腰帶着弓弩于架着鷹鷂也
有五放家也有官身也有私身馬上坐着一箇中貴
官人來到殿前下了馬展開交椅來坐了隨從人分
立兩傍元來這箇中貴官叫做善王太尉是后却不
說他進内上班因此得暇帶着一行人出城來閑遊
戲耍信步直來到莫坡寺中與眾人踢一囬氣毬了
又射一囬箭賞了各人酒食自已在殿中飲了數盃
便上馬一行人眾隨從自去了眾人再來佛殿上來

平妖傳二卷
二三五

594

那胡來見想都是異人只管說他日異時可來貝州
相助不知是何意故三人正沒做理會處只見佛殿
背後走出癩師來道你們且回去把本事法術記得
明白明日却來寺中相等當時三人辭了癩師各自
歸家當日無話次日吃早飯罷三人來莫坡寺裡上
佛殿來看佛頭端然不動三人徃後殿來尋婆子和
藥師却沒尋處張屠道我們四去罷正說之間只聽
得有人叫道你三人不得退心我在這裡等你們多
唬了三箇回頭看時只見佛殿背後走出來的正是

二二八

明日的姿子三箇見了一齊躬身唱喏姿子道三世
大郎何來甚晚昨日傳與你們的法術可與我施逞
一遍異日好用張屠道我是水火既濟葫蘆兒口中
念匕有詞唱聲道疾只見葫蘆兒口內倒出一道水
來叫聲收那水漸匕收入葫蘆兒裡去又唱聲疾只
見一道火光從葫蘆兒口內奔將出來又叫聲收那
火漸匕收入葫蘆兒裡去了張屠歡喜道會了吳三
郎去懷中取出紙馬兒來放在地上口中念匕有詞
喝聲道疾變做一疋白馬四隻蹄兒巴匕地行吳三

平妖傳二卷　五三

二二九

即騎了半晌晚下馬來依舊是紙馬任遶去後殿報
出一條板櫈來騎在櫈上口中念匕有詞唱聲道疾
只見那櫈子變做一隻大虬咆哮而走任遶喝聲住
那火虬漸匕收來依舊是條櫈子三人正是法術之
閒只聽得有人叫道清平世界浪蕩乾坤你們在此
施逞妖法見今官司明張榜文要捉妖人吾官司得
知湏連累我衆人聽得慌忙回轉頭來看時却是一
箇和尚身披裂火袈裟耳帶金環那和尚道貧僧在
廊下看你們多時了婆匕道吾師恕罪我在此教他

二三〇

恁麼小法術和尚遂教得他們好便不住了用哪教
得他們不好空勞心力可對貧僧施逞則箇婆匕再
交三人施逞法術三人俱各做了婆匕道吾師我三
箇徒弟何如和尚笑道依小僧看來都不為好婆匕
焦燥道你和尚家敢有驚天動地的本事你會甚麼
法術也做與我們看一看則箇只見和尚伸出一隻
手來放開五箇指頭匕匕上放出五道金光匕匕裡
現出五尊古佛來任吳張三箇見了便拜三箇正拜之
閒只聽得有人叫道這座寺乃朝廷勅建之寺你們

平妖傳二卷　五四

二三一

二二四

要覓這箇紙馬兒婆ヒ術則箇癩師乾將這紙馬兒與
了吳三郎吳三郎謝了婆ヒ看着癩師道兩箇大郎
箇有法術了這箇大郎如何癩師道娘ヒ法旨本不
敢違但恐孩兒法力低小正說之間只見二箇婦人
走出來那婦人不是別人正是胡永兒ヒ與眾人
道了萬福向着婆ヒ道告娘ヒ奴ヒ教這大郎一件
法術請娘ヒ法旨婆ヒ道愿觀聖作胡永兒入去撥
一條板撧出來安在草廳前地上永兒騎在凳上口
中念ヒ有詞唱咒道疾只見那撧子走做二隻吊睛

二二五

鋼大魚偈云
項短身圓耳小眉錐白顋銀攛爪蹄輕展疾如
飛跳濶如同平地剪尾能驚獰鹿咆哮嚇殺狐
狸卞莎蜂勇怎生施子路也難當抵
謝永兒騎着大魚叫聲起那大魚便騰空而起喝聲
住那大魚漸ヒ地下來喝聲疾只見那大魚依舊是
絲板撧婆ヒ道任大郎你見麼任遷道告婆ヒ巳見
了婆ヒ道吾女可傳這箇法術與了任大郎胡永兒
傳法與任遷ヒヒ謝了婆ヒ道你三人各演一通三

平妖傳二卷　五一

二二六

人演得都會了婆ヒ道你三人既有了法術我有一
件事對你們說不知你三人肯依麼張屠道告婆ヒ
不知交我們依甚的但說不妨婆ヒ道你們可牢記
取他日異時可來貝州相助不可不來張屠道既蒙
婆ヒ分付他日定來貝州相助今日乞指引一條歸
路回去則箇婆ヒ道我交孩兒送你們入城中去癩
師道領法旨三箇拜謝了婆ヒ婆ヒ看着三人道我
今日交孩兒暫送三位大郎囬去明日可都來莫坡
相等三人別了婆ヒ求見當時癩師引着路蚓

二二七

行了半里只見一座高山癩師與三人同上山來癩
師道大郎你們望見京城麼張屠吳三郎任遷看時
見京城在咫尺之間三人正看間只見癩師猛可地
把三人一推都跌下來撒然驚覺却在佛殿上張屠
正疑之間只見吳三郎任遷也醒來張屠問道你兩
箇曾見甚麼來吳三郎道癩師教我們法術來你的
滿薏兒在也不在張屠摸一摸看時有在懷裡吳三
郎道我的紙馬兒也在這裡任遷道我學的是變大
魚的咒語張屠道我們似夢非夢那癩師和婆ヒ并

平妖傳二卷　五二

去罷了、我們都有法術、教你們一人學一件、把去教身受用、婆、看着瘸師道、你只除不出去、便要怠事、直交三位來到這裡、你有甚法術、教他三位看、婆、看着三箇道、我孩兒學得些劇術、對你三位看、呈則箇、三箇道、感謝婆、瘸師道謼娘、法音去腰、閜取出箇葫蘆兒來、口中念、有詞唱聲道疾、只見葫蘆兒口裡倒出一道水來、衆人都道好、瘸師道、我彼與哥、們看、漸、收那水入葫蘆裡去了、又口中念、有詞喝聲道疾、放出一道火來、衆只只道好、瘸

三二〇

師又漸、收那火入葫蘆裡去了、張屑與我這箇葫蘆兒、與公婆、道、我兒把這箇水火防盧兒與了這箇大卽、瘸師不敢逆婆、的意、就將這水葫蘆兒與了張屑、謝了瘸師道、我再有一件劇術、教你們看、取出一張紙來、前剪出一疋馬、安在地上、寫聲道疾、那紙馬通身雪白如縑做的一般、搖立起地上、能行快走、瘸師騎上那馬、喝一聲、只見曳、地從空而起、良久那馬漸、下地、來依然是疋紙馬、瘸師道、那箇大卽要吳三卽道我

平妖傳二卷

四九

三二一

二六

隔籬邊大吠行人寂々孤禽噪古木聲催過客
張屠道待我叫這箇庄院當時張屠來叫道我們是
過往客人迷踪失路的只聽得裡面應道來也々
門開處走出一箇婆々來三箇和婆々厮叫了婆々
還了禮問道你三位是那裡來的張屠道我三箇是
城中人迷路到此一來問路二來問庄裡有飯食四
此吃婆々道我是村庄人家如何有飯食得賣若過
往客人到此便吃一頓飯何妨你們隨我入來三箇
隨婆々直至草廳止木櫈子止坐定婆々招張卓子

二七

伏在三箇面前婆々道我看你們肚內饑了一面挨
排飯食你們若吃得酒時一家先吃碗酒三
箇道怎地感謝庄主婆々進裡面不多時拿出一壺
酒安了三隻碗香噴々地托出一盤肉來斟下三碗
酒婆々道不比你們城市中酒好這裡酒是杜醞的
胡覷當茶三箇因趕瘸師走得又饑又渴不曾吃得
惡心聞得肉香三箇道好吃一人吃了兩碗酒婆々
搬出飯來三箇都吃飽了三箇道感謝庄主依例納
錢婆々道些少酒飯如何要錢一面收拾家生入去

平妖傳二卷　四七

二八

三箇正要謝別婆々求他指引出路只見庄門外一
箇人走入來三箇看時不是別人却正是瘸師張屠
遍被你這厮薫惱了我們半日你却在這裡三箇急
下草廳來却似鷹拿燕雀捉住瘸師都待要打只見
瘸師叫道娘々救我則箇那婆々從庄裡走出來叫
道你三箇不得無禮這是我的兒子有事時但看我
面下草廳來交三箇放了手再請三箇入草廳坐了
婆々道我適間好意辦酒食相待如何見了我孩兒
却要打他你們好沒道理張屠道罪過庄主辦酒相

二九

我們實不知這瘸師是庄主孩兒柰他不近道理
若不看庄主面時打交他粉骨碎身婆々道我孩見
做甚麼了你們要打他張屠任遷吳三郎都把早間
的事對婆々說了一遍婆々道壞三位大郎說時都
是我的兒子不是待我叫他求告了三位則箇瘸師
走到面前婆々道三位大郎且看老[illegible]之面饒他則
箇三人道告婆々我們也不愿與他爭了只交他送
我們出去便了婆々道且請少坐我想你三位都是
有緣的人方到得這裡既到這裡終不成只恁地回

平妖傳二卷　四八

【二二二】

也跌了入去欲待自要用去這一兩箇姓命如何沒做道理處只得上去望一望扒上供卓手脚蘇麻抖做一堆不敢上去尋思了半晌沒柰何只得踏着佛手擎着佛腔子欲待望一望又悄跌了入去欲進不得欲退不得吳三郎自思量道好沒運智只消得去尋此硬的物事來打破了佛肚皮便救得他兩箇出來正待要下供卓却似有箇人在背後攔腰抱住了只一攏把吳三郎也跌入佛腔子裡去了一脚踏着任遷忙道踏了我也吳三郎道你是兀誰任

【二二三】

遷應道我是任遷吳三郎道張一郎在那裡只見張琰應道在這裡任遷道吳三郎你如何也在這裡來了吳三郎道我上佛腔子來望你們一望却似一箇人把我攏入佛肚裡來任遷道我也似一箇人仲隻手四角兒揪我入來張屠道我也是如此這揪我們的必然是癩師他也要得我們好了四下裡摸着若摸得他見時我們且不要打他只交他扶我們三箇出佛肚去他若不肯扶我們出去時不得不打他了當時三箇四下裡去摸却不見癩師任遷道元來佛

平妖傳二卷　四五

【二二四】

肚裡這等寬大我們行得一步是一步張屠道黑了如何行得任遷道我扶着你了行吳三郎道我也隨着你行迢迢行了半里來路張屠道却不作怪莫坡寺殿裡能有得多少大佛肚裡到行了許多路正說之間忽見前面一點明亮吳三郎道這裡元來有路又行幾步着時見一座石門參差門縫裡射出一路亮來張屠向前用手推開石門佇目定睛只一省呀嚇得不知高低但見

揚州風光奇花開漫瀰子喚此酒舖畫橋綠水

【二二五】

屠道這裡景致非凡吳三郎道誰知莫坡寺佛肚裡有此景致任遷道又無人烟何路可歸張屠道不妨既有路必有人烟我們且行又行了二三里路見一所庄院但見

滿園花灼灼、籬畔竹青青、泠泠溪水碧澄澄、瑩瑩照人寒濟濟、茅齋寂靜卸泥燕子趁風飛院宇蕭踈弄舌流鶯穿日煖黃頭稚子跨牛歸獨唱山歌黑體村夫耕種罷單聞村曲高低瘦犬

平妖傳二卷　四六

門見一件蹺蹊作怪的事正是
開天闢地不曾聞　從古至今希罕見
畢竟三人趕瘸師到何處見甚事來且聽下回分解

第十回
莫坡寺瘸師入佛肚　任吳張夢殺求見法
詩
淳于夢入南柯去　莊周蝴蝶亦相知
曰世上萬般皆是夢　得失榮枯在一時
當下瘸師見任吳張三人趕來急便走案趕緊走
慢趕恨走不趕不走三人只是趕不上張屠通且看

二〇八

震落却和他理會不妨三人離了京師行
裡趕到一箇去處叫做鮫虬莫坡那條路真簡令
裡有一座寺叫做莫坡寺只見瘸師運走入莫坡寺
裡去了張屠道好了他走了死路了着他那裡去我
們如今三路去趕任遷道說得是吳三郎從中間去
趕張屠從左廊入去趕任遷從右廊入去趕瘸師見
三人分三路來趕逕奔上佛殿扒上供卓踏着佛手
扒上佛肩雙手捧着佛頭三箇齊趕上佛殿看着瘸
師道你好上地下來你若不下來我們自上佛身捉

平妖傳二卷　圖三

二〇九

你下來瘸師道苦也佛教我則箇只見瘸師把佛頭
只一頷那佛頭骨碌上滾將下來瘸師便將身早鑽
入佛肚子裡去了張屠道却不作怪佛肚裡沒有路
你鑽入去則甚終不成罷了張屠扒上供卓踏着佛
手盤上佛肩雙手攀着佛腔子裡望裡面黑暗上
地只見佛腔子中伸出一隻手來把張屠四角見揪
任張屠倒跌入佛肚裡去了吳三郎任遷叫聲苦不
知高低兩箇計較道怎地好任便道不妨事我且上
芸揹一看便知分曉吳三郎道小大一哥放仔細些

二一〇

伏羲已入去了任遷道我不比張一郎即時睜扒上供
卓踏着佛手盤在佛肩上扳着佛腔子望裡面時只
見黑暗上地叫道張一郎你在那裡叫時不應只見
一隻手伸出來一把揪住任遷上吃了一驚連聲
叫道親爹上活爹上可憐見饒了我再也不敢來趕
你了我特來問你要炊餅要饅頭沙餡我便送將來
與你吃只見任遷頭朝下脚朝上倒搶入佛肚裡
了吳三郎看了道苦呀上他兩箇都跌入佛肚裡
去我却如何獨自歸去得欲待上去望一望看只怕

平妖傳一卷　圖四

二一一

二〇四

干裡做花兒的瞿二即定下這箇豬頭却交他娘死
取我除下豬頭與他這豬頭扎眉扎眼張開口光要
婆一口咬住驚死那婆匕在地我慌忙交卜博士叫
巡兒子來早是救得他活若是有些山高水低倒用
吃他一場官事他兒子提起這豬頭來看時又没此
動靜瞿二即道老人家自眼花了何曾見死的豬頭
扎眉扎眼方絞扶了娘去任遷聽了把適問瘸師買
女餅的事從頭至尾對張屠說了一遍張屠道作怪
許經說曲蔣只德得法環尙無遷道道所无頂進

二〇五

前面張屠道壞了你欵餅不打緊也不甚利害爭些
兒交我與婆匕償命不須你動手待我捉這厮打一
頂好的任遷道我和你去趕找開脚步來趕瘸
師趕了半月不見張屠眷着任遷道如何是好若還
趕着斷無干休如今趕他不上四去了罷却待要回
又聽得法環响又趕了五六里出安上大門約有寸
徐里路了聽得法環响只是趕不着兩箇却待要回
只見市稍頭一箇素麵店門前一箇人拿着一條棒
打一箇漢子張屠却認得是賣素麵的吳三郎張屠

平妖傳二卷　四一

二〇六

道三郎息怒着我而饒恕他罷吳三郎住了手道一
店小妻吃麵了起路交他去燒火橫也燒不着登些
燒不着半日不能得鍋裡熱人都走了去定交他皮
開肉綻張屠喝看我面罷休吳三郎道你今朝不是
日分出來開走張屠逐把適總瘸師的事一一說
一適吳三郎聽罷呆了道怎地我便錯打了他你兩
箇聽我說我當着灶上只見一箇瘸師搖着決環到
我門前叫道招財來利市來和合來把錢來我手裡
這世我道你也没早晚日中混來解尿晚要出來伯

二〇六

二〇七

冤枉了你去我沒賽碎錢且空逼遇一遍只見他焦
着我鍋裡吹一口氣便走了去也轉得背我叫小博
士去燒火却如何燒得着有兩頓飯間只是燒不着
許多吃麵的人等不得鄉走散了我因此上打他若
不是你們說時我那裡知道呵耐這厮却是毒害壞
了我一日買賣正說之間只聽得法環响吳三郎望
一望見瘸師在前面一路搖將去吳三郎任遷張屠
三箇一齊道我們去趕瘸師匕見三箇人來趕怹
怹便走只因他三箇來趕瘸師有分到一箇冷靜處

平妖傳二卷　四一

二〇七

二〇〇

現上大門樓下見一夥人圍着一箇肉案子門前有
任遷道這是我相識張屠家裡不知做善的有這善
多人立住了脚去人叢裡望一望只見一箇婆と跪
在地上一箇後生扶着口裡不住叫娘叫了半箇時
辰罷來婆と緊と地閉着眼不肯開後生道娘你莫
松賴此開了眼婆と道快扶我歸去後生道你開
眼婆と道我怕了開不得後生扶了婆と自去了任
遷道不知這婆と因甚倒在這裡只見張屠道衆人
又開後甚好看任遷認得本人姓張名璞排行第一

二〇一

任遷道一鄉多嘴不見張屠道任大哥那裡去來
還道幹些閑事張屠道任大哥入來我告訴你任還
入去問張屠道門首做甚麼這等熱鬧張屠道不曾
見這般蹺蹊作怪的事方縫一箇裹破頭巾身穿破
布衫手裡拿着法環口裡道招財來利市來和合來
把錢來我道瘸師你好不知早晚想是你家沒有天
恁瘸師聽了道沒錢便罷休却取笑我怎的不想看
着掛在案子上的猪頭模一摸口裡動と地不知説
養甚的搖着法環自去下我也不把他為事倒首院

平妖傳二卷

二〇二

二〇三

來瘸師道哥哥甚怪我娘兒兩箇在破窑裡住此肆
兄自沒早飯得吃胡亂與我一文錢轉糴些米娘見
們賣粥炊餅任遷見他說得苦惱子要與他一文錢
去腰裡摸一摸看却不曾帶得出來看看瘸師道我
有錢也不爭這一文今日未曾發市瘸師見他說沒
錢便問道哥哥炊餅怎的賣任遷道七文錢一箇瘸
師便去懷中取出六文錢來攤在盤中道哥哥賣兩
箇炊餅與我娘吃任遷收了五文錢把一文錢與瘸
師道我也只當發市瘸師得了一文錢藏在懷裡任遷

一九六

去蒸籠裡取一箇大一箇小遞與瘸師師伸手來
接任遷看他的手腕也癩也黑魆魆地道不知他幾
日不曾洗的瘸師接那炊餅在手裡看一看捻一捻
看着任遷道哥哥我娘八十歲如何吃得炊餅換箇
饅頭與我任遷道弄得庵也癩也別人看見澒不要
了安在前頭箅兒裡再去蒸籠裡捉一箇饅頭與他
瘸師接得在手裡又捻一捻問任遷道哥哥裡面有
甚的任遷道一色精肉在裡面瘸師道哥哥我娘吃
長素如何吃得換一箇砂餡與我任遷遞來賣蓋市

一九七

遞著道這箇男女待不換與他只見架子邊有許多大
熟閙只得忍氣吞聲又換一箇砂餡與他瘸師又接
在手裡捻一捻道如何吃得他飽只換箇炊餅與我
罷任遷看了焦燥道可知交你忍饑受餓只又賣得
你五文錢倒壞了三箇行貨這番不換了瘸師道哥
哥休要焦燥兩箇炊餅如何吃得我娘兒兩箇飽不
如只羅米煮粥吃罷去架子上捉了銅錢看着架子
上吹一口氣便走任遷道可耐這厮壞了我三箇行
貨卻走那裡去便來打那瘸師忽然走住了脚望

一九八

著道這二番割却人命官司只好饒他罷休回過身來到
不曾連定睛打一看時任遷只叫得苦一架子饅頭
欲待要又做浮槳也飲鼎的任遷大怒道這厮萬惡
一架子行貨這一日道路罷了正
分付一敢經耙人看着架子擅養
師後生家生姓趄了半日不見錢
向前來趕瘸師後生情發任遷道真身弄便是
和他拚命相博分付一敢經耙人看着架子
那厮來看有又不見番來覆去直起

一九九

603

府鈌知府須得揀選清廉明正之人任之庶可表率
四方袪除妖佞仁宗皇帝問誰人可去任開封府奏
官奏道龍圖閣待制包拯字希仁廬州合肥人也无
須此人可任戡仁宗准奏交宣至殿前起居畢命
即日到任龍圖謝了恩出來開封府祗候人等迎至
本府免不得交割牌印即日陞廳行文書下東京并
所屬州縣令百姓五家為一甲五七二十五家為一
保不許安歇迯手好閑之人在家宿歇如有外方之
人須要詢 鄉價來歷容寄客店不許窩留

平妖傳二卷　三五　三百行　一九二

人東京有二十八座門各門張掛榜文明白曉諭百
姓們都燒香頂禮道好箇龍圖包相公治得開封府
一郡人民無不歡喜真箇是
兩行更立春水上　一郡居民寶鏡中
郡行人讓路鼓腹謳歌路不拾遺夜不閉戶蕭靜了
一箇東京去那後水巷裡有一箇經紀人姓任名遷
排行第一人都叫他做小大一哥乃是五熱行裡人
何謂五熱行
賣麵的喚做湯熱　賣燒餅的喚做火熱

平妖傳二卷　三五　三百行　一九三

賣餶飿兒的喚做油熱　賣炊餅的喚做氣熱

這小大一哥是箇好經紀人去在行販中爭強賣膳
在家裡做天一日賣的行貨都裝在架子上把炊餅
燒餅饅頭餶飿糕裝停當了那小大一哥挑著担子
出到馬行街十字路口歇下担于把門面鋪了和一
般的經紀人厮叫了去架于後取一條三脚橙子方
鑊坐得下只聽得厮即上地响一聲一箇人逕奔到
手遲珠卻不是買炊餅的看那厮即上响的此

平妖傳二卷　一九四

喚隨遠殿家又喚做法環是那廝厭法師搖著钵
慈牌的那法師搖著法環走來任遷架子過看著任
遷道招財來利市來和合來把錢來任遷忍不住笑
項襯惡氣看那廝厭法師時身才矮小頭巾沒額頂
上破了露出頭髮來一似亂草披領破布衫穿著舊
布裩一似獅子脚穿破行纏斷耳蔴鞋腰裡繫一條
烏髭皂絛任遷道廝師仔細照管地下不要踏了老
鼠尾巴巴廝前後來廝厭好不知早晚癱師道我也
覓出來得早了只討得六文錢任遷道何不曉此出

平妖傳二卷　三六　一九五

一八八

夜今日起早開眼打一看時却是箇山神廟的破後
堆裡正不知卜吉和道士那裡去了那道士自稱我
叫做張鸞知州道既有姓名遠妖人好捉了當日即
喚緝捕使臣分付言訖未了只見一箇道士鐵冠草
履皂沿絳袍直上廳前高叫道知州張鸞挺身來見
咄也不唱知州大怒道汝乃妖人怎敢如此無禮張
鸞道收乃一州之主如何屈斷平人卜吉無罪把他
剌配山東路上兀自交人殺害他性命又取了他無
償寶物是何道理知州道休將胡說他有甚麼無

一八九

償寶物張鸞道金鸞見在你庫中我就叫他出來只
見張鸞叫聲金鸞何不出來讀得知州并廳上廳下
的人都呆了只見金鸞從空中飛將下來直到廳上
知州見了道怪哉怪哉說由未了金鸞內跳出卜吉
來右手伏劍左手揪住知州就廳上把知州一劍剁
為兩段眾人見知州身死俱各手足無措廳上廳下
人都道終不成殺了知州就恁地罷了一齊向前捉
那張鸞卜吉兩箇見眾人來捉就馬臺石上把身軀
一閃金鸞和二人都不見了眾人面面相觀都道自

（版心：平妖傳二卷　三三　三百三十五）

一九〇

不曾見道妖怪異的事乾請本州同知管事六房吏
員辨棺木將知州身尸盛了一面差緝捕公人四
下裡搜捉張鸞卜吉一面商議具表奏聞朝廷只因
起有分交大鬧河北鬧沸東京朝廷起兵發馬收
捉不得直惹出一位正直大臣治國安民正是
　聊將左道妖邪術　說誘如龍似虎人
畢竟表奏朝廷如何且聽下回分解

第九回

左襕師買聽誣枉　任吳張怒趕左襕師

一九一

　攲餅皆烏火不燒　豬頭扎眼法能高
　只因要捉瘸師去　致使三人遇女妖

且說鄭州官吏具表上奏仁宗皇帝仁宗皇帝就將
表文在御案上展開看了逐問兩班文武道鄭州知
州被妖人殺害卿等當以勤捕袪除道猶未了忽見
太史院官出班奏道夜來妖星出現正照雙魚宮乃
臨魏地主有妖人作亂乞我皇上聖鑒早為准備仁
宗皇帝曰鄭州新有此事太史又奏妖星出現事干
剌害卿等當預為區處眾官具奏道目今南衙開封

（版心：平妖傳二卷　三四　三百三十七）

了一箇圓上月兒用酒澆在月上喝聲起只見那瓶
月望空吹將起去三箇人齊唱采道好只見兩輪月
在天上先生道上此一盃酒這裡四人自吃酒却說
鄭州上至知州下及百姓哄動了城裡城外居民都
君空中有兩輪明月有那曉事的道只有一輪月如
何有兩輪月此必是箇妖月且不說哄動衆人却說
這先生與三箇賞月吃酒將散先生道二位做箇人
情把卜吉與了貪起罷董薛二人道我們家中各有
老小此先生不得鄭州知道我兩箇實難分解先生

一八四

道知州分付你們要安排他死其事甚容易我交你
兩箇帶一件表正與知州看只見先生將道袍袖結
做一箇肐膊揎在背後雙手揪住卜吉用索子將卜
吉背剪綁了縛在草廳上薛霸道先生你早辰要救
他緣何如今又要縛他先生道交你二人帶他一件
物事去見知州董超道不知交我兩箇帶甚的物事
去先生道知州既要壞他性命如今貧道替你下手
剖腹取心帶去與知州表你二人能事董超道使不
得這是斷了的罪人知州要謀害他是知州的私意

一八五

好今將着心肝去知道的便是先生救了他不知道
前只說是我兩箇謀財害命這一場屈官事交汲兩
箇吃不起先生笑道元來你們怕吃官事我也取笑
你們便把卜吉解了乾安排三箇人瞞先生道二位
若囘州裡去時說我張鸞要救卜吉可牢記取三箇
叫了安置就在外面宿歇先生自進裡面去了董超
薛霸十覺直睡到天明閂開哏來看時兩箇吃了一
鸞身邊不見了卜吉也不見了廳院先生却睡在山
神廟內紙錢堆裡兩箇面上相覷道苦也上我兩

一八六

箇未遭天刑衆人如何是好董超道我們且不要
慌和你去知州一遞直囘到鄭州正值知州午衙
升廳董超薛霸來廳前跪下知州便問道你兩箇解
卜吉到山東如何今日便囘董超薛霸道告相公昨
目押卜吉上路去在三十里外撞見一箇道士遶到
庵中要奪卜吉小人們和他爭執那道士是箇異人
剪一輪缺月灾在空中便見兩輪明月知州聽得説
遂作怪昨晚因見兩輪月鬧炒了州城一夜夜來知
这如何董超道那道士交小人們龕庵裡歇驍子一

一八七

位肯依麼兩簡思量道酒也吃了銀子也收了如何
不依得便道先生休道一件事十件事也依先生但
說不妨先生道你兩位各收了五十兩銀子做了養
家本念卜吉是簡含冤負屈的人貧道又不認得他
只是以慈悲好事爲念且聽卜吉說來他是平白的
人卻交他吃這塲屈官事望二位怎地做簡方便留
他在庵裡相伴貧道上姓張名鴛若知州問時只
說張鴛要收卜吉便了不知二位意下何如董超不
敢則聲　罵叫將起來道先生你好不曉事尊王

一八〇

土皆屬玉土卑土之民皆屬王民你雖是出家人住
在鄭州界上也屬知州所管他是本官問出來的罪
人甚人敢收留他你道我們得了你的銀子你便挾
制著我們你的銀子分毫不動在此請自收去先生
道不須焦燥肯留時便留下不肯留時你二位收下
銀子再告盃酒董超道吃了先生酒食又賜了銀子
何須只領勸酒先生道不只勸酒貧道有簡小術就
至二位看上自知州下及庶民都交他們賞月則
簡先生就懷中取出一張紙來將剪刀在手把紙剪

平妖傳二卷　廿九

一八一

一八三

一八二

【一七六】

着酒保去看時只見水動隻手去撈上出一尾三尺
長鯉魚來道却不作怪只得替他剖了魚落鍋裏
了用些塩醬枿醋將盤子盛了搬來與他四箇一面
吃酒董超道感謝先生厚意薛霸道這魚滋味甚好
平日好飲貪盃難得相遇二位四海之内皆相識也
怎地舟得一尾吃也好先生道這箇不足為禮貪道
若不棄嫌同到貧道院中盡醉方休來日起程不知
二位尊意何如薛霸是後生心性道難得先生好意
貪道說今日天晚了我們就同往仙院借宿一宵

【一七七】

是不礙事董超終是年紀大曉得事叫薛霸到靜
貪說道這先生是箇作怪的人着甚來由同他到道
院中去薛霸道董哥你空活這許多年紀不識得事
這酒店裏主人家也認得他但有差遲只問酒店裏
要人董超道也說得是先生還了酒錢四箇人離了
酒店一路說些閒話不知行了多少路只見那先生
用手一指道這箇便是貧道小庵董超看時好座芽
庵不甚大益得圓簇庵前庵後没一箇人家兩箇便
有些心疑先生開了門請三人就門前坐地先生道

平妖傳二卷　廿

【一七八】

你們三箇莫憂這裏儘有宿歇處今晚且快活歇一
夜來早便行先生撥張椅子出來放在外面入裏面
去安排出葷腥菜蔬之類鋪在棹上先生道方彷在
宿店中請二位不足為禮就此盡醉方休兩箇公人
而上相覷私議道這先生在酒店裏請我們吃了如
今來庵裏又安排許多酒食欲待不吃肚裏又餓待
吃他的不知他生何意故薛霸道我兩箇押着這箇
罪人干繫不小方離得鄭州一程路就攔見這箇跛
羨的先生若是有些緩急都了老小在家裏不是便

【一七九】

笑董超道且吃了他的看他如何先生將酒出來客
人吃了十數盃都飽了兩箇公人道謝先生酒食都
吃不得了我三箇借宿一宵來早便行先生道淡酒
不足為禮何必致謝你二位且請坐那先生起身進
去不多時拿出兩錠大銀子來都有五十兩重便道
二位各收一錠休嫌輕微薛霸不則一聲董超道感
謝先生賺了酒食又與銀兩這銀兩决不敢受先生
道你二位權且收了表意而已二人被先生推不過
各收了一錠先生道貧道有一件事奉告不知你干

平妖傳二卷　廿八

一七二

手我在此聽得多時了董薛二人吃了一驚慌忙跑
出林子外面看時見一箇先生身長六尺面如藍玉
目若怪星但見
烈火紅袍勇如子路鐵打通冠好似專諸頭上
簪鑌獅子骨腰間鞓繫老龍筋為食虎肉雙睛
赤因刺麒麟十指青
那道士撑奉搜步趨入林子裡來脊着兩箇公人道
知州交你們押解他去如何將他吊起害他性命是
阿道裡兩箇公人荒了手脚道先生我們奉知州相

一七三

公合旨交我們害他性命先生道你覷道如今官司
清明如鏡緣何無罪要壞他性命我是出家人本當
不管閑事適間聽得林子裡高叫聖姑々是何意故
你且放他下來待我問他董超只得把卜吉解放了
卜吉道告先生聽卜吉說我因販皂角去東京賣了
詞來路上見一婦人叫脚疼走不得許我二兩銀子
信只我車子載他到鄭州東門內一箇空宅子前這場
人㬠下車子走入去我不見他出來入去看時婦人
自跳下井去地方人道我遍他下井捉了我解到官

平妖傳二卷　廿三

一七四

司知州交我自下井打撈尸首我下去睁兒來井望
没水却有一條路見一所宫殿遇着箇仙姑與我一
件寶物交我送與知州免罪臨上井時分付我道共
有怎難時便叫聖姑々先生聽得說了道元來恁地
看着兩箇防送公人道卜吉不當死遇着貪道可
同來林子外村店裡吃三盂酒更賫助你們此盤纏
好着他到地頭剛箇董超并薛霸道感謝先生四箇人
同出林子外來約行了半里路見一箇酒店四人進
那酒店裡坐了酒保深期道張先生打多少酒先生

一七五

酒保來看有鷄四一隻與我們吃酒酒保道相陪
次四魔先生道又沒甚菜蔌如何下得酒止保拿
來四箇家吃了一碗先坐道有心諦人卻無
下口東觀西望見髏邊一箇水缸先生看時是一缸
覧淨水先生袖內取出一箇葫蘆見來放了眉見料
出一丸白藥來放在水缸裡依先去攪上坐了叫酒
保來道我們四箇如何吃得淡酒我方纔將下口放
在你水缸裡將去與我煮來酒保道張先生你四箇
空手進來不曾見甚麼下口先生道你自去水缸裡

平妖傳二卷　卅五

一六八

死在井中我又不曾虧過他也又不是別人是本州
二神交我下去獲得這件寶物獻你也得了寶物相
應免我之罪倒把我屈斷刺配齊州去我若閞閭得
性命回來却將你隱匿寶物事情敲皇城打怨鼓頭
更和你理論董超見他言語不好只顧推着卜吉了
行薛霸道你在這裡出言語累及我兩箇却是利害
急也離了州衙走到一箇酒店三箇人同入來坐定
董超道取兩角酒來薛霸追卜吉我兩箇雖然是本
公差遣防送你到山東寄州路程許多遙遠你路上

一六九

也要盤纏我們自不曾帶盤纏隨人走你有甚親戚
翻讓去措置些銀兩路上好使用我兩箇不要你的
小吉通告上下小人原有些錢本為吃官司時不知
誰人連車子都推了去如今交我問誰去計小人單
身獨自別無親戚盤纏實是無措辦廐薛霸焦燥道
我們押了多也少也卤禎罪人不似你這般嘴臉你
遠沒有盤纏便是李天王也要留下甲伏生薑也裡
弱汁來在我們手裡的行貨不輕也地放了說了
湯還了酒錢兩箇押着卜吉出鄭州西門外來正走

三板薛二卷

一七〇

之關只聽得背後有人叫聲董牌董超交薛霸押着
卜吉先行那箇人看着董超道我是知州相公心腹
又道間斷配他出來這厮在州衙前放刁如今奉知
用粗公台音交你二人怎的做箇道理就解靜慶持
某了他回來重也賞你董超應承了自超上來和薛
霸知會只乾前面林子裡結果了他休兩箇押卜吉
到一所空林子前董超道我今日起得早了就林子
程園一困則箇薛霸道親離州衙行不得三十里路
如何便要歇董超道今日戌起得早了些要歇一歇

一七一

不是你还进了典毯與兩裡沒買嚴你等我們
一撩便是聽也心穩下也道上下要縛便縛我坎
止那邊樹大枝稍上倒吊起來手裡拿着水火棍通
卜吉縛條長索把卜吉縛在樹稍上提起索頭
卜吉我們奉知州相公台音交害你却不干我們事
明筆今月今時是泖死忌卜吉道苦呀也卜我
命休美猛然記得與我寶物的仙姑也曾說有急難
時交我叫聖姑也乃大叫聖姑也救我則箇叫由未
子只是林子外面一箇人喝聲道防送公人不要下

官上了轎一千人簇擁固定着卜吉直入州衙裡來正值知州陞廳公吏人從攞開兩傍委官上前禀說卜吉下井去大半日繡後聽得鈴響即時絞上卜吉來只見卜吉抱着黃羅袱包着一件東西口稱是本州之神付與知州委官不敢動取白吉知州叫押過卜吉來知州問道黃袱中是何物件因何得來卜吉逐告相公小人下井去到井底不見婦人的尸首却沒有水有一條路徑約走二里方見天日見一隻虎莫乎被他傷了性命小人剁一刀去只見火光进散

一六四

仔細看時是隻石虎有一條松徑路入去見一座宮殿外有青衣女童引小人至殿上見一仙人在上言稱是本州之神與小人酒食吃了又將此物出來交小人付與知州牧受不許泄漏天機知州捧過黃包袱放在公案上覺道沉重知州想道一件寶物出世合當遇我交手下人且退親手打開黃袱包着時道可知這般沉重却是一箇黃金三足兩耳鼎上面鑄着九箇字道遇此物者必有大冨貴知州看罷再把黃袱來包了叫出家裡親隨人拿入去為鎮庫之寶

一六五

承吏向前禀通遠卜吉候吉者發村知州暴思通線待故了卜吉一州人都知他起一箇婦人來井及至打訪又壞了一箇水手性命若只憑地狱平州裡人須要謀我欲待把卜吉償那婦火的命曾恭示尸首又無獲處倒將金鼎來獻我如何是好暴然提起筆來斷這卜吉有分交知州登時死于非命鄭州一城人都不得安寧正是

沒奧店中賺得酒　买來撞見有情火

畢竟知州卷出堪記然事來通聽下面分解

一六六

第八囘

野林中梁氏教卜吉　山神廟張鸞賞雙月

詩曰

金剛禪法最通神　天邊偓佺褒州城
從空伸出拿雲手　提起天羅地網人

當時知州將卜吉刺配山東密州牢城營當廳断了二十脊杖喚箇文字匠人刺了兩行金印押了文牒隨兩箇防送公人一箇是董超一箇是薛霸當廳押了卜吉領了支牒帶卜吉出州衙前來卜吉到州衙牙工住了脚同顧向着衙裡道我卜吉好屈婦人自

一六七

一六〇

不是父長之計便起身告姑上和小娘子道我要去
井上看車子錢物恐被人投了姑上道錢物值得甚
麼我交你帶一件物事上去冨貴不可說不知你心
下何如卜吉道感謝姑上美意休道是值錢的物事
便是不值錢的把去井上做表正也免我之罪姑上
叫求兒近前附耳低聲入去不多時只見一箇青衣
女童從裡面雙手撚一件物事出來把與卜吉上
裳在手裡覺有些沉重思量這是甚麼東西用黃羅
帕包着卜吉道告姑上把與卜吉何用姑上道你不

一六一

河開將上井夫不要與他人但只言本州之神收此
物已千年今當付與知州可免你本身之罪又有一
件事分付你上凡有急難之事可高叫聖姑上我便
來救你卜吉聽得叫一上都記了姑卜交青衣女童
送卜吉出來復舊路入土穴行到竹籬邊走入竹籬
内坐了摇動索子那鈴便响上面聽得便把轆轤絞
起衆人看時不見婦人的尸首只見卜吉撥抱着一
筒黃羅袱包來見委上卜吉道衆人不要動這件東
西是本州之神交與知州的直剳知州面前開看委

九

胡夢人下井打撈又死了一个水手如卌只得令小
人下來見井底有路無水信步走到這裡姑上道你
下井來曾見甚的卜吉道見一隻石虎姑上道此物
成器多年壤人不少几人到此見此虎必被他吃了
你倒剝了他一刀你後來必然發跡卜吉我且交你進
肴不仝看着青衣女童道叫他出來女童入去不多
時只見走出那卜跳在井裡的婦人來看着卜吉道
不萬福通客長昨日甚是起動卜吉見那婦人怒他
心上起惡向膽邊生便罵道打脊賊賤人卻不睬他

見你說脚疼走不得好意載你許多路脚錢又不與
我自走入宅裏跳在井中教我被官司提了項上帶
枷臂上帶杻獄中喫苦喊冤枉非如何分說只道
永世不見你了你卻原來在高長仇人相見分外眼
睜且教你喫我一刀就身功拔起刀來向前等胸揪
住便剝說胡永兒喝一声禁住了卜吉手脚道着你
這个剪手一路上載我之面不然把你剝做個爛泥囷
此你純善穩重我待要度你上卻如此無礼敢把刀
來剝我卻又剝我不得姑上起身功道不要壞他日

後自有用他處姑上看着卜吉臉上只二次手脚便
動得看着姑上道小娘子是个甚麼的人姑上道若
不是我在這裡你的性命休了再後休得無礼卜吉
道小人有緣遇得姑上若救得卜吉牢獄之苦出得
并去無事時回家每日焚香說位礼拜姑上道
你有緣到這裡且英要去隨我來飲數杯酒送你回
去卜吉隨到裡面喫驚道我本是鄉村下人那曾見
這般好處安排得甚是次第但見
香燄空　朗花柿金　四壁張翠幞

金銀器皿水晶壺內盡是榮府瑪瑙碧琥珀盃中
瀉波綠汇迤遽武瑂盤堆仙壳昊菓瑛璃盞仅
熊掌脘蹄鱗上膾切銀絲細上茶果玉藥
姑上謂卜吉坐上不放坐姑上道卜大郎坐定昊
日富貴慎客有分卜吉方縱坐了只見酒來又見飯
不他幾見這般施設兩箇青衣女童在面前不住
斟酒伏事盃上斟滿盞上飲乾酒至半酣卜吉思忖
道我從井上來到這裡許多路見恁地一箇去處遇
着仙姑又見了這箇婦以如此是神仙是妖怪在此

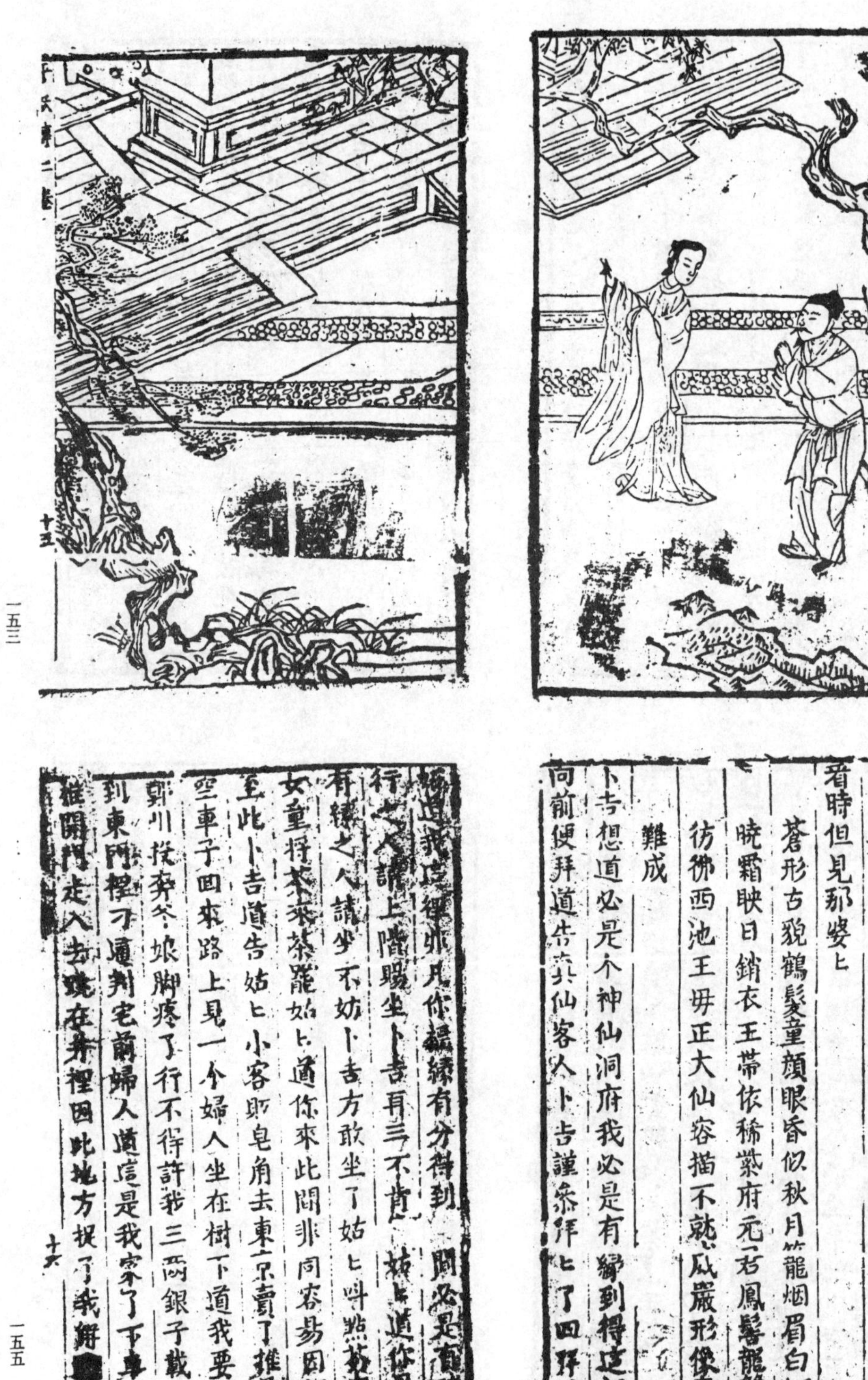

一五三　　一五二

童到一个去處見一所殿宇殿上立著兩个仙童一
个青衣女童當中交椅上坐著一个婆。卜吉偷眼
看時但見那婆。
蒼形古貌鶴髮童顏眼昏似秋月籠烟眉白如
曉霜映日銷衣玉帶依稀紫府元君鳳髻龍簪
彷彿西池王毋正大仙容描不就威嚴形像畫
難成
卜吉想道必是个神仙洞府我必是有緣到得這裡
向前便拜道告某共仙客以卜吉謹參拜。了四拜姑

一五四

楊道我這裡非凡你纘緣有分得到　聞必是真的
行之人讓上階賜坐卜吉再三不肯　姑。道你是
有緣之人讓少不妨卜吉方敢坐了姑。叫點茶來
女童將茶來茶罷姑。道你來此間非同容易因何
至此卜吉道告姑。小客即皂角去東京賣了推著
空車子回來路上見一个婦人坐在樹下道我要去
鄆州投奔冬。娘脚疼了行不得許我三兩銀子載他
到東門裡了通判宅裡婦人喚信是我家了下車子
推開門走入去曉在井裡因此地方捉了我拼□官

十六

一五五

那婦人的尸首起來如何斷得卜吉的公事不若只
做卜吉著交卜吉下去打撈便下井死了也可償命
知州道也說得是你自去慶分委官辭了知州一井到
井淺押過卜吉來委官道是你趕婦人下井你自下
去打撈尸首起來我票過知州做主出諭你的非卜
吉道小人情愿下去只要十把短刀防身眾人道諾
得是隨即除了枷夫了木杻與他一把短刀押挪卜
吉在籮裡坐了放下轆轤許多時不見到底眾人絞
起絨來道以前的水手下去時只二十來大壺干慣

一四八

多長索尤自未能夠到底正說未了轆轤不轉絨也
不响且不說井上眾人却說卜吉到井底下越起頭
來看時見井口一點明亮外面打一摸時却沒有水
把胸來踏時是實落地一面摸一面行約莫行了一
二里路見那明處摸時却有兩扇洞門隨手推開兩
身入去看時依然身見天日卜吉道這裡是那裡提
着刀正行之間見一隻大虫伏在當路卜吉道傷人
的想是這隻大虫譬如你吃了我上左右是死大跨

平妖傳二卷

十三

一四九

放向前看着大虫便剝喝聲着一聲响亮只見火光
迸散震得一隻手未麻了半晌仔細看時却是一隻
石虎卜吉道裡面必然別有去處又行幾共只見兩
邊松樹中間一條行路都是鷰卵石砌嵌的卜吉道
既尋有路前面必有箇去處伏有刀入那松徑裡行
了一二百步閃出一箇去處諕得卜吉不敢近前定
睜着睛但見

一五〇

台淡々禪光籠瑞影窓橫龜背香風舟々透黃
紗簾捲蝦鬚皓月團々懸紫綺若非天上神仙
府定是人間帝主家

卜吉道這是甚麼去處却關著門敢是神仙洞府欲
推門又不敢欲待回去又無此表正終不成只說見
雙石虎來知州如何肯信我正躊躇之間只見呀地
門開走出一箇青衣女童來女童叫道卜吉姑々等
你多時了卜吉聽得說姑卜等你多時却是甚麼姑
姑如何知我名姓却又等我做甚的卜吉只得隨女

平妖傳二卷

十四

一五一

委官道奉本州台旨委我押你下井你須仔細
打撈水手道告即中方铢小人去看驗約有
五十丈深淺若只恁地下去多不■事須用瓜扎轆
轆有急事時叫得應委官道要用甚物件好交一面
速即辦來水手道要瓜縛轆轆架子用三十丈索子
一个大竹籬一个大銅鈴人夫二十名若有急事便
搖動鈴响上面好壞起來不多時都取辦完俻水手
扎縛了轆轆銅鈴竹籬俱完了水手道請即中台旨
交下井去打撈委官道你衆水手中着一个曾对了

一四四

得的下去四五个人扶著轆轆一个水手下竹籬坐
了兩三个人掇那竹籬下井裡去四个人便放轆轆
莫放下去有二十餘丈只聽得鈴响得紧委官交
袋人退後急把轆轆絞上籬來衆人見了一齊納聲
喊肴那籬裡時亘古未聞于今罕有自不曾見這娥
跐蹉的事正是

　　說開華岳山峰裂　道破黄河水逆流

第七回

平妖傳二卷

十一

一四五

八角井卜吉遇聖姑　獻金剛剌配卜吉密州

詩曰前積惡在心懷　委言天地降非灾
　曰從前作過虧心事　到今興溟一齊來
獻人綏上竹籬來齊發聲■看那水手時當初下去
缸匕白匕的一个人如今絞上來看時一个臉便如
頑皮也似黄的手腳却■僵死在籬裡了委官哷撻
在一遍一面靬水手老小杠四家去殯殮不在話下
委官道終不哉只一个下去了不得公事便罷了再
剁差一个水手下去某那水手齊告道即中在止禁人

一四六

衆中都有老小適淋見樣了怎麽着甚來由捉性命揑
水撒兒斷然不敢下去去是即中定要小人等
情愿抅到知州面前吃打也在岸上死實是下去不
得委官道這也怪不得你門却是如何得這婦人的
尸首上來你一干人都在此押著卜吉等我去稟衆
知州委官上了轎一直到州門前下了轎逕到所上
把上件事對那知州說了一遍知州也没做道理處
委官道地方人等都說习通判府中自來不乾浄命
日又死了一个水手誰人再敢下去只是打撈不得

十三

一四七

我三兩銀子交我戴到這裡入去了不出來交我等
了半日老兒道這宅是刁通判屏字我是看守的塵
人道怎地相煩公上去宅裡說一聲交取鑰匙下還我
則簡老兒道鎖的空宅子一向無人居住你卻不實
瘋麼見今官司出榜追捉胡求兒如有知情不首者
一體治罪你會事的便去了客人道好沒道理我戴
你家小娘子來家許我三兩銀子又不還我到說白
府話晃你只交我入去看我情愿吃官司老兒道你
說了若辭不見時不要走了老兒大開了門交客人

一四〇

入去到前廳過迴廊至後一廳只見來兒坐在廳上客
人看見了他叫道小娘子如何不出來壞我銀子是
何道理求兒見客人來便走起身望後便走客人大
跨步走到後廳來兒見他趕得緊廳後有一眼八角
井走到井邊看着井裡便跳下去了客人見子藏得
只叫苦也上卻待要走被老院子捉住道清平世
介蕩上乾坤逼人下井罷朱不得施出宅前叫起
坊人等將客人一條索子縛了直解到鄭州來正值
大尹在廳上斷事此方里甲人等解客人跪下備說

正·妖傳二卷

一四一

起去了刁通判將客人勘問不識姓名女子已趕下
去了大尹將客人勘問客人招稱係本州人氏挑入
卜名吉因販皂角前往東京貨賣圖豪行到枯橋入
角轎五十里外大樹下遇見不識姓名女
一行走不特欲賣平于前到鄭州東門
媽上家去則个情愿出銀三兩是吉戴到本家即
門入去並不出來吉等巴头只見老院平出來吉說
戴家是刁通判屏宇無人居住空房不肯退銀一時
們同老院子進去尋看不期女子見了在房中

一四二

非棋逼等情大尹 [illegible]
押去刁通判 [illegible]
員獄中取出卜吉同里正鄰人等押到刁通判府裡
眾街上看的人擠肩疊背都道刁通判府裡有的人
常聽得裡面押歌見失人人都不敢在裡面住有的人
酒府今日打拆尸首如何妻戀坐在交椅上押下帖
在西前邊下奉賓問老院子并四鄰人等卜吉如何
趙道女子 [illegible] 自 [illegible] 落莫並不曾想
[illegible] 永兒唱叫 [illegible] 看了水

一四三

【一三六】

多時沒些動靜慢兒
兒了婦人也不見了那
地閉關眼來晉時大更遲不
斷道我從來愛取笑人那旧
不令撩撥了這婦人吃
韽子打了一頓拳頭又吃他
驚了交我更不赴體令
朝他又吽大夾出來我道性
冷咳了元來是驚要我
若是前回又撞見他却了不
得求自不如回東京去
休那斷依先轉身去了且說
胡求兒變大更必來驚他
他上丹不放由這路來了我
自去鄭州去一路上好
慢上地行却在路上有些脚
疼只得去一株樹下歇
一歇正坐之問只聽得車子

【一三七】

碾上剎上地响見一箇客人頭帶范陽毡笠身上蓑
領打器布衫手巾繼腰行纏瓜着袴于脚穿八㧳鞵
鞋推那車子到樹下却待要歇只見求兒立起身來
道客長萬福那客人还了禮問道小娘子那裡去求
兒道要去鄭州投奔爷上媽上去脚疼了走不得歇
在這裡客長販甚寶花貝推車子那裡去客人道我是
鄭州人氏販皂角去東京賣了回來求見道客長恭
從鄭州過時車痲裡帶得奴上來去送你三兩銀子
買酒吃客人思量道我貨物又賣了鄭州又是順路

平妖傳二卷

【一三八】

洪便教他主
廂裡坐那客人查点那車子不見
說話必不把眼來看老見那車子東只顧推東
兒自思量道這个求兒果石頭的人挑得
和昨夜那廂一路上把言語撩撥我被我一客用些
神通雖不害他性命却也驚得他好一似這等客人
正好慶他自後也有用他家那客人推那車子東
鄭州東門外問求兒道那爷上媽上家在那裡住來
兒道客長奴上不識他名到那裡奴上自恐怕客人

【一三九】

推着車子入東門來到十字路口求兒道這裡見一
眾了客人放下車子見一所空屋子鎖着客人道
娘子這是鎖着的一所空屋子如何說是你家求見
跳下車于喝一聲道疾鎖便脫下來用于抵開一扇
門走入去了客人却在門前等了兩个時辰不見
人出來天色將晚只管望着裡面被一箇人喝道你
這客人在這裡歇許多時了只望着宅裡做甚麼客
人見是个老兒問慌忙唱个喏道好交公上知道過
間城外五十里路見个小娘子說脚疼一上正人不得許

平妖傳二卷

眼睛青臉獠牙的叫聲有鬼匹然倒地店小二正在
門前吃飯只聽得房裡叫有鬼入來看時見那廝跌
倒在地上連忙扶起驚得做皮鞋的待詔也起來店
裡歇的人都起來救他也有嘆と吐的也有咬中拇
指的那廝吃剝削了一夜三更再至七更重甦那廝
醒來道好怕人有鬼と上被店小二揪住劈臉兩个
嘆吐道我這裡是清淨去處客店裡有甚鬼是甚人
教你來壞我的衣飯將燈過來道鬼在那裡那廝道
你上那婦人是鬼店小二道這廝却不弄人這是你

一三二

渾家如何却道是鬼那廝他不是我渾家我在路
上撞見他和我同到討房兒做馄夫妻的方才我
去買酒來到房裡看他却是鬏了我却錯叫了待詔
吃他一頓拳頭再去他時却是朱的頭髮碧綠眼
睛青臉獠牙尿來是叫衆人吃了一驚燈光之下看
那婦人時如花似玉一个好婦人都道你眼花了庭
等一个好婦人你如何說他是鬼末兒道衆位在此
可耐這廝沒道理我舟要去鄭州投奔冬と媽と信
廝路上撞見了我和我同行一路上只把魂赖的言

一三三

誰想提了兩个細作店裡不容他甚的歇
強要我做做夫妻來討房兒了晚胡言就語不知這
廝懷着甚麼音故衆人和店小二都罵道這廝
情理難容着他妖生離了我店門若不去時衆人一
發上打交你粉骨碎身把這廝一時就趕出來把廝
門開了那廝出到叫黑洞と地不敢行又怕恐軍
捉了吃官司只得在門外傍靜處人家門前存と
夜到天曉那廝道我自去休離了店門走了五七里
路と却待要走通一林子去只見林子裡走出胡來

一三四

元來看着那廝道平七昨夜罪過你媽却衆と
歇了一夜你却如何道我是鬼那廝看了一个如花
似玉全得妖朓裡與決不下道賣不咋晚我真本眼
花と那廝道姐と待要和你同行咋夜兩次吃你蓋
待我怕了想你不是好人你只自去休末兒道咋夜
你要我做假夫妻也是你如今却又怕我と交你母
我的相識只見末兒用手一指叫聲束林子內
一隻吊情白領大妻至首着那廝只一樸那廝太時
一葬懞地便倒那廝頭着眼肚裡道我性命令番休

一三五

平妖傳二卷

一二九　三　一二八

裡尋思道我今朝造化斮過著這等一個好婦人店裡都知道我是他的文夫了今晚且快活一夜那斮排開房門放酒餚在棹子上剝起燈來看那床上睡却是做皮鞋的待詔疑惑道却是甚如何換起了來我床上睡看那對面床上時姊人那斮道想是日裡走得辛苦倒頭就睡著在頭裡向前雙手摇那婦人叫道姐上我買酒來与你走起來你走起求只見那做皮鞋的待詔跳將起來匹

一三〇

頌揪者來便打那斮叫道做甚麼便打老公道誰是你的老婆那斮定睛看時却是做皮認慌忙叫道是我錯了莫怪上店小二聽小怪入房裡來問過做甚麼待詔道可柰這來揪我叫我做姐上小二道你又不眠臓眼却裂你的床自在這過店小二勸開了待詔床懂了那斮吃了幾拳道我的悔氣眼聘上人元來却是待詔看這過床上女娘子瞧著娘子起來吃酒定睛又一看睛却是朱紅頭

平妖傳二卷　四

一三一

第十四

莫坡寺癩師入佛肚　任吳張夢授求兒法

一二四

三邃平妖傳卷之二

東原羅貫中編次
錢塘王愼脩校梓

第六回

朝求兒客店交異相　卜客長趨求兒落井

堪笑浮華輕薄兒　偶逢女子認為妻
曰世財紛分高樓酒　誰為三般事不遂
堂不聞古人云他妻莫愛他馬莫騎怎地路途中遇
見箇有顏色的婦人便生起邪心來那廝看着店小

一二五

三迓討柏腳湯洗邸店小二道有巳昏暮待詔記过
他夫妻兩箇自東京來的店中房都歇滿了只有遠
房裡還有一張床沒奈何交他兩箇都歇一夜待詔过
巳只瞌得一張床有人來歇交他自想便求兒遠房
來叫了待詔萬福待詔還了禮那廝脊着馹子遠道
惱則箇待詔过請自便待詔肚裡自思量兩箇言問
不以東京人怎地箇孤調巳地行兩箇不像是夫妻
事不一心有些腳义様千我　事由他便于馹子交
你們自穩儂那廝和末兒床上坐了店小二拔脚褪

一二六

夾那廝洗了脚討一盞油點起燈來馹子不做夜亿
順可安置勒養連床自睡了那廝過娘巳路上会
路不曾打得火我出去買些酒食來乞轉身出房委
了求兒却不忍耐這廝戎又不認得你一路上整
赫我許多言語強要找做老婆討房歇那廝去買酒
太了他不識得我巳且撩撥他要子則箇口中不知
迸些甚的舒氣向馹子床上只一吹又把自巳臉上
摸一摸求兒就矢做箇影子帶些紫煌色正像俊皮
鞋的待詔巳己却衰做了末兒筷待詔也倒在床上

干妖傳二卷

二七

容單身的人我和你都討不得房兒求見道若討不
得房兒時今夜那裡去宿歇那厮道若依得我口便
討得房兒求見道只依哥上口便了那厮道小娘子
如今又不直箇只依說我們兩箇是夫妻便討得房
兒求見口中不道心下思量却不可耐這厮無道理
你又不討得我只交他怎地上上求兒道哥上拖帶
睡得一夜也好那厮过如此却好求到八角鎮上有
幾箇好客店都過了却到市稍頭一箇客店那厮八
那客店門叫道店主人有空房也沒我夫妻二人討

一一〇　　（原闕）

房歇店小二道太郎真情没房了那厮道苦也我
上上落比只在你家桯歇如何今日没了房兒店小
二道都歇滿了只有一間房鋪著兩張床方才做皮
鞋的翁子歇了怕你夫妻二人不穩便那厮道怕甚
麼事他自在那邊我夫妻兩个在對床店小二道恁
地你兩个自入房裡去那厮先行求兒後隨店小二
推開房門交了房兒求兒自道却不可耐這厮交我
被他老婆來討房兒交他認得我只因此起紛交
胡求兒妻發萬人性命朝廷起十萬人馬鬧了數座

一一一

一一三

同候着令焦家圖畫來兒面貌出了海捕文書各處
張掛不在話下且說胡求兒見懇哥中簡趺下去了
口中念匕祈詞從空便起見野地無人處漸匕下來
撇了凳子獨自一个取路而行肚裡好問如今那裡
去好歸去又歸去不得爺匕媽匕家裡又去不得了
想起成親之夜夢見聖姑匕與我說道此非你安身
之處若有急難可來鄭州暴我見今無處着身若憫
可得知如何是好不若去鄭州投奔聖姑匕番是如
何天色已晚走了半日到一个涼棚下見簡點茶的

一二六

婆匕求兒入那茶坊裡坐了歇脚那婆匕點盞茶
與求兒吃罷求兒問婆匕道此是何處前而出那裡
去婆匕道前面是板橋八角鎮過去便是鄭州大路
小娘子熱卓獨自簡往那裡去求兒道爹匕媽匕在
鄭州要去探望則簡婆匕道天色晚了小娘子可只
在八角鎮上客店裡歇一夜却行早是有這歇處獨
自一簡夜晚不便行走求兒變十數文錢還了茶錢
謝了婆匕又行了二里路見一簡後生

六尺以下身材二十二三年紀三牙掩口細髯

七分臕細膀濶藏一頂末瓜心攢頂顠中擎一
領銀綠似白紗衫子繫一條蜘蛛班紅蘇壓腰
着一對上黄色爻耳皮鞋背着行李挑着振啊
那後生正行之間見求兒不帶花冠縮着箇角見摶
兩隻金釵睛身衣服生得有些顏色向前與求兒唱
箇喏道小娘子那裡去來求兒道哥匕奴夫鄭州投
弄親戚則箇那斯却是箇人家浮浪子弟便道我也
經鄭州那條路夫尚且獨自一箇蒔行你是女人家

一二八

如何獨自一箇行得我與小娘子一處行一兩起
虎嚇的言詞驚他到一箇林子前那兩道小娘子道
箇林子最亞心時常有犬惡出來若兩箇行便不妨得
你若獨自一箇走大夹出來便馳了你去求兒道哥
哥若如此時演得你的氣力扡端我則箇要府一箇
上連着酒店便買點心來兩箇吃了他便遲錢又走
歇又坐歇看匕天色晚來求兒道哥匕天晚了前面
有客店歇處那厮道小娘子姈交你得知一箇月前
這裡捉了兩箇細作官府行文書下來客店裡不許

一二

的父親來時便……了鈞牌也趄
到胡員外家把知議胡員外聽得街坊上宣情道
作事……是自來……出來的勾當寫了焦哥
與媽……立在床睡上地叫苦只見兩个差人跑將入
道有何可論公差道奉知府桐公嚴命叫喚請即那
來叫聲員外有麼驚得冤不赴體只得出來相見問
妆胡員外道在下並不曾關管為非不知有甚事相
煩二位與我公差道知府相公立等去則促知分曉

一三

不容轉動推扯出門逕到府裡知府正等得心焦覽
拿到了胡員外便把城樓上射下焦哥次后焦員外
說出求兒并焦哥對答不叫安求兒出來審問的情
由說了一遍胡員外只推不知知府道我問你女兒
極是聰明伶俐女婿這般呆憨必定別有姦夫做甚
不公不法的事你怕我難為他說出真情一意藏在
家中反來攛掇焦員外跪在那邊便揑口道若在你
家快把他出來救我兒子性命胡員外道世上只有
男子施帶女人做事分明是你把我的女兒不知怎

一四

地緣故斷送那裡去了故意買囑歿軍只說同在城
樓座脊上射下一个走了一个相公在上城樓班半
天中一般又無梯子拿繩道兩个人挧翅飛上去的
若果同在上面時怎地走也不聲這般逃走得快女
人家還是鞋弓襪小歿軍如何提他不着眼睜地放
他到小人家中來躲了知府聽他言語句七說得有
蓮喝把焦哥的父親與張千李萬俱夾起來指着焦
員外道這事多是你家謀死了他的女兒通同張千
李萬說出這般計策把這瘋癱的兒子做个出門人

一五

尸不打如何肯招喝將三人重上拷打兩边茶人一
齊動手打得个皮開肉綻鮮血淋漓焦員外受些
不過袁告道望相公青天作主原不曾謀死胡求兒
容小人圖畫求兒面貌情愿出三千買賞錢只要和
公出个海捕文書開行各府州縣懸掛面貌信實若
求兒端的無消息時小人情愿抵罪知府見他三個
若死不招先自心軟況焦胡員外也淡七地不口緊
要人知府便道這也說得是一邊把三个人放了一
面取　哥進府開了枷并一行人俱詞保暫且寧家

〔一○八〕

世不知……
……到十字路口關動了大街
……看却說那焦員外於深
……來不見了恁哥來說此……
……媽上知近員外那媽……

〔一○九〕

沒做理會處忽聽得街上的人三三兩兩說道那夜
安上大門城樓屋脊上有兩個人坐在上面被巡軍
討了一個下來一个走了又有的說道如今不見枷
在十字路口焦員外聽得說却似有人推他出門影
一逕走到十字路口分開衆人挨上前來看時却是
自家兒子便放聲大哭起來問道你怎的去城樓上
去你的娘子在那裡張乔李萬見焦員外來問不由
一分說橫拖倒扯提進府門知府問道你姓甚名誰那
枷的是你甚麼人如何查出業城樓上坐地慢教偹

〔一一○〕

何幹與那婦走的媒婆告稟故你實不招末戒
……員外聽著道小人姓焦名玉本府人
老人事也不曉得便是穿衣吃飯勤勤報要人上老
民這個枷的是小人的兒子枉自活了三十多年犯
問他說話時從便依入言語回答田此頂爭訣……
微惡哥小人只是叫他小時伏事的妳子雲管雖……
門外一步也未敢放他出來半年前偶有媒么來娶
他議親小人不欲待要妻與他恐惧了人家女兒欲待
不娶與他小人止庄得這个兒子沒个接續香火感

〔一一一〕

承本處有个胡潛不巡小人兒子呆蠢把一个女兒
呌做胡求兒嫁他且是生得姿貌俊俐不料昨晚吃
了晚飯雙已進房去睏今早門不開戶不開小人的
兒子并媳婦都不見了不知怎地出門得到城樓高
處又不知媳婦如何不見下來便走得去知府喝道
休得胡說既是你的兒子媳婦如何不開門收真夫
得出來媳婦以定是你藏在家中了快叫他來見我
焦員外道小人安养恐民怎敢說謊便拷打小人到
死端的那棍小人知府聽他言語真實更兼惑等依

一○四

憨哥道我們好去乘涼也來兒念衆有訶槐子爽做大虫從空便起直到安上大門樓乘涼當夜却没有風求兒道今日好熱拿着一把月樣白紙扇兒在手裡不住手揺此時月却有些朦朧有兩个主宿事人出來巡城一个叫做張千一个叫做李萬兩个同到城門樓下張千猛擡起頭來看月吃了一驚道李萬你見麼樓門屋脊上坐着兩个人李萬道君是何上得去張千定睛一看說真是兩个人李萬道君是我君時只是兩个老鵶當夜求覚在壁料逆不扎手

一○五

千道擡我看一个像男子一箇像婦人如今我也不管他是人是獾只交他吃我一箭去那袋内拽弓聰箭拽上箭抱滿弓看清只一箭射去不偏不歪不那正射着憨哥大腿憨哥大叫一聲從屋脊上骨碌碌滾將下來跌得就似爛東瓜一般當時張千李萬把憨哥綁了再看上面時不見了那一箭至次日平間研到開對府來正值知府座聽張千李萬押着憨哥兇下稟道小人兩箇是夜巡軍人昨夜三更時分從

四九

一○六

到安上大門狠地擡起頭來見兩箇人坐在城樓屋上擂着白紙扇子彼時月色不甚明亮約莫一箇像男子一箇像婦人小人等計算這等高樓又不見有梯子如何上得去必足飛簷走壁的歹人隨即飛弓箭射得這箇男子下來再遵頭恶時那箇像婦人的却不見了今解這箇男子在臺下請相公台肯知府聽罷數着憨哥問道你是甚麼樣人憨哥也道你是甚麼樣人知府道你從實說來免得吃苦憨哥道你從實說來免得吃苦知府大怒罵道這厮可惡

一○七

取是做與我撒瘋憨哥也膛着眼直道這厮可惡是儂良我撒瘋滿堂簇擁的人都忍不住笑知府撫可奈何叫衆人都來瞧認看是那裡地方的人衆人齊上認了一會都道小人們並不曾認得這箇人知府便想道安上大門城樓鎚斗樣高這兩箇人如何得去就是上得去那箇像婦人的如何不見下來却眼已地定了一定那箇像婦人的是箇妖精果怪水看這箇男子到那棱層去不曾防這厮每航了下來他自一遲去了如今看遠箇人朝着胡語沉泊永

雖悔苦口對人言沒柰何恁群惱翻了一夜
身只得撇了女兒別了諸親四鄰與員外廝鬧不
在話下卻說胡求兒見娘去了眼淚不從一路落苦
不可言陸續相送諸親出門說飯已畢謝了婆婆道
了安置隨妳子入房裡來見憨哥坐在床上妳子道
你和小娘子睡憨哥道你和小娘子睡妳子道你和
小娘子睡休憨哥道你和小娘子睡休妳子心裡道

一〇〇

又這遭我就我媒是了不消我自安排小娘子睡便
了妳子老替憨哥脫了衣服扶他上床睡倒蓋了被
你後看着求兒道請小娘子寬衣睡了罷求兒見妳
負你謝你睡包着兩行珠淚思量道爹爹媽媽我有甚
負你廢你卻把我嫁个瘋子你都忘了在不斷求院
子裡受苦怖如今寫貴不知斷了誰人休上我理會
得早意了交我嫁一个聰明的丈夫怕我教他些
甚麼因此先議破才卻把我嫁这个瘋子抹着眼淚
叫了妳子安置憨哥同憨珠子歸房

七
一〇一

遭騙不與憨哥合被自當日為始茬蒔光陰過了半
平時遇六月間天氣十分炎熱求兒到晚來堂前叫
了安置與憨哥來天井肉乘涼求兒道憨哥我們好
熱麼憨哥道我們好熱麼求兒道我和你一廛乘涼
你不要怕憨哥道我和你一廛乘涼你不要怕求兒
見憨哥老顱八倒心中奸悶當夜求兒和憨哥合坐
看一條椵子求兒念咒有詞那櫈子變做一隻吊睛
白額大蟲在地下求兒與憨哥騎在大蟲背上口中

一〇二

念咒有詞只見大蟲載着求兒和憨哥從空便起直
到一座城樓上這座城樓叫做安上大門樓求兒爬
群住大蟲在屋脊上便住了求兒與憨哥道這里好
涼麼憨哥道這里好涼麼兩个直乘涼到四更求兒
道我們歸去休憨哥道我們歸去休求兒念咒有詞
只見大蟲從空而起直到家中天井裏落求兒道憨
哥我們去瞧憨哥道我們去瞧自此夜為始求兒和
憨哥兩个夜上騎虎直到安上太門樓屋脊上乘涼
到四更便歸忽一日求兒道憨哥我們好去乘涼也

八
一〇三

中不說心中思量道我們員外好不曉事這樣一箇
瘋子卻討媳婦與他做甚麼苦害人家的女兒那胡
員外也沒分曉聽得人說這箇女兒十分生得標致
又聰明智慧更兼針線皆能卻把來嫁這箇瘋子都
不如是何意故當夜過了至次日晚間胡媽上送新
人進門少不得要拜神諸禮參迨拂塵妳子共那啟
哥出來胡媽上看見吃了一驚但見

橫春過

囟皮圿幀口角迤流帽兒光歪身雙／衫子新

九六

罵大七人捲滯掛揪屑嘴腌臢一雙衲袖迷縫目
覩人無一語渾如揪出狰獰拳頭連鬢已三句
好似招來鬼魅舂躯難自立窩崖怪樹搖風陋
腌對神前深谷妖狐拜月但見花燈那朝今宵
合巹雖逢鴛侶不知此夜成親必客驚鴦滿堂
一笑倒洞房花燭分明織女遇那四羅簾悵拖軒冠
一是觀音逢八戒便教娛母也連惶慚愧是無道蠢蒸
配合
呪胡媽上看見新婦果道皷榻懞不覺落口地深

九七

九八

九九

箇茶坊兩箇入去吃了茶張三嫂道你沒來由交我
忽不佳笑捱着兩把汗只怕胡員外焦燥起來帶累
我怎麼意思李四嫂道我和你說這許多頭好親事
都交我過了我自取笑他若胡員外焦燥時我只說不
員笑誰想到成了事張王嫂道想是他中意了若不
中意時定不把銀子與我們取酒與我們吃兩箇所
起着一頭笑迤挨國子門來見焦員外焦員
外交請坐吃茶員外道告員外我兩箇特來討酒吃與小

九二

員外說起親想員外應我的兒子是箇呆子不曉人事
的誰家女兒肯把來嫁他李四嫂道與員外一般
綠吊鋪的胡員外宅裡花枝也似一箇小娘子年方
一十八歲多少人家去說親的都不肯方才娘婦似
說起宅上來胡員外便肯應成特交我兩箇來說焦
員外見說好歡喜道你兩箇若說得成時重比的相
謝兩箇吃了數盃酒每人送了三兩銀子出得焦員
外家迤來見胡員外李四嫂道焦員外見說宅上小
娘子十分歡喜交某某員外要揀吉日良辰下財

平妖傳一卷

九三

納檀要甚安排都依員外分付胡員外聽說不勝之
喜自交媒人去回報張院君道員外我聽得你與媒
人說我不敢多口不知是何意故好兒即不完就他
却交說嫁一箇瘋子你却主何意念胡員外道我女
兒簡在家中义後必然累及我家便是嫁將出去別
人家裡嫁了箇聰明伶俐的老公壓不住定盤星露
出些斧鑿痕來又是苦我如今將他嫁箇木苗不曉
人事的老公便是有些泄漏他也不理會得媽比道
這等一箇好女兒嫁恁地一箇瘋呆子崑不惧了我

九四

女兒一生員外道他離了我家是天與之幸你管他
則甚話休絮煩兩家少不得使媒人下財納禮甚厚
傳書不只一日揀了吉日良時成那親事却說焦員
外和媽比叫妳子來分付道小官人成親房中的事
肯在你身上若得他夫妻和順我却重比賞妳子
滴多謝員外媽比妳子自有道理媽比道恁地時慢
慢教他好妳子與媽比入房裡來看着憨哥道憨哥
明日與你娶老婆也（憨哥乃新女婿之小名也）憨哥道明日與你
娶老婆也妳子又道且喜也憨哥道且喜也妳子口

平妖傳一卷

九五

八八

吃要說門當戶對的親事此媒婆們持來宅上說唐
員外見說十分歡喜郎時叫安排酒來交兩个吃
把四兩銀子送與兩个道若親事成時另有重謝
位用心着力則个兩个謝了唐員外此來一路上說
道這脚去求是我們兩个撰了這親事必然成來到
胡員外宅裡胡員外道你兩个有甚親事來說張三
嫂道告員外今有金沙唐員外的兒子年方二十歲
叫求宅止求親胡員外道我認得唐員外的兒子張
三嫂道實不敢虛舉說他宅上小官人百伶百倒過

八九

得棄得如法

小官人胡員外道且放過去別有
親時再來說兩簡媒人只得起身出來話休絮似
有好親去說聽得說兒即聰明伶俐便交放過了又
隔了數日兩簡媒人思量道難得胡員外去時便是
以和銀子不曾空過我兩簡有七八頭好親事去說
只是不肯不知是甚意故李四嫂道今日我們兩簡
沒處去了我和你去胡員外宅裡騙他幾盃酒吃有
來騙得三二兩銀子大家取一回怎耍張三嫂道你
有甚親事去說李四嫂道你休管只顧隨我來交你

午狀事一七

九〇

吃酒便了兩簡求來到胡員外宅裡坐定吃茶員外
道有甚親事來說李四嫂道告員外今有和宅上一
般開綵帛鋪的焦員外的兒子員外照道他兒子幾
歲諸事如何以因李四嫂搭口說諸這頭親事求有
分交胡求兒嫁人不着做箇離鄉背井之人正是
　　青龍與白虎同行　　吉凶事全然未保
畢竟這親事成得成不得且聽下四分解

第五回

胡員外六嫁憨哥　　胡求兒趕走鄭州

九一

詩曰

多言人惡少言痴　　惡有憎孃善又欵
富遭嫌妬貧遭辱　　思量那件合天機

當日李四嫂對胡員外說焦員外的兒子約有三
求歲撮兩簡角兒口邊迤邐上地娛子替他着衣裳
三頓喂他茶飯不十分曉人事胡員外聽了道煩你
二位用心說這頭親事則簡兩簡媒人聽得說口中
不說心下思量千頭萬頭好親花枝也似兒即都放
過了却將這簡好女兒嫁這簡瘋子兩簡又吃了幾
盃酒每人又得了二兩銀子謝了員外出來對門是

下天事一二

遂員外每地一頭好親事如何卻交放過了胡員外
道我心裡便是有些不在意你兩箇別有親事再來
說兩箇只得出來張三嫂道幹是這頭親事不成且
撰得些兩銀子夫家且歸去再思量二人別了到次
日飯罷只見張三嫂來見李四嫂道你有甚好親事
麼李四嫂道我思量一夜沒有好的昨日說的張員
外門户對不肯張三嫂道我有一頭好親在
這裡是金沙灘員外有箇兒子年方二十歲非番要
說媳婦只是不止他意若說胡員外宅裡女兒必成

八四

李四嫂道好比我同你去走一遭兩个走到唐員外
宅上來只見唐員外在門前閒坐見兩个媒人一逕
地走來員外交請裡面坐張三嫂道告員外有一頭
好親事特地來與宅裡小官人說唐員外道是那
家張三嫂是開綵帛鋪的胡員外的女兒見年
十八歲唐員外聰得說笑着道我知胡員外的女兒
且是生得好又聰明伶俐幾次央人去說胡員外誰
得頭落不肯你卻如何來說張三嫂道昨日胡員外
叫將我兩个去與了三兩銀子又與了三盃酒

八五

八六

八七

上箇也亦得了交他離了逐出來與媽媽商議道常言道男大須婚女大須嫁如今求兒年已養成只管留他在家不是父長之計他的終身也是不了媽媽適說得是便叫當直的去前街後巷叫兩个媒人求當直的去不多時叫得兩个媒人一个喚做張三嫂一个喚做李四嫂兩个來到堂前叫了員外媽媽萬福媽媽交坐了叫點茶來茶罷叫安排酒來張三嫂起身來告媽媽和員外道叫媳婦們來不知有何使令員外道且坐你二人曾見我女兒麼張

八〇

三嫂道前次曾見八小娘子求好箇小娘子員外遂我家只養得這箇女兒年方一十八歲要與他說親情諸你二人來商議則箇張三嫂道謝員外媽媽照顧媳婦既是小娘子要說親事不知如今要入贅却是嫁出去胡員外道我只是嫁出去李四嫂道若要嫁出去時道親事却有員外取出六兩銀子來道與你二人俊脚步錢巷親事成時自有重重的謝你兩箇接了銀子謝了出來分了銀子兩箇於路上說道那裡有門所當戶所對的好人家李四嫂道我有一頭

平妖傳一

八一

好親事在這裡拖帶你張三嫂道是誰家李四嫂道是大桶張員外有箇兒子年二十二歲只要說一箇好媳婦我和你去走一遭且討三盃酒吃兩箇逕來到張員外家張員外見兩箇媒人來便問道二位有何事到我家張三嫂道有一門好親特地來說員外道有多少媒人來說過都不成得如今不知是誰家女兒張三嫂道是開綵帛鋪胡員外的女兒年方一十八歲且是生得好張員外道我曾在兪明池上見來真箇生得好則是我只有這箇兒子我却不肯入

八二

贅張三嫂道胡員外也要嫁出來張員外見說十分歡喜交安排酒來二人吃了三盃取出三兩銀子與他兩箇說道若親事成時別有重謝兩箇收了銀子作謝出來一路上商議道今日是大日都順溜復到胡員外宅裡見了員外交坐道難得你們用心才去說便有張三嫂道告員外說的是大桶張員外的兒子只有這箇小官人年方一十二歲與宅上門當戶對真箇十分伶俐寫又寫得好筭又筭得母人林又出衆胡員外聽說了道且放過這頭親事兩箇媒人

平妖傳一

八三

得父子之情員外看了十分焦燥走出柴房門來厨
下尋了一把刀復轉身來却說胡來執着鋼唱人
馬左盤右旋合龍門交戰只見左右混戰不分勝敗
良久陣勢走開赤白人馬分做兩下求見道收入馬
只見赤白人馬依先变成赤豆白豆寸草求見收入
紅白葫蘆兒內了胡員外提起刀看着求見只一刀
頭隨刀落橫尸在地裡外看了心中好悶把刀丟在
一边拖那尸首纔静處盖了出那柴房門把鎖來鎖
了沒精沒彩走出彤帛鋪裡來坐地心中思忖道罷

七六

過我女兒措辦許多家緣家計湊來一時之間我見
他做作不好把他來壞了此怪不得我若顧了他時
我須肯分吃官司寧可把他來壞了我夫妻兩口兒
倒得安跡他的娘若知時如何不氣終不成一日不
見到晚如何不問著甚麼道理殺了他胡員外生立
不安走出走入有百十遭刊悅攸了鋪主管都去了
分付袋娘安排酒來我與媽上對飲三盃員外與媽
媽都不提起女兒兩箇吃了五七盃酒只見員外嘆
了一口氣歎七地兩行淚下媽上道沒甚事如何這

平妖傳一卷

三五

七七

等哭員外道我有一件事义是我的不是我們夫妻
兩箇方得快活我看女兒做作不好一時間見不到
把他來壞了恐怕你怪你不要煩惱媽上道員外怎
的說這話孩兒又做甚麼說喚的事員外把那求兒
变人馬之事從頭至尾說了一遍媽上聽得說捶胸
攧脚哭將起來道你怎了三年前在不斷求院子裡
住時忍饑受凍不是我女兒如何有今日你便下得
千把我孩兒來壞了員外道是我一時問焦燥你休
怨我且看日常夫妻之面媽上道你殺了我女兒我

七八

如何不煩惱媽上又疑道過才見女兒好上地在
房裡如何說是壞了乃問道你是幾時殺的員外道
是日間殺的媽上道既是日間殺的我交你看一个
人媽上入去不多時臂肐膊拖將出來員外仔細看
聤正是我女兒日間我一刀剁了如何卻活在這裡
諕得員外失驚道終久被寃作怪的妮子連累下兒
略施小計保我夫妻二人性命胡員外含糊過了一
夜次日早起先去開柴房門看時諕得員外呆了只
見刀在一邊剝的尸首却是一把秃苕帚員外道嗇

三六

七九

自從當晚分付女兒以後鋪中有的賤定便賣沒的
便交去別家買　先□□便变出來如今女孩兒也
不出鋪裡來聽了胡員外甚是放心隔過一月有餘
胡員外猛省起來這幾日只管得門前買賣不留管
得家中女兒若納得住定整星便好懽是胡做胡為
交養娘得知却是利害胡員外起這箇念頭來省女
兒有分交朝廷起兵教馬求兒亂了半箇世界鬧鬧
了幾座州城正是

裳夫背上添煤號　漁父船中揀認旗

（以下原闕一葉）

七二

七三　三三

前教著一隻水碗手裡拿著箇珠紅葫蘆慶兒員外自
道一地裡沒尋他慶却在此做甚麼又不敢驚動他
立住了腳且看他如何只見那求兒把那葫蘆兒拔
去了塞的打一傾匕出二伯來顆赤豆幷寸匕前的
稍草在地下口中念匕有詞哈口水一噴喝聲道疾
都变做三尺長的人馬都是紅盔紅甲紅袍紅纓紅
旗紅騣赤馬在地上圍匕的轉擺一箇陣勢員外自
道那箇月的初十傍被我叮嚀得緊不敢变物事都
在這裡辧弄法術且看他怎地計結只見求兒又把

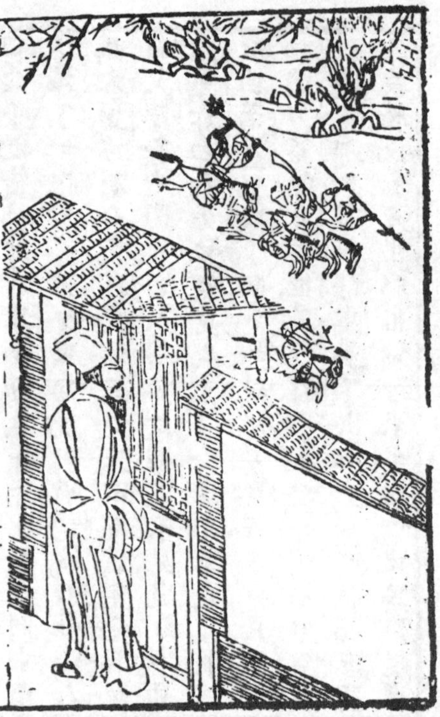

七四

一箇白葫蘆兒挼去匕塞的打一傾匕出二伯來顆
白豆幷寸匕剪的稻草在地下口中念匕有詞哈口
水一噴喝聲道疾都变做三尺長的人馬都是白盔
白甲白袍白纓白旗白馬一似銀墻鉄壁一般
匕排一箇陣勢求兒夫頭上挼下一條金箆兒來喝
聲变手中箆兒变成一把寶劒指著兩過軍馬喝聲
道交戰只見兩過軍馬合將來喊殺連天驚得胡員
外木呆了道早是我見若是別人見時却是老大的
蓮終久被這妮子連累更焦事時不如早下手顧不

平妖傳一卷

七五　三四

金一堆銀在地上胡員外看了歡喜自不必說了都是得女兒的氣力變得許多金銀員外看著媽上和來見商議道如今有了金銀富貴了終不成只在不厮求院于裡住我思想要在熱鬧去處尋間房屋開个綵帛鋪你們道是如何媽上道我們一冬沒飯得吃終日裡去求人如今遍可地去開个綵帛鋪只怕被人猜疑員外道不妨有一般一輩的相識們我知他們說道近日有个官人、照顧我借得些本錢問牙人見買一半賒一半便不·猜疑了媽上道也說得是

六八

當日胡員外打辦得身上乾争出去見我个相識說道我如今承一个官人照顧我借得些本錢要開个小鋪兒你們衆位相識們肯扶助我麽只是要賒一半買一半作成小子則个衆人道不妨上七都在我們身上衆相識一時說了去那當坊市升賒得一間屋子置些廚櫃家火物件揀个吉日開張鋪面把一賣貨物賣別人八伯文人七都是要便宜的見賣得賤貨物又比別家的好人便都來買鋪裡貨物件七喜員得員外不勝歡喜家緣漸七地長鋪裡用一个主

平妖傳一卷

六九

依先做了胡員外別家店裡見他有人來買便嬾道蹺蹊作怪一應貨物主人都從裡面取出來主管們又疑道貨物如何不安在廚裡都去裡面取·胡員外便理會得他們疑怱叚定從裡面取·出來自付道我家又不曾買卻是女兒變將出來的如今吃別人疑怱如何是好過了一日到晚收拾了鋪進裡面交安排晚飯來吃養娘們搬來三口兒吃酒之間員外分付養娘道你們自去歇息我們要商量些家務變

七〇

養娘聽了言語各自去了不在話下員外與求見說道孩兒是一箇家緣家計皆出於你有的是金銀叚疋不計其數外而有當直的裡面有養娘鋪裡有主管人來買的叚疋他們疑道只見賣出去不曾見上行從今以後你休亂門前來聽了賣得百十買錢值得此其麽若是應出斧鑿痕來吃人識破倒是大利害把家計都撤了今後也休變出來了求見道告爹奴了自在裡而只不出來門前聽做買賣便了員外道若怎地甚好叫將飯來吃罷女兒自歸房裡去了

平妖傳一卷

七一

六四

沒思量千不合萬不合燒了早知留了那冊兒也好
媽上道你省口時却遲了這永兒自後吃爹上打了
便不來爹娘身邊來只在厉裡員外道沒柰何我陪
此下情央我女兒想他還記得乃變得此錢和米卷
救我們我且[illegible]他看員外走進房內陪著笑道我
見爹上問你則个冊兒上變錢半的法你記得也不
記得永兒道告爹上不記得媽上道死漢走開娘的
向前道我兒看娘面記得便救娘的性命則个員外
道袋這番不打你了永兒道前番因爹、打了都忘

六五

記了暗上也記得此兒不知用得也不爹上你去棹
子上坐定我交你看員外依着女兒口棹子上坐了
只見女兒念上有詞喝吉道疾那棹子從空便起嚇
得媽上呆了員外頭頂着屋樑斗救人下又下不來
若沒這屋直起在半天裡去了那時員外好荒着着
女兒道這个是甚麼法見交我下來求兒道交爹上
知道變錢米洪都忘了只記得這个法救不得餓又
救不得總員外道且放我下來求兒口中念、有詞
喝聲道疾棹子便下來了　員外道好險幾乎兒跌下

廿八

六六

來求兒道爹上去尋兩條繩子來且變一甕買錢來
便用只見那員外雙手抱着三條索子普着求兒道
我兒做你着一客不煩兩主人多變得三四的買錢
交我快活則个事發到官却又理會娘和女兒忍不
住笑求兒把那索子縛一丈錢一貫變十貫上變
百貫、變千買自從這日為始缸裡米也常上有
員外自身邊也常有錢買酒食得吃衣服逐件置辦
一日員外出去買些東西歸來求兒道爹、我交你
普件束西去袖于裡摸出一錠銀子求員外接得在

六七

手裡顛看約有二十四五兩重員外道這錠銀
子那裡來的求兒道早起門前看見賣香紙的老兒
的員外道變得百十貫錢值得甚麼若遠變得金銀
過車兒上有紙糊的金銀錠被我捉了一錠變戒真
時我三口兒依然富貴走到紙馬鋪裡買了三吊金
銀錠歸來看着女兒道若還變得一錠半錠也不濟
事柰性變得三二十錠也快活下半世來兒接邪金
跟錠安在地上腰裡解下裙子來盖了口中念上有
詞嘖上一口水喝聲道疾揭起裙子看時只見一堆

廿

那一日初下疊膊要時婆上出去了媽焉要我出去買炊餅了回來路上撞見一箇婆上看着我說胜餓問我討炊餅吃是奴不忍見把一箇小炊餅與那婆上他道我下要你的吃試撩你則箇便還了我道是難得你慈悲孝順好心便把我一箇紫羅袋兒內有一箇冊兒說道你若要錢和米看這冊兒上呪語都變得出來不合歸來看那冊兒上念呪真箇變得出來胡員外聽得說叫苦不知高低道如今官司見今張掛牓文要捉妖人吃你連累我上打殺這妮子也

六〇

我看那求兒去懷中取出冊兒來遞與爹：員外接了道你記得上面的言語也不求兒道告爹上記不得若看上面時便讀得出員外叫媽上點一碗燈來把冊兒燒了看着求兒道今日看乾娘面皮能你這一遍後番若再恁地活打殺你求兒道告爹上再不敢了乾娘自去了員外道又是我夫妻福神面只是自家得知若還外人得知時却是老大利害從今米缸裡便有米床頭邊便有錢古人原說是坐吃山空立吃地陷一日三‥日卅那裡過得半月十日缸

六一

兒我本身之罪拿起捧來便打求兒叫救人只見隔辟乾娘聽得打水兒走過來勸時却關着門乾娘叫道員外饒了狄兒則箇閑常時不曾這般焦燥為甚事打他媽上也不勸上員外道乾娘可柰這妮子又不歎玥說脫口說出一句道冊兒上面都是閑言閑語乾娘聽得員外說冊兒便叫道你女兒年紀小又不理會得恁麼湏是街坊上浮浪子弟們撩撥他論口辯舌若不中看的你只把這冊兒來燒了何湏把狄兒打員外道也說得是看着末兒道你把冊兒來

六二

裡吃的空了床頭錢便得沒了依然有頸沒一頓恩思求起求兒便要錢變米冷彌熱爽渥怨老公道你却把求兒來打又燒了他的冊兒今日你合該餓死連我娘兒兩箇忍饑受餓員外道如何做這般事到如今也索柰何你只額埋怨我怎的媽上大胆打他湏有用處置錢便生出許多事來你既然大胆打他湏有用駡性命尚在那冊兒却把麥燒了員外道是我一時

六三

五六

五七

自去了蕭不兀自收拾来了胡員外却好歸来見
兒两个在地下掃来米便焦燥起来道那見你娘兒两
个的徹作才有一两蹟飯米便要作塌了媽上道我
如何肯作塌交你看缸裡瓮裡瓶裡桶裡都盛得滿
了這裡還有許多兀自沒家生得盛裡員外看了吃
驚道這米却是那裡得来媽上道你出去了我在屋
臻吃茶只聰得女兒叫起来我連忙趕将歸来看見
一地都是米買外道却是作怪這米從何来媽上道
来兒說見一个大漢跣着一袋米来挨開後門傾下

五八

米祗家裡便去了那胡員外是箇曉事的人開了後
門看笆籬裡外都沒有人來往的脚跡員外把後門
關了人來誘傢捧在手裡叫求兒来兒見叫不敢来
員外扯將過来媽上道沒甚事打狹兒做甚麼員外
道且閉了口這件事却是利害前月两買錢来得蹺
蹊今日米又来得不明交這妮子實對我說我便不
打他若一句不實我一頓便打殺他我問他因何有
這两買錢在雪地上因何有這米在屋裡求兒初時
抵賴後来吃打不過只得實說道不瞞爹上媽上說

廿五

五九

【五二】

把五伯錢糴米三伯錢糴柴二伯錢把來買些塩醬菜蔬
下飯且不煩惱雪下三口兒到晚去睡到二更前後
求兒自思昨日變得一貫錢也好今日再去安排看
來兒欵上地起來著了衣服娘問道我兒做甚麽求
兒道肚裡又疼要去後則箇娘道苦呀我兒先前那
幾日有一頓沒一頓這兩日有些柴米不知饑飽只
顧吃多了明日交冬上出去贖帖藥吃求兒下床來
到厨下一似昨日安排如法用索穿錢用面桶蓋了
念了呪噴一口水提起桶來著時和夜來一般又有

【五三】　平妖傳一卷　十二

一貫錢求兒開後門把這錢又安在雪地上關了後
門入房裡睡到天曉媽媽起來燒湯洗面開後門潑
湯又看見一貫錢好歡喜拿了回來胡員外道好跷蹊
曉這錢來得不明媽媽道莫胡說我不怕這是當方
神道不忍見我們三口兒受苦救濟我們又把這一
貫錢安在我家員外見說只得買柴糴米買菜安在
家中還有三五日雪卻消了天晴得好媽媽對員外道
趙家中還有幾日糧食你出去外面走一遭倘撞見
熱人撲得三五伯錢也好員外聽得說只得走出去

【五四】

媽上心寬無事出去隣舍家吃茶開話求兒見娘出
去屋裡沒人關了前門取出冊兒揭開第二枚看時
上面寫著變米法求兒道謝天地既是變得米變甚
麽涇飯吃變尋箇空桶安在地上將十數粒米安在空
桶內把件衣服蓋了念了呪噴一口水唱聲道疾只
見米從桶裡湧將出來求兒心荒不曾念得解呪
米突ヒ地起來桶籮長久卻是爛的忽然一聲响斷了
桶籮撒一地米求兒見了失聲叫苦娘在隔籬聽得
女兒叫苦與隣舍嬸過來看被生人一衝米便不長

【五五】　平妖傳一卷　廿二

了只見地上都是米娘共隣舍都吃一驚道如何有
這許多米求兒生一箇急計奐做脫空計道好交媽
媽得知一箇大漢跐一布袋米把後門挨開來傾下
米在此便去了吃他一驚因此叫起來娘道却是其
人是何意故只見那員外財主見雪雨下你直恁地
不曉得是那有錢的員外財主見雪雨下了多日情
知院子裡有萬千貫錢做飯吃的微這樣好事不交人知
道撒錢撒米在人家裡這是陰隲若明日的拾怕人
羅唣這箇何足為道娘和女兒一遭收拾隣舍們各

開來看一看求兒欵匕地起來輕匕的穿了衣裳繁
覺娘道我見那裡去求兒道我肚疼了要去後則箇
下床來着了鞋兒到廚下雪光如同白日求兒去懷
中取出紫羅袋兒來打一抖匕出一箇冊兒來看時
只因胡求兒看了這箇冊兒會了這般法術直使得
自古未聞于今罕有正是
　　數斛米糧隨手至　百萬資財垛日來
畢竟求兒變得錢米麽且聽下回分解

第三回

四八

胡求兒試變錢米法　　胡員外怒燒如意冊
詩曰　九天玄女好驚人　但恐於中傳不真
　　　只為一時風火性　等閒燒了歲寒心
當夜胡求兒看那冊兒上面寫道九天玄女法揭開
第一板看時上面寫道變錢法畫著一條素子穿著
一文銅錢要打箇肬脮放在地上用面桶蓋著昏一
碗水在手依咒語念七遍含口水望下一噴咄声疾
搨起面桶就變成一貫銅錢求兒即時尋了一條索
子將日間買炊餅剩的一文銅錢解下衣世帶來穿在

平妖傳一卷■

二十

四九

索子上打了肬脮放在地上等面桶來盖了去水缸
內舀一碗水在手依咒語念了七遍含口水望下只
一噴声疾放下水碗揭起面桶打一看時青碗也
似一堆銅錢求兒吃了一驚沒做理會慶思量道若
把去與爹匕媽匕必問是那裡來的求兒就心生一
計開了後門一撒匕在自家笆籬內雪地上只說別
人暗地裡撒施貧的便把後門閂上入房裡來把冊
兒藏了娘道女兒肚裡疼也不求兒噵不疼了依然
上床拜睡到天曉三口兒起來燒些面湯娘的開後

五〇

閃潑那殘湯忽見雪地上有一貫錢吃了一驚忙捉
了把去與員外看了道不知誰人撒這貫錢在後面
雪地上那胡員外道媽匕寧可清貧不可濁富我的
女兒長成恐有不三不四的後生來攙撥他把這銅
錢來調戲媽匕道你好沒見識東京城有多少財主
做好事濟貧接若見老大雪下院子裡有許多沒飯
吃的夜間攙來人家堂裡來搶貧我女兒又不曾出
去你却這般胡說員外道也說得是我昨日出去來
人三二伯錢元自不能勾得如今有這一貫錢且羅

平妖傳一卷■

廿

五一

四四

十六

四五

四六

何還了奴上婆上道我試擬你則箇難得你這片好慈悲孝順的心你識字麼求兒道奴上識得些箇字婆上道我兒怎地都有緣法伸手去那籃兒内取出一箇紫羅袋兒來看着求兒道你收了這箇袋兒求兒接了袋兒道婆上這是甚麼物事婆上道這箇喚做如意冊兒有用他處告急難時可覷來看你可牢收了冊兒上懔有不識的字你可暗上地喚聖姑姑其字自然便識切勿令他人知道求兒把冊兒揣

四七

在懷裡謝了婆上婆上自去了求兒拿着炊餅到家娘問道我兒如何歸來得遲求兒道媽上街上雪滑難行娘兒兩箇吃了炊餅不多時只見員外歸來媽上道你去這半日見甚人來員外道好交你知道外前見箇相識請我吃了酒飯又與我三伯足錢媽上歡喜交員外道你去糴此米買些柴炭且過兩三日又作區處免不得做些飯吃到晚去睡求兒却睡不着自思日間的那婆上與我冊兒時說道有急難便可開來看如今没飯得吃也是一箇急難我且將去

平妖傳一卷　十九

【四〇】
不成我出去胡員外吃媽媽逼不過起身道且把腰縈縈些箇開了門出去走得兩步到退了三步口裡道好冷劈面冷風似箭侵人冷氣如刀破西北風吹得到退幾本欲復回來媽媽又把門來關上了沒計奈何只得冒著風雪了走走出不厭求院子來告人不在話下且說媽媽共女兒爹爹冷清清坐着求兒道爹爹出去告人未知如何求兒又逩媽媽雪又下得六風又冷爹爹去告誰的是媽媽道我兒家中又沒錢不交爹爹出去終不成我出去我兒你且去床頭

【四一】
遶尋幾文銅錢將去買幾箇炊餅來做點心待你的爹爹回來却又作道理當時求兒去床頭尋得八文銅錢娘道我兒出巷去買幾箇炊餅來你且胡亂吃幾箇充饑求兒將衣襟搇着頭踏着雪走出不厭求院子來到大街賣炊餅處求兒便與賣炊餅的道箇萬福道哥哥買七文銅錢炊餅小二哥接了銅錢看那女孩兒身上好生藍縷求兒剩一文錢把來繫在衣帶上小二哥把一片荷葉包了炊餅遞與求兒兒接了取舊簡路四來也是未牌時分沿着屋簷走壁
平妖傳一卷

【四二】
之間只見一箇婆婆從屋簷下走出來拄著一條竹拄腰上掛着一箇籃兒那婆婆腰跎背曲眉分兩道雪鬢似一窩絲眼如秋水微渾鬢似楚山雲淡形如三月盡頭花命似九秋霜後菊却原來是箇敎化婆子看着求兒道箇萬福求兒還了禮婆婆道你買甚麼來求兒道家中母親敎奴家買炊餅來那婆婆道我兒好交你知道我昨日沒晚飯今日沒早飯這婆婆交我吃箇炊餅麼求兒口中不道心下思量我媽媽好不

【四三】
見解開荷葉包來把一个炊餅遞與婆婆婆婆接得在手看了炊餅道好却好了這一个如何吃得我饑何不都典了我求兒道告婆婆奴家却不敢都典你家中三口兒兩日沒飯得吃媽媽交爹爹出去告人止留得八文銅錢交奴家出來買炊餅大的媽媽吃小的是奴奴吃的因見婆婆討奴奴只得籌一个與婆婆吃婆婆道你媽媽問時却說甚的求兒道媽媽問時只說奴奴肚饑就路上吃了一箇婆婆道難得我兒好心我撩撥你要子我
平妖傳一卷

不滅盡燒了一夜三口兒只得在八角亭子上權歇
等天曉起來叫人去扒火地盤眾人去扒看開了口
合不得睜了眼閉不得胡員外不想被這塲天火燒
得寸草皆無前所後樓過路常房側屋都燒淨了只
指望金銀器皿銅錫動用什物雖然燒洋了也還在
地下交人扒看時不料都被天收了去上半世有福
受用如今福退了滿火地盤扒看並沒尋處就在亭
子上住下早晚飯食皆無親隣朋友處送了幾食又
不免去借此柴米只好一遲兩次一日三七日九半

年週歲口勺吃的身上穿的件件皆無將空地央人
賣又無人要脊上窮得籃縷去求相識在家裡只說
不在日常裡認得的只做不看見自古道貧居鬧市
無人問富在深山有遠親入道百萬豪家一焰窮那
胡員外在亭子上一住四下又無著落風兩雪下怎
地安身不免搬去不厭求院子裡住就似十今孤老
院一般時逢仲冬彤雲密布朔風凜列紛紛洋上下
一天好大雪怎見得這雪大
　嚴冬天道瑞雲交飛江山萬頃盡昏迷桃梅開

平妖傳一卷

覺瓊玉爭輝江上群鴛番覆空中鳴鷺
空六出滿天垂野外鵞毛乱舞簷前鉛粉齊推
不是貧窮之輩怎知寒冷之時正是盡道豐年
瑞豈年瑞若何長安有貧者宜瑞不宜多
愛雪的是高樓公子孏雪的是陋巷貧民在東京城
裡這箇終落薄的胡員外夫妻二人并女兒叫做非
兒原是大財主只因天火燒得落難蕩盡了家私搬
在不厭求院子裡住正逢冬天雪下三口兒厮守着
地炉子坐地日中九自沒早飯得吃媽上時捎頭响

員外頭上指一指胡員外檯起頭來看見渾媽上沒
甚事媽上道怎的沒甚事大雪下屋裡沒飯米我共
尔忍餓乎餓便合當也曾吃過來指着來兒道他今
年只得十五歲曾見甚麼風光來交我兒忍餓受餓
胡員外道沒計柰何交我怎生是好媽上道你是我
家的人外面却燒雪下著一朝半日凍柱了急切出
去不得終不成我三口兒等餓死你趁如今出去
見一兩箇相識怕戀得三四伯文錢歸來此過得幾
日員外道我出去見兀誰是得媽上道你不出去銹

【三二】

月百歲一週取箇小名因是紙灰湧起胸懷有孕因
此取名叫做求兒光陰似箭日月如梭不覺求兒長
成七歲員外請一箇先生在家教求兒讀書這求兒
聰明智慧教過的便會易長易大看々十歲時遇八
月十五日中秋夜至晚來胡員外打發各解庫掌事
及主管回家賞中秋分付院子俱各牢拴門戶仔細
火燭至晚好輪明月但見
桂華離海嶠雲葉散天衢彩霞照萬里如銀玉
一兔映于山似水一輪皎潔能分宇宙澄清四海

平妖傳一卷　三二

【三三】

團圓觧使乾坤明白影搖曠野驚鳥獨宿之樓鴉
光　幽窓照孤眠之怨女冰輪碾破三千界玉
幌橫呑萬里秋此夜一輪瀟清光何處無
却說胡員外媽々求兒三口兒其餘妳子侍婢伏事
着自在後花園中八角亭子上賞中秋飲酒賞月只
因這日起有分交胡員外弄做了衣不充身食不充
口爭些箇幾乎兒三口兒餓死正是
福無雙至從來有　禍不單行自古聞
畢竟變出甚禍事來且聽下回分解

平妖傳一卷　三三

【三四】

第二回

胡求兒大雪買炊餅
聖姑姑傳授玄女法

詩曰
近日廚中乏短供
要見啼哭飯籮空
毋因低說向兒道
爹有新詩謁相公

當夜胡員外與張院君求兒三口兒正在後花園中
八角亭子上賞中秋飲只見門公慌々忙々來報
道員外禍事員外道禍從何來事在那裡門公道外
面中間這箇解庫裡火起員外和媽々求兒吃那一
驚不小都立下亭子來看時果然是好大火怎見得

三四

【三五】

這火大
初如螢火穴若燈光然後似千條臘燭焰難當
萬箇生盆敵不住驪山頂上料應羞似逞英雄
夏口三江不弱周郎施妙計烟火捲昏天
地閃爍紅霞接火雲一似兩丁掃盡千々黑影
火能燒萬々家
迤火正把房屋燒著員外交媽々與求兒且不要慌
便燒盡了也窮我們下半世不得只見那火焰騰々
刮々西々只顧燒着風又大得緊地方許多人都救

平妖傳一卷　三五

小把舌頭蘸些口唾去紙窗上輕輕地印一个眼兒，偷眼一張，見一箇女子與員外斜對坐了說話。這媽媽兩條怨氣從腳板底直灌到頂門上，心中一把無明火高了三千丈，揿捺不下，舒着手推開風窗門，打入書院裡來。員外吃了一驚，起身道：媽媽做甚麼？那媽媽氣做一團，道：做甚麼？老乞丐，老無知，做得好事！你這老沒廉恥，每夜只推算帳，到八千半月有餘，却在這裡為這等不止不義的勾當。正鬧裡，只見那女子一陣風過處，已自上畫去了。那媽媽氣嘖嘖的喚梅香

二八

來與我尋將出來交你，不要荒，員外心中不道，心下思量自道：你便把這書院顛倒番將轉來，也沒尋處。那媽媽尋不見這箇女子，氣做一堆，猛撺頭起來，週圖一看，只見壁上掛着這幅畫女，媽媽用手一扯，扯將下來，便去燈上一燒，燒着放在地上。員外見媽媽氣又不敢來奪那畫，洪洪地坪省紙灰在地上團團地轉看，媽媽旋來，媽媽腳邊來，媽媽怕燒了衣服，退後兩步，只見那紙灰省着媽媽口裡只一湧，那媽媽大叫一聲，匹然倒地。胡員外荒了手腳，交迎兒梅香相

平妖傳一卷

二九　十

帶扶起來坐在地上，去湯罐內傾些熱湯將媽媽灌醒，扶將起來交椅上坐地。媽媽道：老無知，做得好事！喚養娘且扶我去卧房中將息。媽媽睡到半夜光景，自覺身上有些不快。自此六後，只見媽媽眉低眼慢，乳脹順高，身中有孕。胡員外甚是歡喜，却有一件心中不樂，被媽媽燒了這畫，恐後那先生來取，怎得遠畫還他，不在話下。時光似箭，日月如梭，經一年光景，媽媽將及分娩。員外去家堂面前燒香許愿，只聽得門首有人熱鬧，當直的來報員外道：前番當畫的先生

三〇

齋門前胡員外聰得說，吃了一箇趷蹬，心拳只得出求迎接，道：我師又得一年光景，不曾不敢告訴，今日我房下正在坐草之際，有緣得我師到來。只見那先生呵呵大笑道：媽媽今日有難，貧道有此藥在此就干，荆籃內取出一箇葫蘆兒來，傾出一丸紅藥遞與員外，交將去用淨水吞下，即時便分娩。員外收了藥，智先生齋了，先生自去，亦不提起贖畫之事，且不說。却說員外將藥與媽媽吃了，無移時生下一箇女兒來。員外甚是歡喜，老娘婆收了，不免做三朝滿

平妖傳一卷

三一　十一花州三頁四十六

見半分形

風過處只見那一盞上美人歷上地一跳上在棹子上

棹子上一跳上在地上這女子腳到頭五尺三寸身

才生得如花似玉白的是皮肉黑的是頭髮怎見得

有許多好處

添一指太長減一指太短施朱太赤付粉太白

不施脂粉天然態緻有丹青畫不成有沉魚落

鴈之容閉月羞花之貌

只見那女子覷著員外深上地道箇萬福那員外

忙還禮去辨爐上湯雞內傾一盞徐逓上那女子自

又傾一盞陪奉著吃茶罷盞托歸其　不曾道箇甚麼

那女子一陣風過處依然又上書上去了員外不勝

之喜即時自收了畫叫當直的來收拾了員列自四

接至歇息不在話下自此夜為始每日至晚便去筭

悵却說張院君思忖道員外自前到今約有半月光

景每夜只說筭帳我不信有許多得筭不免叫了髮

將燈在前媽上在後逕到書院邊近風窓聽時一似

有婦人女子聲音在內媽上輕上地走到風窓邊將

【二○】
也未主管道告員外燒午香了那先生看着員外道員外稽首員外答禮道我師請坐拜茶員外只道他是抄化的主管道此位師父有這幅小畫要當伍拾兩銀子小人不敢當今我師定要當員外把眼一觀道我師這畫雖好不值許多如何當得伍拾兩那先生道員外你只知其一不知其二這幅畫兒雖小却有一件奇妙處員外道亦甚奇妙處先生道此非說話處請借一步方妤細言員外與先生將着手逕進書院內四顧無人員外道這畫果有何奇妙先生道

【二一】
這畫于夜靜更深之時不可交一人看見將畫在家堂掛起燒一爐好香點兩枝燭咳嗽一聲去棹子上彈三彈禮請仙女下來吃茶一陣風過處這畫上仙女便下來那員外聽得思忖道恁地是仙畫了即同先生出來交主管當與師父去罷主管道日後不來贖時却不干小人事員外道不要你省只去簿子上註了一筆便了員外一面請先生吃齋就將畫收在袖子裡却與先生同入後堂裡面坐定吃齋罷員外送先生出來主管付伍拾兩銀子與他先生辭別自

【二二】
去不在話下員外在家巴不得到晚交當直的打掃書院安排香爐燭臺茶架湯罐之類覺到晚也與媽媽吃罷晚飯只見員外思量箇計策道媽匕你先去歇息我有些帳目不曾算清片時筭訖了便來不覺譙頭鼓響寺內鐘鳴看匕天色晚了但見十分俄然黑霧九霄雲裡星移八方商旅回店解卸行裝七星北斗現天關高畵半側綠楊裡纜扁舟在紅蓼灘頭五運光中竟趕牛羊入圈四方明亮耀千里乾坤三市夜橫涼氣兩匕

【二三】
夫妻歸寢帳一輪皎潔照華州胡員外迴到書院推開風窗走進書院裡面分付當直的你們出去外面伺候因身把風窗門關上點得燈明了辟爐上湯罐內湯沸匕地滾了員外燒一爐香點起兩枝燭來取過畫義把畫掛起真簡是摘得落的妖嬈美人員外咳嗽一聲就棹子上彈三彈只見就棹子邊微匕地起一陣風怎見得這風羞煞庭前學能開水上萍動鷰深有意裁燭太無情入寺傳鐘响高樓送鼓聲惟聞千樹乳不

一六

一七

只見那先生揭起布簾入來看着主管主管見他這
貌非俗急起身迎入解庫與先生施禮畢榻上分賓
主坐了忙喚茶來茶畢主管道我師有何見諭那先
主道告主管此間這箇典庫是專當琴棋書畫的當
主管道然也先生道貧道有一幅小畫要當些銀兩
月後便來取贖主管道我師可借來觀一觀看值多
少主管只道有人跟隨他來拿着畫只見那先生去
荊筐籃內探手取出一幅畫來没一尺闊遞與主管
主管接在手裡口中不說心下思量畢莫不這先生

一八

要笑跳起來這畫兒值得多少不免將畫兒又將起
來看時長不長五尺把眼一觀用目一望元來是一
幅美女圖畫倒也畫得好只是小了些不值甚麼錢
主管回身問道我師要解多少只見這先生道這畫
非同小可要解伍拾兩銀子主管道告我師只怕當
不得這許多若論這一幅小畫見值也不過值三五
十貫錢要當伍拾兩銀子如何解得這先生定要當
主管再三不肯兩箇正較論之間只聽得鞋領响脚
步鳴中閒布幄起憂員外走將出來道主管燒午香

十六條花柳巷，七十二座管絃樓，若還有番關田地，
不是栽花蹴氣毬。那東京城內勢要官宦且不說起，
上下有許多員外：有染坊王員外、珠子李員外、泛海
張員外、綵帛焦員外，說不盡許多員外。其中有一員
外家中巨富，真箇是錢過北斗，米爛陳倉。家中開三
箇解庫，左邊這箇解庫專當常綾羅段疋，延右邊這箇解
庫專當金銀珠翠，中間這箇解庫專當琴棋書畫古
玩之物。每箇解庫內用一箇掌事、三箇主管。這箇員
外姓洪名信，大洪止有院君媽乜張氏，嫡親兩口

兒，別無兒女。正是眼睛有一對，兒女無一人。一日員
外與媽乜閑坐在堂上，員外驀然思想起來，兩眼托
地淚下。媽乜見了，起身向員外道：員外你家中吃的
有著的有，又不少甚麼，家裡許多受用，將上不足比
下有餘，緣何怎般煩惱？員外道：我不為吃著受用，
家私雖是有些，奈我和你無男無女，日後靠誰結果？
以此思想不樂。媽乜說道：我與你年紀未老，終不然
就生不出了。或是命裡招得遲也未見得。聞得如今
城中寶籙宮裡北極佑聖真君甚是靈感，不若我與

你揀箇吉日，時多將香燭紙馬，拜告真君，求祈嗣
嗣。不問是男是女，也作墳前拜掃之人。便叫養娘侍
妾且去安排酒來，我與員外解悶則箇。夫妻二人吃
了數盃，收拾了家火，歇息了。又過數日，恰遇吉月良
時，叫當直的買辦香紙，去排轎馬，伴當了，鬟跟隨了，
逕到寶籙宮門首，歇下轎馬，走入宮裡，來到正殿上
燒香。必心得各殿兩廊都燒遍了，來到真武殿上，胡
員外慶誠禱祝，生年月日拜求一男半女，也作胡氏
門中後代。員外推金山，倒玉柱，叩齒磕頭，媽乜亦然

摘燭也拜拜了，祝告化紙出官回家，不在話下。且自
此之後，每月逢初一、十五日便去燒香求子。已得一
年光景，忽一日時值五月間天氣，天道卻有此熱。只
見中間這箇解庫托地布簾起處，走將一箇先生入
夾，怎生打扮？
　頭戴鉄道冠，魚尾榻樣，身穿皂沿邊烈火緋袍，
　左手提著荊筐篛，右手拿著鱉殼扇，行纒絞脚，
　多耳蔴鞋。元來神仙有四等，走如風，立似松，卧
　如弓，聲似鐘。

〔八〕

……渡而涉其末流迤我憶嘻世以違

梓異慎脩以斯言迕不佞乎

武朦童昌祚益誧甫譔

陳林螺立楠仲美甫書

〔九〕

三遂平妖傳一卷目錄

第一回　胡員外典當得仙畫　張院君焚畫產·求兒

第二回　胡永兒大雪買炊餅　聖姑姑傳授玄女法

第三回　胡永兒試變錢米法　胡員外怒燒如冊

第四回　胡永兒剪草為馬　胡永兒撒豆成兵

平妖傳一卷　目錄　九

〔十〕

第五回　胡員外女嫁憨哥　胡永兒私走瀛州

十

〔二〕

三遂平妖傳卷之十

東源羅貫中編次

錢塘王慎脩校梓

第一回　胡員外典當得仙畫　張院君焚畫產求兒

詩

君起早時臣起早　來到朝門天未曉

東京多少富豪家　不識曉星直到老

曰

話說大宋仁宗皇帝朝間東京開封府祥州花錦也

似城池城中有三十六里御街二十八座城門有……

平妖傳一卷　二

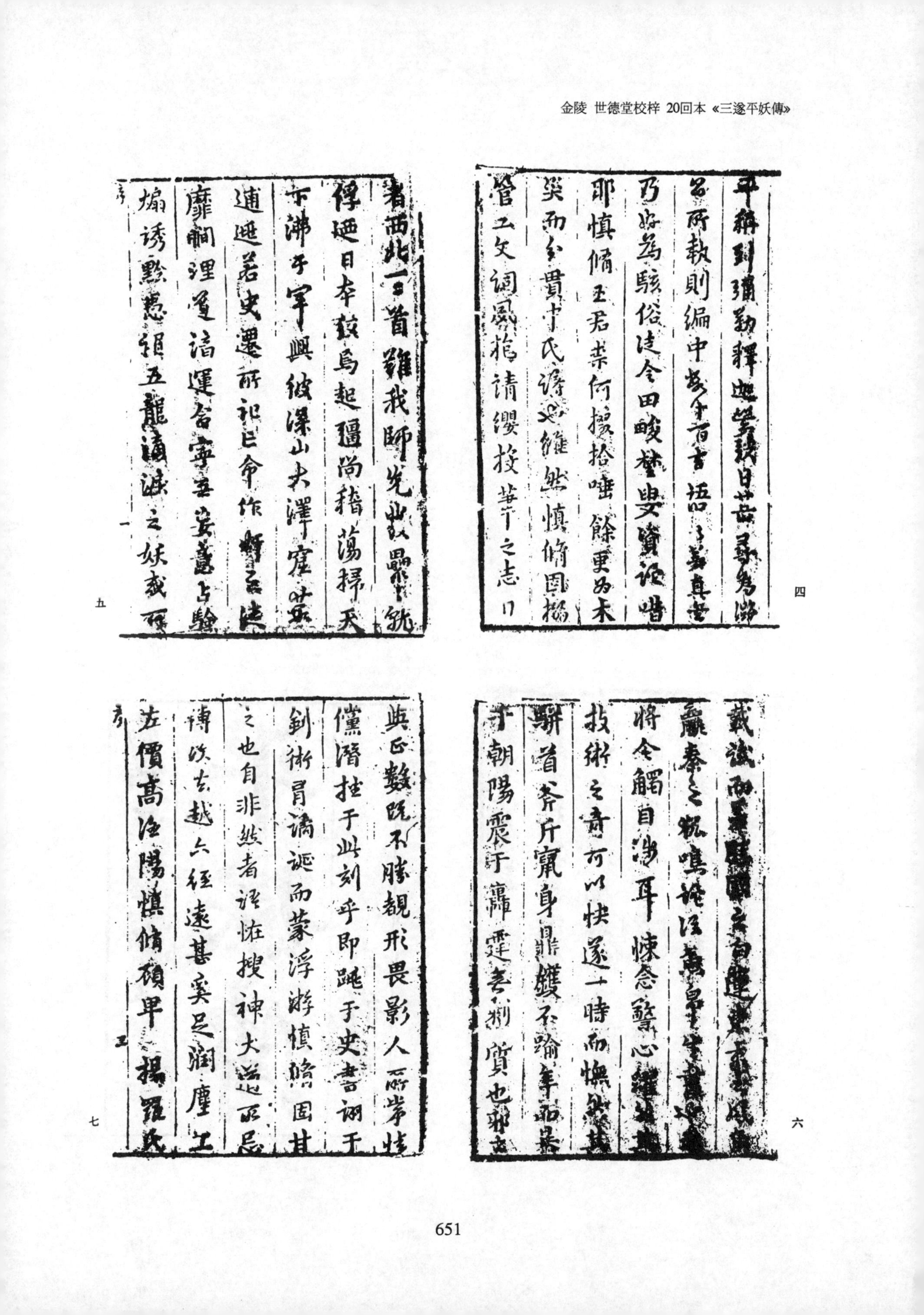

五

四

七

六

重刊平妖傳引

夫技至神異無踰劍術矣紅線廳
勦諸人種〻誕恠不誠善幻〻者
攄城毅邑抗拒五師遼地搜寶助當
萬乘者平妖一傳其書不類諸經即
人毋寶之無甫宋史偏釋戈則閭考〻

三

馮猶龍先生增定

平妖傳

本衙藏板

三遂平妖傳

犯百姓們聞得文招討年已八旬今日平妖定亂成了大功人人要爭先簡簡怕落後都來識認文招討容顏文招討恐怕擠壞了百姓每日只是騎馬不乘煖轎盧人觀看看的人無不喝采都道當初太公呂尚八十遇文王興師滅紂後來更無第二簡人今日文招討恁般都有造化開話休題不一日到了東京面君仁宗天子精神丰采可不是朝廷有道生此福神治世我等百姓玉音慰勞了文彦博仍為首相封潞國公包拯舉薦得人就拜次相同平章事曹偉封樞密使之職其餘王信

以下各加官進級李魚羹也墜做統制之職劉彦威就墜河北總管不多時狄青也平了邕州儂智高差官獻捷范仲淹威震西夏趙元昊害怕遣人納了降書年年進貢正是朝廷有道民安樂四海無虞國太平不在話下、再說九天玄女娘娘除了貝州妖亂同袁公回復天庭玉帝獎白猿神之功釋其前罪復了白雲洞君之號仍在修文院掌九天秘書蛋子和尚已證了菩薩正果自不必說老牝狐精雖有衆天狐保奏罪業不小罰在白雲洞替白猿神看守天書聖姑姑聽說雖說折了

一雙兒女且喜出了天獄又撥到這箇好去處喜不自勝想道我到那里落得飽看天書連天罡變化都是有分比到白雲洞石室之中忽然一聲響亮那安放白玉爐的山峰崩將下來恰好塞了洞門霧幛白玉爐仍收回天上從此白雲洞再無人到此是玉帝杜絕後患之意仁宗皇帝聖明有道能任用賢良安民定國天賜國長久後來坐了四十三年天下一生有一件不可解之事不肯冊立太子百官為此事上了許多章表只不侯、允忽一日召翰林學士王珪作詔立宗實為皇子是

夜仁宗到福寧殿中沐浴坐定躧脫雙履奄然而崩此乃頂知生死之期滿宮中都聽得仙樂嘹亮異香馥郁仍歸赤腳大仙之位矣

詩曰

一盞清茶一炷香　　開將往事細商量

萬般氣數難逃避　　一片精神可主張

天子昏明分治亂　　人心邪正判災祥

但能行素終無愧　　養得真君勝假王

第四十回終

妖有功、追贈護國禪師之號。馬遂、茹剛忠節可嘉、俱從厚贈蔭。烈婦趙無瑕准立貞烈碑坊。貝州知州久缺、就着文彥博於附近官僚量才推補。河北各州縣官多有先行被賊脅從、以後歸正者、都着分別事情輕重、便宜處分。其征討有功偏正將佐、俱侯還朝之日論功陞賞。文招討與各官接了聖旨、一一奉行。次日早起、監中取出一行妖人、寫了犯由牌、打開四車推上木驢。文招討判了剮字斬字、擁出市曹。王則和任遷、吳旺筭都各眼中流淚、面面相覷、做聲不得。貝州看的人、壓肩疊背也。

有唾罵的、也有嗟歎的。但見：

兩聲破鼓響，一棒碎鑼鳴。皂纛旗招展如雲，柳葉鎗交加似雪。犯絲牌高貼，人言此去幾時回；白紙花雙橋，都道這番難再活。長休飯喉內難吞，永別酒旦中怎驀。高頭馬上監斬官，勝似活閻羅；刀劍林中劊子手，猶如追命鬼。請看當日凌遲者，盡是與妖叛逆人。

劊子手叫起惡殺都來、恰好午時三刻、將王則筭押到十字路口、讀罷犯絲、盡行如法凌遲處死。可憐王則剛剛友了五年零六箇月、今日受了極刑、絕了王大戶的

後代。當時第五胎生的、背上刺五箇福字、小名五福、此乃五年之讖也。監斬官正坐在蘆蓆棚裏面看劊子手行刑、只見人叢中一箇人、扶着箇老婆婆、推擠上來、跪在案卓前、擺着八錠金銀、放聲大哭。問其緣故、那人正是閻疑、這老婆婆是他母親妻房、就是趙烈婦了。因被王則逼聚不從、自縊而死。他母子逃在東京、今日聞王則已擒、聖旨就在貝州發落、兩口見復回故鄉。這金銀便是王則聘財、情願將來納官公用、買王則幾塊肉去祭奠亡妻。監斬官不敢擅便、稟知文招討。文招討分付

教劊子手將王則心肝、把與關疑母子。其金銀聽他自造烈婦祠堂費用。叉將關疑補了州學秀才、後來關疑讀書登第、終身不立正妻、人謂義夫節婦出於一門、此是後話。當日文招討將各犯梟首、傳送京師處分。地方官吏安撫軍民了當、修整了玄女娘娘行宮、并塑聖母神像供養在內。招集有行道流、主持香火。文招討又在廟中打了七日七夜醮事、超度陣亡軍將及貝州屈死寃魂。事畢擇日班師回京。真箇是：喜孜孜鞭敲金鐙響，笑吟吟齊唱凱歌回。一路行軍、都有紀律、與民秋毫無

又寫四句道

假你本非真　真我亦是假
撇却假你我　自有真爹媽
噯　訝你今朝肯認真　笑我十年空作耍
貝州城下霹靂吼　白雲洞裏翻筋斗
萬法皆空歸去來　蛋子如今不出醜

寫完投筆盤膝坐下瞑目而逝衆僧上前看時巳換了
形像只見濃眉隆凖闊口方頤分明是蛋子和尚模樣
了方知蛋子和尚是箇聖僧各各驚訝不巳却說文招

平妖傳　第四十回　十四

討差人來看下落的知道此事慌忙回報文招討人驚
即同曹招討王信三匹馬領了隨身軍士親到甘泉寺
來衆僧正待商量盛驗之事報道文招討到了唬得他
顛之倒之連老僧諸葛遂智也出來迎接見了文招討
一齊下跪文招討還在疑信之間慌忙扶住道吾師何
行此禮衆和尚稟道這是本寺住持前番隨招討去的
乃是蛋師假托見今坐化在佛堂之內巳復原形文招
討方纔信了衆僧引至佛堂中文招討看了蛻體見他
威容凜凜儼然如生對曹招討說道包待制曾說此僧

利害教老夫仔細防備今反助我成功乃知此僧非凡
人也衆僧將二偈呈與文招討看了讚歎不巳同衆將
一齊拈香下拜拜畢分付訪取高手匠人就將他肉身
添妝造龕供養又於軍中支取千兩銀子以爲衆僧修
菴香火之費至今蛋子和尚眞身還在甘泉寺中做了
本寺伽藍土人稱爲彈子菩薩或稱蛋頭菩薩香火不
絕後人有詩題甘泉寺壁云

三遍盜書都是假　一朝破假卽成眞
若從得意中間破　便是竿頭進步人

平妖傳　第四十回　十五

文招討再修一道表章奏上朝廷單表九天玄女娘娘
及蛋子和尚靈蹟却說樞密院將兩次表章盡呈御覽
仁宗皇帝龍顏大喜即時聖旨行下貝州將妖賊王則
即於本州市曹凌遲碎剮從賊任遷吳旺王俊石慶等
盡行處斬胡永兒雖巳受天誅仍行梟首俱傳首京師
告廟後遞送各府州縣號令左黜孤屍燒灰風化貝州
百姓遭王則暴虐准酉兵餉若干計戶給散以贍窮民
其王則所造違禁僞府即改作九天玄女娘娘廟賜號
聖佑本州聽治另行相地起建彈子和尚藥邪歸正平

做諸葛遂智模樣去害文招討被玄女娘娘將照妖寶
鏡空中懸起照破了他的原形變化不得就差雷部登
時震死以全白猿神石壁之誓可憐左黜多年做了有
法的癡妖一朝做了無靈的狐鬼正是會施天上無窮
計難免酆都永劫災不在話下再說諸葛遂智看了死
狐認得是左黜巳知玄女娘娘神力歡喜不勝便敎軍
士壇到僞府門前文招討和眾將看驗過了文招討大
喜道若非吾師以正破邪妖人一黨如何平靜諸葛遂
智向文招討耳邊道此乃朝廷有道去舊用賢感動天

庭有九天玄女娘娘空中佑助非老僧之功也正說間
有先鋒孫輔差人稟話方知妖犯胡永兒適纔亦被天
雷震死益信生事害民天誅難免非虛誓也文招討見
兩箇魔頭都死方纔放心卽忙出榜安民凡貝州軍士
不會妖法者俱係脅從一槩免究王則左黜採取民間
美婦有夫者給還原夫無夫者聽憑父母領回擇配其
富戶之家被賊搜括受害就將餘下軍餉討戶分給以
贍窮民合城歡呼載道文招討一面在府堂上置酒慶
賀并請明鎬赴席大小三軍札營城外俱有犒賞一面

具表申奏朝廷敘明功次并一行妖賊或解京或本州
發落軍等聖旨定奪功勞簿土諸葛遂智第一諸葛遂
智道老僧出世之人要敘功何用乞分派與劾勞將士
名下只還老僧原來馬匹到甘泉寺去回復徒弟們以
全老僧之信吾願畢矣文招討冊三勸雷不從贈以金
帛無所取受原領着三箇小行者別了眾將騎馬出城
而去文招討潛地差人隨去打探他下落却說甘泉寺
中老和尚叫做諸葛遂智的出外一十五年恰好這幾
日真箇回了眾徒弟徒孫們只道他征戰回來問起文

招討事情全然不知眾僧也委決不下忽一日只見遠
遠的三箇行者控馬而回馬上坐的又是一箇諸葛遂
智與寺中的全然無異眾僧大驚商量道我們不須費
嘴竟去請裏邊的老和尚出來待他兩箇自辨真假却
說外邊的長老下了馬一逕走入佛堂中去裏邊的長
老出來一見了便罵道什麼怪物假老僧的面貌氣忿
忿的正要發作眾僧都兩傍站着冷看只見外邊的長
老聽得箇假字連忙搖手道老菩薩莫要開口貧僧巳
悟了還你箇明白去也取筆研就經卓上寫下一偈云

低剛扯得一件小衣服穿了還不曾下得淋來眾軍士那管三七廿一把猪羊二血馬尿大蒜塗着淋上亂澆諸葛遂智又念動呪語胡永兒沒做手腳處和王俊一齊捆了李遂使揮刀手簇擁着王則胡永兒王俊軍士就偽宮放起火來因是諸葛遂智使了道術外面人全然不覺吳旺見火起只道失火引着守府親軍擎着撓鈎水桶入來撲救正遇了李魚羹指點與李遂看了并心腹石慶等一齊都被擒拏捆縛不管會妖法不會妖法但是拏到的都用猪羊二血馬尿蒜汁劈頭澆過文

平妖傳　第四十四　十

招討大軍在外准備接應看見城中火起巳知掘子軍於中發作一齊併力來攻也有從地洞入城來的眾軍將守城軍亂砍大開了貝州城放下吊橋文招討卽時入城向偽府中偏廳坐定一面教人救滅了火李遂解王則胡永兒一班人到面前文招討教上了囚車并吊老寨中先擒賊犯任遠一同監候分付先鋒孫輔牢固看守再就諸葛遂智領着眾兵將圍住軍師府要拏左黜搜到中堂二箇軍士喊道在這裏了眾軍樸人看時分明見瘸子靠在壁上眨眼之間走入壁裏去了眾

第四十四　十

軍一齊把壁推倒並無踪影正在四下搜尋只見總管王信處差人來報道有人看見左黜走入一家碓坊裏去了特請諸葛老師父去擒拏則箇原來左黜立心要走爭奈天羅地網密密布置脫不得身偶然躲在碓坊裏去被人看見了諸葛遂智當同眾人逕奔人碓坊人家總管王信親自引軍到來敎軍士把前後門圍了人去搜捉這箇人家喫了一驚問道我家有甚麼事如此大驚小怪眾軍道有妖人左黜走入你家會事時放他出來免得遭累這主人家道告將軍自不曾有人入來

平妖傳　第四十四　十一

躲在我家王信敎軍士屋裏細細搜尋諸葛遂智人碓房週圍看了指着一箇碓嘴叫主人家問道這箇可是你家物也不是主人家看了道我家不曾有這箇開碓嘴諸葛遂智道這箇正是左黜他兩箇瞳神分明在碓嘴上不是老僧無人認得快教取穢物來澆說猶未了巳不見了碓嘴重複搜尋並無踪跡忽聽得青天上一連數聲霹靂如山崩地裂眾軍士發起喊來王信親去看時却是一箇瘸脚雄狐震死在地原來左黜變了碓嘴指望瞞過眾人却被和尚識破又復隱身而去要變

第四十四　十一

孫機杼上織就的無縫錦裏情知是那件法物只恐現
了本相所以雙眸緊閉束手受練玄女娘娘妆過了寶
鏡叫袁公將老狐精解上天庭以贖漏法之罪袁公進
了天門剛跪在凌霄殿下啓奏其事早有天宮十萬八
千聽差的天狐齊來殿下叩頭都替聖姑姑認罪求饒
聖姑姑聞得眾天狐聲息纔敢開眼見了玉帝喘做一
團哀求不已玉帝降旨許他不死權且發下天獄等妖
黨盡平之日玄女娘娘來時發落眾天狐俱散了袁公
仍下天門跟隨玄女娘娘話分兩頭却說貝州城被文

平妖傳　第四十回　　八

招討困住了三月有餘初時城中糧草都是左黜四處
攝來支費如今被玄女娘娘下了天羅地網一切妖邪
符咒都行開去不得六丁六甲城隍土地諸神都來聽
娘娘法旨不被妖邪驅遣了糧草也都竭了只好括取
城內百姓的東西來用其時百姓的苦楚自不必說左
黜胡永兒自恃千變萬化到底自巳一身不得喫徹且
自及聯行樂黜等聖姑姑取神刀來看是如何那邊老
狐精巳在天獄中坐下遠那里得知呆呆的靠這一
着全不在意再說李遂和諸葛遂智李魚羹引着五百

掘子手掘了多時到一箇去處李遂約莫是王則僞府
左側教掘子手從這里打出去掘子手打通了問李魚
羹道這是那里李魚羹看時正是僞府中後堂此時有
四更時分李魚羹前面引路李遂和眾人發一聲喊遶
奔入王則養病的臥房裏來却說王則因齒痛未痊睡
在牀上閉着眼便見烈婦趙無瑕領着萬千眾鬼前來
索命王則整夜不寐心中害怕只教多點蠟燭教姬妾
輩做箇肉圍屏兒圍着又心下煩燥不許他們說話靜
悄悄地守着箇活屍靈兒忽聽得喊聲大起軍士蜂擁

平妖傳　第四十回　　九

入來驚得眾姬妾們先走散了單剩王則一箇偷在牀
上因打綻了嘴唇落了當門兩齒念不得呪語只學得
一箇禁人法一箇隱身法都靠不着了李遂上前教軍
士一條藏索兒拂縛箇四馬攢蹄就打入胡永兒僞宮
中來只見一派汪洋大水竝無門路眾人都慌了諸葛
遂智搖動鈴杵念起破邪神呪登時不見了水李遂只
聽得腳頭下踢着鐺的一響拾起來原來是一股銀釵
此是胡永兒邪法郤說胡永兒正與小王子王俊在牀
上快活行雲雨之事眾軍軍士猝然打進胡永兒不知高

化無窮比婆婆的刀不勝麼聖姑姑暗想道若得此劍斬文招討之頭有何難哉便道老拙欲將神刀與小娘子換取神劍不知肯否處女道但憑算命處女接得鬼頭刀在手拔出來看了一看暗念了伏魔呪攝去了他的神光其刀便不能鳴躍處女道你的神刀神氣巳竭全無用處我不換了聖姑姑道那有此理接過神刀來把刀鞘左一拍右一拍全不動撣聖姑姑想道這神刀也是服善的他見神劍威力勝他害羞不敢出頭了聖姑姑就起不良之意撇了神刀拏了神劍便走處女

道婆婆要換便換了罷只是還有訣兒一發傳你聖姑姑不信暗暗的道我且自家試看把彈丸兒抛向空中這里處女手掌中又托出一箇彈丸兒那空中的彈丸兒如長虹而下撲地跳起逕到處女手掌中去了原來兩箇彈丸正是雌雄二劍醋了雌的這雄的自來就他聖姑姑還不覺着只道抛向地下看時不見攙起頭來連處女也不見了聖姑姑不得神劍又失了神刀好沒巳鼻傻身在雲端瞭望要尋那處女只見前邊一箇白鬚老叟坐於山巘之上手中正弄着兩箇鉛彈丸兒聖

姑姑走到山前問老叟稽首道我翁手中弄的何物老叟道此乃神劍有詩爲證

雌雄二劍合陰陽　　不用鋒鋩只用光
飛去飛來隨意便　　千軍萬馬不能當

聖姑姑道這分明兩箇彈丸兒如何作卻老叟道老漢舞一回你看便把兩箇丸兒抛起須臾之間左一跳右一躍如兩條金蛇纏繞盤旋不離這婆子左右一往一來迸出萬道寒光冷冽刺骨耳中如聞千刀萬刃擊刺之聲驚得這婆子戰戰兢兢捏着避兵訣口念避兵呪

牢牢站定在魁罡位上老叟看見害不得這婆子妝了劍術暗叫師父九天玄女娘娘只見處女又在前面聖姑姑一見了大怒搖身一變變做普賢菩薩聖像身騎白象墮空來蹴踏處女處女便把天庭照妖寶鏡扯出錦囊一道金光射去那紙剪的白象空中墜下聖姑姑倒跌下來把衣袖蒙頭緊閉雙眼只是撞頭告饒原來萬物精靈都聚在兩箇瞳神裏面隨你千變萬化瞳神不改這天鏡照著了瞳神原形便現聖姑姑多年脩鍊巳到了天狐地位素聞得天鏡的利害見處女取出天

道吾師何以知之諸葛遂智道那貝州城中王則左右
一班俱是妖人若李將軍打地洞入去他那里知覺了
行起妖法非但不能擒捉王則李將軍反為他所害文
招討道若如此何時能滅此賊諸葛遂智道不必招討
憂心老僧當同去以正破邪教他使不得妖法盡皆擒
捉便了文招討大喜道若吾師肯去大事濟矣諸葛遂
智先辭出帳去見九天玄女娘娘告知其事求他空中
祐助好歹這番要擒王則玄女娘娘已知王則數盡教
他放心前去迳邊李遂領了將令分付五百掘子手教

備下猪羊工血馬尿大蒜之類卽同李魚羹看了圖本
只有城北地面土寬濠淺計算了地理和諸葛遂智指
揮掘子手穿地洞打入貝州來有詩為證

平妖一事十分難
縱使瞞天妖術狠
喜得今朝有孔鑽
管教立地欠平安

話分兩頭再說聖姑姑到天柱山頂池中石匣內取了
神刀回來卓有千里眼看見報知玄女娘娘娘仍變
做處女模樣中途迎住問道婆婆何來幸少住請教聖
姑姑道老拙有些政務不得伴話處女道婆婆有何政

務聖姑姑道兒女們有急難要去救他則箇處女道婆
婆有甚本事去救得人聖姑姑道老拙粗知道術處女
道我最好的是道術幸教一二聖姑姑道小娘子好的
是那一家道術處女道我好的是天罡三十六變化法
略曉得些本領未曾鍊就聖姑姑暗暗的喫驚道他學
的法更勝似我便道老拙會的是七十二般地煞變化
處女道這地煞法乃是左道學之無益又問婆婆手中
抱的是甚麼刀聖姑姑道此乃神刀有詩為證

金精百煉號神刀
仗此能令神鬼號

時刻自鳴還自躍
等閒斬將不須勞

處女道此刀如何鳴躍乞試一觀聖姑姑將手向刀鞘
上拍三拍只聽得嘯聲大振慘如寃鬼哀號猛似兒神
叱喝撲的一聲響忽然躍起空中有一丈之高仍落鞘
內處女道我亦有神劍把與婆婆一看袖中摸出一箇
鉛彈九兒在手掌中旋了兩轉一拋拋起約有三丈化
成雪霜似白的寶劍光芒四射如長虹而下直至於地
重復躍起墜於手掌中仍是一箇彈九兒處女道我這
劍能飛行千里斬人之頭還自飛回又且能舒能歛變

第四十回

招討又問道：你既是箇樂人，必然有貝州久了，定知城內虛實。李魚羹道：告招討，賊首王則被打綻了嘴唇，念不得咒語，已無用了。先前有國師蛋子和尚、丞相張鸞、大將軍卜吉，都有本事的，因見王則不仁，前後都去了。如今出力的只有瘸腳軍師，喚做左黜，善使妖術。還有王則的渾家胡永兒，也會興妖作法；胡永兒的母親叫聖姑姑，更是利害。王則全靠這幾箇妖人，其餘都不足道。近日被官軍破了妖法，連輸幾陣，也都着忙了。聖姑姑今往天柱山去取什麼神刀，只怕也是脫身之計。文

招討道：城中兵糧還有多少？李魚羹道：他們靠的是豆人紙鬼，若軍士在先也不過萬餘，連次損折大半，今僉百姓頂補，都是烏合不諳戰陣的。錢糧府庫中原少，全是左黜等妖法攝來費用，所以時時不缺。文招討又問城中有多少百姓、坊巷河道衙門怎地模樣，李魚羹一一都說了。文招討道：天使此人泄漏虛實，王則可斬矣！文招討正說之間，只見帳下走出一員將官來，道：告招討，小將能生擒王則來見招討。文招討見這箇人出來，甚喜，道：正應多目神之言，逢三遂可破貝州。原來這箇

何計策可擒王則？李遂道：小將手下見管着五百名掘子軍，今得李魚羹說破城裏虛實，地里坊巷一應去處，圖畫闊狹容小將再一仔細問他端的，對圖本度量地面遠近相同，只須帶五百名掘子手在城北打一箇地洞，直入貝州城內，到王則帳前捉了一行妖人，然後開城門放大軍入城，有何不可？文招討大喜，賞李魚羹、

第四十回

李遂各人衣服一套，就陞補李魚羹為帳前虞候，教李魚羹細說城內衙門地面坊巷虛實，節令浮寨官相度，畫了箇圖本把與李遂看了，計籌遠近虛實闊狹方向，稟覆文招討道：這事須密切，亦不是一時一霎之事，望招討整頓軍旅，時刻打通就好接應，就要帶李魚羹去做眼。文招討道：你可仔細用心，如挈得王則，克復貝州，奏聞朝廷，你的功勞不小。隨喚五百掘子軍，都賞賜髮放了。李遂正要起身，只見諸葛遂智向前道：告招討，李將軍雖打得地洞入城，恐不能擒捉王則。文招討

661

來且聽下回分解

潞國公奏凱沛京城　　白猿神重掌修文院

說話的這是甚意思只因袁公在脩文院成招立下誓
願恐後有得法之人心術不正帶累非小他自已曾經
雷神擒拿北斗星君勘問所以說持法者通陳北斗生
事者受報雷神臘月二十五日乃玉皇下降之辰到此
繞見袁公本心好道並無邪念也然雖如此依我說來
還是鑄在石壁多了這一番事想緣會當然所以天庭
亦不曾敎他銷毀只因這般有分敎白霧巖中再邂逅
菁之賊紅塵世界忽生弄法之俠正是有事不如無事
好人心怎此道心閙畢竟後來何人盜法生出甚麼事

第四十回

潞國公奏凱沛京城　　白猿神重掌修文院

神器從來不可干
潞公當日擒王則
借王稱制詎能安
留與妖邪做樣看

話說王則怪李魚羹直言傷觸吊他在砲稍上打出城
外可煞作怪不前不後恰好打落在城濠邊河裏有攻
城的軍士們見城上砲打出一箇人來卽時去看將撓
鈎搭上岸來還是活的隨卽解了索子押到文招討帳
下文招討問道你這漢子是甚麼樣人姓甚名誰為甚

事打出城來李魚羹道告招討小人是貝州樂人名喚
做李魚羹一時不合勸諫王則歸順招討王則大怒把
小人做砲稍打出城來要跌小人做骨醬肉泥天幸不
死得見招討文招討道你是箇樂人如何的勸諫王則
李魚羹道王則被一箇馬遂一拳打落了當門兩箇牙
齒綻了嘴唇念不得咒語叫小人解悶小人乘着燥頭
勸他歸順不然時旦夕之間必被招討捉了豈知此賊
不悟反怪小人文招討見說喜不自勝道你雖然是箇
樂人却識進退敎左右賞他酒飯李魚羹喫了酒飯文

〔四一〕

說不知此乃坐井觀天淺見薄識之輩假如鏡能取火
蚌能出水猛火生風蜥蜴致電在世間的多有奇奇怪
怪不可思議何況天界事情則今開話休題且說玉帝
見袁公一心護法金無虛誑且是九天玄女弟子就取
這霧幔交與袁公以為洞口永鎮之寶囑付道此幔只
可展開尺餘便有十里霧氣不可全展恐於世人不便
又道你自今改過遷善專心脩道還有上昇之日不然
天誅不赦永墮無間地獄矣袁公不住口的唯唯拜辭
了玉帝當下脩文舍人再拜奏請御封仍將玉篋封記

〔四二〕

供養本院北斗星君亦拜辭而出袁公又往脩文院拜
謝了舍人往北斗司拜謝了星君右手擎着白玉寶爐
左脇下夾着霧幔離了天界望着雲夢山白雲洞中鑽
去那一班猿子猿孫猴獲之屬已被本境城隍山神土
地奉着天符驅逐已盡袁公單單一身不勝淒慘且喜
有了性命又得了兩件至寶正所謂一悲一喜便將寶
爐陳設於石室之前只見香氣氤氳直透九霄雲外又
將霧幔展開尺餘懸於洞口果然白氣騰空須臾之間
散成十里濃霧把一箇山洞如白綃包裹看不見洞外

〔四三〕

一些些子想洞外看着洞中亦如此矣袁公大喜道世
事多半是有名無實只這洞名向來亦是虛傳今日
緫不枉喚做白雲洞也說罷復身到寶爐前磕了四箇
頭以謝天恩從此日日如此不敢懈怠每年五月端午
日午時便把霧幔捲收到天庭朝見玉帝謝罪一次過
了午時仍舊還洞又將霧幔展掛內外隔絕別是一箇
世界那洞中到也寬大各色名花異果四時不絕也勾
袁公一身受用袁公自此只在洞中脩真養性閒時探
取雌雄二尢戲舞消遣兩壁雖鐫着一百單八條變化

〔四四〕

之法仔細叅求都是偷天換日追魂攝魄的伎倆其中
郤有豆人紙馬鬼刀神劍種種害人之術袁公道怪道
玉帝十分秘惜不許洩漏人間這般法術分明是金剛
禪外道與自家心性無與早知如此便不開得玉篋也
罷了心下懊悔無及取筆添數行字於石壁之後云此
係九天秘法上帝所惜儻後人有緣得之者只宜替天
行道保國佑民每年臘月二十五日夜半子時銜刀披
髮登屋跨脊向北斗設誓弟子某持法於今若干年金
無過失倘生事害民雷神殛之共七十六字照前鐫就

笑他世界衆生　裷内蚤虱蚘動

第二是風母藏着八方風氣怎見得東方滔風南方薰
風西方厲風北方寒風東南方長風東北方融風西南
方巨風西北方厲風這八風消息於風囊之中風伯飛
廉掌之亦有詩爲證

人間尚有司風史　況是天庭豈無主
鹿身蛇尾號飛廉　風伯從來功配雨
少女前驅孟母狂　折丹指點封姨忙
縱使扶搖千里勢　不離噓吸一風囊

巨天尊　第二回　八

第三是雲母乃混沌初分時山川之氣所結團團如華
蓋相似其雲五色不一若歲時豐稔雲色則黃有兵冠
雲色則青有死喪雲色則白黑雲主水赤雲主旱若五
色蒸菁此爲祥瑞之徵雲師屏翳掌之亦有詩爲證

白衣蒼狗雖無意　紅莄金翹亦有徵
假使雲師無職掌　保章雲物辨何因

第四是霧母狀如一幅布帘約長八九尺亦名霧幛纏
展開些子分明是初啓蒸籠一般熱騰騰噴將出來若
展盡時瀰漫百里把簡乾坤都昏暈了及至捲起却似

38

水中吸煙那霧氣卽漸收藏當先軒轅黃帝在位時節
有一箇諸侯最爲無道名曰蚩尤他得了這箇霧幛能
致大霧又鑄造刀戟大弩自恃天下無有敵手鼓衆造
反要奪黃帝的天下黃帝與蚩尤大戰於涿鹿之野一
軍都被霧氣迷惑東西不辨三日三夜不能取勝賴得
九天玄女下降授黃帝陰符秘策造成一車名指南車
車上站一箇木人术人伸一隻手手伸一箇指隨你車
見左旋右轉這木人一手一指準準的對着南方當下
遂破了蚩尤追而斬之其血流地變而爲鹽只今陝西

第二回　九

慶陽府城北鹽池便是因他創造兵器罪業深重故令
萬世百姓食其血也這霧幛是九天玄女收得獻上玉
帝收藏天庫亦有詩爲證

黃帝神靈是聖君　蚩尤狂惡亦兇星
不將霧幛歸天庫　安得天開日月明

後人又有詩云

風雲聚散陰陽理　不道成形各有神
四母珍奇古未聞　誰知天界假和眞

此詩是駁那氣母風囊雲蓋霧幛四件奇寶乃荒唐之

40

【三十三】

供狀袁公不知年歲向在雲夢山白雲洞住居修道
因本師九天玄女娘娘薦蒙帝恩封爲白雲洞君
掌管九天秘書屬修文院典守多年並無過失近因
九天仙眞俱赴蟠桃壽宴自念道微德薄不得從行
不合私發天封欲窺秘冊兩遍揭取篋蓋不遂志心
祝禱本師玄女娘娘保佑方始開篋見書妄意天上
無私欲作人寰不朽輒將冊文鐫於白雲洞壁緣法
自信專壇難離然皆好道本心並無毫邪念儻蒙
赦宥情願專心護法不敢妄洩凡人如有違心天誅

第二回　六

【三十四】

其受所供是實
北斗星君看罷供招笑道好說得身上十分乾淨袁
公跳將起來說道我老袁不但身上乾淨心裏也乾淨
說一是一說二是二不比他人言三語四舍人和左右
都笑起來當下星君和舍人起身引着袁公迴到靈霄
寶殿回奏玉帝道袁公罪犯雖深情詞可憫況且混元
老祖曾遺下四句云玉篋開緣當來玉篋開緣方去緣
者袁也或者袁公有緣所以玉篋自啓他既無邪心宜
看九天玄女面上從寬釋放爲便玉帝准奏免其死罪

心裏乾淨待　返之本　　又奇

【三十五】

華去白雲洞君之號改爲白猿神着他看守白雲洞石
壁先發下天符一道着本境城隍土地逐去後子猿孫
一切黨類十里之內不許停留單單只容一箇袁公居
住如若妄傳凡人生災作耗一體治罪袁公謝恩已畢
玉帝傳旨將御前白玉寶爐賜與袁公這爐名爲自在
爐若袁公在洞修行時爐中香煙繚繞自然不斷直透
天門倘或袁公離了洞門香煙便熄分明把爐中這點
眞火降住袁公的野心使他不敢散亂袁公又謝了恩
奏道臣所居雲夢山白雲洞雖則險僻却與塵世未嘗

第二回　七

【三十六】

隔絕聞仙官張楷能作五里霧願乞天恩借來遮掩洞
門庶免外人窺覤玉帝准奏道若要霧不須煩仙官矣
便喚掌天庫的取一件希奇無價之寶出來這寶名爲
霧母原來上界有四母都是天生至寶第一是氣母藏
着先天一氣大千世界轉輪其中即今彌勒祖師手中
提着的布袋便是有詩爲證

和尚肚皮如甕　　眼兒笑得没縫
布袋早暮提攜　　手中不知輕重
問渠袋有何物　　一氣陰陽妙用

想他會面儻惹着北斗星君性氣把筆尖畀動一動登
時了却性命、便是玉帝御旨降一千道赦書也休想他
起死回生、今日這一番多凶少吉如何不驚恐當時袁
公不等上面開言雙手擎着如意寶冊獻上連連磕頭、
只稱死罪北斗星君喝道業畜你擅啓天封私偷秘法
比監守自盜加等合當擬斬袁公只叫饒命磕頭不已
彌衡舍人問道你有無洩漏天機從實說來袁公道、我。
老袁一生不作誑語那如意冊上諸般變化之法已整
整齊齊鐫在白雲洞兩傍石壁上了若說洩漏委是不

曾見箇生人之面星君暗暗想道這畜生到也老實又
喝問道你把秘冊鐫在石壁是何主意袁公道常聞說
上帝無私偏不信有箇秘字既說箇秘便不消齎下文
書既齎下文書便是要流傳萬古玉帝匣藏我老袁石
刻同是一般意思舍人喝道畜生休得強辯奪理袁公
慌忙叩頭連稱死罪道我老袁一生愚直只是據理自
陳豈敢強辯、舍人道聞得這玉簽是天庭法寶有三不
開無混元老祖法旨不開、無九天玄女娘娘法旨不開、
無玉帝法旨不開你這毛畜如何開得袁公道起初時

實是三番兩次展開不得末後志心皈命吾師九天玄
女娘娘保佑弟子道法有緣永作護法不敢爲非這簽
蓋就登時揭起若到底揭不起時我老袁也罷了終不
然喚簡碾玉匠碾開來看早知天條如此嚴禁玄女娘
娘也不該作成我這箇罪名往時常恨着世路狹窄每
每在一封柬帖一篇文字上坐人罪過不道天庭浩蕩
爲這三寸長短小小冊兒不鑒我好道之心翻坐以偷
書之賊悔之無及死不甘心彌衡舍人聽說到世路狹
窄幾句愀然動色想着自家得罪於劉表也只爲着孫

策一封書上況且生性剛直見袁公情辭懇慨涕淚交
可聽論起道法流傳也有因緣在內況是九天玄女娘
娘高衆有頃眞君同在玉帝面前保奏許他改過自新
不知眞君意下如何星君道原是先生屬下人員但憑
裁決只是這番鞫問百神盡知也須成箇招詞以便覆
奏舍人道眞君之言甚當便教左右將紙筆硯墨付與
袁公袁公此時巳知舍人有心出脫他罪過懼喜不勝
連忙取筆寫道

平妖傳　第二回

轉回得快一擁前來問信袁公此時那有心情回答他
一言半字舒着雙臂拉開逕奔石牀上取了如意冊見
覆身復上天門正撞着雷公電母一擧聖衆駕着雷車
飛逕前來電母便將閃電亂擊火鞭飛舞金蛇走躍剗
公大驚道這婆子好利害哩也到曉得幾分釖術正要
探取雌雄二丸與他賭鬭只見雷部謝仙等衆擊起連
鼓如山崩地塌之聲四圍雷火焰燒着把袁公分明
困在火城之中險些兒燎去了皮毛嚇得袁公掩着耳
閉着眼口中叫道列位有話好講不要出粗雷公道奉

上帝法旨與你取討如意冊有無自到修文院中回話
袁公連聲應道有有有心中暗想道既是上帝有旨來
拿我如何却到修文院去想是着我尋取原書這修文
院自我老袁自家屋裏只消我出諸袖中便了此時十
分驚恐已自放下了七八分況且眼見得雷部神通怎
敢違抗當下謝仙取鐵鏈套在袁公頸上乘着雷車項
刻進了天門逕投修文院來正是青龍共白虎同行吉
凶事全然未保且說那修文舍人彌衡早巳升座怎生
品格有西江月爲證

作賦平欺時彥挾才敢傲王侯懷中刺敝不輕投只
有孔楊好友鸚鵡洲前夢悄漁陽鼓裏聲愁一生剛
正表清流天府修文職受

亦有西江月爲證

不多時只見雄旌寶蓋簇擁着北斗星君到來怎見得
七政樞機有隼陰陽根本寒門攝提隨柄指星辰斗
四杓三一定天道南生北殺七公理獄分明招搖玄
弋擁前旌不數人間法令

當下修文舍人降階接入行禮讓星君坐於上首這裏

雷公電母將袁公解進修文院來交割一面繳還帝旨
自回本部去了却說袁公被一番雷電鬧炒得不耐煩
到得本院如醉如夢左右吏卒抑他跪於階下高聲稟
道拿到偷書賊當面袁公擡頭一看只見兩行擺列得
旌旛齊整棍棒森嚴觀上面睄端端正正坐着兩位問
官右首修文舍人是本院職掌還不在意左手皁衣玉
簡分明認得是北斗星君這一驚非小原來南斗注生
北斗注死隨你顏回楊烏這般壽夭若求得南斗星君
添上幾竪幾畫便活到一百九十閻羅天子也不敢去

十六天罡大變法又向東邊壁上寫着七十二地煞小
變法却教衆畜動起礎鑒刻成三分深字樣袁公笑道
人說天上無私緣何也有簡秘書你做三十三天老大
皇帝直恁私刻我老袁且與人爲讐你們衆弟子孩兒
要學法的儘着去學衆畜道笞也俺們怎得理會全伏
老公公教導袁公道了頭做媒自身難保我老袁俱能
記誦尚未得手哩且慢消停等他半月十日玉皇老頭
兒不言不語時節我老袁給簡寬假到於本洞述節與
你們演習說猶未了只聽得轟轟的一片聲響衆畜道

雷鳴了想是天變也袁公道這不是雷鳴乃是天門上
報鼓響凡天宮有刑獄問斷之事便鳴着報鼓儒書上
所謂鳴鼓而攻也你每繫守洞中我老袁且上去點簡
卯探聽簡消息說罷湧身一跳早出洞口冊冊望天門
而上只此一去有分教袁公犯一款不赦的天條設一
重不輕的法願正是會施天上無窮計難免今朝目下
怒畢竟不知此去吉凶如何且聽下回分解

第二回

修文院斗主斷獄　　白雲洞猿神布霧

茅山萬法總虛浮　　如意從來不可求
寶冊誰人能會取　　刻時羽化上瀛洲

話說玉帝在瑤池宴回守天宮的執事人員都來接見
單單不見了袁公有修文院舍人彌衡字正平起奏道
白雲洞君私發秘書竊了如意冊下界已七日矣玉帝
大驚道這如意冊乃九天秘法不許洩漏人間只因世
上人心不正得了此書必然生事害民那畜生獸心不

政有犯天條不可恕也當下鳴起天門報鼓百神俱至
玉帝傳旨命雷神豐隆道本部雷公電母火速下界擒
袁公赴修文院仰本院舍人會同北斗眞君鞫問正法
却說袁公正到天門打探聞知此信自言自語道那簡
多嘴饒舌的閒在那里不去打瞌睡却去報新聞搬起
這樣是非我且把如意冊包裹停當仍舊放在玉篋裏
所臨時與他白賴則簡一頭走一頭伸手去摸那袖兒
却是一簡空神喫了一驚原來放在石狀上不曾帶來
慌忙撥轉雲頭回到白雲洞中這夥猿子猿孫見袁公

氣喝聲疾化成雌雄二劍、左一跳、右一躍戲舞了一回將袖兒一撇撇了劍光依舊收藏袖內正在無聊之際猛然想起自家掌管着許多秘書未曾展觀、今日且偷看一會便怎地、一頭說、一頭便把雙眼溜去只見那金匣玉篋都編得有三教九流門類字樣袁公覷着許多儒字號口中誦誦的道、那秀才買書賣莫去纏他指着佛字號、又道那黃臉老兒也不好相處、看到道字號道這是我老袁的本業中間一箇小小玉篋兒面上橫着無敕封起原來這篋兒每年俸文舍人來簡視時加上御

平妖傳　第一回　九

17

封一道只見封不見開、袁公暗忖道這重重封記必有妙處、扯開御封把雙手去揭那篋蓋時都似一塊生成全然不動、袁公連叫作怪、若是鐵打的篋兒只恐年遠鏽結了、這是美玉琢成的直恁牢緊不知那箇玉工做下的若與老袁商量再細細光去一層便好開閉了、說罷抖擻平生的精神又去狠揭一下、那玉篋兒恰似重加釘釘、再用金鋑休想動得半毫、看官聽說若是別箇猢猻兩番揭不起、未免焦燥拿起手、一丟一去腳去踏頭去撞、都是有的、那袁公畢竟多年脩道火性已退的

平妖傳

18

如何肯造次、當下慌得他雙手捧着玉篋屈下兩隻毛腿、叫道吾師九天玄女娘娘、保佑弟子道法有緣揭開篋蓋、永作護法、不敢為非、連叩了三四箇頭爬起來把玉篋再揭、那篋蓋隨手而起、內有火燄般繡袱包裹打開看時、三寸長、三寸厚、一本小小冊兒、面上題着三箇字、叫做如意冊、裏面細開着道家一百單八樣變化之法三十六大變、應着天罡之數七十二小變、應着地煞之數、端的有移天換斗之奇方、役鬼驅神的玅用袁公心下大喜道只此一書、勾我老袁受用矣、一世從師

平妖傳　第一回　十

19

受道、今日到手時、還是我自家簡得、正是釜知燈是火飯熟巳多時、手中捻着本如意冊兒、長嘯一聲飛下雲端、徑往雲夢山白雲洞中鑽去、那里猿子猿孫、和着一班猴猻玀玃之類、跳舞歡欣、都上前拜見袁公道我今日得了天書、做箇傳法教主、得道之日、你們一箇箇都做真仙、便教把洞中兩邊峭壁與我削平、我有用處眾畜聽說傳法與他、那箇不踴躍向前、鑿的鑿、磨的磨、礱邪之間、把兩壁弄成一片鏡面、相似、袁公取出筆墨來就石卓之上、磨得墨濃蘸得筆飽、向西邊壁上寫着三

平妖傳

20

斬妖百發百中、今日玄女只是小小弄箇神通、恐嚇袁公、雖然利害、只削去了些頭毛眼毛、其他並無傷損、若心不至誠時、一萬顆頭也取下來了、玄女當時把袖一拂、攝了劍光、依然兩箇鈴彈尤兒、收入袖中去了、袁公繞敢開眼、嚇出了一身冷汗、半晌開不得、只從此死心塌地、跟隨玄女、直至南山、終日摘花獻果、供養玄女、慚他小心謹慎、把劍術盡傳與他、袁公依樣鍊成雌雄二劍、收藏袖中、亦能變化、歡喜不盡、此時越王已將君子軍六千、直入吳國、滅了夫差、獨霸江東、思想起處女前

（第一回　七）

琐、再遣人於南山尋訪、更無蹤跡、即命建仙女祠於南山之上、歲時祭祀不絕、你道為何尋訪不着、這里越國成功、那邊玄女已自上天回復玉帝去了、況且神仙妙用、要現便現、要隱便隱、亦非凡人之可測也、且說玄女帶袁公上天朝見了玉帝、玉帝見袁公好道、封為白雲洞君、教他掌管着九天秘書、何謂秘書、但是人間所有之書、不論三教九流、天上無不備具、則這天上所有書、人間耳未聞、目未見的也、不計其數、所以總喚做秘書、有金匱玉笈收藏、每年五月端午日、脩文舍人來查

（第一回　八）

條禁約、等閒也不敢私自開發、忽一日間、正值西天金母蟠桃勝會、玉帝引着一班仙官將吏、都往崑崙山瑤池赴宴、怎見得、有古風一篇為證、

崑崙乃在赤水陽　古稱地首天中央
星辰隔輝挂天柱　日月引避行其旁
瑤房積石開玄圃　寶樹琪花顏色古
中有蟠桃萬丈高　含蕋千年繞一吐
千年結實千年熟　渥丹斗大如紅玉
此時王母開壽筵　十萬仙真共懽祝
壽筵高啓碧琳堂　鳳鈞鸞舞紛迴翔
玉童前驅執羽蓋　靈妃後列吹笙簧
瓊漿飲罷顏婀娜　玉盤托出神仙果
食之壽與天地齊　安得偷嘗一二顆

袁公雖云脩道未證仙果、且是天官有執事的人員、因此不得隨行、他本是箇好喫果子的、聞說蟠桃如斗之大、三千年方始開花結果、一次喫此桃者、壽與天齊、如何不口內流涎、心中納悶、袖中取出兩箇彈尤兒、吹已

延朴木爲此也。那白猿從此躲入雲夢山白雲洞中，潛心脩道。今日明知玄女下降，故意變作袁公試他的鈞術。後來處女見了越王，敎練成了六千君子軍也不回復范蠡也。不拜辭越王，逕自颻然而去，有詩爲證：

玄女神機豈妄投　　六千君子只風流
要知天上些須妙　　巳是人間第一籌

話說處女下了南山，來於越國。那時有越王盆來迎接，人衆喬車寶馬，自不必說。今日不辭而去，未免獨自一身半雲半霧，行至舊路，只聽得茂林之中一聲叫玄女娘娘。一聲叫師父，處女按住雲頭，將慧眼打一看時，原來正是袁公，雙膝跪於路傍，手捧着一箇石盤，盤中列着四般長命果，口中只叫道師父可憐弟子一片誠心。收賠敎誨則箇。且說那四般果子，是榛子松子榧子核桃，假如東南橘柚楊楳，西北林檎梨棗，此等並爲佳品，要之只算時新，不堪長久。只有那四般藏在殼中，風吹不乾，雨打不濕，久而如新，所以謂之長命果，永爲山家之積糧也。後來丹青家有箇白猿獻果圖，正此故事。當下袁公放下石盤，連連磕頭，又喚道師父是必收齊弟子。生死不忘。處女被他識破是九天玄女娘娘化身，道這畜生眼睛到也利害，又見他十分志誠，將他所獻四般長命果，每件取他一箇，這是領他的情處，其餘都向空中拋散，做箇布施功德。當下袁公就茂林中端端正正拜了八拜。玄女受了，向袖中取出圓眼般大兩箇彈丸，付與袁公。袁公將雙手接着，安放掌中，看這彈丸時，白色如鉛鑄成，不甚光彩。袁公口雖不語，心中疑惑，想道若是粉做的兩箇團子，到好充饑，便是銀打的也不上二兩多重，不值甚事，若只是兩箇鉛彈兒，我老袁又不學打彈，要他甚麼，這里心下躊躕。那邊玄女早已那道便向那彈丸上吹一口氣，叫聲疾，只見放起光來，頭頸之間，左一跳右一躍，如兩條金蛇纏繞盤旋，只在頭上頸下，一往一來，迸出寒光萬道冷冽，難當。耳中如千刀萬刃擊刺交加之聲，嚇得袁公緊閉雙眼，口中只叫好師父，弟子已知師父神威，饒恕俺則箇。原來這兩箇彈丸，就是仙家煉成雌雄二劍，能伸能縮，變化無窮，若攝了光時，只如兩箇鉛彈相似，倘然動揮起來，能於百萬軍中橫行直撞，來如箭去如風，所以仙家飛劍，

莫說燈花成怪異　　尋常時耐是淫偷

那獼猴似人之形、性最靈巧、就是尋常爬腮上卓開盤、
倒甕、扯袖牽衣、攪蟲子、弄雞巴、氣質十分不雅、況且多
年、豈不作怪。又有長大一種、其名為猿、尤為矯捷。那猿
內又有一種通臂的、兩臂相通、隨他伸那邊一隻臂、這
邊一隻就縮進去、做一條臂膊、舒將出來、所以善能緣
崖登木。人若把箭去射他時、右來右接、左來左接、近來
近接、遠來遠接、全然不怕。還有年深得道的、善曉陰陽、

能施符咒、神通廣大、不可盡述。怎見得、但見：
生居申位、裔出巴山、生居申位、申陽官子孫聚居齋
出巴山、巴西候宗族繁衍、柔腸易斷、嘯月明誰不含
悲、長臂能通、登樹杪、何愁箭射、數學傳風后誰知是
前代曆師、刀法授雲長、錯認做人間劍俠、神通却似
降龍祖、變化平欺弼馬溫。

話說春秋周敬王時、吳越交爭、吳王夫差圍困越王勾
踐於會稽山之上、虧得下大夫文種甲詞厚禮去請行
成、吳王依允、將越王夫婦摛去冠服、囚於石室之中、替

吳國養馬三年、方始放回。越王一心要報此讎、想吳國
有魚腸之劍三千、難以抵敵。有上大夫范蠡獻計、挑選
六千君子軍、朝夕訓練。訪得南山有箇處女、精通劍術、
奉越王之命、聘請他為教師。那處女收拾下山、行到半
途、逢着一箇白髮老人、自稱袁公、對處女說道：聞小娘
子精通劍術、老漢粗知一二、願請試之。處女道：妾不敢
隱、但憑老翁所試。袁公覷着樹梢頭透出一竿枯竹、蹐
身一跳、蚤巴接起、搬向空中墜下、那根竹迎着風勢、咭
喇一聲、折作兩段。處女接取竹梢、袁公接取竹根。袁公

避養由基避　玄女知進如　退以勉為強　此正教公得　處

就勢去刺那處女、那處女不慌不忙、將竹梢架住、轉身
刺着袁公。袁公飛上樹梢頭、化為白猿而去。原來處
女臨凡、不是凡人、正是九天玄女化身、因吳王無道、玉帝遣玄
女臨凡、助越亡吳。那袁公是楚國中多年脩道的一箇
通臂白猿、因楚共王校獵荊山、他連接了共王一十八
枝御箭、共王大怒、宣楚國第一善射有名百步穿楊之
手、喚做養由基、前來射他。白猿知養由基是箇神箭、躲
迭不及、一溜煙走了。共王教大小三軍圍住山頭摻尋
無迹、把一山樹木放火都燒了、至今傳說楚國亡猿禍

第一回

授劍術處女下山　　盜法書袁公歸洞

不信精靈能變幻　　　旋風吹起活燈花

生生化化本無涯　　　但是會情總一家。

話說大唐開元年間鎮澤地方，有箇劉直卿官人曾做諫議大夫，因上文字，打宰相李林甫不中，棄職家居，夫人曾勸丈夫莫要多口，到此未免搶白幾句，那官人是箇正直男子，如何肯伏氣，爲此言語往來，上夫人心中不樂，害成一病，請醫調治，三好兩歉，不能痊可，忽一日夜間夫人坐在牀上，喫了幾口粥湯，喚養娘收過粥碗，只見銀燈昏暗，養娘道夫人且喜好箇大燈花，夫人道我有甚喜事，且與我剔去則箇，落得眼前明亮，心上也覺爽快，養娘向前將兩指拈起燈杖，打一剔，剔下紅錢餘的燈花蕋兒，落在卓上，就燈背後起一陣冷風，吹得那燈花左旋右轉，如一粒火珠相似，養娘笑道夫人好耍子，燈花兒活了，說猶来了，只見那燈花三四旋，旋得像碗兒般大一箇火毬，滾下地来，唔的一響，如爆竹之聲，那燈花爆開散作火星滿地，登時不見了，只見三尺來長一箇老婆婆，向着夫人叫萬福，老媳婦聞知夫人貴恙，有服仙藥在這里，與夫人喫，邪夫人初時也驚怕，聞他說出怎樣話來，認做神仙變現，反生歡喜，正是藥醫不死病，佛度有緣人，當時喫了他藥，雖然病得痊可，後來這婆子纏住了夫人，要做箇親戚往來，攪着一乘四人轎，前呼後擁，時常來家唔噪，遣又遣他不去，慢又慢他不得，若有人一句話兒拘着他，他把手一招，其人便撲然倒地，不知甚麼法兒，血瀝瀝一副心肝，早被他擎在手中，直待衆人苦苦哀求，把心肝望空一撒，自然向那死人的口中溜下去，那死人便得甦醒，因此一件怕人，劉諫議合家煩惱，私下遣人蹤跡他住處，都見他鑽入鴛脂湖水底下去了，你想鴛脂湖是甚麼水，那水底下怎立得家，必然是箇妖怪，屢請法官書符念咒，都禁他不得，反喫了虧，直待南林菴老僧請出一位揭諦尊神，布了天羅地網，遣神將擒來，現其本形乃三尺長一箇多年作怪的獼猴，那揭諦名爲龍樹王菩薩，劉諫議平時供養這尊神道極其志誠，所以今日特來救護，斬妖絕悲詩曰

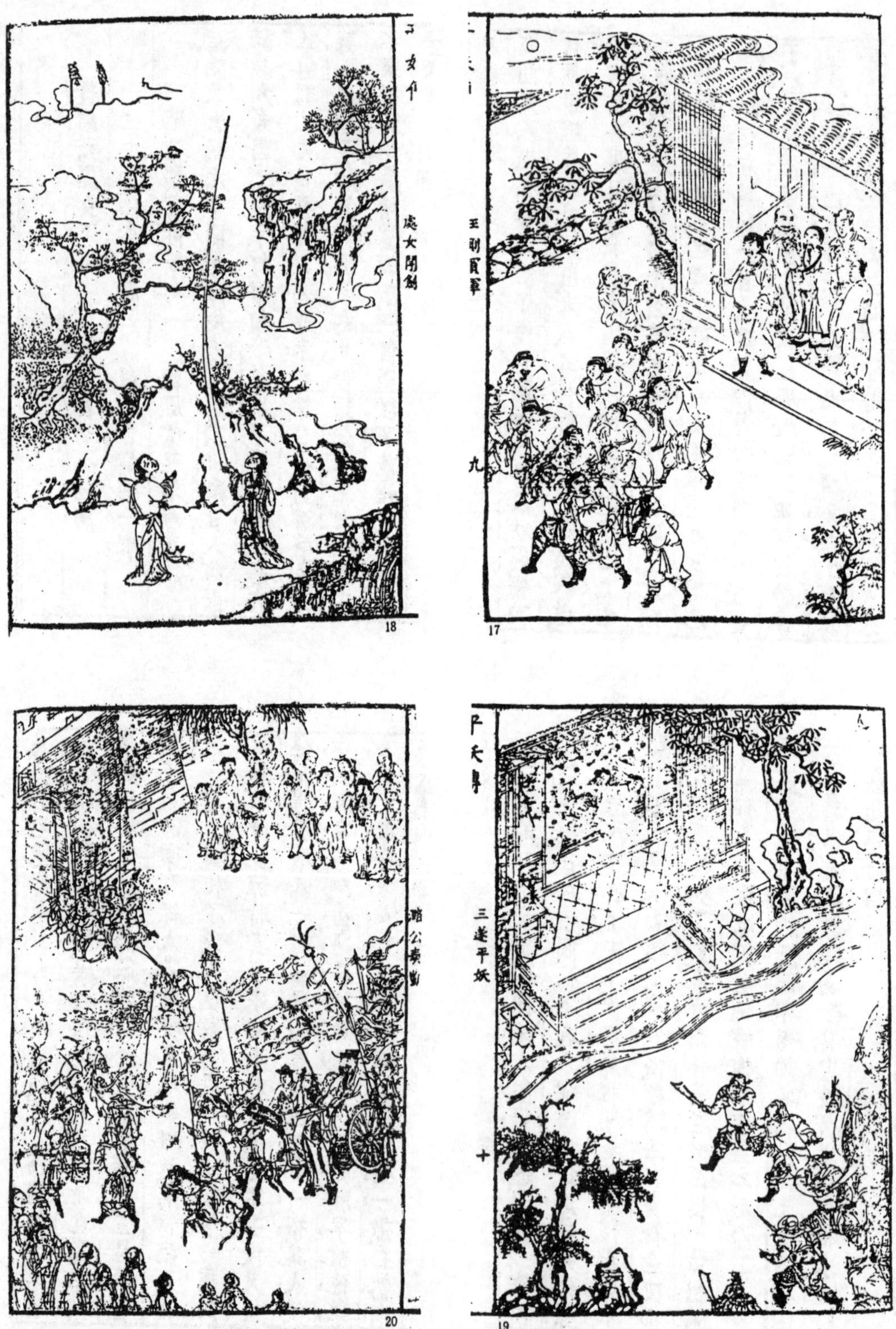

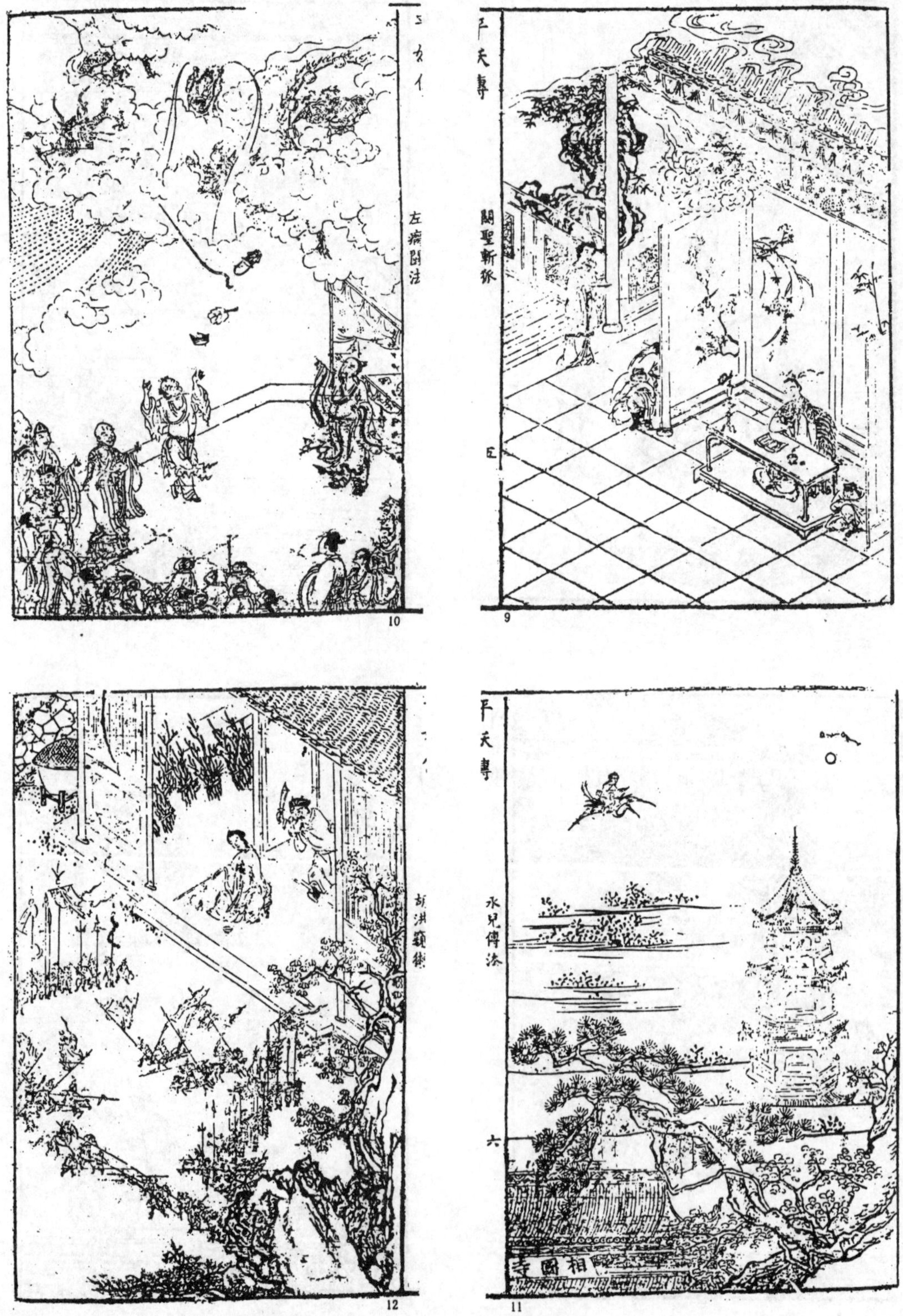
左病關法
關聖斬猴
早天尊
胡洪穎鐵
水兒傳沙
早天尊
相圖寺
10
9
12
11

猿神布霧
賀天壽 宸女下山
一
則天坐殿
太醫搦脈

目錄

〔一〕目錄

〔二〕

可強求、且如讀書等輩、有高才絕學、辛苦一生、未遇知
己、終於淪落、又有小小年紀、纔學謅得幾句、尚未成章
便聯科及第去了、千人喝采、萬人誇強、若是不達的就
說試官沒眼睛、皇天沒耳朵、却不知邪小小年紀的、或
是前生讀書行善、積下今生、當享榮貴、所以古人說得
好、要知前世因今生受者是、又道一飲一啄、莫非前定、
若是數合承當爲王稱帝、也是等閒比如朱太祖陳橋
兵變、一朝黃袍罩體、不費絲毫氣力、子子孫孫安享三
百餘年天下、豈不是簡天命、若是命中沒有時節、眼睜、

〔三〕

盼看着一箇銅錢到拾起時、還要變了箇柿蔕、可笑那
一種最沒撻煞、歪肚腸、空腦子的人癡心妄想、如唐末
進士黃巢、一箇又第、也掙不来、却想要做皇帝、殺人百
萬、流血千里、後来被其甥林言所誅、貽臭於萬年之下、
又如漢末黃巾賊首張角、依着左道、招引三十六方之
眾、一時俱叛、自稱天公將軍、亦爲皇甫嵩所破第兄三
人俱死無葬身之地、那兩箇人便攪壞了漢唐兩家的
社稷、漢家天下分爲三國唐家天下、變做梁朝這也是
兩家國運將終、天使其然、不在話下、還有不達時務的

〔四〕

週國家全盛的時節、也去弄一場把戲、不能箇釋孤道
賽、只落得身首異處、把與後人看樣、則今三遂平妖
傳、這本話頭便是有詩爲證詩曰

飲啄由来總是天　　須將行素學前賢
飯蔬飲水眞吾分　　食祿乘車亦偶然
紙虎狗形空費筆　　井蛙龍勢豈安眠
請看三遂平妖傳　　禍福分明在簡編

引首畢

【七】
免強弩之末,茲刻回數倍前
蓋吾友龍子猶所補也,始終
結構有原有委,備人鬼之態
兼真幻之長,余尤愛其以偽
天書之誣,兆真天書之亂妖

【八】
緣人與此等語大有關係,即
質諸羅公,亦云青出於藍矣
使緱山獲覩之,其歎賞又當
何如,邪書已傳於泰昌改元
之年,子猶宦遊,板毀於火,余

【九】
重訂舊敘而刻之,子猶著作
滿人間,小說其一斑,而茲刻
又特其小說中之一斑云
　　　　　楚黃張無咎述

【一】
天許齋批點北宋三遂平妖傳引首
　　　　　宋　東原羅貫中　編
　　　　　明　東吳龍子猶　補
國泰時平、月白風清、與來時、酒盞頻傾茫茫今古、一
局棋枰、看幾人爭幾人敗、幾人成　休逞英雄莫弄
聰明、生一事、一害還生、滿盤算子、交付黔驢嬴只得順
他來、順他止、順他行
這篇詞名為行香子、大聚說人窮通有命、只宜安分不

也西遊則近日牡丹亭之類
矣他如玉嬌麗、金瓶梅、另闢
幽蹊曲中奏雅然一方之言
一家之政可謂奇書無當巨
覽其水滸之亞乎他如七國

兩漢兩唐宋、如弋陽劣戲一
味鑼鼓了事效三國志而甲
者也西洋記、如王巷金家神
說謊乞布施效西遊而愚者
也至於續三國志封神演義

等、如病人譫語一味胡談浪
史、野史等、如老淫吐招見之
欲嘔又出諸雜刻之下矣王
緱山先生每稱羅貫中三遂
平妖傳堪與水滸頡頏余昔

見武林舊刻本、止二十回開
卷即胡員外逢畫突如其來
聖姑姑不知何物而張鸞彈
子和尚胡永兒及任吳張等
後來全無施設方諸水滸未

墨憨齋手授

新平妖傳

舊刻羅貫中平妖傳二十卷原起不明非全書也墨憨齋主人曾於
殘缺難讀乃手自編纂共四十卷首尾成文始稱完璧
別於舊本坊繡梓爲世共珍　　金閶嘉會堂梓行

敍

小說家以真爲正以幻爲奇。然語有之畫鬼易畫人難西遊幻極矣所以不逮水滸者。人鬼之分也鬼而不人第可資齒牙不可動肝肺三國志人矣描寫亦工所不足者幻耳然勢不得幻非才不能幻其季孟之間乎當辟諸傳奇水滸西廂也三國志琵琶記

校註 : 박재연
  선문대학교 중어중국학과 교수
  논문 : 「혼세평화에 대하여」 외 다수
  편저 : 『중조대사전』, 『고어사전』

김 영
  선문대학교 중어중국학과 강사
  중한번역문헌연구소 연구원
  논 문 : 「荊釵記 연구」
  교주서 : 『손방연의』, 『슈스유문』

김민지
  선문대학교 중한번역문헌연구소 연구원

조선시대 번역고소설 총서 14

평뇨긔 · 평요뎐(平妖記 · 平妖傳)

2004년 5월 10일 첫판 찍음
2004년 5월 15일 첫판 펴냄

교주자 : 선문대학교 중한번역문헌연구소
          박재연 · 김영 · 김민지
발행인 : 송미옥
발행처 : 이회문화사
주 소 : 130-030 서울시 동대문구 답십리동 488-338 부영BD 503호
전 화 : (02) 2244-7912~3
팩 스 : (02) 2244-7914
E-mail : ih7912@chollian.net

등 록 : 제6-0532(1992. 5. 2)
ISBN : 89-8107-414-3 94820
          89-8107-400-3 (세트)

정가 40,000원